I0611143

www.ingramcontent.com/pod-product-compliance
Lightning Source LLC
Chambersburg PA
CBHW052337020726
47503CB00001B/5

* 9 7 8 9 6 5 5 5 0 4 4 7 7 *

החלון השלישי

דורון סמוכיאן

Doron Smochian

The Third Window

דורון סמוכיאן

החלון השלישי

עורכים ראשיים: קונטנטו - הוצאה לאור בינלאומית

עורכת ספרותית: הילה חרפק

עורך לשוני: תומר לויסמן

עיצוב עטיפה ועימוד: ליליה לב ארי

איסרליש 22 תל אביב 6701457

www.ContentoNow.co.il

מסת"ב: 978-965-550-447-7

דאנאקוד: 488-206

נדפס בישראל תשע"ה 2015

Printed in Israel

דורון סמוכיאן

החלון השלישי

THE THIRD WINDOW

CONTENTO**NOW**

ספר זה מוקדש לכם ילדיי האהובים – גל, רן, מור וטל.

אני גאה בכם ואוהב אתכם המון

תוכן עניינים

פרק 1

נֶל קֶלֶר והחלון

נל הביט בדלת החומה שעוצבה ביד אמן. הדמויות והצורות שגולפו בעץ לא היו מוכרות לו. היו שם דמויות שמעולם לא ראה. הוא הושיט את ידו וניסה לפתוח את הדלת, אך לא הצליח. פתאום נזכר, ולכן חיפש על המשקוף הימני, בין החריתות של מערכת השמש והכוכבים. שם הוא היה, הכפתור. נל לחץ עליו כשהוא עוצם את עיניו ולוחש: "אֶתנוֹס."

הדלת נפתחה. נל נדהם מהמראה שנגלה לעיניו. מולו ריחפה מעל הרצפה מֵעֵין הילה סגלגלה. האור היה רך ומלטף, זוהֵר וקסום וריתק את כל מי שהתבונן בו. זה היה החלון השלישי. יצֶר הרפתקנות הפיח בו אומץ. הוא ידע שכשיעבור את החלון השלישי, בני האדם יוכלו לראותו, והוא לא יוכל לחזור שוב לארצו.

מראה הוריו, הפוכרים את ידיהם בתדהמה כלא מאמינים, וחבריו שלא גיבו אותו, גרמו לו לומר בקול: "הם אשמים בכול, איך הם היו יכולים לחשוד בי? בחיים לא הייתי עושה דבר כזה לנָמִי." רעד קל עבר בו כשהבין שאינו יודע איך יוכל להתמודד לבדו עם העולם שבחוץ.

נל נכנס לחלון השלישי בהתרגשות. הוא הרגיש שהוא נשאב לתוך המעבר על-ידי האור, והרגשה זו גרמה לו להרגיש קל יותר מהאוויר. הוא לא ראה דבר, רק חש שהוא זז במהירות. הוא עצם את עיניו וחיכה שהכול ייגמר.

***

צלצול נשמע מהעֵבֶר השני. היה זה צלצול שלא נשמע כמותו, שהחריד את הדֶלְנָאִים משלוותם. הם רצו בהמוניהם המומים ולא מאמינים.

"זה הצלצול מהכיפה העגולה," נשמעו פה ושם קריאות. דלנאים בני כל הגילים רצו במהירות לכיוון הכיפה העגולה, שבה נמצא החלון השלישי ושמפניו הוזהרו כל הזמן. הייתכן שמישהו עבר דרך החלון השלישי?

בכניסה לכיפה העגולה עמדו שני דלנאים חסונים ולא אִפשרו לאיש להתקרב לדלת. תָר, אחד השומרים, הדף את הקהל הגדול שגדל מרגע לרגע.

"תבינו, אני לא יכול לתת לאף אחד להתקרב."

"אז תאמר לנו מה קרה," צעק מישהו מהקהל.

"הצופן התגלה," השיב תר.

כעת דיברו כולם בעת ובעונה אחת, אך תר היסה אותם בצעקה.

"נל קלר עבר דרך החלון השלישי. יש בידַי מכתב המיועד לראש הכפר שעליו חתום נל. אתן אותו למֶנֶר ברגע שיגיע." כשדיבר נראָה ראש הכפר אץ בצעדים נמרצים בעודו זועף וממטיר פקודות לכל עבר. סביבו עמדו חבורת דלנאים, הכְּבוּדה של מסדר העץ.

פרק 2

משפחת אלון

באותו זמן התכוננו בני משפחת אלון לשינה. יואב בן האחת-עשרה הביט ברון, אחיו הקטן ממנו בשנתיים, בציפייה שיסיים לשחק במחשב. "נו, רון," האיץ בו יואב, "לפני שאמא תבוא, גם אני רוצה לשחק." רון הביט ביואב ואמר: "אני לא מתכוון לקום."

"אל תהיה כזה," ניסה יואב לשדל אותו. "לא," פסק רון, "אתה מפריע לי; אני לא יכול להתרכז."

לָרוב יואב ורון הסתדרו ביניהם, אך לעתים התווכחו ורבו והגיעו לטונים גבוהים ואִמם נאלצה להתערב, ואז שניהם הפסידו.

"תזכור את זה כשיגיע תורי," אמר יואב והלך לכיוון המקלחת.

"אמא," קרא יואב, "אני לא מוצא את הפיג'מה שלי."

"היא תלויה על המתלֶה שמאחורי הדלת. אל תשכח לצחצח שיניים. היום אני מרשה לך להישאר קצת יותר מאוחר ולקרוא." וכשהתרחקה הוסיפה: "אל תגמור את המים החמים, תשאיר גם לליר."

***

ליר, האחות הקטנה בת השש, שיחקה עם הבובות. בדרך כלל היה זה רון ששיחק איתה. רון היה ילד מיוחד שאהב מאוד לשחק בבובות ברבי. הוא היה רזה מאוד, יפה תואר וחברותי, ובכל מקום התחבב במהירות על כולם. בנות גילו, ואפילו גדולות ממנו, חיפשו תמיד את קרבתו. הוא אהב לשיר, לרקוד ולהופיע לפני כל מי שרק היה מוכן לראותו.

בהצגה שהתקיימה בחג החנוכה, כשהקוסם חיפש מתנדב שיעלה לבמה וירקוד, מיהר רון לעלות על הבמה. הוא קיפץ שם למול עיניהם

הנדהמות של הוריו ואחיו ולמול מאות הצופים, רקד, שר וזכה למחיאות כפיים וגם לפרס. לפרס לא היתה חשיבות כמו לחשיפה. הוא פשוט אהב להופיע, ולכן הוריו רשמו אותו גם לחוג זמרה ודרמה.

ליר, לעומתו, דגמנה כבר בגיל שנתיים לאופנת ילדים, ותמונותיה הופיעו בקניונים ובעיתון. את ליר החשיפה עניינה פחות.

היא היתה עסוקה כל כך שלא הבחינה באִמהּ היושבת על מיטתה ומתבוננת בה באהבה. היא היתה הקטנה בבית, ולכן נהנתה מהאהבה שהרעיפו עליה. ליר היתה קשורה מאוד לאביה, ולכן לא פעם התלוננה אמה שאביה מפנק אותה יותר מדי. אבל עכשיו, כשאמה בהיריון ובעוד כחודשיים תלד, ליר כבר לא תהיה הקטנה בבית.

אמא קמה, נעמדה ליד ליר וליטפה את שערה.

ליר הרימה את ראשה. "אמא, תראי מה ציירתי. בית עם גינה, ובגינה ארנבות וצבים ושמש שמחייכת לכולם."

"איזה ציור יפה," אמרה אמא, "אני ממש אוהבת את הציור שציירת, אבל עכשיו כבר מאוחר וצריך לאסוף את כל הצעצועים, להתקלח ולמיטה."

"אמא, אני רוצה לחכות לאבא שישיר לי שיר וירדים אותי. בבקשה, אמא."

"אבא צריך להגיע עוד מעט, אז תזדרזי, ואל תשכחי לאסוף את כל הצעצועים."

באי-חשק החלה ליר לאסוף את הבובות. היו שם עשרות בובות בכל הגדלים. היא הרימה אותן, זרקה אותן לתוך ארגז הצעצועים הגדול, ואז נזכרה בבובות שהתגלגלו מתחת למיטה, ולכן התכופפה ואספה אותן בידיה הקטנות.

כשבדקה אם אספה את כולן, הבחינה שבפינה הרחוקה נשארה בובה קטנה שלא זיהתה. היא שוב התכופפה מתחת למיטה, מתחה את ידה הימנית ובקצות אצבעותיה תפסה את הבובה. ליר הביטה בה ובאור העמום ניסתה לחשוב ממי קיבלה אותה.

הבובה נראתה מצחיק: היה לה סנטר ארוך שכאילו נמתח, ונוסף על כך, היא נראתה אנושית. המגע של הבובה היה מוזר. היא הרגישה שהיא אוחזת בילד אמיתי, אך קטן מאוד. היו לו אוזניים קטנות ושיער חום בהיר, בגדיו היו נעימים למגע, ונעליו היו בצורת כפפה.

באותו הרגע נשמע צלצול בדלת.

"אבא," צעקה ליר. היא הניחה את הבובה, שלהפתעתה היתה כבדה משאר הבובות, בארגז עם הבובות האחרות ומיהרה לסלון, שמחה לראות את אביה. לאכזבתה הרבה, בפתח עמד דרור, השכן, יושב ראש ועד הבית. ליר חזרה לחדרהּ, וכשהביטה בארגז הופתעה לגלות שהבובה שהניחה בו נעלמה. היא חיפשה בארגז בין כל הבובות וגם מתחת למיטה.

כשרון נכנס לחדרה, הביטה בו ליר ותהתה אם זה עוד אחד מהמשחקים שלו. ליר סיפרה לו על הבובה ותיארה אותה לרון. הבובה לא היתה מוכרת לו, והוא הציע לעזור לה לחפש אותה.

"מה הגודל של הבובה?" שאל רון.

"בערך כך," הראתה לו ליר בידיה.

"רון," קראה אמא. "היכנס למיטה וּקְרָא ספר, ואַת, גברתי הצעירה, למקלחת."

ליר התקלחה כשאביה נכנס הביתה, וכשיצאה מהמקלחת שמעה את קולו מהסלון.

"אבא," היא רצה וקפצה עליו. אביה הניף אותה באוויר ובתנועה מהירה הוריד אותה, חיבק אותה ונשק לה. "בואי, אקח אותך למיטה."

יואב ורון ניגשו גם הם לחבק את אביהם וסיפרו לו על חוויות היום שעבר עליהם.

"איזה שיר תרצי שאשיר לך?" שאל אבא את ליר.

"את השיר 'חורשת האיקליפטוס'."

אבא כיסה את ליר, ישב לידה, ליטף את שׂערה ושר לה בקול חרישי. ליר נרדמה עוד לפני שאבא סיים לשיר, והבובה נשכחה ממנה.

ליר ורון נרדמו. אבא ישב עם אמא בסלון, ויואב ישב מול המחשב
כשפתאום הבחין בתזוזה ליד החלון. יואב נרעד כולו. על אדן החלון
ראה יצור שנראה כמו בובה בדמות אדם. היו לו סנטר ארוך, ידיים
קטנות ושיער חום פרוע. עיניהם נפגשו לשנייה. העט שנפל מהשולחן
גרם לו להסיט לרגע את מבטו, וכשחזר להביט בחלון, היצור נעלם.
יואב מיהר לחלון, חיפש על הרצפה שמתחתיו, חיפש בחדר כולו וגם
פתח את החלון והביט החוצה, אך לא ראה דבר. "אולי זה רק נדמה
לי," הרהר. הוא חזר למחשב ומדֵי פעם הביט בחלון. המחשבה על
היצור הקטן לא הרפתה ממנו גם כששכב במיטה.

פרק 3

ההחלטה

בבוקר עברה אמא בין החדרים, העירה את יואב, רון וליר ואחר כך הלכה למטבח להכין ארוחת בוקר. רון וליר התלבשו בסלון בעודם צופים בסרט מצויר עם "טום וג'רי". יואב התלבש בעצלתיים מול המחשב.

דן חזר מאימון בוקר בקאונטרי שנמצא מול הבית. הוא התכוון להיכנס למקלחת, אך לפני כן בחר לעצמו בגדים, מכנסי ג'ינס וחולצה לבנה ומכופתרת. היה לו שבוע מוצלח. היתה עבודה רבה מהרגיל, והצעות לסדר את שערן של דוגמניות לפרסומות ולקטלוגים זרמו למספרה.

דן היה מעצב שיער מצליח והרוויח יפה. כך הצליחו הוא ונוגה לרכוש דירה יפה באזור יוקרתי. מדי פעם גם כתבו על העסק בעיתון או פרסמו אותו בתכנית טלוויזיה. הם היו "מסודרים", וכפי שדן תמיד נהג לומר - כל יום היה טוב מקודמו.

עכשיו, במקלחת, חשב על הפגישה הצפויה לו עם מנהלת בית הספר היסודי שבו למד לפני עשרים וחמש שנה. הוא התרגש: לפני כשבוע, כשישב עם יואב מול המחשב, עלה במוחו רעיון להיכנס לפורום בית הספר. כך שמע לראשונה על פגישת המחזור.

אבא התרגש כל כך וסחף גם את יואב בהתרגשותו. למחרת היום התקשר דן למנהלת בית הספר, וזו הזמינה אותו לפגישה עם צוות ההכנה של פגישת המחזור. דן נענה להזמנה.

המים החמים החלו להיגמר, והוא מיהר לסיים את המקלחת. כשהתלבש, ניגשו אליו יואב ורון וביקשו שיסדר את שערם. לשניהם היה שיער שטֵני ארוך וחלק עם גוונים בלונדיניים. את יואב סירק דן לאחור בעזרת קרם, ולרון עשה קוקו קטן. ליר נכנסה גם היא למקלחת.

עכשיו נהיה שם קצת צפוף. יואב הביט בליר וגיחך: "השיער שלך ממש פרוע."

"צא כבר," אמר דן ליואב וחיבק אותו. יואב ורון יצאו. ליר ביקשה תסרוקת מורכבת, ובתוך שלוש דקות עיצב דן תסרוקת יפה. הוא התכופף, והיא קפצה עליו וחיבקה אותו חזק, וכך, כשהיא נתלית עליו, הלכו לכיוון המטבח. באותו הרגע סיימה נוגה להכין את ארוחת הבוקר.

בכל בוקר בשעה שבע ישבו בני משפחת אלון לאכול ארוחת בוקר משפחתית. בבוקר ההוא שוחחו אמא ואבא על פגישת המחזור שדן התלהב ממנה כל כך, ואילו יואב קרא במחברת הלשון וחזר על החומר למבחן, ובדקות שנשארו לו רפרף על החומר. ליר שאלה את רון אם יוכל לעזור לה אחרי האוכל לחפש את הבובה עם הסנטר הארוך המצחיק.

יואב זקף את ראשו בהפתעה: "מה אמרת?"

רון הביט ביואב. אמא ואבא היו עסוקים ולא שמעו את השיחה בין הילדים. יואב סימן לרון ולליר לקום בשקט ולבוא אחריו. הם נכנסו לחדרו של יואב וסגרו את הדלת מאחוריהם.

"תקשיבו," אמר וסיפר להם בקצרה על התקרית אמש. רון, שהופתע מהסיפור, ביקש לדעת היכן בדיוק עמד היצור. ליר הציעה לספר לאמא ואבא, אך יואב התנגד: "זה בינינו, אנחנו נחפש אותו ונראה מיהו."

אמא נכנסה לחדר. "מה קורה פה? יש לכם חמש דקות לצאת, אז קדימה. תתכוננו," אמרה ויצאה. הם הביטו זה בזה מרוצים מעצמם ומהסוד שלהם.

פרק 4

המפגש עם נל

נל פקח את עיניו. הוא היה מבולבל ולא ידע היכן הוא. צעצועים רבים היו מפוזרים על הרצפה. הוא הביט מאחוריו וראה ציור ענקי שהיה מוכר לו מאוד. הוא ניסה לחשוב היכן ראה אותו קודם לכן, אך ראשו כאב מההתפתחויות האחרונות. הוא ניסה להבין איך הגיע לכאן. עשרות בובות מכל הגדלים היו מפוזרות בחדר המבולגן.

הדלת נפתחה, ונל מיהר להתחבא מתחת למיטה. ילדה קטנה נכנסה לחדר, התיישבה על הרצפה וציירה בשלווה, מזמזמת לעצמה. נל התקרב אליה בזהירות, זחל מאחורי בובה גדולה והתחבא מאחורי נעל בית. הוא היה מסוקרן ורצה לראות את הציור שהילדה ציירה.

עוד מישהו נכנס לחדר והתיישב על המיטה. נל התרחק לכיוון הקיר. הוא חשש להתגלות, ולכן התיישב וחיכה. הוא שמע את אמא מבקשת מהילדה לסדר את החדר ולאסוף גם את הצעצועים שמתחת למיטה, ופחד מאוד. הילדה זרקה את הצעצועים לארגז. עכשיו היא התכופפה והושיטה את ידה לעברו. נל עצר את נשימתו וחיכה בלי לזוז. הוא ידע שעליו לנהוג בחָכמה. הילדה אחזה בו, שכבה על גבה והביטה בו בעניין. פתאום היא קמה והניחה אותו בארגז עם שאר הבובות. "אבא," היא קראה ויצאה בריצה מהחדר.

נל ניצל את ההזדמנות, טיפס על הבובות ויצא מהארגז. הוא יצא מהחדר ורץ לעבר המסדרון. הדלת מימינו היתה סגורה. הוא המשיך במסדרון ועבר ליד דלת נוספת, סגורה גם היא. הדלת האחרונה היתה פתוחה.

נל נכנס והתחבא מתחת למיטה, רועד ומתנשף. הוא היה מותש מכל

מה שעבר עליו. היה שם גרב זרוק, הוא משך אותו לפינה הרחוקה של המיטה, נצמד לקיר, התכסה בו ונרדם בתוך שניות. כשהתעורר, הבחין שאינו לבד בחדר. היה שם ילד שישב ושיחק במחשב. הרעב התחיל להציק לו, והוא נזכר שלא אכל דבר מאתמול בבוקר. הוא הציץ מתחת למיטה. הילד ישב וגבו אליו והתרכז במשחק. החדר היה מסודר מאוד, ובניגוד לחדרה של הילדה, לא היו בו צעצועים.

נל הביט סביבו, וראה פירורים של עוגייה על אדן החלון. הרעב הציק לו כל כך עד שהחליט להסתכן, ולכן רץ מתחת לכיסא, ומשם זחל מתחת לשולחן ונעמד מתחת לחלון. הוא טיפס בזהירות על השולחן, נעמד מאחורי תיק גדול וקפץ לחלון. בידיים רועדות הרים את הפירורים. כשהזדקף הביט בילד, שהתבונן בו בפליאה. משהו נפל מהשולחן, ונל ניצל את ההזדמנות, קפץ לרצפה וחזר להתחבא מתחת למיטה, מסתתר מאחורי הגרב.

הפירורים היו יבשים, אך לנל לא היה אכפת. לאחר ששבע התכסה בגרב ונרדם.

שלושת הילדים נכנסו לחדר. נל פקח את עיניו. הוא נדרך כששמע שהם מדברים עליו. הם קבעו להיפגש בצהריים, אחרי הגן והלימודים, ולחפש אותו. אמם נכנסה והאיצה בהם, והם יצאו מהבית. לפני כן ביקש הילד הגדול מאחיו שישמור על העניין בסוד, ובקשה זאת מצאה חן בעיני נל.

נל הגיע להחלטה.

***

יואב פתח את דלת הבית ורץ לחדרו, קורא לרון שרץ אחריו לאחר שנעל את דלת הבית. "קדימה, יש לנו פחות מחצי שעה," אמר.

הם חיפשו בכל פינה אפשרית בחדרה של ליר. הם חיפשו גם מאחורי המגירות הגדולות, הפכו את חדר הצעצועים והבובות שבו ובחנו אותן עד שהיו משוכנעים שהיצור אינו שם. כשסיימו סגר יואב את הדלת,

והם מיהרו לחפש בחדרו. גם שם חיפשו בכל מקום. הם היו עסוקים
כל כך שהצלצול בדלת הקפיץ אותם. יואב ניגש לפתוח את הדלת.
אמא נכנסה כועסת.

"למה נעלתם את הדלת עם הוו?" שאלה. "תסגרו רק במפתח."

ליר נכנסה גם היא. "איך היה בבית הספר?" שאלה את רון ויואב.

"בסדר," ענו שניהם.

"טוב, אני הולכת להכין לכם ארוחת צהריים. מה דעתכם על פתיתים,
שניצלים וסלט ירקות?" שאלה אמא.

"נשמע טוב," אמר רון.

יואב וליר הסכימו גם הם.

"את צריכה עזרה?" שאל יואב. אמא הנידה את ראשה.

הם נכנסו לחדרו של יואב וסגרו את הדלת.

"אני לא מבין," אמר יואב. "חיפשנו בכל מקום, גם במקומות שראינו
אותו."

רון צחק. "או שחלמתם או שאולי הוא היה רעב והלך למטבח לטעום
מהאוכל של אמא."

יואב וליר צחקו, והשלושה מיהרו למטבח. יואב הניח את הצלחות
על השולחן, ליר העבירה לרון את הסכו"ם והכוסות, ורון סידר אותם.
אמא לא הבינה מה קרה להם, אך קיבלה את העזרה בשמחה.

"רון, תוציא לי עגבנייה, מלפפון ופלפל ירוק מהמקרר," ביקשה.

כשעזרו לאמם להכין את הארוחה, הסתכלו לצדדים בתקווה לראות
את היצור. ליר התכופפה וחיפשה מתחת לשולחן האוכל. נוגה חשה
שמשהו קורה, ולכן שאלה בשלווה: "איבדתם משהו?"

"לא," קראו יואב ורון.

"שום דבר, אנחנו רק רוצים לעזור," השיב רון, "את בהיריון וקשה לך."

"כן," הוסיף יואב. "אחרי הארוחה נלך לסדר את החדרים."

"כל הכבוד," אמרה אמא, "אבל עכשיו בואו נשב לאכול כי האוכל
כבר מוכן."

הם אכלו ודיברו על כך שליר התקדמה יפה בהוקי רולֶר. אבא, שהיה שחקן הוקי חובב, אהב את המשחק והלהיב את ילדיו, וכך התחילו גם הם לשחק. יואב היה בנבחרת בית הספר. רון וליר התחילו לשחק רק השנה. כשליר הבקיעה במשחק האחרון שני גולים, אבא קפץ וחיבק אותה. באותה שבת נסעה כל המשפחה לפארק ושיחקה יחד. עכשיו, כשאכלו, אמר יואב שגיל המדריך החמיא לליר על התקדמותה. כשסיימו לאכול, לקח כל אחד את הצלחת והסכו"ם שלו והניח אותם בכיור. אמא התמוגגה, אך לא אמרה דבר.

"אל תשכחו להכין שיעורי בית," הזכירה ליואב ולרון.

יואב ישב בחדרו והכין שיעורים, אך חשב כל הזמן על היצור שראה. האם ייתכן שיצא החוצה וכעת הוא נמצא אצל אחד השכנים? "אוף, מוטב שלא אחשוב עליו," הרהר. "אם אעשה כך, לא אצליח לסיים את שיעורי הבית בזמן." הוא חישב שנשארה כשעה עד תחילת החוג, ולכן הכין אותם במרץ.

ליר ישבה בחדרה וציירה ומדי פעם הציצה מתחת למיטה וחיפשה את היצור. היא חשבה על כך שיואב ממש ראה אותו זז. "איך החזקתי אותו?" חשבה. היא הציצה שוב מתחת למיטה, אך לא ראתה אותו שם. היא המשיכה לצייר, כשפתאום עלה במוחה רעיון. למה שלא תצייר אותו? היא לקחה דף חדש וציירה את היצור כפי שזכרה אותו.

רון סיים גם הוא במהירות להכין את שיעורי הבית. נשארו רק שיעורים בתורה, ומכיוון שזה היה המקצוע האהוב עליו, סיים להכין אותם בתוך כמה דקות. עכשיו כשדלת חדרו היתה סגורה, הכניס דיסק למכשיר המיני הקטן שנמצא בחדרו. המוזיקה שבקעה מהמכשיר היתה קצבית. הוא הגביר את הקול והתחיל לרקוד, לשיר, לקפוץ ולעשות פרצופים מצחיקים מול המראה הגדולה שכיסתה את דלתות ההזזה של ארון הבגדים שבחדרו.

רון אהב לחקות זמרים אחרי שראה את הקליפים שלהם. פתאום ראה את היצור על שולחן הכתיבה, יושב על ספר. רון הסתובב ונבהל. הוא

רצה לצעוק ולברוח מהחדר. הוא קפץ בבהלה, אך רגלו נתקעה בכבל החשמל של מכשיר המיני, התקע יצא מהשקע, ודממה נפלה בחדר.

שניהם הביטו זה בזה כשהיצור פנה אליו. "מצטער, לא רציתי להבהיל אותך."

רון התרחק לעבר הדלת. נל הביט בו. הוא קיווה שרון יקשיב למה שיש לו לומר. גם הוא פחד, אך הסתיר זאת.

רון הביט בנל ואמר: "אני רוצה לקרוא לאחים שלי. אל תפחד, אני כבר חוזר."

רון יצא מהחדר, סגר את הדלת ומיהר לחדרו של יואב שבאותו הרגע נעל את נעלי הספורט שלו. יואב לא היה לבד בחדר. איתו היו שני חבריו מהחוג לכדורגל. "הָיי, רועי. היי, בן. מה קורה?" שאל רון.

"בסדר," ענו שניהם ואמרו ליואב שיזדרז.

"יואב, אני רוצה שתבוא רגע, אני רוצה להראות לך משהו."

"אין לי זמן עכשיו," השיב יואב. "אולי אחר כך," ומיהר לצאת עם חבריו. הם יצאו למסדרון מחוץ לדלת הבית. רועי החזיק את דלת המעלית כשרון קרא ליואב: "אתה חייב לבוא לרגע," אך שלושתם נכנסו למעלית.

רון נכנס הביתה, סגר את הדלת, וכשרץ לליר, עבר ליד חדרם של הוריו. הוא הציץ פנימה וראה שאמו ישנה שנת צהריים. הוא ניגש לליר ולחש באוזנה: "אני רוצה שתראי משהו."

ליר הביטה בו וענתה: "לא עכשיו."

"ליר, עכשיו," אמר רון, תפס בידה וגרר אותה, וכשניסתה למחות, סימן לה לשתוק. "בואי, את כבר תראי."

הם נכנסו לחדרו של רון, שמיהר לסגור את הדלת מבפנים, אך נל כבר לא היה שם. רון רץ בחדר מבולבל. "רק עכשיו הוא היה פה," אמר באכזבה.

"מי היה פה?" שאלה ליר, ופתאום ראתה את היצור עומד על הספרייה ומביט בה.

"הנה הוא," צעקה ליר.

"שקט," היסה אותה רון, "אמא עלולה לשמוע."

במשך דקה ארוכה היתה דממה. נל הפר את השקט ואמר: "מצטער, לא התכוונתי להבהיל אתכם. שמי נל קֶלֶר." הוא התנשף מעט מהתרגשות.

ליר פסעה לאחור ונעמדה מאחורי גבו של רון. היא הציצה לעברו של נל ולחשה לרון: "הוא מדבר כמונו." רון הנהן בהתלהבות. "איך הגעת אלינו?" שאל.

נל התחיל לספר להם על כל מה שעבר עליו מהרגע שהתעורר, אך לא סיפר על הריב שהיה לו עם נמי. כל אותו זמן עמדה ליר מאחורי רון, מציצה מאחוריו ואוחזת בחולצתו. נל סיפר להם שעבר דרך החלון השלישי. כשדיבר נזכר בהוריו ובחבריו, ודמעות התחילו לזלוג על פניו. ליר אזרה אומץ וצעדה שני צעדים לעבר נל, מותירה את רון מאחוריה.

"אתה רוצה לאכול או לשתות משהו?"

נל הביט בה ואמר: "כן. אני מאוד רעב."

"מה אוכלים הדלנאים?" שאל רון.

נל חייך: "בדיוק מה שאתם אוכלים. אני הכי אוהב לאכול עוגיות חמאה."

"יש לנו עוגיות חמאה," קראו ליר ורון יחד. "חכה כאן."

"אני אביא לך עוגייה. תרצה גם לשתות?" שאל רון.

"כן, אולי קצת חלב קר."

נל חייך בהבעת תודה, וליר, שהרגישה עכשיו בטוחה יותר, אמרה לרון: "תלך אתה, אני אשאר עם נל."

רון יצא באטיות. הוא סגר את הדלת בזהירות כדי שאמם לא תתעורר. בינתיים ליר התקרבה לנל. עכשיו רק צעד אחד הפריד ביניהם. הם הביטו זה בזה בשתיקה.

"את זוכרת שהחזקת אותי?" שאל נל. היא הנהנה, ונל המשיך. "באותו רגע פחדתי מאוד. עכשיו, לאחר שהכרתי אתכם, אני מרגיש בטוח יותר."

רון חזר עם שתי עוגיות חמאה וכוס פלסטיק קטנה שלקח מחדר

הבובות של ליר. נל צחק: "וואו, זה המון. אני יכול לאכול רק רבע עוגייה. חבית החלב הזאת ממש במקום." הוא התחיל לאכול. "זה כל כך טעים," אמר כשהוא מפורר את העוגייה בשתי ידיו ודוחס את הפירורים לפיו. אחר כך התכופף מעל לכוס ולגם לאטו. ליר ורון התמוגגו מנחת. רון ניגש לכיסא והתיישב.

***

באותו רגע נפתחה הדלת. יואב נכנס, סגר את הדלת והלך לחדרו. הוא התיישב ליד המחשב ובדק אם קיבל הודעות במייל. רון נכנס לחדרו.

"יואב, יש לך דקה?"

"אולי אחר כך," השיב יואב.

"טוב," אמר רון ולפני שיצא והלך לחדרו אמר, "חשבתי שתרצה לראות אותו."

יואב קפץ מהכיסא ורץ אחרי רון. הוא אחז בכתפו ושאל: "על מה אתה מדבר?"

רון הצביע על שולחן הכתיבה. יואב השתתק. על הספר שהיה על השולחן ישב היצור שראה אתמול בערב. הוא הביט בו בעיניו החכמות.

"היי, יואב."

יואב קפץ לאחור. "הוא מדבר," צעק.

רון היסה אותו, "תדבר בשקט, שאמא לא תתעורר."

"מי אתה? ואיך הגעת לכאן?" שאל יואב, המום.

נל חזר על הסיפור בקצרה.

"אתה מתכוון שיש כוכב שעליו גרים יצורים כמוך?" שאל יואב והרגיש שרגליו בוגדות בו.

"כן, החיים שלנו דומים מאוד לשלכם. יש לנו בתי ספר וגנים, וגם אנחנו, כמוכם, אוהבים משחקים."

יואב ניגש לנל והושיט את ידו בחשש. נל הביט בו בחיוך, אחז באצבעו של יואב, ושניהם הביטו זה בזה.

"אני מאוד עייף," אמר נל ופיהק.

"יש לי רעיון," אמרה ליר. "תוכל לישון בבית הבובות שבחדר שלי. יש בו שלוש קומות, ובקומה האמצעית יש חדר עם מיטה, כרית ווילון. נצטרך להשיג לך שמיכה."

"ניקח את המטלית שאבא מנקה בה את משקפי השמש שלו," הציע רון. "היא יכולה לשמש כשמיכה חמה."

"אני אסתפק בגרב," אמר נל.

רון פתח את מגירת הגרביים והפריד זוג גרביים גדולים וכחולים. יואב החזיק את נל בידו, ושלושתם הלכו בשקט לחדרה של ליר שהיה צמוד לחדר השינה של הורים. הם נכנסו לחדר. בית הבובות הגדול עמד על שולחן הכתיבה. ליר פתחה את החלון שבקומה האמצעית, סידרה את המיטה והכרית, ואת הגרב פרשה על המיטה. כל אותה העת החזיק יואב את נל בידו, וכשליר סיימה, היא קירבה אותו לחלון האמצעי של בית הבובות. נל נכנס לבית, עלה על המיטה והתכסה בגרב.

"ליל מנוחה," לחש רון, וליר סגרה את חלון החדר.

פרק 5

כוכב דֶּלָאי

בכפר הדלנאים לא הבינו איך נמצא הצופן של החלון השלישי. ראש השבט, מֶנֶר, הוציא צו שאסר על הדֶלְנָאִים להתקרב לכיפה העגולה.

מנר ישב על ענף עבה כשמאחוריו אצטרובל ענקי, שעליו השעין את ראשו. מתחתיו ישבו נכבדי השבט, הכְּבוּדה של מסדר העץ. הם נקראו כך מכיוון שכל הישיבות של נבחרי השבט התקיימו מתחת לעץ האלון העתיק שביער הגדול.

העץ היה בן אלף שנים לפחות. הוא היה אחד הסודות השמורים ביותר של כבודת מסדר העץ. דלנאים שלא היו במסדר העץ לא שותפו בהחלטות, חוץ מהחלטות שנגעו לחיי היומיום, ולכן הדלנאים לא ידעו הרבה על עברם. כל מה שידעו הוא שבעבר גרו בכוכב רחוק מאוד.

את המעבר העתיק לכדור הארץ גילו הדלנאים במקרה, וכך גם את המעבר שדרכו אפשר לחזור לכוכב שלהם. במשך אלפי שנים שלטו הדלנאים במעברים העתיקים וחיו בין שני העולמות. המעבר הראשון, שנקרא בפיהם החלון הראשון, הביא אותם לכוכב מקביל לכדור הארץ, אך למעשה, הם נתקעו בין שני העולמות. למעבר השני, שדרכו יכלו לחזור לכוכב שלהם, הם קראו החלון השני. כך חיו אלפי שנים עד המקרה שבעקבותיו נאלצו לסגור את החלון הראשון, וכל עברם נשאר כזיכרון בספריהם העתיקים.

לפני כמאתיים שנה גילו כמה דלנאים עץ אלון עתיק שבגזעו פתח גדול. מאות דלנאים עברו דרכו ולא שבו, לכן החליטו המנהיגים לסגור את פתח העץ משני צדדיו. הם עשו זאת, אך לפני כן עבר עוד דלנאי אחד בעד הפתח. את הדלנאי הזה, שהיו לו כוחות על-טבעיים, בחרו לשלוח למשימה.

אלה שעברו דרך החלון הראשון התמקמו במקומם החדש. הם הקימו משפחות והתרבו. הם בחרו להם למנהיג את מנר, והוא בחר מתוכם ארבעה-עשר דלנאים שיכהנו בכבודה שלמסדר העץ.

מנר והכבודה התכנסו לפחות פעם בשבוע, ובישיבותיהם חוקקו חוקים ועסקו בענייני היומיום.

הדלנאי חי בממוצע כארבע-מאות שנה ויותר, ולכן היחידים שידעו איך הגיעו למקום היו הדלנאים הראשונים שעברו במעבר. הם נשבעו לשמור זאת בסוד. מדי פעם, כשכל השבט התאסף ונשאלו שאלות על העבר, הם התחמקו מלהשיב והעדיפו לעסוק בנושאים אחרים.

כעת היו מנר ונכבדי השבט אובדי עצות.

***

הכול התחיל כחודשיים לפני שנל עבר דרך החלון השלישי. אחד הדלנאים הותקף. הוא הצליח לברוח ברגע האחרון, וכשהגיע לכפר התמוטט. על גבו היתה צריבה אדומה בצורת חצי ירח וסביבה שלפוחיות גדולות. תגובתם של מנר וכבודת העץ היתה מפתיעה. הם החווירו והשתתקו.

מנר הוציא מכיסו שקית קטנה, ומתוכה הוציא מעט אבקה לבנה ופיזר אותה על הצריבה האדומה. הסימן לא נעלם, אך הכאב עבר מיד.

מנר סימן לכבודה ללכת אחריו. מלמולים רבים נשמעו, אך איש מהנוכחים לא היה אמיץ דיו כדי לברר מה קרה, חוץ רָם, סֵט ונָמי, חבריו של נל.

"בואו אחריי," לחש סט לרם ונמי.

הם הקיפו את הכפר בריצה ובאו מצדו השני של עץ האלון.

"אפשר לטפס מכאן," אמרה נמי והצביעה על העץ הקרוב ביותר לעץ האלון, כך שיכלו לשמוע את הנעשה.

"לא," קרא רם, "נעלה על עץ האלון."

"השתגעת?!" אמר סט. "הם יגלו אותנו, ואז ניענש קשות. אתם יודעים שעל דבר כזה לא סולחים." רם התעלם מדבריו.

"קדימה, מהר," הוא קרא בעודו רץ ומטפס במהירות על עץ האלון.
נמי וסט רצו אחריו. הם התחבאו בין העלים והענפים, התיישבו
והמתינו. זמן קצר אחר כך ראו את הכבודה מתקרבת ומנר בראשה.

פרק 6

הכבודה של מסדר העץ

הם הגיעו לעץ. כל אחד מאנשי הכבודה סידר לעצמו מקום ישיבה נוח. מנר הוציא מכיסו מקטרת קטנה ומילא אותה במעט טבק.

קֵן, אחד מאנשי הכבודה, הוציא זכוכית מגדלת קטנה וקירב אותה לכמה זרדים. השמש עמדה לשקוע ובעזרת קרני השמש האחרונות הצליח קן להדליק מדורה קטנה. ליב הוציאה מצית בצבע ירוק, הראתה אותו לקן ואמרה: "זו הדרך שלי להדליק אש."

"כל אחד ודרכו. זה בשביל האווירה," השיב.

בינתיים הוציאו גם האחרים את מקטרותיהם ומילאו אותן בטבק. הם ניגשו בזה אחר זה למדורה והדליקו אותן בעזרת האש. כשסיימו, התיישבו יחד ועישנו בשתיקה. העשן החריף נישא לכל עבר. נמי שפשפה את עיניה, העשן הפריע לה.

און היה הראשון שאמר: "אני לא מאמין. הסימנים הם אותם הסימנים, זה לא יכול להיות." אמר והביט בקן, דלנאי שמנמן במקצת. "מוזר, מאתיים שנה עברו מאז ראינו בפעם האחרונה את הסימן הזה, וזה לא היה בכוכב הזה."

"אז מה שאתם אומרים הוא שיש פה, בכוכב הזה, יַרדֵל ?" שאל דין בתקיפות.

"כן," פסק מנר. "אנחנו צריכים להביא בחשבון שהפתח שבעץ התגלה ושירדל עבר דרכו."

"אתם זוכרים איך הירדלים נראים?" שאל בן.

בן היה האחראי על נושא החינוך לדלנאים הצעירים. הוא היה נמרץ ופעלתן והיה מרוכז מאוד בעבודתו. בת זוגו התלוננה לעתים בפני מנר שהוא לא נמצא מספיק בבית.

"כולנו זוכרים איך הם נראים. הרשעות שלהם מעוררת בי חלחלה," אמרה נלי, הדלנאית היפה, שנודעה כמי שמשקיעה בטיפוחה ובלבושה.

"אני לא יודע מה נעשה אם הם יגלו את מקום מגורינו," אמר אחד מאנשי הכבודה.

סס, רם ונמי לא האמינו למשמע אוזניהם. הם הביטו זה בזה, ורם הצמיד את אצבעו לפיו וסימן להם לשמור על שקט.

מנר קם ממקומו וניער את המקטרת מעל המדורה. הוא הוציא את שקית הטבק ומילא את המקטרת בטבק טרי כשהוא שואף ממנה ומהנהן בהסכמה לכל מה שנאמר.

"צריך גם להביא בחשבון שיש כאן יותר מירדל אחד; שהם עברו את הפתח והגיעו לכאן."

עוז, שהיה האחראי על המשמעת והסדר של הדלנאים הצעירים, התערב גם הוא. "לדעתי, צריך לאסוף את כל הדלנאים ולספר להם מהיכן הגענו והיכן נמצאים אבותינו."

תמר, הדלנאית האחראית על נושא הספורט, קפצה ממקומה. "רק רגע," אמרה, "אנחנו צריכים לחשוב על ההשלכות."

מנר ביקש ממנה לשבת. "שמעתם את תמר, זה משהו שצריך לחשוב עליו," אמר. "ניבה ולין," מנר פנה לשתי דלנאיות שעד עתה התייעצו ביניהן וסיכמו את הישיבה ביומנן הקטן. "אתן האחראיות על הצבא. ספרו לנו בפני מה אנו עומדים, ומה האמצעים העומדים לרשותנו."

ניבה לחשה ללין על אוזנה, וזו הנהנה בהסכמה כשניבה קמה, התקדמה למרכז המעגל ונעמדה קרוב למדורה. "כיום כולל הצבא שלנו מאה ארבעים ושבעה חיילים, שמונה-עשר קצינים וחמישה רבי-קצינים. לין ואני מפקדות על הצבא. במערך המילואים שלנו יש מספר דומה של חיילים."

"כל כך מעט, איך זה ייתכן?" נשמעו מלמולים.

"לא היתה לנו סיבה להחזיק צבא גדול יותר," אמרה לין וניסתה להרים את קולה. היא קמה והתקרבה לניבה. "לא היתה מטרה שלשמה היה צורך בצבא."

מנר נאלץ לקום. דברים חריפים מאוד הושמעו נגד ניבה ולין. הרעש היה חזק, ומנר היסה את כולם בקולו הרם: "שקט!"

כולם התיישבו בחוסר רצון. כל אחד רצה להטיח בהן את דבריו, אך חשש ממנר, שלא נבחר ללא הצדקה למנהיגם. מנר ניחן בכוחות על-אנושיים, וכעת, כשביקש מכולם לשבת, הבינו כולם שעברו את הגבול. מנר פנה לניבה וביקש ממנה שתמשיך.

ניבה פתחה את היומן הקטן. "ובכן, במקרה כזה אנחנו עומדים בפני איום. האמצעי היחיד שעומד לרשותנו כנגד הירדל הוא אקדחי הזיק-אש שאתה, מנר, פיתחת לצבא. הירדל, כפי שאנו יודעים, גבוה מאיתנו."

"זו לא הבעיה," התפרץ בן. "אני יכול להכניע ירדל, אבל אתקשה להסתדר עם הָאֶגֶנְז שגורם מוות ודאי. חוץ מזה, יש להם כוחות על-טבעיים, והם ידועים בשיקויים הרעילים שלהם. היחיד שיכול לעמוד מולם בלי נשק הוא מנר."

מנר הביט בבן, וזה השתתק.

"אני רוצה להסביר לכם על האגנז," התחיל מנר לומר ושאף מהמקטרת. "בכף ידו השמאלית של הירדל חמש אצבעות, ממש כמו לנו וכמו לבני האדם, אבל בידם הימנית שתי אצבעות, זרת ואגודל. בטרם נמשיך, אני חושב שלחברינו הצעירים לא נוח על העץ."

"על מי אתה מדבר?" שאל בן.

"אתם יכולים להצטרף אלינו," אמר מנר והרים את ראשו. כולם קפצו ממקומם ונשאו מבטם בסקרנות. לרגע נראה שדבר לא קורה, אלא שפתאום מבעד לענפים הופיעו סט, נמי ורם, מבוישים ונבוכים כמי שנתפסו בקללתם. הם ירדו מהעץ ונעמדו.

"שבו," אמר מנר לחברי הכבודה. הוא פנה לשלושה ואמר: "אני מניח ששמעתם את השיחה." הם הנהנו. "אתם יודעים מהו העונש על ציתות לאנשי הכבודה?"

"אנחנו מודעים לחומרת מעשינו. אנחנו פה מפני שאנחנו דואגים לנל," אמרה נמי בעוד סט ורם מביטים במנר.

"אתם רוצים לעזור לנו ולנל?" שאל מנר. רם הנהן, וסט אמר, "בשביל זה באנו לכאן." נמי פנתה למנר: "מתי גילית אותנו?" מנר חייך.

"ידעת כל הזמן שאנחנו כאן?" שאל רם בפליאה. "אז למה לא אמרת כבר מההתחלה?" שאל סט. "רציתי לדעת עד כמה תהיו מוכנים ללכת עם זה ועד כמה תרצו לעזור. ייתכן שלא ידעתם, אבל במשימה כזו תעמדו מול סכנות רבות."

"אנחנו לא מפחדים," אמרה נמי, ובלי שהתבקשה, תפסה לעצמה מקום נוח ליד גזע העץ והתיישבה. רם וסט עשו כמוה. עכשיו רק מנר עמד. הוא שאף מהמקטרת. עשן כחלחל הסתלסל ממנה, והוא אמר: "אתחיל מההתחלה. ישנם שני חלונות, אחד נמצא במקום שממנו באנו, ועליו ארחיב את הדיבור בהזדמנות אחרת. המעבר מגיע לכאן, לעץ האלון שמתחתיו אנו יושבים," אמר והצביע על חור שגודלו כארבעים סנטימטרים.

"לכאן הגענו לפני כמאתיים שנה, וכאן נתקענו בין שני העולמות. בעולמם של בני האדם אנו רק צלליות. פה אנחנו נמצאים במצב גשמי. העולם שאנו נמצאים בו מקביל לעולמם של בני האדם. מצבנו טוב יותר מהם, אנו יכולים לראותם, ועם זאת לא להיראות, לשמוע אותם - ולא להישמע, אבל לצערנו אנו תקועים פה. כעת אני מגיע לעיקר, לחלון השני."

דממה השתררה. כולם היו מרותקים.

פרק 7

החלון השני

"החלון השני, שבעזרתו נוכל לחזור לכוכב שלנו, נמצא בעולמם של בני האדם. העולם שלהם גדול מאוד, ועם זאת יש בידינו מידע היכן הוא נמצא. אני בטוח שנמצא אותו שם, אבל לפנינו ניצבות כמה בעיות. אנחנו לא יכולים לראות את החלון השני ממקומנו כאן. רק מי שיעבור דרך החלון השלישי יוכל לראותו, לאחוז בו ולהחזירו לידינו. נל קלר נמצא בעולם בני האדם. סיפרתי לו הרבה, אבל עדיין חסרים לו פרטים רבים."

כעת התחילו להישמע מלמולים שונים.

"מדוע לא סיפרת לנו על כך עד עכשיו?" שאל דין. כל אחד רצה לשאול את השאלות שעניינו אותו. כולם ניסו לדבר בקול רם יותר ולהתפרץ זה לדבריו של האחר.

"שקט..." נשמעה צעקה שגברה על כל הצעקות והדיבורים גם יחד. זו היתה צעקתו של מנר. הוא הביט סביבו בפנים חתומות. הוא כעס על תגובתם. לרגע היה נדמה שהם ימשיכו להתווכח, אך מהמבט שבעיניו הבינו שעליהם להירגע, ולכן השתתקו. כולם התיישבו, חוץ מנמי. מנר הביט בה. הוא כעס, אך נמי החזירה לו מבט ושאלה, "אתה שלחת אותו לשם, נכון?"

"שבי," הורה לה מנר. נמי התיישבה בחוסר רצון.

"אני מבקש מכם לכבד את המעמד. התנהגות כזו אינה באה בחשבון," פסק. "אנחנו, אנשי כבודת מסדר העץ, מתכנסים מדי שבוע, ואין לי חשק להוציא את הגרון בישיבות האלה."

כולם הנהנו בהסכמה, ומנר המשיך. "את נל פגשתי לפני כחודשיים.

הוא ביקש לשוחח איתי. ראיתי את מצוקתו ופיניתי לו זמן. הוא סיפר לי על ליל הפנסים האחרון שלכם." נמי, סט ורם נדרכו. "הוא סיפר לי על מה שקרה שם, אבל לאלו שלא שמעו על המשחק או על התקרית שקרתה במהלכו, אני מבקש מרם שיספר לנו מעט עליו. לפני כן ברצוני ליידע אתכם שכרגע כל החיילים מחפשים את התוקף."

בינתיים נעמד רם, ומנר התיישב.

"שלום, שמי רם. אני אפתח ואומר שאני וחבריי דואגים מאוד לנל. אנחנו מקווים שהוא יחזור אלינו במהרה, ונעשה כל שיידרש כדי שיחזור. ולגבי המשחק, זהו משחק, שאנו, החבר'ה הצעירים, משחקים אחת לחודש כשהירח מלא. המשחק נקרא ליל הפנסים.

"אנו מדליקים מדורה ומתחלקים לארבע קבוצות, שתי עיקריות ושתי מסייעות. קבוצה אחת, שהיא קבוצת הבורחים, מסמנת את בגדיה בצבעים זוהרים, הזוהרים רק כשמכוונים אליהם את הפנסים הקטנים. בקבוצה זו שנים-עשר חברים, וכפי שאמרתי, זוהי הקבוצה הבורחת. הקבוצה הזאת מחולקת לשלוש קבוצות קטנות יותר שבכל אחת ארבעה חברים. כל קבוצה קטנה כזו מסומנת בצבעים שונים, ולכל אחת מהן משפט מוצפן הכתוב על גבי מגילה. כל אחת משלוש הקבוצות בוחרת לה ראש צוות, ולשלושתן יש ראש בית, שהוא המנהיג הראשי. הקבוצות מתפצלות, וכל אחת הולכת לכיוון אחר ביער האורנים הגדול. הקבוצה השנייה, הרודפת, מתחלקת גם היא לקבוצות, כמו הקבוצה הבורחת, ובעזרת הפנסים שברשותם החברים בה מאתרים את הבורחים ומאירים עליהם עם הפנסים.

"כשקבוצה נתפסת היא מתיישבת, ומנהיגה מוסר את המגילה עם המשפט המוצפן של קבוצתו למנהיג הרודפים. אחרי שהרודפים מקבלים לידיהם את שלוש המגילות המוצפנות, הם מדליקים מדורה, וכל אחת מהקבוצות הרודפות מנסה לפתור את כתב החידה. בעזרת פתרון החידה מגלה הקבוצה הרודפת היכן הוחבא הבלוט האדום.

"בשתי קבוצות העזר, שהן הקבוצות המסייעות, ארבעה חברים.

האחת נקראת כוכב אפל, והיא זו שעוזרת לבורחים להיעלם ולטשטש את עקבותיהם. קבוצה זו תמיד מאחור, תפקידה לטשטש את העקבות ולבלבל את הקבוצה היריבה בכך שהם יוצרים עקבות מזויפים. הם אינם באים במגע עם קבוצת הבורחים. קבוצת העזר השנייה נקראת כוכב בהיר, והיא עושה הכול כדי למצוא את העקבות הנכונים ומדי פעם גם באה במגע עם חבורת הרודפים, אך הפגישות איתה קצרות. הקבוצות הן תמיד אותן הקבוצות, רק שהתפקיד מתחלף. פעם קבוצת חולית היא הרודפת וקבוצת סלע היא הבורחת, ולהפך."

רם סיים, המתין כמה שניות לתגובה או לשאלה, ומשלא נשאלו או נאמרו כאלה, תפס לעצמו מקום והתיישב.

"רק רגע," נמי קמה והתקרבה למדורה, "אני רוצה לספר לכם על אותו לילה, על המשחק האחרון שבו קבוצת חולית היתה הקבוצה הרודפת. אני הייתי ראש צוות, ואילו נל היה ראש הבית. קיבלתי מידע מכוכב בהיר על עקבות השייכים לקבוצת סלע. יצאנו במרץ לכיוון, וכשהתקרבנו לתחילת היער, הוריתי לקבוצתי להתפצל, וכל אחד הלך לכיוון אחר. קבענו שניפגש אחרי עשרים דקות באותו מקום, ואז זה קרה.

"כשחלפתי ליד עץ גדול קפץ עלי יצור גבוה מאוד הדומה במראהו לבן אדם. הוא קפץ לכיווני, וכשהושיט לעברי את ידו, התעלפתי. כשהתעוררתי כעבור דקה, ראיתי את נל שופך מעט מים על פניי. נבהלתי מאוד, ולכן ברחתי. אני מודה שטעיתי, סיפרתי לכולם שנל התחפש, הבהיל אותי וגרם לי להתעלף. כולם האמינו לי, ועכשיו אני פה."

דמעות התחילו לזלוג מעיניה. "אני כל כך מצטערת, אני רוצה לומר לו, להוריו ולכולם שטעיתי. אבל כרגע אני לא רואה כיצד זה יקרה," אמרה כשהיא מנגבת את דמעותיה, "אני מצטערת," אמרה והתיישבה. רם וסט התיישבו לצדה, ליטפו והרגיעו אותה.

מנר, קם ממקומו הביט בנמי במבט אבהי וחייך. "זה יכול לקרות," אמר.

"אני רוצה להמשיך מהנקודה שבה הפסקתי. סיפרתי לכם על נל. מהפגישה הראשונה שלי איתו ראיתי שהוא מנהיג מלידה. הוא סיפר לי באריכות על אותו ערב. נל גילה עקבות מוזרים של כפות רגליים גדולות והורה לחברי קבוצתו לנוע קדימה. במשך יותר משעה עקב אחרי העקבות עד שהגיע לקרחת יער גדולה, ושם גם שמע לראשונה את היצור מתנשף.

"נל רצה להודיע לחברי הקבוצה על השחקן החדש, אבל חשש שיאבד קשר עין עם היצור, ולכן החליט להמשיך וללכת בעקבותיו. בדרך לקח איתו מוט ברזל שהיה זרוק על הרצפה. ואז ראה את גבו. הוא היה גבוה מאוד יחסית לדלנאי, ובמראהו ובמבנה גופו דמה לבן אדם. פתאום היצור נדרך והסתתר מאחורי שיח גדול. נל נעצר אף הוא מאחורי העץ וראה את נמי הולכת לכיוון היצור שקם ממקומו וקפץ לכיוונה ביד מושטת. שני דברים קרו באותו הרגע, נמי צרחה והתעלפה, ונל הכה בכל כוחו בראשו של היצור עם מוט הברזל שהיה בידו. היצור צרח מכאב וברח כל עוד נפשו בו, ומכאן כולנו מכירים את הסיפור.

"נל ביקש ממני שלא אתערב. ראיתי שהוא סובל, אבל זו היתה גם גדולתו. הוא סבל, ועם זאת לא התלונן. רבותי, ליצור הזה יש שם, קוראים לו ירדל."

המלמולים התחילו שוב, ומנר הרים את ידו ועצר את שטף המלמולים.

"כבר אז ידעתי שאנחנו בבעיה, ולכן שיתפתי את נל בלבטיי ובחלק מהידע שברשותי. אני לא יודע כמה ירדלים עברו את הפתח, אבל המשימה שלנו כרגע היא למצוא את החלון השני. כשנמצא אותו נוכל לחזור ולהתאחד עם משפחותינו. אני מאמין שכולנו משתוקקים לחזור לכוכב שלנו. כשהחלון השני יהיה בידינו, נשלוט על המעברים ונוכל לחזור לכאן מתי שנרצה. חשבתי על הכול. אפשר לחזור לכאן דרך החלון השני. החלון הראשון והשלישי הם חלונות מעבר קדימה, ואילו החלון השני מאפשר לנו לחזור לכל אחד משני המקומות שבהם נרצה להיות."

"האם זו המטרה?" שאל בן, "אני לא חושב לעזוב את המקום הנפלא הזה."

חלק מהכבודה הנהנו בהסכמה. סט, רם ונמי משכו בכתפיהם, הם לא הכירו את הכוכב הקודם, כך שאותם הוא לא עניין.

"רבותיי, יש משהו שלא סיפרתי לכם. כידוע, אי-אפשר לעבור דרך החלון השלישי בלי הצופן. ובכן, גיליתי את הצופן לנל, הכנתי אותו לרגע שאצטרך אותו, אבל הוא הקדים אותי ועבר בלי לספר לי. רציתי להכין אותו למשימה החשובה ביותר שלנו מאז הגענו לכאן, אבל לא הספקתי. הופתעתי מאוד וכעסתי שהוא עבר. עכשיו, כשכולנו פה, הייתי רוצה לדעת אם יש מתנדבים למשימה החדשה."

כולם הרימו את ידיהם ומנר המשיך.

"המתנדבים יצטרכו לעבור דרך החלון השלישי." כל הידיים הורדו, חוץ מידיהם של רם, סט ונמי.

סט קם ואמר, "אני, נמי ורם רוצים לצאת למשימה. אתה יכול לסמוך עלינו." רם ונמי קמו גם הם ונעמדו ליד סט.

"מהרגע שראיתי אתכם, הרגשתי שאוכל לסמוך עליכם. אני מסיים את הישיבה. כולכם מתבקשים שלא לדבר על כך עם איש. לא עם בני משפחותיכם ולא עם חברים. ניפגש כאן בדיוק בעוד שבוע, בינתיים תהיו מוכנים."

כמה מחברי הכבודה ניגשו לרם, סט ונמי, לחצו את ידיהם ואיחלו להם הצלחה. כולם התפזרו לבתיהם, חוץ ממנר, ניבה ולין שנשארו עם רם, סט ונמי.

"הייתי רוצה שניפגש רק אנחנו," אמר מנר. "היום יום שישי. ביום חמישי ניפגש רק אנחנו, וביום שישי הבא ניפגש עם כל הכבודה. ייתכן שהם יכעסו קצת, אבל כרגע אין לנו צורך בכל כך הרבה אוזניים. בינתיים תתנהגו כרגיל ותנסו לשמור על פרופיל נמוך."

"מה יהיה עם הירדל ? אולי כדאי שנזהיר את אנשי הכפר?" שאלה נמי.

"אל דאגה, נתפוס אותו בקרוב," השיב מנר.

"לפני שאנחנו הולכים, ישנה עוד בעיה," אמרה נמי. "ביום שישי יהיה ירח מלא, ואנחנו קבענו לשחק את ליל הפנסים. מה יקרה אם נפגוש את אחד הירדלים?"

"הממ..." המהם מנר, וכשחשב ליטף את סנטרו הארוך. "טוב, אין ברירה, תצטרכו לשחק כרגיל. אסור שמישהו ירגיש שמשהו קורה. בינתיים אנחנו לא רוצים ליצור פאניקה. אני אסתובב ביניכם ואשגיח מקרוב, וגם אפעיל כמה מקציני הצבא. מי ראשי הבית של הקבוצות?"

נמי ענתה, "אחרי שנל עזב נבחרתי לראש הבית של חולית, ואילו זיו נבחר לראש הבית של סלע. הפעם חולית היא הקבוצה הבורחת."

"טוב, אם כך, אשוחח כבר מחר עם זיו, וכדאי שגם את תהיי נוכחת בפגישה הזאת. אשתף אותו רק במעט כדי שחברי הקבוצה לא יתרחקו יותר מדי. כבר מאוחר, כדאי שתחזרו הביתה."

מנר, ניבה ולין פנו לכיוון היער, ואילו סט, רם ונמי הלכו לכיוון הכפר.

רם התלהב ואמר, "זו תהיה הרפתקה מדהימה. אנחנו נעבור דרך החלון השלישי. נצטרך למצוא גם את נל וגם את החלון השני."

"אתה לא שוכח משהו?" שאל סט. "מה יקרה אם לא נמצא את החלון השני? ניתקע לנצח בעולם בני האדם."

"אתה לא מבין," אמר רם. "איך נוכל לוותר על דבר כזה? הייתי רוצה שכבר יהיה יום שישי."

"קודם כול, אנחנו לא יודעים בוודאות אם ביום שישי נעבור דרך החלון השלישי, וחוץ מזה, אני לא מסוגלת לחשוב שאני יכולה לעזור לנל ולא אעשה זאת. מבחינתי, אני מוכנה לכל מה שמנר ואנשי הכבודה יחליטו," אמרה נמי.

"גם אני חושב כך, ושלא תחשבו לרגע שאני לא מפחד. אני מתרגש ומפחד ממה שעומד לקרות. לדעתי, מנר לא סיפר לנו הכול. כל הכפר בסכנה. מה יקרה אם עוד ירדלים יעברו? חוץ מזה, מעולם לא ראינו את מנר מודאג כל כך. אין לנו ברירה," אמר סט.

את צעדיהם האחרונים הם הלכו בשתיקה והגיעו למרכז הכפר.

לפני שנפרדו הביטו זה בזה, מודעים למעמד ולתפקיד החשוב שנפל לידיהם, והלכו כל אחד לביתו.

פרק 8

שיחת לילה

נל פקח את עיניו. מנורת הלילה שבחדרה של ליר הפיצה אור קלוש בבית הבובות שישן בו. הוא הביט סביבו וחייך. נראה לו מוזר שחדר השינה שלו הוא בעצם בית בובות ענקי. הוא קם מהמיטה, התקרב בזהירות לחלון ופתח אותו מעט. ליר ישנה שינה עמוקה.

הוא סגר את החלון, נכנס לחדר וירד במדרגות העץ שבבית הבובות לקומת הקרקע. בקומה זו היו סלון גדול וכורסה ורודה שכריות גדולות פזורות עליה. בצדו האחר של הסלון ניצבה טלוויזיה, ובהמשכו היו מטבח ופינת אוכל. אגרטל עם זר פרחים יפהפה עמד על שולחן האוכל. הכול נראה לו מוכר כל כך. הוא נזכר שהגיע לכאן, אך מהיכן? דרך מה? הוא תהה.

נל הסתובב בין הטושים שהיו פזורים על השולחן. הוא ניסה להבין איך ודרך איזה פתח הגיע. הוא הרים את ראשו והביט בתמונה. היא היתה תלויה על הקיר שמעל הספרייה. החלק התחתון של התמונה נשען על השולחן או נתלה על הקיר, אך זה לא מה שהטריד אותו.

זה היה ציור גדול. המסגרת היתה עשויה עץ גושן עבה ועתיק. הציור לא היה שונה מציורים אחרים. זה היה ציור נוף של דשא ועצים נמוכים, אך מה שמשך את עינו היה עץ האלון העתיק המצויר בו. בגזע העץ, שהיה רחב יחסית לעץ אלון רגיל, קצת מעל האדמה, היה חור גדול שנראה כמו פתח. השמים שבציור היו מעוננים מעט. לנל היה נדמה שראה בין העץ לשמים קרני אור דקות. חלקיו האחרים של הציור לא הוארו כפי שהואר חלק זה של הציור. התמונה נראתה עתיקה מאוד, כאילו היתה שייכת לזמן אחר.

נל הביט בציור בעניין. משהו תפס את עיניו. הוא הבחין שמשהו זז ליד העץ שבציור. נל עמד כמאובן. משם, מתוך החור, הביטו בו זוג עיניים. הוא קפץ לאחור בבהלה. המחשבה הראשונה שלו היתה לקפוץ מהספרייה ולברוח, אך משהו עצר אותו. הוא הסתובב והביט שוב בעץ. זוג העיניים, שהביטו בו קודם, כבר לא היו שם. הפעם הביטו בו זוג עיניים אחרות. זו היתה ליר, שהתיישבה במיטתה ואמרה, "בוקר טוב, נל."

"בוקר טוב," ענה נל ושמח שיש לידו מישהו. הביטחון שב אליו.

"התעוררת מוקדם," אמרה ליר והביטה בשעון הקיר בצורת הברבי שהיה תלוי מעל למיטתה. השעון הראה קצת לפני חמש בבוקר. "אתה לא רוצה להמשיך לישון?"

נל קפץ מהספרייה לכיסא וממנו למיטה. הוא התיישב לידה ונשען על הכר שמאחוריו. "לא, אבל אם את רוצה להמשיך לישון, אז בבקשה."

"מה אתה רוצה לעשות עכשיו? אתה רוצה לשחק איתי?"

נל הביט בה. היא היתה כל כך חמודה ואמיתית. "רציתי לשאול אותך אם את יודעת מהיכן התמונה שתלויה מעל הספרייה?"

"אתה מתכוון לציור עם הדשא והעץ? נכון שהוא יפה?"

"כן, הוא יפה מאוד. איך הוא הגיע לכאן?"

"אני לא יודעת; הוא נמצא כאן כבר הרבה זמן. אם אתה רוצה, אני יכולה לשאול את אמא ואבא כשהם יתעוררו."

"בינתיים אין צורך. רציתי להראות לך משהו, אבל הייתי רוצה שגם יואב ורון יבואו."

"אולי נעיר אותם עכשיו?"

"הם לא יכעסו?"

"לא, בוא אחריי. תהיה בשקט."

נל קפץ מהמיטה לרצפת הפרקט. ליר התכופפה והרימה אותו בידיה הקטנות. נל היה כבד מאוד לעומת הבובות. הם יצאו בשקט מהחדר. ליר הציצה לחדר השינה של ההורים. הם ישנו. היא המשיכה במסדרון

והלכה לחדרו של רון. היא סגרה את הדלת והתקרבה למיטתו. "רון,"
לחשה, "תתעורר."

רון פקח את עיניו והביט בליר. "מה, כבר בוקר?" שאל.

"ששש..." היסתה אותו, "נל רוצה לשוחח איתנו."

"היי, נל, בוקר טוב," חייך רון.

"בוקר טוב גם לך."

"צריך להעיר את יואב," לחשה ליר.

הם יצאו בשקט, על קצות האצבעות, נכנסו לחדר של יואב וסגרו
את הדלת מאחוריהם. רון ניגש ליואב, טילטל מעט את כתפו ולחש,
"יואב, תתעורר." יואב פקח את עיניו בהפתעה, "חשוך בחוץ, למה
הערת אותי?"

"ששש..." היסתה אותו ליר.

"מה קורה פה?" הפעם גם יואב לחש.

"נל רוצה לשוחח איתנו," השיב רון.

יואב קם מהמיטה, ניגש לליר ולקח את נל מידיה.

"בוקר טוב, נל," אמר.

"בוקר אור," השיב נל בחיוך.

"נשב כאן, בחדר שלך," אמר רון והוסיף, "החדר שלך הכי רחוק
מחדר השינה של אמא ואבא."

יואב התיישב על כיסא המחשב כשנל קפץ מידו לספרייה והתיישב
על ספר החשבון שהיה שם. רון וליר התיישבו על המיטה, ונל התחיל
לדבר.

"אנחנו הדלנאים נתקענו בין שני עולמות. אנחנו גרים בכפר יפה
שזורם בו נחל וגדלים בו עצים ופרחים רבים. כפרנו מבודד, ואין לנו
קשר לבני האדם. אנחנו מתפרנסים בעיקר מעבודת אדמה. יש לנו
פירות וירקות, חיטה ושעורה, ובאגם הגדול אנחנו דגים דגים, שהם
חלק עשיר ממזוננו ומהם אנו מתקיימים. חיי הכפר תוססים מאוד
ודינמיים. יש לנו בתי ספר, כמו לכם, גני דלנאים, מופעי תרבות,

הצגות, ערבי שירה ובעיקר המון משחקים. אחד המשחקים האהובים
עלינו הוא משחק שנקרא ליל הפנסים."

נל הסביר על המשחק ועל חוקיו ועל כך שבסופו יושבת קבוצת
הרודפים מסביב למדורה כשבידיה שלוש מגילות קלף עם כתב חידה
ומנסה לפתור אותה. פתרון החידה מוביל למקום שבו הוחבא הבלוט
האדום. יואב, ליר ורון נראו מוקסמים.

"לדעתי, המשחק יכול להצליח גם פה. זה נשמע משחק מהנה," אמר
יואב. ליר ורון הסכימו גם הם.

נל המשיך, "יש לנו גם צבא קטן שבדרך כלל משליט סדר בתחרויות
הספורט שלנו. הצבא שלנו מוכן לכל צרה. מעולם לא חשבתי שיש
משהו שיכול לגרום נזק לנו או לכפר. עד לפני כחודשיים הכול נראה
מושלם וטוב, אבל לפני כחודשיים, כשהיינו בעיצומו של משחק ליל
הפנסים, ראיתי אותו לראשונה. ראיתי את גבו, וזה הספיק לי. הוא
נראה גבוה מדלנאי ממוצע, לפחות פי שניים, רחב מאוד ודומה לבן
אדם. עקבתי אחריו בזהירות. בהתחלה חשבתי לרוץ ולהזעיק עזרה,
אבל מאחר שחששתי שאאבד אותו, החלטתי להמשיך ולעקוב אחריו."

יואב, רון וליר היו מרותקים למקומם ומהופנטים מהסיפור. נל הפסיק
לרגע, אך רון ביקש שימשיך. "היצור שהסתתר מאחורי שיח גדול
התכופף. היה שם מוט ברזל. הרמתי אותו מהקרקע וחיכיתי. הייתי
מאחוריו, במרחק כמה צעדים ממנו. ראיתי שנמי הולכת לכיוונו, אבל
היא לא הבחינה בו. הוא קפץ מאחורי השיח ורצה לתקוף אותה, אבל
מאחר שהייתי מאחוריו, קפצתי וחבטתי בראשו עם המוט."

"איזה אומץ, איך לא פחדת?" קרא יואב.

"ברור שפחדתי. למזלי, הוא לא הביט לאחור ולא ראה מי חבט בו.
הוא פשוט צרח מכאב וברח. נמי התעלפה, אז שפכתי עליה מים.
כשהתעוררה, ראתה אותי, נבהלה וברחה ולא נתנה לי הזדמנות להסביר
מה קרה. היא חשבה שאני הייתי זה שקפץ עליה, ולכן סיפרה לכולם
שהתחפשתי והבהלתי אותה.

"אף אחד לא רצה לשמוע אותי. כעסתי מאוד והתרחקתי מכולם. אבל המחשבה על היצור לא עזבה אותי, הייתי חייב לדבר על זה עם מישהו. כולם רצו שאתנצל בפני נמי, אבל אני לא הסכמתי, לכן פניתי לראש הכפר, למנר, וסיפרתי לו מה קרה. התגובה שלו הפתיעה אותי. הוא רצה לשמוע עוד ועוד פרטים. הוא שאל כל כך הרבה שאלות."

הצלצול של השעון המעורר הפסיק את השיחה. כולם השתתקו. יואב לחש, "אבא קם לאימון הבוקר. הוא עובר בין החדרים לבדוק שכולנו מכוסים. ברגע שנשמע את דלת המקלחת נסגרת, כל אחד ימהר לחדרו ויתכסה בשמיכה. ניפגש שוב אחרי שאבא יצא מהבית."

דלת המקלחת שבחדר ההורים נסגרה, וכששמעו זאת, מיהר כל אחד לחדרו. נל נכנס לחדר הבובות והתיישב על הכורסה שבסלון. הכריות היו נוחות. דלת חדר הבובות היתה סגורה למחצה, ולכן ראה שדן נכנס לחדרה של ליר ובדק שהיא מכוסה. דן עבר בין החדרים, וכשיצא מהבית, נעל את דלת הכניסה.

הילדים חיכו לרגע הזה, וכששמעו את המפתח, קפצו מהמיטה. ליר לקחה את נל מחדר הבובות והלכה בשקט עם רון לחדרו של יואב, שכבר חיכה להם בקוצר רוח. כל אחד חזר לשבת במקומו, וכך עשה גם נל.

"יש לנו בערך חצי שעה עד שאבא יחזור ויתחיל להעיר את כולם," אמר יואב.

"טוב, אספר בקצרה," אמר נל. "נפגשתי עם מנר עוד ארבע פעמים מאז, ובפעמים האלו הוא סיפר לי דברים שאף אחד לא היה מודע להם. אין לי זמן להרחיב עליהם כרגע. אני מציע שכל אחד ילך לחדרו וניפגש שוב כשתחזרו מהגן ומהלימודים."

"יש לנו עוד זמן. אולי תספר לנו עוד קצת," אמר רון. יואב נכנס לדבריו של רון, שהיסה אותו. "נל צודק, אנחנו צריכים להתאזר בסבלנות, אנחנו לא רוצים שאמא תקום פתאום ותראה אותנו כאן. נצטרך להסביר לה מה אנחנו עושים כאן ומדוע קמנו מוקדם כל כך בבוקר. אז כמו שנל אמר, ניפגש בצהריים."

"אחרי ארוחת הבוקר נביא לך אוכל," אמרה ליר ולקחה את נל בשתי ידיה. הם חייכו זה לזה.

רון, יואב, נל וליר שמרו על סודם. ליר הלכה בשקט לחדרה, הניחה את נל בחדר הבובות ונכנסה למיטה. גם רון ויואב עשו כך. ליר הספיקה לעצום את עיניה כשאביה נכנס לחדרה. הוא התכופף ונשק לה על הלחי, ליטף את שערה ולחש, "קומי, ליר, כבר בוקר." היא הסתובבה וחייכה. הם התחבקו קלות, ואבא אמר שהיא צריכה להזדרז.

בארוחת הבוקר שרר שקט. אבא שאל, "מה קרה שכולכם שקטים היום?"

"סתם עייפים," מיהר יואב לענות בשם כולם.

"אמא, אני יכולה לקבל שתי עוגיות חמאה?" שאלה ליר.

"בבקשה," אמרה נוגה, שמה את שתי עוגיות החמאה בשקית סנדוויץ' שקופה ונתנה אותה לליר.

בתום הארוחה עזרו יואב ורון לאמא ולאבא לפנות את השולחן. ליר מזגה את החלב שבכוסה לספל הקטן שהכינה מראש. היא מיהרה לחדרה, פתחה את דלת הכניסה של בית הבובות והניחה את ספל החלב הקטן על השולחן הקטן שבמרכז הסלון.

"תודה," אמר נל.

"להתראות."

הוא הציץ מאחורי הכורסה ונפנף בידו.

"בתיאבון," הוסיפה וסגרה את דלת הכניסה של בית הבובות.

***

השעה היתה שבע וחצי בבוקר, והגן היה כמעט ריק מילדים. רוב הילדים הגיעו לגן בשעה שמונה.

אבא נפרד לשלום מליר בנשיקה ובחיבוק.

"מה תרצי לעשות?" שאלה נורית הגננת, "רוצה לשחק איתי במשחק הזיכרון?" ליר היתה אלופה במשחק הזיכרון, אך סירבה להצעה.

"אני רוצה לצייר," השיבה ולקחה דף חלק. היא התיישבה וציירה דשא
ועצים קטנים, ובלי שהתכוונה ציירה את נל בצורה כמעט מושלמת.
נורית עמדה מעליה והתפעלה, "איזה ציור יפה ציירת! לדמות שבציור
יש סנטר ארוך מאוד, ועם זאת הוא נראה מאוד נחמד." ליר הגיבה
למחמאה בתודה. עכשיו גם בן, יהונתן, עמנואל וליאור התקרבו
לראות את הציור..

"את מי ציירת?" שאלה ליאור.

"זה נל," ענתה ליר כשהיא מקפלת את הציור לשניים. היא ניגשה
למגירה האישית שלה, והכניסה את הציור לתוכה ואחר כך פנתה
לשחק עם חברותיה במשחק הזיכרון.

פרק 9

הציור שבקיר

כשנוגה פתחה את דלת הבית, רצה ליר לחדרה. נוגה הלכה אחרי ליר ושאלה, "לאן את ממהרת?"

"אני רוצה לשחק בצעצועים שלי." אמא חייכה, "בסדר, אקרא לך כשארוחת הצהריים תהיה מוכנה."

ליר ניגשה לבית הבובות ופתחה את הדלת. "נל," לחשה. נל הציץ מאחורי הכורסה, "את לבד?" לחש. "כן," ענתה. הוא יצא החוצה. "היכן יואב ורון?", שאל. "הם יגיעו עוד מעט, אכלת משהו?"

"לא, אני רעב מאוד."

"אתה רוצה שאביא לך משהו לאכול חוץ מעוגיות חמאה?"

"כן, בבקשה."

ליר ניגשה למטבח, פתחה את דלת המקרר, לקחה פרוסת גבינה צהובה ופרסה ממנה פיסה קטנה, ואת השאר החזירה למקום. אמא ניגשה אליה ואמרה, "תתאזרי בסבלנות, עוד מעט ארוחת הצהריים תהיה מוכנה. אולי את רוצה לעזור לי לערוך את השולחן?"

"אמא, אני כבר באה לעזור לך, אני צריכה לעשות עוד משהו אחד," אמרה ומיהרה לחדרה. היא הניחה את פיסת הגבינה על שולחן האוכל. "בתיאבון," לחשה וסגרה את דלת חדר הבובות.

***

"נל כבר אכל?" שאל יואב כשנכנס הביתה. ליר הנהנה ולחשה, "אחרי האוכל, כשאמא תלך לנוח, אביא אותו לחדר שלך."

"מצוין," אמר רון שהצטרף לשיחה.

"מה מצוין?" שאלה אמא; היא לא הבינה על מה הם מתלחשים.

"שום דבר מיוחד, אני יכול לעזור לך?"

"כן, עד שהאוכל יהיה מוכן, אני רוצה שתנקה את האדניות שבמרפסת השמש. עצי הפרי השילו עלים. קח לך שקית אשפה ריקה ותאסוף אותם."

"גם אני רוצה לעזור," קפץ רון. שניהם הלכו למרפסת השמש.

"ואת, נסיכה, בואי ותעזרי לי לערוך את השולחן. תתחילי עם הצלחות," אמרה אמא לליר.

ארוחת הצהריים עברה בכיף. אמא סיפרה שבשבת אבא רוצה שכל המשפחה תלך לקניון לשחק באולינג, ואחר כך לאכול ארוחת צהריים במסעדה. בערב הם יארחו את טל וגלי דולב והילדים שלהם תום וגיא.

"איזה כיף," אמרה ליר.

יואב ורון שמחו גם הם. גיא בן השש אהב מאוד לשחק עם ליר, ותום בן האחת-עשרה מצא שפה משותפת עם רון ויואב.

כשסיימו לאכול, הניחו את הכלים בכיור. אמא הביטה בהם בחיוך, שמחה שהם עוזרים לה. אחרי האוכל הלכו יואב ורון לחדרם להכין שיעורי בית. כשיואב סיים, הוא בדק את תיבת המייל של אבא וגילה שיש לו שתי הודעות חדשות. הוא כתב זאת על דף תזכורת והדביק אותו על המקרר, למקרה שישכח לספר לאבא, וחזר לשחק במחשב. רון וליר נכנסו לחדרו של יואב וסגרו את הדלת.

יואב הסתובב ובתוך כך שאל, "הבאתם את נל?" נל ישב על כתפו של רון וחייך.

"היי, נל," לחש יואב בשמחה.

"היי, יואב."

"אמא ישנה, נכנסתי לחדר שלה וראיתי שהיא נרדמה," אמרה ליר.

"יופי, אפשר להמשיך," אמר רון.

יואב התיישב על רצפת הפרקט, וליר ורון עשו כמוהו. יואב לקח מהמדף שני ספרים עבי כרס והניח אותם על הרצפה. נל הודה לו והתיישב עליהם.

"כמו שאמרתי הבוקר, נפגשתי עם מנר עוד ארבע פעמים. השיחות בינינו התארכו ממפגש למפגש. אתם בוודאי שואלים איך הגעתי לכאן. ובכן, יש שני חלונות. החלון הראשון הוא החלון שדרכו הגיעו ראשוני הדלנאים מהכוכב הקודם שלנו, מירדל, לכוכב הנוכחי, לדלאי. החלון השלישי הוא החלון שדרכו הגעתי מדלאי לכאן."

"חסר חלון," אמר יואב, "מה עם החלון השני?"

נל המתין בסבלנות עד שיואב יסיים עם שאלותיו. הוא היה מודע לסקרנותם של הילדים. "עכשיו אני מגיע לזה," אמר נל. "כשעוברים דרך החלון הראשון והשלישי, אי-אפשר לחזור דרכם בחזרה. החלון השני הוא החלון שדרכו אפשר לחזור לכל אחד משני המעברים. את מה שאני הולך לספר לכם עכשיו, גם זקני הכפר, אלה שהגיעו לכאן ראשונים, שכמה מהם משתייכים לכבודת מסדר העץ, לא יודעים.

"לפני כמאתיים שנה גילו כמה דלנאים עץ עתיק שבגזעו פתח גדול. גזעו של העץ היה רחב יחסית לעצים מסוגו. זה היה עץ אלון שדרכו עברו מאות דלנאים. המנהיגים בכוכב שלנו החליטו לסגור את העץ משני פתחיו. אני לא יודע את כל הפרטים, אבל לפי מה שמנר סיפר לי, בספרים העתיקים שלנו נכתב על המעברים האלה. הספרים האלה הם עתיקים, בני מאות ואלפי שנים, ולכן לפני שסגרו את פתחי העץ, הציבו סביבו שומרים והתחילו לקרוא בספרים. מהקריאה בהם הבינו שעד לפני כמה מאות שנים השתמשו הדלנאים במעברים האלה. אז לא ידעו על החלון השלישי שעליו נכתב בספר האחרון. מהקריאה בו הם הבינו שהחלון השני, שדרכו אפשר לחזור, נעלם פתאום. לכן אטמו את הפתח שבעץ ושכחו ממנו.

"המנהיגים שלנו מהעבר החליטו לשלוח עוד דלנאי אחד שיצטרף לשאר הדלנאים שעברו בטעות. הם הטילו עליו את המשימה למצוא את החלון השני ולהחזיר את הדלנאים לכוכב שלהם. לשם כך החליטו לשלוח את מנר, שהוא ובני משפחתו נודעו בכוחם הרב. יש להם כוחות על-טבעיים וחושים חדים מאוד. כשהמנהיגים הציעו למנר את

ההצעה הזאת, הוא לא היסס לרגע. הוא נפרד מבני משפחתו ועבר דרך החלון הראשון. אחרי שעבר, אטמו את העץ. אני יודע שלמנר יש כוחות שאין לאיש בכוכב הזה וגם לא בכוכב השני.

"מהרגע שמנר ושאר הדלנאים עזבו את הכוכב שלנו ועד היום עברו כמאתיים שנה, ואף-על-פי-כן לא היה להם מושג היכן נמצא החלון השני. בחודשים האחרונים קרו כמה דברים. באחת השיחות רמז לי מנר שהחלון השני נמצא בעולמם של בני האדם. כלומר, כאן."

"אתה מתכוון כאן? פה? בשכונה הזאת? בארץ הזאת? מה זאת אומרת 'כאן'?" שאל יואב.

"אני מתכוון שהפתח צריך להיות קרוב ליציאה של החלון השלישי. לא חיכיתי לשמוע את כל הפרטים. לדעתי, מנר ניסה להכשיר אותי כדי שאגיע לכאן. לא יכולתי לחכות. כעסתי מאוד על כל העניין. אני לא יודע איך אמצא את החלון השני."

"זה פשוט," ענה יואב.

כולם התבוננו ביואב מופתעים.

"אתם לא רואים את התשובה? אני אסביר. נל, אתה אמרת שהחלון השני צריך להיות ליד היציאה של החלון השלישי. ובכן, איפה נחַתָּ כשעברת במעבר?"

"אני חושב שאני יודע," ענה נל.

"איפה?" שאל רון.

"הבוקר גיליתי איפה היציאה של החלון השלישי."

"נו?" שאל יואב בקוצר רוח.

"אתם מכירים את הציור שבחדר של ליר?" שאל נל.

"אתה מתכוון לציור הענק שמעל הספרייה?" שאל רון.

"כן, אני מתכוון אליו."

"מה איתו?" שאל יואב. "אני לא מבין, איך אפשר לצאת מתוך ציור?"

"טוב, זה לא ציור רגיל. היום בבוקר, כשהתעוררתי, הבטתי בו בעניין. שמתי לב לכמה דברים משונים. הציור לא מרמז על זמן מסוים. הוא

נראה עתיק מאוד. יש בו שיחים ועצים קטנים שלא ראיתי מימי. אבל מה שמוזר בו הוא קרן האור העדינה שעוברת מהשמים עד לעץ. העץ מואר בקרן אור מיוחדת, אבל אם מתבוננים היטב בציור, רואים שקרן האור הזאת מגיעה מכוכב קטן שבקושי נראה בציור."

"אתה בטוח שבציור מצויר הכוכב הזה?" שאלה ליר.

"בהתחלה לא הבחנתי בו, אבל כשהמשכתי לבהות בו, הבחנתי שקרן האור העדינה יוצאת מהכוכב. וזה לא הכול, יש עוד משהו שאני רוצה לספר לכם."

"מה?" שאל רון

"ראיתי משהו מאוד מוזר. בציור מצויר עץ אלון עתיק, ובגזע העץ יש פתח גדול שדרכו אפשר להיכנס לתוך העץ. כשבהיתי בציור, הבחנתי שמשהו זז בו. נבהלתי מאוד. כשהבטתי שוב, ראיתי זוג עיניים מביטות בי. נבהלתי, רציתי לברוח ונפלתי. ואז התעשַׁתי ואמרתי לעצמי שאני חייב לראות מי זה. אבל כשחזרתי והבטתי בציור, זוג העיניים כבר לא היה שם. אחר כך ליר התעוררה, ואת השאר אתם כבר יודעים."

"וואו. זה מפחיד. עכשיו אני מפחדת לחזור לחדר שלי," אמרה ליר.

נל הביט בה ברוך ואמר: "אין לך ממה לפחד. יכול להיות שזה שום דבר וסתם טעיתי, אף-על-פי שאני די בטוח שזה מה שראיתי. בבוקר שאלתי את ליר מהיכן הציור הזה, והיא אמרה שאין לה מושג ושמאז ומעולם הוא היה בבית שלכם."

"מה אתם מציעים שנעשה עכשיו?" שאל רון.

"אני אשאל בערב את אמא על הציור. לא נראה לי שאתקל בבעיה," אמר יואב.

"איך בכלל נראה החלון השני?" שאל רון.

"אין לי מושג. אני גם לא יודע למה מנר התכוון כשאמר שאת החלון השני אפשר להעביר פיזית לכוכב שממנו באתי. החלון השלישי הוא חלון מעבר קדימה. אז אני מניח שהחלון השני צריך להיות קצת שונה מהם. אין לי מושג היכן לחפש. אילו לא הייתי עובר ומחכה כמה ימים,

אולי מנר היה מספר לי פרטים נוספים. אני מרגיש חסר אונים כשאני כאן, בעולם בני האדם, כשאני לא יכול לעזור לבני הכוכב שלי."

"אנחנו נעזור לך, וחוץ מזה, למדתי בכיתה שטובים השניים מן האחד, ואנחנו כאן ארבעה," אמר רון.

"כן, אבל מה עם הציור? עכשיו אני מפחדת ממנו," אמרה ליר.

"אני לא חושב שכרגע כדאי להעביר אותו משם," אמר יואב.

נל הסכים איתו. "אני נמצא ליד הציור כל הזמן. בית הבובות נמצא ממש מתחתיו, אז אל תדאגי, אני אשגיח עלייך."

"טוב, סיכמנו," אמר יואב."השעה כבר ארבע אחר הצהריים; אמא צריכה להתעורר בכל רגע, ואני צריך להגיע לכדורגל."

"טוב, אז מתי ניפגש שוב?" שאלה ליר.

"כן, מתי ניפגש?" שאל רון.

יואב הביט בנל, "אני חושב שבין שבע וחצי לשמונה ורבע בערב, זה הזמן שכולנו נמצאים בחדרים. אמא בדרך כלל צופה בטלוויזיה בתכנית האהובה עליה, ואבא עוד בעבודה. ניפגש בחדר של ליר, כמה שיותר רחוק מהסלון."

"כן," אמרה ליר בשמחה. "אני אכין לנו שתייה ועוגיות. בוא, נל, נלך לחדר שלי ונשחק בינתיים."

"יש לך חוג ציור בחמש," הזכיר לה יואב.

"שכחתי לגמרי. אולי אוותר ואשאר עם נל," ליר ספק שאלה, ספק אמרה.

"לא כדאי," פסק יואב, "אמא יכולה להרגיש שמשהו קורה. תלכי לחוג, וכשתסיימי, במקום ללכת למשחקייה, תגידי לאמא שאת רעבה ותחזרי הביתה."

"רעיון טוב," אמר נל. "בינתיים אנוח קצת."

ליר אספה את נל בידיה הקטנות. הוא היה כבד. "ביי," אמרו שניהם ויצאו.

יואב ורון נשארו לבד בחדר. "מה אתה חושב?" שאל רון. "צריך לברר

מאיפה אמא ואבא קיבלו את הציור. אתה רוצה שאני אברר במקומך?"
"לא, אני אדבר איתם אחר כך. עכשיו אני חייב לרוץ לחוג."
יואב לקח את התיק עם בגדי הספורט, נפרד לשלום במהירות ויצא מהבית.

***

השעון המעורר שבחדר ההורים צלצל. רון ידע שאמא תקום עכשיו משנת הצהריים ובכל רגע תצא ותבדוק מה איתם. הוא מיהר לחדרה של ליר ופתח את הדלת. ליר היתה מרוכזת בציור שציירה. רון התקרב. "איפה נל?" לחש באוזנה.
"בחדר, ישן."
"מה את מציירת?" רון בחן את הציור. באמצע הדף ציירה אדם וכר דשא סביבו. היו שם גם פרחים ופרפרים. "איזה יופי של ציור. את פשוט ציירת מחוננת." ליר לא ענתה, ורון, שלא רצה להפריע לה, יצא מהחדר והלך לשחק במחשב.
כעבור כמה דקות שמע את אמא וליר מתכוננות לצאת לחוג ציור. אמא נכנסה לחדרו ושאלה אם הוא רוצה להצטרף ולשבת איתה על הדשא של הקאונטרי, אך הוא השיב בשלילה. "אני מעדיף להישאר כאן ולשחק במחשב." וכך היה.
נל התעורר ושם לב לשקט שבבית. הוא ירד לקומת הקרקע שבבית הבובות ויצא ממנו בזהירות. הוא הציץ החוצה ווידא שאין שם איש. דלת חדרה של ליר היתה פתוחה.
נל הסתובב לעבר הציור. הוא הביט בו בעניין. "משהו מוזר מאוד בציור הזה," מלמל לעצמו, "אבל מה?" הוא הביט שוב בפתח העץ, מופתע מעצמו מאחר שקיווה לראות שוב את זוג העיניים שהביטו בו בבוקר. הוא לא הצליח להבחין בשום דבר חריג.
הוא קפץ מהספרייה לכיסא וממנו לרצפה. הוא הביט החוצה בזהירות. חדר השינה של ההורים היה פתוח. הבית ריק, חשב. נל

המשיך במסדרון. גם חדר השינה של רון היה ריק. הוא המשיך לחדרו של יואב, ושם ראה את רון משחק במחשב.

"רון," לחש נל. רון הסתובב. "היי, נל. אל תדאג, אין אף אחד בבית. רוצה לשחק איתי קצת?"

"כן, ברצון. אבל אם לא אכפת לך, אני צמא וקצת רעב."

"טוב, אני אביא לך משהו מהמטבח. בעצם אתה יכול לבוא איתי."

רון התכופף, הרים את נל מהרצפה והלך לכיוון המטבח. "מה אתה רוצה לאכול?"

"אני חושב שאולי קצת מהבננות הענקיות שעל השולחן."

רון קילף את הבננה, פרס עם הסכין פרוסות דקות וקטנות ואת השאר אכל בעצמו. הוא מזג לנל מעט חלב לפקק שהיה מונח על שולחן האוכל. נל עדיין לא הספיק לשתות כשרשרוש מפתחות נשמע מכיוון הדלת. "אמא חזרה," לחש רון. "תתחבא."

נל רץ והתחבא מאחורי קערת הפירות הגדולה שהיתה מונחת דרך קבע על שולחן האוכל. אמא וליר נכנסו, ואמא שאלה, "נו, רון, הספיק לך המחשב להיום?"

"עשיתי הפסקה קטנה, רציתי לאכול משהו."

אמא הלכה לחדרה, ורון לחש לליר, "נל כאן; הוא מתחבא מאחורי קערת הפירות."

ליר ניגשה לקערה. "היי, נל," לחשה. "אל תזוז, אבדוק מה עם אמא."

יואב נכנס הביתה, ורון סיפר לו בלחש שאמא יכולה לבוא בכל רגע וסימן לו איפה מסתתר נל. יואב ניגש לקערה, הרים את נל בשתי ידיו והלך לחדרו ורון בעקבותיו. הם הספיקו להיכנס לחדר של יואב, כשאמא עברה במסדרון לכיוון המטבח.

"איזה מזל," לחש יואב לרון. "למה אתה מסתכן?"

"בסך הכול רציתי לתת לו לאכול," ענה רון.

"טוב, צריכים להחליט, אבל קודם," ליר בדיוק נכנסה לחדר.

"תסגרי את הדלת," אמר יואב. ליר סגרה את הדלת. יואב הניח את

נל מאחורי מסך המחשב ואמר, "עדיף שתישאר כאן בינתיים." נל
הנהן בהסכמה.

"קודם כול, כדי שאמא ואבא לא יגלו את נל, אני מציע שנל לא
יסתובב בבית כשאמא או אבא ערים."

"אתה צודק, מעכשיו ניזהר יותר," אמר רון.

"אפשר לראות סרט," הציעה ליר.

"איזה סרט?" שאל יואב. הם בחרו בסרט מצויר, ונל עבר לשבת על
המיטה עם שלושתם. אמא דפקה בדלת.

"כן," ענה יואב. היא נכנסה. "איזה יופי, אתם ממש נהנים יחד." נל
התחבא מאחורי יואב.

"אתם רוצים פופקורן ומיץ אוכמניות קר?"

"כן," ענו שלושתם בשמחה.

"ואני רוצה עוגיית חמאה אחת," אמרה ליר.

נוגה יצאה, ויואב הניח את נל מתחת למיטה.

"אמא צריכה לחזור בכל רגע, אז תחכה כאן עד שהיא תלך."
נל סימן ליואב שהבין ונכנס מתחת למיטה.

הם חזרו לצפות בסרט. נוגה נכנסה שוב והניחה על הספרייה את
הפופקורן, את כוסות השתייה ואת העוגייה שליר ביקשה. כשיצאה,
לקחה ליר את עוגיית החמאה ושמה אותה על הרצפה, מתחת למיטה.
יואב לקח ספר, הניח אותו על הרצפה, ונל מיהר והתיישב עליו. הם
היו כל כך שקועים בסרט שלא הבחינו שאבא נכנס לחדר והביט בהם
באהבה. ליר הבחינה באבא ראשונה. "אבא," רצה וקפצה עליו. הם
התחבקו, ורון ויואב הצטרפו גם הם.

"מה אתה עושה כאן כל כך מוקדם?" שאל יואב.

"אני ואמא רצינו להפתיע אתכם ולקחת אתכם למסעדה."

"איזה כיף! יש!" הם קפצו מרוב אושר.

"אבל לפני כן תתקלחו כי נחזור מאוחר, ואז תוכלו ישר ללכת לישון."
אבא יצא. יואב סגר את הדלת אחריו. "תקשיבו, אני אשאל את אבא

על התמונה, ואתם, אל תיכנסו לדבריי, תנסו להראות שזה לא מעניין אתכם. רון, לך למטבח ודבר עם אמא ואבא על חוג ההוקי, ואני אחזיר את נל לחדרו."

רון יצא, וכשיואב שמע את אמא ואבא מדברים עם רון, הוא הרים את נל והחזיר אותו לבית הבובות שבחדרה של ליר. "אל תדאג, נחזור מהר," אמר יואב.

נל חייך, הניף את ידו לשלום וסגר את דלת בית הבובות.

***

"מסעדת הברון" היא אחת המסעדות הנחשבות בתל אביב. בני המשפחה נכנסו והתיישבו. המלצר לא חיכה הרבה וניגש לקבל את ההזמנה. כל אחד הזמין לעצמו מנה מהתפריט. האוכל היה מצוין, ובזמן שאכלו שאל יואב את אבא על הציור שבחדרה של ליר.

"מוזר שאתה שואל," התערבה אמא. "אבא ואני דיברנו עליו השבוע."

אבא נכנס לדבריה. "את הציור הזה קיבלנו בירושה מסבתא נעמי. היא הורישה גם שני ציורים, פסל אחד וקופסת עץ עתיקה מאוד. אלו ארבעת הדברים האחרונים שחלקו ביניהם אמא ושלושת אַחֶיהָ."

"אני דווקא אהבתי יותר את הציור השני," אמרה נוגה. "אבל אבא העדיף את הציור הזה עם האווירה הפסטורלית."

"מה מצויר בציור השני?" שאל רון.

"עכשיו, כשאני חושב על זה, אני ממש לא זוכר," ענה דן.

"את זוכרת?" שאל דן את נוגה.

"אם אני לא טועה, זה היה ציור ישן. אני לא ממש זוכרת, אבל אני יכולה לשאול את שחר, אחי, אם זה כל כך חשוב לך," אמרה נוגה ליואב.

"איך חילקתם את הדברים שסבתא נעמי הורישה?" שאל יואב.

"שחר לקח את הציור השני. שני, אחותי, שגרה בלונדון, לקחה את הפסל, ואבי, אחי הבכור, לקח את קופסת העץ העתיקה."

"ואנחנו נשארנו עם הציור הנפלא," אמר אבא.

"אני זוכרת שכשהייתי בגיל של ליר, הציור הזה היה תלוי בחדר שלי
מעל למיטה. אבא ואני חשבנו להעביר את הציור לסלון ולקנות ציור
חדש לחדר של ליר."

"לא," קראו רון וליר. יואב הביט בהם בכעס.

"אמא, אני רוצה שהציור הזה יישאר בחדר שלי," ביקשה ליר.

"כן," אמר רון. "אנחנו רוצים שהוא יישאר שם, במקום שלו."

"מה את אומרת?" דן חייך ושאל את נוגה.

"אני אומרת שבזמן האחרון משהו מאוד מוזר קורה לילדים שלנו."
ליר, רון ויואב נדרכו.

"הם פשוט נפלאים. הם עוזרים לי במטלות הבית, מסדרים את החדר.
אני לא מבינה איך ממצב שבו הייתי צריכה לבקש מהם כל הזמן לעזור,
הם עושים הכול לבד?! החדרים שלהם מסודרים, והם משחקים יחד,
ואני אפילו לא שומעת ויכוחים. אז, חבר'ה, אני מודה לכם מאוד."
ליר, רון ויואב נראו מאושרים מהמחמאות שנחתו עליהם.

"תודה שאתם מתחשבים בי. זה מקל עלי לעבור את ההיריון הזה,"
אמרה בעיניים מאירות.

פרק 10

ליל הפנסים

הפנסים הקטנים נדלקו אף שלא היה בהם צורך. הם ישבו במעגל מסביב למדורה. זיו, ראש הבית של קבוצת סלע, הקבוצה הרודפת, נתן הוראות אחרונות.

"היום קבוצת כוכב בהיר נמצאת איתנו. החלטתי לשנות טקטיקה, ובמקום להתפרש לרוחב, קבוצה אחת תתפצל ותקשר בין שאר הקבוצות. עד עכשיו זה לא היה מקובל, אבל ביום שני נפגשתי עם מנר ונמי, והחלטנו שהפעם נשחק על פני רדיוס קטן יותר."

"משהו קרה?" שאל דדי, "אתה מספר לנו את כל מה שאתה יודע? או שהשמועות נכונות והכבודה החליטה לא לשתף אותנו?"

"על איזו מהשמועות אתה מדבר?" שאל זיו.

"אני אגיד לך," אמרה טויה. "ישנה שמועה שיצור מפחיד ומסוכן מסתובב כאן ביער."

מישהו קם. זה היה שון, אחד משלושת ראשי הצוותים. "גם אני רוצה לומר משהו." כולם השתתקו, הם היו מסוקרנים.

"אחי עדיין מטופל במרפאה. כולכם כבר יודעים שיצור מפחיד תקף אותו. אין טעם להסתיר זאת, ואם יש משהו שהכבודה יודעת, אני מציע שהם ישתפו אותנו ולא יסכנו אותנו." שון הפסיק לרגע ואחר כך המשיך. "אני לא רוצה להיפגע כמו אחי," הוא הביט בזיו. "אתה, אמנם, ראש הבית, ואני בסך הכול ראש צוות, אבל זה משחק, ולא כדאי להסתכן בשביל זה. אז אם ידוע לך משהו, כדאי שתשתף אותנו."

זיו הביט בו במבט כועס. "אין לי מושג על מה אתה מדבר. אתה רומז שאני יודע משהו ולא משתף אתכם? אז תן לי לומר לך משהו. אם

הייתי חושד שישנה סכנה, הייתי מבטל את המשחק. כל מה שאנחנו באמת צריכים זה להיזהר, לשמור זה על זה ולנסות ליהנות מהמשחק."

"נראה שבמקום שנתכנן איך לתפוס את קבוצת חולית ונתרכז במשימה הזאת, אנחנו עדיין שואלים את עצמנו אם היער בטוח ולא מסוכן," אמרה נוי מצוות כוכב בהיר.

"טוב, זה לא עניננו," אמר רוי, ראש הצוות של כוכב בהיר. "אנחנו רק רצינו להסביר את האסטרטגיה שלנו, ואם הסתיימו השאלות, כדאי שנתחיל לחשוב כיצד לנצח במשחק."

"גם אני חושב שדיברנו מספיק על הנושא," אמר זיו. "ראשי צוותים, גשו לכאן בבקשה."

שון, רוי וחן ניגשו והתיישבו ליד זיו. "אז ככה," זיו התחיל להסביר, וקבוצת סלע התקרבה כדי להיטיב לשמוע את דבריו. "שתי הקבוצות יתפרשו מגבעת הסלע ועד לבאר העתיקה. הקבוצה שלי תתפצל מהבאר העתיקה ועד לנחל. שתיים מהן יפטרלו, והשתיים האחרות יתחברו לקבוצת כוכב בהיר. השעה עכשיו עשר; אנחנו ניפגש שוב ליד המדורה ברבע לחמש בבוקר, כששלושת הפתקים בידינו. עלינו לזכור שאם נשיג פחות פתקים, נתקשה מאוד לפתור את החידה.

"אנחנו נשתמש בצופה שיעמוד על העץ וינסה לחפש את הכיוון. כפי שאמרתי, לא ניסינו דרך זו בעבר, ולכן שקד ונוי, שניכם ידועים כמטפסים, אז עליכם מוטלת המשימה הזאת."

"איך בדיוק אנחנו אמורים לעשות את זה?" שאל שון.

"שון," אמר זיו. "אתה תלך עם הצוות שלך, וכל חמישים מטרים תיתן הוראה לעצור. נוי תחפש עץ מתאים ותטפס כשאתם תתפרשו ותחפשו רמזים וסימנים. אבל, ויש פה 'אבל' גדול, כשנוי מטפסת על עץ, אתם מתפרשים במרחק של לא יותר מעשרה מטרים ממנו. חשוב מאוד שתהיו בקשר עין."

האש במדורה עמדה לדעוך, וזיו הוסיף מעט זרדים למדורה. שריקה ארוכה וחזקה נשמעה מכיוון היער ואחריה עוד שתי שריקות קצרות.

"חבר'ה," אמר זיו, "שיהיה לכולנו בהצלחה."

גם קבוצת חולית עברה תדרוך לא שגרתי. נמי אספה את ראשי הצוותים שלה, את רם, סט ושמיל, שהפעם מונה לראש צוות מסייעת בכוכב אפל. חברי הקבוצה התקרבו והתיישבו קרוב ככל האפשר לראשי הצוותים.

נמי פתחה ואמרה, "ערב טוב. היום נשנה את האסטרטגיה שלנו. אנחנו נחלק את החידה בין שלוש הקבוצות, אולם הפעם נתפרש על פני רדיוס קטן יותר. הצוות שלי יתפצל לשניים, ושני חברים יעברו לצוות של כוכב אפל ויעזרו להם להסוות את מקומנו."

נשמעו מלמולים. סט ניסה להשתיק את כולם, אך נמי עצרה אותו. "תשאיר את זה לי," אמרה. "אני מבקשת שקט. אני אסביר לכם הכול."

תום מצוות כוכב אפל קם כועס: "יש לי הרגשה מוזרה. לדעתי, כולם מסכימים איתי. אני יודע כמו כולם שאחיו של שון הותקף על-ידי יצור ביער. כולם מדברים שמצבו קשה. יש מישהו שמסתובב כאן שמסכן אותנו, אז, לדעתי, את יודעת הרבה יותר ממה שאת אומרת לנו," אמר והתיישב.

"תקשיבו לי," אמרה נמי. "אנחנו לא צריכים לפחד. נכון שעדיין לא תפסו את היצור שתקף את אחיו של שון, אבל אנחנו ננוע בקבוצות ולא נתפזר יותר מדי. לכן הקטנו את רדיוס המשחק. כפי שאמרתי, כוכב אפל יתוגבר בשני שחקנים נוספים. במקום לברוח רחוק, ננסה להתחמק מהם על-ידי הסוואה ויצירת עקבות כוזבים. את הבלוט האדום החבאנו, ראשי הצוותים ואני, במקום שבו מתקיימות תחרויות הספורט והידע. בנוגע לחידה, דבר לא השתנה. החידה לא קלה, וכפי שאתם יודעים, ראשי הצוותים לא מגלים לכם אותה. החידה והפתרון שלה יישארו בסוד ביניהם. תסמכו עלינו, זה לא יהיה קל הפעם."

רם, סט ושמיל גיחכו.

"צריך כבר לשנות את החוק הזה," קרא ניר, אחד השחקנים היותר חשובים של קבוצה חולית. "אני חושב שכולנו בוגרים מספיק כדי לשמור על זה בסוד ולא לדבר על כך."

"יש משהו במה שאתה אומר," הוסיף סט. "אבל ככל שפחות אנשים
ידעו את החידה, כך יהיה בטוח יותר."

"חוץ מזה," הוסיפה נמי, "אל תשכחו שכדי לשנות את החוקים
במשחק אנחנו צריכים לשבת עם קבוצת סלע ולהחליט יחד. הפעם
האחרונה שדיברנו על כך היתה בשנה שעברה, כשחשבנו לשנות את
החוקים של החידה. לבסוף אלו שהתנגדו לכך לא היו ראשי הצוותים,
אלא אתם, כך הרגשתם יותר בטוחים."

"טוב. אם כך," אמר שמיל כשהוא מנסה להפסיק את המלמולים
שבקבוצה. "חברי הצוות שלי, התקרבו לכאן."

שמיל הרים ענף קטן מהרצפה ובעזרתו החליק את החול שלרגליו. הוא
שרטט את אזור המשחק בדיוק רב. "תראו," הוסיף, "כמו תמיד נסווה
את העקבות של שלושת הצוותים, רק שהפעם יש לנו שתי שחקניות
עזר שנוכל להיעזר בהן כדי לבלוש. מה קורה עם הקבוצה הרודפת?"

שמיל ניגש לעץ ומשך שק גדול. "הבגדים של כל הצוותים זוהרים.
לצוות שלי הכנו בגדים ירוקים, לצוות של נמי - אדומים; לצוות של
סט - כחולים ולצוות של רם - לבנים."

הבגדים חולקו בין כולם, והם הלכו להתלבש. הבנים התלבשו מאחורי
העץ, ואילו הבנות התרחקו מעט ושם התלבשו. כולם חזרו לבושים
ונרגשים לקראת תחילת המשחק. רק נמי לבשה בגד שצבעו סגול חזק.

"כל אחד יודע את מקומו?" שאלה. "סט והכחולים, אתם תתמקמו
בין עצי האורן לבין הבאר העתיקה. יש שם מגדלור, תתחבאו שם."

נמי הגישה לסט גליל קשיח שצבעו החום נראה עתיק. קצותיו נשרפו
מעט, ולכן לא היו ישרים. הגליל נחתם בשעווה בצבע אדום עז. "זה
החלק השני של החידה, אז תשמרו עליו," חייכה.

היא ניגשה לרם והגישה לו גליל דומה. "רם והלבנים, אתם מקבלים
את החלק הראשון של החידה. אתם תתמקמו אחרי גבעת הסלע, קרוב
לנחל האבדון. לפניו יש פרדס עם עצי הפרי, תתמקמו שם. תנסו
להסוות את עקבותיכם ותשמרו על החידה.

"בצוות שלי נישאר רק שניים, אז גיל וירון, אתם עוברים לכוכב אפל. תלבשו את הבגדים השחורים. אני וניר נחזיק בחלק השלישי של החידה. אנחנו נתמקם בקרבת הנחל וננסה לשמור על החלק שלנו. יש שאלות? אם לא, קדימה, לכבות את המדורה ולהתחיל במשחק. נקווה שניפגש כאן מחר בבוקר עם אור ראשון עם ניצחון."

כולם התחילו להסתדר לתחילת המשחק, כשליהי, מצוותו של סט, שאלה, "מה יקרה עם מישהו יותקף? איך נוכל ליידע את שאר הצוותים?"

"ראשי הצוותים של כוכב אפל וכוכב בהיר קיבלו הוראות מדויקות מה לעשות במקרה כזה. אנחנו נפסיק את המשחק וניפגש בכיכר העגולה הקרובה לכפר שלנו. הצבא שנמצא שם ישגיח ויעזור לנו," השיבה נמי, "חבל על הזמן, המשחק מתחיל."

נמי הוציאה משרוקית אדומה ושרקה בכל הכוח שריקה אחת ארוכה ושתיים קצרות. זה היה הסימן לקבוצת סלע לחכות עשרים דקות ואחר כך להתחיל במשחק.

פרק 11

כוכב ירדל

בינתיים, בכוכב ירדל ישבו טובי, מנהיג הירדלים, ומועצת הכפר ותכננו מה לעשות עם המעבר שגילו. "אי-אפשר להוציא מהשבויים מידע נוסף," אמר גֶסִיל. "חקרנו אותם והוצאנו מהם כל מה שיכולנו."

האולם הענקי שבו ישבו היה בתוך הר, וכדי להיכנס לתוכו היה צריך לעבור דרך מסדרונות ארוכים וסודיים שבהם הוצבו שומרים. מספיק היה להחמיץ פנייה אחת כדי לאבד את הדרך ולהיתקע בתוך ההר. הדלת נפתחה, ונורה, המשנֶה לטובי, נכנסה ובירכה את כולם לשלום.

"איך היתה החופשה?" שאל טובי.

"בסדר. עכשיו שאני כאן מעניין אותי לדעת אם הפתח שבעץ הוא המעבר שאותו אנחנו מחפשים מאות שנים." היא בחנה כל אחד בקפידה. היו שם שבעה חברי מועצה, ומשום-מה לחופשה הזאת היא יצאה לחופשה הזאת ברגשות מעורבים. כמה מחברי המועצה לא הסתירו מעולם את כוונתם לרשת את מקומה בבוא העת.

"אני אספר לך את העובדות בקצרה," אמרה אלור. "לפני כחודש יצאו שני מלקטים לאזור האסור בלי שקיבלו אישור. הם יצאו לקטוף פירות, אבל במקום פירות, הם חזרו עם שני דלנאים קשורים."

"את מתכוונת שהם חטפו שני דלנאים למרות הפסקת האש שעליה סיכמנו עם ליאה, המנהיגה שלהם?"

"כן, הם ראו את שני הדלנאים שומרים על עץ, התגברו עליהם, כפתו אותם והעבירו אותם לכאן."

"המשיכי."

"חקרנו אותם במשך השבוע. הם סיפרו לנו שמאות דלנאים עברו במעבר."

"ומנר ביניהם," התערב טובי. "ולא רק זה - כל זה קרה לפני כמאתיים
שנה."

"כלומר, כל זה קרה כשערכנו איתם את ההסכם," אמרה נורה. "זאת
אומרת שהם מקדימים אותנו במאתיים שנה. אני מניחה שהם לא
ישתפו אותנו בידע שלהם. הספרים העתיקים מספרים שהדלנאים
שלטו במעברים האלה אלפי שנים, כך הגיעו החקלאות ושאר הדברים
לכוכב שלנו."

"מנר," הרהר טובי בקול, "כל כך הרבה זמן לא שמעתי את השם הזה."

"נראה שהתגעגעת אליו," התגרתה בו ליב.

"או ששכחת מה הוא עשה לנו באותו הלילה באגם הגדול," אמרה אלור.

כולם גיחכו.

"לא שכחתי. קשה שלא להעריץ אותו אף שהוא דלנאי. אין ספק שיש
לו כוחות שאי-אפשר להסביר, ולמיטב הבנתי הוא ממעט להשתמש
בהם. עברו מאתיים שנה מאז ראיתי אותו. היינו אז צעירים, אין לדעת
איך דברים מתפתחים."

"אז מה אומרים החטופים שלנו?" שאלה נורה.

"הם לא יודעים דבר. הכתבים שלהם מדברים על החלון השני שמוזכר
גם בספרים שלנו," אמר לני והוסיף, "לפי הכתבים, זו הדרך היחידה
לחזור לכאן."

"מישהו קרא את הכתבים האלה בצורה מסודרת?" שאלה נורה. "האם
מישהו יכול לשפוך אור על כל הגמגומים האלו? יש כאן מישהו כזה?"

"אני קראתי את כל החומר בעיון," אמר רנדי, הקשיש שבחבורה.

"נו," האיצה בו נורה.

"הדלנאים שלטו במעברים דורות על גבי דורות. רוב הדברים שיש
לנו כאן, כמו החשמל, הכתב שלנו ואפילו השפה שלנו, שאינה מדוברת
כבר מאות שנים מכיוון שאנחנו מדברים עברית, את כל אלה הביאו
עמם הדלנאים. הם הקפידו לשמור את הסוד הזה מאיתנו.

"המלחמה הראשונה שלנו איתם פרצה בשל הסוד הזה. זו היתה

מלחמה עקובה מדם, ושני המחנות ספגו אבדות רבות. כרתנו איתם ברית שלום, והם אפשרו לנו להציץ במעבר. השגרירים שלנו שעברו דרך החלון הראשון סיפרו לנו על החוויות שחוו. הם הגיעו לכוכב שנקרא דלאי , ושם נתקעו בין העולמות. הם יכלו לראות את בני האדם החיים שם בלי להיראות, וזה קסם להם, לכן ביקשנו מהם שהנציגים שלנו יישארו שם. לבסוף הם נעתרו לבקשה שלנו, וארבעה ירדלים התמקמו שם ונהיו לשגרירים. במשך שנים נערכו שם סיורים, ואלפי ירדלים ביקרו שם. למדנו דברים רבים, והאידיליה בינינו ובין הדלנאים מעולם לא היתה טובה כל כך. הנציגים שלנו ישבו במדינתם כשגרירים, ולהפך. עד לַפעם שרצינו לעבור את נחל האבדון."

"איזה מין שם זה?" קטע רומי את דבריו.

"הוא נקרא כך בגלל האסונות שפקדו את אלה שניסו לעבור אותו. הדלנאים לא הסכימו שנחצה את נחל האבדון. ניסינו לדבר איתם, לעורר את סקרנותם, אבל לא הצלחנו. בתגובה הכריז המנהיג שלנו באותה תקופה על מלחמה. הוא רצה להשתלט על המעברים. הדלנאים גירשו את נציגינו מכדור הארץ, ולמיטב הבנתי, החלון השני אבד או נגנב."

"רגע, אני לא מבין משהו," אמר סול. פניו המוצקות הזכירו מעט את פניו של אביו, טובי. "אם כולם חזרו לכאן דרך החלון השני, איך הם ידעו שהוא אבד או שקרה לו משהו?"

"השאלה במקומה," ענה לו אביו.

טובי קם, התמתח וענה, "כנראה מישהו נשאר מאחור. ניסו לשלוח אליו מישהו כדי שיברר מדוע הוא לא חוזר, אבל משאיש לא חזר, הגיעו למסקנה שהחלון השני לא בידם. זוהי ההשערה שלי. שמעתי את כולכם, את ההתלבטות שלכם, וכעת אנסה לשפוך קצת אור על העניין. כל מה שאומר הוא בגדר השערה בלבד. אם כן, נתחיל:

"היה מעבר לכדור הארץ שגם אנחנו היינו שותפים לו - עובדה. המעבר בחזרה, שנעשה דרך החלון השני, שימש אותנו ואותם נאמנה עד לרגע שנעלם - עובדה. המלחמה בינינו לדלנאים גרמה לכולם

הפסד גדול; נשארנו בלי האפשרות לעבור בין המעברים - עובדה. אמנם עברו מאות שנים, אבל ידוע לנו שהדלנאים מצאו את המעבר שנקרא החלון הראשון - עובדה. מאות דלנאים עברו דרכו. הדלנאים שלחו את מנר לכדור הארץ כדי שיארגן את העניינים בו, כל זה קרה לפני כמאתיים שנה - עובדה. כל אלה הן עובדות. ההשערה שלי היא שהם לא מצאו את החלון השני. כבר כמאתיים שנה שהם גרים שם, וככל הנראה הם תקועים שם. זה פחות או יותר מה שאנחנו יודעים. ישנו עוד דבר אחד חשוב שייתכן שיפתיע אתכם, והוא שאחד מאיתנו, ירדל ששמו טים, כנראה עבר בטעות לשם לפני כשלושה חודשים."

כולם זינקו ממקומם, אך נורה היסתה אותם ובקול תקיף שאלה, "איך זה נודע לך?"

טובי חייך. "זה קרה בערך לפני כשלושה חודשים. החבר'ה הצעירים שלנו מתגרים מדי פעם בדלנאים ועוברים לאזור האסור. הם מתפארים במעשה גבורתם ומספרים שהצליחו לעבור את היער הגדול ולחזור ממנו בלי שהצבא של הדלנאים תפס אותם.

"הפעם ניסו שני ירדלים להגיע ליער שבאזור האסור. זה שֶׁחזר סיפר שהוא והחבר שלו, טים, הגיעו לקרחת יער קטנה. הם גילו את עץ האלון העתיק ואת הפתח הגדול שבשני צדדיו. טים זחל לתוך הפתח, הוא קיווה למצוא משהו מעניין. לאחר כמה דקות ארוכות, משלא יצא מהפתח, קרא לו החבר שעמד בחוץ, אבל טים לא שב. החבר נכנס לפאניקה, ברח וסיפר לבני משפחתו של טים על כך. הם רצו במהירות למקום, אך החבר לא הצליח להיזכר היכן היה העץ. עליכם לזכור שביער הזה ישנם אלפי עצים. לאחר שחיפשו במשך שעות, פנה אלי אביו של טים. ארגנו משלחת חיפוש, אך ללא הועיל. לא הצלחנו למצוא את העץ. לדעתי, טים נמצא בכדור הארץ."

"השערה מעניינת," אמר לני. "אני יכול לשער השערה אחרת. טים מצא עץ אלון שבבסיסו פתח ונכנס לתוכו. יכול להיות שהעץ היה רקוב, ששורשיו אכולים מטרמיטים, שנפל לבור עמוק והתרסק, או

שחיה רעה תקפה אותו. אני יכול למצוא מיליון השערות כאלה. אני
לא חושב שצריך לחשוב כמו טובי, שכן זוהי רק השערה, ואין לנו
הוכחה מוצקת שזהו באמת החלון הראשון. לא נדע זאת עד שלא
נעשה משהו. אני מציע לשלוח מרגלים ליער. זה, אמנם, יכול לגרום
מלחמה. אני לא חושב שכדאי לעורר מהומה כרגע, פשוט צריך לנסות
לקשור קשרים חדשים עם הדלנאים."

"אתה לא חושב שקודם צריך לשחרר את המסכנים האלה שנמצאים
למטה? את החטופים?" שאלה נורה.

"אני לא חושב כך," גיחך גסיל ברשעות.

נורה נעצה בו מבט נוקב ובלי שהורידה את עיניה ממנו אמרה: "אני
מקווה שאתה היחיד שחושב ככה, אני לא רוצה שמשהו יקרה לשניים
האלה. לא רוצה דבר כזה על המצפון שלי."

"על מה את מדברת?" כעס גסיל, "הם האויבים שלנו, ולדעתי, הגיע
הזמן שנוכל לעבור באזור האסור. אנחנו חזקים מהם ונוכל לגבור
עליהם בקלות."

"אתה פשוט טיפש, וכדאי שלא תוסיף עוד מילה בעניין. אל תשכח
את מקומך," אמרה נורה בכעס. גסיל התיישב ומלמל: "התפקיד שלך
כמשנה לטובי הוא רק זמני."

כולם שמעו את דבריו. טובי קם ממקומו והביט בגסיל ובנורה.
"הישיבה הסתיימה."

"רגע, עדיין לא קבענו איך לנהוג בשבויים," קראה אלור.

טובי הביט בה בזעף. "אני מבקש מכולכם להתייצב פה מחר בשבע
בערב. תחשבו על רעיונות." נורה הביטה בטובי וסימנה לו שיש לה
מה לומר.

"לא עכשיו," אמר ויצא מהחדר.

זה היה אות לשאר חברי הקבוצה לצאת.

פרק 12

טים וקס

טים הסתתר מאחורי השיח. הדלנאית התקרבה אליו. הם בוודאי מחפשים אותי, חשב. עכשיו, כשהסתתר מאחורי שיח יחיד בלב קרחת היער, חשב שאילו היה יכול, היה מהמם את הדלנאית הזאת, חוטף אותה ומברר איך הגיע לכאן והיכן הוא נמצא.

כחודשיים הסתובב מבולבל ומתוסכל ביער העבות. דומה היה שנמצא בחלום. הוא ניזון מביצים ומאגוזים, חוץ מפעם אחת שהצליח להמם ולהרוג בעזרת האגנז נחש קטן שצלה על האש. זו היתה בשבילו ארוחת לתפארת.

טים הזדקף. עכשיו, כשהיתה קרובה אליו, קפץ מאחורי השיח כשכף ידו הימנית מושטת לעברה כדי להמם אותה. הדלנאית צרחה מבהלה ונפלה. באותו רגע קיבל מכה חזקה בראשו. הוא צרח מכאב. פחד איום אחז בו, והוא רץ בכל כוחו בלי לבדוק מי הכה אותו. כשרץ נתקל בענפים, נפל וקם, ורק אחרי שהיה משוכנע שאין איש מאחוריו, עצר. ראשו הלם בכאב. דם כיסה את פניו ובגדיו.

הוא הסתובב סביב עצמו מבוהל וחסר אונים. הבכי חלחל ופרץ מגרונו. "רגע אחד זחלתי לתוך חור בעץ, ופתאום אני לבד במקום אחר לא מוכר," חשב. הוא ניגב את עיניו בכף ידו. הירח היה מלא, וקרניו האירו את הנחל הגדול. הוא התיישב על שפת הנחל ורחץ את פניו. הוא ניסה לשטוף את הדם מבגדיו, אך לא הצליח. מעבר לנחל היה רכס הרים גדול. מעניין מה יש מעבר לרכס? שאל את עצמו. אני לא מבין מדוע אני פוגש רק דלנאים? איפה כל הירדלים?

מסביבו היו עצי אורן גבוהים שהגיעו עד לשפת הנחל. אחד מהם

היה גבוה מהשאר. הוא טיפס עליו והגיע כמעט עד לצמרתו. כשהיה באמצע הטיפוס, הבחין במדורה שבערה לא הרחק ממנו. הוא ידע שיוכל לראות משהו רק אם יתקרב. טים סימן לעצמו את כיוון המדורה על-ידי זריקת ענף וירד מהעץ. את הדרך למדורה עשה בזהירות רבה, ואז נעמד מאחורי עץ גדול והסתכל.

סביב המדורה היו דלנאים רבים, מהם יושבים ומהם עומדים. כולם היו נסערים מאוד, ומִקטעי הדיבור ששמע הבין טים שהם מאשימים דלנאי ששמו נל בהתחזות ובהפחדת נמי הדלנאית. כעת הכול התבהר לו. הם האשימו את נל אף שֶׁלטים היה ברור שאינו האשם. הוויכוחים נהפכו לצעקות, ונל הדלנאי שהואשם צעק: "שקט, רגע."

"תנו לו להסביר," קרא עוד מישהו מהצד.

הקולות נדמו, ונל סיפר להם שעקב אחרי היצור המפחיד ותקף אותו מאחור בעזרת מוט ברזל שמצא. טים שפשף את ראשו באזור המכה. הפצע עדיין היה טרי ומדמם.

"עקבתי אחריו. אתם לא מבינים, הוא ניסה לתקוף אותה."

את המשפט האחרון שאמר נל איש לא הצליח לשמוע. כולם התחילו לצעוק לעברו, "תודֶה באשמה." נל הניף את ידו בביטול והלך.

"שילך," קרא אחד הדלנאים מאחוריו.

טים החליט ששמע מספיק, ובאטיות פסע לאחור, לכיוון הנחל, עד שהיה משוכנע שאין מקום לדאגה. המחשבה על נל לא הניחה לו. הוא הרגיש אשם שניסה לתקוף את נמי. הם צעירים מאוד, חשב לעצמו. הם כל הזמן דיברו על משחק ושזה לא היה הוגן מצדו של נל. הלוואי שיכולתי להתקרב אליהם ולדבר איתם, מילמל לעצמו. העייפות השתלטה עליו, והוא נרדם מיד.

***

הבוקר הפציע וטים התעורר. כאב הראש שלו היה בלתי נסבל. הוא שלח את ידו ומישש את אזור המכה. הדם נקרש. הוא נכנס לנהר ורחץ את פניו ואת ראשו.

הדבר הראשון שרצה לעשות הוא למצוא משהו לאכול. עץ בננות עמד לא רחוק. היו שם גם שיח של תותים טעימים ועצי אגוזים. עד עכשיו ניזון בעיקר מביצי ציפורים, אך הוא התקשה למצוא קנים. כעת גילה קן על עץ לא רחוק. היתה בו ציפור קטנה שדגרה על הביצים. היא הביטה בטים שהרים אבן קטנה וזרק אותה לכיוונה. האבן פגעה בענף קרוב לציפור, וזו פרשה כנפיים וברחה מהקן. עכשיו, כשהשטח היה פנוי, הוא טיפס על העץ. בקן היו שתי ביצים קטנות. בעזרת הציפורן חורר שני חורים, אחד מכל צד, ושאב את תוכנה של הביצה. הטעם היה נפלא.

שָׂבֵע מארוחת הבוקר החליט ללכת לכיוון המדורה שראה אמש. הוא מצא את המקום במהירות, אך רק שרידים ממנה נשארו, זכר לחגיגה של אתמול. אין ספק שהם ניקו ביסודיות. היו שם טביעות רגליים רבות שכיוונו אותו לכיוון המנוגד לזה שממנו בא. מעולם לא הלך לשם, הוא תמיד חשש. עד עכשיו. הוא העדיף להישאר באזור שבו מצא את עצמו לראשונה לפני כחודשיים.

טים החל להתקדם לפי טביעות הרגליים. ההליכה הארוכה היתה מעייפת מאוד ואחרי כחצי שעה התיישב בצל אחד העצים. החום והלחות התישו אותו, והוא נרדם.

***

טים התעורר למשמע קולות קרבים. גופו נדרך. הקולות הגיעו מהכיוון שאליו הלך. הם היו שניים. לדלנאי המבוגר היתה ארשת פנים מכובדת ורצינית. את השני זיהה טים מיד. זה היה נל, הדלנאי שראה אמש, זה שכולם כעסו עליו. נל נראה מוטרד מאוד, ועם זאת מאופק.

טים ניסה להאזין לשיחה, אך לא הצליח. הוא החליט לטפס לאט ובזהירות על עץ. הוא עבר מגזע העץ לענף קרוב לדלנאים ושם ישב והקשיב בשקיקה.

"מנר, אני לא יכול לתאר לך איך הוא נראה," אמר נל לדלנאי המבוגר, "ראיתי אותו רק מאחור."

מנר הקשה עליו. "מה, כשעקבת אחריו, לא הצלחת לראות אותו?"
"לא," ענה נל נחרצות.
"אני מאמין לך. עכשיו אספר לך משהו שאיש אינו יודע, מלבד הכבודה ועוד אחדים, לכן רצוי שתשמור זאת בסוד. לפני כמאתיים שנים בערך הגענו לכאן מכוכב ששמו ירדל."
מנר סיפר לנל באריכות מה קרה לפני כמאתיים שנה, ומצמרת העץ הקשיב טים לכל מילה שנאמרה.
"לפני שעברנו לכאן, כשחיינו שם," אמר מנר והצביע לשמים, "היו לנו תקופות טובות ותקופות רעות. הם, הירדלים, השתמשו במעבר לכאן באישור שלנו. בסך הכול, זו היתה תקופה טובה, עד שהכול התפוצץ והמלחמה בינינו לא איחרה לבוא. משום מה התנועה במעברים פסקה. אז עדיין לא ידעו על החלון השלישי. את החלון הזה גילינו במקרה לפני כשנה. דלנאי ששמו קרי עבר את החלון בטעות, ועד היום אין לנו מושג מה קרה לו."
"אז איך אתם יודעים שזה המעבר לעולם בני האדם?"
"גילינו כתבי יד מלפני אלף שנים, ושם זה נכתב. אנחנו חיים במקום כלשהו בכוכב סמוך לכדור הארץ. היכן בדיוק, אני לא יודע. אחרי שקרי עבר דרך החלון השלישי, השתמשנו באבקת הרו-רו, עשינו משמרות, אבל לא גילינו שום דבר. גם בעיתונים שלהם לא כתבו על זה."
"אני מקווה שאבקת הרו-רו לא תיגמר," צחק נל.
"אל תדאג," הרגיע אותו מנר, "אני מייצר אותה בכמויות. הבעיה עם אבקת הרו-רו היא שאתה אף פעם לא יודע לאן אתה מגיע. היא זורקת אותך לכל מקום אפשרי בכדור הארץ. זה כל הכיף. פעם אתה מגיע למדינה כמו הולנד ופעם לפרו. האבקה שאתם משמשים בה מביאה אתכם לישראל, למדינה קטנה. מצאנו שזה מקום אידאלי בשבילכם."
"מזל שמדי פעם אתם נותנים לנו להגיע למקומות אחרים בעולם, רק חבל שאתם מפקחים עלינו כשזה קורה."
"אין מה לעשות בנדון. הכבודה ואני הגענו להחלטות האלה עוד לפני שנולדת. אני מקווה שעכשיו אתה יותר רגוע."

"לא כל כך, אני עדיין כועס. אין לי מושג אם זה היה ירדל או משהו אחר. אבל את החברים שלי אני לא מבין בכלל. הרי אמרתי שזה לא הייתי אני. מדוע הם לא מאמינים לי? זה פוגע ומעליב."

"אני מאמין לך. סיפרתי לך דברים שלא סיפרתי לאף אחד אחר. אני רוצה לספר לך עוד דבר אחד, על הצופן של החלון השלישי. אחרי שקרי עבר, פחדנו מאוד שאחרים יעשו כמותו, ולכן כישפתי את הדלת החיצונית. כדי לעבור דרכה יש ללחוץ עם האגודל על המשקוף הימני בדיוק באמצע. יש שם מעין כפתור קטן, שקצת קשה למצוא אותו. מי שעובר צריך ללחוץ ולומר: 'אתנוס'."

"מדוע אתה מספר לי את כל זה?" תמה נל.

"בקרוב מאוד אצטרך את עזרתך במשהו מאוד חשוב."

"הייתי רוצה לדעת כבר עכשיו במה מדובר."

"בקרוב מאוד תדע. בינתיים אני מבקש ממך שלא לדבר על כך עם איש. בימים האחרונים הפכת לשותף לסוד, אני סומך עליך."

נל הביט במנר ולא ענה, והלה אפילו לא חיכה לתשובה. "תתעלם ממה שהחברים שלך אומרים כרגע."

"תגיד," שאל נל, "מה זה בכלל 'אתנוס'? מעולם לא שמעתי את המילה הזאת."

"זו מילה בדלנאית ופירושה 'היפתחי'. אנחנו לא משתמשים בשפה הזאת כבר מאות שנים, אבל אני עדיין זוכר אותה היטב."

נל חייך. "עכשיו גם לנו יש שפה עתיקה. נראה לי שבכל פעם שאדבר איתך, אגלה דברים חדשים שיפתיעו אותי."

"זה נכון, חלק מעברנו אני מעדיף להשאיר באפלה, אם כי לפעמים אני חושב שזו טעות."

"אז אם אנחנו כבר מדברים בגילוי לב, תמיד רציתי לדעת..."

"אתה רוצה לדעת על נחל האבדון," קטע אותו מנר.

"כן, זה מסקרן את כולנו, נראה שמעבר לנחל נמצא עולם שלם."

"מה אתה באמת חושב שיש שם?"

"מה אני חושב? לדעתי, עולם בני האדם נמצא שם."

"זה לא הזמן לדבר על כך," אמר מנר מאחר שרצה לסיים את השיחה, "נשאיר את זה לפעם אחרת. כעת חשוב לי שנשוחח על החלון השני."

"מה, יש עוד חלון?" תמה נל.

"כן, החלון הראשון מגיע לכאן. החלון השלישי מוביל מכאן לעולם בני האדם, ולפי הספרים העתיקים, החלון השני הוא החלון שדרכו אפשר לחזור לכל אחד מהפתחים. הוא נראה שונה, לא כמו האחרים. לפי מה שהצלחנו לגלות, החלון השני נמצא בעולם בני האדם. זו הדרך היחידה לחזור לכוכב שממנו באת, וזו הסיבה שאבותינו אטמו את המעברים. עכשיו, כשאתה יודע, אתה בוודאי מבין מדוע אני מספר לך את זה."

נל הנהן לאות שהבין.

"כבר מאוחר. עדיף שנחזור לכפר."

נל התחיל ללכת כשמנר הסתובב פתאום והביט לכיוונו של טים שהסתתר היטב. טים הופתע מאוד ולא זז. מנר הסתכל לעברו במבט חודר, כאילו ידע שהוא שם. הוא חייך, הסתובב והצטרף לנל.

***

טים חיכה שעה ארוכה לפני שירד מהעץ. כשירד רץ במהירות לכיוון שממנו בא. "הוא בוודאי ראה אותי, אבל איך? ומדוע הוא לא אמר כלום לנל?" הדברים ששמע הפחידו אותו מאוד. העניין עם המעברים התחיל להישמע לו היגיוני. הוא נזכר בחור שבעץ. עכשיו כל הדברים הסתדרו לו. זו היתה הפעם השנייה שבכה. הוא הבין שאין לו סיכוי לחזור לכוכב שלו, "אלא אם כן," הוא הזדקף ואמר, "אני אעבור דרך החלון השלישי, ואמצא את החלון השני לפניהם."

הרעיון התחיל להתגבש במוחו. היער העצום הזה גדול כל כך. שורשיהם של השיחים העבותים בלטו מהאדמה. לעתים גובהם היה פי שניים מגובהו. הוא פחד מהחיות הגדולות שלא היו מוכרות לו, וכל זה היה כלום לעומת הבדידות שחש, הרגשה שלא עזבה אותו מהרגע שהגיע למקום הזה.

"אני חייב לברוח מפה; אין כאן איש שיכול לעזור לי, אבל איך אמצא את הכיפה העגולה שעליה דיבר מנר? אני יודע את הצופן וגם היכן ללחוץ, כל שעלי לעשות זה למצוא את הכיפה העגולה."

המקום שבו גר טים בחודשים האחרונים השרה עליו ביטחון, אך האזור שהיה מחוץ לתחום הפחיד אותו. הוא ידע שעליו לפרוץ את הגבול ולהגיע למקום מושבם של הדלנאים, גם אם במחיר סיכון עצמי והיתפסותו, פשוט אין לו ברירה.

טים אסף את החפצים המועטים שהיו ברשותו. ביניהם היתה פיסת עור גדולה שמצא כבר בימים הראשונים. הוא סגר אותה משני צדדיה בעזרת קוץ ובעזרת שורשים דקים תפר ממנה תיק נשיאה קטן שבו שׂם זכוכית מגדלת וסכין קטנה, שהיו דרך קבע בחגורתו, וכן פנס קטן ומימייה. את השמיכה שיצר מעלים ומקליפות גזע עץ החביא בצד למקרה שיחזור. את הדבר האחרון, שהיה חשוב לו מאוד, השאיר לסוף. בעזרת הסכין קילף חלק גדול מקליפת גזע העץ וישב וכתב במילים ספורות את שעבר עליו בפרק הזמן הזה, למקרה שמשלחת חיפוש תגיע ותחפש אחריו.

"שמי טים וקס. גרתי בירדל, בחוות וקס שבריניו.

הגעתי לכאן לפני כחודשיים וחצי בערך, ומאז אני כאן, לבדי.

גיליתי שדלנאים רבים חיים בצד האחר של היער.

שמעתי את שיחתם של מנר ונל. שמעתי שהם אומרים שישנו מעבר נוסף לעולם בני האדם.

המעבר נמצא במקום שנקרא הכיפה העגולה. כדי לעבור דרכו יש ללחוץ על כפתור שנמצא במשקוף הימני ולומר את המילה "אתנוס".

אני הולך לשם בתקווה שאמצא דרך לחזור לירדל."

טים

אחרי שסיים ניגש טים לנחל. הוא שתה ממימיו, רחץ את פניו, מילא את המימייה במים טריים ואת תיקו בפירות ובאגוזים. עכשיו, כשהכול

היה מוכן, הוא הביט סביבו והרגיש נמרץ. "לו היו פה עוד ירדלים
איתי", חשב, "זה בוודאי היה המקום היפה ביותר שראיתי מימיי: אגם
יפה, פרדס של עצי פרי ויער ענקי - מי צריך יותר מזה? אולי פעם
אחזור לכאן."

עוד מבט אחד קטן, ולאחריו יצא טים לדרך. הוא ידע שזו הדרך
היחידה למצוא את הכיפה העגולה שבתוכה נמצא המעבר לכדור
הארץ, לחלון השלישי. משם יחפש את החלון השני.

פרק 13

הפריצה

טורניר הפינג-פונג, שהתקיים בחצר הקאונטרי, משך אליו סקרנים רבים. הסיבוב השלישי התחיל, ויואב, שעד כה ניצח, שיחק נגד טל, יריבה חזקה מאוד מהכיתה שמעליו. שמונת המתמודדים ששיחקו רצו להגיע לגמר.

טל הובילה 18:12, אבל יואב לא התרגש, הוא הגביר את הקצב ובסוף ניצח 21:19. השופט הכריז על הַפסקה של שעה עד לתחילת משחקי חצי הגמר והגמר.

"נוגה," קרא דן, "אני הולך לתפוס לנו מקומות ישיבה על הדשא. תוכלי לגשת לקיוסק להביא לנו קפה?"

"תיקח את הילדים איתך," ביקשה ממנו נוגה. דן קרא ליואב, רון וליר שיצטרפו אליו. "יש לנו עוד שעה. זה המון זמן," אמר דן.

"אני רוצה ארטיק," אמר יואב.

"אז תיגש לקיוסק, אמא נמצאת שם."

"גם אני רוצָה," קפצה ליר.

עוד לפני שדן הספיק לענות, רצו שלושתם לקיוסק. דן מצא מקום נחמד לשבת, קרוב לברֵכה. כשארגן את הדברים על השולחן, צלצל הטלפון הנייד. דן הביט במסך הטלפון. הקוד של הבית הופיע על הצג. האזעקה הופעלה, מישהו פרץ לבית. דן רץ לקיוסק וראה שנוגה עומדת בתור.

"נוגה," לחש באוזנה, "פורצים לנו לבית. אני רץ לשם. עדיף שהילדים לא ידעו על כך. תישארי כאן ותשגיחי עליהם."

היא הנהנה והוציאה בזריזות את הטלפון הנייד שלה מתיק הצד

ובתוך כך תפסה בידו של דן. "תיזהר בבקשה. אולי כדאי שנתקשר קודם למשטרה?"

דן סירב ורץ לכיוון הבית. המרחק בין הקאונטרי לבית היה כמאתיים מטרים. בינתיים התקשרה נוגה למשטרה והודיעה על הפריצה. היא נתנה למוקדן את הכתובת המדויקת והפצירה בהם שיזדרזו.

"מה קרה?" שאל יואב כשראה את אמו מודאגת, לוחשת בטלפון.

"לא עכשיו, יואב." די היה במבט שבעיניה ובטון דיבורה. הוא הבין שמשהו לא טוב קרה, ומיהר לקרוא לרון ולליר.

"בואו נשב על הדשא עם הארטיקים."

"מה קרה?" שאל אותו רון.

"אין לי מושג, אבל משהו קרה. אמא מודאגת, וראיתי את אבא רץ לכיוון היציאה, אני חושב שהוא מיהר הביתה."

"אתה חושב שזה קשור לנל?" רון הרים את קולו.

"ששש..." היסה אותו יואב, "אתה לא יכול לצעוק יותר חזק? לא שמעו אותך בירח."

"לא קרה שום דבר," נוגה ניסתה להרגיע אותם.

הם מיהרו להתרחק וראו את אמם עוצרת מִדי פעם ומחליפה כמה מילים עם מכרים.

כשרון התיישב בכיסא, הוא אמר ליואב, "תזכור מה שאמרתי. לדעתי זה קשור לנל."

"ששש..." היסתה אותו ליר, "אמא מתקרבת."

"מה כל הלחשושים האלה?" שאלה נוגה.

"שום דבר," רטן יואב והביט ברון בכעס.

"שוב רבתם?"

"לא," השיב רון. "אבל נדמה לנו שמשהו קרה לך ולאבא, ואת משום מה מסתירה את זה מאיתנו."

"למה אבא מיהר כל כך?" שאל יואב.

"זה שום דבר," השיבה אמא, אבל עיניה הסגירו אותה.

"אמא, את בטוחה?"

"לא," היא ענתה. "אני מקווה שזו רק טעות, אבל האזעקה בבית פעלה. כשמפעילים את האזעקה והדלת של הבית נפתחת, הטלפון הנייד של אבא מצלצל."

"פרצו לנו לבית?" צעק יואב.

"תירגע," אמרה, "יכול להיות שזו טעות."

"תתקשרי למשטרה ותודיעי להם, מה אם הם הרבה, ואבא אחד?"

"התקשרתי, והם בדרך אלינו." ליתר ביטחון, הוציאה נוגה את הטלפון הנייד מהתיק וחייגה שוב. במוקד אמרו לה שהניידת תגיע בכל רגע.

ערן, חבר של אבא, ישב לא רחוק משם עם בני משפחתו. נוגה קמה וניגשה אליו. היא סיפרה לו בשקט מה קרה. ערן לא חיכה הרבה, אמר לשירלי אשתו שתשגיח על הילדים ורץ לכיוון היציאה.

דן הגיע לבניין מתנשף מהמאמץ. הוא הקיש את הקוד הכניסה לבניין. הדלת נפתחה ואת המרחק עד למעליות עשה בשתי שניות. מעלית אחת עמדה בקומה השישית, בקומה שלהם. השנייה היתה בקומה השמינית. הוא ניגש לארון החשמל, שהיה מוסתר מאחורי שרך גדול, וניתק את החשמל של המעליות.

דן רץ במדרגות, מדלג על שתי מדרגות בכל פעם ולעתים אף על שלוש. כשהגיע לקומה השישית, נעצר והביט בזהירות. דרך חדר המדרגות אי-אפשר היה לראות את דלת הכניסה, רק את דלתם של השכנים, הדירה הצמודה להם. הוא ניגש לדלת והשעין את ראשו עליה, מחכה לשמוע משהו שיעיד שאכן פרצו אליהם.

הדלת נפתחה בפתאומיות, ודן חטף אגרוף בפניו ונפל לרצפה כשהפורץ מעליו. הפורץ, שהיה לבוש כולו שחור, חבש כובע גרב, גם הוא שחור, ורק עיניו נראו. הוא היה מבוהל והחטיף לו עוד אגרוף, אך הפעם דן היה מוכן. הוא הרים את המרפק, כך שאת המכה ספג בשריר היד. זה כאב מאוד. הפורץ לא חיכה הרבה ונמלט לכיוון חדר המדרגות כשדן בעקבותיו. הפורץ ירד במדרגות במהירות עצומה, קופץ

ומנתר מעל עשר מדרגות בבת אחת. דן ניסה להדביק את הפער, אך לא הצליח. כשיצא מחדר המדרגות ידע שכבר איחר את המועד. הוא הגיע לרחוב בדיוק כשערן הגיע בריצה מכיוון הקאונטרי.

"הכול בסדר?" ערן היה נסער.

דן הביט בערן מופתע.

"נוגה סיפרה לי שמישהו פרץ אליכם הביתה."

"לא יכלה להתאפק," דן חייך.

"היתה פריצה?"

"נראה שכן," הוא סיפר לו על המרדף.

"אני חושב שראיתי אותו," אמר ערן.

"אתה בטוח?"

"שיער בלונדיני ארוך, לבוש כולו בשחור."

"אתה חושב שתוכל לזהות אותו?"

"בטח, אבל קודם בוא נעלה ונבדוק שלא מחכה לך עוד הפתעה."

הם הסתובבו לכיוון הכניסה של הבניין כשרכב אזרחי מסוג מיצובישי, שצבעו לבן ועל גגו מהבהבת נורת משטרה כחולה, נעצר בחזית הבניין.

"נחכה להם," אמר דן.

השוטר ירד מהניידת בעצלתיים כשהוא מדבר בטלפון הנייד. "טוב, אני אחזור אליך מאוחר יותר," אמר וניתק. "אתם מכירים את משפחת אלון?"

"זה אני," השיב דן, "אשתי הזמינה אתכם כי פרצו אלינו לבית. לא הספקתי להיכנס ולבדוק מה גנבו."

רק עכשיו דן שם לב לרטט שבכיסו. נוגה היתה נסערת, "הכול בסדר?"

"אין לך מה לדאוג, המשטרה נמצאת כאן איתי, אתקשר אלייך עוד מעט."

דן ניתק ופנה לשוטר, "הפורץ הפתיע אותי. הוא יצא מהדלת והחטיף לי אגרוף בפנים, ואז שנינו נפלנו. הוא נפל עלי וניסה להכות אותי שוב, אבל הצלחתי להגן על עצמי. לדעתי, הוא יכול לפתח קריירה בתור

אצן," דן ניסה להיות משעשע, אבל את השוטר זה לא הצחיק. דן ניגש לארון החשמל והפעיל מחדש את המעליות. הם עלו והגיעו לדירה.

"פורץ מקצועי ביותר," קבע השוטר.

"איך ממבט אחד אתה קובע דבר כזה?" שאל ערן.

"תראה, אין סימנים על המנעול. פריצה חלקה. חכו כאן, אני נכנס לבדוק."

"אני אכנס איתך," אמר דן והוסיף, "ערן, שמור בבקשה על הדלת."

"רגע אחד, אם אתה נכנס איתי, אל תיגע בכלום עד שהזיהוי הפלילי יגיע."

הם נכנסו לבית.

"בוא רגע, בבקשה," קרא השוטר לדן, "יש פה כסף על השולחן."

"הוא לא לקח את זה? אני לא מאמין, יש פה כמעט חמישה-עשר אלף שקלים במזומן."

השוטר הצביע על קופסה אדומה שעליה תבליטים זהובים. הקופסה הונחה על השידה. "מה זה?" שאל.

"זו קופסת התכשיטים של אשתי."

"אפשר?" שאל השוטר.

"כן, בבקשה," אמר דן בסקרנות. השוטר הוציא עט מכיסו, ובעזרת החוד הרים לאט את המכסה. בפנים היה שעון זהב משובץ יהלומים ולידו תכשיטים נוספים. "נחכה לזיהוי הפלילי," אמר השוטר.

החדר היה מבולגן. הבגדים היו זרוקים על הרצפה, והארון הוזז הצדה מעט. בלגן גדול שרר בבית.

"אני לא מאמינה," נשמעה קריאה מכיוון הכניסה. דן והשוטר מיהרו לדלת. נוגה עמדה בכניסה, אוחזת בראשה ובוכה. דן ניסה להרגיעה.

"איזה בלגן. איך הוא נכנס לכאן?" שאלה.

"אני מניח שדרך הדלת, לכן אסור לכם לגעת בכלום. יש סיכוי שנמצא טביעות אצבעות. אין סימן שיכול להצביע על כיוון. אני מציע שתיתני להם להיכנס," אמר השוטר ומשך את ידה של נוגה בעדינות. היא

זזה, ושני בחורים צעירים נכנסו לבית. אחד מהם, שמצלמה תלויה על צווארו, הזדהה בשם שלומי.

"גנבו משהו?" שאל.

"לא נראה לי," ענה השוטר. "על השידה יש סכום כסף גדול וקופסת תכשיטים. יש לי הרגשה שהם באו למשהו אחר."

"איפה הילדים?" שאל דן והביא לנוגה כיסא.

"השארתי אותם עם שירלי," ענתה.

"אלך לעזור לה," אמר ערן. "קחו את זה בקלות. לא קרה כלום, נוגה. הכסף והתכשיטים נמצאים על השידה. אין לך מה לדאוג, ואת הבלגן אפשר לסדר. אני אקח את הילדים אלי לצהריים."

דן ניגש לערן, לחץ את ידו ואמר: "תודה, טוב שיש חברים כמוך."

"אל תדאג," אמר ערן והלך.

החברֶ'ה של הזיהוי פלילי עבדו במשך שעה. בינתיים חקר השוטר את דן על חפצי הערך שבבית.

"תשמע," אמר דן, "אין לי מושג איזה אנשים פורצים לבית כשכסף ותכשיטים מונחים להם מול העיניים והם מתעלמים מהם. הדי-וי-די, הטלוויזיה, הכול במקום."

"חוץ מהציורים שבסלון," קראה נוגה. השוטר ניגש לקיר שמאחורי הספה הגדולה שעליו היה תקוע מסמר יחיד. "גם הציור שבמסדרון נגנב," אמר דן ורץ לחדרו של יואב. "אני לא מבין את זה," צעק כשהוא עובר מהחדר של יואב לזה של רון ומשם לחדר השינה. "הם גנבו את הציורים. הציורים האלה שווים מקסימום חמשת אלפים שקלים לכל אחד מהם . למה להם לגנוב אותם? אולי אחד הציורים היה שווה הון ולא ידעתי?" המשיך דן.

"אולי," חייך השוטר.

"אנחנו צריכים לסדר את הבית לפני שהילדים יגיעו. אני לא רוצה להכניס להם פחדים."

***

"אנחנו סיימנו," אמר שלומי. "גברת, האנשים שפרצו לך לבית הם לא פושעים רגילים. להתראות."

הוא הלך לכיוון הדלת ודן מיהר ללכת בעקבותיו. "למה אתה מתכוון?"

"אני מתכוון ששתים-עשרה שנים אני עובד בזיהוי פלילי. ראיתי המון פריצות בחיי, וזו פריצה מסוג אחר. בדרך כלל פריצות מסוג זה מחפות על משהו."

"כמו מה, למשל?"

"כמו על מישהו שרוצה לשים לך ציוד האזנה בבית או אפילו מצלמה. לא משנה, זו סתם השערה שלי. אני מקווה שתעברו את זה בקלות. את ממצאי הבדיקה תוכלו לקבל בעוד שלושה ימים. כמעט שכחתי, אצטרך מכם טביעות אצבעות."

הוא הוציא נייר וכרית עם דיו שחור. "כדאי שלא אתבלבל בין טביעות האצבע שלכם לאלו שעל הקיר. סיימתי," אמר, הכניס את הדברים לתיק והלך. כל אותה העת עמד השוטר ליד דן. "נזכרתי," אמר פתאום. "אתה אומר שהחבר שלך ראה אותו בלי כובע גרב."

"כן, כך הוא אמר לי."

"תן לי את מספר הטלפון שלו." הוא רשם את הפרטים בפנקס קטן שהוציא מכיס מכנסיו. "טוב, אזמין אותו להציץ באלבום התמונות. בינתיים, להתראות."

"תודה רבה לך."

השוטר הסתובב ופתאום עצר. "דן," אמר.

"כן, שכחת משהו?"

"אני מציע לך שתחליף את המנעולים בדלת. את המנעולים תקנה בחנות שאתה לא מכיר. תביא מתקין מצד אחר של העיר, כך תהיה יותר בטוח. זה מה שגם אני עשיתי."

דן הודה לשוטר ונכנס הביתה. במשך שעתיים סידרו דן ונוגה את הבית. הבית היה הפוך, אך למזלם דבר לא נשבר.

"נראה לי שהשוטר מהזיהוי הפלילי צדק. משהו מטריד אותי.

כשהבטתי בפורץ ראיתי שהוא מבועת," דן הרהר בקול רם. "משהו בבית הפחיד אותו, ואין לי מושג מה. אנחנו מגדלים פה ילדים, מה יכול להפחיד כל כך?"

"אולי הוא נבהל ממך?" נוגה חייכה.

"כן, יש לי את הלוּק הזה." שניהם צחקו.

"אני צריך להתקשר לערן."

כשנוגה התקשרה וסיפרה לשירלי מה קרה, דן עמד לצאת מהבית.

"כן, הוא בדרך אליכם," דן שמע את נוגה אומרת ופתאום נעצר.

"חכי רגע, אני לא יכול להשאיר אותך כאן לבד."

"אני מציעה שלא תתחיל לחשוב ככה. הם כבר לא יחזרו. לֵךְ, אני אהיה בסדר."

"לא," אמר דן. "תבואי איתי."

"טוב, שירלי, אני ודן בדרך אליכם," אמרה וניתקה.

היא הביטה בדן, ולא היה צורך ביותר מכך. הוא היה נחוש מאוד.

הם נשארו לקפה. דן חזר על כל הסיפור מההתחלה, רק שהפעם הם לא שמו לב שגם יואב מקשיב. כשדן סיים לספר על הפריצה, אמר ערן, "אני לא מבין, אתה אומר שיקראו לי להביט באלבומים שלהם? דן, יש לי חדשות מפתיעות בשבילך. אני זוכר את סוג הרכב ואת המספר שלו. זה זכור אצלי בראש."

"מתי? איך?"

"כשיצאתי מהקאונטרי ראיתי אותו רץ לכיוון שלי. הוא החזיק ביד משהו שנראה כמו גליל שחור וארוך באורך כמטר. היתה לי הרגשה לא טובה לגביו, אבל אי-אפשר לעצור אדם באמצע ריצה רק בגלל הרגשה. אז פשוט שיננתי את מספר הרכב."

"כל הכבוד!" קראה נוגה.

"01-826-39, זו היתה בלייזר שחורה."

"אתה מתכוון לשברולט?" שאל דן.

"אני מתכוון לשברולט מהדגם החדש, עם חלונות כהים."

"אז למה אנחנו מחכים?" שאלה נוגה. "אני מתקשרת עכשיו למשטרה."

"ניקח את הילדים הביתה, ואחר כך אסע לתחנת המשטרה."

"אתה רוצה שאבוא איתך?" שאל ערן.

"אין צורך, זה ייקח פחות משתי דקות. משטרת מרחב הצפון נמצאת בפינה הפחות עמוסה של רחוב דיזנגוף המיתולוגי, בדיזינגוף 221."

פרק 14

בתחנת המשטרה

כעשרים דקות חיפש דן מקום חנייה ובסוף מצא כזאת שני רחובות מתחנת המשטרה. היומנאי נראה כמי שעוד רגע יעזוב הכול ויברח משם. הלחץ היה גדול מדי בשביל שוטר אחד. הוא דיבר בטלפון, והשיחה היתה מתוחה מאוד. בידו השנייה החזיק טלפון אחר, ובמכשיר הקשר לא הפסיקו לקרוא לו. "רק אני חסר לו כאן," חשב דן בלבו.

הוא חיכה בסבלנות. לעבודה מהסוג הזה כנראה אין סוף. תפקידו של היומנאי דומה מאוד למרכזן שיושב בתחנת מוניות כשזרם בלתי פוסק של טלפונים מצלצל בלי הפסקה.

"סליחה?" שאל דן. "אפשר רגע מזמנך, בבקשה."

היומנאי הביט בו במבט של "חכה לתורך" וסימן לו לשבת על כיסאות הפלסטיק העלובים שהונחו ליד הקיר. דן סירב להצעה בנימוס וסימן לו עם היד שהוא מחכה. היומנאי, שהבין את הרמז, שאל ברוגז, "מה העניין?"

"פרצו לי לדירה, ואני חושב שמספר הרכב של הפורצים רשום אצלי."

"היו אצלך זיהוי פלילי?"

"כן, הם היו אצלי."

"יש לך דוח פריצה?"

"לא נתנו לי כלום."

"אין דבר כזה. מה הכתובת שלך, ומתי זה קרה?"

דן השיב במהירות. היומנאי קרא לאחד השוטרים לעזרה.

"לפי היומן, היתה קריאה, ומיד לאחר מכן היא בוטלה. תן לי לבדוק. בינתיים אני מציע שתשב, זה ייקח קצת זמן. יש כאן קפה בשקל."

דן חייך.

"הקפה מצוין, אין לך מה לדאוג, אני כבר חוזר."

דן חיכה יותר משעה והתחיל לאבד את סבלנותו. הוא סימן ליומנאי שהוא הולך.

"חכה," קרא היומנאי, "יש כאן בעיה קטנה, אתה חייב להישאר."

"מה הבעיה?"

"אדוני, אתה טוען שהיו אצלך בבית גם שוטר וגם זיהוי פלילי?"

"בדיוק."

"אז לפי הרישום שלנו, לא היו אצלך לא שוטר ולא זיהוי פלילי."

"על מה אתה מדבר?"

"אולי יש לך טעות בפרטים?"

"אין לי שום טעות."

"מפקד התחנה בדרך לכאן, הוא ביקש שתחכה."

"נשמע כאילו אני עצור."

"לא," הצטדק השוטר, "אבל חייבים לבדוק את העניין. יש כאן משהו מוזר. תשתה עוד קפה."

"די, נמאס לי מקפה. אני פשוט אשב ואחכה למפקד שלך."

היומנאי פנה ללכת ופתאום הסתובב. "מר אלון, אתה אמרת שיש בידך מספר הרכב של הפורץ?"

"כן, הוא אצלי כאן."

"אם לא אכפת לך, תן לי אותו."

"01-826-39, רכב מסוג שברולט בלייזר בצבע שחור עם חלונות כהים. אוטו שנראה חדש."

"אתה ראית את הפורץ נכנס לרכב הזה?"

"לא בדיוק. חבר שלי, שרץ לעזור לי, ראה אותו נכנס לאוטו. מישהו חיכה לו שם."

"תן לי את הטלפון של החבר שלך, אני צריך את זה לדוח אירוע."

"אבל אמרת שאין דוח אירוע."

"עכשיו אין, אבל בעוד כמה דקות המפקד שלי יגיע ויכתוב דוח אירוע."

דן הניף את ידו בביטול, הוא כעס על הזמן המבוזבז. לאחר עשר דקות ניגש אליו שוטר עם שני פלאפלים על הכתף. "דן אלון?" שאל.

"כן," השיב דן.

"נעים מאוד, שמי חגי, ואני מפקד התחנה." הם לחצו ידיים. "בוא ניגש אלי למשרד. אתה רוצה לשתות משהו?"

"לא, כבר שתיתי מספיק. למה הייתי צריך לחכות כל כך הרבה זמן?"

"אני אסביר לך."

הם נכנסו למשרד. על הדלת היה רשום "חגי כהן, מפקד התחנה". דן התיישב מצדו השני של השולחן הארוך. "תן לי רגע," ביקש חגי. "אני צריך לארגן כמה דברים."

בינתיים סקר דן את החדר שהיה נראה די עלוב בשביל מפקד תחנה. בחדר היתה ארונית ישנה ועליה הונח מכשיר פקס מהדור הקודם ומקרר קטן. הטיח התקלף בכמה אזורים, והיה גם סימן לרטיבות על התקרה.

"המקום צריך שיפוץ רציני," העיר דן.

"אני בהחלט מסכים איתך, אבל אין לנו תקציב."

דפיקה נשמעה בדלת. "כן," קרא חגי.

שוטרת צעירה במדים נכנסה לחדר, הושיטה לחגי פתק לבן מקופל ויצאה. חגי הביט בפתק ואמר, "כמו שחשבתי."

פרק 15

בטל"י

"מה כמו שחשבת? אתה מתכוון להסביר לי מה קורה?"

"כן, אבל לפני כן יש לי שאלה קטנה. תחשוב על משהו שיש בידך שיכול להיות חשוב לביטחון המדינה."

דן חשב לרגע, לא מבין מה יכול להיות חשוב כל כך. "אין לי בבית שום דבר כזה. חוץ מזה, כל מה שגנבו מהבית שלי זה כמה תמונות, ואני לא מדבר על מוֹנֶה או פיקסו. אלו ציורים ששׁוֹוָים יכול להגיע לכל היותר לכמה אלפים מעטים, והכי מצחיק הוא שמול העיניים שלו היו מזומנים ותכשיטים, והוא התעלם מהם. איך כל זה קשור לביטחון המדינה?"

"אז ככה, בשבת בשעה אחת-עשרה ורבע בבוקר קיבלנו שיחת טלפון." הוא הקריא את מספר הטלפון הנייד של נוגה. "היא הודיעה לנו שפורצים לכם לבית ומסרה את הכתובת. כעבור שתי דקות היא התקשרה שוב לוודא שאנחנו מגיעים, ואנחנו הודענו לה שהניידת כבר בדרך אליה, ומפה הכול הסתבך. פחות מדקה אחרי שהיא ניתקה את הטלפון עם המוקדנית, קיבלנו שיחת טלפון ממספר קווי." הפעם הוא הקריא את מספר הטלפון שלהם בבית.

"איך זה יכול להיות?" קפץ דן.

"חכה בסבלנות," ביקש חגי. "מי שהתקשר הזדהה בשמך וציין שכל זה מקורו בתקלה שאירעה באזעקה ואין צורך במשטרה, ולכן הקריאה בוטלה. עכשיו אני רוצה לשמוע ממך מה קרה. תנסה לא להשמיט שום פרט. אכפת לך אם אעשן תוך כדי?"

"ממש לא," ענה דן.

"היינו באמצע תחרות פינג-פונג בקאונטרי קלאב שבשכונה..."

דן סיפר לו את כל מה שקרה, וכשהגיע לקטע שבו הכה אותו הפורץ, אמר, "היה משהו מאוד מוזר בפורץ הזה. היה לו מבנה גוף חסון. הוא היה יכול להכניע אותי בקלות, אבל היה לו משהו בעיניים. הוא נראה מבועת. שמתי לב שהוא הביט לכיוון הדלת, כאילו מישהו הולך לתקוף אותו."

דן סיים לתאר את כל המקרה עד לרגע שבו הלך עם נוגה לביתם של ערן ושירלי. דן פלט שאיפה ארוכה דרך האף כאילו נזכר במשהו.

"מה קרה? נזכרת במשהו?"

"אתה יודע, הבן שלי הגיע לחצי הגמר, ולא שאלתי אותו איך נגמר הטורניר. כל העניין הזה הסיט אותי מהתחרות."

"אין דבר," ניחם אותו חגי. "גם אם הוא הפסיד, גם מקום רביעי הוא עדיין מקור לגאווה."

"נראה לי שאתה צודק. לדעתי, הוא סיים באחד משני המקומות הראשונים."

"בהצלחה, אבל בוא ונמשיך. השוטר שביקר אצלך..." חגי חקר את דן במשך שעה ארוכה ולבסוף אמר, "טוב, אני רוצה להראות לך משהו. השוטרת שנכנסה לפני כשעה נתנה לי פתק עם שמו של בעל הרכב. הבעלים הם חברה שנקראת בטל"י. אילו בעברי לא הייתי משרת בשב"כ, אז ככל הנראה, הייתי חושב שזו חברת סטארט-אפ או משהו דומה. אבל אז לא הייתי יודע שהאותיות האלו פירושן ביטחון לאומי לישראל."

"זה נשמע כמו זרוע של השב"כ," אמר דן.

"השב"כ, המשטרה, המוסד והימ"מ - כולם בסופו של דבר כפופים אליהם. יש להם תקציב פתוח, וכל מה שהם עושים קשור לביטחון המדינה, מחוצה לה או מבפנים."

"איך כל זה מתקשר אליי? אתה לא מספר לי את זה סתם."

"אתה צודק. אני לא מספר לך את זה סתם. לפי החוק, הם צריכים

ליידע אותי לפני כל מהלך שלהם כדי שלא יקרה מצב ששני הכוחות יפגעו זה בזה כמו שקרה לנו בשנת אלף תשע מאות שמונים וארבע. רק במקרה לא היו לנו אז הרוגים בנפש. אז הם לא יָדעו אותי, ולכן לא הייתי מחויב לעזור להם."

"יש לך מושג מה הם חיפשו אצלי? לא עשיתי מילואים כבר שנים, אין בידי מסמך צבאי או כל דבר שיכול לסכן את ביטחון המדינה. אני גם לא מכיר אף אחד כזה. יכול להיות שכל זה טעות? יכול להיות שהם טעו בדירה? אבל גם אם הם טעו, למה הם גנבו לי את הציורים?"

"את כל זה אנחנו נברר עכשיו."

חגי הוציא פנקס קטן מהמגירה שבשולחן וחייג.

"ערב טוב, מדבר חגי ממרחב צפון."

"הם שמו אותי ברמקול," לחש חגי לדן והעביר גם הוא את השיחה לרמקול.

"מי זה? ירון דותן?"

"זיהית מיד. כל הכבוד, הכול בסדר?"

"לא כל כך." חגי סיפר לו בקצרה מה קרה, נתן לו את מספר הרכב ותיאר בפניו את הפורץ.

"תשמע," אמר לו ירון, "אני לא יודע על הפעולה הזאת. אבדוק ואחזור אליך. תן לי את הנייד שלך."

"תשמע, ירון, אתה יודע מה ההסדר שלנו איתכם. אתה יודע שבאזור הזה יש לנו הרבה סמויים. אני לא מתכוון לוותר הפעם." הם המשיכו להחליף ביניהם עוד כמה משפטים סתומים רק כדי להפיג את המתח.

"טוב, אני מחכה לעדכון ממך, להתראות." חגי ניתק.

"מי זה ירון דותן?" שאל דן.

"זה מפקד בטל"י. הוא מפקד על אנשי השטח. היינו יחד בקורס קצינים ושיתפנו פעולה פעמים רבות לפני שהוא הצטרף לבטל"י. הוא קצין מעולה."

"אתה יודע, אין לי מושג למה מגיע לי כל הכבוד הזה. אתה משתף אותי

פה במידע רב, ואני משוכנע שגם השוטרים שלך לא יודעים על זה."

"אתה צודק," צחק חגי. "אני פשוט חייב לדעת מה הם חיפשו אצלך. יש לך משהו שאולי אתה לא יודע שהוא חשוב."

"אני לא מבין, איך אתה נכנס לתמונה? זה לא התפקיד שלך. איך זה קשור אליך?"

"לפני שבועיים פרצו לדירה של גיסי. לא גנבו לו כלום. חשבנו שאלו היו נרקומנים."

"מה הקשר?"

"יש כנופיות פורצים שעובדות באזור שלכם. בזמן האחרון היו לא מעט חיכוכים בין המחלקה שלי לבט"לי, שיצרו עימות חריף וחסר פרופורציות. בקיצור, הם מפריעים לי מאוד בזמן האחרון, ועם המקרה שלך אני מקווה לסגור את הנושא. אבל קודם לכן אני רוצה לדעת אם יש טעם לעזור להם, ואם לא, אז שיצאו מהעיר שלי."

"עכשיו אתה נשמע כמו שריף מטומבטסון," צחק דן.

חגי צחק גם הוא וקם מהכיסא. "לפני שאנחנו אומרים להתראות, ספר לי מה היה מצויר בציורים האלו."

"כמו שאמרתי, שום דבר מיוחד. רק ציורים בסגנון מופשט."

"הם לקחו את כל הציורים?"

"את כולם. אני רוצה אותם בחזרה עם התנצלות, או שאני מתקשר עכשיו לעורך הדין שלי."

חגי הביט בדן ובקול שקט אמר, "אני מציע שלא תעשה את זה. שום דבר טוב לא יצא לך מזה. הייתי איתך בסדר כששיתפתי אותך; לא ציפיתי ממך לתגובה כזו."

"אז למה ציפית?" דן הרים את קולו. "איך ציפית שאגיב כשאתה מספר לי שפרצו לי לבית, גנבו תמונות ששווין אלפי שקלים, הפכו לי את הדירה, חטפתי מכות, הפריעו לי ביום מקסים, ואת כל זה עשו אנשי חוק? אני צריך לשתוק? תתעורר, חגי, זה לא ילך. תתקשר לירון שלך ותאמר לו שאני מחכה עד עשר בבוקר לציורים ולהתנצלות מהבחור שהכה אותי."

הם הביטו זה בזה. חגי שבר את השתיקה. "אני אדבר עם ירון, ואתה תחכה עם התכניות שלך עד שאחזור אליך. תשמור על קו פתוח. להתראות."

"נשתמע," ענה לו דן.

***

בינתיים הודתה נוגה לערן ושירלי.

"אלווה אתכם הביתה," הציע ערן.

"אין צורך, זה בסך הכול שני בניינים מפה."

"זו לא הכוונה שלו," אמרה שירלי.

"תני לי," ביקש ערן משירלי. "אני אלווה אתכם, ולפני שתיכנסו, אבדוק שהכול בסדר. מישהו חייב לבדוק שוב את הדירה. אולי שיכפלו את המפתחות שלכם, את יודעת. הם לוקחים את המפתח, מכניסים לתוך קופסה עם חומר דמוי דבק, ויש לך הצורה המדויקת של המפתח. וחוץ מזה, דן בתחנה, והוא יכול לחזור מאוחר."

"טוב, שכנעת אותי," צחקה נוגה בתסכול. "העובדה שאדם זר נכנס אלינו הביתה והשתמש בו כבשלו מצמררת אותי."

"די, זה מאחוריכם," שירלי חיבקה את נוגה. "זה לא טוב לך עכשיו לפני הלידה. את צריכה להיות חזקה."

פתאום, בלי שליטה, התחילה נוגה לבכות. שירלי חיבקה אותה חזק וסימנה לערן שיקרא לילדים.

"אני בסדר," נוגה ניגבה את הדמעות בטישו שהיה בכיס מכנסיה, "נדבר מחר."

***

הם הגיעו לדירה. ערן נכנס לבדו, והם חיכו לו בכניסה.

"הכול בסדר. בדקתי את כל הדירה. בכל בעיה שיש לך תתקשרי אלי. אגיע תוך דקה ולא משנה באיזו שעה."

"תודה, ערן."

"בוא הנה," קרא ערן ליואב.

יואב ניגש לערן מחייך במבוכה. "עכשיו אתה הגבר כאן, אז תשגיח."

"תהיה בטוח שהכול יהיה בסדר," יואב צחק והחליק כיף לערן.

הם נכנסו וסגרו את הדלת. נוגה הלכה להכין ארוחת ערב מאוחרת. יואב, ליר ורון רצו לחדרה של ליר. יואב פתח את דלת בית הבובות. נל לא היה שם. הם חיפשו בכל החדרים. ליר התחילה לבכות, ודמעות עמדו לפרוץ גם מעיניו של רון.

"תתעשתו," לחש להם יואב. "אתם רוצים שאמא תגלה?"

"אולי כדאי שנספר לה?" שאל רון משלא הצליח לעצור את הדמעות.

"לא," ענה יואב. "נל מתחבא, ותאמינו לי, אנחנו נמצא אותו."

"ילדים, בואו לאכול ארוחת ערב," קראה אמא.

הם התיישבו על כיסאות הבר שבמטבח.

***

"בכית?" שאלה אמא את ליר.

"קצת, הוא הפך לנו את החדרים."

"אני יודעת," אמא ליטפה את ליר וחיבקה אותה. "אין לכם מה לדאוג, הכול בסדר."

קול של מפתחות נשמע מעבר לדלת. כולם נדרכו.

"זה אבא," חייכה אמא. "אני מקווה שלא תפחדו עכשיו מכל דבר. תמיד היו פריצות פה באזור."

דן נכנס בדיוק כשאמרה זאת. "ומתברר שזה הגיע גם אלינו."

ליר קפצה עליו וחיבקה אותו חזק. גם רון ויואב רצו אליו. הוא התכופף ופרש את ידיו כדי לחבק את שלושתם. נוגה ניגשה גם היא. דן הניד בראשו. "זה ממש לא טוב להיריון שלך כל המתח הזה."

"אני יודעת, אני רק רוצה חיבוק," אמרה, וקיבלה.

"כבר אכלתם?" שאל אבא.

"בדיוק התכוננו לארוחה."

"יופי, כי אני רעב כמו דוב שלא אכל שנה," דן עשה פרצוף שהוא הולך לטרוף את ליר. היא חמקה במהירות כשהיא צוחקת, אך דן לא ויתר. הוא רץ אחריה לסלון, תפס אותה, הרים אותה גבוה ואז הוריד אותה על הכורסה הענקית שבסלון כשרון ויואב קופצים עליו מאחור.

"תפסיקו, האוכל מתקרר," קראה נוגה.

"יאללה, בואו נאכל אוכל אמתי," קרא אבא.

"נו, איך היה בתחנת המשטרה?"

"אחר כך," הוא סימן לה. "לא ליד הילדים."

"גנבו לנו משהו?" שאל יואב.

"מלבד הציורים לא גנבו כלום."

יואב, רון וליר קמו במהירות ורצו לחדרה של ליר.

"מה קרה?" שאל אבא, "לאן אתם רצים?"

"לבדוק משהו," צעק יואב, "אנחנו כבר חוזרים."

הציור היה במקום, מוסתר על-ידי בית הבובות הענקי וכמה משחקי פאזל.

"בואו, נחזור לאכול, נדבר אחר כך," אמר יואב.

הם חזרו לשולחן.

"מה היה כל כך דחוף?" שאלה אמא.

"רצינו לראות אם הציורים של ליר נמצאים בקלסר."

עכשיו כולם צחקו. רק אבא חיבק את ליר שעשתה פרצוף נעלב.

"את הציירת הכי מדהימה שראיתי מימיי."

"זה היה בצחוק, אל תיעלבי," אמר יואב.

"אוקיי, חבר'ה, הגיע הזמן שתתארגנו לשינה," אמר אבא.

"אבא, אנחנו יכולים לשמוע מה היה בתחנת המשטרה?" שאל יואב.

"אני חושבת שאפשר לספר להם," אמא אמרה, ושאלה, "אתם רוצים לשמוע?"

"כן," ענו כולם פה אחד.

"טוב, אז קודם תעזרו ותפנו את השולחן."

לאחר שסיימו, עברו כולם לשבת בסלון. דן סיפר באריכות על מה שעבר מהרגע שבו יצא מהבית של ערן ועד שהגיע הביתה.

"וואו," אמר יואב. "אתה אומר שהמשטרה פרצה לנו לבית? למה?"

"כן, למה?" שאלה גם נוגה.

"זו לא המשטרה. זו יחידה שנמצאת מעליה ונקראת בטל"י."

"נשמע כמו חברת סטארט-אפ," צחק יואב.

"גם אני חשבתי ככה," ענה אבא.

ליר נרדמה על הכורסה הקטנה. דן הרים אותה והשכיב אותה במיטה. גם רון ויואב הלכו לחדריהם. עכשיו, כשדן נשאר עם נוגה בסלון, הוא אמר, "תדעי שאני רציני. אם אנחנו לא נקבל בחזרה את הציורים עם התנצלות, אני הולך למשרד של חגי ומגיש תביעה נגד בטל"י."

"אתה יודע שאני איתך." נוגה חיבקה אותו. "התעייפתי מהיום הזה. יש לי עוד חודש וחצי עד שאלד, והלוואי שזה יעבור מהר."

"הכול בסדר ויהיה בסדר. לכי לישון. אני אעשה עוד סיבוב אחד בבית ואצטרף אלייך."

***

טפיחה קלה העירה את יואב משנתו. יואב פקח את עיניו. הכול היה חשוך, והוא לא ראה כלום.

"אני כאן," לחש נל בשקט.

"נל," יואב קפץ מהמיטה. "איפה היית? דאגנו לך."

"אני יודע, ראיתי שאתם מחפשים אותי, אבל לא גיליתי את מקומי בכוונה."

"למה? מה קרה?"

"הייתי פה כשהפורץ נכנס," אמר נל. "בוא נהיה בשקט."

"אתה רוצה שאעיר את רון וליר?"

"אין צורך, תספר להם עלי בבוקר, כשתצאו לבית הספר ולגן."

"כשהלכתם לקאונטרי קלאב, נשארתי בבית הבובות. פתאום שמעתי אותו. הוא הפך את הבית ולא הפסיק לדבר בטלפון הנייד שלו. מישהו כיוון אותו לחפש את הציור שבחדר של ליר."

"המעבר," אמר יואב בשקט. נל הנהן.

"מישהו יודע עליו? אבל איך?"

"סיפרתי לכם שמנר סיפר לי על דלנאי שעבר בטעות את החלון השלישי, דלנאי ששמו קרי?"

"לא, אני לא חושב שסיפרת לנו."

"קרי עבר דרך החלון השלישי. הוקם צוות חיפוש שתפקידו היה לגלות מה עלה בגורלו באמצעות אבקת הרו-רו. הם ניסו לראות אם נכתוב עליו בעיתונים, אבל לא גילו דבר. כאילו האדמה פצתה את פיה ובלעה אותו. את כל זה סיפר לי מנר. לא יודעים מה עלה בגורלו."

"יכול להיות שמצאו אותו ולא מספרים?"

"יכול להיות. אבל מה שבטוח זה שהוא היה בבית שלכם."

"איך אתה יודע?" קפץ יואב. "בגלל הציור?"

"כן, בגלל הציור. הציור הוא פתח היציאה של החלון השלישי. אני לא חושב שיש יציאה נוספת. הפורץ הגיע לחדר של ההורים שלך והפך את החדר. כשירדתי לראות אותו, הוא כמעט הבחין בי. אז חזרתי ועליתי על המיטה של ליר והתחבאתי מאחורי הכרית. אתה יודע, בין המזרן לדופן המיטה. כששמעתי שהוא בסלון, צץ במוחי רעיון. רצתי לחדר של רון. מערכת הסטריאו עם הרמקול היתה על הרצפה. רון לימד אותי להשתמש בה. הדלקתי אותה והגברתי את עוצמת הקול עד הסוף. את כל הכפתורים הזזתי למקסימום וחיכיתי. כשהוא נכנס לחדר, צרחתי לתוך הרמקול. הספקתי לראות שהוא נופל ובורח מהבית במהירות שיא."

יואב הרצין. "זו הסיבה שאבא אמר שהוא נראה מבועת."

"יואב, יש עוד משהו."

"מה?"

"אני כמעט בטוח שהוא ראה אותי."

"אל תדאג," הרגיע אותו יואב. "לדעתי, אדם שנבהל שנייה לפני שהוא נופל לא מאמין במה שהוא רואה." שניהם חייכו.

"איך זה שהוא לא ראה את הציור בחדר של ליר?"

"לא שמת לב שבית הבובות הענקי מסתיר אותו?"

"כן, רק עכשיו שמתי לב."

"דחפתי את בית הבובות בזהירות והצמדתי אותו לציור, שיסתיר את כולו."

יואב סיפר לנל את כל מה שקרה מהטורניר עד הרגע שבו אבא סיפר לכולם מה קרה בתחנה.

"חלק מזה שמעתי."

"טוב, כדאי שנלך לישון."

"אתה צודק. בוא, אלווה אותך."

"אין צורך," לחש נל, "נתראה בבוקר."

פרק 16

המחילות בבטן ההר

הדרך לתאי המעצר היתה מסובכת. נורה החזיקה את המפה בידה והתקדמה בצעדים נמרצים כשאלור משתרכת מאחור.

"חכי לי," אמרה אלור, "את הולכת מהר מדי."

"אין זמן, אני מפחדת מהדביל הזה, גסיל."

אלור הצליחה להדביק את הפער והתנשפה בעצבנות.

"היו חייבים למקם את תאי המעצר בתחתית ההר? אין לי כוח. אולי ננוח קצת?"

נורה הסתובבה. "תקשיבי, ביקשת להצטרף, ואני לא סירבתי. אבל עכשיו חייהם של שני דלנאים מונחים על כף המאזניים."

"האידיוט הזה, שמעתי שהוא אמר שיציף את התאים במים ויטביע אותם."

"את צודקת, אסור לנו להתמהמה."

נורה ואלור הגיעו להצטלבות דרכים: מימין היה שביל צר וחשוך מאוד ומשמאל פתח גדול ומואר.

"נורה, מכאן," הצביעה אלור על הפתח הגדול.

"לפי המפה, צריך להיות כאן פתח נוסף," השיבה נורה.

"אני לא רואה כאן עוד פתח, זו כנראה טעות."

"אין כאן טעות, חייבת להיות דרך נוספת."

נורה התקרבה לקיר שבין שני הפתחים. "מוזר," אמרה.

"מה מוזר?"

"אני שומעת מים זורמים."

"קדימה," צעקה נורה ותפסה בידה של אלור, "לפתח הצר."

"מה קרה?" נבהלה אלור.

"מישהו פתח את הסכר, ועוד מעט המים יגיעו לכאן. בואי, מהר."

הן זחלו בחושך. השביל הוביל אותם למעלה.

"איי!"

"מה קרה?" שאלה נורה.

"חטפתי מכה מהקיר, אני לא מבינה למה לא בחרנו בשביל הגדול והמואר."

נורה המשיכה לזחול, חורקת שיניים בכעס. "את לא מבינה כלום, נכון?"

"מה אני לא מבינה?" השיבה אלור בכעס.

"לפי המפה, גם השביל הגדול שראינו וגם השביל שלא הצלחנו לראות, שניהם מובילים לתחתית ההר. לשם אנחנו צריכות להגיע."

נורה התנשפה מהמאמץ, הסתובבה והתיישבה. "פה אנחנו מוגנות," היא ניגבה את פניה בחולצה שלבשה.

"בחרתי בשביל הזה כי הוא מטפס כלפי מעלה, רק ככה יכולנו לברוח מהשיטפון. את בסדר?"

"כן," השיבה אלור. "אולי קצת תמימה ומתקשה להבין דברים מסוימים, אבל איך זה שפתאום כל המים האלה הגיעו לכאן?"

"מישהו ניסה להתנקש בנו. מישהו ידע שאנחנו יורדות לראות את הדלנאים, וזה לא מצא חן בעיניו. הוא פשוט ניסה להטביע אותנו."

"מה עם הדלנאים?" קראה אלור בבהלה. "הם בטח טבעו."

"תירגעי. הייתי למטה לא פעם. כדי להציף את התאים את צריכה להיות למטה. באמצע ישנו פתח ניקוז שפונה היישר לאגם, לכן המים לא מגיעים לתחתית ההר."

"מה נעשה עכשיו?" שאלה אלור.

"תישארי כאן. אני ארד לבדוק מה קורה. זוזי בבקשה הצדה קצת כדי שאוכל לעקוף אותך."

נורה זחלה בחזרה לכיוון הפתח. האבנים הקטנות שרטו את רגליה, אך היא המשיכה עד שהגיעה למטה. רק השלוליות הקטנות הזכירו את השיטפון שהיה.

"אלור," צעקה נורה. "את יכולה לרדת."

"אלור," נורה צעקה שוב, אך שום תשובה לא נשמעה.

נורה זחלה במהירות לעבר הפתח, קוראת שוב ושוב לאלור.

אלור היתה שרועה על גבה, עיניה עצומות. נורה תפסה בידה של אלור, הניחה את ראשה על בטנה. הדופק שלה היה חלש. אני חייבת להזעיק עזרה, אמרה לעצמה. היא משכה את אלור באטיות והניחה אבן מתחת לראשה. את האבן כיסתה בצעיף ומיהרה לכיוון הפתח. את הדרך למעלה עשתה במהירות.

***

היא נכנסה למגורי ההנהלה. החדר של טובי היה בקצה המסדרון. השולחן של אנה, מזכירתו הראשית, עמד בינה ובין חדרו. היא נכנסה במהירות לחדר.

"רק רגע אחד," קראה אנה. "את לא יכולה להיכנס."

נורה הדפה את הדלת בכוח. טובי ישב בכורסה ולידו ישב גסיל. טובי היה המום מההתפרצות, ואילו גסיל חייך ברשעות.

"מה זה צריך להיות? איפה הנימוסים שלך?" שאל טובי.

"אין לי זמן לזה. אתה חייב לבוא איתי מהר. אלור איבדה את ההכרה, והיא בסכנת חיים."

טובי התעשת, ושלושתם מיהרו לבטן ההר.

"גסיל, רוץ ותקרא לליב ותאמר לה שתבוא עם התיק. תוביל אותה לצומת הקטן."

גסיל התמהמה מעט. נורה צרחה עליו. "נו, תמהר כבר, אידיוט." הוא הביט בה בכעס, אך לא ענה. הוא הסתובב ורץ לכיוון מגורי הסגל. תוך כדי ריצה במסדרונות שאל טובי, "למה קראת לו אידיוט? מה קורה ביניכם בזמן האחרון?"

"מישהו ניסה להתנקש בנו היום."

"מה?" שאל טובי, המום.

"מישהו הציף את השביל שמוביל לצומת הקטן."

טובי הבחין בשלוליות שבדרך. "מי יכול לעשות דבר כזה? רק אנשי הסגל יכולים לפתוח את הסכר." הם הגיעו לצומת ומכאן זחלו בשביל החשוך. "אני לא אשאל אותך מה עשית כאן. אשאיר את ההסברים לאחר כך." היה ניכר שהוא כועס עליה מאוד. הם הגיעו לאלור. גופה היה קר, והדופק שלה היה חלש.

"מהר, מים," קרא טובי ובינתיים הרים את ראשה של אלור והשעין אותו על ברכיו. נורה חזרה עם פיסת בד ספוגה במים. "זה מהשלוליות," חייכה בכאב.

"טובי, נורה," נשמעה קריאה.

"אנחנו כאן, בשביל החשוך."

ליב מיהרה לאלור והתחילה לטפל בה. נורה הרגישה שגופה נרפה לאט, והיא התחילה לבכות. "הכול באשמתי."

טובי ניגש לחבק אותה. "ששש, לא עכשיו." היא הנהנה בהסכמה.

"למה זו אשמתך?" שאל גסיל. טובי הביט בו כאילו היתה זו הפעם הראשונה שראה אותו. הוא שאל את עצמו: "איך זה שלא ראיתי את זה עד עכשיו?"

"לך למגורי הסגל ותביא אלונקה." גסיל מיהר. "אנחנו צריכים להוציא אותה לכיוון האור, למטה. תעזרו לי."

שלושתם התכופפו והרימו אותה בזהירות. הם הלכו לאט עד שהגיעו לפתח, ושם הניחו אותה.

"היא תהיה בסדר," אמרה ליב.

"אנחנו צריכים לדבר," אמר טובי. "לאחר שנעביר אותה למרפאה נשב אצלי במשרד."

פרק 17

ליאה

רוח נעימה פיזרה את שערותיה של ליאה. זה היה אחד מאותם ימים שטופי שמש ומשבי רוח קרירים. ליאה ניכשה את העשבים השוטים שגדלו בין ערוגות הירק בגינתה הפרטית.

"תיזהרי בבקשה שלא לדרוך על העגבניות," ביקשה ליאה מיוקו שהלכה על השביל.

"אני נזהרת," צחקה יוקו. "יש כאן כל כך הרבה עגבניות. היינו יכולים לתרום גם לשכנים הירדלים שלנו," אמרה בעליצות.

"במה אני יכולה לעזור?" שאלה ליאה. "את יודעת, זה היום החופשי שלי."

"אני יודעת, אבל יש פה עניין שלא סובל דיחוי."

"עניין חשוב, הא? טוב, תיכנסי בבקשה, אני כבר מצטרפת אלייך. את יכולה להיכנס למטבח ולהכין לנו יֵינוֹק."

יינוק הוא משקה עשוי מסויה, מאגוזים טריים, מבננות ומקינמון. זהו המשקה האהוב על הדלנאים. ליאה סיימה לנכש את הערוגה האחרונה. היא הניחה את הכלים על מתקן מיוחד בצורת רי"ש שניצב בשביל החיצוני של הבית, שמעברו היה תלוי שלט מנהלת הכפר.

"אני רואה שהסתדרת," אמרה ליאה. על השולחן העשוי עץ טיק הונחו שתי כוסות וקנקן מלא ביינוק ובקוביות קרח בצורות של פרצופים מצחיקים.

"אני מאוד אוהבת את הצורות של הקוביות האלה."

ליאה הוציאה עוגיות חמאה מהמגירה, הניחה אותן על השולחן והתיישבה מול יוקו בשתיקה. "נו?"

"טעים מאוד," ליאה לגמה בהנאה. אין ספק שיוקו ידעה להכין יינוק משובח.

"אני מציעה שתתחילי לספר לי מה כל כך דחוף. יש לי עוד הרבה עבודה בגינה."

"את זוכרת שלפני כשבוע נעלמו השומרים שליד העץ?"

"השומרים ששמרו על המעבר?"

"בדיוק," אמרה יוקו, "מצאנו ממחטה ששייכת לאחד מהם."

"במעבר האסור? איך היא הגיעה לשם?"

"יש גם עקבות, אבל אלה לא עקבות של דלנאים. כפות הרגליים גדולות משלנו."

"אני חושבת שאני מבינה את התמונה. את מתכוונת לומר שאת השומרים חטפו ירדלים. תמיד אמרתי שאי-אפשר לסמוך עליהם."

"למרות שכרתנו איתם ברית, אין בינינו יחסי שלום. למה את חושבת שזה הם?" שאלה ליאה.

"כי אין סיבה אחרת לתעלומה הזאת, וחוץ מזה, בזמן האחרון הרבה ירדלים עוברים את האזור האסור ומתגרים בחיילים שלנו. זה הפך למצב בלתי נסבל."

"יוקו, את כועסת, ובצדק. את חושבת שהמועצה לא יודעת על כך? אנחנו עוקבים אחרי העניין בדאגה רבה, אבל לא נסכים שהאווירה בינינו תתחמם. אולי זה מה שהם רוצים? להשתלט על האזור האסור? זה בלתי אפשרי, רוב המשאבים שלנו באים משם. אני חושבת שצריך לכנס שוב את המועצה ולדבר ברצינות על מה שמתרחש כאן."

יוקו עשתה סימנים שהיא עומדת ללכת.

"חכי, אל תלכי," ביקשה ליאה. "חשבתי על משהו. אני יודעת שאת פעילה, אבל את לא שותפה במועצה. אנחנו מתכנסים מחר, ולכן חשבתי שאולי תרצי לעזור מבפנים."

"את מציעה לי להצטרף למועצה?" יוקו נדרכה כולה. היא היתה נרגשת והופתעה מהתפתחות השיחה.

ליאה הביטה ביוקו. היא היתה דלנאית צעירה, מוכשרת מאוד ואכפתית, ונראה שהעניינים השוטפים של הכפר חשובים לה. זו לא היתה הפעם הראשונה שליאה חשבה כך.

"כן, גם שאר חברי המועצה צריכים להסכים לכך. חכי בבית לתשובה ממני. אני חושבת שתוכלי להועיל לנו."

"אני כל כך נרגשת. אין לי מילים להודות לך." יוקו התרגשה עד דמעות.

"זה בסדר, חייכה ליאה. "שום דבר עדיין לא סגור, אז בואי נחכה למחר. בינתיים, קחי איתך שני דלנאים מהמשמר ההיקפי ותבדקי ביסודיות את הממצאים שנוגעים לדלנאים הנעדרים."

***

יוקו התקרבה לשער הכפר. היו שם השומרים הרגילים וגם כמה קציני צבא שישבו עם מפות.

"מה את עושה כאן?" שאל אחד מהם.

"אני בתפקיד. חוץ מזה, אני צריכה שני שומרים שיתלוו אלי לאזור האסור."

"השתגעת? אין סיכוי שאאשר את זה," אמר הקצין בכעס.

"אולי כדאי שתשקול את דבריך; ליאה שלחה אותי."

"מה פתאום? איך זה שליאה לא מתייעצת איתי?"

היתה שתיקה קצרה.

"מה תעשי שם?"

"אני צריכה לבדוק משהו בנוגע לשני הנעדרים."

"זה מה שגם אנחנו עושים. תצטרפי אלינו, ואני אסביר לך מה מצאנו."

יוקו התיישבה עם החבורה.

"חבר'ה, זו..." הוא חיכה ליוקו שתאמר את שמה.

"שמי יוקו," היא חייכה במבוכה.

מייק, אחד הקצינים, אמר, "אני אסביר בקצרה לידידתנו החדשה. לפני כמה ימים מצאנו באזור האסור, קצת לפני כפר ירדל..."

"מה עשיתם שם?" יוקו קטעה אותו.

"אנחנו מסיירים באזור. מצאנו שם ממחטה ששייכת לאחד הנעדרים. מצאנו שם גם טביעות רגליים של ירדלים. הגששים שלנו הלכו בעקבות טביעות הרגליים לירדל. העקבות הובילו לשם."

"אז זה נכון," קפצה יוקו. "הם חטפו אותם. מנוולים שכמותם. חששתי שזה מה שקרה." היא הביטה וראתה את פניהם ההמומות של הקצינים. "אתם לא חושבים כמוני?"

"אנחנו חושבים כמוך, רק שאנו שולטים בתגובות שלנו קצת יותר ממך," ענה לה מייק.

"אני מציעה שנארגן משלחת שתצא לשם ותדון איתם בהחזרת החטופים."

"כן, אבל מה יהיה אם הם יתכחשו לחטיפה? מה נעשה אז?"

"אתה חושב שהם יכחישו?"

"אני הייתי מכחיש אם הייתי במקומם."

"יש לכם תכנית?"

"יש. זה בעיקרון דומה למה שאמרת. יש לנו עוד קבוצה של קצינים שתיכנס הערב, עם חשכה, לירדל. ננסה להגיע לבתי המעצר שלהם שנמצאים בתחתית ההר."

"מה יקרה אם משהו ישתבש ויתפסו אתכם?" יוקו הקשתה. "יהיו בידיהם עוד שבויים," המשיכה.

"אז הפתרון יהיה אחד," הוא השתהה מעט ואמר בקול יבש, "מלחמה."

"אני לא מסכימה עם ההנחה הזאת. כל זה נראה לי מיותר."

"תסלחי לי שאני שואל," אמר אחד הקצינים, בחור עם עיניים כחולות בוהקות שישב לשולחן. "את שייכת רשמית למועצה?"

יוקו הביטה בו, אך לא ענתה.

"זה טימותי," מייק הציג את הקצין.

"זה אתה שהציל את החבר'ה הצעירים באותו לילה?"

הוא הנהן.

"איך נלחמת בחיות האלה?"

"את מתכוונת לשועלים. באים אליהם בביטחון ובלי פחד. הם מפחדים מהצל של עצמם."

יוקו הביטה בו בעניין. פניו המחוספסות והצלקת שעל לחיו שיוו לו מראה גברי ומסוקס. היה משהו מושך מאוד בעיניו הכחולות. "אני משוכנעת שיש דלנאיות היו רוצות אותו לעצמן," חשבה בלבה והסמיקה.

"אני לא שייכת למועצה, עדיין לא."

"את אומרת שליאה הטילה עלייך את התפקיד הזה?"

היא הנהנה.

"אנחנו נתחשב בך ונראה בך אחת מחברי המועצה. מכיוון שיש לך משימה ואת צריכה שני קצינים שיתלוו אלייך, אז, רוֹמֶק," הוא פנה לאחד הקצינים הצעירים, "שנינו נצטרף לעלמה הצעירה."

"כן, המפקד," הזדקף רומק, נכון לכל מה שיידרש.

יוקו וטימותי הביטו זה בזה וחייכו. "יש בו קסם," חשבה לעצמה. היא הרגישה שלבה פועם במהירות, תחושה שלא חשה זמן רב, ואז נזכרה שזה כמה שנים אין לה חבר או בן זוג.

פרק 18

ההתגנבות

הערב ירד, הכוכבים התחילו להופיע בשמים, ואור הירח האיר את דלאי. הם ישבו זה ליד זה. החבורה הקטנה כללה עשרה קצינים ואת יוקו. מייק לחש את ההוראות האחרונות, והם נאלצו להתקרב כדי להיטיב לשמוע. "אסף, אתה וחבורת הקצינים שלך יכולים לזוז."

אסף הנהן וסימן לחבורה להתקרב. יחד עם אסף הם היו בסך הכול שבעה. המשימה שלהם היתה להגיע לתחתית ההר, שם הוחזקו בדרך כלל האסירים. היה עליהם לנסות לשחררם. באותו זמן יגיעו טימותי, רומק ויוקו לשער הגדול. זו תהיה הפעם הראשונה שכף רגלו של דלנאי תדרוך שם. עליהם הוטלה המשימה להגיע להסדר עם הירדלים שבמסגרתו יוחזרו השבויים. את הפקודות האחרונות הם קיבלו מליאה, שנפגשה עם מייק עוד באותו היום ומסרה לו את ההנחיות לפעולה.

אסף והחבורה יצאו לדרך. לחישות של "בהצלחה" נשמעו מכל עבר. הם התחילו לטפס על תלולית העפר והעפילו לראש הגבעה. משם ילכו לירדל. הם יצטרכו להיות זהירים. ברשותם היה נשק חם, אקדחים, חץ וקשת וגם חרב אחת.

כל אחד מהם היה מומחה לכלי נשק אחר, ויחד הם היו כוח חזק ואמיץ. הם הגיעו לראש הגבעה ואת הדרך עד לעצי האיקליפטוס הענקיים עשו בריצה. כשהגיעו לעצים, התיישבו לנוח כמה רגעים. מכאן נעשתה הדרך קשה יותר. היו בה סלעים ואבנים מכל הגדלים, ואלה הקשו על התקדמותם. הם היו נחושים להצליח במשימה ולא הניחו לקשיים להפריע. הם צעדו בטור עד לגבול, וכשהתקרבו הרים אסף את ידו וסימן להם בשתי אצבעותיו, בזרת ובאמה, להשתופף

וללכת בזהירות. הם חצו לאט את הגבול. עכשיו ידעו כולם שחייהם תלויים זה בזה. היו אלה המוכשרים והמנוסים שבקציני הצבא שלהם.

לאחר שהלכו עוד כשעה הוציא אסף את המפה וניתב לפי הכוכבים את דרכו בחושך. הוא הצביע על העץ, מרחק כמה עשרות מטרים מהם, כעל מקום למנוחה. הם נחו כעשר דקות וניצלו את המנוחה להתפנות ולאכול משהו קטן.

"זזים," נלחשה הפקודה. הם התחילו לזוז ושמרו על מרחק של מטרים אחדים בין חייל אחד למשנהו. עיניהם הביטו כל הזמן לכל הכיוונים. אחד שמר על גבו של האחר. זו היתה מיומנות שנרכשה במשך שנים.

כשעברו את העיקול שבתחתית הגבעה נגלה לעיניהם ההר העצום. הוא היה גדול משאר ההרים שבסביבתו. המיוחד שבו היה כיפת ההר שהיתה שטוחה כמגרש ענקי. היה קשה שלא להתרשם ממנה. הטיפוס היה קשה מאוד. אסף הוביל את החבורה. הוא שיחרר מתיקו האישי חבל דק וארוך. את הקצה האחד קשר למותניו ואת המשכו שִׁלשל כלפי מטה. בחגורותיהם היה אבזם כפול. כל אחד מהם העביר את החבל דרך האבזם, עשה קשר והעביר לבא אחריו. כך, בלי מילים, התכוננו במקצועיות. אסף התחיל את הטיפוס, נזהר שלא לדרוך על אבנים שאינן מקובעות. הוא ניסה למנוע מהאבנים מליפול ולפגוע בחבריו, שכן מפולת תסגיר אותם לירדלים.

לאט ובשקט הם עשו דרכם במעלה ההר. שם, לפי התדרוך שקיבלו, היתה הכניסה לבטן ההר. השעה היתה קצת אחרי שתיים בלילה. הם הלכו בשביל הצר שהוביל לראש ההר, אך מהר מאוד גילו שטעו בדרכם. הם פנו לאחור והמשיכו לצעוד לכיוון השני.

בפתח הכניסה להר ראו שני שומרים משועממים יושבים על כיסאות עץ. אחד מהם נראה מנומנם ועל סף שינה. אסף הרים את הזרת והאגודל שבידו הימנית, וכולם השתטחו והתחילו לזחול לכיוון השיחים שהיו מקום המסתור היחיד בסביבה.

אסף סימן לקֶרמי ולשון שיתקרבו אליו. שניהם היו מומחים לחץ

וקשת וגם הצטיינו בצינור עם חֲצֵי רוח, וזה מה שאסף רצה. הוא החווה בידו לשון על בליטה הצמודה לכתפו. שון וקרמי הבינו מיד. כששלפו את הצינורות, כולם עצרו את נשימתם. שון וקרמי טבלו את החצים בחומר האדום דמוי הג'לי והחדירו אותם. אסף סימן לשון שיתמקד בירדל הימני ולקרמי - בשמאלי. אסף הביט בעיניהם. הם סימנו לו שהם מוכנים. הוא ספר בלחש, "שלוש, שתיים, אחת." רחש קל נשמע משני הצינורות, החצים טסו במהירות, ולירדלים לא היה סיכוי. הם נפלו שדודים.

***

אסף סימן לחבורה לא לזוז. דניאל וכפיר הורידו את התיקים מגבם ובשקט זחלו לעבר הירדלים. הם בדקו אותם בזריזות. הם ישנו כמו תינוקות. הם אחזו בידו השמאלית של אחד השומרים וגררו אותו לשיחים.

הם נזהרו מידו הימנית, שיש בה רק שתי אצבעות, אך כמות הארס שבה מספיקה להמם את כל החבורה. השומר השני היה קל יותר. הם השעינו אותם על שיח גדול, מוסתרים מעיני כול.

אסף סימן לעדי שנכנס לפתח כדי לראות אם לא נשקפת סכנה. לאחר כחמש דקות התחיל אסף לדאוג. סהר רצה לבדוק מה קורה עם עדי וסימן לאסף שהוא רוצה להיכנס, אך זה סימן לו שישב במקומו. לאחר חמש דקות נוספות הופיע עדי בפתח. הוא מיהר לחבורה.

"לקח לך הרבה זמן," לחש אסף.

"נכנסתי פנימה, כולם ישנים. אנחנו יכולים להיכנס."

"בסדר."

אסף ביקש מכפיר שיישאר בחוץ וישגיח למקרה שיקרה דבר-מה. תפקידו של כפיר היה להגיע למייק, שחיכה קצת אחרי הגבול, במרכזו של האזור האסור לירדלים.

כולם עברו על פניו של כפיר, מחליקים על ידו במעין לטיפה. הוא חייך אליהם, והם נבלעו בפתח.

אסף הוביל את החבורה. היו שם שבילים רבים שהובילו למקומות שונים בבטן ההר. אסף הצביע על לוח העץ שעמד בפינה, מפה מפורטת של ההר מבפנים. מגורי הסגל וההנהלה היו בצד שמאל למעלה, ובתי המעצר היו בבטן האדמה. הם היו צריכים לעבור בכמה וכמה מקומות שהיו בהם ירדלים.

הם קיוו שהשעה המאוחרת והשקט התמידי יתרמו להצלחת המבצע. הדרך לבטן ההר נראתה ארוכה. אסף סימן לעדי להישאר במאסף ולבדוק כל הזמן שאיש לא יפתיע אותם מאחור.

השבילים היו נקיים מאבנים. הדרך סותתה ורוצפה באבנים קטנות צמודות זו לזו. מתקרת הסלע בלטו זוויות עץ שעליהן היו תלויות מנורות שמן שהפיצו אור רך ונעים.

השביל התעקל, והם הגיעו לצומת טי. דניאל סימן לאסף שטביעות הרגליים מובילות לפנייה הימנית של הצומת. בפנייה שמאלה נראו טביעות רגליים אחדות ישנות.

אסף סימן להם לפנות שמאלה. הם התחילו להתקדם. הדרך היתה חשוכה. התאורה באזור הזה לא פעלה. סהר חזר לצומת. היה שם לפיד כבוי, והוא הוציא אותו מהנדן והניף אותו לכיוון אחת המנורות. הלפיד ספוג השמן נדלק במהירות, וסער מיהר להצטרף לחבריו שחיכו בסבלנות.

הם המשיכו לרדת לבטן ההר, ומדי פעם נאלצו לעבור בין עמדות שכמה מהן היו מאוישות. השומרים בעמדות האלה ישנו או היו עסוקים ולא ערניים מספיק. הם הגיעו לשער גדול.

המשקוף היה שונה מהדלת עצמה. הוא היה עשוי מעץ לא מוכר, והיו עליו גילופים של דמויות שמעולם לא ראו, של כוכבים ושל ירחים. במרכז הדלת היתה שמש, ולאורך המשקוף הימני היה כתב מוזר שהתחיל מקצהו העליון של המשקוף ועד לסופו. אסף וסהר ניסו להדוף את הדלת. כולם באו לעזרתם, אך הם לא יכלו להזיזה.

"מה עושים?" לחש דניאל.

"חייבת להיות דרך לפתוח את הדלת," השיב אסף. "תתחילו לחפש," פקד.

כולם חיפשו בשקדנות, חוץ מעדי. הגילופים שעל המשקוף עוררו את סקרנותו. הוא ליטף את הדמויות ונהנה ממגען. "איזה אמן עבד על המשקוף הזה," לחש. המגע בשמש היה מוזר במקצת, הוא חש שהיא עשויה משני חלקים שונים.

"מה אתה עושה?" לחש אסף. "תעזור לנו."

"אני חושב שמצאתי."

כולם הזדקפו.

"רק רגע," אמר אסף והוציא אקדח קטן שהיה מחובר לחגורת מכנסיו. כולם הוציאו את נשקיהם. אסף פקד על החבורה להסתדר מסביב לפתח ולוודא שלא יותקפו. הוא סימן לעדי שיפתח את הדלת. עדי לחץ על הכפתור, והדלת זזה הצדה ללא קול.

שביל מרוצף בקוביות עץ בצבע חום כהה נגלה לעיניהם. כעת לא נזדקקו ללפיד, שכן היתה שם תאורה. הם נכנסו פנימה. אסף חזר לפתח ולחץ על הכפתור שהיה במרכז השמש. הדלת לא הגיבה. לאחר שנכנס נסגרה הדלת מעצמה.

"יש לה כנראה מנגנון השהיה," אמר עדי.

"ממשיכים," סימן אסף.

הם התקדמו בשביל שהלך והתעקל, ולכן לא יכלו לראות מעבר לחמישה מטרים. על הקירות סותתו צורות של כוכבים גדולים וקטנים וירחים. גלקסיות שלמות היו שם, מעין נקודות ציון של כוכבים מסוימים וכתב שאינו מוכר. ככל שהתקדמו התחלפו האורות, והתאורה הכחולה הבהירה הפכה לאור צהבהב ונעים יותר וליוותה אותם במסעם.

השביל התרחב. בצדיו היו גם פסלים של דמויות מוזרות. הן נראו כבני אדם, רק שראשן היה גדול מאוד לעומת גופם הצנום. היו להן עיניים גדולות, ולא היה להן שיער כלל. נראה היה שלכל דמות היה משהו שונה לומר.

"הֵי," לחש דניאל, "בואו לכאן. זה כדור הארץ, אני בטוח."

כולם התקרבו והביטו בכוכב היפה שמסביבו צוירו ירח, שמש ועוד כמה כוכבים שנעו במסלולים מקבילים. "אתה צודק," לחש אסף, "כמו במפות שלנו. האוקיינוסים הגדולים והיבשות הם בדיוק אותו הדבר."

"אני חושב שאני יודע מה זה." אסף הצביע על הקירות ועל התקרה שעליהם הופיעו כוכבים רבים וכתב מוזר. מישהו מיפה את כל הכוכבים. "זוכרים שבכתבים העתיקים נכתב על מיליארדי כוכבים? אם אני לא טועה, קוראים לזה גלקסיה."

"אתה צודק," לחש עדי. "זה פשוט מדהים, הכול נראה מסודר."

"מה זה האזור הזה?" שאל שון והצביע על הקיר ממול.

הם ראו שעל הקיר יש ציורים חקוקים ומגולפים של כוכב אחד גדול, שני ירחים ושמש שגדולה ממנו פי כמה. סביב הכוכב לא היו כוכבים. הוא נראה בודד לעומת שאר הכוכבים.

"משהו מוזר בכוכב הזה, נראה שיש לו כוחות לעומת שאר הכוכבים."

"תראו, הנה הכוכב שלנו," אמר שון.

"ששש..." היסה אותו אסף, מתבונן בכוכב שהיה במרחק לא קטן מהכוכב הגדול.

"יש פה קו," אמר אסף, "שמחבר בין הכוכב שלנו לכוכב הגדול."

היה שם קו דק זהוב שחיבר בין שני הכוכבים.

"רגע, יש כאן עוד קו," המשיך, "הוא יוצא מכאן," אמר והצביע על הכוכב הגדול. הם נעמדו והביטו בתקרה. הקו התחבר לכדור הארץ. הכוכב הגדול היה קשור לכוכב שלהם ולכדור הארץ.

"מה קורה כאן?"

"אני חושב שעלינו על משהו אדיר," אמר קרמי.

"טוב לשמוע את קולך מדי פעם," גיחך עדי.

קרמי הביט בעדי והסתובב לאסף. "צריך להודיע לליאה ולכנס את המועצה."

"אני יודע," ענה אסף. "זו כבר לא משימת חילוץ שבויים, היא נהפכה

למשהו אחר. נמשיך לבדוק את המקום ונשתדל לחזור בלי שיגלו אותנו." הם המשיכו ללכת בשקט.

"תראו," אמר סהר. "כאן כבר אין כוכבים." הוא הצביע על הקיר והתקרה. הכול היה צבוע בצבע חום כהה, כמעט שחור, ובאמצע נכתבו משפטים בחום ברונזה. נראה שהשמש שמאחורי הגוון השחור מאירה ומנסה לפרוץ דרכו החוצה. דלת עץ ענקית בצבע חום כהה חסמה את הדרך.

"מה עושים?" שאל דניאל.

אסף נשען על הדלת, וכולם עמדו לידו וניסו להדוף אותה, אך ללא הצלחה.

"רגע," קרא עדי. "יש כאן בליטות ממש כמו בדלת הקודמת. כוכב, ירח וגם שמש. אבל הדלת הזאת עשויה מיחידה אחת."

עדי ניסה ללחוץ על כל מיני כוכבים. אסף הצטרף אליו. היו שם מאות כוכבים.

"על המשקוף למעלה יש תבליטים," אמר דניאל.

"איך נגיע לשם? גובהה של הדלת כשני מטרים."

"דניאל, קרמי, תוציאו את החץ והקשת שלכם," אמר אסף.

"אני מבין את הראש שלך," אמר דניאל והוציא את הקשת. הוא חיבר את חבל הטיפוס הדק והחזק לקשת וחיפש עמדה טובה. הוא כיוון ומתח את הקשת עד לקצה גבול היכולת שלו ושחרר. החץ נתקע במשקוף הימני.

"קרמי, אתה הכי רזה," אמר אסף.

קרמי הוריד את החץ והקשת מעל כתפיו והושיט אותם לשון. הוא טיפס בקלילות על החבל. ביד אחת אחז בחבל ואת רגליו הניח על הבליטות החרוטות על הדלת. בידו החופשית ניסה ללחוץ על כל מה שאפשר, אך לא הצליח. "אין פה כלום," אמר והתחיל לרדת.

"רק רגע," אמר אסף. "תחזיק ביד אחת בבליטה הגדולה ותנדנד את החץ. אסור שידעו שהיינו כאן."

אחרי נדנודים רבים הצליח קרמי לשחרר את החץ מהדלת וקפץ למטה. הם המשיכו לחפש מסביב לדלת. "אין מה לעשות, אנחנו צריכים לחזור," אמר אסף.

עדי ניסה שוב, אך דבר לא קרה. הם התחילו בדרכם חזרה ועברו ליד השומרים הישנים. הכול הלך למישרין ובשקט. היציאה היתה מוארת.

"חכו כאן. אני הולך לבדוק אם היציאה בטוחה," אמר אסף.

כולם דרכו את נשקיהם. דניאל ושון שיפרו את עמדותיהם מאחורי סלע גדול. אסף התקדם לעבר היציאה. הוא הביט החוצה וראה את כפיר מסמן לו שהכול בסדר. אסף סימן לשְאר החבורה, וכולם התקדמו אחריו.

"דאגתי לכם," אמר כפיר. "לא תאמינו, לפני כשעה יצאו מכאן עשרה ירדלים חמושים, הם הלכו לכיוון ההוא," אמר והצביע לעבר האזור האסור.

"מה קורה איתם?" שאל שון והצביע על השניים שהיו שקועים בשינה עמוקה.

"שום דבר," ענה כפיר. "הם בוודאי יתעוררו עם כאב ראש גדול בעוד כמה שעות."

"רק שהם לא ידעו מאיפה זה בא להם," צחק דניאל.

"מה עם החטופים?" שאל כפיר.

"אני אסביר לך אחר כך," ענה אסף. "בינתיים חייבים לצאת מכאן בלי שירגישו בנו."

אסף הלך בזהירות ובשקט, ולכן הדרך חזרה ארכה זמן רב. כשהגיעו לגבול, הוא בדק את השטח. "חכו כאן," ביקש. דניאל חיפה על אסף, והחבר'ה ישבו לנוח. "הכול בסדר," אמר וסימן לכולם. הם עברו את הגבול לאזור האסור.

פרק 19

טובי מנהיג הירדלים

מייק, טימותי, רומק ויוקו חיכו להם באותו המקום.

"חזרתם," קרא מייק בשמחה, "הכול בסדר?"

"כן," השיב אסף. "אני רואה שגם אתם חזרתם."

טימותי לחץ את ידו של אסף.

"הכול בסדר?" שאל אסף.

"בואו נשב," אמר טימותי.

הם התיישבו סביב המדורה הקטנה. כולם הוציאו מקטרות קטנות, חוץ מיוקו. הם מילאו את המקטרות בטבק, הדליקו אותן ועישנו בהנאה.

"הבאתי איתי יינוק," אמרה יוקו. "אני חושבת שאפשר להסתדר עם מה שיש," אמרה והוציאה בקבוק פלסטיק ושבע כוסות.

"מצוין," אמר כפיר.

"אני ממש סקרן לדעת מה גיליתם," אמר אסף לטימותי.

"אתם יצאתם לכיוון ההר," טימותי התחיל לספר, "ואנחנו חיכינו כשעה לפני שיצאנו לדרכנו. הגענו לשער הגדול, ממש בקצה השני של האזור האסור. למרבה הפלא, היו שם בסך הכול שני שומרים די משועממים. הם כל כך הופתעו, שלא ידעו מה לעשות. נראה שלא הוגדרנו בפני החיילים האלה כאויבים, אחרת, איך תסביר שישבנו איתם שם איזה חצי שעה כשהם נוהגים בנו באדיבות?!"

"ניסינו לדלות מהם מידע בנוגע לחטופים, אבל הם לא ידעו על כך. ביקשתי לדבר עם המנהיג שלהם. מתברר שטובי הוא עדיין המנהיג. אחד מהם רץ לנקודת הביקורת וביקש שיכניסו אותנו. אחד מהקצינים מיהר לכיוון שלנו. הסברנו לו שליאה שלחה אותנו כדי לדבר עם טובי,

ולא הסכמנו לפרט. דרשנו לדבר אך ורק עם מישהו מהמועצה. כשהוא
דרש לדעת במה מדובר, אמרתי לו שאם הוא לא יכול להפגיש אותנו
עם מישהו מהמועצה, אנחנו מסתובבים וחוזרים הביתה."

"וזה עבד?" שאל אסף.

טימותי הנהן וחייך, "בוודאי. הובלנו אחר כבוד לירדל. היה לילה
וחשבנו שכולם ישנים שם. מתברר שבירדל הכול מאוד דומה למה
שקורה אצלנו. ראינו חבורת צעירים שמשחקים בכל מיני משחקים.
התאורה שם מאוד מתקדמת, ממש כמו אצלנו. הוא הוביל אותנו דרך
שבילים צדדיים, כך שבקושי ראינו משהו. הירדלים קיבלו אותנו יפה,
והיו כאלה שהביטו בנו במבט שאני לא יכול להסביר כרגע. מובן שהם
עפים על אנפות בדיוק כמונו.

"הגענו להר מעברו השני, לא מהכיוון שאתם הגעתם. הכניסה להר
מפוארת, ולאורכה פרושים שטיחים בצבע אדום עז. היו גם שני
שומרים שנשאו נשק קל.

"נכנסנו למערכת חדרים ענקית ורחבה. הם ביקשו מאיתנו שנשב
ונמתין בחדר. חיכינו שם כשעה, ואז הגיעה ירדלית נחמדה וביקשה
מאיתנו שנתלווה אליה. היא הובילה אותנו למגורי הסגל, שם היה
חדר המועצה. אתה מבין איזו הפתעה זו היתה בשבילנו לקרוא על
הדלת את השלט 'חדר התכנסות'. למטה נכתב בהדגשה ובאותיות
בצבע ירוק זית 'הכניסה מותרת רק לחברי המועצה'. היו שם טובי,
סול, הבן של טובי, גסיל, אלור, רנדי, ליב ולני. והיתה שם עוד אחת,
שאותה כולנו חיבבנו כבר מההתחלה. שמה נורה, והיא המשנה לטובי.
בקיצור, אלו הם כל חברי המועצה של ירדל. האנשים שמחליטים על
גורל מדינתם. מההתחלה היתה לי הרגשה שהם יודעים במה מדובר.

"טובי בירך אותנו לשלום וביקש שנשב. הם הגישו לנו יינוק מיוחד
בתוספת אלכוהול. טובי הציג את חברי המועצה, ואחר כך אני הצגתי
את רומק כקצין ביחידה המובחרת שלנו ואת יוקו כחברת מועצה.
כולם הביטו בה בהפתעה, היא נראתה להם צעירה מדי. ואשר לי,

אמרתי שאני קצין ונשלחתי לדבר על שני נעדרים, שלפי כל הסימנים נראה שהגיעו אליהם.

"טובי לא נבהל מהישירות שבדברי. הוא שאל על המעבר לכדור הארץ. עניתי לו שאין בסמכותי לדון בכך. השיחה היתה ערה, וכולם השתתפו בה. מה שבאמת עניין אותם היה המעבר לכדור הארץ. הם דיברו בלהט על הדברים הטובים שיכולים לצמוח מהאפשרות שנוכל לעבור במעבר ולחזור דרכו עם ידע גדול שיוסיף לאיכות החיים שלנו. גם יוקו השתתפה בשיחה."

שניהם הביטו בה.

"לא היה אפשר שלא," היא אמרה, "הם הביאו טיעונים מאוד משכנעים. הרגשתי שכולנו שייכים לאותה ארץ. דיברנו על בעיות חברתיות, על הלימודים. השיחה היתה עניינית וזרמה. במיוחד נהניתי מנורה, היא נפלאה. שאלתי אם אוכל לפגוש אותה שוב, והיא השיבה בחיוב."

"כל זה טוב ויפה," אמר אסף, "אבל מה עם הנעדרים? כלומר, מה עם החטופים?"

"ובכן," ענה טימותי, "טובי ביקש לפגוש את ליאה. הוא יהיה מוכן לדבר איתה על כל נושא שיתבקש..."

"רק רגע, אני לא מבין," התערב מייק בשיחה. "אתם," הוא הצביע על טימותי, "הגעתם כמה דקות לפני אסף, למה זה לקח לכם כל כך הרבה זמן?"

"דיברנו," ענתה יוקו. "כמו שאמרתי, פשוט דיברנו הרבה עד שכמה מהם התעייפו, ואז נפרדנו מהם. טובי הורה לשני הקצינים הבכירים שלו ללוות אותנו לשער."

"יוקו," מייק פנה אליה וביקש מכולם להיות בשקט, "כעת יש בידייך מידע רב שעלייך להביא בפני ליאה והמועצה. אנחנו את תפקידנו סיימנו להיום. אני מבקש מכולכם לחזור לביתכם כדי לנוח ולאגור כוחות. אל תדאגו, כשהייתם במשימות שלכם, דאגתי לשמירה היקפית. ביקשתי שכולם יהיו ערניים שבעתיים, אי-אפשר לדעת מה יקרה."

פרק 20

כתב החידה

סט אחז בגליל הנייר, העיף בו מבט והעביר אותו לסמדר. "תשמרי על זה," לחש לה. "אני מיד חוזר," אמר ונעלם מאחורי עץ חרובים גדול. שלי וניב הגיעו מתנשפים מהמאמץ. "מה קרה?" שאל ניב והצביע על גליל הנייר. "מה זה עושה אצלך?" המשיך לשאול.

"ששש..." לחשה שלי.

"איפה סט?"

"תנו לי לענות," אמרה סמדר וסימנה להם לבוא אחריה. הם עקפו את עץ החרובים והתיישבו על אחד משורשי העץ הגדולים שבלטו מהאדמה. "אין לי מושג לאן סט הלך. הוא ביקש ממני שאשמור על החידה ואחכה לו."

"אני כל כך מסוקרן לדעת מה החידה," אמר ניב. "הייתי רוצה לפתוח ולקרוא את החלק שלנו, חבל שהיא חתומה בשעווה אדומה."

"אני לא מאמינה שהיית עושה את זה," התגרתה בו שלי. "אין לך אומץ," צחקה. סמדר חייכה גם היא בסתר. ניב הושיט את ידו לסמדר. "תני לי בבקשה את החידה."

"אל תעשה שטויות. סט אמר לי לשמור על החידה, הוא סומך עלי שלא אפתח אותה."

"את בוודאי חושבת שאת טובה מאיתנו," ניב לא נשאר חייב.

"ששש..." הפצירה בהם סמדר.

"אני לא טובה מכם, ואין לכם חוש הומור ובמיוחד לך."

ניב נעלב עד עמקי נשמתו.

"מה קורה פה?" סט הופיע מרוגז. "שומעים אתכם בכל היער." הוא

לא סיים את המשפט כשפתאום אור פנסים האיר עליהם. "נתפסנו," התעצבן ניב.

"על מה אתה כועס?" שאלה סמדר והצביעה על ניב.

"סט, רק שתדע שהכול בגללו. הוא יצר את כל המהומה."

סט סימן לסמדר ולניב שיירגעו.

"מי אתם?" שאל סט ומצמץ בעיניו. אור הפנסים סנוור אותו. משהו לא בסדר כאן, חשב לעצמו.

ניבה ולין יצאו מאחורי העץ, אוחזות באקדחי רושיו מהדגם החדש.

"מה קורה כאן?" שאל סט, המום.

"אתה יכול לסגור את הפה," אמרה לו ניבה. "לא קרה כלום. ליתר ביטחון אנחנו סורקים את היער."

שלי קפצה לאחור בבהלה. "וואו, איך נבהלתי. מצטערת שלא ראיתי אותך."

כולם הסתובבו לראות למי היא מדברת.

מנר נשען על עץ החרובים. הוא החזיק בידו מקטרת וקירב אותה לפיו. בידו השנייה אחז כפפה כחולה כהה שבקצות אצבעותיה היתה מעין מתכת כסופה. סט סימן בידו לשלום. מנר הנהן. "מה יש לך ביד?"

"אתה שואל אותי?" שאל אותו סט כשלרגע התבלבל בגדך מנר. "אה, אתה מתכוון לזה?" הוא הראה את הפלסטיק הצהוב שנראה כאצבע ארוכה. "מצאתי את זה זרוק על הרצפה. זה זהר בחושך, אבל אין לי שמץ של מושג מה זה," אמר סט.

"זוהי מעטפת לאגודל של ירדל. שם בעצם נמצא הארס," אמר מנר.

"מה זה ירדל?" שאלה שלי. "מעולם לא שמעתי על חיה כזו."

"לא עכשיו," אמרה ניבה, " נסביר מאוחר יותר."

"הוא כל כך גדול?" שאל סט.

"כן," השיב מנר. "תמשיכו לשחק, ואל תדאגו, הוא מפחד מכם יותר ממה שאתם מפחדים ממנו. בכל מקרה, אנחנו בסביבה."

ניבה ולין הסתובבו ונעלמו עם מנר מאחורי העץ.

"וואו," אמר סט. "ראיתם את הכפפה שלו. זה בדיוק מה שסיפרו לי הוריי."

"תראה לי את הפלסטיק," ביקשה סמדר. סט הושיט לה את המעטפת, ושלושתם הביטו בה בסקרנות ובעניין. "איזה מין חיה זו הירדל?" שאלה שלי את סט. "לא עכשיו," ענה סט. "עכשיו אנחנו מתקפלים, ממשיכים במשחק והולכים לכיוון הבאר העתיקה."

"זה רחוק מאוד, אולי כדאי שנישאר כאן?" שאל ניב.

"לא, ועכשיו בלי שאלות נוספות."

סט לקח את המעטפת מידה של סמדר והכניס אותה לכיסו. הם המשיכו ללכת בין העצים הגבוהים כשאור הירח מאיר את דרכם. הם הגיעו לשביל חול המוקף בעצים קטנים ודשא. הם היו גלויים, וזה לא מצא חן בעיני סט. הוא סימן להם שירדו מהשביל וילכו לכיוון העץ שסביבו פרחו פרחי בר, ועם זאת הוא נראה מיותם.

"אנחנו צריכים להגיע לבאר העתיקה בלי להתגלות. הבעיה היא שנצטרך לעבור דרך האזור שבו נמצאת הקבוצה של רם, וזה יכול להפריע לכוכב אפל להסוות את העקבות, לכן נלך בדרך הזאת."

"הייתי רוצה להמשיך בדרך הזאת," אמרה סמדר, ושלי הסכימה איתה.

"אתה בטוח שאין דרך נוספת?" שאל ניב.

סט ליטף את סנטרו כשהרהר בכך. "יש דרך נוספת, אך מעולם לא השתמשנו בה במשחק. היא קרובה מאוד לנחל האבדון.

"תנו לי לסיים," ביקש כשראה את חבריו למשחק, שלא רצו להקשיב לרעיון שנראה בעיניהם חסר היגיון, נעים בחוסר שקט.

"אל תשכחו שמטרת המשחק היא לשמור על שלוש מגילות הקלף ולמנוע מהקבוצה היריבה לפצח את החידה ולנצח. אנחנו מחזיקים בשליש מהחידה, ואם נוכל להחזיק בה עד אור הבוקר, ננצח במשחק, אלא אם כן ניתפס. כרגע נראה מטורף לעשות דבר כזה, במיוחד לאחר שהכבודה הזהירה אותנו שלא נתקרב לנחל האבדון. אני לא יכול לבקש מכם לבוא איתי אף שאני ראש הצוות. כל מה שאני אומר הוא, שאם

כולנו נסכים, זה יאריך לנו את הדרך במעט, אבל, לדעתי, זו חוויה, ולכן אני רוצה שנלך דרך הנחל."

"השם של הנחל מחלחל אותי," אמרה שלי. "אבל אם אתה אומר שהדרך לא מסוכנת, אז אני אלך עם כולם."

"אני איתך," אמר ניב לסט, שחשש מעט לפני ששלי הביעה פקפוק באומץ לבו. "כך," חשב, "ידעו שאני לא פחדן".

כולם הביטו בסמדר. "טוב, נראה שאין לי ברירה."

"את לא חייבת להסכים," אמר סט. "אל תרגישי מחויבת. אם את לא רוצה, אז נוותר על הרעיון."

"ואם אני נגד הרעיון, אז מה? תרדו ממנו?"

"כן," ענה סט. "נוותר."

"יש לי רק תנאי אחד," ביקשה, "שלא ניקח סיכונים מיותרים. נלך על הרעיון שלך, סט, אבל לא נחפש הרפתקאות. הרי ביקשו מאיתנו לשחק על רדיוס קטן."

"אז קדימה," אמר סט. "נזוז."

"רק רגע," אמרה שלי. "יש פה שיח חומיות שנראה רענן."

"גם אני רוצה," אמרה סמדר.

כל אחד מהם קטף חופן חומיות ושם אותן בשקית נייר שסט הוציא מתיקו. היה להן טעם נפלא. הקליפה שלהן היתה חומה-כהה. הן היו רכות, ותוכנן האדום נמס בפה כמו ג׳לי.

"הממ, החומיות האלה ממש טעימות," אמרה שלי. "אתם יודעים, בשיעור כימיה למדנו שאת עלי החומיות כותשים עם השורש ומייבשים בשמש, ומזה נוצרת אבקה לבנה שהיא בעצם חלק מאבקת הרו-רו."

הם המשיכו ללכת. סט וסמדר הובילו, וניב ושלי הלכו כמה מטרים אחריהם.

"מה שמזכיר לי שהרבה זמן לא שיחקנו בקֶייטו."

"את המשחק הזה תשאירו לדלנאים הקטנים," אמר ניב.

"דווקא נראה לי שאתה מתלהב מהמשחק. אני תמיד רואה שאתה מתרכז בו ורוצה לנצח," אמרה שלי.

"זה נכון," הודה ניב, "אני מאוד אוהב לשחק."

"אז תפסיק לנסות ולהחזיר לי, אני סתם הקנטתי אותך. עשיתי את זה רק בגלל שנראה אתה מנסה להוכיח משהו, כמו כשהסכמת ללכת לאורך נחל האבדון. נראה שאלמלא הוויכוח קודם לכן היית מסרב."

"תראי, את יכולה להמשיך ולומר כל כמה דקות משהו בנושא, ואני אומַר לך שאת צודקת. אני מציע שתפסיקי עם זה. אין לך משהו אחר לדבר עליו?"

"טוב, אם זה פוגע בך, נשנה את נושא השיחה."

"לא נפגעתי ממך, זה פשוט לא נעים לי."

הם המשיכו ללכת בשתיקה, כל אחד עם מחשבותיו.

"הצעירונת הזאת חושבת שהיא מלכת העולם ושהיא יודעת הכול," חשב ניב לעצמו.

"איך הסכמתי ללכת בדרך הזאת? אני בטח השתגעתי."

"מה אתה ממלמל שם?" שלי ניסתה שוב לפתוח בשיחה.

"כלום, ממש כלום," הוא היסס מעט ואמר: "נראה שהשתגעתי אם הסכמתי ללכת בדרך הזאת. זה לא נראה לי היגיוני להסתכן כך בשביל משחק," הוא עצר והביט בה. "את לא חושבת כמוני?"

"אני קצת חצויה, חלק ממני מפחד מאוד. כל הזמן מזהירים אותנו שלא נתקרב למקום הזה, ובכל זאת, אני ממש מסוקרנת לראות במה מדובר. אותך זה לא מסקרן?"

"את צודקת," הוא החזיר לה חיוך, "כל עוד נישאר יחד, לא נראה לי שנשקפת לנו סכנה. חוץ מזה, יש לנו הליכה של שעתיים."

"וואו, שעתיים, תצטרכו לסחוב אותי."

הוא דחף אותה קלות: "בחלומות הלילה."

"תהיו בשקט," ביקש סט, "ותתכופפו," אמר וסימן להם בידו. הוא יצא בזחילה מהשביל לכיוון השיחים הגבוהים, והם המשיכו בעקבותיו.

סט סימן להם שימשיכו להסתתר והצביע על השביל. "אני הולך לבדוק," לחש. הוא התקדם עד לקו הראשון של השיחים. השביל

היה ריק. "אני משוכנע ששמעתי משהו," אמר לעצמו, ואכן כך היה. שמיל, ראש הצוות של כוכב אפל, הקבוצה המסייעת, התקרב כשתום בעקבותיו.

"הֵי," לחש סט כששניים כמעט עברו אותו. הם קפצו בבהלה.

"זה אתה?" שאל שמיל. "איך הגעתם לפה? זה לא המקום שנמי אמרה לך להיות בו."

"סיפור ארוך," אמר סט. "בואו נתחבא כדי שלא יגלו אותנו. סמדר, שלי וניב נמצאים כמה מטרים מפה, הם מחכים ליד השיחים. שמעתי אתכם, בגלל זה ירדנו מהשביל."

"רק רגע," אמר שמיל. "גם ארי ומיכל נמצאים לא רחוק מכאן. ביקשתי ממיכל שתטפס על אחד העצים ושארי ישגיח עליה מלמטה."

"אלך לקרוא להם," אמר טום, "תישאר כאן."

"לא," אמר סט, "אנחנו נהיה..." אמר והצביע על אחד העצים, "מתחת לעץ הזה. תסמן לך."

"אל תדאג," חייך תום, "נמצא דרך."

סט ושמיל הגיעו לעץ, ושם חיכו להם שאר בני החבורה.

"תקשיבו," אמר שמיל, "אני רוצה לעדכן אתכם."

ניב סמדר ושלי ישבו מסוקרנים, אך סט ביקש משמיל לחכות.

"אני שומע צעדים," אמר ויצא מקרחת היער לכיוון השביל. הוא חזר לאחר רגע כשתום וארי מזדנבים אחריו. הם החליקו ידיים, וכל אחד תפס לעצמו מקום ישיבה. שמיל המשיך. "המשחק כולו תלוי בכם. הקבוצה של נמי נתפסה לא רחוק מכאן, קרוב לנחל האבדון, היכן שהפרדס נפגש עם קו המים. הצוות של כוכב בהיר תפס אותם. ראינו הכול והצלחנו לחמוק. הקבוצה של רם נתפסה ליד גבעת הסלע."

"רק רגע," אמר ניב, "איפה גיל וירון? שניהם מסופחים אליכם, לכוכב אפל. יכול להיות שפספסתם אותם בגלל שניווטתם לכיוון אחר מזה שנקבע לכם?"

"לא יכולנו ליצור איתכם קשר או להודיע לכם על השינויים שעשינו

לבקשתה של נמי. במהלך המשחק ביקשה נמי תגבורת, אז החזרנו לה את ירון וגיל, שנשארו לבושים בבגדים השחורים שלהם. הם היו הצוות הפרטי של נמי שפעל בהסוואה. אני חושב שבגלל אחד מהם הם נתפסו. טוב, נשארתם רק אתם. אנחנו נצטרף אליכם וננסה לשמור על החלק השני של החידה," אמר והצביע על מגילת הקלף שבידו של סט.

כולם הביטו בידו של סט. שמיל פנה לארי ומיכל ואמר, "אתם תלכו לכיוון השני ותוודאו שאין עקבות ושלא השארנו סימנים מאחור."

"רק רגע," אמרה סמדר. "אנחנו יכולים להישאר כאן."

"לא," אמר סט. "לפי חוקי המשחק, עלינו להגיע לבאר העתיקה ולהשאיר שם סימן כדי שיִרְאו שהיינו בתזוזה. שכחתי בכלל את הסימן החדש."

"אני אראה לך," אמר ארי וסימן את האות דל"ת ומתחתיה את האות סמ"ך, כך שנוצר מעין ציור של מעדר.

"עכשיו אני נזכר. טוב, אז מיכל וארי, אנחנו מחכים לכם כאן. כשתחזרו נמשיך ללכת."

"רק רגע," אמר שמיל. "לאן החלטתם להתקדם?"

סט הביט בניב, סמדר ושלי ואז הסתובב לכיוונו של שמיל. "החלטנו ללכת לאורך נחל האבדון ולהתקדם שם בין המגדלור לנחל. זה לא רחוק מהבאר. נוכל לשלוח את ארי או את מיכל שיסמנו את הסימן על הבאר העתיקה. אחד יסמן, והאחר ישגיח. ואם אחד מהם ייתפס, נשלח מישהו אחר. יש לנו מספיק זמן."

"השתגעתם?" שאל תום.

"רק רגע," עצר אותו שמיל. "אני חושב שזה רעיון לא רע. זה הסיכוי שלנו להגן על הקלף."

הוא סימן לארי ומיכל לזוז, ובלי מילים יצאו השניים למשימתם החדשה, טשטוש העקבות. בינתיים סיפר סט לשמיל מה קרה מהרגע שהמשחק התחיל. כשהגיע לרגע שבו היו צריכים להחליט באיזו דרך ללכת, נשמע רעש מכיוון השביל.

כולם השתתקו כשארי ומיכל נכנסו דרך השיחים. "חבר'ה, תהיו בשקט.
ראינו שהקבוצה הרודפת נמצאת לא רחוק מכאן, הם די קרובים."

"קדימה, נזוז," לחש סט.

הוא התחיל לזחול, וכולם זחלו אחריו.

שמיל תפס בידו ואמר: "אל תחכו לי, אני אפגוש אתכם בדרך."

סט הביט בו וחייך. "לך תעשה את מה שאתה יודע," לחש וקרץ בעינו.

הם המשיכו לזחול עד שסט היה בטוח שהם התרחקו מספיק, ורק
אז הוא קם ממקומו והם התחילו להתרחק יותר ויותר מהרודפים.

"הגענו," לחש סט.

הנחל נראה ענקי. לאורך הנחל היה חוף קטן ובו עצי קוקוס ענקיים.
הכול נראה כמו חלום. נראה שאדוות המים מנסות להתחרות ביניהן
מי תגיע רחוק יותר. בגדת הנחל מולם, במרחק גדול למדיי משם,
היה חוף אחר.

"אתם חושבים שזה כדור הארץ?" שאל ניב. "אתם יודעים, זוהי
הסְבָרָה הכי טובה שיכולנו לעלות על דעתנו."

"גם אני חושב כך," אמר שמיל שהופיע משום מקום.

"אתה פה," קרא סט וחייך. "פחדתי שיתפסו אותך."

"לא תופסים אחד כמוני בכזו קלות. חוץ מזה, הם עכשיו נעים בכיוון
שונה. השארתי להם עקבות, ולדעתי, ייקח להם קצת זמן עד שהם יגלו
שהעקבות מזויפים ולא מובילים לשום מקום. קדימה, בואו נמשיך."

"אפשר להמשיך ללכת לאורך הנחל, ממש על החוף," אמרה שלי.

"נראה שהמקום בטוח," אמר סט והתחיל ללכת לכיוון המים.
הם הלכו על החול. שלי חלצה את נעליה ושאר חברי הקבוצה עשו
כמוה. הם נהנו מהחול החמים עדיין.

תום טבל את רגליו במים. "הי, חבר'ה, המים ממש נעימים וחמים."
הם פתחו את המימיות ומילאו אותן.

"אנחנו צריכים להמשיך," אמר סט והתחיל ללכת על החול.
כולם באו בעקבותיו, מרוצים מהעניין.

"אני מקווה שלא יכעסו עלינו," אמר ארי.

"יש משהו שלא הבנתי," אמר תום. "אנחנו נלך עד שנגיע למגדלור. איך נדע מתי לפנות לכיוון הבאר העתיקה? ממה שהבנתי, יש שם חבר'ה שאורבים לנו."

"את זה תשאיר לי," אמר סט. "אני אדאג לדברים האלה, ובאשר לאלה שאורבים לנו ליד הבאר העתיקה, אל תשכח שכדי לשמור על הבאר צריכים לפחות שלושים דלנאים. הבאר די גדולה, אנחנו נצליח גם במשימה הזאת."

"אולי נעצור רגע לאכול?" ביקש תום. "אני רעב."

"תאכל תוך כדי הליכה," ענה לו שמיל.

רצועת החוף לאורך הנחל הלכה והתעקלה מעט, וכעת כבר אי-אפשר היה לראות את הפרדס שמאחוריהם.

"זהו," אמר סט לאחר חצי שעה של הליכה. "אני חושב שנתפצל. הצוות שלי ואני נמשיך מכאן. נתקדם עד המגדלור, עד לנחל. אני מציע שתיזהרו. יש לך תכנית?" שאל סט את שמיל.

"יש ויש," ענה. "אנחנו נתמקם קצת אחרי הבאר העתיקה, במרחק של כמה עשרות מטרים זה מזה, כך שאם אחד מאיתנו ייתפס, אחרים יוכלו לבצע את המשימה. לא ברור לי איך הגענו לכאן אחרי שבתדרוך קיבלנו הוראות ברורות לשחק ברדיוס קטן יותר. תראה איפה אנחנו. הגענו למקום שמעולם לא היינו בו."

"אל תשכח," אמר סט, "שהעיקר זה הניצחון."

הם נפרדו כל אחד לדרכו. שמיל הסתובב וקרא לסט לעצור. "מה קרה?" שאל סט מופתע. "אני חייב לשאול אותך משהו. סיפרת שמנר, ניבה ולין הפתיעו אתכם. האם הם יודעים שהלכנו בדרך הזאת?"

"לא, לא סיפרתי להם," ענה לו סט המופתע. "בשביל זה חזרת?"

"כן, רציתי לדעת את כל הפרטים," אמר. הוא אגרף את יד ימינו, חוץ משתי אצבעות, האצבע והאמה. הוא החווה באצבעות על לבו ואז יישר את היד והצביע על סט כאומר, "לבי איתך." סט הנהן, הסתובב והצטרף לצוותו.

"מה זה היה?" שאלה סמדר.

"שום דבר, נמשיך."

הם המשיכו ומדי פעם הסתובבו לראות שאין איש מאחוריהם. "מה זה?" צעקה מיכל.

משהו רץ לעברם במהירות. "שועל," צעק סט. "תעמדו מאחוריי," אמר ושלף מתיקו פלסטיק מלבני. הוא סובב משהו בקצהו, כיוון אותו לעבר השועל ולחץ על אחד הכפתורים. רחש של נשיפה קלה נשמע מהמכשיר. השועל נראה כמי שנתקל בקיר לבנים, והוא נפל ומת עוד בטרם נגע גופו בקרקע.

"מה זה היה?" צרחה שלי.

"שועל," ענה סט בשלווה.

"אני יודעת שזה היה שועל, אבל מה יש לך ביד?" שאלה נסערת.

"זה?" שאל והצביע על הפלסטיק, "זה כלי נשק שפיתח מנר. מעין אקדח שיורה קרן אש בלתי נראית. כשהקרן פוגעת במטרה, זו התוצאה." הוא הצביע על השועל. "אני, נמי ורם היחידים שמחזיקים בנשק הזה. מנר נתן לנו אותו כדי שנגן על עצמנו מפני התוקף שתקף את אחיו של שון."

"הוא לא עושה רעש," אמר ניב, "האקדח הזה שונה משאר האקדחים."

הם התקרבו לשועל שנראה ככדור אש.

"זה מגעיל, בואו נעוף מפה," אמרה סמדר, מכסה את פניה בשתי ידיה.

"קדימה, נזוז," אמר סט. הוא סובב את המכסה הקטן, כיסה את העינית והכניס את הנשק לתיק.

"רגע, מה אתה עושה? למה הכנסת את הנשק לתיק?" נבהל ניב.

"אם אנחנו ממשיכים בכיוון הזה," אמרה שלי והצביעה על המגדלור שאורו האיר את הנחל, "אתה חייב להוציא את הנשק המוזר הזה ולהיות מוכן לכל צרה."

"אם זה מרגיע אתכם," אמר סט והוציא את הנשק מתיקו.

"אפשר להמשיך?" שאל בשקט.

הם המשיכו ללכת בקרבת המים, מוכנים לכל צרה.

"הגענו," אמר סט. "מכאן אנחנו צריכים לעבור דרך העצים למגדלור. נחכה שם לשמיל ולצוות שלו.

***

שמיל, ארי ומיכל עשו את דרכם לכיוון הבאר העתיקה. לאחר חצי שעה היו במרחק של כמה עשרות מטרים ממנה.

"חכו רגע," ביקש שמיל. "ארי, תוציא גיר סימון מהתיק."

ארי שלף במהירות את הגיר האדום.

"אתה זוכר את הסימן?" שאל שמיל.

"כן. מי מגבה אותי למקרה שאתפס?"

"מיכל תגבה אותך. היא תהיה קרובה אליך. אני אשגיח עליה מרחוק, ואם תיתפס ננסה לסמן ממקום אחר."

שמיל אָגרף את יד ימינו, חוץ מהאצבע והאמה, והחווה על לבו. שניהם עשו כמוהו, ושלושתם הורידו את ידיהם המאוגרפות והניחו אותן זו על זו. בלי להוסיף מילה יצא ארי בשקט, זוחל מעץ לעץ. הוא הגיע לבאר מאחור. שם, על קיר, סימן בשקט בגיר אדום את הסימן שזהר בחושך ונראה למרחוק. ארי הסתובב כדי לחזור לחבורה, ואז האירו עליו אורותיהם של הפנסים הקטנים.

"עצור," נשמעה קריאה. ארי זיהה מיד את קולו של שון, ראש הצוות של הקבוצה המתחרה.

"תבדקו מסביב," נשמעה קריאה. ארי זיהה את קולו של זיו.

"הצלחתי," חייך, "סימנתי את הקיר," אמר וחייך חיוך רחב.

"מה אתה מחייך? נתפסת," אמר שון.

בגדיו של ארי, שחורים עם פסים כחולים כהים, הוארו באור הפנסים, והצבע הכהה זהר. ארי הצביע על הסימן. "סימנתי, תפסתם אותי אחרי שסימנתי, כך שהצלחנו."

"לא כל כך מהר. קדימה, שימו לו רטייה על העיניים וקחו אותו למפגש."

טויה ניגשה לארי ושמה לו רטייה שחורה על העיניים. היא הוציאה רטייה נוספת ובעזרתה קשרה את ידיו מלפנים. "בסדר, זזים," אמרה כשהיא מחזיקה בידיו ומכוונת אותו למקום המפגש.

מיכל, שראתה שארי נתפס, החליטה לחזור, אך הם התקרבו אליה. היא סימנה לשמיל, והוא טיפס במהירות על העץ והתחבא בין ענפיו. מיכל ידעה שאין לה סיכוי לברוח, ולכן החליטה למשוך אותם הרחק משמיל. היא זחלה לכיוון הבאר. אורות הפנסים היו קרובים מאוד ונראו מכל עֵבֶר. היא שמעה את רוי, ראש הצוות של כוכב בהיר, מסדר את קבוצת החיפוש. "אנחנו ממש קרובים, סגרנו עליהם," שמעה אותו אומר, כשאלומת האור האירה את פניה. "עצרי."

הנוהל של קשירת העיניים והידיים חזר על עצמו. לפחות שמיל הצליח לברוח, חשבה לעצמה. שמיל חיכה בסבלנות, הוא כמעט נתפס כשגיא, אחד מהשחקנים שבצוות חן, החליט לטפס על אותו עץ ונמלך בדעתו אחרי שהגיע למסקנה שאין סיכוי שמישהו יטפס על העץ הזה.

שמיל ירד מהעץ. הוא ראה את אורות הפנסים מתרחקים לכיוון החוף והחליט להגיע למגדלור דרך היער. האור החזק של המגדלור עזר לו למצוא את דרכו. הוא צעד בין הענפים הגדולים הפזורים על האדמה. שורשי העץ הענקיים, שבלטו מהקרקע, הקשו עליו את הליכתו, אך הוא היה נחוש להגיע לסט ולהודיע לו שהם הצליחו לסמן את המטרה. "פסס," נשמעה קריאה חלשה. שמיל הביט לצדדים, אך לא ראה דבר.

"אנחנו כאן," לחש סט. שמיל הבחין בשיח גדול ירוק. הוא עקף אותו וראה אותם יושבים וצופים לכל הצדדים. "הם כאן," לחש סט. "איך לא שמת לב שהם הולכים אחריך?"

"אין לי מושג."

"עצרו, נתפסתם," צהל גיא.

עיניהם נקשרו ברטיות שחורות וכך גם ידיהם. הם הובלו בשקט ובמשך שעה ארוכה עשו דרכם למקום המפגש שהיה קרוב לכיכר העגולה. כשהיו ביער ראו מבעד לעצים מדורה גדולה. לא הרחק

מהם ישבו חיילים שנראו משועממים למדיי. הרטיות הורדו מעיניהם של סט, שמיל ומיכל. סט ראה שכל חברי הקבוצה כבר מחכים להם.

"הפסדנו," אמרה לו נמי כשעבר לידה והתיישב.

"לא בטוח. יש סיכוי שהם לא יפתרו את החידה. החידה לא קלה."

קבוצת סלע שרה שירי ניצחון. חבריה שתו יינוק ואכלו עוגיות שונות.

"האמת," אמרה שלי, "אני מעדיפה שהם יפתרו כבר את החידה, ככה גם אנחנו נוכל לאכול ולשתות. הבטן שלי פתחה בשפה משלה." כולם צחקו בשקט.

"לא נראה לי שיהיה להם קל לפתור אותה," אמר סט.

"חבר'ה, שקט בבקשה," ביקש זיו, ראש קבוצת סלע. "אני מבקש מכולם להיות בשקט."

אט-אט השתררה דממה. "שלוש מגילות הקלף בידינו. כעת אני מציע שנתחיל לפתור את החידה. עד שלא נמצא את הבלוט האדום, הניצחון עדיין לא שלנו." הוא החזיק בידו את שלושת חלקי החידה והעביר שתי מגילות לחן שישבה לידו. על הקלף הראשון בחידה היתה תוספת. "חידה זו מחולקת לשלושה חלקים," קרא זיו בקול רם ופתח את הקלף.

בקלף הראשון נכתב: "שטח ללא אדמה".

הוא פתח את הקלף השני שבו נכתב: "חיילים ללא נשמה".

ובשלישי: "וכל הזמן מלחמה".

שקט שרר סביב. זיו הביט בנמי מופתע, וזו החזירה לו חיוך. הוא הביט שוב בכתב החידה. הנייר היה מצופה בשעווה. הם כתבו את החידה בלימון, וחיממו את הנייר מתחת לאש, כך שהמילים נצבעו בצבע חום עתיק.

קבוצת סלע התגודדה מעברה האחד של המדורה, ובצדה האחר ישבו נמי, סט ורם עם שאר חברי הקבוצה שגיחכו והיו בטוחים בעצמם.

"נמי, מה התשובה? ספרו לנו," ביקשה ליב, יפה כתמיד.

רם הביט בליב. הוא לא הפסיק לדמיין את שניהם יחד. הוא אהב

אותה מאוד, ועכשיו, כשהביט בה, פחד שתראה בעיניו את מה שהרגיש. הוא הוריד את עיניו לקרקע ושיחק בזרד קטן שמצא על החול. "אסור לה. אלה הם חוקי המשחק," אמר לליב.

"די," היא צחקה, "תפסיק להיות כזה רציני."

"מה?" הוא נפגע מדבריה של ליב ואמר, "אני נראה רציני?"

"כן," ענה סט, ונמי צבטה את זרועו מאחור.

"איי, משהו נשך אותי." הם פרצו בצחוק.

"זו רק אני," נמי ניגבה את דמעות הצחוק מעיניה.

רם חייך בהקלה, "יכול להיות שאת צודקת."

נמי, סט ושמיל עברו לדבר על נושא אחר. רם הציץ לראות שאיש לא מביט בהם, וכשראה שהוא לבד עם ליב, הביט בעיניה הכחולות.

"אני רוצה לומר לך משהו," אמר.

היא חייכה אליו. "כן..."

"את יודעת, ביום חמישי יש הצגת בכורה להצגה 'קרש קפיצה'."

"באמת? הייתי בטוחה שהיא ביום חמישי בעוד שבועיים."

"שינו את המועד. חשבתי שאת יודעת, אבל אם לא ידעת על השינוי, אז את גם לא יודעת מי ישחק בתפקיד הראשי."

"עכשיו ממש סקרנת אותי. נראה לי שתפתיע אותי."

"טוב, זו לא הפתעה כזו גדולה. מנר ישחק בתפקיד הראשי עם נלי היפה. זה סיפור רומנטי ונחמד. חשבתי שאולי..." הוא התחיל לומר והפסיק. "אני... זאת אומרת, את..."

היא נגעה בידו ואמרה, "אבוא איתך בשמחה. אתה אש ואנרגיה בכל מה שקשור לספורט, תחרויות ומשחקים, אבל בכל מה שקשור לבנות, אתה כזה ביישן."

"אני יודע," אמר והרגיש שהוא מסמיק. כשהסתכל סביב, ראה שעוד זוגות עיניים מביטות בהם.

ליב לחשה על אוזנו: "ממש לא אכפת לי שהם שמעו אותנו."

***

קולות שמחה נשמעו מעברה השני של המדורה. זיו קם ממקומו מאושר כולו, כובע צילינדר שחור גבוה מעטר את ראשו ובידו שרביט בצבע דומה עם ידית כסופה.

"אתם בוודאי עייפים. אז לידיעתכם, פתרנו את החידה, שלא היתה קלה בכלל. בשמי ובשם הצוות שלי אני רוצה לומר כל הכבוד לאלה שכתבו את החידה." הוא השתחווה מעט, וחברי קבוצתו געו מצחוק. הכובע שעל ראשו נפל והתגלגל.

טויה הרימה את הכובע מהחול, ניערה אותו מעט והחזירה אותו לזיו שחבש את הכובע לראשו.

"ובכן, החידה היתה: 'שטח ללא אדמה, חיילים ללא נשמה וכל הזמן מלחמה'. התשובה היא: משחק שחמט. מה שמביא אותנו למקום שבו מתקיימים המשחקים. שלחתי לפני רגע את שון וחן, שני ראשי הצוותים שלי, לחפש שם את הבלוט האדום. הם צריכים להגיע בעוד כמה רגעים. בכל מקרה, וליתר ביטחון," הוא הצביע על תום, ברק ודנה מהצוות של שון. "לכו לעזור להם לחפש."

"אין צורך," שון וחן הגיעו מתנשפים. שון הרים את הבלוט. "ניצחנו," אמר מתנשף.

כל חברי קבוצת סלע קפצו על רגליהם בקריאות שמחה. נמי ניגשה לזיו ובירכה אותו, וכך עשו גם שאר חברי קבוצת חולית. "כל מה שנותר כדי לסיים את היום הוא להגיש אוכל לקבוצה המנצחת ולשרת אותה," אמרה נמי.

הקבוצה המפסידה היתה צריכה להכין ארוחה קלה לקבוצה המנצחת, שישבה והתפנקה מהשירות ומהאוכל. נמי הצביעה על ניב, גיל, שלי וליב. "אתם אחראים להביא את האוכל. הוא נמצא...."

"אני יודעת איפה," אמרה שלי. "אל תשכחי שעזרתי לך. אני רק מקווה שיש מספיק יינוק לכולם."

"יש מספיק," אמרה נמי. "רק ש...." והצביעה על ניב, "אולי כדאי שתעזור להם."

מישהו אחז בכתפה, והיא הסתובבה. "אני צריך לדבר איתך," אמר סט.

"עכשיו? מה כל כך דחוף?" שאלה.

"כן, עכשיו. חוץ מזה, עדיף שגם רם יהיה נוכח."

"טוב, חכה רגע." היא הלכה וכעבור רגע חזרה עם רם. "הנה הוא," אמרה כשהתרחקו מהחבורה.

"הדלנאי המאוהב."

"קראתם לי בגלל זה?" שאל רם.

"מה פתאום," אמרה.

"הסיבה שביקשתי שניפגש היא רציתי לספר לכם שבמהלך המשחק מנר, לין וניבה הפתיעו אותנו". הוא סיפר להם באריכות מה קרה עד שהגיע לסיפור על השועל.

"וואו..." אמרה נמי בהתפעלות, "ירית בו? איזה פחד."

"תתפלאי," ענה, "הייתי מאוד שלֵו ורגוע. הרגשתי שמנר נמצא לידי ומגן עלי. לא חשבתי לברוח, פשוט הוצאתי את הנשק ויריתי בו בקור רוח."

"פגעת בו בפעם הראשונה?" שאלה נמי.

"יריתי בסך הכול פעם אחת. זוכרים שהתאמַנו? היינו אמורים לפגוע במטרות דמי עשויות מעץ. באימונים התאמַנו על גזעי עץ ענקיים שהיו תקועים עמוק באדמה. הגזעים היו יציבים, ולמרות זאת, כשפגענו בהם, הם נשברו לרסיסים ועלו בלהבות. כשיריתי בשועל, הוא נראה כאילו נתקע בקיר זכוכית. הייתם צריכים לראות את זה. לדעתי, הוא מת עוד לפני שנחת על הקרקע. הוא הפך לכדור אש."

"אני מצטמרר מהמחשבה שהנשק שבתיקים שלנו קטלני ועוצמתי," אמר רם. "מוזר שמנר הרשה לנו להשתמש בו," הוסיף.

"למה אנחנו מחזיקים בנשק שאין לצבא הקטן שלנו? אני משוכנעת שגם לניבה וללין אין נשק כזה. אתם חושבים על מה שאני חושבת?"

"על מה?" שאל רם.

"האם יכול להיות שמנר מכשיר אותנו לאיזה מבצע?"

"נניח שאת צודקת," אמר סט. "מה ההיגיון להכשיר אותנו למשהו

שיכול לסכן אותנו? אנחנו צעירים וחסרי ניסיון. הוא יכול לקחת את קציני הצבא המובחרים; אין בזה היגיון."

"חכה רגע," ביקש רם. "לעבור דרך החלון השלישי זה הרפתקה מסוכנת, אני לא זוכר שמישהו מהכבודה הרים את ידו והתנדב למשימה. אנחנו, לעומת זאת, היחידים שהתנדבנו מאחר שרצינו לעזור לנל, שכחת?"

"כן, נכון," קטעה אותו נמי. "בדיוק בגלל זה התנדבנו. נראה לי שלמנר יש אינטרס אחר משלנו."

"החלון השני," אמר סט והוסיף, "אני לא מטיל ספק ביושרו של מנר, רק שכרגע טובת הכלל חשובה לו יותר מטובתו של נל. אנחנו לא חושבים כמוהו. למזלנו, מנר דחה את המעבר שלנו. זה נותן לנו זמן להתאמן לקראת הלא נודע. נתחיל להתאמן כבר השבוע. אנחנו יכולים להתאמן בחדר המציאות. מנר מאפשר לנו להשתמש באבקת הרו-רו ככל שנרצה."

"חדר המציאות," אמר רם, "מוזר לי לחשוב על החדר הזה כעל חדר המציאות. עד לפני שבוע לא ידענו שהוא קיים. האמת, אני ממש מחכה לרגע שנוכל כבר להתאמן. מאוד מסקרן אותי לראות מקומות נוספים בעולם."

"יש לי רעיון," אמרה נמי, "לדעתי אנחנו צריכים לחלק את המשימה בין שלושתנו. יש הרבה עבודה. אחד מאיתנו צריך לשבת ולחפש בספרים העתיקים..."

"מה קורה פה?" זיו התקרב והפריע לשיחה. "אני מקווה שאני לא מפריע. רק רציתי להזכיר לכם שאנחנו חוגגים ניצחון שהגיע לנו בעמל רב."

"אתה לא מפריע," אמר סט, "אנחנו פשוט בודקים איפה טעינו."

"אבל למה עכשיו?" שאל זיו.

"הוא צודק," נמי סימנה לרם ולסט שיצטרפו לחגיגה שכבר היתה בעיצומה.

רם ניגש לשולחן המאולתר המכוסה במפה פרחונית ועליו מכל טוב.

הוא לקח צלחת קטנה והתחיל להעמיס עליה מהמטעמים, כשהרגיש לטיפה על גבו. הוא הסתובב והביט היישר לתוך עיניה הכחולות של ליב.

"מה כל הסודות האלה ביניכם?" היא חייכה אליו.

"את... את פשוט יפה, וזה לא סוד," הם צחקו.

"ובכל זאת?" שאלה.

"ממש כלום. מדי פעם אנחנו, ראשי הצוותים, משוחחים בינינו."

"נשמע לי מעניין. אולי פעם ארצה גם אני להיבחר לראש צוות."

"אני חושב שתוכלי להצליח בתפקיד הזה, אם כי זה לפעמים כאב ראש אחד גדול."

"אתה לא נראה סובל," החזירה לו בשובבות.

"עוד מעט תזרח השמש. אנחנו לא רחוקים מהנחל. רוצה לטייל קצת, לראות את הזריחה?"

"רם פירסט, אני חייבת לומר שאתה בחור רומנטי, אבל לא נראה לי שאני רוצה לסכן אותנו בטיול לנחל."

"על מה את מדברת?"

"אתה שוחחת עם נמי וסט כששלי, סמדר וניב סיפרו לכולם על התקרית עם השועל ועל זה שסט ירה בו באקדח המוזר שקיבל ממנר."

"תקשיבי, ליב, אני חייב לדבר עם נמי וסט. אני רוצה לבקש ממך משהו."

"מה?"

"אם מישהו ידבר איתך על זה, תנסי למתן את הדיבורים."

"אני לא יודעת איך, אבל אשתדל. למה כל הסודיות הזאת?"

"כי הדיבורים האלה לא יעשו טוב לאף אחד. הם לא היו צריכים לדעת מה היה שם. תעזרי לי בזה?"

"אנסה."

רם התקדם לכיוונו של סט, שהיה שקוע בשיחה עם זיו. הם היו רחוקים משאר החבורה.

"סט, אני חייב לדבר איתך," ביקש רם.

"גם אתה בעניין הזה?" שאל זיו.

"על איזה עניין אתה מדבר?" היתמם רם.

"אתם חייבים לי הסברים, שלושתכם."

רם ראה שגם נמי הצטרפה לשיחה.

"אנחנו לא חייבים לך כלום," אמרה נמי שעמדה קרוב לסט.

"אל תשכח, זיו, עשית לנו הרבה צרות. גם לי באופן אישי. זה התחיל כשהיינו קטנים. הרבצת לכולנו. אתה והחבורה שלך כל הזמן התנהגתם באלימות כלפי חלשים מכם."

"נכון, אבל מאז השתניתי."

"זה לא נכון. אתה תמיד משוויץ באבא שלך, חבר הכבודה של מסדר העץ. לא פעם איימת עלינו בשיקויים שהוא מכין בבית. פעם אחת גרמת נזק שכמעט נגמר באסון. רופאה היתה צריכה לטפל במשך חודש בשניים שנפגעו מהשיקויים."

"טוב, את כמובן תזכרי לי את זה לתמיד. זה לא פותר אתכם מלספר לנו למה קיבלתם את הנשק הזה כשיש המון צבא מסביב."

"תראה," אמר סט, "זה אתה כנגד כולנו כרגע."

"לא בדיוק," נמי סימנה לסט שיביט מאחוריו. שון וחן נעמדו במרחק שני צעדים מסט ונמי.

"אני חושבת שהכוחות מאוזנים כרגע," אמרה חן. היא דחפה קלות את כתפו של שון וניגשה לעמוד לצדו של זיו. שון הבין את הרמז והצטרף גם הוא.

"על איזה כוחות מדובר כאן?"

"אנחנו לא באמת נלחמים," השיבה נמי. "ניצחתם במשחק, ואני שמחה בשמחתכם, אבל בכל מה שנוגע לנו," נמי הצביעה על רם וסט, "זה העניין שלנו."

"רגע אחד," ביקשה חן. "את אומרת שאם העניין הזה שייך לקבוצה שלכם, אז הוא קשור למשחק. איך את מסבירה שכל ראש צוות בקבוצת חולית קיבל אקדח, בשעה שאנחנו הלכנו כמו מטרות?"

"אני לא רואה את זה ככה," השיבה נמי. "ועל הסוגיה הזאת כדאי

שתדברי עם מנר. יש לכם מספיק זמן עד לתחילת הלימודים. אני מציעה שתנצלו את החופש הזה ולא תעקבו אחרינו או תבקשו מאיתנו לשתף אתכם."

זיו הניף את האצבע כלפי נמי. "זה עוד לא נגמר. ניצחנו אתכם במשחק, וזו רק ההתחלה."

"אתה יודע," השיב סט בנינוחות, "בתחרות יש מתחרים. אנחנו לא מתחרים נגדכם חוץ מאשר במשחק. זאת אומרת שאתם מתחרים באוויר."

"בואו נלך מכאן," אמר זיו והסתובב מעוצבן. הוא התחיל להתרחק, ושון וחן ניסו להדביק אותו.

"סוף-סוף נפטרנו מהם," אמר סט. "הם כל כך מאוסים."

"טוב, כדאי שנעזוב אותם. כרגע יש לנו משהו חשוב יותר להתעסק בו." נראה שרם כבר איבד את הסבלנות. "איפה היינו?"

"אמרתי שאנחנו צריכים לחלק בינינו את העבודה," אמרה נמי והוסיפה, "אחד מאיתנו צריך לבדוק בספרייה. בחלק האחורי, שלשם איש לא נכנס מלבד מנר, שמורים הספרים העתיקים. מנר אמר שהם היו שם עוד לפני שהוא והוותיקים הגיעו."

"מה עוד צריך לעשות?" שאל סט.

"ישנו חדר המציאות. אחד מאיתנו יצטרך להשתמש באבקת הרו-רו כדי לבדוק בעיתונים או בטלוויזיה אם יש משהו חריג שיכול להיות קשור לנל."

"אם לא אכפת לכם," ביקש רם, "הייתי רוצה להיות בחדר המציאות."

"זה בסדר מצדי," אמר סט.

"אז סיכמנו, אתה תעבוד בחדר המציאות, ואני בחיפושים. בזה אני טובה יותר אני אבדוק ביסודיות את הספרים העתיקים, אולי נלמד מהם משהו שיוכל לעזור לנו. אתה, סט, תיצמד למנר. הוא ביקש שאחד מאיתנו יישאר כדי ללמוד ממנו כמה דברים שיעזרו לנו. חוץ מזה, תהיה לך הזדמנות להתאמן בנשק החדש."

"כבר יש לי ניסיון," אמר סט בחיוך. "הנשק הזה הוא עוצמתי. זה פשוט מפחיד."

פרק 21

ריטה, הסוכנת מבטל"י

הטלפון צלצל בלי סוף. יואב קם בחוסר רצון. "אוף, אף אחד לא יכול לענות?" לא היה מישהו שישמע אותו. כולם ישנו, ולכן הוא הרים את השפופרת.

"בוקר טוב," נשמע קול נשי מעבר לקו.

"בוקר טוב, מי זו?" שאל יואב.

"הגעתי למשפחת אלון?"

"כן."

"אפשר לדבר עם דן?"

"מה שמך, בבקשה?" שאל בנימוס.

"שמי ריטה, ושמך?"

"יואב. חכי בבקשה, אני ניגש לבדוק אם אבא נמצא."

יואב הניח את השפופרת. דלת חדרו של רון היתה פתוחה, אך הוא לא היה בחדר. הוא המשיך לחדר השינה של ההורים. אמא היתה שם וישנה. יואב לא רצה להפריע לה, ולכן יצא מהחדר. בדרך לחדרו הציץ לחדרה של ליר. הדלת היתה פתוחה, והמיטה היתה ריקה. הוא מיהר לחדרו והרים את השפופרת. "סליחה?"

"כן."

"אין לי מושג איפה אבא. את רוצה שאשאיר לו הודעה?"

"ומה עם אמא, היא נמצאת?"

"אמא ישנה, אני לא רוצה להפריע לה, אלא אם כן תאמרי לי שזה דחוף."

"לא משנה, אתקשר מאוחר יותר. שמחתי להכיר אותך, יואבי."

"יואב," הוא תיקן אותה. "מה שמך, שוב?"

"לא משנה, ביי," אמרה וניתקה.

יואב בדק אם אפשר לראות מאיזה מספר היא חייגה, אך המספר היה חסום. "איך קוראים לה?" חשב לעצמו וניסה להיזכר. זה תסכל אותו שלא זכר את שמה. "איפה ליר ורון?" הוא יצא לסלון ולמרפסת השמש. איך זה שלא העירו אותי? הוא ניגש לחדרה של ליר, סגר את הדלת ולחש בשקט, "נל... נל..." בית הבובות היה ריק. נל יצא מתחת למיטה של ליר.

"הֵי, יואב."

יואב קפץ אחורה בבהלה ונתקל בארגז הצעצועים. הארגז נפל על הרצפה, וכל הצעצועים התפזרו ברעש. יואב ייצב את עמידתו, וכששמע את אמא מתקרבת, לחש לנל, "נבהלתי, תתחבא."

"מה כל הרעש הזה? הערת אותי."

"אני יודע. מצטער, נתקלתי בארגז הצעצועים. אמא, איפה ליר ורון? גם אבא לא בבית."

"אבא התעורר מוקדם ולקח איתו את ליר ורון, שכבר היו ערים, לטיול."

"למה הוא לא העיר גם אותי?" יואב נפגע.

"אבא ניסה להעיר אותך, אבל ישנת חזק מאוד, אז הוא החליט לתת לך להמשיך לישון בשקט."

***

דלת הבית נפתחה. ליר נכנסה בריצה כשרון מאחוריה, מנסה לתפוס אותה. ליר מיהרה להתחבא מאחורי אמא. "אמא, תחזיקי את רון," צחקה ליר.

רון הרגיש שגופו מתרומם וראשו כמעט נתקל בתקרה. אבא הרים אותו גבוה. "אתה חכם על ילדות קטנות ויפות?"

"די, אבא, תוריד אותי. היא לקחה לי את הצמיד שהיה לי על הרגל." ליר הראתה לאבא את הצמיד ונראתה מאושרת. "הצלחתי לקחת לו את הצמיד."

יואב חטף ממנה את הצמיד. "ואני לקחתי אותו ממנה," אמר וברח
לחדרה של ליר כשרון וליר בעקבותיו. יואב קפץ על המיטה, רון קפץ
עליו, וליר תפסה את ידיו וניסתה לחלץ ממנו את הצמיד. יואב קם
בתנופה מהמיטה, מעיף את רון לצד שני.

"חכו רגע," ביקש. הוא קם לכיוון הדלת, אך לא ראה שם את הוריו.
הוא שמע אותם מדברים בסלון.

"מי הפך לי את כל הצעצועים על הרצפה?" שאלה ליר בעודה
מחזירה אותם לארגז.

"אני," התנצל יואב. "חיפשתי אתכם, ונל הבהיל אותי."

"לא התכוונתי להבהיל אותך."

שלושתם הביטו בנל. הוא ישב על גג בית הבובות.

"הַיי, נל," קראו שלושתם.

"תוכלי בבקשה למלא לי את הפקק במים?" ביקש נל מליר.

"ברור." היא לקחה את הפקק ומיהרה למטבח. אמא ואבא שוחחו
בסלון. ליר שטפה את הפקק ומילאה אותו בחלב והוסיפה מעט שוקולית,
הפתעה לנל. היא לקחה עוגיות ופרוסה דקה מעוגת התפוזים שאמא
אפתה, הניחה אותן על מפית נייר וחזרה לחדר.

"אתה בטח רעב."

נל ישב על ספר שהיה מונח בספרייה. יואב ורון התיישבו מולו. ליר
הניחה לפניו את המפית. "הכנתי לך שוקולית. נראה לי שתאהב את
זה," אמרה ליר.

נל טעם. "וואו, זה מאוד מיוחד, טעים מאוד," אמר והמשיך ללגום.
"תודה, ליר, זה מאוד נחמד מצדך."

"ידעתי שזה יהיה לך טעים."

"טוב, יש כמה דברים שאנחנו צריכים לדבר עליהם," אמר נל.

"כן, גם אני חושב ככה," אמר יואב.

"יש לנו עניין עם החלון השני, וגם חשבתי על רעיון..."

הוא רצה להמשיך, אך הטלפון צלצל. יואב פתח את הדלת וקרא,

"אמא, אבא, אתם עונים? אף אחד לא עונה לי, איפה הם?"

הוא רץ לטלפון האלחוטי. הטלפון היה מונח על השולחן בסלון.

"כן, מי זה?" שאל.

"הַיי, יואבי, מה שלומך?"

"אה, זו את, אני יכול לבקש ממך לקרוא לי יואב?"

"אתה רגיש קצת, נכון? אין בעיה, יואב, אבא נמצא?"

"רק רגע, אלך לבדוק." הוא שמע שאמא ואבא מדברים במסדרון שבחדר המדרגות. יואב פתח את הדלת. הוריו שוחחו עם שי, אחיו הגדול של אבא. שי, שהיה מהנדס חשמל במקצועו, לבש בגדי עבודה.

"היי, יואב," הוא קרא, "התגעגעתי אליך." הוא חיבק אותו בידיו החסונות. "תנסה להשתחרר," צחק שי ונישק אותו על לחיו.

"אוף, תתגלח כבר," אמר יואב, "עכשיו אני משוכנע שהפנים שלי אדומות בגלל הזקן שלך. אבא, יש מישהי שרוצה לדבר איתך בטלפון."

דן מיהר להיכנס הביתה. הוא הרים את השפופרת ואמר, "הלו?"

"אני מדברת עם דן אלון?"

"כן, עם מי יש לי הכבוד?"

"שמי ריטה, ואני נשלחתי על-ידי בטל"י לדבר איתך על מה שקרה."

"רק רגע," הפסיק אותה דן. "עם כל הכבוד, ביקשתי שהבחור שהיה אצלי בדירה יתקשר ויתנצל. אין לי זמן לשיחות מהסוג הזה." דן כעס מאוד.

"סליחה, דן... אתה מוכן להקשיב לי רגע?" היא נשמעה מנומסת מאוד ושלווה.

דן הרגיש קצת לא נעים על שכעס עליה. "כן," אמר, "את רוצה שנשוחח בטלפון?"

"האמת, הייתי מעדיפה שניפגש באחד מבתי הקפה שקרובים לבית שלך. אין לי בעיה שתחליט מתי ואיפה."

דן שתק מעט. הוא תהה לאן כל זה מוביל. "אין בעיה. איך אמרת שקוראים לך?"

"ריטה. גם לבן שלך, יואב, יש אותה בעיה. גם הוא שאל אותי פעמיים מה שמי."

"כן, זה משפחתי. אולי ניפגש מחר בקפה איל'נס שבקניון רמת אביב?"

"נשמע מצוין. באיזו שעה?"

דן חשב מעט. "מחר ברבע לעשר בערב. איך אני אזהה אותך?"

"אל תדאג, דן. תהיה ג'נטלמן ותתפוס לנו מקום. אני כבר אמצא אותך."

יואב נפרד משי, אך לפני כן שי הסביר לו שאבא ואמא ביקשו ממנו להתקין מצלמה מחוץ לדלת, כך שאם מישהו דופק בדלת, הם יוכלו לראותו במסך הטלוויזיה לפני שהם פותחים את הדלת.

"טוב, אם תצטרך עזרה, אהיה בחדר שלי," אמר יואב. הוא נכנס הביתה והספיק לשמוע את סוף השיחה של אבא עם הבחורה שטלפנה. משם הלך לחדרו. ליר ורון שיחקו משחק הזיכרון, ונל צפה בהם.

"איפה היית?" שאל רון.

יואב סיפר להם על שיחת הטלפון ועל הבחורה המעצבנת שקראה לו יואבי.

"אבא קבע איתה בקניון רמת אביב בבית הקפה שבקומה השנייה."

"הוא קבע איתה בקפה איל'נס," אמר רון. "ישבתי שם פעם עם אבא, מקום נחמד."

"אני חושב שהבחורה הזאת קשורה לפריצה שהיתה לנו."

"מאיפה בא לך הרעיון הזה?" שאל רון.

"סתם הרגשה. יש עוד משהו." הוא סיפר לרון ולליר שהפורץ ראה את נל, נבהל וברח.

רון דיבר בגאווה על מערכת הרמקולים. "זה כל העניין," אמר.

"זו רק מערכת מיני," העיר יואב.

"כן, זו מערכת מיני, אבל הרמקולים שאבא הוסיף למערכת הופכים אותה למקצועית, וחוץ מזה, אתה בכלל לא מבין בזה."

"טוב, זה לא הזמן להתווכח," אמר נל שהחליט להתערב לפני שהעניינים בין רון ליואב יתחממו. "יואב, כדאי שתבדוק איפה ההורים שלך נמצאים כדי שלא ייכנסו בפתאומיות ויפתיעו אותנו."

יואב יצא שוב מהחדר לסלון. דלת הבית היתה פתוחה. אבא ושי עמדו מחוץ לדירה ועמדו להתקין את המצלמה. אמא לא היתה בבית. הוא חיפש בכל החדרים וחזר לחדרה של ליר.

"בינתיים הכול בסדר. נל, כדאי שתשב בבית הבובות עם דלתות פתוחות, כך שאם מישהו ייכנס, הוא לא יוכל לראות אותך ויהיה לך מספיק זמן להתחבא."

הטלפון צלצל.

"יואב," אבא קרא, "תענה לטלפון בבקשה." יואב מיהר לענות לטלפון שבסלון.

"שלום."

"שלום גם לך. אבא נמצא?"

"כן, עוד רגע, מה שמך?"

"שמי חגי. אני... "

"אני יודע מי אתה," קטע אותו יואב. "אבא סיפר לנו עליך. אתה מפקד משטרת מרחב צפון."

"נכון מאוד. תוכל בבקשה להעביר את הטלפון לאבא?"

"אבא, חגי בטלפון."

דן מיהר לעזוב הכול. "הלו, חגי?"

"הַיי."

"נו, יש חדש?"

"כן, יש," אמר וסיפר לו על שיחת הטלפון עם ריטה.

"אז ריטה מטפלת בזה?" חגי נשמע מהורהר.

"למה, יש בעיה איתה?"

"לא, רק שאם ריטה מטפלת בעניין, אז כנראה העניין הרבה יותר חשוב ממה שחשבתי. למתי קבעתם?"

"למחר בשעה רבע לעשר בערב באיל'נס שבקניון רמת אביב."

"דן, אולי כדאי שאצטרף לפגישה? אבוא בלי מדים."

"תראה, לי אין בעיה. אני את שלי אמרתי. רק אל תשכח שאם הפורץ

לא יתנצל ולא אקבל בחזרה את הציורים שלי, אגיש תלונה ואדבר עם עורך הדין שלי."

"דן, אני מציע לך להירגע. אין לך מושג נגד מי אתה נלחם."

"זה נשמע כמו איום. תגיד, חגי, הפכת למאפיונר?"

"אין לי שום רצון לאיים. אל תשכח שאני בצד שלך. אז תפסיק כבר לאיים בעורך דין ותגיע לפגישה. אני כבר אהיה שם."

דן הניח את הטלפון על השולחן. הוא היה מוטרד מכך שחגי רוצה להיות מעורב בעניין.

"מה קורה? ממשיכים?" שאל שי כשנכנס למטבח למזוג לעצמו שתייה.

"ממשיכים," ענה דן.

בינתיים ישבו יואב, רון, ליר ונל בחדרה של ליר.

"טוב," אמר יואב. "סבתא נעמי הורישה ארבעה פריטים: שני ציורים, פסל וקופסה מעץ. החפצים עתיקים מאוד. ציור אחד נמצא כאן," אמר והצביע על הציור שמאחורי בית הבובות. "שחר, הדוד שלנו לקח את הציור השני. אבי, האח הגדול, לקח את קופסת העץ, ושני, אחות של אמא, לקחה את הפסל איתה ללונדון."

"לי נראה שהציור השני הוא המפתח," התערב נל בשיחה.

"גם אני חושב ככה," אמר רון.

"אם כך, צריך להגיע לבית של שחר ולבדוק את הציור," אמר יואב.

"משונה, אני לא זוכר שראיתי בבית של שחר ציור שנראה עתיק," אמר רון. "יש לו בבית רק חפצים מודרניים."

"טוב אל תשכח שזו דירת רווקים שאליה הוא מביא את כל הבחורות שלו," אמר יואב והוסיף: "אבא תמיד אומר ששחר לא רציני עם הבחורות שלו, ובגלל זה הוא תמיד מחליף אותן."

"יואב, מה אמרו ההורים על החפצים?" שאל נל.

"אמא אמרה שהיא זוכרת שהציור הזה," הוא הצביע על הציור, "היה תלוי מעל המיטה שלה כשהיתה ילדה קטנה. היא היתה אז יותר קטנה מליר. אבא אמר לי שסבא סיפר לו שהם קיבלו את הציורים לפני הרבה שנים."

"וואו," רון נראה מופתע. "כל כך הרבה זמן? אבל איך הם הגיעו למשפחה? לדעתי, כדאי שנשאל את סבא."

"אני אשאל אותו. אביא את הטלפון האלחוטי," אמר יואב ויצא מהחדר. נל נכנס לבית הבובות והתיישב על הכורסה הגדולה. יואב חזר, סגר את הדלת וחייג. חנה, החברה של סבא, ענתה לטלפון. היא שאלה לשלומו, ויואב ענה שהכול בסדר.

"חכה, אלך לקרוא לו, הוא בוודאי במרפסת."

יואב חיכה ובתוך כך נזכר בסבתא נעמי שנפטרה לפני שלוש שנים. עיניו דמעו. הוא הסתובב, העמיד פנים שהוא מחפש משהו וניגב את עיניו בגב היד.

"שלום, יואב, מה שלומך?" שאל סבא מעברו השני של הקו.

"אני בסדר, התגעגעתי אליך."

"נו, אז למה אתה לא יורד לבקר אותי?"

סבא חיים גר בקומה הראשונה בבניין שבו גרו. "ומדוע לא התקשרת בקו הפנימי, באינטרקום שלנו?"

"אתה צודק, אני יורד אליך בעוד כמה דקות."

יואב ניתק את הטלפון ואמר, "אני חושב שאולי נצא להתאוורר קצת מחוץ לבית. יש כאן את גן ז'ילבר, ונל יכול להצטרף אלינו, מה אתה אומר?" הוא הפנה את השאלה לנל.

"אני מאוד רוצה, אבל איך נעשה את זה?"

"נחשוב על משהו," ענה יואב.

"אולי כדאי שתרד למטה, לסבא?" אמר רון.

"אני באה איתך," אמרה ליר.

"יש לי רעיון," אמר רון. "אני אקח את אחד ממכשירי הווקי טוקי שאבא קנה, אשים את נל בתיק הגב שלי ואחכה לכם שם, בגן ז'ילבר."

יואב הביט בנל, וזה הנהן בהסכמה. "טוב, אבל תיזהרו."

יואב ניגש לארון הגבוה שהיה במסדרון, הוציא ממנו שני מכשירי ווקי טוקי ונתן אחד לרון. הם כיוונו את שתי המכשירים למספר שלוש, כך

ששניהם יהיו על אותו התדר. "בשעה הזאת אין הרבה אנשים בגינה. את מוכנה?" פנה לליר. היא הנהנה, ושניהם הלכו לכיוון המעלית.

"חכה רגע." רון מיהר.

נל הציץ מאחד הכיסים הגדולים שבתיק.

"אני מתרגש," אמר נל.

"גם אנחנו," אמר יואב.

פרק 22

דוד מֶני

המעלית נעצרה בקומה הראשונה. יואב וליר פנו לכיוון הדירה של סבא. את הדלת פתחה חנה.

"שלום יואב; שלום ליר. בואו, תיכנסו."

"מה אתם עושים?" שאלה ליר.

"אני מנקה, וסבא שלכם משקה את העציצים שבמרפסת."

שניהם רצו למרפסת. "סבא," ליר קפצה ונתלתה על צווארו.

"מה שלומכם?" הוא חיבק אותה והביט ביואב בחיוך. "תראה כמה גבהת, אני לא צריך להתכופף כדי לחבק אותך."

יואב חיבק את סבא. "אנחנו מפריעים?" הוא שאל.

"לא, בכלל לא," ענה סבא. "בדיוק סיימתי. אבקש מחנה שתכין לנו לימונדה קרה."

"אין צורך, אני כבר מגישה." חנה כבר הקדימה אותו.

"בואו נשב בסלון," סבא הלך לשטוף את ידיו וחזר כעבור רגע כשבידו צלחת עם אבטיח קר. חנה הלכה אחריו כשבידה מגש ועליו קנקן גדול של לימונדה וכוסות זכוכית מעוטרות בפרחי לבנדר.

"אם לא אכפת לכם אמשיך לנקות," אמרה חנה כשהטלפון צלצל.

"זה בסדר," אמר יואב.

"נו, ספרו לי איך אתם?"

"אנחנו עושים כיף חיים," אמרה ליר.

"תגיד סבא, אתה זוכר את הציור בחדר של ליר?" שאל יואב.

"בוודאי שאני זוכר. ציור מדהים, למה אתה שואל? קרה לו משהו?"

"לא," ענה יואב. "אתה יודע שגנבו לנו את כל הציורים בבית, חוץ מאת הציור הזה?"

"תראה," סבא נאנח. "גנבים תמיד היו ותמיד יהיו. אני לא חושב שאלה שפרצו אליכם לבית מבינים באמנות."

"למה אתה אומר את זה? מאיפה לך הביטחון?" שאל יואב.

"רוצים שאספר לכם מאין קיבלנו את הציור הזה?"

"כן," ענה יואב בשמחה.

"עכשיו, כשאני חושב על זה, זה בעצם מוזר מאוד. מעולם לא סיפרתי מה שאני עומד לספר לכם למישהו. זה משהו שחוויתי לפני כארבעים שנה." סבא חייך בעצב. "מאוד אהבתי את סבתא שלכם."

"אתה מתכוון שאתה מאוד אוהב אותה," תיקן אותו יואב.

"טוב, לא משנה," אמר סבא בעיניים נוצצות. "זה היה לפני ארבעים שנה. הלכנו לבקר את הדוד של סבתא שעבר מדרום אפריקה לכאן. אני זוכר שכל הדודים והדודות היו שם. לדוד קראו מני, ואני חושב שבחיים שלו הוא לא אהב מישהו כמו שאהב את סבתא שלכם. לדוד מני היתה בת אחת שלא שמרה איתו על קשר. היא הגיעה מדי פעם לבקר אותו, אבל למעשה באה לבקש ממנו כסף. היתה גם הגרושה שלו, דודה של סבתא, שגם אותה, כמו הבת, עניין רק הכסף.

"כשהערב עמד להסתיים וכמה מבני המשפחה כבר הלכו, דוד מני ביקש מסבתא וממני שנישאר. הוא רצה לדבר איתנו. סבתא שלכם ואני נישאנו כמה חודשים קודם לכן, היינו בתחילת דרכנו. אחרי שכולם הלכו, התיישבנו שלושתנו בסלון. השעה היתה כבר אחרי חצות. דוד מני שאל אם אנחנו צריכים עזרה כספית, אבל סירבתי. אני רוצה לומר לכם שכבר אז סבתא הסתכלה עלי בגאווה. דוד מני אמר שמפני שאנחנו לא רוצים לקבל ממנו כסף, הוא רוצה לבקש מאיתנו משהו, ואמר לנו לעלות איתו לעליית הגג. המקום היה מוזנח ונראה שלא נוקה מעולם. קורי עכביש טוו שם שטיחים מקיר לקיר." סבא צחק וכמוהו גם יואב וליר.

"על מה אתם צוחקים?" חנה התקרבה מסוקרנת.

"שום דבר," ענה סבא. חנה חזרה לעיסוקיה, וסבא המשיך בסיפור.

"בפינת החדר היתה תיבת עץ גדולה ועתיקה. היא היתה סגורה בווי ברזל חלודים. היא נראתה כמו מוצג ארכיוני."

"'יש לי הרבה כסף,' כך אמר לנו דוד מני. 'בתי ואשתי לשעבר רק רוצות את הכסף שלי. לי אין בעיה עם זה, אני אוריש להן יותר ממה שיוכלו לבזבז, ותאמינו לי שהן יודעות לבזבז. אבל דבר אחד אני לא מוכן להוריש להן,' הוא אמר פתאום בעצב והצביע על תיבת העץ.

'לפני שבוע פניתי לעורך הדין שלי. גם הבת שלי וגם אשתי לשעבר נכחו בפגישה. חתמתי על הצוואה החדשה שלי. בצוואה רשמתי שכשאמות, כל כספי יחולק בין אשתי לשעבר לבתי, ותיבת העץ הזאת תועבר אליכם.'

"ניסינו לשאול ולחקור אותו מה יש בתיבה, אבל הוא לא הסכים לומר לנו. רק כעבור שנים הוא אמר לנו שמה שיש בתיבה שווה יותר מכל הבתים והרכוש שברשותו. לימים נפטר דוד מני, וסבתא שלכם בכתה מאוד, מעולם לא ראיתי אותה כך. כחודש אחרי השבעה התקשר אלינו עורך הדין וביקש שנבוא למשרדו. במשרד נכחו גם הדודה ובתה ועורכי הדין שלהן. הם הביטו בנו בשנאה.

"סבתא ואני כבר היינו מוכנים לוותר על הירושה, אבל עורך הדין של דוד מני לקח אותנו הצדה ואמר: 'שלושים שנה הייתי עורך הדין של מני, הדוד שלכם, שלושים שנה. כל מה שביקש ממני הוא שאדאג שהצוואה שלו תתבצע כפי שביקש.'

"עורך הדין פנה לסבתא ואמר: 'אין לך מושג כמה הוא אהב אותך. אילו ידע שתסכימי שהוא יוריש לך את כל רכושו, הוא היה עושה זאת מיד. הוא ידע שתסרבי ושהכסף יגיע אליהן,' והוא הצביע על החבורה שהתגודדה בקצה המשרד הענקי. 'לכן הוא הוריש לכם את הדבר שהיה אולי הכי חשוב לו. גם אני, שהייתי בין חבריו הטובים, לא יודע מה יש בתיבת העץ הזאת.'"

לחלוחית קטנה צצה בעיניו של סבא כשסיפר את הסיפור לנכדיו, וכעת זלגו הדמעות על פניו. גם ליר ויואב התחילו לדמוע. יואב קם וחיבק את סבא וליר הצטרפה לחיבוק.

"מה קורה כאן?" שאלה חנה. "למה כולכם בוכים?"

סבא סימן לה בידו. "לא עכשיו," אמר, והיא נעלמה באחד החדרים. "טוב, בואו נמשיך," אמר סבא כשהפעם יואב וליר יושבים לצדו. "אני כל כך מתגעגע אליה," אמר ובהה באוויר.

"ישבנו שם, סבתא ואני, כשעורך הדין הקריא את הצוואה. כשהוא הגיע לקטע שבו נכתב שדוד מני מוריש לנו את תיבת העץ, האם ובתה הביטו בנו במבט מלא שנאה. עורך הדין החתים קודם את הבת והאם ואחרי שהן חתמו, ניגש בחיוך והחתים אותנו. כך קיבלנו את תיבת העץ.

"כשהתיבה הגדולה הגיעה לבית שלנו, רציתי לפתוח אותה ולראות מה יש בתוכה, אבל סבתא התנגדה. היו לה כל מיני ספקות. אני מודה שהייתי צריך לשכנע אותה שתסכים לפתוח את התיבה. כשפתחנו אותה, גילינו בתוכה חמישה פריטים: שני ציורים, פסל וקופסת עץ קטנה. כשאמא שלכם נולדה תלינו את הציור, שנמצא היום בחדר של ליר, בחדר שלה. סבתא שמרה על הירושה. יום אחד, זה היה עוד לפני שנולדת," אמר והביט בליר, "סבתא אספה את הילדים וחילקה לכל אחד מהם פריט מהירושה. אני לא ייחסתי חשיבות לחפצים. כשסבתא נפטרה התלבטתי מה לעשות עם כלי הבית שהזכירו לי אותה, ובסוף חילקתי את הכול בין המשפחה. האחים והאחיות שלה לקחו כמעט הכול. הבחירה הראשונה היתה כמובן לתת הכול לאמא שלכם ולאחים שלה, לילדים שלי. היום, כשאני חושב על זה, כל כלי הבית שחילקתי, הבגדים ואפילו התכשיטים, שום דבר לא היה חשוב לה כמו הפריטים האלו שירשה מדוד מני."

השתררה שתיקה קצרה.

"היא היתה סבתא נפלאה," אמרה ליר. "סבא, הסיפור שסיפרת לנו כל כך יפה ומרגש."

הם המשיכו לשבת עוד כמה דקות בשביל הנימוס. יואב כבר לא היה מסוגל לחכות, הוא רצה לספר לרון ונל את מה שסבא סיפר.

"אז מה, ליר, עוד מעט לא תהיי הקטנה בבית?" שאל סבא בחיוך אוהב.

"אמא צריכה ללדת ממש בכל יום, ובקרוב יגיע גם החופש הגדול."

"אתה רוצה לשמוע משהו נחמד, סבא? אמא ואבא אמרו שאוכל לבחור איזה ילקוט שאני רוצָה לכיתה א' וגם יומן ומחברות."

"אנחנו מאוד מתרגשים איתך," אמרה חנה שבדיוק התיישבה לנוח. "סיימתי לנקות."

"טוב, עכשיו אנחנו חייבים ללכת."

הם ניגשו לנשק את סבא ולחנה אמרו שלום וירדו במהירות לגן לפגוש את רון ונל. כשהגיעו לכביש, אחז יואב בידה של ליר. בתחילה היא סירבה, אך לבסוף התרצתה.

***

גן ז'ילבר היה מעבר לכביש, מול ביתם. הם רצו בדשא ועלו על הגבעה הקטנה. היה שם עץ גדול שענפיו התפרשו לכל הכיוונים ויצרו סביבו צל גדול. הגן היה כמעט ריק. הדשא היה שומם, וליד הנדנדות היו זוג הורים עם ילדיהם ששיחקו בקרוסלה.

"הם כנראה כבר חזרו הביתה," אמר יואב.

שריקה קצרה נשמעה.

"יש כאן מישהו?" שאל יואב כשהתקרב לגזע העץ והביט למעלה. בין הענפים ישב לו רון וצחק.

"אנחנו עולים," אמר יואב והחל לטפס. ליר טיפסה בעקבותיו.

"אני מפחדת, אני לא מטפסת גבוה יותר."

"טוב, אז נרד אלייך, פחדנית," אמר רון והתמקם קצת מעליה. יואב ישב לידו.

"איפה נל?" שאל יואב.

רון הביט למעלה. "שם, בצמרת העץ."

"איזה כיף כאן."

"טוב, לא יצאת הרבה זמן מהבית, ככה שאתה יכול להעריך את הכיף בלשבת על עץ גבוה," העיר יואב. "נזהרתם?" שאל.

"כן," ענה רון. "כשהגעתי היו כאן כמה ילדים. הם שיחקו בכדור וביקשו שאצטרף אליהם. אמרתי להם שאני מחכה לך ואין טעם שאתחיל לשחק אם עוד מעט אצטרך לחזור הביתה. בינתיים שיחררתי את נל שיטפס על העץ וינשום אוויר צח. איך היה אצל סבא?"

יואב סיפר לו באריכות וניסה לא להשמיט שום פרט. ליר הוסיפה קצת פרטים משלה.

"משהו לא מסתדר לי בסיפור הזה," אמר יואב בהרהור. "אני לא יכול לומר מה בדיוק."

"אולי בקשר לאיך שהם חילקו את הירושה?" שאל נל.

יואב חשב קצת. "לא," השיב. "אני חושב שיש משהו אחר."

"תחשוב," אמר נל, "אולי רצית לשאול אותו שאלה או שתיים?"

"אני לא יודע, אני לא מצליח לחשוב על משהו. הייתם צריכים לראות את סבא," אמר יואב כשהפנה את מבטו לרון. "הוא בכה כשדיבר על סבתא."

"גם אנחנו בכינו," אמרה ליר.

"מעניין שהדוד מני הזה שמר כל הזמן על הפריטים שהיו בתיבה. אולי הוא גם השתמש בהם," אמר נל.

"כן, גם לי זה נראה מוזר," אמר יואב. "סבא אמר שמכל הירושה הענקית הזאת שדוד מני הוריש לגרושתו ולבת שלו שום דבר לא היה חשוב לו באמת כמו החפצים שבתיבה."

"אנחנו לא הכרנו אותו," אמר רון. "כל זה קרה עוד לפני שנולדתי."

"גם לפני שאני נולדתי," אמר יואב.

"אולי לאמא יש תמונה שלו," אמרה ליר.

"איזה חכמה את," אמר יואב. "אני ממש מסוקרן לראות איך נראה הדוד הזה."

"אנחנו צריכים להגיע לבית של שחר כדי לבדוק את הציור השני," אמר נל.

"רגע אחד," רון הפסיק את נל. "שחר הבטיח לי כמה פעמים שיראה

לי את המערכת החדשה שלו עם הקריוקי. הוא כל הזמן יורד עלי שאין לי חצובה להעמיד עליה את הרמקול."

"אז איך נעשה את זה?" יואב הרהר בקול רם.

"ששש..." נל השתיק אותם. "יש כאן כמה חבר'ה צעירים שבאים לכיוון שלכם." ממקום מושבו הגבוה היה נל יכול לראות את הילדים מתקרבים.

"מהר, תתחבא," אמר יואב.

נל טיפס שוב לצמרת העץ. הוא התחבא מאחורי ענף גדול שעליו הסתירו אותו.

"הַיי, יואב," קרא אייל. "מה אתה עושה פה?"

"סתם, שומר על האחים שלי."

בן ואוהד התקרבו גם הם, משאירים את החבורה מאחור.

"אנחנו מארגנים משחק כדורגל," אמר אוהד. "בוא תצטרף."

"אני לא יכול," ענה יואב והצביע על רון וליר. "אני צריך להשגיח עליהם."

"אני מקווה שלפחות לא הסכמת לעשות את זה חינם," צחק בן.

"תתפלא, אבל כן," אמר יואב וצחק גם הוא. "אתם יודעים מה?! תתחילו לשחק. אני אחזיר אותם הביתה ואצטרף תוך כמה דקות."

"נשמע טוב, רק תזדרז," אמר אייל.

השלושה הסתובבו והלכו למרכז הדשא. החבורה שהיתה שם התחילה לחלק את השחקנים לשלוש קבוצות.

"נל," לחש רון, "אתה יכול לרדת."

נל ירד.

"כדאי שתיכנס לתיק, לא אסגור אותו עד הסוף."

"תקשיבו," אמר יואב, "אני ארד, אמשוך אותם לצד השני, ואתם תיקחו את נל ותחכו לי בבית, אני כבר מגיע."

כשהגיעו הביתה ניסה רון לפתוח את דלת, אך המפתח לא הצליח לפתוח אותה. הוא צלצל בפעמון, ואבא פתח את הדלת.

"אבא," קראה ליר בשמחה. רון חמק במהירות לחדרה של ליר ועזר
לנל להיכנס לבית הבובות. הוא חזר במהירות לסלון.

"יש כאן מישהו שלא התגעגע אליי?" שאל דן.

"די, אבא, אתה יודע שהתגעגעתי אליך," אמר רון ושניהם התחבקו.

"למה לא הצלחתי לפתוח את הדלת עם המפתח?"

"החלפתי מנעול," אמר והוציא צרור מפתחות מכיס מכנסיו, הפריד
מפתח אחד ונתן אותו לרון. "את המפתח הישן אתה יכול לזרוק."

נוגה היתה במרפסת השמש. היא ישבה וקיפלה את הכביסה. "איפה
הייתם?"

"בגינה עם יואב. הוא נשאר לשחק כדורגל עם החברים שלו."

"אתם זוכרים שבשבת אנחנו נוסעים לפיקניק?" שאלה.

"מי יבוא איתנו?" שאלה ליר.

"נהיה כמה זוגות חברים. אני בטוחה שתיהנו. הנה, זה שוב מגיע,"
אמא התקרבה לאבא.

"מה מגיע?" שאל רון.

"צירים קטנים."

"את עומדת ללדת?" שאל רון.

"לא נראה לי שזה יקרה היום," הכריזה אמא. "אלה רק צירים קטנים."

"טוב," אמר אבא, "אם ככה, אצא לסידורים שלי." הוא נשק את נוגה
וליטף קלות את בטנה.

***

יואב נכנס הביתה.

"מה, כל כך מהר סיימת לשחק כדורגל?" שאלה אותו אמא.

"כן, לא התחשק לי לשחק; אני קצת עייף. אבא, אתה הולך?"

"כן. אחזור בעוד שעתיים לארוחת הערב, ביי," אמר דן ויצא.

"אמא, רציתי לשאול אותך משהו. את יכולה לשבת רגע לידי?"
ביקש יואב.

"מה רצית לשאול?" אמא נראתה משועשעת.

"אני רואה שזה משעשע אותך."

"אל תיפגע, יואב. פשוט נהיית רציני."

"כי זה באמת משהו רציני."

"במה מדובר?"

"זה קשור לדוד מני."

החיוך נעלם מפניה של אמא. "מי סיפר לך על דוד מני?"

"שאלתי את סבא על הציור בחדר של ליר..."

"עוד פעם הציור הזה?" התפרצה לדבריו, "מה כל כך חשוב בו?"

"זה העניין, שאלנו את סבא על הציור."

יואב סיפר לאמא על השיחה שלו ושל ליר עם סבא חיים.

"גם אני לא הכרתי את דוד מני. כל זה קרה כמה שנים לפני שנולדתי. אני זוכרת שהציור היה תלוי בחדר שלי. אני לא זוכרת שדיברנו בבית על דוד מני, חוץ מפעם אחת כשעורך הדין של גרושתו התקשר אלינו וביקש לפגוש את סבתא. היא הזמינה אותו אלינו הביתה. אני זוכרת את המקרה הזה ממש טוב. הייתי בערך בגילך, יואב, כשסבתא ביקשה שאלך לחדר שלי, אבל אני ישבתי במסדרון והקשבתי לשיחה. הוא הציע לסבתא כסף תמורת התיבה והתכולה שבתוכה. סבתא לא הסכימה וסירבה בנימוס. עורך הדין לא ויתר, הוא הרים את הקול ואיים בתביעה, עד שסבא דחף אותו החוצה בצעקות ואיים עליו שלא יחזור. את השאר אני זוכרת במעורפל."

"יש לך תמונה של דוד מני?" שאל רון.

"כן, אתם רוצים לראות אותה?"

"כן," ענו שלושתם.

"תצטרכו לעזור לי, בואו."

הם הלכו לחדר השינה של ההורים. אמא הרימה את החלק העליון של המיטה. שם, בתוך ארגז המצעים הגדול, שכבו להם עשרות אלבומי תמונות שנאספו במשך השנים.

"טוב, אתם רואים את הקרטונים האלה?" היא הצביעה על ארבעה קרטונים חדשים. "אלה שפתוחים חדשים, ואלו," היא הצביעה על שתי שקיות גדולות, "בהן יש תמונות ישנות. יואב, תוכל להשתחל בעדינות פנימה בלי לדרוך על ארגז המצעים?"

יואב מתח את ידיו ועם קצות אצבעותיו הגיע לשקיות ומשך אותן החוצה.

"תראו, הנה תמונה שלי כשהייתי קטנה, אולי בת שנתיים," אמרה ליר.

כל אחד מהם לקח אלבום. הם הסתכלו בתמונות ושאלו בהתרגשות, אחד נכנס לדברי האחר, "אמא, מי זה? בת כמה היית בתמונה הזאת? אמא, עם מי את מצולמת בתמונה?" אמא ענתה על כל השאלות בסבלנות.

"הנה," אמרה, "רציתם לראות את דוד מני?" הם הסתכלו בתמונה שצולמה בחצר בית יפה.

"דוד מני היה גבר נמוך, מקריח וקצת מלא." הוא נראה אדם מהיישוב. בתמונה חיבק מני את סבתא, ובתו, שעמדה לצדו, החזיקה בידו.

"של מי הבית הזה?" שאל יואב.

"זה אחד הבתים שדוד מני הוריש לבת שלו. הבית נמצא בהרצלייה פיתוח. אני חושבת שהבת שלו מתגוררת בו גם היום."

"וואו," אמר יואב ולקח תמונה אחרת. בתמונה הזאת צולם דוד מני בסלון ביתו. סבא ישב על כיסא גבוה, ולשניהם היו סיגריות ומשקה ביד. הם הביטו אל המצלמה.

"לא ידעתי שסבא עישן. איזה בית יפה, אמא," אמרה ליר. "תראי, זה נראה ממש כמו הציור שלי," הוסיפה פתאום. על הקיר הרחוק היה תלוי ציור.

"חכו רגע," יואב יצא מהחדר במהירות וחזר כעבור רגע עם זכוכית מגדלת.

"תני לי," הוא הושיט יד, לקח את התמונה מליר והביט בה בשתיקה.

"זה הציור שתלוי בחדר של ליר, אבל כאן יש לו מסגרת שונה עם עיטורים."

"אלו עיטורים?" שאלה אמא.

"נראה כמו פרחים."

"תן לי רגע," היא לקחה את התמונה ואת זכוכית המגדלת. "וואו, זו המסגרת הישנה של הציור. סבא החליף את המסגרת אחרי השיפוץ שעשינו בדירה, כשהייתי חיילת. זו היתה המסגרת של הציור כשהייתי ילדה."

יואב לקח את התמונה והביט בה שוב בעזרת זכוכית המגדלת.

"רגע, יש כאן ציור נוסף, רואים רק את הקצה שלו במטושטש." יואב העביר את זכוכית המגדלת לרון, לליר ולבסוף גם לאמא.

"זה הציור שנמצא אצל שחר," פסקה.

"איך את יכולה להיות כל כך בטוחה?" שאל יואב.

"לפי המסגרת. את הציור קשה לזהות, אבל אם תשים לב, רואים את המסגרת. זו אותה המסגרת, רק שאותה לא מעטרים פרחים, אלא צורות מוזרות." אמא סגרה את האלבום בפתאומיות והביטה בשלושתם בסקרנות.

"מה קורה כאן? בזמן האחרון אתם מתנהגים מאוד מוזר."

"שום דבר," הזדרז יואב לענות.

"אז מה, פתאום החלטתם שאתם אוהבי אמנות?"

"אמא, באמת. את לא חושבת שמוזר שדווקא הציור שבחדר של ליר לא נגנב? משהו מאוד מוזר קורה פה."

אמא צחקה. "החלטתם להיות בלשים? משהו כמו 'השביעייה הסודית'? אתם מתכוננים לגלות מי פרץ לנו הביתה?"

"משהו כזה," חייך יואב.

***

הערב ירד. יואב, רון, ליר ונל ישבו בחדרה של ליר והסתכלו שוב ושוב בתמונות.

"די, כבר אין לי כוח וחשק לראות עוד תמונות." רון קם. "אני הולך לשחק במחשב."

"אני באה איתך," אמרה ליר והלכה בעקבותיו.

"טוב, נשארנו שנינו," אמר נל. "צריך להיזהר שאמא שלך לא תתחיל לחשוד במשהו. שאלתם כל כך הרבה שאלות על הציור."

"אני לא חושב שהיא חושדת במשהו. מחר, כשנהיה בפארק, אשאל את סבא על הציור השני."

"תשאל את סבא שלך גם על התיבה. אולי יש בה משהו."

"מה אתה חושב שנמצא?"

נשמעה קריאה. "אמא שלי מגיעה, תתחבא." נל קפץ על הרצפה ורץ במהירות מתחת למיטה. "מה אתה עושה?" שאלה נוגה כשהיא סורקת במבטה את החדר. עיניה נתקלו באלבומים. "שוב פעם התמונות האלו?"

"די, אמא, אל תהיי מצחיקה. אני סתם סקרן."

"טוב, אחרי שתסתכל בתמונות, תחזיר את האלבומים למקום."

כשהסתובבה ללכת קרא לה יואב. "אמא, רצית משהו?"

"אה... כן, טוב ששאלת. רון התקשר לשחר. הם קבעו להיפגש בדירה שלו ביום ראשון. רציתי לשאול אם לא אכפת לך לשמור על ליר. יש לי תור לרופא נשים."

"אין בעיה, אני אשמור עליה."

"טוב, אז אחרי שתסיים כאן," היא חייכה, "תיכנס למקלחת. אחר כך אבא רוצה שנצטלם לפני הלידה."

פרק 23

הפריט החמישי

השעה היתה אחת אחר חצות כשיואב נכנס למיטה. הוא נזכר בהנאה במונולוג שלו מול המצלמה. אבא צילם כל אחד מהילדים מדבר לתינוק שעדיין לא נולד. יואב בירך את התינוק וסיפר לו שמחר הם יוצאים לפיקניק, וגם הוא, התינוק בבטן, יהיה שם. הוא אמר שהוא מקווה שייהנה מהסטייקים שאמא תאכל.

פתאום קפץ מהמיטה וטפח על מצחו. "איך לא שמתי לב?" שאל את עצמו. הוא נכנס לחדרו של רון. רון ישן שינה עמוקה. יואב התקרב בזהירות לחדרה של ליר, נזהר שלא להרעיש. הדלת של חדר השינה של ההורים היתה סגורה. הוא נכנס לחדרה של ליר וסגר את הדלת אחריו. הוא חיפש את מנורת הלילה שעל הקיר, ליד הדלת. "אוף," אמר לעצמו.

"היי, יואב."

יואב קפץ אחורה בבהלה. "הבהלת אותי, נל."

"קרה משהו?" שאל נל בלחש.

"כן," אמר יואב כשמצא את מתג מנורת הלילה. הוא לחץ עליו, והחדר הואר באור חלש. נל עמד מחוץ לבית הבובות, מתחת לציור. "אתה זוכר שמשהו הטריד אותי?"

"נו, גילית מה זה?"

יואב הנהן, מנסה להתרגל לאור החלש. "סבא סיפר לנו שכשפתח את התיבה היו בה חמישה פריטים: שני ציורים, פסל וקופסת עץ. יחד זה ארבעה פריטים. מעניין מהו הפריט החמישי?"

"יכול להיות שהוא תיבת העץ ששמו בה את הציורים, את הפסל ואת הקופסה."

"יואב, מה אתם עושים?" ליר התעוררה, התיישבה על המיטה ושפשפה את עיניה. "מה השעה?"

"מאוחר מאוד," ענה יואב. "את זוכרת שסבא סיפר שבתיבה היו חמישה פריטים? אז סבא שכח, מן הסתם, לספר לנו מהו הפריט החמישי."

"זה יכול לחכות לבוקר," פיהקה ואמרה, "אני חוזרת לישון."

נל חייך. "בוא ניתן לה לישון, נדבר בבוקר."

כשיואב עמד לצאת מחדרה של ליר וכיבה את האור, לחש נל: "יואב."

"מה?"

"תוכל להשאיר את האור דולק?"

יואב השאיר את האור דולק ויצא.

נל הסתובב והביט בציור כאילו חיכה שמשהו יקרה. מאז אותו יום שבו ראה את זוג העיניים מציצות בו מהחור שבעץ הוא לא היה שקט. הוא הרגיש שבכל רגע מישהו יכול לצאת מהציור. הוא היה מוטרד. הוא הניח ליד הציור ספר ועליו ספר נוסף ודחף את שני הספרים לקיר, צמוד לציור. הוא טיפס עליהם והתחיל למשש את הציור בידיו. דמעות צצו בעיניו. "זו הדרך היחידה שלי לחזור הביתה. אני חייב למצוא את החלון השני." הגעגועים להוריו ולחבריו היו כל כך חזקים שהדמעות לא הפסיקו לזלוג מעיניו. "אני לא אנוח עד שאמצא את הדרך הביתה," הבטיח לעצמו.

***

ההכנות לפיקניק היו בעיצומן. כל בני הבית התארגנו לפיקניק, ורק רון עדיין היה במיטה. יואב נכנס לחדרו עם ליר. "מה קורה? אתה מתעורר?"

"איפה נל?" לחש רון.

"הוא בחדר של ליר. כשנלך נשאיר לו את מרפסת השמש פתוחה כדי שיוכל להסתובב קצת בבית."

"אולי ניקח אותו איתנו?" הציע רון.

"לא כדאי, זה רעיון גרוע," ענה יואב.

"אתמול בלילה יואב ונל ישבו בחדר שלי ודיברו," אמרה ליר. גם היא רצתה לתרום משהו לשיחה.

רון הביט ביואב, וזה סיפר לרון מה קרה אתמול בערב.

"זאת אומרת שיש עוד פריט שאנחנו לא יודעים מהו."

"כן," ובדיוק כשרצה להסביר, אמא נכנסה לחדרו. "מה קורה איתכם, אתם מוכנים?"

"תני לנו כמה דקות."

"אני לא מבינה איך בכמה דקות תהיו מוכנים אם אתה עדיין בפיג'מה?" היא צחקה. "אני חייבת לשבת," אמרה והתיישבה על המיטה של רון ונשמה נשימות עמוקות.

"אמא, את בסדר?" שאל יואב. "את נראית עייפה."

"אני מרגישה כבדה. אל תשכחו שהחודש התשיעי הוא לא קל."

רון קפץ מהמיטה וחיבק אותה. היא החזירה לו חיבוק ולחשה: "לך תצחצח שיניים, ואתם תעזרו לאבא להוריד את הדברים לאוטו."

"רגע, אבא לא היה אמור להיפגש עם הבחורה הזאת, ששכחתי את השם שלה, בנוגע לפריצה?" שאל יואב. היא חייכה אליו. "שום דבר לא נעלם ממך. הוא דחה את זה למחר בערב."

"למה?"

"חגי, הקצין מהמשטרה, ביקש מאבא לדחות את הפגישה בכמה ימים. אני מאמינה שיש לכך סיבות אישיות שלא קשורות אלינו. טוב, אין זמן. סבא, כבר מחנה את האוטו ולדעתי כל החברים שלנו כבר בפארק, אז תזדרזו."

***

בכניסה לפארק סיפרה נוגה לדן שהצירים מתחזקים. "מה אתה אומר?" שאלה ופתאום הרגישה ברטיבות בין רגליה. "אני חושבת שיש לי ירידת מים."

"נשאיר את הילדים עם סבא ושחר וניסע לבית החולים. נראה אם זה רציני," אמר אבא ועצר בחניון.

כולם הורידו את האוכל והתיקים מהאוטו.

אבא לקח את יואב הצדה. "תקשיב, אני רוצה לבקש ממך שתשמור על רון וליר. אני נוסע עם אמא לבית החולים ויכול להיות שעוד היום יהיה לכם אח חדש. אני לא רוצה לנסוע ולדאוג לכם. אני סומך עליך."

"אל תדאג, אבא. אני מבטיח לך שנהיה בסדר. אני אשמור על רון וליר. רק אל תשכח להתקשר ולהודיע אם אמא ילדה."

"אל תדאג, אתם תהיו הראשונים לדעת."

שחר, אחיה של נוגה, ניגש לדן. אבא חיבק את יואב ונשק לו. "לך תשחק עם רון וליר, אני צריך לדבר רגע עם שחר."

שחר ודן דיברו במשך כמה דקות, ויואב מיהר להצטרף לרון ולליר.

"אמא ואבא נוסעים לבית חולים. אבא אמר שאולי אמא תלד היום."

"יש," צעק רון. "אח חדש."

"ראיתם את האיש הזה?" ליר הצביעה על בחור צעיר שעמד במרחק של כעשרים מטרים מהם עם רדיו ואוזניות.

"מה איתו?" שאל רון.

"אתה לא רואה? יש לו אנטנה, והיא מכוונת אלינו."

"הוא בטח שומע כל מילה שאנחנו מדברים," אמר יואב.

"אתם חושבים שהוא עוקב אחרינו?" לחשה ליר.

"רק רגע, יש לי כאן..." אמר יואב והוציא מכיסו את הטלפון הנייד. הוא כיוון את הזום שבמצלמה, הרים את הטלפון הנייד לכיוון האיש וצילם אותו. הבחור הצעיר נלחץ מההתפתחות והתקרב אליהם.

"רוצו מהר לסבא," צעק יואב, ושלושתם רצו לסבא חיים שישב לא רחוק מהם. יואב הספיק לראות את האוטו של אבא מתרחק.

"סבא," צעק יואב.

שחר זרק את חבילת הגחלים מידו ורץ ליואב.

"מה קרה?"

"הוא רודף אחרינו," יואב הסתובב. הוא רצה להצביע על האיש, אך הוא כבר לא היה שם.

"מי רודף אחריכם?" סבא קם מהכיסא.

"היה שם איש עם אוזניות ואנטנה," אמר רון.

"צילמתי אותו," אמר יואב.

סבא ושחר סרקו בעיניהם את האזור.

"תסבירו לי שוב מה קרה." שאל סבא.

שלושתם התחילו לדבר יחד.

"רק רגע," הוא עצר אותם. "יואב, תספר אתה."

יואב סיפר בקצרה מה קרה.

"תראה לי את התמונה שצילמת," ביקש סבא.

יואב נכנס לגלריית התמונות שבטלפון הנייד שלו, הגדיל את התמונה ואמר, "הנה, רואים ממש טוב."

חנה ביקשה גם היא לראות את התמונה. "אמרתי לך שהוא לא מוצא חן בעיניי," הטיחה בסבא.

"על מה את מדברת?" שאל שחר.

"הגענו לכאן ראשונים וראינו שהוא מסתובב לידנו. אמרתי לסבא שהוא לא נראה לי. חשבתי שהוא רוצה לגנוב לנו משהו."

"לדעתי הוא סתם גנב," אמר שחר.

"או סוטה," הוסיפה חנה.

"לא משנה," אמר שחר, "אל תתרחקו מאיתנו," ביקש.

בחורה צעירה התקרבה. "הַיי," אמר שחר וחיבק אותה. "בואי, תכירי את המשפחה שלי בהרכב חסר. תכירו, זו חגית, ידידה שלי."

"אני רואה שגם הבת שלי ובעלה הגיעו," אמרה חנה. "אלך לעזור להם להביא את הדברים לכאן."

שחר וחגית עמדו מעל המנגל. שחר ניסה להבעיר את הגחלים, חנה הלכה לעזור לבִתהּ עם הציוד, ויואב ניצל את הזדמנות הפז שנפלה לידיו. הוא, ליר ורון נשארו לבד עם סבא.

"סבא, רציתי לשאול אותך משהו על תיבת העץ. אתה זוכר שסיפרת
לנו שדוד מני הוריש לכם אותה?"

"הו, כן, בוודאי שאני זוכר."

"סיפרת לנו שבתיבה היו שני ציורים, פסל ותיבת עץ. יחד זה ארבעה
פריטים. אבל אמרת שהיו חמישה."

"עכשיו כשאני חושב על זה, אתה צודק." סבא טפח בידו על מצחו.
"ואוו, איך שכחתי."

"נו, סבא, מה זה היה?" שאל רון בתחינה.

"אל תתלהבו; לא משהו מיוחד. היתה שם מגילת קלף מוזהבת
וישנה מאוד."

"ומה היה כתוב בה?" שאל יואב.

"אין לי מושג. אני רק זוכר שהיא נכתבה בשפה לא ברורה, וחוץ
מזה, היה שם גם שרטוט לא מובן."

"סבא, אפשר לראות את המגילה?" ביקש יואב.

"אם אמצא אותה, אראה לך. אני מבטיח לך שתקבל אותה במתנה,"
סבא צחק. "מה תעשה בה?"

"אני עדיין לא יודע," ענה יואב.

כל אותה העת הביט רון לצדדים; הוא רצה לוודא שהאיש לא נמצא
בסביבה.

"אתה עדיין דואג בגלל הבחור?" שאל סבא.

"אני רוצה לדעת אם הוא עדיין כאן."

"אין לך סיבה לדאגה," אמר סבא. "אני פה, וחוץ מזה, לא נראה לי
שמישהו ירצה לפגוע בך."

"סבא, אני לא מבין. איך לא עלה על דעתך שהשרטוט הזה יקר או
עתיק?" שאל יואב.

"אני לא חושב שהוא שווה משהו. אני אמנם לא מבין גדול בעתיקות,
אבל לא נראה שהוא שווה משהו."

"הנה חנה מגיעה עם כל המשפחה שלה." יואב ניגש לעזור. הטלפון
נייד שלו צלצל, ועל הצג הופיע המספר של אבא.

"מה קורה? הכול בסדר?" שאל אבא.

יואב סיפר לאבא על האיש עם האנטנה והאוזניות.

"אל תמחק את התמונה," אמר. "בדרך לבית החולים ירדו לאמא המים. נראה שהיא תתאשפז ותלד."

"אני יכול לבוא ולהיות איתך?"

"לא, יואב, לא כדאי. זה יכול לקחת הרבה זמן. אני רוצה שתשגיח על רון וליר. אל תתרחקו מסבא. הוא יכול לדבר?"

"כן, אני אעביר לך אותו." יואב ניגש לסבא והושיט לו את הטלפון נייד.

"מה קורה, דן?"

"הכול בסדר. ירדו לנוגה המים בדרך לבית החולים, ועכשיו נותר לקוות שהיא תלד מהר."

"בשעה טובה. יופי, כבר לא ישחררו אותה עד ללידה."

"כן, אני יודע. העניין עם האיש עם האוזניות והאנטנה מטריד אותי."

"אל תדאג, לי נראה שזו סתם טעות."

"תקשיב, חיים..." דן סיפר לו את השתלשלות הדברים עם חגי וריטה.

***

הסוללה בפלאפון של יואב צפצפה. "הבנתי. דן, הסוללה חלשה. אל תדאג, אשגיח עליהם. תתקשר מדי פעם לטלפון נייד שלי ותעדכן אותי."

את שעות היום העבירו יואב, רון וליר במשחקים. יואב שיחק כדורגל עם ילדים קצת יותר מבוגרים ממנו, ורון וליר ניצלו כל פינה בפארק ושיחקו יחד. הערב ירד. כולם התחילו לארוז את הדברים. שחר אסף את יואב, רון וליר והוריד אותם בבית. הוא חיכה עד ששרית, אחותו של דן, תגיע ותחליף אותו. בינתיים עדכן יואב את נל על השיחה עם סבא.

"אז מה אתה חושב שזה?" שאל יואב את נל.

"זה יכול להיות כל דבר. נראה לי שלמגילה הזאת יש משמעות."

הטלפון צלצל. שרית הרימה את השפופרת, ואז נשמעה צעקה: "מזל טוב."

יואב הביט בנל מאושר. "אמא ילדה, חכה רגע, אני כבר מגיע."

רון וליר הקדימו אותו. כולם רצו לדבר עם אבא.

"יש לכם אח חדש," אמר אבא לרון.

"איזה יופי, מתי נוכל לראות אותו?"

"מחר אביא את שלושתכם לכאן לראות את אמא ואת התינוק."

"חשבתם כבר על שם?" שאל יואב.

"כן, אנחנו נקרא לו אור," אמר אבא באושר.

פרק 24

המפגש עם טים וקס

טים התחיל ללכת לכיוון הכיפה העגולה. דרכו לא היתה קלה: הוא הלך בין השיחים והעצים. בדרכו שמע קולות. אלה היו קולות של חיות שאותן שמע בתקופה שגר בקרבת הנחל. באותם ימים הן היו רחוקות, והוא לא הרגיש שהוא בסכנה, אך כעת הן היו קרובות מתמיד. לבו פרפר משמחה כשפתאום ראה שביל בין העצים. הוא רץ לכיוונו, וכשהגיע אליו, הבחין שהשביל העשוי מאבני חצץ קטנות מוביל לאגם.

האבנים הקטנות שחקו את סוליות נעליו הבלויות, רצועות העור הלכו ונשחקו עם הזמן, והוא נאלץ שוב ושוב לסדר אותן. הוא עצר, הוציא מתיקו סכין ורצועה חדשה ששמר בתיקו למקרה הצורך. הוא הסיר את הרצועה הישנה וזרק אותה, ואת החדשה ניסה ללפף סביב הנעל, אך היא היתה קצרה מדי. הוא נדרך כולו. הוא שמע מאחוריו קול פצפוץ ענפים. בלי להתמהמה הרים את הנעל בידו וחצה את השביל בריצה. מעבר לשביל היו עצים. הוא טיפס על אחד מהם וניסה לראות מאין מגיעים הקולות.

טים רעד מפחד. הוא חשש שייתפס בידי הדלנאים. תמיד הפחידו אותם מפני הדלנאים, אך אביו אמר שהכול פוליטיקה ושהדלנאים אינם רעים כפי שמתארים אותם. אביו, שהיה מורה בבית הספר המתקדם ועסק בפיתות, היה ליברלי במחשבתו וניסה להקנות לילדיו את המושג "חיה ותן לחיות".

עברו כמה רגעים, ואז הוא ראה אותו שוב. זה היה הדלנאי המבוגר, מנר, ולידו צעדו שתי דלנאיות צעירות יחסית. הן דיברו זו עם זו. אחת מהן רשמה משהו ביומן, והשנייה התכופפה והסתכלה על המקום

שבו ישב לפני רגע. היה נראה שמנר מנותק מהן. הוא לא דיבר, רק הסתובב וחזר לכיוון שממנו באו.

"הם עוקבים אחרי העקבות שלי," חשב טים בלבו. אחת הדלנאיות חצתה את השביל, מביטה כל העת לצדדים, מחפשת אותו.

"הֵי, ניבה, אל תתרחקי יותר מדי," הזהירה אותה הדלנאית שמאחור.

"אני אומרת לך שהוא קרוב לכאן," ענתה לה הדלנאית ששמה ניבה.

"ולאן מנר הלך?" לין הסתובבה, הביטה לאחור, פסעה לתוך היער וחזרה כעבור רגע. "אין לי מושג. הוא פשוט נעלם."

"איך הוא עושה את זה?" שאלה ניבה ושלפה מתיקה חפץ מלבני כחול מפלסטיק. טים הביט בלין. גם היא שלפה חפץ דומה.

"בואי, נמשיך מכאן," אמרה לין והצביעה על השביל, שהוביל לכפר של הדלנאים.

"לא," אמרה ניבה, "העקבות מובילים לעץ הזה שמאחוריי."

טים הצטנף מאחורי העלים, וכשהביט למטה התפלל שילכו.

"נראה לי שהוא המשיך לכיוון השני," ניבה המשיכה ועקפה את העץ. לין הדביקה את הפער בריצה. "איך אפשר לראות ככה משהו?" האדמה היתה מלאה בענפים ובעלים ואי-אפשר היה לראות את החול.

"אין כאן עקבות," אמרה לין.

ניבה נשפה דרך האף וחייכה במבוכה. "העקבות נגמרים ליד העץ הזה."

שתיהן הביטו בעץ הגדול. הוא היה רחב, ובצמרתו היו ענפים רבים ועלים.

"את חושבת שהוא למעלה?" קולה של לין בגד בה.

ניבה הביטה בה בהבנה. "אנחנו שתיים, ויש לנו את זה." היא הרימה את הפלסטיק הכחול. טים כעס על עצמו שלא טיפס גבוה יותר.

"אין לו סיכוי נגדנו. אולי כדאי שנחכה למנר?" לין הביטה בניבה בתקווה שזו תאמץ את הרעיון. ניבה הביטה בה, אך לא ענתה.

"את צודקת," אמרה לין. "אנחנו הצבא."

"מה את מציעה שנעשה?"

"עכשיו את מדברת בהיגיון. בואי נתרחק," היא הרימה את קולה, "אנחנו נבעיר את העץ," צעקה כשהתרחקו לאמצע השביל.

"השתגעת?" לחשה לין, "זה יגרום שרפה ביער."

ניבה הסתובבה לעבר לין ולחשה בנחישות, "תעשי מה שאני אומרת. אל תדאגי, אנחנו לא באמת נבעיר את העץ."

***

טים לא היה צריך יותר מזה. הענף שעליו ישב היה במרחק קצר מהן. ניבה לא הספיקה להסתובב, וטים קפץ על שתיהן, דוחף את ניבה בידו. היא נתקלה בלין, ושתיהן נפלו. הפלסטיקים המוזרים נפלו להן מהידיים. ניבה ולין התגלגלו מעט.

טים בעט בפלסטיק הכחול של ניבה והרחיק אותו ממנה. הוא ידע שהוא חייב להרחיק את הפלסטיקים האלה. הם היו מסוכנים לו אף שלא ידע מה הם ואיך משתמשים בהם.

לין קמה במהירות. הפלסטיק הכחול היה במרחק כמה מטרים ממנה. היא רצה אליו, אך טים היה מהיר ממנה והגיע אליו ראשון. הוא הרים אותו. היה שם כפתור קטן. לין הביטה בו בבהלה ופסעה לאט לאחור. הם הביטו זה בזה. טים כיוון את הפלסטיק לעבר ניבה. שניהם עצמו את העיניים, מחכים לשמוע את הרשף. טים השתעשע ברעיון, ואז ראה אותו. לא רחוק ממנו עמד מנר ובידו מקטרת.

במהירות הפנה טים את הפלסטיק הכחול לעברו, אך מנר הרים את ידו החשופה. טים הרגיש שגופו משתתק, והוא נפל לרצפה כמו אבן. ההרגשה היתה איומה: הוא לא היה יכול להזיז איבר; עפעפיו נהיו כבדים, והוא התעלף. כשהתעורר הרגיש שגופו נגרר, והוא שב ואיבד את הכרתו. כשפקח את עיניו, הביט סביבו. הם השכיבו אותו על שמיכה עשויה עלים יבשים. קירות המקום היו לבנים, והוא לא היה גדול ומרווח במיוחד.

טים קם, אך גופו בגד בו. ראשו כאב. הוא הביט סביבו; הכול היה

חשוך. דרך החלון הקטן והגבוה ראה שהערב כבר ירד, ורק אור ירח האיר את החדר. הוא התיישב והביט קדימה. בחדר עדיין שרר חושך. אש קטנה הודלקה בקצה החדר. טים קפץ לאחור בבהלה. זה היה מנר, הוא הדליק את המקטרת שנחה לה בפיו.

עשן יצא מפיו, והוא נאנח: "אני לא חושב שנהניתי ממשהו בחיי כמו לעשן את המקטרת שלי. זה עוזר לי להתמקד ולהרגיש שלם עם עצמי."

טים הביט במנר, הוא היה משותק מפחד. "איך הוא המם אותי," חשב לעצמו.

נפלה שתיקה. הם הביטו זה בזה. "נראה שאיבדת את הלשון." מנר חייך בהבנה. "מה שמך?"

"טים וקס," ענה טים בקול רועד.

"ובכן, טים, אתה יכול להירגע. איש לא יפגע בך כאן. אני רק מבקש שתיזהר עם זה," אמר מנר והצביע על ידו הימנית של טים. "בחדר השני יש אוכל בשפע."

"מה, אני לא כלוא פה?" טים היה מבולבל.

"לא, אתה יכול לצאת ולהסתובב במתחם הזה ככל שתחפוץ. בנוגע ליציאה מהמתחם, אני צריך קצת זמן כדי לבשר לחברי הכפר על קיומך, ואני מקווה שתקבל זאת בהבנה."

טים הנהן. "אני באמת רעב," אמר.

מנר יצא וחזר כעבור כמה רגעים. הוא הושיט את ידו, ומנורה קטנה נדלקה והאירה את החדר. בידו השנייה של מנר היתה צלחת עמוסה באורז עם רוטב. לאוכל היה ריח מדהים, והוא הציף את החדר. טים הרגיש שהקיבה שלו מתהפכת. כשהסתער על הצלחת הבחין בלין שעמדה ליד מנר ובידה קנקן מזכוכית. "אתה רוצה יינוק או שאני אביא לך מים צוננים?"

טים לא היה יכול לענות. פיו היה מלא.

"תאכל לאט," אמרה לין בחיוך. הוא לעס את האוכל שבפיו באטיות ובלע אותו.

"אשמח לשתות יינוק," אמר.

לין מזגה מעט יינוק לספל פלסטיק והושיטה לו. טים הגיש את ידו הימנית ומיד נזכר. הוא היה נבוך לרגע ואחר כך הושיט את ידו השמאלית ולקח מידה את הכוס. "אני מצטער."

"זה בסדר," אמר מנר, "זה חלק מהגוף שלך, רק שכאן זה יכול להיות מסוכן."

מנר לקח את השרפרף שהיה צמוד לדלת, קירב אותו לטים והתיישב. הוא הוציא שקית טבק קטנה, מילא את מקטרתו והושיט את אצבעו לכיוון המקטרת. זיק קטן חלף מאצבעו למקטרת, וכך, לעיניהם הנדהמות של לין וטים, הפריח עשן בהנאה.

"איך עשית את זה?" שאל טים.

"זה לא משנה כרגע. מה שאני רוצה לדעת הוא אם אתה יכול לדבר איתי."

"כן," ענה לו טים ההמום.

"ספר לי בבקשה איך הגעת לכאן," ביקש מנר.

טים התחיל לספר לו על אותו בוקר שהוא וחברו חצו את הגבול ליער האסור וגילו את העץ עם הפתח. מנר הביט בטים.

"זחלתי לתוך הפתח כדי לראות אם יש שם משהו מעניין. הפתח הגדול עורר את הסקרנות שלי. באותו רגע לא חששתי מכלום. פתאום הרגשתי שהגוף שלי נע במהירות עצומה. עצמתי את העיניים וחיכיתי לנורא מכול. כשפקחתי אותן, ראיתי שאני נמצא בלב היער, רק שזה לא היה היער שהייתי בו. זה היה יער שונה."

"במה הוא שונה מהיער בירדל?" שאל מנר.

"אין לי מושג. בהרגשה; בקולות; בעצים; אני לא יכול להצביע על משהו מסוים. לקח לי יומיים להבין שאני לא נמצא באותו יער. לקח לי יותר זמן להבין שאני נמצא בעולם אחר. אני לא יודע כמה זמן עבר מהרגע שהגעתי לכאן."

טים לגם מהיינוק בהנאה. "תודה," הוא לחש ללין. "אין לכם מושג כמה התגעגעתי לזה."

"שמעת את השיחה שלי ושל נל?" שאל מנר.

טים הנהן. "שמעתי הכול. עזבתי את האזור שליד הנחל. הייתי שם, אני חושב, בערך חודשיים, לבד. עזבתי כדי להגיע לכיפה העגולה. חשבתי שאנסה את מזלי ואמצא את החלון השני, את המעבר בחזרה לירדל."

מנר קם. "אני מציע שתנוח. נמשיך לדבר מאוחר יותר." הוא חייך והושיט את יד ימינו לטים, שקם גם הוא. הוא היה גבוה ממנר בראש. הוא הביט ביד המושטת אליו בחיוך. "לא התבלבלת קצת?" והראה למנר את ידו הימנית.

מנר אחז בידו הימנית של טים ולחץ אותה בחום. "תדאגי לו," אמר, הסתובב והלך.

"אתה יכול לסגור את הפה," לין צחקה בקול.

טים היה המום. "איך?... למה?... אני לא מבין."

"למנר יש כוחות על-טבעיים. גם אנחנו בכפר לא יודעים על כל היכולות שלו," אמרה לין.

"זה מסביר את התקרית ביער," הרהר טים בקול, "לא הבנתי איך הוא עשה את זה. הרגשתי שאני חסר גוף. יכולתי רק לראות, וגם זה עבר אחרי שתיים-שלוש שניות, כשאיבדתי את הכרה."

"מנר ביקש ממני שאביא לך אוכל, בגדים ואולי גם משהו לקרוא. אתה יודע לקרוא?"

"ברור שכן. אבל לא עכשיו. מה שאני רוצה לדעת זה איפה אני נמצא. מה זה המקום הזה?"

"אתה נמצא במקום שנקרא 'הכיפה העגולה'. מנר החליט לשכן אותך כאן כי למקום הזה אסור לדלנאים להתקרב, חוץ מלי ולניבה. ניבה מקבלת עכשיו טיפול מהאחות, היא נשרטה מעט. אני מאמינה שמיד תצטרף אלינו. ובנוגע לחלק השני של השאלה שלך, שמעת את מנר ונל מדברים, ולכן אתה כבר יודע שהחלון השלישי נמצא כאן."

ניבה נכנסה באותו רגע לחדר. "כן, אבל אין לך סיכוי להיכנס לחדר ההוא," היא הצביעה החוצה. "מנר ארגן שאיש לא יתקרב לדלת החיצונית."

"אני מצטער על המפגש בינינו," טים קם והושיט את ידו השמאלית.

"ניבה."

"טים."

היא לא חששה ללחוץ את ידו.

"באמת תכננת לעלות את העץ באש?" שאל טים.

"לא, רק רציתי להפחיד אותך, נראה שהצלחתי."

"בהחלט. מה עושים הפלסטיקים הכחולים?"

"הם..." היא עמדה לענות ועצרה בלשונה. "תראה, אין לי מושג אם מותר לי לספר לך, לכן אני מציעה שאת השאלות שיש לך תפנה למנר."

"מה התפקיד של מנר?"

"מה, אתה לא יודע?"

ניבה הביטה בלין, וזו הביטה בטים. "מנר הוא ראש הכפר שלנו. הוא היה זה שהחליט להביא אותך לכאן. אנחנו נעזוב אותך עכשיו," אמרה לין, "נראה שאתה זקוק לשינה הגונה. כשתתעורר תיגש לחדר השני. יש בו מזווה מלא. תרגיש חופשי, רק אל תצא החוצה. זו הוראה מפורשת של מנר."

"אל תדאגו, לא אצא."

לין וניבה יצאו מהחדר. טים קם ממקומו מעט ונשף על הנר הריחני שהאיר את החדר. הוא התרווח על הדרגש שהכינו בשבילו וקצת לפני שנרדם חייך לעצמו. "זו הפעם הראשונה שאישן בכוכב הזה בלי לפחד. כמה אירוני, שהמארחים שלי אמורים להיות האויבים שלי."

פרק 25

כוכב ירדל

טובי סגר את הדלת וליתר ביטחון נעל אותה. הוא ניגש לארון, הוציא בקבוק זכוכית אדום שעליו צוירו חרציות לבנות. הוא מזג את המשקה לשתי כוסות קטנות, והושיט אחת לנורה.

"תשתי לאט. יש ביינוק הזה אלכוהול - זה משקה חזק."

נורה לגמה מהמשקה והרגישה שחמימות קלה ונעימה מתפשטת בגופה. היא נפנפה בידיה למול פיה, "חריף מאוד, צדקת."

"קחי את הזמן, יש לי סבלנות. אני רוצה לשמוע הכול."

"אין הרבה מה לספר. אוכל להסתדר איתו בכוחות עצמי, אבל אם אתה ממש רוצה לדעת, אז לדעתי יש בגסיל משהו מוזר. אני יודעת שהוא רוצה את התפקיד שלי, אבל זה לא רק זה. יש בו מין רשעות, קשה לי להסביר, זה עניין של אינטואיציות."

"אינטואיציות, אני מבין. אין לי בעיה עם זה, אבל מה עם הוכחות? את בוודאי יודעת שאם את רוצה שאעשה משהו בעניין, אני צריך גם הוכחות. אז מה יש לך?"

"בינתיים רק הגישה שלו. אני משוכנעת שאם יהיה לי עוד קצת זמן, אמצא משהו. רק רציתי שתסביר לי איך מישהו הציף את המנהרה."

"אם את חושבת שזה היה גסיל, אז תדעי שהוא היה איתי. אני חושב שהוא הגיע כמה דקות לפנייך."

"טוב, כמה זמן לוקח לפתוח את הסכר ולהגיע אליך לחדר הישיבות?"

טובי הביט בה וחשב רגע. "אני חושב שהיה לו מספיק זמן לפתוח את הסכר ולהגיע אלי. זה לא צריך לקחת יותר מחמש דקות."

"האם ייתכן שהסכר נפתח בשל תקלה או טעות?"

"אני בספק. צריך שיקרה יותר מדבר אחד כדי שהסכר ייפתח. צריך
ללחוץ על הכפתור ובאותו הזמן להוריד את הידית. בדרך כלל שני
ירדלים עושים את זה."

"אם לא אכפת לך, הייתי רוצה לראות מה שלום אלור, אני דואגת לה."

"גם זה דבר מוזר. איך קרה שהיא איבדה את ההכרה?"

"אמרתי לך שלא ראיתי. הלכתי לרגע, וכשחזרתי היא כבר לא היתה
בהכרה. לא היה סימן שמישהו היה שם."

"יש לנו זמן. ביקשתי מליב שתודיע לי כשמצבה ישתפר. עכשיו אני
רוצה שתעני לי בכנות, מה בדיוק עשיתן שם למטה, את ואלור?"

"תראה, אני לא חושבת שתאהב את התשובה, אבל לדעתי אתה כבר
יודע אותה."

"את באמת חושבת שמישהו רוצה לפגוע בדלנאים?"

"למה אתה לא משחרר אותם? איזה עניין יש לנו להחזיק אותם בשבי?"
טובי הרים את קולו, "הם גילו את המעבר לכדור הארץ, ואני מעוניין
להיות חלק מהתגלית הזאת."

"אולי כדאי שתיגש אליהם ותדבר עם ליאה? אם אתה רוצה, אני
מוכנה לגשת אליה."

"זה לא כזה פשוט. לפני שנפעל, אני רוצה שתביני בפני מה אנחנו
עומדים."

טובי קם מכיסאו והתהלך בחדר. "אני מאוד מחבב את ארוכי הסנטר
שהיו אצלנו," הוא גיחך.

"האמת היא שגם אני. הדלנאית הקטנה, יוקו, ביקשה להיפגש איתי
שוב. השבתי לה בחיוב. אני חושבת שאם תאשר לי, אלך ואפגש איתה.
אולי גם אשוחח עם ליאה."

טובי הרהר מעט. הוא ניגש ומזג לעצמו כוס גדושה של יינוק. "רוצה
עוד?"

היא הנידה את ראשה. "זה הספיק לי," אמרה.

"אני מסכים שתיפגשי עם ליאה, אבל רק עם ליאה. אם יוקו תהיה

נוכחת בשיחה הזאת, ארצה שמישהו משלנו יהיה נוכח איתך בפגישה. אבל לפני כן עלייך לרדת למרתף, להיכנס לספרייה ולקרוא על המעברים. אתן לך אישור מיוחד."

"להיכנס לספרייה?"

"האישור יחכה לך בבוקר."

"אתה רציני?" היא קראה בפליאה. "רק שתדע שאין דבר שמרגש אותי עכשיו כמו האפשרות לבקר בספרייה. אני יכולה לבלות שם המון זמן," היא צחקה בקול.

"למישהו חזר החיוך לפנים," אמר טובי בחיוך. "בנוגע לגסיל, אני אשים עליו עין. אני רוצה שתהיי מרוכזת במשימה שלך."

"יש מישהו מלבד רנדי הזקן שהרשית לו לקרוא בספרים?"

"לא אישרתי לאיש. המפתחות אצלי, וגם השומרים עצמם לא יכולים לספק את סקרנותם."

"טוב עשית. לא סתם שאלתי אותך..."

קול דפיקות בדלת הפריע את השיחה. טובי ניגש לדלת ופתח אותה. בפתח עמדה ליב. "אפשר להיכנס?"

כעת פתח טובי את הדלת לרווחה. "היכנסי בבקשה, מה שלום החולה שלנו?"

ליב לא ענתה, רק הביטה בקנקן היינוק שעל השולחן. "אפשר?"

"בוודאי," ענה טובי. "היינוק הזה קצת חזק, אז בזהירות."

"אני צריכה משהו חזק," אמרה ומזגה לעצמה. היא לגמה מהיינוק לגימה הגונה ונאנחה, "זה באמת חזק."

טובי התיישב מולה. "הכול בסדר?" שאל.

היא הביטה בו ושקלה את דבריה. "אני לא יודעת מאיפה להתחיל."

"מההתחלה," אמרה נורה.

שניהם הביטו בה בציפייה, מנסים להסתיר את סקרנותם.

***

"אתם, שניכם, המשכתם לכאן. דקה אחרי שהלכתם רציתי להוציא את אלור לאוויר הפתוח. ביקשתי מגסיל שיעזור לי. גסיל ולני עזרו לי להעביר אותה ליציאה מבטן ההר. שמתי לב שלא היו שומרים בכניסה. כששאלתי את גסיל, הוא המהם משהו לא מובן, וכששאלתי אותו שוב, הוא לא ענה. הוא פשוט נפנף בידו בכעס והלך כשלני בעקבותיו. אבל לא באתי לספר לכם על זה."

"אז מה העניין?" נורה איבדה את סבלנותה.

"משהו קרה לאלור. היא התעוררה, הביטה בי ולהפתעתי לא זיהתה אותי. ניסיתי לדבר איתה, אבל היא הביטה בי בעוינות, ואני נאלצתי להתרחק ממנה. דיברתי אליה שוב, אבל היא לא ענתה, רק הביטה סביבה כאילו ראתה את המקום הזה בפעם הראשונה בחייה. באותו הרגע פחדתי מאוד. פתאום היא הסתובבה אלי ודיברה בשפה שלא הבנתי. רצתי במהירות לפתח, חלפתי ליד עמדת השמירה ונתקלתי בבן שלך, סול. הוא עמד שם עם החברה שלו נרי. הייתי על סף דמעות, והוא הרגיע אותי ויחד הלכנו לעמדת השמירה הנוספת. שם, להפתעתי, ראיתי את השומרים שהיו צריכים לשמור בפתח. כעסתי עליהם מאוד. הם לא הבינו על מה המהומה. הם טענו שהשאירו שומר אחד ששמו טום מאחור. ביקשתי מסול שיתלווה אלי החוצה. נרי נשארה בחדר ההמתנה, ליד חדר השומרים. היה שם עותק של העיתון 'חיזיון', ונרי שמחה להישאר לקרוא איזה מאמר."

"גם אני קוראת את העיתון הזה," אמרה נורה.

"כן, גם אני. תמשיכי לספר בבקשה," אמר טובי.

"כשהגענו לפתח ההר ראינו את האלונקה, אבל אלור לא היתה שם. היא נעלמה. היו שם סימנים על הקרקע החולית, סימנים שסול ואני מעולם לא ראינו. חיפשנו מסביב."

"לא דרכתם על הסימנים?" שאל אותה טובי.

"לא. סול היה בחוץ. היו שם עוד כמה הקצינים שהגיעו לאחר המהומה שעשיתי בחדר השומרים. ועכשיו כולם מחכים לך."

נורה הביטה בטובי ושאלה, "מה אתה חושב? ממה אתה חושש?"

טובי לא ענה, ובמקום זה אמר, "בואו מהר, אני חייב לראות את הסימנים שעל הקרקע."

הם יצאו החוצה. השמש סנוורה אותם, ושלושתם סוככו על עיניהם בניסיון להתרגל לאור החזק שהגיע משתי השמשות.

"הַיי, אבא." סול התקרב.

טובי החווה בראשו. הסימנים על הקרקע נראו בבירור. חששו של טובי התאמת.

"שלחתי את הקצינים וגם כמה עשרות חיילים לחפש את אלור בבית המשפחה שלה. הם גרים ממש כאן, בכפר מקור הוורד." הוא הצביע לכיוון כפר קטן ששכן למרגלות ההר.

"אין צורך," אמר טובי. "תקרא להם בחזרה, הם לא ימצאו כלום. במקום זה, תארגן שמירה היקפית ומתוגברת." הוא התקרב לנורה. "יש לנו בעיה. תארגני את המועצה."

"מה זה?" נורה הצביעה על הסימנים.

"אלו, ככל הנראה, סימנים של חללית זרה."

"וואו, אתה מתכוון לומר שזה אמתי. יש לנו ביקורים מהעולם החיצון?"

"בואי ניכנס. חם בחוץ. אסביר לכם הכול במשרד."

הם נכנסו פנימה כשסול, רנדי וליב בעקבותיהם.

"אוקיי, חברים, שבו," ביקש טובי.

רנדי מזג לעצמו כוס יינוק ושתה אותה בלגימה ארוכה ואמר: "לזה אני קורא יינוק." הוא התיישב, אך לפני כן מילא שוב את הכוס.

"חסרים לנו פה שניים," אמר סול, "גסיל ולני."

"לא נעכב את הישיבה בגללם," אמרה נורה בחוסר סבלנות. "הייתי רוצה שנתחיל את הישיבה בלעדיהם," הוסיפה.

"נתחיל בלעדיהם," אמר טובי. "אבל לפני שנגיע לעניין עצמו, רציתי לדעת כמה מכם קראו בעיתונים 'דרך הכוכבים' או 'על הכוכב' את הכתבות על החלליות שהירדלים ראו? לפני חודש פורסם ב'חיזיון'

שחללית נצפתה מעל שדה החיטה הענקי שליד מגדל המים. עשרות ירדלים ביקשו להתראיין בנושא."

"אני זוכרת את הכתבה הזאת מצוין," אמרה נורה. "הם תיארו אותה ככדור כסף גדול מוקף אור. שמרתי את העיתון, חכו רגע." היא קמה מהכיסא ויצאה החוצה. כעבור שתי דקות חזרה ובידה עותק מהעיתון.

"הנה, תראו, בעמוד תשע," היא התחילה לקרוא את הכתבה. "'לעיניהם הנדהמות של מאות ירדלים הופיעה חללית כסופה שזזה במהירויות בלתי נתפסות. כל זה קרה בכפר פוארו מעל שדה החיטה הענקי שליד מגדל המים. אמיתי או לא אמיתי? תשפטו בעצמכם.' יש פה כתבה גדולה בנושא," אמרה.

"אין צורך להקריא לנו את כל הכתבה," אמר טובי. "תגיעו לסוף העיתון, לתמונות שבעמוד האחרון."

הם העבירו את העיתון מיד ליד. טובי הוציא את שקית הטבק מכיסו, מילא את המקטרת והתיישב. "יש כאן שתי תמונות. באחת לא רואים כלום, חוץ מהרחבה שליד מגדל המים, ובשנייה רואים את הכתב מצביע על הכיוון שבו נראתה החללית."

"אני לא מבין," אמר רנדי.

כולם הביטו בטובי. הוא הדליק את המקטרת במצית. "תסתכלו על הקרקע."

"אני חושב שהסימנים האלה זהים לאלו שבחוץ," אמר סול.

"כן, אלו הם אותם הסימנים," אמר טובי. "מעולם לא ראיתי חללית. קראתי הרבה על הנושא בספרייה. אני מבקר בה בקביעות כבר שנים רבות. עד עכשיו לא אפשרתי לאיש להיכנס לחדר הסגור. מעתה כל זה עומד להשתנות. יש כמה דברים שעומדים על הפרק. נורה תטפל בספרייה. רנדי, אתה תעזור לה במשימה הזאת. לגבי אלור, אני חושב שהיא נחטפה. יש כאן סיפור מאוד מוזר ומעניין. גם אבותינו הקדומים לא הצליחו להבין עד תום את הסיבה להיעלמויות המסתוריות האלה. קראתי על כך בעיתונים הישנים, כל העניין של החלליות סִקרן אותי.

סול וליב, אתם תישארו איתי, ננסה לחקור את היעלמותה של אלור. אני מקווה שנמצא איזשהו רמז."

הדפיקות בדלת עצרו אותו באמצע המשפט. נורה ניגשה לפתוח. בפתח עמדו גסיל ולני. "לא ידענו שיש ישיבה," אמר גסיל ספק בהתנצלות.

ההתקפה לא איחרה לבוא. "איפה נעלמת?" ליב הרימה מעט את קולה. "למה השארת אותי שם לבד?"

גסיל נכנס ואמר: "אני לא השמרטף שלך."

נפלה שתיקה רועמת, וטובי הפר אותה. "אנחנו דנים בהיעלמותה של אלור."

"אבל ראיתי את ליב איתה."

טובי סיפר לגסיל וללני בקצרה את מה שאירע ועל הסימנים שנמצאו על האדמה.

"טוב, את עניין השומרים אני מבין," אמר טובי. "זה קורה מדי פעם. הם תופסים תנומה או מפקירים את השער לזמן קצר. תחשבו, השמירה עצמה היא מפני הירדלים. אנחנו צריכים לחשוש יותר מבני מיננו. את הסימנים שעל האדמה אני ארצה לראות."

גסיל עמד לצאת כשטובי ביקש ממנו להישאר. "איפה הייתם? מה עשיתם?"

לני רצה להשיב, אך גסיל עצר אותו. "שום דבר מיוחד. טיילנו בצד השני של ההר."

טובי נתן בלני מבט חודר, וזה השפיל את עיניו לקרקע ואחר כך הביט בגסיל.

"אנחנו נבחרנו לייצג את בני הכפר שלנו. תפקידינו להנהיג אותם בחָכמה ובלי מאבקים פנימיים. כל אחד מכם היה ראש כפר לפני שנבחר למועצה. חוץ ממני ומנורה, כל בני הכפר בחרו בך למועצה. המטרה שלכם היא להיות גוף אחד ולעזור לשפר את חייכם," הוא הצביע על המפה של ירדל שהיתה תלויה דרך קבע על הקיר, "ואת חיינו. אבל במקום זה, אני מרגיש שאתה חושב שאתה לבדך כאן. אתה חייב להיות חלק מאיתנו, או שתצא מהמועצה."

גסיל התקרב לטובי. "זה נשמע כמו איום. שכחת שלכפר שלי יש חלקה שהיא הגדולה בירדל? שכחת שלמשפחה שלי יש השפעה לא קטנה? כדי להוציא אותי תצטרך רוב בוועד הגדול, ולדעתי, אין לך רוב."

נורה קמה מהכיסא, ניגשה לדלת ופתחה אותה. "תסתלק מכאן, עכשיו," אמרה בשקט, אך בתקיפות.

גסיל הביט סביבו וחייך. "זה לא הסוף," אמר ויצא, טורק את הדלת בחוזקה.

נורה הביטה בלני שהיה מכווץ כולו. "עכשיו ספר לנו הכול, או שתלך בעקבותיו."

הדלת נפתחה שוב. גסיל עמד בפתח והביט בלני שנראה אומלל. "בוא," קרא לו.

לני הביט סביבו. "אני מעדיף להישאר כאן."

"אתה עוד תצטער על זה," אמר גסיל, הסתובב והלך בלי לסגור את הדלת.

"בואו נשב," ביקש טובי. "ליב, סגרי בבקשה את הדלת. לפני שנתחיל, סול, שלח לאוויר עשרים חיילים שיתצפתו על הכפר של גסיל. תן להם את האנפות הטובות ביותר."

"מה הם אמורים לחפש שם?" שאל סול.

"הם אמורים לחפש את אלור או רמז שיוביל אותנו אליה. ועוד דבר אחד," טובי שרבט משהו על דף נייר ומסר אותו לסול. "זה הדבר השני שהם אמורים לבדוק."

סול יצא. טובי הסתובב והביט בעיניהם השואלות של נורה, ליב ולני. רנדי חייך. "הבנתי אותך."

"מה הבנת?" שאלה נורה.

"אתה רוצה שאני אספר?" שאל רנדי את טובי.

טובי הנהן, מילא את המקטרת בטבק והתיישב לעשן. שאר בני החבורה השתתקו.

"זה קרה לפני המון שנים," התחיל רנדי בסיפורו.

"בערך לפני מאתיים שנה," נכנס טובי לדבריו.

"כן, משהו כזה," אישר רנדי. "מאז ומעולם היו לנו בעיות עם כפר אורגון, הכפר שממנו מגיע גסיל. הם היו עצמאיים ולא השתתפו באסיפות שערכנו. במשך השנים הם שלחו נציג אחד, וגם אז הם לא היו מעורבים בהחלטות. הם ביקשו מאיתנו לפתור בעצמם את העניינים הפנימיים שלהם, בלי קשר למועצה."

"כל ההיסטוריה הזאת ידועה לנו." נורה הפסיקה את שטף הדברים. "איך זה קשור לעניין שבו אנחנו דנים כרגע?"

"אני כבר מגיע לזה." רנדי דיבר באדיבות לחבריו חסרי הסבלנות. "טוב, על מה שקרה לפני כמאתיים שנה בערך כמעט לא נכתב דבר, חוץ מבעמוד האחרון של העיתון 'חיזיון' או בעמוד שלפני אחרון. היתה שם כותרת קטנה על היעלמותה של ירדלית צעירה בשם דולי חן. היא שיחקה מחוץ לביתה, וכשאמא שלה יצאה לבדוק כעבור דקות ספורות מה קורה עם בתה, היא לא מצאה אותה. העניין הזה לא היה מגיע לעיתון אלמלא אביה של הילדה, שהיה אחד משבעת חברי המועצה. היתה שם גם תמונה קטנה של חצר ביתם של משפחת חן, והסימנים על הקרקע, אם אני לא טועה, היו די דומים לסימנים האלו שיש לנו כאן בחוץ."

דפיקות קלות על הדלת הפסיקו את דבריו. סול נכנס, ואחד הקצינים בעקבותיו. "אבא, אני צריך לדעת אם אנחנו צריכים לקחת איתנו נשק, או שנישאר בגובה רב וניעזר רק במשקפות."

"אין צורך בנשק, אף אחד לא נוחת בלי הוראה שלי. אם משהו משתבש, תחזרו לכאן, ואז נראה איך אנחנו מתקדמים."

סול הנהן וסימן לקצין לבוא אחריו. שניהם יצאו למשימה. טובי סגר את הדלת והתיישב. נורה סימנה לרנדי שימשיך בסיפורו.

"טוב, איפה הייתי?"

"סיפרת לנו שהסימנים אז היו דומים לסימנים שיש לנו כאן בחוץ," אמרה ליב.

"כן, נכון, לדעתי הם מאוד דומים."

"אבל זה לא העניין, נכון?" שאל רנדי את טובי. "יש כאן משהו אחר שבגללו שלחת את סול."

טובי שאף מהמקטרת, הפריח עשן סמיך והרהר. "אם אנחנו רוצים לדעת בוודאות שאלור נחטפה בידי יצורים מכוכב אחר, אני מציע שנסיר את החשד מגסיל ומבני כפרו. אלא שפה טמונה הבעיה. לגסיל יש מניע, וכך גם לבני משפחתו. הוא מעוניין לערב את הדלנאים. יש לו סיבה טובה, וכאן אנחנו חוזרים אלייך," הוא פנה לנורה. "את ורנדי צריכים לעבור על כתבות ישנות שעוסקות במעברים. העניין סגור."

טובי קם. הוא ניגש לדלת, פתח אותה וביקש מאנה לקרוא לבארי, הקצין האחראי לצבא.

היא ענתה לו שבארי יצא עם סול.

"כשיחזור, תאמרי לו שייכנס אלי למשרד," ביקש ממנה טובי וסגר את הדלת.

"באשר אליך," אמר טובי והביט בלני. נורה התחילה להבין את הגישה של טובי. הוא כל הזמן התעלם מלני, נתן לו להירגע ולהרגיש שכולם כאן גוף אחד. לני, שהיה רגוע מעט, הביט ישירות בנורה ואחר כך התחיל לדבר.

"גסיל ביקש ממני לעזור לו במשהו. הוא התחיל לומר שאתה, טובי, לא עושה את העבודה שלך כמו שצריך ושאתה נוקט גישה סלחנית מדי כלפי הקטנים. במילים האלה הוא השתמש כשדיבר על הדלנאים. נראה שהוא ממש שונא כל דבר שקשור אליהם. כששאלתי אותו איך אני אוכל לעזור, הוא ביקש ממני שאתלווה אליו. התחלנו ללכת, אבל ליב עצרה אותנו כשירדנו לבטן ההר. היא ביקשה שנעזור לה. רק אחר כך הבנתי שאחרי שאתה ונורה הלכתם, הוא השאיר את ליב לבד עם אלור. הוא אמר שמיד יחזור והלך. היא במקרה תפסה אותנו.

"עזרנו לה עם האלונקה עד ליציאה מההר. גסיל סימן לי לבוא אחריו. הלכנו דרך השבילים, שאתם דרך קבע מזהירים שלא להתקרב

אליהם בגלל מפולות ודרכים לא מסומנות. גסיל התעקש ולא הקשיב לי כשביקשתי ממנו שנחזור ונלך בדרך שמחוץ להר.

"'זה ייקח הרבה זמן,' אמר." קולו של לני בגד בו מעט. "פגשנו שם חמישה מהכפר שלו. הם חיכו לו על אנפות. גסיל ביקש ממני להישאר מאחור. הוא התלחש שם עם בני החבורה שמדי פעם הציצו לעברי. האמת, כל הזמן ניסיתי לחשוב למה הוא צריך אותי. לא היה לי מושג. לאחר שהחבורה שלו עלתה על האנפות ועפה, גסיל הסתובב אלי. היה לו מבט מאיים. הוא אמר שאם הוא יצטרך אותי ביום מן הימים, כדאי מאוד שאעזור לו. פחדתי מאוד, ולכן הסכמתי. אחר כך הגענו לכאן. לא ראיתי שום דבר שיכול להצביע על זה שהם חטפו את אלור. לא ראיתי סימן לחטיפה. אם כי מאחר שהם רכבו על אנפות, אני משער שהם יכלו לעשות זאת."

טובי התרומם מהכיסא שישב עליו, פנה לנורה ואמר: "נזוז?"

נורה קמה מהכיסא והתמתחה. "אני מוכנה."

הם יצאו מהמשרד של טובי.

טובי ביקש ממנה להכפיל את השמירה ולהורות שלא להכניס את גסיל להר. היא נתנה פקודה לעצור אותו.

"מי כאן אחראי במקום בארי?" שאל.

אנה סימנה לו בראשה שיביט לאחור.

טובי נהג כעצתה. מאחוריו עמד ירדל צעיר יפה תואר. הוא היה לבוש בקפידה, ופניו היו רציניות.

"שמי רלי, אדוני. שמעתי את הבקשה שלך. אני אבצע אותה מיד."

טובי הנהן, ורלי יצא במהירות מהחדר.

"צעיר, אך רציני," צחקה נורה.

"הפתיע גם אותי," טובי חייך. "בואו נזוז."

פרק 26

הגרבונים

כשהתחילו לרדת מההר, ביקש רנדי להישאר. "אני לא בכושר ואתקשה לרדת עד למטה. אם לא אכפת לכם, אני מעדיף להישאר כאן."

טובי ונורה צעדו בראש בעוד לני וליב משתרכים מאחוריהם.

"אתה לא מתכוון להכריז על מצב חירום?" שאלה נורה.

"עדיין לא, אבל אין לי ספק שמשהו קרה לאלור."

"היא דיברה בשפה משונה והסתכלה על המקום כאילו זו הפעם הראשונה שהיא רואה את הפתח של ההר. ולא רק זה," אמרה נורה. "כשהיינו למטה, היא איבדה את ההכרה בפתאומיות, אני לא מוצאת בזה היגיון. ממה היא איבדה את ההכרה? מה גרם לזה? אני די משוכנעת שמלבדנו לא היה שם איש."

"בואי," קרא טובי והגביר את קצב הליכתו. גם נורה הגבירה את קצב הליכתה. כשהלכה לצדו של טובי הציצה מדי פעם לאחור. לני וליב היו די רחוקים מהם והלכו בקצב אטי. הם שוחחו ביניהם. נורה וטובי הגיעו לצומת. משמאלם היה הפתח הגדול.

"לפני שנמשיך," אמר טובי, "אני רוצה להבין משהו. צריך להיות כאן שביל נוסף."

כעת הגיעו לני וליב. "מה אתם מחפשים?" שאלה ליב.

"אנחנו בודקים אם יש כאן פתח נוסף," אמר טובי.

"זו לא בעיה," אמר לני והוציא מתיקו מימייה. הוא שפך את תוכנה על הרצפה, קרוב לקיר. המים לא חלחלו, אלא נעצרו ונטו. "כאן אין סימן למעבר נוסף," אמר.

"אני רוצה לבדוק את המקום שבו אלור התעלפה," אמר טובי.

"בואו אחריי," אמרה נורה והתקדמה.

"חכו כאן," ביקש טובי מלני וליב. הוא צעד בעקבות נורה לפתח הקטן. טובי הדליק את הפנס. השביל התעקל כלפי מעלה עד למקום שבו האדמה היתה מישורית מאוד. "השביל כאן ממש צר," אמרה נורה. טובי האיר בפנס לעבר הקירות. "מממ..." הוא המהם.

"מה אתה חושב?" שאלה נורה.

"לאן השביל הזה מוביל?" שאל והצביע על הקטע שבו השביל התעקל שוב.

"אין לי מושג," אמרה. היא שלפה פנס משלה והדליקה אותו. "קדימה, זה הזמן לברר. אולי משם הגיע מי שתקף את אלור."

נורה וטובי התחילו ללכת לאורך השביל שנעשה רחב יותר ומרווח. כל הדרך האיר טובי על הקירות והתקרה.

"מה אתה מחפש?"

"אני לא יודע, אולי אגלה משהו."

"אתה חושב שהיינו צריכים לקחת איתנו את אחד החיילים?"

"אין צורך, אנחנו נסתדר."

"האידיוט הזה, גסיל," נורה חרקה שיניים.

"תפסיקי לחשוב עליו ותסתכלי קדימה. כמעט נתקלת עכשיו בזיז של סלע בולט."

הם הגיעו לסוף הדרך. דלת גדולה מעץ חסמה את דרכם.

"וואו, איזו דלת," אמרה נורה בהתפעלות והאירה אותה בפנס.

"את רואה את מה שאני רואה?" שאל טובי.

"אני לא בטוחה. זה נראה כמו צורה עגולה."

"תביטי שוב מסביב לצורה העגולה."

"זה נראה כמו כוכב," פסקה. "מדהים, איזה גודל," התפעלה. "תראה את התבליטים שבמרכז הכוכב. נראה שהכול מישור אחד גדול עם הרים מסביב ובאמצע אגם גדול."

"אם הייתי צריך לסדר את הכוכב שלנו מחדש, כך הייתי רוצה שייראה," אמר טובי.

"טוב, כל מה שנשאר לנו לגלות זה מה יש מעבר לדלת," חייכה נורה.
"בואי ותעזרי לי לדחוף."

הם ניסו לדחוף יחד, אך לא הצליחו. הדלת היתה כבדה וסגורה.

"ממש בלתי אפשרי," אמרה נורה. "איך לא מיפינו את האזור הזה?"

"אין לי מושג. יש כאן הרבה מחילות שלא בדקנו. אולי הגיע הזמן
לעשות את זה," אמר טובי והוסיף, "נעזוב את זה עכשיו ונבדוק מה
קורה עם הדלנאים. נחזור לכאן אחר כך." הם הסתובבו והתחילו
לחזור כשטובי עצר ואמר, "חכי רגע." הוא הוציא דף ועט. "תאירי
לי את הדלת."

נורה כיוונה את הפנס, וטובי שרטט על הדף את הכוכב כפי שנראה
על הדלת. הם ירדו לכיוון הפתח.

*   *   *

ליב ולני נראו כעוסים. "לקח לכם הרבה זמן," אמרה ליב.

"בואו נתקדם, אני אעדכן אתכם בדרך," אמרה נורה.

"ראית משהו?" שאל לני.

"כן," אמרה נורה.

הירידה לבטן ההר היתה מתישה למדיי.

"יכולנו לבקש שיעלו אותנו למעלה," רטנה ליב.

טובי הביט בנורה, וזו החזירה לו מבט מחויך והסתובבה.

"עוד רגע אנחנו מגיעים. בבקשה מכם, גם ככה זה לא קל."

הם המשיכו ללכת עוד כעשר דקות. טובי ונורה, שצעדו בראש, הגיעו
ראשונים לצומת טי. טובי הוציא משהו מכיסו ולחץ על כפתור. פתח
חדש התגלה. ליב ולני לא הספיקו לראות אותו. הם נכנסו והתחילו
ללכת עד שהגיעו לנחל שזרם בתוך ההר. פתח גדול נראה מעברו
השני, ודרכו יכלו לראות את המשך הנחל וחלק מהיער. האור, שחדר
לפתח, האיר הכול.

"הגענו," אמר טובי. "זו הפעם הראשונה שאתם כאן?"

הם הנהנו.

טובי ניגש לדלת עץ ענקית שהיתה זרה למקום. הוא הקיש עליה במקל שבידו. הם חיכו לתשובה. הוא הסביר, "השומרים ששומרים על האזור הזה באים מהכפר הסמוך. הם נכנסים דרך הפתח העליון, כך קל להם ללכת ולחזור לבתיהם. אפשרנו להם להיות עצמאים, וזו הזדמנות לראות מה הם עשו."

שוב הקיש טובי במקלו והפעם חזק יותר. "למנהל הכפר שלהם קוראים גולי."

"אני כבר ממש מסוקרנת," אמרה ליב. "אתה מדבר עליהם כאילו הם שונים מאיתנו."

"זה באמת נשמע כך," אמר לני. "הם ירדלים, נכון?"

נורה הביטה בהם וחייכה.

***

רעש של מנעול נשמע מעברה השני של הדלת. הבריח הוסר, ופנים שעירות גדולות הציצו והביטו בהם. לני וליב נרתעו לאחור.

"מה זה?" צעק לני כשהצביע על יצור עצום מידות הגבוה מהם בראש.

"זה גרבון," אמר טובי והושיט יד לשלום.

הגרבון עצום הממדים התעלם מהיד המושטת וחיבק את טובי כשהוא צוהל משמחה. "הגיע הזמן," אמר ופנה לחבק גם את נורה בחום.

"תכירו, זה שָׁקי, הבן של גולי."

שקי ניגש והושיט יד ענקית ובה חמש אצבעות גדולות ושעירות. לני הושיט את ידו השמאלית, ושקי המהם וסימן על היד הימנית.

"אין לך מה לדאוג," אמר טובי. "הארס שלנו לא פועל עליהם."

לני הושיט את ידו הימנית והרגיש איך עצמות ידיו נמחצות בכף ידו האדירה של הגרבון.

"בואו, תיכנסו. אבא צריך להגיע כל רגע," אמר שקי בקולו הרועם ופתח את הדלת לרווחה.

הם נכנסו למחילה ענקית. הרצפה היתה עשויה מקורות עץ ישרים. בתקרה ובקירות היו תאורה שפיזרה אור חמים. הקירות עצמם צופו גם הם בקורות עץ. היו שם גרבונים נוספים שליטשו משהו שנראה כמו זכוכית עבה.

כעת כולם הסתובבו והביטו בהפתעה באורחים. שקי סימן להם בידו, והם התקרבו בשמחה, ועיניהם הגדולות שפעו חמימות. הם בירכו לשלום את האורחים ולחצו בחום את ידיהם. מהחדר השני הגיעו גרבונים נוספים ששמעו את ההמולה. גם הם באו לברך לשלום את האורחים. חלק רצו לחדר השני וחזרו כשבידיהם עוגיות ויינוק בכדי חרס. נראה שנורה וטובי כבר רגילים למחזה, והם השתלבו די מהר. לני וליב היו המומים מההתפתחות של הדקות האחרונות.

שקי דיבר עם שאר הגרבונים בשפתם, וכולם התפזרו בחיוך, שמחים לחזור לעבודתם.

"הם ממש נחמדים," התפעלה ליב.

"הגרבונים הם עובדי אדמה שגרים מעבר להר. הם חיים בבקתות קש. הם חרשי העץ הטובים ביותר."

"לא ידעתי שיש דבר כזה, גרבונים," לחש לני.

טובי לא ענה וסימן ללני ששקי מתקרב.

"שלחתי מישהו לקרוא לאבא. אני מאמין שהוא יגיע עוד מעט. טובי, אתה והחברים שלך יכולים לחכות לאבא במשרד. אתה יודע איפה הוא? אני חייב לסיים כאן משהו ואחר כך אצטרף אליכם."

טובי הנהן והוביל את החבורה החוצה.

"אתה מבין, לני, אף אחד לא יודע על הגרבונים. רק זקני השבט, אלה שפרשו מהמועצה, יודעים עליהם. למעשה, הקשר היחיד שלהם איתנו נעשה דרכי. מדי פעם גם נורה נפגשת איתם. זו הפעם הראשונה שלה כאן למטה."

"אז מי בעצם שומר על הדלנאים?" שאל לני.

"אנחנו. ישנה יחידה צבאית שכוללת ארבעים ושמונה חיילים וקצינים

שמסיירת כאן. היא זו שמופקדת על דברים לא צפויים מהסוג הזה," אמר טובי.

"רק רגע, אין להם קשר עם הגרבונים? איך זה שהם לא פגשו אותם?"

"שאלה טובה," ענה טובי. "הדלנאים נמצאים בחלק הנמוך ביותר של ההר. לכאן אף אחד לא יכול להיכנס."

"מה זאת אומרת? אנחנו הגענו לכאן, ואף אחד לא עצר אותנו," אמרה ליב.

"בואו איתי. נורה, תישארי כאן, מיד נצטרף אלייך."

טובי הוביל אותם החוצה לכיוון האגם. הם שבו על עקבותיהם עד שחזרו לצומת. הפעם טובי הלך באטיות, וליב ולני הלכו לפניו.

טובי חיכה שיעברו את הצומת, הוציא את פיסת העץ המלבנית ולחץ על הכפתור. לני וליב נעלמו, ובמקומם ניצב קיר מסולע. טובי חיכה שתי דקות ואז לחץ שוב על הכפתור. לני וליב היו המומים. "מה זה? וואו, אני לא מאמין," לני היה מופתע.

"בואו נחזור." טובי לחץ שוב על הכפתור, וקיר הסלעים נפתח שוב. כשירדו למטה לא הפסיקו ליב ולני להביע את התלהבותם. הם נכנסו למקום מגוריהם של הגרבונים.

פרק 27

גולי מנהיג הגרבונים

טובי לא אמר מילה עד לרגע שהם נכנסו למשרדו של גולי. נורה שוחחה עם שקי.

"הֵי, הגעתם. הראית להם את הקיר החשמלי?" צחק שקי.

"כן," ענה טובי.

"איפה אבא שלך?"

"כבר מגיע. אתה רוצה שאלך לברר איפה הוא?"

"אם לא אכפת לך, אנחנו די ממהרים," ביקש טובי.

לני וליב התיישבו. טובי הוציא את המקטרת מכיס חולצתו, הדליק אותה ושאף בהנאה את העשן. "הראיתי לכם את הכניסה הסודית והכרתי לכם את הגרבונים. רציתי שתראו אותה מפני שלדעתי גסיל ניסה להגיע לכאן בעבר. אני עדיין לא יודע בפני מה אנחנו עומדים. חשוב לי שתדעו שאנחנו חייבים להישאר מאוחדים. בכפר של גסיל יש הרבה רוע. בגלל כל הבעיות שהיו לנו איתם בעבר, החלטנו שאם אי-אפשר ללכת נגדם, נצרף אותם אלינו. וכאן אני מגיע לעיקר.

"כשצירפנו אותם, הם התנו זאת בכך שהמועצה תעלה ותתכנס בהר, בתוכו. עד לפני כמה שנים רק אני ונורה ישבנו כאן עם ראשי הצבא ומדי פעם ירדנו לכפר למטה, למקור הוורד, הכפר שממנו באה אלור. שם ערכנו את ישיבות הוועד. גם המועצה התכנסה שם. מאחר שאתם חדשים, לא הספקתם להיות שם. אתם הגעתם ישירות לכאן. אני הגעתי למסקנה שכפר אורגון, הכפר של גסיל, מסוכן לנו. אני עדיין לא יודע מה בדיוק הם מחפשים, אבל לפי הסימנים הם לא בוחלים בשום אמצעי כדי להשיג את מטרתם."

שקי נכנס לחדר ובידיו מגש עץ גדול ורחב ועליו פירות ועוגיות.

"תאכלו, בבקשה," הוא המהם ולקח חופן עוגיות בכף ידו הענקית.

"אבא צריך להגיע בכל רגע," אמר לטובי.

באותו רגע נכנס לחדר גרבון ענקי שלו שער ארוך ומאפיר הקלוע לצמה. הוא הושיט את שתי ידיו וחיבק את טובי.

"הגיע הזמן," הרעים הגרבון בקולו.

"ואת?" הוא פנה לנורה, וזו חיבקה אותו בחום.

"תכירו," אמרה נורה. "זהו גולי. הוא המנהיג של הגרבונים."

גולי הושיט כף יד ענקית ללני ואחר כך לליב.

"שבו," אמר, "ביקשתי שיגישו לכם את המשקה החדש שלי." הוא גיחך בחביבות.

"מה מיוחד בו?" שאלה נורה.

"תכף תראו."

גרבון צעיר נכנס לחדר, ובידו כד חרס קטן ושחור שאדים עלו ממנו. בידו השנייה החזיק מגש עץ קטן שעליו הונחו שש כוסות חרס קטנות שחורות. גולי הודה לגרבון, וזה מיהר לצאת, מחייך בחביבות לחברים החדשים. שקי מזג את המשקה לכוסות הקטנות במקצועיות על אף כפות ידיו הענקיות שנראו לא מתאימות לגופו; הן היו שריריות, ועם זאת עדינות.

"בבקשה."

כל אחד ניגש ולקח לעצמו כוס. זה היה יינוק חם וחריף.

"מ...מ... משהו," אמר טובי.

"אתה חייב ללמד אותי איך מכינים את המשקה הזה," אמרה נורה בהתפעלות.

"יש בו מעין חריפות מתקתקה," אמרה ליב, שנהנתה גם היא מהמשקה.

"טוב, זה לא קשה. מחממים את היינוק."

"החריפות הזאת, מעניין מה יש במתכון שיוצר אותה," אמרה נורה.

"אני אספר לכם איך מכינים אותו," אמר גולי. "זהו אותו יינוק שיש

לכם, רק שהוספנו לו שורש מעץ החרסוף. לפני שאנחנו מוסיפים אותו למשקה, אנחנו מייבשים אותו בשמש, מפוררים אותו לאבקה שאותה אנחנו ממיסים במים רותחים. ומערבבים היטב עד שהיא קצת מסמיכה. מה שיוצא זה מטבל סמיך וחריף מאוד. מבשלים את היינוק עד שהוא רותח, ואז מוסיפים שתי כפות גדושות מהמטבל לכמות הזאת." הוא הרים את כד החרס והראה למה כוונתו. "מערבבים היטב, וזו התוצאה."

"אקח כמה משורשי עץ החרסוף," אמר טובי. "אבל קודם לענייננו." טובי סיפר להם מה קרה ביומיים האחרונים. כשסיפר להם על הפגישה עם הדלנאים, התחיל גולי לצחוק ואחר כך סיפר שיש דלנאי אחד אותו לא ראה שנים והוא ממש משתוקק לראותו.

"מה שמו?" שאלה נורה.

"מנר," ענה גולי. כולם השתתקו.

"היינו בקשר טוב. למעשה, מנר הוא הדלנאי היחיד שהייתי בקשר איתו. היינו חברים בלב ובנפש."

"מה קרה לו?" שאלה ליב. "איך ניתק הקשר?"

"אין לי מושג. הוא ביקר כאן בקביעות, מדי שבוע. לפעמים נפגשנו ליד היער הגדול. אתה יודע, היכן שהגבול מפריד ביניכם. השיחות איתו היו מרתקות. יום אחד מצאתי מכתב ליד הסלע הגדול, במקום המפגש שלנו. מאז לא ראיתי אותו."

"מה היה כתוב במכתב?" שאל טובי והוציא את שקית הטבק מכיסו.

"זה היה לפני המון שנים. עד כמה שאני זוכר היה משהו מאוד מוזר במכתב. זה היה מעין מכתב פרידה. בסוף המכתב הוא כתב שהוא מקווה שניפגש מתישהו. שמרתי את המכתב. אחפש אותו ואראה לך."

"גולי, אתה חייב להיזכר בפרטים מאותה פגישה אחרונה," ביקשה נורה. "תנסה להיזכר."

גולי הביט בה ושאל: "קרה משהו? הכול בסדר עם מנר?"

"גולי, כשסיפרתי לך על המוני הדלנאים שעברו במעבר ועל הדלנאי

ששלחו לשם כדי להחזיר את הדלנאים שעברו וכדי למצוא את המעבר חזרה, לא סיפרתי לך שמי שנשלח היה מנר. זה קרה לפני הרבה מאוד שנים. לדעתי, מאז הם עדיין חיים שם."

גולי הנהן כמבין בהבנה. "אתה לא באת כדי לספר לי את זה, נכון? יש משהו שאנחנו יכולים לעשות למען חברי הטוב מנר?"

"כן, יש. לא סתם ירדנו לכאן. באתי לבקש את עזרתך, אבל מכיוון שליב ולני לא יודעים עליכם, הגרבונים, כמעט כלום, הייתי רוצה לספר להם מעט עליכם לפני שאבקש את עזרתך," אמר טובי.

"בבקשה," גולי הנהן.

"הכול התחיל לפני כמאתיים שנה, כשקודמי לתפקיד, שאותו לא הכרתם, משל כאן במשך תקופה ארוכה. שמו היה עדן. אחריו משל פְּריסוֹל, שאותו החלפתי בתפקיד. אבל בואו נחזור רגע לעדן. ישיבות המועצה נערכו למעלה בהר, אבל רק הישיבות נערכו שם. כמיטב המסורת שלנו, ניסה עדן למפות את ההר. זו היתה תקופה שחשבנו שעל הכוכב שלנו גרים רק אנחנו והדלנאים. משום-מה עדן החליט שחברי המועצה צריכים לישון בהר ומשם להנהיג את ירדל.

"הוא שלח קבוצת ירדלים לסרוק את ההר. לקח להם שישה חודשים למפות את האזורים האלה שאנחנו משתמשים בהם עד היום. לפעמים הם נאלצו להרחיב כמה מהמחילות ולפעמים אף לחצוב בסלע ההר. עד שיום אחד עדן ואחד השומרים ירדו לבדוק אם הכול מוכן ונתקלו בפעם הראשונה בגרבון."

"זה היה אבא שלי," גולי נכנס לדבריו, מנגב בכף ידו הענקית את הדמעה שזלגה מעיניו. טובי הביט בו בחום, וכך גם שאר החברים.

טובי נשף דרך האף כשנזכר. "שמו של הגרבון היה ויל. הגרבונים ידעו עלינו, אבל לא באו במגע איתנו כי חששו מפנינו. כשוויל פגש במקרה את עדן, הוא לא חשש והושיט לו יד לשלום. גם עדן הושיט לו את ידו, וכך התחיל קשר אמיץ בין השניים.

"עדן לימד את ויל ואת שאר הגרבונים לדבר בשפתנו. הקשר שלנו

עם הגרבונים נשמר בסוד, ורק חברי המועצה ידעו עליו. האידיליה נשמרה מאות שנים. החלפנו בינינו מידע, לימדנו אותם ליצור חשמל ודברים אחרים. כפי שכבר אמרתי, הם, הגרבונים, חרשי העץ הטובים ביותר, ואנחנו נעזרנו בהם לא פעם.

"באותה תקופה, ירדל ששמו סוֹרֶן היה חבר מועצה מטעם כפר אורגון. הוא היה ירדל חם מזג ומרושע שפשע, אבל באותו הזמן לא הצליחו להוכיח זאת. המועצה שהתכנסה אז איימה להעיף אותו, אבל הוא נשאר בשלו. הגרבונים שנאו אותו מאחר שניסה להפוך אותם לעבדים של הירדלים. הניסיון לא הצליח, והם נקמו בו בכמה הזדמנויות עד שסורן נזרק מהמועצה. עכשיו אני מגיע לחלק העיקרי. סורן היה הסבא של גסיל, וכמוהו, גם הוא שנא דלנאים. מהיום שסורן נזרק מהמועצה, קרו דברים לא נעימים. ירדלים נעלמו בלי להותיר עקבות. נחטפה גם ירדלית קטנה ששמה דולי חן, שהיתה בתו של אחד משבעת חברי המועצה שהעיפו את סורן. עד היום לא התגלו עקבותיה. גם אחיך הגדול, סאבּוּ," הוא פנה לגולי, "גם הוא נחטף באותה התקופה."

גולי פלבל בעיניו. "נחטף? על מה אתה מדבר? אבא שלי אמר שחיות היער טרפו אותו."

"אחיך הגדול, סאבו, לא נטרף, אחיך נחטף. הוא עבר ביער ליד מגדל המים הישן. שם הפתיעו אותו. ראיתי תמונות מאותו יום. היו שם הסימנים האלה," אמר טובי והוציא את העיתון "חיזיון" והושיט אותו לגולי. "על האדמה היו סימנים שהתפרשו לכל עבר. עיגול גדול במרכז שממנו יוצאים קווים בזויות ישרות ומדויקות."

"מה אתה חושב שזה?" שאל גולי ושיחק במקטרת, מעביר אותה מיד ליד.

"אני די משוכנע שכפר אורגון מעורב בזה. הם התעקשו שנערוך את כל האסיפות כאן, בתוך ההר, כי לא היתה להם גישה להר. הם רוצים משהו שנמצא כאן, בהר. אם לא שמתם לב, לפני כמה שעות סיפרה ליב על ההיעלמות של אלור. לא שלחתי אנשים לחפש אותה, העדפתי

שנשב ונדבר כדי שנוכל לראות איך בכוחות משותפים נפתור את הבעיה. אז קודם כול..." טובי הוציא את פיסת העץ המלבנית מכיסו. "אני קורא לזה המקש." הוא מסר את המקש לנורה. "תיגשי, תשחררי את הדלנאים ותעבירי אותם לכאן בלי שיראו אותך."

נורה לקחה את המקש מטובי ויצאה.

"בואו," אמר שקי לליב ולני, "אני אערוך לכם סיור קצר."

לני וליב יצאו אחריו.

גולי הביט בטובי בעצב. "זאת אומרת שיכול להיות שהוא חי," הוא לחש.

טובי הנהן והוציא את שקית הטבק.

"רק רגע," גולי עצר בעדו. "אל תמלא את המקטרת שלך." הוא הוציא שקית נייר חומה מהמגירה העליונה בשולחן.

טובי הושיט את ידו, לקח את השקית הקטנה ופתח אותה. ריח נעים של טבק נישא באוויר. הריח הזכיר את ריח הדובדבן. טובי מילא את המקטרת, הדליק אותה ושאף את העשן.

"וואו... הטבק הזה טוב יותר מכל דבר אחר שהיה לי בעבר."

הוא הושיט לגולי את השקית, אך גולי דחף את ידו בעדינות. "תשאיר את זה אצלך. אם תרצה, אכין לך עוד."

"אין לי מושג מה הם עשו עם החטופים. מה שחשוב זה שאלור תחזור בהקדם האפשרי ושלא יהיו עוד חטופים," אמר טובי.

גולי כעס. הוא הלם באגרופו בשולחן עץ הטיק העבה כל כך. השולחן ספג את המכה האדירה, אך העוגיות התפזרו לכל עבר, והיינוק נשפך.

"איך נמצא את אחי? אולי כדאי שנחטוף את גסיל ונכריח אותם להחזיר את החטופים?" שאל גולי.

טובי לא הניע שריר. פניו היו חתומות. הוא הביט בגולי. "אני לא רגיל לראות אותך כועס כל כך. צריך להסתכל על העניין ברוגע ולא להחליט בשעת כעס."

הדלת נפתחה, וליב נכנסה לחדר כשבעקבותיה שני דלנאים צעירים.

"מה קרה פה?" היא הביטה בעוגיות המפוזרות ובכד היינוק המוטל על השולחן כשכל תכולתו מטפטפת על הרצפה.

טובי סימן לה בעיניו. "לא עכשיו," לחש.

נורה הבינה מיד. "תכירו," היא הציגה את הדלנאים. "זהו טומי וזה רֵעי."

טובי וגולי קמו מכיסאם וחייכו, "שלום לכם, טומי ורעי, שבו בבקשה."

השניים התיישבו והביטו בעוגיות שהתפזרו על השולחן.

גולי קרא לאחד הגרבונים, וזה מיהר להביא מגש שעליו עוגיות חמות וטריות. טומי ורעי הסתערו על העוגיות.

טובי חיכה בסבלנות שיסיימו, ואז שאל אותם: "התנהגו אליכם יפה?"

"כן," ענה רעי. "התייחסו אלינו יפה מאוד."

טובי חייך. "רציתי לומר לכם שאני משחרר אתכם. אתם יכולים לשוב לארצכם."

נפלה שתיקה ארוכה בחדר. "מה, סתם כך?" שאל רעי.

"לא, לא סתם," ענה טובי. "אני יודע שלא סבלתם, ושהיו נחמדים אליכם. אני בעצמי פיקחתי עליכם כשהייתם כאן. יש לי בקשה אחת אליכם." טובי הוציא דף נייר מקומט מכיסו ויישר אותו מעט. הוא שלף עט מכיס חולצתו וכתב במשך כמה רגעים כשכולם מחכים בסבלנות. "זהו, יש לך שעווה?" שאל את גולי.

גולי פשפש במגירה והוציא גוש שעווה אדום. טובי הפריד חלק מהשעווה וחימם אותה בעזרת מצית. הוא הניח את השעווה על קצות הדף. "עכשיו מגיע תורה של הטבעת." הוא חלץ אותה מאצבעו ולחץ אותה על השעווה כלפי הדף. האות טי"ת בלטה במרכז חותם השעווה. הוא גלגל את הדף החתום והושיט אותו לרעי. "תמסור את זה לליאה. תאמר לה שתתייחס למכתב ברצינות."

בזמן שדיבר נכנסו רנדי וליב עם קאשי. הם הביטו ברעי וטומי. רנדי נראה מופתע, וכמוהו גם קאשי.

ליב התעשתה במהירות. "נעים מאוד, שמי ליב," הציגה את עצמה.

"אני רעי וזהו טומי."

"הכול בסדר איתכם?" שאלה.

"מצוין," ענה טומי.

"מישהו ילווה אותנו?" שאל רעי.

"ילווה אתכם לאן?" ליב הביטה בטובי.

"אני משחרר אותם. רנדי, עלה עם ליב וקח איתך את רעי וטומי. קחו ארבע אנפות, ותנחתו קצת לפני הגבול. משם הם יסתדרו לבד."

טובי טפח לטומי ולרעי על השכם. "אני מצטער על אי-הנעימות שעברתם בתקופה האחרונה. נקווה לראות אתכם בנסיבות טובות יותר."

הארבעה נפרדו לשלום ויצאו מהחדר.

לא עברה דקה, ורעי נכנס בהליכה מהירה. "סליחה," ביקש מטובי, "הייתי רוצה לדעת אם נוכל לחזור ולבקר כאן."

טובי הביט בנורה, וזו חייכה. "כן, אתם מוזמנים. בפעם הבאה שתבואו תביאו איתכם את יוקו הדלנאית החמודה. היא חברת מועצה."

"לא שמעתי עליה, אבל אשתדל," הבטיח רעי. הוא נפרד מהם שוב ואחר כך מיהר לדרכו. הם המשיכו ללכת לכיוון היציאה. כשהגיעו לקיר הסלעים, לני הציץ דרך חור קטן שהיה בו לוודא שהשטח ריק, ורק אז הוציא את המקש מכיסו ולחץ על הכפתור. הקיר זז הצדה, וארבעתם מיהרו לעבור דרך הפתח. לני לחץ שוב על המקש, והקיר נסגר.

"ששש..." סימנה ליב לרעי וטומי הנלהבים.

"אנחנו חייבים להיות בשקט, אסור שיראו אתכם."

לני הוביל, רעי וטומי הלכו אחריו, וליב הלכה במאסף, מוודאת שלא יפתיעו אותם.

"אני כבר מגיע," לחש להם לני, "חכו כאן רגע," ביקש מכולם ונעלם מעבר לעיקול.

עברו חמש דקות. לליב היה ספק קטן בנוגע ללני. מה אם הוא עשה יד אחת עם גסיל? חשבה.

"הַיי," נשמעה לחישה. לני התקרב.

ליב נאנחה, שמחה לראותו.

"בואו, הדרך פנויה."

הם קמו והתחילו ללכת אחריו. הדרך היתה מוארת. מקצה השביל
חדר אור חזק עוד יותר. "עשיתי קיצור דרך," אמר לני, ולא בלחש.
"אל תדאגו, כאן כבר אפשר לדבר בחופשיות."

פתאום נגלה אליהם פתח היציאה מההר. הם עמדו ברחבה גדולה
שבמרכזה היה כלוב ענקי ובתוכו עשרות אנפות לבנות.

ליב, רעי וטומי התקרבו לכלוב, נהנים מהמראה שנגלה לפניהם.

"איפה לני?" ליב הסתובבה. היא החניקה צעקה שעמדה לפרוץ מגרונה.
מסביבם עמדו אנפות שחורות ועליהן ישבו ירדלים חמושים. היא
זיהתה ביניהם את גסיל, שגיחך ברשעות כשראה את פניה המופתעות.

פרק 28

חדר המציאות

הם הגיעו לכיפה העגולה. השעה היתה קצת לפני ארבע אחר הצהריים. מזג האוויר היה נעים, אך כברת הדרך שעשו נתנה בהם את אותותיה. נמי שלפה מטפחת בד רקומה בפרחים וניגבה את מצחה. "המימייה שלי ריקה. יש לך מים?" שאלה את סט.

"גם שלי ריקה," ענה. רם הוציא את המימייה שלו ושקשק אותה מעט. "יש כאן מעט מים." הוא הושיט את המימייה לנמי.

"איך נשכנע את השומר שיכניס אותנו?" שאל סט. "מנר אמר שהוא יפגוש אותנו כאן בשעה ארבע." סט הביט סביבו. "אני לא רואה אותו."

"אולי הוא כבר בפנים," אמרה נמי והצביעה על המבנה של הכיפה העגולה.

"אולי," אמר סט.

משק כנפיים גרם להם להרים את ראשם למעלה. מנר, שרכב על אנפה לבנה, היה בדרכו לנחות לידם. הוא ירד מהאנפה והוציא מכיסו מעט אוכל. האנפה שעליה עף לא חיכתה להזמנה נוספת ונברה בכף ידו. נמי התקרבה ואמרה בהתפעלות, "אז זו בינקי המפורסמת? אפשר ללטף אותה?"

"בוודאי," ענה מנר.

סט ורם ניגשו גם הם וליטפו את הציפור הגאה.

"אף פעם לא ראיתי אותה מקרוב. תמיד ראינו אותה עפה. אני ראיתי פעם את האנפה של אבא של זיו," אמר רם. "היינו אצלו בבית כשאבא שלו הגיע. הוא בדיוק נחת בחצר הבית. זיו התפאר שזו האנפה המהירה ביותר שיש. היא היתה שחורה, יפה ואצילית. כשביקשתי מאבא של

זיו ללטף אותה, הוא הסתכל עלי כאילו אני לא קיים, ופשוט המשיך
ללכת בלי לענות וזיו הלך בעקבותיו. אז חזרתי הביתה," הוא צחק.
מנר חייך גם הוא.

"סיפרתי לכם שכשהגענו מהכוכב שלנו היינו מחולקים לכמה כפרים.
און, אבא של זיו, הגיע אלינו מהכפר שבו שלטה המשפחה שלו, שהיו
בבעלותה השטחים הגדולים ביותר. זה גם היה הכפר שעשה הכי
הרבה בעיות. הדלנאים שם עשו דברים שלא היו מקובלים עלינו, ולכן
כמעט ניתקנו קשר איתם. און היה אחד מהדלנאים שנשלחו לייצג
אותם במועצה. מההתחלה הוא לא מצא חן בעיני, אבל לא היתה לנו
ברירה אלא לקבל אותו. כרגע הוא כאן, מנותק מבני המשפחה שלו.
אני מאמין שגם החברים שלי שם למעלה לא מלקקים דבש."

סט ליטף את בינקי והתפעל ממנה.

"כמה אנפות יש לנו?"

"כמה מאות. לא כולן מאולפות. קשה מאוד לאלף אנפה. זה לא
פשוט. לכל אחד מחברי המועצה יש אנפה. גם הצבא שלנו מחזיק
באנפות. חוץ מהם, אני מאמין שבסביבות מאה משפחות שילמו ממיטב
כספן בשביל אנפה כזו. יש גם כאלה שניסו לתפוס אנפה לבד ולאלף
אותה. לא הייתי מנסה לעשות את זה, שמעתי על תאונות רבות שקרו
בעקבות זאת."

"ואיך שם, בכוכב, שם יש אנפות?" שאלה נמי.

"יש ויש. גם הירדלים משתמשים באנפות כדי להגיע ממקום למקום.
טוב, עכשיו לענייננו."

מנר לקח מידו של סט את החבל שהיה קשור לצווארה של בינקי. הוא
פרם את הקשר מצווארה, וזו השפילה את ראשה. הוא לחש לה משהו
והביט בעיניה. בינקי פרשה כנפיים ונעלמה מעל לצמרות העצים.

"איך היא יודעת מתי לחזור?" שאל רם.

"יש לי דרך לקרוא לה. בואו ניכנס."

השומר בכניסה הביט בהם מופתע ובירך אותם לשלום.

"מה מצבו?" שאל מנר את השומר.

השומר הביט בסט, מני ורם כמבקש אישור לדבר לידם.

"זה בסדר," הרגיע אותו מנר.

"בפעם האחרונה שנכנסתי לבדוק הוא ישן. ישן חזק."

מנר פתח את הדלת. זו היתה הפעם הראשונה שהם ראו את הכיפה העגולה מבפנים. היו שם כמה חדרים.

"ניכנס למשרד שלי."

הם עברו ליד דלת חומה מעוטרת בדמויות שמעולם לא ראו.

"זו הדלת שמובילה לחלון השלישי," לחשה נמי.

"נכון מאוד," אמר מנר בלי לסובב את ראשו.

הם נכנסו למשרד מפואר שהיו בו כיסאות עץ חומים. במרכז החדר היה שולחן גדול וליד הקירות הוצבו כדים יפים. את החדר עיטרו ציורים בסגנון מופשט.

"שבו בבקשה," ביקש מהם מנר.

הם התיישבו סביב השולחן.

"בנוגע למה שאמרת..." הוא התיישב והוציא שקית טבק ומקטרת. "זוהי הדלת שמובילה לחלון השלישי. נל קלר עבר דרכה." הוא מילא את המקטרת בטבק. ענן עשן בריח דובדבן מילא את החדר. "זה לא היה הזמן המתאים לעבור. אני לא יודע אם הוא חי או מת. לפני שנה בערך היה לנו מקרה נוסף של דלנאי בשם קרי שעבר בטעות דרך החלון השלישי, ואנחנו לא יודעים איפה הוא."

נמי נבהלה מדבריו של מנר. "מה, יש סיכוי שזה יקרה גם לנו?" לחשה.

מנר הביט בה בעצב ולא ענה.

"בוא, אקח אותך למטה," פנה לרם. "לחדר המציאות. שניכם יכולים להצטרף או לחכות כאן."

"אני באה איתכם," אמרה נמי.

סט הדביק אותה כשהיתה ליד הדלת. הם נכנסו לחדר נוסף. מנר פתח את הדלת הנוספת שהיתה בחדר, ולנגד עיניהם נראו מדרגות

עץ מצופות בלכה חומה כהה עם הילה אדומה. התאורה היתה תאורת חשמל רגילה, אך היא היתה שקועה בתוך הקיר, דבר שטרם ראו. הם ירדו במדרגות, מנר בראש. המדרגות התעקלו, כך שלא היה אפשר לראות מעבר להן. הדרך למטה היתה ארוכה, ובדרכם הם עברו דרך דלתות נעולות.

"הגענו." מנר הוציא מכיסו פלסטיק קשיח כחול שעליו כפתור עגול חום. כשלחץ על הכפתור, הדלת זזה במהירות הצדה. "זה חדר המציאות," הכריז מנר.

החדר התגלה כאולם ענקי עגול. הרצפה היתה עשויה עץ, ועליה פוזרו מאות כריות כתומות שעליהן נרקמו צורות משונות. באמצע, בין הכריות, היה שביל קטן שהוביל למרכז החדר, וסביב, על הקירות, היו ציורי קיר ענקיים מדהימים בגוני זהב, חום וירוק. הציורים היו ארוכים ומלבניים. עכשיו הם גם הבחינו בתקרה הגבוהה. בין הציורים שעל הקירות היו מראות שקועות וסביבן תאורה מחליפה צבעים: מאור לבן וצהוב היא הפכה לאור אדום בהיר שסביבו הילה כחולה.

"וואו," קראה נמי והניחה את ידה על פיה. סט ורם עדיין היו המומים. הם התקשו לעכל את המראה.

"בוא," מנר סימן לרם. נמי וסט רצו גם הם להצטרף, אך מנר עצר אותם. "תיזהרו שלא להיכנס לשביל. רק אחד יכול ללכת עליו ."

הם הביטו בו. "אני מכיר את כל מה שקורה ושולט בכל זה, לכן אני יכול להיות מאחוריו."

מנר ורם הלכו על השביל עד שהגיעו למרכז החדר. היתה שם רחבה קטנה ועליה מעין במה קטנה שגובהה כמטר. מנר סימן לרם לעלות במדרגות ולעמוד על הבמה. מעקה גדול הקיף את הבמה, ושק בד קטן ודהוי, שפעם היה כנראה לבן, היה תלוי עליו. הוא היה מלא באבקה אדומה.

"אחרי שנצא מהחדר, תסתכל במראה הגדולה."

רם הביט קדימה. הוא ראה מראה ענקית שממדיה יוצאי דופן. היא

היתה שונה מכל הציורים והמראות שבחדר. "משהו זז במראה." רם נרתע לאחור, "יש שם משהו," אמר ונפנה למנר.

מנר הרים את קולו. "אל תסיר את מבטך ממנה."

רם הביט שוב. "מה זה?" שאל והרגיש שלבו דופק במהירות. זיעה קרה כיסתה אותו.

"אל תפחד," הרגיע אותו מנר. "לא יקרה לך שום דבר."

דמות שרם לא הצליח לזהות נראתה במראה, כאילו מרחוק. היא היתה עמוק בפנים. ערפל אפרורי הסתיר אותה. לשניות מעטות נמוג הערפל ושוב חזר, ואז הדמות נהיתה ברורה יותר לשנייה או שתיים, עד שהערפל חזר והאפיל על המראה.

"איך משתמשים בה?" רם לא התיק מבט מהמראה.

מנר הביט בו בשתיקה, מנסה לבדוק עד כמה הוא מרוכז. כעבור חמש-עשרה שניות, שנראו לנמי ולסט כמו נצח, החליט מנר לענות. "עליך לקחת את האבקה האדומה שבשק ולזרוק אותה לכיוון האש."

"אש? אין כאן אש."

"קח חופן מאבקת הרו-רו."

רם לקח חופן מאבקת הרו-רו בידו הימנית, ופתאום הלפיד הגדול שמולו נדלק והפך ללהבה גדולה ויפה. "אחרי שנצא, תזרוק את אבקת הרו-רו לאש ותעצום את העיניים."

"אבל אם אעצום את העיניים, איך אוכל לראות?"

מנר חייך. "אל תדאג, זה יסתדר מאליו. רק תזכור, בכל פעם שתראה את המראה הזאת עם הערפל בתוכה, תזרוק עוד אבקת רו-רו לאש." מנר פנה ללכת, ואז נעצר והסתובב. "אתה זוכר לשם מה אנחנו כאן?"

"בוודאי," ענה רם.

"תנסה לזכור כל דבר שנראה חריג. תנסה להציץ בעיתונים, בתכניות טלוויזיה, בכל מה שאפשר. אני אחזור בעוד כמה שעות לראות איך אתה מסתדר."

מנר הסתובב וסימן לנמי וסט לבוא אחריו. הם יצאו מהחדר הגדול.

מנר סגר את הדלת בעזרת הפלסטיק הכחול ששלף מכיסו. נמי הספיקה לראות את רם זורק את אבקת הרו-רו לאש ואת הלהבה הגדולה היוצאת ממנה.

פרק 29

הספרייה

מנר ירד במדרגות עד שהגיעו לדלת חומה, שמסביבה בריחי ברזל הקבועים בקירות.

מנר הוציא שוב את הפלסטיק הכחול.

"מה זה הפלסטיק הזה?" נמי הצביעה עליו.

"קוראים לזה מקש." מנר לחץ על המקש, והבריחים נפרדו מהדלת ונכנסו לתוך הקיר. הדלת נפתחה מאליה באטיות, וספרייה ענקית נגלתה לעיניהם. היו בה מדפים מלאים בספרים. מנר נכנס פנימה ונמי ורם בעקבותיו.

"כל הספרים האלה לא קשורים לנושא שלנו," מנר הצביע על שלושת השבילים הגדולים. "זה המקום שאת צריכה לחפש בו." הוא הצביע על פינה חשוכה שהם לא הבחינו בה. היו שם כמה מאות ספרים, מהם גדולים מאוד ומהם קטנים יותר. נמי ניגשה ומשכה כיסא שעמד בפינה מיותם. היא קירבה אותו לשולחן והתיישבה, ובלי לומר מילה התחילה להערים עליו ספרים.

"קחי את זה," מנר הושיט לה את המקש.

"ומה יהיה לך?" שאלה נמי ובחנה את המקש.

מנר הוציא מכיסו מקש נוסף וזהוב שעליו כפתור כסף.

"הבנתי," אמרה. "הייתי רוצה להתחיל כבר עכשיו."

מנר סימן לסט לצאת בעקבותיו ולחץ על המקש. הדלת נסגרה באטיות, והבריחים חזרו למקומם.

כעת, כשנמי נשארה לבדה בספרייה, היא הביטה סביבה, בוחנת את המדפים העמוסים בספרים. פתאום התרוממה מהכיסא. משהו לא

הסתדר לה. היא התקרבה לאחד המדפים. הספרים נראו חדשים מדי. כך היה גם במדפים שבשורה השנייה ובשורה השלישית.

נמי הלכה לקצה השורה השלישית. באזור הזה של הספרייה היה חשוך מעט, אך הספרים שעל המדפים עדיין נראו חדשים בעיניה. היתה להם כריכה שונה מלאלו שהיו בפינה שבה היתה אמורה לעבוד. כשבחנה את השורה הזאת והגיעה לסופה, הביטה בה שוב. היא הבינה מיד מה תפס את מבטה.

שלוש השורות התחברו ליציאה אחת. אבל למה? שאלה את עצמה. היא הסתובבה לאחור. היה שם מדף יחיד ועליו ספר גדול. היא ניסתה להגיע אליו. היא הושיטה את ידה, אך המדף היה גבוה מדי. נמי מיהרה לפינת העבודה החדשה שלה, לקחה את הכיסא וחזרה למדף שעליו הספר היחיד. היא עלתה על הכיסא, ניסתה למשוך את הספר, אך לא הצליחה. היא שלפה את פנס הכיס שהיה בדרך קבע בתיק שנשאה והאירה על הספר.

נראה שלא נגעו בספר זמן רב. היא ניגבה בידה את האבק. הכריכה היתה שחורה ומבריקה. משונה, חשבה לעצמה. היא המשיכה לנגב את האבק מהכריכה, כשפתאום התחילו להופיע עליה אותיות לא מוכרות. הכיתוב היה אנכי, ממש כמו בשפתם, אך הכתב לא היה מוכר. האותיות שעל הכריכה היו אדומות ועוטרו בזהב. נמי הוציאה מהתיק פיסת נייר ועט והעתיקה במדויק את המילה שהופיעה על כריכת הספר.

אני חייבת להתחיל לעבור על הספרים, חשבה. היא הביטה בספר וניסתה למשוך אותו, אך לא הצליחה. לא משנה, חשבה, אשאל את מנר על הספר. היא חזרה עם הכיסא לשולחן.

הספר הראשון שהסתכלה בו עסק בחינוך. היא רפרפה בו קלות. היו בו הסברים על הלימודים בבתי הספר. שמות בתי הספר לא היו מוכרים לה, והיא הסיקה שמדובר בבתי הספר שבכוכב שממנו באו. נערכו בו השוואות בין הלימודים של בני האדם לאלו שלהם.

נמי סגרה את הספר ומשכה ספר נוסף. ספר זה דיבר בעיקר על

מזג האוויר והשפעתו על החקלאות, והיו בו כל מיני רעיונות על זריעה והשקיה. נמי חייכה כשחשבה מה היה קורה אילו כיום היו צריכים לחפור שבילים קטנים שרוחבם עשרים סנטימטרים ואורכם מאות מטרים. איזה מזל שכיום יש ציוד אוטומטי והקִדמה הגיעה גם אליהם. היא הניחה את הספר הזה בצד ומשכה כמה ספרים נוספים. אחרי שרפרפה בהם קלות, הגיעה למסקנה שפה לא תמצא את מה שהיא צריכה. היא הביטה במדפים הקטנים. הספרים שם נראו עתיקים מאוד. אחד הספרים, שהיה דחוק בין שני ספרים אחרים, לא נראה מיוחד, ונמי החליטה למשוך דווקא אותו. על הכריכה נכתב באותיות מוזהבות "החלון".

הספר היה דהוי, ודפיו היו רגישים למגע. נראה שעוד מעט יתפוררו. עטיפת הספר היתה בלויה גם היא. קצותיה התפוררו מעט. הספר נכתב ב-17 בפברואר 1120, התאריך המדויק בכדור הארץ, כך כתב בעמוד הראשון של הספר ברתולמיהו, שגריר הדלנאים שהגיע מכוכב ירדל. "אני כותב ספר זה בהמשך לספר החלון שכתב בשנת 857 לספירת בני האדם מנהיגנו דאז רנדול. בעזרת אבקת הרו-רו אנחנו עוקבים בהשתוממות אחר המלחמות העקובות מדם שבכדור הארץ. המקום הוא אנגליה. מלחמות ירושה על הכתר גרמו למותם של עשרות אלפי בני אדם.

"המועצה דנה היום באפשרות להפסיק לאלתר את כל הניסיונות להגיע פיזית לכדור הארץ. בהצבעה שנערכה הגיעו למסקנה שלא כדאי להפסיק את המאמצים, והוחלט לדון בכך בעוד כשלושה חודשים".

אחר כך עבר ברתולמיהו לנושא אחר. הוא כתב על משלחות ירדלים שהגיעו בהמוניהן. "ההרגשה כאן למטה אינה טובה. יש מתח באוויר, מעין הרגשה שהירדלים מחפשים סיבה להשתלט על הכול. בישיבת המועצה החלטנו להיות סבלניים כלפי הירדלים ולא לקחת דוגמה מבני האדם, שסיבות למלחמה אינן חסרות להם, ודרכי שלום נראות רחוקות מהם.

"היום הכתה קבוצת ירדלים את אחד הדלנאים הצעירים. הניסיונות לפתור את הבעיה ולהגיע לפשרה עוררו מהומה רבה. מאחר שהירדלים חיפשו סיבה להמשיך במהומות, הוחלט להזעיק את דלטון מנר".

תמונה של דלטון מנר נראתה בצד העמוד. הוא דמה מעט למנר, אך היה מבוגר ממנו. היתה לו ארשת פנים רצינית, ונראה שעיניו חדרו בעד כל דבר שראו. הוא נראה דלנאי מרשים מאוד. "מעניין אם יש קשר בינו למנר העכשווי", חשבה נמי לעצמה.

בהמשך העמוד נכתב על החוצפה הרבה שגילו הירדלים כלפי הדלנאים. "היום נזרקו כל הדלנאים מבית הספר. הירדלים החליטו שעל הדלנאים למצוא בית ספר חדש. אנחנו מרגישים חלשים מאוד ליד הירדלים", כתב ברתולמיהו.

נמי הפכה דף. התאריך היה 25 בפברואר 1120. היא קראה על דלטון מנר שהיה עד לחבורת ירדלים צעירים ששהתה ליד האגם האסור ופגעה בעזרת האגנז באחד הדלנאים. דלטון מנר עזר לדלנאי הפצוע. לפי ידיעות מהימנות ועל פי דלנאים שהיו באזור, דלטון מנר הרים את ידו לעבר הירדלים, ואלה נפלו שדודים על הרצפה, נאנקים מכאבים. כמה מהם התעלפו, ואלה שלא היו מעורבים בתקרית מיהרו לקרוא למנהיגיהם שישבו בקרבת מקום.

"אחד הירדלים הידועים לשמצה כאן הוא ירדל ששמו אנטון, מכפר אוריאון, המתנגד ליחסים טובים בין הירדלים לדלנאים. אנטון הגיע למקום מלווה בחבריו והתגרה בדלנאים. חבריו הקיפו את דלטון מנר. אנטון הוציא מכיסו שקית של אבקה לא ידועה. הוא זרק את האבקה לעבר הדלנאי הצעיר, והלה התפתל מייסורים עד שמת. דלטון מנר לא נפגע בהתקפה זו. הוא פשט את יד ימינו קדימה לפנים ולחש משהו לא ברור. אנטון הפך לכדור אש. הוא נשרף למוות, ואילו חבריו ברחו על נפשם לכל עבר.

"28 בפברואר 1120. לפי תאריך כדור הארץ, היום נפגשה המועצה כדי לדון בהפסקה המוחלטת של היחסים בינינו לירדלים. כמו כן,

הוחלט להחזיר את הירדלים לירדל. זו היתה אחת הפעמים היחידות שחברי המועצה הצביעו פה אחד. כל חברי המועצה בלי יוצא מהכלל הרימו יד בעד סילוקם של הירדלים מכדור הארץ.

"1 במרס 1120. פגישת המועצה בינינו ובין הירדלים הגיעה להתחממות. הירדלים ניסו לעבור את האגם האסור, מאיימים עלינו ומתגרים בנו. הישיבה היתה סוערת, ולכן כמה מהדלנאים דרשו להפסיק את הישיבה ולהחזיר את הירדלים לירדל דרך החלון השני. האיומים נשמעו מכל עבר. אחד מחברי המועצה הותקף על-ידי אחד ממנהיגי ירדל ונפגע מהאגנז. הישיבה הופסקה, והדלנאי נלקח לטיפול. המועצה מינתה את דלטון מנר ליושב הראש.

"5 במרס 1120. לפי תאריך כדור הארץ, השעה היא שעת בוקר. ישיבת המועצה הכללית נפתחה בשיתוף הירדלים. במשך הישיבה כולה איימו הירדלים על חברי המועצה שלא יעצרו אותם מלנסות לעבור את האגם האסור. הישיבה שוב סערה. כשהצעקות הגיעו לשיא והשגרירים הירדלים פתחו באיומים, נכנס פתאום דלטון מנר, לבוש כולו בשחור וכף ידו הימנית נתונה במעטפת ניקל בצורת כפפה שאבן כחולה במרכזה. הצעקות הפכו לשתיקה אילמת ודמו לנצח.

"דלטון מנר עלה על הבמה המרכזית. הוא בירך את כל היושבים ואמר שהגיע הזמן להיפרד. כשהלחישות בין הירדלים שבאולם הפכו למלמולים, הֵרעים דלטון מנר בקולו. 'זו החלטת המועצה הדלנאית. אתמול נבחרתי על-ידי המועצה הראשית של כוכבנו למנהיג החדש של הדלנאים. ההחלטה לגרשכם התקבלה לפני כשעה, והיא סופית.' דלטון מנר שתק כמה שניות, הניח למילותיו להיספג ואחר כך המשיך, 'מי שיסרב להתפנות, ייענש בחומרה. בשעה חמש לפנות ערב נתחיל להעביר את כל הירדלים לירדל. זהו, רבותיי, הישיבה הסתיימה.'

"דלטון מנר סימן לירדלים לצאת מהאולם. ארבעת השגרירים יצאו ראשונים. נראה שפחדו מאוד להתעמת עם דלטון מנר. כל הירדלים

יצאו בעקבותיהם, והאולם התרוקן. לראשונה זה שנים אני, ברתולמיאו, הולך לישון עם חיוך על פניי, גאה שאני דלנאי.

"5 במרס 1120. לפי תאריך כדור הארץ, השעה חמש בערב. המעבר שנקרא החלון השני עמוס מאוד. שורות של ירדלים חסרי סבלנות עומדים בתור כדי לחזור לכוכב האם שלנו. פה ושם נשמעות קריאות גנאי נגד ארבעת השגרירים. כמה ירדלים שוחרי שלום ומתוסכלים ניסו לפגוע בשגריריהם. את הניסיון בלם דלטון מנר שהגיע במקרה למקום.

"6 במרס 1120. לפי תאריך כדור הארץ, השעה היא שעת בוקר. המעבר בחזרה לכוכב האם עדיין עמוס מאוד. ירדלים בכירים ניסוי לבטל את הגזירה, אך לא הצליחו. אני מרגיש משב של מלחמה קרבה".

נמי המשיכה לקרוא. היא ניסתה למצוא רמז למקומו של החלון השני או למראהו.

בהמשך כתב ברתולמיאו: "אנחנו מופתעים ממספר הירדלים שיש כאן. לא מובן לנו איך הגיעו לכאן רבבות מהם, הרי המועצה הדלנאית אישרה רק ארבעה שגרירים, אך הם כנראה השתלטו על החלון הראשון והעבירו ירדלים רבים ככל האפשר. נראה כי החלון השני ימשיך לעבוד ברציפות עד מחר. הוחלט לחלק את היציאה לקבוצות ולכבד כל ירדל בארוחה קלה ובשתייה.

"7 במרס 1120. לפי תאריך כדור הארץ, השעה היא שעת בוקר. הירדל האחרון עבר דרך החלון השני.

"הישיבה הראשונה זה שנים רבות נערכה בכיפה העגולה, וזאת כדי שהירדלים לא יפריעו. הפקנו לקחים ואף דנו באפשרות להעביר את החלון השני למקום אחר".

ברתולמיאו הפסיק לכתוב על הישיבה ועבר לכתוב על נושאים סתמיים, כמו על כמות הדגים שנאספה ועל הכספים שחולקו לעובדי האדמה שקיבלו שטחים נוספים לזריעה.

נמי המשיכה לדפדף, אך לא ראתה בספר משהו שקשור לחלון השני. "מה קורה פה?" חשבה, "הברתולמיאו הזה מעצבן." היא חזרה ובדקה

בדקדקנות את היום שבו הוחלט להעביר את החלון השני למקום אחר, אך היא לא הבחינה ברמז כלשהו. משהו לא הסתדר לה. על הישיבה נכתב בעמוד 42, ואילו העמוד הבא אחריו היה 46.

היא פתחה את הספר כדי לראות אם נשארו בו סימנים המעידים שדפים נתלשו ממנו, אך לא מצאה כאלה. מעניין, חשבה לעצמה. כמה עמודים קודם לכן, בעמוד 26, נכתב המספר 102627. מעניין מה מציין המספר הזה? היא העתיקה אותו ליומנה הקטן. אבדוק אותו אחר כך, אמרה לעצמה והוציאה ספר נוסף. השעה היתה כבר כמעט חצות. זה לא היה קל. היא היתה עייפה מאוד, והקריאה עייפה אותה עוד יותר. נמי הניחה את ראשה על הספר ונרדמה.

***

רם לקח חופן מאבקת הרו-רו. היתה לו הרגשה מוזרה. הוא הרגיש שהוא נוגע במים, אך ידו נותרה יבשה. הוא עצם את עיניו וזרק את אבקת הרו-רו לכיוון לפיד האש. גופו נעשה קל, כאילו הפך חסר משקל. ההתנתקות מהגוף היתה הרגע הקסום ביותר שחווה אי-פעם. לא רק משקל גופו נותר מאחור, גם החששות, הפחדים והמחשבות, רק המשימה נראתה באופק. אט-אט נמוג הערפל.

רם ראה את עצמו בעיצומה של תחרות שיט, מרחף בין שמים לארץ ובגובה עצום. בכוח המחשבה הוא גרם לעצמו לרדת נמוך יותר עד שנעמד ליד אחת הסירות המשתתפות בתחרות. היו שם שלושה אנשי צוות שלא הפסיקו לצעוק זה על זה. הם משכו בחבלים וחילקו פקודות זה לזה.

"לא אמצא פה כלום," חשב לעצמו, ובכוח המחשבה הסיט את עצמו קילומטרים רבים הרחק משם. הוא נעצר מעל רחוב סואן. התנועה למטה היתה רועשת. "מפחיד," חשב לעצמו ובכוח המחשבה ירד למטה. הוא הבין שהוא רק צריך לרצות להגיע למקום מסוים, ורצונו יתממש. אנשים עברו ממקום למקום, וההמולה לא פסקה. לאורך הרחוב היו

חנויות רבות. הכול נראה מבולגן והמוני כל כך, ועם זאת נעשה בסדר מופתי. "מדהים," חשב לעצמו. היה שם דוכן עיתונים אוטומטי. רם ריחף מעליו והביט בדפי העיתון הכתובים אנגלית, השפה השנייה שלמד בבית הספר. עכשיו יותר מתמיד היה הידע הזה דרוש לו.

רם נכנס דרך הזכוכית לדוכן האוטומטי שבלב הרחוב הסואן. הוא ראה בכוח המחשבה את העמודים הפנימיים של העיתון. היו שם ידיעות על הטרור האיסלמי שמכה ברחבי העולם. הוא הביט המום בכתבה. ההרג, לפי העיתון, היה חסר פרופורציות. בעזרת מטוסים הפילו הטרוריסטים שני בניינים ענקיים בארצות הברית, ואלפים נהרגו. הוא נחרד למחשבה שיום אחד יצטרכו גם הם לחיות בין בני האדם.

הוא לא ראה משהו שקשור לנל או שהזכיר אותו. הוא ריחף למעלה, כשפתאום הוא ראה את המראָה ומעבר לה את הערפל. המראה הזה חזר על עצמו. הוא עצם את עיניו, וכשפקח אותן לרגע, ראה שהוא בחדר ושהכריות הזרוקות על הרצפה נמצאות מול המראה. הוא לקח חופן מאבקת הרו-רו בידו והשליך לעבר הלפיד שכבר דלק. הוא עצם את עיניו ונהנה מההתנתקות. "שווה," חשב לעצמו.

הפעם מצא את עצמו בסין. הוא הביט בהתפעלות בהמון הרב. שוב עצם את עיניו והפעם חשב על ישראל. כשפקח את עיניו, קידם אותו שלט גדול בעברית - "נמל התעופה בן גוריון". רם ריחף לאורכה של מסילת הרכבת עד שהגיע לאזור גדוש באנשים ובחנויות ססגוניות. מוכרים קולניים צעקו בקול ניחר והיללו את מרכולתם. הוא ריחף מעל דוכן עיתונים. גם הפעם עסקה הכותרת בפעולות הטרור האלימות, ותמונת שתי הבניינים הגבוהים לפני הפיגוע ואחריו הופיעה באמצע העמוד הראשי. "מחריד," חשב רם. הוא הביט בעיתון, עבר בין הכותרות והעמודים וניסה למצוא רמז לנל קלר. שעתיים ריחף רם מעל תל אביב, עבר בין אנשים וחנויות וצופה בטלוויזיות מוצעות למכירה בחנויות לשיווק מוצרי אלקטרוניקה.

הפעם הפך הערפל העדין סמיך יותר, והמראָה התגלתה להרף עין.

רם עצם את עיניו ופקח אותן שוב, והוא מצא את עצמו בחדר העגול שבכיפה העגולה. האש בלפיד התחילה לדעוך ולבסוף כבתה לגמרי. הוא היה מותש. רם ירד במדרגות, פסח על השביל ונשכב על הכריות הכתומות המונחות על הרצפה. הן היו רכות להפליא, והוא נרדם מיד.

פרק 30

חדר הקונזו

סט הביט בגבו של מנר. הוא היה מבולבל מהמהירות שבה הדברים קרו וניסה להדביק את הפער שבינו למנר. הם ירדו במדרגות ונתקלו בשתי דלתות שניצבו זו מול זו. אחת מהן היתה מברזל שהחליד והיתה בעלת ידית גדולה. השנייה היתה דלת עץ חומה שעליה שורבטו אותיות לא מוכרות.

מנר הוציא מכיסו את המקש, וסט ניסה להמר איזו מהדלתות תיפתח. ההימור שלו הצליח, ודלת העץ נפתחה. אי-אפשר היה לראות דבר. הכול היה חשוך. מנר לחץ על כפתור קטן שהיה חבוי בקצהו התחתון של המקש, והאורות נדלקו בבת אחת. לנגד עיניו של סט נראתה רחבה עצומת ממדים וארוכה.

"תיכנס," אמר מנר. "אני שמח שהצלחת להרוג את השועל ליד האגם האסור, אבל לא נוכל לסמוך יותר על המזל, ולכן אאמן אותך."

הם נכנסו פנימה. מנר עמד ליד הקיר שבכניסה וסימן לסט להתקרב. מאחוריו היו ארבע ידיות עץ שהקצה שלהן פנה כלפי למעלה. מנר חיכה שסט יעמוד לידו, ואז משך בידית הראשונה.

"תסתכל קדימה," אמר לסט.

האורות בחדר שינו את גונם לגוון כהה ועמום. רעש חזק של חיות הדהד בין הקירות.

"זה לא אמתי." לבו של סט המשותק מאֵימה פעם בעוצמה כששינן את המשפט. הוא שמע קולות ברקים, רעמים ורוחות. לא היה זכר לחדר שאליו נכנס רק לפני דקה. סט הרגיש שהרוח כמעט מטיחה אותו בקיר שמאחוריו.

"תפוס בידית שברצפה," צעק לו מנר.

סט התכופף. על הרצפה היתה לולאת ברזל שחוברה לרצפה בחוזקה. הוא אחז בה בשתי ידיו, אך נאלץ לשחרר יד אחת כדי לנגב את עיניו מהגשם ומהמים שניחתו עליו באותו הרגע.

"שים לב, עכשיו," צעק מנר וסימן לו להביט לעבר מה שהיה קודם הקיר המרוחק מהם ועכשיו בקושי נראה.

פתאום, משום מקום, רץ לעברם שועל ששיניו חשופות. הוא נעצר לרגע והביט בשניהם, כמו שוקל את מי לתקוף ראשון. הרוח התחזקה, וסט הרגיש שידו נחלשת מעט.

"קשה לי להחזיק בברזל," צעק למנר.

שניהם עפו באוויר. רק היד שהחזיקה בטבעת הברזל חיברה אותם לקרקע.

סט הבחין בתזוזה. הוא חשב איך יתגונן בפני השועל התוקף. מאחר שהחזיק בידו הימנית בלולאה, בידו השמאלית שלף את הנשק מכיסו. סט ראה שמנר מביט בריכוז רק בשועל שהתקרב אליהם בזריזות. המרחק ביניהם התקצר והיה עכשיו כעשרה מטרים. סט לא חיכה יותר מדי: הוא כיוון את האקדח ולחץ. שום קול לא נשמע. השועל נראה כאילו נתקע בקיר זכוכית ובתוך שנייה הפך לכדור אש ענקי מיילל ואז גווע.

מנר החזיר את הידית למקומה. הרוח שככה. טיפות אחרונות של מים נשרו על הרצפה. האור התחלף, והמקום שב לקדמותו, שלוליות המים היו העדות היחידה למה שקרה כאן זה עתה.

"מה זה היה?" קרה סט בבהלה.

"זה הקונזו," אמר מנר וניער את המים משערו.

"מה זה קונזו?" שאל סט והרגיש שגופו נדרך. הוא התקשה להירגע.

"קונזו הוא תכנית אימון שמדמה מצבי אמת. השועל, או מה שנשאר ממנו, שכב במרחק עשרה מטרים משניהם ועלה באש.

"הוא אמיתי?" סט הצביע על השועל.

מנר הנהן. "יש לך אינסטינקטים טובים. עכשיו עברת את הרמה
הראשונה והנמוכה ביותר של הקונזו ועשית זאת יפה מאוד."

סט הביט במנר, ואילו מנר הביט בידיות. "כלומר שיש עוד רמות,
קשות יותר?"

מנר הנהן. "ההבדל בין רמה אחת לשתיים גדול מאוד."

מנר הביט בסט. הוא ניסה לראות אם הוא חושש או מפחד. "אתה
מוכן לעוד סיבוב? לרמה מספר שתיים?" שאל.

"אני מוכן לנסות," ענה סט בזהירות.

"בשביל הרמה השנייה אנחנו צריכים מצופים."

מנר ניגש לפינה, לקח ממדף העץ, שעד כה סט לא הבחין בו, שני
מצופים וזרק אחד לסט.

סט תפס את המצוף, שהיה חולצה בלי שרוולים המלאה בכיסי אוויר
קטנים, לבש אותו והידק אותו בעזרת החגורה. "אני מוכן," אמר.

מנר הביט בסט. "כדאי שתהיה," אמר והוריד את הידית השנייה.

בבת אחת כבו כל האורות. סט התכופף וגישש אחר הידית שהיתה
אמורה להיות קבועה ברצפה, אך לא הצליח להבחין בה. הוא חשש
מאוד מהרוח החזקה. מה אעשה עכשיו? שאל את עצמו שוב ושוב.
הפעם הקולות היו שקטים. בתחילה נשמעה אוושת רוח המזיזה ענפים
ועצים ומאיימת לעקור אותם מהאדמה.

סט הוציא מתיקו פנס קטן והאיר סביבו. הגשם שהצליף בו ירד
בלי הפסקה. סט התחיל לנוע במהירות, מנצל את הזמן לפני שהרוח
תתחזק. הוא האיר לכיוונו של מנר, אך זה נעלם, כאילו פצתה האדמה
את פיה ובלעה אותו. הוא הרגיש שלבו פועם במהירות. כל שנייה
היתה חשובה. הרצפה נעלמה, ובמקומה היה רק חול. לא היה זכר
לידיות הברזל. כשהאיר בפנס את הדרך, אור חלש האיר את הרחבה.
עצים הופיעו משום מקום. יער ענקי היה במרחק של כעשרים מטרים
ממנו. התקרה הפכה לשמים מעוננים שברקים הבזיקו בהם ורעמים
הרעימו. ציפורים עפו לכל עבר. מבעד לעצים הבחין סט בתזוזה.

מחשבות רבות רצו בראשו. "איך המקום השתנה? ואיך הגיע מבטן האדמה לכאן?" דבר לא הכין אותו למה שהתרחש עתה. העצים נראו כאילו נתלשו ממקומם. פתאום הבחין בו. זה היה ענק שגובהו כשלושה מטרים ובידו אלה גדולה. ממדי גופו העצומים הפחידו את סט. ראשו היה קטן לעומת הגוף, ועל פניו היתה הבעה שאי-אפשר היה לפרש אחרת חוץ מרצון להרוג. הוא נראה בן אנוש ענקי מעוות במקצת. היצור הביט לצדדים. גשם הזלעפות ירד והכה בהם. הוא הבחין בסט, אך זה לא חיכה, שלף את האקדח, כיוון ולחץ.

כדור אש נראה על כתפו הימנית של היצור. הירייה פגעה בכתפו והוא שאג מזעם. הוא כיבה את האש בידיו. סט לחץ שוב. הפעם פגע ברגלו. גם הפעם כיבה היצור הענקי את האש. נראה שהפגיעות לא היו חמורות. הענק התקדם בזהירות לכיוונו של סט והניף את האלה. סט כיוון את האקדח לעבר ידו והחמיץ את המטרה. העץ שמאחורי היצור נשרף, וסט התחיל לברוח. האלה החמיצה אותו בכמה סנטימטרים בלבד. סט צרח במלוא הכוח, וכשרץ החליק ונפל. הפעם היה דשא מתחתיו. הוא הסתובב על הגב ונחרד לגלות שהיצור מעליו.

סט חיפש את האקדח וראה אותו במרחק כמה מטרים ממנו. כנראה האקדח נפל כשרץ. היצור הרים את ראשו כלפי למעלה ושאג במלוא העוצמה, בעוד ידו הימנית האוחזת באלה מונפת מעל לראשו. סט ניסה לקום, אך שוב החליק. הוא התגלגל הצדה. האדמה שמתחתיו רעדה כשהאלה החמיצה אותו.

סט הפנה את מבטו למעלה, הוא ידע שאין לו סיכוי לחמוק מהמכה. אלא שפתאום התעוות היצור מכאב, והאלה נפלה מידו. סט התגלגל הצדה, קם על רגליו ורץ לכיוון הנגדי. הוא הסתובב והביט ביצור שנפל על ברכיו ולרגע היה נדמה לו שהוא מתעשת. אך עיניו של היצור התגלגלו בחוריהן, והוא נפל על הדשא הרטוב ובתוך כך האדמה רעדה מנפילתו.

סט התרחק מעט. האקדח היה לא רחוק מרגלו של היצור. סט עשה

עיקוף גדול והרים בזהירות את האקדח. עכשיו, כשהאקדח שוב היה בידו, התפנה לחשוב. "מה קרה ליצור?" האור דעך אט-אט ולבסוף כבה לגמרי. סט גישש את דרכו הרחק מהיצור. הוא חיפש בכיסו את הפנס. "הוא בוודאי נפל לי כשמעדתי," חשב.

הרוח נעלמה כלא היתה. הרצפה שבה להיות רצפת אבן, ושקט מפחיד שרר במקום. לאחר כמה רגעים התיישב סט על הרצפה. מעולם לא ראה חושך כזה, ולא היה יכול לראות דבר.

"אתה בסדר?" קולו של מנר נשמע מצדו השני של החדר.

סט נשם עמוק. הוא הרגיש שהדם זורם בגופו, והביטחון חזר אליו. "מה קרה כאן?" שאל בקול רועד.

האורות דלקו בבת אחת וסנוורו אותו. הוא הרים את ידיו ושפשף את עיניו. ראשו כאב מעט. הוא הביט לפנים וראה מולו את מנר, בידו האחת מקטרת דולקת ובשנייה אקדח.

"אני מבין שאת השלב השני בקונזו לא עברתי," אמר סט.

"לא, לא עברת. למען האמת, לא ציפיתי שתעבור. הופתעתי מאוד שעברת את השלב הראשון בפעם הראשונה."

שניהם שתקו לרגע. מנר סימן לסט להסתובב, וכשעשה כן הוא ראה את היצור המפחיד שוכב כמה מטרים מאחוריו.

"אני לא מבין, איך זה יכול להיות? איפה כל העצים? קולות החיות? השמים שהיו למעלה?"

מנר חייך. "נראה לי שהפעם אתה זקוק ליינוק חזק מהרגיל, נכון?"

"מה איתו?" סט הצביע על היצור.

"כרגע הוא מנוטרל, חסר הכרה," ענה מנר. "יעברו עוד כמה רגעים עד שיתעורר."

"אולי כדאי שנזדרז ונצא מפה לפני שהוא יתעורר?" שאל סט.

"אל תדאג, הכול בשליטה," השיב לו מנר.

סט הרגיש פיק ברכיים קל. "יש ליצור הזה שם?"

"אני קורא לו אוֹרפָל. ועכשיו בוא נלך ונראה מה קורה עם החברים שלך. את השאלות תשאיר לאחר כך."

מנר לחץ על המקש, והדלת נפתחה. השניים יצאו החוצה ועלו במדרגות.

כעת, כשהיה הרחק מהקונזו, הרגיש סט מעין התרוממות רוח. הוא רצה לשתף את נמי ואת רם במה שקרה לו, והרצון המריץ אותו ונתן לו כוח לעלות במדרגות במהירות. "גם הם עברו חוויות," חשב.

מנר נעצר מול הספרייה. בעזרת המקש הוא לחץ על בריחי הברזל שסביב הדלת הגדולה, ואלו חדרו לאט למקומם בקיר. הדלת נפתחה מאליה. מנר וסט נכנסו. האורות דלקו. שניהם חייכו כשראו את ראשה של נמי מונח על הספר כשעיניה עצומות. מנר סימן לסט להיות בשקט, והם יצאו מהחדר. מנר לחץ על המקש, והדלת נסגרה.

"נחזור אליה אחר כך," אמר, והם התחילו לעלות.

פתאום נפרדו הבריחים מהדלת, והיא נפתחה. בפתח עמדה נמי.

"למה לא הערתם אותי?" היא פיהקה.

"רצינו לחזור אלייך עוד כשעה," ענה מנר. "רציתי לתת לך לנוח קצת."

"אני בסדר," היא התמתחה ולחצה על המקש. הדלת נסגרה, והיא נעמדה מאחורי סט.

"נו, איך היה?" שאלה אותו.

"מפחיד מאוד. אספר לך כשנפגוש את רם."

הם הגיעו לדלת הכניסה של חדר המציאות. כשמנר לחץ על המקש, הדלת זזה במהירות הצדה. חדר המציאות היה חדר מדהים ביופיו, והתאורה בו היתה בגווני אדום וכחול.

מנר התחיל ללכת על השביל. "הנה," לחש לנמי.

על הכריות הכתומות שכב רם, גם הוא ישן.

"אפשר לגשת אליו?" שאלה נמי.

מנר הנהן. נמי וסט לא חיכו להזמנה נוספת, והם החלו לפסוע על השביל, נפעמים מהציורים המדהימים.

"יכולתי לחיות פה," לחשה נמי לסט.

הוא חייך. "גם אני," אמר.

הם ניגשו לרם, ונמי העירה אותו. הוא פקח עיניים מופתעות והעביר את מבטו מנמי לסט ולמנר.

"מה? כמה זמן אתם פה?"

"רק עכשיו הגענו," ענתה נמי ברוך.

רם קם על רגליו. "זה היה כל כך מעייף." הוא הביט ברצפת העץ בעֶרגה. "אני מרגיש שיכולתי לחיות בחדר הזה."

"מעניין," נמי הביטה בסט, שחייך למשמע דבריו.

"אתם לא היחידים שמדברים ככה," התערב מנר בשיחה. "בחדר הזה יש יותר ממה שרואים."

רם הביט בנמי בשאלה, והיא חייכה אליו. "דקה לפני שהערתי אותך, אמרתי את אותו המשפט לסט."

הם התיישבו על הכריות. מנר הוציא את שקית הטבק ומילא את המקטרת.

"נתחיל איתך," אמר, הדליק את המקטרת ושאף שאיפה עמוקה. נמי הוציאה דף קטן מכיסה והגישה אותו למנר. מנר הביט בדף בשלווה.

"העתקתי במדויק את מה שהיה כתוב על הספר שמשום-מה לא הצלחתי לשלוף מהמדף," אמרה נמי. "באיזו שפה הוא כתוב?"

מנר חיכה כמה שניות ואז ענה: "בדלנאית. המילה שכתובה פה היא 'החלון'. זה לא כל כך עוזר, כי גם אם היית מצליחה להוציא את הספר, לא היית מבינה אותו. הספר כולו כתוב בדלנאית. הוא עוסק ברעיונותיהם של מנהיגים שחיו לפני אלפי שנים. גם אני לא הבנתי כל כך את מה שכתוב בו. כנראה מדובר בחלון אחר ממה שאנו מכירים."

"אתה יכול קצת לפרט?" ביקשה נמי.

נינוח ורגוע שאף מנר מהמקטרת. "קראתי את הספר הזה כמה פעמים. כתב אותו ברתולומיאו, שחי בשנת 1100 לספירת בני האדם. הוא גם זה שכתב את רוב הספרים שעוסקים במעברים. ההבדל בין הספר הזה לשאר הספרים שכתב הוא שהספר הזה יחיד במינו. זו הפעם הראשונה שהוא כתב ספר בדלנאית עתיקה. הוא דיבר על מעבר

שונה מזה שאנחנו מכירים. על מעבר שמקשר בין עולם שלישי ובין
שני העולמות האלה שלנו ושל בני האדם. זוהי התאוריה שלו, ותו
לא. ככה לפחות אני חושב."

"טוב, אני חושבת שכדאי שנעזוב את זה בינתיים. רציתי לומר שקראתי
ספר של ברתולומיאו שעוסק בחיי היומיום של הדלנאים כאן לפני
כתשע-מאות שנה. אני אספר לכם בקצרה."

נמי סיפרה לסט ורמי את כל הפרטים כפי שזכרה. כשהגיעה לקטע
שבו דלטון מנר נכנס לסיפור, הזדקף מנר והבעת תימהון על פניו.

"יש שם גם תמונה שלו, והוא מזכיר אותך קצת. מהבעת הפנים שלך
אני מסיקה ששמעת עליו בעבר."

מנר הביט בנמי. "אני חייב לראות את הספר. אבל קודם תסיימי את
מה שיש לך לומר."

נמי סיפרה בקצרה את הפרטים ובמיוחד על אנטון מכפר אורגון
שבירדל. כשסיפרה על כוחו הרב של דלטון מנר ועל כך שהכניע את
קבוצת הירדלים לבדו, חייך מנר בסיפוק.

"עוד דבר אחד קטן." היא הוציאה פיסת נייר שעליה רשמה את
המספר 102627. "יש לך מושג מה מציין המספר הזה?"

מנר הביט בדף הקטן. הוא הוציא עט והתחיל להעתיק את המספר, אך
נמי עצרה אותו. "אתה יכול לשמור את הדף," אמרה בחיוך ושלפה פתק
נוסף שעליו המספר כתוב. "אין לדעת מתי נצטרך את המספר הזה."

"סיימת?" שאל מנר.

"בינתיים כן. אני אחזור לספרייה, אבל קודם אוכל משהו. אני גוועת
ברעב."

"גם אני," אמר סט.

"טוב, נעשה הפסקה קטנה," אמר מנר. "נעלה למעלה, נאכל ונחזור
לכאן."

"אין צורך שנעלה למעלה," אמר סט. "אני ארוץ ואביא לנו משהו
קל לאכול."

מנר סימן לסט להזדרז ופנה לנמי. "הייתי רוצה לשמוע קצת יותר פרטים על דלטון מנר."

נמי התחילה לספר עליו באריכות.

סט עלה בריצה במדרגות. כשהגיע למעלה, היה עליו לחצות את החדר ולצאת דרך הדלת השנייה. הוא צעד, אך חוש שישי הזהיר אותו מפני סכנה. כשהסתובב צעקה פרצה מגרונו. הוא קפץ לאחור בבהלה. היה שם כיסא קטן. סט הרים אותו לעבר היצור שנגלה לנגד עיניו.

"הֵי," קרא היצור, "תעצור. אני לא מתכוון לפגוע בך."

"מי אתה?" קרא סט והביט לצדדים בחשדנות. הוא נזכר באקדח, הניח את הכיסא, שלף את האקדח מתיקו וכיוון אותו לעבר היצור.

"שמי טים. מנר ביקש ממני להישאר בכיפה העגולה."

"אז אתה הירדל שכולם מחפשים? זה שפגע לפחות בדלנאי אחד."

"זה אני." טים הביט בעצב בסט. "זה נעשה בטעות."

הם הביטו זה בזה. סט לא היה משוכנע שהוא יכול לבטוח בטים, לכן ביקש ממנו שיזוז מהדלת המובילה לבטן האדמה. טים עשה כמצוותו.

"חכה כאן," ביקש מטים וירד בריצה.

מנר, נמי ורם שוחחו ביניהם כשסט שעט פנימה. "מנר, אתה חייב לבוא."

כולם קפצו על רגליהם.

"מה קרה?" שאל מנר.

"הירדל טים, הוא שם למעלה." סט התנשם בכבדות.

מנר הביט בו וחייך. "אני מצטער, הייתי צריך לומר לכם שיש לי כאן אורח. אל תדאגו, הוא לא יפגע באיש. רוצים להכיר אותו?"

נמי ורם השיבו בחיוב.

"קודם כול," פנה מנר לסט, "תחזיר את האקדח לתיק."

סט הביט בידו. הוא שכח שהחזיק בידו באקדח. הוא החזיר אותו לתיק.

"בואו נעלה. כולנו רעבים מאוד, ויש לנו עוד הרבה דברים לדבר עליהם. אבל יהיה הרבה יותר טוב אם נעשה את זה על בטן מלאה."

פרק 31

אור הקטן

יואב הרגיש שמישהו נושק על לחיו ומלטף אותו בעדינות. הוא פקח עיניים.

"אבא," קרא בשמחה והושיט את ידיו לחיבוק.

"התגעגעתי אליכם," אמר אבא בחיבה. "אני מציע שתתלבשו בזריזות. לאחר שנאכל ארוחת הבוקר, נלך לבית החולים לבקר את אמא ולפגוש את אור, האח החדש שלכם."

יואב, רון וליר התלבשו במהירות.

ארוחת הבוקר היתה טעימה מאוד. אבא קנה קרואסונים, בורקסים קטנים, גבינות עיזים ולַבנה והכין סלט ירקות גדול. ליד כל צלחת עמדה קופסת שוקו. הם אכלו בתיאבון שעה שאביהם סיפר להם על הלידה ועל אור הקטן והחמוד. "צילמתי אותו בטלפון הנייד," אמר.

יואב קפץ מהכיסא ורץ לחדר השינה של ההורים. הוא חזר כשבידו הטלפון הנייד של אבא. שלושתם עמדו סביבו, מעבירים אותו מיד ליד ומביטים בתמונות.

"הוא מאוד חמוד," אמרה ליר. "הוא יכול לישון איתי בחדר? אני אשגיח עליו."

אבא חייך. "כשתינוק נולד," הוא התחיל להסביר, "ההורים קונים לו מיטה קטנה ושמים אותה בחדר שלהם למשך כמה חודשים, ורק אחר כך הם מעבירים אותו לחדר משלו. קדימה, כדאי שנזוז."

***

בית היולדות ליס שבבית החולים איכילוב היה הומה אדם, ודן ביקש מליר שלא תתרחק ממנו. הם עברו במסדרון ארוך.

"אנחנו בחדר אחת-עשרה," אמר אבא.

אמא שכבה במיטה וקראה עיתון. "שלום, קטנים שלי."

יואב, רון וליר רצו אליה וחיבקו אותה.

"איפה אור?" שאלה ליר.

"כן, אמא, איפה הוא? אנחנו רוצים לראות אותו," ביקש רון.

"אני אלך להביא אותו," התנדב דן והלך לכיוון התינוקייה.

ליר רצה אחריו, אחזה בידו, ושניהם יצאו מהחדר.

נוגה הלכה לאט ובזהירות.

"נו," שאלה אמא בחיוך, "מה שלום השלישייה הסודית? נזכרתי שאני צריכה ללמד אתכם איך להכין לימונדה לפגישות הסודיות," צחקה.

"את לא מבינה," אמר רון, "אנחנו פשוט סקרנים, אנחנו ילדים," פסק.

"היא לא תבין," יואב הניף יד בביטול.

"יש לך מזל," אמרה נוגה והושיטה יד לתפוס אותו.

הוא התחמק ממנה וצחק, ואז התקרב אליה וחיבק אותה. "אנחנו כל כך אוהבים אותך ואת אבא."

"גם אנחנו אוהבים אתכם," אמרה אמא.

ליר נכנסה לחדר דוחפת עגלת תינוק קטנה שקופה. יואב ורון התקרבו לעגלה.

"הוא ישן," לחשה ליר וסימנה להם שיהיו בשקט.

"הוא כזה קטן וחמוד," אמר יואב.

"אפשר להרים אותו אחרי שיתעורר?" ביקש רון.

אמא הביטה באבא, וזה אמר: "נחכה עם זה קצת, הוא ממש קטן."

אור זז קצת ופקח את עיניו.

"יש לו עיניים בהירות, הוא כל כך יפה," אמרה ליר.

אור התחיל לבכות.

"הוא רעב," אמרה אמא וניגשה לעגלה להרים אותו. היא התקשתה ללכת.

"את בסדר, אמא?" שאל יואב, "נראה שכואב לך."

"ככה זה אחרי לידה," ענתה ועיוותה את פניה בכאב.

"זה עניין של יום-יומיים. אחר כך הכאב ייעלם," הסביר אבא.

נוגה התיישבה על המיטה והתחילה להיניק את אור. יואב, רון וליר התמוגגו מאושר.

"איזה יופי הוא אוכל, הוא מאוד רעב," אמרה ליר.

נראה שהשיחה הערה סביבו לא השפיעה עליו. אור ינק בשלווה בעוד כולם מביטים בו בשמחה.

"אח חדש," אמר יואב וחיבק את אבא. "איזה כיף!"

אבא ביקש מהם להיפרד לשלום מאמא. "היא צריכה לנוח עכשיו. גם אור."

"מתי אמא תחזור הביתה?" שאל רון.

"בעוד יומיים," ענה אבא.

"וגם אור יבוא, נכון, אבא?" שאלה ליר.

"כן, גם אור יבוא. בואו," לחש אבא. הוא נישק את נוגה ונזהר שלא להפריע לאור.

יואב, רון וליר ניגשו לאמא ונפרדו ממנה.

"נתראה בקרוב," לחש יואב.

היא חייכה והנהנה, והארבעה יצאו מהחדר.

"רציתי לבקש מכם לעזור לי ביומיים הקרובים," אמר להם אבא. "אני מבקש שכשנגיע הביתה, תתקלחו ותעזרו לי לסדר קצת את הבית."

"אל תדאג, אבא," אמר יואב. "כולנו נעזור." הוא הביט ברון ובליר. "כל אחד יסדר את החדר שלו, וכשנסיים נעזור לך לסדר את הבית."

"זאת הבעיה, אני אצטרך להשאיר אתכם עם בייביסיטר. יש לי היום פגישה, ואני לא יכול לבטל אותה."

"אתה מתכוון לפגישה בקפה אילנ'ס?" שאל יואב.

"שום דבר לא נעלם מעיניך," חייך אבא.

"תזכיר לי איך קוראים לבחורה הזאת שדיברתי איתה בטלפון," ביקש יואב.

אבא חשב מעט. "משונה, גם אני לא זוכר מה השם שלה."

"ומה עם חגי, גם הוא יהיה בפגישה?"

"כמו שאמרתי, אתה פשוט יודע הכול. אם אתה חייב לדעת, אז כן. חגי יהיה בפגישה, אני מקווה."

אבא חייג לבייביסיטר וסיכם איתה שתגיע בתשע בערב.

"אז מה נעשה עכשיו?" שאלה ליר.

אבא הביט בה דרך המראה הפנימית. "לא יודע," הוא הרצין ונשמע מהורהר. "חשבתי שאולי ננצל את היום ונלך לסרט, נאכל ארוחת צהריים ואחר כך ניסע לקניון לשחק באולינג, אבל לא נראה לי שתסכימו," אמר וצחק.

"איזה כיף," קפצו שלושתם משמחה.

"אתה האבא הכי חמוד בעולם," אמרה ליר וחיבקה אותו מאחור.

"טוב, חבר'ה," צחק אבא, "כדאי שתחגרו שוב את החגורות."

הבחירה לאיזה סרט ללכת היתה קלה. הם בחרו ב"מדגסקר", סרט מצויר בדיבוב שחקני קולנוע ידועים. הארוחה עם אבא היתה טעימה, והם נהנו מהאוכל.

הטלפון הנייד צלצל.

"יואב, תעביר לי בבקשה את הטלפון הנייד," ביקש דן, אך לפני שהספיק לענות, הצלצול הפסיק. אבא רצה לבדוק מי צלצל, אבל המספר היה חסום. הוא הרגיש שעליו לומר משהו מאחר שיואב הביט בו. אבל יואב הניף את ידו בביטול ואמר: "מי שמחפש אותך, יתקשר שוב." הם סיימו לאכול, ורון וליר התנדבו לפנות את המגשים מהשולחן לעמדות האשפה הקטנות שניצבו בין השולחנות.

"הולכים?" שאלה ליר.

הטלפון צלצל שוב. הפעם דן ענה.

"הלו. כן..." הוא שוחח במשך כמה דקות. הוא השתהה מעט לפני שענה ולבסוף אמר, "אני חושב שלא תהיה בעיה, ניפגש שם."

"טוב תקשיבו, יש שינוי קל בתכנית. ביקשו שאגיע לפגישה בשעה

שש." הוא הביט בשעון שבידו. "מכיוון שעכשיו השעה ארבע ועשרה,
אין לנו מספיק זמן לשחק באולינג."

"אוי, אבא, כל כך רציתי לשחק באולינג," ליר התרפקה עליו.

"לא נורא," אמר וליטף את שׂערה, "נלך לבאולינג בקרוב."

הוא חייג לבייביסיטר, קם והתמתח.

פרק 32

הפגישה עם ריטה

רווית הבייביסיטר שוחחה בטלפון עם החבר שלה.

"אמא ביקשה שהיא לא תדבר מהטלפון שלנו, שהקו יישאר תמיד זמין," אמר רון.

הם ישבו בחדר של ליר. רון הניח כרית על רצפת הפרקט והתיישב עליה, ויואב וליר התיישבו על המיטה.

"לא משנה," אמר יואב. "מה שחשוב הוא שהיא לא תגיע לכאן."

נל קפץ מבית הבובות על השולחן והתיישב על ספר שהונח ליד הציור. "אולי כדאי שננעל את הדלת?" הציע.

"אין צורך. היא תדבר איתו שעות," השיב רון.

"אז רק ליתר ביטחון," ביקש נל.

"הוא צודק." יואב קם וחיפש בארון את המפתח. "מצאתי," קרא ונעל את הדלת.

"אבא שלכם נפגש עכשיו עם חגי והבחורה?"

יואב הסתכל בשעון. השעה היתה עשרה לשש. "הם אמורים להיפגש בעוד כעשר דקות."

"אולי נשחק יחד באיזה משחק?" שאלה ליר.

רון זינק ממקומו. "יש לי רעיון." הוא פתח את הדלת ויצא בסערה. כעבור דקה חזר כשבידו קופסה גדולה.

"תנעל את הדלת," הזכיר יואב לרון וקרא בשמחה, "מונופול!"

נל קפץ מהשולחן לכיסא ומשם לרצפה.

"אתה מכיר את המשחק?" שאל יואב את נל.

"לא. אבל אשמח ללמוד ולשחק איתכם."

הם התחילו לשחק.

***

באותו זמן הסתובב דן בקניון רמת אביב. הוא הציץ שוב בשעונו. השעה היתה חמישה לשש. הוא חשב על המפגש בינו לפורץ, איך התחמק מהאגרוף שהיה אמור לפגוע בפניו, ובמקום זאת, חטף מכה בכתף. הוא חשב על הפורץ המבוהל. "מעניין," הרהר, "מה הבהיל אותו כל כך?" הוא ניסה לשחזר במוחו את התקרית ושוב הסתכל בשעון. המרחק בינו לבית הקפה הצטמצם. השעה היתה דקה לשש.

דן התיישב ליד אחד השולחנות הפנויים. התנועה סביבו היתה גדולה. אנשים נכנסו לחנויות היוקרה ויצאו מהן. בית הקפה היה מלא. אחת המלצריות ניגשה אליו, בירכה אותו לשלום והגישה לו תפריט.

"אין צורך," חייך דן והחזיר לה אותו. "אני אשתה הפוך קטן, בבקשה."

הוא הביט סביבו. לא היה רמז לבחורה.

המלצרית חזרה עם ההזמנה. "הפוך קטן," אמרה.

דן הודה לה בחיוך ולקח שקית סוכר. כשבחש הביט שוב בשעון. השעה היתה כבר שש ושמונה דקות. "אני שונא שמאחרים לי לפגישות," הרהר דן והביט באנשים ההולכים במעבר.

מהרגע הראשון היא תפסה את עיניו. היא לא היתה גבוהה במיוחד. היה לה שיער ג'ינג'י, כמעט כתום, והיא לבשה חצאית מיני כחולה. היו לה רגליים רזות, והיא נעלה נעלי עקב אדומות. חולצת הכפתורים הלבנה היתה צמודה לגופה, ושני הכפתורים העליונים, שנשארו פתוחים, לא השאירו מקום רב לדמיון. דן הופתע מאוד כשניגשה אליו.

"דן אלון," היא חייכה והושיטה יד מטופחת.

"נעים מאוד," אמר דן וקם, מאפשר לה לשבת מולו.

"אין ספק שאתה ג'נטלמן," חייכה, "אם כי... אני רואה שלא חיכית לי," אמרה והביטה בכוס הקפה הריקה כמעט.

"מצטער, לא ידעתי כמה זמן ייקח לך להגיע. אל תדאגי, אני אוהב קפה. את הסיבוב הבא נשתה יחד."

"אכפת לך אם אעשן?" שאלה.

"לא."

היא חיפשה סיגריות בתיק התואם את צבע הנעלי העקב שנעלה. דן בחן אותה. היא היתה יפה מאוד.

המלצרית ניגשה אליהם ואמרה, "אני כבר מביאה לך תפריט." וכשהמלצרית הסתובבה אמרה, "חכי רגע, אני רוצה," והצביעה על הקפה ששתה דן, "בדיוק כזה. הפוך, נכון?" שאלה את דן. הוא הנהן ובלע את הרוק שנשאר בפיו. "קשה להיות אדיש בחברתה," חשב לעצמו.

"תזכירי לי בבקשה את שמך. מצטער, אני לא טוב בלזכור שמות."

היא צחקה בקול. "פשוט מדהים. שמי ריטה, לרשום לך?"

"אין צורך," דן חייך. "מעכשיו אזכור."

"אז לענייננו," אמרה והרצינה מעט.

"לענייננו."

"קרתה טעות," היא התחילה לדבר והביטה בעיניו.

לרגע הרגיש דן כאילו המתח עוזב את כתפיו, והוא הביט בעיניה הכחולות וסקר את פניה המושלמות. אחר כך הוריד את עיניו והביט מעבר לכתפה. ריטה, שכנראה הבחינה במבטו, חייכה אליו בחיוך מקסים, כאילו אמרה, "אני רגילה לזה."

"אז כמו שאמרתי, קרתה טעות מצערת. פלשנו לבית שלך. יש משהו שאנחנו מחפשים. קיבלנו מידע שיש אפשרות שנמצא אותו אצלך בבית. לא היית אמור להיתקל בסוכן. לפי המידע שהיה בידינו..." פתאום השתתקה והזדקפה מעט.

דן לא הספיק להסתובב כשהרגיש טפיחה על השכם.

"הֵיי, דן, מה קורה?" חגי משך כיסא מהשולחן הצמוד והתיישב בין דן לריטה.

"תגיד, לא נמאס לך?" אמרה ריטה לחגי.

"זה במקום שלום?" השיב לה. "אני בדרך כלל מקבל חיבוק ונשיקה על הלחי," הסביר לדן.

"זה סוג של הטרדה, מי כמוך יודע," אמרה ריטה.

חגי קם מהכיסא ובלי לומר מילה חיבק אותה חזק.

"התגעגעתי אליך, טיפשון."

"גם אני אלייך."

דן הרגיש שהוא לבד. חגי עם הדיבורים שלו, חשב לעצמו. "מה אם כל זה מתוכנן ביניהם? מה, לעזאזל, יש לי שהם רוצים?"

חגי חזר והתיישב בכיסא וסימן למלצרית.

"אל תגיד כלום," אמרה המלצרית. "אתה בטח רוצה רק הפוך קטן."

"קראת את מחשבותי," גיחך חגי.

"אם אפשר, שיהיה חזק."

המלצרית הסתובבה.

"לא ישנתי טוב בלילה," הצטדק חגי, "הקפה חייב להיות חזק."

"אשתך יודעת מה אתה עושה בלילות?" ריטה התגרתה בו מעט.

"את צריכה להאמין לי שאני נאמן. הכול עבודה. נטו עבודה. לענייננו."

"מה זה, זה קטע של שוטרים המילה הזאת?" שאל דן.

חגי הביט בדן כלא מבין.

"עזוב," אמרה ריטה. "אני פשוט אמרתי את המילה הזאת בדיוק לפני שבאת."

"טוב, זה כמו לומר, בוא נעזוב את הטפל ונתרכז בעיקר," אמר חגי. "אז לענייננו," אמר בחיוך.

ריטה חזרה על מה שכבר סיפרה לדן. "אז לפי המידע שהיה בידינו, האזעקה שבבית שלך לא היתה אמורה לפעול."

"תראי, אני אקל עלייך מעט," אמר דן כשהוא משחק במצית הזיפו של ריטה. "יש כמה דברים שאני רוצה, והדבר הראשון הוא שהסוכן שלך יעמוד מולי ויתנצל בפניי."

אף שריר במבטה של ריטה לא זז. פניה נשארו חתומות. חגי נשען

מעט לאחור. נראה שהחליט שלא להשתתף במשא ומתן הזה. "תמשיך," ביקשה.

"דבר שני, את הציורים שלי. אני רוצה אותם בחזרה. ואחרון חביב, מה לעזאזל יש לי? או מה אתם חושבים שיש לי שגרם לכם לפרוץ לבית שלי? אולי אהיה מוכן לתת לכם אותו סתם כך, אם תאמרו לי, כמובן, מה זה."

ריטה הביטה בדן. "חגי, אתה מוכן לסלוח לנו?"

חגי הביט בשניהם. "ברור..." הם החזירו לו מבט.

"יש כאן תלונה נגדכם," הוא הצביע על ריטה, "ואני כאן כדי לפתור אותה."

ריטה קמה מהכיסא. "תסלחו לי לרגע."

חגי תפס בידה ברכות, "לאן זה?"

"אני חייבת לקבל אישור, לא היית אמור להיות כאן."

חגי שחרר את ידה. "רק אל תשכחי לומר לירון שאני מעורב בנושא ולא מתכוון לעזוב."

ריטה הביטה בו בכעס. "אני לא מבינה. אין לך מספיק עבודה שאתה חייב לדחוף את האף גם לזה?" היא לא חיכתה לתשובה והתרחקה מעט, מחייגת בטלפון הנייד.

דן הניח את ידו על כתפו של חגי. "מה קורה כאן? מה יש להם ממני? מעולם לא החזקתי נייר סודי ולא הייתי בתפקיד מסווג בצבא. מה זה יכול להיות?"

"אין לי מושג מה הם רוצים ממך. הגעתי לכאן מפני שגם אני סקרן. יש לי הרושם שזה לא משהו רגיל."

שניהם הביטו בריטה. היא נזהרה שלא לדבר עם הידיים מאחר ששפת הגוף היא שפה כלל עולמית; תמיד אפשר לדעת מהו מצב רוחו של אדם לפי האופן שבו הוא משתמש בידיו. ריטה הסתובבה לאחור, אך במקום להביט בחגי ובדן, הביטה לצד השני. דן וחגי הסתובבו גם הם. בקניון היו אנשים רבים.

דן זיהה אותו מיד. הוא התרומם מכיסאו והביט בו שעה שהתקדם לעברו. הוא לבש ג'ינס משופשף עם חגורה עבה וחולצה שחורה קצרה, וכובע שחור כיסה את שערו הבלונדיני הארוך. ידיו היו שריריות ונראה שבילה זמן רב בחדר כושר. הוא ניגש לדן וחייך.

"נעים מאוד. שמי אורי," אמר והושיט את ידו.

דן היסס לרגע, ולבסוף הושיט את ידו. כף ידו של אורי לא היתה גדולה במיוחד, והיא נבלעה בכף ידו של דן שלחץ את ידו ולרגע הרגיש צורך למעוך אותה, אך לבסוף ויתר.

"שמי דן."

חגי קם ולקח כיסא נוסף מהשולחן הסמוך.

"שב, בבקשה. אני חגי," הציג את עצמו.

"אני יודע מי אתה," אורי הושיט יד לחגי, "נפגשנו פעם, אבל נראה לי שלא תזכור."

"סקרנת אותי. רענן את זיכרוני כי בדרך כלל אני זוכר כל פרצוף שראיתי."

אורי חשב לרגע והחליט שמוטב לדבר על זה דקה או שתיים ואחר כך לגמור גם עם העניין של דן, שאם לא כן, חגי לא ירפה ממנו.

"זה היה בינואר תשעים ושמונה. היתה לך תקרית עם כמה עבריייני סמים ביפו."

נראה שחגי בלע את הלשון. הוא הביט באורי במבט חתום. "תמשיך," ביקש.

"תן לי לראות אם אני זוכר," המשיך אורי. "זה היה סמיר חינאווי שהוא וחבריו ירו לכיוונך כמה פעמים. אתה התחבאת לבד מאחורי הניידת המוסווית, היה לך רק אקדח ולארבעת הפושעים היו קלצ'ניקובים. זה היה רק עניין של זמן עד שתיפגע."

אורי הביט בחגי וחייך מעט.

"אז זה היית אתה?" שאל חגי.

"תשמעו, סקרנתם גם אותי," אמר דן, "אולי תספרו מה קרה שם באותו ערב?"

אורי הביט לעבר ריטה, שהיתה במרחק מטרים ספורים מהם. היא עדיין שוחחה בטלפון הנייד. הוא הביט בחגי ואמר, "תמשיך אתה."

"הייתי מסתדר בלעדיך," אמר חגי.

"רק בעזרת אקדח. אני לא מאמין שהיית יכול," התגרה בו אורי.

חגי בהה באוויר ונזכר: "לקח לנו כמה שעות עד שמצאנו את תרמילי הרובה שלך, הם היו על גג הבניין. אתה צלפת בהם. היחיד ששרד הוא סמיר חינאווי, אם כי לפי כמות העופרת שהגוף שלו ספג, הוא כנראה הפך נכה. לדעתי, הוא מצטער שהוא לא מת עם החברים שלו באותו הערב שם, בסמטה החשוכה."

"זו הכרת התודה שלך?" אורי גיחך.

"אל תדאג, עשיתי הרבה דברים והצלתי אנשים טובים ורבים שעד היום לא יודעים עלי דבר וחצי דבר. אני לא מחפש תודות."

ריטה הצטרפה בדיוק בסוף השיחה. "על איזה הכרת תודה אנחנו מדברים כרגע?" היא הביטה באורי בעצבנות.

"זה שום דבר." אורי הניף את ידו בביטול. "לענייננו," אמר.

דן חייך: "זו תופעה."

אורי הביט בו בשאלה ודן אמר, "תמשיך."

"רציתי להתנצל על המקרה, מקווה שתבין. אני בתפקיד ביטחוני ולא יכול להסביר הכול. היחידה שיכולה לתת לך תשובות זו ריטה."

"אז אני מבקש את סליחתך," דן הביט באורי במבט מפויס.

"הכול נשכח," הם לחצו ידיים ונפרדו לשלום.

אורי התחיל ללכת כשדן קרא לו. "רק רגע, אורי."

אורי רצה לחזור לשולחן, אך דן התרומם מהכיסא וסימן לו שהוא רוצה לדבר איתו ביחידות. הוא הניח יד על כתפו של אורי וכיוון אותו הצדה, הרחק מריטה וחגי. הוא ידע שכך הוא מאפשר לחגי לחקור את ריטה ביחידות. אולי היא תיפתח יותר לחגי כשהוא לא נמצא לידם. חוץ מזה, דן רצה לשמוע ממנו עוד דבר. הוא פנה לאורי, הביט בעיניו ושאל: "מה הפחיד אותך באותו היום? נראית מבועת כשיצאת מהדלת."

אורי השפיל את עיניו. "תקשיב," הוא הביט שוב בדן. "אתה אדם
נחמד, ויש לך משפחה נהדרת. אני גם יודע שנולד לך בן ושמגיע לך
מזל טוב. אל תתעסק בזה. זו העצה הטובה שאני יכול לתת לך, והיא
באה מהלב."

"עדיין לא ענית לי על השאלה," אמר דן.

אורי טפח לדן על כתפו והצביע על ריטה. "יותר מזה לא אוכל לומר
לך. היא הכתובת. ביי." הוא הסתובב והלך.

דן חזר לשולחן. ריטה וחגי היו בעיצומו של ויכוח, והיה נראה שלעולם
לא יגיעו להסכמה בשום נושא.

"תקשיבי," אמר דן לריטה. ריטה נראתה יפה יותר כשהיא כועסת.
"מבחינתי החלק הראשון מאחורינו. סלחתי לאורי. אבל יש כאן עניין
לא פתור. אני מבקש את הציורים שלי בחזרה עוד היום."

"זה בלתי אפשרי, זה לא בידי."

דן הרים את קולו. "מי את חושבת שאת? השעה שש ארבעים וחמש.
יש לך שעתיים בדיוק לפני שאני פונה למשטרה."

הוא הביט בחגי בזלזול. "ואני מדבר על משטרה אמיתית."

דן הסתובב ללכת, אך נעצר, הסתובב ושלף שטר של מאה שקלים
מכיסו וזרק לשולחן. "העודף הוא טיפ למלצרית. יש לך משימה
לעשות, במקומך הייתי ממהר."

חגי ניסה לעצור אותו. "חכה רגע, לא ככה צריך לנהל את העניין
שאנו דנים בו."

דן התנער מידו של חגי והלך לכיוון המעליות.

חגי הביט בריטה במבט זחוח. "לפחות שווה להיות מעצב שיער."
הוא הרים את השטר והניח עליו את כוס הקפה.

"את רוצה לספר לי במה מדובר?"

"אתה יודע את התשובה, אז למה בכלל להתאמץ ולשאול?"

"אני במקומך הייתי משנה את הגישה. בטל"י היא כבר לא סוד. אם
הוא יחליט לדבר, אין לדעת איפה זה ייגמר. יכול להיות שתצטרכי
לתת דין וחשבון על הרבה דברים שלא קשורים לעניין הזה."

"תקשיב לי טוב, מה שקורה כאן הוא מעבר להבנה שלך, זה לא לליגה שלך. אני מציעה לך בפעם האחרונה שתיכנס לשריון שלך ותישאר שם. אתה נלחם נגד הרוח, והרוח בימים אלה חזקה מאוד, אז להתראות."

ריטה הסתובבה בלי לחכות שחגי ייפרד ממנה לשלום והלכה.

פרק 33

דן נכנס לסוד העניינים

האינטרקום בבית משפחת אלון צפצף פעמיים לפני שרווית הבייביסיטר הספיקה לענות.

"מי זה?" שאלה.

"מדברת ריטה. פגשתי קודם את בעלך..."

"אני רק הבייביסיטר."

"את מוכנה לפתוח את הדלת, בבקשה?"

רווית לחצה על הזמזם. "קומה שישית," קראה והניחה את שפופרת האינטרקום במקומה.

"מי זה היה?" דן יצא מהחדר כשמחצית פניו עדיין מרוחה בקצף גילוח.

רווית צחקה. "מתאים לך. זו היתה מישהי שקוראים לה ריטה, היא אמרה שנפגשתם..."

דן קטע אותה. "אני יודע מי זו. פתחת לה את הדלת?"

רווית הנהנה.

"תציעי לה משהו לשתות, אני כבר מסיים להתגלח. כשאצא תוכלי ללכת הביתה." הוא חזר לחדר האמבטיה וכשיצא מצא את ריטה משוחחת עם רווית על עולם הזוהר.

"שלום," ריטה חייכה.

"אתה שווה הרבה יותר ממה שזה נראה אם אתה נפגש עם כאלה יפות," חייכה רווית.

"תודה," אמרה ריטה, "אבל זו רק פגישת עסקים."

"אל תדאגו, ממני לא יצא כלום, הסוד שלכם שמור איתי," אמרה רווית.

דן הרים את ידו ונופף לשלום. "להתראות," אמר לה.

"הבנתי את המסר. היה נעים להכיר אותך." היא לחצה את ידה של ריטה. "את יפה אמיתית, להתראות," אמרה והלכה.

דן התיישב בכורסה מול ריטה.

"אני לא רוצה להישמע בוטה, אבל מה, לעזאזל, אתם רוצים מאיתנו?"

"תרשה לי לומר לך שעשית לי תרגיל כשהבאת את חגי לפגישה."

"מבחינתי, אתם נמצאים באותו צד של המתרס. אני לא מעוניין לדון בדברים האלה כרגע. אל תשכחי מי עשה למי תרגיל," אמר והצביע על המסמר במרכז הקיר מאחורי הכורסה שבה ישבה ריטה.

"אנחנו מוכנים לשתף אותך במה שקורה. כמו שזה נראה עכשיו, נצטרך את עזרתך."

לרגע היתה שתיקה. שניהם הביטו זה בזה.

"במה זה כרוך?" הוא התרווח בכורסה.

"קודם כול, אנחנו רוצים לדעת שאפשר לסמוך עליך ושזה יישאר בגדר סוד. שאיש מלבדך לא ישמע על זה."

"אני לא יכול להבטיח לך. אשתי, נוגה, יודעת הכול. אני לא מסתיר ממנה כלום, ולכן כל דבר שתספרי לי, אספר לה."

"אתה אדם מאוד כן וישר. אני אצטרך לסמוך על מה שאתה אומר ולקוות שאשתך תוכל לשמור סוד."

דן הזדקף, הוא היה מסוקרן מאוד. "תמשיכי, בבקשה."

"רציתי לשאול אותך כמה שאלות. ממי קנית את הציורים?"

"מהציירת, השם שלה רשום בתחתית כל ציור."

"שמת לב למשהו משונה באחד הציורים?"

דן הרגיש פתאום שהדופק שלו עולה. זיעה קרה כיסתה אותו. "הציור בחדר של ליר," חשב לעצמו. הילדים התנהגו מוזר בזמן האחרון. נוגה סיפרה לו שהם כל הזמן מסתודדים בחדרה של ליר ושכבר זמן רב לא שמעו אותם רבים. הוא ניסה לשוות לקולו נימה רגילה, אך קולו רעד. הוא נאלץ לכחכח בגרונו לפני שענה לה. "אין לי מושג. תמיד התייחסתי לציורים כאל אמנות, לא ניסיתי לפשפש בעבר שלהם."

"אתה בטוח?"

דן הנהן. "בוודאי."

"ראית משהו מוזר בבית? אוכל שנעלם או משהו שזז לך מול העיניים? אולי אחד מהילדים שם לב למשהו?"

"תקשיבי," דן הרצין, "תפסיקו לרגל אחרינו ולהטריד את הילדים שלי. מה היית עושה אם הייתי מטריד אותך בבית שלך?"

"חשוב לי מאוד שתשאל את הילדים. אני מבטיחה לך שזו תהיה הפעם האחרונה שנדבר עליהם."

דן חשב לרגע. "בסדר, אשאל אותם. הם בחדר. אבל זו הפעם האחרונה." הוא קם ופנה לעבר החדר.

יואב, רון ויואב שמעו את השיחה דרך האינטרקום שאבא קנה לאור. יואב סגר את האינטרקום, שהיה אמור להיות בחדר ההורים, כך שכשהם ישהו בסלון, הם יוכלו לשמוע את אור. נל התחבא בבית הבובות כשנשמעו דפיקות בדלת.

יואב פתח. "הֵי, אבא," יואב חיבק אותו. "איך היתה הפגישה?"

"הבחורה נמצאת כאן, בסלון."

"אפשר לראות אותה?"

"עוד רגע," אמר דן, סגר את הדלת מאחוריו והתיישב על המיטה. הוא הביט בשלושתם. גל של חמימות הציף אותו כשחשב על היחסים החמים שנרקמו ביניהם.

"בואי, ליר, שבי לידי." היא זינקה ממקומה והתיישבה על רגליו. דן חיבק ונישק אותה. "שבי כאן," הוא הניף אותה והושיב אותה לידו. הוא הביט בשלושתם. פתאום הרגיש שהם מסתירים משהו. "הייתי רוצה שתאמרו לי אם יש לכם סוד שהוא רק שלכם. תבינו, זה מאוד חשוב."

יואב הביט ברון ובליר. שניהם הביטו לכיוונים שונים, נזהרים שלא להביט באביהם.

"כשהיא תלך נספר," ביקש יואב בלחש.

אבא סימן עם אצבעו על פיו. "ש... ש... אז אתם בטוחים שאתם לא מסתירים כלום ממני?" שאל בקול וסימן ליואב לענות.

"כן, אנחנו לא מסתירים שום דבר. אנחנו בסך הכול משחקים יחד מונופול," אמר יואב.

"טוב, אחרי שתסיימו לשחק, ישר מקלחות וארוחת ערב. קדימה, תיהנו."

דן יצא מהחדר וצעד במסדרון. ריטה לא היתה במקומה. הוא שמע את קולה מהמרפסת. היא דיברה בטלפון הנייד ועישנה. היא סימנה לו עם הסיגריה כשואלת אם זה בסדר.

"את כבר מעשנת, את יכולה להמשיך," אמר דן בפנים חתומות.

היא נפרדה לשלום מהבחורה ששוחחה איתה.

"נו, שמת לב למשהו? הם סיפרו לך משהו?"

דן הניד את ראשו. "הם רק ילדים, מה את מצפה מהם?"

"יש לך מאפרה?"

דן הסתובב לכיוון המטבח וחשב בלבו, מה היא עשתה עם האפר עד עכשיו? הוא העדיף לא לשאול והגיש לה את המאפרה.

"אף אחד לא שומע אותנו, נכון?"

"לא שידוע לי, את יכולה לדבר."

הם התיישבו על הכורסה שבסלון. הפעם היא התיישבה קרוב אליו ונעצה בו מבט רציני. "אתה לא יודע על כַּמה כפתורים לחצתי, כמה מאמצים עשיתי, כדי שאוכל לשתף אותך במה שידוע לי." היא השתתקה לרגע. "אתה מאמין שיש עוד יקומים בעולם שיש בהם תנאי מחיה כמו שלנו?"

דן הופתע מהשאלה. נראה שדיברה על משהו שלא נגע לעניין עצמו. הוא החליט בכל זאת לשתף פעולה. "אני מאמין שיש חיים מחוץ לכדור הארץ. לאן את חותרת?"

"רגע," היא ביקשה, "תהיה סבלני." נראָה היה שקשה לה מאוד להיפתח. היא בלעה את הרוק ונשכה את שפתה התחתונה. לרגע היססה, ואז

אמרה, "תראה, אין לי אישור לספר לך הכול. כל מה שאושר לי זה
לשאול בקווים כלליים על מה שקורה אצלכם בבית."

דן החריש וחיכה בסבלנות. "קחי את הזמן."

"אני שוברת את הכלים, ואני יכולה להינזק קשות אם ייוודע שסיפרתי
לך את מה שאתה עומד לשמוע. קודם כול, אני צריכה לדעת בוודאות
שאני יכולה לסמוך עליך."

"מילה שלי," השיב דן.

לאחר שהביטה בו במשך כמה שניות ארוכות, התחילה ריטה לספר.
"לפני קצת פחות משנה הגיע לידינו יצור שגובהו כשלושים סנטימטרים.
לטענתו, הוא הגיע מכוכב שנקרא ירדל."

דן התרומם מהכורסה. "תראי, הייתי מאוד רוצה שתלכי. אני רוצה
להישאר עם הילדים שלי ולבלות איתם, אין לי זמן לשטויות האלה."
הוא הסתובב לכיוון הדלת, פתח אותה וחיכה. כשהסתובב הופתע
לראות שהיא בוכה.

דן סגר את הדלת ומיהר להביא לה כוס מים קרים. "אני מצטער אם
פגעתי בך, לא התכוונתי." היא ניגבה את הדמעות במטפחת ששלפה
מהתיק. "אני בסדר. עשר דקות, זה כל מה שאני מבקשת. אחרי זה
אלך ולא תשמע ממני שוב."

דן התיישב על הכורסה. "את הולכת לספר לי משהו שנשמע כמו
'הארי פוטר'?"

היא הביטה בו.

"אני מצטער, תמשיכי."

"המצב הוא כזה," היא שלפה יומן כחול קטן שנראה כמו ספר טלפונים
והוציאה מתוכו תמונה קטנה. דן הביט בתמונה. הוא ראה את ריטה
יושבת בכורסה יפה, לבושה בטרנינג, יפה כמו תמיד, שערה השופע
אסוף. מולה, על השולחן, היתה בובה שנראתה די מצחיק. היה לה
סנטר ארוך, והיא החזיקה מקטרת בידה.

מוזר, חשב דן לעצמו, כאילו עשן קליל מסתלסל מהמקטרת. נראה
שהבובה הביטה בריטה.

"זה נראה כמעט אמיתי," גיחך דן.

"זה אמיתי ושמו קרי. חקרנו אותו במשך חודשים עד שהגענו אליכם."

"איפה הוא עכשיו?" שאל דן, שהחליט להצטרף למשחק שלה.

"היתה תאונה, לא תאונת דרכים או משהו כזה. הוא פשוט נעלם לנו ולא נמצא כרגע אצלנו."

"ואיך כל הסיפור קשור לבית שלי? לציורים שלקחתם לנו?"

"אתה בדרך כלל מתנגד לדברים חדשים או שיש לך חשיבה פתוחה?"

"תנסי אותי."

"לפי דבריו, אחד הציורים שבבית שלך שימש לו כמעבר מהכוכב שלו אלינו."

"תמשיכי, התחלת לסקרן אותי."

"ליצורים האלה קוראים דלנאים. הם יכולים להביט בכוכב שלנו בכל פעם שהם רוצים. הם קטנים, גובהם לא עולה על שלושים וחמישה סנטימטרים, יש להם סנטר ארוך ומצחיק, והם מאוד שנונים. במשך אלפי שנים הם חקרו את הכוכב הזה. זו כבר תאוריה שלנו. התקשינו לתקשר איתו. הפרויקט הזה סודי מאוד, ורק מעט מאוד אנשים יודעים עליו. עכשיו תורך."

"מה זאת אומרת? אין לי מושג איך אני יכול לעזור לכם. לא שמעתי על זה מעולם עד לרגע זה."

"ספר לי, בבקשה, על כל פרט שנראה מוזר, קטן או גדול, שקרה בשנה האחרונה אצלכם בבית."

דן הרהר רגע, הביט בה ולא ידע מה להגיד. "עכשיו, כשאני חושב על זה, רק דבר אחד מוזר קרה לנו."

"אני מקשיבה." היא נראתה מעוניינת מאוד לשמוע מה יש לו לומר.

"מישהו פרץ לנו לבית וגנב את כל הציורים, אבל את הכסף המזומן שהיה מונח מולו השאיר. זה הדבר המוזר היחיד שמשפחת אלון עברה בשנה האחרונה. אל תיקחי את זה אישית, אבל אנחנו משפחה רגילה."

"אכפת לך אם אעשה סיבוב קצר בבית?"

"כן, בשביל מה? אני חייב להסכים לזה?"

"לא, אתה לא חייב." היא הביטה בו בתחינה. "אודה לך אם תאפשר לי."

"בואי, אני אעשה לך סיור בבית."

הם התחילו בחדר של יואב. ריטה הביטה בחדר בסקרנות, סרקה אותו במבטה והשתדלה שלא להחמיץ דבר. משם הם עברו לחדר האמבטיה של הילדים ואז לחדרו של רון.

"איזו מערכת," אמרה והתיישבה ליד מערכת הסטריאו של רון. "אפשר?"

דן השיב בחיוב.

היא הדליקה את המערכת. הרמקולים הרבים שהיו בחדר וגם המגבר כוונו לעוצמת גבוהה. "וואו, זו בהחלט מערכת סטריאו מעולה. לפני שנמשיך, אולי אתה זוכר את היום שבו נתקלת באורי, הפורץ?" היא חייכה. "כשנכנסת הביתה המערכת פעלה, נכון?"

"לא נכנסתי ישירות הביתה, אלא רדפתי אחריו. כשנכנסתי אחר כך עם השוטר ועם החבר שלי ערן, לא נשמעה מוזיקה בבית."

"מוזר... אתה משוכנע? אורי אמר שהמוזיקה פעלה ובעוצמה אדירה."

"איך יכול להיות? אף אחד לא היה בבית חוץ ממנו," אמר דן ומשך בכתפיו.

"טוב, נעזוב את זה." הם הגיעו לחדר השינה של דן ונוגה.

"יש לכם טעם טוב, הבית שלכם יפה מאוד."

"את הבית עיצבו שתי אדריכליות, ולהן מגיעות המחמאות. אם תרצי, אתן לך את מספר הטלפון שלהן."

"לא, אין צורך. ייקח לי עוד כמה שנים עד שאוכל לקנות דירה משלי." הם יצאו מחדר השינה.

"זה החדר של ליר," אמר דן והצביע על הדלת הסגורה. הם שמעו את הילדים מעבר לדלת. "הם משחקים מונופול," לחש לה דן.

"טוב, אז רק אומר להם שלום."

דן דפק קלות על הדלת ופתח אותה באטיות. "הַיי, חבר'ה, רציתי שתכירו את ריטה."

"הַיי, ריטה, יואב, זוכרת? דיברנו בטלפון."

"ברור שאני זוכרת. מחמיא לי שזכרת איך קוראים לי... באיזה משחק אתם משחקים?"

"מונופול," ענה רון. "מכירה?"

"כמובן, אחד המשחקים האהובים עלי."

"את סתם אומרת," רון חייך.

"לא, בילדותי שיחקתי הרבה במשחק הזה. איך קוראים לך?"

"אני רון, וזו ליר."

"שלום, ליר. מגיע לכם מזל טוב."

ליר ענתה חרישית. היא היתה מובכת מעט.

"טוב, אז תיהנו מהמשחק," אמרה ריטה וסקרה את החדר במהירות. היא השהתה את מבטה על בית הבובות הענקי שהיה על יד הספרייה. "וואו, אני חושבת שזה בית הבובות הכי גדול שראיתי בחיי. טוב, להתראות," אמרה ויצאה.

דן חייך לילדיו ויצא גם הוא.

הם חזרו לסלון.

"אכפת לך אם אעשן?"

"את יכולה לעשן במרפסת. רוצה קפה?"

"זה יהיה נחמד. כפית נס קפה, שתיים סוכר, תודה."

***

דן הלך למטבח וחזר כעבור כמה דקות עם מגש עמוס בעוגיות ועם שתי כוסות קפה. ריטה עמדה לסיים את הסיגריה שלה.

"אני רואה שלא חיכית לקפה," אמר דן.

היא הביטה בסיגריה. "אל תדאג, אעשן עוד אחת עם הקפה."

הם ישבו ודיברו קצת, נזהרים בשיחתם. היה להם נוח לדבר על נושאים אחרים, אך משהו הציק לדן. הוא הרגיש שהוא חייב לשאול אותה. "יש עוד דבר אחד שאני חייב לשאול אותך."

"תשאל ונראה אם אוכל לענות לך."

"לפני שהראיתי לך את הבית, ישבנו בסלון, ואת ממש בכית. נראה שיש לך מחויבות אישית ליצור הזה, שאני לא זוכר את שמו, שנעלם לכם."

היא הביטה בו. עיניה הכחולות הצטעפו שוב, ודמעות נקוו בהן. היא נשכה קלות את שפתה התחתונה. "לא אוכל לספר לך מעבר למה שסיפרתי, אבל אוכל לומר לך שהדלנאי החמוד הזה נכנס לי ללב. הוא היה הפרויקט הכי גדול שהיה לי. אהבתי להיות במחיצתו. כשהייתי ילדה אהבתי מאוד לקרוא ספרים בדיוניים. כל מה שקשור לעל-טבעי משך אותי כמו מגנט. אז אתה יכול להבין שהתלהבתי מאוד כשיצא לי לעבוד עם יצור חי מהחלל החיצון ולחקור אותו. אני בסך הכול פסיכולוגית, לא סוכנת שטח."

"באמת, למה דווקא את? אני יכול להבין את ההתלהבות שלך ואת הרצון. אבל למה הם בחרו בך לטפל בו?"

"אולי כיאני עובדת בבטל"י כפסיכולוגית כבר כמה שנים, ואולי מפני שיש לי המלצות שיכולות לפתוח לי דלתות בכל מקום שרק ארצה."

"אני יכול להסכים עם שתי הסברות האלה, וגם הייתי מוסיף עליהן אחת משלי. את אחת הבחורות היפות שראיתי. אל תביני אותי לא נכון, זו מחמאה ותו לא. אני מאוד אוהב את אשתי. פשוט, מאחר שאני עוסק בתחום, אני יכול להעריך בחורה יפה וגם לומר לה את זה."

"תודה. זה מחמיא לי מאוד. אני רואה שאתה איש טוב ושיש לך כוונות טובות." היא הביטה בשעון היד ואמרה, "איך שהזמן עובר. השעה כבר אחת-עשרה ורבע, אני צריכה ללכת." ריטה קמה והושיטה את ידה לדן. "תודה לך על הכול ובעיקר על הסבלנות. אני מאוד מעריכה את זה."

"אין על מה," אמר דן וניסה לסדר את המחשבות שהתרוצצו בראשו.

"אם תיתקל במשהו, אני מבטיחה לך שאשתף פעולה איתך בלי שום קשר לבטל"י. כמו שאמרתי לך, אני לא סוכנת שטח, וכרגע המחויבות היחידה שלי היא כלפי קרי."

"אני מאמין לך. אם יהיה לי מידע נוסף, אתקשר אלייך ואיידע אותך."

הם נפרדו לשלום. דן נעל את דלת הבית ומיהר לחדרה של ליר. להפתעתו, גילה שהילדים יושבים על המיטה של ליר ומחכים לו.

"איך ידעתם מתי לחכות לי? צותתם לנו?"

יואב הוציא את האינטרקום שהוחבא בצד הפנימי של המיטה בצמוד לקיר. "שמענו את השיחה שלכם."

דן חייך. "איך אפשר להאמין לדבר כזה, יצורים מהחלל החיצון?!" הוא הביט בהם, ולהפתעתו, הם הביטו בו משועשעים. "מה קורה כאן?"

"אבא, רצינו להגיך לך שהיא צודקת," אמר יואב. "אנחנו רק מקווים שתהיה מוכן להקשיב לנו."

"יואב, זה לא הזמן למתיחות טיפשיות. אמא בבית חולים, ומחר אני צריך להחזיר אותה ואת אור הביתה. אז קדימה, ספרו לי במה מדובר."

יואב הביט ברון שהתמהמה מעט. "טוב, בדיוק כמו שריטה סיפרה לך, יש מַעבר שמוביל אל הבית שלנו." יואב הביט באביו. הוא קיווה שלא יאבד את סבלנותו ויקשיב לו. "דרך המעבר הזה הגיע לבית שלנו דלנאי."

נראָה שדן מאבד את סבלנותו, אבל אף שהביט ביואב בכעס אמר: "תמשיך."

"עד לפני רגע לא ידענו שדלנאי נוסף הגיע לכאן. לפי מה שריטה אמרה, זה קרה לפני שנה בערך, שדלנאי בשם קרי חצה את המעבר והגיע לכאן. כנראה הוא מיהר מאוד לצאת מהבית שלנו ואיכשהו הגיע אליהם."

"היא אמרה שהוא נעלם להם..." נכנס רון לדבריו של יואב.

"זאת אומרת שיש שניים," אמר דן.

"כן, כנראה," אמר יואב.

לרגע כולם שתקו, ואז יואב הטיל את הפצצה. "ואחד מהם גר איתנו."

"אפשר לראותו אותו?" דן הרגיש שלבו פועם בחוזקה. הוא היה סקרן וחרד כאחד.

***

דלת בית הבובות נפתחה, ונל יצא ממנה. דן נרתע וזז עם הכיסא לאחור. הכיסא איבד את אחיזתו ברצפה, ושניהם נפלו. ליר, רון ויואב ניגשו לעזור. ליר ניסתה לעזור לו להתרומם, וכשעשתה זאת, נעמדה בינו ובין נל. דן התרומם על ברכיו והזיז את ליר הצדה.

"שלום," אמר נל בהיסוס.

דן הרגיש שהדם אוזל מפניו. "מה זה...? מה...? איך...?"

"אבא, תירגע," אמר רון, יצא מהחדר בריצה וחזר עם כוס מים.

בינתיים נעמד דן מול נל. "מי אתה? אני המום." המילים שיצאו מפיו היו מבולבלות.

"אבא, תשתה," רון הושיט לו את הכוס. דן שתה את המים בלגימה אחת.

הוא התקדם לעברו של נל. "איך למדת לדבר?"

"זה סיפור ארוך," נל חייך. "אבל לא רק לדבר אנחנו יודעים. במשך שנים רבות עקבנו בהתפעלות אחרי ההישגים שלכם, כך שלמדנו מכם הרבה דברים."

נל הושיט את יד ימינו לדן ההמום. דן הביט בכף ידו הקטנה של נל והתעלם ממנה.

"כמה זמן אתה נמצא אצלנו בבית?"

ידו של נל נשארה תלויה באוויר. "אני חושב שבערך חודש."

"איך הגעת לכאן?"

כל אותו הזמן עמדו יואב, רון וליר סביב דן ולא פצו פה. נל ביקש מיואב לעזור לו. יואב הזיז את בית הבובות הענקי לצדה השני של הספרייה, ולדן התגלה הציור העתיק. נל עלה על הספר שהיה קרוב לציור והצביע על הפתח שבעץ המצויר. "משם," ענה.

דן התקרב והעביר יד על הציור. "איך? זה לא יכול להיות."

"תסלח לי, דן," השיב נל בקול חלש. "עד לפני רגע גם לא האמנת שיצור כמוני קיים."

דן התיישב על המיטה. הוא הרגיש שרגליו בוגדות בו. "ממתי אתם יודעים עליו?" הוא הפנה את מבטו ליואב.

"מהרגע שהוא הגיע לכאן," ענה יואב בשלווה.

"אז ריטה אמרה את האמת. אני פשוט בהלם."

נל קפץ מהספרייה לכיסא ומשם למיטה. הוא התיישב ליד דן. "אתה לא תיתן להם לקחת אותי, נכון?"

דן לא הצליח להתיק את מבטו מנל. "אתה חושב שהם יזיקו לך?"

נל הנהן. "הם יודעים להזיק גם אם הם לא מתכוונים להזיק."

דן חייך חיוך גדול. "אני לא מאמין, אתה אמיתי." הוא התרומם וקם על רגליו מול נל. "אפשר לגעת בך?" נל השיב בחיוב ואמר, "תושיט לי את היד."

דן הושיט את כף ידו, ונל טיפס עליה. דן הניף את נל וקירב אותו אליו.

"לכולכם יש סנטר ארוך?" שאל דן, מוקסם מנל שהנהן.

"מה אוכלים דלנאים קטנים כמוך?"

"כמעט כל מה שאתם אוכלים."

"בואו, ניגש למטבח," אמר דן.

"הוא יכול להישאר איתנו, נכון, אבא?" ליר הביטה בו בעיניים נוצצות מהתרגשות.

דן התכופף ונישק אותה על לחיה. "אני לא רואה כל סיבה שלא," אמר והפנה את מבטו לנל. "יש לי כל כך הרבה שאלות. אני חושב שגם אם נשוחח שנה, זה לא יספיק לי. אבל קודם ניגש לאכול, יהיה לנו מספיק זמן לדבר."

הם ישבו לאכול בפינת האוכל הקטנה שבמטבח. נל התיישב על מילון כיס קטן ושמן שיואב הביא מחדרו וסיפר לדן על השתלשלות הדברים מאותה תקרית שהיתה לו עם נמי ועד עכשיו. במשך שעה ארוכה דיבר נל בלי הפסקה ורק מדי פעם עצר אותו דן כדי לשאול ולברר עניין כזה או אחר.

כשנל התחיל לספר על אותה שבת שבה נוגה ילדה, דן תפס את

ראשו. "וואו... אני לא מאמין. בדרך לבית החולים אמא סיפרה לי שהיא חושבת שיש לכם סוד גדול שאתם מסתירים ממנה. היא לא הפסיקה לדבר על זה. אני פירשתי את זה אחרת. חשבתי שהתחלתם לאהוב את הביחד, וזה עשה לי טוב. אבל אמא היתה בְּשֶׁלָּהּ, חשבה שאתם מחביאים משהו. היא צחקה כשביקשה ממני לנסות לגלות מה אתם מסתירים."

יואב, רון וליר צחקו, וגם נל הצטרף לצחוקם.

"אבא, אנחנו נצטרך לספר לאימא על נל," אמר יואב.

"כמובן, אספר לה מחר בבוקר כשאביא אותה ואת אור הביתה. הרבה אנשים מחפשים אותך," הוא פנה לנל, "אתה לא צריך להסתתר בבית הבובות, אבל כולנו נצטרך להיות יותר זהירים. תוכל להסתובב בבית בחופשיות."

"תודה," אמר נל והיה מלא הערכה לדן. "זה יעזור מאוד."

"ספר לי עוד על המקום שממנו באת."

נל המשיך לספר, ודן גמע כל מילה בשקיקה. נל סיפר על בתי הספר, על הגנים, על תחרויות הספורט וגם על כבודת מסדר העץ. קבוצת מסדר העץ סקרנה מאוד את דן. הוא שאל אינסוף שאלות, ונל ענה על כולן בסבלנות עד שהתעייף.

"אוקיי, חבר'ה, עכשיו אתם הולכים לישון," אמר דן.

רון וליר ליוו את נל לבית הבובות, ואילו יואב ודן נשארו במטבח. הם אכלו קינוח מקערות זכוכית יפות.

דן הביט ביואב, הוא הניע את ראשו מצד לצד וחייך.

"למה אתה מחייך?" שאל יואב.

"איך הצלחתם להסתיר מאיתנו את נל?"

יואב צחק. "עכשיו אתה יודע בוודאות שאפשר לסמוך עלינו."

"גם קודם ידעתי שאפשר לסמוך עליכם. עכשיו נראה לי שהבעיה תהיה איך לספר על זה לאמא?"

דן לא ידע עד כמה הוא צדק.

פרק 34

מספרים לנוגה

השעה היתה תשע בבוקר כשהשעון צלצל. דן התעורר, נכנס למקלחת ואכל משהו קל. הוא עשה הכול בשקט כדי לא להעיר את נל והילדים.

בית החולים היה עמוס באנשים. כולם מיהרו. "השד יודע לאן כולם ממהרים," מלמל דן לעצמו. הוא מצא בקלות את מחלקת יולדות ב', שבה חיכתה לו נוגה. שני התיקים שלה כבר היו ארוזים, ואור ישן בעגלה לידם. דן נישק את נוגה בהתרגשות והתקרב לאור.

"תיזהר שלא תעיר אותו," לחשה נוגה.

"אל תדאגי."

"אני מקווה שלא שכחת את הסלקל."

"הוא באוטו," לחש לה דן.

תהליך השחרור מבית החולים היה מהיר. כשדן נכנס לאוטו, הוא התחיל לספר לנוגה על השיחה שלו עם ריטה.

נוגה נכנסה לדבריו. "זה לא מוצא חן בעיני. היא הגיעה אלינו בשעה מאוחרת כשאני לא בבית? לא מובן לי למה היא לא חיכתה לבוקר."

דן צחק. "אני לא מאמין, את מקנאה?"

"ברור שאני מקנאה, טיפשון."

"טוב, באמת שאין על מה. כמו שסיפרתי לך, היא יפה מאוד, אבל בעיניי את תמיד היפה מכולן."

נוגה נישקה אותו על עורפו וחיבקה אותו חזק. "תודה," לחשה, "גם אני אוהבת אותך."

הוא המשיך לספר על השיחה שלו עם ריטה.

"איזה שטויות, מה היא חושבת לעצמה? שאנחנו נאמין לדברי ההבל

האלה. הם פשוט מסתירים מאיתנו משהו אחר, ולך תדע מה זה.״

״אני מאמין לה, נוגה, ולפני שתגידי משהו שתתחרטי עליו, אין לי קשר לבחורה חוץ מזה שאני חושב שהיא צודקת.״ את המשפט האחרון אמר כשהחנה את האוטו בחניון הבניין שבו הם גרים.

״תעשה לי טובה, אני ממש מבקשת ממך, אל תדבר על השטויות האלה ליד הילדים.״

דן פתח את הדלת. יואב, רון וליר ישבו בסלון וצפו בטלוויזיה. שלושתם רצו אליהם בשמחה.

״רק אל תעירו אותו,״ היא לחשה להם כשחיבקו אותה. כולם נעמדו סביב העגלה של אור.

״איזה חמוד,״ ליר ליטפה את ראשו בזהירות. ״אני יכולה לתת לו נשיקה?״ שאלה.

״לא עכשיו, כשיתעורר.״

״סיפרת לה?״ שאל יואב את אבא.

כולם השתתקו.

״בערך,״ ענה לו אבא.

״מה יש לספר?״ שאלה נוגה.

״את זוכרת שריטה אמרה שיש מֵעבר שדרכו אחד היצורים הגיע לכאן?״

״מה, היא שיתפה אה הילדים בשטות הזאת?״

״בואי, שבי,״ ביקש דן.

״מה קורה כאן?״ שאלה כשהתיישבה בכורסה.

״לא היה צריך לשתף את הילדים. הם ידעו על כל העניין לפניי. לא יצור אחד עבר, אלא שניים, ואחד מהם גר אצלנו כבר יותר מחודש,״ אמר דן.

היא התרוממה מהכורסה. ״אני מקווה שהמתיחה הצליחה לכם. אתם שכחתם שאני אחרי לידה וזקוקה למנוחה.״

דן משך בידה בעדינות, והיא התיישבה שוב. ״זה לא מצחיק.״ היא הביטה בשלושת ילדיה המחייכים.

"אמא, הכול אמיתי," אמר רון. "והוא חמוד מאוד. את תאהבי אותו."

"איפה הוא?" שאלה נוגה בחוסר סבלנות. היא רצתה לסיים את מה שנראה לה כמשחק.

"תסתכלי על פינת האוכל."

נוגה הפנתה את ראשה והביטה בנל.

"שלום, נוגה. שמי נל ורציתי לומר לך ששמחתי לשמוע על אור."

נוגה התעלפה עוד לפני שנל סיים לומר את המשפט.

פרק 35

כפר אורגון

אלור פקחה את עיניה. עלטה כבדה שררה במקום. היא הביטה סביבה ולא הצליחה להבחין בכלום. היא מיששה את המזרן שעליו ישנה. לפי המגע, הרגישה שזה מזרן קש פשוט. היא יכלה להרגיש את גלילי הקש שהונחו זה ליד זה קשורים בחוטים לאורכם ולרוחבם כשעליהם צמר דק שמאפשר לשכב עליו בנוחות. אלור התיישבה, וכשעשתה כך, ניסתה לנגוע בכף רגלה ברצפה, אך לא הצליחה.

"הלו," היא צעקה. "יש כאן מישהו?"

שום תשובה לא נשמעה. היא ניסתה שוב. "הלו, תענו בבקשה."

היא שמעה את בריח הדלת נפתח בחוזקה. רעש קל של מפתחות נשמע מעברה של הדלת שנפתחה באטיות. אלור סוככה בידה על עיניה. אור גדול הציף את החדר. מבעד עיניה הסגורות למחצה הבחינה בצל גדול. היא קטעה את הצעקה שפרצה מגרונה. לבה פעם בִּפְראות, הפחד שיתק אותה. היא עצמה את עיניה חזק ופקחה אותן באטיות. בפתח עמד גסיל.

"אתה," צעקה עליו. "איך אתה מעז?"

"אני מציע שתירגעי," אמר גסיל בשלווה. "את לא יודעת איפה את נמצאת."

"מה קרה לי? תגיד, מה עשית לי?"

גסיל נחר בבוז. "שום דבר שגרם לי להתאמץ. אני מציע לך לשתף פעולה ולענות על כל מה שתתבקשי."

אלור הביטה בו, והדמעות זלגו מעיניה.

לחדר נכנסו שני ירדלים. את אחד מהם היא זיהתה מיד. זה היה

פליקס, אחיו של גסיל. השמועות היו שפליקס ישב בכלא לא פעם. התמונות שלו הופיעו בעיתון כמה פעמים, ומסיפורים ששמעה עליו ידעה שהוא חסר סבלנות ושיש לו פתיל קצר מאוד. כעת הביט בה וגיחך. את הירדל השני, המבוגר, שהביט בה במבט חודר, לא הכירה.

"שלום אלור, שמי אנטון. אני ראש הכפר של אורגון וגם אבא של גסיל ופליקס." הוא הצביע על השניים. אנטון גרר את הכיסא הצמוד לקיר והתיישב מולה. "לפני שנשוחח, רציתי לשאול אם תרצי לאכול או לשתות?"

אלור הנהנה. היא הרגישה שהרעב מציק לה.

אנטון סימן לפליקס, וזה יצא מהחדר.

"איפה אני?" שאלה.

"את נמצאת בכפר שלי, בכפר אורגון," ענה אנטון ברוך. "אין לך מה לדאוג, איש לא יפגע בך."

"חוץ מהבן שלך גסיל, אתה מתכוון."

"למה את חושבת ככה?"

"דקה לפני שנכנסת הוא אמר לי שכדאי שאשתף פעולה. לי זה נשמע כאיום."

"אני מודע למגרעות של הבן שלי." אנטון העיף בגסיל מבט נוזף. "כמו שאמרתי, את בטוחה כאן."

"אתה מתכוון לשחרר אותי?" שאלה כשהדמעות חונקות את גרונה.

"בסופו של דבר - כן. אבל בואי נתקדם לאט. תספרי לי קצת על הגרבונים."

אלור סיפרה לו שזו היתה הפגישה הראשונה שלה איתם; שהם קיבלו אותם בסבר פנים יפות. אנטון התעניין יותר בדרכי הכניסה והיציאה לשם, ועל זה אלור לא ידעה לענות. הוא שאל על טובי, וכאן אלור עצרה את דיבורה. "אין לי מה לומר יותר, אני לא רוצה לומר משהו שיכול לפגוע בטובי."

"תראי, החברים שלך פה משתפים פעולה," אמר גסיל. "אנחנו לא רוצים לפגוע בטובי, אנחנו בסך הכול..."

אנטון הניף את ידו וסימן לגסיל לעצור. "תסלחי לבן שלי, לפעמים הוא לא יודע מתי לשתוק. אנחנו לא מתכוונים לפגוע בטובי. משהו שאני צריך נמצא בתוך ההר, ולכן אני חוקר אותך. המידע הזה שאני מבקש ממך יכול למנוע שפיכות דמים מיותרת."

אנטון הביט בגסיל וסימן לו שישאל.

"אלור," גסיל פנה אליה, והפעם היה נחמד אליה, "עשרות פעמים ירדתי למטה, אין חור ופתח שלא סרקתי. גם את דלת העץ החומה מצאתי. היא כנראה לא מובילה למטה. מה שאנחנו רוצים לדעת ממך זה איפה נמצאת הכניסה שמובילה לגרבונים. אם תספרי לנו, תוכלי לחזור לבית שלך או להר."

אלור הביטה בשניהם והתמהמהּ בתשובתה. היא לא ידעה אם לספר או לא.

"קחי את הזמן," אמר אנטון.

"אצטרך להיות שם כדי להסביר לכם," אמרה.

שניהם צחקו.

פליקס נכנס לחדר ובידו פרוסה עבה של לחם זיתים. בידו השנייה היתה מימייה מלאה במים. "על מה אתם צוחקים?" שאל בהתגוננות.

"לא עליךָ," ענה גסיל וסיפר לו.

"אז מה, היא חושבת שאנחנו כאלה טיפשים שנכניס את הראש שלנו למלכודת הזאת?

"נסי להיזכר," ביקש אנטון.

אלור הביטה בפרוסת הלחם בחשש. אנטון חתך חתיכה מהלחם ולעס אותו. אלור נרגעה מעט והתחילה לאכול. הלחם היה טרי ורך. שלושתם ישבו ובהו בה. אלור הניחה את הלחם, לגמה מעט מהמימייה והשתנקה קלות.

"לאט-לאט," אמר אנטון.

"תבינו, הגרבונים האלה מאוד נחמדים. יש לי הרושם שהם ייפגעו אם תגלו את הדרך אליהם," אמרה.

אנטון הביט בה וחייך. "אנחנו לא רוצים לפגוע בהם. כמו שאמרתי לך, יש בהר משהו שאנחנו צריכים. אנחנו יכולים להשיג אותו בשתי דרכים: הָאַחת היא שתאמרי לנו איפה הכניסה, ואז נוכל להיכנס באישון לילה כשהשומרים ישנים, לקחת את מה שאנחנו צריכים ולצאת. מובן שכך איש לא ייפגע," אמר אנטון והשתתק.

"ואם לא אספר לכם?" שאלה אלור בחשש.

"בואי איתי."

אלור קפצה מהמיטה הגבוהה לרצפה. עכשיו הבינה מדוע קודם, כשניסתה לגעת ברצפה, לא הצליחה. המיטה היתה גבוהה מאוד יחסית למיטות רגילות. היא הלכה אחרי אנטון כשגסיל ופליקס מאחוריה. הם יצאו מהחדר והגיעו למסדרון רחב.

היא ידעה בבירור, לפי החלונות הרבים שדרכם חדר אור חמים, שהמקום שבו היא נמצאת אינו בתוך הר. המקום היה אפרורי וקודר. הם הגיעו לסוף המסדרון, ואנטון פתח את הדלת שמולם. לא הרחק משם היה כלוב ענקי ובתוכו אנפות. היא סקרה את המקום. היו שם מאות חיילים חמושים. רובם עטו קסדות ונשאו אקדחים ורובים בידיהם, ומיעוטם היו חמושים בחץ וקשת.

"זאת," אנטון הצביע על מערך החיילים שככל הנראה התכוננו לצאת למלחמה בכל רגע, "הדרך השנייה. בדרך הזאת יהיו נפגעים רבים."

אלור הביטה סביב וסירבה להאמין. "איך ייתכן שיש לך צבא משלך?! זה נוגד את חוקת המועצה."

"הצבא שלי מונה כפליים מהצבא שלכם. זהו צבא מאומן שלא מתפשר."

"אבא, תסתכל למעלה," צעק פליקס.

הם הרימו את ראשם למעלה. עשרות אנפות, שעליהן רכובים חיילים מצבא ירדל, התעופפו מעל הכפר הענקי.

פליקס התקדם בריצה לאנטון. "הם גילו אותנו," קרא בדאגה.

אנטון הניף את ידו בזלזול. "זה כבר לא משנה, אולי זה לטובה."

"איך? למה?" הקשה פליקס, "איבדנו את גורם ההפתעה."

"מה אתה לא מבין?" גסיל התערב.

"מה יש להבין?"

"הצבא שלנו חזק פי שניים, אין להם סיכוי נגדנו. אנחנו צריכים עוד יומיים-שלושה כדי להצטייד בתחמושת ואחר כך נצא להתקפה."

גסיל בהה נכחו לרגע. הוא חזה את הקרב, ולכן חיוך קל נראה על שפתיו. "יש לי חשבונות לא סגורים שם."

אלור הפנתה את מבטה למעלה וזיהתה לרגע את סול, בנו של טובי, שהנמיך עם האנפה שלו והתקרב לקרקע. הוא סימן לה בידו. אך המכה החזקה שספגה בגבה הפילה אותה לרצפה.

"קחו אותה פנימה," ביקש אנטון מבניו. "נלך לחקור את השבויים האחרים."

היא הספיקה לשמוע את המשפט האחרון והתעלפה.

פרק 36

פרנסיס

ליאה ניסתה להשתלט על הוויכוח שנוצר, אך ללא הצלחה.

"אנחנו היינו שם!" אמר אסף.

"נכון, ולמרות זאת אני חושב שצריך להיפגש עם טובי ועם חברי המועצה," הרים דייב את קולו.

ליאה היסתה אותו ואמרה, "הקשיבו, הדיון הזה חשוב מאוד, אבל לא פחות חשוב גם לכבד זה את זה. רק כך נוכל להפיק תועלת מהדיון."

"אני מתנגד לרעיון," אמר מייק, "אני חושב שלא כדאי לנו להיפגש עם טובי עד שהחטופים לא יוחזרו לכאן."

ליאה החליטה לפזר את המועצה ושזו תתכנס שוב למחרת בערב. "לפני כן הייתי רוצה להוסיף למועצה מישהי חדשה. לדעתי היא יכולה לתרום לנו. שמה יוקו, ואני מניחה שאתם מכירים אותה. נורי, אופאל, דייב ואנה, אנחנו נערוך הצבעה. מייק, מכיוון שאתה לא שייך למועצה, אתה לא יכול להצביע. אנחנו ניפרד ממך עכשיו; אתה תהיה חיוני בדיון שלנו שיתקיים מחר בערב."

מייק עמד לצאת ואז הסתובב. "מהיכרות קצרה איתה התרשמתי ממנה מאוד. אני הייתי מכניס אותה למועצה," אמר ויצא.

"טוב," אמרה ליאה, "את ההצבעה נערוך עכשיו. מי בעד?" אופאל ודייב הרימו את ידיהם. ליאה הביטה בנורי ובאנה.

"תראי," אמר נורי, "בדרך כלל רק חברי המועצה עורכים הצבעה כזו."

"הוא צודק," אמרה אנה, "אני לא מכירה אותה, חוץ מזה, גם חברי המועצה הוותיקים מחכים לרגע שיוכלו להיבחר."

"אין לנו זמן להתכנסות הזאת. זו החלטה שלי לערוך את ההצבעה בינינו."

נורי ואנה נשארו בשלהם.

"טוב," אמרה ליאה, יש לנו שניים בעד ושניים נגד." היא השתהתה מעט ואז הרימה את ידה ואמרה, "ועכשיו אנחנו שלושה בעד ושניים נגד. אני אבשר לה בערב על ההחלטה. ניפגש כאן שוב מחר בשבע בערב, ורבותיי, הייתי רוצה שנחליט על הכיוון שלנו."

***

את שאר היום העבירה ליאה בגינתה. הטיפול בעצים ובפרחים היה לה לתרפיה מבחינתה - הוא הרגיע אותה. יוקו נכנסה כרוח סערה ורצה לכיוונה של ליאה, נזהרת לא לדרוך על השתילים. ליאה הניחה את המספריים הגדולים על הקרקע.

"הם הוחזרו אלינו," קראה בשמחה.

ליאה הביטה ביוקו, "ראית אותם?"

יוקו הנהנה בראשה. "גם דיברתי איתם."

"בואי," ביקשה ליאה, "עזרי לי קצת." היא התחילה לאסוף את הענפים מהרצפה לשקית האשפה ויחד עם יוקו הן סיימו לאסוף במהירות. "אני צריכה ממך עוד דבר אחד קטן: אני רוצה שתלכי אל הפעמון הגדול, ותבקשי שיצלצלו בו שלוש פעמים."

"רק רגע, יש כאן מכתב מטובי. הוא מסר לך את זה עם בקשה שגם משפחתו של מנר תצטרף אלייך" היא הגישה לליאה את המכתב ויצאה לבצע את המשימה.

***

ליאה התיישבה ומזגה לעצמה כוס תה קר. היא הביטה, תחילה בגינתה המטופחת, אחר כך במכתב החתום שעווה אדומה. לרגע כבר שלחה ידה לפתוח אותו, ואחר כך התחרטה ודחפה אותו לכיס מכנסיה.

לא עבר זמן רב ומרחוק שמעה את הפעמון הגדול שעמד תלוי באמצע

הכפר וצלצל. הוא קרא לכל חברי המועצה, לא רק לנבחריה, להיפגש
תוך שעה במתחם הגדול, בו נערכו רוב תחרויות הספורט. לאחר חצי
שעת נמנום שמעה ליאה דפיקות בדלת. היא ניגשה לפתוח אותה.
בפתח עמדו טימותי ומייק.

"היי מייק, היי טימותי. משהו קרה?"

"הביטי החוצה."

ליאה יצאה החוצה, וטימותי סימן לה בראשו להביט מעלה לשמים.
באוויר עפו שתי אנפות שחורות, ועליהן רכבו שני ירדלים. במשך חצי
השעה האחרונה, הם חגו וסרקו כל פרט בכפר.

"באתי לשאול מה עלי לעשות?" שאל מייק.

ליאה הביטה בו בכעס. "לשלוח חיילים ולסלק אותם מכאן."

"הי, מה הוא מחזיק בידו?" מייק הצביע על אחד הירדלים שהיה נמוך
יותר מחברו. "מכאן זה נראה כמו משקפת," אמרה ליאה. הירדלים
חגו עוד דקה מעל הכפר ואחר כך עפו לכיוון ירדל.

"טוב, הם עפים מכאן. הגיעו למקום הכינוס ובקשו מחברי המועצה
להתחיל בפגישה ולא להמתין לי. אני מאשרת לכם לנכוח בה"

"רק רגע, לאן את הולכת?" שאל מייק.

ליאה הביטה בהם ואמרה: "לעשות את מה שהייתי צריכה לעשות כבר
מזמן. אני הולכת לכפר הלוטוס, לפגוש את אחיו של מנר, פרנסיס. אל
תדאג מייק. ככל הנראה אשאר לישון שם ואחזור רק מחר. מה שחשוב
הוא שאתם ויוקו תאמרו את דבריכם. נראה לי שגם היום המועצה לא
תגיע להחלטה על החלון הראשון."

ליאה כבר פנתה לדרכה אך טימותי עצר אותה. "בבקשה, חכי, רק
רגע. כל מה שאני מבקש הוא להיות מהראשונים שיעברו, ואני מודע
לסכנה ולכך שאין דרך חזרה."

ליאה הביטה בו בחום וחייכה: "לקחתי את דבריך במלוא הרצינות,
אשקול את הנושא כשנגיע אליו." היא טיפסה על סון, האנפה הלבנה
שלה, נשקה על צווארה ולחשה - "יש לנו משימה מעט מסוכנת היום,

אני סומכת עלייך. קדימה!״ במילה האחרונה הרימה ליאה את קולה ואת ידה מעלה וצקצקה בלשונה.

סון פרשה את כנפיה ובלי כל מאמץ התעופפה לגובה רב. ליאה כיוונה את סון בטפיחות קלות שטפחה על צוואר האנפה האצילית. בתחילה פנתה סון לעוף במסלול אליו היתה רגילה, אך מיד היטתה את מסלול מעופה לנתיב הטיסה אליו כיוונה ליאה.

הן עפו לגובה רב, והנוף היה עוצר נשימה. חולפים מעל כפרים ועיירות, נהרות ופלגי מים קטנים. ליאה עוצמת את עיניה מדי פעם, שואפת אוויר צח מלוא הריאות, ומשחררת באטיות. הן עפו כך במשך שעות. ליאה ניסתה להיזכר מדוע משפחתו של מנר נטשה את הכפר והתיישבה על הר מבודד עשרות קילומטרים ממנו.

משפחתו של מנר היתה גדולה מאוד ומנתה כחמש-מאות דלנאים. המשפחה היתה ידועה במוסר העבודה שלה, ובניה ובנותיה עסקו בכל אומנות, מיומנות, ומשלח יד. רבים מהם גידלו בעלי חיים והתמחו בגידול אנפות. מספר האנפות שהיו ברשותם עלה על אלף. ליאה ידעה שנוסף על פרנסיס אחיו של מנר ישנה גם אחות צעירה ושמה אופליה. לשלושה היו כוחות מיוחדים, ממש כפי שהיו להוריהם. כשהיו הוריהם בין החיים, כולם כיבדו אותם והתפעלו מיכולותיהם הם ידעו למשל לרפא ממחלות רבות וקשות.

לאחר שמנר נשלח למשימה, חיכו לו פרנסיס ואופליה שיחזור. הם חיכו עד בוש, עד שחשו שאפסו הסיכויים לחידוש הקשר. הם אספו את זקני הכפר, ובעצה אחת כינסו את כל בני משפחת מנר ומסרו להם את הבשורות הרעות: מנר לא ישוב עוד. תוך שבוע ארזה המשפחה את כל רכושה ומטלטליה, ועברה למקום החדש, הרחק מכפרם, על ההר הבודד.

״מעניין,״ חשבה ליאה כשזיכרונה חזר לסיפורים שנדדו מפה לאוזן בילדותה. ״מעולם לא שמתי לבי לעובדה שאינני יודעת את שמו הפרטי

של מנר. מעולם לא שמעתי פנייה אליו בשם אחר, ותמיד אמרו שהוריו הגיעו מעולם אחר. אגדות רבות סופרו עליהם ועל יכולות מופלאות של ההורים ושלושתם ילדיהם, פרנסיס, מנר ואופליה. עוד סיפרו על חללית שנחתה בלב שדה התירס הענקי מחוץ לכפרם. איש לא העז להתקרב מלבד המבוגרים שהתקרבו עד לקו הרכס ממנו אפשר היה להשקיף על העמק הרחב. היא זכרה את עיניו של אביה, כשסיפר בארוחת הערב איך פתאום בחשכת הלילה, ראו חללית מזנקת מהקרקע במהירות עצומה ובלתי נתפסת, כמו נורתה מן האדמה.

הם נותרו במקומם, המומים, ובמשך שעה ארוכה עוד דיברו על המאורע המרעיש, כשלפתע קרה דבר משונה לא פחות: בינות קלחי התירס העצומים ומלב שדה התירס הבחינו בהוריו של מנר, מהלכים באטיות ובשלווה כבטיול לכיוונם, משוחחים כאילו לא קרה בשעות האחרונות דבר, ולא פחות חשוב" - נזכרה פתאום ליאה - "אני זוכרת את אבא מעיד על כך ש'כשהם ראו אותנו,' אמר, 'לא בירכו אותנו לשלום. רק עברו בינינו, בלי לומר מילה, והמשיכו בצעידה לביתם'. כן, משהו משונה קורה במשפחה הזאת." חשבה ליאה, כשמרחוק נגלה לעיניה ולעיני סון הר הלוטוס העצום והמבודד. לא היה כפר אחר קרוב להר, מרחוק הוא נראה פורח יחסית להרים אחרים. עצים וירק קישטו אותו; פה ושם נראו בתי עץ יפים.

"הם הספיקו כל כך הרבה!" התפעלה ליאה בעודה מתכוננת לנחות. היא כיוונה את סון לנקודה שטוחה וריקה בין כמה בתים. סון נחתה ברכות והתכופפה קמעה כדי לאפשר לליאה ירידה נוחה. ליאה ירדה ומתחה את עצמותיה, ולאחר מכן פתחה את המימייה להשקות את סון. שני דלנאים צעירים רצו לכיוונה. "שלום אורחת, מהיכן הגעת?"

ליאה חייכה אליהם. "שמי ליאה, והגעתי מדלאי. מה שמכם?"

"אני רמי וזהו תום," ענה רמי. "יש לך אנפה יפה."

"תודה. אולי תוכלו לעזור לי? עלי להיפגש עם פרנסיס מנר." רמי

צחק, "פספסת בכמה דקות, הוא עף על האנפה שלו לראש ההר."

"היכן הוא גר?" שאלה ליאה והביטה מסביבה, מניחה שביתו בסביבה.

"הבית שלו נמצא בראש ההר, זהו בית העץ הצמוד לגשר ולנדנדה. תוכלי לזהות את האנפה שלו בקלות, היא היחידה שצבעה אפור, וצווארה מקושט במעין פס אדום." ענה תום.

"אתם מאוד נחמדים; עזרתם לי מאוד, תודה."

ליאה עלתה על סון, כשעצר אותה תום וניגש לסון. הוא פשפש בכיסו והוציא מעט גרעינים וזרעונים. סון סיימה בשאיבה את כל הגרעינים בכף ידו, ולקול צחוקם של השלושה החלה לנבור במקורה בכיס מכנסיו.

"מצטערת," אמרה ליאה. "עברנו דרך ארוכה, והיא כנראה שכחה את הנימוסים בבית. שוב תודה!" אמרה ומשכה קלות בצווארה של סון, שמיהרה לפרוש כנפיים ולעוף. "להתראות!" אמרו רמי ותום במקהלה ונופפו לה בידיהם.

מקץ דקותיים-שלוש של מעוף במעלה ההר, ומאמץ לא מבוטל מצד סון זיהתה ליאה את הבית. היא כיוונה את סון לנחיתה, והחלה לבחון את הסביבה. היה זה בית מעץ, גדול ומרווח יותר מהבתים הממוצעים. בחוץ נחה לה גינה גדולה, ובמרכזה פלג מים קט, וגשר עץ חיבר בין שני חלקי הגינה. מאחד העצים התנדנדה ברוח הקלה נדנדה רחבה ועמוקה. בצמוד אליה היה עץ דונגים ועליו פירות בשלים ומוכנים.

"אני מניח שלא באת עד לכאן בשביל מעט דונגים."

ליאה הסתובבה במהירות. "פרנסיס!" קראה וניגשה אליו בשמחה. הוא הביט בה במבט אבהי. "את נראית נפלא, ליאה."

"תודה..." אמרה והסמיקה מעט.

"בואי, נשב." הצביע על הנדנדה. "תרצי לשתות משהו?"

"אני אשמח."

פרנסיס ניגש לבית. הדלת נפתחה, ודונה זוגתו, הופיעה בפתח. "היי, ליאה!" קראה דונה. "יובלות שלא התראינו!" היא ירדה במהירות

במדרגות העץ והן נפגשו בסופן, מתחבקות ודמעות מבצבצות מעיניהן.
"מה מביא אותך לכאן, להר הלוטוס?" שאלה דונה. "לא שאני מתלוננת, להפך!"

"רציתי לשתף אתכם במשהו, וחשבתי שמן הראוי שגם אופליה תשמע. נוכל לקרוא לה?" פרנסיס הביט בדונה ובניד קל וחטוף סימן לה לשלילה. אז שב להביט בליאה וענה: "אולי תספרי לנו קודם?"אופליה נמצאת כרגע באמצע משימה, ולא תוכל להגיע."

ליאה חיכתה לרגע. "טוב" אמרה, והתחילה לספר את כל שהתרחש בדלאי מהרגע שהתגלה המעבר, על שני החטופים שהוחזרו, ועל הבקשה של טובי להיפגש איתה.

"אני רואה שעברו עליכם דברים רבים בזמן האחרון," אמר פרנסיס, "אז שלחת חבורה של קצינים להיפגש עם טובי והמועצה שלו?"

ליאה נדה בראשה, "טובי שלח לי עם החטופים שהוחזרו מכתב", והיא הוציאה את המכתב שנמעך קלות בכיסה.

"ולא פתחת אותו?" שאל פרנסיס בפליאה, ליאה הביטה בו: "לא יכולתי. הוא מסר שגם אתם צריכים לדעת על תוכנו של המכתב."

פרנסיס שבר את חותם השעווה, פתח את המכתב והחל לקרוא:

ליאה ומשפחת מנר, שלום רב!

אנחנו מצויים בפתחו של מאורע גדול, כזה שעלול לשבש את כל החיים על הכוכב. כפר אורגון הניף את דגל המרד, כוחו גדול משלנו, וככל הידוע לנו מתקפה מצדם היא רק עניין של זמן, עלינו ועליכם.

אני מציע לכרות בינינו ברית שלום, להיפגש בהקדם האפשרי, ולדון במעבר אפשרי לכדור הארץ, ובמגוון נושאים אחרים, לנסות יחדיו להבין את גודל הבעיה ולאתר פתרונות אפשריים.

בתקווה שניפגש בקרוב,

שלכם,

טובי

"מה אתה מציע שנעשה?" שאלה דונה את פרנסיס.

פרנסיס הרהר לרגע, בהה בנקודה דמיונית באוויר, ואז אמר: "להיפגש." ליאה חייכה בהקלה. "זה כל כך נעים לראות אתכם שוב, ולראות שאתם מדברים וחושבים כמו בתקופה שבה גרתם עדיין איתנו."

פרנסיס הביט בה ברוך. "הביני, ליאה, מעולם לא עזבנו. בלבנו אנו תמיד איתכם."

דונה קמה ואמרה, "אלך לערוך שולחן לסעודה. הלילה ליאה, את נשארת ללון אצלנו" פסקה.

"תודה" לחשה ליאה ונזכרה שוב בבטנה המקרקרת.

פרנסיס צעד לעבר סון ונעמד במרחק של מטרים ספורים ממנה. הוא הביט בה. ליאה ראתה את שפתיו נעות אך לא הצליחה לשמוע מה לחש. נראה היה שסון הקשיבה לכל מילה, פרשה את כנפיה ועלתה על גג הבית. ליאה נסוגה לאחור להיטיב להביט בנקודה הגבוהה ביותר בגג, וראתה שם כלוב קטן בו לא הבחינה עד אותו הרגע. סון הצטרפה לאנפה האפורה שהיתה שם ולשאר האנפות. פרנסיס חייך, הרים ידו כמרגיע ואמר "יש לה שם אוכל, ואני משוכנע שכמוך גם היא משוועת לנוח אחרי הטיול הארוך שעשיתן. בואי, ניכנס פנימה."

***

הם נכנסו לבית המרווח. על שולחן האוכל נפרשו זרדים ונקשרו זה לזה בעזרת קליפות עץ דקות ומיובשות. במרכזם היו פרחי נוי יבשים גבוהים משאר הדבוקה, וקוציהם הוסרו.

"או, הגעתם בדיוק בזמן" אמרה דונה בחיוך, בעודה מוציאה כיכר לחם מהתנור החם ומניחה אותו במרכז השולחן. לידו הניחה קערה עם סלט ירקות עשיר שעליו פוזרו אגוזי שדה. מהקומה התחתונה בתנור שלפה תבנית נוספת והניחה אותה בצד הסלט. "הכנתי גם פשטידת ירק". ריח נעים הציף את הבית, והם התיישבו לאכול. ליאה פנתה לפרנסיס ואמרה: "אתה יודע, זה מאוד מוזר. אני חושבת מעולם לא שמעתי

את שמו הפרטי של מנר." פרנסיס צחק וגם דונה הצטרפה וצחקה.

"מה? לא הבנתי את הבדיחה," ליאה היתה נבוכה מעט.

"זו לא בדיחה. האמת היא שאני די משוכנע שאיש אינו יודע מהו שמו הפרטי."

"זה סוד? או שתוכל לגלות לי?"

"לפני כתשע-מאות שנים אנו הדלנאים שלטנו בשני המעברים. מקץ הפצרות רבות מצד הירדלים נעתרנו לבקשתם להצטרף אלינו, וסיכמנו שיעבירו ארבעה שגרירים. אך הירדלים לא עמדו בהבטחתם, העבירו המונים לכוכב השני, והחלו להשתלט על בתי הספר, על הגנים, איימו על דלנאים כדי להדק את אחיזתם בכפר ובמוסדותיו, לעתים עד כדי פגיעה בנפש, והחלו לפעול להרחיב את שליטתם ולשנות את החוקים שקבעו הדלנאים במועצה. הם חתרו בכל כוחם להשתלט על המעברים. יום אחד פגעו באחד מחברי המועצה, והמועצה החליטה פה אחד להחזיר את כל הירדלים למקומם. אך כידוע לך, החלטות לחוד ומציאות לחוד. הירדלים היו חזקים יותר, ומששמעו על החלטת המועצה, עוד בטרם הגיעה לידי מעשה, הופיעו הירדלים לאסיפת המועצה הבאה, פגעו והשפילו את נבחרי המועצה. לא היתה למועצת הדלנאים ברירה, מלבד להזעיק את דלטון מנר, ששמו נישא למרחקים, והיה ידוע בכוחותיו האדירים, רק במבטו יכול היה לעשות דברים שבכוח הזרוע לא יכול היה אף דלנאי לעשות. מיד עם הגיעו של דלטון מנר לכדור הארץ הוא חתר למגע עם הירדלים לשם קיום החלטת המועצה לסלקם, והירדלים הבינו שעם הגעת דלטון מנר כיוון הרוח מתהפך. תוך זמן קצר הצליח לגרש את מרבית הירדלים, ויומיים לפני שאחרון הירדלים עזב, עמד דלטון מנר על במת הכבוד שבמועצה, ושם הוכתר למנהיג."

פרנסיס הביט בליאה, ניכר היה שהסיפור שסיפר השפיע עליה מאוד.

"אז בעצם ... דלטון? זה שמו הפרטי של אחיך?"

פרנסיס הניד בראשו. " על שמו סבא-רבא שלנו, אבא של סבי, גיבור גדול' אישיות מכובדת ואהודה, ומנהיג המועצה."

"ואו, זה פשוט מדהים!" אמרה ליאה ועצרה להפוגה. אז חזרה לדבר ואמרה: "שמעתי גם על הסיפור על הוריך והחללית..." וחזרה לשתוק כשראתה את מבטו של פרנסיס. היא הבינה שהגזימה. "אני מצטערת" אמרה.

"יקירתי, אין לך על מה להצטער," אמרה דונה, "אנחנו, בני משפחת מנר, מאזנים את הכוחות בינינו ובין הירדלים. בעיקרון הבעיה הגדולה כעת היא כפר אורגון, הוא מקור כל השנאה כלפינו."

"זה מספיק," אמר פרנסיס. "ספרי לנו קצת על המועצה. הייתי רוצה לשמוע על הכפר, ואיך הוא מתנהל. ואל תפסחי על תחרויות הספורט!" אמר פרנסיס בחיוך.

במשך שעתיים סיפרה ליאה מבלי להפסיק על המתרחש בכפר, פרנסיס ודונה בולעים בשקיקה כל מילה. לקראת תום דבריה הבחינה לרגע בעצב בעיניהם. "למה בעצם עזבתם?"

"היינו חייבים" ענתה דונה.

"ולסיפור הזה נגיע בפעם אחרת" אמר פרנסיס ויצא לרגע החוצה. ליאה ניצלה את המצב ופנתה לדונה: "את יודעת שאת יכולה לסמוך עלי. שאלתי על מה שמסקרן אותי. הייתי רוצה לדעת מדוע עזבתם."

דונה הביטה בה בעצב. " הגעגועים לדלאי קשים לנו מאוד; אין יום שאני לא חושבת על דלאי. כל שאוכל לומר בינתיים הוא שאנחנו כאן כדי להרחיק את הסכנה מכם. מאז שדלטון מנר עזב, נחלש הכוח שבידי אופליה ופרנסיס. בידי דלטון מנר מצוי הכוח הרב ביותר, ובקרבתו הוא מחזק אותם." דונה נאנחה לרגע, ושאלה: בואי נדבר קצת עלייך?"

הן עוד הספיקו לדבר כמה דקות לפני שפרנסיס נכנס ואמר: "שלחתי את אחד מחייליי על אנפה לירדל, עם מכתב קצר לטובי. כתבתי לו שנהיה אצלו מחר לקראת השקיעה, וביקשתי שיאשר."

ההתפתחות המהירה הפתיעה את ליאה. היא מיד התעשתה ואמרה:"יש

לי בקשה, הייתי רוצה ששניים מחברי מועצה, טימותי ויוקו, יהיו נוכחים. הם כבר נפגשו עם טובי." ואז הוסיפה בשקט על בקשתה הקודמת:"וחשבתי שאולי גם אופליה תצטרף?"

"אופליה נמצאת כרגע באמצע משימה, ולא תוכל להגיע. אולי בהמשך נצליח ליצור איתה קשר. כרגע כדאי לכולנו לנוח ולצבור כוח למחר."

פרנסיס הגיש לליאה דף ועט: "תכתבי מכתב ליוקו ולטימותי. מסרי להם שיפגשו אותנו קצת אחרי ארבע אחר הצהריים ליד עצי התמר בכניסה לאזור האסור. אדאג לך לאנפות מהסוג הטוב."

ליאה כתבה מכתב קצר, קיפלה אותו קיפול כפול, ועל גבי הקיפול רשמה את מקום מגוריה של יוקו: דרך עלי השלכת, בית מספר 7. פרנסיס לקח את המכתב מידה, חתם אותו בשעווה ויצא החוצה.

"כשנחתתי לא ראיתי בתים נוספים. מישהו נוסף גר באזור?" שאלה ליאה, מקווה לשמוע רמז על ביתה של אופליה. "כל שאר הבתים נמצאים למטה במורד ההר," ענתה דונה, "תוכלי לראות אותם בתצפית נהדרת מצדו השני של הבית. בבקתה הקטנה הסמוכה במחצית הדרך אל המורדות נמצאים השליחים, בעזרתם פרנסיס יוצר קשר עם שאר העולם, כשאינו יוצא לדרך בעצמו. גם הצבא הקטן שלנו נמצא שם במורדות."

פרנסיס נכנס לבית. "אני מציע שנלך לישון. יום לא קל מצפה לנו מחר."

***

בחשכת הליל חיפש השליח את הרחוב שבו שכן ביתה של יוקו. "רחוב הפריחה... רחוב הלבלוב... הו!" עצר השליח מול שלט קטן: "דרך עלי השלכת, בית מספר... שבע." היה זה בית קטן, עשוי מעץ בצבע חום מהגוני, ומשקופי החלונות והדלת צבועים בסגול לבנדר, ולאורך שביל הכניסה שחיבר את הדרך הראשית עד לדלת הכניסה פרחו חרציות לבנות ואדומות, וצמחייה מגוונת נפרשה לגינה מטופחת בשני צִדֵּי השביל. נראה היה שיוקו אהבה מאוד את הגינה. השליח התייצב על

סף הבית, יישר את מלבושיו, ודפק על הדלת.

"מי זה?" שאלה.

"שליח מטעם ליאה. יש לי מכתב בשבילך."

יוקו, ישנונית מעט, אצה אל הדלת. "אמרת מליאה?"

"כן," ענה השליח. היא פתחה את הדלת והשליח הושיט לה את המכתב. הוא הסתובב לכיוון האנפה שחיכתה לו על השביל.

"רגע אחד!" קראה אחריו. היא הצביעה על האנפה: "יש לאנפה את חותם הלוטוס?"

"יש לך הבחנה דקה מאוד. כן, זו אחת האנפות של משפחת מנר."

"אז ליאה נמצאת שם," יוקו הרהרה בקול. "אני מציע שתפתחי את המכתב," חייך השליח ועלה על האנפה, צקצק בלשונו, האנפה פרשה כנפיים, ושניהם נעלמו בחשכה. יוקו נכנסה לביתה ומזגה לעצמה מעט יינוק. היא התיישבה אל השולחן העגול הקטן בפינת האוכל, שברה את חותם השעווה, ובידיים רועדות גללה את המכתב.

יוקו יקירתי,

אני בהר הלוטוס, מתארחת בביתו של פרנסיס מנר.

טובי והירדלים הציעו לנו להיפגש, ונענינו בחיוב.

למרות השעה המאוחרת שבה בוודאי תקבלי את המכתב, אבקש ממך לא לבזבז זמן. כבר עם אור ראשון קחי איתך שתי אנפות מהסוג הטוב ביותר. גשי לטימותי ואמרי לו להצטרף אלייך, שניכם צריכים להיות בשעה ארבע אחר הצהריים ליד עצי התמר בכניסה לאזור האסור. אנו כבר נחכה לכם שם.

רגע לפני שתצאו, גשי למייק, הראי לו את המכתב, ואמרי לו שעד שאשוב ייקח את הפיקוד על הצבא ויכין אותו לפעולה לכל צרה שלא תבוא. על כל האמור לעיל להישאר בסוד לידיעת טימותי, מייק וידיעתך בלבד, עד להודעה חדשה.

ניפגש מחר.

ליאה

היה זה אחד הלילות הקשים שעברו על יוקו. רק לפנות בוקר הצליחה להירדם, וכשהתעוררה היתה השעה כבר אחת-עשרה בבוקר. בכעס רב על עצמה ועם תחושת דחיפות ומתח עצומה קמה, התקלחה והתלבשה במהירות ורצה לכיוון הכלוב הגדול. השומר זיהה אותה.

"אני צריכה את שתי האנפות הכי טובות שלך!"

השומר הביט בה בשלווה. "קיבלתי אישור לתת לך כל מה שיידרש."

"מה?... מתי?... אני לא מבינה."

"ליאה ביקשה ממני, שלשום בבוקר." אמר ונכנס לִבחור שתי אנפות.

יוקו הבינה שליאה קיבלה אותה למועצה עוד לפני שנערכה ההצבעה, והרגשתה השתפרה פלאים. השומר יצא עם שתי אנפות לבנות. "הן המהירות ביותר שיש לנו כרגע. זוהי סיל - אותה בחרתי עבורך, וזהו צאר, לדלנאי או לדלנאית שיעוף עליה."

"איך אוכל לשלוט על צאר כשאני על סיל?"

"זה פשוט למדי," צחק השומר. "צאר הוא בן זוגה של סיל, אי-אפשר להפריד ביניהם. הוא מסר לה את החבל הקצר שקצהו השני היה מונח כריתמה לצווארה של סיל. סיל הושיטה את מקורה ורחרחה מעט את יוקו. לאחר בחינה קלה ואישור רבצה סיל על בטנה והזמינה את יוקו לקפוץ על גבה. יוקו ליטפה את ראשה, ליטפה את ראשו של צאר, ואז התיישבה על גבה של סיל, נפנפה לשומר לשלום וצקצקה בלשונה.

סיל פרשה כנפיים ועפה תוך שניות ספורות מעלה מעלה כשצאר צמוד אליה. יוקו כיוונה את סיל לביתו של טימותי, כבר בנחיתה ראתה אותו עובד בגינה.

שטח האדמה של טימותי היה גדול בהרבה משטח האדמה שלה. לטימותי היו בגינה עצי פרי, ערוגות של עגבניות קטנות ושיחי גפן. היא ירדה מסיל. טימותי התקרב אליה, מופתע מאוד. עיניו הכחולות ברקו, והיא הסמיקה מעט.

"אני לא יודע למה באת, אבל רציתי לומר שאין רגע שאני לא חושב

עלייך." הוא אחז בכתפה. היא התקרבה אליו בהיסוס, והוא נשק לה. הם עמדו כמה רגעים חבוקים, היא הרחיקה אותו מעט והביטה בעיניו הכחולות, כשלחלוחית קטנה הצטברה בעיניה. "אתה אדם טוב, וגבר יפה, ויש בך עוצמה. רציתי שזה יקרה מהרגע הראשון שראיתי אותך."

"גם אני... " התוודה טימותי, "... מרגיש בדיוק כמוך."

הדמעות זלגו מעיניה. היא ניגבה אותם וחייכה. "אני קצת מתרגשת."

"זה בסדר," אמר וחיבק אותה בחוזקה.

"אנחנו צריכים למהר," אמרה וסיפרה לו על הפגישה המתוכננת עם ליאה ופרנסיס.

"וואו, אני לא מאמין. פגישה בין פרנסיס וליאה, לבין טובי ונורה? זה צריך להיות מעניין."

טימותי הביט בשעונו, השעה היתה כמעט שתים-עשרה. "נעבור דרך מייק, ונצא מכאן לקראת שתיים, כך נגיע לשם קצת לפני השעה ארבע. עדיף להקדים. אני מבין שהאנפה השנייה היא בשבילי?" שאל טימותי. "כן, השומר בחר לנו זוג שלעולם לא נפרד זו מזה" ענתה. הם חייכו והביטו זה בזו. "כדאי שנזוז," אמר טימותי.

יוקו הנהנה בראשה וניגשה לסיל. טימותי ניגש לצאר, ולאחר רחרוח הדדי ליטף את צווארו. נראה שצאר מרוצה מטימותי, והוא גחן לקרקע, מאפשר לטימותי לטפס. טימותי נאלץ לאחוז בחוזקה בחבל הדק סביב צווארו של צאר, שמצדו כבר נפנף בכנפיו, חוסך את הצקצוק לטימותי, ותוך שניות הוא צבר גובה רב, נוסק בעקבות סיל וליאה. "הבית של מייק!" צעקה יוקו, מצביעה על הבית הצפוני בקבוצת הבתים סביב האגם הקטן.

הפגישה עם מייק היתה ארוכה. מיד לאחר התחלתה שלח מייק שליח רכוב על אנפה לאסוף את הקצינים שיכינו את הצבא. בינתיים אכלו שלושתם והביטו במפה של דלאי. טימותי ומייק ארגנו את השמירה ההיקפית, וחילקו את הכוחות. לקראת השעה שתיים הביט בשעונו ופסק: "זהו, סיימנו. הגיע הזמן לצאת."

פרק 37

המפגש בהר

השניים נפרדו ממייק, עלו על סיל וצאר והחלו במעופם לאזור האסור. חמש דקות סמוך לארבע רשמו נחיתה מוצלחת. טימותי טיפס על עץ תמר וקטף כמה תמרים. "רוצה?" שאל והושיט ליוקו. היא הושיטה ידה במבוכה, ולפני שהספיקה להודות לו שמעו מעליהם משק כנפיים.

"איזו אנפה יפה" הצביע טימותי על האנפה של פרנסיס.

גם ליאה ירדה מסון, ויוקו ניגשה לליאה וחיבקה אותה בחום. "אני חייבת לספר לך משהו."

"עכשיו?" שאלה ליאה.

"לא, נדבר אחר כך." ענתה יוקו וקרצה.

"אני חושבת שאני כבר יודעת" ליאה החוותה בראשה אל עבר טימותי ששוחח עם פרנסיס. יוקו הנהנה בראשה ולחשה בחיוך: "הוא נישק אותי..."

יוקו חייכה באושר, ואז פנתה לפרנסיס ואמרה: "כדאי שנזוז."

"הקשיבו," אמר פרנסיס, "כשנהיה בעיצומו של הדיון, לא אוכל לכוון אתכם ולהגיד לכם מה לומר, לכן אני מבקש שלא תאמרו או תבטיחו משהו בלי להתייעץ איתי קודם."

"הם יתעניינו במעבר לכדור הארץ," הסבירה ליאה, "ולכן הרגישו חופשי לדבר על כל נושא מלבדו."

פרנסיס עלה על האנפה האפורה ובעקבותיו עשו כך כולם, צקצקו כל אחד לאנפה שלו, וארבעת האנפות עפו לירדל בהובלת פרנסיס. את האזור האסור הם עברו במהירות, ובכניסה לירדל ראו מרחוק אנפות

מתקרבות. לאחר המפגש בגובה רב שלוש-עשרה האנפות והירדלים שעליהן ביצעו סיבוב פרסה גדול, והקיפו את הדלנאים. אחד הירדלים בירך את פרנסיס לשלום וסימן לו שיעוף אחריו. פרנסיס החווה בראשו, וסימן לשלושה לעשות כמוהו. בינתיים בחנו את הירדלים והבחינו שכולם חמושים בחרבות, באקדחים, ולאחד מהם היו גם חץ וקשת. כך עפו במשך עשרים דקות עד שראו מרחוק את ההר. הקצין הבכיר סימן לנחות בכניסה להר, כששאר הירדלים נשארים באוויר וחגים סביבם, ספק מחפים ספק מגנים עליהם.

פרנסיס וליאה ירדו מהאנפות והביטו זה בזו ולמעלה.

"משהו קורה כאן," אמרה ליאה. "נראה שהם מצפים לתקיפה." פרנסיס הביט בה אך לא ענה. יוקו וטימותי הצטרפו. "ראיתם?" אמרה יוקו. "נראה שהם שומרים עלינו."

הם שמעו קול מאחוריהם. "שלום," נורה עמדה מאחריהם וחייכה בחביבות. "שמי נורה."

שניות מאוחר יותר הופיע גם הוא בכבודו ובעצמו בפתח הכניסה להר: טובי, המנהיג ובעלה של נורה. לרגע הביטו השניים זה בזה, ולאחר מכן ניגש פרנסיס והושיט את יד ימינו. טובי חייך. "נעים מאוד, טובי." "פרנסיס," אמר טובי, הביט מעלה, ושב להביט בפרנסיס: "אני כבר אסביר הכול. הבה ניכנס, נשב ונדבר בנינוחות."

הם נכנסו כשטובי ופרנסיס צועדים בראש, מאחוריהם יוקו ונורה, וטימותי מאסף מאחור, מקווה לשמור על החבורה. הם נכנסו ישירות לחדר המועצה והתיישבו סביב השולחן העגול. נורה הגישה יינוק בכוסות מהודרות מעץ טיק. פרנסיס אחז את הכוס בידו, סובב אותה מעט וחייך: "רק גרבון יוכל לעבד כוס עץ ברמה כזו."

טובי צחק. "קיוויתי שתשאל. אני מניח שאין לכם בעיה שעוד אורח יצטרף אלינו."

יוקו וטימותי לא הבינו במה מדובר. ליאה, כבר שמעה מדונה גם על הירדלים וגם על הגרבונים. היא היתה סקרנית מאוד לראותם.

"נשמח להכיר עוד ידידים", אמרה והביטה בפרנסיס כמו מודדת את תגובתו. פרנסיס ישב וחייך בשלווה. נורה יצאה וחזרה כעבור רגע, כשבעקבותיה גולי עצום הממדים. טימותי ויוקו נותרו פעורי פה. פרנסיס קם וניגש לגולי. לרגע הביטו זה בזה. "עברו הרבה שנים, חבר, אבל לא השתנית בכלל," צחק פרנסיס.

גולי חיבק את פרנסיס בשתי ידיו הגדולות ודמעות זולגות מעיניו. "פרנסיס", הרעים. הבריטון הרועם של גולי נשמע גם בחדרים ובמעברים רחוקים בהר, "טוב לראותך אחרי כל כך הרבה שנים!" מחה גולי דמעה מעינו. "אני כל כך מתגעגע אליכם ואל אופליה ודלטון."

"גם אני," ענה פרנסיס. "הכר, זו ליאה, המנהיגה של דלאי. אלו שניים מחברי המועצה, יוקו וטימותי." גולי פסע לעברם להושיט כף יד ענקית ושעירה כשמבט טוב-לב ניבט בעיניו. שני הצדדים התחבבו ונשאו חן זה בעיני אלה וההפך כבר מן הרגע הראשון.

טובי פתח את הישיבה: "אני מתכוון לדבר היום על הכול, לא אסתיר דבר. אנחנו עומדים בפני מתקפה גדולה. כפר אורגון הוא הכפר החזק ביותר היום על הכוכב, במשך שנים הוא התחמש בכלי נשק חדשים ובשיטות אימון מתקדמות. אני מרגיש שנכשלתי בתפקידי כמנהיג, אך את כל זה אשאיר לאחרי המתקפה. נושאים רבים עומדים כעת על הפרק, וסודות רבים נדרשים להיחשף. מפאת דוחק הזמן והסיכונים שבדרך אעבור מיד לשורה התחתונה: אני מציע לכם ברית לשלום אמיתי."

דפיקות נשמעו בדלת ונורה ניגשה לפתוח. ירדל גבוה עוד יותר מן הממוצע עמד בכניסה ועמו שני קצינים. טובי סימן להם להיכנס, והגבוה שבהם ניגש עד טובי ולחש באוזנו דבר מה. טובי קם וטפח לו על השכם. "אנחנו נסתדר. אני רוצה שתכירו, זהו סול בני הבכור. הוא המפקד של צבא ירדל, וגם חבר מועצה." סול נד קלות בראשו, והם השיבו לו בחיוך.

טובי המשיך, "נודע לי שכפר אורגון מתכונן לתקוף כבר מחר בבוקר. המרגלים שלנו מדברים על צבא של אחד-עשר אלף חיילים וקצינים. הוריתי לכל מנהיגי הכפרים להיות מוכנים. לנו יש קרוב לשבעת אלפים חיילים, יותר ממחציתם רוכבים על אנפות."

אחרי שתיקה רועמת שאלה ליאה: "נראה שזו מלחמה פנימית שלכם, במה זה נוגע לנו?"

"יפה שאלת," ענה טובי, "משום מה אחרי שהצטרפה למועצה החליטה הנהגת הכפר אורגון להתמקד ולהשקיע את מירב ומיטב משאביה בשתי מטרות עיקריות בלבד: הָאַחַת - לאתר ולקחת דבר כלשהו שהם חפצים בו ונמצא כאן בבטן ההר; והשנייה", אמר ועצר רגע, תוך שהוא מצביע על מפת הכוכבים כולה, "השנייה היא רצונם העז לכבוש אתכם ולחסלכם, רצון שממקורו בשנאתם העמוקה אליכם." הס הושלך בחדר, פני כולם הפכו חמורות וחיוורות.

"למה לנו להיכנס למלחמה הזו, כשאין כל הוכחה שאנו המטרה?" שאל טימותי. לאחר מספר שניות שתיקה פצה טובי את פיו לענות, כששבר פרנסיס את שתיקתו. "הרשה לי, טובי? ובכן חברים," פנה לטימותי, יוקו וליאה, "מה שטובי ונורה אומרים הוא אמת לאמיתה. לפני מאות שנים ספגו בכפר אורגון פגיעה אנושה מאיתנו, מדלטון מנר. הם נשבעו לנקום, וככל הנראה הדורות שהתחנכו בכפר זה התחנכו על שנאה כלפינו. נהיה חייבים לחשוב איך לעצור אותם ביחד, ובכלל זאת למנוע את הדבר בו הם חושקים כל כך המצוי כאן בהר."

"יש לי הרגשה שאתה יודע מה הם מחפשים," אמרה נורה. בבקשה, תוכל לשתף אותנו?"

פרנסיס הביט לאישור בגולי, וזה הביט בו בחזרה במבט מתחנן. פרנסיס הבין ונעתר.

"בסוף זה יתגלה," אמר ברוך.

"מה יתגלה?" שאל טובי וקם בבת אחת מכיסאו.

"לא עכשיו," ביקש גולי. "זה לא הזמן."

גולי חשב לרגע, ושלל בראשו. "אנחנו שומרים על הסוד כבר שנים רבות, ולא אוכל לפרט לפני שאנחנו הגרבונים נשב כולנו להתייעצות ונחליט על כך."

טובי הרים מעט את קולו: "אין לנו זמן לדחות את גילוי הסוד; ייתכן וכבר יהיה מאוחר מדי. הם יתקפו מחר, ונכון לעכשיו כל הסיכויים לטובתם ונגדנו. אם הסוד כה חשוב, כדאי שכולנו נדע מהו הדבר המסתורי הזה, זה עשוי להיות לנו לעזר רב."

"גם אני התקשיתי להאמין שסיבת ההתקפה של אורגון היא הדלנאים בלבד." אמר גולי התיישב על הכיסא בכבדות, "אבל זה ממש לא משנה; מעולם לא הצלחנו לפתוח את הדלת."

"על איזו דלת מדובר?" הקשו פה אחד נורה וטובי.

"בסדר," גולי הוציא אוויר מלוא הריאות והתיישב על הכסא בכבדות, כמו נכנע. "אספר לכם," ואז שתק לרגע ופנה לפרנסיס וטפח על ידו, ואמר: "מוטב שאתה תספר." פרנסיס הסכים וענה בלחש: "בסוף הכול יבוא על מקומו בשלום," ואז פנה לחבורה ואמר: "אסביר בקווים כלליים." כל מה שאומר נשאר כאן בסוד. טובי, אפשר יהיה לקבל דף גדול ועט?" טובי הוציא מהמכתבה בריסטול לבן ומקופל, פתח אותו והגיש אותו ועט אדום לפרנסיס.

פרנסיס פרש את הבריסטול על השולחן. כולם היו סקרנים ונעמדו מסביבו, כשצייר על הבריסטול שלושה כוכבים. שניים היו זהים בגודלם, והשלישי גדול מהם בהרבה. הוא החל לצייר את פני השטח בכל אחד מן הכוכבים, הסובבים זיהו מיד את הכוכבים הזהים, ירדל וכדור הארץ. בכוכב הגדול צייר אגם גדול ומסביבו יבשה עצומה, ושני רכסי הרים בצורת טבעת שהשתלבו זה בזה לאורך כל חופי האגם. פרנסיס הביט בו ושאל:

"כמה ירדלים נחטפו לא מזמן. ירדנו לעומק ההר לחפש מהיכן הותקפו, ומצאנו דלת עץ גדולה, ועליה את השרטוט הזה של הכוכב" ענה טובי. "תוכל כשנסיים כאן לעשות לנו סיור בבטן ההר ולהראות לנו את המקום?" ביקש פרנסיס. טובי הנהן ופרנסיס המשיך: "זהו הכוכב נורן, ממנו התחילו כל החיים בכל היקום כולו. ככל הידוע איש מאיתנו לא ראה את נורן מימיו, מלבד הוריי שתקשרו איתם ודלנאי אחד נוסף. אבי כתב ספר על חייו, הספר מעולם לא הועתק ולא יצא ממשפחתנו. דלטון, אופליה ואני קראנו את הספר כשהוריי עוד היו בחיים. הכוכב נורן נמצא רחוק מכאן למעלה מאלף שנות אור, והמרחק מכאן לכדור הארץ הוא בערך מאתיים. הנורנים נראים כבני-אדם, אלא שהם גבוהים מאוד, גובהם הממוצע הוא שני מטרים וחצי ואף למעלה מכך. הם מתקשרים בדרך טלפתית, וכתב היד שלהם שונה מכל שהכרנו עד כה. אבי כתב חלק גדול מהספר בכתב זה, כך שלא הצלחנו להבין את כל הספר. מהספר אפשר להבין ולהכיר את היקום טוב יותר. יש בו כוח, ואם ייפול לידיים לא נכונות עלול ליפול אסון על כולנו."

כולם בלעו רוק ושבו לשבת סביב השולחן, ופרנסיס המשיך: אני רוצה לשתף אתכם בהשערה,

אני חושש מאוד שהספר התגלגל לכפר אורגון." פרנסיס שתק לרגע.

"אמרת שהוריך ודלנאי אחד נוסף הם היחידים שראו נורנים. מיהו השלישי?" שאלה נורה.

פרנסיס הביט בה וחייך בעצב. "אחי דלטון מנר הוא האחרון שבא במגע איתם. את הספר הוא נתן באחת הפעמים לגולי, וכשהגיע הזמן להשיבו נתגלה שהספר נעלם."

גולי מחה דמעה מעיניו, ואמר: "אין לי מושג מי לקח אותו. חיפשנו בכל מקום, חשבנו על כל האפשרויות, והחיפוש העלה חרס - לא מצאנו דבר. זו אשמתי. אחיך היה כל כך נחמד. הוא לא כעס, להפך, הוא ישב איתי ויחד ניסינו למצוא לכך תשובה. נראה שאחד הירדלים גילה שדלטון מנר ביקר כמה פעמים כאן וכל הנראה מצא את הספר."

כולם הביטו בגולי. הם חשו בעצב שלו, ואף לא אחד מהם פקפק ביושרו והגינותו.

"יש עוד דבר אחד," אמר פרנסיס. "גם אם הספר הגיע לידיהם, עדיין יהיה עליהם לפענח את כתב היד של שפת הנורן כדי להתוודע לסודות שבו." את שפת הנורן ידעו רק הוריי. לגבי אחי, אינני יודע. הורינו סיפרו לנו שהנורנים ביקרו בקביעות בכוכב שלנו. מסופר עליהם שיש להם יכולת להיות בלתי נראים. על אחד מעמודי הספר של אבי היה השרטוט של הכוכב שלנו, ובו הדגיש אבי שלוש נקודות. אחת מהן היא ההר שבו אנחנו נמצאים עכשיו. זו היתה הסיבה שאחי דלטון מנר הגיע לכאן בחשאי וחקר את ההר לעומקו, כדי להבין במה המקום חשוב במיוחד. כך גילה את הגרבונים והתיידד עמם ועם גולי. אני חושב שכמוני, גם אנשי כפר אורגון משערים שמצוי כאן סוד גדול וחשוב." הוא הפסיק לרגע לדבר, וליאה ניצלה את הרגע כדי להוסיף: "אני חושבת שיש לי מידע שיכול לעזור. לפני כשבוע ניסינו לברר מה קרה לדלנאים שנעלמו," ליאה הקפידה לנסח את דבריה בזהירות ובעדינות. "שלחנו את טימותי, את יוקו וקצין צעיר נוסף ששמו רומק. הם הגיעו אליכם, וממה שהבנתי, היתה לכם שיחה ידידותית ומהנה.

בשעה ששוחחו אתכם, שלחתי חבורת קצינים להר כדי לברר אם אפשר יהיה לשחרר את הדלנאים. באותו זמן היה בידינו מידע רק על שני שבויים. כל הסימנים הראו שהם הגיעו לירדל. הקצינים הגיעו להר ונכנסו לתוכו. הם הגיעו לאחת המחילות שהובילו לדרך לא מסומנת. שם, על הקירות, ראו שרטוטים של מערכת הכוכבים. שלושה כוכבים ששורטטו היו מודגשים. אלו הם שלושת הכוכבים שציינת קודם," פנתה לפרנסיס, "היתה שם דלת גדולה ועבה מעץ, עליה חרוטים היו מערכת השמש והכוכבים. אחד הקצינים הצליח לפתוח את הדלת כשלחץ על אחת מהחריטות. הדלת הובילה לדלת נוספת, ושם נעצרו. אני חייבת לציין שהדלתות היו גדולות מאוד, ענקיות. מתאימות יותר ליצורים גבוהים מאיתנו בהרבה, כגון בני האדם."

"או לנורנים," אמר פרנסיס. "או לנורנים," חזרה ליאה על דבריו.

טובי הביט בשעונו. השעה היתה שבע בערב. "לפי המידע שברשותי אנו עומדים להיות מותקפים בעוד פחות משתים-עשרה שעות," הוא פנה לטימותי. "תצטרך לחזור לדלאי ולחזור עם שניים מהקצינים שהיו כאן בהר. אשלח שני קצינים שילוו אותך. אם לא אכפת לך, הייתי מציע שתצא לדרך עכשיו, כדי שתהיה כאן בעוד ארבע שעות."

טימותי קם, אך ליאה קראה לו שיעצור. היא התקרבה אליו: "גש למייק, וספר לו בקצרה על האפשרות שנותקף, אמור לו שיכין את הצבא ויתכונן לגרוע מכול, וחזור לכאן במהירות".

טימותי הנהן בראשו. הוא הרגיש יד על כתפו והסתובב, היהזה סול, בנו של טובי. "מה אתה יודע?" צחק סול, "אני הליווי שלך." טימותי חייך בחזרה וסימן לסול: "כבר מגיע, אני רק נפרד מיוקו."

יוקו התקרבה אליו. עיניה היו קצת לחות. "חזור מהר..." לחשה לו על האוזן ונשקה בפיו. "אל תדאגי," אמר ויצא ביחד עם סול וירדל נוסף. בִן רגע כבר היו על האנפות בדרכם לדלאי.

בינתיים עמדו טובי ופרנסיס בצד ודיברו ביניהם הרחק מכולם. ליאה הביטה בהם. היא ראתה שטובי מהנהן בראשו. היא ניגשה אליהם: "מה אנחנו עומדים לעשות?"

"ננסה למצוא דרך להגיע לחדרי הנורנים שבהר," אמר פרנסיס, "את השאר נשאיר לצבא. בשעות הקרובות ננסה למצוא את החדרים ולהרוויח זמן. אם לא נצליח, נחזור לכאן ונפגוש את טימותי ואת האחרים בחצות."

"אני מציע שנצא", אמר טובי ושלף שקיק טבק מכיסו. פרנסיס הוציא את מקטרתו מכיסו. טובי הושיט לו את שקיק הטבק. "הגרבונים עושים את הטבק הטוב ביותר," אמר פרנסיס. "פעם קיבלתי אספקה סדירה," חייך. "הטבק הזה קצת שונה, אבל מיד זיהיתי שהגרבונים הכינו אותו." "נכון מאוד," חייך טובי. "גולי נתן לי את הטבק הזה."

הם הדליקו את המקטרת. עשן חריף בריח דובדבן מילא את החדר
והפיץ ניחוח נעים.

כשסיימו לעשן הוביל טובי את החבורה כולה.

פרק 38

מעבר לנחל האבדון

טים צעד לאורכו של החדר והיה חסר סבלנות. הם הביטו בו בסקרנות, ועברו כמה שניות ארוכות עד שהבחין בהם. "הנה אתה!" פנה למנר.

"אני מצטער, לא התכוונתי להבהיל אותו," טים הצביע על סט.

"הכול בסדר," הרגיע מנר את טים. "הם לא ראו ירדל מימיהם. הם נולדו כאן."

"הי טים," נמי היתה הראשונה ששברה את השתיקה המביכה. "שמי נמי."

טים הביט בה בהקלה. "הי נמי, אני שמח מאוד להכיר אתכם, ומה שמךָ?" הוא פנה לסט.

"שמי סט," ענה סט במבוכה. "וזהו רם," סט הצביע על רם שהיה משועשע מההתפתחות. "האמת היא שאתה לא נראה מפחיד כמו שתיארו אותך," אמר רם.

"אני לא, ולא הייתי רוצה שיחשבו כך. הגעתי לכאן לפני יותר מחודשיים. הייתי לבד ביער עד שפגשתי את מנר." ניכר עליו שהוא מתרגש מהמחווה של מנר, ועוד יותר ניכר שהוא טוב לב.

"תרצה להצטרף אלינו לארוחה?" שאלה נמי.

"בשמחה", ענה טים.

הם התיישבו סביב השולחן. סת, רם, נמי, ולין הצטרפו למנר ולטים ולשולחן עמוס כל טוב. ניבה הכינה סלט משורשי עץ הפצי הענקיים. היא קצצה את השורשים לחתיכות קטנות והוסיפה ירקות טריים, ומעל פיזרה גרעיני חמניות. ליד הסלט הניחה פשטידת גזר המהבילה, לחם חם מחיטה מלאה, ולמנה עיקרית הגישה דג ברוטב יינוק חריף. הם אכלו בשתיקה ונהנו מהארוחה.

"יש דרך שבה אוכל לחזור לכוכב שלי?" שבר טים את השתיקה.

"אנחנו עובדים על זה," הבטיח מנר.

"כרגע אני רוצה לשמוע את רם, נתחיל?" הוא פנה לרם שתיאר בהתלהבות את כל מה שעבר עליו מהרגע שזרק את אבקת הרו-רו לעבר האש. הוא סיפר על הכול. "אתם לא מבינים," הוא פנה לנמי ורם. "אנחנו רגילים לאבקת הרו-רו שנותנת לנו להציץ לעולם בני האדם, אבל זה משהו שלא חוויתם מעולם. החוויה ממשית, אתם מרגישים שאתם נמצאים שם פיזית ורואים איך הכול זז מקרוב, בכוח המחשבה אפשר לזוז אלפי קילומטרים תוך שנייה. האמת היא שזה גם מאוד מעייף. כשסיימתי הרגשתי שלא נשאר בי כוח אפילו לעמוד."

נמי התחילה לשאול את רם, אך מנר קטע אותה. "אני צריך לדעת אם ראיתָ משהו בקשר לנל?"

"לא, לא ראיתי כלום," ענה, "בכל העיתונים וגם בטלוויזיה הראו רק שני בניינים ענקיים שהתפוצצו, והכותרות זעקו טרור. לא הבנתי כל כך את המילה הזו."

"זה סוג של לחימה שאינה הוגנת," הסביר מנר, "או כפי שאנחנו קראנו לה כשגרנו בכוכב שלנו - מלחמה מלוכלכת."

"אני חושב שנחתי מספיק. הייתי רוצה להמשיך ולחפש בחדר המציאות מידע על נל," אמר רם. "יהיה לך זמן גם לזה," אמר מנר. "בינתיים יש לך עוד משהו להוסיף?" שאל את נמי.

"יש לי כמה שאלות בקשר לחלון השלישי. לפי מה שידוע לנו יש פתח יציאה, אך איך אנו יכולים להיות בטוחים שהיציאה מובילה לכדור הארץ? אולי היא מוביל למקום אחר או לכוכב אחר? ואם היציאה אמנם מובילה לכדור הארץ, ייתכן ונל פגש את קרי, ושהם מחכים לאיזה אות או סימן מאיתנו. אולי הם מנסים לחזור לכאן כפי שאבותינו שבכוכב ירדל מחכים כבר מאות שנים לאות כלשהו מאיתנו." נמי סיימה והביטה במנר.

"לא סתם בחרתי בכם. אתם שלושתכם," מנר הצביע עליהם, "משלימים

זה את זה. אני יכול לומר לך בוודאות שהחלון השלישי נמצא בכדור הארץ; אני די משוכנע שהיציאה נמצאת בחבל ארץ לא גדול בשם 'ישראל'. יש כמובן גורם שלישי שעליו נדבר בהזדמנות אחרת. כרגע, צריך למצוא את נל קלר. פעם חשבתי להעביר חפץ כלשהו דרך החלון השלישי, אך עד היום לא עשיתי זאת."

"רק רגע, יש לי רעיון," נמי קפצה מהכיסא. "אנחנו יכולים לשלוח מכתב לנל. אם הוא יוכל, הוא יסמן לנו שקיבל את המכתב." היא הביטה סביבה ובחנה את פני הסובבים.

"זה נראה לי רעיון טוב," אמר מנר. "החלון השלישי הוא מַעֲבָר. אני לא רוצה להיכנס לזה כרגע, אך אני מאמין שמתישהו תוכלו לראות אותו, ואולי גם כמה מאיתנו יעברו דרכו. אבל כפי שאמרתי, לא עכשיו. לפני שנחשוב לעבור דרך החלון השלישי, הייתי רוצה שנהיה בטוחים בצעדים שלנו. במשך שנים רבות ניסיתי לשתף את חבריי במועצה באפשרות לשלוח מישהו דרך החלון השלישי. כולם מלבד ניבה ולין חששו ולא רצו לחקור בעניין."

נמי הביטה בניבה ובלין והיתה מופתעת לגלות שהן כה שקטות. במשך כל השיחה ישבו מאחור בשקט מוחלט. "הן היחידות," המשיך מנר, "שגילו עניין ורצון לעזור, והיו מוכנות גם להסתכן." הוא הביט בשעונו ואמר: "נמי, גשי לספרייה ונסי למצוא משהו על החלון השני. לפני שאת מגיעה לספרייה, פתחי בעזרת המקש שברשותך את הדלת של חדר המציאות. רם, אתה תנסה להתרכז בחלק הזה של כדור הארץ," מנר הצביע על מקום קטן יחסית לשאר הארצות על המפה עליו נכתב בכתב קטנטן "ישראל". "ואו," אמר סט בהפתעה, "זו מדינה ממש קטנה."

"אתה צודק," אמר מנר. "היא קטנה, אך מאוד דומיננטית. אני בעצמי חוקר את כדור הארץ זמן רב, ומעולם לא ראיתי מדינה כה קטנה שמסביבה כל כך הרבה מדינות גדולות ואויבות."

"זו המפה של כדור הארץ?" שאלה נמי.

"כן," השיב מנר.

"היא נראית מוזר," היא הרהרה בקול. אתה אומר שכל המדינות האלה שמסביב לה הן מדינות אויב?"

"רובן, כן," השיב.

"אז איך הם מצליחים לעמוד מול כל המדינות האלו?"

"זו שאלה טובה. איכשהו הם מצליחים. למה זה מפתיע אותך?"

"זה פשוט נראה לא נכון. כל המדינות הענקיות האלה נגד מדינה אחת קטנה. נראה שבישראל יש אנשים רעים."

"דווקא לא," חייך מנר. "האמת היא שישנו הגורם השלישי. לא רציתי לדבר על זה עכשיו, אך מכיוון שהנושא עלה אוכל לומר לכם שיש כוכב אחד שממנו הכול התחיל. הקשר שלהם עם כדור הארץ נמצא, לדעתי, כאן," הוא הצביע על ישראל. "הבחירה שלהם בחלק הזה של כדור הארץ, לא נעשתה סתם."

"אני חושבת," אמרה נמי בהיסוס, "שיהיה נכון אם תשתף אותנו ותספר לנו על כך, אני מסוקרנת לגבי הגורם השלישי."

"אגיד לכם מה נעשה," אמר מנר, "ראשית -גשו למשימות שלכם. סט - התלווה אתה אלי; טים - שב עם לין, וניבה ותספר לכם על ההתפתחויות בירדל."

טים הנהן בראשו. הם קמו ללכת כשקרא טים טים למנר ושאל: "נוכל לשבת ולדבר בחוץ, בשמש?" מנר חשב לרגע וענה: "בסדר, כל עוד לא תתרחקו מהכיפה העגולה. זכרו, הדלנאים אינם יודעים על קיומך כאן לכן היזהרו שלא יראה אתכם אף אחד." רם ונמי יצאו מהחדר וירדו לחדרי המשימות. לין וניבה יצאו עם טים מחוץ לכיפה העגולה. סט הביט במנר, "מתאמנים בקונזו?" שאל בהיסוס.

"לא היום," השיב מנר, "היום תקבל את השיעור הראשון שלך על האנפה."

"באמת?" סט הרגיש שלבו פועם בהתרגשות.

"בוא נצא," אמר מנר והתקדם לכיוון הדלת שהובילה החוצה מהכיפה העגולה. סט מיהר ללכת אחריו.

***

השמש סנוורה אותו והוא מיהר לסוכך בידו על עיניו. כעבור שניות מעטות התרגלו עיניו לאור, והוא הביט לצדדים. מרחוק ראה את טים יושב עם לין וניבה מתחת לעץ גדול.

שריקה חזקה הרעידה את האוויר. סט הביט במנר שהביט לשמים וחיכה. הם לא חיכו הרבה. מעל לצמרות העצים הופיעה בינקי ומאחוריה הופיעה אנפה נוספת, קטנה יותר. שתי האנפות נחתו מטרים בודדים לפני מנר. הוא התקדם לעבר בינקי, לחש לה דבר מה בשפה שסט לא הבין, ובינקי רבצה על בטנה ואפשרה למנר לטפס עליה.

"זוהי רוזי," אמר מנר בעודו מסמן בידו לסט שיתקרב. הוא לחש את אותו דבר לרוזי, וגם היא רכנה על בטנה. "עלה," אמר מנר לסט שהתקרב אליה בהיסוס. רוזי הביטה במנר, וסט ניצל את ההזדמנות וליטף אותה. מגע הנוצות הרכות היה נעים. רוזי הביטה בסט במבט חודר. "זה הזמן לעלות!" אמר מנר. רוזי נעתרה לבסוף וכופפה את ראשה בחיבה לפני סט, סט מיד ניצל את הרגע וטיפס עליה. "התקרב קצת לצווארה," אמר מנר, "אחוז בחוזקה בחבל הקטן שסביב לצוואר, והשתדל להישאר יציב." מנר צקצק בלשונו בקול רם, ושתי האנפות פרשו כנפיים. הם נסקו תוך שניות לגובה רב. סט הביט למטה בתדהמה מהולה בפחד: מעולם לא היה בגובה כזה. הוא אחז בחבל כל כך חזק, ורק מקץ מספר דקות שם לב שפרקי אצבעותיו מלבינים.

מלמעלה נראה הכפר קטן במיוחד. הם עפו לכיוון נחל האבדון. הנחל נראה מדהים ביופיו; הרכסים שבעברו השני נראו בבירור. בינקי התחילה להנמיך ורוזי בעקבותיה. הם נחתו על החול הרך, מטרים לפני הנחל, סט ומנר קפצו על החול.

"נו, איך היה?" מנר חייך. "אין מילים, פשוט כיף. חבל שלא יכולנו להמשיך מעבר לנחל," אמר סט. מנר הרהר לרגע. "אתה יודע שחוץ ממני איש לא עבר את הנחל?"

"מה יש שם? למה זה כל כך סודי?" שאל סט.

"זה מפני שאנחנו לא היחידים שחיים בכוכב הזה," ענה מנר.

"מה?" סט פער את פיו ומנר הבין שהוא בהלם. "מה זאת אומרת? מי הם? האם הם מסוכנים לנו?" שאל סט. "לאט-לאט," הרגיע אותו מנר והוציא את המקטרת מכיסו. בינקי ורוזי הביטו במנר. הוא סימן להן בעיניו, והן עפו והתיישבו על אחד העצים. מנר מילא את מקטרתו בטבק והדליק אותה. "הם דומים מאוד לבני האדם שאנו מכירים, רק ש..."

"מה?" שאל סט בחוסר סבלנות.

"הם ברברים. בקושי הצלחתי לחמוק מהם. זה היה לפני שנים רבות. ממש בהתחלה, כשהגענו לגור כאן. היתה לי אנפה בשם קור והחלטתי לצאת למעוף כדי להיטיב להכיר את האזור בו אנו חיים." מנר הניד בראשו הביט לכיוון הרכסים מעבר לנחל האבדון, ושאף מהמקטרת. "כבר מההתחלה ראיתי שהם עירומים ולבושים רק באזור החלציים ולכולם חניתות או כלי-נשק דומים. את החצים והקשתות ראיתי רק אחר כך. ריחפנו במשך כחצי שעה, על-פני שטח עצום, והבנתי שאנחנו חיים רק על אחוז קטן מאוד מהכוכב. החיות שם היו ענקיות וחסרות רחמים, הטבע שם התגלה כאכזר. הנמכנו עוף, כשזה קרה. משום מקום ומכל עבר התעופפו לעברנו עשרות חצים. שמחתי על המזל הגדול שסייע לי ולקור להינצל, ועל שלא נפגענו. עפנו גבוה כדי להימלט מאימת החצים, רק כדי לגלות שקור נפגעה ברגלה מחץ. הפגיעה עצמה לא היתה רצינית, אך הכאב היה רב והיא פרפרה בכנפיה, מחזיקה בקושי מעמד. נאלצנו להרחיק את עצמנו מהסכנה ולהתרחק עוד זמן מה לאזור מיוער ושומם מכל יישוב על אחד הרכסים הגדולים. לאחר הנחיתה קור כבר פרפרה. למרות כל נסיונותיי, ועל-אף שהוצאתי את החץ מרגלה וחבשתי אותה, דבר לא

עזר. היא מתה. הריח שנידף מפצע החדירה ומהחץ לא הותיר מקום לטעות:ראשו של החץ שהוצאתי מרגלה נמשח ברעל. כיסיתי אותה באור אחרון ובלב כבד בעלוות עלים שנשרו מן העצים, ומכיוון שירד החושך ולא היה טעם להתחיל ולחפש את הדרך חזרה התרחקתי מעט מן המקום וטיפסתי למחסה בצמרת אחד העצים.

כעבור שעתיים ראיתי שהם מתקרבים אלי. הם חשפו את ערימת העלים ומצאו את קור מוטלת על החול, והחלו לבלוש אחריי באזור. למזלי התגלה המחבוא שבחרתי לעצמי כמוצלח. קיוויתי בכל מאודי שיעזבו, אך נאלצתי להתמודד עם צינת הלילה המוארת בלפידיהם במשך שעתיים בהן שוטטו וחפשו בשקדנות במעבה היער. לבסוף התייאשו, אחד מהם העמיס על כתפו את קור, והם חזרו כלעומת שבא. כאן רק התחיל המסע שלי. במשך יומיים שלמים הילכתי בשולי יערות ובגאיות, נסתר ככל יכולתי, ער לכל תנועה חשודה, עד שהגעתי חזרה לכפר. ביומיים האלו למדתי מרחוק איך הם חיים. נתקלתי בחיות גדולות וטורפות שנלחמו זו בזו. נאלצתי לא פעם, להתמודד עם סכנות רבות שארבו לי בדרך. אני יכול לומר לך, שאם ..." מנר הצביע לכיוון הרכסים, "אם ... הם היו יודעים שיש כאן חיים, לא היינו שורדים."

"אני חש שיש קשר בין האימון שלי בקונזו לעולם שמעבר לרכסים," שאל סט. מנר הביט בו בשתיקה, הנהן בראשו ושרק קלות. מבעד לעצים נשמעו רעש של משק כנפיים. רוזי ובינקי נחתו קרוב למנר. "עלה" אמר מנר. סט טיפס על רוזי והביט בריכוז לעבר הרכסים. "מה המרחק בין הרכסים האלה למקום מושבם של הברברים?" שאל.

"הם פרוסים על כל השטח, אך הם אפילו לא קרובים לרכסים האלה."

"מדוע? איך אתה מסביר זאת?"

"כי תוואי השטח הראשון שיש מעבר לרכסים האלה הוא שטח נרחב ללא מים. האזור עצמו צחיח וטרשי, והוא אינו נוח להליכה."

מנר הביט בחיוך בסט. "יש לי הרושם שעלי לספק את סקרנותך

בנושא. נוכל לעוף רק לאורך הרכסים.״ מנר צקצק בלשונו וקרא לסט, ״הישאר מאחוריי לאורך כל הדרך.״

בינקי פרסה כנפיה ותוך שניות התעופפה לגובה רב, כשרוזי בעקבותיה. סט הרגיש שלבו פועם במהירות. פחד מהול בסקרנות אפף אותו. לאחר זמן קצר הם חצו את נחל האבדון. מנר כיוון את בינקי לעוף גבוה עוד יותר. סט הביט בהשתוממות בשטח הפראי שנגלה לעיניו.

מעבר לרכס הראשון היו גבעות סלעיות ובלתי ניתנות כמעט לחצייה, בדיוק כפי שמנר אמר. מעבר לגבעות היה שטח מיוער עצום בגודלו,ולשם כיוון מנר את בינקי. שם, בין אלפי העצים הענקיים, נִקווה לו אגם גדול, וסביבו רבצו וניזונו חיות ענקיות, חיות שסט מעולם לא ראה. כעבור זמן קצר הבחין סט שמנר מסובב את בינקי חזרה הביתה. את רוזי לא היה צריך לנתב, היא הסתובבה ועפה אחרי בינקי.

הם חצו שוב את שורת הרכסים הראשונה שזה מכבר חצו, ומשם קצרה הדרך לכיפה הגדולה. נמי חיכתה להם מחוץ לכיפה העגולה ובידה ספר גדול. לא היה זכר לטים, לין וניבה.

סט ירד מרוזי בקפיצה ומיהר לעבר נמי. ״את לא מאמינה איזה כיף היה!״ לחש בהתרגשות. ״אני מאושרת בשבילך שזכית לעוף עם מנר,״ אמרה לו כשיותר משמץ של קנאה בקולה. סט לא הבחין בכך והמשיך, ״...ועברנו את האגם האסור. עפנו מעבר לרכסים - ו...״ הספיק לומר והשתתק כשמנר התקרב לעברם. מנר הבחין בספר הירוק בידה של נמי וחייך.

״הגעת אליו?״ הצביע על הספר. ״אך לא פתחת אותו.״

״לא,״ השיבה בקול שקט. ״אחרי שקראתי את הכותרת שעל הכריכה, לא העזתי.״

״מה כתוב שם?״ סט ניסה לגעת בספר, אך נמי משכה את ידה במהירות לאחור, ״לא כדאי.״

רק עכשיו הבחין סט שלספר היתה כריכה עבה. חגורת עור דקה,

צבעה תואם לכריכה, נקשרה סביבו. "אולי תגידי לי מה כתוב שם"?
שאל סט בתרעומת. נמי לא ענתה ובמקום הביטה במנר ושאלה ברוגע:
"האם אני בסכנה כלשהי?"

מנר הביט בעיניה, והבחין שהן לחות מעט. הוא הושיט את ידו ואמר
לה בקול מרגיע: "לא, ואת יכולה לתת לי אותו". כשהעבירה לו את
הספר הוקל לה מעט. מנר הביט בכריכה וקרא בקול רם את הכתוב
בו, תוך שהוא תוקע בסט מבט מלא תוכחה. "הבא במגע עם ספר זה
ידע כי אין ערך לחייו." מתחת נכתבה מילה בשפה הנורנית. "המעבר"
תרגם להם. "לא נמי, אין לך מה לדאוג. אני מציע שתעשו הפסקה
קלה ואני אשלח אליכם את רם. לכו לטייל, ניפגש בעוד כשעתיים
בכניסה לשוק." אמר ונכנס לכיפה העגולה.

כעבור כמה דקות יצא רם מהכיפה העגולה והצטרף אליהם. בינתיים
הרחיב סט לספר לנמי על חוויותיו מהחניכה בחברת מנר, וכשראה
את רם הפסיק ומיהר לחבק את חברו. סט היה נלהב. "יש לי עוד כל
כך הרבה דברים לספר לכם!"

"גם לנו," אמר רם. נמי ניגשה לסט וחיבקה אותו בחום. "אני מציעה
שנשכח לשעתיים את הסיפורים ונלך לטייל בשוק, אולי נפגוש חברים.
נדבר על הנושא הזה רק כשניפגש עם מנר בעוד שעתיים."

"אני חושב שהיא צודקת," אמר סט.

רם חייך, "אין לי בעיה עם ההחלטה הזו."

"בואו נזוז" אמרה נמי.

פרק 39

און

השוק בפאתי הכפר תמיד שוקק חיים. שם, ביציאה מבין עצי היער הגדולים ניצבו חנויות קטנות במלוא ססגוניותן וצמודות זו לזו. החנות הראשונה בכניסה היתה חנות הפרחים של שרי. כבר מרחוק ראו אותה עוברת מפרח לפרח, מנקה ומסירה עלים שקמלו. ריח עז ומרענן של הפרחים הטריים נישא באוויר והגיע עד אליהם. "ריח הפרחים תמיד עושה לי מצב רוח טוב." אמרה נמי.

"סט! רם!" הם שמעו מישהו קורא, ולכן הסתובבו. ניר, ירון וליהי רצו לקראתם. "מה קורה? איפה אתם?כל הכפר מדבר עליכם." סט ורם לחצו את ידיהם של ניר וירון, ואילו ליהי ניגשה לחבק את נמי: "התגעגעתי אליכם!" אמרה נבוכה.

"גם אני, אליכם!" אמרה נמי בחיוך. "אז מה אומרים עלינו בכפר?"

"את יודעת," אמר ניר, "על כל הסיפור הזה עם מנר. הוא פיזר את המועצה לתקופה בלתי מוגבלת, כולם חושבים שיקרה משהו שקשור לנל קלר. אתם יודעים במה מדובר?"

נמי הביטה ברם ובסט, וניסתה לסמן להם שלא יגידו דבר, אך לא היה בכך כל צורך. "אנחנו לא יכולים לדבר על מה שאנחנו עושים עם מנר," אמר סט. "אבל לידיעתך, שמועות הן רק שמועות, לא הייתי מאמין לכל מה שמספרים. כשיגיע הזמן נוכל לספר לכם מה אנחנו בדיוק עושים."

"אז זה נכון?" לחץ ניר.

"מה נכון?" התערב רם.

"זה נכון שאתם תהיו אלו שינסו להציל את נל?"

הם שתקו לכמה שניות. "אין לנו מושג על מה אתה מדבר," אמרה נמי. "אנחנו בסך הכול עוזרים למנר בעניינים השוטפים של הכפר."

"הנה הם!" נשמעה עוד קריאה, שלי וגיל התקרבו בריצה, כשניב משתרך מאחור. כולם התחבקו ולחצו ידיים.

"הם סיפרו לכם?" שאלה שלי. "כולם מדברים על ש..."

"אנחנו יודעים," קטעה אותה נמי. "הדברים שנאמרו עלינו אינם מדויקים."

"אפשר שנדבר על נושאים אחרים?" חייך רם.

"כמו למשל על ליל הפנסים שיתקיים בעוד יומיים?" שאלה שלי. "אתם תגיעו?"

רם הביט בנמי, וזו משכה בכתפיה לאחור, "אין לי מושג, זה תלוי במנר,ומה חדש בשוק?"

"אה..." אמר ניר. "יש אבקת רו-רו חדשה. הגענו לשוק כדי לבדוק עד כמה היא שווה."

"מה מיוחד בה?" שאל רם.

"זה פיתוח חדש של און, חבר בכבודת העץ ואביו של זיו. השמועה אומרת שמנר לא אישר לאון לפתח את האבקה. היום במרכז השוק יהיו הדגמות חינם. נוכל לנסות את מזלנו, אולי יבחרו במישהו מאיתנו להדגמות," אמרה ליהי. "חוץ מזה, הבנתי שההתגלות היא לא בכדור הארץ, וזה מוזר."

"אז היכן היא?" שאלה נמי.

"אף אחד לא יודע," ענה גיל. "אנחנו מנחשים שאולי זה היכן ש..."

הפעמון שבמרכז השוק צלצל בקולניות. הם ראו מרחוק את כל הדלנאים ממהרים אליו. "נמהר," קראה שלי תוך כדי ריצה, "ונספיק לתפוס מקום טוב."

הם הגיעו לכיכר המרכזית מעט אחרי תחילת האירוע. און לבש טוניקה חומה בהירה והסביר במרץ על המוצר החדש שהמציא.

מלמולים נשמעו מכל עבר. און הוציא משהו מכיסו וזרק אותו לאוויר.

קול נפץ עז נשמע ברחבי השוק. הבהלה אחזה בכולם. און הגביר את עוצמת המגפון שהיה בידו כל אותה עת ובקול מוגבר הסביר - "אם אתם רוצים לשמוע על התגלית החדשה שלי, אני מבקש שתתאזרו בסבלנות ותאפשרו לי לסיים לדבר."

הבמה עליה עמד און היתה במת הסברה. מדי שבוע עלו עליה אנשים שונים, כל אחד ומרכולתו: האחד נתן עצות לחיים טובים, אחר התלונן וגינה תופעה חברתית, ואחרים כמו און מכרו דבר מה. הבמה היתה במת עץ גבוהה, צבועה בלכה חומה אדמדמה, תחומה במעקה גבוה ורחב. רוב הנואמים נשענו על המעקה במרכז הבמה, אך און היה שונה מכולם וכשדיבר הסתובב על הבמה במרץ. אין פינה שלא הגיע אליה.

רורק, אחד הכתבים הבכירים של עיתון "אמצע הדרך", הרים את ידו לשאול, אך און התעלם ממנו בהפגנתיות. רורק לא ויתר ושאל בקול רם: "עם כל הכבוד, מר און, היינו כולנו רוצים לדעת - היכן בדיוק מתרחשת ההתגלות?"

און הסתובב לעבר רורק כשחיוך ספק משועשע ספק מאיים מרוח על פניו: "חכה בסבלנות ותקבל תשובה לשאלתך. כפי שהתחלתי לומר גרגירי הרו-רו החדשים מעניקים הרבה מעבר לזמן שהייה ארוך יותר: באבקת הרו-רו הישנה חוויתם את התופעה רק דרך חוש הראייה ובעיניים עצומות... באבקת הרו-רו החדשה הגוף כולו על כלל חושיו עובר למימד אחר, כל זאת תוך תחושת קלילות, ואפשרות לנדוד ולעבור ממקום למקום בעזרת המחשבה בלבד."

פתאום, באמצע דיבורו, עצר און את תנועתו, סכר את פיו ונשא עיניו השמימה. גם האנשים שצפו בו הרימו את ראשיהם, כשמבעד לצמרות העצים ראו את בינקי ומנר רכוב עליה. מנר כיוון את בינקי לנחיתה על הבמה. און זז הצדה במהירות, ובינקי נחתה במרכזה. כשכרעה על בטנה, ירד מנר. הוא לחש לה משהו, והיא התעופפה ונעלמה בין העצים. מנר הביט באון, שהחזיר לו מבט מתריס. "נדמה לי שהבהרתי את העניין," אמר מנר והוסיף, "היית אמור לחכות לאישור ממני."

"בשביל להשיג את אישורך למשהו צריך קודם לפגוש אותך, וכבר שבוע שאתה מתעלם ממני ומחברי המועצה." "אתה יודע שההמצאה שלך מסוכנת. בקושי הצלחתי לשחרר את דין המסכן, שהודות להמצאה שלך נתקע בין שני העולמות." מנר דיבר בקול שקט והחלטי, אך און בחר להרים את קולו.

"למה אתה לא מסכים שעוד דלנאים יהנו מההמצאה הנהדרת הזו? אתה מתנהג בעריצות, כשליט יחיד. לכן ערכנו הצבעה בלעדיך, והחלטנו לשחרר אותך מתפקידך."

כל באי השוק עצרו את נשימתם. זו היתה הפעם הראשונה שמישהו העז לדבר כך אל מנר. און עצמו היה מלא ביטחון. מנר הביט בו וחיוך קל נראה בזווית פיו. "אתה אומר שכינסת את חברי המועצה ושהם החליטו להדיח אותי?" און הנהן בראשו. בין הקהל נראו בני משפחתו של און שצצו משום מקום, הם היו רבים. פתאום הבינו כולם, הכול היה מתוכנן. זה מה שאון רצה, להדיח את מנר מול קהל גדול. כאן, על במת הנואמים במקום שהיה אולי הכי מוגן.

מנר הסתובב לעבר נמי, רם וסט ואמר, "תודיעו לכבודת מסדר העץ שמחר בבוקר, בשעה עשר, ניפגש במקום המפגש הרגיל." נמי סימנה למנר בראשה, ושלושתם מיהרו לחפש אחר חברי כבודת העץ. מנר הסתובב לאון ואמר, "השאר את התרגיל עם אבקת הרו-רו שלך מחוץ לוויכוח. אבוי לך אם תעז לסכן מישהו." און הביט במנר בבוז. "הייתי צריך להדיח אותך מתפקידך כראש הכפר כבר מזמן."

און הרים את שקית אבקת הרו-רו. "אני אעשה בזה מה שארצה, אתה כבר לא קובע."

מנר היה במרחק של מטר מאון, והרים את ידו השמאלית. . שום רחש לא נשמע, אך ענן אבקה גדול אפף את און. מנר הביט מעבר לכתפו של און שנאבק להוריד מעליו את האבקה, רק כדי לראות את נאמניו ומשפחתו של און מכוונים אקדחים לעבר מנר. הוא הרים את ידו הימנית, ובינתיים כבר החלו להישמע יריות. עשרות הדלנאים

שעמדו עד אז מרותקים סביב במת הנואמים פצחו במנוסה. אחרי פצפוצי הירי השלים מנר את הרמת ידו הימנית, וכשזו נעצרה נשמע קול נפץ עז. עשן גדול וסמיך כיסה הפעם את הכול. לשאון המנוסה הצטרפו צרחות מכל עבר. הדלנאים שנותרו ברחו על נפשם, כולם מלבד רורק. הוא הביט סביבו והתחיל להשתעל, העשן הסמיך חדר לריאותיו ועיניו התחילו לדמוע. לאט לאט הלך העשן והתפזר, מאפשר לרורק להפסיק להשתעל וחושף את הסביבה שלאחרי העימות.

שם על הבמה, עמד וניצב מנר. בידו הימנית החזיק מקטרת והחל לפמפם בה נשיפות ושריקות, ובידו השנייה תחב וחיטט טבק עם חוטר המקטרת לפומית. רורק אימץ את עיניו וראה פציעה מדממת על ידו של מנר. כשהביט אל מעבר לבמה הבחין שאון ובני משפחתו נעלמו, מלבד חמישה ששכבו על הרצפה. מנר הסתובב בשלווה לכיוונו ושאל במלוא הכוונה: "אתה בסדר?"

"אני חושב שכן," ענה רורק, כשהוא משתעל. "מה זה היה?"

מנר שתק לרגע וענה "אחת מההמצאות של און."

רורק שב להשתעל. הוא הרים בקבוק מים זרוק מהרצפה ושתה. "מה איתם?" הצביע על החמישה. "הם נראים חסרי הכרה."

"בערך. זה רק נראה כך, הם פשוט מתים."

רורק הביט במנר בדאגה מהולה בפחד. "אל תדאג," אמר מנר. "לא אפגע בך, אתה רואה מה הם מחזיקים בידם?" רורק הסתכל. לשניים מהם היה אקדח ביד, השלושה האחרים שמטו את האקדחים מידם כשנפלו. "מה עם און," שאל רורק, "הוא נפגע?"

"אני לא חושב," ענה מנר והסתובב ללכת. "אבל אתה נפגעת," חקר רורק, "נכון?"

מנר הסתובב והביט סביבו. השוק היה ריק, בעלי החנויות נטשו את השוק וברחו,והם היו היחידים לעמוד. "יש לך סקופ נהדר. לי נראה שזו רק ההתחלה." הוא צקצק בלשונו, ותוך שניות נחתה בינקי לידו, מנר טיפס, לחש, והיא פרשה כנפיה. לפני שרגליה עזבו את הקרקע,

הבחין רורק בכתמי הדם שהחלו להתפשט שעל גבה. "כן, הוא נפצע," חשב לעצמו.

***

מנר כיוון את בינקי לכיפה העגולה. הוא ירד מגבה, ליטף אותה ואמר לה "אקרא לך כשאזדקק."

בינקי פרשה כנפיים ונעלמה, ומנר פתח את דלת הכניסה. ניבה ולין קפצו ממקומם. "מה קרה? איך נפגעת?" לין מיהרה להביא את תיק התרופות שהיה דרך קבע על השולחן, היא הוציאה את האבקה הלבנה והמיוחדת של מנר. מנר הוריד את החולצה. אחד הכדורים פגע בזרועו. לין בחנה את הזרוע, "הכדור נכנס ויצא," אמרה, "לא נראה לי שהוא פגע בעצם."

"הוא לא" אמר מנר.

ניבה פיזרה מעט אבקה על הפצע המדמם. מנר נשך את שפתו, נראה שכאב לו. "זה רק אומר שאתה אנושי," חייכה לין שאחזה בידה פיסת בד טבולה בכוהל. היא ניקתה את הדם שעל זרועו. ניבה פיזרה מעט אבקה על התחבושת הנקייה ויחד הן חבשו את זרועו.

"מה קרה שם?" שאלה לין. מנר סיפר להם בקצרה.

"אם כך, המשפחה של און נפרדת מאיתנו," אמרה ניבה. מנר הוריד את המפה מהקיר, פרש אותה על השולחן, ואמר "האם שמתם לב שבשנים האחרונות בני משפחתו של און בנו את בתיהם זה ליד זה ובמרחק רב מהכפר?" ניבה הביטה בלין, וזו נדה בראשה לשלילה.

"הי," הם שמעו את קולו של טים שנכנס באותו הרגע. הוא הביט בידו של מנר, "מה קרה? אני יכול לעזור במשהו?" "בוא תצטרף אלינו," ביקש מנר. טים התיישב, כשפתאום נשמעה דפיקה בדלת. ניבה הוציאה את האקדח מכיסה והתקרבה לדלת. מנר סימן לה בראשו והיא פתחה את הדלת בזהירות. תר, אחד השומרים עמד בכניסה. "כן, תר, רצית משהו?" שאלה ניבה.

"רק רציתי לומר שהדלנאים הצעירים, שהיו כאן קודם לכן, מבקשים להיכנס." ניבה הביטה החוצה. נמי, סט ורם עמדו ליד הכיפה העגולה וחיכו בסבלנות. "ביקשתי מהם שלא יתקרבו" אמר תר. "פעלת יפה. עכשיו אמור לשלושה שייכנסו, והמשך בעבודה המעולה, אל תאפשר לאיש להתקרב לכאן." תר הנהן בראשו ויצא.

"נמי, סט ורם בדרך הנה," אמרה ניבה והתיישבה. "אתה בסדר?" שאלה את מנר.

מנר הנהן בראשו. נשמעו דפיקות חלשות. לין קמה ופתחה את הדלת לנמי, רם וסט. הם נכנסו בהיסוס. "שמענו ומיד הגענו," אמרה נמי. "אתה בסדר?"

"אני בסדר. שבו בבקשה."

טים ניגש לקצה החדר וגרר שני כיסאות. סט משך למרכז החדר את השולחן הקטן והמפה הפרושה עליו, הביא כיסא לעצמו וכולם התיישבו. מנר סיפר בקצרה על התקרית עם און. בסיום דבריו הס הושלך בחדר. נמי היתה הראשונה להפר את השתיקה: "לא חשבתי שמישהו יכול לפגוע בך."

מנר חייך בשלווה וחזר לדבר על המפה: "הכפר שלנו ממשיך מכאן דרומה עד ל..." והחל לשרטט על המפה "...נחל האבדון. האזור כולל גם את גבעת הסלעים ואת היער הגדול. כאן אנו גרים מהיום שהגענו לכוכב הזה. פה," הצביע על הכפר, "אזור המגורים עד לנחל הקטן." מנר הפנה את אצבעו צפונה, "המרחק בינינו לנחל הקטן הוא כחמישה קילומטרים. לפני כחמש שנים ביקש ממני און שאתן לו אישור לבנות שם מעבר הנחל, ואישרתי לו. הספקתי לבקר שם פעמיים. הביקור השני היה ביום שנל עבר דרך החלון השלישי. כעסתי מאוד על און, מאחר שאחד השיקויים שלו גרם גרם לדין להיתקע בין העולמות. הופתעתי לגלות שבאזור נבנו כמאתיים בתים, זהו בערך מספר בתי האב והאם הקשורים באון, ורובם כבר בשלבי סיום. בשנה האחרונה

עברו רבים לגור שם, וכעת משלימים את המעבר מהכפר אליהם אחרונות המשפחות. ולשאלתך הקודמת," אמר ופנה לניבה, "נראה שאנחנו מתפצלים. דיברנו עם כל חברי המועצה חוץ מקן."

"כל חברי המועצה שמחו על המפגש, כולם הודיעו שיגיעו."

"עכשיו כשאני חושב על זה, הבית שלו נראה נטוש" אמר סט.

"תודה, סט," אמרה לין. "ידענו כל הזמן שקן הוא בן טיפוחיו של און, אך לא שיערנו שלאון יהיה אומץ להתמודד מול מנר, זהו סימן שכוחו גדל מיום ליום."

"לפני כמה חודשים ביקרנו בביתו. הוא הקים מאחורי הבית מעבדה." אמרה ניבה.

לין נדה בראשה כשנזכרה בכך, וניבה המשיכה "פגרים של חיות נזרקו על הרצפה. זוכר מנר שסיפרנו לך על כך? נראה שזה לא ריגש אותך במיוחד."

מנר הביט בה בפנים קפואות. "אל תחשבו לרגע שלא התייחסתי לכך ברצינות. בשלב זה כבר לא היתה דרך מהירה לעצור אותו. החיות המתות הן תוצאה של פעילותו במעבדה. הוא ייצר את אבקת הריינאאוט, מעט מאבקה זו יכול להרוג כמות לא קטנה של דלנאים. בפעם האחרונה ששיחקתם במשחק לילה פנסים ראיתי אותו זורק מעט מהאבקה על אחת האנפות. היא מתה מיד. הודעתי לו שעליו להפסיק, והוא ענה לי שהאנפה נפצעה ושהיה חייב לגאול אותה מייסוריה. מובן שלא האמנתי והוריתי לאנשיי להרוס את המעבדה. ויתרתי על הצעד רק אחרי שנשבע שיפסיק להכין שיקויים. עכשיו נוצר מצב לא רגיל של..." - ופתאום דפיקות נשמעו בדלת.

לין קמה, האקדח בידה, ופתחה את הדלת. היהזה תר. "אדוני," פנה למנר, "שתי אנפות נחתו כאן הרגע ועליהן שני דלנאים לא מוכרים. הם ביקשו שאמסור לך את המכתב הזה."

לין לקחה מידו של תר את המכתב המגולגל. על המכתב היו מוטבעים בשעווה חומה השם והחתימה של און. "תודה" אמרה לתר וסגרה את

הדלת. מנר הביט במכתב לשנייה, אחר שבר את חותמת השעווה, השתהה לרגע כשכולם מביטים בו בציפייה, והחל להקריא את המכתב.

במשך כמאתיים שנים שלטת בכפר, אך עד כאן.

מכאן ואילך אנחנו מתפצלים. אני וקרובי משפחתי עברנו להתגורר מעבר לנחל הקטן. מרגע זה האזור מהנחל הקטן וצפונה הוא שלנו, ומחוץ לתחומכם.

כל מי שיתקרב לאזור ייפגע קשות.

ברצוננו להיות שותפים לספרייה ולעיין בספרים העתיקים שבכיפה העגולה. זוהי הדרישה היחידה שלנו מכם. אם תשלח שליח על אנפה, אני מבטיח לך שהשליח לא ייפגע ולא יאונה לו כל רע.

און

מנר סיים להקריא את המכתב והשליך אותו על השולחן.

"איזו חוצפה," אמרה נמי. "מה הוא חושב לעצמו?"

"כן, זה מאוד מקומם," הסכימה ניבה.

"מאיפה האומץ הזה, הרי אין לו כלים להילחם נגדך?" ניבה ולין השפילו את מבטן, הן חשבו. מנר הביט בנמי ברוך, אך עדיין שתק.

"רגע אחד, מה קורה כאן?" שאלה נמי בחשש. סט הניח את כף ידו בידה, חיזק אותה מעט.

"ראי," אמר מנר והביט בעיניה, "זה לא מדויק. פרנק, אביו של און היה רעלן. השיקויים שהכין היו מסוכנים מאוד. לא פעם נפגעו דלנאים רבים מהשיקויים, חלקם נהרג. על מעשיו אלה ישב אביו של און בכלא תקופה ארוכה. יום אחד ברח מהכלא ומאז נעלמו עקבותיו. שני דלנאים נולדו לפרנק: און ואחותו הגדולה נואי. באותה תקופה און לא עסק בשיקויים. אחותו נואי, לעומת זאת, אימצה את התחביב של אביה, ולכן גורשה ליער הגדול שבכוכב שלנו. מאז לא שמענו עליה. לא מזמן גיליתי שאון פיתח חומרים משתקים. המסוכן שבהם נקרא

הריינאאוט. כפי שסיפרתי לכם קודם, הריינאאוט יכול לגרום למוות תוך שניות. אני ממליץ לנו שלא נזלזל באון יש לו כלים להתמודד מולנו. המטרה שלו היתה מאז ומתמיד להשתלט על הכפר ולשלוט בו. תרמית מכירת אבקת הרו-רו פגעה בדלנאים רבים, כדי למצוא את נקודת היציאה היה מוכן און לסכן את חייהם ולהעבירם דרך החלון השלישי. על התכנית סיפר לי לפני שנים רבות, ולזמנו היא גם היתה לא רעה בכלל. אך בעוד שאני רציתי לעשות זאת באופן מודע, מדעי ומבוקר, הדרך בה רצה און ליישמה היתה נבזית, בפיתוי בשקרים והבטחות שווא, ללא פיקוח וניטור הסכנה.

רציתי להכשיר את נל קלר ולתת לו את כל הכלים הדרושים שברשותנו כדי שיוכל להסתדר במקום שאליו יגיע. לא חלמתי שיעשה זאת על דעת עצמו וללא תיאום, וכעסתי מאוד כשעבר, אני דואג לו מאוד. הייתי רוצה מאוד לעבור בעצמי דרך החלון השלישי, אך ידעתי שאם אעשה זאת, ישתלט און בכוח על הכפר ויפגע בטובת הכלל, לכן נאלצתי להישאר."

מנר שתק. כולם הביטו בו. נמי הרגישה שכעת היא יכולה לשאול על הכול, ולכן שאלה, "מה שאתה עושה כרגע זה להכשיר אותנו לעבור דרך החלון השלישי, נכון?"

מנר הנהן בראשו. "אני עדיין לא משוכנע שזה מה שיקרה, קודם עלי לדעת שתהיו בסדר."

"מה איתן?" נמי לא ויתרה והצביעה על ניבה ולין. "למה אתה לא מכשיר אותן?"

ניבה הזדרזה לענות, "מנר עירב אותנו במשימה קשה לא פחות."

"לי אין בעיה עם זה," אמר סט. "אני רוצה לעזור לנל קלר."

"גם אני," אמר רם, "מרגש אותי לחשוב שבקרוב נוכל לעבור דרך החלון השלישי."

שתיקתה של נמי היתה רועמת, אך היא התעשתה מיד. "אני מנסה

להבין את הדברים. אל תבינו אותי לא נכון - אני רוצה לעזור לנל בכל מאודי, ואם יש מישהו שמוטלת עליו האחריות לביטחונו - זו אני. ברגע שאתבקש לכך - אעשה הכול, לא אהסס. רק ש..."

"מה? מה מציק לך?" שאלה לין בחיבה.

"כל העניין תמוה מאוד. אנחנו צעירים ונראה שנכון יותר לשלוח מישהו בוגר יותר."

" גם לי יש חלק קטן בעניין נל," אמר טים שעד כה שתק. "הייתי רוצה להציע את עצמי, כל מה שתבקשו ממני אעשה."

"טוב ויפה," אמר מנר. "שלושתכם," פנה לנמי, סט ורם, "חזרו למשפחותיכם ושובו לכאן עם ציוד מלא הערב. הייתי רוצה שתעברו להתגורר כאן זמנית. נמי, את חזרי הערב לספרייה. רם, אתה תיקח את סט לחדר המציאות ותסביר לו איך הוא פועל. כשהאחד יתעייף, הוא יצא החוצה וחברו יחליף אותו. התאמנו כמה שיותר."

מנר הביט בלין ובניבה, "אתן יודעות מה לעשות, נכון?" לין וניבה הנהנו בראשן. "מעולה, ודאגו גם צריך להגדיל את מספר השומרים מסביב לכיפה העגולה."

"ומה איתי?" שאל טים. "אני יכול לעזור?"

"הישאר כאן," ענה מנר, "אמצא לך תפקיד."

רם וסט נפרדו לשלום מכולם ויצאו מהכיפה העגולה, נמי סימנה להם שתגיע אחר כך. היא פיזרה את שערה וקלעה אותו מחדש, תוך שהיא מסמנת לניבה על חלקו האחר של החדר. ניבה הבינה את הרמז ושתיהן ניגשו הצדה.

"אני מקווה שלא נפגעתן? זו לא היתה הכוונה," אמרה נמי. "זה בסדר," ענתה ניבה. "גם אני הייתי מהססת. חוץ מזה, איך את מתקדמת בספרייה?"

"הייתי אומרת שזהו הדבר הכי מרתק שעשיתי בחיי. איך זה שאת ולין לא ביקרתן בספרייה?"

"שאלה טובה," חייכה ניבה. "תאמיני שלא סתם מנר בחר בכם. האינטואיציות שלו הם מעבר ליכולת שלנו להבין. את בעצם היחידה, חוץ ממנו, שנכנסה לספרייה."

"זה נותן לי להרגיש מאוד מיוחדת," אמרה נמי במבוכה. ניבה חיבקה אותה בחום. "את כל כך מקסימה. אל תדאגי, לא נאפשר לכם לעבור דרך החלון השלישי עד שלא נוודא שתהיו בסדר."

"תודה. אני ארוץ, אולי אצליח להדביק את סט ורם. ניפגש מאוחר יותר," אמרה ויצאה מחוץ לכיפה העגולה. היא ראתה את רם וסט מרחוק, קראה להם וסימנה שיחכו לה.

"מה זה היה?" שאל סט את נמי שהתקרבה כשהיא מתנשפת מהריצה. "כלום. רציתי לוודא שהן לא נפגעו. לא נראה לכם טבעי יותר שאחד מחברי המועצה או אחד מהדלנאים הבוגרים צריך לעשות את הצעד הזה?"

סט ורם הביטו בה בחיוך. "אני לא הייתי מוכן לוותר על זה," אמר רם. "יכול להיות שאת צודקת, ובאמת מנר היה צריך לבחור מישהו מבוגר יותר."

"אף אחד לא היה מסכים לזה," סט נכנס לדבריו. "היה לכולם נוח עם השקט והשלווה ששררו כאן עד לאחרונה, ואף אחד לא רוצה להודות בסכנות החדשות שהתעוררו."

"אתה צודק," קפצה פתאום נמי. "איך לא חשבתי על זה קודם? לא הבנתי למה זה הטריד אותי כל הזמן. אתם לא רואים מה קורה כאן?"

"על מה את מדברת?" שאל רם.

"גם אני לא מבין," אמר סט.

"כבר מאות שנים אנחנו כאן, ופתאום, בלי סיבה, מנר מחליט להכשיר את נל קלר לעבור דרך החלון השלישי. לדעתי, היתה סיבה שבגללה החליט מנר להכשיר אותו. נראה שבאותו הזמן מנר לא הצליח לארגן לו מתנדב שיסכן את עצמו. אבל משהו חשוב נוסף קרה, ואת זה אנו חייבים לברר. למה עכשיו? למה דווקא עכשיו מנר החליט שצריך לחקור את המעבר?"

סט הביט בה והעביר את ידו על שערו, ופתאום הידיעה הכתה בו כרעם: "איך לא חשבתי על כך קודם? בחיי שאת צודקת, משהו היה חייב לקרות."

רם הביט בשניהם, "או שאני טיפש מדי או שאני לא מבין מה את מנסה לומר.

"חשוב רגע," אמרה נמי. "פתאום, אחרי כל כך הרבה שנים מנר החליט לעשות משהו, ובן רגע הוא מכשיר את נל לעבור את המעבר, למה הפזיזות? חשוב רגע." נמי האיצה בו, ורם הביט בה בשלווה. "אני מבין את העיקרון, אני רק לא מבין עדיין מדוע זה לא יכול להיות סתם צירוף מקרים."

"במקרה אחר יכולנו להביא בחשבון שזה רק צירוף מקרים, אבל עכשיו, במקרה הזה, אין סיכוי."

"את סתם מגזימה," אמר רם. "את בעצם רומזת שהמעבר פתאום התעורר לחיים."

"זה רק משתפר כשמדברים על זה," היא חייכה. "האמת, לא חשבתי על מה שאמרת עד הרגע הזה. אבל כן, משהו כזה."

"אני הולך הביתה," אמר סט. "כדאי שתעשי כמוני. אין לנו הרבה זמן."

"נמשיך לדבר על זה אחר כך," אמר רם לנמי כשהוא מניח יד על כתפה."

"כאן בשמונה?" הזכירה נמי.

***

רם הלך בשביל לביתו. בכניסה לבית, על לוח עץ גדול שצורתו אליפסה נכתב בגדול "משפחת פירסט". האורות בבית דלקו, ורם הרגיש קצת לא בנוח לספר להוריו שהוא יצטרך להיעדר מהבית לכמה ימים. כשדפק בדלת, נפתחה זו מיד. אחותו לולי הציצה החוצה.

"הנה הוא!" צעקה, קפצה עליו וחיבקה אותו. רם הופתע מעט, הוא הופתע עוד יותר כשאביו ואמו הגיעו בריצה. "אתה בסדר?" שאל אביו. אמו ניגשה לחבק אותו כשדמעות זולגות מעיניה.

"מה קרה? דאגתם לי?"

"ליב היתה כאן," אמר אביו, "היא סיפרה לנו על המריבה שהיתה בין מנר לאון בכיכר השוק, ושהיו נפגעים. כמה מהחברים שלך ראו אתכם רצים מהמקום קצת לפני שזה קרה."

"חיפשנו אותך," אמרה לולי בדאגה. רם התכופף וחיבק את אחותו הקטנה. הוא הצמיד אותה אליו ונישק אותה על לחיה, "את ממש חמודה," אמר וליטף אותה.

"היכן היית?" שאלה אמו.

"בואו נשב בחצר, אני צריך לספר לכם משהו."

הם התיישבו על הכיסאות שבחצר. "אמא, אבא, לולי, אתם זוכרים שנל קלר עבר דרך החלון השלישי?" הם הנהנו בראשיהם.

"תמשיך," ביקש אביו.

"בימים האחרונים היינו עם מנר. אנחנו מנסים למצוא את נקודת היציאה של החלון השלי..."

"רק רגע, מי זה אנחנו?" קטע אותו אביו.

"אני, סט ונמי."

"אתם, שלושתכם, יחד עם נל קלר? הוא ראש קבוצת חולית. יש קשר בין משחק לילהפנסים למה שקרה?" שאלה אמו.

"חוץ מזה שנהיינו חברים קרובים. לא, אין קשר."

"מה קרה בין און למנר, יש לך מושג?" שאל אביו.

"און ומשפחתו ניסו להשתלט על הכפר. משלא הצליחו להתמודד מול מנר, עברו להתגורר ליד הנחל הקטן. אבא, כרגע המצב לא ממש ברור. יש הרגשה שבכל רגע תפרוץ מלחמה."

"אני לא מבינה את זה," אמו היתה מבולבלת. "איך יש לו אומץ להיאבק במנר? מה הוא יוכל להשיג?"

"אני יודע בדיוק מה," אמר אביו. "החלון השלישי והספרייה העתיקה. בקיצור, הוא רוצה להשתלט על הכיפה העגולה." רם הנהן בראשו.

" בדיוק כך, אבא."

"אז למה אתם צריכים לעזור למנר? אתם הרי צעירים מאוד," אמו נשמעה רוטנת.

"אני לא יודע מה שמעתם. מנר פיזר את הכבודה של מסדר העץ כבר לפני שבוע. מחר הם נפגשים במקומם הרגיל, וגם אנחנו, נמי, סט ואני נהיה שם. אין לנו מושג מה הוא יאמר באסיפה."

"אני יכולה להירגע? אתה כבר סיימת את התפקיד ההתנדבותי שלך אצל מנר?" שאלה אמו.

רם הביט בהוריו, הוא היה חרד מעט מהתגובה שלהם. "מנר ביקש מאיתנו שנעבור לגור בכיפה העגולה. רק לכמה ימים."

שניהם הביטו בו בשתיקה. "למה דווקא אתם?" שאל אביו.

"אבא, תבין. זו ההזדמנות שלנו לנסות לעזור לנל קלר. אף אחד לא יעשה זאת למעננו, כולם פוחדים."

"מי זה כולם?" אביו הרים מעט את קולו. "אתה מתכוון לחברי הכבודה של מסדר העץ?"

"כן. לפי מה שהבנו ממנר, הוא רוצה לנסות לעזור לנל, וחברי כבודת מסדר העץ מעדיפים לשבת באפס מעשה בכל מה שקשור לנל ולחלון השלישי."

"אני עדיין לא מבינה, למה אתם? הרי אתם צעירים מאוד לתפקידים האלה. בעוד שבועיים אתם חוזרים ללימודים, ואתה אפילו לא התכוננת לקראת בית הספר."

אביו ליטף את שערה הארוך והחלק של אמו ולחש לה כמה מילות הרגעה. "אם אתה מרגיש שאתה צריך ללכת ולעזור, לא אעצור בעדך. אני מבקשת שתשמור על עצמך, אל תעשה שום דבר בלי לחשוב טוב קודם."

פעמון הכפר צלצל. הם חיכו מעט שיפסיק, אך לשווא.

"יש אסיפה כללית," אמר רם וקם מכיסאו. "כדאי שנצטרף."

לולי קמה, היא ניגשה אליו וחיבקה אותו חזק. עיניה הצטעפו, והיא הביטה בו בדאגה. "זה רק לכמה ימים, נכון?"

"כן, לולי. זה רק לכמה ימים."

***

כיכר הכפר מעולם לא היתה עמוסה כבאותו הערב. דלנאים מכל הגילים חיכו בסבלנות, הסיפור על הקרב בין מנר לאון הכה גלים והגיע לכולם, ומאות דלנאים זרמו מבתיהם ועזבו את עיסוקיהם. כולם היו סקרנים לראות מה יקרה וחששו מהבאות. האם לאחר שאון לקח את בני משפחתו ועבר להתגורר מעבר לנחל הקטן ישתנו חייהם?

הכיכר היתה אחד המקומות המרכזיים של הכפר. מדרומה השתרע היער הגדול, ולאחריו היה נחל האבדון. לא הרחק ממנה ממערב נחה שורה של חנויות קטנות, ומאחוריהם אזור המגורים. בצדה המזרחי היתה הכיפה העגולה, מבנה אבן גדולשהגישה אליו הותרה רק למנר ומתי מעט נוספים... איש לא העז להתקרב לכניסה, למעט נל קלר. חמישה קילומטרים צפונית לככר זרם הנחל הקטן, ממנו שאבו מים ודגו דגים - מזונם העיקרי של הדלנאים.

הדלנאים הקטנים השתובבו והשתוללו, לא מבינים על מה המהומה. הם שיחקו ביניהם תופסת, או שיחקו בעץ הזריקות, משליכים אבנים ומתחרים מי יפגע בעץ. אחת הזקנות גערה בהם, והם התפזרו.

רם עמד עם בני משפחתו קרוב לבמה. הוא הביט לכל הכיוונים, ניסה לראות אם נמי וסט כבר הגיעו. ההמולה התחילה כשחברי הכבודה התקרבו למדרגות העולות לבמה, ומנר בראשם. הוואראה בקהל בין היתר את ליהי וסאן מנופפים לו בידיהם בהתלהבות. מנר עלה לבדו לבמה, חברי הכבודה עמדו סמוך, מצפים למוצא פיו.

פתאום השתתקו כולם. פה ושם נשמע קול גוער במי מהדלנאים הצעירים. מנר כחכח בגרונו מעט, ניכר שהוא מרוגז. "חברי כבודת מסדר העץ," הרעים בקולו ופנה לחברי הכבודה של מסדר העץ.

"דלנאים יקרים, תושבי הכפר. כולכם בוודאי שמעתם על התקרית באזור השוק. ובכן, דבר בה לא היה מקרי, הכול תוכנן: און ניסה להשתלט בכוח על הכפר. חמישה מחבריו נהרגו כשניסו לתקוף אותי מול עשרות דלנאים.

מאז הגענו לכאן, לפני כמאתיים שנה, לא היינו במצב דומה לזה שאנו בו כרגע, ואני מבקש מכולכם להיות זהירים. הגיע לידי מידע שחלק ניכר מהאנפות שלנו נלקחו. דברים נוספים ששייכים לכפר נעלמו באורח פלא. און קרא תיגר עלי, על הכבודה וגם עליכם. יש בידיו חומרים מסוכנים, והוא לא יהסס וישתמש בהם. מנר פרש את ידיו לצדדים והניחן מאחורי הגב. "מזה שנים און מנסה בתחבולות ובשקרים להשתלט על הכפר. בזמנו התעלמתי מכך, וזו היתה טעות נוראית מצדי. און רוצה לשלוט בכיפה העגולה ובספרייה העתיקה. ממקום מושבו החדש הוא שלח לנו מכתב בו הוא דורש מאיתנו גישה מלאה לכיפה, ושיתוף מלא בכל המתרחש בה. זה לא יקרה," מנר הרים את קולו. "כאמור יש בידיו חומרים מסוכנים, אחד מהם הוא הרײנאאוט, שיקוי שיכול להמית בקלות רבה מאות דלנאים. הרײנאאוט נכנס לגוף דרך האוויר שאנו נושמים, ותחושה שמתחילה בסחרחורת הופכת תוך דקות לכאב מײסר, ולמוות."

כולם נראו מודאגים. אמהות חיבקו את ילדיהם, אבות קפצו אגרופים בעצבנות.

מנר הוציא מכיס חולצתו קופסת עץ קטנה ומתוכה הוציא כדור קטן ואדום. "זהו רבותיי הנוגדן לפעולתו הקטלנית של הרײנאאוט, האנטי-רײנאאוט. אם נפגעתם מהרײנאאוט ואתם מרגישים מעין סחרחורת קלה, עליכם לקחת מיד כדור אחד, ללעוס אותו, ולבלוע. הכנתי כמות גדולה מהכדורים האלה. מיד בסיום דבריי נחלק לכל משפחה כדורים. עליכם לשמור עליהם ולהשתמש בהם רק כשתזדקקו להם. אנה, רופאת הכפר, ממונה על החלוקה. אין צורך להיבהל ולהיכנס לפאניקה. יש מספיק לכולם ואפילו יותר מהנדרש, ומי שישתמש ישוב אלינו ויקבל כדורים נוספים."

יד הורמה בחשש, זה היה טוני בעל חנות התבלינים שבשוק. "כן, טוני!" חייך אליו מנר, "מה שלומך?" טוני הביט בבת זוגו ולרגע הצטלבו עיניהם, כמו שואבים אומץ זה מעיני רעהו. "האם יש מקרה בו הכדורים לא עוזרים? "שאלה טובה. הכדור יכול להציל אתכם רק אם תיקחו אותו בזמן. כלומר, פחות מעשרים שניות מהרגע שנפגעתם. אסור לקחת יותר מכדור אחד ביום. הכדור משפיע רק לשעתיים, ולכן לא כדאי להשתמש בו אם אינכם בטוחים שנפגעתם."

בקשר לפעילותנו החיונית בנחל הקטן, החיילים שלנו ילוו את הדייגים ושואבי המים וישמרו על ביטחונם, זהו מקור חיינו ומחייתנו. בדקו מדי פעם את לוח המודעות, חפשו הוראות בקשר למצב. נוכל להמשיך בחיינו כרגיל, רק עלינו להישמר ולהיות ערוכים. אני אערוך פגישה כזו מדי שבוע..."

פתאום נשאו כולם את עיניהם לגובה, הם ראו שבאוויר עפות עשרות אנפות ועליהם חיילים.

"אל תדאגו. אלו חיילינו," אמר מנר כשראה שחלק מהדלנאים זזו בעצבנות. החיילים על האנפות לבשו חולצות כחולות מעוטרים פסי מתכת, ומכנסיים לבנים. חלקם עפו נמוך, כך שהיה אפשר לזהות את פניהם. אחרים עפו בגובה רב ושימשו כתצפיתנים. כולם היו חמושים.

מנר שב לדבר והודיע: "בעצה אחת עם מסדר כבודת העץ אנו מבטלים כל הוראה או החלטה שנלקחה בתקופת האחרונה מטעם און ומשפחתו, ומשיבים לפעולה את השעיית פעולת המסדר."

מנר התכוון לרדת מהבמה, כשזיהה ידיים נוספות מתנופפות בהיסוס באוויר, ידיים שבעליהן התאוששו מההלם בעקבות שאלתו של טוני. מנר חיווה להם בידיו לדחות את השאלות למועד מאוחר יותר, התנצל, "הזמן קצר והמלאכה מרובה, יהיה זמן בהמשך." אשתו של טוני התפרצה ושאלה בקול :"ואיך אתה, מנר, שמענו שנפצעת?" מנר הסתכל לכיוונו של רורק, וזה חייך במבוכה. "אני בסדר גמור, באמת, ותודה רבה."

הוא ירד מהבמה וניגש לניבה וללין. במשך דקה הסתודדו, עד שמנר

עזב וצעד לעבר בינקי, שחיכתה לו מאחורי הבמה. ניבה התקרבה לרם. "חכו רגע" ביקש רם מהוריו וצעד לקראת ניבה, שאמרה לו "מצא את נמי וסט, תוך שעה ניפגש בכיפה העגולה." ביקשה ממנו ניבה. מרי אמו של רם חשבה להתקרב כדי לשאול את ניבה משהו, אך שי אביו עצר בעדה. רם הניד לניבה בראשו להביט לאחור, היא הסתובבה וראתה את נמי וסט מתקרבים.

"הי," אמרה נמי. "נראה שמנר כועס." ניבה הנהנה בראשה. "אין לכם אפילו צל של מושג כמה. ארגנו תיק עם בגדים, ניפגש בכיפה העגולה תוך שעה."

הם הנהנו בראשיהם. ניבה הביטה במרי ושי ,והם הביטו בה, בפניהם ניכרת דאגה. ניבה התקרבה למרי ולחצה את ידה המושטת. "אל תדאגי מרי, הכול יהיה בסדר."

"אני בטוחה," חייכה מרי בדאגה מהולה בהקלה.

ניבה נפרדה מכולם ומיהרה להצטרף ללין בעודה משוחחת עם בן ותמר, חברים בכבודת מסדר העץ.

***

זו היתה שעת ערב. הירח האיר באורו הלבן והאפלולי את הכפר. הדלנאים התקינו בכפר עששיות ערב ענקיות והציבו אותן על עמודים גבוהים לאורך הכפר ומחוצה לו.

רם, סט ונמי הלכו לכיפה העגולה. בדרכם חלפו ליד הכיכר הגדולה, שהיתה שוממה כעת בהיפוך משונה ביחס לעומס וההמולה ששרצו בה אך לפני שעתיים.

"הֵי, הביטו," אמרה נמי והצביעה על חברי קבוצתם ניר, גיל, ירון, סמדר, שלי וניב.

"הי, מה קורה?" שאל רם. "מה אתם עושים כאן?"

"הי," אמר גיל. "אולי תספרו לנו מה קורה כאן? ולאן אתם הולכים?" אמר בכעס.

"אנחנו בדרך לכיפה העגולה," אמרה נמי. "משום מה נראה לי

שאתם כועסים."

"יש לנו על מה," התריסה סמדר. "מה בדיוק קורה? אם תספרו לנו נשתף אתכם במשהו חשוב."

"אנחנו מנסים לעזור לנל קלר," אמרה נמי בפשטות. "מנר ביקש את עזרתנו ואנחנו הסכמנו. כל מה שקורה עם און, קרה ללא קשר ובהפתעה. גם אנחנו, כמוכם, לא יודעים כל מה שקורה כרגע. אני מבטיחה לכם שברגע שמנר יאשר לנו, אתם תהיו הראשונים שנספר להם."

"מבחינתי זה מספיק," אמר ירון. "אני חושב שאנחנו צריכים לשתף אותם."

"גם אני," אמר ניב. "לשתף במה?" שאל סט. "קיבלנו מכתב," התחילה סמדר לספר, "מזיו ומקבוצת סלע.הם מזמינים אותנו לשלב הסופי של משחק לילהפנסים."

"רגע אחד. איך המכתב הגיע אליכם?" שאלה נמי. סמדר הביטה בה בהססנות. "זיו בא אלי. הוא הגיע לכאן על האנפה של אביו. היו איתו שון וחן, וגם ראשי הצוותים של קבוצת סלע הגיעו על אנפות. הם רצו לקיים את המשחק ביער הגדול."

"למה הוא התכוון כשאמר השלב הסופי?" שאל רם.

"אין לנו מושג," השיב ירון. "גם אנחנו שאלנו את עצמנו את אותה השאלה."

"לא יהיה משחק," אמרה נמי בנחרצות. "לדעתי, זיו זומם משהו מסוכן, ואסור לתת לו להצליח."

"רק רגע, למה? גם אנחנו שייכים לקבוצה וגם לנו יש מה לומר," אמר ניר. "אני מקווה שלא שכחת שמהרגע שנל קלר עבר דרך החלון השלישי אני היא ראש הבית, ואני קובעת."

"לא, לא שכחתי. אבל גם את זה אפשר לשנות בקלות," החזיר לה.

"ניר, אין לי שום דבר נגדך," ניסתה נמי לפייסו, "אני רק רוצה שתדע שזה כבר לא רק משחק. זה משהו הרבה יותר רציני ומסוכן."

"אז מה, דרכנו ודרככם נפרדות לתמיד?" שאלה סמדר.

"נראה שכן. אני מצטערת, אבל אנחנו ממהרים לכיפה העגולה," אמרה נמי. "תוכלי לתת לי את המכתב? אני רוצה להראות אותו למנר."

סמדר הגישה לה מעטפה חומה מקומטת מעט. "זה היה אצלי בכיס עד עכשיו," התנצלה.

נמי, סט ורם נפרדו מחבריהם. הם הבטיחו לעדכן אותם אם יצטרכו עזרה. את הדרך לכיפה העגולה עשו במהירות, רצים חלק גדול מהדרך. נמי דפקה בדלת, וזו נפתחה בזהירות ובאיום אקדח בידיה של לין.

"היי! התגעגענו..."

"הגענו," אמרה נמי. "אני רואה שהבאתם בגדים. טוב מאוד." אמרה לין. "בואו אחריי."

הם צעדו בין החדרים עד שהגיעו לחדר הגדול, ומצדו השני הובילו המדרגות מַטה. החדר היה חשוך: נרות קטנים וריחניים פוזרו ליד הקירות ובמרכז החדר לאחר שכל הרהיטים הוצאו ממנו, ובמקומם הוצבו כריות גדולות על שטיח גס בצבע בורדו. מנר, ניבה וטים השתרעו על השטיח, נשענו בהסבה על הכריות.

"היי!" אמר טים שהבחין בהם הראשון.

"שבו," ביקש מנר. נמי לא חיכתה, וכשהתיישבה סיפרה על המפגש.

"המכתב בידךְ?" שאל מנר, ועד שסיים כבר היתה המעטפה בידיו. כשסיים לקרוא ביקש מנמי שתקריא אותו לשאר חברי הקבוצה.

נמי כחכחה בגרונה והחלה להקריא:

"לחברי קבוצת חולית,

הנכם מוזמנים למשחק לילהפנסים האחרון שייערך בינינו. הוא ייקרא השלב הסופי, הקבוצה שתנצח תישאר תמיד מספר אחת. אני, זיו, יחד עם שאר ראשי הצוותים שון וחן, חשבנו שמן הראוי שהפעם נערוך את המשחק באזור היער הגדול ונחל האבדון. מחכים לתשובתכם.

על החתום - זיו, שון וחן

נ"ב: את מכתב התשובה שלכם תוכלו לשלוח עם אחד מחברי הקבוצה

לנחל הקטן.מסרו לו רק להניח את המכתב מתחת לסלע הגדול
זין

"הוא בוודאי מתכוון לסלע הענקי מעברו השני של הנחל הקטן" אמרה
נמי. מנר הנהן בהסכמה.

"אני חייבת לשאול על משהו שמטריד אותי," המשיכה.

"כן?" שאל מנר.

"חשבתי על הפגישה שלך עם נל קלר, והגעתי למסקנה שהדברים
לא התפתחו סתם. כמה דברים קרו במקביל. העניין הזה עם החלון
השלישי..."

"מה את מנסה לומר?" קטעה אותה ניבה. "לאן את חותרת?"

"אני מנסה להבין איך זה שההתעניינות במעבר של החלון השלישי
התגברה בתקופה שנל קלר עבר במעבר, ובמקביל משפחת און, ואון
עצמו, קוראים תיגר על מנר..."

"אוף מה הקשר בין הדברים, נמי, את והמחשבות רדיפה שלך,"
התחילה לין לומר, אך מנר סימן לה בחיוך. הוא נשף באפו וחייך חיוך
רחב. "שום דבר לא נעלם מעינייך," פנה לנמי, "את צודקת."

נמי שחררה אוויר מריאותיה וחשה הקלה ומעט גאווה, שהתחלפו
חיש מהר בדאגה: מה בעצם משמעותה של הסכמת מנר עם דבריה?"

"קרה משהו, ובעטיו הדברים בכפר היו חייבים להשתנות." ניבה ולין
הביטו בו בהפתעה.

"משהו שקשור לחלון השלישי, נכון?" שאלה נמי. מנר הנהן בראשו.

"מה קרה?" שאל סט. לין ניסתה לומר משהו, אך נמי הקדימה אותה:
"יש לי השערה."

מנר הביט בה בסקרנות. "מהי?" אמר.

"אני חושבת שראיתָ, במקרה, משהו שמעולם לא ראית בעבר."

"שוב את צודקת," חייך מנר נוכח עיניהם המשתאות של יושבי
השטיח. הוא הוציא באטיות שקית נייר גדושת טבק משובח, תיחח

אותו באדיקות, ובסוף הדליק את מקטרת עץ הטיק. ניחוח תות מילא את החדר, מתערבב בחום אוויר החדר, בשעה כשכל יושביו הביטו במנר בהערכה ובחוסר סבלנות לשמוע את מוצא פיו.

"הכול התחיל לפני כשנה," שאף והרגיש כיצד הלחץ בחזהו מתחיל להשתחרר.

פרק 40

ירון דותן מפקד בטל"י

דן שפך מעט מים על ידו והרטיב את פניה של נוגה, תוך שהוא מנסה להרגיע את ליר שכבר פרצה בבכי. "הכול בסדר," אמר.

נוגה פקחה את עיניה. "את בסדר?" שאל בדאגה.

"אני חושבת שכן," לחשה. "מה זה היה שם על השולחן?"

"קודם - הבה נירגע." אמר דן וסימן ליואב לקחת לחדר את כולם, כולל את נל. יואב ניגש להרים את נל, בעוד רון מאחוריו. "בואי," קרא יואב לליר, שרק משכה בכתפה לסירוב: "אני רוצה להיות עם אמא." יואב הביט בדן, וזה סימן להניח לה: "זה בסדר ליר, את יכולה להישאר."

"תעזור לי לקום?" ביקשה נוגה. דן הרים אותה בעדינות, כשגם ליר מצטרפת ועוזרת. נוגה התיישבה על הכורסה וליר חיבקה אותה חזק. "אני בסדר, מתוקה. מה זה היה?" היא הביטה בדן.

דן הביט בה במשך כמה שניות. הוא רוצה לבחון עד כמה חזקה היא. "זה נל. אני עומד לספר לך משהו, אבל... לפני זה," הוא ניגש והביא לה כוס מים, "שתי." כשהיא אוחזת בספל בכוח קירבה נוגה את שפתיה לכוס ולגמה.

דן התחיל לספר באריכות על הפגישה בקניון, על אורי, הבחור שפרץ לביתם, הכה אותו, והתנצל בפניו. "קשה להסביר איך הרגשתי כשראיתי את חגי וריטה מתחבקים לשלום, הם נראו לרגע באותו הצד, ואני בצד השני, וזה לא היה אמור להיות כך. הבאתי את חגי שיעזור לי, ובמקום זה ריטה הגיעה אלינו לכאן, לבית. אחרי שהשיחה בקניון התפוצצה שאלה אותי שאלות על דברים מוזרים שקרו פה בשנה האחרונה. הקשיתי עליה מעט, אפילו ביקשתי ממנה שתלך, ופתאום

התחילה לבכות ולספר לי..." דן סיפר לה על השיחה שלו עם ריטה ועל כל מה שקרה עד לרגע שריטה הלכה. נוגה היתה בהלם. "זה היה אמיתי, היצור הזה על השולחן?"

"כן, נל הוא אמיתי. גם אני נפלתי מהכיסא כשראיתי אותו."

"דן, אתה מבין מה אתה מספר לי? שיש כאן יצור, חוצן, שחי בינינו במשך חודש או יותר?!"

"כן," דן הנהן בראשו וחייך. "את לא מסוקרנת לראות אותו? לשאול אותו שאלות? אנשים רבים היו רוצים להיפגש עם חוצן."

"אני לא יודעת, עדיין לא החלטתי," נוגה נשמעה מבולבלת. "ומה אם יש לו מחלות, אולי הוא מסוכן?"

"אין לו מחלות, אני יכול להבטיח לך," ענה לה דן נחרצות. "ואני לא מתכוון למסור להם אותו. מבחינתי הוא נשאר איתנו."

"אל תשכח שההחלטה כאן היא משותפת. אני לא מנסה לעורר ויכוח או משהו כזה. אני עדיין בהלם. כל מה שאני רוצה זה להיות עם המשפחה. הייתי רוצה לראות אותו."

ליר לא חיכתה, היא רצה לחדר כדי לקרוא ליואב, רון ונל. אך לא היה צורך. יואב, רון ונל כבר יצאו מהחדר והיו במסדרון בדרכם לסלון.

"שכחתי לומר לך," אמר דן, "הם שמעו כל מילה" - הצביע על מכשיר האינטרקום שהיה מיועד לאור והונח ליד הטלוויזיה.

יואב הופיע ראשון ונל בידו, ומאחוריו עמדו ליר ורון. נוגה הניחה יד על פיה, עוצרת את הצעקה שמתחננת לפרוץ מגרונה. נל הביט בה בחשש. "אני מצטער," אמר בביישנות, "אני לא נעלב, אני מבין שאת נרתעת." הוא קפץ מידו של יואב ונעמד על השולחן בסלון, קרוב אך לא מדי בקרבת נוגה. "אני באמת לא מזיק."

הם הביטו זה בזה.

"איך זה יכול להיות? אני מרגישה שאני בתוך חלום," נוגה מלמלה.

"את לא," פסק דן.

"איך הגעתְ לכאן?" שאלה נוגה את נל.

נל סיפר בקצרה על הכוכב שלו ועל הרגע שעקב בו אחרי הירדל, עד שעבר במעבר דרך החלון השלישי. הוא גם סיפר לה על הפעם הראשונה שהביט בליר כשציירה, וכשנבהל והסתתר וראה שנוגה נכנסת לחדר...

נוגה הפסיקה את סיפורו ואמרה: "אני זוכרת את זה! אני זוכרת ששמעתי רעש מתחת למיטה. רציתי לבדוק במה מדובר ושכחתי כשצלצל הטלפון. אחר כך כשישבתי בסלון נזכרתי, והתעצלתי לגשת ולבדוק. אז זה היית אתה שם מתחת למיטה..."

"כן," ענה נל, השתדלתי מאוד שלא להרעיש, אבל לא כל כך הצלחתי. יואב ראה אותי מאוחר יותר באותו יום. עליתי על אדן החלון בחדרו כדי לאכול עוגייה יבשה שהונחה שם, וכשהבטתי לפנים, ראיתי אותו מביט בי, וכך בעצם נפגשנו."

"גם אני רוצה לספר לכם משהו," אמר יואב והתחיל לספר על העבודה הבלשית שעשו במשך כל התקופה, על סבא חיים שסיפר על דוד מני והורַשַת התיבה עם הציורים.

"סבא אמר לנו שהיו חמישה פריטים בתיבת העץ," הצטרף רון לשיחה. "אנחנו יודעים על שני ציורים: אחד בחדרה של ליר והאחר בביתו של שחר, אחיך. הפריט השלישי הוא הפסל שנמצא אצל אחותך, שני בלונדון, ואבי, אחיך הבכור, לקח את תיבת העץ העתיקה."

"רגע אחד. אתם מנסים לומר לי שהפורץ שנכנס לכאן ניסה להגיע לציור בחדרה של ליר?"

"זה בדיוק מה שאנחנו מנסים להסביר לך," אמר יואב.

"זאת אומרת שהציור בידיהם?" שאלה אמא.

כולם חייכו כשומרי סוד.

"הם לא הצליחו," אמר דן, "נל הצמיד את בית הבובות הענקי לתמונה, כך שהפורץ לא מצא אותה."

"אתה מבין מה קורה פה? הם ינסו שוב ושוב עד שיצליחו. הם יפרצו לנו שוב לבית. לא נראה לי שאוכל לעמוד בזה," נוגה נלחצה. "אולי כדאי שניתן..." היא עצרה את דיבורה והביטה בנל.

"אני מצטערת נל, אבל המשפחה שלי קודמת לכול. אני לא רוצה לפגוע, ולא ארצה שיפגעו בך, אבל נראה שאין לנו ברירה."

"זו לא הדרך לעשות דברים," דן הקשיח מעט את דיבורו.

"אמא, נל הוא חלק מהמשפחה," אמר יואב, כשליר ורון מהנהנים במהירות ובתקיפות בהסכמה. נוגה הפסיקה אותם. "אני מבינה הכול, אבל מדובר בפושעים ברישיון, אנשי חוק שלא טובת האזרח לפניהם, ויהפכו את חייו, אם רק יחשבו שזה משרת אותם."

"אני מבטיח לך שאין ממה לדאוג," אמר דן וסיפר לה על הפגישה בקניון. "העמדתי אותם במקום. אמרתי להם שאחשוף את כל מה שאני יודע, אם רק זה יקרה שוב. מלבד זה, אנחנו אמורים לקבל את הציורים."

נוגה הביטה בנל, עיניה מוצפות דמעות, "אני לא יכולה לחשוב כרגע. אני עדיין המומה." נוגע העבירה בראשה את שאר ההשגות, והתחוור לה - נל מתגורר תחת צל קורתם כבר למעלה מחודש, וכולם בריאים - משמע הוא לא מהווה סכנה בריאותית. זאת ועוד - הילדים מתפקדים טוב מתמיד, כמו התבגרו בבת אחת.

אור התעורר והתחיל לבכות. נוגה הרימה אותו, התכוונה להניק אותו אך התחרטה, קמה לחדר השינה, והתנצלה "אניק בחדר".

דן חייך בשלווה.

"אבא, אתה נראה מרוצה," אמר יואב.

"אני מרוצה. חששתי מהתגובה של אמא, ועכשיו אני יודע שהכול יהיה בסדר. גם אתה יכול להיות רגוע עכשיו." אמר דן לנל.

"אני גם מבין את החששות שלה, הן מוצדקות," אמר נל.

"אנחנו צריכים לקבוע כמה דברים בקשר לשהייה שלך איתנו, וצריך לעשות משהו כדי שהציור לא יתגלה." אמר דן.

"מה אתה מציע?" שאל נל.

"ראשית, מהרגע שנוגה תתאושש תוכל להסתובב בבית בחופשיות. אתם," פנה דן ליואב, רון וליר, "אתם צריכים להקפיד שדלת הבית תהיה תמיד נעולה. אם מישהו דופק בדלת, לפני שפותחים, הקפידו ליידע את נל, כדי שיוכל להסתתר."

"אבא, אין לך מה לדאוג," אמר רון וצחק, "הצלחנו לשמור על נל בסוד מעל לחודש, אנחנו כבר מאומנים"...

"נכון," חייך דן ופנה לנל, "זו הזדמנות בשבילי לשמוע עוד על המקום שממנו באתָ."

נל סיפר לדן על משחק לילהפנסים ועל אותו ערב. דן כבר שמע את הסיפור בעבר. נל הפסיק לדבר כשנוגה נכנסה לסלון ובידיה בגדי בובה קטנים, "לקחתי את הבגדים האלו מהבובות שלך," היא אמרה לרון. "אני מקווה שאתה לא מתנגד?"

"לא," אמר רון, שהבין כמו כולם למי הם מיועדים.

"אני מציעה שתמדוד את הבגדים האלה, ואני אצר ואתאים אותם למדותיך".

נל הביט בנוגה בהכרת תודה. הוא לקח את הבגדים והלך למדוד אותם בחדרה של ליר.

נוגה ניגשה לאינטרקום וכיבתה אותו. "שמעתי את השיחה שלכם כשהנקתי את אור," השיבה למבטים שהופנו אליה. "עדיין קשה לי. אני מרגישה שעוד רגע אתעורר והכול יהיה רגיל".

דן ניגש וחיבק אותה. "את יודעת שהאינטואיציות שלי חזקות ושאפשר לסמוך עליהן. בבקשה, סמכי עלי שנל הוא יותר מבסדר: אני יכול לשבת איתו שעות ולהקשיב לו."

היא חייכה אליו. "אני סומכת עליך. אלך להכין ארוחת צהריים. ליר את מוכנה לעזור לי?" ליר קפצה מהכורסה, רון בעקבותיה. "אני רוצה לחתוך את הירקות לסלט".

יואב גיחך בשקט, "אז מה, יש לנו כאן אוצר? אנשים רבים היו רוצים לפגוש במישהו כמו נל."

דן לא הספיק להשיב כשנל נכנס לסלון לבוש בבגדי חתן. השרוולים היו קצרים מדי ובקושי כיסו לו את המרפקים, גם את המכנסיים היה צריך להצר. נל החזיק את המכנסיים פתוחים ואמר בחיוך, "לא הצלחתי לסגור אותם, הם לא ממש לגזרה שלי."

כולם חייכו בהבנה, נוגה צחקה מעט. "אתה נראה נחמד. אל תדאג, אתפור לך משהו," היא ניגשה אליו והתכופפה. המגע בנל גרם לה להירתע מעט. נוגה הביטה בעיניו של נל. "סליחה," אמרה והושיטה שוב את ידיה. הפעם, ניסתה להדק את החולצה הלבנה לגופו של נל. "זה לא ילך," אמרה. "החולצה הזו נראית עליך כמו אוהל. אני אקח את הבגדים הישנים שלך. ליד מקום העבודה שלי יש מתפרה, אחת מהעובדות היא חברה טובה שלי. אני אבקש ממנה לתפור לך כמה זוגות מכנסיים וחולצות, אומר לה שזה בשביל הבובות של רון וליר, אעשה זאת מחר בבוקר, כך שתיאלץ לסבול את בגדי החתן האלה רק עד מחר."

"תודה," אמר נל. "בינתיים אלבש את הבגדים שלי."

את ארוחת הצהריים הזאת לא ישכחו לעולם במשפחת אלון. כולם התיישבו סביב השולחן. יואב הביא מילון כיס עבה והניח אותו על השולחן, נל התיישב עליו. רון וליר רצו לחדר והביאו צלחות פלסטיק מיניאטוריות מבית הבובות הענק. במרכז השולחן הניחה נוגה צלחת מרק עמוקה, כיסתה אותה במפית אדומה, והניחה עליה גם את מערכת כלי האוכל של הבובות עבור נל. לבסוף שאלה אותו - "מה אפשר להציע לך לאכול?"

"מה שיש, תודה!" ענה נל.

נוגה מזגה לו לכוס בגודל אצבעון תפירה מעט מרק תירס, לא לפני

שריסקה לו מעט את הגרגרים הצהובים והרכים. ליד הצלחת הניחה פרוסת לחם דקה ובצלחת השנייה פרוסת דג סלומון מעושן ואורז. הם אכלו בנחת את הארוחה תוך שדן שואל את נל שאלות ללא הפסקה. גם לנוגה היו שאלות משלה, על תרבות הדלנאים ועל הלימודים אצלם, כשלפתע נשמעו דפיקות בדלת. לפני שמי מהם הספיק להגיב שבו הדפיקות והתחזקו וקול נמוך נשמע מעבר לדלת - "לפתוח, משטרה."

יואב הרים את נל ורץ איתו לחדר של ליר. דן קם וסימן לכולם שישבו רגועים.

"מי זה?" שאל דן, מרוויח זמן ליואב כשסייע לנל להסתתר.

"לפתוח, משטרה!" נשמע שוב הקול. יואב חזר וסימן בידו שהכול בסדר. דן הביט דרך העינית והבחין בשני לובשי מדים כחולים, פתח את הדלת לרווחה ושאל: "במה אפשר לעזור לכם?"

"צהריים טובים גם לך," חייך השוטר השמאלי ושלף מעטפה חומה. "יש לי כאן צו שמאפשר לי לחפש בביתכם."

"חכה רגע," ביקש דן. הוא הוציא את הטלפון הנייד מכיסו וחייג לחגי.

"כן, מי זה?" נשמע קולו של חגי.

דן הפעיל את הרמקול שבטלפון הנייד, "זה אני, דן אלון."

"היי, מה קורה?"

"למען האמת, הרבה," קולו של דן התחזק. "נמצאים אצלי שני שוטרים במדים עם צו חיפוש, יש צורך שאתקשר לעורך הדין שלי?"

שתיקה השתררה על הקו. "על מה אתה מדבר?" שאל חגי בדאגה. דן הבחין בזווית העין בתנועה חשודה חטופה של השוטר הימני לעבר נרתיק אקדחו, ובמהירות הבזק דחף דן את הדלת בחוזקה על פרצופו ונעל אותה. זעקה עמוקה התערבבה בקול הנפץ העצום. דן נעל את הדלת במפתח ובריח, וצעק למשפחה להשתטח. בעצמו נצמד אל הקיר הסמוך אל הדלת, ובזהירות ומהירות הציץ במהירות מבעד לעינית, ומיד חזר אל הקיר: למרות הזעזוע היה מרוצה, השניים נראו מתרחקים במהירות.

"הכול בסדר!" הרגיע דן את נוגה והילדים, וכשהביט פעם נוספת כבר לא נראו באזור.

"אפשר לקום!" שמח דן, ונפנה להרגיע את נשימתו. אור התחיל לבכות, ונוגה רצה במהירות לחדר. "לכו איתה," ביקש דן בלחש מיואב, רון וליר. "אין לנו מה לדאוג, הם כבר הלכו."

רק עכשיו שמע דן את ההמולה מהטלפון. חגי לא הפסיק לקרוא לו, ובקו השני הקפיץ את כל תחנת המשטרה על הרגליים: "כולם להגיע במהירות לרחוב בורלא 24 בתל אביב!" חגי נשמע בפאניקה. "דן, אתה שומע אותי?" צרח בטלפון. דן חייך בהקלה: "אתה יכול להנמיך את הקול, הם כבר הסתלקו."

"נעל את הדלת ואל תפתח לאף אחד, עד שאתה שומע את הקול שלי - ורק שלי, מעבר לדלת. ברור?"

"בסדר," דן שמע את עצמו עונה. ידיו רעדו, הוא הרגיש שהאדרנלין שהנחה אותו עד כה מתחלף ברעד בלתי נשלט בכל הגוף. הוא פסע למרכז הסלון וצלל לתוך כורסת הזמש החומה .

"נשום עמוק," שמע את קולה של נוגה, הוא הביט בה. מעיניה הירוקות זלגו דמעות, והכאב יחד עם ההודיה ניכרו בפניה. הוא סימן לה שתבוא אליו.

"הילדים בחדר ואור ישן," אמרה והתיישבה על הרצפה, למרגלות הכורסה. "אני כל כך פוחדת," היא בכתה חרישית והשעינה את ראשה על רגליו. דן ליטף את שערה הרך בכף ידו. היד הפסיקה לרעוד ודן הרגיש שהוקל לו.

"אני מצטער," אמר דן.

"מה נעשה?" נוגה הרימה את ראשה והביטה בעיניו.

דן ניגב את דמעותיה בידיו, "נצטרך להחליט על כך ביחד. זוהי החלטה קשה."

יואב הופיע בסלון. דן הביט בו בחיוך, "אל תדאג, הכול יהיה בסדר," לחש לו.

נוגה הסתובבה, "הכול בסדר אתכם?"

יואב נראה מבוהל, הוא נד בראשו בחיוב, אך עיניו התמלאו דמעות.

"בוא הנה," קרא לו דן. יואב התקרב, ודן חיבק אותו בידו הפנויה.

"המשטרה בדרך. חגי צריך להגיע כל רגע. הייתי רוצה שנשמור על נל בסוד," הוא הביט בנוגה, ומבט של תחינה היה בעיניו: "אני יודע שזה קשה לך."

"כבר לא!" ענתה. "הוא מאוד נחמד ואנושי כמונו, לא אתן שיפגעו בו. בכל מקרה גם אם נוציא אותו מן הבית עדיין ניוותר בסכנה, מעבר לפגיעה האפשרית בו, עניין נסבל בעיניי. לא. גורלו וגורלנו קשורים יחד. "דן הניח את ידו על מצחה. "אני חושב שיש לך חום," צחק.

"אמא תודה!" יואב חיבק אותה בשתי ידיו.

"בבקשה, חמוד. יהיה לך ולאחֶיך מספיק זמן להודות לי. עכשיו גש לחדר להשגיח על רון וליר, ודאג שנל ימשיך להסתתר." יואב נישק אותה. "אני אוהב אתכם," אמר ומיהר לחדר.

"הביטי," אמר דן, "כשחגי ייכנס, הוא ישאל שאלות. אני מציע שתתני לי לענות עליהן, העמידי פנים שאינך יודעת דבר, כך נרוויח זמן עד שנדע מה קורה פה..."

עוד לפני שסיים את המשפט, נשמעו סירנות מכל עבר. יואב חזר בריצה מהחדר ואמר בהתרגשות

"אבא, אמא, שמעתם? יש ברחוב ניידות!"

***

הדפיקות הראשונות היו חלשות. דן סימן לנוגה וליואב לא לומר דבר. הדפיקות התגברו והתחזקו, ואליהן נוסף צלצול הדלת. דן שמע את השכנים בחדר המדרגות מבוהלים, מבולבלים, ומתנפלים על השוטרים במטחי שאלות לא מסונכרנים.

"מר אלון, זו משטרה. תוכל בבקשה לפתוח לנו את הדלת?" הפעם היה זה קול מוכר מעבר לדלת.

"פתח דן, זה אני חגי."

דן ניגש לדלת, הביט בעינית, וכשזיהה את חגי, שחרר את שרשרת הביטחון ופתח את הדלת לרווחה. השוטרים מחוץ לדלת מילאו את כל חדר המדרגות.

"היכנס," משך דן בזרועו של חגי ומשך אותו בחוזקה לתוך הבית.

"הכול בסדר?" התעניינה בספקנות ובחשש אחת השכנות. דן חייך, לא ענה, סגר מיד את הדלת ונעל אותה שוב. כשהתיישבו בסלון, החל אור לבכות. "אני הולכת לבדוק מה איתו", אמרה נוגה.

"מה אתה שותה?" שאל דן.

"שחור, כפית סוכר. תודה!" ענה חגי.

דן ניגש למטבח, ודפיקה חזקה נוספת נשמעה...

"תן לי," ביקש חגי ושחרר את שרשרת הביטחון. כשפתח את הדלת נפערו עיניו בתדהמה. מפקד בטל"י ירון דותן, עמד בפתח ולידו ריטה.

"מר דן אלון, שמי ירון..."

"אני יודע מי אתה," קטע אותו דן, "וגם אותה אני מכיר," אמר בעודו מביט בריטה.

לרגע שתקו כולם, ומקץ רגע סימן להם דן שייכנסו. שני שוטרים נוספים רצו גם להיכנס, אך דן עצר אותם. "מצטער, יש לי כאן ילדים, זו לא מסיבה." הוא נעל את הדלת. "אני מכין קפה, תרצו להצטרף?"

"אשמח," אמרה ריטה, "נס בשבילי."

דן הביט בירון, וראה שבמציאות הוא נראה צעיר מגילו הודות לשערו הצבוע ולאימוני הכושר. הוא לבש חליפה כחולה כהה, חולצה לבנה מגוהצת ועניבה בצבע אדום יין.

"אותו דבר בשבילי," ביקש ירון.

"אפשר לעשן?" ריטה שלפה קופסת סיגריות ודפקה על תחתיתה כדי לשלוף.

"לא, את לא יכולה," אמר דן בקשיחות, "יש לנו תינוק ובכל מקרה לא מעשנים אצלנו בבית," אמר דן.

"החוקים השתנו..." אמרה ריטה, מחזירה בחיוך את הסיגריה לחפיסה.

"במיוחד בשבילך," ענה דן.

"מה קורה כאן?" שאל חגי את ריטה.

ריטה הביטה לרגע בחגי ואז הסיטה מבטה ממנו. דן עזב את הקפה והתקרב לריטה. "אני מציע שתשתפי אותו, אחרת אני אשתף."

"אל תשכח את מה שאמרתי לך," ריטה הביטה בו בכעס: "יש לנו סמכויות גבוהות מלמשטרה..."

חגי התרומם מהכורסה בכעס, אך ירון דותן הרים את ידו וביקש ממנו שישב. "אני חושב שכדאי שנשתף אותך בחלק מהדברים." ירון הפסיק לרגע והביט בריטה. ריטה התכוונה לענות אולם ירון המשיך ואמר: "אי-אפשר להמשיך כך, אנחנו זקוקים לעזרתו. הפעם בטרם הספיק להמשיך אך נוגה נכנסה לסלון ויואב מאחוריה. דן ניגש אליה וחיבק אותה. "זה ירון דותן, הוא מפקד..."

"אני יודעת, מפקד השב"כ לשעבר," ענתה נוגה בקרירות. "יש לך או לכם חלק במה שקרה כאן היום?" פנתה לירון והביטה בו ובריטה. "הפנים שלה פשוט מושלמות..." חשבה.

"חכי רגע," דן סימן לנוגה ופנה ליואב, "יואב, גש לחדר שלך, בבקשה."

"אני רוצה לשמוע," אמר יואב. "לא עכשיו," אמר דן ולחש ליואב באוזן, "השגח שהחבורה תהיה בשקט, אני אעדכן אותך אחר כך." יואב הסתובב וחזר לחדר.

"אני מחכה לתשובה!?" נוגה הביטה בירון.

"גברת אלון, אני יכול להבטיח לך שאנחנו מהטובים. ולא, אין לנו כל קשר לתקיפה הזו."

"אז מי זה היה, אם לא אתם? מי עוד יכול לעולל לנו דבר כזה?" הפעם נוגה לא עצרה את כעסה והרימה מעט את קולה.

"אני יכול להבין אותך...." אמר ירון, אך נוגה קטעה אותו, "אתה לא יכול להבין כלום, אין לך לב. אני מבקשת מכולם ללכת. בפעם הבאה שתגיעו, תדאגו שיהיה בידיכם צו משופט, אחרת לא תוכלו להיכנס."

כולם שתקו לשנייה, חגי היה הראשון שדיבר. "אני לא זז מכאן עד שלא יהיו לי את כל התשובות. וגברת אלון, ירייה נורתה בביתך. אין לי מושג במה אתם מעורבים, ואני מבין ששלשום ילדת, לכן אני אדיב, אל תאלצי אותי לזמן אותך לחקירה בתחנה."

דן ניגש לחגי ואחז בזרועו. ירון קם והפריד בין השניים. "תשמור על הפה שלך ליד אשתי," אמר לו דן. חגי הביט בדן ואמר, "אני מצטער. אני צריך שתתלוו אלי לתחנה."

"אין צורך," אמר ירון. "אני צריך רק כמה דקות," אמר לנוגה. נוגה היססה מעט, ולבסוף נעתרה. "הבט," פנה ירון לחגי שנראה שעוד רגע יאבד את סבלנותו. "משהו מוזר קורה כאן," חשב חגי בלבו, "אני חייב לדעת מה."

ירון סיפר לחגי בקצרה על קרי, על המעברים, ועל ההתפתחויות שקרו לאחר מכן. בזמן שדיבר, נשאר חגי פעור פה, וכשסיים ירון הביט בשלושה, בדן, אחר בנוגה, ולבסוף שוב בירון, ושאל: "מה אתם מנסים לעשות פה? אתם חושבים שאני אוכל את השטות הזו?" ירון ביקש "חכה שנייה." הוא סימן לריטה וזו העבירה לו תיק קטן. ירון הוציא ממנו מחשב נישא.

"מעולם לא ראיתי מחשב קטן כל כך," אמר דן.

ירון הקליד על המחשב. "שימו לב," אמר לחגי, דן ונוגה. ריטה קמה מהכורסה ופינתה מקום. דן ונוגה התיישבו מימין לירון וחגי לשמאלו. ירון לחץ על כפתור האנטר, וריטה נראתה על המסך כשהיא מסבירה על המעברים.

המשרד שבו עבדה נראה כמשרד רגיל. שטיח אפור, שולחן מעץ בוק כשסביבו כיסאות מצופים עור משובח בצבע ונגה. התאורה היתה תאורת משרד. המנורות היו גדולות ומסביבן פוזרו מנורות שקועות. מאחוריה היה שרטוט לא ברור. היא החזיקה בידה סרגל מניקל ודיברה

בלי להפסיק על ההזדמנות שנקרתה בדרכם. מהמסך נראו רק ראשם של היושבים. על השולחן הונחה שתייה קרה, קנקן של קפה וכמה עוגות ועוגיות.

פתאום נראתה תזוזה על השולחן. חגי קפץ לאחור. "מה זה?" שאל מצביע על דמות קטנה, ממש מינאטורית, שנעמדה והסתובבה לכיוון המצלמה. הדמות חייכה למצלמה וסימנה בידה לשלום. במבנהו נראה כאדם רגיל, אך הוא היה נמוך מאדם רגיל וסנטרו מוארך. ריטה הפסיקה את ההסבר וחייכה לקרי. "כשתסיים את הרומן שלך עם המצלמה, תוכל לעזור לי בהסברים?" קרי הביט בריטה, הסתובב למצלמה, וענה " אשמח."

"הוא מדבר..." חגי הרים את קולו.

" כן, הוא מדבר," ענתה ריטה בחוסר סבלנות.

"את יכולה לעשן במרפסת," אמרה נוגה.

"תודה," ריטה שחררה חיוך כובש ויצאה למרפסת, מקפידה לסגור אחריה את הדלת. ירון לחץ על אחד הכפתורים והקפיא את הסרט. דמותו המחייכת של קרי נראתה על המסך.

"אני לא מאמין," חגי טפח על מצחו. "זה לא יכול להיות." לעומתו, נראו דן ונוגה שלווים וקרי רוח, וזה היכה בירון כברק. "אני שם לב שעליכם זה לא עשה רושם!" אמר. "ראה," ענה דן, "אין לנו עניין בסיפורי פנטזיה או הארי פוטר. אני ואשתי חיים במציאות."

חגי לא הקשיב לדן, הוא ניסה לתפוס את תשומת לבו של ירון, ושאל "אתה מוכן, בבקשה, להריץ את הסרט?" כשלחץ ירון על כפתור ההפעלה נשמעו בפעם השלישית דפיקות בדלת. נוגה רצתה לקום, אך דן עצר אותה. הוא ניגש לדלת והציץ בעינית. "ידיעות וחדשות מביאות איתן בדרך כלל גם עיתונאים וצלמים," הוא אמר.

"אל תפתח," אמר ירון.

"אין לך מה לדאוג. נראה שהחבר'ה שלך נאבקים בהם לפחות בינתיים בהצלחה," אמר דן שהוסיף להציץ בעינית. חגי, עדיין המום, לא הפסיק למלמל.

"אתה יכול לדבר ברור," אמר דן והתיישב, "זה הכול פוטומונטאז', משחקי פוטושופ וכדומה, ככה בדיוק צילמו את המפלצת מלוך-נס ואת יטי איש השלג. אל תאמין למה שאתה רואה."

ירון הביט בדן ובחן אותו. "זה אמיתי. אני צריך שתאמין למה שאתה רואה, כי כנראה בביתכם יש פתח יציאה מעולם אחר. אם לא ננהג בהתאם ההשלכות עלולות להיות הרסניות."

"ירון," פנה אליו דן בכוונה ללא תוספת כבוד כגון מר או אדון, "כשתסיים את הבדיחה הַזִּכֵּר לנו לשחרר לך איזה חיוך, כי כל מה שאני מרגיש כרגע זה שאתה מסיט אותנו מהעיקר, מהפריצה השנייה לביתנו והניסיון השני שלא צלח..."

"טעות בידך," קטע אותו ירון. "כל מילה שנאמרה, כל מילה, היא אמת לאמתה. אני גם מבקש מכם שלא תדברו על כך עם איש."

"שכחת שאנחנו לא סוכני שב"כ וגם לא מתיימרים להיות. לי לא מפריע שאתם מתעסקים בכל המשחקים וכל השטויות האלה," אמרה נוגה, "אבל אותי לא תצליח לשכנע בזה", אמרה והצביעה על המחשב הנייד. ריטה נכנסה לסלון וסגרה את הדלת. "אכפת לכם אם נשאל את הילדים כמה שאלות?" שאלה. "כמובן, אכפת לנו מאוד, התשובה היא 'לא'," אמרה נוגה. "אין לכם זכות," חוץ מזה, איך, לעזאזל, הגעתם לכאן כל כך מהר?" ניסה דן לתקוף. "מאז הפריצה יש שמירה של עשרים וארבע שעות סביב ביתכם, חמישה סוכנים במשמרת," אמר ירון.

"זה מסביר את התוספת שבית הספר קיבל לשורותיו," אמר דן.

"על מה אתה מדבר?" שאל חגי שלרגע עזב את המחשב הנייד.

"הוא יודע בדיוק על מה," דן סימן בעיניו לירון. "שומר אחד בשער התרבה לשלושה."

ריטה הגיבה בחיוך: "אני רואה שיש לך טביעת עין טובה," אמרה,

"איך חמקו מעיניך כל הדברים המוזרים שקרו פה בשנה האחרונה?"

"כפי שאמרתי לך כבר בעבר, הדבר היחיד שקרה לאחרונה קרה שלשום, כשאשתי ילדה. זה בית רגיל, מה שלא מפריע לאנשי חוק לפרוץ אלינו ולקחת את כל שהם חפצים בו בלי לשאול."

"אתה מתכוון לציורים?" שאלה ריטה.

דן הנהן בראשו. "אני רוצה אותם בחזרה."

"תביט," אמר ירון, אנחנו יכולים לתת לכם פיצוי כספי..."

"אני לא רוצה," קטע אותו דן. "אני רוצה אותם בחזרה."

"זו בעיה," אמר ירון. הוא השתהה לרגע ואחר כך אמר: "הציורים נהרסו. אני מציע לך תמורתם עשרת אלפים שקלים. זה כמעט כפול ממה שקנית אותם."

"תשמע, אני הולך להפיץ את כל מה שקרה כאן בתקשורת," דן הרים את קולו, "או שאתה דואג שהציורים יחזרו. עשרת-אלפים שקלים זה מה שאתם מוכנים לתת לנו על הפריצה והגניבה?"

"בבית המשפט נקבל יותר," אמרה נוגה.

"טוב, מה את חושבת הוא הפיצוי המתאים לציורים?" שאל ירון.

נוגה חשבה מעט, ואחר כך אמרה, מאתים אלף שקלים, לא פחות."

היתה שתיקה קלה, "זה סכום גבוה לכמה ציורים, את לא חושבת?" אמרה ריטה. נוגה לא ענתה, רק הביטה בירון שהביט בה בחזרה.

"בסדר גמור. תקבלו תמורת הציורים מאתים אלף שקלים," הוא אמר. "אני רק רוצה לשאול שאלה או שתיים את אחד מילדכם."

"לא," אמרה נוגה בפסקנות.

"חכי רגע," אמר דן. "אקרא ליואב, לבן הגדול שלנו," הוא פנה לירון, "תשאל אותו את שתי השאלות שלך, ואחר כך תעזבו אותנו במנוחה."

ירון הנהן בראשו. דן אחז בכתפה של נוגה ולחש לה באוזן, "סמכי עלי." נוגה הנהנה בראשה. דן מיהר לחדר השינה, ולאחר פחות מדקה חזר עם יואב שהיה מפוחד.

"הכול בסדר?" שאלה נוגה.

"אור ישן," ענה יואב בקול חלש.

"ומה ליר ורון עושים?"

"אנחנו משחקים במונופול. אמא, מה קורה פה?" נוגה חיבקה אותו
ולחשה לו באוזן, "הם ישאלו אותך כמה שאלות, אין לך ממה לדאוג."
יואב הנהן בראשו.

"שלום יואב," ירון קם מכיסאו והושיט את ידו כדי ללחוץ את ידו
של יואב.

יואב הביט בו ולחץ את ידו, "שלום."

"שמי ירון דותן, ואני איש חוק. שמענו שהיה כאן ניסיון פריצה
ומיהרנו לכאן כדי לעזור לכם. רציתי לשאול אותך משהו והייתי רוצה
שתענה לי בכנות," הוא הביט ביואב, כשפתאום התחוור לו שעוד מעט
ימלאו לילד שתים-עשרה. שנים של עבודה בתחום הביטחון העניקו
לירון את הידע הדרוש לפענח אנשים ובפרט שפת גוף, והוא קלט
תוך שניות שהילד מוכשר וחכם. "וממש גבר קטן", חשב ירון לעצמו.

"יואב, משהו שונה קרה פה לאחרונה?"

יואב הביט בירון וענה בהחלטיות, "לא, הכול רגיל."

"יואב, אני מבקש שתחשוב טוב לפני שאתה עונה, זה מאוד חשוב.
אני לא רוצה להפחיד, אבל אם יש משהו כזה ואתה מסתיר משהו, זה
יכול לסכן אותך ואת משפחתך."

"רק רגע," נוגה נכנסה לדבריו. "לא הסכמנו גם על הפחדת הילד."
דן אחז בזרועה של נוגה ולחש לה שהכול בסדר. ירון חזר והביט ביואב.

"לא הבחנתי בשום דבר מוזר. אולי תסביר לי במה מדובר?" שאל
יואב. ריטה שלפה תמונה מתיק הצד שלה. היא קמה, אך ירון עצר
אותה וסימן לה בעיניו שלא לעשות זאת.

"מה יש בתמונה?" שאל יואב.

"לא משהו בשבילך," אמר לו דן. "אתה יכול לחזור לחדר," אמר דן כשרון וליר הופיעו בסלון.

"אבא, מה קורה פה?" שאל רון. ליר נעמדה מאחורי דן, היא חיבקה אותו במותניו והציצה מאחורי גבו. "לא קרה כלום," ענתה נוגה. "ניסו לפרוץ לנו לדירה."

"מה? שוב?" שאל רון.

"כן, שוב," ענתה נוגה בקול חלש. "אין לכם ממה לדאוג, עכשיו המשטרה כאן והם מטפלים בכול, בואו איתי," היא אחזה בידו של רון וחיבקה את ליר בידה השנייה. "גם אתה יואב," אמרה ולקחה אותם לחדר. "אוקיי חברים, אני חושב שסיימנו להיום," אמר דן וניגש לפתוח את הדלת. בחוץ עמדו שני שוטרים מהזיהוי הפלילי. "אתה דן אלון?" שאל אחד מהם.

דן הנהן בראשו. "הבוס שלכם כבר יוצא אליכם, הוא כבר יעדכן אתכם."

"רק רגע," קרא ירון לדן. "לפני שאנחנו הולכים," דן סגר את הדלת, הוא הספיק לשמוע את אחד השוטרים אומר לחברו, "ראית מי זה? זה ירון דותן!"

"לפני שנלך, הייתי רוצה לבקש ממך טובה קטנה," אמר ירון,

"מה אתה רוצה לבקש ממני?" שאל דן.

"היחידה שלנו נמצאת כרגע בקריה. קיבלנו שם כמה משרדים מהצבא, והייתי רוצה להזמין אותך ואת נוגה אלינו לכוס קפה. חשוב לי מאוד שתשתכנעו שאנחנו דוברי אמת. אל תאלצו אותנו להגיע לבית המשפט כדי לחפש בביתכם."

דן עמד לומר משהו, אך ירון עצר אותו. "רק רגע, עוד משפט אחד," הוא פנה לחגי, "זה גם כולל אותך. מבחינתי, אתה שותף כרגע לאחד מהסודות הגדולים ביותר שלנו."

"אני יכול לומר משהו?" שאל דן ולא חיכה לתשובה. "אמרו לך פעם שאתה חוצפן?" הוא פנה לירון. "איך אתה מעז כך לאיים עלי בבית שלי?"

"אני מצטער שזה נשמע כך. לא זו היתה הכוונה," אמר ירון בקול מפויס. "היינו חייבים לבקש צו חיפוש."

"מה מונע מכם מלחפש עכשיו?" שאלה נוגה. "שמעתי את המשפט האחרון שלך, ואני ובעלי באמת רוצים לדעת למה? או... שאתה רוצה שאני אומר לך מה מונע מכם לבקש צו חיפוש בביתנו?"

"מה את חושבת?" שאלה ריטה.

"אתם יודעים שאנחנו נחשוף את כל הסיפור התמוה, התלוש והמופרע הזה, על מעברים בין עולמות וננסים זוטונים שמסתובבים בעירנו, כך שאנשים ידעו בדיוק לאן הולכים כל כספי המסים שאנו משלמים." נוגה חייכה למראה פניהם המופתעות. "כפי שאמרתי לכם קודם, אנחנו לא יודעים לשמור סוד."

"אתם פשוט לא מוכנים לעזור," אמר ירון בשקט.

"מה שאתה מבקש מאיתנו לא היגיוני. יכול להיות שטעיתם בדירה? יכול להיות שזו בכלל הדירה שממולנו? וגם הסיפור הזה על גמדים אינו מציאותי. אני בעצמי לא מאמינה בזה. אין לי מושג איזה אינטרס אחר יש לכם. אבל אני משוכנעת שמה שזה לא יהיה שאתם מחפשים - לא נמצא כאן. לקחתם את כל התמונות מביתנו, כך שאין לכם מה לעשות כאן. ואל תשכח," הוסיפה נוגה, "שמגיע לנו פיצוי מכם על הפריצה ועל הציורים, וגובה הפיצוי שנקבע כאן בנוכחות עדים הוא מאתיים אלף שקלים."

"אין בעיה. מחר בבוקר יגיע שליח של הסוכנות עם המחאה על הסכום. תצטרכו, כמובן, לחתום שאתם מוותרים על תביעה בעתיד. אבל, זה לא יכול להיגמר כך. אני מתעקש שתגיעו אלינו למשרד, נשמח לנסות ולשנות את דעתכם," אמר ירון, וכשקם סימן לריטה שהם עוזבים.

"חגי, סגור את הנושא הזה כניסיון פריצה. שבדוח שלך לא יופיע שום דבר שקשור לבטל"י."

ירון הושיט כרטיס ביקור בצבע אפרפר-כסף לחגי, עליו הופיעו רק

שמו של ירון ומספר הטלפון הנייד שלו, "התקשר אלי בבוקר ונדבר."

חגי שם את כרטיס הביקור בכיס חולצתו והנהן, והם לחצו ידיים. ירון ניגש לנוגה ובנימוס ביקש סליחה על כל ההתפתחויות, והאיץ בה פעם נוספת שיבקרו אותו במשרדו.

ירון," קרא חגי לירון שכבר ירד במדרגות, "חכה לי שנייה", חגי נפרד מדן וביקש "הֱיֵה איתי בקשר, אנחנו חייבים להיפגש מחר ולדבר."

"אם יהיה לי זמן," השיב לו דן.

פרק 41

אשר החוקר הפרטי

הם יצאו מהדלת. דן סימן לנוגה באצבע אנכית לשפתיו להישאר בשקט. כעבור דקת דומייה חייג מהטלפון הנייד. "למי אתה מתקשר?" שאלה נוגה.

"לאשר, חבר," ובשיא השקט לחש, "החוקר הפרטי."

דן חיכה בסבלנות. כשענתה מזכירה אלקטרונית - "השאירו שם והודעה קצרה ואשתדל לחזור אליכם במהרה" - השאיר דן הודעה: "אשר שלום, מדבר דן אלון והייתי רוצה שתיצור איתי קשר."

"למה אנחנו צריכים חוקר פרטי?" שאלה נוגה.

דן סימן לה שתהיה בשקט ותבוא אחריו. הם הלכו לחדר השינה. יואב, רון וליר שיחקו בשקט במשחק מונופול ואור ישן. "הם הלכו," אמר להם דן, "אבל יש בעיה קטנה, היכן נל?"

"עם ליר, בבית הבובות," ענה יואב.

דן ניגש לחדר של ליר וחזר כשנל בידו. הוא הניח אותו על המיטה ואמר שוב בלחש, "הקשיבו," "ראשית כול - נקפיד לדבר בשקט, גם כדי לא להעיר את אור שלא יתעורר, וגם כי לדעתי שמו לנו מכשיר האזנה בסלון ואולי אף בשאר הבית, כך שנצטרך..."

צלצול הטלפון הנייד של דן קטע אותו, הוא מיהר לענות תוך שהוא יוצא מהחדר ונכנס לחדרה של ליר כדי שלא להעיר את אור משנתו. כעבור שתי דקות חזר.

"טוב, אמרתי לכם שאני חושב ששמו לנו מכשירי האזנה, לכל הפחות בסלון ובמרפסת השמש. הטלפון שקיבלתי כרגע היה מחבר

שלי, אשר, הוא אחד הטובים בתחומו ובבעלותו משרד חקירות פרטי. הוא בדרכו לכאן."

"אתה משוכנע שאנחנו צריכים את זה?" שאלה נוגה. "הוא יתחיל לשאול שאלות."

"חשבתי על זה, ולכן סיפרתי לו שפרצו לנו לדירה, גנבו את כל הציורים, ושלדעתי אחד מחוקרי הפריצה שייך בעצמו למשרד פרטי, וככל הנראה שתל בבית מערכת האזנה."

"רק רגע, אבא," אמר יואב. "האם יכול להיות שגם בחדרים שמו מכשירי האזנה?"

"יכול להיות, שעשו זאת במסגרת הפריצה." ענה דן. "אשר יגיע לכאן בעוד כמה דקות, ועד שלא יסיים את הבדיקה אני מבקש שתישארו כאן בחדר השינה ותמשיכו לשחק."

"תעזור לי עם המיטה של אור," ביקשה נוגה, "נעביר את המיטה שלו לחדר של ליר וכך נוכל לדבר בחופשיות בחדרו." דן ונוגה העבירו בזהירות לחדרה של ליר את המיטה הקטנה כשאור בתוכה.

"בינתיים," ביקשה נוגה, "רון, יואב וליר, הכינו בבקשה מקום מסתור נוסף לנל."

"נל יסתתר בארון המגבות הקטן שבחדר האמבטיה."

"מה בדיוק אתם עושים?" שאלה נוגה, כשראתה את שלושת ילדיה על הרצפה במקלחת.

"מחפשים מקום נוסף שבו נל יוכל להסתתר," השיב רון.

"דווקא שם? הרי אין שם אוויר. זה סגור מאחור," אמרה נוגה.

"לא," אמר יואב, "יש שם חור גדול. נראה שניסו להעביר לכאן איזה צינור או משהו אחר, ועכשיו זה מאוורר."

***

פעמון הדלת צלצל. דן סימן לכולם להיות בשקט כשניגש לפתוח. נוגה אחזה בידו ועצרה אותו. "היזהר, ואל תפתח לפני שתביט בעינית."

"אל תדאגי,זה בוודאי אשר." הוא הסתובב ללכת אך נוגה לא ויתרה:

"דן, אני מבקשת..." הוא הסתובב ונישק אותה קלות על שפתיה.

"אני מבטיח. בינתיים בואי נחזיר את נל לבית הבובות."

כעבור דקה חזר דן ואיתו שני צעירים חסונים. "נוגה, הכירי, זה החבר שלי אשר, וזה גונן העוזר שלו." הם לחצו ידיים.

"אפשר להציע לכם משהו לשתות? קפה עם עוגיות?" שאלה נוגה.

"לא כרגע," אמר אשר וחייך לילדים, שחייכו אליו בחזרה וחיבבו אותו מיד מהרגע הראשון. "אני מבקש מכם רק כמה דקות של שקט. אתם יודעים לשם מה אני כאן," אמר אשר. "קודם נהפוך את החדר הזה לסטרילי. גונן, נתחיל כאן בבקשה?" גונן מיהר לסלון וחזר כעבור רגע כשבידו מזוודה, שנראתה כמו מזוודה רגילה. הוא הניח אותה במרכז המיטה ופתח אותה. בפנים היו כל מיני מכשירים, חלקם עם חוטים.

"כמה שקעים של טלפון יש כאן?"

"רק אחד," ענה דן והצביע על הצד של נוגה במיטה. אשר הוציא את קצה כבלו של הטלפון, וחיבר לשקע כבל אחר ששלף מתוך המזוודה. הילדים הביטו בו בהתפעלות. אשר הוציא אנטנות קטנות ופיזר אותן בחלל החדר.

באותו הזמן סרק גונן את החלון עם מכשיר חשמלי. הוא העביר אותו שוב ושוב. "נקי," אמר בלחש לאשר שסימן לו שימשיך לחדר האמבטיה.

כעבור חמש דקות סגר אשר את דלת חדר השינה. "אוקיי, החדר הזה סטרילי, נקי מציטוטים וממצלמות. אתם תישארו כאן בזמן שגונן ואני נסרוק את הבית."

"אנחנו נחכה כאן," אמרה נוגה. "את החדר הסמוך תעזבו, התינוק ישן בו ואף אחד לא נכנס לשם."

אשר הביט בדן. "אני בטוח במיליון אחוז שהכול בסדר," ניסה דן להרגיע.

"טוב, לא ניכנס לשם. אני אבדוק אותו מבחוץ," אמר אשר ויצא עם המזוודה מהחדר.

כעעט שעתיים סרקו אשר וגונן את חדרי השינה של יואב ורון, את חדר האמבטיה של הילדים, המטבח ופינת האוכל. "הכול נקי, לפחות מה שבדקנו עד עכשיו," אמר גונן.

"אל תהיה בטוח," הביט בו אשר בהיסוס. הוא הוציא והרכיב משקפי שמש ענקיים עם עדשה סגולה כהה. "אני הולך לחפש פינולים בחלון החיצוני, חפש אתה במרחב הסלון "מה זה פינולים?" שאל יואב, ונענה בסבלנות תהומית מצד אשר, "פינולים הם מכשירי האזנה זעירים שנראים כמו ג'וקים קטנים." גונן סרק את הסלון ואשר בדק את החלון החיצוני והארוך שבמרפסת השמש. לאחר כשתי דקות מצא אשר את התגלית הראשונה וסימן לגונן לבוא.

שניהם הביטו במדבקה השקופה שהודבקה מאחורי האדנית של עצי התפוז הננסיים. אחר כך סימן גונן לאשר להגיע והצביע על העציץ המרשים בפינת החדר בצמוד לכורסת הזמש הגדולה. על הקיר היו כמה שקעים של חשמל וטלפון. אשר זיהה במבט ראשון את שלושת הפינולים. הוא סימן לגונן שיבוא איתו לחדר השינה של דן ונוגה. הם נכנסו לחדר וסגרו את הדלת מאחוריהם. "אני צריך לדבר איתך, ולא כאן." אמר אשר לדן.

"איפה?" שאל דן.

"בוא נצא החוצה לחדר המדרגות."

אשר, גונן ודן יצאו, וראו את השכנים, עדיין נרגשים מן המאורעות. "הנה הוא יצא. דן יצא החוצה," נשמע קולו של הארי פריצר, השכן בדלת ממול.. דן גיחך בשקט, "הרגשה מוזרה," לחש דן.. בקומה למטה שוחחו שכנים על ההשלכות האפשריות של המצב הנוכחי, על רמת הפשיעה בשכונה, על ערך הדירות, ועוד כהנה וכהנה נושאי שיחה שוליים או חשובים, תלוי בקהל השומע. בעיני דן היו כל הנושאים זניחים באותו רגע.

"אי-אפשר לדבר בחופשיות, לא בבית וגם לא כאן. בוא ניכנס בחזרה."
שלושתם חזרו לדירה. הם עוד הספיקו לשמוע את הארי פריצר מכריז שדן ראה אותו ומיהר לחזור לדירתו. אשר כיוון את דן לחדרו של יואב, הם נכנסו לחדר וסגרו את הדלת. גונן לחש לאשר שהוא ממשיך לסרוק את הסלון. אשר הוציא מכשיר, חיבר אותו לשקע והדליק אותו.

"מה זה?" שאל דן.

"מכשיר לעיוות קולות," ענה אשר. הוא שתק לרגע ואחר כך הביט בדן במבט קשוח. "עם מי בדיוק אנחנו מתעסקים פה?" שאל.

"אמרתי לך..." אמר דן, ולא הספיק לסיים לפני שאשר קטע אותו בתקיפות.

"אל תספר לי מעשיות. אנחנו חברים טובים, אבל ציוד האזנה שהתקינו לך בבית הוא לא ציוד שידו של חוקר פרטי משגת. זה ציוד שבדרך כלל גם לשב"כ אין. אתה יודע שהייתי קצין בכיר בשב"כ, ויכולתי רק לחלום שיהיה לנו תקציב לדברים כאלה."

דן הקשיח את מבטו ואמר ברוגז, "אם אתה לא רוצה לעזור לי אתה לא חייב, אני כבר אסתדר."

אשר הניח יד חברית על כתפו של דן ואמר, "דן, אני אוהב אותך יותר מאח. ספר לי מה קורה כאן ותן לי לעזור לך."

דן ענה לו בכנות: "האמן לי, אשר, אתה לא יכול, אי-אפשר עליהם."

"מי זה הם?" אשר הרים את קולו מעט.

"אני מציע שתלכו," אמר דן. "עזרתם לי מספיק. אני אסתדר לבד."

"אתה מטורף," אשר צעק חזק ככל שהצליח במסגרת לחישה, ורידי הפנים מתעוותים בזעם. "אני אחד החברים הטובים שלך, ובמקום שאעזור לך אתה מתעקש להתנהג בטמטום."

גונן פתח את הדלת בסערה וסימן לשניהם שישתקו. הוא סגר את הדלת.

"אתה יכול לדבר בחופשיות," אמר אשר והצביע על מכשיר שמעוות

קולות. "אני לא כל כך משוכנע שזה יעזור," גונן חייך בעצבנות. "שני מכשירי ההאזנה הקטנים שמצאתי עכשיו הם מדגם שמעולם לא ראיתי, נראה שהסי.איי.אי ביקרו פה."

"כלומר?" שאל דן.

"אשר ענה בכעס: "אתה רוצה שאומר לך בפשטות? "במרפסת השמש הוטמן בסרט דביק הדומה מאוד לסלוטייפ רגיל מכשיר שמע, שלדעת חברי הטוב גונן, עליו אני סומך בעיניים עצומות, יש רק לסוכנות מקצועית ומתקדמת טכנולוגית כמו הסי.איי.אי. באחת מהאדניות בעצי התפוז הננסיים הוסלקה בין הענפים מצלמת כרטיס. בסלון מצאנו פינולים, מצלמות משוכללות וזעירות בקוטר ראש סיכה. שרק בקושי ובמזל אפשר לאתר".

"אתה יכול להיפטר מהם?" ביקש דן.

"נראה לי שאתה לא מבין," הזיז אשר את ראשו מצד לצד, "בזמן שאנו מדברים, לחבר'ה המקצוענים האלה יש מלא פרטים עלי ועל גונן. לכל הרוחות, מתי תבין שאני בצד שלך?"

"מתי אתה תבין שאין לי מושג ירוק במה מדובר כאן? הם מבלבלים לי את המוח החבר'ה ה..."

"שוב פעם הם," קטע אשר את דן.

"מי זה 'הם'? על מי אתה מדבר?" שאל גונן שלא שמע את כל השיחה.

"אני אגיד לך מי זה 'הם'," אמר דן. "שמעת פעם על בטל"י?" דן איית את האותיות וראה שאשר מחוויר מעט.

"אני מקשיב," אמר אשר.

"זהו, אלה 'הם'."

אשר התיישב בכבדות על המיטה של יואב. "במה, לעזאזל, הסתבכת?" שאל.

דן התיישב על כיסא המחשב, "אין לי מושג. הם פרצו לדירה וגנבו ציורים, ועכשיו הם עוקבים אחרי כל צעד שאני עושה. הם חושבים שיש בידי מידע על מעברים בין עולמות."

גונן התחיל לצחוק בשקט. אשר הביט בו במבט זועף וגונן הפסיק.
"תביט דן, הזמן שלי יקר מאוד..."

"אל תדאג," קטע אותו דן, לא התכוונתי לבקש טובה, אני אשלם לך ביד רחבה."

"נו באמת, דן... אני לא רוצה את כספך," אשר קם וסימן לגונן שיבוא איתו, "אני הולך לפרק את המכשירים האלה. יש רק בעיה קטנה, הדברים האלה עולים הרבה כסף. לכן, אני אשאיר אותם אצלי בכספת שבמשרד. הם יפנו אליך ואתה תשלח אותם אלי," אשר עמד לצאת מהחדר, אך דן עצר בעדו.

"תודה אשר." דן השתחרר מעט, "אני רק מקווה שכל זה יהיה מאחורינו כמה שיותר מהר."

אשר נד בראשו. "הצטרף למשפחתך, כשאסיים אגיע אליכם". כעבור שעה נפרדו וקבעו לדבר למחרת.

***

תוך פחות משעה מרגע שהלכו אשר וגונן נשמעו שוב דפיקות בדלת. דן ניגש לדלת והביט דרך העינית, מעבר לדלת עמדה ריטה עם שני בחורים חסונים לבושים חליפות מחויטות. דן פתח מעט את הדלת, כששרשרת הביטחון מונעת מהדלת להיפתח לרווחה. "כן, מה עכשיו? איך אתם מתכוונים להציק לנו עכשיו?"

ריטה הביטה בו בחיוכה הכובש, "בוא לא נשחק משחקים, הזמנת את אשר כהן, הבעלים של משרד החקירות 'כאוס', הוא הצליח למצוא את המדבקה השקופה שהשארתי על החלון הפנימי של מרפסת השמש. נראה לי שכדאי שאחזיר אותו לשירות אצלנו." המשפט האחרון הכה את דן בהלם. "אני לא מבין," גמגם, "אשר הוא חבר שלי, אני לא מאמין לך."

"אל תדאג," ריטה הביטה בו במבט מוזר, "בינתיים לא הצלחנו לשוחח איתו. אבל תהיה סמוך ובטוח שדבר לא נעלם מאיתנו בבטל'". אני יכולה להיכנס, בבקשה? זה ייקח דקה."

"אין לך ולחברים שלך בשביל מה לבוא לכאן. אתם נראים ונשמעים כמו חבורת מטורפים עם קבלות." את המשפט האחרון אמר כשהוא טורק את הדלת. דן חיכה כמה דקות ואחר כך הציץ שוב דרך העינית. ריטה ושני הבריונים נעלמו. דן מיהר לחדר וסגר את הדלת.

"הם לא עוזבים אותנו במנוחה. אפשר להסתובב בחופשיות בבית, אפשר לדבר על הכול -מלבד על נל. ייתכן שנשארו עוד מצלמות זעירות ומיקרופונים כמו שאשר וגונן מצאו."

"אתה הולך?" שאלה נוגה.

דן הנהן בראשו. "אני חייב לדעת אם יש בבית עוד אמצעי האזנה. לא מזמן פגשתי את אמנון, חבר ילדות שהחל לעבוד במשרד חקירות פרטי, והוא בין היתר גם מתקין האזנות. אני חושב שיש לנו האזנה על הטלפון ועל הטלפונים הניידים. אלך ואביא אותו בעצמי, אני רק מקווה שיהיה לו זמן."

אור השמיע סימני התעוררות, ונוגה מיהרה לחדרה של ליר כשליר בעקבותיה.

"אמא, אני לא אפריע," הבטיחה, "אני רק רוצה לראות אותו."

"טוב, אני אזוז," אמר דן. " יואבי, ודא שנל יהיה מוכן לחזור בכל רגע במהירות לבית הבובות."

פרק 42

החטיפה

דן נכנס לג׳יפ הניסן הלבנה האמינה והאהובה שהיתה ברשותם כבר למעלה מעשר שנים. הוא הרגיש צביטה קטנה בלב כשחשב שבתחילת חודש הבא יקבל את הרכב החדש שהזמין, ושעליו להעמיד את הניסן למכירה כבר מהשבוע הבא.

את הדרך משיכון למ״ד לאבן גבירול עשה דן באטיות, המחוג לא עובר את השלושים וחמישה קילומטרים לשעה. במשך כל הנסיעה צופרים לו נהגים, והוא, מרכיב משקפי שמש כהים, מביט כל העת לחפש אחר מעקב. הוא הבחין בשני רכבים שבלטו יותר מאחרים, פיג׳ו 305 אדומה שנסעה בדיוק מאחוריו, ומונית מרצדס לבנה.

דן המשיך בנסיעה אטית. באבן גבירול האט את נסיעתו, מקווה שהמכוניות יעקפו אותו, וכך אמנם קרה, הפיג׳ו פנתה למנהרה שמתחת לבית העירייה. שני הבחורים הצעירים שישבו בה לא הביטו לעברו, והמונית פנתה שמאלה בשלמה המלך. דן נסע עד לרחוב קרליבך ושם פנה ימינה, וגילה שנצמד אליו מאחוריו אופנוע כבד.

״מעקב מתחלף?״ תהה דן והגביר מעט את המהירות. ברחוב יצחק שדה פנה שמאלה לשכונת יד אליהו, שם גר אמנון. הוא חייג אליו מהדיבורית, הטלפון צלצל כמה פעמים ואחר כך עברה השיחה למשיבון.

״אני מקווה שהוא בבית,״ מלמל דן לעצמו וניתק את השיחה. הטלפון הנייד צלצל ועל הצג הופיע השם: ״אמנון לוי״

״יש!״ צהל דן ומיהר לענות:

״הי, אמנון, מה קורה?״

"דן, זה אתה?"

"כן. אני צריך אותך בדחיפות. אני כבר בדרכי אליך, ביד אליהו, ממש ליד הבית שלך."

"אתה נשמע לחוץ, הכול בסדר?"

"לא. אני חושב שעוקבים אחריי במעקב מתחלף."

אמנון היה בעל תפיסה מהירה והשיב מיד: "סע בשדרות יד-לבנים עד הסוף, עבור את הבית שלי, ופנה ימינה. ברחוב הגיבור האלמוני פנה שוב ימינה לרחוב עמק איילון, עד שתגיע לחנייה, זה רחוב ללא מוצא."

פתאום הבחין דן באותה פיג'ו 305 אדומה, מנסה לפלס דרך ומגבירה מהירות.

"מה אתה עושה?" שאל אמנון, "אני רואה שאתה טס."

"גיליתי את אחת המכוניות שעקבו אחריי, היא נעלמה לי באמצע הדרך."

"תעשה מה שאמרתי לך. תפנה ימינה ברחוב גיבור האלמוני ושוב ימינה ברחוב הראשון ואחרי הפנייה תיסע עד הסוף."

"אני כבר בחנייה," אמר דן כשהחנה את הרכב.

"מעולה: עכשיו רוץ לכניסה של הבניין מולך מספר שבע-עשרה. קפוץ מעל השער הירוק, ובמקום להיכנס לשביל הראשי שמתפצל לשלושת הכניסות, עקוף את הבניין מאחור. כשתראה מולך פירצה - כנס דרכה." דקה אחרי כן הודיע דן מתנשף - "אני מחוץ לפירצה".

"יופי, עכשיו רוץ שמאלה, עקוף את הבניין מהצד הצפוני כך שתגיע לבניין מאחור. כנס דרך דלת גדולה וחומה, ונעל אחריך."

כעבור עשרים שניות עבר דן בדלת החומה ונעל אותה אחריו. יד הונחה על כתפו והוא קפץ בבהלה. "ואו, הבהלת אותי," אמר דן ולחץ את ידו הבשרנית של אמנון.

משחר ילדותם היו אמנון ודן חברים בלב ובנפש. דן, החתיך של הכיתה, היה עסוק במסיבות ובבילויים והיה מוקף תמיד בבנות יפות. אמנון, שמנמן וממושקף, לא השתייך למה שמכונה בילדותיות "המקובלים",

ואת רוב זמנו בילה בקריאת ספרים, בעיקר ספרי בלשים. בצבא שירת במודיעין שדה, ומהצבא הדרך לשב"כ היתה קלה. יום אחד החליט, כך סיפר לדן, שהגיע הזמן שיעבוד בשביל עצמו ולא עבור אחרים, ופתח משרד חקירות פרטי בשם "פתע".

אמנון הניח אצבע על פיו והורה לדן להישאר בשקט. "בוא איתי," לחש ומשך אותו לבית. שם, בסלון, היתה דלת קטנה. אמנון התעסק מעט עם המנעול ופתח את הדלת, ונראה שהיא מובילהלמחסן קטן. למעשה היא הובילה למרתף, במדרגות אבן המוליכות את היורד בהן עמוק לבטן האדמה.

דן ספר בלבו עשרים ושתיים מדרגות עד שהגיעו לדלת נוספת דלת ברזל ישנה וחלודה. התאורה במדרגות נהיתה עמומה, וניכר שהכול שם ישן, והקירות לא נצבעו כבר שנים. מצדה הימני של הדלת, בניגוד לכל מה שהיה בחדר המדרגות הישן והמסתורי, היה אינטרקום.

"זה ממש מבצר," לחש דן.

אמנון הסתובב ונעץ בו מבט שממש אמר במפורש, גם אם ללא מלים: המתן רגע.

אמנון הקיש את הסיסמה. והדלת נפתחה ברעש. אמנון דחף אותה ושניהם נכנסו יחד לחדר גדול ומרווח, שקירו הגדול כולו פסיפס של צגי טלוויזיה. במרכז החדר היתה ספה דו מושבית מעור חום. בסמוך ניצב שולחן עץ ועליו הונח בקבוק שיבס, כוס קטנה ומאפרה מלאה בבדלי סיגריות. במרכז החדר היה שולחן ארוך, ועליו הונחו מכשירים שדן מעולם לא ראה, מחשבים וצגי טלוויזיה רבים. אמנון נעל את הדלת ומיהר להדליק את המכשירים מסביב.

"עכשיו אנחנו יכולים לדבר בחופשיות," אמר אמנון. "תסביר לי איך זה שחצי מדינה רודפת אחריך ומסוק מלווה אותך מהרגע שיצאת מהבית, ועכשיו הוא מסייר באזור. הוא כנראה איבד אותך כשעברת בפרצה בין העצים הגבוהים. הסתכל כאן."

אמנון הצביע על אחד ממסכי המחשב, ודן שעד אותו רגע ניסה להחזיר נשימה היה שרוע על הכורסא הנוחה, ונאלץ לקום. הצילום שהגיע מלמעלה היה צילום לוויני חי, באיכות הפרדה גבוהה, שהראה חלק גדול משכונת יד אליהו ואת זרם המכוניות והולכי הרגל שנעו בלי הרף. אמנון שיחק קצת עם הזום, ונצמד למסוק שנראה בבירור מסייר מעל בית הספר היסודי סמוך לבניין בו החנה דן את רכבו.

"תראה איך בודקים את הרכב שלי," אמר דן, ואמנון כיוון את הזום על הרכב של דן. הרכב נראה בבירור, ובצמוד לו זזו חמש דמויות ובחנו את הרכב. שתי דמויות קפצו מעל השער הירוק, ושלושה נשארו מאחור, ליד הרכב.

אמנון הביט בדן בחשש, "במה הסתבכת?"

דן סיפר לו בקצרה מה קרה מאז הפריצה, כשהוא משמיט כל פרט שקשור לנל או לציור שבחדרה של ליר. אמנון חייך במבוכה. "אתה רוצה לומר לי שהחבר'ה האלה שבחוץ הם סוכנים של בטל"י?" דן הנהן בראשו. "למה, זה מרתיע אותך מלעזור לי?"

"להפך, החבר'ה האלה עשו לי רק צרות. יש לי חשבון ארוך אותם וחיפשתי זמן רב דרך להתנקם בהם. יש להם בעיה חמורה של גישה: ברגע שהם רוצים משהו - הם הופכים עולמות וחיים של אנשים, בלי להתחשב באף שיקול מלבד רצונם.."

"תראה," קרא דן, "הם עזבו את הרכב שלי ונעלמו."

אמנון הקיש במקלדת ועבר למוט היגוי קטן בסמוך למקלדת, בעזרתו סרק את כל האזור מסביב אחר הדמויות והמסוק. "מוקדם לשמוח," אמר אמנון, "אנו לא רואים אותם, אך הם בוודאי מסתתרים בסביבה, רוציםלדעת למה הגעת לכאן, ומה אתה עושה כאן."

"מה עושים?" שאל דן, "אולי כדאי שאצא במהירות ואחזור הביתה. נמצא זמן אחר לדבר."

"דן, הבט לי בעיניים ואמור לי - למה הגעת לכאן? למה חשבת שאני יכול לעזור לך?"

דן חכך בדעתו אם לענות בכנות. "תגיד, אתה מכיר חברת חקירות בשם כאוס?"

אמנון הנהן בראשו. "אשר כהן הוא הבעלים, אנחנו מיודדים."

"אז הבאתי אותו לביתי," המשיך דן, "לבדוק אם יש האזנות. הוא מצא כמה פינולים, מצלמות וגם מדבקה שקופה." אמנון נשף באפו בסיפוק, "אתה לא מבין איך החבר'ה האלה עובדים. יש להם הכול, אפילו לשב"כ ולמוסד אין תקציב כמו שיש להם, ומי שמע עליהם?" אמנון מחה כף ופרש את ידיו לצדדים, "אף אחד. אף אחד לא יודע עליהם כלום. כל כך הרבה כספים עוברים שם, בלי שהם מוציאים חשבונית אחת."

דן הביט באמנון, פתאום התחוור לו שאמנון כועס על בטל"י. עם זאת הוא עדיין כיבד את המוסד הזה. "תגיד לי בבקשה, מה הם עשו לך שאתה כועס עליהם כל כך?"

"עזוב, אין לנו זמן לזה כרגע, אולי בהזדמנות אחרת. כרגע אני צריך לדעת... אתה יודע מה? אני יודע מה אתה רוצה ממני, אתה רוצה שאבדוק אם נשארו אמצעי האזנה אצלך בבית?"

דן הנהן בראשו, "חשבתי, אם יש מישהו שאוכל לסמוך עליו, זה אתה. הבט, המסוק נעלם ולא חזר."

שניהם הביטו במסכי המחשב, "זה מעניין," אמר אמנון ונד ראשו מצד לצד, "אתה אולי לא מבין, אבל למשטרת ישראל יש עשרה מסוקי ג'ט-רוג'ר. עד כמה שידוע לי, ותאמין לי שאני בעניינים, אין מצב שהם קנו מסוק מדגם M.D. 900, מסוק מתקדם לאין שיעור, שגם עולה הון לעומת הג'ט-רוג'ר. הוא יקר להחריד, ורק טייסים ותיקים ומיומנים מורשים לטוס בו. הוא מאובזר במכשירבשם פליר, בעזרתו אפשר לראות בלילה, או כשיש עננות קלה, כמו היום.

המסוקים עצמם חסרים כל סימני זיהוי, ויכולים לנסוק, ביום ובלילה, לגובה שלושה עד ארבעה קילומטרים מעל לעננים, שם קשה מאוד להבחין בהם ובוודאי שאי-אפשר לשמוע אותם. בעזרת המכשיר הזה ומכשור רב נוסף אפשר לראות הכול ובבירור.

אני מספר לך את כל זה לא כדי להתפאר בידע שליאלא מפני שהמסוק שעקב אחריך לכאן הוא חלק מארגון שהאנשים בו נמצאים כמעט בכול מקום. הם התערבו לא פעם בחקירות שהייתי מעורב בהם, ובגללם הפסדתי כסף רב. דע שאני עוזר לך לא רק בגלל החברות בינינו, אלא גם בגלל העניין האישי שלי."

"איזה מונולוג..." צחק דן, "אני סקרן לשמוע מה הם עשו לך."

"עזוב, לא עכשיו."

אמנון לקח דף חלק ועט ומסר אותם לדן. "רשום כאן את הכתובת ואת מספרי הטלפונים הניידים שלך ושל אשתך. אגיע אליכם עוד הערב. כשאגיע אל דלת הבית אצלצל לטלפון הנייד שלך פעמיים, ובכל פעם אנתק מיד כשייווצר הקשר. אתה תחכה דקה, ורק אחר כך תפתח את הדלת ותאפשר לי להיכנס."

"יש לך ציוד לחיפוש מכשירי האזנה?"

אמנון הביט בדן וחייך. הוא ניגש לארון קטן שניצב בפינת החדר מתחת לכיור. הוא פתח את הארון ושלף מתוכו מזוודה קטנה שנראתה לעין לא מיומנת כמו מזוודה רגילה.

"זוהי ערכה לגילוי ציוד האזנה. קוראים לערכה הזאת..."

"אוסקור," השלים אותו דן.. רק היום שמעתי לראשונה על סוגי האזנות, ולמדת מאשר גם על הערכה הזו."

אמנון גיחך, "ואני חשבתי שאני מהיחידים שמחזיק בערכה הזו. טוב, לא משנה. העיקר שתהיה מוכן לפתוח לי את הדלת בזמן."

הם נפרדו לשלום. אמנון ליווה את דן ליציאה.

"לך רגיל וישר לרכב. אל תביט לצדדים, ואם ישאלו אותך משהו, שמור על שתיקה."

דן הנהן בראשו ויצא במהירות מפתח הבית. בתחילה רצה לעבור דרך הפירצה, אך התחרט מיד כדי לא להסגיר את אמנון ומיקומו.

במקום לפנות שמאלה לכיוון שממנו בא, הוא פנה ימינה והקיף את בניין הרכבת ואת שלושת הכניסות.

כשהגיע לקצה הבניין הבחין בשני אנשים, ישובים לא רחוק ממנו על חומת בטון קטנה שהפרידה בין אחת הגינות של הבניין לשביל שבין החצרות. דן שם לב שהבחינו בו והחליט להאיץ את צעדיו.

הוא ניגש לדלת הברזל, פתח אותה לפני שיצא לחנייה, ונשם לרווחה כשראה ששני הבחורים עדיין יושבים באותו המקום.

הרכב שלו חיכה בדיוק היכן שהחנה אותו. הוא לחץ על השלט לכיבוי האזעקה ושמע את שני הצפצופים המעידים על כיבוי מוצלח. שום דבר לא יכול היה להכין אותו להמשך. ידיים גסות לפתו אותו מאחור, אחת אוחזת במצחו ושנייה תחבה לתוך פיו בד ספוג בחומר מתקתק. דן ניסה להיאבק בתוקף וזרק את ידיו לאחור כדי לפגוע בפני התוקף ולחפש נקודת אחיזה בפרצופו, אולם התקשה כעבור שניות מאוד לתפקד ללא לנשום. "אם אנשום עוד קצת מהחומר הזה אתעלף", חשב לעצמו. הוא הרגיש שזוג ידיים משתלט על-ידיו, מוריד אותן אחת אחרי השנייה מטה, מושך לאחור, וקושר אותן זו לזו. המאמץ האדיר שהשקיע גזל את כל החמצן מריאותיו. בלית ברירה החל לנשום דרך פיסת הבד, ומיד חש שהכול סביבו מסתחרר. הדבר האחרון שהרגיש היה שנזרק לתוך רכב והושכב על הרצפה. כעבור שניות מספר כבר איבד את הכרתו.

פרק 43

הכנות אחרונות למלחמה

טימותי הוביל את סול ואת ברי, הירדל הנוסף, דרך האזור האסור לדלאי. בכניסה ראו מרחוק עשרות אנפות רכובות בדלנאים חמושים עפות לקראתם במהירות.

טימותי צקצק בלשונו כדי לטפס לגובה. צאר האנפה הנאמנה הבינה מיד את המסר ועפה בהתלהבות ובמהירות, כשהיא משאירה את סול וברי מאחור, כשהם מנסים להדביק אותם במידה דלה של הצלחה. הדלנאים החמושים התקרבו וטימותי סימן להם בידו שהכול בסדר. "הם איתי," צעק לקצין שהוביל את הדלנאים.. זה סימן בידו להפסיק את המתקפה, וכעת הם עפו לצדם של טימותי, סול וברי.

טימותי כיוון את צאר לנחות במרכז הכפר, ליד הפעמון, כשסול וברי נוחתים בעקבותיו. הדלנאים חגו מעט מעל ראשיהם ואחר כך עפו בחזרה לאזור האסור. צאר רבץ על בטנו וטימותי ירד מגבו על האדמה החולית והנעימה.

שני דלנאים צעירים שעמדו בסמוך ניגשו לטימותי, וזה ביקש מהם שיאכילו וישקו את האנפות העייפות. דלנאים רבים החלו להתקבץ סביבם, מופתעים וחוששים מעט מהירדלים שהופיעו פתאום בכפרם. אחד הדלנאים המבוגרים ניגש לטימותי ובירך אותו לשלום, סימן לסול ולברי, ושאל לפשר העניין.

"הם איתי בהוראה של ליאה. הכול יתברר לכם בקרוב, עוד היום." אמר טימותי והתקדם לעבר המשרד המטפל בבעיות הכפר. בכניסה עמדו שון וקרמי, שניהם מופתעים לראותו.

"מה קורה כאן?" שאל קרמי.

"אני צריך אתכם," אמר טימותי ובירך אותם לשלום, "הייתם בירדל בתוך ההר?" הם הנהנו.

"טוב, הכירו, זהו סול בנו של טובי, מנהיג הירדלים. וזהו ברי, אחד הקצינים."

הארבעה נדו בראשם.

"נעים מאוד," אמר סול והושיט את ידו השמאלית. שון וקרמי חייכו בהקלה ולחצו את ידיהם. הם נכנסו למשרד המרווח, שבו הוצבו הכורסאות כבטבעת, ובמרכז הוצב שולחן שגולף בידי אמן מעץ הקויה. "שבו בבקשה", סימן קרמי לסול ולברי.

הם התיישבו בכורסאות הנוחות. קרמי יצא וחזר כעבור כמה רגעים כשבידו מגש ועליו בקבוק יינוק, כוסות ועוגיות חמאה. הוא הניח את המגש במרכז השולחן, "התכבדו, בבקשה."

טימותי מזג לכוסות והגיש לכולם, תוך שהוא מספר להם בקצרה על היומיים האחרונים. "ליאה ביקשה שאביא איתי שניים מהחיילים שביקרו במחילות בלב ההר, כדי שידריכו אותנו להגיע למקום בו ראיתם את השרטוט של מערכת הכוכבים שהיו על הקירות."

קרמי ושון הביטו זה בזה ומשכו בכתפיהם. "אין בעיה," אמר שון. "אכין לנו שתי אנפות."

הוא עמד לצאת כשטימותי עצר אותו. "עוד דבר אחד, שלח שליח שיקרא למייק להגיע לכאן מיד. אנחנו צריכים לזוז בהקדם האפשרי, ולא יותר משעה וחצי מעכשיו."

שון הנהן ויצא במהירות. כששון יצא לקרוא למייק, סיפר סול לקרמי על גסיל שחטף את אלור, על המכה החזקה שספגה אלור בגבה ממנו, ועל הרגע שראה אותה כשעף מעל לאורגון. "רציתי לרדת ולעזור, אך לא היינו חמושים וחוץ מזה, אבי הורה לנו במפורש שלא לנחות."

"אני יכול להבין אותך." הנהן טימותי בראשו.

עוד סיפר סול על אלפי החיילים שעמדו מוכנים לקרב, אך מיד הרגיע את טימותי: "אל תדאג, לדעתי נצליח לחבר בין הצבא שלכם לשלנו, ויחד נביס את צבא אורגון."

"זה לא יהיה קל," אמר ברי שעד עכשיו שתק. "אני הקצין הממונה על קורסי הירי וקורס הצלפים. ממה שראיתי יש ברשותם נשק מהמתקדמים ביותר והוא עדיף על שלנו בהרבה. התותחים שלנו מיושנים, ושלהם חדישים. ראיתי כוונות טלסקופיות על כמה מתותחי הבלנץ, והם התקינו מערכות מתקדמות לירי מדויק."

"אני לא מבין," אמר טימותי, "איך הצלחת לראות את כל זה מהגובה שבו עפת?"

סול גיחך בשקט בעוד ברי הוציא מכיסו נרתיק קטן. הוא פתח אותו ושלף ממנו משקפיים מוזרים מגומי. "אלו משקפיים מיוחדים, פיתוח שלנו, המקרב גם את החפצים הרחוקים ביותר למרחק נגיעה. צריך רק להקפיד לא להסתכל על חפץ קרוב, כי אפשר לקבל סחרחורת" אמר בחיוך, "וליפול מהאנפה..." כולם צחקו.

"מה עוד ראית שם?" שאל קרמי.

"הצבא גדול במיוחד ומונה שמונת-אלפים חיילים הפרושים על שטח ענקי. יש להם גם אוכל מוכן לקרב ושיירות אספקה מוכנות, ולדעתי הם רק מחכים לרגע הנכון כדי לפתוח במתקפה."

"מה לדעתכם מנע מהם להתקיף אתמול או היום בבוקר?" שאל טימותי.

סול הניח את ידו על ברי ואמר: "אני אענה לך על השאלה. הגענו למסקנה שהם נערכים לקרב ארוך מאוד. הם כנראה אינם רוצים לקחת סיכונים מיותרים ומחכים לרגע שהכול יהיה מוכן..."

דפיקות נשמעו בדלת, טימותי ניגש לפתוח, בפתח עמד מייק.

"היכנס," טימותי לחץ את ידו, "תכיר, זהו סול, בנו של..."

"אני יודע," קטע אותו מייק. "אתה הבן של טובי," אמר והושיט בלי היסוס את ידו. סול הושיט לעברו את ידו השמאלית כשאת ידו הימנית הסתיר מאחורי גבו. הם לחצו ידיים.

"ואתה?" מייק פנה לברי.

"שמי ברי," ברי הושיט את ידו השמאלית וחייך.

"טוב, שון עדכן אותי, אך אני צריך לדעת יותר פרטים."

טימותי סיפר למייק על ההתפתחויות, כשסול עוזר לו מדי פעם ומוסיף פרטים חשובים. בעוד הם מדברים הוציא טימותי את המקטרת מכיס חולצתו, ובעקבותיו עשתה כך כל החבורה. מייק הוציא שקיק טבק מכיס חולצתו אך סול הניח יד על כתפו וביקש, "תרשה לי?" סול הוציא שקית בד חומה, ריח נעים נישא בחדר כשסול פתח את שקיק הטבק, ובזה אחר זה ניגשו הסובבים למלא את המקטרות שלהם.

שון נכנס למשרד והכריז: "הכנתי את האנפות. רגע, מה כל החגיגה הזו?" שאל ובאותה נשימה אמר איזה ריח נעים יש לטבק הזה."

"תתכבד?" הציע סול לשון את השקיק. ענני עשן קטנים בריח מתקתק של דובדבן מילאו את החדר, ושון נענה בחפץ לב. "אנחנו צריכים לזוז," סול הביט בשעונו, "אני מציע שנתחיל ללכת לכיוון האנפות".

"מצוין!" ענה טימותי. בינתיים אמסור למייק את הוראותיה המדויקות של ליאה." טימותי סיפר שליאה ביקשה ממנו שיארגן את הצבא ויפרוש אותו באזור האסור, כך שיצמצמו טווחים ויהיו נכונים להגיע במהירות המרָבִּית לשדה הקרב ולהילחם בכפר אורגון. מייק הופתע מכך שיצטרכו להילחם לצד הירדלים נגד כפר אורגון רווי השנאה, לכן שאל: "אבל למה זה ענייננו?"

סול הביט בו בעצב ואמר: "כי אנחנו אלו שעצרו את הכפר הזה מלהילחם בכם."

"מה עשינו להם?" מייק היה מבולבל מעט. "אני לא זוכר שהיה בינינו עימות כלשהו."

טימותי סיפר למייק על דלטון מנר האגדי, איך בכוחותיו העל-טבעיים הצליח לגבור על הירדלים וסילק אותם מדלאי, ואיך במשך דורות על גבי דורות הם פיתחו שנאה עצומה לדלנאים בכלל ולמשפחת מנר בפרט.

"נראה שהפעם הכפר יקבל כגמולו," מייק הרגיש שהכעס מפעֵם גם בו. הוא השתתק. כשנפרדו נשאר מאחור מהורהר עם מחשבותיו והמשימות הרבות והחשובות לפניו.

טימותי טיפס על צאר, כשהוא שמח להרגיש שוב את נוצותיה הרכות של הציפור המדהימה מרפדות את ישיבתו. הוא אחז ברצועת הבד הדקה שהונחה על צווארו של צאר וצקצק... צאר נרעד קלות ואחר כך עף כקליע אקדח, מנפנף בכנפיו ונוסק במהירות לגובה, כששסול, ברי, שון וקרמי בעקבותיו.

עם המראתם ניעור ממחשבותיו, וכמו נורה גם הוא מתותח, חזר למשרד, והחל לחתור לביצוע ההוראות המדויקות. הוא אחז בפתק הלבן עליו כתבה בעט מוזהב. "היחידה שכותבת בעט כזה", חייך מייק לעצמו, "היא ליאה." במכתב ניתנה לו ההוראה לכנס את המועצה הקטנה, את דייב, אופאל, נורי ואנה. בכתב קטן כתבה לו שיוקו התקבלה. מייק היה מרוצה. הוא קרא לחמישה שליחים ושלח אותם לקרוא לחברים. כעת יצא מהמשרד, היה עליו לחלק את הצבא לשלוש חטיבות, להקצות לכל חטיבה את האזור המיוחד לה, ולדאוג שהתצפיתנים על האנפות יודיעו לו במהרה מתי לתקוף. הוא קרא לשלושת המפקדים הבכירים ביותר, ירה בצרורות את הפקודות המתאימות, וכל אחד מהם התפנה לביצוע מהיר ומדויק.

לאחר שעזבו הביט מעלה וראה מרחוק את אופאל רכוב על האנפה שלו, אשר שמה פרח מזיכרונו. מאחורי אופאל נראו דייב ונורי. כולם נחתו יחדיו במרכז הרחבה, מייק לא חיכה ומיד ניגש ושאל "היכן אנה?"

"יש בעיה בחלק המזרחי של האזור האסור," השיב אופאל. "אחד הקצינים התריע בפנינו שייתכן והמערך ההגנתי שם עלול להיפרץ כי אינו הדוק דיו, אז החלטנו שאנה תלך ותפקח שם על פריסתם של החיילים. אני מצפה ממנה לשליח שיודיע שהכול תקין."

שלושתם ירדו מהאנפות והביטו במייק. הם היססו מעט, כשפתאום,

תוך יום, הפך מייק למנהל ההגנה ועינייני הצבא. הם אמנם חברים במועצה חשובה המחוקקת חוקים ומחליטה החלטות הנוגעות לכפר, אך עליהם לקבל הסברים והוראות ממייק, קצין הנתון בדרך כלל למרותם.

"טוב, ניכנס למשרד? אפרט לכם מה קורה," אמר מייק.

השמועה על הגעתם של סול וברי, יחד עם התכונה בהגעת המשלחת ומעופה, וההתארגנות הצבאית שארגן מייק בקצב מסחרר, פשתה בכפר. דלנאים מכל רחבי הכפר החלו לנהור למרכז הכפר, ותוך דקותיים נראה המקום כמו בתחרויות הספורט השנתיות. מייק וחברי המועצה הוזעקו אל המקום.

רובי, מזקני הדלנאים בכפר, החל להתקרב כשיתר הקהל המתין מאחור בקוצר רוח. "מה מתרחש?" שאל. מייק חשב מעט והגיע למסקנה שהטוב ביותר הוא ליידע את הכפר כולו במתרחש. הוא ניגש לבמת העץ, ואופאל מלווה בדייב ונורי מיהר לגשת אליו ושאל את מיק:"מה אתה עושה?"

"מיד תדע," השיב מייק בנחרצות וקרא בקול, "אנשי הכפר," אמר בקול רם. "אני מבקש שתתאספו כאן סביבי, התקרבו. ברצוני לשתף אתכם בכמה דברים."

"היי," אמר דייב, "אינך יכול לדבר בפני הכפר, רק חברי המועצה כמונו יכולים."

מייק הביט בו בשלווה והסתכל על האנשים שעמדו סביב. במת העץ כבר היתה מוקפת מאות דלנאים, משפחות שלמות עמדו ותהו - מה בעצם מתרחש. "אתה יכול לדבר במקומי," אמר מייק וסימן לדייב שיעלה. דייב הביט בו בכעס ולא ענה.

"אז אם כך, אני אעשה זאת," אמר מייק. "חברים יקרים, אנו עומדים לפני מתקפה של כפר אורגון שבירדל..." הוא סיפר להם בקצרה מה קרה לפני מאות שנים, על הטינה שתושבי כפר אורגון רוחשים לדלנאים.

"עשינו, ביחד עם ליאה ופרנסיס, יד אחת עם טובי ומועצת הירדלים. ברגע זה מתכננים בירדל איך להגן עלינו מפני כפר אורגון."

למשמע השם פרנסיס החל לעבור רחש בקהל, מלמולים הפכו לדיבורים ואלה החלו לשקף מורת רוח ברורה. מייק הרים את ידו וביקש שקט, ומשלא נענה צעק בקול - "הביטו, אם לא תהיו בשקט, אפסיק לדבר."

שקט השתרר במקום, ומייק המשיך: "אני מבין שיש לכם שאלות. לא אוכל לענות כרגע, אבל אוכל לומר בינתיים שפרנסיס ובני משפחתו מעולם לא נטשו אותנו; הם איתנו מאז ומתמיד. כרגע פרנסיס נמצא עם טובי ועם מועצת הירדלים. גם ליאה נמצאת שם. אנחנו צריכים להכין את מערך המילואים להתקפה, כפעולת הגנה עלינו ועל טובי והירדלים. לכן, על כל הדלנאים בגיל גיוס ובמילואים להתייצב בקרחת היער לפני היער הגדול, כשאיתם כל הציוד הנחוץ וכמות אוכל מספקת... גם על הזקנים, הילדים והנשים להצטרף, כדי להסתתר ולא להישאר חשופים בכפר, למקרה של מתקפת פתע מאורגון. נקצה קצין ועשרים מהמעולים באנשי הצבא שלנו לשמור ולהגן עליכם כאן. עלינו להתארגן בשקט, במהירות, ולהעביר במקביל את המסר לשאר אנשי הכפר שאינם נוכחים כאן.

מייק סימן בידו לשלום ועמד לרדת מדוכן הנואמים כשדייב הצביע לכיוון השני וחייך, מתריע -

"צרות".

***

מייק הסתובב וראה את ליבי שהיתה עיתונאית בכירה בעיתון "הקראש", העיתון הגדול והמופץ ביותר בכפרים, גדול אפילו יותר מעיתונו של רורק. בדרך כלל לא הסתפקה במה שאמרו לה, תמיד חיפשה אקשן ולא בחלה בשום אמצעי להגיע לחקר האמת. כך חשפה עוולות, וגם את השחיתות הגדולה שהיתה בכפרם. לפני כמה שנים, בסופו של עוד

יום עבודה, התקבצו הבנקאים לספור את הכסף בקופת טריו - הבנק הגדול בדלאי, וגילו שחסרים עשרות-אלפי פגים - המטבע הרשמי של דלאי. גם חקירה מעמיקה של חברי המועצה כשבראשם מייק כאחראי על העניינים השוטפים של הכפר, לא העלתה דבר ולא נמצא כל אשם. רגע לפני שנסגרה החקירה ללא תוצאות שלח עיתון "הקראש" את ליבי לחטט בסוגיה, וזו חקרה והגיעה לתוצאות מפתיעות: התברר שקנול - מנהל הבנק, ולֶיינוֹ אחד מחברי המועצה, גנבו במשך שנים ובשיטתיות כסף מהבנק. תוצאות החקירה הכו בהלם את כל תושבי דלאי. ליבי לא הסכימה לספר איך גילתה שהשניים בנו בתים מפוארים ומשפחותיהם נהנו ממותרות שלא תאמו את משכורתם. השניים הועמדו לדין ונמצאו אשמים. הם לקחו את משפחותיהם ועברו להתגורר באזור נידח ולא מיושב עשרות קילומטרים משם.

כעבור עשרים שנה, כשעוד לא היה זֵכר לשניים, החליטה מועצת דלאי לשלוח שני שליחים לברר היכן הם ומדוע אינם שבים. הם הגיעו למקום מושבם החדש וגילו כפר גדול ומדהים ביופיו. בני משפחותיהם של קנול ולֵיינו, כבר מנו יותר ממאתיים וחמישים דלנאים. בתיהם, שנראו שונים במקצת, היו גדולים יותר, ובגינות ערוגות פרחים, פירות וירקות בלי סוף. בחצרות רבות נראו אנפות מאולפות בכלובים ענקיים, ופלג נחל קטן עבר במרכז הכפר. השליחים הובלו אחר כבוד למנהלת הכפר, שם ישבו נבחרי המשפחות, עשרה דלנאים ובראשם קנול וסגנו ליינו.

"ברוכים הבאים לכפר הלוטם!" אמרו. קנול הודיע שאינם מעוניינים להישאר בקשר עם דלאי, סיימו את השיחה וגירשו את השליחים בבושת פנים.

מייק הרגיש שליבי תגרום לבעיות. היא פילסה דרך בין הדלנאים שעמדו סביב הבמה עד שהגיעה למייק. "אני מבקשת הסברים. יש לי שאלה אחת או שתיים," אמרה בקול, כששאר הדלנאים השתתקו.

"אני מבין שיש לך שאלות, אך כרגע עלינו להזדרז. יותר מאוחר אצא בהודעה מסודרת."

ליבי לא ויתרה ואחזה בידו, הוא הסתובב לכיוונה במבט כועס. "לא עכשיו."

"ענה לי רק - איך אנחנו משוכנעים שהירדלים לא מוליכים אותנו שולל, וחותרים להפוך את עורם ולהביס אותנו?"

מייק הביט לתוך עיניה של ליבי. עיניה הכחולות היו מהממות ביופיין, אך גם הביעו קשיחות. הוא תפס לרגע שבזמן אחר יכול היה להתאהב בה. גופה הקטן והרזה היה מושלם, מכנסי הכותנה הקצרים והכחולים היו צמודים לגופה והחמיאו לחיטוביה. הגופייה הלבנה והדקה היתה צמודה גם היא והוסיפה לה חן. מייק נשך את שפתו התחתונה, חשב לרגע ואמר: "כפי שאמרתי קודם יש לנו הוראות ברורות מליאה. עלינו למהר ולבצען, וזה כולל את כל אנשי הכפר, כולל אותך."

הוא הסתובב וסימן לחברי המועצה להמשיך איתו. אנשי הכפר עמדו לרגע בחוסר מעש, מבולבלים מעט.

מייק הסתובב וקרא בקול: "חברים, התחילו לזוז!" ולשלושת חברי המועצה אמר: "תוך שעה אשלח חיילים וקצינים שיארגנו את ההגנה על הכפר."

הם המשיכו ללכת לכיוון המשרד. לפי הרעש שעשו מאות הדלנאים הבין שהמסר חדר והם החלו בהתארגנות.

פרק 44

ההיתקלות הראשונה עם כפר אורגון

מחשבות רבות התרוצצו בראשו של טימותי כשעשתה החבורה את דרכה לירדל, כל כך הרבה אירע בבת אחת. הוא ניסה לסדר את מחשבותיו, כשזיהה מרחוק עשרות אנפות רכובות ירדלים חמושים מתקרבות. משהו היה שונה בהן, הם לא דמו לירדלים שראו לראשונה בדרך למפגש הראשון עם טובי. טימותי שמע את סול צועק אליו: "אנו חייבים לברוח! עכשיו! אלו חיילים מאורגון! בואו אחריי!" סול סובב את האנפה שלו במהירות ועף בחזרה לכיוון דלאי. שון, קרמי, ברי וטימותי היו בעקבותיו. "הם חותרים להילחם!" צעק טימותי, "המרחק מצטמצם, רובנו לא חמוש, והם חמושים מכף רגל ועד ראש!"

טימותי בחן את החיילים במשלחת הדלאית וזיהה בראשם את סער, כשמאחוריו אסף וכפיר, רק הם נשאו נשק כלשהו - אקדח לכל אחד. סער סימן לחבורה של טימותי לנחות. טימותי צעק לסול "אחריי!" וכיוון את צאר לעוף נמוך, בגובה מטרים בודדים מעל הקרקע, עד שנחתו כולם על הדשא הרך. מעליהם החל להתחולל הקרב. יריות נשמעו מכל עבר, סער נלחם באומץ לב, אסף הפיל מיד בתחילת הקרב שני ירדלים. מי שנפגע באוויר נהרג, בין אם מפגיעת הכדור, ובין אם מהנפילה.

טימותי התרוצץ עד שמצא ענף עבה ויבש. הוא עלה על צאר ותוך שניות הגיע למרכז הקרב. כדור מכוון היטב של אחד הירדלים פגע

בכתפו. טימותי הרגיש מיד את הפגיעה וכמעט נפל מגבו של צאר, בקושי נאחז בידו השנייה בחבל סביב צווארו של צאר. הוא סובב את צאר וניסה להתרחק כדי להיערך מחדש, וגילה שהירדל בעקבותיו.

במבט חטוף בכתף ראה שהפגיעה היא רק שריטה קלה ולא עמוקה, גם אם כואבת מאוד ומגבילה. אחרי ירייה נוספת שעברה סמוך לפלג גופו העליון צקצק טימותי בלשונו וצאר עף בחצי קשת לגובה. התמרון האווירי הביא אותו ואת צאר בדיוק אל מאחורי הירדל, והפך אותם מנרדפים לרודפים. טימותי התקרב במהירות אל הירדל מאחור, ובמרחק הנכון הניף בכל כוחו את הענף, ופגע בראשו של הירדל. הלה נפל מגובה רב לאדמה, לסוף ידוע מראש. האנפה שלו המשיכה במעופה מטה אחריו, נאמנה לבעליה. "זה הקרב האמיתי הראשון שלי!" חשב טימותי, "אני חייב להשיג נשק..."

נראה שהקרב עומד להסתיים. מעט מהירדלים שנשארו בחיים החלו במנוסה חזרה לכיוון ירדל, כשהמצב כולו מתהפך וכעת הדלנאים רודפים אחריהם.

אסף החליט שביצעו מלאכתם נאמנה, ואין צורך להמשיך במרדף מיותר ומסוכן לכוח. הוא הוציא מכיסו משרוקית ושרק בכל כוחו, שתי שריקות קצרות ואחת ארוכה, סימן לכולם להתארגן סביבו. החיילים הפסיקו את המרדף ונשמעו שאגות שמחה מכל עבר. אסף שרק שוב במשרוקית לסמן לכולם להירגע.

האנפות הסתובבו חסרות מנוחה. אסף סימן לכולם לאסוף את הפצועים ולסייע להם. סול, ברי, שון וקרמי אספו את ההרוגים: שמונה ירדלים נהרגו ושלושה דלנאים. רק פצוע אחד שנפגע שרד והצליח להישאר על האנפה: טימותי.

היה זה רגע קשה, ומחזה קשה לצפייה. קשוחים ככל שיהיו הדלנאים והלוחמים, שאגות השמחה התחלפו עד מהרה בלחלוחית בעיניהם למראות של ההרוגים עצמם, ולמראה האנפות שעד לפני רגע עוד

היה בעליהן בין החיים וכעת הסתובבו חסרות מנוחה סביב גופותיהם.

"תן לי לעזור לך" אמר סול, ותמך בו, כתפו מתחת לבית השחי של טימותי והוליך אותו כך עד לישיבה מתחת לעץ הקרוב. הוא הוציא מכיסו את שקיק הטבק, הרטיב מעט מהטבק במים, ולחץ בעדינות על הפצע הפתוח. טימותי נאנק מכאבים, נשך את שפתיו, ולחש לסול, "תודה."

ברי התקרב לסול ולחש משהו באוזנו. סול הנהן בראשו, פנה לטימותי, ואמר: "חייבים לזוז." טימותי קם על רגליו וניגש לצאר. אסף התקרב אליו ואמר: "אני אטפל כאן בכול, ואדאג ליידע את מייק. המשימה שלכם היא החשובה, המשיכו בדרככם."

טימותי הביט באסף, חייך ואמר: "אז המלחמה התחילה". הוא התיישב על צאר, הורה לשון וקרמי לעשות כמוהו, וצקצק, מצטרף לסול וברי שכבר עפו במעגלי המתנה לטימותי. כך שבו למסעם לירדל.

הדרך לירדל נראתה לטימותי כנצח. כשעברו את האזור האסור התחיל לחוש ברע. הסחרחורת החמירה, ראשו נפל מכאב, והוא נשכב על צווארו של צאר. סול ראה שטימותי לא מרגיש טוב, וסימן לצאר לעקוב אחריו. סול הזדקף וחדד את מבטו, צופה בשנית משלחת שנייה של עשרות ירדלים חמושים במעוף לעברם, אך הפעם נרגע והודיע בצעקה: "הם משלנו!" סול סימן לכולם להתכונן לנחות.

הוא כיוון לנחיתה ישירות לקבוצה ענקית של ציפורים קטנות, מבין שהן מעידות על פלג מים סמוך, שיאפשר לו לשטוף את הפצע של טימותי. ואמנם מצא פלג קטן חבוי בינות סלעים גדולים, וכשנחתו סול והמשלחת נסו כל הציפורים הקטנות ברעש מחריש אוזניים. צאר נחת כמה שניות אחרי סול, שהוציא מיד כפפה כסופה והלבישה על ידו הימנית, כשהוא מספיק לתפוס בעזרתה את טימותי ממש רגע לפני שנפל לאדמה.

עשרות הירדלים החמושים על אנפותיהם נחתו בסמוך, מותירים

ירדלים ספורים לחוג באוויר בתצפית. מפקד החיילים ניגש לסול ולחץ בחום ובהערכה את ידו. סול הסביר את המצב לעמיתו הקצין. "אני צריך עשרה חיילים שילוו אותנו להר הם יחזרו תוך שעה."

הקצין הנהן בראשו וסימן לעשרה ירדלים להצטרף לסול. באותו זמן בדקו שון וקרמי את טימותי וניסו לעזור לו. ברי ניגש לסול: "אנחנו חייבים לזוז, המצב של טימותי לא טוב."

"עזור לי," ביקש סול, ושניהם הניחו את טימותי בעדינות על צאר. בעזרת חבל שלקחו מהקצין קשר סול לצווארו של צאר את טימותי, שהיה כעת כבר מחוסר הכרה. גם צאר זיהה את טוהר כוונותיו של סול, והמשיך להיענות לו, לטובת טימותי.

סול צקצק בלשונו, טיפס על האנפה שלו, וסימן לצאר לעוף שוב בעקבותיו. צאר ציית, ואת הדרך עשו כולם בצמוד לצאר, במפלסי גובה משתנים, כשהם משגיחים שטימותי לא ייפול ומוכנים לתפוס אותו במידת הצורך. כשהתקרבו להר ראו מרחוק עשרות ירדלים חמושים מתקרבים לכיוונם, הפעם כבר ידעו לזהות שהם לא מאורגון, אלא "משלנו" כפי שאמר שוב סול. סול סימן להם לנחות בפתח ההר, השומרים בכניסה להר זיהו אותו ובאו מיד לעזור. "קראו בדחיפות לליב."

ברי וסול התירו את טימותי ונשאו אותו לתוך ההר והישר לחדר המועצה. בחדר עצמו התכוננו לקרב, אך כשראו את סול וברי קפצו כולם ממקומם.

יוקו ניגשה מודאגת במהירות ושאלה: "מה קרה?"

שון היה הראשון לענות ואמר: "המלחמה התחילה." ושהירדלים מאורגון התקיפו. כשסיפר, נכנסה ליב לחדר וניגשה לטימותי. היא הניחה יד על כתפה של יוקו, שנראתה כמי שבכל רגע עומדת לפרוץ בבכי, והרגיעה אותה: "יהיה בסדר, אל תדאגי."

הפציעה היתה אמנם שטחית, אך משום מה מצבו של טימותי רק הלך והחמיר מרגע לרגע. כעת גם קדח בחום גבוה. החבורה מסביבו

היתה שקטה. כל אחד בהרהוריו ובמחשבותיו, כולם מלבד פרנסיס. הוא ניגש והביט בפציעה מקרוב: "הכדורים רעילים. סביר שגם החצים שלהם מורעלים."

ליב הביטה בפרנסיס והנהנה בראשה: "אני חוששת שהם השתמשו בשורש הפלי, שורש נפוץ מאוד ורעיל במיוחד".

"מה עושים?" שאלה ליאה ופניה התקשחו. פרנסיס הביט בליב ואמר: "רק מישהו אחד יוכל לעזור." "היכן גולי?" שאל פרנסיס.

"אני חושב שהוא ירד לבטן ההר," אמר טובי, "הוא יצא בדיוק כשליב הגיעה לטפל בטימותי."

"אל תדאג," אמר פרנסיס, "הוא הלך להביא מעט גבעולים מעץ הפלי. צריך להרתיח מעט עלים בסיר, להוסיף להם קמצוץ מאבקת שורש הפלי, ולאחר מכן להשקות את טימותי ולשפוך את התרופה על הפצע."

"וזה יעזור?" שאלה יוקו כשעיניה דומעות.

"בדרך כלל זה עוזר," ענה פרנסיס.

דפיקות קלות נשמעו בדלת. סול ניגש לפתוח. אחד הקצינים התלחש איתו במשך כמה רגעים. בזמן ששוחחו חזר גולי ובידו קערה קטנה וחמה. הוא ניגש לטימותי ויצק מעט מהחומר שבקערה לכוס קטנה שהכין מראש.

"אני אעזור לך," אמרה יוקו והטתה את ראשו של טימותי לאחור. גולי טפטף מעט מהמשקה לפיו של טימותי. הוא גם שפך מעט מהחומר על פיסת בד והניח על הפצע. "צריך לעשות זאת כל עשרים דקות," אמר גולי. "אני אעשה זאת," התנדבה יוקו. פרנסיס חייך וליאה ליטפה את גבה של יוקו.

"אנחנו נמשיך מכאן ונטפל בבעיה הגדולה שלפנינו. אם תצטרכי משהו - רק קראי לי." אמר פרנסיס. סול נפרד מהקצין ליד הדלת ונכנס לחדר: "אני רוצה לעדכן אתכם בפרטים, נשב?"

כולם התיישבו, סול התקרב לשולחן וסיפר על הדרך, את מהלכי הקרב

תיאר באריכות. הוא סיפר שטימותי עלה על צאר כשענף בלבד בידו, נלחם בירדלים החמושים באקדחים, והצליח גם להפיל אחד מהם למרות שנפגע בעצמו. "יש לנו שלושה הרוגים."

ליאה הביטה בעצב בסול, וראתה שסול מתייחס לדלנאים ההרוגים כמו לחייליו שלו. "לכפר אורגון," המשיך סול "יש שמונה הרוגים. הנותרים ברחו."

"מדוע לא הייתם חמושים?" שאל טובי את סול.

סול הרכין את ראשו ואמר, "טעות שלי. חשבתי שיהיה מאיים פחות אם נופיע בדלאי בלי נשק."

"חשבת נכון," ניסתה ליאה לנחמו. "לא יכולת לצפות למתקפה כה מוקדם."

פרנסיס כחכח בגרונו, כולם הביטו בו וחיכו למוצא פיו. "המלחמה התחילה." אמר בכובד ראש. הוא הוציא מכיסו מפה והניח אותה על השולחן. זו היתה המפה של הכוכב כולו, גם האזורים הלא מיושבים שורטטו בה במדויק. טובי, סול וליאה רכנו מעל המפה.

בינתיים בחדר הסמוך טיפלה יוקו בטימותי במסירות. ליאה הביטה בה בעיניים אוהדות.

פרנסיס סימן אזור על המפה, וכינה אותו אזור החַיִץ. "פרשנו חיילים לאורך הגבול באזור האסור. כרגע האזור כולו נמצא בשליטתנו. נותרו שני האזורים האלו," פרנסיס הצביע על כל האזור מכפר אורגון ועד להר שבו ישבו.

"הם ירצו לכבוש את ההר, ולכן יפסחו על כל מה שבדרך. לדעתי ישלחו חיילים לפלס דרך לקצינים המובחרים עליהם סומך כל כך אביו של גסיל. כשישתלטו על פתח מפתחי ההר יוכלו לכבוש בקלות את ההר כולו. אני מציע שנוסיף שומרים שישמרו על שלושת פתחי ההר, ואם יש פתח נוסף שעל קיומו איננו יודעים, כדאי שנגלה זאת מהר."

טובי התקרב לסול ולחש על אוזנו, וזה יצא במהירות מהחדר. פרנסיס

הביט בטובי במבט שואל. "נתתי הוראה לאטום את הפתח התחתון. כרגע עמלים הגרבונים וסוגרים את הפתח" אמר טובי.

"כולנו למטה חמושים ולא נוותר. אתה יכול לסמוך עלינו," אמר גולי בקולו הרועם. טובי חייך, "איני מטיל ספק ביכולות שלכם, אך עדיף שתפרוס כמה מכם בחוץ, לסייע בביצור קו ההגנה."

"גם אני חושב כך," אמר פרנסיס. "איך אתה חושב לפרוס את חייליך?"

טובי רכן מעל המפה והצביע על ארבע נקודות הגישה להר. "אנחנו נציב את רוב חיילינו על ההר בנקודות האלה וניצור קו הגנה חזק. על ראש ההר העמדתי כאלף חיילים מוכנים. חלק גדול מהם על אנפות ואחרים חמושים בחץ וקשת וברובים ארוכי טווח. את תותחי הבלנץ העברתי לקדמת ההר. נוסף על כך, בשעות האחרונות הבאנו את כל הכפרים למוכנות מלאה לקרב."

"רק רגע," אמרה ליאה, "מה קורה עם כל הירדלים הצעירים והזקנים - צריך לשמור גם עליהם?"

"כאן יש לנו בעיה," הסביר טובי, "אין לנו מספיק חיילים לשמור על כל הכפרים, לכן על כל כפר ישמרו שלושה קצינים ושלושים חיילים, כך לפחות נוכל להגן עליהם חלקית."

"בעיקרון אנחנו מוכנים," אמר פרנסיס, "וזיכרו שהקם ונופל על רצונו של כפר אורגון להשתלט על מה שנמצא בתוך ההר שייך לנו."

סול נכנס בריצה לחדר: "ההתקפה התחילה. התצפיתנים שלי אומרים שכאלפיים אנפות בדרך לכאן, מרכיבות על גבן חיילים חמושים לעייפה."

פרנסיס הביט בטובי, "רצוי שנהיה עם החיילים, כך נוכל לתמרן טוב יותר." הוא פנה לשון ולקרמי: "תכינו לי, בבקשה, את האנפה ותתכוננו בעצמכם."

שון וקרמי הנהנו בראשיהם ויצאו מהחדר. "אני באה אתכם," אמרה ליאה.

"אני מציע שתישארי פה," אמר פרנסיס, "נצטרך מישהו שיתאם

בין החיילים של האזור האסור לאלו שבהר. עדיף שתנהלי מפה את המלחמה." ליאה הביטה בו בהיסוס, כרוצה לענות, ולבסוף הנהנה בהסכמה.

טובי ופרנסיס עמדו לצאת מהחדר. פרנסיס עצר והביט ביוקו, "מה שלומו?" סימן על טימותי. "נראה שהצבע חזר לפניו, אך הוא עדיין מחוסר הכרה," הסבירה יוקו: "החום ירד, ולפני כמה דקות הוא כבר מצמץ בעיניו," אמרה ועיניה לחות. פרנסיס התקרב אליה וחיבק אותה בחום. "יהיה בסדר, אל תדאגי." טובי התקרב גם הוא ואמר, "הבחור הזה אמיץ."

פרנסיס וטובי סימנו ויצאו. במסדרונות עמדו חיילים רבים, השמועה עברה מפה לאוזן וכולם רצו לראות את הדלנאי המבוגר הצמוד לטובי."זהו אחיו של דלטון מנר המפורסם, פרנסיס. יש לו ולמשפחתו כוחות על!" סיפרו זה לזה.

חלק מהקצינים בירכו את טובי ופרנסיס לשלום, מביטים ביראה והערכה בפרנסיס הנמוך מהם כמעט בראש. כשיצאו מבטן ההר הביט פרנסיס בחיילים הדרוכים לקרב. המתח היה בשיאו, מאות אנפות ועליהן חיילים מצבא ירדל ישבו חמושים, מחכים לתחילת הקרב.

כולם היו לבושים שחור, אבנט כסוף עיטר את מכנסיהם ושימש כתופסן לנרתיק האקדח. על כתפיהם היו פיסות מתכת בצבע ניקל, הדרגות, שהופרדו זו מזו כדי לאפשר לכתף לנוע. לקצינים נתפרו לחולצה באזור החזה כפתורים מניקל, אחד, שניים או שלושה, ועליהם ציור של ההר. הכפתורים נתפרו לחולצה באזור החזה.

סול הופיע בפתח וסימן לטובי ולפרנסיס לבוא איתו. פרנסיס שם לב שעל חולצתו של סול היה כפתור גדול ומוזהב ובמרכזו אבן אדומה. הם פסעו בעקבותיו לכיוון האנפות.

"הגיעו לראש ההר," ביקש סול, "יש שם כאלפיים חיילים חמושים. הכנתי לכם משקפות. כל מה שאתם צריכים נמצא שם למעלה."
טובי הביט בסול בחיבה, "מה התכניות שלך?"

"אני לוקח איתי כאלף חיילים, ואנסה להתקיף את כפר אורגון עצמו ובכך לשבור את ההתקפה שלהם."

מרחוק נשמעה צפירת אזעקה.

"אלו התצפיתנים, אני חייב לזוז." אמר סול. "צפירה משמעה שתוך כמה דקות יגיעו לכאן."

סול עלה על האנפה והביט למעלה. בגובה מאות מטרים מעליהם ומעל ההר חגו אלף אנפות המרכיבות על גבן חיילים. כולם חיכו לפקודה מסול. סול הניח את ידו הימנית בעלת הזרת והאגודל על לבו, וחייך. זה היה הקונוס - ההצדעה שלהם. טובי ופרנסיס עשו כמוהו.

סול צקצק ויצא לדרך עם אלף אנפות. גם פרנסיס וטובי עלו על האנפות ועפו לראש ההר. למעלה ראו את עשרות תותחי הבלנץ, מבהיקים באור השמש.

עשרות הירדלים הגבוהים ביותר מבין האלף היו התצפיתנים. אחד הקצינים ניגש לטובי ובירך אותו בקונוס. טובי פטר אותו בהינף יד כאומר, אין לנו זמן לזה. לקצין היו שלושה כוכבים כסופים על חזהו.

"זה פיטר," הכיר טובי בין פיטר לבין פרנסיס. "פיטר הוא הקצין הבכיר כאן."

פרנסיס הנהן בראשו לשלום במחווה עמוקה ומכובדת.

"אדוני," פנה פיטר לטובי, "המלחמה התחילה. חזרתי עכשיו מהאזור הצפוני ליד הנחל, והמלחמה שם בעיצומה. פגשנוכאלפיים חיילים מצבא אורגון, ובדיווחים נמסר לי שהקרב קשה מאוד."

שוב נשמעה צפירה, הפעם הצפירות עלו וירדו. פיטר צרח בכל כוחו פקודות לכל עבר, ומיד עפו להן האנפות. השמים כוסו באנפות ועליהן חיילים חמושים. רעשי היריות בישרו שהקרב כבר הגיע להר. טובי ופרנסיס עלו על האנפות ועפו בעקבות החיילים. טובי הצמיד את המשקפת לעיניו וראה את הזוועה ממנה חשש כל כך. הוא כעס מאוד על גסיל. עשרות ירדלים, משני הצדדים, נראו נופלים לאדמה.

כבר בתחילת הקרב נראה שהאבדות יהיו רבות מששיערו תחילה. טובי ופרנסיס נחתו בצדו המערבי של ההר, מעט מתחת לראשו.

"נו," אמר טובי, מביט במשקפתו על הקרב האכזרי כמה מאות מטרים מהם, "למה הם לא מגיעים?!" שאל בתסכול. פרנסיס הניח את ידו על כתפו של טובי, "עוד לא, צריך לחכות עוד קצת."

מספר חיילי אורגון היה כפול מחיילי ירדל, אך הירדלים נלחמו על חיי משפחותיהם, ורוח השליחות וחוסר-הברירה התערבבה ברוח הקרב שפיעמה בהם, ומילאה את חזם במסירות ובמחויבות. הם נלחמו בכל האמצעים שעמדו לרשותם.

פרנסיס הביט בטובי בחיוך והציע - "הבט צפונה."

טובי הסיט את המשקפת לכיוון צפון, וראה ענן ענקי של אנפות. חיילי אורגון ראו את ערפל האנפות והתחילו לנטוש עֶמְדות. חיילי צבא ירדל רדפו אחריהם והצליחו להפיל בהם עוד עשרות רבות.

פרק 45

המחילות שבהר

טובי הניף ידיו בשמחה, וצעק "יש!" אך פרנסיס לא השתתף איתו בשמחה. הוא שמע את פרנסיס ממלמל משהו ושאל: "פרנסיס, מה קורה?"

"משהו לא נראה לי," הביט פרנסיס במשקפת לכל הכיוונים, ולפתע הזדעק ואמר בהחלטיות: "חייבים להגיע לבטן ההר, עכשיו."

טובי הביט בו ופתאום הבין: "אתה חושב שהקרב היה הסחה?" פרנסיס הביט בו ואמר: "צריך להזדרז, אני לא חושב, אני משוכנע. יש להם גישה להר. צריך לקרוא לשון ולקרמי ולמצוא את המקום שכולם מחפשים."

הם עלו על אנפותיהם ועפו לפתח הראשי בהר,ה שבו מוקמו כמאתיים ירדלים חמושים, חלקם הגדול התמקם מאחורי סלעים, ובידיהם חצים וקשתות. טובי ופרנסיס נחתו ואחד החיילים ניגש לקחת את האנפות. טובי ניגש לאחד הקצינים בפתח ושאל: "היו ניסיונות להיכנס, אם כי..." הוא היסס מעט. "מה? דַבֵר!" פרנסיס נכנס לשיחה ועיניו יקדו.

"אדוני, אני לא בטוח, אבל קיבלתי מאחד התצפיתנים דיווח על כמה עשרות ירדלים חמושים ולא מזוהים שנמצאים בצדו הדרומי של ההר. אתה יודע, היכן שהנחל הגדול מתפצל. זה משונה, אין אפשרות להיכנס משם להר."

פרנסיס הביט בטובי: "אתה יודע מה זה אומר?" טובי הביט בו ואמר: "הם כבר בפנים."

"מהר," אמר פרנסיס וביקש מהקצין שיקרא בדחיפות לשון ולקרמי.

הקצין הסמיק מעט כששמע פקודה מדלנאי, אך ממבטו של טובי הבין שהפקודה שנאמרה כמו יצאה מפיו.

"אדוני, שני הדלנאים נמצאים כאן בכניסה להר. הם יושבים בחדר המשמר."

"יופי," אמר פרנסיס, "תן לי את האקדח שלך."

הקצין הוציא את אקדח וגם שקית בד קטנה ובה כמות גדולה של כדורים. "בבקשה," הוא הגיש את האקדח והכדורים לפרנסיס, שהנהן בראשו לתודה, והתחיל לזוז לכיוון הפתח כשטובי לצדו. חדר השומרים היה בצמוד לכניסה. שון וקרמי שוחחו ביניהם כשפרנסיס נכנס.

"אני צריך שתחשבו היטב ותאמרו לי איך הגעתם למקום עם האיורים על הקירות?" שון הביט בקרמי וזה משך בכתפיו: "אני מקווה שלא אתבלבל," אמר קרמי.

"נזוז," אמר פרנסיס ויצא מחדר השומרים. "הובל אותנו," הוא שלף את אקדחו וטען אותו בארבעה כדורים. טובי עשה כמוהו. "שלי כבר טעון," אמר קרמי ושון הנהן בראשו.

קרמי ושון הובילו וכולם הביטו לכל עבר. כעבור עשרים דקות הבינו השניים שטעו בניווט, הם הגיעו למקום בו התפצלה הדרך לחמישה כיוונים בחמישה שבילים שונים."אני מכיר את האזור," אמר טובי. "האמת היא שאלו שבילים שבעבר ניסינו למפות, רק שהם אינם מובילים לשום מקום."

"אני חושב שנחזור וננסה דרך אחרת," אמר קרמי. הם התחילו לחזור כשפרנסיס נעצר. "מה קרה?" שאל טובי. "יש לך מצית?" קרמי הוציא מצית מכיס מכנסיו והגישו לפרנסיס. פרנסיס נכנס לאחד הפתחים ויצא כעבור דקה, כך עבר מפתח לפתח עד שלבסוף חזר לפתח האמצעי: "אני חושב שננסה את הדרך הזו." טובי הבין מיד וצעד ליד פרנסיס, כשמאחוריהם השתרכו שון וקרמי, מנסים לנחש את מהלכיו של פרנסיס. השביל הפך לקשה להליכה. קירות הסלע התפוררו וכל

נגיעה גרמה למפולת סלעים קטנה. מדי פעם נאלצו לטפס מעל סלע גדול שכמעט וחסם את המעבר. "הדרך לא מוצאת חן בעיניי," אמר קרמי בחשש כשדילג מעל לסלע קטן שעמד במעבר. שון סימן לו שיהיה בשקט, "שטובי לא יחשוב שאנחנו רכרוכיים," חייך שון. הדרך המשיכה והתעקלה לתוך בטן האדמה.

"רק רגע," לחש קרמי. פרנסיס וטובי נעצרו והביטו בו. "מה קרה?" שאל טובי. קרמי גמגם. "תבינו, אני חושב ששוב טעינו. אני זוכר שהלכנו בדרך מרוצפת בקוביות מעץ עד שהגענו לדלת העץ הגדולה, כך שזו לא הדרך הנכונה. חוץ מזה, הלכנו לפי השילוט שהוביל לתאי המעצר שבבטן ההר." פרנסיס הביט בו לרגע ואחר כך פסק: "ממשיכים."

טובי ופרנסיס התקדמו. שון דחף מרפק לקרמי בחיוך. הדרך שוב התעקלה. כשהתקדמו, חשו במשב רוח קליל. השביל הצר התרחב, רק כדי לשוב כעבור מרחק מה לשביל צר. כעבור זמן לא רב הגיעו למערה, פרנסיס האיר את החלק התחתון של המערה, וראה שתהום גדולה נפרשה תחתם. היתה שם גם בריכה צרה של מים, ומסביב לה מדרגות אבן גדולות בגובה ארבעים סנטימטרים.

טובי הביט בפרנסיס, וזה סימן לו על השביל הצר, שהתעקל כך שלא יכלו לראות את המשכו. פרנסיס ניגש לשון וביקש את החבל שהיה תלוי על כתפו. הוא קשר אותו סביב מותניו, ואת הקצה השני נתן בידו של טובי. "אני אעבור, ואם הכול בטוח, אסמן לכם ותעברו אחד אחרי השני." "אני רק מקווה שהחבל מספיק ארוך," אמר שון. "אין לדעת מה יקרה מעבר לעיקול," הוא הצביע על הקטע שבו לא רואים את המשכו של השביל שנעלם מעבר לקיר המנהרה.

פרנסיס ירד בזהירות בשביל. הוא הביט בשלווה במים שנתגלו תחתיו. השביל, ברוחב פחות מחצי מטר, נראה כאילו רוצף בעבר. האבק כיסה אותו, כך שאי-אפשר היה לראותו בלי לנקות חלק ממנו. פרנסיס גירד מרגלו את החול והאיר את הרצפה. הוא לא היה בטוח,

אך חשב שככל הנראה מדובר בפסיפס שטושטש. הוא ירד באטיות
והאיר לכל הכיוונים. משמאלו על הקיר הרחוק היו ציורי קיר גדולים,
וצורות משונות שלא ראה בעבר. השביל מעבר לעיקול, שהיה רחב
מאוד, התמזג עם השביל שמולו. היו שם גם שתי מדרגות גדולות
שגודלן לא רגיל. פרנסיס טיפס ונעמד כדי להביט, והאיר בפנס על
הכיוון שממנו בא, ולכל הכיוונים.

טובי קרא לו, ופרנסיס השיב "הכול בסדר! אתם יכולים לעבור!",
והמשיך לנסות ולהבין כיצד נוצר השביל הקטן. לבסוף הסיק שהיה
זה למעשה גשר שחיבר בין שני השבילים הגדולים, חלקו התפורר
ונפל למטה. הסלעים הגדולים במים מתחת לגשר היו עדות אילמת
לכך. ועדיין משהו הטריד אותו: הרי לא ייתכן שהסלע לא התפורר
מעצמו. אז מה גרם לחלקי הגשר האלה לקרוס? הוא האיר על הסלעים
שלמטה ואחר כך שוב על השביל הצר. בינתיים הופיע טובי שצעד
בזהירות. השביל מתחתיו נסלל בצורה מושלמת.

טובי נעמד לידו והבין את התמונה: "נראה שמישהו ניסה לחבל בקשר
בין שני השבילים." פרנסיס הנהן בראשו בהסכמה ואמר: "אם כי נראה
שלא ממש רצו לנתק את החיבור."

"תראה!" אמר פרנסיס והאיר על השביל הצר תחתיו ולצדדיו: הסלע
נחצב בצורה מדויקת, מושלמת ממש. "הם השאירו את זה בכוונה,
כנראה ליצורים במידותינו."

שון וקרמי טיפסו על המדרגות ביחד, ופרנסיס סימן לטובי: "עלינו
למהר."

תחילת השביל היתה גדולה מאוד, ותוך כדי הליכה התברר שהיא
סותתה. כעבור כמה צעדים האורות שבקירות נדלקו וליוו אותם
בדרכם. הם כיבו את הפנסים. על הקירות היו ציורי קיר שונים ממה
שראו עד כה. הציורים האלה נחרטו בקירות.

"לדעתי, אלו סתם סימנים, אין להם משמעות," אמר שון.

"אתה טועה," השיב לו טובי, "אלו לא סתם סימנים, לכל אחד מהם
יש משמעות..."

"ששש.. ששש. ששש!" היסה פרנסיס את כולם וסימן להם להישאר
בשקט. "מה קרה?" לחש קרמי. פרנסיס הביט בו בכעס וחזר על
ההשקטה.

הפעם גם כל האחרים הבינו: הם שמעו קולות דיבור. פרנסיס שלף את
אקדחו, וכך עשו כל האחרים. פרנסיס וטובי הובילו, שניהם התקדמו
לאט. פרנסיס הסתובב וסימן לשון ולקרמי שיביטו מדי פעם לאחור.
כעת נשמעו הקולות בבירור. היו שם כמה ירדלים, ומעל כולם נשמע
קולו של גסיל, עצבני כרגיל. "שוב טעינו בדרך."

"לא יכול להיות," קטע אותו אחד הירדלים, "זה השביל היחיד שעדיין
לא בדקנו, זה חייב להיות כאן."

"אני חושב שכדאי שנבדוק שוב את הדלת ההיא," נשמע קול נוסף.

"אי-אפשר לפתוח אותה, זה סתם בזבוז זמן. יש סיכוי שמאחורי
הדלת עם כל החריטות המוזרות האלו יש קיר," ענה לו גסיל והוסיף,
"אבל רק כדי שנהיה בטוחים, בוא נבדוק את הדלת."

***

הצעדים שנשמעו הלכו והתרחקו, "כמה הם לדעתך?" שאל טובי.

"לפחות שמונה," לחש לו פרנסיס. טובי הביט בו. הרצפה היתה
מעץ. לוחות העץ הגדולים חוברו זו לזו במסמרים גדולים שראשיהם
מוכספים. ההליכה עליהם היתה בטוחה יותר כי צעדיהם לא נשמעו.
הם הגיעו לצומת שהתפצל לשני שבילים גדולים. אחד מהם הוביל
לשבילים נוספים.

טובי התקרב לפרנסיס ולחש באוזנו: "מעולם לא בדקנו לעומק את
המקום הזה." פרנסיס לא ענה, הוא ניסה להקשיב לקולות שהתרחקו
בהדרגה. "מכאן," לחש וסימן על הפתח הימני שבו לא נראו הסתעפויות.
שם, בכניסה, ראו על הקירות והתקרה את החריטות של מערכת
הכוכבים.

"זהו," לחש שון. "זה המקום, רק שאנחנו הגענו מהצד השני..."

"ששש..." טובי סימן לו שיהיה בשקט.

הם המשיכו להתקדם, פתאום נשמע קול נפץ עז. הרצפה רעדה
מעט. הם שמעו אבנים נופלות למים. שלושתם התכופפו על הרצפה
וכיוונו את אקדחיהם לעבר הרעש, חוץ מפרנסיס שהמשיך והתקדם
באטיות. "הם ניסו לפוצץ את הדלת," לחש קרמי.

טובי הביט בו בכעס: "אני מתאר לעצמי שזה מה שקרה." קם, וחזר
להתקדם באטיות אחרי פרנסיס.

כף ידו אחזה באקדח בכל הכוח, הוא הרגיש את הזיעה הקרה
מכסה את גופו. "המצב די מפחיד", חשב לעצמו, והביט בפרנסיס
שצעד באטיות ובביטחון לכיוון האויב. פרנסיס הביט בזהירות מעבר
לעיקול. חבורת הירדלים, וגסיל בראשה, עמדה כשגבם מופנה אליו.
עשן הפיצוץ אפף אותם, חלקם צחק. נראה שחומר הנפץ לא פוצץ
את הדלת, ורק הותיר את חותמו בבגדיהם ובאוויר שנשמו.

אחד הירדלים השתעל והסתובב בנינוחות כדי לשאוף אוויר. הוא
ראה את פרנסיס, צעק לחבריו והרים את ידו האוחזת באקדח מכוונת
לעבר פרנסיס. הוא לא היה מהיר מספיק, פרנסיס רק הרים את ידו
הריקה שלא אחזה באקדח, והירדל מיד צרח מכאב ונפל שדוד אחורה.

שאר הירדלים בחבורה קפצו לצדדים והחלו לירות לכל עבר. הרעש
היה מחריד ושון וקרמי הרגישו שאוזניהם מתפוצצות מכאב בשל הרעש.
טובי התייצב לצדו של פרנסיס, ושניהם ירו בקור רוח. נשמעה עוד
צרחה, טובי סימן בידו לפרנסיס שנשארו עוד שישה.

מטחי יריות מחריש אוזניים נשמעו מכיוון שני הצדדים, שתפסו
בינתיים מחסה משני צדדי העיקול. טובי ופרנסיס חיכו, התכופפו
קדימה וירו ארבעה כדורים בכל הפוגה בצד של גסיל וחבורתו. עד
מהרה צעקו ירדלים נוספים שנפגעו. פרנסיס הציץ במהירות. מבעד
לעשן הסמיך ראה חמישה ירדלים שוכבים על הרצפה. שון וקרמי

שכבו מאחורי פרנסיס וטובי והטעינו להם את האקדחים. נשמעו עוד יריות. פרנסיס קם וירה, אחריו ירה שוב טובי. שוב נשמעה צעקה חנוקה, ועוד אחת, והפעם התקדמו טובי ופרנסיס לעברו של גסיל. הוא נותר לבד.

גסיל נותר בפה פעור כשראה את פרנסיס. הוא ניסה להרים את ידו שאחזה באקדח, אך משום מה הרגיש שגופו לא נענה לו. עיניו עקבו בחרדה אחרי פרנסיס שהתקדם אליו באטיות והביט בו במבט חודר. טובי הופיע, גם הוא, כשאקדחו מכוון לעברו של גסיל.

פרנסיס סימן לטובי שיוריד את האקדח. "מה איתו, הוא עדיין חמוש?" אמר טובי, עדיין מכוון את אקדחו לעבר פלג גופו העליון של גסיל. פרנסיס לא ענה, רק הביט בגסיל בשלווה ואמר "אני מסיק שלא מצאתם את מגילת הקלף."

גסיל ניסה לדבר אך לא יכול היה. פיו וגופו בגדו בו.. הוא נפל אל הרצפה באפיסת כוחות, כשהוא שומט את האקדח. טובי זינק על האקדח שנפל על רצפת הפסיפס ברעש. שון וקרמי הופיעו באקדחים שלופים. פרנסיס סימן להם שיורידו את האקדחים.

"שאלתי אותך אם מצאתם את מגילת הקלף?" גסיל נד בראשו לשלילה. הוא הביט בחבריו ששכבו ללא רוח חיים. שניים מהם נפצעו ונאנקו מכאבים. טובי ניגש לגסיל וקשר את ידיו בחבל. הוא אמר לשון ולקרמי: "קחו אותו למשרד, ונסו לאתר מישהו, עדיף את סול, שיחקור אותו. סמנו את הדרך כך שתדעו למצוא אותה בהמשך."

שון וקרמי אחזו בגסיל, נזהרים מידו הימנית. כשהתחילו ללכת הסתובב אליהם שון ושאל, "מה איתם?" הצביע על שני הפצועים. פרנסיס הוציא מכיסו שקית בד עם אבקה לבנה ופיזר מעט על הפצעים המדממים. אחד מהם נפצע בכתף והשני באזור המותניים. הם הורידו מהם בזהירות את החולצות, והשתמשו בהן כדי לחבוש את הפצעים. טובי חתך בעזרת סכין חלק מהחבל וקשר את ידיהם ורגליהם. "שלחו

לכאן חיילים שיאספו אותם," ביקש. שון וקרמי הנהנו וצעדו עם גסיל
לעבר השביל הצר. טובי הביט בפרנסיס, וזה מצדו הביט כעת בריכוז
רב בדלת הגדולה שנתגלתה להם. על הדלת היו חריטות של מערכת
השמש והכוכבים. הוא ניגש לדלת והתחיל למשש את התבליטים. "אני
מכיר רק אומן עץ אחד שיכול לעשות דברים כאלה."

טובי הביט בפרנסיס בהפתעה. "זה לא יכול להיות, אתה מדבר על
שאקי?"

טובי נשף מאפו וחייך קלות, "לא נראה לי, הוא כבר היה מספר לי
על זה."

"אתה צודק," ענה פרנסיס, "אבל הסבר לי מי עוד אוהב לעבוד
על עץ הקויה. הרי כדי לעבד עץ כזה צריך להיות חזק מאוד." טובי
התעקש: "בכל זאת, זה לא נראה לי ששאקי, או כל גרבון אחר, עשה
זאת. יכול להיות שזה בכלל עבודה של הנורנים עצמם."

פרנסיס הביט בטובי בחיוך. "בוא ננסה לפתוח אותה. עזור לי למצוא
את הנקודות שעליהן יש ללחוץ." הם הביטו בדלת הענקית. במרכזה
היתה חריטה של כוכב גדול, מסביב לו היו שני ירחים שעמדו זה מול
זה, כוכבים קטנים היו לאורכה ולרוחבה של הדלת.

לדלת לא היתה ידית. לכן הם הסיקו שהדלת אמורה להיפתח בדחיפה.
פרנסיס ליטף בעדינות את הכוכבים שהיו מסביב לדלת, הוא הבחין
בשני כוכבים קטנים שהיו שונים מהשאר. הם היו קטנים יותר ושורטטו
בקצוות הדלת, לעומת שאר הכוכבים שסודרו סביב הכוכב הגדול והיו
קשורים זה לזה. פרנסיס לחץ על אחד הכוכבים. דבר לא קרה. הוא
סימן לטובי שילחץ על הכוכב השני "כשאתן לך סימן, נלחץ ביחד,"
אמר פרנסיס.

"עכשיו," הם לחצו יחד על שני הכוכבים.

הדלת נרעדה קלות ונפתחה באטיות. הם הרגישו במשב רוח קל
העובר דרך הדלת. טובי שלף את אקדחו וכיוון אותו לעבר הדלת.

לנוכח עיניהם המשתאות התגלה שביל מרוצף בקוביות עץ, כל קובייה מוקפת בפיסת מתכת מוזהבת. גם הקירות כוסו בלוחות עץ גדולים וחלקים. התקרה הגבוהה, בגובה של שלושה מטרים, קושטה בלוחות גדולים ומעט שקופים, התאורה מעליהם היתה כה חזקה שנראה שלחדר חדר אור יום.

פרנסיס נכנס לחדר כשטובי מאחוריו. לאחר שנכנסו מצאו את עצמם שוב צועדים במסדרון מתפתל, הפעם ענקי. "מה אנחנו מחפשים בעצם?" שאל טובי בלחישה את פרנסיס.

"אנחנו מחפשים את מגילת הקלף. בעזרת המגילה הזו נוכל, ככל הנראה, לתרגם את שפת הנורנים ולמצוא את הדרך להשתלט על החלון השני. זה בדיוק מה שגסיל ובני משפחתו חיפשו כאן." פתאום שמעו את ליאה קוראת להם. טובי הסתובב והתחיל ללכת לכיוון הדלת. פרנסיס סימן לו שהוא ממשיך ונעלם מעבר לעיקול. ליאה עמדה בפתח הדלת ולידה עמד סול, בנו של טובי: "איך הצלחתם לפתוח את הדלת?" שאלה ליאה.

"אספר לך מאוחר יותר. מה קורה עם גסיל ושני הפצועים?" טובי שאל את סול.

"אנחנו חוקרים אותם. אני חייב לזוז, רק רציתי לומר לך שחיילי כפר אורגון התבצרו בכפרם. יש להם אבידות רבות, וכרגע הם מנסים לירות בכל מי שמתקרב אליהם עם תותחי הבלנץ."

טובי הביט בו בהפתעה. "לא הבנתי, אתה אומר שההתקפה עלינו הסתיימה?"

עכשיו היה תורו של סול לחייך: "כן, גם ההתקפה שלנו היתה מסיבית וחזקה, והם הופתעו מאוד. איגפנו אותם גם מדרום. הלחימה היתה מאוד קשה ואיבדנו חיילים רבים, אבל לבסוף הצלחנו להביס אותם. כרגע אין חייל אחד מכפר אורגון מחוץ לכפרו, חוץ משלושת האסירים."

טובי ליטף את סנטרו, הוא חשב מעט. "יש להם כוח רב, מספרית

ועוצמתית, ייתכן שהם מתארגנים להתקפה נוספת. הדבר שלשמו הם באו ונלחמו, נמצא עדיין כאן, לכן..."

סול קטע אותו: "כרגע אלפיים חיילים, מחצית מהם על אנפות מוכנים בכל רגע להתגונן או לתקוף שוב - אם יחליטו לנסות את מזלם שוב. גם הוריתי לקרב כמה תותחים לכפרם." סיכם סול ואמר: "טוב, אני חייב לזוז. אל תדאגו בכל הנוגע למה שקורה בחוץ, אני מטפל בזה." סול סימן להם לשלום והלך.

"בואי איתי," טובי התחיל ללכת כשליאה בעקבותיו. היא פערה את פיה בפליאה ולא פחות מכך גם בחשש: "מהו המקום הזה?" לחשה. "זה אזור שככל הנראה נבנה על-ידי הנורנים. את לא צריכה ללחוש, אין כאן נפש חיה." הם התקדמו במהירות.

טובי לא ראה את פרנסיס, והתחיל לדאוג. כשהגיעו לקיר האבן נגמרה הדרך. "איך זה יכול להיות"? שאל בחשש. ליאה הביטה לאחור. "אני לא רואה דרך אחרת לצאת מכאן. לאן פרנסיס יכול היה להיעלם?" הם התחילו ללכת הלוך ושוב בשביל, בודקים כל פינה. לא היה זכר לפרנסיס. טובי מישש את לוחות העץ העבים, נראה היה שהם אחוזים ודבוקים חזק מאוד אל הקירות שאותם עטפו. הוא ניסה להפריד בין שתי קורות עץ בעזרת אולר ששלף מכיסו, אך ויתר כשהאולר התעקם.

"נחזור," אמרה ליאה. "יש לי הרגשה לא טובה."

"את יכולה לחזור," טובי סימן לה בידו, "אני לא משאיר אותו כאן לבד." פתאום חש טובי במשב רוח קר בגבו, הוא הסתובב במהירות, נחוש להתמודד עם כל שריד נוסף מכוחותיו של גסיל, רק כדי לראות שכמה מקורות העץ נפתחו, ופרנסיס הופיע בפתח, כולו חיוכים. "לאן נעלמת?" שחרר טובי אנחת רווחה אך נשמע דואג וכועס.

"בואו איתי," סימן להם פרנסיס להיכנס. טובי פסע פנימה לאולם עגול ועצום. ליאה היססה מעט, אך נכנסה גם היא. כשפרנסיס לחץ

על כפתור שהיה מוחבא בתוך הקיר שבו הקורות למקומן, וסגרו אותם בפנים, בתוך החדר.

על רצפת החדר פוזרו כריות כתומות-חומות שכיסו את כל הרצפה, על הקירות צוירו ציורים ענקיים, מעין תבליטים. במרכז האולם היתה במה קטנה מעץ, ומולה מראה ענקית מהרצפה ועד לתקרה. שביל קטן וצר הוליך לבמת העץ הקטנה.

"מה זה המקום הזה?" לחשה ליאה בפליאה.

טובי הביט בבמת העץ ולחש: "אני לא מאמין, כל הזמן שמענו סיפורים על המקום הזה אבל..." הוא היסס לרגע, "המקום הזה שימש את אבותינו בכדור הארץ לפני מאות שנים, איך זה ייתכן?"

"הכול קשור לנורנים," ענה פרנסיס בשלווה, "בלילה שבו נכנסו הוריי לשדה התירס, הם קיבלו כוחות וידע מהנורנים. משום מה הם בחרו בהוריי שיהיו אלו שיקבלו את הידע הזה. אחי, דלטון מנר, למד את כל הדבר הקסום הזה על בוריו. הוא ידע להכין את אבקת הרו-רו עוד שהיה קטן. תמיד סיקרנו אותו המעברים שדרכם אפשר לעבור בעזרת אבקת הרו-רו. הוא חקר את כל הנושא הזה. אני עצמי הייתי כמה פעמים בחדר כמו זה, יחד איתו, חזינו שם במראות שעד היום זיכרונם מפעים אותי."

"כלומר יש מקום כזה, בדלאי?" קיוותה ליאה.

"כבר לא. בזמנו בדקתי את המקום על הבמה. כמו שזכרתי, גם כאן יש שקית בד, אבקה בתוכה וגם לפיד כזה," פרנסיס הצביע לעבר הלפיד שעמד ליד הבמה. "הוא יבער כשנעמוד על הבמה וניקח חופן מהאבקה האדומה."

"מה יקרה אחר כך?" שאלה ליאה.

"דרך המראה הזו עוברים, בכוח המחשבה בלבד, לעולמות אחרים. מה קורה שם בחוץ עם המלחמה?" "הכול בשליטה," ענה טובי. "כרגע

הם נסוגו לכפרם. שמנו מצור על כפר אורגון. העניין הוא שיש אבידות
כבדות לשני הצדדים..."

"אני יכולה לנסות את המעבר?" ליאה קטעה את דיבורו של טובי
והצביעה על במת העץ. פרנסיס הביט בה בחיוך, "בוודאי, עלינו רק
לצאת החוצה ולהשאיר אותך כאן לבד."

טובי הביט בליאה ובסקרנות אמר: "אני אנסה אחרייך."

פרנסיס צעד לעבר במת העץ, "בואי איתי." ליאה צעדה בעקבותיו
וטובי אחריה. פרנסיס עלה על במת העץ והסביר, "אחרי שנצא קחי
חופן מהאבקה האדומה, וזרקי אותה לעבר הלפיד. תני לכוח המחשבה
שלך לשאת אותך לכל מקום שתרצי. את כל המראות שתראי, תראי
דרך המראה הגדולה שממול." כשפרנסיס ירד מהבמה ורצה לצאת
מהחדר, צעקה ליאה בהפתעה: "משהו זז שם במראה!" פרנסיס
הסתובב בחיוך, "אל תסירי את מבטך מהמראה, את צריכה כל הזמן
להיות בקשר עין עם המראה."

טובי ופרנסיס יצאו למסדרון וליאה נשארה לבדה בחדר על במת
העץ הקטנה. בתחילה חששה מעט, אך כשהתגברה על הפחד לקחה
חופן מהאבקה האדומה. הלפיד התחיל לבעור והמראה כוסתה בעננים
קלים, בין לבין נראתה דמות מטושטשת. ליאה השליכה את האבקה
האדומה לעבר הלפיד, ועצמה את עיניה בחוזקה.

פרק 46

המכתב לנל קלר

"כפי שאמרתי, הכול התחיל פחות או יותר לפני כשנה. מאז הגעתי לכאן הכול היה רגיל, עד לאותו יום גורלי," מנר שאף מהמקטרת ובהה לעבר הדלת לנקודה לא ברורה, "בו פתאום הופיעו הסימנים עליהם שמעתי מהוריי כשהייתי צעיר. זו היתה הדרך שלהם לתקשר איתנו."

"מי זה הם?" נמי לא התאפקה ושאלה.

מנר הביט בה בסבלנות ואמר, "הנורנים."

"מעולם לא שמעתי עליהם... מה הם? או מי הם?" שאל טים.

"הנורנים הם היצורים העתיקים ביותר ובעלי התבונה הגבוהה ביותר ביקום. האגדות מספרות שהם אלו שהביאו חיים לשני הכוכבים, לכדור הארץ ולכוכב ירדל. הם אלו שעוקבים אחרינו עשרות אלפי שנים. הם עוקבים אחרי קצב ההתקדמות המהיר, ומדי פעם נחשפים. הם נראים כמו בני אדם רק גבוהים יותר, ולפי הבנתי מתקשרים בינם לבין עצמם בטלפתיה." מנר הפסיק לרגע כדי לשאוף מהמקטרת.

"ראית פעם אחד מהם?" שאל רם.

מנר נד בראשו מצד לצד, "לא, אבל הוריי ראו פעמים רבות. אמי שוחחה איתי על הנורנים. היא היתה מהופנטת מהם. פעם, ניגשה אלי כשהייתי במעבדה הקטנה שלי והכנתי את אבקת הרו-רו. היא סיפרה על הפגישה הראשונה שלה ושל אבי עם הנורנים בשדה התירס. זה היה עוד לפני שנולדתי. אחד הנורנים ניגש לאמהות ושם את כף ידו על בטנה. הוא העביר בה זרם של כוח ואנרגיות. מאותו יום הוריי ניחנו בכוחות ובעוצמה שעדיין לא נראתה על כוכב ירדל. בכוחותיהם ריפאו חולים ועזרו לאנשים."

"אני רק יכולה לנחש שאת הכוחות שלך קיבלת מהם," אמרה נמי. מנר הנהן בראשו, "גם אֶחיי פרנסיס ואופליה ניחנו בכוחות ובידע רב. את עיקר הכוחות שלהם והידע העבירו הוריי אליי."

"אז כמו שהתחלתי לומר לפני כשנה התחלתי להבחין בסימנים. בגל הסימנים הראשון לא חשדתי, רק תמהתי על קנקנו, בסקרנות ובלא מעט ערגה להוריי. עם הופעת גל הסימנים השני עברתי מתהייה לחשד בלב כבד. רציתי לעבור בעצמי דרך החלון השלישי, אך ידעתי שאני מסכן את כל הדלנאים שאני משאיר כאן מאחור - און ובני משפחתו היו משתלטים על הכפר ופוגעים בכולם. ניסיתי לדבר על לבם של כל חברי כבודת מסדר העץ, לשכנע שעלינו לעשות משהו. כולם פחדו וסירבו להצעתי לשלוח אחד מהם. כשהתאכזבתי מתגובתם הסביר כל אחד בדרכו כמה קשה יהיה לו לעזוב את ביתו ומשפחתו. היחידות שהסכימו לעבור היו ניבה ולין, אולם אותן לא יכולתי לשלוח: מעטים הדלנאים שנוכל לסמוך עליהם, ולאור יכולותיהן הגבוהות, אמינותן ונאמנותן אנחנו חייבים להיעזר בהן כאן." ניבה ולין הסמיקו במבוכה גאה, וחבריהן הביטו בהן בהערכה ופרגון. מנר המשיך: "כשנל הגיע חשבתי שנקרתה לידנו הזדמנות חד-פעמית בדמות שליח שערכו לא יסולא בפז, העומד בראש קבוצת חולית המצטיינת משום שהוא האחראי והרציני בה, ובוודאי יתאים למשימה. שוחחתי איתו ארוכות, הסברתי את הסיכונים במעבר דרך החלון השלישי. הוא רק הביט בי בנחישות והסכים מיד. רציתי לתרגל ולהדריך אותו לפני ביצוע המעבר, אך לא היתה לנו הזדמנות. הוא עבר בלי לומר לי, לפני שהספקנו אפילו להתחיל את החניכה, טרם שהיה מוכן. כרגע יש לנו בעיה, וההזדמנות היחידה שלנו לדעת מה מצוי בצד השני - מונחת על כתפי שלושתכם, כשתצטרפו לנל."

נמי, רם וסט הביטו בו מעט בהפתעה. "אנחנו לא פוחדים לעבור,"

אמרה נמי, והוסיפה במעט חשש: "חשבתי, אם תסכים, מה דעתך אולי לנסות קודם את הדרך השנייה? נשלח מכתב לנל ונבקש ממנו להודיע לנו אם קיבל אותו?" נמי וסט הנהנו לאות הסכמה בהתלהבות.

"בעצם," עצר סט את ההתלהבות ואמר: "אם המכתב יפול לידיים הלא נכונות, מה יקרה אז? האם לא ניצור בעיה גדולה עוד יותר?"

ורם הוסיף, מביט אל מנר: "בכל מקרה אנחנו לרשותך בכל החלטה".

"הרעיון טוב," חייך מנר וסיפר, "לכן כבר כתבתי מכתב, בעזרת ניבה ולין." הוא קם, התקרב למכתבה הקטנה בפינה, שלף מהמגירה קופסת עץ גדולה, מיקם אותה במקומו בשולחן למקומו וחזר למקטרת.

"בקופסה הזו נמצא המכתב לנל?" שאלה נמי. מנר הפריח עשן והנהן בראשו. "תוכל להקריא לנו אותו?" שאל רם. שפתיו של מנר התעקלו בחיוך סביב לפיית המקטרת, פתח את הקופסא והגיש אותה לניבה. ניבה פתחה את המכתב המקופל לארבע, הדליקה את הנר הגדול על הרצפה כדי לחזק את תאורת החדר העמומה, והחלה לקרוא.

נל היקר!

עבר כחודש וחצי מאז עברת מבעד החלון השלישי, ובינתיים לא הגיע שום סימן ממך. כולנו דואגים מאוד ומקווים שאתה בריא ושלם, ושיש מי שדואג לך.

אנו יודעים שהיציאה מהחלון היא במדינה קטנה בשם "ישראל", אנא, אותת לנו שהמכתב בידיך, לפי ההוראות הבאות. פרסם מודעה באחד משלושת העיתונים הגדולים בישראל, כתוב במודעת הדרושים - "נל מחפש את __________ ה-____________, ראש הכפר". במקום הראשון השלם את שם ראש הכפר, ובמקום השני - את צבע קירות המרפאה בכפר

החזק מעמד!

כך בלי חתימה או תאריך נחתם המכתב. ניבה השיבה את המכתב

למעטפה, שלקחה אותה לקופסת העץ. כולם שתקו, ומנר המשיך: "אז זהו, זה רגע האמת. בואו, יחד נשלח לנל את המכתב."

נמי הביטה בניבה ובלין וניכר שכולן נרגשות. "זו הפעם הראשונה שאתן נכנסות לחדר החלון השלישי?" שאלה נמי. לין הביטה בנמי וחייכה בהתרגשות: "חלמנו על הרגע הזה, עד היום מנר לא הרשה לאף אחד להיכנס אל החדר."

מנר החל לפסוע לעבר הדלת וביקש עזרה מרם וסט. יום אחרי שעבר נל מבעד לחלון השלישי הורה מנר לשלושה מחברי כבודת מסדר העץ לבנות קיר ודלת חדשים כחוצץ נוסף לפני הדלת האחרונה לפני החלון. לאחר שבכוחות משותפים הוסטה הדלת החדשה נחשפה הדלת האחרונה העתיקה.

היתה זו דלת עץ חומה, מגולפת להרהיב וחרוטת דמויות וצורות שהיו מוכרים רק למנר. הצעירים נדהמו מהדלת, בוחנים אותה בעיניים משתאות ונזהרים לא לגעת. מנר העניק להם זמן מה לסקור את הדלת, ולבסוף ליטף בידו את המשקוף הימני, כשהוא מוצא מיד את שחיפש. תוך לחיצה על הכפתור מילל בלחש בשפתיו: "אתנוס". הדלת נפתחה באטיות. הפלא שהדהים את נל רק שבועות ספורים הפעיל שוב את קסמיו על החבורה. ההילה הסגלגלה ריחפה שוב מעל הרצפה ופרצה אל החדר, מתפשטת בחלל לכדי ערפל כובש ומענג .

"וואו," אמרה נמי. "אין מלים."

רם וסט היו בהלם. לין הושיטה את ידה לתוך הערפל, כמו חודרת את מרחבו האוורירי. מנר משך את ידה לאחור, חייך מאוזן לאוזן ואמר: "לא זו הדרך." הוא פסע אל לב הערפל, עמד מול מה שהבין רק אז כי הוא החלון השלישי, מקורו של הערפל שעכשיו רק זהר יותר ויותר. האור הסגלגל זז כמו ערפל בחדר.

מנר אחז בקופסת העץ. הוא הביט באור ובחלון בערגה. כמה היה

רוצה לעבור והקופסא בידיו. הוא זרק את הקופסה למרכז החלון, והיא נבלעה תוך רגע בהילה הסגולה, מתיזה גושישי ערפילים סמיכים על מנר עצמו, כמו הטיל אבן כבדה וגדולה לשלולית מים. הערפילים כיסו אותו לרגע, כשהחדר כולו נשטף זוהר. לאט לאט התפוגג הערפל ורק הילה סגלגלה עוד ריחפה בחדר. מנר הביט בחלון השלישי במבט אחרון. "כמה חבל", מלמל לעצמו, "חבל ועצוב." אמר, הסתובב, ויצא מן החדר וסימן לכולם לבוא בעקבותיו. סט, רם וטים עזרו לו להזיז את הדלת החיצונית. טים הביט במנר וחיכה שיביט בו. "אני רוצה שתחשוב עלי כשיגיע הזמן לעבור לכדור הארץ. אני לא מפחד. אני חושב שאוכל לעזור."

"אני מעריך את הרצון שלך לעזור. כרגע סט, רם ונמי יהיה אלו שיעברו. בכל מקרה נדע רק אחרי שנקבל איתות מנל. אני מציע שנלך לישון כדי שיהיה לנו כוח להמשיך מחר."

***

ניבה ולין היו אחראיות לסידורי השינה, כולם מלבד רם הלכו לישון. הוא לקח את המקש מנמי וירד לחדר המציאות. לפני שהגיע לדלת שמע קול רגליים קלות יורדות אחריו במדרגות. זו היתה נמי, היא רצה בעקבותיו והתנשפה. רם חייך בהקלה.

"רוצה להיכנס לספרייה?" שאל.

"האמת שלא," ענתה נמי בחיוך שובב. "מה דעתך שנתחלף, אני אכנס לחדר המציאות ואתה לספרייה? רק לניסיון."

רם הביט בדלת. הוא השתוקק לחזור ולחוות שוב את החוויה המדהימה שחווה בחדר המציאות, ולכן היסס מעט, אך לבסוף הסכים. נמי לקחה את המקש מידו ולחצה על הכפתור הקטן. הדלת נפתחה ונמי מיהרה להיכנס לחדר. רם לחץ על הכפתור וסגר אחריו את הדלת. הוא הביט בדלת הסגורה והתחרט שהסכים. "טוב," אמר לעצמו, "זה רק לניסיון."

נמי פסעה בשביל הקטן מוקף הכריות משני צדדיו. היא עלתה על
במת העץ הקטנה והביטה במראה הגדולה. ענן אפור אפף את המראה.
היא הביטה בציורים הענקיים התלויים לצדה. הדמויות היו מוזרות.
באחד הציורים היה ראש ומסביבו זרועות שנראו ענקיות כשל בן
אנוש. בפרצוף היו רק עיניים ואף, ללא פה ואוזניים.

כל כך הרבה צורות חיים שונות היו בציורים. אחד מהם היה ציור
של דלנאי או של ירדל. היה גם יצור נוסף שדמה במראהו לבן-אדם
מוזנח. נמי הביטה בציור בקפידה, מתמקדת בפרטים הקטנים. חלקם
היו מוכרים, אחרים לא ראתה מעולם. היא חזרה והביטה במראה,
וכנשוכת נחש קפצה לאחור בהפתעה. העשן האפור שכיסה את
המראה כיסה גם על דמות מטושטשת. הדמות נמוגה לאט לאט לתוך
העשן האפור ונראה היה שנעלמה לגמרי. העשן הידלל מעט, ואז היא
ראתה אותה שוב.

נמי נזכרה בדבריו של מנר: אסור לאבד קשר עין עם המראה! היא
המשיכה להביט בה, מתמקדת בכל פרט. היא הושיטה את ידה
ולקחה חופן אבקה משקית הבד התלויה לצד הבמה. לפיד האש נדלק
בפתאומיות, והיא הרגישה שגופה נרתע לאחור. היא חיכתה מעט, ואז
זרקה חופן מאבקת הרו-רו לעבר הלפיד. כשהיא עוצמת את עיניה
נתנה לתחושה המדהימה של שחרור וקלילות לסחוף אותה. היא שטה
הרחק מגופה. ההרגשה היתה שהנפש מתנתקת מהגוף. כל המחשבות
והדאגות נותרו מאחור עם הגוף. היה זה מעין רגע קסום שמעולם
לא חוותה עד כה.

נמי ישבה והתענגה. היא ייחלה שזה לא ייגמר. לבסוף, עדיין מאושרת,
החליטה שהחוויה נגמרה. כשפקחה עיניה ראתה שהיא עוד עמוק
בחוויה: כעת מצאה את עצמה מרחפת בשמים. מהגובה שבו ריחפה
הכול נראה קטן, קטן מאוד. היא רצתה לרחף נמוך יותר, ותוך רגע
מצאה עצמה מרחפת עשרות מטרים בלבד מעל הגלים בים עצום,

כשמרחוק נצפית ספינה גדולה. ידיה היו פרושות באוויר, והיא נעה במהירות. בקלות הגיעה לכל גובה, לכל זווית, כראות עינייה. האוויר ליטף ברכות את כל גופה, מכפות הרגלים ועד השיער. "אי-אפשר להסביר את התחושה, אי-אפשר להשוות אותה לשום-דבר שאני מכירה!" חשבה. היא עצמה שוב את עיניה, חושבת לרגע על המקום עליו דיבר מנר: "תל אביב". כשפקחה אותן מצאה עצמה מעל ים אחר, ומולה במרחק רב נפרס קו חוף ארוך ומאחוריו מכוניות וכבישים. היא הבינה שהיא בארץ האנשים. למרות הגובה הרב הלכו והתרבו בעיניה דמויות המהלכות והעיר תחתיה רעשה ותססה ללא הפסקה.

בעודה מרחפת מעל העיר הבחינה בכמה אנשים מתגודדים להביט ביצור קטן משתעשע על החוף. כשהנמיכה מעט ראתה כלב מבצע פעלולים לקול צחוקו של הקהל ומחיאות כפיים. נמי נזהרה מלהתקרב מחשש שתזוהה, אך לבסוף התקרבה לכדי שלושה מטרים מעל הכלבלב. האנשים סביבה לא יכלו לדעת על קיומה, אך הכלב הבחין בה. הוא הביט לעברה והתחיל לנבוח ללא הפסקה. נמי חייכה אליו והחלה לדבר אליו ולהרגיעו, אך שום קול לא יצא מגרונה. הכלב השתולל, ונמי הגיעה למסקנה שעדיף לעזוב את המקום. היא עצמה את עיניה, ובכושר המחשבה הגיעה ללב העיר. אלפי אנשים זרמו לעיניה במדרכות ובכבישים לכל כיוון כשלפתע חזר הערפל והיא שבה לחדר וראתה את דמותה נבנית בהדרגתיות במראה. כשעצמה ופקחה שוב את עיניה כבר עמדה דמותה המלאה מול המראה בחדר עם הכריות. מיד לקחה נמי חופן חדש מאבקת הרו-רו וזרקה אותו ללהבת הלפיד. מיד חזרה לאותו המקום, אל הככר הענקית ברחוב הארוך המסתעף לאורך מרכז העיר. מצדה השני של ככר מוגבהת, תחתיה נסעו כלי רכב ומעליה ניצבה עוגה צבעונית ענקית, רושפת אש ויורקת מים, סבה סביב עצמה. נמי נדהמה לא רק מהתופעה, אלא מאדישותם של האנשים סביבה. היא ריחפה מעט מעל לחנויות לפני שירדה לדוכן העיתונים.

בעל הדוכן התפנה לקבל ולבדוק בדקדקנות ארגזים רבים של סחורה חדשה, לו היה מביט לרגע פנימה לתוך הדוכן היה מאבד את נשימתו למראה העיתון המידפדף מעצמו. נמי ביצעה סקירה מהירה ויסודית בעיתונים המרכזיים והעלתה חרס בבדיקתה. הכותרות והכתבות ברוב העיתונים דיווחו על נפגעים רבים בהתקפת טרור רצחנית בניו-יורק. נמי הביטה בתמונות בחלחלה וחשבה: "כל כך הרבה הרס; כל כך הרבה כאב". שאר הכותרות עסקו בפוליטיקה ובחיי היומיום, ואף לא כתבה אחת היתה מנל או רמזה עליו. מאוכזבת, חזרה נמי לעוף ופנתה צפונה. מאוחר יותר החליטה להגביה עוף. המראה היה מפעים. בגובה 3000 רגל מעל הקרקע הבזיק בה רעיון: "אם אני נעה בכוח המחשבה - אחשוב על נל ואגיע אליו!" מתרגשת ניקתה את תודעתה והתמקדה בנל. דבר לא קרה. היא ניסתה שוב ועצמה את עיניה. כשפקחה אותן התפנה הערפל במהירות והתגלתה שוב המראה. היא היתה תשושה, כמעט קרסה על הבמה בחדר הכריות. בקושי גררה את עצמה במורד מדרגות העץ, נשכבה על אחת הכריות, ונרדמה.

***

רם ישב בספרייה העתיקה, ולפניו ערמת ספרים שבחר זה עתה באקראי, בנושאים שונים, חלקם אוטוביוגרפיות של דלנאים מפורסמים. הוא סקר בעניין את הספרים הראשונים בראש הערמה לפני שנתקל בספר שחור קטן. הכותב היה קצין ירדלי בשם גל ברייד שכתב יומן לזוגתו אלינה. רם נדהם: גל ברייד היה הירדל שהופקד לשמור על החלון השני בתקופה שבה נסגר החלון! רם קרא בשקיקה על תהפוכות היחסים בעם הדלנאים וביניהם לירדלים: על אהבות ובריתות, שנאות ושחיתויות, על ויכוחים וחיכוכים אינסופיים - בעיקר סביב בעלות על החלון השני. החלון היה בעיקר בבעלות הדלנאים, והירדלים רצו לשלוט בו - כמו גם לעבור את הנחל לעבר האזור האסור. כל אלה גרמו למריבות במועצת הדלנאים בין המקומיים לשגרירים הירדלים.

רגע לפני שנסגר החלון ניסה אחד הירדלים לעבור מבעדו. כך תיאר גל את החלון: "תיבה עתיקה, גובה ואורכה מטר לערך, עשוית עץ וברזל." במקום לשוב לירדל נחבט המסכן קלות בראשו ונתקע בדופן הפנימי של המעבר, התרחשות שלא קרתה מעולם. לבסוף נחלץ החוצה, אך מאותו רגע שררה המולה בקרב הירדלים. כל הדלנאים והירדלים במועצה הגיעו למקום לבדוק מה קרה. גל ברייד תיאר את הפחד והבהלה שחלחלו מיד בקרב הירדלים, שהיו מעתה כלואים רחוק מביתם. על אף שהחלון השני נבדק ביסודיות לא נמצא שום הסבר להשבתת פעולתו, או דרך להשבתו. מאחר שחשב שלא יראה שוב את אהובתו אלינה כתב גל את האירועים ותחושותיו. במשך חודש ניסו חברי המועצה למצוא פיתרון לתעלומה, חלקם חשבו שידם אינה משגת את הפיתרון ועליהם לנסות ולמצוא דרך אחרת לשוב לירדל.

בינתיים המשיכו דלנאים וירדלים להגיע דרך החלון הראשון. בהיעדר דרך לשוב לירדל לא יכלו גם לספר למועצה בירדל על השבתת החלון השני. עם הזמן הובן במועצה בכוכב ירדל שישנה בעיה, וסגרו את המעבר דרך החלון הראשון. כעבור חודש וחצי קרה נס. דלנאי ששמר על החלון השני ביצע בדיקה שגרתית והטיל משהו לתיבה, והחפץ נעלם. במקום לקרוא לבירור נכנס לתיבה בעקבות החפץ - ונעלם. כעבור זמן מה חזר דרך החלון הראשון, מודיע בשמחה שהמעבר השני חזר לפעול. כך חזרו דרך החלון השני מאות ירדלים שנתקעו לכוכב ירדל. במשך תקופה ארוכה ניסו בשני הכוכבים לברר מה קרה. המסקנות לא חידשו אלא רק סיכמו את הפרטים הידועים: התקלה לא היתה קשורה להתנהלות. המעבר נסגר, וחזר כעבור חודש ועשרה ימים לפעול באורח פלא.

רם שמע רחש קל מאחוריו. הוא קפץ וסב לאחור, מופתע לראות את מנר. מנר חייך בשלווה ואמר: "שנים ירדתי פעם בשבוע לספרייה. קראתי כבר אלפי ספרים, אך את הספר שאתה מחזיק מעולם לא

ראיתי." רם נרגע מעט והשיב: "הפתעת אותי." הוא הגיש את הספר
למנר ואמר "זהו ספר שכתב אחד הקצינים הירדלים שהופקדו לשמור
על החלון השני. בין היתר הוא מתאר את החלון השני." מנר הוציא
את המקטרת מפיו בהפתעה, והיא נשמטה מידו אל הרצפה, "מה!
אתה בטוח?" אמר ולקח את הספר מרם תוך ניד הודיה בראשו. מנר
פתח מיד את הספר, רם הושיט באצבעו אל המקום המדויק בספר,
וכשמנר החל לקרוא התכופף להרים את המקטרת מהרצפה והגיש
אותה למנר. מנר מלמל בהיסח הדעת "תודה" והמשיך לקרוא בשקיקה.

כעבור דקה עזב מנר את הספר. הוא מילא מחדש את המקטרת
והצית אותה. עשן סמיך בריח תפוח מילא את חלל החדר, ומנר שב
לקרוא, מהמהם מדי פעם. כשהגיע לתיאור החלון השני מלמל שוב:
"אני לא מאמין..."

"מה גילית?" שאל רם. מנר הביט בו וענה "סלח לי, עלי להמשיך
ולקרוא."

רם משך בכתפיו וניגש לאחד המדפים הארוכים, עמוס בשורה ארוכה
של ערימות ספרים, שוכבים זה על זה בסדר מופתי. באחת הערימות
שכב ספר ללא שם, כרוך כריכה סגולה כהה. רם שלף אותו, גרר
כיסא והתיישב. השניים קראו יחד שעה ארוכה, כשמדי פעם מציץ רם
לעבר מנר. מנר היה מרותק ליומן, ורם שמח והתגאה שאיתר את ספר
שהיה כה חשוב למנר, ספר שעשוי להיות לעזר לכולם בימים אלה.
רם השיב את מבטו אל הספר בעל הכריכה הסגולה והתכוון לפתוח
אותו מחדש במקום שבו עצר לאחרונה, אצבעו תחובה בעמוד הנכון,
כשלפתע שם לבו שלא רק שעל כריכת הספר לא הוטבע כל שם, אלא
שגם הופיע בתחתית הכריכה סימן מוזר, לא מוכר ובלתי קריא. הוא
הפסיק לקרוא ופנה למנר תוך שהוא מצביע על הסימן, וגילה את מנר
מביט בו ומהנהן בראשו: "יש כאן פריצת דרך מדהימה" אמר מנר.
"במה מדובר? לבטח למדת משהו מהספר ומהסימן." מנר קם מהכיסא

והתחיל ללכת לעבר הדלת. הוא לחש משהו, והדלת כפולת וכבדת הבריחים נפתחה כמו מעצמה. רם עמד בפה פעור.

"אתה צודק, אני יודע הרבה דברים, אבל דבר אחד אומר לך: עד לפני רגע לא ידעתי איך נראה החלון השני ועכשיו כשאני יודע איך הוא נראה, יש לי הרגשה שאני יודע גם היכן לחפש. כשתסיים עבור דרך חדר המציאות. בקש מנמי לפגוש אותי בשמונה בערב, בכיכר הכפר, ממש ליד הפעמון הגדול. אני מצפה לפגוש גם אותך ואת סט שם," אמר, הסתובב ויצא.

הדלת נשארה פתוחה. רם הוציא את המקש מכיסו, אך לא היה צורך בכך, הדלת התחילה להיסגר מעצמה. "איך אפשר להתרכז?" חשב לעצמו, "מנר כמעט כל יכול, הוא שולט בחפצים סביבו רק בכוח המחשבה!"

כעבור דקה סגר רם את הספר והשיבו לראש הערמה ממנה נלקח. הוא הלך לחדר המציאות, פותח וסוגר את הדלתות בדרך בעזרת המקש. כשנכנס לחדר המציאות ריצדה בחלל החדר דמות מטושטשת, מכוסה כמעט לחלוטין בענן עשן. רם נרתע לרגע, "זו בוודאי הדמות מהמראה!" חשב, מחפש במבטו את נמי. הדמות נעלמה ואיתה העשן, ונמי נגלתה, ישנה על אחת הכריות הגדולות הסמוכות לבמה. רם טלטל מעט את זרועה וקרא בשמה, ונמי פקחה עיניים במהירות. "היי, מה קורה? כמה זמן אתה פה?" שאלה.

"הרגע הגעתי," ענה רם. "אני חייב לספר לך משהו." רם סיפר באריכות ותיאר מה קרה לו מהרגע שנכנס לספרייה. "את לא מבינה, הוא לחש משהו והדלת נפתחה בלי המקש," אמר רם. "מנר גם התלהב מהספר שמצאתי ולא הפסיק לחייך."

"ספר לי שוב על הקצין הזה, על גל ברייד," ביקשה נמי. רם סיפר לה הכול בהתלהבות, וכשהגיע לתיאור של החלון השני נמי לא הפסיקה

לחייך. "לי נראה שיש משהו שאת יודעת ולא מספרת," אמר רם. "אוך רם..." ענתה נמי.

"אני עדיין לא מבין? מהי? מה זה?" רם נפגע מעט, "אנחנו מנסים להחזיר את נל קלר הביתה, ולכן אנחנו צריכים לגלות היכן נמצא כרגע החלון השני. עד עכשיו לא ידענו איך הוא נראה בכלל. כל שידענו עד כה היה שהחלון הראשון שממנו הגיעו לכאן אבותינו הוא מעין חור גדול בתחתית עץ בכוכב ירדל, ושהחלון השלישי נמצא כאן במבנה הזה," צחקה נמי, "ואותו כבר הספקנו לראות. אני לא מסתירה משהו, אני מאושרת שקידמת אותנו! בספרייה הענקית יש מאות אלפי ספרים, ואתה מצאת פתרון לאחד המכשולים שעמדנו בדרכנו - איך בעצם נראה החלון השני! כל הכבוד לך!"

רם נאנח שוב, נרגע ומרוצה. "אז איך היה הטיול בחדר המציאות?" שאל.

"היה כיף אמיתי, רק מאוד מעייף."

"מה קורה עם סט, ראית אותו?" רם נד בראשו, "אולי כדאי שנעלה לבדוק מה קורה" הציע, ונמי קמה על רגליה. "את יודעת," המשיך, "כשנכנסתי לחדר ראיתי אותך ישנה, ודמות מהמראה ריחפה בחדר האפוף בעשן, והדמות נעלמה תוך שניות."

"אולי בגלל זה מנר הדגיש שיהיה רק דלנאי אחד בחדר." אמרה נמי והוסיפה, "כדאי שנזוז."

כשיצאו נזכר רם: "מנר ביקש שנאסוף את סת וניפגש ארבעתנו בשמונה בערב בכיכר הכפר, ממש ליד הפעמון הגדול." נמי הביטה בשעונה. השעה היתה שש וחצי. נותרה להם שעה וחצי.

"קדימה רם," אמרה, "בוא נחפש את סט."

הם הלכו לחדרים בקומת הקרקע. טים וניבה ישבו בפינת החדר ושוחחו. כשראו את נמי וסט הפסיקו את השיחה. "איך היה?" שאלה ניבה. נמי הנהנה בראשה כשחיוך גדול על פניה. "תענוג, פשוט מדהים, אני מבינה שאת ולין ביקרתם שם."

"לצערי לא," אמרה ניבה. "שמענו שחדר המציאות הוא אחד המקומות

המרתקים שיש. גם אני הייתי רוצה להתנסות בו". אמר טים. נמי רצתה להשיב, אך רם הקדים אותה. "לדעתי, כדאי שתנסה את הקונזו," אמר וצחק קלות. "נראה לי שאתה מתאים לזה."

"אשמח לנסות גם את הקונזו," אמר טים.

"נמי, יש התקדמות?" שאלה ניבה.

"כן," אישרה נמי. "אני חושבת שכדאי שגם מנר ישמע על כך."

"נכון, את צודקת, כשהייתם למטה משהו קרה ומנר נאלץ ללכת."

"מה קרה?" שאל רם.

"צאו והביטו החוצה," אמרה ניבה.

נמי ורם מיהרו לצאת דרך המסדרון לדלת שהובילה החוצה מהכיפה העגולה. כשפתחו את הדלת הופתעו מאוד. בחוץ עמדו עשרות חיילים חמושים ולמעלה עפו במעגלים דלנאים על אנפות, גם הם חמושים. בכניסה הופיע שוב תר, הקצין המופקד על הכיפה העגולה, הביט בהם בפרצופו הקשוח ואמר: "קיבלתי הוראה לארגן לכם שתי אנפות לחמישה לשמונה."

נמי הביטה ברם, והוא היה מאוד מרוצה. "אנחנו מודים לך," אמרה לתר בשלווה, "ניפגש כאן שוב בשמונה." אמרה והסתובבה ללכת כשרם מנסה להדביק אותה.

"ואו, איזה כיף! טיול על אנפה. נמי, זה היה החלום שלנו!" התלהב רם. נמי הסתובבה אליו, פניה הרציניות ממחישות עד כמה היא אינה נלהבת כמוהו. "לפעמים אני לא מבינה אותך. מכל מה שראינו הדבר היחיד שמלהיב אותך הוא הטיול שאתה עומד לעשות על אנפה? האם חשבת לרגע מה כל הצבא הזה עושה כאן מסביב לכיפה העגולה?"

רם הביט בה פגוע מעט. "ייתכן שאת צודקת, אבל אני עדיין מתלהב מהטיול על האנפה. קשה להיות רציני כל הזמן," הצביע עליה, "כמוך." נמי הביטה בו בכעס. "אתה יכול לחשוב מה שאתה רוצה," אמרה ושבה לחדר עם ניבה וטים.

"רבתם?" שאלה ניבה וחייכה למראה פניה הכעוסות של נמי.

נמי הניפה את ידה בביטול, "זה לא חשוב."

"מה לא חשוב?" שאל רם כשנכנס לחדר. נמי לא ענתה ובמקום זה פנתה לניבה. "את מוכנה לספר לי מדוע יש חיילים סביב הכיפה העגולה?"

"קודם, אני מציע שתשבו," אמר טים. הוא משך שני כיסאות והדף אותם קלות לכיוון נמי ורם. "ויש לי עוד שאלה," המשיך רם, "היכן סט?"

"סט עם לין ומנר," השיבה ניבה. "לפני שעתיים זיהו התצפיתנים שלנו עשרות דלנאים חמושים ולא מזוהים. הם הגיעו לנחל הקטן על אנפות, לבושי מדים אדומים ובוהקים, שסמל עין גדולה וכחולה תפור להם על החזה. לפי מנר, הסמל שימש את משפחתו של און כשגרו בכוכב ירדל. הם נחתו, שוחחו זמן קצר, קיבלו הוראות מאחד מהם - והמריאו שוב לכיווננו. בתחילה ניסו לנחות סמוך לכיפה העגולה, אך מנר הקדים תרופה למכה ובמעוד מועד הציב עשרות חיילים חמושים לא הרחק ממנה, ולכן נסוגו כדי לנחות ולהתמקם בקצה היער. כוחותינו הגיעו למקום ונפתח קרב עקוב מדם, ישנם הרוגים לנו ולהם. לבסוף נסוגו לנחל הקטן. נכון לעתה הם עדיין שם."

נמי הביטה ברם שלסתו נשמטה, הסתובבה לניבה ושאלה בכעס: "מה הוא חושב לעצמו, האון הזה? כל כך מכעיס שמישהו שקורא תיגר על המנהיגות החכמה, טובת הלב ארוכת השנים של מנר."

"חכי, זה לא הכול," הרכינה ניבה את ראשה בעצב, שבה להביט בנמי, והמשיכה: "הם פעלו בשתי חזיתות שונות. בחזית נוספת תקפו את משרד ראש הכפר. הם הרגו שני שומרים ושבו שניים, ולאחר מכן גנבו את כל הציוד והמסמכים במשרד, בדגש על הדברים החשובים ביותר למנר, כולל הספרון הקטן אותו כינה 'יקר הערך' איתו הסתובב בשעות האחרונות, ורק עכשיו הניח לרגע במשרד."

"מה היה בספרון?" שאל טים. ניבה משכה בכתפיה לאחור ומלמלה, "אין לי מושג."

"אז היכן בדיוק מנר עכשיו?" שאלה נמי.

"אני לא יודעת. הוא לקח את לין וסט ושני קצינים נוספים והם עלו על האנפות."

ניבה השתהתה מעט, והמשיכה, "כל חברי כבודת מסדר העץ היו כאן. כולם, חוץ מאון כמובן. הם ניסו להיכנס לכיפה העגולה, אך מנר הורה לתר שלא יכניס איש. הייתי אמורה לצאת ולענות על כל השאלות והטענות שלהם על המצב..."

פעמון הכפר קטע את דבריה של ניבה. מהצלצול המתמשך הבינו כולם שעליהם להגיע לאסיפה החשובה. "אנחנו צריכים ללכת," אמרה נמי. ניבה הביטה בשעונה. השעה היתה שבע וחצי בערב. נמי קמה מהכיסא, ניגשה לארון הנשק ושלפה מתוכו שני אקדחים וקופסאות כדורים, מסרה הכול לטים ואמרה: "דאג שאיש לא ייכנס." טים הנהן, "הייתי רוצה להצטרף, אבל..." שפתיו נשכו זו את זו בעצב, "זה יגרום רק לבעיות."

"הגיע הזמן," אמרה ניבה. "אני אלך לכיכר הכפר, אתם תצאו בעוד כעשרים דקות ותפגשו שם את מנר.." נמי התפרצה לדבריה ושאלה: "רגע, אולי מנר באסיפה כבר עכשיו? אם נגיע רק בעוד עשרים דקות לא נשמע את דבריו!" ניבה חייכה בעצב. "אני חוששת שלא. מנר אמר לי שאם יהיה צורך הוא יארגן אסיפה כללית, ועלי מוטל להכין את תושבי הכפר מפני הגרוע מכול.... למלחמה."

נמי, רם וטים ישבו בשקט ובהו בניבה. הם היו המומים. "את מתכוונת... אנחנו נתקוף אותם?" שאלה נמי. "יכול מאוד להיות," ענתה ניבה, ניגשה לנמי וחיבקה אותה, "הכול יהיה בסדר," אמרה ויצאה מהכיפה לכיכר הכפר.

רם זז מהכיסא בחוסר שקט, "אין לי מושג מה קורה. כל כבודת מסדר העץ, המבוגרים ששלטו פה במשך שנים, דווקא הם כבר לא מתפקדים

- כמו הודחו מהמשחק, ופתאום אנחנו, הצעירים, נכנסים אל המשבצת למלא את מקומם ולתפקד בתוך כל הפלונטר הזה?"

נמי הביטה בו, הרהרה מעט ואמרה: "אתה צודק, אבל הבנו כבר שלחברי כבודת מסדר העץ אין חוט שדרה, ומנר התייאש מהם. כרגע אנחנו גלגל הצלה היחיד שלו, היחידים שיוכלו לעזור. אני לא מאמינה שהיה מערב אותנו אחרת, וגם לא שנהיה חלק מתכנית המלחמה עצמה."

טים קפץ מהכיסא, טען את שני האקדחים והניח אותם על השולחן, "אני לא מתכוון לשבת כאן בחיבוק ידיים," אמר. "יש לי ניסיון רב עם אנפות, ואני לא חושש להילחם. אבקש ממנר שיצרף אותי לצבא שלו."

רם יצא מהחדר לחדר השני וחזר כעבור דקות עם מגש עמוס בעוגיות וקנקן יינוק. "כל העניין הזה עם המלחמה הקרבה גרם לי להיות רעב. כדאי שנאכל, אין לדעת מתי נאכל שוב" אמר ומזג לכוסות מהיינוק. טים לגם את היינוק בהנאה, ואילו נמי הניפה ידה בביטול: "אין לי ממש חשק". היא הביטה בשעונה, השעה היתה חמש דקות לפני שמונה. "צריך לזוז."

רם סימן לה לחכות רגע, פיו מלא בעוגיות חמאה. הוא סיים במהירות את היינוק בכוסו וניגש לטים בהושטת יד. השניים לחצו ידיים, ורם אמר: "אני כל כך שמח שאתה איתנו. טים חייך מבויש וענה "גם אני."

נמי ורם יצאו מהחדר. כשפתחו את דלת הכניסה לכיפה העגולה החריפה ההמולה שראו קודם לכן. המוני חיילים הקיפו את הכיפה העגולה. תר הופיע בפינה הימנית של המתחם, מסמן להם לבוא איתו. נמי ורם הלכו אחריו בשקט, הם היו נרגשים מאוד, זו הפעם הראשונה שיעופו על אנפה. הם הביטו קדימה, ובמרחק כמה עשרות מטרים עמדו עשרות אנפות ואכלו גרעינים שזרק להם אחד השומרים. תר ניגש לשתי אנפות ומשך בחבלים שהיו קשורים לצווארן. הוא צקצק בלשונו ושתי האנפות רבצו על בטנן. נמי ורם טיפסו עליהן. תר הגיש לכל אחד מהם את החבל. "הכירו," אמר תר, "זוהי צילי, וזהו גילי.

עצה קטנה ממני - " אמר תר מחייך מעט, ונמי חשבה לעצמה שזו הפעם הראשונה שהיא רואה אותו מחייך, " החזיקו חזק בחבל. אתם צריכים להגיע לכיכר הכפר, למשרד."

"איך ננווט את צילי וגילי דווקא לשם?" שאל רם.

"אתם תעופו איתם לכיוון הכללי של נחל האבדון, וכוונו לגבעת הסלעים, היכן שהפרדס גובל בקו המים של נחל. שם יחכה לכם מנר". ענה תור. רם ניסה לומר משהו, אך נמי סימנה לו שיוותר.

"אבל איך נגרום להן לעוף לכיוון הרצוי?" שאל רם שאלה אחרת, ותר הראה לו.

"ואיך נגרום ליצורים היפים האלה לעוף?" שאלה נמי, כשהיא מלטפת את צילי. הנוצות הרכות גרמו לנמי להרגיש בנוח. תר צקצק בלשונו, נמי ורם עדיין לא הספיקו לומר מילה ושתי האנפות כבר פרשו כנפיהן אל השמים. נמי צרחה משמחה, ורם נהנה כל כך מהרגע שלא יכול היה לדבר. הוא גמע בעיניו כל פרט. החוויה והמראות הזכירו לו את חדר המציאות. כעת הכול היה מוחשי ומרגש כל כך. למטה בכיכר הכפר הגיעו לאסיפה מאות דלנאים. מלמעלה הם נראו כל כך קטנים, כמו נקודות. נמי צעקה לרם שייעזר בחבל. היא עצמה הסיטה את האנפה מעט שמאלה ובטפיחות קלות טפחה על צווארה של האנפה וסימנה לה לנחות.

הם נחתו בקרבת האגם האסור, על החולות. האנפות רבצו על בטנן, הן היו מאומנות. נמי ורם קפצו על החול הרך. "הלב שלי דופק בפראות," אמרה נמי, "זו חוויה מהקסמים!"

"אוף, כל כך נכון!" השיב רם.

המקום היה חשוך. הם הביטו לצדדים, אך לא ראו דבר. רם שלף פנס והאיר את הפרדס, בחושך נראה כיער עבות ומפחיד. "את חושבת שאנחנו צריכים לחפש שם בפנים?" שאל. "אין לי מושג, אולי כדאי שנחכה כאן. תר אמר שמנר יפגוש אותנו ליד קו המים, מעבר לפרדס. כדאי שנחכה."

הם עמדו בשקט במשך כמה דקות, מהרהרים במצב ונלחמים
בשתיקה להתגבר על הפחד, כשלפתע שמעו צעדים מכיוון הפרדס,
אטיים ומהוססים. נמי הרגישה את הדופק שבחזה. היא הביטה ברם
בחשש. רם הוריד את התיק מגבו והוציא אקדח. "רם פירסט, ממי
השגת אקדח?" שאלה נמי בכעס. "כשאת וטים הייתם בחדר, יצאתי
לרגע להביא עוגיות ויינוק. היו שם עשרות אקדחים וכדורים..." רם
השתהה מעט.

"נו," האיצה בו נמי.

"מה נו, לקחתי אחד ושמתי בתיק."

"והוא טעון?"

רם הביט בה בחיוך, "מה את חושבת?"

הם שמעו צעדים מתקרבים. שתי האנפות כמו הנהנו לעברם, פרשו
כנפיים ונעלמו. רם התיישב על ברכיו וסימן לנמי שתעשה כמותו. הוא
כיוון את האקדח למקום שממנו נשמעו הצעדים. חלפה דקה שעבורם
הרגישה כנצח. לבסוף הופיע משהו. "תראי! לחש רם, זה כלב!" רם
האיר בפנסו על החיה כשידו הימנית ממשיכה לכוון לעבר הראש
את האקדח. "שועל!" לחשה נמי בפחד. השועל יצא מהשיחים ועצר
עשרה מטרים מהם. רם הושיט לנמי את הפנס. "המשיכי להאיר."
נמי האירה על השועל בידיים רועדות. היא התפללה שמנר יופיע.
רם כיוון את האקדח למרכז גופו של השועל. השועל התקרב צעד
נוסף, נמי היתה בטוחה שחייך חיוך ממזרי, כשממרחק עצום זינק
לעבר רם. רם ניסה לירות בו, אך לשווא. בחבטה האדירה נחת עליו
השועל, ציפורניו החדות חודרות לחזהו והוא נפל לאחור ונחבט מן
הקרקע, מאבד את הכרתו.

**

ראשו כאב, הוא הרגיש מגע קר של מטלית רטובה על מצחו ושמע
קול קורא בשמו. כשפקח את עיניו באטיות דמות מטושטשת רוכנת

מעליו. זו היתה נמי. היא הביטה בו, בוכה וצוחקת. עדיין לא מבין מה מתרחש, החל להבחין שמאחורי נמי עמדו מנר וסט. הוא חש במטלית הרטובה על מצחו. הוא הסתובב מעט והביט בפניה המחייכות של לין.

"אתה בר מזל," אמרה לו.

"מנר הגיע בדיוק בזמן," שמע קול ברקע, "לו היה מגיע רק שנייה אחרי..."

לין עיוותה את פניה בהבעה אטומה. רם ניסה למשש את הפצעים שבחזהו, אך גופו העליון היה חבוש בקפידה. הוא ניסה לדבר, אך חש בכאב אדיר בחזהו.

"ש...ש..." סימנה לו נמי, "תנוח מעט."

רם הרגיש שהכאב חודר לעצמותיו ומתיש אותו, הוא עצם את עיניו ונרדם.

***

"הוא התעורר!" נשמע קולה של ניבה. כולם ניגשו אליו. מנר, טים, לין וסט. רם הבין מן הדברים שפקח את עיניו. הלחץ והרעב שחש קודם לכן נעלמו כלא היו. הוא קם לישיבה, חיכה לכאב, אך להפתעתו לא חש בו. מהחדר הסמוך נשמעו קולות.

"איך אתה מרגיש?" שאל אותו מנר.

רם הביט במנר בחיוך: "צמא ורעב, חוץ מזה," הוא משך בכתפיו, "הכול נראה בסדר."

המיטה עליה שכב רם היתה רכה ונעימה והוא תהה ממה עשוי המזרן.

"אני אביא לך משהו לאכול," אמרה לין.

"אני אוכל ליד השולחן," אמר והתיישב בכיסא שליד השולחן הגדול שעמד במרכז החדר. רק עכשיו שם לב שהוא נמצא בחדר של מנר בתוך הכיפה העגולה. "מה קרה לי? ולשועל? איך הבאתם אותי לכאן?"

"לא תאמין, מנר וסט קשרו אותך לאנפה של מנר, מנר התיישב מאחוריך ויחד עפתם עד לכאן."

רם ליטף את סנטרו, "אני לא מבין, השועל קפץ עלי, אך האקדח לא פעל. מה בדיוק קרה שם?"

לין הניחה לפניו צלחת ירקות מאודים, לחם חיטה ועוגת חמאה. נמי הניחה קנקן גדול מלא ביינוק והניחה כוסות על השולחן.

"תאכל," ביקש מנר, "מה שחשוב הוא שאתה בסדר, הדאגת אותנו."

שוב נשמעו קולות, ויכוח התנהל בחדר הסמוך. רם הביט לעבר הדלת ונמי לחשה לו, "אלו חברי כבודת העץ." "מה קורה שם?" לחש רם, מבחין בעיניה האדומות מבכי. "זה היה נורא ומדהים. השועל התנפל עליך, ובבת אחת עף הצדה כמו בול עץ, מדיף ריח שרוף ומבחיל. אתה התעלפת. אחרי שאיבדת את ההכרה, ראיתי את מנר על שפת הנחל, רגוע ומקטרת בידו. הוא הגן עליך בקלילות, בלי אקדח, אני עדיין לא מבינה איך?"

"סט ולין היו יחד איתו, נכון?" שאל רם. נמי נדה בראשה, "הם חיכו על הגדה השנייה של נחל האבדון... אל תהיה מופתע, ישנם עוד דברים שאתה לא יודע," היא הביטה בפניו המופתעות בחיוך. "טוב, אני באמת מופתע. מה בדיוק קורה?"

סט התיישב ליד רם והניח זרוע על כתפו של רם בחיבה. "לין ואני הצטרפנו למנר אחרי המתקפה על הכפר. כשהגענו למשרד ראש הכפר הסתבר שהרגו את כל השומרים ושבעה אזרחים שלא הספיקו לברוח, וכמות הפצועים היתה גדולה. מעולם לא ראיתי את מנר כה כעוס. בינתיים לין ואני אספנו דלנאים שיעזרו לקבור את המתים ולטפל בפצועים."

"ומה עשה מנר?" שאל רם.

"עלה על האנפה ונעלם." אמר סט.

"נראה שהיה לו משהו דחוף לעשות," גוננה נמי על מנר.

רם הניח את ראשו בין ידיו: "יש לי כל כך הרבה שאלות. אני מופתע שהחזה שלי לא כואב."

"אז תשאל, לא נראה לי שהישיבה תיגמר כל כך מהר."

"לא הבנתי מדוע סט ולין חיכו בצדו השני של נחל האבדון? ומה בדיוק מנסים חברי כבודת העץ לעשות?" נמי הביטה בסט. "טוב," התחיל שוב סט, "אחרי כשעה מנר חזר. לין ואני התחלנו בקבורת המתים," סט הצטמרר לרגע. "קשה להסביר כמה זה קשה," הדמעות נקוו בעיניו כשסיפר על הקברים שחפרו ועל טקסי הקבורה הקצרצרים שעשו.

"תוך כדי המהומה הופיע מנר וביקש שנעלה על האנפות. היו שם כל חברי מסדר כבודת העץ ועוד כמאתיים דלנאים. מנר הורה להם מה לעשות ואיך להתארגן, ואחר כך שלח את אחד החיילים לכיוון הכיפה העגולה עם מכתב ללין. ממנו הבנו שלין תדבר באסיפה."

"רק רגע," הפסיק אותו רם. "אנחנו במלחמה, אבל לא נלחמים בינתיים?"

"ממש כך," אמרה נמי, "מנר מתכנן משהו וזה כנראה קשור לנחל האבדון."

"את חושבת שהוא מתכנן להתקיף את המשפחה של און?"

"כן," ענתה נמי, "וחוץ מזה, הם לא משפחה, אלא יותר מעין שבט גדול שהתבדל מאיתנו. אתם יודעים כמה מאות דלנאים עברו לשם? יותר ממה שחשבנו בתחילה."

"מה בדיוק עשית שם, בגדה השנייה של נחל האבדון?"

לין נכנסה לחדר והפסיקה את השיחה: "מנר ביקש שתצטרפו לאסיפה."

"מה, יחד איתם?" שאלה נמי. לין הנהנה בראשה. "כן, כרגע אתם חברים במסדר העץ, אז קדימה, כולם מחכים לכם." רם וסט קמו ופנו ללכת. רם הסתובב אל נמי ושאל: "את באה?" נמי הביטה בו, היא היססה מעט. "היכנסו לאסיפה, אני ונמי נצטרף תוך דקה," אמר רם. לין הנהנה בראשה, "תדברו ביניכם כמה דקות, גם אתה," היא פנתה לסט, "ותצטרפו אלינו," אמרה ויצאה מהחדר.

"תוכל בבקשה לסגור את הדלת?" ביקשה נמי מסט.

סט סגר את הדלת והתיישב ליד נמי ורם, "מה קורה? מה כל המסתוריות?" שאל סט. "אין מסתוריות," ענתה נמי, "אני חוששת שהם מובילים אותנו מהר מדי לתכניות שלהם."

"אבל אנחנו מחכים לזה," התפרץ רם, "אל תשכחי שהכול נעשה למטרה אחת, לעזור לנל קלר."

"תפסיק לצעוק," לחש לו סט בעצבנות, "ישמעו אותנו."

"זה לא משנה לי," אמר רם, "אין לי בעיה לעבור כבר עכשיו דרך החלון השלישי."

"אתה יודע למה לא אכפת לך?" התריסה נמי, "כי אינך מודע לסכנות."

"נמי, אני מצטער אבל אני חייב להגיד לך משהו שכבר מזמן רציתי לומר," אמר לה רם הביט בה בכעס. "לא מוצאת חן בעיניי הדרך שבה את מדברת אלי. כשאת אומרת שאני לא מודע לסכנות את במילים אחרות חושבת שאני טיפש. חוץ מזה אני יודע שאת פחדנית, ושנל עבר דרך החלון השלישי רק בגלל הטעות שלך!" רם הסתובב ויצא מהחדר.

נמי וסט הביטו זה בזה. "אני חושב שפגעת בו," אמר סט, "כדאי שתתנצלי."

"אני יודעת," ענתה בלחש, "זה בגלל הלחץ של השבוע האחרון, והעובדה שאנחנו אמורים לעבור דרך החלון השלישי אל הלא נודע. אותי זה מפחיד - אבל כמובן לא מרתיע, אבל לו זה נשמע כחוויה מסעירה, והוא התעלם מהסיכונים. לא סתם אמרתי שהוא לא חושב על הסכנות."

"זה לא אומר משהו עליו? שהוא אמיץ? הוא לא סתם נבחר לשמש ראש צוות," אמר סט. "אתה צודק. אני הולכת להתנצל בפניו, רק ש... יש לי הרגשה חזקה שבקרוב נעבור דרך החלון השלישי." ענתה נמי, נשמה עמוק והמשיכה: "לדעתי, זה עדיין לא הזמן. רם רק מחכה שזה יקרה, ולכן נתקשה להסביר לו שאנחנו צריכים עוד זמן כדי להתכונן."

"בואי, נצטרף אליהם."

סט קם מכיסאו ושניהם יצאו מהחדר. כשנכנסו לחדר הגדול, ראו את כל חברי מסדר כבודת העץ יושבים על כריות, חלקם עישנו והפריחו עשן ממקטרתם.

כולם היו שם מלבד קן, המקורב לאון. אַל השמן שוחח עם דון המשורר - כותב ספרי הלימוד. היו שם גם בן - האחראי על החינוך, נלי היפה - האחראית על לימודי ההישרדות, תמר - המופקדת על לימודי ההתעמלות וארגון מופעי הספורט, עוז - האחראי על המשמעת, שנפצע בידו ותחבושת גדולה עיטרה את זרועו הימנית. אמה וחנה - הופקדו על ערבי התרבות, ההצגות וערבי השירה, ורה - הופקדה על האוכל, וניבה ולין - פיקדו על הצבא. הכריות עליהן ישבו הקיפו שולחן עץ עבה, ועליו הונחו עוגיות וקנקנים מלאים ביינוק.

"שבו בבקשה," ביקש מהם מנר.

סט התיישב ליד ניבה ולין ואילו נמי התיישבה ליד רם שהתעלם ממנה בהפגנתיות.

"אציג בקצרה על מה דיברנו עד כה," אמר מנר: "המשפחה של און וכמה עשרות חיילים תקפו לפנות ערב את הכיפה העגולה ואת משרד ראש הכפר. למזלנו חיילינו היו מוכנים לכך והצלחנו להדוף את ההתקפה במחיר כבד. יש לנו שמונה הרוגים, ועשרה נפצעו בקרב. למשפחתו של און נגרמו אבידות גדולות. שנים-עשר דלנאים ממשפחתו נהרגו, ויש בידינו שלושה שבויים פצועים. טיפלתי בהם והם בסדר. הם גם תקפו את משרד הכפר וגרמו להרס רב. נהרגו לנו שם שבעה חיילים ונפצעו ארבעה, בין הפצועים עוז," הצביע על עוז, "הוא נפצע מכדור בזרועו הימנית."

מאז הגענו לכאן לפני מאתיים שנה ידענו לשמור על הגבולות ולא לחצות אותם לכיוונים מסוכנים: בין השאר ידענו שאסור לעבור את נחל האבדון, ולא בִכדִי." מנר השתהה מעט. "אני עברתי בעצמי לפני זמן רב את נחל האבדון על האנפה שקדמה לבינקי." המתח בחדר היה בשיאו. כולם היו דרוכים ומנר המשיך.

"ראיתי שם חיות עצומות ממדים, טורפות ומסוכנות. עמוק יותר חיים בני-אדם פראיים. באחד מספריו כתב גם דון על בני אדם פראיים שתקפו את כפרנו. עד עכשיו הכירו זאת רובנו רק כסיפור ילדים דמיוני, אך המצב יכול להשתנות ולהישנות. הם חיו במשך שנים הרחק מנחל האבדון, אין להם צורך במים שבו כי הם שוכנים סמוך למקווה מים גדול בעומק השטח שלהם, ולדעתי הם גם פוחדים להתרחק ממנו.

בזמנו כשעפתי מעל שטחם הם פגעו באנפה שלי, חץ פגע קלות ברגלה. נמלטנו בקושי ולמרות פציעתה הקלה, עד שנחתנו על אחת הגבעות היא מתה, לא מפגיעת החץ אלא מהרעל שהיה בראשו. עשיתי את כל הדרך חזרה בהליכה רגלית, כשסכנות גדולות אורבות ומתרחשות לי מכל כיוון בדרך. הדרך היתה ארוכה, חזרה מערבה אל הרכסים ועד נהר האבדון, ולמזלי הרב עמדו לרשותי כלים שאין לאחרים, ספק אם בלעדיהם הייתי או כל דלנאי אחר שורד אפילו שעה במקום. אתמול מעט לפני ההתקפה על הכיפה העגולה הגיע אחד החיילים שהופקדו על התצפית והשמירה באזור, ומבוהל כולו. הוא סיפר לי שראה שלושה בני אדם יושבים על הגדה השנייה ומביטים לעבר הפרדס הגדול. עליתי על האנפה והגעתי לשם במהירות. עד שהגעתי כבר ניסו השלושה לחצות את הנחל. כשראו אותי חזרו לחוף בפחד, אך ניסו לפגוע בי בחץ וקשת.

לא אלאה אתכם בפרטים, לבסוף גברתי עליהם. לקחתי איתי עשרה קצינים וקברנו אותם במקום בו נהרגו מעברו השני של הנחל. מצאתי את המעבר היבשתי שבו השתמשו כדי לעבור, בשטח בו היה הנחל צר במיוחד נתלה בין צוקים בשתי הגדות סלע שטוח וארוך. במעבר זה גם השתמשו שועלי ענק שהסתננו בשנה האחרונה אל הפרדס." איהנוחות שחשו האנשים מהמתואר הביאה לחוסר שקט בקהל. מנר שתק והיסה את זמזום הלחישות בהרמת ידו לבקש את השבת השקט. האספה שקטה, ומנר המשיך.

"ובכן, כרגע אנחנו בסכנה בשתי חזיתות. הגם שהסכנה מבני אדם גדולה, כרגע, כל עוד אינם חוצים את נחל האבדון, היא אינה מיידית, והשומרים באזור העלו כוננות. החזית השנייה היא משפחתו של און, שם עלינו להשיב מלחמה ובהקדם."

יושבי החדר שבו לנוע באי-נוחות. הם עדיין לא עיכלו את המידע החדש. הכול קרה במהירות רבה מדי. "צריך להפסיק את כל הפעילויות סמוך לגבעת הסלעים, ולנחל האבדון". אמרה שלי.

"אני לא חושב שזה מספיק," התערב אל, "אני חושב שהכפר שלנו לא מוגן. כשיצליחו לעבור את הנחל לא יעמוד דבר בינם לבינינו."

כולם התחילו לדבר בבת אחת. מנר שתק והביט בהמולה. הכעס והחרדה מהסכנה גרמו לכולם לדבר ולשפוך את לבם, לרגע הם נהגו כהמון ולא כמנהיגיו. "אני מבקש מכולנו להירגע," ביקש מנר. "כל אחד יוכל לומר את דברו, נתחיל איתך נלי."

"אני מודאגת יותר מהדלנאים הצעירים, איך נגן עליהם מפני הסכנה? האם הכדורים של האקדחים שלנו יעילים מפני בני האדם הפראיים?"

"רבותיי, התשובה חד-משמעית - לא. לכדורים הרגילים השפעה קטנה ומעכבת, אך לא קטלנית." מנר הוציא מכיסו את פיסת הפלסטיק הקטנה שגם רם, סט ונמי קיבלו בפעם האחרונה ששיחקו בליל הפנסים. "לנשק זה כוח אדיר. כוונו אותו ולחצו על הכפתור, וגם פרא אדם מעבר לנחל האבדון יהפוך תוך פחות משנייה לכדור אש גדול. כרגע חימשתי רק את הקצינים בנשק הזה, וכעת גם כל אחד מכם יקבל את הנשק הזה."

נמי הרימה את ידה.

"עוד דבר אחד," אמר מנר, "צירפתי שלושה חברים למסדר כבודת העץ. הם אמנם צעירים, אך עם הזמן תבינו למה החלטתי כך. ועכשיו לשאלות. כן, נמי?"

"רציתי רק לדעת, מה פחות או יותר סדרי הכוחות בין און ומשפחתו

לבינינו. אני חושבת שאון לא היה תוקף אם לא היה בטוח שהיתרון בצדו."

לראשונה במפגש שב מנר לחייך ברכות. "שאלה טובה. ובכן, לפי המידע שסיפקו לי ניבה ולין כשש מאות דלנאים לערך עברו עם און לנחל הקטן. לדעתי מתוכם מונה צבאו כמאתיים וחמישים חיילים, צבא לא קטן שגודלו זהה לשלנו. הם חמושים באקדחים רגילים, את הבעיה האמיתית מציבה לנו אבקת הריינאאוט לשברשותם. אני מאמין שאון לא יהסס לחלק לחייליו את אבקת הריינאאוט. העברנו לכל הכפר מסר - להישמע להוראות. בפעם הבאה שיופעל הפעמון, אם יצלצל ללא הפסקה - על כולם להיכנס למרחבים מוגנים ולהישאר עד ליציאה של הודעת הרגעה. דעו שהמתקפה שלנו על און תתחיל בשעות הלילה המאוחרות."

מלמולים נשמעו שוב מכל עבר.

"אתם, חברי כבודת מסדר העץ, הישארו כאן; אליכם יצטרפו גם לין וניבה, וכמובן אנה רופאת הכפר, שכרגע מטפלת במסירות בפצועים. הקצינים קיבלו הוראות, ואין בית בכפר שלא הגיע אליו שליח לעדכן בכל הפרטים. לכו גם אתם לביתכם להתארגן, וחיזרו לכאן בחצות. תפקידכם יהיה לתאם בין שלושת הקבוצות. אם משהו משתבש, בחרו מישהו שיודיע לי על כך. אם אינכם יכולים - יֵדעו את תר, הוא כבר ימצא דרך להודיע לי.

אנו נתקוף בשלוש חזיתות: בחזית אחת יתמקמו חיילינו כקילומטר לפני הנחל הקטן, בשתיים לפנות בוקר יעלו על האנפות ויתחילו במתקפה. בחזית השנייה יתקפו יתמקמו חיילינו בצד הדרומי של הנחל, ובדיוק רבע שעה אחרי פתיחת החזית הראשונה יחלו הם במתקפתם.

בכל מקרה ובכל חזית ההוראות הן חד-משמעיות: אין לפגוע בחפים מפשע ובמי שאינו מהווה סכנה מוחשית ומיידית לכוחותינו. המטרה היחידה היא חייליו של און."

"ומה עם החלק השלישי?" שאל רם.

"החלק השלישי של המתקפה יכלול אותי, את לין ואת סט."

המלמולים שבו. בן ונלי התחילו לדבר יחד. מנר הרים שנית את ידו באוויר לבקש שקט.

"כן", פנה לבן.

"איך אתה לוקח דלנאי צעיר למלחמה כזו מסוכנת? הרי הוא לא הוכשר להיות חייל."

להפתעת כולם מנר חייך. הוא שאף מהמקטרת בהנאה. "ובכן," השיב, "לדלנאי הזה קוראים סט. הוא עבר הכשרה שאיש לא עבר, והוא מתאים למשימה הזו."

כשמנר המשיך לפרט את תוואי השטח וכיצד יתקדמו לכפר של און, הניחה נמי ידה על כתפו של רם המופתע. "רציתי לבקש סליחה," אמרה והביטה לתוך עיניו בהתרגשות. "אני מעריכה את היכולות שלך וכמובן את אומץ לבך," נמי לחשה על אוזנו כשמסביב התנהל השיח הקולני. "אני בכלל לא חושבת שאתה טיפש, להפך. התכוונתי שלפעמים אתה נמהר מעט בתגובותיך." רם חייך וחיבק את כתפה ולחש לה: "ההתנצלות התקבלה."

"זו הרגשה איומה להסתכסך עם חבר, במיוחד במצבים כאלה," חייכה נמי.

"דבר אחרון, לפני שאנחנו מתפזרים," הרים מנר את קולו מעט ולקח לעצמו את רשות הדיבור: "בתום מחשבה רבה שלחנו לפני שלושה ימים דרך החלון השלישי מכתב לנל קלר, ובו הוראות מה עליו לעשות כדי שנוכל לאמת שאמנם קיבל את המכתב. כרגע אנו ממתינים שנל יקבל את המכתב. ייתכן מאוד שיזכה לעזרה במקום שבו הוא נמצא, ואולי נוכל לראות כבר בקרוב את הסימנים שביקשנו ממנו להשאיר. ביקרתי אצל הוריו והודעתי להם על ההתפתחויות. הם קיבלו את ההתפתחות בשמחה."

נלי סימנה למנר בידה. "כן, מה רצית לומר?"

"עד כמה שזכור לי, זו היתה התכנית המקורית שלך, שבוע אחרי שנל עבר דרך החלון השלישי?"

מנר הנהן בראשו. הוא שאף מהמקטרת והפריח ענן עשן. "עכשיו כשישמנו את התכנית, אני מקווה שהכול יסתדר." הוא הפסיק לרגע לדבר. לין מזגה כוס יינוק והגישה אותה למנר שהודה לה כשהוא מהנהן בראשו ולוגם מהכוס. "יש לנו, בערך, ארבע שעות עד למתקפה. ביקשתי מכולם שבשעה אחת בלילה יחשיכו את כל הכפר כולל השבילים. קדימה, לעבודה, ובהצלחה לכולנו!"

מנר קם, בירך את כולם לשלום, סגר את הדלת ויצא. כשראה את טים סימן לו להישאר במקומו, חזר מיד לחדר וביקש מכולם: "הישאר כאן רק רגע לפני שתתפזרו", וכולם התיישבו במקומם בחזרה. "הבנתי שלין סיפרה לכם על הירדל ששהה איתנו. ובכן, רציתי לערוך לכם היכרות עם טים." מנר יצא מהחדר וכששב הציג לעיניהם הנדהמות של חברי כבודת מסדר העץ את הירדל הגבוה ממנו בראש.

"רבותיי, הכירו את טים."

טים, נבוך מעט, בירך את כולם לשלום. חברי כבודת מסדר העץ הביטו בו בתדהמה. "טים נמצא איתנו כבר זמן מה. שיתפנו אותו ברוב הפרטים. הוא יישאר כאן בחדר הסמוך, ובמקרה שבו חייליו של און יצליחו לחדור למתחם הכיפה יצטרף טים להגנה עליה; טים יעזור לכם להגן עליה."

"רק רגע," אמר בן, "זה לא הירדל שתקף את נמי?" כל הראשים התמקדו וסבו שוב אל טים.

"אני מצטער על מה שקרה, הייתי לבד ומבולבל." אמר טים. "כל מה שקרה עם נל קרה בגללי ולא בגלל נמי." טים חייך חיוך קטן ומבויש ובראש חפוי יצא מהחדר.

מנר יצא מיד אחריו ומצא אותו יושב על הכיסא, מפשפש בכיסיו אחר משהו. "אתה צריך משהו?" שאל מנר.

"אם יש לך מקטרת מיותרת אשמח להשתמש בה."

מנר ניגש לארונית והוציא מהמגירה מקטרת גדולה, שקית טבק גדולה ומצית. הוא הניח אותם על השולחן ויצא מהצד השני של החדר למדרגות המובילות לספרייה העתיקה.

בינתיים בחדר הגדול של מנר סירבו כולם להיפרד לשלום. חברי הכבודה היו המומים מכך שטים מתגורר בכיפה העגולה ושותף לכל ההתפתחויות. הם דיברו בערבוביה, כשהם מפקפקים בתום כוונותיו, וכועסים על מנר שלא סיפר להם על טים עד כה.

לין וניבה ניסו לגונן על ההחלטה, ולעזרתם הצטרפו סט, רם ונמי, אך זה לא הספיק. הרוחות התלהטו וחילופי האשמות הוטחו בין כלל חברי המסדר לבין ניבה ולין. כששב טים לחדר השתררה שתיקה מביכה. טים הביט בבן, הנסער ביותר מבין חברי הכבודה, ובשאר הנוכחים.

"אני רוצה להסביר משהו," אמר טים בקול רגוע. הוא סיפר איך הגיע באותו היום עם חברו בכוכב ירדל לאותו חור בעץ. הוא תיאר בפירוט רב את המעבר עצמו, ואיך הצליח לשרוד במשך חודשיים ויותר לבד, ביער ליד האגם האסור. עוד סיפר בפרוטרוט את התגלגלות העניינים עד הפגיעה שפגע בדלנאים: כיצד נאלץ להתגונן מול מה שחשב כתקיפה מהראשון, וכיצד התגלגלה הפגיעה בנל מכוונתו המקורית התמימה, לשאול את נל מספר שאלות. "אני יודע שלא הייתי בסדר," הסביר, "רציתי להמם אותה מעט בעזרת האגנז, ואחר כך לשאול אותה על המקום הזה." כשדיבר נקוו דמעות בעיניו. "אתם כאן עם משפחותיכם, אני הייתי לבדי. רוב הזמן הסתובבתי בפחד במקום ההוא שם, קשה לי לתאר לכם מה הרגשתי. ולמרות כל מה שעשיתי, מנר קיבל אותי יפה, ועל כך אני מודה לו. אצלנו בירדל סיפרו הרבה סיפורים עליכם ועל האחים מנר. והרי הכוכב שלנו היה, בעצם, הכוכב שלכם. עכשיו אני כאן איתכם. אני רוצה לעזור בכל דרך אפשרית, אני מקווה שתסכימו לקבל אותי כמו שהם קיבלו אותי," אמר טים תוך הצבעה על לין, ניבה, רם, סט ונמי.

בן הפר את השתיקה: "תבין אותנו, את החששות שלנו. עכשיו כשסיפרת לנו את סיפורך, אותי באופן אישי, זה שכנע, ואני מניח שגם את השאר." בן ניגש לטים והושיט לו את ידו השמאלית. טים לחץ את ידו בהבעת תודה. "בהזדמנות הראשונה, נשמח שתספר לנו עוד על ירדל."

"אשמח," אמר טים. "הבנתי שאתם צריכים להתארגן לפני ההתקפה. אחכה לכם כאן." כל חברי הכבודה מלבד ניבה ולין יצאו מהכיפה העגולה לבתיהם. בחוץ חיכו להם האנפות.

פרק 47

אופליה

מנר ירד לחדר המציאות. הוא עמד על הבמה הקטנה ועצם את עיניו. תוך שניות ריחף מעל שובר הגלים, נהנה לרגע להביט על המים מתנפצים אל הסלעים, ואז שינה כיוון. הוא עף למרכז אותה עיר בישראל, תל-אביב, והחל להתהלך בין החנויות ולנבור בעיתוני המקום. מעיתון לעיתון, עמוד רודף עמוד, חיפש את מודעות הדרושים אחר הודעתו של נל. מאוכזב עצם את עיניו ופקח אותן שוב כשהוא עומד בחדר המציאות. הוא התאכזב במקצת. הוא הביט בשעונו. "נותרו שעתיים להתקפה." חשב לעצמו.

דלת חדר המציאות נפתחה, בפתח עמדה נמי.

"אני מצטערת, לא ידעתי שאתה כאן." היא עמדה ללכת, אך מנר עצר באותה. "חכי רגע," ביקש והתקדם לעברה. "נמי, אני יודע שאת חוששת מהמעבר דרך החלון השלישי. לכן, אם תחליטי שאינך רוצה לעבור, אבין אותך. אני יודע שסט ורם להוטים לעבור ואוכל להסתפק בשניהם. אני רק חוששת מעט, אבל..." מנר קטע אותה. "מה קרה בינך לרם? ראיתי שהוא כועס."

"עכשיו הכול בסדר. התווכחנו, אבל ליבַּנּוּ את העניינים. אני רק רוצה לומר לך שאני מתכוונת, באמת ובתמים, להיות הראשונה שתעבור במעבר."

מנר ליטף את ראשה בחיבה. "אני יודע," אמר כשהגיעו לסוף המדרגות.

"הי טים, אתה כאן," אמרה נמי.

טים ישב על הכיסא, ידיו על השולחן ולידו שני האקדחים וקופסת כדורים. הוא התרומם מכיסאו. "מנר, רציתי לבקש ממך להצטרף.

אני יודע לעוף על אנפה, ובאקדחים השתמשתי כל חיי. אני אועיל בחוץ יותר מאשר כאן."

מנר הביט בנמי ואז הלך לכיוון היציאה מן החדר. טים הוריד ראשו באכזבה, כששמע את מנר אומר: "האקדחים. אתה תצטרך אותם. חכו לי בחוץ בעוד עשר דקות."

טים חייך. "סוף-סוף אני מרגיש שאני עוזר במשהו!" נשף באפו בשמחה. "מה שינה את דעתו?" נמי משכה בכתפה: "לי אין מושג, העיקר שהסכים!"

רם, לין וניבה נכנסו, לין פנתה לטים וחייכה, כשהיא אומרת: "הבנתי שאתה מצטרף אלינו!" אמרה לין. טים חייך: "הבנת נכון!"

"קדימה, הגיע הזמן ששאר החיילים יכירו אותך. אחרי המלחמה תוכל להסתובב ללא חשש כאן!" אמרה לין. לין, ניבה וטים עמדו לצאת מהכיפה העגולה כשסט פתח את הדלת החיצונית."אתם מוכנים?" ניבה סימנה בחיוב. "קדימה, מנר מחכה לנו." טים היה מאושר. הוא חיבר את האקדחים לחגורתו ואמר: "אני מוכן."

***

עשרות החיילים במדים סביב לכיפה השתאו נוכח טים היוצא מן הכיפה, צמוד למנר, חמוש, כשהם משוחחים זה עם זה בידידות. תר ניגש לטים ובירך אותו לשלום; טים ענה בנימוס ובחיוך רחב: "תודה".

"הוא מדבר כמונו!" נזעק אחד החיילים. ניבה הסתובבה ונעמדה ליד טים. "הוא מדבר בשפתנו, הוא נלחם איתנו, ויותר מזה - מנר צירף אותו לקבוצה שלו." תר ניגש לקבוצת האנפות שעמדו בסמוך, בחר את האנפה הגדולה ביותר ומשך אותה לעבר טים. "זוהי נלה, האנפה החזקה ביותר שלנו, ומעכשיו היא שלך."

טים חייך בהבעת תודה. הוא צקצק את הצקצוק המיוחד בלשונו ונלה רבצה על בטנה. טים קפץ במיומנות ונחת ברוך על גבה. נלה הזדקפה וחיכתה לסימן ממנו כדי לעוף. סט, ניבה ולין עלו על האנפות וחיכו

גם הם. סט הסתובב לעבר טים, "מנר לא נעלם, הוא יגיע כל רג...." סט לא סיים כשמלמעלה נראתה בינקי, האנפה של מנר. היא הנמיכה עוף ונחתה סמוך לאנפה של לין. מנר נראה תשוש מעט, הוא הביט בסט ושאל: "אתה חמוש?" סט משך את חולצתו כלפי מעלה וחשף את שני האקדחים שעל חגורתו. "זה לא הכול," אמר בגאווה והצביע אחורה לתיק הגב, "יש פה מלאי כדורים אין-סופי כמעט." מנר הביט בשעונו, הרהר מעט ולבסוף אמר: "נזוז."

תזמורת צקצוקי לשון הניפה חמש אנפות אנפות לגובה רב תוך שניות, ובראשן בינקי ומנר. הוא כיוון את בינקי לאגם האסור. במשך דקות ארוכות עפו בדומייה. כשעברו מעל האגם חיפשה ניבה את לין, וצפתה בה הלומה מן המראות. סט עדיין החזיק בכוח בשתי ידיו את החבל. הירח היה מלא, ואורו הרך האיר את השטחים למטה. כעבור עשר דקות כבר חלפו מעל האגם הגדול. הם הבחינו במטושטש בחיות הגדולות שהתרוצצו באזור, וההתרגשות אחזה בהם.

מנר סימן לבינקי לפנות שמאלה, והחמישייה המשיכה במעופה. מנותקים מן הקרקע, ללא רעש מלבד איוושת הרוח, אפשר היה להעמיד פנים שהם בגן עדן. לבסוף הוריד אותם מנר אל הקרקע, וכולם נחתו כשצקצק בלשונו לבינקי. הם נחתו עשרות מטרים לפני הנחל הקטן, מצדו המזרחי והלא מוכר. מנר הביט בשעונו, השעה היתה חמישה לשתיים.

ניבה שלפה בקבוק והשקתה את האנפה; האחרים עשו כך בעקבותיה. לאחר שהשקתה את האנפות מזגה לכוס קטנה, והשקתה את כולם, מוזגת ומגישה שוב ושוב עד שכולם רוו, מלבד מנר אשר שלף את המקטרת, מילא אותה בטבק והפריח ענני עשן קטנים.

"זה לא מסוכן?" שאל סט, "יכולים לראות את העשן."

מנר פלט עשן מפיו, והרוח הקלה פיזרה אותו. ממרחק חמש-מאות מטר הפתיעו עשרות אנפות שעפו לכיוון הנחל הקטן. "הן משלנו,"

אמר מנר. "נחכה כמה דקות ואחר כך נעוף לכפר." אמר והתכנס בעצמו, ממשיך למלמל: "עלינו למצוא את היומן הקטן. אני, אישית, רוצה גם לתפוס את און..."

מרחוק נשמעו הדי היריות. ענן קטן של אנפות עלה לאוויר מתוך הכפר, ועליהן רכבו חיילים ממשפחתו של און. סט הרגיש שידיו רועדות. פחד מהול בהתרגשות אחז בו. מנר הוציא מכיסו שתי פיסות מפלסטיק כחולות ועליהן כפתור כסוף. "כבר השתמשת בנשק הזה?" סט לקח את הנשק הקטן ובחן אותו. "כן, הנשק הזה קטלני מאוד." מנר הגיש לטים את הפלסטיק הכחול. "לא, תודה," השיב טים בחיוך והרים מעט את חולצתו. על חגורתו היו שני אקדחים. "אני מעדיף להשאיר אותם." "כרצונך," אמר מנר, והחזיר את הנשק לכיסו. "קדימה, נמריא."

הקרב האווירי משך כמו מגנט את האנפות של מנר לכיוונו; מנר צקצק בלשונו והוביל אותם לכפר. העיקוף הארוך שביצעו הביא אותם מצדו האחורי של הכפר, הרחק מהלחימה.

הכפר היה בנוי במעין טבעת, במרכזו שטח עגול גדול ומסביב הבתים. מנר סימן לכולם לנחות במרכז הכיכר הריקה מדלנאים. אחרי הנחיתה הצביע על שורת מבנים מעץ בסמוך. "גשו למשרדים והפכו הכול עד שתמצאו את היומן. טים וסט, חפו על ניבה ולין בחוץ למקרה שמישהו יגיע. לין וניבה, אם לא תמצאו כלום עלו על האנפות וחיזרו לכיפה העגולה. זכרו, עליכן לחזור באותה הדרך שבה הגענו."

"אין בעיה," אמרה ניבה. "ננסה למצוא את היומן במהירות האפשרית."

"קדימה, נזוז," אמרה לין.

מנר עלה על בינקי ונעלם, והארבעה התקדמו לכיוון המשרדים. התאורה בכפר פעלה כרגיל, כך שמכל מקום היה אפשר להבחין בהם. טים הרגיש שמשהו לא כשורה, דווקא השקט גרם לו לאי-שקט. הוא הביט לכיוון החלונות ולרגע חשב שראה תנועה באחד המשרדים.

"חכו..." הוא לא הספיק לסיים כשנפתחו שתי הדלתות ממרכז השורה, ומהן נשפכו תריסר דלנאים חמושים.

***

"ידיים למעלה, ולא לזוז," נשמעו קריאות.

לין, ניבה וסט הרימו את ידיהם. טים היסס והביט לאחור ואחד התוקפים ירה בו ופגע בכתפו. טים נפל לרצפה, נאנק מכאבים. "חכו רגע! אל תירו!" צעקה לין.

"את," דיבר הדלנאי שירה בטים, מצביע על לין, "אל תזוזי." לין הרימה את קולה ואמרה: "רובי, אני מכירה אותך עוד מילדותך, כעת אתה קורא לי 'את'? אתה יודע טוב מאוד את שמי." אמרה לין בכעס. רובי הביט בה בהיסוס, משהו השתנה בפניו. האחרים ניגשו לקשור את ידיהם של סט וניבה מאחורי גבם.

"למה אתה מחכה?" שאל המבוגר שבחבורה, "קשור אותה!" רובי ניגש ללין וקשר את ידיה מאחורי גבה. "אני מצטער..." לחש באוזנה.

שניים מהתוקפים ניגשו לטים, שקרס בינתיים ושכב מחוסר הכרה. "אל תיגעו בו, צריך להיזהר ממנו!" צעק שוב המבוגר, הקצין הבכיר בחבורה. הוא ניגש והתחיל לערוך חיפוש מדוקדק על כל אחד ואחד מהם, מלבד בכיסי המכנסיים הצמודים שלהם.

"אתם בכלל לא חמושים!" צחק.

"עכשיו אני זוכרת אותך," אמרה ניבה. "שמך גיילנד. הואשמת בעבירות חמורות וגם ישבת במעצר לא פעם, עד שנזרקת מהכפר."

גיילנד הביט בה בחיוך מרושע: "כן, והגיע הזמן לנקום. ואתם המנה הראשונה." הוא כיוון את אקדחו לפלג גופה העליון של ניבה. ניבה עצמה עיניה בחרדה.

"אל תעשה את זה!" קרא סט, "בבקשה!" גיילנד צחק בקול, שלף אקדח נוסף וכיוון אותו לראשו של סט. רובי נעמד לפני סט, מול אקדחו של גיילנד. "זה לא צריך להיות כך."

"מה אתה חושב שאתה עושה?" צרח גיילנד והכה את רובי בפניו בקת האקדח. רובי נפל לרצפה, פניו שטופות דם. שאר החיילים עמדו בשקט וחיכו. רובי ניסה לקום אך החליק בידיו וברגליו על הדם. לבסוף הזדקף, ניגב את פניו מלאי הדם בגב ידו וחזר לעמוד באותו מקום כשגופו מגן על סט, מביט בגיילנד בהתרסה. "אנחנו יכולים לכלוא אותם במקום להרוג אותם." אמר. גיילנד הביט בחיילים שעמדו בשקט, נראה שכולם פחדו ממנו. הוא הוריד את אקדחו, "לעת עתה. און יטפל בך מאוחר יותר." אמר לרובי, ופנה לכיוון לין.

"מתי מנר מגיע?" שאל. לין שתקה והביטה הצדה. גיילנד סטר על פרצופה בחוזקה. היא הביטה בו בכעס כשזרזיף של דם זלג מפיה. "אתה חושב את עצמך לגיבור גדול? לא תרצה להיפגש פנים מול פנים עם מנר." הוא סטר לה שוב, חזק עוד יותר. "כדאי שתעני לי," אמר בכעס. כשהביט מעבר לכתפה של לין החליט לצעוד לאחור והרים שוב את אקדחו.

לין, ניבה וסט הסתובבו לאחור.

במרחק עשרה מטרים עמדה דלנאית מבוגרת מעט ויפה מאוד. לבושה היה שונה: היא לבשה מעין מכנסים שחורים שנקשרו מלפנים, וחולצה בצבע סגול עז. היא ענדה תכשיטים רבים והרושם הכללי שלה היה כשל מלאך יפה. לידה ניצבה אנפה לבנה ללא חבל לצווארה, בדומה לבינקי של מנר. גיילנד כיוון את אקדחו לכיוונה וצעק: "מי את?" הדלנאית לא ענתה, ובמקום זאת צעדה לעברו.

גיילנד לחץ על ההדק. אך הוא, ולא הדמות המשונה, עף לאחור, כמו קיבל מכת ברק. שאר החיילים חוץ מרובי שלפו את אקדחיהם. הדלנאית המסתורית נדה בראשה, מציעה להם להימנע מגורלו של גיילנד. שניים היססו, השאר ירו בה. שוב הרימה יד ושוב נצפה מעוף לאחור - הפעם ריחפו כל התוקפים מלבד רובי ושני המהססים, והתרסקו על קירותיו החיצוניים של הביתן. היא הביטה סביב ורכנה מעל טים,

שלפה מכיסה שקיק בד ופיזרה מעט אבקה על הפצע בכתפו. "צריך לחבוש אותו," אמרה בקול נעים וסמכותי.

"מי את?" שאלה ניבה. "מעולם לא ראיתי אותך, איך הגעת לכאן?"

הדלנאית המסתורית עמדה על רגליה. "אופליה" חייכה, "והסיבה שלא ראית אותי בעבר היא שהגעתי לכאן רק עכשיו."

רובי התיר את ידיהם של סט, ניבה ולין.

"אני חושבת שלא הבנתי אותך," אמרה ניבה, "מהיכן הגעת?"

"סיפור ארוך. נשאיר אותו לזמן מאוחר יותר. אז היכן מנר?"

לין וניבה הביטו זו בזו בהפתעה: "את - את..." קראה לין, " - אחותו של מנר!"

אופליה חייכה בנועם, "והיכן הוא?"

ניבה סיפרה בקצרה על ההתרחשויות בעוד לין מוסיפה ומתבלת מדי פעם בפרטים שנשכחו בלהט הרגע מניבה. "מנר השאיר אותנו כאן לפני כעשרים דקות ועף לחפש את און. הוא ביקש שנמצא את היומן שלו." פניה של אופליה הרצינו, "את מתכוונת ליומן הקטן השחור עם הכריכה הישנה?"

"כן!" ענתה ניבה, "אני מבינה ממך שזה לא טוב." סט הוסיף ושאל: "למה הדאגה, הרי איש לא יכול לגבור עליו?"

אופליה הרצינה והביטה בהם בחיבה: "אני חייבת למצוא את אחי במהירות: חייו בסכנה."

פרק 48

החטיפה ללבנון

הרכב נסע במהירות והגביר את השפעתן של מהמורות הדרך שטלטלו אותו מצד לצד. בין הטלטלות פקח דן את עיניו באטיות. ראשו כאב ויחד עם השכיבה על הבטן בבטן הרכב הוא חש בחילה, והקיא. הבחור שישב במושב מעליו קילל. דן ניסה להרים ראשו מעלה ומיד הרגיש שכף הרגל שהונחה על ראשו מוחצת אותו מטה אל הרצפה. "אני לא נושם," חרחר דן בלחש, "אני חייב קצת... אווייר."

"תיכף יהיה לך מספיק אוויר," אמר אחד היושבים ברכב.

"לאן אתם לוקחים אותי?"

"מיד תדע. ובינתיים, ששששקט..." אמר הבחור שמעליו ולרגע הגביר עוד יותר את הלחיצה.

דן התנער מכל מחשבה להפעיל כוח ולנסות להתגבר על הבחור.

כעבור זמן מה נעצר הרכב. עיניו של דן כבר כוסו ברטייה עבשה, דביקה וסרוחה שפצעה את העור העדין סביב העיניים. פרצופו של דן היה מכוסה בקיא, ומי מהחוטפים שבחר גם להטיל שק ברזנט גס על ראשו של דן נגעל מהקיא שנגע בו, וכך זכה דן למטח קללות וחבטות נוספות. המלאכה הושלמה מבחינת החוטפים כשגם ידיו נקשרו מאחור בלחץ ובזווית כמעט בלתי אפשרית.

דן הורם ונמשך החוצה. לא רואה דבר, רק מרגיש שהוא זקוף שוב ומחוץ לרכב, נושם מלוא ריאותיו דרך הקיא והשק, ומתנחם באדמה הרכה תחתיו. החבורה התחילה לצעוד כששניים אחזו בו בידיו הקשורות. הם נכנסו למבנה.

"זהירות מדרגות," אמר אחד מהבחורים. דן ספר ארבע-עשרה מדרגות.

הם ירדו למטה. אחד מהבחורים שיחרר את ידיו של דן, הסיר את השק, והושיב אותו בכוח על כיסא. דן שמע את הדלת נטרקת ואת המנעול ננעל. הוא חיכה כמה רגעים בדממה לפני ששאל, "יש כאן מישהו?"
שקט.

דן מישש את ראשו, אחז באגודל ובאצבע בכל ביד ברטייה הדביקה סביב עיניו, ומשך בחוזקה. הוא הרגיש מבעד לכאב את הגבות כמעט נתלשות מהמקום.

האור בחדר היה חזק. הוא מצמץ ארוכות, מנסה גם להתחמק מן האור וגם להתרגל אליו. החדר היה קטן, שלושה מטרים אורכו ורוחבו מעט פחות, בפינה כיור ואסלה. הקירות צבועים באפור מט ומזרון מגולגל הונח ליד הכיור.

דן קם ממקומו. הסחרחורת המבחילה הושיבה אותו מיד בחזרה. כשהתאושש התרומם, הפעם לאט ובטוח, וכשווידא שאין שוב בחילה ניגש לכיור לשטוף את פניו מן הבוץ והזיעה, הקיא והדם. לאחר ששטף וניקה גם את ידיו שתה מעט מים. הוא מתח את גופו במגבלות הפצעים והמכות היבשות מהן סבל, והחל להסתובב ולסקור את החדר.

הדרך החוצה נחסמה בדלת ברזל גדולה, מעין דלת ביטחון ששמים בדרך כלל בפתחי חדרי ביטחון ומקלטים. היא היתה סגורה, והמאמץ לפתוח את הדלת גרם לראשו לכאוב. "זה בוודאי מחומרי ההרדמה שבהם השתמשו." אמר לעצמו.

הוא ניגש לאסלה והתפנה, שטף ידיו והרטיב גם את ראשו, ושתה שוב. הוא הביט למעלה, התקרה היתה גבוהה מאוד, בערך עשרה מטרים מעליו. למעלה למעלה, סמוך לתקרה היה חלון זכוכית, ודרכו חדר האור וסנוור אותו.

הסחרחורת חזרה, קלה יותר. הוא הזיז את הכיסא הצדה והחליט

לישון. הוא פתח את הקשר ששמר את המזרן המגולגל, גלל אותו על הרצפה, ונשכב עליו ונרדם תוך שניות.

נשמע רעש משחקו של מפתח בחף המנעול. דן פקח את עיניו במהירות, נאבק שוב בגופו ובעיניו, והדלת נפתחה מעט. כשהביט לעבר הדלת ראה גבר חסון בעל זקן עבות נכנס פנימה ובידו צלחת ובקבוק שתייה מפלסטיק. הוא הניח אותם על הכיסא ואמר במבטא ערבי כבד ובחיוך מפתיע שדן לא ידע לפרש: "תאכל, תשתה, עוד מעט הוא מגיע".

דן התרומם והתיישב על הרצפה. הגבר היה גם מגודל, גובהו כשני מטרים. מבעד לחולצתו הגדולה נראו כתפיים חסונות, וכפות ידיים ענקיות ומחוספסות. "נראה שהבחור אוהב להתאגרף," חשב דן, ואז שאל את הגבר: "מי הוא אותו 'הוא' עליו דיברת, בכלל - מי אתם?"

הבחור חייך לדן מלוא הפה, חושף שיניים חומות - ככל הנראה מעישון מרובה וקפה זול, וענה: "שוּוַיֶּה, חביבי," אמר האיש בערבית ויצא מן החדר. "לאט-לאט הוא אומר לי..." חשב דן בכעס. הוא הביט בצלחת בסלידה, היו בה אורז לבן ויבש, ומעליו סטייק שומני קר. לא הוגשו לו - לא סכין ומזלג ולא כוס.

הוא התיישב על המזרן וניסה לחשוב מי חטף אותו. "הם ככל הנראה לא קשורים לבטל"י. אולי יש להם קשר עם השניים שהתחזו לשוטרים וניסו להיכנס לביתו לפני כמה שעות?"

מעבר לדלת נשמעו עוד קולות. הדלת נפתחה והבחור הערבי נכנס לחדר, מלווה בגבר מבוגר יותר. דן זיהה אותו מיד, היה זה מחמוד דלאנה, חבר כנסת במדינת ישראל ויועץ מרכזי לעומד בראש הרשות הפלסטינית הסמוכה לישראל, שחלקו לו ברשות כבוד רב. מחמוד דלאנה אישיות רב-גונית: כחבר כנסת נאבק רבות למען ערביי ישראל. הוא פעל להשיג סיוע רב ככל הניתן למשפחות מרובות ילדים, ולשיקום הכפרים והיישובים הערביים. מדי פעם דיבר על כך שהיהודים אזרחי ישראל גזעניים כלפי הערבים בתוכה ומחוץ לה. הוא תמך ברשות

הפלסטינית והתנגד למדינת ישראל. מדי פעם נסע לסוריה, אויבת נוספת ישראל בגבולה הצפוני, ובה והרבה לדבר בגנות מדינת ישראל שבה כיהן כחבר כנסת. ועכשיו מחמוד דלאנה עומד מעליו ומביט בו בעניין.

"מר אלון, שלום לך." הוא השתהה מעט, "אני רואה שלא נגעת באוכל."

"למה חטפתם אותי?"

מחמוד פנה לבחור השני בערבית ואמר לו כמה משפטים. מדבריו הבין דן רק את שמו של הבחור, עבדאללה. הוא יצא מהחדר וחזר תוך כמה שניות עם כיסא פלסטיק. הוא יצא מהחדר השאיר את הדלת פתוחה. מחמוד הביט לעבר הדלת הפתוחה ואחר כך חזר והביט בדן.

"אני מציע לך לא לחשוב על בריחה. בחוץ עומדים כמה חברים שלא יהססו ללחוץ על ההדק."

"למה חטפתם אותי? אתה חבר כנסת." אמר דן.

"אני אשאל אותך כמה שאלות, ואם אהיה שבע רצון מהתשובות שלך אשחרר אותך," אמר מחמוד.

"תשאל, אבל אני עדיין לא מבין למה אני?"

מחמוד חייך אליו. "אתה יודע שיכולת להשתלב יופי בשב"כ? ואם כבר מדברים על השב"כ, מה יש בידך שכל המערכת הביטחונית והאנשים בדרגים הגבוהים מסתודדים בינם ובין עצמם כאילו יש בידיהם אוצר?" מחמוד הביט בדן בנחישות: "אני מציע לך להיות כן."

"לפני שאענה לך," אמר דן, "אני צריך לדעת אם שני השוטרים שניסו היום לפרוץ לביתי הם מאנשיך?" מחמוד חייך והנהן בראשו: "כן."

"איך זה יכול להיות," מלמל דן, "הרי שניהם דוברי עברית, ולא היה להם מבטא."

"אתה חושב שזה מוזר שישנם ערבים שמדברים עברית בלי מבטא?" שאל מחמוד.

"עכשיו כשאני חושב על כך, איזה סיבה יש לי לחשוב כך... אחד מהם נפצע בפניו מהדלת."

"כן, שמו עבאס, והאמת היא שהוא נשבע שיחזיר לך כגמולך," מחמוד צחק וסימן בעיניו שהוא מחכה בחוץ. "כרגע אין לך ממה לדאוג. אתה מוכן לענות עכשיו על השאלה ששאלתי אותך?"

דן השתהה מעט. "האמת, אין לי מושג. הם פרצו לי לדירה, חיפשו בכל הבית. אין לי מושג מה הם חיפשו. זו האמת."

מחמוד הביט בו ובלי להניד עפעף אמר, "ציפיתי שזו תהיה תשובתך, לכן לא תהיה לנו ברירה, נאלץ לגרום לך לשתף פעולה בדרך אחרת. כאן יהיה לך קל יותר לדבר מבסוריה."

דן הביט בו בחשש. "למה אתה עושה את זה? אתה מתכוון להעביר אותי לסוריה? מה יצא לך מזה?" מחמוד קם מכיסאו והביט בדן בשטנה. "בפעם הבאה שניפגש זה יהיה על אדמת סוריה," אמר ויצא מהחדר.

"חכה רגע," קרא דן והתרומם מהרצפה. הוא התקרב לדלת וזיהה את אחד השוטרים שניסו להיכנס אליו הביתה. הפעם לבש השוטר ג'ינס וחולצת פולו צהובה. שני חבר'ה נוספים עמדו לידו. אחד מהם היה עבדאללה. האחר היה חבול במצחו, ולפי התחבושת הבין דן שזה עבאס, הבחור שנפגע מהדלת בביתו. "אז מה, איך אנחנו אורזים אותך?" צחק עבאס בקול מרושע.

"ננסה בצלופן," אמר הבחור השני. עבדאללה התחיל לצחוק ואמר, "מחכה לך טיול ארוך. לך תדע, אולי תחליט להתאסלם."

דן הביט בהם בדאגה. "אני חושב שעל דבר אחד לא חשבתם. השב"כ עוקב אחרי כל צעד שאני עושה. הם כבר יודעים על החטיפה הזו ובכל רגע ינסו לפרוץ לכאן."

שלושתם צחקו. "אתה יודע מה, אתה צודק," אמר עבאס לחברו. "אני אשאיר אותו בחיים, הוא ישעשע אותנו קצת."

"אתם לא מאמינים," אמר דן. "לך תקרא למחמוד דלאנה ותראה שאני דובר אמת." הבחור, שדן לא ידע עד כה את שמו, שלף תג שבו הוא נראה לבוש בחליפה ועניבה, על התג נכתבה המילה שב"כ.

"אלה שהיו בחוץ, ליד הרכב שלי, היו אנשי שב"כ אמיתיים?" דן ניסה להסתיר את הפאניקה שבקולו. "אתה עדיין לא מבין, אה?" שאל עבאס. "אתה צריך שיתרגמו לך כל דבר?"

"יתרגמו לי מה?" שאל דן, פתאום הוא הבין הכול. "אתם סוכנים כפולים? איך? הרי השב"כ לא מגייס ערבים." עבדאללה אמר משהו בערבית, והשניים הנהנו בראשם. עבאס הכה באחורי ראשו עם הקת. "וזה בשביל הדלת, וזו רק ההתחלה!" לחש ודחף את דן לתוך החדר, נועל את הדלת מבחוץ. דן ניקה את הדם ככל שיכול היה מעורפו, ונשכב על הגב על המזרן המסריח. הוא חשב שנוגה בוודאי דואגת לו. "איך היא תסתדר עם כל חיות האדם האלה מבטל"י, ומה עם הילדים? ומה על נל?"

הוא הביט בתקרה. חלון הזכוכית היה מלוכלך מאוד. הזכוכית היתה נתונה בתבנית ברזל חלודה. באחת הפינות היה פלסטיק שחור קטן ונוצץ, ככל הנראה חדש. "בוודאי מצלמה," חשב.

בחוץ נשמעו דיבורים בערבית, דן עצם את עיניו ונרדם. כעבור פרק זמן לא ידוע העירו אותו קולות מעבר לדלת. החלון כבר לא סיפק כל אור, וכשהמנעול נפתח נותר החדר חשוך, רק מעט אור חדר פנימה. דן הביט בעבדאללה ובעבאס בפתח. עבאס ניגש, הפך אותו על בטנו בכוח וקשר את ידיו באזיקון. עבדאללה ניגש לדן ויחד עם עבאס הרימו השניים את דן על רגליו. עבדאללה לפת את דן בחוזקה מאחור והצמיד אותו לגופו החסון. אחר כך הוציא עבאס מזרק קטן. דן ידע שאין טעם להתנגד לזריקה. הם הובילו אותו למדרגות, ובראש הגרם הרגיש שגופו מתנדנד. הוא עצם את עיניו ואיבד את הכרתו.

***

אמנון כהן הביט בצג הטלוויזיה. הוא ראה שדן נחטף. מיד התעשת, אסף את הקסדה, דחף אקדח לחגורת מכנסיו ורץ במהירות החוצה ולכיוון האופנוע בשדרות יד לבנים. הוא התניע ותוך שניות כבר הגיע

לסוף הרחוב לצומת לוחמי גליפולי. בדיוק באותו רגע פנה הגי'פ של דן
ימינה והפיג'ו האדומה פנתה שמאלה לכיוונו של אמנון שנסע באטיות
וחלף על פניה. בפנים ישב בחור צעיר ודיבר בטלפון הנייד. אמנון לחץ
על דוושת הגז, וכשהאור הירוק התחלף, פנה ימינה לרחוב לה גרדיה.

אמנון טלפן לאשר כהן. הוא נשך את שפתו והודה לאלוהים ולרונן,
המוסכניק, שהקשיב לעצתו והתקין בתוך הקסדה דיבורית. אשר ענה
ואמנון עדכן אותו תוך כדי נסיעה.

"אני נכנס עכשיו לאיילון דרום, ואני חייב שתעזור לי במעקב."

אשר הופתע מאוד אך התעשת מיד. "שמע אמנון, אני לא רחוק
ממך. הייתי בדרכי לבור בקריה. חכה רגע... הנה אני באיילון דרום.
היכן אתה עכשיו?"

"אני כרגע..." חיכה אמנון כדי לדייק: "זהו - עובר את קיבוץ גלויות
וממשיך דרומה."

"שמור מהם מרחק," הבהיר אשר, "תן להם קצת להתרחק. סע באותו
נתיב כל הזמן, אבל לא בנתיב שלהם - ואל תנסה להתבלט."

"באיזה רכב אתה?" שאל אמנון.

אשר צחק: "לא מאמין - אני נוסע ברכב שאתה לא שונא, ה-ב.מ.וו
של אחי, נהייתי בורגני, אחי."

"התקלקלת, מה קרה לאופנוע הנחמד שלך?" שאל אמנון.

"עדיין חי, נושם ובועט." צחק אשר והמשיך: "אמנון, עברתי עכשיו
את קיבוץ גלויות ואני נוסע מאה ושבעים קמ"ש לכיוונך."

"אתה יכול להאט קצת, החבר'ה לא נוסעים יותר משמונים קמ"ש.
עוד שתי דקות אני מגיע לשדה התעופה. לאן הם לוקחים אותו?"
שאל אשר.

"אין לי מושג," ענה אמנון.

"אני מניח שגם לך אין לך מי הם?" שאל אשר.

"אני חושב שיש לי מושג. אני חושב שזה בטל"י."

"תשכח מזה, אין סיכוי, תאמין לי," אמר אמנון נחרצות. אבל את
הוויכוח נשאיר לאחר כך."

"אני רואה אותך. אני שלוש-מאות מטרים מאחוריך, היכן הגי'פ?"

"מאתיים מטרים לפניי, כרגע ירד לכיוון לוד."

"האט ותן להם לנסוע," אמר אשר, "אני רואה אותם."

"הישאר מאחוריהם, שמור מהם מאתיים מטרים."

בכניסה ללוד פנה הגי'פ ימינה לכיוון שכונת גני אביב. אשר הדליק סיגריה ומוזיקה קולנית. החלונות נפתחו, וכשהגיע לצומת המוביל לפאתי גני אביב עצר ונעמד ליד הגי'פ של דן. בפנים ישבו שניים, האחד במושב הנהג והשני מאחוריו. הם הביטו באשר משחק עם הסיגריה בידו השמאלית שמחוץ לחלון הרכב, וחייך בהתלהבות יתרה מהרכב בו נהג. הנהג סימן בידו סימן ניצחון, מצביע על רכב הב-מ-וו של אשר בפרגון.

"מה אתה חושב? לאן לוקחים אותו?" שאל שוב אמנון.

"תכף נדע. בוא."

אשר יצא מהרכב כשאמנון בעקבותיו, והם התחילו ללכת ברגל.

"הבנתי שמצאת בדירה של דן מדבקה סלוטייפית ופינאול בגודל ראש סיכה?" שאל אשר.

"תאמין לי, הופתעתי." אמר אשר. "הם התלבשו עליו חזק; הכול אצלי בכספת... הייתי בדרכי לבטל"י."

"אז הם התקשרו אליך?" שאל אמנון.

"אתה לא מבין איך החבר'ה האלה עובדים? חמש דקות אחרי שיצאתי מהבית של דן התחילו הטלפונים. לא עניתי... בוא נחצה את הכביש מכאן," אמר אשר.

הם חצו את הכביש לכיוון שכונת הרכבת שכעת היה ריק ממכוניות.

"בקיצור, נתתי להם להזיע קצת, וכשעניתי דרשו ממני שאגיע מיד לקריה." הם המשיכו ללכת בשתיקה במשך כמה דקות. "אז מה הסיפור פה?" שאל אמנון, הרי אני ואתה מכירים את דן כמו את כף היד. מה הם בעצם רוצים ממנ...?"

"ש...ש... חכה רגע," קטע אותו אשר. "אני רואה את הרכב."

הרכב היה במרחק של כמאתיים מטרים מהם. הם נסעו בדרך עפר ובה תלוליות רבות. אמנון המשיך ללכת. הוא שלף את חפיסת סיגריות מכיס חולצתו וחילץ בדפיקה על תחתיתה שתי סיגריות, אחת מהן נתן לאשר. הוא שיחק עם המצית, וכשניסה להדליק את הסיגריה של אשר, שאל: "היכן הרכב?"

"שעה שתיים שלי," ענה אשר.

הוא הדליק את הסיגריה שבפיו והסתובב לכיוון הרכב שעמד במרחק כשלוש-מאות מטרים מהם, בין כמה מבנים בתהליכי בנייה מתקדמים.

***

בשנתיים האחרונות נבנו בשכונת הרכבת מבנים לא חוקיים, אך מנהל המקרקעין הארצי לא היה מסוגל להתמודד עם התופעה. המשטרה המקומית סימנה מדי פעם מבנים המיועדים להריסה, אך כדי לבצע את ההריסה נדרשו כוחות רבים של משמר הגבול ומשטרת ישראל. לרוב הופסקו פעולות ההריסה עוד לפני תחילתן עקב הפרעות התושבים הערבים שהתפרעו והתנגדו למהלך.

אשר הוביל את אמנון למטע זיתים קטן ליד אחד המבנים. כמה פועלים ערבים עמדו מסביב למדורה קטנה, הם הניחו עליה קנקן לקפה ועישנו סיגריות.

"אהלן, מה נשמע?" שאל אשר בחביבות.

הפועלים חייכו, אחד מהם הזמין אותם שישבו איתם ויצטרפו להפסקת הקפה. אשר ואמנון התיישבו על גזע עץ שאחד הפועלים פינה בשבילם. הקנקן הורד מהאש, והקפה נמזג לכוסות חרסינה קטנות. ריח הקפה היה חזק ונעים, אמנון הוציא מכיסו את קופסת הסיגריות והציע לחבורה. הפועלים ניגשו, לקחו והודו. "אז מה?" שאל אחד הפועלים, "מטיילים פה?"

"האמת היא," אשר התחיל לצחוק ומיד התחבב על כולם. "שאני מחפש שטח אדמה לסוסים שלי. אני רוצה לבנות אורווה. חשבתי שהמקום יכול להתאים."

הפועלים צחקו. "זה כמו להביא את השמנת לחתולים שישמרו עליה," אמר אחד מהם. "ומי ישגיח על הסוסים?" שאל אחד מהם.

"אני מחפש מישהו שמבין בסוסים. מישהו מקומי שמכיר את האנשים ושאפשר לסמוך עליו."

"חבל על הזמן," ענה אחד הפועלים וקם מהרצפה. "אני גר באזור, ולדעתי, לא כדאי לך בכלל להתעסק עם כל מה שקורה פה."

"אני לא מבין?" אמנון הצטרף לשיחה, "אתה נראה לי בן אדם הגון ובטח יש עוד כמוך. השטח כאן זול. אז מה, בעצם, יכולה להיות הבעיה?"

"תבין," הבחור התחיל לענות, אך חברו הפסיק אותו. "אתם רואים את השטח כאן?" הוא הצביע על האדמה שהיתה מאחוריהם. "האדמה הזו שייכת לסבא שלי, הוא מעולם הוא לא השכיר אותה ליהודים. אני לא רוצה לפגוע, אבל סבא שלי הוא מהדור הישן, והבתים האלה," הוא הצביע על שורת הבתים שהיו קרובים לבית, "שייכים ל..."

"אוסקוט יא כלב," הפסיק אותו אחד הבחורים בחיוך.

"אינטק אוסקוט," השיב לו הבחור. "אני לא מפחד." הוא חזר לדבר בעברית, "הם שייכים למשפחת פשע ערבית. כל הבתים שאנחנו בונים, זה בשבילם."

"והבית ההוא, למי הוא שייך?" אשר הצביע על בית מרוחק שמסביבו היתה חומת אבן גבוהה ובחוץ עמד הרכב של דן.

"זה," אמר הבחור בהרהור קל, "גם הבית הזה שייך גם להם. הם השתלטו על הקרקעות האלה בכוח. על האדמות שכאן וכאן," הבחור הצביע על כל האזור, מהמקום שבו ישבו ועד לווילה הגדולה שלידה חנה הג׳יפ.

"חלק מהאדמות האלה היו שייכות לאבא שלי ולסבא שלי. יום אחד הם נכנסו לבית, הכו ואיימו ברובים שיהרגו את כולנו. בהתחלה אבא שלי התנגד, אז הם ירו לו בשתי הרגליים, עד שלבסוף הוא חתם להם," קולו נעשה עצבני.

"אז למה, בעצם, אתם עובדים בשבילם?" שאל אמנון.

"תראה, זה היה לפני עשר שנים. בהתחלה היה בלגן, אבל בסוף עשינו סולחה, וסבא שלי קיבל פיצוי כספי. לפני כמה חודשים בא מישהו מהמשפחה וביקש שנעזור לו לבנות כאן. לא היה לנו עבודה, ולכן החלטנו שזה יותר טוב מלא לעשות כלום."

"החלטה נבונה," אמר אשר והגיש את הכוס לבחור. "אפשר עוד כוס, בבקשה?"

"בטח," ענה הבחור ומזג לאשר קפה לכוס. הוא ניגש לאמנון ומילא גם את שלו.

"אתה יודע, עכשיו הפחדת אותי," צחק אשר, "יריות ברגליים, מכות... נראה לי שאצטרך למצוא מקום אחר לסוסים שלי."

"איזה סוסים יש לך?" שאל אחד הבחורים.

אשר שיחק עם ספל הקפה שבידו והצית עוד סיגריה. "יש לי שני סוסים ערביים, גזעיים וסוס אחד, אנגלי גבוה, שגובהו כמעט מטר שמונים."

"ואת הסוסים האלה רצית לשים כאן?" צחק הבחור שהחזיק בידו את הקומקום. "דרך אגב, שמי עמאר, וזה בן דוד שלי, חאלד," הוא הציג את האנשים שעמדו סביבו ואת הקרבה המשפחתית, כולם מכירים או מקורבים זה לזה.

"אני אשר, וזה החבר שלי אמנון, שנינו עורכי דין."

"כן? רגע," שאל חלאד, "עורכי דין שעוסקים בפלילי?"

"לא," ענה אמנון, "אנחנו מתעסקים בחברות פרטיות, לא עוסקים בפלילי או אזרחי."

אמנון הפסיק לדבר. הוא ראה שאחד הבחורים שחטפו את דן יצא מהווילה, נכנס לג'יפ של דן ונסע. הוולבו הלבן חנה במקום הג'יפ ומתוכו יצא לא אחר ממחמוד דלאנה, חבר הכנסת הידוע לשמצה.

"אני לא מאמין, זה חבר הכנסת, מחמוד דלאנה, נכון?" שאל אמנון.

"טפו..." ירק עמאר על הרצפה. "הבן כלבה הזה," הוא קילל בערבית, "הלוואי שימות."

"חשבתי שאתם, הערבים, סוגדים לבחור הזה," אמר אשר בהפתעה.

"הוא עוזר רק לעצמו," אמר חאלד. "לא אכפת לו מהאנשים הקטנים, כל האנשים ששם," הוא הצביע לכיוון הווילה, "הם משפחה שלו, והוא עבריין בדיוק כמוהם, זבל של בן אדם."

"אז מה, הוא גר כאן בווילה הזו?"

עמאר נד בראשו, "לא. הוא רק בא לבקר כאן, אין לי מושג מי גר בווילה הזו. כל הזמן באים לשם אנשים, נשארים קצת ונוסעים. רק את עבאס אני רואה פה הרבה."

הם שוחחו במשך כחצי שעה על היחסים העדינים שבין היהודים לערבים הישראליים. כשדיברו הבחין אשר שמחמוד דלאנה יצא בכעס מהווילה. הוא דיבר בטלפון הנייד ונעמד מחוץ לוולבו. הנהג שלו יצא החוצה, ומחמוד סימן לו שייכנס לאוטו. אחר כך נכנס מחמוד דלאנה לרכב מאחור ונסע.

"נראה שהוא כועס מאוד," אמר אמנון.

"שימות," אמר עבאס בכעס, "יאללה חבר'ה, חוזרים לעבודה."

כולם נעמדו ונפרדו מאמנון ואשר. "תבואו לבקר," אמר חאלד בחיוך.

"זה הקפה הכי טוב ששתיתי, בטוח שנבוא שוב," צחק אמנון.

***

אמנון ואשר התחילו ללכת לכיוון שכונת גני אביב.

"צריך להעיר את המתים," אמר אשר. "אני חושב שכדאי לנו להתקשר לירון דותן. הוא מעורב בכל מה שקרה בבית של דן."

"אני לא מאמין," מלמל אמנון, "זה לא נשמע היגיוני. מה הם רוצים ממנו? הרי שנינו מכירים את דן אלון, ואין לו קשר לדברים האלה."

אשר משך בכתפיו. "גם לי אין הסבר. כשהתקשרת אלי נסעתי לפגוש את החבר'ה מבטל"י. אנחנו נישאר ונפקח עין על הווילה הזו. בינתיים אתקשר אליהם ואעדכן אותם."

הם הגיעו לב.מ.וו של אשר ונכנסו לרכב.

"אם לא אכפת לך, הייתי רוצה לשמוע את השיחה שלך איתם."

אמנון הביט באשר בנחישות. "אין לי בעיה עם זה," אמר אשר וחייג. הוא העביר את השיחה לדיבורית כדי שאמנון ישמע גם הוא לשיחה. הטלפון צלצל כמה פעמים, והמענה האלקטרוני ניתב אותם למשרדו של ירון דותן. המזכירה של ירון ענתה באדישות שירון לא נמצא כרגע. אשר ניתק. הוא חיפש את המספר הנוסף של ירון דותן, וכשמצא חייג שוב.

"זה הטלפון האישי של ירון דותן," אמר אמנון.

הטלפון צלצל וירון ענה. "אשר כהן, לא פחות ולא יותר," צחק ירון, "מה שלומך?"

"אני בסדר," ענה אשר. "רציתי לומר לך שאתה על דיבורית ושנמצא איתי אמנון לוי, הבעלים של משרד החקירות 'פתע'."

לרגע היתה שתיקה קלה. "היינו אמורים להיפגש לפני כשעה אצלי במשרד, למה לא הגעת?" שאל ירון. אשר סיפר לאמנון את ההתרחשויות האחרונות ועד לרגע שראו את מחמוד דלאנה נכנס לבית שבו מוחזק דן. ירון שתק לרגע ואז התעשת. "אשר, תקשיב, אני מבקש ממך ומאמנון לא לעזוב את המקום עד שאגיע. ייקח לי, בערך, עשרים וחמש דקות. בינתיים, תתצפתו על המקום. אני מקווה שהם לא יעבירו אותו משם."

אשר הביט באמנון, וזה סימן לו בראשו לחיוב. "אין בעיה, ירון, אתה יכול לסמוך עלינו. רק תדאג להקים מחסומים ביציאות מלוד."

"בוא נעשה עוד סיבוב במקום," אמר אשר. הם יצאו מהרכב וחזרו לשכונת הרכבת. השעה היתה שמונה בערב, והאורות שפוזרו בקמצנות ברחוב לא האירו אותו. זה היה אולי היתרון היחידי שהיה לאשר ואמנון באותו רגע. באור העמום הם יכלו לנוע בחופשיות. פיג'ו אדומה נסעה משכונה הרכבת. אמנון החזיק בראשו ואשר נעמד לצדו.

"מה קרה?" הוא שאל.

"אתה לא מבין," ענה אמנון בעצבנות. "זה הרכב שאיתו הגיעו החוטפים לשכונה שלי, הוא לא היה שם קודם. אולי דן נמצא שם?"

אשר חייג במהירות לירון ועדכן אותו.

"האם ראית את מספר הרכב?" שאל ירון את אמנון.

"74-256-84" ענה אמנון במהירות.

אשר מלמל כמה מילים ואחר כך ניתק את השיחה. "בוא נלך לשם. ירון רוצה שנשמור עין על הרכב, ובהמשך אפשר יהיה לעצור אותו ואת הנוסעים שבו ."

הם המשיכו ללכת, חלפו במקום בו ישבו עם הפועלים, התרחקו מעט והלכו דרך מטע עצי הזית, במרחק עשרים מטרים מהכניסה לווילה עצרו. אמנון נשף באפו וחייך, "תמיד ברגעים האלה מתחשק לי סיגריה," לחש לאשר. "גם לי," לחש אמנון בחזרה, מתבונן בפועלים עובדים במרץ לאור הפנסים. הם ישבו בשקט חצי שעה. נראה שבווילה לא היה איש, האורות היו כבויים ולא היתה בה תנועה. "כמה אנשים היו בפיג'ו האדומה?" שאל אשר.

"שניים," לחש אמנון.

"יכול להיות שכבר העבירו אותו מכאן, מחמוד דלאנה המגעיל הזה..." אשר התחיל לומר כשהטלפון הנייד שלו התחיל לרטוט.

"כן," ענה אשר.

"איפה אתם?" שאל ירון.

אשר הסביר לו בקצרה היכן נמצאת הווילה ומהיכן הם צופים עליה.

"אשר, תקשיב," אמר ירון. "אל תלכו לשום מקום. אני מגיע עם כוח גדול ותוך כמה דקות ניכנס לווילה. תשתדלו שלא להתבלט יותר מדי. אני לא רוצה שהאנשים שלי יזהו אתכם."

"אל תדאג, תגיד לאנשיך שממזרח לווילה יש כמה פועלים שעובדים בה לאור הפנסים. שלא יפגעו בהם, הם לא קשורים לחטיפה."

כעבור עשר דקות ראו שמונה סוכני בטל"י לבושים שחור, כולם נעים בשקט ובמקצועיות. על עיניהם "אמצעים לראיית לילה" המאפשרים לראות בחושך, אשר ספר שמונה סוכנים חמושים במיטב אמצעי-הלחימה, לכל אחד אוזנייה לתיאום ולתקשורת עם מפקד הכוח. אמנון

סימן לאשר לכיוון השניים הראשונים שהתקדמו וחיפו זה על זה. האחרים התמקדו בכניסה או הקיפו את המבנה, ובסיום ההתמקמות אחד מחברי הכוח נכנס לווילה. לאחר שתי דקות נכנסו השאר, בזה אחר זה. חלפו עשר דקות ושום ירייה לא נשמעה.

הטלפון הנייד של אשר רטט, "כן," לחש.

"אתה יכול לדבר בחופשיות," אמר ירון מעבר לקו. "הם כבר העבירו אותו, ככל הנראה, בפיג'ו האדומה. אחד מהם נשאר כאן, אנחנו חוקרים אותו."

"אנחנו נכנסים," אמר אשר. ירון דותן התנגד, אך השיחה נותקה.

***

אשר ואמנון נכנסו לווילה. צמוד לחומה הפנימית של הווילה היתה בריכה קטנה ומטופחת. עצי לימון גדלו בחצר ועצי פיקוס קטנים עמדו בצדי המדרגות שהובילו לתוך הווילה. אשר דחף את הדלת, וירון הופיע בפתח כשהוא לבוש בבגדים שחורים. מכשיר ראיית הלילה היה מקופל על ראשו, כמעין אנטנה. הוא הביט בשניים בכעס.

"לא רציתי שתיכנסו לכאן, אין צורך שהתושבים שבסביבה יזהו אתכם. חשוב היה לי שתישארו מחוץ למשחק."

"תכירו, ירון כהן, אמנון לוי," אשר הביט בעיניו של ירון בנחישות. השניים לחצו ידיים.

"מי הבחור שתפסתם?" שאל אשר.

"אני עדיין לא יודע. חוקרים אותו עכשיו." ירון חייך. "והשאר בודקים את הבית."

הטלפון הנייד של ירון צלצל. ירון הלך כמה צעדים הצדה וענה. השיחה ארכה כחמש דקות, וכשחזר אמר, "לפני כעשר דקות עצרנו את מחמוד דלאנה. זהו אחד הדברים שלא עשינו מעולם. אני מספר לכם את זה כי אני רוצה לצרף את שניכם זמנית לבטל"י כדי שתעזרו בתיק הזה, זה כולל משכורת ותנאים נוחים. מה אתם אומרים?"

אמנון הביט באשר במבט שואל. "אתה יודע, יש לנו את העבודות הפרטיות שלנו," אמר אמנון.

"חשבתי על זה," השיב ירון, "אני אעזור לכם ואתן לכם כוח אדם וכל מה שתבקשו. העיקר שתעזרו לי עם המקרה הזה."

"מה אתה זומם?" חייך אשר. "למה אתה צריך אותנו?"

"אתם תבינו בהמשך, כל מה שאני צריך לדעת עכשיו..."

אחד הבחורים ניגש לירון והפסיק אותו באמצע הדיבור, לוחש לו באוזן. ירון המהם וסימן לבחור שישאיר אותו לבד. "אני צריך לדעת אם אתם בפנים?" ירון דיבר בקשיחות.

אשר הנהן בראשו ואמנון השתהה מעט. "אני רוצה לדעת בוודאות שדן אלון לא ייפגע."

"אני מבטיח," אמר ירון דותן. "עכשיו קיבלתי עדכון מהחקירה שמתנהלת כאן במרתף. דן אלון נחטף, והוא בדרך לסוריה."

אמנון ואשר נדהמו: "על מה אתה מדבר? איך זה יכול להיות?" גמגם אמנון. "איך הצלחתם להוציא הודאה מהבחור?" שאל אשר. ירון דותן הביט בשניהם ואמר: "אתם לא באמת רוצים לדעת. אני יכול להתחייב בפניכם שמה שנאמר עכשיו הוא ודאי."

"אז מה עושים עכשיו?" שאל אמנון.

"מחכים," ענה ירון. "הם כנראה כבר החליפו רכב. יש כרגע קרוב למאתיים סוכנים שעוסקים בזה, וחוץ מהם כל תחנות המשטרה קיבלו הוראה להקים מחסומים. גם הצבא עודכן ורענן את הנהלים." "מתי היה לך זמן לכל הטלפונים האלו?" שאל אשר בחשדנות. "הרי רק עכשיו קיבלת את הידיעה." "הבחור שהרגע הגיע והלך הוא העוזר הבכיר שלי, הוא סידר את העניינים במהלך החקירה, כך שאני הייתי האחרון לדעת."

אשר הביט בירון דותן במבט כועס. "לא אשאל אותך איך דן אלון הגיע למצב הזה, אבל בוא נשמע איך בדיוק אני ואמנון יכולים לעזור לך?"

***

בבית משפחת אלון ישבה נוגה וחיכתה לדן. השעה היתה שמונה
בערב. הוא לא ענה לטלפון הנייד שלו. היא ניסתה להתקשר למספרה
וגם התקשרה לכל חבריו. היא חיפשה בספר הטלפונים הקטן של דן
את מספר הטלפון של אמנון. כשהתקשרה למספר הראשון שמעה
את הצלצול של הפקס, הצלצול הצורם לא תרם למצב הרוח שלה.
כשניסתה את הטלפון הנייד ענה לה אמנון.

"ערב טוב, מי מדבר?" שאל.

"ערב טוב גם לך," אמרה נוגה בקול חנוק, היא ניסתה לעצור את
הבכי שעמד לפרוץ בכל רגע. "אתה אמנון לוי החוקר? החבר של
בעלי, דן אלון?"

מעבר לקו היתה שתיקה קלה. "כן, זה אני."

"נעים מאוד. שמי נוגה, ואני יודעת שבעלי יצא מהבית אליך," היא
התחילה לבכות. "אולי במקרה אתה יודע היכן דן?"

"גברת אלון, סליחה, נוגה. אני אחזור אלייך עוד מעט. אני באמצע
משהו. בינתיים, תירגעי, הכול בסדר."

"רק תגיד לי אם פגשת אותו, בבקשה," אמרה בקול חלש.

"דן בסדר, ולדעתי הוא יצור איתך קשר בקרוב. נסי להירגע. תישארי
בבית, אני אתקשר אלייך עוד מעט," אמר וניתק את הטלפון.

נוגה הניחה את הטלפון על השולחן וכיסתה את פניה בידיה. הבכי
לא פסק. היא חשבה אם להתקשר לבני המשפחה ולשאול אותם על
דן, אך הגיעה למסקנה שמוקדם מדי.

אור ישן במיטתו, ורון וליר שיחקו בחדריהם במחשב. יואב דיבר
בטלפון הנייד עם חבריו. פתאום נוגה נזכרה בנל. היא הכריחה את
עצמה לקום מהכורסה והלכה לחדרו של אור. בית הבובות היה ריק.
היא הזיזה אותו מעט והביטה בציור. החדר היה חשוך.

נוגה ניגשה למגירה שבמסדרון, הוציאה פנס קטן והאירה על הציור.
הציור נראה כמו כל ציור רגיל, אך כשהביטה בו, ראתה כי יש בו
משהו מיוחד. מתוך העץ נראתה קרן אור קטנה שהגיעה עד לאחד
הכוכבים שבשמים.

"נוגה," היא שמעה מישהו קורא בשמה. היא נבהלה מעט והסתובבה לאחור. נל עמד בכניסה לחדר. "נבהלתי, האמת היא שחיפשתי אותך, היכן היית?"

"הייתי בחדר עם רון וליר. ישבתי בצד והבטתי בהם כשהם שיחקו במחשב. נראה שבכית, קרה משהו?"

"בוא נצא," לחשה וסימנה לו על אור שישן בעריסה.

הם התיישבו בסלון. נוגה ישבה על הכורסה, ואילו נל קפץ על כרית שהיתה זרוקה על הרצפה ומשם נעמד על השולחן שבסלון. נוגה סיפרה: "דן הלך לחבר שלו, לאמנון לוי, חוקר פרטי. השעה כבר שמונה וחצי, ואני לא מצליחה להשיג אותו בטלפון הנייד. דיברתי עם אמנון, החוקר הפרטי הראשון שהיה בבית, וכל ששמעתי ממנו היה 'הכול בסדר, דן יתקשר בהקדם'. אני דואגת."

נל הביט בה בעצב: "הכול בגללי. אני מצטער."

נוגה הביטה בו ובחרה שלא לענות. אמנם המהומה התחילה מהרגע שנל הגיע לביתם, אך נל הוא יצור נחמד ולא מזיק, וכל בני משפחתה יצרו איתו קשר חזק וחם. חשוב מכול - לא הוא גרם להשתלשלות האירועים; האנשים הפועלים נגד דן ונגד משפחתה הם האחראיים.

"אני לא יכולה להתקשר לתחנת המשטרה. אם ישמעו על הכול יתנחלו פה בבית, ולזה אני לא מוכנה..."

באותו רגע נכנס יואב לסלון. "מה קרה, אמא? לָמָה את לא מוכנה?" שאל יואב. נוגה סיפרה לו בקצרה על אבא. "אולי כדאי שנתקשר לחגי? הוא בוודאי יוכל לעזור לנו," הציע יואב. נוגה חשבה מעט ואמרה: "לא נראה לי. כרגע חגי מתלהב מירון דותן, ולדעתי הקשר שלו עם ריטה אינו כפי שנראה על פני השטח."

"את חושבת שיש ביניהם רומן או משהו כזה?" שאל יואב.

"לא. לא נראה לי שהם מנהלים רומן, אבל, לדעתי, הוא מוקסם ממנה..."

הטלפון צלצל ויואב ניגש וענה, "הלו."

"ערב טוב," אמר הקול הגברי, "אפשר לדבר עם אמא?"

"אמא," יואב ניגש לנוגה, "זה בשבילך."

"ערב טוב," אמרה נוגה.

"ערב טוב גם לך, אני שומע שנרגעת מעט."

"אמנון לוי, נכון?"

"את יכולה להשאיר את לוי בצד. תקראי לי אמנון."

"אמנון, אני מבקשת תשובה כנה ואמיתית. האם בעלי איתך? האם הוא היה אצלך? היכן הוא?"

"דן היה אצלי בצהריים, דיברנו במשך כעשרים דקות. כרגע אני לא יכול לספר לך על מה שוחחנו. זה כל מה שאני יכול לומר לך כרגע."

"לומר לך את האמת? אינך נשמע כמו החבר הטוב שבעלי דיבר עליו. אתה נשמע יותר כמו פקיד שומה חסר רגשות. אם אין לך תשובה טובה יותר, אני מתקשרת למשטרה כבר עכשיו."

היתה שתיקה קלה מעבר לקו. "נוגה, דן הוא חבר ילדות שלי, חבר בלב ובנפש. אשמח לעזור לו בכל מה שיבקש ממני. אני מצטער שאני נשמע כך. יש לי כל כך הרבה דברים על הראש, וחוץ מזה אני באמצע משימה. אין לך על מה לכעוס. אם את רוצה, את יכולה להתקשר למשטרה."

"טוב, תודה. שיהיה לך המשך ערב נעים, ביי."

נוגה ניתקה את השיחה. על השולחן הונח כרטיס הביקור של חגי ועליו מספר הטלפון הישיר שלו. נוגה חייגה. הטלפון צלצל כמה פעמים, ולבסוף ענתה המזכירה האלקטרונית. קולו של חגי נשמע, "הגעתם לחגי, תשאירו הודעה קצרה."

"חגי, ערב טוב. מדברת נוגה אלון, אשתו של דן. האם תוכל להתקשר אלי כשתשמע את ההודעה? לא משנה באיזה שעה."

נוגה קמה מהכורסה, "קדימה ילדים, למקלחת."

"עוד רגע, אמא," אמר רון.

"בואי ליר, אעזור לך להתקלח, את תהיי הראשונה."

נוגה עזרה לליר להתקלח. רון נכנס אחריה ושניהם שכבו לישון.
יואב התקלח, נכנס לחדר ושיחק במחשב כשנל לידו. נוגה התיישבה
בכורסה. השעה היתה כבר תשע וחצי. העייפות גברה עליה והיא
נרדמה. נל התעייף גם הוא. יואב ליווה אותו לבית הבובות ונל נרדם.

פרק 49

מכתב מגיע

רעש חבטה הקפיץ את נל משנתו. הוא ירד במהירות לקומה התחתונה של בית הבובות והציץ בזהירות. האור במסדרון דלק. נל הביט לצדדים ויצא מבית הבובות. על השידה, בין בית הבובות לציור, נחה לה תיבת עץ חומה.

נל הביט בציור ומיד נרתע לאחור כשראה שקרן האור זהרה. האור בהק אך היה מרוחק, נחלש עד שנעלם. נל הביט בתיבה. "הם בוודאי שלחו לי משהו!" חשב. הוא ניגש לקופסה הקטנה ופתח אותה: בתוך הקופסה נחה לה מעטפה. הוא הרים אותה בידיים רועדות, קפץ מהמכתבה לכיסא ומשם לרצפה.

האור במסדרון היה חיוור אך האורות שבסלון דלקו, לכן נל מיהר לשם. נוגה נרדמה על כורסה בסלון, דן עדיין לא חזר הביתה. השעה היתה אחת בלילה. הוא פתח את המעטפה וקרא:

נל היקר!

עבר כחודש וחצי מאז עברת מבעד החלון השלישי, ובינתיים לא הגיע שום סימן ממך. כולנו דואגים מאוד ומקווים שאתה בריא ושלם, ושיש מי שדואג לך.

אנו יודעים שהיציאה מהחלון היא במדינה קטנה בשם "ישראל", אנא, אותת לנו שהמכתב בידיך, לפי ההוראות הבאות. פרסם מודעה באחד משלושת העיתונים הגדולים בישראל, כתוב במודעת הדרושים - "נל מחפש את ___________ ה-___________, ראש הכפר".

במקום הראשון השלם את שם ראש הכפר, ובמקום השני - את צבע קירות המרפאה בכפר

החזק מעמד!

נל סיים לקרוא את המכתב, הביט בו שוב ודמעות החלו זולגות מעיניו.

נוגה פקחה את עיניה, ראתה את נל בוכה ושאלה "מה קרה, נל?"

נל סיפר לה על הקופסה ועל המכתב שקיבל. "זה נהדר נל!" אמרה, שמחה עבורו. ראשה כאב מהעומס ומהמחשבות שהתרוצצו בראשה, וכשהביטה בשעון נדהמה מהשעה. "דן עדיין לא חזר," מלמלה וחייגה לטלפון הנייד של חגי. הפעם הוא ענה מיד: "שלום חגי, זו נוגה אלון. אני מצטערת להפריע לך, אך אני מאוד דואגת לדן." כשהיא בוכה סיפרה לו על השיחה שלה עם אמנון לוי. "אין לי מושג מה קרה לו."

"נוגה הירגעי. אני כרגע במשרד במשמרת לילה, כך שלא הפרעת לי. את אומרת שהוא יצא מהבית בשעות אחר הצהריים, מאז אין לך קשר איתו והוא לא עונה לטלפון הנייד?"

"כן. וזה לא מתאים לדן. אני חוששת שמשהו קרה לו."

"זה לא נשמע טוב. אני אברר. תני לי גם את הטלפון של אמנון לוי ואני אחזור אלייך בשעה הקרובה. בינתיים, נסי להירגע."

חגי רשם את מספרי הטלפון ונפרד ממנה לשלום. נוגה ניתקה את השיחה והביטה בנל. "אף אחד לא יודע מה קורה עם דן," אמרה.

נל הביט בה בעצב, "אני מצטער על הכול, אני אשם. אני יכול להבין שכשיצור כמוני מגיע לעולמכם אי-אפשר לעבור על זה בשקט לסדר היום. אני פה, ואני שמח אתכם ומודה על עזרתכם, אבל הייתי רוצה לשוב הביתה." את המשפט האחרון אמר גם הוא בעיניים דומעות. נוגה התכופפה מעט ועם קצה אצבעה ניגבה את דמעותיו. "אני מבינה אותך, אתה לא צריך לייסר את עצמך," אמרה לו בלחש, ופתאום הזדקפה והתיישבה שוב על הכורסה. "מה חבריך כתבו לך? אני ממש סקרנית."

כשנל פתח את המכתב נכנס יואב מנומנם אל הסלון. "אמא, מה קרה? למה אתם ערים?"

"בוא, שב איתי..." ביקשה נוגה וחיבקה אותו חזק. לשאלותיו ענתה וסיפרה לו על אביו.

יואב הביט בה בהפתעה. "אמא, למה לא התקשרת למשטרה?"

"התקשרתי ודיברתי עם חגי. אין לו מושג מה קורה ואני מאמינה לו. זה כנראה קשור למוסד הזה שנקרא בטל"י."

"מה יש לך ביד?" שאל יואב.

נל סיפר שוב על הרעש שהעיר אותו משנתו ועל האור בציור שבהק לכמה שניות עד שנמוג. נוגה מיהרה לחדרו של אור, ויואב ונל הלכו בעקבותיה. היא הדליקה לרגע את האור, והביטה: אור הקטן ישן שנת ישרים במיטתו. שלושתם הביטו בציור. יואב הרים את הקופסה הקטנה וכיבה את האור, החושך חזר לחדר. "בואו," לחשה נוגה ושלושתם חזרו לסלון.

"הזזתי את בית הבובות ושכחתי להחזיר אותו למקומו," אמרה נוגה.

"מצאתי את המכתב בתוך הקופסה הזו," נל הצביע על הקופסה שהחזיק יואב.

"מה הם שלחו לך?" שאל יואב בסקרנות. נל הקריא את המכתב, וכשסיים, ניגש יואב לנל ולקח מידו את המכתב הקטן. האותיות היו קטנות ונכתבו בעברית. יואב אחז במכתב בהתרגשות. "אמא, תראי, המכתב הגיע מכוכב אחר!" הוא העביר את המכתב לאמו. נוגה הביטה במכתב. "אני לא מאמינה... אם אבא היה פה עכשיו, הוא היה קופץ לשמים!"

היא החזירה לנל את המכתב וחייגה לחגי. הטלפון צלצל, ושני צלצולים קצרים המסתיימים באחד ארוך סימנו שחגי משוחח. נוגה ניתקה.

"אמא, צריך לעשות משהו עם המכתב הזה. צריך לאותת להם שנל בסדר ושהוא בידיים טובות." אמר יואב.

"נחכה לאבא."

הטלפון צלצל, ונוגה מיהרה לענות, "כן, חגי מה קורה?"

"אני רואה שחיכית שאתקשר, ידעת שזה אני?"

"ראיתי על הצג את המספר שלך, מה קורה? יש חדש?" שאלה בעצבנות.

"נוגה, אני רוצה לבוא אלייך הביתה ולדבר איתך. זו לא שיחה לטלפון."

"קרה משהו?" נוגה התחילה לבכות.

יואב נעמד לצדה וחיבק אותה. "תאמר לי עכשיו, מה קרה? אני לא עומדת בזה."

"נוגה תירגעי. תשתי משהו. אני יוצא אליך עכשיו."

"לא," נוגה הרימה את קולה מעט, "קודם תאמר לי אם דן בסדר."

היתה שתיקה קצרה.

"חגי, אני רוצה לשמוע עכשיו, האם דן בסדר?"

"לשאלתך אם דן בסדר, כפי שידוע לי, הוא בסדר. יותר מזה לא אוכל לומר לך בטלפון, תוך עשר דקות אהיה בביתך," אמר חגי וניתק את השיחה.

נוגה ניגשה למטבח ומזגה לעצמה כוס מים.

"אמא, מה קורה עם אבא? הוא בסדר?" שאל יואב בקול חנוק.

"אני חושבת שכן." היא התיישבה על הכורסה והביטה בנל. "חגי בדרכו לכאן. אני מציעה שתיכנס לבית הבובות ותישאר שם עד שהוא ילך." נל קיפל את המכתב, ואמר, "את צודקת, נחכה שדן יחזור, ואחר כך נראה מה אפשר לעשות. אני מקווה שדן בסדר."

"בוא נל," אמר יואב, "אלווה אותך לבית הבובות."

***

לאחר עשר דקות צלצל האינטרקום בדירתם צלצול קצר. נוגה לחצה על הזמזם ופתחה את הדלת ותוך פחות מדקה דפק חגי דפיקה נימוסית ונכנס. נוגה הזמינה אותו לשבת. "תרצה לשתות משהו?" שאלה. "לא, תודה," ענה לה חגי והביט בשעונו. "עוד כמה דקות יגיע אמנון לוי, חבר של בעלך. חשבתי שהוא יקדים אותי."

"חגי, אני מנסה לשמור על איפוק, אבל אני חייבת לשאול אותך, היכן דן?"

חגי הביט בה במבט עייף ומתוסכל. "אין לי מושג וזו האמת. התקשרתי לירון דותן ולריטה, ניסיתי לברר בכל מקום, להבין איפה הוא, לפני שאני פותח בחקירה מקיפה. אני רוצה לשמוע מה יש לאמנון לוי לספר לנו. הוא לא רצה לדבר על זה בטלפון, ועכשיו הוא..."

דפיקות קלות בדלת עצרו את שטף דיבורו. "תרשי לי," אמר חגי. הוא הציץ בעינית ופתח את הדלת. שני גברים נעמדו בכניסה. את אחד מהם יואב ונוגה זיהו מיד, זה היה אשר. אשר ניגש ולחץ את ידה של נוגה. הוא ליטף קלות את ראשו של יואב ואמר: "הי גבר, אני רואה שאתה משגיח על אמא שלך!" אז הסתובב אשר לנוגה ואמר: "נוגה, הכירי, זהו אמנון לוי." השניים לחצו ידיים בחיוך נוקשה על פניהם.

"שבו בבקשה," ביקשה נוגה. "זה חגי, הוא קצין במשטרה."

השלושה חייכו והנהנו בראשם. "אנחנו קצת מכירים, נכון?" אשר חייך לחגי.

"שמעתי עלייך לא מעט," חייך חגי.

אשר טפח על שכמו של יואב בחיבה ואמר: "יואבי, תוכל לסלוח לנו? אנחנו צריכים לדבר."

יואב הביט באמו. נוגה ניגשה וחיבקה אותו חזק: "לך לחדר, אבוא עוד מעט."

יואב הנהן ואמר "לילה טוב," נכנס לחדרו וסגר את הדלת.

"אני רוצה לדעת איפה בעלי!"

אמנון הביט באשר, וזה סימן לו בידו שהוא רוצה לדבר. "היום, אחר הצהריים, דן נחטף על-ידי ערבים. הוא הוחזק בלוד, בשכונת הרכבת."

נוגה הביטה בו כלא מאמינה. "מה? איך? אני לא מבינה," היא התחילה לבכות. אשר לקח את הכוס שעל השולחן, ניגש למטבח ומילא אותה במים. אמנון סיפר לנוגה ולחגי על המפגש שלו עם דן, ושראה את

החטיפה דרך המחשב המחובר ללווין. אשר הגיש לנוגה את כוס המים.

"תודה," היא אמרה וניגבה את הדמעות שלא הפסיקו לזלוג. אמנון המשיך לספר על עבודת הבילוש שעשה עם אשר.

"כרגע בטל"י מטפלים בנושא. מאות סוכנים פרושים ומחפשים אך ורק את דן. גם המשטרה והצבא קיבלו הנחיות. בטל"י תפסה אחד מהאנשים שהחזיקו בדן וחקרה אותו. הוא נשבר וסיפר לנו לאן מתכננים להעביר את דן..."

"רק רגע," נוגה קטעה את אשר. "אני רוצה לדעת לאן? ולמה הוא?"

אשר הביט בחגי שישב בצד ועד לאותו רגע לא דיבר, רק הקשיב.

"אשר, את מה שיש לך לומר תאמר עכשיו," אמר חגי כשהביט בו.

"קודם אני רוצה לומר לכם שירון דותן צירף אותי ואת אמנון לצוות החקירה שלו, וכרגע אנחנו מתפקדים כסוכנים של בטל"י," אמר אשר.

"זה עדיין לא מונע ממני לעצור את שניכם לחקירה," אמר חגי.

"אין צורך באיומים," אמר אמנון במטרה להרגיע את הרוחות.

"ירון דותן נתן לנו אישור לדבר בחופשיות עם נוגה. הוא גם הזכיר אותך. החוטפים קיבלו הנחיות ממחמוד דלאנה..."

"רגע, אתה מתכוון לחבר הכנסת מחמוד דלאנה?" התפרץ חגי.

"כן, הוא ולא אחר," אמר אשר. "הבחור שנחקר סיפר הכול. המסלול שלהם ידוע לנו, מלבד לוח הזמנים. הם מתכננים להעביר את דן לסוריה." אשר זרק את המשפט האחרון כמו פצצה לאוויר.

"איך בדיוק?" חגי ניסה לשמור על קור רוח. נוגה ישבה מבוהלת ולא פצתה את פיה.

"לפי התכנון הרכב שבו נסעו היה אמור לקחת אותם עד לחיפה, ושם חיכה להם רכב אחר, סוגו לא ידוע לנו. מחיפה הם אמורים לנסוע בערב עד נהריה, שם אמורה לחכות להם סירה דמוית סירת דייגים עם מנוע חזק במיוחד, אנחנו לא יודעים בדיוק היכן. הם תכננו לבצע פיגוע ראווה באזור אחר בנהרייה, כך שכל הכוחות המשטרתיים ינותבו לשם, כך שבינתיים יוכלו להוריד את דן לסירה, דרך ראש הנקרה עד

לראשדייה. זה היה לוקח להם לא יותר משמונה דקות, ראשדייה הוא
הכפר הראשון בלבנון אחרי הגבול עם ישראל, בשליטת החיזבאללה.
משם ובעזרתו כבר לא תהיה להם בעיה להגיע לסוריה. ירון דותן
עושה הכול למנוע מהם לחצות את הגבול."

"שאלתי אותך קודם, למה דן? מה הוא עשה?" נוגה הרימה מעט
את קולה.

אשר משך בכתפיו. "אין לי מושג, כרגע בודקים את כל האפשרויות."

"כדאי מאוד שהדבר לא יפורסם, בינתיים," אמר אמנון.

"את יודעת, אם נצטרך לעשות עסקת חליפין, עדיף שזה ייעשה בשקט
ורחוק מעיניהם של אלה שלא אכפת להם מכלום חוץ מאינטרסים
אישיים."

"מה עושים עכשיו?" שאלה נוגה.

"כמו שאמרתי קודם, מחכים." אמר אשר.

חגי התחיל לחקור את אמנון ואת אשר על מה שעשו מהרגע שהגיעו
לשכונת הרכבת ועד לפגישה שלהם בווילה עם ירון דותן.

"רק רגע," התערבה נוגה. "אתם מחזיקים בבחור הזה שתפסתם
בווילה. האם הוא לא מספיק כדי לעשות את חליפין עם דן?"

"יש לנו קלף חזק יותר, אבל עליו אנחנו לא מורשים לדבר," אמר אשר.

"האמת היא שגם לא אמרו לנו לא לדבר על זה," חייך בערמומיות
אמנון.

"יש לי הרגשה שחבר הכנסת מחמוד דלאנה בידיכם," אמר חגי.
הנייד בכיסו של אמנון צלצל. הוא ענה.

"אפשר קפה?" שאל אשר בינתיים.

"אני אכין!" הצביע חגי וקפץ ממקומו תוך כדי שיחת הטלפון. "מה
בשבילך, נוגה?"

"שחור חזק, סוכר - כפית שטוחה, בבקשה."

"ואתה?" שאל חגי את אשר.

"לא תודה."

אמנון סיים לדבר. "זה היה ירון דותן." הוא פנה לחגי ואמר, "ירון אמר שיתקשר אלייך עוד..." הטלפון הנייד של חגי צלצל. חגי קם מהכורסה ויצא למרפסת השמש. הוא דיבר במשך כמה דקות ואחר כך חזר לסלון. "השעה כבר מאוחרת, אני מציע שנתפזר. יש לנו מחר יום עמוס ורצוי שננוח מעט. נוגה, אם יש לך כדור שינה, כדאי שתיקחי."

נוגה נדה בראשה. "יש לי תינוק קטן ואני צריכה לשמוע אותו כשהוא מתעורר כל כמה שעות. אני אנסה לנוח מעט."

"מה ירון דותן אמר?" שאל חגי את אשר.

אשר הביט בנוגה. "אין לך מה לדאוג. מאות אנשים שלא נחים עושים הכול כדי לשחרר את דן והם ימצאו אותו. כדאי רק ששום דבר לא יֵצא החוצה."

חגי חזר והביט באשר. "הוא ביקש שתגיעו לקריה, יש לו משימה בשבילכם."

אשר ואמנון קמו מהכורסה. הם נפרדו מנוגה ויצאו. חגי נשאר ודיבר בטלפון הנייד. הוא נתן הוראה ששני שוטרים יוצבו באופן קבוע בבניין, והכפיל את הסיורים שברחוב. "כל אדם שנראה חשוד ייעצר לבדיקה."

**

נוגה הביטה בשעון, השעה היתה קצת לפני ארבע בבוקר והיא לא הצליחה להירדם. חצי שעה עברה מאז הלכו השלושה. היא ניסתה לחשוב בבהירות כשקולו של אור נשמע, מהמוניטור. נוגה ניגשה לחדרו כדי להניק אותו.

נל יצא מבית הבובות והתיישב על ספר שהיה על השולחן. "זה לא נשמע טוב."

"אל תדאג," לחשה נוגה, "אני בטוחה שהכול יסתדר לטובה. אני סומכת על אשר ואמנון."

"את בוודאי עייפה מאוד, גם אני." נל פיהק, "אלך לישון, ניפגש בבוקר."

"לילה טוב," לחשה נוגה.

נל חייך אליה בעצב, "לילה טוב."

***

דן פקח את עיניו בזהירות. שוב ראשו כאב, שוב שכב, אך הפעם במקום צר וקצר. הוא הניח את ידיו על ראשו ושם לב שאינו כפות. הוא הבין שהוא בתא המטען של רכב נוסע. הוא ניסה לדפוק על הפח אך פרקי ידיו כאבו כאב שלא ידע מעולם. "מה הזריקו לי", שאל את עצמו. הוא ניסה להיזכר באירועים האחרונים: "מחמוד דלאנה אמר שהם רוצים להעביר אותי לסוריה, אבל איך נכנסתי לכל זה? הוא ניסה לשנות את התנוחה, אך נמנע מכך בגלל כאבי גופו. עברו דקות והרכב נעצר. דלתות הרכב נפתחו ודן שמע שהדיבורים בערבית הלכו והתרחקו. כעבור כמה דקות שמע לפתע את קולו של המפתח, תא המטען נפתח ומבעד לחשכה ראה מעליו את עבאס ושני בחורים נוספים חמושים בכלי נשק בידיהם.

עבאס ואחד הבחורים הרימו את דן והשלישי כיוון אקדח לראשו. עבאס שלף מזרק, ו-

"רק רגע, בבקשה!" התחנן דן. "אני לא אזוז, מבטיח. בבקשה אל תזריק לי את זה."

עבאס הביט בו בזלזול, "נוותר לך, בינתיים."

הם הכניסו אותו לבית מוזנח. דן לא ראה כלום, רק אדמה וסלעים. בחוץ הסתובבו עזים, כבשים ופרות. הריח היה נורא. בפנים ישבו כעשרה בחורים וצפו במשחק כדורגל. כולם הביטו בדן. עבאס הביט בשעון וניגש לטלפון. הבחור השני הפיל את דן לרצפה ודרך על ראשו. שאר הבחורים קמו ונעמדו מעל דן. אחד מהם בעט בבטנו ודרך עליו. דן התקפל והרגיש שהוא מתקשה לנשום. בחור אחר ניגש ועצר את חברו מלהמשיך ולהכות את דן. "חלאס." זו המילה היחידה שדן הכיר בערבית, ומשמעותה די, מספיק. הם חזרו לצפות בכדורגל. עבאס סיים את השיחה, התכופף מעל דן, הראה לו את המזרק ואמר

בחיוך, "הלוואי שיכולתי להזריק לך עשרה כאלה. בינתיים - הנה עוד אחד," והזריק לדן. לאחר פחות מדקה הרגיש דן שגופו נעשה רפוי וראשו צנח הצדה.

***

שוב רעש מנעול כבד נפתח העיר את דן. הרצפה היתה מבטון והקור המקפיא ששרר בחדר גרם לו להתקפל לכדור. לחדר נכנס בחור צעיר ומזוקן וחייך לעבר דן. "ערב טוב לך, מר אלון." הוא דיבר עברית במבטא כבד.

"איפה אני?" שאל דן תוך שהוא מנסה להתרומם ולשבת.

הצעיר הוריד את מגש האוכל מידיו ועזר לדן להתיישב בצמוד לקיר. "אתה בכפר לבנוני בשם ראשדייה." דן התבונן בו. מראהו המוזנח ובגדיו המרופטים היו ניגוד עצום לחיוכו הנחמד. "אני מבין שהראש שלך כואב. יעברו כמה ימים עד שהגוף יתנקה; בינתיים תאכל משהו."

דן הרגיש שבטנו מקרקרת מרעב, על הצלחות היו קציצות בשר ואורז. בצלחת קטנה היה חומוס ופיתות חמות. דן קרע פיתה לשניים, טבל בחומוס והתחיל לאכול במהירות.

"סטאנה שוואיה," אמר הצעיר. דן הביט בו במבט שואל. "אמרתי, חכה רגע. אתה חייב לאכול לאט. תלעס טוב טוב לפני שאתה בולע את האוכל."

"אני מצטער, אני לא זוכר מתי אכלתי בפעם האחרונה. איזה יום היום?" הצעיר הביט בו בחיוך ולא ענה. "אתם מתכוונים לשחרר אותי מתישהו?"

"תסיים לאכול," אמר הצעיר והביט בו. "מחכה לך חקירה לא קלה." אמר ויצא מהחדר כשהוא נועל את הדלת מבחוץ.

***

השעון צלצל ולא הפסיק. נוגה זזה מצד לצד במיטה, נקרעה בין השינה הטרופה לשעון המרגיז. היא הסתובבה לעבר השעון המעורר, ניסתה ללחוץ על הכפתור שיפסיק. השעון נפל מהשידה על הרצפה והמשיך לצלצל בקול מרגיז. נוגה התיישבה על המיטה, התכופפה מעט, וכשהרימה את השעון כיבתה אותו והניחה אותו בחזרה על השידה. השעה היתה שש וחצי בבוקר. המתח הנפשי שהיתה נתונה בו בימים האחרונים נתן בה את אותותיו.

אור הקטן התחיל ליבב ונוגה מיהרה וניגשה אליו. נל ישב במיטתו וניסה להרגיע אותו. הוא ליטף אותו ודיבר אליו ברכות.

"בוקר טוב," חייך נל.

"בוקר טוב גם לך," אמרה נוגה וחייכה אליו. היא הרימה את אור, התיישבה על הכיסא שעמד מול המיטה והניקה את אור בטבעיות. נל הביט בה בהתרגשות, "זה כל כך יפה ומרגש לראות אותו יונק ממך."

"אני מסכימה איתך, זה באמת נפלא. אולי תוכל לעזור לי להעיר את הילדים?" שאלה. נל קפץ על הרצפה. "אין בעיה," הוא שמח לעזור.

בארוחת הבוקר שאלו ליר ורון על דן. נוגה ענתה להם בחטף.

"אבא באמצע משימה, הוא יחזור תוך כמה ימים." יואב הביט בה וניסה לעצור את הדמעות שזלגו מעיניו. "מה קרה? למה אתה בוכה?" שאלה ליר. "כלום, נכנס לי משהו לעין, וזה מציק לי."

ליר ורון קיבלו את התשובה ושינו נושא. הם דיברו על נושאים אחרים ונל, שישב מולם, הוקסם מהשיחה. יואב עבר להתיישב ליד נוגה. "את לא חושבת שכדאי שנספר להם את האמת?" לחש. נוגה הביטה בו. פתאום הוא נראה לה כגבר קטן ומקסים.

"לא עכשיו," לחשה, "זה יפריע להם בלימודים."

"ומה את חושבת שזה עושה לי? אני חושב רק על אבא, אני מקווה שהוא יחזור בריא ושלם..."

"על מה אתם מתלחשים?" שאל רון. "שום דבר מעניין," חייכה נוגה

והביטה בשעון. השעה היתה רבע לפני שמונה. "אתם צריכים לסיים
ולזוז לבית הספר."

***

אור נרדם ונוגה החליטה לנקות מעט את הבית. הטלפון צלצל, על
הקו היה ירון דותן. הוא שאל אם יוכל להגיע אליה הביתה כדי לדבר.

"אני יכול להיות אצלך תוך חצי שעה, אם זה בסדר מבחינתך?"

נוגה חשבה מעט והחליטה שהיא לא מעוניינת שייכנסו אליה הביתה
עד שדן יחזור. "מר דותן," היא פנתה אליו ברשמיות, "אנחנו יכולים
להיפגש בגן ז'ילבר, זו הגינה שנמצאת..."

"אני יודע," קטע אותה ירון. "חצי שעה," אמר וניתק.

השעה היתה עשר וחצי בבוקר כשנוגה טיילה עם אור בעגלה. גן
ז'ילבר היה ריק כמעט מאנשים. שני אנשי תחזוקה עבדו בגינה ואישה
מבוגרת טיילה שם עם תינוק בעגלה.

נוגה התיישבה על אחד הספסלים. היא הוציאה ספר וניסתה לקרוא,
אך לא הצליחה. חלפו כמה רגעים ורכב שרד שחור ומבריק שחלונותיו
כהים נעצר בכניסה לגינה. מהרכב יצא ירון דותן ואיתו בחור צעיר
שנראה כמו עורך דין. השניים ניגשו לנוגה. ירון הציג את הבחור.

"תכירי, זה עדי מושקוביץ, הוא עורך דין שעובד בחברה שלנו."

נוגה לחצה את ידו. "נוגה," אמרה בלי להגיד נעים מאוד. "אני מבינה
שאתם קוראים למוסד שלכם חברה."

"זה לא נכון לקרוא לבטל"י מוסד, זו חברה לכל דבר," ענה ירון.
"קודם כל, בואי נסגור משהו."

עדי מושקוביץ הוציא מתיקו מסמך והגיש אותו לנוגה. היו שם שלושה
סעיפים שהתייחסו לציורים. במסמך נאמר שמשפחת אלון אינה תובעת
את הציורים ושתמורת סכום של מאתיים אלף שקלים, הציורים יעברו
בעלים. כעת הבעלים החדשים היא רשת "קפהעכשיו" הידועה.

נוגה הביטה בירון בהפתעה, "מה לך ולהם?" ירון לא ענה והגיש

לה את השק. המוטבים היו דן ונוגה אלון, והסכום היה כפי שסיכמו, מאתיים אלף שקלים.

"תחתמי כאן וכאן," ביקש עדי מושקוביץ והצביע על המקומות שבהם היא צריכה לחתום. נוגה חתמה והשאירה אצלה העתק וגם את השק. עדי אסף את הדפים, הכניסם לתיקו ונפרד מהם לשלום.

"עכשיו אתה מוכן להסביר לי מה הקשר שלך לרשת 'קפהעכשיו'?" שאלה נוגה.

ירון התיישב לידה. "את כבר יודעת כל כך הרבה עלינו שעדיף לנו לגייס אותך לשירותנו," ירון חייך. "האם זו הצעת עבודה מפני שאם התשובה חיובית, אין סיכוי," אמרה נוגה. ירון הנהן בראשו, "חשבתי כך."

"התחלת לומר לי מה הקשר שלך לרשת 'קפהעכשיו'."

"זו אחת מהחברות הרבות שברשותנו," אמר.

"מה קורה עם דן? היכן הוא?" שאלה.

"עד כמה שידוע לי הוא באזור ראשדייה בתוך לבנון. הצלחנו דרך איש קשר מהימן להודיע להם שמחמוד דלאנה בידינו ואפשר לבצע את עסקת החילופין בשקט. כל הצמרת הביטחונית עובדת כרגע במרץ על הנושא, ולדעתי, בימים הקרובים, הכול ייסגר לטובה."

"מה זאת אומרת, יש לך תשובה מהם? הם אמרו משהו?"

"כן, עצרנו שלושה חבר'ה מהשב"כ שבמעורבותם חשדנו. החשש הגדול שלנו הוא שהעיתונות תגלה את הסיפור ונתקשה לבצע את החילופים בין דן למחמוד דלאנה וחבריו. השתדלי שלא לדבר על כך עם איש. גם לא עם משפחתו של דן..."

הטלפון הנייד של ירון צלצל. הוא קם והתרחק מעט, הוא דיבר כמה דקות ואחר כך חזר לשבת על הספסל.

"קיבלתי עכשיו טלפון מחבר טוב שעובד בשירות החשאי בגרמניה. הוא נמצא כרגע בסוריה ומנסה לתווך בינינו לחיזבאללה. אני מקווה שהיום בערב הוא יתקשר אלי ויבשר לי בשורות טובות."

"אני רוצה את בעלי בחזרה ויותר מזה, אני רוצה שתניחו לנו. אין לי

מושג איך הגענו למצב הזה, אבל ברגע שדן חוזר, אין לכם כל סיבה לבקר אותנו."

ירון הביט לעבר זוג צעיר שישב לא הרחק משם עם תינוק, ואז חזר והביט בנוגה. "הייתי רוצה שתתני לנו לסגור כמה קצוות. יש כמה דברים לא פתורים, ויכול להיות שזה קורה ממש מתחת לאפכם. תנסי קצת להבין את המצב שבו אנחנו מצויים כרגע. היה אצלנו יצור. הוא הגיע מכוכב שנקרא ירדל ושמו קרי. ליצורים מסוגו קוראים דלנאים. אני עצמי ישבתי איתו ודיברתי איתו במשך חודשים רבים. הוא חביב ונחמד, אך אין לנו מושג לאן הוא נעלם. אם היית מוכנה לראות את הצילומים הרבים שצילמנו, היית מבינה שיש בביתך פתח שהוא יציאה מעולם אחר..."

"מר ירון דותן," נוגה הפסיקה אותו בתקיפות. "ברגע זה אתה לועג לאינטליגנציה שלי. אתה מעמיד אותי במצב שאני חושבת שאולי לא כדאי שאתה תטפל בשחרור של דן. נראה שאתה זקוק לפסיכולוג. לקחתם את כל הציורים מביתי. אין שום דבר בביתי שמעיד על כך שיש בו פתח או מקום שדרכו יכול לעבור עכבר קטן, לא כל שכן יצור בגודל של שלושים סנטימטרים..."

הטלפון הנייד שוב צלצל. "תסלחי לי רגע," אמר ירון והפעם לא קם. הוא האזין בשקט ומדי פעם אמר, "כן," או "בסדר, טוב, אני יוצא עכשיו," וניתק את השיחה. "אני מצטער, אני חייב לזוז. רציתי לומר לך שמשפחתך מוגנת ואין לך ממה לדאוג."

"מה זאת אומרת? הייתי צריכה לדאוג?" ירון קם מהספסל ויישר את מכנסיו, "לא, לא היית צריכה לדאוג. רציתי רק לומר שהאזור שלכם מאובטח..." הטלפון הנייד שלו שוב צלצל. הוא ענה ואחר כך פנה לנוגה. "אני אהיה איתך בקשר מאוחר יותר."

נוגה הנהנה בראשה.

פרק 50

חילופי השבויים

ארוחת הצהריים בבית משפחת אלון היתה שונה מהרגיל. נוגה סיפרה לרון ולליר בעדינות שדן נחטף ושבקרוב ישוחרר. השאלות הרבות ששאלו אותה גרמו לה לאבד את הסבלנות. יואב ניסה לעזור מעט, אבל גם הוא לא הצליח. ליר התחילה לבכות. רון ניסה להתאפק ולא לבכות, אך לבסוף בכה, ואילו יואב שיחק עם הסכו"ם כשראשו מוטה כלפי מטה ומעיניו זולגות דמעות.

"אמא, היכן נל?" שאל יואב.

"אין לי מושג. אלך לבדוק."

היא חזרה כעבור רגע. "הוא ישן כמו תינוק. אבא יחזור תוך כמה ימים, עד אז נצטרך לשמור על זה בסוד. ממש כמו הסוד של נל קלר. אסור שייוודע לאיש שאבא נחטף."

"אל תדאגי, אמא," אמר יואב, "את יכולה לסמוך עלינו."

"לא נספר לאיש," לחש רון. נוגה חיבקה את ליר בחום.

"אמא, מה יש בשקית הוורודה שתלויה על העגלה של אור?" שאל יואב.

"טוב שהזכרת לי, אלו הבגדים החדשים של נל. הייתי אצל התופרת היום והיא הסכימה לתפור על המקום, היא ממש נחמדה."

רון וליר קפצו מהכיסא ומיהרו לעגלה. רון הוציא מהשקית מכנסי קורדרוי חומים וחולצת קצרה לבנה. "ביקשתי ממנה שתתפור עוד כמה חולצות ומכנסיים."

"זה ממש יפה," אמר רון, "אני חושב שנל ישמח."

"ואני חושבת," אמרה נוגה, "שהגיע הזמן שתלכו להכין שיעורי בית."

***

בכל יום, אחר הצהריים, התקשרו יואב וחבריו זה לזה באמצעות הטלפון והמחשב, כך שהטלפון והטלפון הנייד היו תפוסים. יואב שוחח עם חברתו דניאל וניסה להתעלם מהצלצול המרגיז של השיחה הממתינה. "חכי רגע, אני חייב לברר מי מנסה להתקשר," אמר יואב ועבר לשיחה הממתינה.

"שלום," מעבר לקו נשמע קול מוכר. "יואבי, אתה זה שמחזיק את הטלפון כל כך הרבה זמן?"

"עם מי אני מדבר?" שאל יואב בנימוס.

"זה אשר, זוכר? חבר של אבא."

"הי אשר, מה קורה?"

"הכול בסדר, רציתי לדבר עם אמא, הנייד שלה סגור. היא פנויה?"

"אני אבדוק." יואב חזר לדניאל ואמר, "אדבר איתך עוד מעט." הוא ניגש לחדר השינה של ההורים. נוגה ישנה.

"זה דחוף?" הוא שאל את אשר, "כי אמא ישנה."

אשר הרהר לשנייה: "כן, אני מציע שתעיר אותה."

יואב העיר את נוגה בעדינות: "אשר בטלפון."

"כן, אשר," נוגה פיהקה, "מה קורה?"

"זה בקשר לדן, יש התפתחות חיובית. הם מוכנים לחילופים. הם יתבצעו בשקט ובלי עיתונאים."

"מה?" נוגה התרגשה, "מתי? מתי בדיוק זה יקרה?"

"היום, בסביבות חצות. רק רציתי שתדעי. הייתי חייב לספר לך. אמנון לוי איתי, ושנינו התעקשנו לספר לך כבר עכשיו, למרות הסודיות."

"אני מודה לכם מאוד. אני סומכת עליכם שתחזירו לי את דן בריא ושלם."

"אל תדאגי. לדעתי, דן יחזור הביתה לפנות בוקר. בינתיים, להתראות. אני אעדכן אותך בהמשך."

נוגה ניתקה את הטלפון. יואב נעמד לצדה, "אבא חוזר היום?"

נוגה הנהנה בראשה. "הוא יחזור מאוחר בלילה, אני מקווה..."

נל הופיע בפתח החדר לבוש בבגדים החדשים. "רציתי להודות לך על הבגדים. הם מתאימים לי." נוגה חייכה אליו. "אתה נראה ממש יפה. רציתי לומר לך שיש סיכוי שישחררו את דן, אולי נראה אותו מחר בבוקר." נל חייך. "אני מאוד מקווה שהכול יסתדר לטובה."

"רציתי לשאול אותך, האם אתה מכיר דלנאי בשם קרי?" שאלה נוגה את נל.

נל הנהן בראשו. "הוא עבר לפני שנה בערך דרך החלון השלישי. דן סיפר לי שהחבר'ה האלה מבטל"י הראו לכם סרט קצר, ושהוא ראה דלנאי נוסף, זה היה קרי."

"קרי נעלם להם בפתאומיות. מתברר שהוא זכר את כל הפרטים על הבית שלנו, הרחוב, המספר וגם פרטים מהדירה."

נל המהם ואמר - "זה מעניין! אם הוא זכר את כל הפרטים, איך הוא לא סיפר להם על הציור שבחדר?"

יואב התיישב על המיטה והביט בנל. "אתה זוכר את הרגע שהגעת לכאן?"

"כן, האמת שזה היה מאוד מבלבל. יכולתי בקלות לחשוב שיצאתי ממקום אחר. היה לי כאב ראש נוראי. הייתי כל כך מבולבל, וכשהבטתי לאחור, הציור זהר."

"מדבריך אני יכולה להבין שאולי קרי לא זכר מהיכן הוא יצא ואיבד את דרכו בבית."

"אמא, יכול להיות שקרי הסתובב אצלנו בבית ולא ידענו."

"גם אני חושבת כך. אני לא מבינה איך קרי הגיע לבטל"י. זה משהו ששאלתי את אבא שלך, ולא היתה לו תשובה."

"עכשיו, שאני חושב על כך, זה מאוד מפתיע." אמר נל. "אם קרי יצא החוצה, הסיכוי שיפגוש את אחד מהחבר'ה האלו נמוך מאוד."

"סיכוי נמוך, ולדעתי אפילו מוגזם או כמעט בלתי אפשרי," אמרה נוגה. אור השמיע סימני התעוררות ונוגה ניגשה אליו.

***

דן הביט בצלחת הריקה. המים נגמרו לפני שעתיים ופיו היה יבש. הוא דפק על דלת הברזל. מחוץ לדלת נשמעו צעקות בערבית בטונים מאיימים, ומהם הבין דן כמה מילים בודדות, כמו אוסקוט: שתוק. "מים," צעק דן, "רק מים," הוא המשיך לדפוק על הדלת.

כמה שעות לפני כן הוא נחקר. בתחילה נבהל מאוד מהחקירה, הוא פחד שיענו אותו. החוקר התחיל בחקירה ידידותית, הגיש לדן קפה, בקלאווה וסיגריות. אחרי שדן ניסה להסביר לו שאין לו מושג למה נהפך ליעד של בטל"י, החוקר התחיל להשתולל, צרח עליו בעברית ובערבית ובאחד הרגעים גם סטר לו.

שקשוק מפתחות והדלת נפתחה, עבאס עומד בפתח: "מה אתה רוצה?" צעק על דן וסטר לו.. דן הביט בו בהתרסה, "מים, זה מה שאני רוצה."

עבאס הביט בו בכעס ולקח מידו את הכוס הגדולה. הוא ניגש לפינת החדר ומילא את הכוס במים מהברז. "בפעם הבאה תשתה מהניאגרה", צחק עבאס ותרגם את דבריו לשני החבר'ה לידו. הם געו בצחוק, ודן לקח את הכוס והתיישב על הרצפה. הדלת נשארה פתוחה. דן הביט לעברה החוצה, ואז לעבר אל הכניסה. בידו האחת של עבאס הייתה סיגריה ובידו השנייה אקדח.

"אל תחשוב לרגע שזו היתה חקירה. זה עוד כלום. הבחור שחקר אותך הוא בכלל לא חוקר. חכה שיגיע אנטון. אתה יודע, יש לו, כמו בסרטים, חגורת עור ומתוכה הוא מוציא אזמלים קטנים וסכינים. אנחנו קוראים לו 'הדוקטור', אבל הוא ממש לא מרפא," צחק עבאס, "להפך".

"אני חושב שהפחדת אותי מספיק ליום אחד," אמר דן. עבאס בעט בפרצופו של דן והוא עף לאחור, עד שראשו נחבט ברצפה. למרות הכאב הוא התרומם על רגליו והביט בעבאס. הוא ניסה לעצור את הכעס האדיר שעמד לפרוץ ממנו, לבסוף אמר:"אתה פחדן.אני לא מפחד ממך וגם לא מהחברים שלך."

"את זה נראה בקרוב," ענה לו עבאס.. "בקרוב מאוד." אמר וטרק את הדלת.

עברו כמה שעות. הרעב והצמא התחילו שוב להציק לו. הוא דפק על דלת הברזל והפעם גם בעט בה. הדלת נפתחה, ושני בחורים שדן לא ראה עד כה נכנסו לחדר. לשניהם היו זקנים. לבושם היה פשוט, וריח של צחנה אפף אותם. אחד מהם סטר לדן על פניו והחזיק בידו בשברייה גדולה. השני החזיק את דן כשזרועותיו מאחורי גבו. דן הרגיש שידיו נקשרות זו לזו. הבחור הצמיד את השברייה לצווארו של דן. הלהב החד שרט את צווארו. זרזיף דם קטן התחיל לזלוג והתמזג עם בגדיו. "הגיע הזמן," אמר הבחור במבטא ערבי כבד. הוא סימן לחברו. דן לא הספיק להבין מה הוא אמר כשפתאום נחבט ראשו מאחור. הוא איבד את ההכרה ונפל על הרצפה.

***

הרכב נסע בשטח העפר וטלטל את דן. הוא פקח את עיניו והקיא על גב המושב שלפניו. שלושת הבחורים שישבו ברכב קיללו בערבית. דן ניסה לייצב את גופו, אך נכשל. "מים," הוא לחש.

הבחור שלידו סימן משהו בערבית והגיש לדן מימייה. דן לגם מעט ושוב הקיא. שלושת הבחורים זזו בחוסר שקט ברכב. הבחור שנהג ברכב הסתובב לשנייה והביט לאחור כשהבעת תיעוב בפניו: "אנחנו משחררים אותך," אמר.

דן הרים את ראשו בהפתעה, "מה, מתי?"

"בעוד רבע שעה נגיע לשער פאטמה. הצרפתים יעשו שם חילופי שבויים בינינו ובין הכלבים."

דן נד בראשו. "לא נראה לי שאתם תשחררו אותי. יש לי הרגשה שאתם רוצים להרוג אותי."

"אם היינו רוצים שתמות, היית כבר מזמן אוכל לכלבים," אמר לו

הבחור שלידו. הבחור שישב ליד הנהג ולא דיבר עד כה, הסתובב לעבר דן ואמר, "אנחנו נשחרר אותך היום, אבל תזכור," הוא הצביע על השריטה שבצווארו של דן, "שאני אשלים את זה בהזדמנות אחרת."

דן הרגיש פתאום הרגשה של שחרור והקלה. עיניו התמלאו בדמעות כשהבין שזהו זה. הם באמת משחררים אותו. הם המשיכו לנסוע בשקט עוד עשרים דקות. הדרך היתה פתלתלה, והם נסעו בדרכי עפר צדדיות ובחשכה מוחלטת. הנהג היה מיומן בנסיעת שטח.

מרחוק נראו האורות של שער פאטמה. חיילי צה"ל ישבו בשער. הרכב נעצר כמה מאות מטרים לפני העיקול שהוביל לשער. הנהג הוציא טלפון נייד ודיבר בערבית. לרגע נראה שהוא מאבד את הסבלנות. הוא הרים את קולו. לבסוף סימן לבחור שישב ליד דן, וזה מיהר לשחרר את ידיו של דן. הנהג ירד מהרכב ופתח לו את הדלת. דן יצא מהרכב, הוא הרגיש מסוחרר מעט ונשען לרגע על הרכב. הנהג הגיש לו בקבוק מים.

"תלך לאורך השביל עד למקום המואר הזה," הוא הצביע על שער פאטמה. דן החליט שלא לספר לו שחלק משירותו הצבאי שירת בדרום לבנון. הוא הלך באטיות. המחשבה שאולי יירו בו מאחור ניקרה בו.

האורות הגדולים נדלקו בבת אחת והאירו את השביל שהוביל לשער. המרחק בין דן לחוטפים היה כעת יותר משלוש-מאות מטרים. דן הסתובב לאחור, אך לא ראה דבר. החשיכה באזור היתה מוחלטת. הוא המשיך להתקדם לעבר השער. רכב לבן שעליו הסמל של האו"ם התקדם לעברו במהירות. הרכב נעצר במרחק של כחמישים מטרים ממנו, ומתוכו יצאו שני חיילי או"ם במדים. הם התקרבו לדן. אחד מהם דיבר בצרפתית וצעק את שמו של דן. דן סימן בראשו לחיוב. הוא עלה על הרכב ותוך שניות הגיע לשער. שם עמדו עשרות חיילי צה"ל שהתפרשו על השטח. קצין בדרגת תת-אלוף ניגש לדן ושאל אותו: "אתה בסדר?"

דן הנהן בראשו: "עכשיו, כן."

רכב יוקון שחור עמד בצד, ולפתע חייל יצא ממנו. הקצין צעק לעברו שישחרר את השבויים. שני חיילים נוספים יצאו מהרכב. אחד מהם פתח את הדלת, ומהרכב יצאו שלושה אנשים, ראשם מכוסה בד וידיהם קשורות לאחור. החייל הסיר את כיסוי הבד מראשם. שניים זיהו את דן במהירות. האחד היה עבדאללה - הבחור מהווילה בלוד, ואת השני דן לא ישכח לעולם. זה היה מחמוד דלאנה. הוא הביט בדן וחייך. דן לא חשב הרבה, הוא התחיל לרוץ לכיוונו. הוא רצה לחנוק את חבר הכנסת שפעל נגד המדינה שבה הוא חי, ולא זו בלבד אלא שבגללו עבר ביומיים האחרונים חוויה נוראית.

שניים מהחיילים קפצו על דן. החיילים מהאו"ם כיוונו את נשקיהם לעברו. תוך שניות רחש כל האזור משקשוק נשק. חיילי צה"ל הגיבו במהירות. לעבר שני החיילים כוונו עשרות רובים, כשצעקות נשמעו מכל עבר.

שני החיילים הרפו את אחיזתם מדן, שכעת כבר היה במרחק של שני צעדים ממחמוד דלאנה וחבריו. דן קם והתקרב לעבר מחמוד. הקצין שדרגתו תת אלוף צרח אליו, "מר דן אלון, עצור ומיד." זה היה מאוחר מדי. אגרופו של דן כבר פגע בפניו של מחמוד דאלנה והפיל אותו לרצפה. דן הביט בו במבט של שנאה. "אתה תשלם על כל מה שעברתי, חלאה." אמר לו דן. הקצין הגיע לדן ואחז בכתפו. "אני בסדר," הוא אמר. "אני רק רוצה להגיע הביתה כמה שיותר מהר."

"גש לרופא," אמר הקצין בכעס והצביע לעבר ביתן עם דלת חומה. הוא פקד על שני החיילים שיתלוו לדן. חיילי האו"ם עזרו למחמוד דלאנה לקום על רגליו והעבירו אותו לרכבם. דן הסתובב והביט בקצין: "תודה," אמר והלך לעבר הביתן.

כשהדלת החומה נפתחה נעמד דן, הוא היה בהלם. מהביתן יצאו ירון דותן, אשר כהן ואמנון לוי. לידם עמדו שני בחורים נוספים. הראשון שניגש לדן היה אמנון. הוא חיבק אותו בחום כשאשר כהן טופח לדן על שכמו מאחור. "אתה כאן," צהל אשר. "אתה לא מבין איזה מזל יש לך."

דן לחץ את ידי השלושה. הוא ניסה להסתיר את התרגשותו. הוא הרגיש שקיבל את חייו במתנה. ירון דותן ניגש לדן ולחץ את ידו. "אלו," אמר והצביע על שני הבחורים שעמדו וחייכו, "הם אנשי המוסד."

"לפני שנסיע אותך הביתה, אנחנו רוצים לחקור אותך קצת, זה הנוהל."

דן הנהן בראשו ולחץ את ידיהם.

"רמי וגל," הם הציגו את עצמם. דן היה מוכן להישבע, באותו הרגע, שהשמות בדויים.

במשך חמש שעות ארוכות שבמהלכן אכל ושתה חקרו אותו אנשי המוסד. הם שאלו אותו מה קרה מהרגע שעזב את דירתו של אמנון ועד לרגע השחרור.

כשסיימו את החקירה, קם רמי מכיסאו ויצא החוצה. הוא חזר כעבור כמה דקות בחברת שני קצינים בדרגות סגן וסרן, ואמר: "הבחורים האלה יסיעו אותך למנחת מסוקים קרוב, כך שתוך שעה פחות או יותר תוכל לחזור למשפחתך. אנחנו נרצה שתחזור לחקירה נוספת, אבל בינתיים, חזור הביתה לנוח. אל תדבר על מה שקרה לך ונסה להיות תמיד בחברת אנשים."

את הדרך לבסיס עברו בפאתי קריית שמונה. השעה היתה ארבע לפנות בוקר, והרחובות היו ריקים. שני הקצינים ישבו מקדימה ולא דיברו ביניהם. "כנראה, הוראה של ירון דותן," הרהר דן לעצמו.

שוער מנומנם פתח להם את השער של הבסיס, משם נסעו הישר למנחת. כשהגיעו מסוק האפאצ'י כבר חימם את מנועיו והיה מוכן לטיסה. דן עלה על המסוק והתיישב מאחור. "אתם לא עולים?" הוא צעק לעבר הקצינים.

"לא," סימן לו הרב-סרן: "אתה טס לבד." שני הקצינים נופפו לו לשלום, והמסוק המריא.

כמו שני הקצינים, גם שני הטייסים שתקו עד שהגיעו לשדה דב. כשנחתו, התקדם רכב משטרתי לעבר המסוק כשהאורות הכחולים והאדומים פועלים במרץ. דן קפץ מהמסוק ונופף לטייסים בידיו

לתודה. הוא התקדם לעבר ניידת המשטרה. בניידת ישב חגי כשהוא
מחייך. "תראה אותך," אמר חגי, "שרדת יפה."

דן נכנס לניידת. הדרך לשיכון למ"ד ארכה כשתי דקות. בזמן הזה
שאל חגי את דן שאלות, וזה ניסה לענות בקצרה. הם הגיעו לבניין
המגורים שבו מתגורר דן.

"עוד רגע, דן. רק עוד שאלה אחת או שתיים."

"לא עכשיו," ענה דן. "יהיה לנו מספיק זמן לפטפט מחר."

דן הביט בבניין בערגה. הוא חשב על משפחתו.

"אתקשר אליך מחר," אמר דן וסימן לו בידו לתודה.

***

דן דפק בדלת. השעה היתה רבע לחמש. הדלת נפתחה במהירות,
ונוגה זינקה בוכה ושמחה על דן. תוך שניות הגיע גם יואב, גם הוא
לא הצליח לעצור את הדמעות וחיבק אותו חזק.

דן נתן למים לזרום על גופו, הוא נהנה מכל רגע. נוגה הדליקה עבורו
את הדוד מבעוד מועד. גופו כאב. הוא מישש את הנפיחות שבפניו,
מזכרת מהבעיטה האדירה שקיבל מעבאס ברשאדייה, את הבעיטה
בבטן בלוד, הוא זכר כל מכה. "זה בוודאי יכאב כמה ימים" הרהר
בלבו. נוגה נכנסה למקלחת והביטה בגופו בהערצה.

"לא להאמין שאתה עוד מעט בן שלושים ותשע."

דן גיחך. "הנפיחות הזו תורמת לא קצת למראה המצודד שלי."

"כשתסיים, תבוא למטבח. הכנתי לך ארוחה טעימה."

דן יצא מהמקלחת בתחתוני בוקסר ובגופייה וניגש למטבח. על השולחן
היו חביתה וטונה, סלט ירקות עשיר וגבינות שונות, לחם כפרי וכוס
תה. דן הביט בשולחן וחייך. "זה בערך התפריט שקיבלתי שם בשבי,
רק ששם השירות היה טוב יותר," הקניט אותה.

"כן, אני מאמינה שהיית חוזר רק לארוחות," החזירה לו בחיוך.

דן אכל בשקיקה, ובמהלך הארוחה סיפר לנוגה מה קרה מהרגע
שעקבו אחריו ועד לרגע ששוחרר. נוגה בלעה בצימאון כל מילה, מדי
פעם נאבקה בדמעות שזלגו על לחיה. כשסיים, חיבקה אותו וסיפרה
לו על אמנון ואשר ועל הפגישה עם ירון דותן ושבמהלכה נתן לה שק
על סכום של מאתים אלף שקלים. דן חייך, "הפרידה הזו היתה שווה."

"הייתי מוותרת על הכסף הזה, שום דבר לא שווה את מה שעברנו
כאן בלעדיך." נוגה סיפרה לו על נל ועל הקופסה שקיבל דרך הציור.
דן עצר לרגע את נשימתו והפסיק לאכול. "אני חייב לראות את המכתב
והקופסה."

"קודם תסיים לאכול," אמרה נוגה בקשיחות.

"סיימתי. היכן נל?"

"בחדר, ישן."

דן התרומם מהכיסא, ניגב את פיו במפית נייר ומיהר לחדר השינה.
הוא נכנס לאט ובשקט לחדר, נזהר שלא להרעיש. "הי, דן," לחש נל
בשמחה.

"נל," צהל דן. "אני שמח לראות אותך."

"גם אני, מאוד."

"בוא נלך בסלון ונדבר שם," לחש לו דן, "ותביא איתך את הקופסה
שקיבלת."

נל נכנס לבית הבובות, וכעבור רגע יצא משם כשקופסה קטנה בידו.
דן אחז בקופסה בהתרגשות. "נשב בסלון," לחש דן. נל קפץ על הכיסא
ומשם לרצפה. הם התיישבו בסלון. דן הביט במכתב, הוא היה המום.

"קראת את המכתב כבר כמה פעמים, הוא לא ישתנה," גיחכה נוגה.
דן הביט בה ברצינות. "צריך לעשות משהו בקשר לזה, איך קוראים
למנהיג הכפר שלכם?" הוא פנה לנל. "קוראים לו מנר."

דן הביט בנוגה בהתרגשות. "בבוקר אסע למספרה ומהטלפון הנייד
של העובדת שלי אטלפן לשני העיתונים ואפרסם במודעה גדולה
במדור הדרושים עם כל הנתונים הדרושים."

דן, נוגה ונל המשיכו לדבר עד שהגיע הזמן להעיר את הילדים. דן ליטף את שערה של ליר. למגע ידיו התחילה ליר לעפעף בעיניה והתקשתה לקום. דן נישק אותה במצחה, והיא צווחה משמחה: "אבא," וקפצה עליו.

רון, שישן במיטה הצמודה לליר, התעורר מיד והסתובב לעבר דן: "אבא הגעת, אתה בבית," הוא קרא בהתרגשות ומיהר לחבק את אביו.

במשך כל ארוחת הבוקר ישבו יואב, רון וליר ושמעו את כל מה עבר על דן, תוך שהוא משמיט את הפרטים על המכות שספג. נוגה חשבה שיואב, רון וליר צריכים לדעת הכול, כמובן תוך ההתאמות המתאימות לגילם. ליר התרפקה על זרועו של דן וסירבה לעזוב. "את צריכה את שתי הידיים כדי לאכול," העירה לה נוגה.

"חשוב מאוד שלא תדברו על זה," ביקש דן. "אנחנו צריכים לשמור על זה בסוד."

"אל תדאג, אבא," אמר רון. "אתה יכול לסמוך עלינו. תראה איך הסתרנו מכם את נל."

"אנחנו יודעים," אמר דן והוריד יחד עם נוגה את הכלים מהשולחן.

ליר ורון עמדו לצאת לבית הספר. "אבא," ליר הביטה בו באהבה, "כשנחזור תהיה כאן, נכון?" דן ניגש וחיבק אותה בחום. "כמובן, אני לא הולך לשום מקום..."

הטלפון צלצל ונוגה מיהרה להרים את השפופרת.

"דן," קראה לו נוגה, "ירון דותן על הקו."

דן נפרד מליר ורון וניגש לענות לטלפון. ירון הסביר לדן שהשמירה עליו הוכפלה ושכרגע ישנם עשרה סוכנים ששומרים עליו עשרים וארבע שעות ביממה, כך שאין לו ממה לדאוג.

דן מישש את השריטה בצווארו ונזכר בבחור שהבטיח שיחזור וישלים את המלאכה בהקדם. הוא סיפר לירון שהוא חושש שלאותו איש חיזבאללה יש חברים שיוכלו לפגוע בו.

"דן, לפני שאנחנו קובעים מתי ניפגש כדי להשלים את התחקיר,

הייתי רוצה שתקפוץ למשרדי. אני רוצה להראות לך משהו שאולי יעזור לך לשנות את דעתך."

"רק רגע, ירון," דן כיסה את פומית הטלפון בכף ידו והביט בנוגה. "הוא הזמין אותי למשרדו, נראה לי שהפעם אסכים." נוגה נדה בראשה. "לדעתי, זו טעות," לחשה. דן הביט בה וחייך. "סמכי עלי." לחש כמעט בלי קול והסיר את ידו מהפומית.

"ירון, באיזו שעה התחקיר שלי?"

ירון חשב לרגע. "מה דעתך על שתים-עשרה בצהריים? אחר כך נוכל לאכול צהריים ביחד."

"נשמע לי טוב. אפגוש אתכם בשתים-עשרה."

ירון נתן לו הנחיות כיצד להגיע והשיחה הסתיימה.

"תסמכי עלי, אני יודע מה אני עושה."

נוגה ניגשה לדן וחיבקה אותו. "מה, בעצם, התכנית שלך...?"

הטלפון צלצל שוב. דן הנהן בראשו וחייך.

"אני חושב שזה ירון," אמר והרים את השפופרת, "הלו."

"דן אלון?" נשמע קול במבטא ערבי כבד.

"מי שואל?" שאל דן בחשש.

"אדוני, אתה דן אלון?"

"כן, אני דן אלון, מי רוצה לדעת?"

"חבר מלבנון רוצה למסור לך דרישת שלום חמה ושבקרוב הוא יקיים את ההבטחה שלו," אמר הבחור בנימה מאיימת, "אתה יודע, להשלים את העבודה."

הטלפון נותק, ודן הניח ביד רועדת את הטלפון על השולחן והביט בנוגה בחרדה.

פרק 51

המלחמה בכוכב ירדל

תחושה של קלילות והרגשה נפלאה שלא ידעה מעולם אפפו את ליאה. היא ריחפה מעל לעיר היפהפייה. בניינים ענקיים והמוני אנשים הלכו הנה והנה, כל אחד לעיסוקיו. המראות היו משכרים; היא חשה שגופה נשאר מאחור. כל מה שראתה באותו רגע, חוותה בחושיה. דרכם היתה יכולה לראות, לשמוע ואפילו להרגיש את הרוח הקלה שפיזרה את שערה.

משונה, חשבה לעצמה. היא ריחפה כך במשך כמה דקות. עברה ממקום למקום במהירות עצומה ורק בעזרת המחשבה. פתאום הראות נעשתה מעורפלת מעט. המראה התגלתה אליה לשנייה ואחר כך נעלמה. ליאה עצמה את עיניה חזק, וכשפתחה אותן ראתה שהיא עומדת על במת העץ. הלהבה שבלפיד כבתה. עשן דק הסתלסל ממנו. היא הביטה במראה. הדמות שראתה קודם לכן, הביטה בה לשבריר שנייה ונעלמה.

ליאה הרגישה שלבה פועם בקצב מסחרר. היא ירדה בזהירות מהבמה והתקדמה לעבר הדלת, כשהיא חשה בעייפות שהלכה והתגברה מרגע לרגע. הדלת נפתחה לפני שליאה הגיעה אליה. פרנסיס וטובי עמדו מחוץ לחדר. פרנסיס חייך אליה בהבנה, וטובי הופתע מכך שליאה נראתה תשושה.

"נו, איך היה?" שאל טובי. ליאה פלטה אנחה קלה, "מדהים. פשוט לא ייאמן. התמונות מדהימות והעובדה שיכולתי לזוז ממקום למקום רק בעזרת המחשבה הופכת את זה לדבר הכי קסום שחוויתי בחיי."

"את בוודאי עייפה מאוד," אמר פרנסיס בקולו השלו. ליאה הנהנה בראשה. "אני חייבת לשבת," אמרה והתיישבה על רצפת העץ שהיתה קרירה.

טובי פנה לפרנסיס, "אני חייב לנסות את החדר הזה."

"לא עכשיו," אמר פרנסיס בקולו הסמכותי, "זה לא הזמן. אנחנו צריכים למצוא את המגילה; היא צריכה להיות פה בסביבה."

שניהם הביטו בליאה שנרדמה תוך שניות. "לא כדאי שנשאיר אותה כאן," אמר טובי. פרנסיס חשב לרגע ואחר כך התכופף לעבר ליאה וטלטל מעט את כתפיה. היא התעוררה מיד. "אנחנו צריכים לזוז, נלווה אותך ליציאה ומשם למשרד. טובי ואני נמשיך לחפש אחר המגילה."

ליאה התרוממה. "אני מרגישה קצת פחות עייפה. זה משונה, הייתי צריכה רק דקה כדי לשבת ולנוח."

"בכל זאת, כדאי שתעלי למשרד. רצוי שאחד מאיתנו יעזור לדלאי ולצבא."

פרנסיס וטובי ליוו את ליאה עד להסתעפות וחזרו לחדר. טובי עמד להיכנס, אך פרנסיס עצר בעדו.

"קודם נבדוק אם אין עוד יציאה."

הם הלכו לאורך המסדרון ובדקו כל פינה, אחר כך חזרו לכיוון ההסתעפות ובדקו את הערוצים האחרים. לבסוף, כשלא מצאו כלום, חזרו לחדר.

טובי נעמד על הבמה והביט בהתפעלות במראה. התחושה שמבעד לעשן העדין שכיסה את המראה מופיעה מדי פעם דמות מטושטשת הכתה אותו בהלם. פרנסיס הלך לאורך הקיר ובדק בכל פינה.

"טובי," קרא פרנסיס. טובי הסתובב. פרנסיס נעמד מול דלת פתוחה. טובי הזדרז לרדת מהבמה והתקדם לעבר פרנסיס כשהוא דורך על הכריות. הם נעמדו מול הדלת. מדרגות העץ הובילו למטה. בפנים היה חשוך מאוד.

"צריך לפיד," קבע טובי ופנה לגשת ולהביא את הלפיד שעל במת העץ. פרנסיס עצר אותו, "הבט!" אמר ונכנס לכוך. כשפרנסיס חצה את הדלת נדלקו בבת אחת כל אורות שהיו בקירות ובתקרה, וגם מהרצפה הגיע אור חזק ששטף את כל הכוך.

פרנסיס ירד במדרגות כשטובי אחריו. טובי הבחין שגם כאן המדרגות עשויות מקוביות עץ מרובעות שפיסות מתכת בהירות עוטפות אותן. הקירות היו מצופים, גם הם, בעץ בצבע ונגה. לאורך הקיר, במרחק מטר זה מזה היו מנורות גדולות, שהתחילו ברצפה ונגמרו בתקרה ויצרו מעין ריבוע מואר. המדרגות התעקלו, ועל הקירות נראו פסלים של דמויות משונות המסודרות לפי סדר מסוים. בסוף הירידה הם הגיעו למעין צומת. בצד אחד היו מדרגות, ובצד השני דלת מעץ עבה ועליה חריטות של כוכבים ושמש גדולה במרכזם.

פרנסיס נעמד מול הדלת והביט בה. טובי לא חיכה וניסה ללחוץ על חלק מהכוכבים. על חלקם היה אפשר ללחוץ, אך דבר לא קרה.

פרנסיס הניח את ידו על כתפו של טובי. "חכה רגע, תראה," הוא הצביע על כוכב קטן בפינה הימנית למעלה ועל כוכב בצדה השני של הדלת, קצת אחרי השמש. "שני הכוכבים קשורים זה לזה, שאר הכוכבים במערכת השמש הזו מסתובבים בציר קבוע והמרחקים ביניהם שווים, ואילו שני אלה מצויים בכיוונים מנוגדים."

פרנסיס סימן לטובי שיניח את ידו על הכוכב השמאלי: "נלחץ ביחד, עכשיו."

הם לחצו יחד על שני הכוכבים. לשנייה לא קרה כלום. אחר כך נשמעה חריקה קלה. הדלת נרעדה קלות ונפתחה כלפי פנים, חושפת שובל אבק עבה ושחור שהצטבר משנים רבות.

הם הבחינו מיד ברצפת הפסיפס מדהימה עשוית עשרות אלפי קוביות זכוכית. התאורה בקעה מהרצפה. הקירות קושטו בציורי קיר מרהיבים ביופיים, ועל הרצפה היו פסלים שונים.

פרנסיס נכנס פנימה לחדר הענקי שנראה כמסדרון גדול שאין לו סוף. הציורים והפסלים סודרו במקבצים. "למה הם מסודרים כך?" שאל טובי.

פרנסיס הביט בו בתהייה. "לא הבנת מדוע הם מסודרים כך? אלה הם הכוכבים שעליהם חיים חוצנים שונים. לכל כוכב יש מפה משלו,

הנה תביט." פרנסיס הצביע על קטע בקיר שבו ציורים של בני אדם וחיות מסביבו. למעלה, באותו קטע, נראה הכוכב כשמסביבו מערכת הכוכבים שאליה השתייך.

הם המשיכו ללכת במסדרון, כשהם נפעמים מהמראות שנגלו אליהם. טובי נעצר וקריאת התפעלות יצאה מפיו. "תראה, הנה הכוכב שלנו."

בציורים נראו ירדלים ודלנאים, שועלים קטנים וחיות שגדלו על הכוכב, דגים עצי פרי ועוד. פרנסיס התקרב והצביע על יצורים גבוהים בעלי תבונה. "מה הם היצורים האלו? מעולם לא ראיתי אותם," אמר טובי בהפתעה.

פרנסיס הביט בתקרה. כל כוכב סודר כך שהם יכלו לראות את מיקומו. "מעבר לנחל הקטן יש יבשה גדולה." הם ראו ציור של ים גדול ומעבר לו יבשה. "מעולם לא ניסינו לחקור את הכוכב שלנו. היצורים האלה שמעולם לא פגשנו בכוכב כי לא הרחקנו לכת מעולם מביתנו, הם נראים נבונים מאוד ובעלי אינטליגנציה גבוהה במיוחד, אני רואה את זה לפי הבעת פניהם. מעניין אם הם יודעים על קיומנו כאן." אמר פרנסיס.

הם המשיכו להביט בשאר הציורים שתיארו, פחות או יותר, את חייהם. ברגע, התחוור לשניהם שהחיים שלהם פשוטים מאוד ורגילים. פרנסיס המשיך להתבונן בציורים שריתקו אותו, וטובי המשיך ללכת במסדרון. הוא נעמד ליד אחד הקטעים כשהבעה של פליאה על פניו: "זה לא ייתכן," מלמל.

פרנסיס התקדם לעברו וטובי הצביע על הקיר. הקטע הזה היה ארוך משאר הקטעים, ונראה שאין לו סוף. בקטע נראו יצורים מכל המינים. מכל הכוכבים יחדיו, חיים בהרמוניה. פרנסיס הביט למעלה, על התקרה, וראה איור של הכוכב ממבט על. יבשה ענקית ועגולה ומסביבה ים גדול.

"רק רגע, זה מזכיר את החריטה שעל הדלת," אמר טובי. "אתה צודק. זה, ככל הנראה, הכוכב שבו כל היצורים שביקום גרים יחד. זה נראה שיש כאן הרמוניה ושהם חיים בשלווה."

הם המשיכו ללכת. המסדרון התעקל מעט ומעבר לעיקול היה פסל שגולף מעץ הקויה. הפסל הענקי חסם את דרכם. זה היה פסל של בן אדם גבוה, שהיו לו עיניים גדולות מאוד יחסית לבן אדם רגיל, אף ואוזניים, ידיים ורגליים. המוזר הוא שלדמות המגולפת לא היה פה. בידו הימנית היתה חנית קטנה ודקה, עשויה מעץ, ובראשה להב חד ומשונן עשוי ממתכת כבדה.

פרנסיס וטובי התקדמו לעבר הפסל. טובי ניסה לדחוף אותו מעט. "אי-אפשר להזיזו." פרנסיס הביט בחריטות שעל הדמות. הוא ליטף בידו את הפסל ובתנועה מהירה שלף את החנית מידו של הפסל. הפסל נרעד והחל לזוז הצדה, מגלה מאחוריו חדר קטן. לכל אורכו ורוחבו של החדר מדפים ועליהם ספרים מכל הגדלים כרוכים בצבעים שונים.

פרנסיס ניגש למדף ושלף ממנו ספר קטן וירוק. הכתב שעל הכריכה היה משונה ולא מוכר. כך היה גם הספר עצמו. הוא עלעל בדפים ונעצר בעמוד שבו צויר גרף של מידות. הוא החזיר את הספר למקום ולקח ספר אחר. טובי לקח גם הוא ספר. גם הפעם הכיתובים היו שונים וכך גם הכריכה.

בפינת החדר היו מפות מגולגלות. פרנסיס פרש אחת המפות על הרצפה. "איזה מערכת כוכבים משונה..." אמר טובי והצביע על שני כוכבים הרחוקים זה מזה. בין שני הכוכבים עבר קו של אור בוהק, קו שהגיע עד לכוכב הענקי במרכז, כוכב גדול פי עשרה משני הכוכבים גם יחד. מסביבם היו פזורים אלפי כוכבים, אך רק שלושת הכוכבים היו קשורים זה לזה.

פרנסיס לקח זכוכית מגדלת מאחד מהמדפים. הוא ניקה בעזרת חולצתו את האבק והביט בעיון בכוכב. הוא הצביע על אחד הכוכבים. "זה הכוכב שלנו, וזה..." הוא הצביע על הכוכב השני. "כדור הארץ. הכוכב הגדול הוא הכוכב שראינו קודם, בו חיים יצורים מכל מיני כוכבים, אולי כל הכוכבים כולם." פרנסיס גלגל את המפה והחזיר אותה למקומה. הם המשיכו לחפש במשך שעה ארוכה. "טוב, לי נראה

שזה מספיק לעכשיו. נוכל לבדוק את זה שוב אחר כך," אמר פרנסיס והתרומם על רגליו.

טובי יצא מהחדר ופרנסיס אחריו. הם עברו את פסל העץ. פרנסיס אחז בחנית והשיב אותה בחזרה לידו של הפסל. הפסל זז עד שהפתח נסגר. כשעלו לכיוון המשרד הבחינו בקציני צבא ירדל בפתח המשרד, כשלידם כמה דלנאים. פרנסיס ניגש ובירך את הדלנאים ששמחו לראותו.

במשרד ישבו ליאה, סול ומייק. טימותי ישב על הכיסא ולידו עמדה יוקו כשמטלית לחה בידה. פרנסיס ניגש לטימותי ואחז בידו. "איך אתה מרגיש?"

טימותי הביט בו ואמר: "חוץ מהחולשה, אני מרגיש שקיבלתי את חיי במתנה."

"אתה תהיה בסדר," אמר טובי.

ליאה גחנה מעל מפה גדולה שנפרשה על השולחן: "היי, מצאתם שם משהו?"

"אספר לך אחר כך," אמר פרנסיס.

טובי נעמד ליד פרנסיס וחייך לעבר סול. "אז מה? הם לא חשבו שיקבלו מנה כזו."

סול הביט בליאה ואחר כך באביו: "יש לנו בעיה. מתברר שבכפר הלוטם, הנמצא הרחק מדלאי, חיים כמה מאות דלנאים שנודו מדלאי. כפי הנראה, כשאנו כרתנו ברית עם ליאה ופרנסיס, כפר אורגון כרת ברית עם ליינו וקנול, מנהיגי כפר לוטם. כרגע נמצאים כאלפי חיילים מכפר אורגון בכפר הלוטם. לדעתי, הם יתקפו עם אור השחר."

טובי התקרב למפה והביט בה בהשתהות. "איך הם הגיעו לשם? הרי אנחנו סגרנו את האזור האסור."

פרנסיס הושיט את ידו וסימן באצבעו קו דמיוני מכפר אורגון שנמשך מהקצה הדרומי של האזור האסור לעבר המדבריות והים הגדול, עד שהגיע לכפר הלוטם. "אני מניח שהם עשו את הדרך הזו."

"את זה אני מבין," אמר טובי והמשיך. "לא הצלחתי להבין איך הם ידעו על כפר הלוטם? עד לפני רגע, לא ידעתי על קיומו."

"גם אנחנו לא הבנו את זה," סול משך בכתפיו וסימן עליו ועל ליאה. "יש כאן כמה דלנאים שהגיעו לפני שעתיים. מייק, אחד הקצינים מדלאי, שלח תצפיתנים לים הגדול. הם הגיעו קרוב מאוד לכפר הלוטס. יש שם אלפי חיילים חמושים בקירוב, ורק במזל לא ראו אותם."

פרנסיס נד בראשו. "כרגע דלאי בסכנה. חייבים להעביר חלק מהצבא שלכם לשם."

סול וליאה חייכו. "הקדמנו אתכם. שלחתי לפני כשעה כשלושת אלפים חיילים חמושים לדלאי. אני אצטרף אליהם לקראת ערב. עד אז חשבתי לארגן את הצבא מכאן, בעזרת ליאה," הוא טפח קלות על כתפה וחייך.

"מה מצב הפצועים וההרוגים?" שאל טובי. ליאה שלפה דף שהיה מונח מתחת למפה והושיטה אותו לטובי. טובי הביט בנייר ובלע את רוקו. "כל כך גרוע. לא חשבתי שזה יגיע לכך." פרנסיס לקח את הדף מטובי. בדף היו שלוש שורות. מאה שישים ושבעה הרוגים ומאתים וחמישה-עשר פצועים. חיילי כפר אורגון השאירו מאחוריהם מאתים ושמונה-עשר הרוגים.

"אנחנו עדיין קוברים את המתים," אמרה ליאה. "חוץ מזה, כפר אורגון נתון כרגע במצור. כל תותחי הבלנץ שברשותנו נמצאים מסביב לכפר אורגון, ואלפי חיילים שלכם צרים על הכפר, מחכים להתפתחות."

טובי חייך לליאה. "זה נחמד מאוד שאת מדברת עלינו ועליכם כעל יחידה אחת. היינו צריכים כבר ממזמן לשבת ולחיות ביחד."

"אני מסכים איתך," אמר פרנסיס. "אנחנו צריכים לפתור כל כך הרבה דברים. כשתיגמר המלחמה נראה מה יהיה אפשר לעשות עם הממצאים שמצאנו, כאן בהר. נברר גם מה יש מעבר לים הגדול."

"מה יש מעבר לים הגדול?" שאלה ליאה.

סול וליאה הביטו במנר ובטובי, יוקו התקרבה גם היא. "עלינו על משהו," אמר פרנסיס, "מתברר שהדלנאים והירדלים הם לא היחידים שחיים על הכוכב הזה."

"מה? איך זה יכול להיות?" מלמלה ליאה. טובי סיפר להם על החדר
עם הספרים והמפות. הוא סיפר גם על פסל העץ שבידו חנית. "חוץ
מזה, רציתי לדבר אתכם, עוד לפני שכל זה התחיל, על החלון, על
המעבר לכדור הארץ," פרנסיס הביט בליאה.

ליאה חייכה לעבר טובי. "אתה צודק. הכול פתוח, נשב ונדבר על
הכול. אני מניחה שזו גם דעתך?" היא פנתה לפרנסיס.

פרנסיס הנהן בראשו. הדלת נפתחה ולחדר נכנס אחד הקצינים. הוא
ניגש לטובי והגיש לו פתק קטן. טובי קרא את הפתק והעביר אותו
לפרנסיס שקרא אותו בקול.

לטובי

יש ביכולתנו להפוך את חייכם לסיוט.

אני נותן לכם הזדמנות אחרונה לפנות את ההר,

זוהי הדרישה היחידה מכם, ורק כך נוכל לסיים את המלחמה בינינו.
את תשובתך תוכל לשלוח עם שליח. אני מבטיח שלא יאונה לו רע
ושהוא לא ייפגע.

נ"ב: אם התשובה תהיה חיובית, אשחרר מיד את אלור,
השבויה בידינו.
על החתום,

אנטון

"יש לו חוצפה," מלמל טובי. "הם הובסו, מהיכן הביטחון הזה?"
פרנסיס הביט בטימותי: "איך אתה מרגיש?"

"הרבה יותר טוב," הוא אמר ונעמד בעזרת יוקו על רגליו. "אני מרגיש
שכל כוחותיי נלקחו ממני."

פרנסיס הביט בטובי. "זו התשובה לשאלתך. הם יילחמו מלחמה לא
מכובדת; הם ישתמשו ברעלים, יזרעו הרס וחורבן ולא יהססו להרוג,

ולכן צריך להפתיע ולתקוף אותם ראשונים. זו לדעתי צריכה להיות התשובה למכתב."

טובי הנהן בהסכמה וניגש למפה. סול הצביע על ריכוזי הכוחות, פירט את מספר החיילים ואת סוג הנשק שברשותם. פרנסיס העביר את ידו על המפה. "אם נשאיר רק שלוש-מאות מחיילי דלאי ליד האזור האסור, נוכל להוסיף עוד כמעט אלף חיילים להתקפה על כפר אורגון. נעמיד מול כפר לוטם כמות גדולה של חיילים וגם נפגע בכפר אורגון מכל הכיוונים. נראה שלא תהיה לנו בעיה לתקוף הלילה."

ליאה היססה מעט. "זה אומר שדלאי תהיה חשופה במקרה שלא קראנו נכון את צעדיהם." טובי הנהן. "לא הייתי רוצה להעמיד את דלאי בסכנה. אם פרנסיס צודק, כשנתקיף אותם משני הכיוונים, הם לא יוכלו להגיע לדלאי."

"אני סומכת עליך," אמרה ליאה לפרנסיס. "זו לא תהיה מלחמה לא קלה לאיש, ולדעתי, המלחמה קצת מיותרת, אך אין לנו ברירה."

השעה היתה עשרים דקות לפני חצות. במשך שעתיים תכננו סול וקציניו את ההתקפה על כפר אורגון וכפר הלוטם. ההתקפה על שני הכפרים היתה אמורה להתרחש באותו זמן, בשתיים וחצי אחרי חצות.

שליח נוסף הגיע מדלאי כשבידו מכתב לסול. פרנסיס וטובי פיקדו על ההתקפה על כפר הלוטם. הם היו אמורים לצאת לכיוון דלאי, אך טובי ביקש מפרנסיס שיחכה כדי שיוכל להעביר לנורה את הפיקוד בירדל.

הדלת נפתחה. נכנסו נורה ורנדי, עד לאותו רגע נדדו השניים בין הכפרים ופיקדו על הגנת הכפרים. נורה גם חשבה שהופעתה בסביבה זו תתרום למורל.

נורה הביטה בפרנסיס בהערצה גלויה. היא ניגשה אליו והושיטה את ידה השמאלית. "אני שמחה שאתה כאן, זה נוסך בי תחושת ביטחון, אני משוכנעת שאני לא היחידה שמרגישה כך." פרנסיס חייך לעברה. "תודה. הבנתי שאת ורנדי, עשיתם עבודה טובה בכפרים, שהכול עבר

חלק ושלא נתקלתם בבעיות." נורה הנהנה בראשה והביטה בטימותי וביוקו שעמדו בחדר. "מה איתו?"

"הוא יהיה בסדר," טובי הקדים לענות. "איך היה שם?"

נורה התיישבה על כיסא ואמרה, "היו קצת בעיות. פליקס, אחיו של גסיל, ניסה לתקוף את אחד הכפרים עם חייליו. הצלחנו לפגוע ברובם. הוא נמלט לאחד מבתי הספר. הוא וכמה חיילים התמקמו בו במשך שעה. הבטחתי לו שלא נפגע בו ובחייליו אם יֵצא החוצה. הייתם צריכים לראות אותו - הוא יצא משם כולו זחוח. הם עלו על האנפות והסתלקו משם."

טובי הביט בה בכעס. "למה אפשרת לו לברוח? הייתם צריכים לפגוע בו או לפחות לתפוס אותו, כך היינו יכולים להחזיר את אלור."

"אתה לא צריך לכעוס עליה," התערב רנדי. "פליקס נכנס לאחת הכיתות והחזיק בילדים כבני ערובה." טובי הרים את ידו, מתנצל: "מצטער, לא ידעתי."

"זה בסדר," אמרה נורה. "אני מבינה את הלחץ. אני רואה שאתם הולכים לדלאי, מה ההוראות שלי?" טובי ופרנסיס הסבירו לה בקצרה. נורה וליאה נשארו במשרד שבתוך ההר במשך כל הלחימה כדי לנהל את המערכה בשתי החזיתות.

טובי ופרנסיס עלו על האנפות. מסביבם בשמים חגו מאה אנפות ועליהם ירדלים חמושים. השניים צקצקו בלשונם ותוך שניות התעופפו. הם עפו מעבר לדלאי, לכפר הלוטם. החשכה היתה כמעט מוחלטת, חוץ מהאור החלש שהפיצו שני הירחים שחגו מסביב לכוכב שלהם.

הדרך לאזור האסור ארכה כחצי שעה. משם עפו עוד כארבעים דקות עד לכפר הלוטם. השעה היתה רבע לשתיים. הם נחתו במרחק קילומטר מהכפר. אלפי החיילים שהרכיבו את הכוח התפרשו באזור.

פרנסיס וטובי הובלו, אחר כבוד, למאהל קטן שהיה בין עצי הפרי. באוהל הארעי היה שולחן קטן ועליו נפרסה מפה. מסביב דלקו נרות, ועל השולחן נחו קנקן יינוק וכוסות. מייק וארול, הקצין הבכיר מצבא ירדל, קיבלו את פניהם של פרנסיס וטובי.

"מה יש לנו כאן?" שאל טובי בחיוך. ארול הצביע על המפה וסימן באצבעו היכן ממוקמים חיילי אורגון סביב כפר הלוטם. "אלפי חיילים פזורים באזור הזה. המרגלים ששלחנו ברגל לאזור דיווחו לנו על ההכנות. לדעתם, ההתקפה תתבצע בשעות הבוקר."

מייק מזג יינוק לשתי כוסות נקיות, וכשהגיש אותן לפרנסיס לטובי, אמר: "יש לנו תכנית מעולה. הצבנו כמאה קשתים, הם כבר התמקמו כאן," הוא סימן על יער שהיה בסמוך לכפר הלוטם. "חילקנו את הכוחות לשניים. חלק אחד יתקוף מהחזית ושאר החיילים יגיעו משני אגפים. לפי השעון שלי, ההתקפה צריכה להתחיל בעוד כחצי השעה."

פרנסיס הביט במפה. "יפה," אמר, "זו תכנית טובה. אני מבין שחיילי דלאי קיבלו הסבר על הלבוש של חיילי אורגון, למנוע בלבול?"

"טיפלנו גם בזה," אמר ארול, "החיילים מוכנים, הקצינים קיבלו תידרוך מלא, ועכשיו נשאר לנו לחכות לשעה היעודה."

פרנסיס התיישב בכיסא ופנה למייק, "כמה שומרים הצבת בדלאי?"

"כשלוש-מאות חיילים פזורים בדלאי. זה היה המסר שקיבלתי ממך."

"ומה עם האזור שבו נמצא המעבר הראשון?" טובי וארול זקפו את אוזניהם והביטו בפרנסיס בהפתעה. "עשרה חיילים נמצאים באזור המעבר..."

מייק השתהה מעט, "קרוב מאוד למקום."

טובי הביט בפרנסיס. "יהיה גם זמן לזה," אמר פרנסיס והוסיף, "קודם נסיים את המלחמה הארורה הזו, ואחר כך נחקור את העניין."

ארול הביט בשעון. השעה היתה שתיים ורבע, "רבותיי, אנחנו צריכים לזוז." הוא יצא מהאוהל והורה להכין את האנפות שלו ושל מייק. "אתם נשארים כאן?" שאל מייק את טובי ופרנסיס.

"אני מניח שנצא לכיוונכם כמה דקות אחרי שההתקפה תתחיל," השיב פרנסיס.

ארול נכנס לאוהל וסימן למייק שהכול מוכן. השניים יצאו. פרנסיס הביט בטובי. שניהם נשארו לבד באוהל. "אתה חושב לחזור לגור בדלאי?" שאל טובי.

"אחרי ההתפתחויות אני אחזור לדלאי לזמן מה כדי לחקור מחדש
את המעברים."

משק הכנפיים של אלפי אנפות נשמע מסביב, החיילים יצאו למשימה
הגורלית. טובי הביט בשעונו, השעה היתה שתיים וחצי. גשם קל התחיל
לרדת. האוויר נעשה קריר. טובי הוציא שקית בד קטנה ומקטרת מכיסו.
גם פרנסיס הוציא את המקטרת מכיס חולצתו ואמר, "זה רעיון טוב,
לפני המלחמה."

הריח המתוק של הדובדבנים עטף את החדר. הם חיכו כמה דקות
ואחר כך קמו. פרנסיס קיפל את המפה והכניס אותה לכיסו. הוא נשף
על הנרות וכיבה אותם. הם עלו על האנפות, צקצקו בלשונם ועפו.

מרחוק נשמע רעש מחריד של יריות. הבזקי ירי נראו מכל עבר.
תותחי הבלנץ', שבהם השתמשו חיילי כפר אורגון, עמדו בפאתי כפר
הלוטם וירו לכל הכיוונים.

פרנסיס סימן לטובי, והשניים הקיפו את הכפר מצדו הדרומי, רחוק
מהלוחמה שהיתה בשיאה. כשהגיעו לים הגדול, כיוון פרנסיס את
האנפה לכפר הלוטם. הם הגיעו אליו מאחור, הרחק מהירי.

טובי טען את אקדחו והחזיר אותו לנרתיק. פרנסיס וטובי נחתו ממש
ליד הבתים שהיו בשורה האחרונה של הכפר וירדו מהאנפות.

הכול היה חשוך. התאורה שבשבילים עדיין פעלה, אך הבתים היו
חשוכים. הם צעדו בשביל. פרנסיס נעצר, הביט במנורות והתרכז.
הנורות התחילו להתפוצץ, בזו אחר זו, גם בחשכה יכול היה פרנסיס
להרגיש את ההלם שחש טובי. "איך עשית את זה?" שאל טובי. פרנסיס
לא ענה והמשיך ללכת בחושך. טובי נצמד לפרנסיס.

מרחוק נשמעו הדי היריות שהלכו ונחלשו. עשרות אנפות עפו לעברם.
לאור הירח נראו חיילי כפר אורגון בורחים כשאחריהם רודפים חיילי
ירדל בתמיכת צבא דלאי.

"מה בדיוק אנחנו מחפשים כאן?" לחש טובי.

"את ליינו וקנול," אמר פרנסיס בקולו הרגיל והסמכותי. "השניים
האלה חייבים לתת את הדין על מעשיהם."

"איך נמצא אותם כאן?"

"תביט בכפר הזה, יש פה מאות בתים."

"כשחייתי הרחק מדלאי, הסתובבתי כאן מחופש לזקן. סיקרן אותי
לדעת איך הם חיים. אני מכיר היטב את הכפר."

הם המשיכו ללכת בשתיקה. לא הרחק מהם נשמעו צעדי ריצה.
פרנסיס אחז בזרועו של טובי ומשך אותו מהשביל. עברו כמה שניות
והמוני דלנאים רצו על השביל. פרנסיס הבחין שכולם חמושים. מה
שנראה בתחילה כבריחה, התגלה כטעות. "הם מחפשים אותנו," לחש.
"בוא אחריי."

פרנסיס הוביל את טובי בחושך מוחלט דרך חצרות הבתים עד שהגיעו
לכיכר קטנה. פנס גדול האיר את הכיכר. הם זחלו בין העצים והשיחים
והתחבאו היטב בתוך שיח גדול.

פרנסיס התרכז והפנס הגדול התפוצץ ברעש מחריש אוזניים. עשרות
דלנאים וירדלים חמושים שהיו מסביבם קמו כשהם מכוונים את הפנסים
הקטנים שבידם לכל עבר.

טובי עצר את נשימתו לכמה שניות. מסביבם נשמעו פקודות. אחד
הדלנאים, שאחז פנס בידו, היה בדרכו לשיח שבו הסתתרו. פרנסיס
הביט בדלנאי, וזה נפל על הרצפה כשהוא מחוסר הכרה. חברו, שלא
ראה אותו, נתקל בו ונפל. הוא האיר עליו בפנסו וצרח, "הם פה, קרוב,
יש לנו פצוע."

עשרות דלנאים רצו לעברם. פרנסיס סימן לטובי שיבוא אחריו. הם
זחלו החוצה מהשיח הגדול וחזרו על עקבותיהם לקצה הכפר. שם,
חיכו להם האנפות.

הם עלו על האנפות, צקצקו בלשונם ועפו לכיוון הים הגדול. פרנסיס
הוביל וטובי עף אחריו. פרנסיס כיוון את האנפה שתעוף הרחק מהחוף,
הם הגביהו את מעופם ועפו כעשרים דקות. אחר כך סימן פרנסיס
לאנפה שתעוף צפונה, לאזור האסור.

טובי הביט לאחור. מאחוריהם, במרחק גדול, נראו הרודפים לאור

הירח. כעבור כחצי שעה הם נחתו באזור האסור. כוח קטן נשאר
להתכונן ולהגן על האזור האסור. עשרות אנפות הוקפצו. מפקד הכוח
הקטן זיהה מרחוק את האנפה של פרנסיס וסימן לכולם שהכול בסדר.
החיילים עפו לצדם. טובי סימן לקצין שיביט לאחור. הקצין הסתובב
והופתע. הוא הוציא את המשרוקית מכיסו, ותוך שניות, כל החיילים,
חוץ מפרנסיס ומטובי, שינו את כיוון מעופם ועפו לעבר הרודפים. הפער
הצטמצם והקרב היה בלתי נמנע. כמאה חיילים נוספים, שהופקדו על
האזור האסור, עלו על אנפותיהם והתרוממו במהירות עצומה לגובה,
לכיוון הקרב שהיה בשיאו. נראה שהלחימה בלתי אפשרית.

כשהם עפו על גבי האנפות בגובה אדיר התחילו החיילים להילחם
אלו באלו בכל נשק אפשרי. עשרות דלנאים וירדלים נפלו מהאנפות.
זה היה קרב אכזרי ובלתי מתפשר. נראה היה שהקרב יכול להימשך עד
שהחייל האחרון ייפול בקרב. פתאום הדלנאים והירדלים מכפר אורגון
נסוגו. בלי שום סימן, הם התעופפו לכל הכיוונים. חלקם התאגד יחד
ועף גבוה לכיוון הים הגדול, וקומץ קטן איבד את הכיוון, כך שהפך
למטרה לחיילי דלאי. הקצין שרק במשרוקית שתי שריקות קצרות
ואחת ארוכה, הוא סימן לחיילים שיחזרו אליו ויתאגדו.

פרנסיס וטובי עפו לכיוון ירדל. האנפות היו חלשות. את הדרך עד
להר הן עשו כשהן תשושות. השקט ששרר סביב והיעדר כוח צבאי
משמעותי מלבד עשרה שומרים הביאו את פרנסיס וטובי להבין שכפר
אורגון הפסיד בקרב.

הם נחתו בפתח ההר. פרנסיס פנה לקצין שבחבורה וביקש שיטפלו
בשתי האנפות. "הכי חשוב שהן יהיו מוכנות לצאת בכל רגע," אמר
ונכנס לבטן ההר כשטובי איתו.

במשרד חיכו נורה, ליאה ויוקו. "היכן טימותי?" זה היה הדבר הראשון
ששאל פרנסיס כשנכנס. "הוא מרגיש טוב יותר. הוא ורנדי החליטו
לעוף לכפר אורגון," אמרה יוקו.

"מה קורה שם, בכפר אורגון?" שאל טובי.

ליאה ניגשה למפה ונורה הלכה אחריה. נראה שהשתיים התיידדו כששהו יחד במשרד. "בזמן הלחימה הגיעו שליחים משתי החזיתות. נראה שכפר אורגון וכפר הלוטם הפסידו בקרב," אמרה ליאה והוסיפה, "כפר אורגון איבד חיילים רבים וכרגע הם מתבצרים בכפרם. תותחי הבלנץ מפגיזים אותם מדי פעם. בכפר הלוטם נכנעו החיילים של צבא ירדל וכרגע יש בידינו שבויים רבים."

פרנסיס כיווץ את שפתיו וליטף את סנטרו הארוך, כחושב. "אני חושב שהגיע הזמן שנדבר ונגיע להסדר." טובי הנהן בהסכמה. פרנסיס התיישב על הכיסא שעמד ליד השולחן ומזג מעט יינוק לכוסו. הוא הוציא את המקטרת. טובי הניח את שקית הבד עם הטבק ליד פרנסיס, וזה הודה לו כשנד בראשו.

"איך מגיעים לאנטון?" שאלה ליאה. "הרי כל שליח שינסה להיכנס לכפר ייפגע תוך דקות מהקשתים שלהם."

היתה שתיקה בחדר. פרנסיס הוציא את מקטרת והפריח ענן עשן. הוא התרומם מהכיסא וניגש לדלת. "אני חושב שכדאי שאלך לכפר."

"אבוא איתך, אף שזה נראה מהלך התאבדותי." אמר טובי והלך לכיוונו של פרנסיס. "זה לא רעיון טוב," פרנסיס התנגד. "עדיף שאגיע לשם לבדי. יש להם חשבון ארוך עם משפחתי, ויש לי תחושה שכדאי שאגיע בגפי."

"אני לא חושבת שזה רעיון טוב." הדאגה לשלומו של פרנסיס ניכרה בפניה של ליאה, "ודאי ישנן דרכים אחרות שנוכל לעשות זאת בלי שתסתכן..."

פרנסיס הרים את ידו באוויר וקטע את ליאה באמצע דבריה. "אין לך מה לדאוג, אהיה בסדר."

טובי ניגש לדלת ופתח אותה לרווחה: "אלווה אותך עד הכניסה לכפר." פרנסיס חשב שנייה, ואחר כך הסתובב ויצא מהחדר. השניים הלכו לכיוון האנפות.

פרק 52

פרנסיס נפצע

השחר הפציע והאיר את ארץ ירדל. החיילים שעברו בדרך הרכינו ראש לפני פרנסיס וטובי. הם עלו על האנפות וצקצקו בלשונם. הדרך עד לכפר אורגון היתה יפהפייה. כפרים רבים נראו מלמעלה. חלקם נבנו סביב נחלים קטנים. נראה היה שהחיים בכפרים אלו חזרו להתנהל כרגיל. הירדלים נראו עסוקים במלאכתם. פרנסיס הנמיך מעט ועף נמוך. ירדלים קטנים התרוצצו למטה ושיחקו ביניהם. חלקם זיבלו את אדמתם, הכול נראה כל כך חי.

טובי סימן לפרנסיס להגביה. הוא לא רצה שהכפרים יוטרדו מכך שיראו דלנאי עף מעל בתיהם. האוויר היה חד וצלול. הגשם שירד בליל אמש הביא עמו תועלת רבה וגם הריח הרענן שעלה מהאדמה היה משכר.

קצת לפני כפר אורגון נראו אלפי חיילים. שליחים עפו לכל עבר כשהם מעבירים פתקים בין הקצינים הזוטרים לבכירים. קבוצה של תצפיתנים, שעליהם חיפו עשרות חיילים, התעופפה באוויר לכיוונם, לעבר טובי ופרנסיס. הם זוהו מיד וקיבלו ליווי עד למאהל הראשי. שם, באוהל הגדול עמדו כעשרים קצינים ירדלים ושני דלנאים.

טימותי ורומק ניגשו לפרנסיס ובירכו אותו. סול ניגש אף הוא לפרנסיס ולחץ את ידו. טובי הרים את ידו וביקש מכולם שיפסיקו לדבר.

"הביטו, רבותיי," אמר וסיפר להם שוב את מה שקרה בין כפר אורגון לדלטון מנר. "אני רוצה שמישהו ייכנס לכפר אורגון. הגיע הזמן שנדבר וננסה משהו אחר."

נשמעו מלמולים רבים. "מי יעז להיכנס לכפר אורגון?" שאל אחד

הקצינים. טובי המתין כמה שניות לפני שענה, "פרנסיס ייכנס לבדו בלי ליווי." כל המבטים הופנו לפרנסיס.

טובי ניגש לשולחן. סול פרש את המפה וסימן בעיפרון היכן ממוקמים חייליו. אחד הקצינים ניגש גם הוא והסביר לטובי היכן ממוקמים הצלפים. הקשתים עמדו בפאתי כפר אורגון. מאחריהם נמצאות סוללות של תותחי בלנץ ישנים ואחרי התותחים יש אלפי חיילים שפוזרו עם אנפותיהם, כשהן מוכנים לקרב חוזר.

הקצין העביר את אצבעו על המפה וסימן את הנקודה שבה נמצאים אנטון, גסיל ושאר הקצינים. פרנסיס התקרב לטובי ולסול, שהחזיק בידו מקטרת מעשנת. הוא נעמד ליד המפה, שלף את אקדחיו והניחם על השולחן עם שקית הכדורים. הקצין הסביר לפרנסיס היכן המעבר לכפר אורגון. כשעשה כך קרא לאחד הקצינים הזוטרים והורה לכל הקצינים שפרנסיס צריך לעבור, כדי שלא יפגעו בו. הם המשיכו לדבר עוד כמה דקות לפני שהקצין הזוטר יצא לדרכו. טובי ופרנסיס קיבלו הסבר מפורט על מהלכי הקרב, מספר החיילים שנפצעו ומתו. בזמן ההסבר נשמעו מרחוק הדי התותחים. כפר אורגון הפגיז בלי הפסקה.

פרנסיס הביט בשעונו, השעה היתה קצת אחרי שמונה בבוקר.

טימותי רצה להצטרף לפרנסיס, אך זה סירב. כשעלה על האנפה, הגיע אחד הקצינים במהירות עם אקדחיו והגיש לו אותם, "שכחת את האקדחים." פרנסיס נד בראשו, "לא שכחתי," וצקצק בלשונו, עף לכיוון שהתווה לו הקצין.

פרנסיס חצה את הגבול לעבר כפר אורגון. הוא סימן לאנפה שתעוף גבוה. עשרות ירדלים חמושים התקרבו אליו. כשראו שהוא לבדו, הקיפו אותו וסימנו לו שיעוף אחריהם. הם כיוונו אותו למרכז הכפר שהיה רחב וגדול. הכפר היה יפה ומושקע, נחלים קטנים זרמו בו, הבתים סודרו ברחובות, גשרים קטנים נבנו מעל הנחל הגדול שעבר במרכזו. "זו ממש מדינה," חשב פרנסיס לעצמו.

אחד הירדלים סימן לפרנסיס שינחת. הם נחתו בכיכר גדולה שבה

היו חנויות גדולות, ריקות מירדלים. לא היתה תנועה ברחובות.

פתאום, מתוך המבנים, יצאו עשרות ירדלים חמושים. כל כלי הנשק כוונו לעבר פרנסיס. אחד הירדלים, ללא חימוש, ניגש אליו. פרנסיס ירד מהאנפה, והמלווים עפו לעבר הגבול.

הירדל התקרב אליו כשהבעה מאיימת על פניו. פרנסיס עשה צעד והושיט את יד ימינו. הירדלים שעמדו סביב צחקו. המחשבה שהדלנאי יפגע מהאגנז, כבר בהתחלה, קסמה להם.

"אתה בטוח?" שאל הירדל בחיוך מרושע. פרנסיס הנהן בראשו, והירדל הושיט את יד ימינו, שבה שתי האצבעות. הוא לחץ בחוזקה את ידו של פרנסיס. עכשיו היה תורו של פרנסיס לחייך.

"אני מבין שאיבדת את הדרך," אמר הירדל בכעס.

"לא," ענה פרנסיס. "שמי פרנסיס מנר ואני רוצה לפגוש את אנטון."

הירדל נחר בבוז. "שמעתי עליך רבות, מן הסתם, רק שמועות. אבא שלי, אם לא שמת לב, עסוק כרגע. אולי, כדאי שנוביל אותך לתא מעצר קטן, שם נחשוב מה לעשות איתך."

פרנסיס הביט בו בשלווה. הירדל הוציא את אקדחו והחזיק אותו קרוב לירכו.

"מה שמך?" שאל פרנסיס.

"אולי שמעת עלי, שמי פליקס," ענה בהתרברבות.

"אני מציע לך להניח את האקדח על הרצפה," אמר מנר והביט בו באדישות. הפה של פליקס התעוות מכעס. פרנסיס צפה שיכעס, אך שאר הירדלים לא יכלו לצפות זאת. פליקס הרים את היד שאחזה באקדח, אך מנר הרים יד חשופה שגרמה לפליקס לעוף לאחור וליפול כמו שק תפוחי אדמה על הרצפה. החיילים פערו פיהם ודרכו את אקדחיהם. הרעש נשמע באוויר.

"עצרו," נשמע קול רועם מאחוריהם.

פרנסיס הסתובב והביט בירדל מבוגר מעט, הלבוש בקפידה, שהגיע בלי נשק. כשהתקרב לכיוונו אמר, "אני אנטון."

הוא רכן מעל פליקס. אנטון הניח את אוזנו על בטנו של פליקס: "מה עשית לו?"

פרנסיס הביט סביבו. החיילים כיוונו את נשקיהם אליו, חלקם היו עדיין המומים ומפוחדים. "הימממתי אותו. תאמר לאנשיך שיורידו את האקדחים, פניי לשלום."

אנטון הביט סביבו. התרומם ונעמד מול פרנסיס. "מדוע הגעת לפה?"

"באתי לדבר."

אנטון הנהן בראשו כחושב. "תרימו אותו," סימן על פליקס. "בוא איתי," אמר וסימן לחיילים שיורידו את נשקם שהיה מכוון לעבר פרנסיס. הוא הוביל את פרנסיס למבנה ראשי שעמד במרכז הכפר. בכניסה היו חיילים רבים, חלקם חמושים. כולם הביטו בפרנסיס בהפתעה.

אחד הקצינים ניגש בביטחון לאנטון: "מה קורה כאן? מה הוא עושה פה?"

אנטון חלף ליד הקצין והתיישב ליד השולחן. הוא סימן לפרנסיס שיתיישב מולו. הקצין לא ויתר וניגש שוב לאנטון: "אתה מוכן לענות לי?"

אנטון הביט בפרנסיס: "לדלנאי הזה קוראים פרנסיס מנר."

הקצין הרים את ראשו והביט בפרנסיס: "ומה הוא עושה פה?"

"הוא בא לדבר."

אנטון הניח את ידיו על השולחן. הוא חיכה שהקצין יתרחק מעט ואמר: "בבקשה, אני ממש סקרן לשמוע מה יש לך לומר."

פרנסיס הוציא את המקטרת ובטקס שקט, איטי ומופתי ביצע את כל הדרוש לשם עישון מענג של מקטרת איכותית. אנטון הביט בו וחיכה, גם שאר הקצינים עמדו מאחור והמתינו.

"רק במקום אחד אפשר למצוא כזה טבק," אמר אנטון והוציא מקטרת מהמגירה של השולחן. פרנסיס השליך את שקית הבד לעברו. אנטון תפס אותה ומילא את מקטרתו בטבק.

"המלחמה הזו הסבה נזק לשני הצדדים. כרגע אתם מכותרים. גם כפר הלוטם נחל מפלה גדולה," אמר פרנסיס והכניס את המקטרת לפיו.

"אני מקשיב," אמר אנטון. פרנסיס המשיך. "באתי להציע לכם הפסקת אש. את הנעשה אין להשיב, אך אפשר וגם רצוי להפסיק את המלחמה הזו, שלא תורמת לאף אחד מאיתנו."

"אין בעיה. אני מוכן כאן ועכשיו לעשות הפסקת אש. אבל... יש דבר מה שאני צריך והוא נמצא בתוך ההר." ענה אנטון

"אני יודע בדיוק מה אתה צריך. את זה לא תוכל לקבל." פרנסיס הביט באנטון בנחישות.

"לעומת זאת בנך, גסיל, שבוי שלנו, ואם אני לא טועה, יש ירדלית בשם אלור ששבויה אצלכם. בוא נתחיל ונערוך, קודם כול, חילופי שבויים."

"מה מצבו של בני?"

"הוא יהיה בסדר גמור. ייקח לו כמה ימים להתאושש."

אנטון שיחק עם המקטרת שבידו. הוא חשב מעט. אחר כך סימן לאחד הקצינים שייגש אליו. אנטון לחש משהו באוזנו והקצין יצא מהחדר. "יש מאחוריך תריסר קצינים, כולם חמושים. יהיה לי יותר קל אם אפגע בך כאן ועכשיו," אנטון הנהן בראשו. מאחורי אנטון נשמעו דריכות אקדחים. "אני סקרן לדעת מה הסיכוי שלך לצאת מפה חי?"

פרנסיס הביט באנטון, ולראשונה מאז הגיע לכפר אורגון, חייך. "נראה כי כבר הגעת להחלטה... דבר אחד כדאי שתדע. אם תנסה, לא תצא חי מהחדר הזה."

השניים הביטו זה בזה. מאחוריו יכול היה פרנסיס לשמוע את נשימותיהם הכבדות של הקצינים. הם היו מבועתים. פרנסיס הניח את המקטרת על השולחן והביט באנטון. פרנסיס פנה לקצינים בלי להסתובב. "אני מציע לכם את חייכם. הניחו את האקדחים וצאו מהחדר."

איש לא זז. קולו של אנטון רעד מעט. "חכה שנייה. אין צורך להגיע לעימות כרגע," אמר והביט בקצינים שהורידו את אקדחיהם בלי שקיבלו את רשותו. הוא הרהר מעט ובהחלטה של רגע אמר: "נשאיר את זה כך. יש בידנו חוץ מאלור שבויים נוספים. גם אתם מחזיקים בשבויים שלנו. אני מציע שאת חילופי השבויים נערוך ליד אבן הצוק. זה נמצא..."

"אני יודע היכן זה," פרנסיס קטע אותו והביט בשעונו. "נעשה את זה בשעה שש, לפנות ערב." אמר והתרומם מהכיסא כעומד ללכת.

הקצינים שמאחוריו התפזרו לקצה החדר. בלי להוסיף מילה עבר פרנסיס דרכם ויצא החוצה. בחוץ, במרחק של עשרים מטרים, עמדו עשרות חיילים, כשהם מכוונים את כלי נשקם אליו. הדלת שמאחוריו נטרקה. פרנסיס עמד כמה שניות ואחר כך המשיך ללכת לכיוון בינקי האנפה שלו. הוא ידע שיוכל לפגוע בכמה מהם, אך הוא גם ידע שהחיילים יפגעו בו ולא ירחמו עליו. הוא הביט סביבו. החיילים עמדו וחיכו להוראה לפתוח באש.

פרנסיס ניגש לאנפה וליטף את צווארה. חוש שישי גרם לו לסובב את ראשו. הדלת נפתחה שוב. בפתח עמד אנטון ובידו מקטרת עשנה. בידו השנייה החזיק בשקית הטבק שהיתה שייכת לפרנסיס.

האנפה רעדה מעט, כאילו הרגישה את המתח שבאוויר. פרנסיס הביט באנטון ולחש לה בשקט, בדלנאית, כמה מילים, היא לא חיכתה ולהפתעת כולם פרשה כנפיים ותוך שניות נעלמה מהאופק. עכשיו, כשהוא ניצב מול הנשק שהופנה אליו, לא היתה לו ברירה. פתאום, ובלי שפרנסיס יעשה דבר, גופו של אנטון התחיל להתעוות. עשרות האקדחים רעמו בו זמנית. עשן כבד כיסה את המקום. גופו של אנטון נפל על הרצפה. הקצינים מיהרו לעזור לו. הוא לא איבד את הכרתו, אך גופו הרפוי לא יכול היה להחזיק אותו.

אחד הקצינים התכופף לעברו. "להיכן נעלם פרנסיס?" לחש אנטון בקושי רב. הקצין חזר על המשפט, וכולם הסתובבו. חלק רצו למקום שבו היה פרנסיס לפני דקה. על הרצפה נראו כתמי דם רבים. אחד הקצינים חילק את החיילים לקבוצות חיפוש. בינתיים, הכניסו הקצינים את אנטון לחדר והשכיבו אותו על הכורסה הגדולה שעמדה בפינה. אנטון איבד את הכרתו. נשימתו נעשתה כבדה. קצין נוסף שצעד לעבר החיילים צעק, "הביאו לכאן במהירות את רופא הכפר!"

קבוצת החיפוש עבדה בשיטתיות. הם סרקו כל פינה עד לפרדס

הגדול שלשם הובילו אותם כתמי הדם. החיילים עמדו בכניסה לפרדס
והביטו זה בזה. איש לא העז להיכנס לתחומי הפרדס. אחד הקצינים
הגיע בריצה כשבידו אקדח שלוף.

"מה קורה, גיליתם משהו?"

"כתמי הדם מובילים לתוך הפרדס," ענה אחד החיילים. הקצין
הביט לעבר הפרדס בחשש. הוא התחיל לצעוד ואחר כך נעצר. "כולם
אחריי," פקד עליהם.

החיילים חיכו מעט, אך המבט שהביט בהם הספיק. הם התחילו
לצעוד אחריו בחשש. הצמחייה העבותה הקשתה עליהם את ההליכה.
כעת סימני הדם לא היו הסיבה למתח שבו חשו.

הקצין עצר לרגע. רעש של פצפוץ ענפים שנשמע מטרים ספורים
מהם הקפיץ את כולם. כל האקדחים כוונו לכיוון שממנו נשמע הרעש.
זה היה רעש מחריד של יריות ואקדחים שמילא את האוויר בעשן רב.
החיילים טענו את אקדחיהם פעם נוספת ושוב נשמע מטח היריות.

"עצרו, חדל אש," צרח הקצין. חלק מהחיילים הספיק לירות פעם
נוספת ולאחריה השתררה דממה. עשן סמיך כיסה את האזור שבו
עמדו. הם חיכו מעט שהעשן התפזר. הקצין טען את אקדחו והתקדם
באטיות. הוא נעצר וחזר בחזרה. "כולם אחריי. נסרוק את המקום עד
שנמצא את גופתו של הדלנאי."

במשך שעתיים הם סרקו את הפרדס. קבוצה נוספת של חיילים חגו
עם אנפותיהם מעל הפרדס הגדול. הערב ירד. הקצין נעצר והביט
בחייליו. קבוצות חיפוש קטנות התאגדו מחדש ובאו לעזור. "נו, מצאתם
משהו?" שאל אחד החיילים שנראה מותש, הוא התיישב ונשען על גזע
עץ. "כלום. חוץ מחיות מתות, ממש כלום. כאילו בלעה אותו האדמה."

"או שהשועלים טרפו אותו," חייל נוסף ניסה לתת הסבר משלו.

הקצין הרהר לרגע. "זו גם יכולה להיות התשובה להיעלמותו. טוב,
נחזור בצורה מסודרת מהפרדס לרחבה," הורה הקצין ותוך כדי הוציא
את מקטרתו, מילא אותה בטבק והפריח עשן של טבק שריחו זול.

***

בחדר עמדו כמה קצינים והביטו ברופא הכפר ובעוזריו שהשתדלו לייצב את אנטון. הוא שכב ערום על המזרן שהונח על הרצפה. אנטון כוסה בבוץ שעורבב עם שורשים מרוסקים של עץ הפצי. נשימתו של אנטון היתה סדירה. גופו שבתחילה היה נוקשה, נהפך לרפוי מעט. הרופא התרומם ונעמד, הוא ניגב עם שרוול חולצתו את הזיעה. "הוא בסדר, ייקח קצת זמן עד שיחזור להכרה."

הקצינים הביטו זה בזה. גסיל נשבה בידי צבא ירדל. פליקס, כמו אביו, אנטון, היה חסר הכרה וגם בו הם טיפלו. טולי, אחד הקצינים, מקורב ביותר לאנטון, הביט סביבו. "אצטרך לקחת על עצמי את הפיקוד עד שפליקס או אנטון יחזרו להכרה."

הקצינים שמסביב הנהנו בראשם. כולם הכירו את אופיו הקר והשקט שלעתים הפחיד, וכשדיבר, קולו נשמע כצו אלוהים.

"אנחנו צריכים לדבר עם טובי, נעשה הפסקת אש."

"יהיה לנו יותר קל להחליט, אם נדע מה רצה אנטון מטובי," אמר אחד הקצינים בלהט. כולם רצו לדעת מה גרם למלחמה. "נדבר על זה אחר כך," ענה טולי. "בינתיים, אתה," הוא הצביע על קצין צעיר, "מה שמך?"

"קאפי, המפקד," ענה הצעיר הנבוך בהיסוס.

"קח איתך אנפה, עוף לכיוון הכוח שלהם ומסור להם שאנטון מעוניין להיפגש עם טובי."

הצעיר הנהן בראשו ועמד לצאת מהחדר. "חכה רגע," עצר אותו טולי. "אם ישאלו אותך על הדלנאי, פרנסיס, תאמר שאחרי שהוא ואנטון סיימו לדבר, פרנסיס עף לכפר הלוטם דרך הים."

"רגע אחד," אחד הקצינים עצר את קאפי. "מה יקרה אם האנפה של פרנסיס תגיע לשם לבד לשם?"

טולי הרהר לרגע: "אתה יכול לזוז."

קאפי יצא מהחדר. טולי הביט ברופא שמרח את גופו של אנטון בשכבת בוץ חדשה, ואמר: "זהו סיכון שנצטרך לקחת."

***

במאהל צבא ירדל ישבו טובי, סול, טימותי ורומק. שעתיים קודם לכן הגיעה האנפה של פרנסיס ונעמדה מול האוהל. טובי הורה לטפל בה, וסול שלח את כל הקצינים שיעמדו בחזית עם שאר החיילים.

"אני חושש שפרנסיס כבר לא בין החיים," אמר טימותי.

"משום מה, אני לא חושב כמוך," ענה טובי והדליק את מקטרתו. "לפרנסיס כוחות על-טבעיים, ראיתי את היכולות שלו כשהיינו בתוך ההר."

"גם אני חושש לגורלו כמוך," אמר רומק והביט בטימותי. "פרנסיס הוא בשר ודם. מה הוא יוכל לעשות מול כמות כזו של חיילים שלהם חצים מורעלים וכדורים?" טימותי הנהן בראשו כמסכים, "אולי כדאי שנתקוף בחזרה?" שאל.

טובי הביט בסול. "יש לנו בעיה," אמר סול. "כרגע הם מתבצרים בכפר. יש להם צלפים שפזורים בכל מקום. הדבר היחיד שנוכל לעשות כרגע הוא להשתמש בתותחי הבלנץ שלנו כנגדם."

"אני מציע שנירגע ונחכה מעט," אמר טובי והתיישב. "נחכה לשעת לילה. אם פרנסיס לא יגיע עד אז..."

הווילון שבכניסה נפתח וליאה ונורה נכנסו. מוקדם יותר שלח טימותי שליח עם מכתב לליאה. זה היה כמה דקות אחרי שהאנפה של פרנסיס הופיעה. ליאה בירכה אותם לשלום ושאלה, "נו, יש חדש? הוא הגיע?" טובי פינה את כיסאו והציע אותו לליאה שהתיישבה באפיסת כוחות. היומיים האחרונים עברו עליה כמעט בלי שינה.

"לא," ענה טובי לשאלתה. "אין כל סימן ממנו. חשבנו לחכות עד הלילה. עכשיו השעה ארבע אחר הצהריים, נחכה עד חצות ואז נראה."

נורה פנתה לסול: "האם יש לך תכנית שבעזרתה ניכנס לכפר אורגון?"

"הכול כאן," סול הניח את אצבעו על המפה שנפרשה שעל השולחן. "יש לי תכנית טובה, אבל עלינו להביא בחשבון שחיילים רבים עלולים להיפגע."

בחוץ נשמעה המולה. כולם קפצו ממקומם ומיהרו לצאת מהאוהל.

בחוץ עמדו תריסר חיילי ירדל, והם מקיפים את הקצין הצעיר לבוש מדי צבא אורגון שנשלח ללא נשק. הקצין הצעיר זיהה מיד את טובי, הוא הצדיע לטובי בהנפת הקונוס. טובי הצדיע בחזרה.

"אדוני, נשלחתי על-ידי אנטון עם מסר."

טובי סימן לקצין שילך אחריו. הם נכנסו לאוהל. טובי וליאה התיישבו, טימותי ורומק נעמדו בצדי האוהל. כולם הביטו בקצין הצעיר.

"שמך?" שאל טובי.

"קאפי, אדוני."

"ומהו המסר?" שאל טובי בקול סמכותי.

"אנטון מעוניין להיפגש איתך. הוא רוצה לדעת אם תסכים לפגוש אותו."

טובי הרהר מעט.

"תשתה משהו?" נורה מזגה מעט יינוק לכוס והגישה אותה לקאפי כשהבעת תודה על פניו. נראה שהיה במתח. "תודה," אמר ולגם מהכוס בהנאה.

"היכן פרנסיס?" טובי ירה את השאלה. "פרנסיס נפגש עם אנטון, ומיד לאחר הפגישה המריא עם האנפה שלו לכיוון הים, הוא עף לכפר הלוטם."

"ראית אותו עף על האנפה שלו?" שאלה ליאה.

נוכחותם של הדלנאים גרמה לקאפי לחוש שלא בנוח. הוא לא ראה דלנאי מימיו עד לפעם שבו ראה את פרנסיס בכפר אורגון. הוא רק שמע עליהם, ועכשיו עומדת דלנאית חמודה שחוקרת אותו, זה נראה לו מוזר. "כן, ראיתי אותו במו עיניי," שיקר בלי להניד עפעף.

"בסדר, תאמר לאנטון שאפגוש אותו," אמר טובי.

קאפי הנהן בראשו. "אנטון מציע להיפגש בשעה שש ליד אבן הצוק."

טובי הנהן: "אני מכיר את המקום, אהיה שם."

קאפי הצדיע, אך טובי פטר אותו בהינף יד, "אין בכך צורך," אמר. קאפי הסתובב ויצא מהאוהל.

"אני מקווה שאתה לא מאמין לו," אמרה נורה. "הוא טומן לך מארב, ואין לדעת מה הוא עשה לפרנסיס."

"גם אני חושב כך," אמר סול. "אבא, צריכים לחשוב איך אנחנו מבטיחים את שלומך."

טובי הנהן, הדליק את המקטרת ופנה לסול. "תארגן עשרה קשתים, מהטובים ביותר, שיתמקמו באזור צוק האבן בטווח פגיעה ותאמר להם שכשארים את יד ימיני ואגע בסנטרי, זה יהיה הסימן שיירו בכל דבר שזז."

סול הנהן בראשו ועמד לצאת מהאוהל. "חכה. אני רוצה שתשלח אותם ברגע זה ותאמר להם שהם צריכים להסוות עצמם היטב." סול הנהן כמבין ויצא.

את השעה האחרונה העבירו כולם בתכנונים ובהערכות איך עליהם לפעול אם המצב יצא משליטה. טובי הביט בשעונו. השעה היתה רבע לשש. הדרך לצוק האבן ארכה כרבע שעת מעוף.

***

הדאגה לשלומו של פרנסיס העיבה על כולם. טובי התרומם מהכיסא. הוא נפרד מכולם ויצא מהאוהל. סול וטימותי יצאו אחריו. "במחשבה שנייה," אמר טימותי כשעלה על האנפה שלו, "אבוא איתך." טובי ניסה להתנגד, אך טימותי היה נחוש בדעתו. "זה חייב להיות כך," אמר וצקצק בלשונו.

שתי האנפות עפו גבוה. טובי הוביל. הדרך לצוק האבן עברה בין שני כפרים קטנים. למטה נראו חיילי ירדל שהתאגדו בקבוצות גדולות. הם אבטחו את הכפרים שגבלו בכפר אורגון.

טובי עשה עיקוף גדול כדי שלא להיכנס הישר לכפר אורגון. מלמטה נראו תותחי הבלנץ של צבא ירדל עומדים בחוסר מעש, כשהתותחים מהצד השני יורים ללא הרף.

צוק האבן היה הר גבוה מאוד. בראש ההר היה סלע ענקי בצורת

חרוט. כבר מרחוק הבחינו השניים בתנועה לא רגילה על ההר. היו שם לא מעט אנפות ועשרות חיילים. טובי הביט לאחור לעבר טימותי, בעוד טימותי מביט גם הוא בחיילים על ההר ומסמן לטובי לנחות. הם עשו סיבוב גדול מעל ההר לנגד עיני חיילי כפר אורגון. טובי כיוון את האנפה שלו לעבר השטח שמתחת לסלע הגדול, ושניהם נחתו. שני חיילים מצבא אורגון עמדו וחיכו שטובי וטימותי ירדו מהאנפות. שני חיילי אורגון התחילו לטפל באנפות.

"אדוני," אחד החיילים פנה לטובי. "הם מחכים לכם שם," אמר והצביע על אוהל ארעי שעמד במקום הגבוה ביותר לפני הסלע הגדול. טימותי וטובי צעדו לכיוון האוהל. טימותי פנה לטובי ולחש, "ראית כמה חיילים יש כאן? היינו צריכים לבוא עם כוח גדול של חיילים."

טובי נעצר והביט סביבו. הוא הסתכל על העצים והשיחים הגדולים שצמחו שם. "בין העצים האלה ישנם עשרה חיילים שלנו, הקשתים הטובים ביותר שעל הכוכב הזה. זה כוח שאין לזלזל בו." טימותי אימץ את עיניו ונד בראשו, "אני לא רואה כלום." טובי חייך והתחיל לצעוד לעבר האוהל. "זה רק אומר לך כמה טובים הם."

האוהל היה סגור משלושת קצוותיו. בפנים ישבו ארבעה קצינים. לא היה זכר לאנטון. אחד הקצינים קם וניגש לטובי. הושיט את ידו, "נעים מאוד, שמי טולי."

טובי הנהן בראשו, "זה טימותי." טולי הביט בטימותי במבט בוחן. טימותי הנהן בראשו. "היכן אנטון?" שאל טובי. טולי ניגש לפינת האוהל והביא שני כיסאות קטנים. "בוא נשב," אמר והזמין אותם לשבת. טובי וטימותי התיישבו.

"היכן אנטון?" טובי שאל שוב. טולי הביט ישירות בטובי. במשך כל השנים שכפר אורגון היה חלק מירדל, תמיד היה לאורגון צבא משלו. כך קרה שאת רוב החיילים והקצינים טובי לא הכיר. "אנטון נפצע קשות על-ידי פרנסיס..."

טולי סיפר בקצרה על הפגישה של אנטון ופרנסיס, כשהוא משמיט את העובדה שחייליו ניסו לפגוע בפרנסיס.

"פרנסיס השתגע. הוא פגע באנטון וברח לכפר הלוטס, כך אני חושב."

טובי הרהר ולא דיבר. הוא מילא את מקטרתו והדליק אותה. "זה לא מתאים לפרנסיס," טימותי התערב. "קשה לי להאמין לסיפור שאתה מספר לנו."

שלושת הקצינים הביטו בטימותי בכעס, ורק טולי חייך בחיוכו הזדוני. "אתה קורא לי שקרן?" שאל טולי את טימותי בקולו המאיים.

"מי אחראי על הצבא שלכם כרגע?" טובי ניסה לשנות את כיוון השיחה. נראה היה שהקצינים החליטו להפוך את השיחה לוויכוח. טולי חזר והביט בטובי, "אני כרגע המפקד."

"באנו להציע לכם הפסקת אש ולהחליף השבויים," אמר טובי שהתרומם מהכיסא והתחיל לצעוד לכיוון היציאה מהאוהל.

"בואו איתי, בבקשה.".

שלושת הקצינים התרוממו ויצאו מהאוהל. גם טובי וטימותי עשו כך. טולי הרים את ידו באוויר ותוך דקה צצו מאחורי הסלעים והעצים עשרות חיילים חמושים שהתקדמו לעברם. החיילים נעמדו במרחק של עשרה מטרים מהם. כלי הנשק כוונו לעבר טובי וטימותי. טולי ושלושת הקצינים התרחקו מעט כדי לא לעמוד בקו האש.

"הכנת לנו מארב לא רע," חייך טובי.

"אני מבין שאינך יכול להציע לנו דבר," אמר טולי. "כרגע, הדבר היחיד שעומד בינך ובין המוות הוא מגילת הקלף שנמצאת בתוך ההר."

"מה אתה מתכנן?"

טולי חייך בארסיות. "לקחת אתכם כשבויים, ולהציב אולטימטום לירדל. אם הם רוצים לראות את המנהיג שלהם חי, עליהם לוותר על מגילת הקלף."

טובי שאף מהמקטרת וחייך, "גם אני הכנתי לך הפתעה."

טולי הביט סביבו. הערב ירד ונעשה חשוך. טובי הרים את ידו, אך לא לעבר סנטרו. מסביבם, מבעד לעצים הרחוקים, יצאו עשרות חיילים אוחזים בידיהם קשתות וחצים. גם טובי הופתע. הוא ביקש מסול

שישלח עשרה חיילים, אך מבעד לעצים יצאו קרוב למאה חיילים כששסול ביניהם. לפי פקודה של סול, כרעו החיילים ברך וכיוונו את הקשתות שלהם לעבר חיילי אורגון.

סול עזב את החיילים והתחיל לצעוד לעבר טובי כשהוא מקיף את החיילים כדי שלא לעמוד בקו האש. הוא ניגש ונעמד ליד אביו. טימותי רצה לשלוף את האקדח, אך טובי עצר אותו. "זהו סול, בני," טובי הציג את סול בפני טולי. "הוא מפקד צבא ירדל."

טולי הביט בשניהם ולא הניד עפעף.

"כרגע ישנם כעשרים קשתים, מהטובים ביותר, שמכוונים את קשתותיהם אליך," אמר סול והצביע על טולי, "סימן קטן ממני ולא תספיק לראות את השקיעה."

היתה שתיקה רועמת. הרוח התחזקה מעט, טיפות קטנות של גשם התחילו לרדת. טובי הביט בטולי ואמר, "השאלה היא האם אתה רוצה לחיות? אם כן, עליך לוותר על התכנית שלך."

טולי התמהמה מעט. החיילים זזו באי-נוחות. נראה היה שחיילי ירדל שעמדו מאחוריהם כשהם מאיימים עליהם בנשק יגרמו לכך שהם לא יצאו בחיים מהקרב הזה.

"טוב," ענה טולי. "נערוך חילופי שבויים. אתם תתנו לנו את השבויים שלנו, ואנחנו נחזיר לכם את אלור ואת החיילים שלכם. אפשר לערוך את חילופי השבויים ב..."

"לא," פסק טובי. "אתה כבר לא מחליט פה. טמנת לנו מארב, זו היתה התכנית שלך מלכתחילה, לכן נעשה את זה על הגבול, ליד נחל הצבים. שם לא תוכל להסתתר."

טובי השתהה מעט ואחר כך המשיך, "בשש בבוקר," אמר וסימן לטימותי ולסול שיבואו איתו. הוא לא חיכה לתשובה של טולי. השלושה הלכו מסביב לחיילי ירדל שעמדו מוכנים לפקודה. פתאום הסתובב טובי, הביט בטולי ואמר: "דע לך שאם פרנסיס נפגע, אנחנו נחזור ונשמיד את הכפר שלכם."

טולי רצה לענות, אך לאחר שהביט בחיילי ירדל התחרט. טובי צקצק בלשונו וכך עשה גם טימותי. שתי האנפות הגיעו תוך שניות, והם עפו לעבר ירדל.

פרק 53

המלחמה בנחל הצבים

סול עמד במרחק עשרים מטרים מטולי וצעק לו, "אמור לחייליך להניח את נשקם ולסגת למורד ההר." טולי הביט בסול, גיחך ופקד על עשרות חייליו להסתובב לעבר חיילי ירדל עם נשקיהם. סול נתן פקודה ושכב על הארץ. חיילי ירדל ירו עשרות חצים לעבר צבא אורגון והפילו עשרות מהם. טולי קפץ גם הוא ונשכב על החול כשאחד החצים נעוץ בזרועו.

סול הרים את ידו, וחייליו עצרו את התקיפה. "אמור לחייליך שיזרקו את נשקם ויתחילו לסגת ולרדת במורד ההר," צרח סול לטולי.

טולי נאנק מכאב. הוא נתן את הפקודה וחייליו הניחו את נשקם על הרצפה והחלו בנסיגה, משאירים אחריהם את ההרוגים ולוקחים איתם רק את הפצועים. כשהיו במרחק סביר נתן סול הוראה ומבעד לעצים הופיעו עשרות אנפות ונחתו על החול סביבם.

חיילי ירדל היו מאומנים היטב. חצי מהם עלו על האנפות והתעופפו גבוה. הם עפו מסביב להר, כשהם מחפים על חבריהם. אחד החיילים נחת ולאחר שהנהן בראשו, עלו שאר החיילים על האנפות ותוך דקה נעלמו מהאופק. הם הותירו אחריהם הרוגים נוספים מצבא אורגון ותבוסה נוספת לכפר שהרים את נס המרד.

כשסול הגיע למשרד בהר נראה היה שהמקום מלא בדלנאים ובחיילים חמושים מצבא דלאי. סול חייך לקראתם. הוא ניגש למייק שעמד ודיבר עם אביו. הוא הושיט את ידו השמאלית והשניים לחצו ידיים בחביבות. "מה קורה?" שאל סול.

"בדיוק סיפרתי לאביך שכפר הלוטם הפסיד בקרב. יש להם הרוגים רבים. הבעיה היא שיש שם אלפי חיילים בקירוב מצבא אורגון. אנחנו צרים כרגע על הכפר."

"יפה," פסק סול, "בואו, ניכנס," הוא סימן לאביו. טימותי הצטרף גם הוא, והארבעה נכנסו להר. במשרד חיכו נורה, ליאה ויוקו. לידם עמד קצין צעיר מדלאי. הארבעה התיישבו. נורה וליאה מזגו יינוק בכוסות זכוכית קטנות. גולי נכנס פנימה בלי לדפוק. "הגעתם," אמר בקולו הרועם. "מה איתו? מצאתם אותו?" טובי נד בראשו. גולי התיישב על אחד הכיסאות ונאנח, "אני סומך על פרנסיס. הוא בוודאי הצליח לברוח מהם. אבל היכן הוא יכול להיות?" מלמל לעצמו.

"מה קורה שם למטה?" שאל טובי.

"אין לך מה לדאוג. אטמנו את הכניסות ואנחנו מוכנים," ענה גולי והוסיף, "אני רוצה לדעת איך אוכל לעזור בחיפושים אחר פרנסיס?"

"כרגע אינך יכול לעזור," השיב טובי.

"אבא," פנה סול לטובי, "אנחנו צריכים להתכונן למחר בבוקר. אנחנו צריכים להיות מוכנים לכך שהם ינסו לתקוף אותנו."

"אני מציעה שקודם תספר לנו מה קרה שם על צוק הסלע?" אמרה נורה.

כולם הביטו בטובי. פרנסיס, שהיה מרכיב חשוב בכל ההחלטות, נעלם. כרגע הרגיש טובי שהדאגה לשלומו של פרנסיס גוברת על הכול. הוא סיפר להם על המארב המתוכנן, על המזל שהיה להם כשסול החליט להציב מאה חיילים בין העצים. "הם ינסו להילחם בכל הכוח על מגילת הקלף. חבל שהיא לא בידינו."

"מה עם אלור?" שאלה נורה.

"קבענו למחר בשש בבוקר, ליד נחל הצבים," התערב טימותי. "נערוך שם חילופי שבויים."

"נצטרך לשחרר את גסיל, מה מצבו?"

"הוא בסדר, לעת עתה," ענתה יוקו והוסיפה, "הוא למטה בהר.

הגרבונים שומרים עליו." גולי גיחך בשקט ומילא את מקטרתו. "מה מסתתר מאחורי החיוך הזה?" שאלה נורה. "לא משהו מיוחד," ענה גולי. "רק ש... גסיל התחיל לאיים וקצת התנגד, אז סטרתי לו ומאז הוא מפחד, ולא מסתכל על אנשיי."

"אני לא מקנא בו," אמר מייק בחיוך.

"טוב, אני הולך לנוח מעט, ואתה," טובי פנה לסול, "תכין תכנית. קח בחשבון שאהיה נוכח בחילופי השבויים." טובי קם ללכת, "אני מציע לכולם לנוח. מחכה לנו יום לא קל. נורה תיקח אתכם לחדריכם."

***

השעה היתה חמש וחצי בבוקר. אחד החיילים דפק על דלתו של טובי, וזה פתח את הדלת לרווחה והודה לחייל בניד ראש. למעשה טובי התעורר חצי שעה קודם לכן, הדאגה לשלומו של פרנסיס הטרידה אותו. הוא יצא מחדרו וצעד לעבר היציאה מההר.

נורה וליאה עמדו בכניסה. טובי בירך אותן לשלום. "ישנתן טוב?" שאל.

השניים הנהנו וחייכו. "למען האמת," אמרה נורה, "ישבנו ודיברנו עד לפנות בוקר. יש לנו כל כך הרבה דברים שאנחנו רוצות לדעת זו על זו ועל החיים האחרים מעברו של האזור האסור."

"יפה. אני יכול להבטיח לכם שנעשה הכול כדי שנוכל לחיות בהרמוניה. איפה סול וטימותי?"

"הם מחכים לך בחוץ."

טובי יצא החוצה. האוויר הקר והלחות גרמו לו לצמרמורת קלה כשחשב שבעוד כמה רגעים יעלה על האנפה ויעוף באוויר הקר. טימותי, מייק וסול עמדו ודיברו, וכשראו את טובי, הסתובבו אליו. "בוקר טוב, התעוררת?" שאל סול.

"נו, יש לך תכנית?" שאל טובי קצרות. טימותי ומייק בירכו את טובי, וזה החזיר להם בניד ראש. "כן, שלחתי כמה מאות חיילים והצבתי אותם כקילומטר ממקום המפגש. הצבתי גם כמאה קשתים, מהטובים

ביותר, כמה עשרות מטרים משם. כולם מוסווים היטב."

טובי התקרב לאנפה של סול וליטף אותה בכף ידו. הליטוף של טובי גרם לה לשמוח, והיא ניקרה בחביבות את ידו.

"איך זה ייתכן? המקום פתוח, איך הסווית אותם?"

"אל תדאג," סול טפח לאביו על כתפו. "הם מוסווים היטב. גם אם חיילי אורגון יעופו נמוך, הם יתקשו לראות משהו. חוץ מזה, שלחנו חיילים לדלאי והגברנו את השמירה על ההר, למקרה ששוב יטמינו לנו מלכודת."

טובי הניע את ראשו כמתרשם, "יפה," אמר וצקצק בלשונו. האנפה שהיתה רחוקה מטרים בודדים ממנו התקרבה אליו רבצה על בטנה. נשמעו צקצוקי לשון נוספים. תוך דקה היו הארבעה באוויר. הכיוון היה נחל הצבים.

שֵם הנחל ניתן לו לפני מאות שנים. אז, היו בנחל צבים ענקיים. הצבים תקפו לא פעם את הירדלים שרחצו בנחל, בחלק מהמקרים נשיכתם היתה קטלנית. אז הוחלט לחסלם. מאז לא נראו יותר צבים בנחל, אך השם נשאר כשהיה.

השעה היתה כמה דקות לפני שש. מעט לפני שהגיעו לנחל הצבים ראו הארבעה עשרות אנפות מצבא ירדל עפות לכיוונם. אחד הקצינים סימן להם שינחתו בקרבת מקום. הם נחתו ליד ערוגות הפרחים המרהיבות שגדלו באחד הכפרים.

הקצין קפץ מהאנפה וניגש לסול. הוא הצדיע בקונוס. סול החזיר הצדעה משלו כשהוא נשאר על גבה של האנפה. כך עשו גם טימותי, מייק וטובי.

"המפקד," פנה הקצין לסול, "שני התצפיתנים שלי חזרו לפני כמה דקות. במשך כל הלילה התצפיתנים שלנו היו באוויר וגם בקרקע. הקצינים מכפר אורגון הגיעו לא מזמן ואיתם כמאה וחמישים חיילים. לא הצלחנו לראות את השבויים שלנו."

טובי וסול הביטו זה בזה. "מה עושים, אבא?"

"היכן השבויים שבידנו?" שאל טובי

"בקרבת מקום. גם גסיל נמצא איתם."

"טוב ויפה," אמר טובי. "ואתה," הוא פנה לקצין, "אמור לחייליך שיעלו על האנפות, אתם באים איתנו."

הקצין הזדרז להעביר את הפקודה בין פיקודיו. תוך דקות עלו כולם על האנפות והתרוממו גבוה באוויר כשסול מוביל. הם הגיעו לנחל הצבים כמה דקות אחרי שש. למטה נראו עשרות מחיילי אורגון, חמושים ומחולקים לקבוצות קטנות. סול סימן לקצין, וזה הנהן בראשו כמבין. הוא סימן לחייליו שינחתו מעברו של הנחל ויתפסו את מקומותיהם, וכך היה. טובי, סול, טימותי ומייק המשיכו לעוף במעגלים סביב הנחל. יריה בודדה נשמעה, וזיקוק אדום נראה באוויר. זה היה הסימן המוסכם: הכול בסדר.

טובי סימן לשלושה שינחתו אחריו, והם נחתו בסמוך לסול ולחייליו. הארבעה קפצו מהאנפות והתקרבו לגשר העץ שחיבר בין שתי גדות הנחל.

טובי הסתובב והביט סביבו. חוץ מהחיילים שהיו איתם לא היה רמז לקשתים המוסווים. הוא פנה לסול ולחש לו: "אני מסתכל לאחור ואיני מאמין שמסתתרים שם עשרה קשתים, כל הכבוד."

סול גיחך קלות ולחש לאביו על אוזנו: "אבא, אתה מביט לכיוון הלא נכון."

עיניו של טובי נפערו לרווחה. הוא הפנה באטיות את מבטו לעברו השני של הגשר. הם חיכו לטולי ולקצינים. מאחוריהם עמדו עשרות חיילים. טובי השתומם. הוא ניסה לעכל את הידיעה שמתחת לחיילים שוכבים חיילים סמויים. סול, שראה את מצוקת אביו, חייך ולחש לו, "זה לא ממש שם. אל תדאג, אף אחד לא יכול לדרוך עליהם."

טובי הביט לעבר טולי שנראה כחסר סבלנות, ואחר כך שב והביט בסול. "ספר לי עכשיו, היכן הם מוסתרים?" סול לא ענה, ובמקום זאת הביט בנחל. טובי העביר מבטו לנחל שנראה שקט. צפו בו עלים

ופיסות של עצים. הוא ראה עשרות קני סוף שנראו מפוזרים לצדי
הגשר ועד למרחק של עשרות מטרים משם. טובי חייך בהתלהבות,
"כמה זמן הם שם?"

"אני מאמין שבערך כשעה. אני חושב שכדאי שנתקדם לעברם."

"לא," פסק טובי. "נפגוש אותם באמצע הגשר. שלח את אחד החיילים
שיאמר להם להגיע לאמצע הגשר. פה אנחנו מוגנים טוב יותר."

סול הסתובב והורה לאחד החיילים שעלה על האנפה ותוך דקה חזר
לאחר שהעביר את המסר. "המפקד, הם יגיעו תוך כמה דקות לאמצע
הגשר," אמר החייל והצדיע.

טובי הסתובב והתחיל לעלות על גשר העץ, גשר בגובה שני מטרים
מהמים. בגדה השנייה התכוננו טולי וקציניו, גם הם התחילו להתקדם.
ידו של טולי היתה שמוטה עקב הפגיעה של החץ. תחבושת עבה
עיטרה את זרועו, אך היא לא מנעה ממנו מלהגיע למפגש.

שתי הקבוצות נפגשו באמצע הגשר כשבצד אחד של הגשר נראה
טולי, זה היה סימן שפליקס ואנטון עדיין אינם בריאים. בצד השני
נראה טובי כשמאחוריו סול, טימותי ומייק.

טובי נד בראשו לטולי. "היכן השבויים?" שאל.

טולי חייך בעצבנות וענה. "הם כאן בסביבה, היכן שלך?" טובי
התמהמה לכמה שניות. התחשק באותו הרגע לחנוק את הקצין המתנשא
הזה. "אני אתן הוראה ותוך עשר דקות הם יהיו כאן, בצד הזה של
הנחל," טובי הצביע מעבר לגבו.

"אין בעיה. גם אני אמקם תוך עשר דקות את החבורה שלך בצד שלי,
ואז נערוך את החילופים."

טובי הסכים, הסתובב וסימן לסול שייתן את הפקודה. סול מיהר
להעביר את הפקודה לאחד הקצינים. בינתיים, הוציא טובי את המקטרת
מכיסו. טולי מיהר ושלף שקית טבק שנראתה מוכרת לטובי. טולי
הושיט לו את השקית, וטובי, באדישות, מילא את המקטרת והביט
בעיניו של טימותי שפער את עיניו כמנסה לומר משהו. טובי סימן לו

בעיניו, לא עכשיו. "טבק טוב," אמר טובי כששאף מהמקטרת, הוא החזיר לטולי את שקית הטבק וצעד בחזרה.

"זה שקית הטבק של פרנסיס," לחש טימותי בכעס.

"אני יודע," אמר טובי. "אל תדאג, אני לא אוותר עד שאמצא אותו."

את הדקות הקרובות העבירו בהשערות על מקום הימצאו של פרנסיס. באוויר נראו מאות אנפות מגיעות מכיוון ירדל. כמאה אנפות נחתו קרוב לגדה, ליד טובי. השאר ריחפו מעל כל האזור, כשהם עושים הכול כדי למנוע תקיפה.

טובי ניגש לגסיל שהיה קשור לאנפה שלו. גסיל נרתע קלות. במבטו של טובי נראו נחישות וכעס. "מיד נשחרר אותך. כשתגיע לטולי או לאביך, תאמר להם שאם תוך יממה פרנסיס לא חוזר, אני והצבא שלי נשמיד אתכם."

גסיל ניסה לומר משהו, אך הפחד שיתק אותו, ומה שיצא ממנו היה מלמולי סרק.

"פשוט תהנהן בראשך אם הבנת," אמר טובי. גסיל הנהן בראשו.

מעבר לנחל נראו עשרות אנפות. הם נחתו מעברו של הנחל. סול ניגש לאביו ושאל, "איך אתה רוצה לערוך את חילופי השבויים?" טובי הביט לשמים. השליטה שלהם באזור היתה מוחלטת. "תשחרר אותם, תן להם לעבור."

סול הביט באביו. הוא רצה למחות על החלטתו, אך לבסוף שתק ונתן את ההוראה. השבויים שוחררו מהכבלים שקשרו את ידיהם וחצו את הנחל כשגסיל מוביל.

מעברו השני של הנחל שוחררו כמה עשרות מחיילי ירדל, כמחצית מהשבויים שהחזיקו סול וחייליו על הגשר. השבויים חלפו זה ליד זה. גסיל חלף ליד אלור. הוא ניסה להימנע מלהביט בה, אך היא לא ויתרה. היא ניגשה אליו וסטרה על לחיו. לרגע עצרו כולם את נשימתם. גסיל הביט בה בחיוך מרושע ולחש, "אל תדאגי זה עוד לא נגמר," אמר והמשיך לצעוד לעבר טולי וחיילי אורגון.

טולי והקצינים קיבלו את גסיל בחיבוקים ובטפיחות על השכם. טולי סימן בידו לאחד הקצינים.

סול הבחין שהקצין מאגרף את יד ימינו. החיילים של צבא אורגון התחילו להתפרס. למעלה נראו התצפיתנים של חיילי ירדל כשהם שבים במהירות על עקבותיהם. אחד מהם נחת ליד סול. "הם תוקפים. תוך דקות מגיעות לכאן למעלה מאלף אנפות רכובות חיילי אורגון." מרחוק נראה ענן ענקי של אנפות מתקרב לעברם.

סול צרח הוראות באוויר. טובי, טימותי ומייק השתטחו על הרצפה. מתוך הנחל קפצו החיילים של צבא ירדל וירו בחצים לעבר הקצינים. סול ראה את גסיל מתרחק בריצה כשטולי בעקבותיו.

סול התקרב בריצה לעבר הנחל וצרח לעבר החיילים כשהוא מצביע על טולי וגסיל. מטח של חצים השיג את טולי והכריע אותו. גסיל נעלם בין חייליו שברחו גם הם. למעלה הקרב היה בעיצומו. עשרות ירדלים נפלו משני הצבאות. הקשתים התחילו לירות לעבר חיילי אורגון שעפו באוויר. עשרות מהם נפלו. חלק מהחצים פגעו באנפות, והירדלים נפלו יחד איתם. צבא אורגון התחיל לסגת.

טובי התרומם מהרצפה כשהוא כועס ומיואש. "אי-אפשר לכונן איתם שלום."

סול הגיע בריצה מהגדה. חיילי אורגון לא נראו עוד, רק גופות מדממות של חיילים ואנפות חלקן פצועות. על הנחל צפו עשרות ירדלים מתים. "שאפסיק את המתקפה?" שאל סול. טובי ניער את האבק מפניו ומבגדיו. "לא. השלימו את המשימה," אמר וצעד לכיוון הגשר שהמשיך עד לגדה השנייה.

טימותי ומייק נעמדו גם הם והביטו בטובי. סול לקח איתו כמה חיילים ורץ לעבר טובי. הם הדביקו אותו כשעמד מעל לגופתו של טולי שנפגע בגופו מהחצים. סול התכופף ובדק אותו. "הוא מת. לא ראיתי אם גסיל נפגע," אמר באותה נשימה.

"הוא לא נפגע," אמר אחד מהקשתים שיצא מהמים והצטרף אליהם.

"כיוונו אליו, אך הוא הצליח להתחמק והיה בין עשרות החיילים שהצליחו לברוח."

אחד התצפיתנים, שנחת עם האנפה לידם, פנה ישירות לסול. "המפקד, חיכינו לבורחים לא הרחק מכאן. עכשיו אנחנו תוקפים את הכפר, ואם ירשה לי לומר, זה קרה כפי שצפית."

טובי הביט בסול בהערכה. "לא הערכתי אותך מספיק," הוא טפח לו על השכם. "סיים את זה. תשתדלו לא לפגוע בחפים מפשע."

סול הנהן בראשו. הוא עלה על האנפה של התצפיתן, צקצק בלשונו ותוך שניות עף לכפר אורגון. כמאה חיילים חיכו לרגע שסול יעוף באוויר. כשראו אותו, עלו גם הם על אנפותיהם ועפו בעקבותיו.

טימותי הביט בטובי. "איך, לעזאזל, נמצא את פרנסיס?" טובי משך בכתפיו. "נצטרך, ככל הנראה, לכבוש את הכפר הארור הזה," אמר וצעד לכיוון הגשר.

"אדוני, חכה כאן," אמר התצפיתן ורץ לגדה השנייה. הוא צקצק בלשונו ועשרות אנפות עפו לעברו. הוא אחז באנפה של טובי ועלה על גבה. תוך שניות נחת ליד טובי, קפץ מהאנפה ואמר, "בבקשה," הוא הושיט לטובי את הסרט האדום שעיטר את צווארה של האנפה.

טובי הודה לו בניד ראש. "בוא נחזור להר," אמר לטימותי ולמייק. השניים מיהרו לחצות את הגשר ועלו על האנפות. טובי עף גבוה כשטימותי ומייק מאחוריו.

***

בכפר אורגון השתוללה הלחימה, ורק כעבור שעתיים ומאות נפגעים משני המחנות הבינו בכירי צבא אורגון שתבוסתם קרובה. כשהבינו זאת לא נותרה להם ברירה אלא להיכנע. אולם רגע לפני הכניעה ראו מרחוק אלפי חיילים מצבאם מגיעים מכיוון הים. אלה היו חיילים שישבו בכפר הלוטם. סול סימן ותוך כחצי דקה נראו זיקוקים ירוקים באוויר: ההוראה לסגת. החיילים נסוגו כשחיילי אורגון רודפים אחריהם

עד לכפרם. שם כבר חיכו הקשתים. קציני צבא אורגון זיהו את הסכנה ועצרו את המרדף.

סול הוביל את הצבא אל קילומטר מהגבול. שם פרש שוב את הצבא ודאג לחיילים למזון, לנשק ולמנוחה קצרה. תותחי הבלנץ של כפר אורגון הרעישו שוב, וסול פקד על חייליו להטיל מצור היקפי מלא על כפר אורגון, גם מהצד הדרומי שפנה לים. כשסיים עלה על האנפה ועף להר. הוא חשב שהמלחמה עדיין לא הסתיימה.

פרק 54

התקרית במערה

און עלעל בספרון השחור והקטן. הוא וכעשרים מקציניו הנאמנים ביותר מצאו מסתור באחת המערות הרבות ליד הנחל הקטן. שעות לפני-כן כפרו הפסיד במלחמה, רוב חייליו נהרגו בקרבות והשאר נכנעו מיד. און וקציניו הבכירים הצליחו להערים על חוליות החיפוש והצליח לברוח.

הבוקר הפציע, ואחד הקצינים נשלח לדאוג לאוכל ולשתייה. שאר הקצינים השתעממו וסיפרו על חוויותיהם מהקרב. חלקם הדליקו מקטרות. מלאי הטבק היה מצומצם, ולכן עישנו בזוגות.

און המשיך להביט בספרון שנכתב בדלנאית העתיקה שאותה לא ידע. הוא גם זיהה שפה אחרת, משונה במקצת. הוא חשב לזרוק את הספרון לעבר המדורה, אך התחרט ודחף אותו לתיק קטן שהיה תלוי על כתפו. בפתח הופיעה צללית.

און חשב שזהו הקצין שהשתהה בשליחותו להשיג מזון, עמד והלך לכיוון הצללית. השמש סנוורה אותו והוא סוכך עם ידו על מצחו. להפתעת קציניו שישבו מאחוריו הוא קפץ אחורה בבהלה. הקצינים המותשים מן הלחימה והתבוסה שלפו מיד את אקדחיהם. הדמות נכנסה פנימה ולתדהמתם, ראו את מנר לבדו, כשהוא עומד מולם בלי נשק.

און התחיל ללכת לאחור, הוא התרחק. חלק מהקצינים צעדו גם הם לאחור בצעדים מהוססים. מנר פסע לעבר המדורה הקטנה ונעצר. הוא הביט באון במבטו הנוקב. "הספרון, אני רוצה אותו בחזרה," אמר בקול מאיים.

און הביט סביבו, הוא היסס מעט. העובדה שהיה היחיד שהתעמת עם

מנר ויצא חי גרמה לחייליו לבטוח בו. הוא רצה לברוח ולא להתעמת עם מנר, אך ידע שאם יעשה זאת יאבד מכבודו באותו הרגע. בהחלטה של רגע שלף און את הספרון מתיקו. הקצינים שמסביבו הרימו את נשקם וכיוונו אותו לעבר מנר. און השליך את הספרון לעבר מנר, ובאותו הרגע צרח, "תירו בו."

הקצינים שכיוונו את נשקם, ירו כולם לעבר מנר. בהרמת ידו בלבד הוטחו כולם כבובות קלילות אל הקירות מסביבם. חלקם מתו עוד לפני שגופם פגע בקרקע, האחרים נפצעו קשה.

העשן הסמיך שכיסה את כל המערה הקשה על הנשימה, והפצועים השתעלו כשהתפזר אט-אט העשן נתגלו מימדי הזוועה למנר, שעדיין היה עומד על מקומו. ידו הימנית היתה רפויה לצד גופו ודיממה. הוא נפגע בידו, בבטנו ובירך. הוא התכופף, הרים את הספרון ודחף אותו לתיק קטן צמוד לגופו. הוא ספר ארבעה פצועים וחמישה הרוגים, און ושאר הקצינים נעלמו.

מנר הלך כשהוא צולע לבטן המערה. ההליכה היתה קשה וכואבת. הפגיעה ברגלו היתה רצינית, אך הרצון לנקום באון היה חזק ממנו. מנר המשיך וסרק את המערה עד שמצא את שחיפש. למערה היו שני פתחים שונים. מכאן הם ברחו, הרהר מנר וחזר על עקבותיו.

היציאה מהמערה ועד לבינקי, האנפה המסורה, נראתה למנר כסיוט ארוך. הוא צקצק בלשונו. בינקי גחנה על בטנה, וזו היתה הפעם השנייה שגופו המדמם הכתים את גופה הצחור. מנר נשכב על גבה, ידיו אחזו בצווארה. הוא שוב צקצק ואיבד את הכרתו. בינקי ייצבה את עמידתה, אך לא הצליחה, מנר נפל מגבה לפני שהספיקה לעזוב את הקרקע.

***

במשך כל הלילה ועד לשעות הבוקר המוקדמות סרקו חייליו של מנר את כפרו של און. החיילים חזרו עייפים לכפרם. אופליה, שבינתיים התאקלמה בכיפה העגולה, עזרה ללין ולניבה לנתב בין קבוצות החיפוש שחיפשו במקומות שונים בכפר.

ניבה, לין ונמי תפסו תנומה קלה ואגרו כוחות, ואילו סט ורם המשיכו לחפש על אנפותיהם את מנר. נמי היתה הראשונה שהתעוררה. השעה היתה שתיים בצהריים. היא נכנסה למשרדו של מנר. אופליה ישבה עם תר, ושניהם הביטו במפה שנפרשה על השולחן. אופליה הרימה את ראשה והביטה בנמי. "התעוררת," אופליה חייכה.

"יש סימן למנר?" נמי לא התאפקה ושאלה.

"בינתיים לא, יקירתי."

תר מלמל מילות התנצלות על שעליו לעזוב את הדלת החיצונית של הכיפה העגולה ומיהר לחזור למקומו, מחוץ לכיפה כשהוא טורק את דלת הכניסה. זה הספיק לניבה וללין. שתיהן קפצו מהמחצלות שעליהן ישנו. הן מיהרו להגיע למשרדו של מנר. "נו, יש משהו?" שאלה לין.

נמי נדה בראשה.

"אני קצת רעבה." נמי הניחה ידיה את ידה על בטנה המקרקרת ומיהרה לצאת מהמשרד. כעבור כמה דקות חזרה עם מגש ועליו קנקן של יינוק, פירות טריים ועוגיות חמאה. לין וניבה הושיטו את ידן, וכל אחת מהן לקחה עוגיות חמאה. אופליה הסתפקה בתפוח ובכוס יינוק.

"סרקנו את כל האזור. אני כבר לא יודעת היכן אפשר עוד לחפש," אמרה ניבה. נמי המהמה. "יש מקום אחד שלא חיפשנו בו."

"על איזה מקום את מדברת, יקירתי?" שאלה אופליה. נמי העבירה את אצבעה על המפה, מעבר לנחל האבדון, "פה." אופליה הביטה בלין ובניבה, "מה יש במקום הזה?"

ניבה סיפר לאופליה על החיים שמעבר לנחל האבדון. על התקרית שקרתה למנר לפני שנים רבות ועל מה שקרה בליל אמש. אופליה נשפה מאפה בחיוך. "אני מבינה שכוחותיו של אחי התחזקו עם השנים."

בחוץ נשמעה תנועה רבה של דלנאים. אופליה הביטה לעבר הדלת. ניבה התחילה לומר משהו על הכפר של און שנכנע, ואופליה, מתוך נימוס, חיכתה שניבה תסיים.

"אני חושבת שכדאי שנבדוק מה קורה שם," אמרה אופליה כשקמה

מכיסאה והלכה לכיוון דלת הכניסה של הכיפה העגולה. בדיוק באותו רגע נכנס תר וסימן לארבעה שיצאו אחריו.

כשיצאו, סוככו על עיניהם מפני השמש. אופליה ראתה ראשונה את בינקי כשעליה כתמי הדם. היא התקרבה לאנפה, ליטפה אותה ולחשה בשקט על אוזנה. בינקי השעינה את ראשה על בטנה של אופליה.

"ניסינו לגשת אליה. היא לא אפשרה לאיש שיתקרב אליה," מלמל תר בהשתאות. אופליה העבירה את ידה על צווארה של בינקי. היא נגעה באצבעותיה בדם ואמרה, "אני כבר חוזרת." היא לחשה משהו לבינקי, וזו רבצה על בטנה. אופליה עלתה על גבה ובלי לומר מילה, פרשה בינקי כנפיים ותוך שניות נעלמו השתיים.

במשך דקות ארוכות עפה בינקי לעבר הנחל הקטן. היא נחתה במרחק מטר ממנו, שוכב על החול דומם. אופליה צרחה, קפצה מגבה של בינקי כשדמעות בעיניה, ואצה לחבק אותו. "הוא חי!" צרחה לאחר שבחיבוק גם בדקה לו את הדופק. "הוא חי!" לחשה ופתאום לא יכלה לעצור את דמעותיה. זה היה אחיה שלא ראתה זה מאתיים שנה. הגעגועים והסבלנות השתלמו, חשבה לעצמה. למעלה נראו שתי אנפות. היא הביטה בהן דרוכה לקראת כל דבר וניסתה לזהות את היושבים עליהן. השמש סנוורה מעט והקשתה על הראייה. תוך שניות נחתו שתי אנפות לידה. ניבה ונמי קפצו מהן. "אני שמחה שאתן פה," אמרה אופליה, "תעזרו לי. נקשור אותו לאנפה שלו."

ניבה מיהרה ורכנה מעל מנר. היא שלפה תחבושות מתיק הגב שלה וחבשה את מנר במקצועיות. "הוא נפצע ואיבד הרבה דם, אבל הוא יהיה בסדר," אמרה אופליה לנמי כשדמעות בעיניה. ניבה סיימה, ושלושתן במאמץ משותף הרימו את מנר וקשרו אותו לגבה של בינקי.

למעלה נראו עשרות אנפות. "את מזהה אותן?" שאלה אופליה את ניבה. האנפות נחתו במהירות. "כן, הם משלנו. זוהי חוליות החיפוש ששלחנו לחפש אחר מנר," ענתה ניבה. בזו אחר זו נחתו האנפות במרחק מטרים ספורים מהם. מפקד חוליית החיפוש מיהר לניבה. "מה איתו?" הוא הביט במנר.

"הוא יהיה בסדר," ענתה ניבה. "מצאתם את און והקצינים?" הקצין נד בראשו, "יש אלפי מקומות שבהם הוא יכול היה להתחבא."

אופליה לחשה בדלנאית על אוזנה של בינקי והתיישבה ביחד עם נמי על האנפה שלה. פתאום, בלי כל אזהרה, פרשו שתי האנפות כנפיים ועפו לעבר הכיפה העגולה. "אני לא מבינה, איך עשית את זה?" שאלה נמי כשהיא מופתעת. "את אפילו לא צקצקת בלשונך ושתי האנפות פשוט עפו יחד." אופליה לא ענתה. סוף-סוף, חשבה, אחרי כל כך הרבה שנים אני פוגשת את אחי. הדמעות שזלגו מעיניה התחדשו שוב ושוב. הרוח בגובה זה ייבשה אותן מיד.

ניבה וחוליות החיפוש ניסו להדביק אותן, אך לשווא. שתי האנפות נחתו ליד הכניסה לכיפה העגולה. תר מיהר לעזור. יחד איתו באו כמה חיילים. הם הרימו את מנר והכניסו אותו לתוך הכיפה העגולה. הם השכיבו אותו במשרדו, על המזרן הרך שעליו שכב רם לאחר שנתקל בשועל.

תר סימן לחיילים שיצאו מהמשרד. הוא עצמו הביט במנר לשנייה ואחר כך יצא גם הוא. באותו רגע נכנסה ניבה ומיהרה למשרדו של מנר. אופליה שלפה מכיס מכנסיה שקית בד קטנה. היא הסירה את התחבושות מגופו של מנר ולאחר שבדק אותו אמרה, "הקליעים פגעו ברקמות ויצאו מהצד השני. אני צריכה מים חמים ומעט כהל."

ניבה ונמי מיהרו למטבחון וחזרו עם כהל, תחבושות ומים חמים. אופליה טיפלה בפצעיו של מנר ושפכה מעט מהאבקה שהיתה בשקית הבד על פצעיו של מנר, ניבה בדקה אותו. "הוא קודח מחום," אמרה בדאגה. "אני צריכה שתתרחקו מעט," ביקשה מהן אופליה.

נמי וניבה נעמדו בפינת החדר. אופליה עצמה את עיניה. היא מתחה את כפות ידיה מעל לגופו של מנר ובמשך דקה ארוכה, שנראתה לניבה ולנמי כנצח, נשארה באותה התנוחה. אחר כך פקחה את עיניה והעבירה את ידה על הפצעים המדממים שבגופו. כשנגעה במנר, גופו התעוות

מעט. ריח של בשר חרוך נישא באוויר. במקומות שבהם נפגע הופיעו כוויות אדומות. אופליה פיזרה מעט מהאבקה על הפצעים וחבשה אותם מחדש. "הוא יהיה בסדר. עוד כמה שניות הוא יתעורר והכול יחזור לקדמותו," הרגיעה.

"בואו נצא, ניתן לו לנוח," נמי סימנה לסט ורם שנכנסו לכיפה העגולה שילכו אחריה. ניבה הובילה אותם לחדר האסיפות. "מה קורה עם מנר וטים?" סט שאל את נמי. "מנר יהיה בסדר. אופליה הצילה אותו וטים ישן בחדר הסמוך."

אופליה התיישבה על אחד הכיסאות. באותו הרגע נכנסה לין נכנסה לחדר. כולם התיישבו כשניבה סיפרה לרם וללין על ההתפתחויות האחרונות. היא סיפרה לאופליה על החיים בכפר, על ליל הפנסים ועל נל קלר. כשסיפרה לה על נל, אופליה הביטה בה בתימהון. "אז זה נכון," מלמלה. "מה נכון?" שאלה נמי. אופליה הביטה בנמי. "ראיתי אותו, אני כמעט בטוחה."

"את מי ראית?" שאלה נמי בהססנות. אופליה הביטה בנמי בחיבה. "את הדלנאי הצעיר. הוא נמצא בבית של בני אדם, היכן שהוא בכדור הארץ."

"מתי זה היה?" שאל סט.

"זה היה לפני כחודשיים. טיילתי במעברים. למעשה, נתקעתי שם ולא יכולתי לצאת. באחת הפעמים הגעתי למבוי סתום. הרגשתי שאנרגיות חיוביות חודרות לגופי. פתאום מצאתי את עצמי מביטה בו לכמה שניות. כשראה אותי, קפץ לאחור בבהלה. אחר כך הרגשתי שהאנרגיות והכוחות עוזבים אותי, ושוב מצאתי את עצמי מטיילת בין המעברים."

את השתיקה שהיתה בחדר היה אפשר לחתוך בסכין.

"הייתי רוצה לשמוע קצת על המעברים. מה קרה כשנתקעת שם?" אמרה נמי והפרה את השתיקה. אופליה הביטה סביבה וכיווצה את שפתיה, "אני מבינה שהחלון השלישי נמצא כאן, במקום כלשהו."

"כן," ענתה ניבה. "במרחק מטרים ספורים מכאן."

"אחכה שמנר יתעורר. אשמח לראות את המעבר הזה."

"את ממש הרפתקנית," חייך רם, "זה מוצא חן בעיניי." אופליה חייכה אליו כשהיא צוחקת.

דפיקות חלשות נשמעו על הדלת שהיתה פתוחה. כולם הסתובבו. בפתח עמד טים שחייך במבוכה. "הי, טים." נמי, רם וסט התקרבו אליו וטפחו על שכמו בחיבה. "איך אתה מרגיש?" שאלה נמי.

"בוא, הצטרף אלינו!" קראה אליו ניבה.

טים התיישב על הכיסא. "אני מרגיש די טוב." הוא הביט באופליה ואמר, "את זו שהצלת אותי, נכון?" שאל. אופליה הנהנה בראשה. "שמעתי עליך רבות ואני שמחה שהסתדרתם בסוף."

"גם אני שמח," אמר טים ובאותה הנשימה שאל, "את אחותו של מנר?"

"נכון, שמי אופליה. איך הכתף שלך?"

טים מישש את כתפו, במקום בו פגע הכדור נותר רק חור וכתמי דם יבשים. "זה משונה," הוא מלמל, "התעוררתי לפני כעשרים דקות, וכל מה שנשאר זה צלקת קטנה."

"טוב, הצלקת עצמה תישאר. מזלך שעברתי במקום. בכדור שפגע בך היה רעל לא מוכר."

"עד לא מזמן גם אנחנו לא הכרנו אותו," אמרה לין בתיעוב. "מנר חילק לכל תושבי הכפר כדורים לבליעה אם ייפגעו מהרעל הזה שנקרא ריינאאוט," הוסיפה נמי.

השיחה המשיכה ועסקה כמעט בכל דבר שקורה בכפר. השיחה יכלה להימשך בלי סוף, אלמלא בטנם המקרקרת של נמי וניבה. כולם שמחו על ההצעה להפסקה קלה להתרעננות והצטיידות. השתיים, בעזרת רם, התחילו להכין ארוחת הצהריים; רם הכין יינוק.

***

באותו זמן, לא הרחק משם, ישבו און וחלק מתריסר קציניו, באחת

המערות ליד הנחל הקטן. כל מי שלא נפגע ממנר ברח ויצא דרך היציאה המשנית של המערה, כשהעשן הרב שנוצר בעקבות ירי האקדחים הסווה אותם במנוסתם.

און מילא את מקטרתו בטבק והדליק אותה. שאר הקצינים הביטו בו וחיכו למוצא פיו. הוא הרהר במצב שאליו נקלע. אם היה מתגבר על מנר, יכול היה לשלוט בכפר. הוא חשב על התקרית במערה. הוא רצה לדעת אם מנר נפצע או מת, מחשבה זו הטרידה אותו.

אחד הקצינים אמר, "מנר בוודאי נהרג, אני בעצמי פגעתי בו, לפחות פעם אחת." און הסתובב לעבר הקצין כשהבעה מפחידה בעיניו. "יון, אחרי שירית לכיוונו, האם בדקת אם הוא נפגע?" הקצין הרכין את ראשו מעט. "לא, ברחתי עם כולם. זה היה כל כך מפחיד, איך הוא מסוגל להרוג ולפצוע בנו קשות ללא שום שימוש בכלי נשק כלשהו?"

הקצינים הנהנו בראשם להסכמה. יון ראה שחבריו מרגישים כמוהו והמשיך לדבר. "ראיתם את דל? הגוף שלו נראה כמו בובה שרופה וחסרת חיים!" לפתע השתתק. און הביט בו במבט מפחיד, נעמד על רגליו, התקרב לעברו ואמר: "אם אתה צריך לפחוד ממישהו, פחד ממני," אמר בקול שקט וקר. יון השפיל מבטו לרצפה ולא ענה. און המשיך: "פשוט את המדים שלך. יש כאן מכנסיים קצרים וחולצה קצרה. אני רוצה שתעשה בשבילי כמה דברים". יון הביט בו בחשש. "במה אני יכול לעזור?" שאל.

און התיישב לידו כשהוא שואף ממקטרתו. "חשבתי על כך רבות. הגעתי למסקנה שמנר לא יפגע בחיילים או במשפחותינו. לדעתי, הם אספו את כל הנשק והאנפות, ולכן הוא אִפשר לכפר שלנו להמשיך להתנהל כרגיל. אני רוצה שתחזור לכפר..."

מלמולים נשמעו בקרב הקצינים. "עדיין לא סיימתי," און הביט בהם בכעס וכולם השתתקו. "תרגל ותבדוק מה קורה בכפר. תשיג לנו אוכל ושתייה וגם טבק. אחרי שתשיג את המידע, גש לביתי. בחדר השינה משמאל למיטה ממוקמת שידה שנראית כשידת מצעים. סובב אותה.

מאחור תראה ידית קטנה שנפתחת כלפי מעלה. בתוכה תמצא שקית בד ירוקה וסגורה. הבא הכול בהקדם האפשרי לכאן."

יון נעמד על רגליו ופשט את מדיו. אחד הקצינים זרק לעברו את המכנסיים הקצרים והחולצה. יון התלבש ועמד לצאת. הוא שם את אקדחו בנרתיק מיוחד וחיבר אותו למכנסיו הקצרים.

"חכה רגע," אמר און והתקדם לעברו. הוא הוציא את האקדח מהנרתיק. "אתה לא תצטרך את זה, זה רק ימשוך תשומת לב מיותרת." יון לא ענה. הוא שחרר את האבזם שחיבר את חגורת האקדח ממותניו, ובלי לומר מילה, יצא החוצה מהמערה. השמש שטפה באורה את כל העמק.

***

יון הביט סביבו, מאות מערות נראו בכל מקום. הוא הוציא מכיסו גיר אדום וסימן עיגול קטן על פתח המערה, " כדי שלא אתבלבל" חשב לעצמו. הוא התחיל לצעוד לכיוון הכפר המרוחק כשבעה קילומטרים משם. היה חם וזו היתה הליכה ארוכה לדלנאי.

השטח הסלעי הקשה עליו את ההליכה. הפחד מנחשונים ארסיים גרם לו להביט כל העת לכל עבר. בעבר קרו מקרים שנחשונים הכישו דלנאים. ברוב המקרים אחרי טיפול תרופתי מתאים החלימו הדלנאים, חלקם אף חזר לחיים רגילים. אך במקרים מסוימים זה לא עזר, ואלו שהוכשו מתו בייסורים, או השתגעו.

האזור כולו נראה שומם מאוד. הוא ראה מרחוק שתי אנפות עפות נמוך. יון הסתתר בין הסלעים והציץ לעברן. גופו כאב. היומיים האחרונים התישו אותו. הפחד והדאגה מהמשימה גרמו לו לכאב ראש. על האנפות שחגו מעליו לא היו רוכבים. יון הביט סביבו בחשש. רחש אבנים נופלות הקפיץ אותו למקום מסתור. הוא חיכה מעט בטרם יצא שוב, והציץ שוב בזהירות. הכול נראה שומם. הוא נאנח בשקט והמשיך לדרכו. חושיו נדרכו כששמע שוב אבנים שהתדרדרו, אך הפעם שמע גם צעדים. הוא התכווץ במקומו ונשך את שפתיו. הוא כעס שלא

התעקש לקחת את אקדחו. הצעדים התקרבו. הוא גישש על הרצפה עד שמצא אבן גדולה. הוא אימץ אותה לחזהו ועצם את עיניו בפחד. כש פקח את עיניו הביט היישר לפרצופה המחייך של נואי, אחותו האבודה של און. "הי יון, נראה שעוד רגע היית מתעלף," היא חייכה. הרבה שנים עברו מאז ראה אותה לאחרונה.

נואי היתה דלנאית יפהפיה. עצמות לחייה בלטו במקצת ושפתיה נראו חושניות מתמיד. היא לבשה סרבל בז' שלבשו דלנאים צעירים. מתחתיו לבשה חולצה חומה. שערה הארוך היה קלוע בתופסן כשחלק ממנו נפל בצורה שובבית סביב פניה.

"נואי," קרא יון ושחרר אנחה. "מה את עושה פה? כמה זמן לא ראיתי אותך." נואי התיישבה לידו והביטה בעיניו. "היכן און?" "לא רחוק מכאן. בתוך אחת המערות..."

"יון," נואי הפסיקה את שטף דיבורו. "בוא, נחסוך זמן, קח אותי אליו," אמרה ונעמדה על רגליה. יון נעמד גם הוא. "בואי אחריי." הוא התחיל לחזור על עקבותיו כשנואי אחריו. "היכן היית כל השנים?" שאל יון. נואי לא ענתה, במקום זה נעצרה והביטה סביבה. יון נעמד גם הוא. "מה קרה? למה...?"

"ש...ש..." היא היסתה אותו ושלפה אקדח מתיק הצד. היא הביטה מעבר לכתפו של יון.

יון הסתובב וקפץ לאחור. במרחק של כמה מטרים היה נחשון ארוך ועצום. הוא הביט בהם. ראשו היה באוויר וגופו נע לקראתם. יון פלט צעקה שהתערבבה בהדי היריות שנשמעו מאקדחה של נואי. היא ירתה שלוש פעמים לעבר הנחשון ופגעה בו לפחות פעמיים. הנחש התעוות. נואי הטעינה שלושה כדורים חדשים למחסנית וירתה אותם לעבר הנחשון שנפל מת שני מטרים מהם.

לבו של יון דפק בפראות. הוא הביט סביבו בחשש שמא נחשון נוסף מסתתר בסביבה. נואי, לעומתו, התקרבה לנחשון בביטחון. היא הביטה בו בסלידה, ואחר כך הסתובבה ליון ואמרה, "בוא נמשיך." יון הנהן

בראשו ולקח אותה לקבוצת המערות. היו שם מאות פתחים. "אני מקווה שסימנת את הפתח הנכון," אמרה נואי.

יון הביט סביבו. הוא ראה את הסימן האדום שהשאיר על פתח המערה. הוא נכנס ואחריו נכנסה נואי. הוא נבהל מעט כשראה את כל האקדחים מכוונים לעברו. "למה חזרת?" נשמע קולו של און שהסתתר מאחורי אחד הסלעים שהיו במערה. "תראה בעצמך," ענה יון.

און קפץ מאחורי הסלע בחיוך ומיהר להתחבק עם אחותו. במשך כמה דקות הסתודדו השניים ביניהם. אחר כך הסתובב און לעברו של יון ואמר, "יש לך משימה לבצע, נכון?"

"כן, אבל הפעם אני חושב שאקח את האקדח, ליתר ביטחון," אמר יון. און הרהר שנייה ואחר כך אמר, "בסדר, קח לך אקדח בלי נרתיק שלא ייראה חשוד. החבא אותו בתיק הצד שלך."

יון ניגש לאקדחו שנח על אחד הסלעים הקטנים. הוא בדק שהאקדח טעון. בתיק הצד שלו היו מלאי כדורים. כשהלך לכיוון היציאה מהמערה מלמלו לו חבריו איחולי הצלחה. יון לא השיב ויצא החוצה.

הוא הלך על אותו השביל עד שהגיע לפגר של הנחשון. מסביבו ריחפו אלפי זבובים ורמשים. יון עקף את הפגר והמשיך ללכת. נותרו לו עוד כשעתיים עד שהשמש תשקע, המרחק לכפר היה כשלוש שעות. הוא הגיע למסקנה שיגיע לפאתי הכפר קצת אחרי השקיעה, לקראת ערב. המחשבה שיפגוש עוד נחשון גרמה לו לשלוף את האקדח מתיקו ולשאת אותו בידו עד לכפר.

הדרך הארוכה עד לכפר עברה כמעט בלי בעיות. חוץ מהפעם שבה יון הבחין בסיירים דלנאים רוכבי אנפות. הוא הבחין בהם ממרחק מספיק גדול כדי להספיק להסתתר. הן חלפו מעליו בגובה רב ולא הצליחו לראותו.

פרק 55

דילמת השבויים

הערב ירד. יון הגיע לפאתי הכפר. מרחוק ראה עשרות דלנאים מתגודדים סביב קבוצת חיילים. הוא הכניס את האקדח לתיק הצד והתקדם לעברם. אחד החיילים העמיד שלט גדול מעץ והשאר עזרו לו לתקוע אותו באדמה. מסביב היו בעיקר דלנאיות ודלנאים צעירים, המבוגרים נלקחו כנראה לתחקיר. הוא רצה לברוח, אך ידע שאם יעשה זאת ימשוך תשומת לב מיותרת וייעצר. הוא התקדם בצעדים בטוחים לעבר ההתקהלות. עד מהרה התממשו חששותיו. הדלנאיות והדלנאים הביטו בו בתמיהה. הם זיהו אותו מיד, אך שתקו. יון סימן להם בעיניו. חלקם הבינו מיד והסתובבו לעבר החיילים שנעמדו גם הם והביטו בו. אחד החיילים פנה לזה שאחז בשלט ושאל: "ארי, חשבתי שעצרתם את כולם בכפר הזה."

ארי הרים את ראשו והביט ביון. "הי אתה, גש לכאן, בבקשה."

יון הביט בו בשלווה. "למה?" היתמם. החיילים גיחכו בשקט. "אני לא יודע, אולי אתה חי בכוכב אחר ולא שמת לב שהתרחשה כאן מלחמה, ושאתה שייך למפסידים?" שאל ארי, ספק מתלוצץ, ספק ברצינות.

"אני לא קשור למלחמה הזו. אני בסך הכול מורה בבית הספר ומעולם לא השתתפתי במלחמה," ענה יון בביטחון, לבו דופק בינתיים בפראות. אחד החיילים קפץ מהבמה הקטנה שעליה עמד וניגש ליון. הוא שלח ידו לתיק וניסה לקחת אותו, יון התנגד, וחייל נוסף התקרב בריצה כשנשק בידו. הוא כיוון אותו לראשו של יון ואמר: "כדאי שתשתף איתנו פעולה."

הדלנאיות והדלנאים הקטנים התגודדו סביבם וצעקו שיחדלו ויעזבו

אותו בשקט. שאר החיילים עזבו את השלט ומיהרו ליון ולשניים שעצרו אותו, מפלסים את דרכם בדחיפות בין הדלנאיות והדלנאים הצעירים, במה שהפך כבר למהומה. אחד החיילים הפיל את יון על הרצפה וקשר את ידיו לאחור, ושני חיילים אחרים לקחו בכוח את התיק. הוא נפתח והאקדח וכל הכדורים התפזרו ברעש על הרצפה.

"הי, מה קורה פה?" נשמעה צעקה. כולם הסתובבו לעבר הקול ומיד זיהו את ניבה. "חדלו ממעשיכם, עכשיו ומיד," הורתה לחיילים.

ארי ניגש לניבה והציג את עצמו. "אני הקצין ממונה כרגע על הכפר."

"כן? ומי מינה אותך לתפקיד הזה?" ניבה הקשיחה את דיבורה.

ארי פלבל בעיניו. פתאום כל הביטחון העצמי שלו התפוגג. "תר... הוא זה ש ..." הצליח להגיד.

"תר לא קובע כאן," קטעה אותו, "ובכל מקרה לא זו הדרך לנהוג בדלנאיות ובדלנאים צעירים." ארי הביט לאחור. חלק מהדלנאים בכו והאמהות ניסו להרגיעם. "הניחו לו והתירו את החבל", הצביעה ניבה על יון שכבר עמד על רגליו ושני חיילים אחזו בו מכל צד. החיילים היססו לרגע לפני שעשו כדבריה והרפו ממנו. אחד החיילים הרים את האקדח מהרצפה ונופף בו לכל עבר. "אמרת שאתה מורה, נכון?" גיחך... ארי ניגש ולקח את האקדח מידו. הוא בדק אותו, וכשעשה כך, הביט ביון ואמר, "אתה לא חייל, אתה קצין." יון לא ענה. הוא רצה לברוח, לרוץ בלי לעצור, אך הוא ידע שכדורי האקדח ישיגו אותו לפני שיעבור מרחק של חמישה מטרים. "זה נכון?" שאלה ניבה את יון.

יון היסס לרגע ולבסוף ענה. "אני לא חייל ובוודאי שלא קצין. את האקדח מצאתי זרוק עם הכדורים על הרצפה. מכיוון שלא רציתי שהדלנאים הצעירים ימצאו את האקדח וישחקו בו, שמתי אותו בתיק שלי."

ניבה הביטה בו בחשדנות. "אני מציעה שתתלווה לחיילים האלה לתחקיר. אם הם ימצאו שאתה דובר אמת, נשחרר אותך."

יון התחיל לומר משהו ולבסוף התחרט והנהן בראשו. ארי ניגש

אליו. הוא לקח את החבל שהיה על הרצפה וקשר את ידיו של יון. "כמו שליאה אמרה, אם אתה דובר אמת, נשחרר אותך. לטובתך, כדאי שלא נתפוס אותך משקר," אמר לו ארי וסימן לשני החיילים שייקחו אותו לחדר החקירות.

ארי הסתובב לניבה: "רציתי לשאול אותך מה קורה עכשיו בכפר?" ניבה הביטה בדלנאיות ובדלנאים שהלכו לבתיהם. "בינתיים כלום," אמרה והסתובבה לכיוון האנפה שלה.

***

באותו זמן בתוך הכיפה העגולה סיימו כולם לאכול. טים הדליק את המקטרת שלו, לין ונמי דיברו ביניהן על כך שניבה יצאה לפני כשעה ועדיין לא חזרה. אופליה שלחה אותה לבדוק כיצד מתמודדות נשות הכפר, עתה כשבעליהן מגויסים והן נשארו לבדן עם הדלנאים והדלנאיות הקטנים.

אופליה יצאה מהחדר לחדרו של מנר. הוא שכב שם על המזרן, מחוסר הכרה. היא שבה אל החדר מחוסרת סבלנות. כשקמה שוב הוא הופיע לפתע בפתח הדלת. השניים הביטו זה בזה. מנר נראה טוב וערני, כמו דבר לא קרה לו. הוא הביט באופליה בפליאה. מאתיים שנים עברו מאז ראה אותה, וכעת היא עומדת מולו, כאן בכיפה העגולה. הוא מלמל משהו ופרש ידיים לחבק את אותה, דמעות של אושר בעיניו, והיא פרצה בבכי.

יושבי החדר הביטו בהם בהתרגשות. זו היתה הפעם הראשונה שראו את מנר מתרגש. לין ונמי התרגשו גם הן וניגבו את דמעותיהן. מנר התנתק מאופליה והביט בה בהתרגשות. "איך הגעת?" לחש. אופליה נשמה עמוק וניגבה את דמעותיה. "סיפור ארוך, העיקר שאני כאן."

לין סימנה לרם, סט, טים ונמי שיבואו אחריה. מנר הביט בהם כשחלפו על פניו בהבעת תודה. הוא סימן לאופליה שתיכנס לחדר וסגר אחריהם את הדלת. במשך שעות דיברו ביניהם, נוגעים בקצה

המזלג במאורעות ממאתיים השנים האחרונות. אופליה סיפרה על המעבר של פרנסיס ועל בני המשפחה, על העימות בין ירדל לדלאי, על המעברים ועל פרנסיס שהתנתק מדלאי. כשאופליה הזכירה את פרנסיס, מנר הסתקרן. הוא לא הפסיק לשאול עליו. אופליה ענתה בסבלנות וגם היא שאלה שאלות משלה.

"יש לי עוד דבר אחד שאני חייב לדעת," מנר הביט באופליה בסקרנות.

"תשאל," אמרה בחביבות.

"אני, את ופרנסיס התברכנו בילדותינו בכוחות על-טבעיים. אז, הכוחות האלה היו ראשוניים בלבד ושימשו אותנו למעשי קונדס. עם השנים התפתחו הכוחות ולמדנו לשלוט בהם, ובגיל הנעורים כבר השתמשנו בהם כדי לטפל בפצועים ובענייני הכפר." "אתה רוצה לדעת אם הכוחות של פרנסיס ושלי המשיכו להתחזק?" מנר הנהן בראשו.

"כן." אמרה אופליה בחיוך.

***

על השולחן ניצב קנקן יינוק ומסביבו ארבע כוסות, עוגיות חמאה ופירות טריים. אופליה קמה ומזגה יינוק לשתי כוסות. היא ניגשה לשולחן של מנר, ובלי משים פתחה את המגירה והוציאה משם את שקית הטבק ואת המקטרת של מנר. היא הסתובבה להניח את שקית הטבק והמקטרת מולו, ואז אמרה: "בתוך הארון מאחוריי יש מפות מפורטות של האזור יחד עם עוד כמה מפות מסתוריות, ולשמאלן שקית ניילון אדומה ובתוכה טבק נוסף" והתיישבה מולו.

מנר המהם, אחז את המקטרת בידו, מילא אותה בטבק והדליק את המקטרת. "זה מרשים," אמר והוסיף. "פיתחת את זה יפה. עד כמה שאני זוכר, תמיד היה לך יכולת לראות דברים. כשהיינו קטנים פרנסיס ואני היינו מחביאים חפצים בחדר ואת תמיד ניחשת היכן הם."

"כן, אני זוכרת, אבל אז החפצים היו בתוך החדר, עוד לא יכולתי לראות דברים מעבר לקירות." "אני מבין שזה השתנה?" אמר מנר

בחיוך. "אתה צודק," לחשה. "דברים רבים השתנו מאז. כרגע אני יכולה לראות את החבר'ה שלך, שוכבים על הכריות הגדולות בחדר הסמוך ומדברים."

גופו של מנר נדרך. "את רוצה לומר לי שאת יכולה לראות את כל מה שקורה בכיפה העגולה?" אופליה הנהנה. "כמעט, חוץ מהחדר שבו נמצא החלון השלישי, וכשאני רוצה לראות משהו אני צריכה להתרכז. קודם נרגשתי לקראת האפשרות שניפגש סוף-סוף, ולכן עברתי מחדר לחדר במקום להתרכז ולראות אותך מגיע מחדרך."

אופליה המשיכה וסיפרה למנר על התקרית בכפר כשנשמעו דפיקות בדלת. מנר הביט באופליה בסקרנות, אופליה חייכה ולחשה "זו ליאה, ומאחוריה עומדות נמי ולין."

מנר נשך את שפתו בחיוך. "היכנסו, בבקשה!"

הדלת נפתחה וליאה, לין ונמי נכנסו. "באנו לראות איך אתה מרגיש," אמרה ליאה.

"אני בסדר, תודה רבה! בואו, שבו איתנו." אמר מנר. השלוש התיישבו ואופליה פנתה לליאה: "יש חדש בכפר?" ליאה סיפרה לכולם על התקרית עם יון. מנר הרהר לרגע ואחר כך אמר, "היכן הוא?"

"חוקרים אותו, והוא ישוחרר אם יתברר כדובר אמת."

"זה משונה," אמר מנר, "כל הדלנאים שהיו בכפר השתתפו במלחמה ונעצרו, כולם השתתפו במלחמה. יכול להיות שהוא אחד הקצינים של און. תני הוראה להעביר אותו לכאן, אני אחקור אותו אישית."

ליאה קמה ויצאה מחדר, מחוץ לכיפה העגולה עמדו תר ואחד מפקודיו. ליאה סיפרה לתר על התקרית עם יון והורתה לו לשלוח ולהביא את יון למשרדו של מנר מיידית, על-רקע הסיכוי שישוחרר, והסיכון שבכך.

***

תר השאיר את החייל לשמור על הכניסה לכיפה העגולה והחליט לבצע

את המשימה בעצמו. תוך דקותיים כבר עף על אנפה לכיוון הכפר וכעבור שעה נחת במרכזו. המולה גדולה שרתה בככר, עשרות דלנאים מבוגרים וצעירים עמדו במרכזה וצעקו סיסמאות נגד החיילים, דורשים לאלתר את שחרור בניהם ובני זוגם ממעצר, הם דחקו את החיילים, שואפים להתפרץ לאולם הגדול שם שהו העצורים.

תר שאל את אחד החיילים היכן יוכל למצוא את ארי, וזה סימן על האולם הגדול. תר התקדם לעבר האולם, כשאחת הדלנאיות תפסה אותו בזרועו. לידה עמדו שלושה דלנאים קטנים ומבוהלים מההמולה שמסביב. "אתה תר, הקצין הבכיר?" שאלה הדלנאית בהתרגשות וניגבה את דמעותיה בכף ידה. תר, לרוב בחזות קשוחה ואטומה, הביט בדלנאים הקטנים וחייך לעברם, "זה אני," אמר בשקט. "תוכל, בבקשה לעזור לי? זאת אומרת, לנו?" היא הצביעה על ההמולה שהתרחשה מאחוריה. תר הנהן בראשו. "זה ייגמר בקרוב. כשנסיים לתחקר את הבעלים שלכם ונשחרר אותם," אמר והסתובב ללכת. הדלנאית אחזה שוב בזרועו. תר הסתובב ועמד לאבד את סבלנותו, אך אחד מילדיה התחיל לבכות ותר ריכך את טון דיבורו, "אל תדאגי," אמר. "מתי? מתי תשחררו אותם?" שאלה בקול מתחנן. "בקרוב. מנר ייתן את ההוראה ואחר כך תוכלו להמשיך בחייכם בשקט," הוא הביט בה במבטו החד.

מקצת מהדלנאיות זיהו אותו והתקדמו לעברו. הן סחבו אחריהן את ילדיהן הקטנים. תר הסתובב וסימן לאחד החיילים שיגיע בריצה. ההמולה שסביבו התגברה, וכולם הטיחו בו דברי אשמה. חיילים נוספים רצו לכיוונם וביחד הדפו את הדלנאיות. תר הרגיש שזה הרגע לעזוב. הוא התקדם במהירות לאולם הגדול. בכניסה לאולם עמדו שני שומרים. הם זיהו אותו מיד ופתחו לו את הדלת. הסדר והארגון המופתיים ששררו בפנים הרגיעו את תר וסייעו להקל על הכאב וההמולה מהככר ההומה. מאתיים שבויים ישבו על הרצפה, בכל סבב נחקרו חמישה חיילים.

הוא חיפש את ארי. מסביב עמדו עשרות חיילים עם נשק ששמרו על

השבויים. ארי זיהה אותו והתקדם לעברו כשחיוך מרוח של שפתיו.

"היי, איזו הפתעה. באת לראות אם הכול מתנהל כשורה?"

"אני רואה שהכול בסדר גמור. באתי לקחת את הדלנאי שתפסתם אחר הצהריים."

"אתה מתכוון ליון?"

"כן," אמר ומקווה בכל לבו שעדיין לא שוחרר. "הוא שם," ארי הצביע על קבוצת שבויים שישבו בפינת החדר. "הבא אותו לכאן," הורה לו תר. " מתי נוכל לשחרר את אלה שכבר חקרנו?"

תר הרהר לרגע, הוא לא שאל את מנר מתי יהיה אפשר לשחרר את השבויים, וזו היתה טעות. "בקרוב, צריך לקבל על כך אישור ממנר." ארי ניגש לקבוצת השבויים, בעוד החיילים מנהלים את התור להתפנות בשירותים ומחלקים מזון ושתייה. תר המתין בזמן שארי אחז בזרועו של אחד השבויים, סייע לו לעמוד והוביל אותו לכיוונו. השבוי לא הראה סימני פחד. הוא לבש מכנסיים קצרים וחולצה, ולא בלט על רקע שבויים אחרים שהיו בבגדי עבודה או יומיום, ולא לבשו את מדי הצבא. אחד השבויים שב מן השירותים, מעד על רגלו המתוחה של אחד מחבריו ונתקל ביון. תחילה זעף על החבר בעל הרגל הסוררת, אך כשהבין על מי נפל נמתח מיד לדום מתוח והצדיע את ההצדעה הנהוגה לקצין. הוא שכח שבשבי לא מצדיעים, כדי לא להצביע לאויב על בעלי התפקידים הבכירים. יון העיף מבט כעוס בשבוי ונפנה להמשיך ללכת, אך תר התקדם לעברם וקרא לכולם לעצור. "אתה מכיר אותו?" שאל תר את השבוי והצביע על יון.

יון הביט בשבוי במבט אטום. השבוי הנהן בראשו.

"הוא קצין בצבא שלכם?" שאל תר. השבוי הפנה את מבטו ליון ותר הרעים עליו את קולו: "הסתכל עלי, לא עליו. האם הוא קצין בצבא שלכם? אני מבטיח לך שלא יאונה לך כל רע."

השבוי הביט בתר בדאגה ואמר: "הוא קצין בכיר, ואחד הקצינים הקרובים ביותר לאון."

"אתה תשלם על זה!" אמר יון בכעס.

תר הסתובב וניצב מול יון. קומתו העצומה הטילה צל על גופו הקטן של יון, והאחרון נרתע לאחור ונפל, ראשו נחבט ברצפה. "אתה כבר לא יכול לאיים על אף אחד," אמר תר בשלווה ופנה לארי. "כפות אותו בידיו וקשור אותו לאחת האנפות. אני אצא בעוד כמה רגעים ואקח אותו."

ארי סימן לשני חיילים שיעזרו לו. יחד הם הרימו את יון על רגליו וכפתו אותו בחבל. תר אחז בשבוי ולקח אותו הצדה, "מה שמך?" שאל.

"שמי רוי," ענה השבוי. "יפה. הבט רוי, המלחמה נגמרה ואנחנו עומדים לשחרר אתכם ולתת לכם להמשיך בחייכם כרגיל." רוי עצר והביט בתר בהפתעה. "אתם תשחררו אותנו? ותתנו לנו להמשיך לחיות? כאן, בכפר שלנו?"

"כן, ממש כך. חקרנו אתכם כי חיפשנו את און. אם יש בידך מידע שיכול לעזור לנו, תשתף אותנו במידע. זה יעזור לכולכם להשתחרר מוקדם יותר."

רוי משך בכתפיו. "אין לי מושג היכן און. אתה חייב להאמין לי. אני רק יכול לומר לך שכל הקצינים נעלמו איתו. כל מי שאתה רואה כאן, חוץ מיון, הם חיילים פשוטים, כמוני."

תר הביט ברוי במבט בוחן, חייך לעברו וטפח לו על השכם, "אני מאמין לך." הוא עמד להסתובב ואחר כך חזר והביט ברוי. "במה אתה עוסק?" שאל תר. רוי חייך וענה: "אני מייצר את האקדחים שאתה נושא בנרתיקך." תר הביט בו במבט משועשע וסימן לו שיחזור למקומו.

בחוץ חיכו לו ארי ושני חיילים נוספים. יון נקשר לאנפה אפורה. האנפה שאיתה הגיע תר עמדה מטרים ספורים משם. אחד החיילים אחז בחבל שהיה קשור לצווארה ובידו השנייה האכיל אותה בגרגירים.

תר הביט ביון. החבטה שספג זה עתה מהקרקע הותירה סימן כחול ונפיחות על לחיו. תר צקצק בלשונו, האנפה כרעה על בטנה, והוא קפץ על גבה בתנועה קלילה.

"שמע ארי," פנה אליו תר בתקיפות, "אני רוצה שתנהג במשפחות של השבויים בכל הכבוד, בצורה ראויה ונאותה. ספק להם את מלוא צורכיהם, אוכל ושתייה, ודאג שהיחס הנכון יגיע מכל החיילים." ארי הנהן בראשו: "סמוך עלי, אני אדאג לזה."

ארי טפח על האנפה שעליה ישב יון ושתי האנפות פרשו כנפיים, ותוך דקה נעלמו מעיניהם של ארי והחיילים. ארי התקרב בריצה לעבר שני קצינים זוטרים: "אני מבקש שתביאו לכאן אוכל ושתייה, לכל האמהות והילדים!" פקד.

***

בכיפה העגולה ישבו מנר ואופליה, מוקסמים מהפגישה המחודשת. השעות נקפו, והם המשיכו לדבר עוד ועוד. מנר בלע בשקיקה כל פיסת מידע. היו לו שאלות בלי סוף. ליאה, נמי ולין הצטרפו אליהם לזמן מה, ולאחר מכן השאירו אותם לבדם. פתאום נשמעו דפיקות בדלת.

"תר, הקצין הבכיר שלך," אמרה אופליה בלחש, מנר חייך בשובבות.

"היכנס, תר!" קרא.

תר נכנס, חייך לאופליה ובירך אותה לשלום. "ומה שלומך?" שאל את מנר. "כפי שאתה רואה, אני בסדר." ענה מנר בחביבות. "השבוי המדובר - שמו יון, והוא קצין בכיר ומקורב לאון. הוא כרגע במשרד הכפר, ארבעה שומרים עליו, והוא ממתין לחקירתך." " אחקור אותו מחר..." ענה מנר, ותר המשיך לגולל את כל שהתרחש. מנר מילא את מקטרתו בטבק והדליק אותה. הוא סימן לתר שישב מולו. הוא הרהר מעט ואחר כך אמר: "אני רוצה להקל על מצוקתם של תושבי הכפר, שחררו את כל מי שאינו קשור לאון."

"אני שמח על ההחלטה," אמר תר, "שבוי בשם רוי סיפר שכל הקצינים ברחו עם און. לדעתי הם מתחבאים באזור המערות."

"יפה," אמר מנר והוסיף: "אנחנו לא נחפש אחריהם. מתישהו הם יצטרכו להצטייד במזון. שים תצפיתנים בכל האזור, שידווחו לך על

כל תנועה חשודה. אם יהיה צורך הגע לשם אישית ונהל את הדברים לפי ראות עיניך. אני סומך עליך."

למשמע דבריו של מנר הסמיק תר מעט וקם מכסאו. הוא עמד לצאת כשהסתובב למנר ואמר: "נתתי הוראה לשקם את הריסות השוק, כבר מחר יוכל השוק לשוב ולפעול."

"טוב עשית. דווח לי מדי יום מה קורה," ביקש מנר.

תר נפרד מהם לשלום ויצא.

תר טפח על מצחו וגיחך. "את העיקר שכחתי לספר לך. הקצין השבוי, יון, נמצא במשרד הכפר. יש שם ארבעה חיילים ששומרים עליו. ביקשת לחקור אותו."

"אעשה זאת מחר בבוקר," אמר מנר בשלווה.

תר נפרד מהם לשלום ויצא.

***

הלילה היה קר מהרגיל. השיחה עם אופליה יכלה להימשך עד אור הבוקר, אך העייפות הכריעה את אופליה והיא פרשה לחדרה. מנר ישב בחדרו ועישן מקטרת. הוא עצם את עיניו לכמה שניות, והתענג על השיחות האחרונות עם אחותו, שראה לראשונה מזה מאתיים שנה. כל כך הרבה דברים קרו בחודשים האחרונים. "הדברים קשורים" זה לזה, חשב לעצמו. הסימנים המשיכו להופיע כמעט בכל מקום, וגם החלון השלישי התחיל להראות סימנים משל עצמו.

מנר שאף מהמקטרת ונאנח קלות. הוא הגיע למסקנה שכדאי לחקור את יון בדחיפות, וטוב מוקדם ממאוחר. הוא יצא מהכיפה העגולה, בחוץ עמדו על משמרתם שני שומרים חמושים ועברו לדום כשזיהו אותו. הוא צעד כמה צעדים, ואז נעמד. לאחר כמה שניות הופיעה מתוך העלטה בינקי. היא נעמדה ליד מנר ופשפשה בכף ידו, נזהרת שלא לפגוע בה. מנר לחש כמה מילים בדלנאית עתיקה ובינקי התיישבה על בטנה. מנר קפץ על גבה. הוא הביט סביבו ומיהר לבדוק אם הספרון

הקטן עדיין נמצא בכיס חולצתו. כשצקצק קלות בלשונו התעופפה בינקי התעופפה לשמים, תוך דקות ספורות הגיעו למשרד הכפר. מנר סימן לבינקי וזו נחתה ליד הדלת. מנר ירד ממנה ונכנס למשרד שעליו שמרו ארבעת השומרים שהציב תר. בפינת החדר, על כיסא קטן, ישב יון השבוי, ידיו קשורות, מביט במנר בחרדה. כשמנר נכנס ארבעת השומרים נעמדו דום. "חכו בחוץ," הורה להם.

הארבעה מיהרו לצאת, משאירים את מנר ויון לבדם.

מנר התיישב מול יון המופתע. "שלום, אני מנר," אמר בשלווה.

"אני יודע," לחש יון, "שמעתי עליך."

"יפה. אם כך, אשאל אותך משהו. אני רוצה שתענה לי בכנות. היכן און?" מנר ירה את השאלה. יון פלבל בעיניו, הוא ציפה לשאלה מהרגע שנתפס, אך לא חשב שמנר יהיה זה שיחקור אותו, לכן נשך את שפתו התחתונה והחליט לשתוק.

מנר הביט בו בשלווה ודיבר אליו ברכות. "תביט, אתה חי כאן כבר שנים רבות. אתה בן משפחתו של און, ובמשך כל השנים האלה הרחיק און מאיתנו את המקורבים לו מסיבות הידועות רק לו. אתה נראה לי אדם המעדיף לחיות בשלווה ולא במלחמה, נכון?"

יון הרים את ראשו לעבר מנר, "כן, זה נכון. אני נגד מלחמות," ענה בשקט.

"במה אתה עוסק?" שאל מנר.

"אני מורה ללימודים מתקדמים בחקר החלל," ענה.

מנר הביט בו בהשתאות. "יש לכם כיתות לימוד כאלה?"

"כל הזמן. כבר כשהייתי דלנאי צעיר היתה לנו כיתה כזו. זה ריתק אותי, ולכן החלטתי להתעמק בנושא. היום אני המרצה הבכיר שם."

"ספר לי קצת על הלימודים האלה, על התגליות שלכם," ביקש מנר בסקרנות.

"אשמח מאוד," אמר יון בהתלהבות.

מנר הוציא סכין קטנה מכיסו, ויון הביט בו בחרדה. "אל תדאג," אמר

מנר, "הושיט את ידיך." יון הושיט את ידיו הקשורות למנר שחתך את החבל במהירות. "עכשיו ספר לי מעט על עבודתך," אמר מנר, הוציא את מקטרתו והדליק אותה.

"כיתת הלימוד הזו כפופה ישירות לאון." יון התחיל לדבר בחופשיות. "יש לנו צוות של שמונה - דלנאים כשאני בראשם. התפקיד שלנו היה לאסוף מידע שקשור לכוכבים אחרים ובמיוחד לכוכב ירדל, הכוכב שממנו הגעתם לפני כמאתיים שנה.

און סיפר לנו מה קרה בעבר, כשגר בכוכב ירדל. הוא סיפר לנו על ההתגלויות החוצנים שנקראים הנורנים בפני הוריך."

"חכה שנייה," מנר עצר אותו בהשתאות. "מתי הוא סיפר לכם על כך?"

"אתה מתכוון על הנורנים?"

"כן."

"לפני כעשרים שנה. כשהייתי תלמיד בכיתה הזו."

"תמשיך, בבקשה," ביקש מנר.

"יש לי הרגשה שהמידע הזה פוגע בך אישית."

מנר הרהר מעט ושאף מהמקטרת. "כן, זה מאוד מפתיע אותי. לא ידעתי שאון יודע על כך. תמיד חשדתי בו ובמניעיו, אך עכשיו אני חושש שלא הערכתי אותו נכון. מתברר שחשדותיי כלפיו היו מוצדקים מלכתחילה. □בכוכב ירדל חיו בני משפחתו בכפר גדול. מאז ומתמיד הם חיו בכפר נפרד משאר הכפרים. און הגיע אלינו כנציג מועצת הכפר וזאת כדי לקרב אותם אלינו ולמנהיגנו. מתברר שדבר לא השתנה. גם לא אחרי מאתיים שנה, הוא עדיין פועל ממניעים אחרים, שתרמו אך ורק לו וליעד שהציב לעצמו."

"אני מבין," אמר יון. "גם אני ובני משפחתי מצאנו את עצמנו, יום אחד, יושבים מולו. הייתי תלמיד מבריק. הוא הגיע לבית הוריי וסיפר לנו עליך ועל בני משפחתך, ועל איך שהשתלטתם על ארץ דלאי שבכוכב ירדל. אתה בוודאי מכיר את כושר השכנוע שלו. הוריי לא התנגדו, להפך, אחרי שהוא סיפר לנו כל כך הרבה דברים עליך

ועל משפחתך, וכמובן תיאר הכול בשלילה, החליטו הוריי להצטרף למשפחתו. כך, לאט-לאט, הוא אסף לעצמו משפחות רבות והתחיל להפריד אותם מהחיים שבכפר."

יון השתתק לרגע ומנר, שהופתע מהגילוי, הרהר לרגע ואחר כך שאל את יון, "נראה שאינך מאמין לו, כך אני מבין מדבריך."

"כבר לא," אמר יון בשקט. "בהתחלה און היה נחמד. הוא דיבר ושיתף אותנו כמעט בכל דבר ועניין. עם הזמן השתנו הדברים וגם און השתנה. ממצב של הערצה אליו, מצאנו את עצמנו פתאום פוחדים ממנו. נהיינו תלויים בו, והוא ניצל זאת." הוריי לא כל כך אוהבים את החיים לצדו של און. אבי ניסה לדבר עם און שיאפשר להם לחיות בכפר שלכם, אך און בדרכו הצליח תמיד לשכנע אותו שלא יעשה כך. אבי תמיד התרכך והסכים לדבריו.

"הייתי רוצה לשמוע עוד על כיתת הלימוד שלכם," ביקש מנר.

"האמת היא שהתקדמנו יפה בשנה האחרונה. הגענו למסקנות מרחיקות לכת באשר למיקומו של החלון השני..."

מנר הרים את ידו בהשתאות, "אתה רוצה לומר לי שהכיתה שלכם התמקדה בניסיון למצוא את החלון השני?"

יון הנהן בראשו. "נראה שאתה מופתע מכך שאני יודע כל כך הרבה."

"לא חשבתי שאון במחשבותיו ובמעשיו הרחיק לכת עד כדי כך."

"הוא הגיע גם מעבר לכך. און רצה לנסות ולשלוח כמה מאיתנו דרך החלון השלישי ולהשיג דרכו את הידע הדרוש למציאת החלון השני, וכך לשלוט במעברים וגם..." יון השתהה לרגע.

"וגם מה?"

"וגם לנשל אותך ממנהיגות הכפר ולהשתלט על הכפר. לכן הוא עמל רבות להפיק את הרעל הנורא הזה שנקרא הריינאוט."

"כן," המהם מנר. "הספקתי להכיר את הרעל הזה. נעזוב את הריינאוט לרגע. ספר לי קצת על משפחתך," ביקש מנר.

יון הופתע מההתעניינות הגוברת של מנר בו. הרגשה של אי-נוחות

קלה עברה בו. "הוריי חיים בכפר עם אחותי הקטנה - שבקרוב תתחתן ותקים משפחה משלה. יש לי עוד שני אחים תאומים, שניהם נשואים ולשניהם יש ילדים. אמי עבדה במפעל לזכוכית השייך למשפחתו של און, ואילו אבי עבד במפעל לייצור נשק. המפעל מייצר כרגע אקדחים לירי כדורי הריינאאוט." יון עצר רגע, כמו מחשב דבריו, והמשיך: "אני מאמין שיש משפחות שאוהבות את המנהיגות של און ואת החיים בהנהגתו. אבל אני יודע שיש גם הרבה אחרות שמאסו בתרגילים ובהפחדות." יון הפסיק לרגע לדבר.

"מה היית אומר לו הייתי מורה לחייליי שיביאו את משפחתך לכאן, שיחיו פה איתנו?" שאל מנר. עיניו של יון התמלאו בדמעות, הפחד מהחקירה כבר נגוז מזמן והצעתו של מנר הציפה אותו ברגשות. "אשמח מאוד אם זה יקרה," ענה יון כשהבעת תודה על פניו.

מנר התרומם מהכיסא ועמד לצאת מהמשרד. הוא לא הספיק לפתוח את הדלת כשיון קרא לו. "רציתי רק לומר לך, אתמול אחותו של און, נואי, הגיעה בהפתעה למקום שבו הסתתרנו."

מנר הסתובב והביט ביון כשחיוך על פניו. "אז, למרות הכול, היא נשארה בחיים."

"כן."

"תוכל להראות לי את מקום המסתור?"

יון התרומם מהכיסא וצעד לעבר מנר. "אפילו עכשיו, אם תרצה."

מנר פתח את הדלת לרווחה; ארבעת השומרים נעמדו דום. אחד מהם פער את פיו וחישב לזוז לכיוונו של יון, עתה משראה שיון כבר אינו כפות אלא עומד משוחרר ליד מנר, אך לבסוף לא אמר מילה, רק ניגש לכלובים להביא למנר וליון את האנפות עליהן הגיעו.

מנר מילא את מקטרתו בטבק והדליק אותה, ושחרר למנוחה את שלושת החיילים האחרים. החייל חזר עם האנפות. מנר לקח את אקדחו, נתן אותו ליון והם עלו על האנפות.

"אני חושב שנצטרך עזרה," אמר יון ומישש את אקדחו.

"זה בסדר," חייך מנר. "רק תראה לי את המקום ותחזור לכאן, למשרד הכפר. אני כבר אסתדר."

***

מנר צקצק בלשונו, ושתי האנפות עפו גבוה. מנר כיוון את בינקי לעבר הכפר הקטן. יון התקרב למנר וצעק, "זה נמצא באזור המערות." מנר הנהן בראשו כמבין.

הלילה היה קר ובגובה רב בטיסה מול הרוח על גבי האנפה היה קר עוד יותר. יון חשק את שיניו, הרוח הקרה כמעט והקפיאה אותו. אזור המערות היה חשוך מאוד. את אור הירח הסתירו עננים, והראות היתה גרועה. יון הנחית את האנפה שלו במרכז כשבינקי ועליה מנר מיד אחריו. מנר הוציא פנס קטן מכיס מכנסיו ונתן אותו ליון. במשך שעתיים הלך יון במעגלים, מחפש את את פתח המערה.

השמש התחילה לזרוח, ואורה עזר ליון בניווט. הוא הבחין בפגר הנחשון שנואי הרגה. מהפגר נשאר רק העור ושאריות קטנות של בשר. את השאר אכלו החיות והרמשים. הוא סיפר למנר בקצרה על התקרית עם הנחשון.

"המערה שבה נמצאים און ושאר הקצינים נמצאת לא רחוק מכאן," אמר יון והתחיל לצעוד בשביל קטן כשמנר בעקבותיו. הם הגיעו לאחד הפתחים. על הסלע שבכניסה נראה במטושטש עיגול אדום שצויר בגיר. טל הבוקר שטף את הגיר, אך הסימן עדיין נשאר, וזה הספיק ליון כדי לדעת בביטחון שזה הפתח הנכון. יון סימן בראשו לעבר הכניסה. מנר התקרב לעבר יון ולחש על אוזנו, "חזור לכיכר הכפר וחכה לי במשרד."

יון הביט במנר. הוא רצה להישאר ולעזור לו להילחם באון, אך גם רצה להתרחק מהמקום הזה וכמה שיותר מהר. הוא הנהן בראשו ולחש, "בהצלחה."

הוא חזר על עקבותיו לעבר פגר הנחשון, שם השאירו את אנפותיהם.

מנר חיכה שניות אחדות ואחר כך החליט להיכנס למערה. בפנים נשמעו קולות ומלמולים. הצללים על הקירות העידו על מדורה. ככל שהתקדם התגברה בקרבו התחושה המוזרה: משהו לא כשורה... למרות הכול הוא המשיך, עד שראה אותם: היו שם ארבעה קצינים, און לא נראה בקרבת מקום. כשהארבעה ראו את מנר הם נבהלו ומיד שלפו את אקדחיהם.

"עצרו," צעק מנר. "הניחו את הנשק."

הארבעה הביטו זה בזה, כשמאחוריו נשמע רעש קל. היה כבר מאוחר מדי להסתובב, שתי יריות פגעו בפלג גופו העליון והטיחו את גופו לאחור. כאב חד אחז בו. הוא הרגיש שהכרתו מתערפלת. קצת לפני שהתעלף הבין שלא פגיעות הכדורים ערפלו את חושיו, אלא הכדורים המורעלים. הוא הניח לגופו לשקוע והתעלף.

מנר ניסה לפקוח את עיניו. הוא התאמץ, שכן כל גופו כאב. ידיו ורגליו נקשרו בחבלים עבים. הוא גלגל את עצמו ממצב של שכיבה על הגב למצב של שכיבה על הצד. הוא פקח את עיניו באטיות והביט סביבו. הוא ראה שהוא נמצא לבד במערה. מסביב נראו שרידי מדורות ושיירים של אוכל שנזרקו על הרצפה.

מנר עצם את עיניו והתרכז. החבלים התחממו, והחום הנוראי צרב מעט את פרקי ידיו. תוך שניות הוא השתחרר מכבליו, קם וצעד באטיות, הוא היה מסוחרר. מנר שלח יד לכיס חולצתו. הספרון הכחול נשאר באותו מקום. הוא נפגע בכתפו משני כדורים, ולכן החולצה באזור הזה היתה מגואלת בדם.

הצעדים ששמע מחוץ למערה נשמעו קרובים. מנר הביט לעבר הכניסה. כעס עצום חלחל בו. הוא רצה מאוד לעצור את און, וכעס על עצמו. הוא הושיט את ידיו לעבר הדלת וחיכה, הצעדים התקרבו באטיות ובפתח הופיעו יון כשבידו אקדח ומאחוריו ניבה ולין. "אתה בסדר?" שאלה ניבה בקול חנוק. לין שלפה מתיקה תחבושת חדשה

ושקית עם אבקה לבנה שלקחה ממשרדו של מנר. "שב, בבקשה,"
ביקשה לין. מנר התיישב על סלע קטן ויון הגיש לו מימייה מלאה
במים. מנר הודה לו. "מה בדיוק קרה כאן?" שאל מנר.

יון הביט בו בחיוך וסיפר. "כשנפרדנו הרגשתי רגשות אשמה שהשארתי
אותך להילחם לבדך מול כולם, ולכן החלטתי לחכות כמה דקות ואחר
כך לבדוק אם הכול בסדר. שמעתי שתי יריות. רצתי לכאן והסתתרתי
מאחורי שיח גדול. כעבור כמה דקות יצאו און ושאר הקצינים מהמערה,
הם מרוצים מאוד מעצמם וטופחים זה לזה על השכם. שמעתי את
השיחה שלהם. און החליט להיכנס ולירות מחסנית שלמה בראשך.
שאר הקצינים עמדו להיכנס גם הם. חיכיתי כמה שניות, זחלתי לפתח
המערה, ואז צרחתי בכל הכוח. גם יריתי ארבעה הכדורים במרווחים
שונים בין כדור לכדור, לדמות יורים שונים מכיוונים שונים. זה הצליח,
שמעתי אותם בורחים אל הפתח האחורי של המערה, כך בחר און את
מקומות המסתור שלו. הם נעלמו והשאירו אותך מדמם על הרצפה.
חבשתי אותך, אך את החבלים לא הצלחתי להתיר. לכן רצתי והזעקתי
את ניבה ולין."

מנר טפח ליון על כתפו. "פעלת יפה. הם הצליחו להפתיע אותי, וזה
היה חסר אחריות מצדי," אמר וקם על רגליו. "קדימה, נחזור לכיפה
העגולה, גם אתה," מנר הצביע על יון. "בימים הקרובים אגמור את
כל הסיפור הזה שנקרא און, גם חבריו יקבלו כגמולם."

ניכר היה שמנר כועס. הוא יצא מהמערה כשניבה, לין ויון מאחוריו.

***

במשך שעה ארוכה ישבו מנר, ניבה, לין ואופליה וניסו למצוא דרך
איך לתפוס את און וחבריו. הנקישות הקלות קטעו את השיחה. מנר
הביט לעבר אופליה שחיכתה לאישור.

"כן," אישר מנר.

הדלת נפתחה, ובפתח הופיע תר. "אדוני, רציתי לעדכן אותך שלפני

כשעה הגיעו שני תצפיתנים שישבו ליד האגם האסור. הם ראו כעשרים אנפות וחיילים חמושים חוצים את האגם."

מנר הביט לעבר ניבה ולין. "האמת היא שהמחשבה הזו עברה בראשי. הרי הם לא יוכלו להסתתר כאן לנצח," אמר וסימן לתר שהוא משוחרר.

"בסוף הוא עשה זאת," אמרה ניבה והוסיפה, "און תמיד התעקש שצריך לבדוק מה יש שם."

"הוא לא ישרוד, אין להם סיכוי," אמרה לין.

אופליה הביטה במנר. "מה אתה מתכוון לעשות?"

מנר הצית את המקטרת שלו, הפריח ענני עשן בריח דובדבן ואמר: "קודם הייתי רוצה שאַתֶּן," הוא הצביע במקטרתו לעבר ניבה ולין, "תיגשו לשם. תציבו כמאה חיילים על הגדה של נחל האבדון ותעצרו אותם אם הם ינסו לחזור לכפר שלנו. אני מאמין שאון וחבריו יופתעו מאוד ממה שיגלו מעבר לנחל."

ניבה קמה ממקומה. "אתה רוצה שנישאר שם עם החיילים? או שאתה מעדיף שנחזור?" שאלה. לין קמה ממושבה ועמדה. מנר שאף מהמקטרת והרהר כמה שניות. "תיגשו לשם, תציבו את החיילים במקומם ותחזרו לכאן. אני חושב שכדאי שנמשיך ונעסוק במה שהפסקנו, בחלון השלישי." ניבה ולין יצאו מהחדר והשאירו את מנר ואופליה לבדם.

***

"הייתי רוצה לראות את החלון השלישי," ביקשה אופליה כשחיוך על פניה.

מנר חייך במסתוריות ונעמד. "בואי איתי, אבל לפני כן, את אומרת שאת יכולה לראות מעבר לקירות, אך את הנעשה בתוך החלון השלישי אינך יכולה לראות, נכון?"

אופליה התרוממה ונעמדה לצדו. "זה באמת מוזר. זו הפעם הראשונה שדבר כזה קורה לי." מנר ניגש לדלת ופתח אותה. "בואי," אמר ויצא ממשרדו.

המסדרון היה ריק, ומנר ניגש לדלת העץ הכבדה. אופליה עזרה לו,

ויחד הם הזיזו את הדלת הצדה והניחו אותה על הקיר. מנר חיפש באצבעותיו אחר הכפתור. הוא לחץ עליו ולחש "אתנוס", הדלת נפתחה לרווחה. אופליה הביטה בתימהון בחדר. "את רואה. כל מה שצריך הוא להיכנס פנימה ולעבור דרך ההילה הסגלגלה. תוך שניות, תיעלמי מכאן ותגיעי לכדור הארץ."

מנר סיפר לה על המעבר של החלון השלישי ועיניו נצצו. אופליה נשפה מאפה בחיוך והביטה בפניו. "יש לי הרגשה שהיית רוצה לעבור דרכו. מה מונע ממך לעבור?" שאלה.

ההילה הסגלגלה החלה לתת את אותותיה כשהדלת נפתחה. עשן סמיך התחיל לכסות את החדר. מנר עמד מוקסם ולא ענה. בהחלטה של רגע התיק את מבטו מפנים החדר והסתובב לעבר אופליה. "עכשיו, כשאון כבר אינו איום, אולי..." הוא הרהר לרגע. "האמת היא שאני עדיין חושש ממנו ומחבורתו. הביטי, במשך כל שהותו כאן הוא פיתה דלנאים רבים שיעברו דרכו. כרגע יש סיכוי שהוא ינסה לחבור לחיילים שכבר שחררנו וינסה שוב את מזלו."

"אתה צודק. העימות הזה עדיין לא נגמר. מה היית אומר לו הייתי מציעה את עצמי?" עיניה של אופליה ברקו כששאלה.

מנר הביט בה בעצב ולא ענה. "עזרי לי," אמר לבסוף וסגר את הדלת של החלון השלישי. ביחד הרימו את הדלת החיצונית שהיתה כבדה והניחו אותה בחזרה על הדלת הראשית. "בואי נראה איך התאקלם יון."

מנר סימן לאופליה שתבוא איתו. הוא ניגש לחדר הגדול שמעברו היתה הירידה לספרייה העתיקה, לחדר המציאות ולחדר הקונג'ו. בחדר ישבו טים, נמי, רם, סט ויון ששוחחו ביניהם.

השולחן שעמד במרכז היה מלא בכל טוב. מנר נכנס ובירך אותם לשלום. הוא הביט ביון שכבר נראה נינוח ושלו. מנר ואופליה הצטרפו למעגל. "אני רואה שהתאקלמת מהר," אמר מנר ליון.

יון חייך בהתלהבות. "זה מדהים. לשבת כאן בכיפה העגולה, זו הרגשה שאי-אפשר לתאר."

"אנחנו שמחים שיון הצטרף אלינו," אמרה נמי. סט ורם הנהנו

בראשם בהתלהבות.

"אני מרגיש שהקשר שנרקם כאן הוא מעבר לסתם היכרות מנומסת..." תהה מנר.

"כן," הזדרז רם לענות. "יון הגה רעיון שאולי נשלב את הידע והיכולת שיש לנו על כוכבים אחרים. הרי ליון יש ידע רב בנושא."

"היינו באמצע סיפור," אמר סט.

מנר הרגיש שכולם נלהבים ומתלהבים, ולכן החליט שלא יפריע להם.

"תמשיך מהמקום שעצרת," ביקשה לין. יון הנהן בראשו והמשיך, "יש מידע שקיבלנו מאון, אין לי מושג מהיכן הוא השיג אותו. המידע הוא על החלון השני. סיפרתי להם איך פעל המשרד שלנו. יש בידינו ספרים שאון הצליח להשיג מהספרייה העתיקה..."

מנר הרים את ידו באוויר וקטע את יון באמצע הדיבור. "האם און אמר לכם במפורש שהספרים שהביא הגיעו מהספרייה העתיקה?" שאל מנר ושלף את מקטרתו.

יון הביט לעבר מנר בפליאה. "נראה ששוב הפתעתי אותך, רק שהפעם אני קצת מופתע בעצמי," אמר והמשיך לספר. "און אמר לנו שהוא מבקר בספרייה העתיקה בקביעות, כך הצליח לקחת משם כמה ספרים."

"תתאר לי איך הספרים האלה נראים," ביקש מנר. יון המהם כמנסה להיזכר, "אני לא יודע ממה להתחיל. הם נראו ספרים רגילים, אם כי שניים מהם נכתבו בדלנאית והיתה להם כריכה עבה וירוקה."

"איך תרגמתם את מה שנכתב בספרים?" שאלה אופליה. יון הביט בה. "לא הצלחנו לתרגמם, ולכן השארנו אותם בצד. התעמקנו במפה שאון הביא לפני שנים."

"מפה של איזה כוכב בדיוק?" שאל מנר. "המפה היא של הגלקסיה שלנו. יש שם מיליארדי כוכבים," ענה יון. "ולאיזה מסקנות או תגליות הגעתם?" שאלה אופליה. יון קימץ את מצחו כחושב, "כפי שאמרתי, יש שם מיליארדי כוכבים. מהמפה בלט קשר בין שלושה כוכבים. בחנו אותם בעזרת זכוכית מגדלת, והגענו למסקנה ששניים מהכוכבים,

שהם הקטנים יותר, הם כדור הארץ וכוכב ירדל. את האנרגיה קיבלו
שני הכוכבים האלה מהכוכב הגדול שהיה מרוחק משאר הכוכבים
שבגלקסיה."

"כוכב הנורנים," מנר המהם ובאותה נשימה המשיך. "איך בדיוק זה
בלט מהמפה? אני מתכוון, הקשר שבין שלושת הכוכבים?"

"לכל כוכב במפה היה מסלול משלו. לקח לנו זמן רב עד ששמנו לב
שהמסלול של שני הכוכבים שונה במקצת."

"מה זאת אומרת?" אופליה הפסיקה אותו. "איך יכולתם לדעת
מהמפה על המסלול שלהם?"

"מסביב לכל כוכב היה שרטוט דק וכמעט בלתי נראה שהראה את
המסלול שעובר אותו כוכב בגלקסיה. זה שורטט בפסים דקים מאוד.
כפי שאמרתי, לקח זמן רב להבין זאת, ואני מתכוון, לשנים, עד שגילינו
את התגלית הראשונה. ראינו קו דק שבקושי נראה שמחבר בין שני
הכוכבים, בין ירדל לכדור הארץ. לכל כוכב אות או שתיים, שהם,
בעצם, ראשי התיבות של השם של אותו כוכב. מאוחר יותר גילינו
ששני הכוכבים האלה קשורים לכוכב הענקי, שהיה בכלל בצד השני
של הגלקסיה."

מנר שאף מהמקטרת והפריח ענני עשן אפורים. "בכוכב הזה חיים
הנורנים," הסביר. "בעיקרון הם אלו שהביאו את החיים לשני הכוכבים,
לירדל ולכדור הארץ."

"מי הם? ואיך הם נראים?" שאל יון בסקרנות גלויה.

"בהזדמנות הראשונה אספר לכם על כך. בינתיים, הייתי רוצה להראות
לאופליה את חדר המציאות," אמר מנר וקם. "סלחו לנו, אתם יכולים
להמשיך בשיחה."

אופליה קמה וחייכה לעברם. מנר יצא מהחדר כשאופליה בעקבותיו.
הם ירדו במדרגות ועברו את הספרייה העתיקה.

אופליה נעצרה פתאום וחזרה על עקבותיה. היא נעמדה מול הדלת
הכבדה ועצמה את עיניה, כשפקחה אותן, ראתה את מנר עומד לידה

וחיוך על פניו. "אני לא מבינה," אמרה בשקט. "דבר כזה לא קרה לי מעולם, גם לא בחדר שבו נמצא החלון השלישי. אני פשוט לא מצליחה לראות כלום חוץ ממסך שחור."

מנר ליטף את כתפה בחיבה. "זה לא תלוי בנו. יש לנורנים כוחות גדולים משלנו. אני מאמין שהמקומות היקרים הללו נשמרים בשל רצונם. בואי, אני רוצה להראות לך משהו מרתק," אמר והסתובב לעבר המדרגות המוליכות מטה.

הם עמדו מול הדלת הענקית, בעלת הבריחים הכפולים מברזל. "זהו חדר המציאות. היה לנו חדר דומה בירדל, את בוודאי זוכרת," לחש לה מנר. אופליה הנהנה בראשה, כשפניה מביעות סקרנות.

מנר לחש משהו בדלנאית. הבריחים הכבדים זזו והדלת נפתחה באטיות, מגלה מאחוריה את חדר המציאות.

"את זוכרת איך משתמשים בחדר המציאות?"

"כן," אמרה וחייכה. "עד כמה שאני זוכרת, רק אחד יכול להישאר בחדר כשמשתמשים בו, נכון?"

"הבנתי את המסר," גיחך מנר.

"אני זוכרת את הסלע שעליו דיברנו קודם לכן."

"ואת הידיעה בעיתון?"

"אני זוכרת מצוין. אני אבדוק את שני הדברים, סמוך עלי."

מנר יצא מהחדר ובלי להסתובב לחש מילים בדלנאית. הדלתות נסגרו ואופליה נשארה בחדר המציאות לבדה.

הדמות שנראתה אך לפני רגע במראה, התחילה להיעלם. פתאום היא נראתה מעברו השני של החדר. אופליה ניגשה בביטחון ובלי לחשוש לבמת העץ. היא ניגשה לשקית הבד והרימה חופן מהאבקה האדומה. הלפיד, שעמד ליד הבמה, נדלק בלי כל אזהרה מוקדמת.

היא הביטה לעבר המראה הענקית. הדמות המטושטשת התחילה להופיע מבעד לעשן הסמיך. היא עצמה את עיניה וזרקה את האבקה

האדומה לעבר לפיד האש. היא הרגישה שהגוף שלה מתנתק, זו היתה חוויה מדהימה. היא התרכזה במשימה שמנר הטיל עליה.

אופליה פקחה את עיניה, היא ריחפה גבוה מעל למדבר ענקי שאין לו סוף. היא חשבה על מדינת ישראל ועצמה את עיניה לשנייה. כשפקחה אותן, ראתה מתחתיה עיר סואנת עם הולכי רגל, מכוניות ואוטובוסים. בעזרת המחשבה נכנסה לאחת החנויות שראתה. בחוץ עמד דוכן עיתונים. זה היה יום שטוף שמש. אחד מאותם ימים קיציים שהוציאו המוני האנשים החוצה, חלקם יצאו מהעבודה ואחרים טיילו, קנו בחנויות ונהנו ממזג האוויר הנוח.

אופליה הביטה בשני העיתונים המרכזיים של המדינה. בתחילה הביטה ב"מעריב". היא עלעלה במבטה בדפים. חלפה על פני כתבות שונות עד שהגיעה למודעות הדרושים. הרשימה היתה ארוכה. המודעות סודרו לפי סוג העבודה הנדרשת. היא הבחינה שלכל עבודה היתה עמדה משלה, למחשבים, לספרים, לגינון ולעובדי מחסן.

היא המשיכה לחפש עד שהגיע לעמודה שנקראת שונות. כבר בהתחלה הבחינה במודעה שחיפשה. המודעה היתה מודגשת משאר המודעות ונכתבה בכתב גדול ושונה. במודעה נרשם: "נל קלר מחפש את מנר הלבן ראש הכפר." לא נכתבו פרטים נוספים. בשאר המודעות היו מספרי טלפון. במודעה הזאת היה רק מסר. אופליה התרגשה מאוד. היא המשיכה לעיתון השני, ל"ידיעות אחרונות", גם שם היתה מודעה זהה לזו שבעיתון הקודם.

פתאום ראתה אופליה את הדמות מהמראה באה והולכת. היא עצמה את עיניה, וכשפקחה אותן ראתה שהיא שוב בחדר המציאות. העייפות השתלטה עליה. היא ירדה מבמת העץ, התקדמה לדלת העץ ונזכרה שמנר לא השאיר בידיה את המקש שאיתו אפשר לפתוח את הדלת. אופליה חייכה בעליצות. המידע שבידיה ישמח את מנר שעבר לא מעט בתקופה האחרונה. היא ניגשה לדלת ולחשה, "אתנוס." הדלת לא נפתחה.

אופליה התיישבה על אחת הכריות והביטה סביבה. הדמות שראתה

קודם במראה היתה עכשיו בחדר. היא היתה מכוסה בעשן אפרפר. אופליה הביטה בה בסקרנות רבה וניסתה לבחון את צורתה, אך לשווא. היה בה משהו קסום שאי-אפשר היה לתאר. "מעניין," הרהרה בקול, "אי-אפשר לדעת למה היא דומה, לבן אדם או לדלנאי."

הציורים שמסביבה היו גם הם מיוחדים. על הקירות צוירו דמויות משונות. רעש קל נשמע מכיוון הכניסה ואופליה מיהרה להביט. הדלת נפתחה באטיות ובפתח עמדה נמי. "היי, מה קורה?" שאלה נמי כשחיוך נסוך על פניה.

"נפלא," ענתה אופליה. "פשוט מדהים. כשהייתי צעירה, בערך בת גילך, היה לנו בכוכב ירדל חדר הדומה לזה. אני זוכרת את הפעם היחידה שנכנסתי לחדר. זו היתה אחת החוויות שלא אשכח לעולם," אמרה אופליה וקמה מהכרית שעליה ישבה והתקדמה לעבר נמי.

נמי הביטה בדמות שהסתובבה בחדר ועיניה נפערו לרווחה. "אני חושבת שכדאי שנצא," לחשה. אופליה הסתובבה והביטה בדמות שריחפה מעליה. העשן הסמיך התחיל לכסות את אופליה ונמי מיהרה אליה ומשכה אותה בידה. "בואי, זה לא בטוח שיש שניים בחדר." הן מיהרו ויצאו מהחדר. נמי לחצה על המקש, ושנייה לפני שהדלת נסגרה, הן ראו שהדמות התקרבה לעברן.

צעדים קלים נשמעו מעבר למדרגות. נמי הסתובבה והביטה במנר. "הכול בסדר?" שאל מנר.

"כן," ענתה נמי.

אופליה חייכה כממתיקה סוד. "אני חושבת שהרעיון שלך עם המכתב עזר."

מנר הביט בה מופתע. "ראית את המודעה?" שאל את אופליה. "כן, ראיתי את המודעה. נכתב שם, "נל קלר מחפש את מנר הלבן ראש הכפר" ענתה בשלווה.

מנר ניגש לדלת ולחש כמה מילים בדלנאית. הדלת נפתחה ומנר מיהר להיכנס כשהדלת נסגרה מאחוריו. הוא עלה על במת העץ. הדמות

מהמראה עמדה מול הבמה ובחנה אותו.

מנר עצם את עיניו. הוא לא נזקק לאבקת הרו-רו. כשעצם את עיניו, נדלק הלפיד במלוא העוצמה. תוך שניות ריחף מנר מעל לשובר הגלים. נראה היה שאת הסימן התקשה נל לבצע, לכן חזר מנר לאחת החנויות והתחיל לנבור בערמת העיתונים. המודעה היתה מודגשת. מנר חייך בסיפוק, "מעניין כמה קרוב אתה לכאן," חשב לעצמו. הוא עצם את עיניו לשנייה, וכשפקח אותן שוב ניצב על במת העץ מול המראה. הדמות ריחפה מסביב לחדר הגדול. מנר לא התייחס אליה. הוא יצא החוצה. אופליה ונמי חיכו לו בחוץ.

"נו, ראית?" שאלה אופליה.

מנר הנהן בראשו. הוא הוציא את המקטרת, מילא אותה בטבק והדליק אותה בעזרת אצבעו. "זה מספיק טוב. בואו נעלה למעלה ונראה איך נוכל להתקדם," אמר ועלה במדרגות, כשנמי ואופליה מאחוריו.

"אני צריכה מקש כזה," אופליה הצביעה על המקש שהיה בידה של נמי.

מנר נעצר לרגע וחיפש בכיס מכנסיו. הוא הוציא מקש כחול שעליו כפתור ניקל ומסר אותו לאופליה שהניחה אותו בכיסה.

למעלה חיכו רם, סט, ויון.

"היכן טים?" שאלה נמי.

"טים התנדב להכין את הארוחה," גיחך סט.

"אני מתערב שהיא תהיה הרבה יותר טובה ממה שאתה הכנת הבוקר," התגרה בו רם.

"לא נכון. אתה ביקשת תוספת, אז אל תזלזל," החזיר לו סט.

מנר התיישב על אחת הכריות שהיו פזורות על הרצפה. אופליה ונמי עשו כמוהו. בדיוק באותו הרגע נכנס טים ובידו מגש ועליו סלט ירקות עשיר עם אגוזים ופטריות, פשטידת ירק מהבילה, פירות יער וכמובן שני קנקנים גדולים של יינוק.

"אני מקווה שאתה רעבים," פנה טים למנר.

"נצטרף בשמחה," השיב מנר.

בזמן שכולם אכלו שיתף אותם מנר בסימן שהשאיר נל קלר.

"אז מה, איך מתקשרים איתו מכאן?" שאלה נמי.

"אני חושב שצריך לשלוח לנל מכתב נוסף ולבקש ממנו עדכון." אמר סט.

"זה רעיון טוב," אמרה נמי.

אופליה הביטה במנר שסיים לאכול והדליק את המקטרת. הוא הרהר לרגע קל ואמר: "רעיון טוב. נמי תביאי, בבקשה, נייר מכתבים ועט." נמי ניגשה למכתבה ושלפה מתוך המגירה נייר עבה ועט נובע. היא לקחה מצרור המעטפות מעטפה חומה והגישה אותם למנר.

מנר התחיל לכתוב את המכתב. השתיקה שבחדר היתה מעיקה קצת, הנקישות שעל הדלת הפרו אותה.

"ניבה ולין," לחשה אופליה על אוזנו של מנר.

"כן, בבקשה," אמר מנר.

הדלת נפתחה, ובפתח עמדו ניבה ולין. ניבה החזיקה מעטפה לבנה בידה.

"מה הפסדנו?" שאלה לין בעליצות והתיישבה ליד נמי שסיפרה על הסימן שנל קלר השאיר ועל המכתב שמנר כותב לנל. נראה שהידיעה שימחה את השתיים.

ניבה הגישה את המעטפה למנר. "החברים בכבודת מסדר העץ ביקשו שאתן לך את המכתב הזה."

מנר הניח את העט על הרצפה ליד המכתב שכתב לנל ופתח את המעטפה הלבנה. הוא קרא את המכתב בשקט, כשכולם מחכים למוצא פיו.

"טוב, כפי שחשבתי, החברים במסדר כבודת העץ כועסים שהשארתי אותם מחוץ לעניינים ומבקשים לדבר איתי בדחיפות. אני מניח שאצטרך לפנות להם זמן בימים הקרובים," אמר מנר והניח את המכתב בצד. הוא הרים את העט מהרצפה והמשיך לכתוב. כשסיים הכניס את המכתב למעטפה החומה וחתם את המכתב בשעווה אדומה ששלף

מאחת המגירות.

על אחד המדפים עמדה קופסת עץ קטנה. מנר רוקן את תכולתה על השולחן. היו שם נעצים, שני מצתים ושיירי פלסטיק שונים. את המעטפה החומה הכניס לקופסה והביט באופליה. "בואי, ניגש רק שנינו."

אופליה התרוממה ממושבה ושניהם יצאו מהחדר. בכוחות משותפים הצליחו להזיז שוב את דלת העץ הכבדה. הדלת של החלון השלישי התגלתה במלוא הדרה. אופליה הביטה בהשתאות בחריטות שעיטרו את הדלת המדהימה. בינתיים לחץ מנר על הכפתור ולחש, "אתנוס". הדלת נפתחה, ואופליה הביטה בהשתאות בהילה סגלגלה שאפפה את החדר. מנר נכנס והביט באופליה. "הישארי כאן," ביקש.

הוא החזיק את קופסת העץ הקטנה בידו וחיכה כמה שניות. אחר כך זרק את הקופסה לעבר החלון השלישי. ההילה הסגלגלה התעצמה ולכמה שניות נעלם מנר מעיניה של אופליה. ההילה הסגלגלה דעכה מעט ומנר יצא החוצה כשפניו חתומות.

פרק 56

הכניסה לקריה

נוגה הביטה בדן בדאגה. "מי זה היה בטלפון?" שאלה.

דן הביט בטלפון והבעת יאוש על פניו. "סיפרתי לך על הבחור הערבי מלבנון, האחראי לשריטה הזו?" אמר דן וליטף את הפצע שעל צווארו שכבר הגליד.

נוגה הנהנה בראשה. "זה הוא?" דן נד בראשו לשלילה. "לא. מישהו אחר, עם מבטא ערבי. הוא מסר דרישת שלום מהבחור מלבנון והבטיח שישלים את מה שהתחיל," אמר דן, וקולו רעד.

"מה נעשה?" נוגה חיבקה אותו והשעינה את ראשה על חזהו.

"אלך לפגוש את ירון דותן." דן השתחרר מאחיזתה. "אני הולך להתלבש," אמר ונשק לה על שפתיה.

***

כשדן ירד לחניון, הוא נזכר שהג'יפ שלו נגנב. הוא נבר בכיסיו, היו לו כמה שטרות של מאה שקלים. הוא חייג מהטלפון הנייד והזמין מונית. בינתיים חיכה מחוץ לבניין והרגשה של חופש מילאה אותו, זו היתה הרגשה משכרת. השמש החמימה האירה את פניו. דן הרים את ראשו ועצם את עיניו לכמה שניות. כשהוריד את ראשו ופקח את עיניו, ראה מולו ניידת משטרה.

"מר אלון," פנה אליו אחד השוטרים. "חגי ביקש מאיתנו שניקח אותך לקריה." דן ניגש לניידת בלי להסס. הוא פתח את הדלת האחורית והתיישב. "הזמנתי מונית, צריך לבטל אותה," אמר דן בשלווה. "אל תדאג," אמר השוטר שנהג. "אני משוכנע שהנהג ימצא מישהו אחר להסיע."

הניידת זינקה ממקומה במהירות. הנהג המיומן ניתב את דרכו בין המכוניות במהירות שלא היתה מביישת נהג מרוצים. כשהגיעו לכביש חיפה הפעיל הנהג את הסירנה וחצה את הרמזורים באדום.

הדרך לקריה ארכה כשמונה דקות. בזמן הנסיעה התקשר דן למספרה וביקש מאחת העובדות לדעת מה קורה במספרה. העובדת הרגיעה אותו שהכול בסדר. "אביך כאן כמו בכל יום. אתה רוצה לדבר איתו?" שאלה. "כן. תני לי אותו," ביקש דן.

מעבר לטלפון נשמע קולו המודאג של אביו. "הי דן, מה קורה איתך?" שאל אביו.

"אני בסדר," ענה דן. אביו סיפר לו בקצרה על העבודה במספרה, על הסחורות שהזמין, ודן ביקש ממנו שיפקח על המקום.

"תודה אבא, הצלת אותי. אני באמצע עסקה," שיקר לו דן. "כשאפגוש אותך אספר לך הכול." הוא נפרד מאביו והביט בנהג שחייך בציניות.

"הכול בסדר?" שאל דן.

השוטר הנהן בראשו. "כן, הכול בסדר. רק ש... נראה שלא נוח לך לשקר לאביך," אמר השוטר. דן הביט בו ולא ענה. כשהגיעו לשער הכניסה של הקריה, הניידת נעצרה. דן הודה לשוטרים והתקדם לעבר השער. אחד השוטרים הצבאיים ניגש אליו. "כן, בבקשה?"

"שמי דן אלון. יש לי פגישה עם ירון דותן," הסביר דן.

"חכה כאן," ביקש השוטר הצבאי ונכנס לעמדה. כעבור דקה הוא חזר. "אני מצטער, אתה לא יכול להיכנס." דן עמד לענות כשהבחין מעבר לכתפו של השוטר ברכב צבאי שהגיע מהבסיס ונעצר סמוך לשער. מתוך הרכב ירדו שני אנשי ביטחון שלבשו חליפות. "תכניס אותו," פקד עליו איש הביטחון. השוטר מיהר לעמדה ולחץ על הכפתור. השער נפתח והשוער סימן לדן שייכנס. דן התקדם לקראתם.

"דן אלון, אנחנו נלווה אותך למשרדו של ירון דותן," אמר אחד מאנשי הביטחון ופתח לו את הדלת האחורית של הרכב. דן נכנס והתיישב.

הם נסעו בתוך הבסיס וחלפו על פני החיילים עד שהגיעו למבנה אבן פשוט שנראה כמו מחסן. דן נכנס ואיתו אחד מאנשי הביטחון. בחוץ נראה המבנה רעוע, אך בפנים המקום היה מואר ומאובזר. בכניסה לחדר ישבה פקידת קבלה ליד שולחן מעץ אלון. איש הביטחון ניגש לדלת קטנה שהיתה דלת של מעלית ולחץ על הכפתור. הדלת נפתחה ודן נכנס פנימה.

"אתה לא נכנס?" שאל דן את איש הביטחון.

"לא, מעולם לא ירדתי לשם. תלחץ על מינוס ארבע."

דן לחץ על הכפתור. זו היתה הקומה התחתונה. המעלית ירדה באטיות, וכשהגיעה לקומה, נפתחה הדלת. דן הופתע לראות אולם רחב, שולחנות פזורים, ועליהם מסכי מחשב ומחשבים גדולים. היו שם עשרות אנשים שעבדו במרץ. גם הם הופתעו מאוד לראותו. אחת הקצינות בדרגת סרן ניגשה אליו ושאלה: "מר דן אלון?" דן הנהן בראשו, "זה אני," אמר.

"בוא איתי בבקשה."

הקצינה חייכה בנימוס והובילה אותו בין מסדרונות ארוכים עד שהגיעו לדלת עץ גדולה שעליה היה כתוב: ירון דותן ובקטן יותר בטל"י. הקצינה דפקה קלות על הדלת ושמעה את ירון דותן אומר: "יבוא."

הקצינה פתחה את הדלת והכניסה את דן. המשרד של ירון דותן היה גדול מאוד, היו בו ספת עור איכותית אדומה ושולחן בצבע ונגה. ירון דותן ישב ליד שולחן עבודה מפואר מעץ עבה ועליו היו שני צגי מחשב וקופסת סיגרים, "ככל הנראה, קובנית," ניחש דן.

ירון ישב על כורסת העור והביט בדן כשחיוך על פניו. "בסוף הגעת? זה לא היה קל, אני חייב לומר," אמר ירון וסימן לדן שהתיישב על כיסא מרופד ונוח.

"סיגר?" ירון הושיט לדן את קופסת הסיגרים. דן חכך בדעתו ולבסוף הוציא סיגר מהקופסה. ירון הגיש לו סכין כדי שיחתוך את תחילת הסיגר ומצת זיפו ישן.

"יש כאן מגוון משקאות. אפשר להציע לך כוסית?" שאל ירון.

"מה אתה שותה?" שאל דן והצביע על כוסית שעמדה על השולחן מול ירון.

"מרטל. זה סוג של..."

"קוניאק, אני יודע," קטע אותו דן. "אני אשתה כמוך."

ירון קם וניגש לארון חום שעמד בפינה. כשפתח את הארון הביט דן בהשתוממות במגוון הבקבוקים שהיו שם. "אני מבין שאתה אוהב לשתות," גיחך דן.

"זו התרפיה שלי," ענה לו ירון. הוא מזג מהבקבוק לכוסית. דן קטם בעזרת הסכין את תחילתו של הסיגר ובעזרת המצת הדליק אותו. עשן חריף מילא את חלל החדר. ירון הניח את הכוסית על השולחן לפני דן והרים את הכוסית שלו. "לחיים," אמר.

דן סימן לו בראש ושתה את המשקה בלגימה אחת. הוא הרגיש בחמימות שעברה בגופו ונסכה בו הרגשה של שחרור.

"לענייננו," אמר ירון, ודן חייך כשנזכר. "הכול בסדר?" שאל ירון.

"כולכם מדברים בצורה דומה," השיב דן.

ירון הנהן כמבין. "אני רוצה להראות לך משהו," אמר ירון והוציא מהמגירה שַׁלָּט קטן. הוא לחץ על הכפתור. המסך הלבן שמאחורי דן ירד באטיות וכיסה את הקיר. דן סובב את הכיסא וירון הפעיל את המקרן. באותו רגע כבה האור במשרד. הסרטון התחיל. בתחילה נראו ירון דותן וריטה עומדים וצוחקים ובידיהם משקה. ריטה נראתה במיטבה. חתיכה אמיתית.

דן היה המום. על השולחן נראה יצור שדמה לנל קלר. ריטה שאלה את היצור, שנקרא קרי, שאלות על הכוכב שממנו הגיע. קרי הרבה לחייך ולצחוק. הוא סיפר באריכות על החיים בכפר. כך, במשך חצי שעה, לא הפסיק קרי לספר ולתאר את חיי היומיום של הדלנאים.

הסאונד והצלם שהיה מוכשר מאוד גרמו לדן להבין שישנן עוד קלטות כאלה ושאיכותן טובה. הסרטון נגמר כשקרי עומד מול המצלמה

ומנופף בעליצות לשלום. ירון כיבה את המכשיר והדליק את האור במשרדו. דן הסתובב עם הכיסא לעבר ירון.

"יש לנו, כמובן, ארכיון שלם של קלטות כאלה. כל מה שראית ותראה תצטרך לשמור בסוד. מה אתה אומר?" אמר ירון.

דן היסס לרגע, הוא חשב על נל קלר ועל המכתב. "הבט ירון," אמר דן. "אני לא אדם מאמין, זה הטבע שלי. לכן, עליך להבין אותי כשאני אומר לך שכל זה נראה מוזר אם כי מעניין."

ירון הביט בדן במבט חוקר. "משום מה כל אדם אחר שהיה רואה את זה היה מופתע. אתה לא נראה מופתע. זה גורם לי לחשוב אולי יש בידך מידע ואתה לא רוצה לשתף אותנו בו," אמר ירון בקרירות. דן חייך לעבר ירון בשלווה ואמר: "מטון הדיבור שלך אני מבין שהחלטת להפסיק להיות נחמד ועכשיו אתה מתחיל לחקור אותי."

ירון קימט את שפתיו כחושב. "תביט דן, ישנן דרכים אחרות לגרום לכם לשתף איתנו פעולה. אני מציע לך דרך נחמדה שבה לא תצטרך לוותר על חירותך או על פרטיות משפחתך. אולי כדאי שתנסה לשתף קצת פעולה וכמובן במידע."

"הטון שלך לא מוצא חן בעיניי," אמר דן והוסיף: "גרמתם לי ולמשפחתי עוגמת נפש. הסרטון הזה מאוד נחמד, אבל אין לי מושג איך הגעתם אלינו. הרעיון ש..."

"אתה מוכן להפסיק עם זה?!" ירון קטע את דן. "הסרטון לא הפתיע אותך בכלל! אתה מכיר את היצורים האלה!"

דן כיווץ את שפתיו בזעם. "תגיד ירון, איך הגעתם דווקא אלינו? למה אנחנו? אולי אתם מתבלבלים?" ירון הדליק את הסיגר שלו שנכבה בינתיים ומזג לעצמו עוד כוסית של מרטל ולגם אותה בלגימה אחת.

"זה פשוט. אני אספר לך קצת ממה שידוע לי. קרי שהה בביתכם זמן מסוים, ובזמן הזה למד את שמות כולכם - על שם המשפחה שלכם. כשהוא כשהגיע אלינו ידענו מיד מהיכן הגיע."

"סלח לי ירון, איך בדיוק הוא הגיע אליכם? בוא נגיד שכל מה

שאתה אומר נכון, איך יצור כזה מגיע בדיוק למקום הנכון? איך הוא הגיע בדיוק אליכם? המוסד למודיעין ומבצעים מיוחדים לא ידוע גם כבטל"י." הפעם דן הקשיח את דיבורו. ירון הביט בו. עיניהם נפגשו כשעיניו של ירון הביעו זעם. "עכשיו אתה חוקר אותי?" שאל ירון.

"אני לא חוקר אותך. באתי לפה מרצוני החופשי. הדבר הזה תמוה בעיניי, והייתי רוצה לקבל תשובה," אמר דן.

"אני לא יכול לגלות לך איך הוא הגיע אלינו. זה כבר פרט סודי. תבין, אנחנו מוסד גדול עם הרבה אנשים," השיב ירון והוסיף, "זה לא הדבר שעומד על סדר היום. אני רוצה שתסכים שנערוך בביתך חיפוש, זה לא ייקח יותר משעתיים. אחר כך נניח לך ומשפחתך..."

"לא," דן הרים את קולו וקם מהכיסא. "מבחינתי הקרקס הזה נגמר. תודה על המשקה והסיגר. אני מקווה שלא נתראה יותר," דן דיבר בכעס והתקדם לעבר הדלת.

"חכה רגע," ירון הרים את קולו והתקדם לעבר דן. "בדרך זו או אחרת נערוך חיפוש בביתך..."

דן, שלא שלט בכעס, דחף קלות את ירון. "אתם חושבים שהכול שייך לכם ותוכלו לעשות כרצונכם, אבל אם תתקרב אלינו עוד פעם, אני אישית אמרר לך ולמשפחתך את החיים," אמר דן בכעס.

"יפה. אתה גם מרים ידיים," חייך ירון בשלווה.

"אם אצטרך אעשה יותר מזה," אמר דן ולחץ על-ידית הדלת.

הדלת נפתחה ודן עמד לצאת מהחדר. הוא הבחין בשני גברים חסונים שעמדו והביטו בו בקשיחות. "מה תעשו? תעצרו אותי? אל תשכחו שרק אתמול השתחררתי מהגיהנום," אמר דן והתחיל ללכת במסדרון. שני החבר'ה הביטו בירון, וזה סימן להם בשלילה. "שילך," אמר ירון.

בדרך למעלית ראה דן את ריטה עומדת מול מקרן גדול. היא הביטה בו וחייכה. דן לחץ על כפתור המעלית, וריטה מיהרה לכיוונו. "דן, חכה רגע," קראה ריטה.

דלת המעלית נפתחה, ודן מיהר להיכנס. ריטה לחצה מחדש על

כפתור המעלית והדלת נפתחה. "הי, מה קורה?" שאלה בחיוכה הכובש.

"אולי כדאי שתשאלי את הבוס שלך," השיב דן בציניות, ריטה נכנסה למעלית ולחצה על הכפתור של הכניסה. "לא הלך טוב, אה?" שאלה.

דן נד בראשו. "תגידי ריטה, יש לך משפחה? את יודעת, הורים? אחים?" שאל דן.

"כן, יש לי אמא ושני אחים גדולים. למה אתה שואל?" המעלית הגיעה לכניסה ודן מיהר לצאת.

הפקידה הביטה בו בחיוך. "מר אלון אתה מוכן לחכות רגע?" שאלה הפקידה. דן לא ענה ויצא מהדלת הראשית כשריטה בעקבותיו. שני קצינים עמדו ליד הרכב. אחד מהם פתח את דלת הרכב לדן שאמר, "אין צורך," והתחיל ללכת ברגל. ריטה אחזה בידו. "רק רגע למה שאלת אותי קודם על משפחתי?" שאלה. דן נעצר והביט בה. היא היתה כל כך יפה. דן נזכר בנוגה בערגה. הגעגועים לנוגה גרמו לו להסמיק מעט. "שאלתי אותך קודם על משפחתך מפני שרציתי לדעת מה את היית עושה במקומי לו היו פורצים לביתך?"

"הייתי כועסת, כמובן, אבל מה זה קשור?"

"את לא מבינה? אלה שפרצו לביתי הם אנשי חוק שאמורים להגן עלי ועל משפחתי, אז למה שאאמין להם?" שאל ברוגז.

ריטה הנהנה בראשה כמבינה. "דן מה דעתך שנשב באיזה בית קפה נחמד באבן גבירול..."

"את מתכוונת עכשיו?" קטע אותה דן.

"כן," השיבה בחיוך.

"לא תודה. אני חייב ללכת. ביי," אמר דן.

***

השעה היתה כמעט שתים-עשרה בצהריים. שמש חמימה הציפה את הרחובות. דן לא התקשה להשיג מונית. הנהג היה פטפטן וניסה לשוחח עם דן על פוליטיקה, אך דן השיב לו תשובות קצרות והחליט

שכדי להימנע מהשיחה עליו להתקשר לאביו ולהודיע לו שהוא בדרך. המזכירה האלקטרונית ענתה, ודן השאיר הודעה קצרה. לא עברה דקה והטלפון הנייד שלו צלצל.

"הי אבא, מה קורה?"

"דן, נחמד שהתקשרת. אתה בדרך לפה?" שאל אביו.

"אני אצלך עוד חמש דקות," השיב דן וניתק.

"הולך לבקר את אבא, אה?" שאל הנהג.

דן הנהן בראשו והביט החוצה. המחשבות על ירון דותן והאיום שזרק לעברו הטרידו אותו יותר מהאיום ששמע הבוקר בטלפון. המונית נעצרה מתחת לבית הוריו. דן שילם לנהג ויצא.

אמו של דן, גילה, היתה ספרית במקצועה, וממנה קיבל דן את החשק לעסוק בספרות. אביו שלמה עבד כל חייו במלון הילטון בתל אביב בתפקיד קפטן. הוא היה אחראי על חדר האוכל. לפני כשנה הציעו לו לצאת לפנסיה מוקדמת והוא הסכים.

דן עלה במהירות את ארבע הקומות. לא היתה מעלית בבניין. הוא דפק על הדלת. הוא היה מותש, ולכן החליט שלא לשתף את אביו במה שקרה ודיבר על עניינים אחרים. הוא סיפר לאביו שהרכב נגנב ומכיוון שהרכב שהזמין לפני חודש עדיין לא הגיע, נתקע בלי רכב. אביו ניגש לשידה, הוציא צרור מפתחות והפריד את מפתחות הרכב. הוא הגיש את המפתח לדן ואמר, "בינתיים אתה יכול להשתמש ברכב שלי."

דן סירב. הם ישבו עוד כשעה ודיברו על אחיו של דן ועל אמו שחלתה בסרטן הלימפה והמשיכה לעבוד כרגיל. אמו תמיד הקפידה לומר שהמחלה לא יכולה להרוג אותה. הסכנה היחידה הממשית לחייה תתקיים רק אם תפסיק לעבוד. דן נפרד מאביו. כשירד במדרגות צלצל הטלפון הנייד שלו. על הצג הופיע השם נוגה.

"הי מתוקה, התגעגעתי," אמר דן.

"גם אני," מקולה הסיק שהיא במצב רוח טוב.

"אני בבנק, הפקדתי את השק," היא גיחכה. בבנק שואלים מה אנחנו

רוצים לעשות עם הסכום," אמרה נוגה. דן חשב לרגע ואחר כך אמר, "תפקידי את השק בפיקדון חודשי."

"טוב, אעשה זאת. איפה אתה?" שאלה.

"ביקרתי את אבא שלי. אני אדבר איתך מאוחר יותר."

דן רצה לסיים את השיחה. הוא ידע שבטל"י מאזינים לשיחות שלו. נוגה הבינה ואמרה, "טוב יקירי, נדבר."

***

המרחק בין ביתו של אביו לביתו של אמנון לוי היה כמאתיים מטרים. את הדרך לשם דן עשה בהליכה מהירה. הוא הביט לאחור לראות אם עוקבים אחריו. מאחוריו צעדה בחורה צעירה עם עגלת תינוק. דן נעמד ועשה את עצמו כאילו הוא מחפש משהו בכיסים. הבחורה עברה אותו ונכנסה לאחד הבניינים. דן הביט לכל עבר. "נעשיתי פרנואיד," חשב לעצמו.

הוא צעד לעבר ביתו של אמנון לוי. הפעם נכנס דרך חצר הבניין הקרוב לבניין של אמנון ומשם דרך הפירצה שבגדר. כשהגיע לדלת צלצל הטלפון הנייד שבכיסו, על הצג הופיע השם אשר כהן.

"היי אשר, מה קורה?" שאל דן,

"אני בסדר, מה שלומך?"

"ככה ככה," ענה דן. "אני מחוץ לביתו של אמנון. אדבר איתך מאוחר יותר," אמר דן ועמד לנתק.

"חכה רגע, דן. אמנון נמצא איתי," הזדרז אשר לומר.

"היכן אתם?" שאל דן.

"היי, דן מה קורה?" נשמע קולו של אמנון ברקע.

"יכול להיות יותר טוב. היכן אתם?" שאל דן.

"אנחנו בהרצליה. רצינו לשבת בחוף הצוק, אתה יודע יש שם מסעדה על החוף," אמר אמנון.

"אני אפגוש אתכם שם בעוד חצי שעה, מה אתה אומר?" דן שאל אותו בהיסוס.

היתה שתיקה של כמה שניות ובסופה אמר אשר: "אין בעיות, דן. אנחנו נגיע לשם בעוד חצי שעה."

דן ניתק את הטלפון ועבר דרך הפרצה בגדר, רק שהפעם עזר לה לגדול. הוא יצא לשדרות יד לבנים ומשם צעד לרחוב משה דיין. הוא קיווה למצוא מונית.

רחוב משה דיין היה כביש ראשי ועמוס. אחד מנהגי המוניות סימן לדן ממרחק שהוא מגיע לאסוף אותו. הוא פילס את דרכו מהנתיב הרחוק למקום שבו עמד דן. המונית נעצרה והחלון נפתח. הנהג, שהיה חסר סבלנות, הוציא את ראשו מהחלון ושאל, "לאן זה?"

"אני צריך להגיע לחוף הצוק, השיב דן.

"שישים שקלים, מתאים לך?" שאל הנהג.

דן ידע שאם הנהג יפעיל מונה המחיר לא יהיה יותר מארבעים שקלים, אך מכיוון שמיהר, הנהן בראשו והתיישב על המושב האחורי של המונית.

כל הדרך עד לחוף נאלץ דן לשמוע את נהג המונית מתווכח עם אשתו בטלפון. השעה היתה כמעט שתיים בצהריים. המונית הגיעה לכניסה לחוף. דן שילם לנהג, כשהביט לאחור, ראה שהמקום שומם. כלי רכב מעטים חנו בכניסה לחוף ואנשים התעמלו על חוף הים.

***

דן ירד לחוף. בית הקפה לא היה מלא. הוא בחר שולחן פינתי, רחוק משאר האנשים והתיישב. אחת מהמלצריות ניגשה אליו והניחה תפריט על שולחנו.

"סליחה," קרא לה דן. המלצרית הסתובבה לעברו. "את יכולה להביא לי אספרסו כפול, בבקשה?"

המלצרית חייכה. "מיד מגיע," אמרה והסתובבה.

דן התיישב כשפניו פונות לכניסה. זוג נוסף ירד לכיוון בית הקפה. אחריהם ראה את אמנון ואשר. אשר הבחין בדן וסימן לאמנון. השניים

התקדמו לעברו. הטלפון הנייד של אשר צלצל והוא נעמד לדבר. אמנון המשיך לרדת במדרגות ונכנס לבית הקפה. דן הזיז את הכיסא שמולו, ואמנון התיישב לידו.

"היי דן," חייך אמנון באושר, "אתה לא מבין כמה אני שמח שניצלת מהתופת הזו."

דן לחץ את ידו בחמימות. מאז ומתמיד היתה בלבו פינה חמה לחברו מהילדות, "גם אני. מה תרצה להזמין?" דן העביר את התפריט לאמנון, כשראה שהמלצרית בדרך אליו עם ההזמנה שלו. אמנון הביט בקפה של דן וביקש מהמלצרית את אותו הדבר.

"חתיכה, הא?" חייך אמנון. דן לא ענה. אמנון הוציא קופסת סיגריות והצית אחת. דן הביט בקופסה, הוציא סיגריה לעצמו והדליק אותה.

"לא ידעתי שאתה מעשן," גיחך אמנון.

"בימים מסוימים," ענה דן.

"מה הם עשו לך שם?"

דן הסיט את מבטו לעבר הים. החופש שהרגיש, והמקום המדהים שישבו בו, הנוף ומזג האוויר הנפלא גרמו לו ליהנות מהרגע. "אם לא אכפת לך, נדבר על זה בפעם אחרת. רציתי לספר לכם על שני דברים שקרו לי היום."

"אתה רוצה לחכות עד שאשר יגיע עם... הנה הוא סיים את השיחה," אמר אמנון.

אשר ניגש לשולחן והתיישב מול דן. "הדאגת אותנו," חייך אשר, "אבל דע לך שמתי שתרצה, אמנון ואני נעזור לך."

"יפה," אמר דן, "ממתי זה נהיה אשר ואמנון?"

שניהם חייכו כממתיקים סוד.

"ספר לו," חייך אשר לאמנון.

אמנון החזיק ביד אחת סיגריה ובשנייה שיחק עם המצת. "אשר ואני, כנראה, נעבוד ביחד," חייך.

"ומה שיפה שזה בנוסף לתיק שלך בבטל"י," הוסיף אשר. "אמנון ואני מופ..."

"רק רגע," הפסיק אותו דן, "מה זאת אומרת התיק שלי בבטל"י?"

אמנון ואשר הביטו בדן כשפניהם חתומות.

"דן," אמנון דיבר כשפניו נטולות הבעה. "אשר ואני ישבנו אתמול עם ירון דותן ובמשך שעתיים ראינו קלטות וידאו כמו הקלטת שאתה ראית היום. האמת היא שהיינו בהלם. אבל זה לא הכול..." הפסיק אמנון לדבר. המלצרית ניגשה לאשר, והוא סימן לה שגם הוא רוצה להזמין. היא הניחה מול אמנון את הקפה שלו, הסתובבה והלכה.

"תביט, אם תאמר לי עכשיו שכל זה מצוץ מהאצבע, אאמין לך." את המשפט האחרון זרק אמנון כשהוא נשען קדימה על השולחן. אשר שתק והביט בדן בסקרנות.

דן נשף באפו בבוז. "אתה שניכם, נדפק לכם השכל? הייתי מצפה מכם שתהיו קצת יותר מציאותיים." דן שיקר כמעט בלי מאמץ. "אתם לא רואים מה קורה פה? תפעילו את ההיגיון שלכם."

אמנון הביט באשר. דן הרגיש ששניהם מאמינים לו, ולכן השתתקו. אשר הצית לעצמו סיגריה ואמר: "דן, אתה יודע שאני מבין לא מעט בצילומים. מה שראינו אתמול נראה אותנטי לגמרי. אז אולי יש להם טעות בדירה, או..."

"תשתוק כבר," אמר דן בכעס. "לא אכפת לי אם זו טעות בדירה או כל דבר אחר. אני אומר לך שאם עוד פעם אחת מישהו יתקרב לבית שלי..."

"דן, תירגע," קטע אותו אשר. "אני מאמין לך. זו בוודאי טעות. אמנון ואני פשוט בהלם מהדבר הזה. אני בחיים שלי לא האמנתי שיש עוד חיים מחוץ לכדור הארץ."

אמנון הנהן בראשו כמסכים. "גם אני לא. אבל מה שראיתי אתמול שינה לי את החיים."

דן הקשיב לשניהם כשפניו חתומות. "טוב, בואו נעזוב את זה בצד. הבוקר קיבלתי שיחת טלפון מאוד מפחידה."

אשר ואמנון הביטו בו כשחיוך מרוח על פניהם. דן זרק את כפית

הקפה על השולחן בכעס. "אני לא מאמין. הבאתי אתכם כדי לעזור לי ובמקום זה אתם מצותתים לטלפונים שלי, לעזאזל..."

"רגע, תעצור שנייה," אשר אחז בכתפו של דן בחיבה. "עדיף שאנחנו נצותת לך ולא הם."

דן הזיז את ידו של אשר מכתפו. "אני לא רוצה שיצותתו לטלפונים שלי. אני מבקש שתעזרו לי בעניין הזה..."

הטלפון הנייד של דן צלצל. המספר על הצג לא היה מזוהה ודן השתהה מעט.

"אתה לא עונה?" שאל אמנון.

דן ענה, "הלו."

"הי דן, זה ירון דותן."

"כן ירון, על מה עוד יש לנו לדבר?" אמר דן בכעס.

"על הרבה. אבל לפני כן, נמצאים אצלי במשרד צוות חוקרים מהמוסד. הם רוצים לחקור אותך."

דן הרהר לרגע. הוא רצה מאוד לנתק את שיחה, אך הוא ידע שהוא לא יכול לעשות זאת, ולכן ענה בשלווה, "מתי?"

לרגע היתה שתיקה מעבר לקו ואחר כך אמר ירון, "עכשיו."

דן הביט בשעונו. השעה היתה שלוש ורבע בצהריים. הוא חישב את הזמן שייקח לו להגיע לקריה ואמר, "זה ייקח לי בערך ארבעים דקות. האם זה בסדר?"

"זה בסדר גמור, אנחנו מחכים לך," אמר ירון וניתק.

אמנון ואשר הביטו בו. "אנחנו נסיע אותך לשם," הציע אשר.

לרגע חשב דן לדחות את ההצעה, אך העייפות של הימים האחרונים הכריעה את הכף.

"אין בעיה. אני מבין שגם אתם תהיו נוכחים בכל הקרקס הזה."

"מן הסתם, כן," אמר אשר וסימן למלצרית שתביא את החשבון.

המלצרית ניגשה והניחה את החשבון על השולחן. שלושתם הוציאו ארנקים, אך דן הקדים את השניים. "תרשו לי, אני מזמין," אמר והשאיר טיפ נדיב למלצרית.

המלצרית הביטה בו בחיוך. "מקווה שנהניתם," אמרה והלכה.

הם קמו כיסאותיהם. אמנון טפח לדן על גבו. "מה אתה חושב, אני יכול להשיג אחת כזו?" שאל בחיוך. דן הביט בו במבט קר. "אמנון, תתבגר," אמר והתחיל ללכת לכיוון היציאה מהחוף.

אשר הדביק אותו בהליכה מהירה. "דן, אתה כועס על הבן אדם הלא נכון. אמנון הוא באמת חבר שלך."

"אשר, אולי כדאי שגם אתה תתעורר," דן הרים את קולו בזעם. "תראה איפה אתה עומד כרגע, אתה נגדי."

"זה לא נכון," הפעם גם אשר הרים את קולו.

זוג צעיר שעבר לידם הביט בהם בסקרנות. "אתם מוכנים לעוף מפה?" פנה אשר לזוג בכעס. הצעיר, שהיה שרירי ונפוח, במקומות הנכונים וחיבק את חברתו, עזב אותה והתקרב לאשר בפנים מאיימות: "דיברת אלינו? טמבל?"

"תירגע, אשר," ניסה דן להרגיע. אשר שלף מכיס מכנסיו תעודה ודחף אותה לפרצופו של הבחור.

"אתה רוצה שאעצור אותך, טמבל?" אמר בכעס. הבחור הביט בתעודה מבוהל, הוא ניסה לומר משהו, אך אשר סימן לו בידו שילך. הזוג המשיך לדרכו. אשר רצה להכניס את התעודה לכיסו כשדן ביקש: "תראה לי את התעודה."

אמנון הגיע בריצה, מתנשף. "מה קרה עם הבחור?" שאל.

"אספר לך אחר כך," אמר אשר ונתן לדן את התעודה הכחולה.

"איפה היית?" שאל אשר את אמנון שחייך. הוא היה מרוצה מעצמו. הוא שלף מפית ועליה מספר טלפון, "בחורה נחמדה המאיה הזאת," אמר.

"אתה מתכוון למלצרית?" שאל אשר. אמנון הנהן לאישור.

דן הביט בתעודה שבה נכתב שירות ביטחון כללי, ומתחת שמו המלא של אשר כהן ועוד סעיפים, למקרה שיזדמן למקומות שבהם יצטרך להיעזר במשטרה. דן החזיר לאשר את התעודה ואמר, "אז מה, נהיית סוכן שב"כ, הא?"

אשר לא ענה.

"גם אני קיבלתי תעודה כזו," אמר אמנון ושלף מארנקו תעודה הזהה לזו של אשר.

"בואו נזוז," אמר אשר.

הם התחילו ללכת לעבר רכבו של אשר. דן נכנס מאחור לב.מ.וו, ואילו אשר ואמנון ישבו מקדימה. דן גיחך. אשר הביט בו דרך המראה ושאל: "מה קרה? מה מצחיק אותך?" דן משך מכתפיו. "תגיד אמנון, אתה באמת מתכוון לצאת עם הבחורה מבית הקפה?"

"כן, מה לא בסדר עם זה?"

"כלום. הכול בסדר, חוץ מזה שהיא בעשרים שנה צעירה ממך."

"שבע-עשרה שנים," תיקן אותו אמנון.

"טוב, תפסיקו עם זה עכשיו," אמר אשר. "דן תקשיב, בקשר לשיחה שלך בבוקר עם הבחור עם המבטא הערבי. אני ואמנון חקרנו את הנושא. הדבר היחידי שיש בידינו כרגע, זה המיקום שממנו הוא התקשר אליך," אמר אשר.

"אתה מתכוון לומר לי מהיכן הוא התקשר?" דן היה סקרן ומפוחד. אשר הביט בו דרך המראה ואחר כך הביט באמנון.

"הטלפון שממנו הוא התקשר..." התחיל אמנון לומר, "הוא טלפון ציבורי שנמצא ליד בנק הפועלים ברמת אביב החדשה." דן רכן לעבר המושב של אמנון, "מה זאת אומרת? אתה בטוח? זה שני רחובות מהרחוב שבו אני גר," הפעם קולו התקרב יותר לצעקה.

"אנחנו יודעים," אשר ניסה להרגיע.

"טוב, אז מה אתם מתכוונים לעשות בקשר לזה?" שאל דן.

"בשתי כניסות לשכונה שלך הותקנו מצלמות, אנחנו עוקבים כל הזמן. חוץ מזה, יש קרוב לעשרים סוכנים, עשרים וארבע שעות ביממה..."

הטלפון של אשר צלצל והפסיק אותו באמצע ההסבר. אשר הקשיב, אמר "בסדר" וניתק. אמנון ניסה לומר משהו לדן, אך אשר הפסיק אותו והדליק את הרדיו. השעה היתה עשרה לארבע.

555 | החלון השלישי

"חכו רגע," אמר אשר וכיוון את התחנה לקול ישראל. הקריין דיבר
על סקופ וסיפר על מחמוד דלאנה, חבר הכנסת, שנמצא כרגע בסוריה.
עוד הוא סיפר על חילופי השבויים שנעשו באישון ליל, ליד שער
פאטמה שבגבול לבנון. שמו הפרטי של דן הוזכר מדי פעם. הקריין
הזכיר גם את אזור מגוריו. דן החזיק את ראשו בשתי ידיו, "אני לא
מאמין," מלמל. "עכשיו כבר כל העולם יודע." אשר כיבה את הרדיו
וחייג מהדיבורית הקבועה שבאוטו לירון דותן. הדיבורית היתה על
רמקול, כך שדן ואמנון שמעו את ירון.

"הי אשר, מה קורה?" שאל ירון.

"תקשיב ירון, אני ואמנון בדרך אליך. דן נמצא איתנו ברכב. הרגע
קיבלתי טלפון מהמזכירה שלי בקשר למה שמדברים ברדיו, זה אבסורד.
יש לכם מדליף, וזה עלול לסכן את משפחת אלון..."

"אשר תירגע, תעצור רגע," קטע אותו ירון. "גם אנחנו שמענו פה
את כל הדיבורים. ידעתי את זה מראש וניסיתי לעצור את תכנית
הרדיו הזו, אך לא הצלחתי. הם מדברים על כך שעה שלמה. תגיעו
לכאן ונדבר, ביי," אמר ירון וניתק. הם המשיכו בנסיעה. הפעם כל
אחד שתק וחשב.

הטלפון הנייד של דן צלצל. דן הזדרז לענות. "הי אבא," אמר דן.

"דן," קולו של אביו נשמע קצת לחוץ.

"אני רוצה שתענה לי בכנות, האם הדיבורים האלה ברדיו קשורים
אליך?" שאל אביו. דן השתהה מעט וענה, "כן אבא, מדובר בי. כרגע
אני לא יכול לדבר. אתקשר אליך מאוחר יותר."

"חכה רגע," רעם קולו של אביו, "עוד דבר אחד. אתה בסדר, אני יכול
לעזור במשהו?" דן חייך כשחשב איך אמו תקבל את הידיעה. "כרגע
אני עובר תחקור של השב"כ. תודה, אבל כרגע אני לא זקוק לכלום.
אדבר איתך מאוחר יותר," אמר דן וניתק.

לא עברו חמש שניות והטלפון הנייד שוב צלצל. הפעם נוגה התקשרה.
דן הרגיע אותה, והיא סיפרה לו שכל השכונה כבר יודעת ומדברים על

כך שהוא עובד בשב"כ. דן גיחך בשקט והבטיח לה שיתקשר כשיסיים את התחקור.

הם הגיעו לקריה. השומר לא עצר לבדוק מי נמצא ברכב ופתח מיד את השער. הטלפון הנייד של דן צלצל שוב, המספר לא היה מזוהה ודן ענה, "כן."

"דן אלון?" נשמעה קולה של בחורה צעירה.

"כן, זה דן, מי שואל?"

"מדברת לי קופרמן, מערוץ עשר. רציתי לשאול...."

דן ניתק את הטלפון.

הוא הרהר ואחר כך הוציא את הסוללה מהטלפון. ליתר ביטחון, חשב לעצמו.

הרכב נעצר. אשר ואמנון ירדו מהרכב. דן השתהה מעט. האדמה מתחתיו רעדה והוא רצה לברוח מהכול. הוא פתח את דלת הרכב ויצא. המקום שיצא ממנו רק לפני שעתיים נראה שומם. רוב החיילים כבר יצאו לביתם, ומסביב לא נראה ולו חייל אחד. אמנון ואשר נכנסו דרך הדלת הראשית, כשדן אחריהם. המזכירה, שהיתה לפני כן, הוחלפה באחרת. אמנון הזמין את המעלית.

"יהיה בסדר," אשר טפח על שכמו של דן וניסה להרגיעו.

את ארבעת הקומות הם ירדו בשתיקה. הם ידעו שבכל חור, במקום הזה, מצותתים. הדלת נפתחה. שני אנשי ביטחון שלבשו חליפות ואוזניות על אוזניהם עמדו והביטו בדן.

"דן אלון?" שאל אחד מהם. דן הנהן.

"בוא איתנו," אמר איש הביטחון. "אתם תישארו כאן," הוא הצביע על אשר ואמנון. במקום לפנות שמאלה, הובילו השניים את דן לחדר אחר שנמצא מול משרדו של ירון דותן. אחד מהם פתח את הדלת. בפנים ישבו ריטה וירון דותן. להפתעתו ראה דן את אורי ברייטמן, השכן שלו מהבניין, שישב והביט בדן בפנים שלוות, כשחיוך קל בזוית פניו.

"הי דן, מה שלומך?" שאל אורי ברייטמן. דן הביט בו והרגיש שהכעס

בגופו משתלט עליו. "אתה," אמר דן בכעס. אחד מאנשי הביטחון סימן לו לשתוק. דן התיישב והביט בסובבים. "יש לכם שעה, אחר כך, אני עף מפה," אמר.

"דן אלון, נעים מאוד, שמי יעקב וזהו שימי, שנינו נחקור אותך בקשר לחטיפה," אמר אחד מאנשי המוסד. דן הנהן בראשו. "אתה יכול להתחיל," הוא אמר.

במשך שלוש שעות הם חקרו את דן ששיתף פעולה ולא ניסה לסלף שום פרט, חוץ ממה שקשור לנל קלר. גם ירון שאל שאלות. כל השאלות שנשאל היו על החטיפה. בסוף החקירה יצאו יעקב ושימי החוצה ודיברו ביניהם. דן הביט באורי ברייטמן שבמשך התחקור ישב בשקט ולא פצה פה.

"מה הקשר שלך לכל זה, ברייטמן?" שאל דן. אורי ברייטמן נשך את שפתו התחתונה וחייך קלות. "חשבתי שכבר הבנת," אמר.

"הבנתי... הבנתי שאתה סוכן של בטל"י."

אורי הנהן בראשו. "אני חצי בפנסיה. זה כל מה שאני יכול לומר לך כרגע."

דן הסיט את מבטו מברייטמן לריטה. "נראה שהסיווג הביטחוני שלך גבוה, אם נותנים לך להיות בסוד העניינים," אמר.

ריטה לא ענתה ובמקום זה הדליקה סיגריה והביטה בדן במבט קר. ירון קם ממקומו ועמד לצאת, כשהדלת נפתחה ויעקב ושימי נכנסו פנימה. ירון חזר והתיישב בכיסאו. "תביט דן," פנה אליו יעקב. "אנחנו משחררים אותך כרגע ונראה שנצטרך לזמן אותך לתחקור נוסף."

דן קם מהכיסא, הסתובב ובלי לומר שלום יצא מהמשרד. כשהגיע למעלית הסתובב לרגע וראה את ריטה ממהרת לכיוונו. דלת המעלית נפתחה. דן לחץ על כפתור המעלית במהירות, אך ריטה הצליחה להשתחל פנימה. "לא הצליח לך," אמרה ריטה וחייכה בשובבות.

"לפחות ניסיתי," אמר דן וחייך בהקלה כי ידע שהוא עומד לצאת מהמקום.

"תרשה לי לפחות להציע לך טרמפ," אמרה ריטה.

דן חשב לרגע. "אקבל את הצעתך בשמחה," אמר דן.

"יופי, בסוף עוד נהיה חברים," צחקה. דן לא ענה.

הדלת נפתחה וריטה הובילה את דן החוצה. בחוץ עמד ג'יפ לבן מסוג טויוטה לנד קרוזר חדשה.

דן התיישב לידה. "תגידי, לממשלה אין על מה להוציא את כספה, אז קונים לכם רכבים מפוארים כאלה?" שאל דן.

"זה רכב פרטי שלי," ענתה בחיוך.

"דן, אולי אתה רוצה לשבת איתי באיזה שהוא מקום? נדבר קצת."

"מה נראה לך?" החזיר דן בשאלה.

ריטה משכה בכתפה. "אין לי מושג. אתה אדם מאוד סגור, קשה לדעת איך עובד הראש שלך. אבל אם אתה רוצה לדעת, זה מדליק בחורות," אמרה ריטה והביטה בו בחיוכה הכובש.

ריטה התחילה לנסוע, וכשהגיעו לשער, דן לא התאפק ושאל, "יש לי הרגשה שאת קצת מפלרטטת איתי, זה נכון?"

השער החשמלי נפתח. ריטה צחקה ממבוכה. "לא לימדו אותך שלא שואלים בחורה שאלות כאלה? וחוץ מזה, נראה לי שאתה נאמן לאשתך."

דן לא ענה והביט בתנועת המכוניות שהיתה בשיאה.

"נו, אתה כן או לא?" שאלה בסקרנות.

"חשבתי שזה די ברור," ענה לה דן.

"אשתך צריכה להיות מאושרת. אני חושבת שהיא יודעת שהיא בת מזל," אמרה והשתלבה בתנועה שלפניה. "אז לאן אתה רוצה להגיע?"

דן הרהר לרגע. הוא חשב על אשר ואמנון שכנראה התייאשו מלחכות לו ובוודאי הלכו הביתה. "תפני באבן גבירול ימינה, נשתה משהו בקפה שבפינה," חייך דן. המחשבה שאולי יוכל לחקור את ריטה ביחידות, נסכה בו ביטחון, כך יוכל לדעת כיצד הם רואים את הדברים. ריטה הביטה בו והחיוך נעלם מפניה. "תגיד דן, מה אתה מתכנן?" היא שאלה ברצינות.

"כלום. רצית לשתות קפה בחברתי, אז זו הזדמנות."

באבן גבירול פנתה ריטה ימינה וחנתה את הרכב קרוב למדרכה במקום אסור לחנייה.

דן ירד מהרכב ושאל, "את לא חוששת שיגררו לך את הרכב?" ריטה הצביעה על השמשה הקדמית, היה שם שלט שעליו נכתב, רכב שירות ביטחון ומתחתיו בקטן, משטרת ישראל. דן הביט בשלט הקטן. "משהו מטריד אותך?" שאלה ריטה.

הוא הסתובב לעברה. "מפריע לי שאתם יכולים לעשות כל מה שאתם רוצים, וזו אחת מהדוגמאות," אמר דן והצביע על השלט.

"תגיד דן, יעזור לך אם אחנה בחני...?"

"עזבי את זה עכשיו," קטע אותה דן. "בואי ניכנס," אמר וניגש לפתוח את דלת הכניסה לבית הקפה. ריטה נכנסה ובחיוך שובב לחשה לו בלי קול, "תודה."

בית הקפה היה כמעט מלא. המארחת ניגשה אליהם. "שלום, תרצו לשבת על הבר? או שאתם רוצים שולחן?" שאלה. דן יכול היה להישבע שהמלצרית וריטה מכירות היטב וזה רק חלק מהעבודה. "מעדיפים שולחן," הזדרזה ריטה לענות.

הם הובלו לפינה שלווה. השולחן היה מרוחק קצת משאר השולחנות. דן משך כיסא בתנועה ג'נטלמנית וריטה התיישבה. "תודה, רק מוזר לי שפתאום אתה נחמד אלי."

דן חייך קלות. "רציתי לשאול אותך שאלה או שתיים, אם זה בסדר מבחינתך?"

ריטה הוציאה מתיקה קופסת עור קטנה ומהודרת. זה היה נרתיק לסיגריות. "אתה יכול לשאול ואני אענה לך על מה שאוכל," אמרה כששאפה מהסיגריה.

חלק מהיושבים הסתובבו לעברם. אחד מהם העיר לה בקול שאסור לעשן כאן והצביע על השלט. ריטה הביטה בו לשנייה וחייכה לעברו חיוך מקסים, נראה שזה הספיק. הבחור חייך בחזרה וסימן בידו שלו זה לא מפריע.

"לענייננו," אמרה ריטה, "אתה יכול לשאול."

דן הנהן בראשו. "היצור הזה שנקרא קרי, איך בדיוק הוא נעלם לכם?" כשהזכיר את שמו של קרי נצצו עיניה של ריטה. "איש אינו יודע איך

זה קרה. פתאום, ביום בהיר אחד הוא נעלם כאילו פצתה האדמה את פיה והוא נבלע לתוכה."

הרטט שבקולה גרם לדן להבין שהיה ביניהם קשר מיוחד.

"יש בי הרגשה שאת היית הכי קרובה לקרי, האם זה נכון?"

המלצרית ניגשה והניחה על השולחן שני תפריטים ומיהרה ללכת לשרת שולחנות אחרים שהיו באחריותה.

"אתה צודק. אני הייתי הכי קרובה אליו, ולכן זה מתסכל, כי יש לי רגשות כלפיו. במשך כל התקופה ששהה כאן, הייתי כמו אמא בשבילו," אמרה וניגבה את דמעותיה במפית שהונחה על השולחן.

הטלפון הנייד של דן צלצל, על הצג נכתב נוגה. דן ביקש מריטה שתסלח לו לרגע, הוא קם והתרחק ממנה. "היי נוגה, מה קורה?" שאל דן.

"דן אתה מדאיג אותי. למה אתה לא מגיע הביתה?" נוגה נשמעה לחוצה.

דן זכר שבטל"י מצותתים לטלפונים וקיווה שגם נוגה זוכרת את זה.

"את לא נשמעת טוב, הכול בסדר?" הוא שאל בדאגה.

"תגיע עכשיו, אני מחכה לך," אמרה בנחרצות. דן הרהר מעט והביט בריטה ששוחחה עם המלצרית. זו מלמלה משהו והסתלקה.

"תקשיבי ריטה. נוגה מאוד מודאגת, היא לחוצה מאז החטיפה, אני חייב לזוז."

"אני מבינה," אמרה ריטה. "אתה רוצה שאסיע אותך הביתה?"

"לא, זה בסדר, אני אסתדר. תודה."

ריטה קמה מכיסאה ונשקה לו על הלחי. "אתה אדם טוב, נמשיך את השיחה הזו בפעם אחרת."

לרגע רצה דן לומר לה שזה מיותר, אך החליט שלא. מכל האנשים שפגש עד עכשיו, היא היתה היחידה שגילתה רגישות ודאגה לקרי.

דן הנהן בראשו."נמצא את הזמן," אמר ונפרד ממנה לשלום.

פרק 57

מכתב שני מגיע

כשיצא מדלת בית הקפה, קלט בזווית עינו מונית שהורידה נוסעים. דן רץ לעברה: "אתה פנוי?" שאל את הנהג. "לאן אתה רוצה להגיע?" שאל נהג המונית. "לרחוב בורלא בתל אביב." הנהג סימן לו שייכנס.

התנועה זרמה ותוך כמה דקות הגיעה המונית לבניין. דן שילם לנהג ויצא. השכנה שגרה מולו ראתה אותו וצעדה לקראתו. דן החיש את צעדיו לעבר דלת הכניסה של הבניין ומשם למעלית. הוא שמע אותה קוראת בשמו. דן לא ענה, הוא מיהר ללחוץ על כפתור הקומה השישית. דלתות המעלית נסגרו שנייה לפני שהשכנה הגיעה. הוא חייך כששמע אותה דופקת על דלת המעלית הסגורה.

***

דן דפק על הדלת. נוגה פתחה מיד וחיבקה אותו בחוזקה.

"קרה משהו? הכול בסדר?" שאל דן כשהוא מלטף את שערה. נוגה הנהנה בראשה ומשכה אותו לתוך הבית. אחר כך נעלה את הדלת במפתח. דן הביט בעיניה. הדמעות זלגו על פניה. עיניה הירוקות בהקו ושיוו לה מראה פגיע.

"היכן הילדים?" קולו של דן נשמע לחוץ.

"בחדר של יואב. הם רואים סרט; גם נל איתם," ענתה נוגה וניגבה במטפחת את עיניה. "אני צריכה לספר לך משהו," אמרה נוגה ואחזה בידו. שניהם התיישבו על הכורסה שבסלון.

"את מדאיגה אותי, מה קרה?"

"היום, אחרי שיצאת, התחלתי לנקות את הבית. הפעלתי את מכונת

הכביסה והמייבש וגיהצתי ולא הפסקתי לחשוב על נל קלר. מהיום שהגיע המשפחה עברה שינוי אדיר, שממש קשה לתאר...״

״נוגה,״ קטע אותה דן, ״את לא הולכת לומר לי שאת רוצה להסגיר את נל?״

״לא, לא. זה לא העניין, תן לי לסיים,״ ביקשה נוגה.

דן הנהן בראשו וסימן לה שתמשיך לדבר.

״הילדים חזרו מבית הספר, הכינו את שיעורי הבית ולפני שעה, בערך, נכנסו לחדר של יואב לצפות בסרט. בדיוק באותו רגע אור בכה. ניגשתי אליו והנקתי אותו, ואז זה קרה.״

נוגה הפסיקה כדי לקחת לגימה מכוס המים.

״מה, מה קרה?״ דן כבר לא יכול היה לעצור את סקרנותו.

״הציור התחיל להאיר. אתה יודע, בצהריים אני מחשיכה את החדר. האור שבקע מהציור היה חלש. פתאום כל החדר הואר, במעין פלאש, לשנייה או שתיים. ואחר כך נשמעה חבטה חזקה על השולחן והאור שבציור דעך עד שכבה. ניגשתי לשולחן ועליו עמד...״

״אני לא מאמין,״ דן קטע אותה שוב בהתרגשות, ״קיבלנו עוד מכתב.״

נוגה הביטה בו בשתיקה. ״אתה לא יכול להקשיב עד הסוף?״

״את צודקת, אבל זה נכון?״ שאל דן בלהט. נוגה הנהנה. ״כן, קיבלנו עוד קופסה ובתוכה מכתב. לא סיפרתי לנל ולילדים על כך, חיכיתי לך,״ אמרה נוגה ועיניה הירוקות התמלאו שוב בדמעות. דן אימץ אותה לחזהו. ״אני מבין אותך, זה ייגמר בקרוב,״ מלמל.

״איך זה ייגמר?״ היא הרימה את קולה. ״תסביר לי דן, איך נחזור לחיות כמו משפחה נורמלית?״ דן היסה אותה באצבעו. ״את תעירי את אור. כדאי שנדבר בשקט.״

״אתה צודק,״ נוגה הנמיכה את קולה. ״אתה חושב שאנחנו יכולים לחיות כך?״ דן שתק. המכתב החדש שהגיע דרבן אותו לסיים את הוויכוח שנוצר.

״נוגה, נל הוא כמו בן בשבילי. אני מרגיש מחויבות כלפיו ולדעתי

גם את," אמר דן והביט בה בשאלה. נוגה כיווצה את שפתיה. הדמעות
המשיכו לזלוג. "אתה צודק, הוא יקר גם לי," אמרה בשקט. "הייתי
רוצה לקרוא את המכתב, איפה הוא?" שאל דן בסקרנות. "ליד בית
הבובות," ענתה לו נוגה בלחש. דן חיבק אותה ונשק על שפתיה. "את
יודעת שלא אתן לאיש לפגוע במשפחה. יש בי כוח, אך הוא אינו שווה
בלעדייך. אני חייב אותך לצדי," דן לחש לה על אוזנה.

"אני יודעת," נוגה ליטפה את פניו. "חכה רגע, אביא את המכתב,"
אמרה וקמה ללכת. דן אחז בידה. "אולי כדאי שנקרא קודם לנל."

"בסדר," אמרה נוגה והלכה לחדרו של יואב. היא פתחה את הדלת
בזהירות. יואב, רון וליר ישבו בגבם אליה, כשהם מרותקים לסרט.
נוגה חיפשה את נל וראתה שהוא יושב על הספרייה. נל הביט בה
בחיוך. נוגה סימנה לו שיצא החוצה. נל קפץ מהספרייה ויצא החוצה
בלי שהשלושה הרגישו. נוגה התכופפה לעברו ולחשה, "דן בסלון, לך
תצטרף אליו."

נל הנהן ומיהר לסלון.

"הי דן," חייך נל.

דן הסתובב לנל, "הי, בוא תשב. אני צריך לספר לך משהו."

נל התיישב על השולחן מול דן כשנוגה נכנסה לסלון ובידה קופסת עץ
קטנה. נל הביט בקופסה והבין מיד. "הם ראו את המודעה שהשארנו
להם בעיתון, מתי זה הגיע?" שאל בהתרגשות.

"לפני כשעה," השיבה נוגה והניחה את הקופסה על השולחן ליד נל
שפתח את הקופסה ובידיים רועדות הוציא מתוכה את המעטפה. הוא
הוציא את המכתב מהמעטפה וקרא בהתרגשות.

נל היקר,

התרגשנו מאוד לקרוא את המודעה שהשארת בעיתון. כדי להחזיר
אותך בחזרה אלינו עלינו למצוא את החלון השני. לכן בזמן הקרוב
אחד מאיתנו יצטרף אליך. סמן לנו אם המעבר בטוח או לא, וחתום

בשמות של האחראים על הצבא.

מקווה שניפגש בקרוב,

ראש הכפר

נל סיים לקרוא את המכתב הקצר כשהדמעות זולגות מעיניו. נוגה ניגשה אליו וליטפה אותו, ואילו דן הושיט את ידו לנל וביקש: "אני יכול לקרוא את המכתב?"

נל הושיט לדן את המכתב עם הקופסה. נל הביט בנוגה במבט של תחינה. "זה יהיה בסדר, מבחינתך, שיצטרף אלי מישהו לכאן, עד שנמצא את הדרך חזרה?" שאל נל.

נוגה הביטה בדן שחקר את הקופסה שבה נשלח המכתב. כשנל שאל את השאלה, דן הפסיק לרגע והביט בנוגה. "כן," ענתה לבסוף, "אני אשמח. נעשה הכול כדי להחזיר אותך למשפחתך," אמרה בשקט. דן חייך בהתרגשות: "ספר לנו שוב על החלון השני!"

דלת חדרו של יואב נפתחה. יואב, רון וליר יצאו במהירות כשהם רודפים זה אחרי זה וצוחקים בקולי קולות. נוגה היסתה אותם: "תהיו בשקט. אתם תעירו את אור."

פניו של יואב הרצינו כשראה את המכתב שבידו של דן. "קיבלנו עוד מכתב?" שאל יואב. רון וליר התקרבו גם הם. "כן," ענה דן והושיט ליואב את המכתב כדי שיקרא. יואב הקריא את המכתב בקול רם, וכשסיים, הביט בנל בהתרגשות. "הם שולחים לכאן עוד אחד מחבריךָ, איזה כיף."

רון וליר ניגשו לנל, שניהם היו נרגשים.

"את מי הם שולחים, יש לך ניחוש?" שאל רון.

"אין לי מושג," ענה נל. "הייתי רוצה שמנר יבוא..." נל נשך את שפתו התחתונה ושתק.

"מנר הוא ראש הכפר שלכם? אמרת שיש לו כוחות על-טבעיים, נכון?" שאל דן.

"כן. אם מנר בעצמו יצטרף אלי לכאן, אולי נמצא את החלון השני מהר יותר."

מכיוון החדר של אור נשמע קולו של אור שהיה בוכה. נוגה מיהרה לחדרו כדי להניקו. דן לקח דף ועט. "מה השמות של מְפַקדות הצבא שלכם?" שאל דן את נל.

"ניבה ולין, הן האחראיות על הצבא."

"מה? הבנות אצלכם מפקדות על הצבא?" התפלא יואב.

"כן. ועל הכול מפקד מנר."

דן חייג מהטלפון הנייד שלו לשי, אחיו, וביקש שיגיע אליהם הביתה עוד היום. שי שאל אם הדברים שנמסרו בתקשורת נכונים, אם הוא בסדר, ובמה הוא יכול לעזור, ודן השיב: "יש לנו קצר חשמלי במטבח, אתה מגיע?"

דן סגר את הטלפון. "טוב, הכול מוכן. שי ייקח את המודעה וישלח אותה לעיתון, כפי שעשינו בפעם הקודמת."

"כל ההתרגשות הזו עושה אותי רעב," גיחך יואב.

דן קם מהכורסה. "האמת היא שגם אני רעב. בואו נלך כולנו לאכול."

כשהתיישבו לאכול, ביקש דן מנל שיספר להם על מנר. "כשהיינו קטנים שמענו סיפורים על מנר, על הכוח שלו ועל מקרים שקרו בכפר. כולם תמיד פחדו ממנו. אני זוכר את הפעם הראשונה שראיתי אותו משתמש בכוחו. זה היה באחד הלילות בליל הפנסים. אני הייתי ראש קבוצת חולית. התקרבנו לאגם האסור," נל סיפר והבחין שכולם הפסיקו לאכול והקשיבו לו כמהופנטים: "ניר וגיל, שני שחקנים מהקבוצה שלי, היו אמורים לעלות על עץ ולתצפת. גם אני הייתי בקרבת מקום. ניר וגיל לא ראו כלום, ולכן ירדו מהעץ. לפני שקפצו ממנו לקרקע הבחינו למזלם בשועל שארב להם מתחת לעץ. כשראיתי את השועל פחדתי מאוד, לא ידעתי שגם הם הבחינו בו ורציתי להזהיר אותם מפניו. צעקתי שלא ירדו מהעץ ולרוע מזלי השועל הסתובב ורץ לעברי. ניסיתי לטפס על עץ קרוב אך ענפיו היו גבוהים ולא הגעתי אֲלֵיהֶם. פתאום הופיע מנר, כאילו נפל מהשמים. הוא הרים את ידו הימנית לעבר השועל. וזהו. ראינו כדור אש ענקי, וכעבור שניות השועל היה

מוטל חרוך וללא רוח חיים על האדמה. הגוף שלי רעד מפחד. הבטחתי לעבר מנר ורציתי להודות לו, אך הפחד שיתק אותי. מנר רק הביט בי לכמה שניות ואחר כך הסתובב ונעלם ביער," נל הביט בכולם וחייך.

"אני לא מבין," אמר יואב: "היה לו אקדח ביד, להביור או משהו אחר?"

"כלום," השיב נל, "ידו היתה חשופה לגמרי, ולא רק זה, הוא גם מדבר לאנפות שלו בדלנאית עתיקה והן מבינות את מה שהוא אומר להן."

דן נד בראשו כלא מאמין. "מעניין אם יוכל להשתמש בכוחותיו גם כאן."

"אני חושב שכן," אמר נל.

הם המשיכו לדבר על הכפר שממנו הגיע נל כשפעמון הדלת צלצל. יואב מיהר להרים את נל ורץ איתו לחדר של אור. דן ניגש לדלת, הציץ בעינית וראה את אחיו שי. הוא פתח את הדלת ושי נכנס לבית, לבוש בבגדי עבודה מאובקים ובידו ארגז כלים גדול.

"הי אתה," אמר שי וחיבק את דן בחוזקה.

ליר ורון קפצו על שי ונתלו עליו. שי חיבק אותם חיבוק חזק והניף אותם לאוויר בזרועותיו החזקות כשהם שואגים משמחה. בעברו היה שי מדריך לקרב מגע. הוא היה גבוה מדן בכמה סנטימטרים וגופו היה שרירי ומנופח יותר מגופו של דן. יואב ניגש לשי וחיבק אותו באהבה. "יואבי, נראה שגבהת מהפעם האחרונה שראיתי אותך וגם התחזקת מעט," החמיא שי ליואב.

"תודה," אמר יואב.

דן סגר את הדלת ונעל אותה.

"היי נוגה," שי ניגש אליה כשראה אותה יוצאת מהמסדרון לכיוון הסלון, והם התחבקו לשנייה.

"אתה בוודאי רעב," אמרה נוגה.

"מת מרעב," הכריז שי.

נוגה הלכה למטבח כדי לחמם לשי אוכל, ודן התיישב איתו על הכורסה שבסלון ונתן לו את הפתק עם המודעה. "אתה מוכן להסביר לי מה קורה פה?" שי הביט בדן בסקרנות.

"אני מעדיף שלא. אני צריך שתעשה בשבילי את הטובה הזו ותשלם
בכרטיס האשראי של אחד מהעובדים שלך," ביקש דן.

"אל תדאג, ראה את זה כמסודר," אמר שי וניגש לשולחן המטבח.
"בוא, שב לידי כשאני אוכל," ביקש מדן. הם התיישבו מסביב לשולחן
האוכל. שי הביט סביבו כשאכל. "אני מבין שאין בעיה עם החשמל?"

דן חייך. "לא. החשמל תקין. הייתי צריך אותך בשביל המודעה,"
השיב דן.

שי הפסיק לאכול. הוא הרחיק את הצלחת ממנו ופניו הרצינו.

"דן, אתה בצרה?" שאל.

דן הביט בו בשלווה: "למה אתה חושב כך?"

"לא יודע. אני מתחיל לחשוב שכל הקרקס הזה סביב לבניין שלך
קשור אליך."

נוגה, שבדיוק הכניסה את הכלים למדיח, עצרה והסתובבה לעבר שי:
"על מה אתה מדבר?" שי העביר את מבטו מדן אליה, "אז זה נכון, זה
קשור אליכם," מלמל שי.

מה יש מסביב לבניין שלנו?" שאל דן.

שי התרומם מהכיסא. "בוא איתי."

הם ירדו למטה במעלית. שי הוביל את דן לגן ז׳ילבר. הם חצו את
הכביש, וכששי הסתובב לעבר הבניין, הוא הוציא סיגריה מהקופסה
שבכיסו והצית אחת לעצמו.

"אתה רואה את הטנדר הלבן שמול הבניין שלך," לחש שי, "יש לו
אנטנות על הגג. זהו רכב של השב"כ. פעם עשיתי להם עבודות חשמל.
אני גם מכיר את הנהג שיושב ברכב."

דן הביט בטנדר הלבן. נראה היה שאין איש בתוכו. דן שם לב
שהאגזוז שלו זז.

"כן, אני רואה, המנוע פועל."

שי הביט בדן. "דן, במה הסתבכת?"

דן נד בראשו מצד לצד. "איך הגעת לזה שזה שייך אלי?"

"אני לא טיפש וראיתי את סימני הפריצה לבית שלך. אתה נעדר
מהמספרה. אני מבקר לפחות שלוש פעמים בשבוע במספרה, ואותך
לא ראיתי, וחוץ מזה - שמעתי רדיו..." שי המשיך ללחוץ.

דן הרהר ונשך את שפתו התחתונה. "תכבד אותי באחת מאלו,"
הוא הצביע על קופסת הסיגריות שבצבצה מכיס חולצתו של שי.
"בבקשה," שי הוציא את הקופסה, ודן לקח לו סיגריה. ידיו רעדו
מעט כשהצית אותה.

"תקשיב, יש לי רעיון. אולי תוכל לעזור לי בו," דן מלמל והביט בטנדר.

"איזה רעיון?" שאל שי.

דן הביט סביב. התנועה ברחוב בשעה זו היתה דלילה, ואת רוב האנשים
הוא זיהה. פתאום הבחין בסימנים שעליהם דיבר שי. שלושה גננים
עבדו בגינה, הם נראו יותר כמו שוטרים מגננים. דן הביט בשעונו,
השעה היתה שבע וחצי בערב והגננים הקבועים עבדו בשעות הבוקר
המוקדמות, בוודאי שלא בשעות האלה.

"בוא נחזור הביתה," לחש דן.

כשחצו את הכביש ראה דן ניידת משטרה מתקדמת לעברו. הוא
החיש את צעדיו, וכשעלו על המדרכה, אחז שי בזרועו ושאל: "תגיד
לי מה העניין? במה הסתבכת?"

"לא כאן, בוא נעלה ונדבר בבית," השיב דן והביט בניידת המשטרה
שהתרחקה.

שי ניסה לדבר במעלית, אך דן השתיק אותו. כשנכנסו לבית מיהרה
נוגה לדן. "מה קורה שם למטה?" שאלה.

"יש מעקב צמוד מסביב לבניין שלכם," הזדרז שי לענות.

"בואו נשב," הציע דן והתיישב על הכורסה הקטנה שבסלון כששי
התיישב מולו, ואילו נוגה נעמדה והביטה בשניהם.

"אני מחכה," אמר שי.

"למה בדיוק אתה מחכה?" שאלה נוגה.

היתה שתיקה קצרה. נוגה הביטה בדן.

"תקשיב טוב למה שאני הולך לספר לך," אמר דן לשי.

"רגע אחד דן, מה אתה עו...?" שאלה נוגה. "זה בסדר," קטע אותה דן.

"שי, אני רציני. כל מה שתשמע ממני נשאר כאן בינינו," אמר דן.

"תסמוך עלי, אני אחיך, שכחת?" השיב שי.

"טוב," סיפר דן, "לפני כחודשיים פרצו לנו לדירה, את זה אתה כבר יודע. מה שאתה לא יודע זה שאלו שפרצו לנו לדירה היו חבר'ה מהשב"כ, וכשגילינו שזה הם, הם סיפרו לנו סיפור הזוי שיש יציאה מהעולם החיצון לבית שלנו..."

שי קם מהכורסה והתחיל ללכת לעבר הדלת. "החלטת לעשות ממני צחוק. כשתחליט שאתה רוצה לדבר ברצינות, אתה יודע איפה להשיג אותי." שי דיבר בכעס והתכוון ללכת. דן מיהר לעברו ואחז בזרועו. "חכה רגע, אתה זה שביקשת לשמוע, אז תן לי לסיים."

שי שחרר את זרועו בכעס. "אני נראה לך טיפש, למה כל כך קשה לך לספר לי?"

"אני מספר לך. כדאי שתלמד להקשיב," ניסה דן להרגיע את המצב. נוגה התיישבה על הכורסה והביטה בשניהם בשתיקה. שי הביט בדן ואז חזר והתיישב במקומו: "אני מקשיב," אמר שי בשקט.

דן חזר והתיישב במקומו. הוא חשב מעט ואחר כך הביט באחיו. "עזוב, הכי חשוב - אני צריך שתעשה בשבילי את הטובה שביקשתי ממך. תסמוך עלי, כשיגיע הרגע, אספר לך הכול, מה אתה אומר?"

שי הביט בדן ואחר כך חזר והביט בנוגה. "איך שאתם רוצים," אמר וקם מהכורסה. "אני אשלח את ההודעה דרך אחד העובדים שלי; אין לכם מה לדאוג." חיוך קל היה על שפתיו. "לפחות אתה לא נותן לי להרגיש מטומטם." דן התרומם מהכורסה וחיבק את אחיו. הוא נאנח אנחת רווחה ואמר לשי, "תודה, אתה מציל אותי." שי נפרד מהם ויצא לדרכו.

נוגה ניגשה לדלת ונעלה אותה. "חשבתי שאתה עומד לספר לו על נל."

דן נד בראשו. "לא חשבתי לעשות זאת. אנחנו חייבים לשמור על נל בסוד. מחר אחזור לעבוד במספרה."

יואב ורון נכנסו לסלון. "שי הלך?" שאל יואב.

"כן," ענתה נוגה. "איפה נל?"

"הוא בחדר של אור. את צריכה לראות איך הוא משעשע אותו," צחק יואב.

נוגה ודן מיהרו לחדר של אור שהיה ער. נל ישב על הכרית שלצדו כשחיוך על פניו. "הוא ממש חמוד, נראה לי שהוא מחבב אותי," צחק נל.

***

השעה היתה שש בערב כשאמנון ואשר עצרו לאכול במסעדת חליל בשכונת עג'אמי שביפו.

משעות הבוקר המוקדמות עמלו לאתר את הטלפון ממנו התבצעה השיחה לביתו של דן, אותה שיחה שבה קיבל דן איום על חייו ועל בני משפחתו. הם בדקו את כל השיחות שנערכו עד אותה שיחה והמשיכו לעקוב אחר עשרות שיחות הטלפון עוד שנערכו מהטלפון הציבורי. שיחה אחת יצאה מהטלפון הציבורי דקה לפני השיחה שנעשתה לביתו של דן. השיחה נעשתה לטלפון נייד. בדרכיהם המיוחדות הגיעו אשר ואמנון לאזור שבו היה בעל הטלפון כשקיבל את השיחה. הטלפון הנייד עצמו היה רשום על עיסאם טובאס, פלשתיני משכם. הם השיגו את תמונתו, ועתה לעת ערב הוציאו אותה שוב והביטו בה. "חבל שלא קיבלנו את ההצעה של חגי," אמר אמנון, "זה כמו למצוא מחט בערמת שחת."

" לא מסכים איתך," אמר אשר, "דבר כזה יכול להרוס את כל המשימה. אל תשכח שהשוטרים שעוזרים לנו הם לא מהבילוש. שמעת מה חגי אמר, שהוא ייתן לנו שוטרי תנועה."

אשר סיים לדבר ושלף אוזנייה קטנה שגודלה כגודל מטבע שקל אחד ותחב אותה לאוזנו. אמנון עשה את אותו דבר, והם בדקו את המכשיר. "טוב, תתפוס את האזור שלך ותעדכן אותי," מלמל אשר. אמנון זרק את שארית הלאפה לפח וניגב את פיו בממחטת נייר. בלי לענות הסתובב והלך לכיוון הסמטאות החשוכות של יפו.

אשר שלף סיגריה והביט מסביב. אנשים מיהרו למסעדות הקטנות שהיו פזורות כמעט בכל מקום והציעו אוכל מהיר ובזול. הטלפון הנייד שבכיסו צלצל. אשר הביט על הצג. הוא חיכה לשיחה הזאת כבר מעל שעה.

"כן חליל," אמר אשר.

"זה יעלה לך די הרבה," קולו של חליל היה קר ושקט. "כמה?" שאל אשר. "עשרים אלף," ענה חליל. אשר איבד את סבלנותו. "תגיד, אתה מפגר. בשביל מידע כזה אתה רוצה עשרים אלף שקלים?" כעס אשר. "מי דיבר על עשרים אלף שקלים? אני מדבר בדולרים וכדאי מאוד ש..." אשר ניתק את השיחה בזעם.

חליל היה אחד ממשתפי הפעולה בשטחים. הם הכירו לפני הרבה שנים, כשאשר היה סוכן בשב"כ, וחליל היה זה שסיפר לו על פיגועים שתוכננו. כך מנע השב"כ עשרות פיגועים. חליל קיבל מעמד קבע בישראל וכסף רב זרם לכיסו. בינתיים עזב אשר את השב"כ ופתח משרד חקירות פרטי. מדי פעם שמר על קשר עם חליל ונתן לו עבודות בילוש קטנות במגזר הערבי. כמה שעות לפני כן, בסביבות השעה שלוש, התקשר אשר לחליל וביקש שיעזור לו לאתר את עיסאם טובאס.

בדרך כלל התעריף של חליל היה אלף שקלים ליום עבודה. וכעת, בשביל שלוש שעות עבודה, ביקש חליל סכום של עשרים אלף דולרים. אשר נשך את שפתו בעצבים וחייג לטלפון הנייד של חליל.

"אתה חייב להירגע קצת," צחק חליל.

"אל תצחק איתי," כעס אשר.

"אשר תבין, אני הולך לספר לך היכן הוא מסתתר. הבעיה היחידה היא שאני היחידי שיודע היכן הוא מסתתר. אחרי שתתפוס אותו, אהיה חייב לשנות מקום המגורים, ואין לי גרוש על הנשמה," אמר חליל.

אשר שתק לרגע ואחר כך אמר: "אתה יודע שהכסף שאני משלם לך מגיע מהכיס הפרטי שלי. על תפיסת הבחור הזה, קיבלתי, בסך הכול, כמה אלפי שקלים."

"כמה כסף קיבלת?" שאל חליל.

"ששת אלפים שקלים." היתה שתיקה קלה.

"זה לא מספיק, אני יורד מהעניין," אמר חליל וניתק.

***

אשר קילל בזעם וחייג לטלפון הנייד של ירון דותן. הוא סיפר לו על השיחה עם חליל ועל הדרישה המוגזמת שלו. ירון חשב לרגע ואמר, "היכן אתה בדיוק? תוך חצי שעה יגיע אליך בחור עם עשרים אלף דולר במזומן."

אשר נתן לירון את הכתובת המדויקת וניתק את השיחה.

"שמעת הכול?" אשר דיבר באוזנייה. "כן," ענה אמנון והוסיף, "אני נמצא מול הבית של חליל, הוא יושב בסלון וצופה בטלוויזיה."

"יופי, תשמור שהוא לא יזוז מהבית," אמר אשר.

הטלפון הנייד של אשר צלצל. הוא הביט בצג, השם של חגי הופיע. "כן חגי, מה קורה?"

"אני נמצא לא רחוק מכאן, אני יכול להצטרף?" שאל.

אשר חשב לרגע. "אני לא חושב שזה רעיון טוב. מכירים אותך פה, אבל תוכל לגבות אותי. אם תוכל, תישאר בסביבה," ביקש אשר.

"אין בעיה. אני כאן מולך מעבר לכביש," אמר חגי וניתק.

אשר הביט לצד השני של הרחוב. עיניו המנוסות סקרו את כל הרכבים החונים. הוא ראה את חגי יושב על אופנוע כבד ולראשו קסדה.

אשר חייג שוב לטלפון הנייד של חליל.

"תביט אשר, זה לא מתאים לי..." התחיל חליל לדבר. אשר קטע אותו. "תוך חצי שעה תקבל עשרים אלף דולר במזומן, חסר לך שמשהו ישתבש," אמר אשר בקרירות וניתק.

זמן ההמתנה התארך מעבר לחצי שעה. השעה היתה כבר שבע וחצי בערב. אשר עמד להצית עוד סיגריה, כשראה בזווית עינו את רוכב האופנוע מפלס את דרכו במיומנות בין כלי הרכב עד שנעצר מולו.

לרוכב האופנוע היתה קסדה שהסתירה את פניו. הוא הוציא ממעילו
מעטפה חומה והעביר אותה לידיו של אשר. בלי מילים מיותרות לחץ
על דוושת הגז ונעלם מהמקום.

"המעטפה עם הכסף בידי," לחש אשר לאמנון.

"קדימה, תגיע לכאן, אני מול הבית שלו," השיב אמנון.

אשר דחף את המעטפה לכיס מכנסיו והתחיל ללכת לעבר הסמטאות
החשוכות של יפו. תוך כמה דקות הוא הגיע לרחוב יפת. את הבית של
חליל הוא זכר עוד מהמקרים הקודמים שבהם היה צריך לפגוש אותו.

אשר נכנס לבניין מספר אחת-עשר. הוא הביט מעבר לכביש וראה
את אמנון יושב על גדר הבניין ומתעסק עם הטלפון הנייד שלו. אמנון
לחש לו שהכול שקט, ואשר עלה במדרגות לקומה השנייה ודפק על
הדלת. את הדלת פתחה בחורה צעירה ויפה, ככל הנראה, ממוצא רוסי:
"כן, את מי אתה מחפש?" שאלה בערבית עילגת.

אשר לא ענה, הוא דחף אותה פנימה וסגר את הדלת.

"חליל," צעקה הבחורה בבהלה.

אשר הביט לעבר הסלון. חליל נעמד כשאקדח מסוג גלוק בידו, מכוון
הישר לראשו של אשר: "איפה הנימוסים שלך?" צחק חליל והוריד
את האקדח.

"יאללה, רוחי מן הון," צעק עליה חליל וסילק אותה מהבית. הבחורה
יצאה כשהיא מקללת אותו ברוסית. חליל לא ענה ובמקום זה התיישב
על כורסה דהויה. הוא סימן לאשר שישב.

אשר המשיך לעמוד וממקום עומדו הביט בו בכעס. "זו הפעם
האחרונה שאתה עושה לי דבר כזה, איפה הוא?" שאל אשר. חליל
הושיט את ידו, אשר הוציא את המעטפה החומה והעביר אותה לחליל.
חליל הציץ במעטפה וגיחך.

"אתה מכיר את המסגד בכניסה ליפו?"

אשר הנהן בראשו. "הוא בתוך המסגד?"

חליל נד בראשו. "הוא נמצא במבנה נטוש מאחורי המסגד. יש שם
בית שמיועד להריסה ושם הוא גר."

אשר הצית סיגריה, הביט בחליל והרהר.

"מה עובר לך בראש?" שאל חליל.

"הרבה, אבל רק דבר אחד מכל זה אתה צריך לדעת. הבית שלך מכותר בסוכנים. אתה לא זז מכאן עד שנתפוס את עיסאם טובאס. אנחנו מבינים זה את זה, נכון?" לקולו של אשר התווספה נימה מאיימת. חליל קם מהכורסה בזעף. "אני חייב לעוף מפה, אתה לא יכול לעשות לי דבר כזה. הם יהרגו אותי..."

"תשתוק," צרח עליו אשר. "אם אתה עובד עלי, אני אישית אדאג לך."

חליל נשך את שפתו בכעס.

"שב, תשתה קפה. אני אתקשר אליך בעוד עשרים דקות," אמר אשר הסתובב ויצא מהבית. כשיצא מהבניין התקשר לחגי.

"כן, אשר היכן אתה?" שאל חגי.

"תקשיב טוב. אני צריך שתשגיח על דירה ברחוב יפת אחת-עשר, ואני צריך את זה עכשיו," אמר אשר. "אני מגיע תוך ארבע דקות," אמר חגי וניתק.

אשר הוציא סיגריה מקופסת הסיגריות של אמנון שנחה לו בכיס חולצתו והדליק לו אחת. "אתה נראה עצבני, כמו אחד שלא כדאי לדבר איתו," גיחך אמנון.

אשר שאף מהסיגריה והעיף אותה לאמצע הכביש. "יש לי תחושה לא כל כך טובה לגבי המידע שחליל נתן לי," הוא הביט לעבר הסלון של חליל. האור דלק והכול נראה רגוע.

"אתה רוצה שאשאר כאן ואתה תבצע את המעצר?" שאל אמנון. אשר נד לשלילה. "לא, אני מעדיף שנבצע את המעצר ביחד." אמנון הוציא את האוזנייה הקטנה מאוזנו, כיבה אותה ושם אותה בכיסו. אשר ניתק גם הוא את האוזנייה. הוא ראה את האופנוע של חגי מתקרב. חגי ראה אותם ונעצר בדיוק בכניסה לבניין.

"מה קורה?" שאל חגי כשהוריד את הקסדה.

"אני אתן לך תדרוך קצר," אמר אשר. "הבחור כאן," אשר הצביע על

חלון הבית של חליל, "הוא המודיע שלי. לפני כמה דקות הוא קיבל כסף על המידע שנתן לנו. אני צריך שנסגור הרמטית את הכניסה לבית שלו. לפחות לשעה הקרובה."

חגי הביט לעבר החלון. "אין בעיה, יש איתי חמישה סמויים. הם כאן בתחילת הרחוב. אתה יכול לזוז," אמר חגי, הוא הוציא את מכשיר הקשר מכיסו ולחש הוראות לבלשים שהיו בתחילת הרחוב.

אשר ואמנון נפרדו מחגי והלכו לרכבו של אשר שחנה ליד אזור המסעדות. כשהלכו, דחף אמנון לאשר מרפק חלש וסימן לו שיביט. "ראיתי," לחש אשר.

מעבר לכביש הלכו שתי בחורות מחובקות עם גבר מזוקן. "נראה לך שאלה שייכים לחגי?" שאל אמנון בלחש. "כן," ענה אשר, "הבחור הזה היה איתי לפני שנתיים במשימת בילוש."

הם הגיעו לרכב. על השמשה הקדמית, מתחת למגב היה דוח חנייה. אשר קלל, תלש את הדוח והתכוון לזרוק אותו על הרצפה. הוא התחרט ודחף אותו לכיסו.

"תן את הדוח לחגי, הוא יבטל אותו," יעץ לו אמנון. אשר לא ענה, ובמקום זאת התניע את הרכב ונסע לכיוון המסגד. הטלפון הנייד של אשר צלצל. על הצג הופיע השם ירון דותן.

"כן, ירון," ענה אשר דרך הרמקול ברכב.

"מה קורה?" שאל ירון.

אשר הסביר לו בקצרה על הפגישה עם חליל ועל כך שהם בדרך לבצע את המעצר.

"חכה לי, אל תעשה כלום עד שאגיע. תן לי רבע שעה. ניפגש ליד מלון דיויד אינטרקונטיננטל."

"אין בעיה, נחכה לך בכניסה למלון," ענה אשר.

הם הגיעו לחניון הגדול שהיה צמוד לגן החשמל, מול בית המלון. אשר החנה את הרכב, ושניהם הלכו לכיוון המלון. בכניסה ללובי עמדו שני אנשי אבטחה. הם הביטו באשר ובאמנון. אשר הצית סיגריה והציע אחת לאמנון שסירב.

אחד מאנשי האבטחה ירד מהמדרגות וניגש אליהם. "שלום, אפשר לעזור לכם?" שאל איש האבטחה בנימוס. אשר שלף את תעודת השב"כ והראה אותו לאיש האבטחה. "אנחנו בסדר," ענה. איש האבטחה חייך ועלה בחזרה לעמדה שלו.

"אני מתחיל ליהנות מכל הסיפור הזה עם השב"כ," גיחך אשר. הוא הביט בשעונו. השעה היתה שמונה עשרים וחמש. הם המשיכו לחכות בשתיקה. עברו עוד עשרים דקות. אשר קלט בזווית עיניו את רכב הלנד קרוזר השחור, בעל החלונות הכהים. הוא סימן לאמנון, ושניהם התקרבו לשפת הכביש. הרכב נעצר לידם. החלון שליד הנהג נפתח והם ראו את ירון דותן שאמר: "תעלו."

אשר ואמנון נכנסו לרכב והתיישבו מאחור. "באת לבד?" שאל אמנון.

"לא, מאחוריי יש רכב עם עוד חמישה. איפה חניתם?"

אשר חשב על הדוח שנח בכיסו, והחליט שזה לא הרגע המתאים.

"בחניון צמוד לגן החשמל", ענה אמנון.

"יפה," אמר ירון. הוא המשיך לנסוע לכיוון המסגד. כמאה מטרים לפני המסגד עלה על המדרכה וכיבה את המנוע. אשר הביט לאחור, הסוכנים הנוספים חנו מאחוריהם ברכב שחור מסוג יוקון. הם ירדו מהרכב. "יש לכם נשק?" שאל ירון. אשר ואמנון הנהנו.

"שימו את האוזניות שנתתי לכם." אמנון ואשר הנהנו, האוזניות כבר באוזניהם. "אשר, אתה תיקָרֵא בקשר קש-שש. ואתה אמנון תיקרא קש-שבע." ירון המשיך: "רק אני נותן הוראות. שימרו על שתיקה ונסו לזרום עם מה שקורה." אמר ירון וסימן בידיו לשאר אנשיו לבוא בעקבותיו.

חמישה ירדו מן הרכב, פניהם כוסו בכובעי גרב שחורים ורק עיניהם נראות, כל אחד מהם החזיק בידו עוזי קטן. ירון סימן והחמישה התקדמו במהירות לעבר המסגד. אשר הדליק סיגריה, ירון הביט בו בהפתעה: "מה אתה עושה?"

"מרגיע את עצמי," ענה אשר.

"אל תדאג, כשנתחיל אנחנו לצעוד אזרוק אותה," אמר אשר.

ירון לא ענה והביט בשעונו. עברו כמה דקות. אשר גיחך וזרק את בדל הסיגריה על הרצפה. פתאום שמעו שלושתם באוזנייה "קש אחד, הבית ארוז."

"לפקוח עיניים," לחש ירון וסימן לאשר ולאמנון.

אשר הוציא את האקדח ובדק אותו. הוא פרק והכניס את המחסנית, הסיר את הניצרה ווידא שהכדור בקנה, ושהוא מוכן לפעולה. אמנון בדק גם הוא את נשקו, וכך בחסות החשכה צעדו השלושה לעבר המבנה הנטוש.

***

הרחוב היה שומם. את המבנה הנטוש הקיפה חומה קטנה. ירון השתופף ונשען בגבו על החומה, אשר ואמנון התכופפו לידו. שלושתם התכוננו באקדחים שלופים. ירון לחש, "קש שתיים וקש שלוש, התחילו לפעול."

לא נשמעה כל תגובה. אשר ואמנון הביטו זה בזה ובלעו רוק. המעצר שלהם עבד לידיו של ירון דותן. כעבור חמש דקות נשמע קולו של אחד מהם. "קש אחד, האובייקט לבד. הוא מת. מצאנו אותו שוכב באחד החדרים."

אשר קילל. הוא הניד בראשו לשלילה לאמנון וחייג לחגי. ירון הביט בו במבט כועס, ואשר ניתק את השיחה. "קש שתיים, האם וידאת זיהוי?" לחש ירון.

"קש אחד, זיהוי ודאי, אני חוזר, זיהוי ודאי." שמע מן הצד השני.

ירון נתן לאשר את האישור להתקשר, ובינתיים נכנסו אמנון וירון למבנה. "כן אשר?" ענה חגי.

"עלה מהר למעלה - ועצור אותו מיד" אמר אשר בכעס.

מעבר לקו נשמע קולו של חגי זורק פקודות למכשיר הקשר. "מה קרה? ספר לי," ביקש חגי.

"אני אספר לך אחר כך, קרוב לוודאי שחליל רצח אותו." הוא ניתק את השיחה והתקדם לעבר המבנה. הדלת היתה פתוחה, אשר נכנס והדליק את פנס הכיס קטן. הכול היה מוזנח ומטונף. עשרות מזרקים וכלי עישון לסמים היו פזורים על הרצפה. ריח חריף של צואה ושתן צרב את נחיריו. הוא התקדם לעבר הקולות שנשמעו מהחדר הסמוך. כשנכנס ראה את ירון שפוף על הרצפה מעל גופה של גבר בשנות השלושים לחייו.

"יש לך הערכה כמה זמן הוא מת?" שאל אשר.

ירון התרומם מהרצפה ונעמד. "צריך חוות דעת של פתולוג. אבל אני מעריך שהרצח התבצע לא מזמן. לפני שלוש או ארבע שעות, לכל היותר."

אשר קילל. הטלפון הנייד צלצל ואשר ענה, "כן חגי."

"הבחור נעלם, כאילו בלעה אותו האדמה, אין לי מושג איך," אמר חגי.

"מה זאת אומרת, נעלם? הרי סגרת את האזור שמסביב לבית, לא?"

"אתה לא צריך לכעוס עלי. אני לא ראיתי אותו. אנחנו עדיין מחפשים אחריו," השיב חגי בכעס. אשר ניתק בזעם. "היתה לי הרגשה לא טובה, אמרתי לך." אשר סיפר לאמנון שחליל הצליח להימלט. ירון כיווץ את שפתיו בכעס. "אל תדאג, אנחנו נתפוס אותו."

"אולי כדאי שבינתיים נתגבר את השמירה מסביב לבית משפחת אלון?" שאל אמנון.

ירון נד בראשו. "אי-אפשר. גם ככה הרבה אנשים מתחילים לשאול שאלות."

"איך הוא נרצח?" שאל אשר והצית סיגריה נוספת.

"לפי מה שראיתי נדקר בצוואר בעורק הראשי." השיב ירון.

"בלי חליל יהיה קשה הרבה יותר לאתר את הארגון הקטן הזה." הבהיר אשר.

"קש ארבע - לקש אחת, שומע?" נשמע קול בקשר של ירון דותן.

"קש אחד שומע," השיב ירון.

"קש אחד, הגיע צוות ניקוי. יכולים להיכנס?" שאל קש ארבע.

"חיובי."

"קדימה, אנחנו זזים." סימן ירון לאשר ולאמנון שיצאו. "הצטרפו לחבר'ה של חגי, ואתה," פנה ירון לאשר, "אתה מכיר אותו טוב מכולם. חפש משהו חשוד, אולי פרצוף מוכר." אשר הרהר ואז הנהן בהסכמה, "אין בעיה. אני מקווה שנצליח לשים את ידנו על החלאה הזו."

***

השעה היתה שבע וחצי בבוקר. המונית שעטה במהירות לכיוון רחוב המסגר. הנהג הצעיר ניתב את דרכו בין המכוניות הרבות שגדשו את הכבישים. דן ישב במושב האחורי ועיין בעיתון. המודעה ששלח שי היתה אמורה להתפרסם רק למחרת. אביו התקשר אליו כבר בשש ובישר לו שהרגע התקשר שאול, החבר בחברת המכוניות, והודיע שהגיע הרכב החדש שהזמינו הוא ונוגה. המונית עצרה בכניסה לחברת המכוניות, דן שילם לנהג וירד. בכניסה כבר חיכה לו שאול. את כל הבירוקרטיה בקבלת רכב חדש חסך ממנו, ותוך עשרים דקות כבר דהר דן ברכב החדש לכיוון המספרה.

ריח מושבי העור היוקרתיים סחרר מעט את ראשו. הוא התרגש לנהוג ברכב החדש. שמחת הניילונים התערבבה עם תחושת אי-נוחות על שלא ביקר במספרה כבר למעלה משבועיים. הלקוחות שאלו שאלות, וצוות המספרה סיפר לכולם שדן יצא להשתלמות מקצועית, אולם כל זה היה טוב עד הפרסום האחרון ברדיו על עסקת השבויים בה היה מעורב. דן החנה את הרכב מחוץ למספרה והביט מסביב לראות אם עוקבים אחריו. כשלא הבחין בדבר חשוד יצא מהרכב ונכנס במהירות למספרה.

שתיים מהעובדות כבר היו במקום וטיפלו בלקוחות. הן קיבלו את פניו בשמחה. קטי, העובדת שניהלה את המספרה בהיעדרו, לקחה אותו הצדה ועדכנה אותו בכל הפרטים. היא העבירה לו את החשבונות

שהופקדו בבנק, את ההזמנות שעשתה ואת החשבוניות שדן צריך
לשלם לספקים. כשהתחיל לעבוד הרגיש שהוקל לו. הלקוחות זרמו
למספרה. דן סיפר שנסע לחו"ל להשתלמות. חבריו הגיעו לבקר;
כולם רצו לשמוע על הנסיעה הפתאומית; אף לא אחד מהם שאל
במפורש על הרדיו.

השעות חלפו במהירות. השעה היתה כבר שמונה בערב. דן שחרר
את העובדות ונשאר לסדר את הניירת. הטלפון במספרה צלצל. דן
הביט בצג. זו היתה שיחה לא מזוהה. הוא חכך בדעתו אם לענות.

* * *

"ערב טוב," אמר דן.

"ערב טוב גם לך."

דן זיהה את קולו של אשר. "היי אשר, מה קורה?"

"אנחנו צריכים לדבר," קולו של אשר נשמע מתוח מעט.

"אין בעיה, אפשר לקבוע למחר בבוקר."

"זה לא טוב," הזדרז אשר לומר. "אנחנו צריכים להיפגש עכשיו."

"מה עכשיו? מה כל כך דחוף?"

"דן, אני נמצא בקריה. תוך רבע שעה אני אצלך במספרה."

דן שתק לרגע, ואחר כך אמר: "אין בעיה, אני מחכה לך."

אשר הגיע ברבע לתשע. בינתיים הספיק דן לדבר עם רוב הספקים
ולעשות הזמנות חדשות. אשר נכנס למספרה והתיישב. "אני מקווה
שיש קפה," הוא חייך.

"אם אני זוכר נכון, שחור, שליש כוס, כפית שטוחה של סוכר, כן?"
אמר דן והתחיל להכין את הקפה.

"כמו שאני אוהב," אמר אשר והצית לעצמו סיגריה.

דן הניח את כוסות הקפה על השולחן והתיישב. הוא הביט בקופסת
הסיגריות שנחה על השולחן. אשר הבין, שלף מהקופסה סיגריה והושיט
אותה לדן שהצית אותה והביט באשר.

"נו, מה כל כך דחוף?" שאל דן.

אשר סיפר לדן על עיסאם טובאס, על החקירה המקיפה שהוא ואמנון עשו עד שהגיעו אליו, על חליל והדרישה הכספית המוגזמת ועד לרגע שגילו את גופתו של עיסאם טובאס מאחורי המסגד הישן ביפו, במבנה נטוש.

"אני יודע בוודאות שחליל רצח אותו," אמר אשר ברצינות. "כרגע, מחפשים אותו כמאה סוכנים ומספר כפול של שוטרים. יש לי הרגשה שהוא כבר לא בארץ. לדעתי, הוא עבר לשטחים או שהצליח לצאת דרך רצועת הביטחון ללבנון."

"טוב... יש לי סיבה לדאוג?" תהה דן.

אשר נד בראשו בכעס. "יש לך הרבה דאגות כרגע. אני את חליל מכיר שנים רבות. ואם מה שאני חושב זה נכון, אז אתה בצרה אמיתית."

"מה זאת אומרת, אם מה שאתה חושב זה נכון? למה בדיוק אתה מתכוון?"

"אני מתכוון לכך שיש סיכוי שחליל עבר צד. הוא לא סתם רצח את עיסאם טובאס. כשעלינו על עיסאם הם כבר לא היו צריכים אותו. עכשיו יש סיכוי שחליל קיבל הוראה לטפל בך," אמר אשר והביט בדן.

דן שאף מהסיגריה בעצבנות: "אני לא מפחד," דן דיבר בשקט. "אבל מה אם הוא ירצה לפגוע במשפחה שלי? מה יש להם נגדי?"

אשר כיווץ את שפתיו בחוסר אונים והנהן בראשו. "אין לי מושג. עדיין לא הבנתי את זה," אמר והוסיף, "יש שמירה הדוקה על כל המשפחה שלך. אולי הפתרון שלך הוא שתיתן להם..." אשר הפסיק באמצע המשפט.

"מה?" דן הרים את קולו, "לתת להם מה?"

"אתה יודע... הם רוצים לערוך כמה בדיקות בבית שלך."

"לא, זה לא יקרה," דן הרים את קולו. "גם כך הם הרסו לי ולמשפחתי את החיים. אני לא מוכן לזה," צעק דן.

"אתה יכול להירגע. דן, אתה לא חייב להם כלום. אני רק הצעתי," אמר אשר.

דן התרומם מהכורסה. הוא כיבה את הסיגריה ואמר: "אני חושב שכדאי שאחזור הביתה."

אשר קם גם הוא ולפני שיצא אמר לדן: "אל תשכח שאני בצד שלך," אמר והלך.

***

את הדרך הביתה עשה דן באטיות. כשנסע בחן כל רכב ורכב ווידא שלא עוקבים אחריו. הרכב החדש משך את תשומת לבם של הנהגים. דן לא התייחס לכך עד שרכב אדום מסוג פיג'ו נעצר לידו ברמזור. דן הביט לעבר נהג הפיג'ו והבחין שלנהג חזות ערבית. לא היה בזה דבר מיוחד, אלא ששני הנוסעים שישבו בו מאחור הביטו בדן. המבט שניבט מעיניהם לא מצא חן בעיניו, ולכן בהחלטה של רגע, החליט לעשות פרסה ולחזור על עקבותיו. הפיג'ו האדומה המשיכה לנסוע קדימה, ודן נסע בדרך חלופית לביתו.

הטנדר הלבן עמד באותו המקום. דן החנה את הרכב החדש בחנייה הפרטית, מתחת לבניין, והתקשר לנוגה. "היי נוגה. אני למטה ברכב החדש," אמר דן בשמחה. נוגה אמרה שהיא יורדת, ותוך שתי דקות היתה למטה, ליד האוטו, עם יואב, רון וליר.

"רגע אחד, מי נשאר עם אור?" שאל דן בדאגה.

"אחיך, שי," ענתה נוגה והתיישבה ברכב. יואב, רון וליר נכנסו גם הם לאוטו מהדלת האחורית.

הטלפון הנייד של דן צלצל. על הצג הופיע השם של ריטה.

"היי ריטה, מה קורה?" שאל דן כשהוא מתרחק מעט מהרכב.

"דן, אל תשאל שאלות. קח את משפחתך ועלה מיד הביתה," אמרה ריטה בתקיפות. טון הדיבור שלה גרם לדן להילחץ. הוא סגר במהירות את הטלפון הנייד ופתח את דלת הרכב. נוגה הביטה בו ומיד הבינה שמשהו אינו כשורה.

"ילדים, עולים עכשיו הביתה," אמר דן בשלווה.

רון וליר ניסו להתנגד: "עדיין לא הספקנו לראות את הרכב," קראו שניהם.

נוגה דחקה בהם שיצאו מיד מהרכב ויעלו במהירות הביתה.

"היכן נל?" לחש דן על אוזנה של נוגה.

"בבית הבובות," השיבה.

הם נכנסו הביתה. דן מיהר לשי וחיבק אותו. "מה קורה? שלחת?"

"כן, אין לך מה לדאוג, נזהרתי מאוד. זה אמור להופיע כבר מחר," השיב שי.

הם ישבו ודיברו מעט על אמא שלהם, גילה, שחלתה בסרטן ונאבקה במחלה בצורה מעוררת התפעלות. אחרי כל טיפול כימותרפי שקיבלה, חזרה לעבוד כרגיל. אחרי כמחצית השעה נפרד מהם שי, ודן מיהר להתקשר לריטה.

"הי ריטה, מה קורה?"

"אתה יכול להירגע," ענתה, "עקב אחריך רכב אדום מסוג פיג'ו. הוא איבד אותך באזור הבורסה, וכשנכנסת לשכונה שלך, הוא חיכה בצד הדרך," הוסיפה.

"עצרתם אותם?" שאל דן.

"מה אתה חושב? בוודאי שעצרנו אותם. הם עוברים כרגע חקירה לא כל כך נעימה," את המשפט האחרון אמרה בגיחוך.

"טוב, אז תודיעי לי מה קורה," אמר דן ונפרד ממנה לשלום.

***

הבוקר הגיע. דן ונוגה עזרו לילדים להתכונן לבית הספר. דן ליווה אותם לבית הספר ובדרך עצר לקנות עיתונים. במודעת הדרושים מצא את המודעה, חייך והניח את העיתון על מושב העור שליד הנהג. קורת הרוח התחלפה במחשבות מודאגות על חליל. הידיעה שכל כך הרבה עיניים מבטל"י עוקבות אחריו ואחרי משפחתו אמנם הרגיעה אותו מעט, אך הוא גם ידע שלא רק מדאגה לאזרח תמים הם פועלים - גם

להם המניע שלהם, ומיד כשיוכלו יתפנו ללחוץ עליו במלוא הכוח. בכל מקרה, בכל הנוגע לאיום הממשי-מיידי - אם תרצה חבורת המחבלים לפגוע בו - ישנו סיכוי גבוה שיצליחו. האגרוף שנתן באותו לילה הזוי למחמוד דלאנה שם בגבול לבנון גרם לו למעט נחת: "הוא עוד ישלם ביוקר", חשב דן בכעס.

הוא העביר הילוך ונסע למספרה. הוא התרגש מאוד שדלנאי נוסף יגיע אליהם בימים הקרובים, וההתרגשות עשתה את שלה. הוא הביט באנשים שברחוב שמיהרו כל אחד לדרכו וחייך. "לו היו יודעים את מה שאני יודע, לא רק עולמכם היה משתנה - העולם כולו היה משתנה."

דן הדליק את מערכת הסטריאו שברכב, והמוזיקה הרעישה בקולי קולות.

פרק 58

פרנסיס בממלכת הצללים

שעת לילה מאוחרת. הישיבה התארכה וחלק מהיושבים פיהקו. עשן המקטרות מילא את החדר בריח דובדבנים משכר. גולי התנדנד כשהוא מנמנם בכיסאו, העייפות הכריעה אותו. לבסוף קם וסימֵן לטובי שהוא יורד לישון בבטן ההר ולצבור כוחות. טובי הנהן בראשו וסימן לסול להמשיך. "אז בעצם כפי שהצעתי קודם, כדי לסיים את הקרב במהירות עלינו לקרב את תותחי הבלנץ עד לגבול, ואז לירות בהם ללא הרף - עד שייסוגו לאחור, עד שייכנעו." ליאה ונורה ישבו ליד טובי והביטו במפה. "יש לי הרגשה שפרנסיס נמצא ביער הזה," לחשה נורה לליאה והצביעה על היער שהיה קרוב מאוד למשרדי כפר אורגון. "פרנסיס התכוון ללכת לשם. שם נמצא משרדו של אנטון. אם קרה משהו, המקום היחידי שאליו יכול היה פרנסיס להימלט הוא היער הזה." הוסיפה נורה. המשפט האחרון חידד את כאבה של ליאה. המחשבה שפרנסיס המחונן בכוחות על-טבעיים ייאלץ לברוח לא היתה מחשבה נעימה.

"אני לא מאמינה שפרנסיס ברח מעימות עם אנטון ואנשיו," לחשה ליאה בעצב. נורה הביטה בליאה בעיניים מעריצות: "יקירתי, אני בטוחה שהוא לא ברח. אבל מה יכול היה לעשות כשעשרות כלי נשק מכוונים לעברו? גם אם התגבר על רובם, הרי שדי בחייל אחד או שניים שהספיקו לירות לכיוונו כדי לפגוע בו..."

נורה עצרה את שטף דיבורה. עיניה של ליאה לא הפסיקו מלדמוע. טובי ששמע את שיחתן הניח את ידו על כתפה של ליאה ולחש בחיבה: "אני משוכנע שהוא בסדר." ליאה הרימה את ראשה והבחינה שכולם

מביטים בה. היא קמה ממקומה, התנצלה, ויצאה החוצה כשנורה בעקבותיה. טובי סימן לסול להמשיך.

"זה הכול," אמר סול והוסיף, "ולשם כך אני צריך שתאשר את המתקפה הזו."

טובי הביט במפה והרהר. הוא הדליק את המקטרת והביט בסול: "אם לדעתך זו הדרך הטובה ביותר, אאשר את ההתקפה. עם זאת, יש דבר נוסף שהייתי עושה," אמר טובי ושאף מהמקטרת. סול, טימותי, מייק ויוקו הביטו בטובי בסקרנות.

"ובכן," המשיך טובי, "אפשר לשלוח כמה עשרות קשתים לצדו הדרומי של כפר אורגון, שיילחמו בתוקפים שעל הקרקע. אם נצא למתקפה בחצות, והקשתים יתקפו חלק מהחיילים, תיווצר אנדרלמוסיה רצינית. זה, לדעתי, יכול להשבית חלק מהצבא ולגרום לבריחה המונית."

טובי סיים לדבר וחייך לעבר סול שהנהן בראשו בהתלהבות: "אבא, זה רעיון מצוין, אנחנו נעשה כעצתך, ונשלב אותה בתכנית המתקפה הכללית. אתה מאשר את התכנית?"טובי הנהן בראשו. הוא סימן לנוכחים לקום ואמר: "אני מציע שנלך לישון קצת. מחר בשעות הערב המאוחרות, קצת לפני השעה עשר, נתחיל להזיז את התותחים לכיוון הגבול. באותו זמן יסתננו הקשתים לכפר, ובחצות תתחיל המתקפה הגדולה."

סול הנהן ויצא מהחדר. יוקו וטימותי פרשו לחדרם. מייק ניגש לטובי ואמר, "אני יכול לקבל מעט מהטבק שגולי מייצר?"

"כמובן," אמר טובי וניגש לאחת המגירות. הוא הוציא משם שקית בד קטנה ומסר אותה למייק.

מייק הודה לו ויצא מהחדר.

עכשיו כשטובי היה לבדו, הוא מילא את המקטרת בטבק, מזג לעצמו כוס גדולה של יינוק והתיישב מול המפה. המתקפה הגדולה היתה מבחן בעבורו. אם היא תצליח, יוכלו תושבי ירדל לנשום לרווחה. ואם היא תיכשל, הדבר יאיים על קיומה של ארץ ירדל.

הוא שאף מהמקטרת ונאנח. הוא דאג לפרנסיס, הדאגה לא נתנה לו מנוח. הוא חשב שלוּ פרנסיס היה כאן עמו, הוא היה מרגיש טוב יותר עם ההתקפה שמטרתה להשיב את הביטחון לירדל ולדלאי. הוא כיבה את המקטרת והשליך את האפר שבתוכה לפח, קיפל את המפה ותחב אותה לכיסו. העייפות הכריעה אותו והוא נרדם תוך כמה דקות במיטה הקטנה, בפינת החדר.

***

פרנסיס ישב מתחת לעץ הקויה הענקי. כתפו הימנית לא הפסיקה לדמם. הוא לקח מעט בוץ וערבב אותו עם העלים שקטף מהעץ עד שהם נהפכו לעיסה. הוא מרח שכבה גדולה מהעיסה על הפצע. אחר כך קרע את החולצה לרצועות וחבש בעזרתן את הפצע. הכאב החזק עִרפל את חושיו לכמה רגעים, אחר כך שמע את מטחי היריות לא הרחק ממנו. הרודפים ירו לכל עבר. פרנסיס חייך ושלף את מקטרתו. כשחיפש בכיסיו את שקית הטבק, נזכר שהשאיר אותה על השולחן במשרדו של אנטון. הוא הכניס את המקטרת לכיסו. הכאב בכתף הציק לו מאוד. פרנסיס טיפס על העץ, נשכב על אחד הענפים ונרדם.

הבוקר הגיע. קרני השמש החמות הפיצו את אורן החזק. פרנסיס פקח את עיניו והביט לעבר השמש. לפי מיקומה, חישב את השעה. השעה היתה שעת צהריים. הכאב שחש בכתפו היה חזק והציק לו. גם בטנו המקרקרת הציקה לו. הוא ירד מהעץ והתחיל ללכת ביער. גופו כאב משינה לא נוחה. מרחוק הבחין בעץ אגוזים ובמטע קטן של פירות. הוא מיהר לשם, קטף מכל הבא ליד ואכל במהירות. כשסיים החליט להמשיך לעבר ירדל. הוא חישב במהירות שאם ימשיך ללכת בקצב הזה, ייקח לו יום שלם עד שיגיע לגבול, ומשם עד לאחד הכפרים, ייקח לו עוד חצי יום. על אנפה היה עושה זאת בשלושים דקות. הוא הרהר במפגש עם אנטון. הוא לא רצה להרוג אותו, לכן הימם אותו. לו רצה, יכול היה להרגו וגם את הקצינים שאיתו. עכשיו ייאלץ אנטון

להחלים כמה ימים בטרם יוכל לשוב ולעמוד על רגליו. פרנסיס קיווה לנצל את יתרון הזמן הזה כדי להספיק לחזור לירדל ולתכנן עם טובי את מתקפת המחץ הסופית על אורגון.

ההליכה ביער לא היתה קלה, והפציעה הקשתה עליו עוד יותר את התנועה. היער גם שורץ חיות מסוכנות, נחשונים ושועלים, נמלים ענקיות וארסיות, שיכולות להמית דלנאי תוך פחות מדקה.

פרנסיס לא פחד לרגע. הוא ידע שמפגש עם שועל הוא רק עניין של זמן, וריח הדם ימשוך אליו חיות טורפות נוספות. לפתע שמע מרחוק מפל מים. הוא פילס את דרכו לעבר המפל דרך השיחים העבותים. פתאום נעצר. חושיו החדים הזהירו אותו מסכנה קריבה. הוא הביט סביבו. במרחק של עשרים מטרים ממנו, בין השיחים, זז משהו וגרם לענפים לנוע נגד כיוון הרוח. פרנסיס התקרב בצעדים זהירים לעבר המקום. מאחוריו נשמעו רעשים נוספים.

המחשבה שהוא מוקף גרמה לו לעצור ולהביט קדימה. חלפה דקה ארוכה. הענפים זזו הצדה ומתוך השיחים יצא ירדל גבוה שאחז בידו חנית. מהלבוש שלו הבין פרנסיס שמדובר בירדלים שחיים בטבע. פרנסיס הביט לעבר הירדל וחייך. מאחריו נשמעו צעדים נוספים והענפים הוסטו הצדה. מתוכם יצאו שישה ירדלים, הם אחזו בידם חניתות. הם הקיפו אותו. הירדל הגבוה הוריד את החנית לקרקע ובקולו הרועם פנה לפרנסיס.

"מי אתה ואיך הגעת לכאן?"

"שמי פרנסיס. הגעתי מדלאי," אמר ובידו סימן מקום מרוחק מאוד. אחד הירדלים התקרב אליו בצעדים זהירים. את חניתו הפנה לעבר פרנסיס. שאר הירדלים הביטו בו בסקרנות.

פרנסיס הסתובב לעברו והביט בו: "פניי לשלום," אמר בקולו הסמכותי. הירדל היסס מעט והמשיך להתקרב בפנים מאיימות. כשהיה במרחק של מטר וחצי ממנו, החליט פרנסיס שלא לחכות יותר. "עצור," קרא

פרנסיס. הירדל נעצר לרגע כשפתאום השמיע נהמה מפחידה וניסה
לדקור אותו בחניתו.

פרנסיס הרים יד חשופה, והירדל עף לאחור למרחק של שני מטרים.
שאר הירדלים מיהרו אליו ומשכו אותו לאחור, כשהם נוהמים בקולות
מאיימים. הם ניסו להעירו, אך לשווא. שניים מהם אזרו אומץ והתקדמו
לעבר פרנסיס. פניהם הביעו כעס עצום.

"עצרו," נשמעה פקודה מפיו של הירדל הגבוה. שני הירדלים נעצרו
מיד. הירדל הגבוה התקדם לעבר פרנסיס ועמד במרחק של מטר ממנו.

"איך עשית את זה?" שאל הירדל בפליאה.

פרנסיס משך בכתפיו ולא ענה.

"מי אתה?" המשיך הירדל לשאול.

"אני דלנאי הגר הרחק מעבר ליערות האלו," השיב פרנסיס.

מדבריו של הירדל הבין פרנסיס שהירדלים שבהם פגש מעולם לא
פגשו את הירדלים שמחוץ ליער. כפות ידיו של הירדל החסון היו
מחוספסות. העור על-ידיו היה קשה ויבלות גדולות היו על כל אצבעותיו.

"מה שמך?" שאל פרנסיס. הירדל הביט בו, הוא היה עדיין מופתע
ממה שראה. "שמי יור, ואני ראש הכפר של ממלכת הצללים". פרנסיס
הביט בו ונשף באפו: "זה מסביר הכול."

"אני לא מבין."

הירדלים שמאחורי פרנסיס התקדמו מעט. יור סימן להם שיתרחקו
והם נשמעו לו.

"הירדלים שרדפו אחריי פחדו להיכנס ליער," אמר פרנסיס.

עכשיו היה תורו של יור לחייך. "אני יודע," אמר וטפח על חזהו בגאווה,
"הם מפחדים מאיתנו. הם אינם מֵעֵזים להיכנס לעומק היער, לממלכת
הצללים," יור הצביע בידו לעבר המפל ועל מה שנמצא מעבר לו.

"זו הפעם הראשונה שאנו פוגשים בזר. בדרך כלל אנחנו רק מפחידים
אותם ולעתים אף פוגעים בהם כדי להבריח אותם."

פרנסיס הנהן בראשו כמבין, הוא הסתובב והביט לאחור. הירדלים

ניסו להעיר את הירדל שהיה מחוסר הכרה. פרנסיס ניגש לחבורה. שניים מהם ניסו למשוך את הירדל המעולף והביטו בפרנסיס בפחד.

"זה בסדר, אל תדאגו, אני ארפא אותו," אמר פרנסיס בקול מרגיע. יור אמר משהו בשפה לא מוכרת שנשמע כפקודה. החמישה הניחו את הירדל המעולף על הקרקע והתרחקו. פרנסיס ניגש לירדל. הוא הניח את יד ימינו על מצחו ואת ידו השמאלית הניח על חזהו. הוא עצם את עיניו לכמה שניות, כשפתאום עיניו של הירדל המעולף התגלגלו לכמה שניות בחוריהן ואחר כך הוא שב ועצם אותן. פרנסיס עמד ואמר: "הוא יתעורר בעוד כמה שעות ויחזור לאִיתָנו."

חושיו החדים של פרנסיס נדרכו. במרחק של כמה מטרים משם נשמעו קולות תזוזה קלים. פרנסיס הביט לעבר יור. נראה היה שיור ניחן בחושים חדים משלו. הוא לחש משהו לחבריו. מנימת קולו הבחין פרנסיס שיור הבין שיש סכנה קרובה.

"בוא איתי," לחש יור לפרנסיס. שניהם הלכו בִזְהירות לעבר השיחים. יור עצר, הרים את חניתו וכיוון אותה לעבר השיחים. הוא הביט בפרנסיס שנראה שליו.

"שועל," לחש יור וסימן עם חניתו לעבר השיחים. פרנסיס חייך כשראה את מבטו המופתע של יור. לרגע הם לא שמעו דבר, ואחר כך נשמעו צעדים מתרחקים. יור נשם לרווחה: "הוא הלך. הוא בוודאי כבר שבע," אמר יור וחייך בהקלה. כשהביט בפרנסיס, הבחין בפצע שעל כתפו.

"אתה מוזמן לכפר שלנו," אמר.

פרנסיס הנהן בראשו ואמר: "אשמח."

במשך שעתיים ארוכות הוליכו יור וחייליו את פרנסיס במעבה היער. רק לאחר שפרנסיס הביט בצמרות העצים הענקיים, הבין איך הצליחו הירדלים לשמור על פרטיותם. ממעוף האנפה אי-אפשר היה לראות דבר. היער היה סבוך וצפוף, וגם אם היו חייליו של אנטון עפים נמוך מאוד, הם לא היו יכולים להבחין בהם.

ההליכה ביער לא היתה קלה לפרנסיס. חייליו של יור נאלצו לסחוב

איתם את חברם המעולף. נראה שיור וחייליו הכירו כל צעד ושעל ביער הענקי. יור עצר לנוח ליד עץ גדול. גובהו העצום של העץ והיקפו גרמו לפרנסיס לתהות באשר לגילו של העץ.

"העץ הזה חי למעלה משלושת-אלפים שנים," חייך יור בגאווה.

"איך אתה יודע?" שאל פרנסיס. יור סימן לפרנסיס שיבוא איתו. הם הקיפו את העץ. על האדמה, מאחורי העץ, היה לוח עץ עתיק. לוח העץ היה משובץ בתוך פלטת ברזל ישנה, ומעליה רשומותאותיות ברזל חלודות בשפה שפרנסיס לא הכיר.

"מה כתוב כאן?" שאל פרנסיס.

יור הביט בכיתוב והתחיל לקרוא. "עץ זה ניטע לכבוד הולדתו של קנדיש השלישי. לפי הספרים שלנו, המלך קנדיש השלישי נולד לפני כשלושת אלפים שנה. תראה," אמר יור והצביע סביבו. פרנסיס הביט לעבר העצים. ליד כל עץ עמד לוח עץ דומה, אך קטן יותר. פרנסיס תהה איך לא הבחין בכך עד כה.

"הוריו של כל ירדוש נוטעים עץ ורושמים עליו את שמו ואת תאריך לידתו," הסביר יור. ביער היו מאות אלפי עצים. פרנסיס הביט בהתפעלות, "אתם קוראים לעצמכם ירדושים, ואילו בני מינכם שגרים מחוץ ליער, קוראים לעצמם ירדלים."

יור הכה בחניתו על האדמה בכעס, "הם," יור הצביע על הצד השני של היער, "יצורים מרושעים ודוחים. היו לנו מלחמות רבות איתם. עד לפני כאלף שנה הם הרגו בנו ובזזו מכל הבא ליד. באותם הימים גרנו ליד המקום שבו פגשנו אותך. מאז התנתקנו ועברנו לגור בתוך היער. עד היום אין בינינו קשרים."

פרנסיס הנהן בראשו כמבין, "כמה ירדושים חיים כאן?"

יור קימט את מצחו וענה, "כמעט חמישים אלף. כדאי שנמשיך ללכת."

הם הלכו עוד כשעה ארוכה. פרנסיס ויור הלכו בראש, ושאר החיילים, ובתוכם גם אלה שנשאו את חברם, השתרכו בשיירה ארוכה מאחור. הם הגיעו לקצה הצוק, מעל תהום ענקית בעומק של מאות מטרים

שבתחתיתה נהר שוצף. המרחק בין הגדות היה חמישים מטרים, והמקום היחיד בו התחברו לאורך תוואי הנהר כולו היה כאן, בעזרת רשת חבלים מתוחה עשוית קליפות עצים שנקשרו בקפידה.

יור עבר ראשון; מאחוריו פרנסיס. שאר החבורה חיכתה שיגיעו לצד השני, ורק אחר כך התחילה לעבור בזהירות. הנוף היה עוצר נשימה. אלפי ציפורים חגו סביבם. רעש מפלי המים האדירים והמיית החיות הוסיפה מסתוריות. פרנסיס נשם אוויר צח לראותיו והרגיש שכוחותיו שבים אליו.

"נמשיך," אמר יור.

הם המשיכו ללכת במעבה היער. אף-על-פי שהשעה היתה שעת צהריים, האור שחדר ליער היה מועט והוא הקשה על הראייה. כעבור חצי שעה הבחינו בכפר. על צמרות העצים כמו ריחפו ביתנים קטנים שאכלסו זוגות של ירדושים אשר שמרו, חמושים ברמחים. כולם הביטו בפליאה בפרנסיס, אך איש לא העז לשאול שאלות כשראו את יור.

מרחוק נראתה גדר בגובה כשני מטרים. במרכזה ניצב שער מעץ, וסביבו עמדו ארבעה ירדושים חמושים בחניתות ובחץ וקשת. הארבעה התמתחו והביטו קדימה. יור סימן להם שיפתחו את השער, ובמאמץ אדירים הם פתחו את השער הכבד, מגלים לנגד עיניו של פרנסיס כפר גדול.

יור סימן לפרנסיס שיבוא אחריו והוביל אותו אל תוך הכפר. באמצע הכפר היתה קרחת יער ענקית, ומסביבה ביקתות מעץ מוקפות גינות קטנות. מאחורי הבקתות הראשונות בין העצים הגבוהים נראו בקתות נוספות. הכפר שובץ בשבילים מסודרים, ומנורות הלילה פוזרו במרחקים קבועים לאורכם. עשרות הירדושים שהיו באותה שעה בסביבה הביטו בתימהון בפרנסיס.

יור הוביל את פרנסיס למבנה מעץ, גדול פי שניים משאר הבקתות. בפנים היו כורסאות מעץ מכוסות עורות של חיות ושולחן קטן. עליו נחה מקטרת עץ מגולפת ויפהפייה.

יור סימן לפרנסיס שישב. פרנסיס התיישב על אחד הכיסאות ושלף את מקטרתו.

"יש פה טבק?" שאל פרנסיס.

יור פתח את אחת המגירות, הוציא ממנה שקית מעור ומסר אותה לפרנסיס. פרנסיס הודה לו. הוא פתח את השקית ומילא את מקטרתו. הוא חיפש בכיסיו מצת, ומשלא מצא הביט ביור. יור חייך והושיט לו מצת מהמגירה. מצת פרנסיס הדליק את המקטרת ושאף את העשן לריאותיו. לטבק היה ריח של וניל מעולה ופרנסיס חייך כשנזכר בטבק שמכינים הגרבונים.

"אז בעצם הירדלים שחיים סביבכם אינם יודעים על קיומכם?" שאל פרנסיס. יור משך את המקטרת היפה שנחה על השולחן, מילא והדליק אותה.

"אנחנו מאוד זהירים. בדרך כלל איננו מגיעים מעבר לגשר החבלים שעברנו בו," קימט יור את מצחו והרהר. "אבל בשבועיים האחרונים זיהינו חיילים קרובים לגבולות שלנו, והחלטנו לרחרח."

"ומה גיליתם?"

"לא הרבה בינתיים. והיום נתקלנו רק בך," יור הביט בפרנסיס בסקרנות.

"ספר לי קצת על המקום שממנו אתה בא," ביקש יור.

פרנסיס שאף מהמקטרת והתחיל לספר. הוא תיאר לו איך הכוכב מחולק, היכן גרים הדלנאים. הוא סיפר על טובי והירדלים, על המפגש אחרי כל כך הרבה שנים ועל הברית שכרתו ביניהם. כשסיפר על המלחמה עם כפר אורגון, התכווץ פרצופו של יור בזעם. הוא הניע את ראשו בכעס. "תאמין לי, הם מרושעים מאוד," אמר יור.

"אני יודע; אך מאין אתה יודע...?"

"סמוך עלי, אנחנו יודעים," ענה יור. "פעמים רבות ריגלנו בתוך הכפר ומסביבו. לא אהבנו את מה שראינו."

פרנסיס הרהר לרגע, ואחר כך סיפר ליור על המעברים. כשסיפר,

נכנסה ירדושית מבוגרת. שערה הבהיר היה קלוע לצמה מאחור, עיניה הכחולות הביעו טוב לב, כמו גם חיוכה המקסים. יור קם מהכורסה. "זוהי אמי," אמר.

פרנסיס קם גם הוא והושיט את יד ימינו: "נעים מאוד, שמי פרנסיס."

היא חייכה והושיטה את ידה השמאלית. פרנסיס חייך ולחץ את ידה.

"לנו ולירדלים יש האגנז," אמר יור, "לא כדאי שזרים ייפגעו ממנו," גיחך.

פרנסיס לא השיב.

"שמי אנה," אמרה אמו של יור, "אשאיר אתכם לבד, אלך ואכין לכם ארוחת ערב ומשהו לשתות," אמרה הסתובבה ויצאה מהחדר.

פרנסיס התיישב. "אמך אישה מרשימה," אמר.

יור חייך בהתלהבות: "כן, זה נכון."

הם מילאו את מקטרותיהם, ופרנסיס המשיך לספר ליור על המעברים ועל אנטון, פליקס וגסיל שניסו להשתלט בכוח על ההר.

יור הופתע מהמידע. הוא שאל על המעברים, ופרנסיס תיאר לו אותם בקפידה. בתחילה, נראה היה שיור התקשה להאמין, אך כשפרנסיס סיפר על המלחמה בין דלאי וירדל לכפר אורגון וכפר הלוטוס, עיניו של יור ברקו ונראה שהסתקרן ורצה לשמוע עוד פרטים על המלחמה.

הוא הוציא מהמגירה מפה ישנה ודהויה ופרש אותה על השולחן. פרנסיס הציץ במפה שהיתה מעודכנת. בעזרת אצבעו שרטט פרנסיס ליור את המשך המפה. יור מיהר להביא עט, ופרנסיס צייר את החלקים שהיו חסרים בה. הוא שרטט את מיקומם של דלאי וכפר הלוטם, הים הגדול ועוד. יור בלע בצמא כל פיסת מידע.

אמו נכנסה לחדר כשבידה מגש ועליו נתחי דג מהבילים, פירות יער ואגוזים שונים וגם כד חרס גדול לשתייה ושתי כוסות קטנות. פרנסיס הודה לה. היא חייכה אליו ויצאה. כד החרס היה מלא ביינוק שהעלה אדים.

פרנסיס לגם מעט מהיינוק החם. הטעם היה מדהים, חריף, ועם זאת גם

מתקתק. "היינוק הזה מדהים," אמר פרנסיס בהתלהבות והמשיך לדבר, "זו הפעם הראשונה שאני שותה יינוק חם. יש בו מעין מתיקות שאני לא מכיר." יור גיחך, "בוא נאכל, אחר כך אקח אותך למקום מיוחד."

הם אכלו בשתיקה. פרנסיס הביט במפה ושאל, "יש לכם כאן אנפות?"

יור הנהן בראשו: "אנחנו לא כמו הירדלים, איננו מעוניינים לעוף על אנפות, הן משמשות אותנו למאכל."

פרנסיס הנהן בראשו בשביעות רצון. יור הביט בו והבין מיד: "אני ארגן לך אנפה כשנסיים לאכול."

לאחר הארוחה הם התיישבו מול המפה. פרנסיס סימן את המקומות שבהם שוהה הצבא של כפר אורגון. יור, שניחן בתפיסה מהירה, הוציא את מקטרתו, מילא והדליק אותה, קימט את מצחו והרהר. "אני חושב שהכפר שלי יכול לעזור לכם." אמר יור והביט בפרנסיס שהתמתח באותו רגע.

"היער הזה קרוב מאוד לתותחים הכבדים שיורים בלי הרף. חשבתי שאולי אקח כשלוש-מאות מחייליי ואגיע איתם עד לקצה היער. משם נוכל לירות עליהם חצים, וכך לפגוע בקו ההגנה האחורי שלהם." יור דיבר באומץ רב. הוא הביט בפרנסיס ורצה לראות את תגובתו.

פרנסיס חייך וטפח ליור על כתפו. "זה יעזור מאוד, לשם כך עלי להגיע לירדל, לדבר עם הירדלים, ואחר כך לחזור לכאן כדי להודיע לך על שעת ההתקפה."

הם המשיכו לדבר עוד כשעה על פרטי ההתקפה.

יור קם וסימן לפרנסיס שיבוא אחריו. השמש עמדה לשקוע, ובכיכר היתה תנועה דלילה של ירדושים. חלקם נעצרו והביטו בפרנסיס במבט מופתע. אחד הירדושים שהיה מבוגר במקצת, ניגש ליור, אך לא הסיר את מבטו מפרנסיס.

"ערב טוב," בירך אותו הירדוש.

"ערב טוב חורי. היינו בדרכנו אליך," יור חייך. פרנסיס הנהן בראשו לשלום.

"זהו פרנסיס," אמר יור. פרנסיס הושיט את יד ימינו, וחורי חייך בהבנה והושיט את ידו השמאלית. "אצלנו לוחצים ידיים רק בימין," גיחך פרנסיס. "אני מאמין שכך הדבר, אך אצלנו..."

"זה בסדר," קטע אותו פרנסיס, "האגנז לא משפיע עלי."

יד ימינו של פרנסיס נותרה באוויר. יור הביט בסקרנות, ואילו חורי היסס מעט ואחר כך הושיט את ידו הימנית. פרנסיס לחץ את היד המושטת.

"מהיכן הגעת?" שאל חורי, כשהוא עדיין מופתע מכך שלא קרה דבר לפרנסיס לאחר שלחץ את ידו.

"הגעתי מדלאי."

"מעולם לא ראיתי חיים אחרים חוץ מירדלים. היכן נמצאת דלאי?" שאל חורי. קבוצה של ירדושים, שהביטה בהם בסקרנות, התקדמה לעברם ונעמדה מאחורי חורי.

"כפר אורגון הוא הכפר הסמוך אליכם, אך ישנם גם כפרים אחרים בירדל. אנחנו נמצאים לא רחוק מהם, מצדו השני של האזור האסור," אמר פרנסיס. חורי רצה לשאול שאלה נוספת, אך יור עצר אותו.

"סלח לנו, אך פרנסיס ממהר. רציתי רק לשאול ממך את אחת האנפות," אמר יור לחורי. "אני מבין שאתה עף על אנפות. יש לי בבית כלוב, ובו כמה אנפות. בוא איתי אראה לך," אמר חורי והוביל את פרנסיס ויור לקבוצת בתים שעמדה בסמוך לכיכר.

***

ביתו של חורי היה הבית הפינתי. הבית היה עשוי מעץ, הוא היה מושקע ומטופח, וגינה יפהפייה ופורחת גדלה סביבו. חורי הוביל את פרנסיס ויור אל אחורי ביתו. הם הבחינו בגינה נוספת, בעצי פרי ובכלוב ענקי שהיה עשוי ממוטות עץ ארוכים.

בתוך הכלוב היו חמש אנפות גדולות ויפות. ארבע מהאנפות היו לבנות וכתמים שחורים עיטרו את בטנן. החמישית היתה לבנה ובוהקת,

אך כשראתה את האורחים התנהגה בעצבנות. פרנסיס התקרב לכלוב.

"תיזהר," קרא לו חורי, "במיוחד מהלבנה."

פרנסיס לא ענה והמשיך ללכת. האנפות התעופפו לצדדים, ניסו להתרחק מהפתח של הכלוב. פרנסיס הביט באנפה הלבנה, עיניהם נפגשו. פרנסיס לחש לה כמה מילים בדלנאית. להפתעת חורי ויור, האנפה התקדמה לעברו בלי חשש. היא הרכינה את ראשה מעט ופרנסיס ליטף אותה. האנפה הלבנה עמדה במשך כמה שניות מול הדלת הפתוחה ואחר כך יצאה החוצה ונעמדה מאחורי פרנסיס. חורי הנהן בראשו ומיהר לסגור את הכלוב. שאר האנפות לא הראו סימן שהן רוצות לצאת מהכלוב.

"יש לך חבל?" שאל פרנסיס את חורי.

"כן, יש לי," אמר ומיהר לביתו. תוך דקה חזר ובידו חבל קטן ודק. פרנסיס הודה לו והסתובב לעבר האנפה. הוא לחש לה שוב כמה מילים, וזו רבצה על בטנה כשפרנסיס טיפס על גבה. במיומנות רבה קשר את החבל לצווארה. "אגיע בעוד כמה שעות ואעדכן אותך," אמר. יור הנהן בראשו.

"תודה על האירוח," אמר ושוב לחש כמה מילים בדלנאית לאנפה. היא התרוממה בלי כל קושי. פרנסיס צקצק בלשונו, והאנפה מתחה את כנפיה מעט ואחר כך התעופפה למעלה בין העצים והענפים הרבים. היא ניתבה את דרכה במיומנות ותוך שניות התרוממה ועפה עשרות מטרים מעל לצמרות העצים.

פרנסיס כיוון אותה לעבר ירדל. השמש שקעה והאזור כולו היה אפל וחשוך. פרנסיס צקצק בלשונו וסימן לאנפה שתעוף גבוה יותר. הוא הביט למטה, היה קשה להבחין בבתי התושבים. מרחוק נשמעו רעמי התותחים שמפגיזים בלי הפסקה. פרנסיס ידע שאם ימשיך לעוף באותו כיוון הוא יתגלה, לכן סימן לאנפה לעוף מזרחה, לעבר האזור האסור.

כעבור שעה ראה מרחוק מלחמה נוספת, הפעם כזאת שמתנהלת באוויר. בעלטה לא יכול היה לזהות את החיילים; הוא כיוון את האנפה

לעבר הים הגדול, ומשם חשב להמשיך ולעוף לעבר כפר הלוטוס.

הם המשיכו לעוף. פרנסיס נזכר בביקור שלו ושל טובי בספרייה העתיקה שבהר. הוא חישב את הזמן והחליט שימשיך לעוף לעבר הים הגדול. במשך שלוש שעות ארוכות הם עפו בגובה רב. פרנסיס התחיל לפקפק באמינות המפה שמצאו. הוא לא ראה דבר. אור הירח האיר את הים הגדול ופרנסיס הנמיך את מעופו ועף נמוך מעל פני הים. כך הם עפו עוד כשעה ארוכה.

פתאום הבחין ביבשה רחוקה ובהרים גבוהים שמתחילים במקום שבו נגמר הים. פרנסיס התעופף גבוה ובמהירות עם האנפה. הוא הביט למטה, היבשה היתה גדולה מאוד. רכס הרים ענקי הפריד בין היבשה לקו הים. הם המשיכו לעוף מעבר להרים. פרנסיס הביט סביב. הכול נראה שקט ושומם. למטה נראה נחל גדול ומסביבו עצים גדולים.

פרנסיס צקצק בלשונו וסימן לאנפה שתנחת בין העצים הגדולים, קרוב לנחל. הוא ירד מהאנפה. היא נראתה מותשת אחרי כל כך הרבה שעות של תעופה. פרנסיס פשפש בכיסיו והוציא מעט גרעינים. האנפה אכלה במהירות וברעבתנות מכף ידו.

פרנסיס הביט סביבו. מלבד ציוצי הציפורים ומהרוח שנשבה בצמרות העצים לא נשמע רחש חשוד. הוא הלך לשפת הנחל המרוחקת כעשרים מטרים מהעצים הגבוהים, התכופף ובעזרת ידיו לגם מעט מים. המים היו מתוקים וראויים לשתייה. האנפה התקרבה גם היא והתחילה לגמוע מהמים.

פתאום נשמעו מאחוריהם משקי כנפיים, ואלפי ציפורים צווחו והתעופפו סביבם. פרנסיס לא היסס. צקצוק יחיד בלשונו והאנפה רבצה על בטנה, פרנסיס זינק על גבה, והיא כבר עפה באוויר. שלוש חניתות ננעצו באדמה במקום שבו עד לפני רגע ממש השתופפה האנפה כדי שפרנסיס יטפס עליה. פרנסיס הביט למטה וראה אותם: היו אלה חמישה בני אדם, זקנים פרועים, על גופם עורות של חיות שונות. הם הביטו בו כשהתרחק ועף לגובה, עד שנעלם.

פתאום התחילה האנפה לאבד מעט גובה. פרנסיס הביט בה וראה שנפגעה בבטנה. הנוצות היו ספוגות בדם. הוא כיוון אותה לעבר ההרים הגבוהים. הם נחתו בקרבת מקווה מים קטן, בין סלעים ענקיים. המים היו מי גשם שנקוו בסלעים ויצרו בריכה קטנה.

פרנסיס ירד מגבה של האנפה ובדק אותה. החתך נראה שטחי. נראה שאחת החניתות שרטה את עורה עטוי הנוצותשל האנפה וכמה נוצות נתלשו מהמקום הפצוע. פרנסיס התיר את התחבושת הגדולה שעיטרה את כתפו. הפצע בכתפו כבר הגליד. הוא לקח מעט מהבוץ שהתייבש, הרטיב אותו במעט מים ומרח אותו בעדינות על הפצע הטרי. האנפה זזה מעט באי-נוחות. פרנסיס לחש לה מילים מרגיעות. כעת היה עליהם לנוח מעט כדי שהאנפה תאגור כוחות ותוכל לחצות את הים. פרנסיס נשכב על הסלע, בצמוד לאנפה, עצם את עיניו ונרדם.

***

הבוקר הגיע. השמש זרחה. פרנסיס התעורר. עצמות גופו כאבו מהשינה הלא נוחה על הסלע הקשה. הוא הביט באנפה שעמדה בסמוך למקווה המים ושתתה ממנו. פרנסיס קם, מתח את גופו וחיפש גרעינים בכיס מכנסיו. הוא הוציא את הגרעינים שנשארו והאכיל בהם את האנפה. הוא בדק את הפצע. נראה שהתחיל להגליד. "הגיע הזמן לזוז," לחש פרנסיס באוזנה כשהוא מלטף את גבה הלבן.

האנפה נענתה ללטיפותיו, הרכינה את ראשה וניקרה בחביבות את זרועו. פרנסיס צקצק קלות בלשונו. האנפה רבצה על בטנה. פרנסיס עלה על גבה והביט סביבו. רכס ההרים היה גבוה מאוד. מצדו אחד נראה הים הגדול במלוא הדרו, אך מהצד האחר התקשה לראות משהו. פרנסיס צקצק שוב והאנפה התעופפה במהירות והתעופפה לגבוה רב. במשך שעות ארוכות הם עפו מעל הים. הנוף היה עוצר נשימה. מרחוק נראתה היבשה. פרנסיס זיהה מיד את תוואי היבשה וכיוון את האנפה לעבר דלאי. הם עפו גבוה, כך שאי-אפשר היה לראותם מהקרקע.

פרנסיס הביט בשעונו. השעה היתה כמעט שתיים בצהריים. מלמעלה נראתה דלאי גדולה ומטופחת להפליא. לכל בית גינה מטופחת, פרדסי הדר ענקיים ושבילים מסודרים. הם עברו את דלאי והמשיכו לעוף עוד כשעה ארוכה. מרחוק ראה פרנסיס את הר הלוטוס. לבו החסיר פעימה מהתרגשות. הוא התגעגע לבני משפחתו. הוא כיוון את האנפה לביתו שבמעלה ההר ותוך דקה נחת בחצר ביתו.

***

השעה היתה שעת ערב מוקדמת. מייק הוציא את שקית הטבק מכיס חולצתו, מילא את מקטרתו והושיט את השקית לטימותי. יוקו מיהרה לקחת את הטבק, מילאה לטימותי את המקטרת והושיטה לו בחיוך מבוייש. מייק חייך בהבנה.

"אני יודע שדשנו בנושא הזה בלי סוף..." התחיל מייק לומר, "מה שמעיב על הכול הוא שאין לנו מושג מה קרה לפרנסיס, אולי הוא נפצע ומת." מייק רצה לומר משהו נוסף, אך המשפט האחרון גרם לו להלם, ולכן שתק. טימותי ויוקו הביטו בו בהפתעה. המחשבה עברה בראשם, אך איש מהם לא העז לדבר כך.

"חשבתי על כך רבות," טימותי פרץ את השתיקה המעיקה, "הדברים שאמרת עברו בראשו של כל אחד מאיתנו. יש לי הרגשה שפרנסיס נפצע ושהוא תקוע במעבה היער, לא רחוק מהמשרדים של כפר אורגון."

טימותי סיים לדבר ושאף מהמקטרת. כשדיבר הביט ביוקו שחייכה אליו בעצב. דפיקות חלשות נשמעו על הדלת. יוקו ניגשה לפתוח. בפתח עמדו נורה וליאה.

"שלום," אמרה נורה, "באתי לדבר אתכם." יוקו פתחה את הדלת לרווחה ושתיהן נכנסו פנימה.

"אני מבינה שהטבק המצוין של גולי נמצא כמעט בכל מקום," חייכה נורה. מייק וטימותי חייכו. ליאה פרשה מפה מפורטת וחדשה של כפר אורגון. המפה היתה צבעונית ותוואיה צוירו ממבט על. חמישתם עמדו ליד המפה.

"הביטו," אמרה נורה, "פרנסיס נפגש כאן עם אנטון," היא הצביעה על המשרדים של כפר אורגון. "האנפה שלו חזרה בלעדיו. היא לעולם לא היתה נוטשת אותו, אם הוא לא היה אומר לה לעשות כך," המשיכה נורה והביטה בליאה.

"כולנו יודעים שמאז ומעולם ניחנו בני משפחתו של פרנסיס ביכולת לתקשר עם אנפות," הוסיפה ליאה. "לכן, מה שידוע לנו בוודאות הוא שפרנסיס שלח אותה לכאן," אמרה נורה. "משהו קרה שם. הם, כנראה, הכינו לו מלכודת, וכשהוא ראה שהוא בבעיה, הוא שלח בחזרה את האנפה," נורה סיימה לדבר והביטה סביב.

"גם אנחנו הגענו למסקנה הזו," אמר מייק.

"מה נעשה עכשיו?" שאלה יוקו.

ליאה העבירה את אצבעה לאורכה של המפה עד לאמצע היער הגדול. "חייבים לחפש אותו באזור הזה," אמרה בטון קשוח. נורה הניחה את ידה בעדינות על ידה של ליאה. "יקירתי, אני איתך. אבל קודם אנחנו צריכים לסיים את המלחמה הזו. אני מבטיחה לך שלא אשקוט, לא אני ולא טובי, עד שפרנסיס יימצא," אמרה נורה בהתרגשות וחיבקה את ליאה.

טימותי הביט בשעונו. השעה היתה קצת לפני שמונה בערב. ארבע שעות לפני המתקפה הגדולה. הוא קם מכיסאו והביט ביוקו, "זהו, אנחנו צריכים לתפוס את מקומנו," אמר והתכוון גם למייק.

"היכן אתם ממוקמים?" שאלה ליאה.

"אנחנו נהיה כאן, למעלה על ההר עם כמה מאות חיילים ירדלים ודלנאים. המשימה שלנו היא למנוע את הכניסה להר," ענה טימותי. יוקו נשמה לרווחה. נראה היה שכולם שמו לב לכך. כל אחד מהם חייך בחזרה. טימותי נפרד מיוקו בחיבוק חם. היא נשקה לו על שפתיו. הצלקת שעל לחיו הסמיקה מעט, הוא עזב את החדר כשמייק אחריו.

***

בינתיים, בבטן ההר ישבו טובי עם גולי ואביו, שאקי, ובמשך שעות דיברו, עישנו ודיברו. טובי ירד לבטן ההר כדי לחדש את מלאי הטבק, וכדי לוודא שהכניסות מוגנות היטב. היה זה תפקידם של הגרבונים לחזק את השמירה בכניסות ובבטן ההר. לאחר שסיים הצטרף לחברתם ועישן עמם. גולי ישב באי-נוחות והביט באביו: "אני רוצה לעזור."

"תוכל לעזור בכך שתשמור על שני הפתחים ותפקד על הגרבונים. רק שלא יהיו לך רעיונות אחרים." שאקי היה נחרץ בדיבורו ולא הותיר מקום לוויכוח.

"אל תדאג," אמר טובי ברוך, "אני לא אשקוט עד שאמצא את פרנסיס." הוא לקח את שקית הטבק מהשולחן והודה לשאקי.

"אני מקווה שמחר בבוקר נהיה בטוחים יותר," אמר וקם מכיסאו. "אני חייב לזוז." הוא נפרד מהם בלחיצת יד. גולי חיבק אותו בחום, "אני כאן לכל דבר שתצטרך," אמר בהתרגשות וגם מחה דמעה מעיניו. טובי ליטף אותו במבטו וצעד במעלה ההר.

פרק 59

המתקפה הגדולה

ההכנות למתקפה היו בעיצומן. השעה היתה אחת-עשרה, שעה לפני היציאה למתקפה. על ראש ההר דלקו מנורות ענקיות. מסביבן נפרשו מאות חיילים. כלוב ענקי ובו עשרות אנפות מוכנות לכל מצב הונח במקום. קצינים זוטרים האיצו בחיילים שיתפרשו במקום, כך שההגנה שלהם תהיה סגורה ומבוצרת. טובי עמד בראש ההר, לידו עמדה אנפה. פתאום נשמעו שריקותיהם של עשרות תצפיתנים. מייק וטימותי רצו לעבר טובי שעמד בנקודת תצפית טובה. אור הירח האיר באורו החיוור את תוואי השטח.

"מה קורה?" שאל טימותי. טובי לא ענה, אך הביט בקצין שרץ לעברו.

"אדוני, אנפה לבנה מתקרבת מצדו השני של ההר," בישר הקצין.

"אנפה אחת?" שאל טובי.

"כן, רק אחת."

טובי בדק את הנשק שברשותו. הוא עלה על האנפה שלו וצקצק בלשונו. האנפה התעופפה גבוה, וטובי כיוון אותה שתעוף למקום שאליו הצביע הקצין. עוד עשרות אנפות ועליהן חיילים חמושים עפו באוויר. חלקם החזיקו אקדחים בידיהם.

לבו של טובי פעם משמחה כשזיהה את פרנסיס ממרחק של עשרות מטרים. הוא סימן לחיילים שמאחוריו שהכול בסדר, וכולם הסתובבו ועפו בחזרה לראש ההר. המפגש בין טובי לפרנסיס היה משמח מאוד. השניים התחבקו. טימותי ומייק רצו וקיבלו את פרנסיס בקריאות שמחה.

טובי הביט בכתפו של פרנסיס. "אתה זקוק לרופא, אני קורא ל..." אמר.

"אין צורך," קטע אותו פרנסיס, "אין זמן."

פרנסיס סיפר לטובי בקצרה התכנית על הירדושים ועל כך שהוא ויור תכננו להפיל את הקו האחורי של צבא ירדל. טובי הנהן כמבין. היו לו שאלות רבות שרצה לשאול, אך הוא ידע שאין זה הזמן. "היכן האנפה שלי?" שאל פרנסיס. מייק רץ במהירות לכלוב שעמד במרחק של עשרות מטרים מהם. בינתיים סיפר טובי לפרנסיס על המתקפה. כשהביט פרנסיס בשעונו השעה היתה כמעט אחת-עשרה וחצי. "תוכל לעכב את ההתקפה הזו בשעה?" שאל פרנסיס. טובי קימט את מצחו, אחר כך סימן לאחד הקצינים שהגיע בריצה: "קח את האנפה הכי מהירה, ותאמר לסול שיעכב את ההתקפה בשעה." הקצין הנהן בראשו ומיהר לכלוב.

פרנסיס הביט בחיוך באנפה שלו שנחתה לא רחוק וחיכתה לו. "צריך לטפל באנפה הזו," הוא הצביע על האנפה הלבנה. טימותי ניגש לאנפה, אחז בחבל שהיה קשור לצווארה והוביל אותה לעבר הכלוב.

במשך דקות ארוכות מסרו טובי ופרנסיס זה לזה מידע חשוב. טובי פרש מפה על אחד הסלעים. הוא העביר את אצבעו והראה לפרנסיס מהי הדרך הבטוחה להגיע ליער הגדול.

פרנסיס הביט בשתיקה. הוא צקצק בלשונו. האנפה שהתקרבה לקראתו רבצה על בטנה. פרנסיס עלה על גבה, וכשעמד לצאת לדרך, הוציא טובי שקית טבק מכיס מכנסיו ונתן אותה לפרנסיס. "הפעם תנסה לכבד רק ידידים," גיחך טובי.

פרנסיס חייך בהכרת תודה. הוא צקצק בלשונו ונעלם לתוך הלילה.

"צריך להודיע לליאה שפרנסיס חזר," אמר מייק. טובי הנהן בראשו ומייק לא חיכה. הוא עלה על אחת האנפות ועף במהירות לפתח האמצעי של ההר.

***

סול קיבל את ההודעה חמש דקות לפני שהתחילה ההתקפה. הוא הופתע מההחלטה של אביו. כעבור עשרים דקות, כשהגיע השליח

השני עם מכתב מפורט בידו, חזר החיוך לשפתיו. הרגשת הביטחון גרמה לו לעליצות קלה.

חיילי ירדל התקרבו בינתיים עם תותחי הבלנץ הישנים לעבר הגבול. התכנית המקורית היתה שהם יתקרבו ויגיעו כארבע-מאות מטרים מהגבול. סול לא הסתפק בכך וקירב אותם בחשאי, כך שהיו כחמישים מטרים מהגבול. חייליו שמרו על שתיקה רועמת.

השעה היתה עשרה לאחת. המתח הגדול ניכר בחיילים. האוויר הקר היה מכשול נוסף שעליו היו צריכים להתגבר במעופם על האנפות.

כשסול עבר בין החיילים, הוא בדק עם הקצינים את תותחי הבלנץ. התותחים של כפר אורגון לא הפסיקו להרעיש. סול הדליק מקטרת והפריח עשן לעבר השמים. הדקות חלפו לאט. הוא הביט בשעונו, נשארה דקה להתקפה שהיתה אמורה להתחיל בהפגזה של שעה של תותחי הבלנץ. רק אחר כך היתה צריכה להתחיל ההתקפה מהאוויר. סול סימן לקצין שמולו שיתכונן. הוא הביט בשעון ואחר כך סימן לו בראשו. הקצין ירה נור ירוק, ותוך שניות הפגיז צבא ירדל את כפר אורגון. המטח היה חזק ומדויק. בצד השני הופתעו מהתגובה והתותחים נדמו. חלק מהתצפיתנים עפו לגובה רב. אחד מהם נחת בסמוך לאוהל של סול.

"המפקד, החיילים של צבא אורגון נסוגים לתוך הכפר," אמר החייל.

סול הנהן בראשו, והחייל עלה על האנפה וחזר לתצפית שלו.

"תביא לי את האנפה שלי," פקד סול על הקצין שהביט בו.

"המפקד, אתה חושב שכדאי שאתה..."

"ביקשתי ממך משהו, נכון?" קטע אותו סול. הקצין השפיל את ראשו ומיהר למלא אחר הפקודה.

סול עלה על האנפה, צקצק בלשונו ותוך שניות עף לגובה רב. הוא כיוון את האנפה לעבר היער הגדול. מתחתיו התחילו חייליו בהכנות לקראת הפלישה לכפר אורגון.

התותחים היחידים שהפגיזו כעת היו שייכים לצבא ירדל. צבא אורגון

התחיל לסגת. פתאום הבחין סול שחיילי צבא אורגון מתפזרים לכל הכיוונים ובורחים.

סול עף נמוך. הוא ראה שחלק מהחיילים ניסו להשיב אש לכיוון היער, אך מטר של מאות חצים ניתך עליהם והם נאלצו לברוח. סול עף גבוה יותר וחזר על עקבותיו לכיוון האוהל. כשירד מהאנפה, מיהרו אליו שני קצינים. "תעלו את כולם לאוויר," פקד עליהם.

אחד הקצינים, הוציא נור אדום וירה אותו לעבר השמים. תוך שניות התרוממו אלפי אנפות שהיו לאורך הגבול ועפו לתוך כפר אורגון. מנגד נראו אלפי אנפות שמגיעות מכפר אורגון. החיילים פגשו אלה את אלה כשהיו בגובה של מאה מטרים מעל האדמה. הקרב היה קשה ואכזרי.

בכל שנייה נפלו חיילים משני הצדדים. סול הביט בשמים. הוא חיכה כמה דקות. לאור הירח נראו החיילים תוקפים אלו את אלו. לרגע היה נדמה שהכוחות שווים, אך עשרות הצלפים, שהיו בפיקודו הישיר של סט, פגעו במדויק בחיילי צבא אורגון. הצלפים היו מאומנים ומדויקים.

צבא אורגון התחיל לסגת. גם הירדושים שעמדו על צמרות העצים הגבוהים ירו עליהם חצים. וכך, בלי שהתגלו, יכלו בשקט לפגוע בחיילים רבים.

צבא אורגון איבד חיילים רבים והתחילה בריחה המונית. סול מיהר לקצין שהחזיק בידו את אקדח הזיקוקים. "הפלישה מבוצעת עכשיו במלואה," הורה לו סול. הקצין הוציא נור כחול וירה אותו לשמים.

חיילי ירדל הגיבו מיד למשימה ונחתו עם אנפותיהם במרכז הכפר. החיילים שנחתו ראשונים לא התאמצו יותר מדי. חיילי צבא אורגון נכנעו מיד, הם הרימו את ידיהם ושמטו את הנשק שהחזיקו. חיילי ירדל עברו מבית לבית ואספו חיילים שבויים. באשר לנשים והילדים, הם קיבלו פקודה מחייבת וברורה:יש לנהוג כלפיהם באדיבות ובכבוד.

הם אספו את השבויים בכיכר המרכזית והושיבו אותם בשורות. סול וחלק מקציניו השתלטו על משרדו של אנטון ומשם ניהלו את המשך הכיבוש. השעה היתה חמש בבוקר כשטובי, מייק וטימותי הגיעו לכיכר

והצטרפו לסול. פרנסיס ויור הצטרפו גם הם, ולאחר היכרות קצרה, שתיית יינוק ועישון מקטרות, התחיל סול, שעד לאותו רגע התלחש עם קציניו שבאו והלכו מהמשרד, לעדכן את יושבי החדר.

"טוב," אמר סול, "כרגע ולראשונה, כפר אורגון בידינו. ישנם כאלף ושש-מאות שבויים. אנחנו יודעים בביטחון רב שאנטון ובניו לקחו איתם את הקצינים הבכירים וכמה מאות חיילים ונעלמו. שלחתי בשעה האחרונה חיילים שיחפשו אותם. עד עכשיו לא קיבלתי עדכון. אנחנו עדיין סופרים את כמות הפצועים וההרוגים. האובדן הוא גדול. אני מאמין שבעוד כשעה נקבל דיווח.

לגבי הנשק, אספנו את תותחי הבלנץ החדשים של כפר אורגון, והם בדרכם אלינו. הוריתי גם להרוס את מפעל הנשק. באשר לאזרחים, ההוראה שלך," סול כיוון את דיבורו לאביו, "בוצעה בצורה משביעת רצון. החיילים לא הטרידו ולא הקשו על הנשים והילדים. בסביבות שמונה בבוקר נחלק מזון בנקודות שונות באזורי הכפר. זהו, אם יש לכם שאלות, זה הזמן לשאול."

מייק הרים יד מהססת.

"כן, מה השאלה?" חייך אליו סול שנראה תשוש.

"לגבי אנטון, משפחתו והחיילים שלקח עימו. רציתי לדעת האם אתה יודע בוודאות שהם אינם בכפר?" שאל מייק והתרווח במושבו.

"ובכן, יש לנו דיווח מהימן של חיילינו שזיהו את גסיל בין הבורחים. את הידע שלנו קיבלנו מחלק מהשבויים. לדעתי, אפשר לסמוך עליהם. הם נצפו כשהם על אנפותיהם, בורחים מהכפר." סול סיים לדבר והתיישב על אחד הכיסאות.

פרנסיס התרומם מכיסאו ואמר: "טוב, רבותיי, נשאיר לסול לסיים את המלחמה. לפני שאלך רציתי לומר שהירדושים יוכלו לעזור לך, ואם תצטרך אותם, תוכל להיעזר בהם."

יור חייך, "נשמח לעזור. אנחנו רוצים לחיות בשלום, ולפעמים כדי להשיג שלום, צריך להילחם עליו," אמר יור. דיבורו ומעשי לוחמיו בלחימה חיבבו אותו על כולם.

טובי התרומם מהכיסא ויצא אחרי פרנסיס.

"אם לא אכפת לכם, אני צריך את עזרתכם," ביקש סול מטימותי ומייק. השניים הנהנו ונשארו לשבת עם יור.

***

פרנסיס וטובי הגיעו לירדל. הפגישה עם ליאה ונורה היתה מרגשת מאוד. פרנסיס סיפר להם על היומיים שעבר. זו היתה גם הפעם הראשונה שבה שמע טובי על מסעו של פרנסיס מעבר לים הגדול ועל המפגש שלו עם בני האדם. פרנסיס וטובי הדליקו את המקטרות, ונורה מיהרה למזוג יינוק לכוסות.

"חשבתי, שלפי הבעת פניהם, הם יהיו מתורבתים יותר," אמר טובי. פרנסיס קימט את מצחו וליטף קלות את סנטרו הארוך, "ייתכן שאלה שראיתי חיים רק בקצה של היבשת, וייתכן שאחרים, החיים בתוך היבשה, מתקדמים יותר," הסביר פרנסיס. ליאה היתה סקרנות באשר לירדושים, ופרנסיס תיאר באריכות את המפגש עם יור וכיצד התקבל שם. הוא שאף מהמקטרת כשפתאום, בלי להגיד דבר, קם והתחיל להתהלך בחדר. הוא נעצר ליד המפה שהיתה תלויה על הקיר.

"רבותיי, אני הולך לשתף אתכם במשהו חשוב," פרנסיס אמר והתיישב בכיסאו. "אני מתכוון לספר לכם על נושא המעברים, על המעברים בין העולמות," פרנסיס שתק לרגע ושאף מהמקטרת. את השתיקה הזאת אפשר היה לחתוך בסכין. טובי, ליאה ונורה, הביטו בו בסקרנות.

"ובכן, עד כה היה ידוע לנו על שלושה מעברים. החלון הראשון," פרנסיס התרומם מכיסאו, ניגש למפה והצביע על היער הגדול שנמצא בירדל, "נמצא כאן באזור הזה. הוא מוביל לעולם המקביל שבכדור הארץ." פרנסיס התיישב ולגם מעט מהיינוק. טובי ניסה לומר משהו, אך התחרט ולכן החליט לשתוק.

"החלון השלישי, הוא החלון שמוביל מהעולם המקביל לכדור הארץ עצמו. לפי מה שידוע לי, עברו בו מעט דלנאים, אך זה היה לפני שנים

רבות. ויש, כמובן, החלון השני, שהוא החלון שבעזרתו חוזרים לכל אחד משני העולמות האחרים. את כל זה אני מספר לכם בגלל דברים מסוימים שקרו כאן בזמן האחרון.

הפעם האחרונה שנתקלתי בסימנים האלה היתה לפני יותר ממאתיים שנה. קבוצה גדולה של דלנאים עברה דרך החלון הראשון ולא שבה. זה היה היום שבו החליט אחי, דלטון מנר, להצטרף אליהם ולנסות להחזיר את כולם. כפי שידוע לכולנו, עד היום הם לא חזרו. יש עוד דבר אחד שלא סיפרתי לאיש ועכשיו אני עומד לגלות לכם.

אחרי שאחי, דלטון מנר, עבר דרך החלון הראשון, נשארנו אחותי אופליה ואני כאן. לפני כמה חודשים התחלנו שנינו לחוש בסימנים שרק אנחנו יכולנו לראות ולהרגיש. אני לא יכול לתאר לכם את ההרגשה, זו מעין משיכה לא מוסברת למעבר. אחותי החליטה לעבור. ניסיתי להניאה מלעשות זאת, אך לא הצלחתי. אני נשארתי כאן כי ידעתי שכל פעם שהסימנים יופיעו, משהו רע יקרה. דוגמה לכך היא גסיל שניסה להשיג את מגילת הקלף, שכעת ברור לי שאינה נמצאת על הכוכב הזה. לכן פרצה המלחמה הזו. נשארתי כאן כדי לראות שהכול בסדר. עכשיו הגיע הזמן שלי לעבור דרך המעבר," פרנסיס השתתק, המקטרת שלו כבתה והוא הדליק אותה מחדש.

נורה, ליאה וטובי ישבו המומים. טובי כחכך בגרונו כמתקשה לדבר, "מדוע אתה חושב שאתה חייב לעבור במעבר?" שאל לבסוף.

פרנסיס חייך בהבנה, אך לא ענה.

"אני חושבת שמאחר שאופליה כבר עברה, אין צורך שתעשה זאת," אמרה ליאה ועיניה הסגירו אותה. היא עמדה לבכות. פרנסיס ליטף את זרועה בחיבה. "ראשית, אני מתגעגע מאוד לאחי, לא ראיתי אותו שנים רבות. הדבר שאני רוצה יותר מכול הוא לראותו. יש גם החלון השני. ברגע שנמצא אותו, נוכל להחזיר את חברינו לכאן, וכך גם לשלוט שוב במעברים."

"אני מסכים איתך," אמר טובי, "אך אולי כדאי שתיתן לשניהם למצוא

את החלון השני. מה הטעם ששלושתכם לא תהיו כאן?"

פרנסיס שאף מהמקטרת וליטף קלות את סנטרו, "לכל אחד מאיתנו יש כוחות משלו. הסיכוי שלנו למצוא את החלון השני ביחד יהיה גדול יותר. חוץ מזה, כפי שציינתי, אני מרגיש שעלי לפגוש את אחי, דלטון מנר."

"מתי אתה מתכוון לעבור?" שאלה ליאה בקול חלש וניגבה את הדמעה שזלגה מעיניה.

"לפני שבאתי הנה, הייתי בביתי ונפרדתי ממשפחתי. עכשיו כשראיתי שהכול מסתדר כאן, כל מה שנותר זה להיפרד מכם," פרנסיס קם מכיסאו. טובי קם יחד איתו.

"אלווה אותך," ביקש ממנו טובי.

פרנסיס חשב לרגע, ואחר כך הנהן בראשו. נורה חיבקה את פרנסיס בהתרגשות, וכשהגיעה תורה של ליאה להיפרד, היא התחילה לבכות על כתפיו. פרנסיס ליטף את שערה הרך ונשק לה על מצחה, "את חייבת להיות חזקה, אל תשכחי שאת המנהיגה של דלאי. טובי ידאג לכן, אני סומך עליו. תחזקי את הקשר ביניכם בכל דרך אפשרית. זה מאוד חשוב לי," אמר, כשהוא נושק לליאה על לחיה ויצא מהחדר כשטובי בעקבותיו.

***

פרנסיס עף עם האנפה לגובה רב והביט בנוף שמתחתיו. מרחוק ראה את חיילי דלאי מתקרבים אליו במהירות. טובי התקרב אליו ועף לצדו. אחד הקצינים זיהה את פרנסיס וסימן לשאר החיילים שיסתובבו, החבורה עפה ונעלמה באזור האסור.

קצת לפני היער הגדול עף פרנסיס נמוך יותר ונחת במרחק של כמה מאות מטרים מהיער כשטובי אחריו. הם ירדו מהאנפות.

טובי התקרב לפרנסיס, "למה נחתת פה? הרי המעבר נמצא בלב היער," שאל טובי בפליאה.

"רציתי לשאול אותך משהו לפני כן," אמר פרנסיס והביט בעיניו של טובי.

"מה?"

"לפני שאני עובר במעבר, חשבתי שנעוף יחד לעבר היבשה, מעבר לים הגדול, מה דעתך?"

טובי חייך חיוך רחב, הוציא את המקטרת ואת שקית הטבק ואמר, "אני חושב שקודם נעשן. בשמחה אעוף איתך ליבשה הרחוקה."

כשסיימו לעשן עלו על האנפות. הדרך לים הגדול עברה דרך האזור האסור. למטה נראו חיילים רבים, ששמרו במשך כל המלחמה על האזור האסור, כשהם מקפלים את ציודם. מרחוק נראה הים הגדול, כים שאין לו סוף.

הפעם בחר פרנסיס לעוף מזרחה. במשך ארבע שעות הם עפו בגובה רב, כשהם נהנים מהנוף המדהים. למטה נראו להקות דגים. הם עפו עד שהבחינו מרחוק ביבשה. פרנסיס הביט בקו החוף שהיה מישורי ובלי רכסי הרים וסימן לטובי שיעוף גבוה יותר עם האנפה.

הם חצו את קו המים ועפו לעבר היבשה. בתחילה עפו מעל אדמה סלעית ויבֵשה, וכעבור כמה דקות הבחינו ביערות ובפרדסים, בנחלים קטנים ובחיות שונות, שעד עתה ראו רק בציורים שבספרים העתיקים. פרנסיס ראה גבעה קטנה ליד אחד הנחלים וסימן לטובי שינחת בראש הגבעה. הם נחתו וקפצו מעל לגב האנפות על הקרקע המוצקה. טובי נפעם מהנוף עוצר הנשימה. הנחל זרם בערוץ קרוב לגבעה, מסביב צמחו צמחי פרא, בקרבת הנחל הגיחו מדי רגע חיות ענק.

"כל חיינו גרנו בכוכב הזה ולא ידענו על היבשה הזו," אמר פרנסיס כשהתקרב גם הוא לקצה הגבעה.

טובי, שהיה המום מהמראות שסביבו, התקשה לענות.

"תראה את החיות האדירות האלה," הצביע לעבר בעלי החיים הענקיים עם הפרצוף המקומט וגופם המפוספס.

פרנסיס חייך ושלף את המקטרת מכיס חולצתו. הוא הצית אותה

והביט בחיות הענקיות במימי הנחל. במשך שעה ארוכה הם סיירו בגבעה, בני אדם לא נראו באזור.

כשפרנסיס עלה על האנפה והתכוון להמשיך בדרכו, שאל אותו טובי, "אתה לא רוצה להישאר עוד קצת?"

"אני מציע שנעוף לתוך היבשה. אני רוצה לבדוק אם יש פה בני אדם מתורבתים יותר מאלו שפגשתי."

טובי עלה על האנפה שלו ותוך שניות הם התעופפו. פרנסיס עף נמוך, כחמישים מטרים מעל הקרקע. כך הם עפו במשך כחצי שעה עד שמרחוק ראו נחל ענקי שחצה את היבשה. רעש מחריד של יריות נשמע מתחתם. פרנסיס וטובי הביטו למטה. בין העצים נראו ראשיהם של כמה בני אדם כשבידיהם רובים גדולים. הם ירו שוב.

האנפה של טובי נרעדה קלות והתחילה לצנוח כלפי מטה. טובי הצליח להשתלט עליה והיא נחתה במרחק מאתיים מטרים מבני האדם. פרנסיס נחת שניות אחריו, ירד מהאנפה ורץ לעבר טובי, שכעת רכן מעל האנפה הפצועה שלו. פרנסיס התכופף ודיבר לאנפה שלו בדלנאית, וזו פרשה כנפיים ותוך דקה נעלמה באופק, כשברקע נשמעו הדי יריות שכוונו לעברה.

הם נחתו במקום חשוף לגמרי. פרנסיס הביט בפצע. הכדור חדר לרגל של האנפה וריסק את עצמותיה הקטנות. הוא הוציא שקית בד קטנה ומיהר לשפוך מעט על פצע.

טובי אחז בכתפו, "עלינו למהר, עוד מעט הם יגיעו לכאן," קרא בבהלה.

פרנסיס עמד על רגליו והביט באנפה, הוא ידע שאינו יכול להרימה ולברוח, והיא נותרה מאחור. הוא כיווץ את שפתיו בזעם והתחיל לרוץ לעבר הסלעים במרחק כמה עשרות מטרים מהם, טובי בעקבותיו. תוך כדי ריצה פילח כאב חד את כתפו, הפצע בכתפו נפתח. כשהגיעו לסלעים דילגו מעליהם עד שהגיעו לשיחים הגבוהים, בין השיחים יכלו לנסות ולחפש מחבוא להסתתר בו.

בזווית עינו הבחין פרנסיס לא רחוק מהם בינות השיחים בעץ גבוה ורחב, שענפיו הנמוכים הגיעו עד הקרקע. טיפוס על עצים אינו קשה בדרך כלל לדלנאים, אך הכאב החד שבכתפו הקשה עליו, וטובי דחף אותו ומשך אותו בעת הצורך. לבסוף הגיעו מהענפים אל הגזע ומעלה אל צמרת העץ, על ענף עבה במיוחד. הכאב בכתף הציק לפרנסיס. פרצופו התעוות מכאב וחולצתו היתה ספוגה בדם. טובי חבש את הפצע הפתוח מחדש בעזרת עלים מתאימים מהעץ, קרע את חולצתו וקשר את התחבושות ואת זרועו של פרנסיס בעדינות. טובי הזיז בשקט את הענף שלידו, ושניהם הביטו באנפה של טובי. היא פרכסה קלות וניסתה לקום, אך ללא הצלחה.

כעבור כמה דקות הם הבחינו בבני האדם מעבר לגבעה, שפופים מעבר לסלע גדול ומביטים סביבם, מחפשים אחר האנפות והיצורים שעליהן. פרנסיס שם לב שלבושם היה שונה מזה של בני האדם שאותם ראה יום קודם. האנשים האלה לבשו בגדי בד ולא עורות של חיות, שערם הקצר והליכתם שיוו להם מראה מתורבת, גם הרובים שבהם השתמשו היו גדולים יותר ונראו חדישים. אחד מהם הצביע לעבר השיחים והם צעדו כעת לעברם. פרנסיס ספר שבעה. הוא הביט למעלה וסימן לטובי על ענף גבוה עוד יותר. שניהם טיפסו שוב לאט ובזהירות. במשך חצי שעה ארוכה הם ישבו בלי לזוז. האנשים זיהו תנועה חשודה בעץ והקיפו אותו. פרנסיס הציץ ומיד הזיז את ראשו לאחור. הוא סימן בידו לטובי שיהיה בשקט. אחד האנשים התחיל לטפס על העץ, אך הרובה הגדול הפריע לו, ולכן הוא השעין אותו על גזע העץ, ושב לטפס במהירות.

טובי ופרנסיס הסתתרו ככל יכולתם בעלווה הצפופה של העץ העצום, עוטים עליהם ענפים ועלים. כשפרנסיס הציץ שוב ראשו של האיש כבר היה במרחק שני מטרים בלבד ממנו. שערו היה בהיר ופניו הביעו תבונה. האיש נשען על אחד הענפים, הסיט חלק מהענפים הצדה ושבר חלק מהם. הוא הוציא מתיק צד שנשא משקפת קטנה והביט דרכה. פתאום התחיל לגחך ואמר בקול חלוש, "מצאתי."

פרנסיס הביט בטובי. שניהם שמעו את האיש, ועם זאת פרנסיס חייך. בני האדם דיברו בשפתם וזה גרם להם להלם קל. האיש ירד מהעץ ומיהר להגיע לחבריו, הוא הוביל אותם לאנפה הפצועה.

הם עמדו מעל האנפה. אחד מהם התיישב ליד האנפה והביט סביב. הוא סימן לחבריו שיזוזו הצדה. הוא הסביר להם בתנועות ידיים וסימן משהו על החול. פרנסיס, שראה שהם עומדים ליד האנפה, ירד במהירות מהעץ.

"בוא אחריי," הוא לחש לטובי, "הם גילו את טביעות הרגליים שלנו." הם ירדו מן העץ מחשש שהעקבות יובילו אליו שוב, ושבו לחפש מסתור בין השיחים. מאחוריהם נשמעו האנשים רצים ומתנשפים. הם שבו אל העץ, וכשהגיעו אליו טיפס הזריז שבהם במהירות עד למעלה. בזמן זה כבר הגיעו פרנסיס וטובי לאדמה הסלעית והתחבאו באחד הנקיקים.

במשך שעה ארוכה הם הסתתרו בשקט. אף כי היו רק שבעה נדמה לפרנסיס ששמע את צעדיהם של האנשים מכל עבר. לפתע פסק הרעש. חצי שעה נוספת המתינו פרנסיס וטובי בטרם הוציאו הגה והזיזו אבר. השמש כבר עמדה לשקוע, ולבסוף סימן פרנסיס לטובי שהוא יוצא לבדוק את השטח. טובי אישר ופרנסיס זחל דרך הנקיק החוצה. כשנעצר, חוש שישי הזהיר אותו שהוא לא לבד, כבר היה מאוחר מדי. הוא הסתובב והחבורה שהסתתרה מאחורי הסלעים הגיחה. והביטה בו בהפתעה. טובי יצא שמח וטוב לב, בטוח בביטחונם, ונדהם לגלות את פרנסיס קפוא מול החבורה. הוא הצטרף לידו. החבורה התקדמה אליהם בזהירות, ועצרה רק במרחק מטרים ספורים. אחד מהם הרים את רובהו, טען וכיוון אותו לעברם.

"פנינו לשלום," מיהר פרנסיס לדבר בקולו התקיף והביט בפניהם הנדהמות.

האחד שכיוון פסע פסיעה אחת קדימה ושאל בפליאה "מי אתם? מהיכן באתם?"

פרנסיס הביט בטובי ואחר כך באיש, "אנחנו גרים מעבר לים הגדול, שמי פרנסיס וזהו חברי טובי."

פרנסיס השתתק והביט באיש שקודם כיוון את רובהו לעברם, ואילו עתה התקרב אליהם בצעדים בטוחים. גובהו היה כמטר וחצי וידיו היו שריריות. הוא לבש חולצה הדוקה ואפורה ואת מכנסיו החומות הרפויות הידק לגופו בעזרת חגורה עבה עם אבזם מתכת. הוא עמד מול טובי, הביט בו מלמעלה וחייך חיוך זדוני.

"מה, גם אתה מדבר?" שאל האיש.

פיו של טובי היה יבש מפחד. הוא כחכך מעט בגרונו וענה: "כן, גם אני מדבר בשפתכם."

"כמה זמן אתם חיים על הכוכב הזה?" שאל הראשון.

פרנסיס הביט באחד הבחורים. האנפה של טובי היתה קשורה ברגלה לחגורתו, ללא רוח חיים.

"מאז ומתמיד. לא נפגשנו קודם מאחר שים גדול מפריד בין שתי היבשות," ענה פרנסיס בשלווה. שאר האנשים שבחבורה התקדמו ונעמדו לידם.

"אני לא מבין," מלמל הבחור שאחז ברובה הגדול, "איזה יצורים אתם?"

"אני בא מארץ דלאי וחברי מירדל," ענה פרנסיס והביט בטובי שקפא במקומו.

"איך הגעתם לכאן?" הקשה הבחור.

היתה שתיקה קצרה. טובי הביט בפרנסיס. "הגענו על גבי האנפות. אחת מהן קשורה ברגלה לחגורתו של חברך," ענה לו פרנסיס והביט בבחור שעליו דיבר. שאר האנשים הביטו גם הם באנפה. הם חייכו.

"ניסית להציל אותה, נכון?" שאל הבחור שהחזיק באנפה.

פרנסיס הנהן בראשו: "היא היתה פצועה כשעזבנו אותה, אני מניח ש..." פרנסיס השתתק כשהבחין בפרצופו המאיים של הבחור.

"אתה מניח נכון," אמר הבחור בכעס, הוא תלש בכוח את האנפה מחגורתו ונופף בה מול פרנסיס. רגליה של האנפה נתלשו ונותרו תלויות על חגורתו.

"הרגתי אותה," הבחור הניח יד על כתפו.

"תירגע בויל, הוא אמר שפניהם לשלום," גיחך הבחור עם הרובה. בויל נשף בבוז וקשר את האנפה מחדש לחגורתו. "מה נעשה איתם?" שאל אחד הבחורים.

בויל דרך את רובהו וכיוון את הרובה לעבר פרנסיס, "ניקח אותם איתנו," הוא נשף בבוז.

פרנסיס הביט בחבורה, ובלי לומר מילה הושיט במהירות לפנים את ידו. החבורה כולה עפה לאחור ונפלה על הקרקע הסלעית, מתפתלים וצורחים מכאב.

טובי הביט בפרנסיס ופיו נפער בהפתעה, "איך עשית את זה?" שאל בפאניקה.

"אין זמן, נזוז." השיב פרנסיס בשלווה, וצקצק בלשונו. טובי הביט לאחור, רק החבורה המשיכה להתפתל מכאבים. "אתה משוכנע שהיא לא ברחה?" שאל טובי בהתנשפות. פרנסיס לא ענה, ורק המשיך לצקצק, הפעם בקול רם יותר. שניהם הביטו למעלה. מרחוק נראתה האנפה כשהיא מתקרבת אליהם במהירות. היא נחתה ונעמדה כמה מטרים מהם. פרנסיס לא ידע עדיין איך תוכל האנפה לקחת את שניהם על גבה עד לים הגדול.

"אתה חושב על מה שאני חושב?" שאל טובי. פרנסיס כיווץ את שפתיו והנהן. האנפה כרעה על בטנה. פרנסיס וטובי עלו עליה, טובי מאחורי פרנסיס. האנפה התרוממה בקושי רב על רגליה, נפנפה בכנפיה ועפה. כשעפו הביטו פרנסיס וטובי בחבורה השרועה על הרצפה עד שזו נעלמה מעיניהם. פרנסיס סימן לאנפה שתעוף גבוה יותר, וכשהגיעו לגובה רב, הוקל מעט לאנפה. הם חצו את היבשה ועפו מעל הים, הם ידעו שאם האנפה תתעייף, הם לא ישרדו.

הם עפו כך במשך שעות. כל אחד עם מחשבותיו. הראשון שהפר את השתיקה היה טובי. "עכשיו כשהם יודעים שאנו חיים מעבר לים, האם, לדעתך, הם ינסו להגיע אלינו?"

פרנסיס שתק לרגע קל ואחר כך ענה, "חשבתי על זה, והסבירות נמוכה. כדי להגיע אלינו, הם יצטרכו קודם לעבור את הים הגדול, ובזה הם ייכשלו," פסק פרנסיס.

מרחוק, לאור הירח, נראתה היבשה. כשטובי הבחין בה הוקל לו. האנפה היתה עייפה והראתה סימני תשישות קצת לפני שהגיעו ליבשה.

פרנסיס זיהה את הדרך וכיוון אותה לעבר האזור האסור. לאחר עשרים דקות הם הגיעו לגבול. למטה דלקו מדורות רבות. אנפות ועליהן חיילים עפו לקראתם. פרנסיס סימן לאנפה שתנחת. הוא מיהר לקפוץ מגבה כשרגליה נגעו בקרקע, טובי קפץ מיד אחריו. תוך דקה, הקיפו אותם עשרות חיילים מצבא דלאי, שהכיל גם קצינים ירדלים.

פרנסיס ניגש לאחד החיילים. הוא לקח את המימייה שלו והשקה את האנפה. הוא הרטיב את ידו וניגב את צווארה. אחד הקצינים הירדלים ניגש לטובי ושוחח איתו. פרנסיס הורה לו שיטפל באנפה. שני דלנאים חסונים ניגשו אליה ועיסו את גופה בעדינות. אחר כך הם לקחו אותה לאחד הכלובים, שם חיכו לה מזון ושתייה.

פרנסיס ניגש לקצין שדיבר עם טובי, הם בירכו זה את זה לשלום.

"אנחנו זקוקים לשתי אנפות רעננות," אמר לקצין. הקצין, שעד כה רק שמע על פרנסיס, שמח על חברתו. "כן, אדוני," השיב ומיהר לעבר הכלוב הגדול. הוא בחר בשתי אנפות, קשר חבל קטן לצווארן והוביל אותן לפרנסיס ולטובי.

השניים עלו על האנפות, צקצקו בלשונם, ותוך שניות עפו לכיוון היער הגדול שבדלאי. שם בין העצים הרבים, הוסתר החלון הראשון.

פרנסיס הוביל. המחשבות על בני האדם שראו מעבר לים הגדול הטרידו אותו. הוא הזדעזע מהמחשבה שהם יצליחו לחצות את הים.

כעבור חצי שעה הגיעו ליער. פרנסיס סימן לאנפה שתעוף נמוך יותר. הם נאלצו לעשות שני סיבובים עד שפרנסיס זיהה את המקום. כשנחתו על הקרקע אחזה בו התרגשות גדולה. הידיעה שיוכל לפגוש את אחיו שימחה אותו מאוד. אחרי הכול, הם לא התראו כמאתיים

שנה, מאותו יום שפרנסיס לא ישכח לעולם. הוא התנגד לכך שאחיו יעבור דרך החלון הראשון, אך מנר התעקש שרק הוא יוכל להחזיר אותם הביתה, וכך היה. מנר עבר, את החלון השלישי וככל שהזמן חלף, הם הבינו שהוא לא מצא את החלון השני.

אופליה איבדה את התקווה שמנר יחזור, והחליטה להצטרף אליו. היא גילתה זאת לפרנסיס שניסה להניאה מלעבור דרך החלון. היא ידעה שפרנסיס מעולם לא יסכים שהיא תעבור דרך החלון הראשון, ולכן כתבה לו במכתב שהיא מצטערת שאינה נפרדת ממנו כמו שצריך. היא כתבה שהיא מתגעגעת למנר וסיימה את המכתב בתקווה שיום אחד יוכלו שלושתם להתאחד שוב.

פרנסיס קפץ מהאנפה, וכך עשה גם טובי. הם הלכו בחושך. פרנסיס הדליק את הפנס שהיה בכיסו והאיר את האזור. הוא עמד חצי דקה ואחר כך התקדם בזהירות, בין העצים והשיחים, לעבר עץ גדול. לעץ היה גזע רחב מאוד. בתחתית הגזע היה חור גדול. הם הקיפו את העץ, בצד האחר היה חור נוסף.

פרנסיס הוציא מקטרת וגם טובי עשה כך. הם מילאו את המקטרת בטבק, הדליקו אותה ועישנו. פרנסיס התיישב על הקרקע החולית וסימן לטובי שיתיישב לידו. "רציתי שנדבר קצת לפני שאעבור," אמר פרנסיס ושאף מהמקטרת. טובי הנהן, "זה רעיון טוב."

"עכשיו כשאתה יודע היכן המעבר, רציתי לבקש ממך שתשמור על כך בסוד. איני רוצה שמישהו יעשה מעשה שטות ויעבור. כדאי שתדאג לשמירה משותפת, של החיילים שלנו ושלכם. אני סומך עליך שתנהג בתבונה," פרנסיס הפסיק לרגע ושאף מהמקטרת.

"האמת היא שאיני יודע מה מחכה לי בצד האחר. לפי הספרים העתיקים, המעבר מוביל ליקום שמקביל לכדור הארץ. החיים שם זהים לחיים שלנו, והחשוב מכול הוא שסוף-סוף אוכל לפגוש את אחי."

טובי שאף מהמקטרת והרהר במסע ההזוי שעברו מהבוקר. זה היה אחד הימים הארוכים ביותר והמפרכים שעבר בחייו. הסכנות שעברו

הוא ופרנסיס, המפגש עם בני האדם, ועכשיו הוא יושב ליד המקום הכי חשוב על הכוכב, ליד החלון הראשון. לילות שלמים חלם על הרגע הזה, והנה הוא יושב בחברתו של פרנסיס, שעד לא מזמן, ידע עליו מעט מאוד, רק מהסיפורים ומהספרים שהשאירו אלה שחיו כמה מאות שנים לפניו.

טובי קם והציץ בחור שבעץ, "תוכל להשאיל לי את הפנס לרגע?" ביקש. פרנסיס הושיט לו את הפנס וטובי התיישב על ברכיו, מול החור שבעץ, והאיר פנימה. בפנים היה חלל גדול. פרנסיס התכופף גם הוא.

"תביט לכאן," טובי הצביע עם אצבעו לעבר החור שבצדו השני. "זה מוזר. האור של הפנס נעצר במרכז ולא המשיך הלאה." פרנסיס לקח את הפנס מידו והאיר לעבר הפתח השני. האור של הפנס נעצר בין שני הפתחים. טובי הסתובב פתאום וחיפש משהו על האדמה, בין העצים. כעבור דקה חזר ובידו אבן גדולה שגודלה כגודל אגרוף. פרנסיס הנהן בראשו כמבין, הוא הלך לצדו האחר של גזע העץ. טובי הצית את המצת ולאורו כיוון את האבן לעבר הפתח השני, שם ישב פרנסיס עם הפנס וחיכה.

"מוכן?" שאל טובי.

"כן."

טובי כיוון את האבן לחור שבצד השני. הוא לקח תנופה קלה והשליך את האבן. לרגע הואר חלקו הפנימי של העץ באור מסמא ואחר כך דעך לאט עד שנמוג.

פרנסיס הצטרף לטובי, "ראית את זה?" שאל טובי בהתרגשות. פרנסיס חייך בהבנה, "חשבתי שכך יקרה. האבן עברה לכוכב השני," ענה פרנסיס בביטחון. טובי התרגש מאוד, "גם אני הייתי רוצה לעבור מתישהו," מלמל.

פרנסיס הביט בו בפנים חתומות, "הייתי מעדיף שלא תעשה זאת עד שנמצא את החלון השני."

"אל תדאג, אני עומד במילתי. אחכה לך שתחזור."

"בינתיים, יש לך חדר מציאות, אתה יודע איך להשתמש בו. יש לך גם אבקת רו-רו שמספיקה למאה שנה. מצאנו באחת הפינות של הספרייה שק של אבקת רו-רו."

טובי הביט בפרנסיס שנראה עצוב: "אני מניח שזה הרגע שבו אתה עובר דרך החלון. יכול להיות שנתראה שוב רק בעוד כמה שנים," אמר טובי בשקט.

פרנסיס טפח על שכמו, "לדעתי, זה לא ייקח כל כך הרבה זמן. אחת למאתיים שנה בערך מתחילים להתגלות סימנים שאני ואָחיי מטיבים לזהות. כמו שהוריי עברו לפנינו, כך גם אני ואחיי מרגישים צורך לחבר את הפאזל הזה. זוהי משיכה למשהו לא מוסבר. יש לי הרגשה שהחלון השני יחזור לכאן, לכוכב ירדל, בקרוב," אמר פרנסיס.

טובי מילא את המקטרת בטבק והדליק אותה.

"מחכה לך עבודה רבה. אני מציע לך לכרות ברית שלום עם הירדושים, ולשמור על קשר חזק עם ליאה והדלנאים. אסור לשכוח אפילו אם תשרור הרמוניה בין הירדלים והדלנאים, במקום כלשהו על הכוכב, נמצאים אנטון וחלק גדול מקציניו, והם חורשים מזימות לקראת המהלך הבא."

""פרנסיס סיים לדבר והדליק את המקטרת בהתרגשות. הידיעה שטובי נשאר מאחור נסכה בו הרגשה של ביטחון. "אל תדאג, אני לא אירדם בשמירה. חשבתי שמדי פעם אשלח לך עדכונים. אני אכתוב לך על נייר ואשים את הדפים שאשלח בתוך צינור חלול או בקופסת מעץ, מה דעתך?" שאל טובי.

פרנסיס שאף מהמקטרת והרהר לרגע. הוא חשש שטובי יתפתה לעבור דרך החלון, אך ידע שטובי אחראי ויימנע מצעד פזיז שכזה. "נשמע טוב. תוכל לעדכן אותי מדי שבוע או יותר, איך שתרגיש," השיב פרנסיס. הוא כיבה את המקטרת ודחף אותה לכיסו.

"רק רגע, נזכרתי ב..." אמר טובי והוציא שקית בד גדולה מתיקו. הוא הגיש אותה לפרנסיס שניחש שבשקית הבד היה הטבק הטוב ביותר

שאותו הכינו הגרבונים. פרנסיס הודה לו ושם את השקית בתיקו.
השניים הביטו זה בזה. טובי הושיט את ידו הימנית ופרנסיס לחץ
את ידו והם התחבקו. טובי מחה את הדמעה שזלגה עיניו, פרנסיס
התכופף לעבר פתח העץ וזחל לתוכו.

תוכו של החלון הראשון נראה פי ארבע מגודלו האמיתי. בפנים
המקום היה חדר קטנטן, ואור לבן ומסמא הציף את העץ מבפנים.
פרנסיס הרגיש שגופו נסחף במהירות עצומה לעבר הלא נודע. הוא
עצם את עיניו ונתן לגופו להשתחרר.

פרק 60

משפחת מנר מתאחדת

ניבה ולין הציבו לאורכו של נחל האבדון כמאה חיילים חמושים. עשרים חיילים עפו על אנפותיהם וריחפו מעל לנחל, הם תצפתו עליו במטרה למצוא את און ולמנוע ממנו מלחזור לכפר. ניבה ולין ידעו על דרכים נוספות שבהן יוכלו און וחבריו ללכת, אך אלו היו דרכים ארוכות ורצופות בסכנות.

כעת, לאחר שמנר סיפר להם שמעבר לנחל חיים בני אדם שאינם חביבים במיוחד, הם חשו שיש סיכוי שאולי הם לא ישובו לעולם.

השעה היתה ארבע אחר הצהריים. חלק מהחיילים אספו קרשים. ניבה ולין תכננו להבעיר בלילה מדורות ענקיות לאורך הנחל, כך חשבו להרתיע את און וקציניו מלחזור.

"שתי אנפות מתקרבות," קרא אחד החיילים.

ניבה הסתובבה לאחור. למעלה, בגובה רב, היא זיהתה את בינקי שעפה כשלידה אנפה לבנה. את מי שישב על האנפות היה קשה לזהות מגובה זה. ניבה שלפה משקפת, קירבה אותה לעיניה וראתה את מנר ואופליה. הם חצו את נחל האבדון ועפו לעבר רכס ההרים המרוחק. מנר הקיף את הרכסים והתחיל לעוף בחזרה. לאחר כדקה נחתו מנר ואופליה במרחק כמה מטרים מניבה.

לין, שעמדה עשרות מטרים משם, רצה אליהם, היא הגיעה כשמנר ואופליה ירדו מהאנפות. ניבה סימנה לחיילים, שעמדו בקרבתם, שיחזרו לעמדותיהם.

"מה קורה? יש חדש?" שאל מנר בחיוך.

"לא," מיהרה ניבה לענות, "הוריתי לאסוף גזרי עץ יבשים. נדליק

כארבעים מדורות לאורך הנחל. המטרה שלנו היא שהמדורות יבערו כל הלילה וירתיעו את און וחייליו מלהתקרב."

מנר הביט בלין.

"שלחתי סיירים ליער. אנחנו עושים הכול, לא פוסחים על שום אפשרות," אמרה לין.

מנר כיווץ את שפתיו, "טוב ויפה," מנר החמיא לשתיהן. "אני נפגש עם חברי מסדר כבודת העץ עוד כחצי שעה במשרד הכפר. כמעט שכחתי שבעבר הם היו שותפים מלאים להחלטות," הוסיף.

אופליה הביטה במנר, "אתה רוצה שאצטרף אליך?" שאלה.

"לא, זה לא הזמן המתאים. אני עומד לשחרר אותם מהתפקיד שהחזיקו בו כל כך הרבה זמן. לדעתי, הם יופתעו מאוד מההחלטה שלי."

אופליה הביטה בלין ובניבה, "אני חושבת שתצטרכו לארגן קבוצת חיילים שתנסה לתפוס את און וקציניו מעבר לנחל האבדון."

ניבה הביטה בלין ושתיהן הביטו במנר.

"זה לא הזמן המתאים," השיב מנר למבטים השואלים. "חוץ מזה, יש לנו דברים אחרים שעליהם אנחנו צריכים לבזבז את האנרגיות שלנו," הוסיף, מילא את המקטרת שלו בטבק והדליק אותה.

"היום, בסביבות השעה שמונה בערב נארגן ישיבה. חוץ מכן, אני רוצה שגם סטֵ, נמי, רם, טים וגם יון יהיו נוכחים בה," הוא סיים לדבר, שאף מהמקטרת, ותוך כדי הביט לעבר נחל האבדון ושתק.

ניבה ולין הופתעו מכך שמנר ביקש מהם לצרף את יון. בתחילה הן שתקו, אך אחר כך הסתובבה ניבה לעבר מנר, ואמרה, "אתה לא חושב שזה מוקדם מדי לצרף את יון, הוא נחמד וחביב אבל..."

"הוא מאוד מתאים," קטע אותה מנר. את מה שנותר במקטרתו שפך על החול וכיסה את האפר ברגלו. "שמונה בערב בכיפה העגולה," אמר ועלה על גבה של בינקי שפרשה כנפיים. תוך שניות נעלמו שניהם מעיניהם.

מחוץ למשרד הכפר עמדו עשר אנפות. מנר ירד מגבה של בינקי

והתקרב לדלת הסגורה. מבחוץ יכול היה לשמוע את קולותיהם הרמים של חברי מסדר כבודת העץ. לפני שהגיע לדלת, שמע את קן מנסה לשכנע את כולם לא לוותר, ולהתנגד להוצאתם מחברותם בכבודה.

"טוב, הם כבר יודעים," מלמל מנר לעצמו וחייך. כשפתח את הדלת, פסקו הדיבורים בבת אחת.

"ערב טוב לכולם," בירך אותם מנר. מסביב נשמעו מלמולים.

מנר ניגש לאחד הכיסאות המיותרים שעמד בצד החדר, גרר אותו לעבר הדלת והתיישב. כולם הביטו בו, הם היו דרוכים וציפו לשמוע ממנו.

מנר העביר את מבטו בין קן, זיו, אל, דין, בן, נלי, תמר, עוז, אמה, חנה ווֶרה, הוא הביט בכל חברי הכבודה שנכחו חוץ מאון, ניבה ולין. מנר מילא את מקטרתו בטבק והתחיל לעשן.

קן, שנראה חסר סבלנות, הביט במנר ואמר: "אנחנו יודעים שאתה רוצה לשחרר אותנו מתפקידנו, רצינו לדעת מדוע." כשקן סיים לדבר, הוא הביט בחבריו. כולם הביטו במנר ושתקו.

"תאמרו את מה שרציתם לומר," האיץ בהם קן. איש מהם לא דיבר.

מנר הביט בקן, "אני מופתע שאתה לוקח את התפקיד של און; פעמים רבות הוא חתר תחתיי."

"זה נכון שאתה משחרר אותנו מתפקידנו?" שאל קן.

"זה לא קל לי," מנר הפסיק לרגע ושאף מהמקטרת. "שנים רבות נהניתם מהמעמד שלכם כחברים במסדר כבודת העץ. הכול היה טוב ויפה עד שהיה עלינו לקחת החלטות הנוגעות לחלון השני ולחלון השלישי, אז ראיתי אתכם בחולשתכם. נל קלר עשה את השינוי. כשפגשתי אותו לראשונה, הבנתי שהדלנאי הצעיר הזה, נועז יותר מכם ויכול לעזור בעניין הזה," מנר סיים לדבר והביט בקן.

זיו הקדים אותו ואמר, "רצינו לומר לך שבמשך חודשיים נפגשנו מתחת לעץ, כפי שעשינו פעם. גם לנו יש מה לומר בנושא," אמר ושבר את השתיקה.

המלמולים התחדשו, וכשמנר הרים את ידו, כולם שתקו. "אני מבין

שלכל אחד יש מה לומר. אני פה בשביל להקשיב לכם. אז בבקשה מכם, כל אחד יגיד את שעל לבו," אמר מנר.

דין הרים את ידו, מנר סימן לו שהוא יכול לדבר.

"בתחילת דבריך אמרת שחותרים תחתיך," דין שתק לרגע והביט לעבר חבריו.

"תמשיך," ביקש מנר.

דין היסס מעט ואחר כך המשיך: "טוב, באמת נפגשנו בקביעות, ייתכן שלא שמת לב, אך אנחנו דאגנו לכפר במשך המלחמה. באחת הפגישות שלנו הופתענו לפגוש את און. הוא וכמה מקציניו התחבאו בין העצים, וכשהתחלנו את הישיבה, הם ניגשו אלינו ו...".

קן דחף את רגלו קדימה ופגע בכיסא של דין שהפסיק לדבר והביט בו. נראה שדין מפחד ממנו. השאר הביטו בשניהם בשתיקה.

"תמשיך בבקשה," ביקש מנר מדין כשהוא מביט בקן. דין המשיך לשתוק. קן ניסה לומר משהו, אך מנר הקדים אותו ואמר, "אני מבקש שתצא החוצה."

עיניו של קן הביעו כעס. לרגע היה נדמה שיסרב לצאת, אך מבט אחד של מנר הספיק. קן התרומם מכיסאו ויצא החוצה כשהוא טורק את דלת העץ בחוזקה.

מנר הביט בדין, נראה שרווח לו שקן יצא. מנר הסתכל סביב. ממבטיהם הבין שקן הוא הגורם השלילי והמתסיס בחבורה.

"אני יכול להמשיך?" שאל דין.

מנר הנהן והדליק את המקטרת.

"כפי שאמרתי קודם לכן, נפגשנו לפחות פעם בשבוע. דנו בענייני הכפר והמשכנו בתפקיד שלנו, גם כשלא היית לצדנו. ידענו, ראינו ושמענו על החבר'ה הצעירים שגודשים את הכיפה העגולה. לנו מעולם לא הרשית להיכנס לשם. מובן שהיתה התמרמרות והיא אף גברה. עכשיו, אגיע לעיקר. בערב שבו און וכמה מקציניו הגיעו, איש מאיתנו לא הופתע. הוא היה זה שיזם את המפגש ההוא," דין הפסיק לרגע.

"אני אמשיך מכאן," ביקשה אמה.

"בבקשה," אמר דין.

"און ניסה להסית אותנו נגדך. הוא אמר שזרקת אותנו ושכרגע דלנאים צעירים מבצעים את התפקיד שלנו. היו לו תכניות מפורטות כיצד אנחנו יכולים לעזור, ואנחנו, בלי היסוס, סירבנו. קן ניסה לשכנע אותנו שזו הדרך הטובה ביותר לנו ושאון ייתן לנו להמשיך בתפקיד שלנו..."

"זה מספיק," מנר קטע אותה.

אמה התיישבה בכיסאה.

"מהדברים שאני שומע, קן עבר צד, ועכשיו הוא עם און. לא משנה מה היו ההחלטות שלי לגביכם, עליכם להבין דבר אחד. לאון יש שאיפות גדולות. הוא רוצה לשלוט בכפר ולא בדרך הטובה. יש דברים לגבי און שכרגע איני יכול להרחיב עליהם את הדיבור. עם זאת, רציתי לספר לכם שבחודשים האחרונים שניים עברו דרך החלון הראשון. אחד מהם, כפי שאתם כבר יודעים, הוא טים הירדל, והשנייה, שהגיעה אלינו בימים האחרונים, היא אחותי אופליה." את המשפט האחרון אמר מנר כשחיוך רחב התפשט על פניו. כולם התרגשו מהידיעה ששמעו.

"מתי נוכל לפגוש אותה?" שאלה ורה.

"בקרוב," מנר הרהר לרגע ועישן מהמקטרת.

"למעשה, למרות שהגעתי לכאן הערב כדי לשחרר אתכם מתפקידכם חברי מסדר הכבודה," אמר והביט סביב במבטים העצובים, "עכשיו כשאני חושב על זה, נראה לי יותר היגיוני להשאיר אתכם בתפקידכם. אני מתכוון שתישארו ותשגיחו על העניינים השוטפים של הכפר." הבשורה החדשה נקלטה במהירות. פתאום הם נראו מחויכים ומרוצים.

"מה באשר לקן?" שאל אל.

מנר הרהר לרגע ואמר, "את קן השאירו לי."

הוא קם ועמד לצאת, כשזיו שעד עתה שתק התרומם מהכיסא ואמר: "רציתי לשאול אותך, האם לדעתך החבר'ה הצעירים - נמי, רם וסט - האם הם באמת ראויים למעמד הזה?"

מנר הביט בזיו וחייך, "לא יכולתי למצוא ראויים יותר," הוא הביט בהם במשך כמה שניות לפני שיצא מהדלת לאוויר הקריר.

בתחילה הביט מסביבו לראות אם קן נמצא עדיין בסביבה. הוא רצה לתפוס אותו ולהעמיד אותו על טעותו, ואולי אף לנדות אותו מהכפר. הרי און נהפך למסוכן מאוד לו ולכפר, וקן נהפך ליד ימינו.

***

אחת לשנה, במשך ארבעה ימים, נערכו תחרויות הספורט. והשנה, הם שברו שיאים חדשים. הענפים שבהם התחרו היו ריצה, משחקי כדור, שחמט, שירה, תיאטרון, קליעה בחץ וקשת ובאקדחים. התחרות שנחשבה לחשובה ביותר היתה התיאטרון. בדרמה הרותחת והתחרותית הועלו הצגות על במות עץ מפוארות שבהן השתתפו גם מנר וחברי כבודת מסדר העץ.

היום האחרון של התחרויות היה היום שבו הועלו ההצגות. מנר ופיקודיו שמרו בקפדנות על הסדר. נמי ולין תכננו להעלות הצגה על משפחה שחיה חיים שלווים עד שלביתם מגיע נווד לבוש סחבות המתנחל להם בחצר הבית. בתחילה ההורים רוצים להוציאו מהבית, אך תכניותיהם משתנות כשהם מבינים שהוא מְסכן ומרחמים עליו. בין הנווד לשני הילדים מתפתח קשר מיוחד, הנווד נקשר לבת הקטנה. היא מספרת לו שהיא עצובה מאחר שאינה מקובלת בין חבריה לכתה. הנווד מתגלה כקוסם שלו כוחות עצומים, בעזרת כוחותיו הוא גורם לילדה להפך למקובלת כך שמצבה החברתי משתפר.

לתפקיד הנווד נבחר מנר שישב במשך שלוש שעות ארוכות ושינן את תפקידו. הוא חיכה לחזרה היחידה שתוכננה ליום שלפני ההצגה. את הבת הקטנה שיחקה הדלנאית הקטנה ששמה נור שהתגלתה כדלנאית חמודה ופיקחית. מנר הכיר אותה לראשונה בחזרות על ההצגה. נור שאלה את מנר שאלות רבות עד שניבה ולין ניגשו אליה ושוחחה איתה. מנר, ניגש אליהן וסימן להן שהכול בסדר. מתברר שלמנר לא היה קשר לדנלאים הצעירים, ולכן נהנה לשוחח עם נור.

החזרה היתה מוצלחת. ניבה שיחקה בהצגה את תפקיד האם, כלומר את אשתו של מנר. הדמות שלה היתה של אם מודאגת. את האח שיחק רם.

השעות עברו בעצלתיים עד למועד ההצגה. חמש במות הורכבו, במרחק עשרה מטרים זו מזו, לכדי צורה של חצי ירח.

השעה היתה שמונה בערב. המדורות שליד הבמות הוברו, ואור המדורות יצר הרגשה של מסתוריות. נמי האחראית על ההצגות עלתה לבמה לבושה בטוניקה ורודה ובנעלי בד לבנות. את שערה הֶאָרוך קלעה לצמה ארוכה, ועל ראשה זר צהוב מפרחי השדה. הקהל מחא כפיים וחלקו אף קרא קריאות של שמחה. הדלנאית הקטנה נראתה אצילית ויפה, כמו נסיכה. הדלנאים הקטנים הביטו בה בהערצה, ואילו הבוגרים יותר נשבו בקסמיה. נמי קירבה את המגאפון לפיה ובקולה המרנין אמרה: "ערב טוב לכולם."

הקהל, שהיה משולהב וברובו אף שתוי, שאג משמחה.

במשך כל התחרויות חילקו בדוכנים יינוק מהול באלכוהול. לדלנאים הקטנים היו דוכנים משלהם שהגישו מיץ אוכמניות ודובדבנים.

נמי הסבירה על חמש ההצגות שהיו אמורות להתחיל בכל רגע. "אני מתכבדת להזמין את שחקני ההצגה 'מחשבות' לעלות לבמה."

מחיאות כפיים וקריאות ליוו את השחקנים שעלו על הבמה. מנר שישב מאחור ליד ניבה ולין הביט לשמים. חוש שישי הזהיר אותו שמשהו עומד לקרות. הוא התרומם ממושבו. ניבה ולין הופתעו, אך קמו אחריו. הם הביטו זו בזו בשתיקה. מסביב ישבו כולם וצפו בהצגה הראשונה שהתחילה באותו הרגע. מנר הביט סביב. אור הירח האיר את השמים הקודרים. הוא מילא את מקטרתו בטבק והדליק אותה.

פתאום ראה אותן. עשרות אנפות שעפו בגובה רב הגיעו מכיוון היער הגדול. עיניו החדות ראו את מה שניבה, לין והאחרים לא יכלו לראות. הוא שאף מהמקטרת בשלווה ובקולו השקט אמר: "תארגנו את כולם במהירות. מתקיפים אותנו."

ניבה ולין הביטו לכיוון שאליו הביט מנר, אך לא ראו דבר. הן בטחו
בו, במנהיגם.

"מהיכן מגיעה ההתקפה?" שאלה לין.

"מהיער, קדימה, מהרו," אמר מנר ומיהר ללכת לעבר החיילים
שעמדו מאחור, ליד כלוב האנפות. כשהחיילים ראו את מנר מתקרב
הם הזדקפו. "אנו תחת התקפה. עלו על האנפות שלכם!" פקד עליהם.
החיילים מיהרו לציית. חלקם רצו לעבר האנפות שעמדו מחוץ לכלוב
הענקי ועלו על גבן. מנר הביט לאחור. ניבה ולין כיבו את המדורות
ואת התאורה. כעת הבחינו בתוקפים שבשמים. החיילים הובילו את
אנשי הכפר בריצה לעבר היער. צעקות נשמעו מכל עבר והתערבבו
בפצפוצי הגחלים הלוחשות ובהדי הירי.

מנר עלה על גבה של בינקי, ותוך שניות הם התעופפו גבוה, כשאחריו
עשרות מחייליו ורבים הצטרפו מיד אחריהם. המפגש באוויר היה עקוב
מדם. הכדורים מסביב שרקו. מנר שלף את אקדחו. ארבעה תוקפים
התקרבו לעברו. הוא כיוון את אקדחו לעבר אחד מהם ופגע בו, החייל
התעוות ואחר כך נפל מהאנפה, זו המשיכה לעוף לצד חברותיה.
השלושה ירו לעבר מנר, רגע לפני שצקצק בלשונו וסימן לבינקי להגביה.
הכדורים החטיאו אותו בסנטימטרים ספורים, והחיילים מאחוריו ירו
לעבר שלושת התוקפים. הפגיעות היו מדויקות, וגם האנפות נפגעו.

על הקרקע רדפו חייליו של און את אנשי הכפר, רובם דלנאים צעירים,
וירו לעברם ללא רחמים. מנר סימן לבינקי לנחות והצטרף למגננת
הצבא. מהאוויר החל להגיע גל מתקפה נוסף של און, מכיוונים שונים.
לין וניבה התקרבו למנר בריצה, "תר השאיר את הכיפה העגולה עם
עשרה שומרים, ביניהם טים. הוא לקח איתו כחמישים חיילים. כרגע
הם מנסים לעצור את המתקפה הקרקעית," אמרה לין כשהיא מתנשפת.

מנר הביט בה במבטו השליו, אך עיניו הבורקות הביעו זעם: "און
ישלם על זה," אמר בשקט. "אני חייב להגיע לכיפה העגולה." מנר
דיבר במהירות, "ההתקפה הזו נעשתה כדי להסיח את דעתנו. המטרה
של און היא הכיפה העגולה."

כשמנר דיבר ירו חייליו של און לעברם. ניבה ולין השתטחו על הקרקע והשיבו בירי. תר ועשרות החיילים שהיו איתו צרו על התוקפים, ניסו לפגוע בהם ולהפילם. החיילים של און נסוגו כשתר וחייליו רודפים אחריהם. מנר עלה על גבה של בינקי, וזו פרשה כנפיים במהירות ותוך דקות ספורות הגיעה לכיפה העגולה. מלמעלה ראה מנר את הבזקי הירי. חייליו של און צרו על הכיפה העגולה, כשעשרת החיילים שהותיר אחריו תר מגינים בחירוף נפש על הכניסה.

מנר סימן לבינקי לנחות עשרות מטרים מהתוקפים. כשירד מגבה ראה עשרים מחייליו של און והתכוון לתקוף אותם מאחור, כשאחד מהם הסתובב לאחור. הוא זיהה את מנר ומיד פתח במנוסה לעבר היער, כשחבריו בעקבותיו.

מנר חיפש את און. הוא ידע שאון יבחר להיות בין הראשונים שייכנסו לכיפה העגולה. הוא הביט בבורחים, אך מאחר שהיה חשוך לא יכול היה לזהותו. שניים מהמגינים, אחד מהם פצוע בכתפו, זיהו את מנר ורצו לעברו. "הם כמעט הצליחו לגבור עלינו," אמר הפצוע כשהוא מתנשף. מנר הוציא את שקית הבד מכיסו, "הסר את החולצה" ביקש מהפצוע. הוא פיזר מעט מהאבקה על הפצע המדמם. "זו רק שריטה שטחית," העיר החייל. "יש לך כדור אדום שחילקתי לכם?" שאל מנר. החייל הפצוע הוציא מכיס חולצתו נייר עבה ומלופף. הוא פתח אותו. בפנים היה הכדור האדום. "יפה," אמר מנר, "אני מציע לך שתבלע את זה עכשיו, ליתר ביטחון." החייל שם את הכדור בפיו ושתה מעט מים מהמימייה שהגיש לו חברו.

מנר התקדם לעבר הכיפה העגולה כששני החיילים בעקבותיו, "היכן יון?" שאל מנר תוך כדי הליכה. "הוא נכנס לכיפה העגולה," השיב אחד החיילים. "כמה אתם כאן?" שאל מנר. החייל הפצוע חכך מעט בגרונו ואחר כך השיב, "היינו עשרה. ארבעה נהרגו והשאר פצועים, חלק מהם קשה וחלק קל, כמוני."

מנר הבחין שהירי פסק. הוא עמד והתבונן סביבו, "יצבו שמירה כפולה סביב לכיפה העגולה, ואתה," מנר פנה לחייל שלא נפגע, "קח אנפה,

טוס לאתר את תר ומסור לו להגיע לכאן במהירות." החייל הנהן ורץ
לעבר כלוב האנפות שהיה במרחק של עשרות מטרים מהכיפה העגולה.

מנר פתח את הדלת ונכנס פנימה. הדבר הראשון שראה היה את
יון, מכוון אליו אקדח. יון הוריד את האקדח במהירות, "מצטער, לא
ידעתי שזה אתה," אמר.

מנר הביט לעברו, רגלו של יון היתה חבושה וכתם דם גדול היה על
התחבושת, "אני לא חושב שאתה צריך לדאוג," ניסה מנר להרגיעו,
"איני מבין כיצד הצליח און לארגן מחדש את חייליו?"

יון השפיל את מבטו: "הייתי צריך לספר לך על מחסן הנשק שאון
מחזיק באחד הבתים, פשוט שכחתי מזה."

הדלת נפתחה, ושניהם הביטו בלין, ניבה, רם ונמי שנכנסו פנימה
כרוח סערה. בעיניה של נמי ראו דמעות. "הבנתי שהם לא הצליחו
להיכנס," אמרה ניבה. יון נד בראשו לשלילה.

"טוב מאוד," אמרה ניבה.

"מה קרה שם? איך הם הצליחו לחזור?" שאל מנר.

ניבה ולין החלו לענות יחד. ניבה הביטה בלין ואמרה, "דברי את."

לין הנהנה לתודה והתחילה לספר: "החיילים עמדו על המשמר, כפי
שביקשנו מהם. אין לנו מושג איך זה קרה. הם פשוט עקפו אותנו
בלי שראינו אותם."

"רק הצלצול של האזעקה גרם לנו להבין שאנחנו מותקפים," הוסיפה
לין.

"איך הוא הצליח לארגן את החיילים שלו? הרי רובם היו במעצר,"
אמרה ניבה.

מנר מילא את מקטרתו בטבק והדליק אותה: "אני הוריתי לתר שישחרר
אותם. זו היתה טעות. מה מצבנו כרגע?" נמי ניגבה את הדמעות
שזלגו מעיניה בלי הפסקה: "יש לנו לא מעט הרוגים והרבה פצועים."

"גם סט בין הפצועים, הוא מטופל כרגע במרפאה," אמרה ניבה
וחיבקה את נמי. "הם ירו בכל דבר שזז, אפילו בדלנאים הקטנים,"
הוסיפה נמי בבכי.

מנר שאף מהמקטרת והעביר את ידו על סנטרו הארוך. מבחוץ
נשמע קולו של תר שפקד על החיילים שאיתו. הדלת נפתחה מעט,
הוא הציץ פנימה ושאל, "ביקשת שאגיע?"

"כן, היכנס בבקשה," ביקש מנר.

תר נכנס פנימה וסגר אחריו את הדלת. הדלת נפתחה שוב. הפעם
היה זה טים שנכנס. פניו הביעו עצב: "הם ממש ברברים," אמר,
"הדפנו אותם לעבר היער. כל מי שרכב על האנפות ברח לכפר, השאר
נמצאים ביער."

"מה עם אנשי הכפר?" שאל מנר.

"רוב החיילים נמצאים כרגע בכפר, עוזרים בכל דרך אפשרית."

"יש הרבה משפחות שאיבדו את יקיריהן." אמרה ניבה.

מנר שאף מהמקטרת והרהר. הוא חשב שיוכל לעבור דרך החלון
השלישי כדי לנסות ולאתר את החלון שני, אך הכול חזר לקדמותו.
הוא לא יכול להשאיר כך את הכפר. "היכן אופליה?" שאל פתאום.

"במרפאה, עוזרת עם הפצועים," ענתה נמי.

"אגש אליה יותר מאוחר," אמר מנר, "כרגע, תר, עליך להישאר בכיפה
העגולה ולא לעזוב את המקום. ניבה ולין, יש לשתיכן עבודה רבה.
ארגנו את החיילים כדי שיהיו מוכנים להתקפה נוספת. ננסה להרגיע
את אנשי הכפר, ואחר כך נשב ונחשוב איך לפעול."

מנר סיים לדבר, תר הנהן בראשו כמבין ויצא החוצה כשניבה ולין
אחריו. נמי הביטה במנר. "אני מציע שתיגשי למרפאה עם יון, שם
יטפלו בו. ונסו להרגיע את הדלנאים," אמר מנר.

נמי סימנה ליון שיבוא אחריה, ושניהם יצאו מהכיפה העגולה.

מנר ניגש למשרד, הוציא מהארון פלסטיק כחול ועליו כפתור מניקל
וניגש לטים. "כעת אתה מופקד על הכניסה לכיפה העגולה. קח לך
כיסא ושב מול הדלת."

מנר נתן לטים את הפלסטיק הכחול ואמר: "הדבר הזה מסוכן מאוד,
הוא קטלני יותר מאקדח. אם מישהו שלא צריך להיות כאן ינסה להיכנס
לכיפה, אתה מכוון את זה למרכז גופו ולוחץ על הכפתור, תוך שנייה

הוא מתפחם," מנר סיים לדבר והדליק את המקטרת שבינתיים כבתה.

טים הביט בפלסטיק שנבלע בכף ידו הגדולה ונזכר ביום שבו ניבה ולין עמדו מתחת לעץ שעליו התחבא. הוא זכר שהחזיק בידו, למספר שניות, פלסטיק דומה עד שמנר הכריע אותו בכוחו המסתורי. "הפעם האחרונה שהחזקתי בפלסטיק כזה היתה ביום שבו התראינו לראשונה," העיר טים. מנר הנהן בראשו וחייך.

טים ניגש למשרד, לקח כיסא וגרר אותו לעבר דלת הכניסה. הוא הספיק לראות שמנר נכנס לחדר השני והסיק שהוא ירד לחדר המציאות.

***

במשך דקות ארוכות שוטט מנר מעל ערי ישראל. הוא עמד מעל דוכנים ועבר מעיתון לעיתון. משלא מצא כלום, המשיך וריחף להנאתו מעל לשובר הגלים. מנר עצם את עיניו ופקח אותן שוב, הפעם עמד על הבמה הקטנה שבחדר המציאות. הדמות ריחפה באולם הגדול. מנר לא התייחס אליה ויצא מחדר המציאות.

המחשבות שבראשו לא פסקו. "און הבוגדני. במשך כל השנים שחי איתם ניסה לכרסם בשלוות הכפר ובשליטתו של מנר, וגנב כמה מהספרים העתיקים. איך הוא הגיע אליהם?" הרהר. "הרי מעולם לא אישרתי לאיש להיכנס לכיפה העגולה. הפעם היחידה שמישהו נכנס לכיפה העגולה היתה כמה ימים אחרי שמה דלנאים עברו את החלון הראשון." הדלנאים המבוגרים נכנסו ותרו אחר החדרים עד שהכריז שאינו מרשה לאיש להיכנס.

כשעלה במדרגות הרגיש שהעייפות מתפשטת בגופו הכואב. פצעי הירי כבר הגלידו מזמן, וזאת הודות לאבקת הפלא שרק פרנסיס ואופליה ידעו להכינה.

הוא נכנס לחדרו, נשכב על המזרן הרך ונרדם מיד.

***

לא הרחק משם, במעבה היער, ישבו באותו הזמן און וכחמישים מחייליו. הם היו מרוצים מההתקפה שהנחיתו על הכפר. לחלק גדול מחייליו של און היו אנפות. הוא הורה לכל חייל שברשותו אנפה שיחזור לכפר ויגן עליו.

התכנית נרקמה במוחו כשהתחילו לעצור את חייליו. בתכניתו היו כמה שלבים. בתחילה שלח שניים מקציניו לכפר כדי שיסגירו את עצמם. הוא סיפר להם בפרטי פרטים את שלבי תכניתו. און ידע שמנר לא יוכל להחזיק את כל חייליו במעצר ומתישהו יצטרך לשחררם. כשהשניים הסגירו עצמם, הם הוכנסו לאולם שבו היו כל העצירים. הם העבירו את השמועה בין הקצינים ובין חלק קטן מהחיילים, רק על אלו שסמכו עליהם, וכך היה עד הרגע ששוחררו.

מאחר שתר השאיר תריסר חיילים בקצה הכפר, חייליו של מנר עמדו מול כמאתיים חיילים שנלקחו בשבי, כשנשקיהם שלופים.

און הצליח בדרכים עקלקלות להגיע לכפרו, התקבל בתשואות שמחה על-ידי תושבי הכפר שבמשך דקות ארוכות הריעו לו. הוא לא בזבז זמן רב, הוא רצה להכות בברזל בעודו חם, וזה היה בעוכריו. כשנכנס למשרדו והתיישב על הכורסה עשרות הקצינים שהיו במשרדו מחאו לו כפיים, כך הביעו את רצונם להמשיך ולהיות חלק מהצבא. ארבעה קצינים בכירים, שהיו מקורבים אליו וישבו במעצר עם שאר החיילים, חיכו בשקט. הארבעה ניסו שלא להתבלט. מאחר שלא כל החיילים הכירו אותם ומעטים ידעו שהם חיילים בכירים בצבאו של און, הניחו רבים שהם חיילים זוטרים, לכן הם שוחררו מהמעצר בין הראשונים. מיד לאחר שהשתחררו חילקו בין החיילים את הנשק, הכינו את הצבא ללחימה ונערכו לקרב הבא.

און הוציא שקית טבק ממגירתו, מילא את המקטרת והדליק אותה. און הביט בקצינים שהיו בחדר כשחיוך מצמרר על פניו, "למי שלא היה איתנו ביער, אני רוצה לומר שההתקפה על הצבא של מנר הצליחה. אנחנו לא נעצור עד שהכפר יהיה בידינו ונהרוג את מנר או שהוא ייעלם מעצמו..."

פתאום נשמעו דפיקות קלות. כולם הסתובבו לעבר הדלת. אחד הקצינים ניגש ופתח אותה. בכניסה עמד חייל צעיר ובידו מעטפה. הוא הגיש אותה לקצין שלקח את המעטפה והעבירה לאון.

און נשען הכורסה ופתח את המעטפה. הוא הרהר במשך כמה שניות. "אלו המספרים המדויקים של ההרוגים והפצועים שלנו," אמר בעצב, והשליך את המכתב על השולחן, "איבדנו הרבה חיילים, שלושים במספר."

און שתק לרגע ועישן מהמקטרת: "כרגע זו לא הבעיה. לדעתי, מנר ינסה לתקוף אותנו ולכבוש מחדש את הכפר. אנחנו צריכים להיערך להתקפה."

במשך שעה ישבו און וקציניו ותכננו כיצד להגן על הכפר ועל האזורים סביבו.

מבחוץ נשמעו צעקות וקריאות נגד. און סימן לאחד הקצינים שיצא ושיבדוק מה קורה שם. הקצין מיהר לצאת. און וקציניו המשיכו בישיבה, אך הקצין שיצא נכנס כרוח סערה למשרד, כשפניו מביעות כעס. "בחוץ ישנה הפגנה לא קטנה שמתנגדת להמשך הלחימה. איך אתה רוצה שנפעל?" הוא שאל את און.

און התרומם מכיסאו ויצא החוצה כשכל הקצינים אחריו. בחוץ עמדו עשרות דלנאיות עם ילדיהם כשבידיהם שלטים שעליהם נכתב: "שקט ושלווה", "אין צורך יותר במלחמה". שלט אחר שבו החזיקו כמה דלנאיות משך את עיניו, על השלט נכתב: "בחירות חדשות להנהגת הכפר".

און זעם וכעס. הוא הצביע על השלט, החייל ניגש וניסה לחטוף את השלט, אך הדלנאיות התנגדו. חייל נוסף ניסה לעזור, ויחד הם דחפו את הדלנאית שהנהיגה את המחאה על הקרקע. אחד הקצינים שעמד מאחורי און מיהר לעברה, עזר לה לקום והטיח אגרוף בפרצופו של החייל שדחף אותה. החייל ההמום מיהר לסגת.

און ירד במדרגות, כשהדלנאיות המפגינות צורחות עליו וקוראות לעברו קריאות תגר. הוא ניגש לקצין ושאל: "נורי, מה זה היה? למה

חבטת בחייל?" עיניו של נורי ברקו בזעם, "זו אשתי. יש לה דעות משלה, אך אין לאיש זכות להרים עליה יד," ענה נורי בכעס.

און הביט סביבו, הוא רואה שקבוצת החיילים המלוכדת שלו מתחילה להיסדק. המחשבה הראשונה שעברה במוחו היתה שעליו להרגיע את המצב לפני שיאבד שליטה. הוא הרים את ידו כלפי מעלה ואמר בקול רם: "ברצוני לומר כמה מילים," אך קולו נבלע בין הקריאות.

אחד הקצינים שלף אקדח וירה שתי יריות לעבר השמים. הדלנאיות צרחו מפחד וסוככו בגופן על ילדיהן. תוך כמה שניות נרגעו הרוחות, וכולם הביטו בקצין.

"ברצוני לומר כמה מילים לכולכם," און הרים את קולו ומסביב נראו עוד דלנאים שהתקרבו למוקד ההתקהלות.

"אני יודע שרבים מכם איבדו את יקיריהם בלחימה הזו," קולו של און נהפך למפויס, "זו לא היתה הבחירה שלנו לצאת למלחמה הזו," און הביט סביבו וראה שהדלנאים אינם מאמינים לדבריו. "כרגע, אנחנו מנסים למצוא דרך להגן על הכפר מפני התקפות נוספות של מנר וחייליו..."

"זה שקר. אתה גרמת לזה," צעקה אחת הדלנאיות, וקריאות בוז נשמעו נגדו.

הקצין שעמד לצדו של און הרים שוב את אקדחו, אך און סימן לו שיעצור. עשרות חיילים הגיעו בריצה. און נעמד ליד הקצין שאחז באקדח ולחש על אוזנו, "תפזרו את ההפגנה הזו, תנהגו בהן בעדינות. יש פה קצינים בכירים שנשותיהם בין המפגינים."

און הסתובב וחזר למשרד. מסביב נשמעו קריאות בוז שלֻוו בצעקות של בני המשפחות שאיבדו את יקירהן.

***

השחר הפציע. רוח קלה פיזרה את שערה של נמי שעמדה מחוץ לכיפה העגולה והביטה בהכנות למלחמה. במשך הלילה, על שטיח שנפרש על הקרקע, הונחו אקדחים מבהיקים אחרי שנוקו וצוחצחו בקפידה.

עשרות מטרים משם בכלוב האנפות הענקי טיפלו באנפות שנפצעו.
ריח הדם של האנפות הפצועות גרם לאי-נוחות בקרב שאר האנפות,
לכן הפרידו החיילים בין הפצועות לבריאות.

נמי הבחינה מרחוק ברם ובסט שהלכו במהירות לעברה. מאז ליל
אמש שהו השניים בבית הוריהם. נמי העדיפה להישאר ליד ניבה ולין.

"הביטו," צעק רם והצביע באצבעו על השמים. נמי הסתובבה לאחור
כשהאנפה הנמיכה עוף ונחתה בקרבתה. על האנפה ישב דלנאי מבוגר.
הוא ירד מהאנפה וניגש לנמי.

"בוקר טוב," הוא בירך אותה. נמי הנהנה בראשה. הדלנאי הוציא
מעטפה חומה מכיס מכנסיו ואמר: "יש לי כאן מכתב מאון, הוא מיועד
למנר. תוכלי לומר לי בבקשה היכן מנר?" הדלנאי הביט לכל עבר.

הוא ראה את כלי הנשק שהונחו על השטיח. רם וסט הגיעו בריצה
ועמדו מתנשפים ליד נמי.

"חכה כאן, אני אקרא לו," אמרה נמי, היא הסתובבה ונכנסה לכיפה
העגולה.

רם וסט הביטו בזר בסקרנות.

"מה יש לדלנאים צעירים כמוכם לעשות כאן בקרבת הכיפה העגולה?"
שאל הזר בסקרנות.

סט הביט בו משועשע, ואילו רם הביט בו בהסתייגות.

"מי אתה?" שאל סט.

הזר גיחך ואמר, "אני בסך הכול שליח. אני רואה שאתם מתכוננים
למתקפה," אמר והצביע על עשרות האקדחים שנחו על השטיח. סט
רצה לענות לו, אך באותו הרגע יצא מנר מהכיפה העגולה כשמאחוריו
נמי, ניבה ולין. מנר ניגש לזר.

הזר הושיט לו את המעטפה: "זה מכתב מאון. הוא ביקש ממני שאתן
לך את המכתב וגם ביקש ממני שאחזור עם תשובה ממך," אמר והוציא
מקטרת מתיק הצד שנתלה על כתפו והדליק אותה. מנר פתח את
המעטפה והתחיל לקרוא את המכתב.

"תרצה לשתות משהו קר?" שאלה נמי את הזר. הוא הביט בה
ממושכות כשחיוך קטן על שפתיו, "אשמח, תודה," ענה. נמי נכנסה
לכיפה העגולה. בינתיים סיים מנר לקרוא את המכתב, הוא הרהר
לרגע ואחר כך פנה לדלנאי המבוגר, "תאמר לאון שאשיב לו תוך
עשרים וארבע שעות."

הזר ניסה לומר משהו, אך המבט של מנר גרם לו לוותר. הוא הסתובב
לעבר האנפה שלו, וכשעמד לעזוב, הגיעה נמי ובידה מגש קטן ועליו
קנקן וכוס מחרס. היא אמרה בחיוך, "אני מציעה שלפני שאתה עוזב,
תשתה משהו."

הזר, שהתיישב כבר על האנפה שלו, התכופף לעברה ומזג לעצמו
כוס יינוק, "מה שמך?" שאל.

"נמי," ענתה בחיוך. "נמי, יש רגעים שכוס יינוק קר וצונן, שהוגש
על-ידי דלנאית יפה, טוב יותר מכל דבר אחר," חייך הזר. נמי הסמיקה
מעט. המחמאה הביכה אותה, "תודה," ענתה."רציתי רק לשאול אותך,
מה הקשר שלך לאון?"

הזר זקף את גבו והביט במנר. ניבה ולין, שנכנסו לכיפה העגולה,
ורם וסט, שעמדו במרחק של כמה מטרים מהם, לא יכלו לשמוע את
שיחתם, ואף-על-פי כן כולם הביטו בהם, "אני אביו," ענה הזר בשקט.
נמי רצתה לומר משהו, אך היא היתה בהלם. הזר הביט בה בשלווה:
"שמי אוגאמון," הוא אמר, צקצק בלשונו, ותוך שניות נעלם כשהוא
עף על האנפה. נמי הסתובבה המומה. רם וסט מיהרו לעברה: "מה
הוא רצה?" שאל סט.

נמי לא ענתה. הידיעה שאביו של און היה כאן גרמה לה להלם. "בואו
ניכנס," אמרה והתקדמה לדלת הכניסה של הכיפה העגולה. "חכי רגע,
מה העניין?" ניסה רם לעצור אותה, אך לא הצליח. נמי נכנסה לכיפה
העגולה ומיהרה למשרדו של מנר. היא פתחה את הדלת בלי לדפוק.

מנר, אופליה, לין, טים וניבה הרימו את עיניהם מהמפה שנפרשה על
השולחן והביטו בה. הם הופתעו לראותה. "את מאוד נסערת," אמר מנר.

נמי הניחה את המגש על השולחן והסתכלה סביב: "שוחחתי עם הזר שנשלח על-ידי און," אמר, "מתברר ששמו אוגאמון." עיניו של מנר נפקחו בתדהמה, פניה של אופליה הרצינו, והיא הביטה בנמי, "את בטוחה, יקירתי שזה שמו של הזר?"

"אני לא מבינה," שברה ניבה את השתיקה ונמי הנהנה בראשה. "מי זה אוגאמון?" שאלה ניבה.

אופליה הביטה במנר, וזה אמר: "שמו המלא הוא פרנק אוגאמון, והוא אביו של און."

"ממה שאני יודעת הוא נשלח לכלא בכוכב ירדל," אמרה אופליה, "וזה שהוא כאן מפליא לא פחות."

"זה אומר שעוד דלנאים עברו דרך החלון הראשון," טים הצטרף לשיחה.

"נראה שהמעבר פתוח," אמרה לין.

מנר התיישב על הכיסא, הדליק את המקטרת והרהר. אופליה ניגשה והתיישבה לידו.

"זה לא טוב," היא לחשה, "פרנק אוגאמון מסוכן יותר מאון ומאחותו נואי. אני לא מבינה, איך היה לו אומץ לבוא לכאן בעצמו?"

מנר הביט בה ושתק. הוא הוציא את המעטפה ששלח און והעביר אותה לאופליה. החבורה התיישבה מסביב לשולחן והביטה בשניהם. אופליה הוציאה את המכתב מהמעטפה. בהתחילה קראה אותו בשקט, וכשסיימה, קראה בקול רם.

מנר,

ברצוני לסיים את המלחמה בינינו; היא לא תורמת לשום צד.

אני מבקש להיות שותף שווה למתרחש בכיפה העגולה. מקווה שתבין שאין הסדר טוב מזה.

און

"חוצפן," סיננה נמי בין שפתיה. כל אחד מהסובבים אמר משפט בגנותו של און.

"חברים יקרים. יש לנו בעיה לא קטנה," אמר מנר ומילא את מקטרתו בטבק. ענני עשן נראו לכל עבר, "כפי ששמעתם, פרנק אוגאמון הוא הרוע בהתגלמותו. הוא ישב זמן רב בכלא. הזמן שקצבו לו היה צריך להספיק לשני גלגולי חיים של דלנאי. משום מה הוא השתחרר ונמצא כאן על הכוכב הזה. מה שאומר שייתכן שעוד דלנאים עברו דרך החלון הראשון." מנר סיים לדבר ושאף מהמקטרת. הוא מזג לעצמו מהיינוק שנמי הביאה ולגם בהנאה.

"איך הוא מסוכן לנו?" שאל סט.

"אני אסביר לכם," ענתה אופליה. "מנר סיפר לי בשבוע האחרון שאון הכין רעלים מסוכנים. הוא המציא רעל שנקרא הריינאוט. אחותו של און, נואי, גם היא מומחית בנושא. מה שאינכם יודעים הוא שאת הידע הזה רכשו שני האחים מהמאסטרו בכבודו ובעצמו, מאביהם פרנק אוגאמון, הדלנאי שבמו ידיו החריב כמעט כפר שלם בכוכב ירדל. העמידו אותו למשפט, והוא נידון למאסר." אופליה סיימה לדבר והביטה במנר, "אני חושבת שזה בערך הכול."

מנר הנהן בראשו. הוא כעס על עצמו שלא הצליח לזהות את השליח. התברר שהוא לא אחר מ"המפלצת", כך קראו לו בכוכב ירדל. עכשיו הוא נמצא עם שני ילדיו הידועים לשמצה. מצב זה מסוכן מאוד לכפר השליו שבו חיו.

"תקרא בבקשה לתר," ביקש מנר מרם. רם מיהר לצאת וחזר כעבור דקה עם תר.

"קראת לי," אמר תר. מנר נראה מודאג.

"אני רוצה שתארגן שומרים שישמרו על הכפר. אל תפסח על שום אזור, שלח שליחים לכל הכפר. שכל אחד יחזיק בכיסו את הכדור האדום ויהיה מוכן לגרוע מכול. שוב אני חוזר ואומר, אני רוצה שמירה מסביב לכל הכפר. חילקת את הנשק החדש?" תר הנהן בראשו.

"עבודה רבה מחכה לך, בהצלחה."

תר, פניו הרציניות מביעות תמיד חוזק ושליטה, נראה כעת כצל. הוא היה מודאג ועיניו העייפות כמו אמרו הכול. "תודה," אמר ויצא למשימה.

"איך נענה על המכתב של און?" שאלה לין.

"הוא ממש חצוף," סיננה נמי.

"אתם יודעים שתשובה שלילית פירושה מלחמה נוספת," אמר רם.

"אם לא תהיה לנו ברירה, זה מה שיהיה," ענה לו סט.

"הביטו," אמר מנר, "און יודע שאין סיכוי שנסכים שיהיה שותף בכיפה העגולה, לכן לבטח הכין את צבאו למלחמה נוספת עוד לפני ששלח את אביו לכאן. אבל כך שעכשיו מצפה להם הפתעה קטנה, לכל אחד מהחיילים שלנו יש נשק חדש ועוצמתי. זו תהיה מלחמה שאין ממנה מנוס, אבל הפעם נכריע אותם. נתקיף את הכפר שלהם כבר הלילה. כולם יישאו נשק, נירה בו מיד, וזו תהיה התשובה שלנו למכתב."

לין ניגשה לשולחן ופרשה עליו מפה חדשה, צבעונית ומפורטת של הכפר שבו שולט און. כל פרט קטן צויר בה, עצים, בתים, שבילים. במשך שעה ארוכה ישבו ותכננו כל פרט בהתקפה.

הלחימה חולקה לשני גלים. בגל הראשון, החיילים יגיעו לכלובי האנפות של און, ישחררו אותן וימנעו מצבאו של און את השימוש בהן. קומץ חיילים ינפץ את פנסי הרחוב הגדולים וכך יחשיכו את כל הכפר. לגל השני תפקיד קשה יותר. עליהם יהיה לתפוס את כל מי שנושא נשק ולהשתדל שלא לפגוע בחפים מפשע. את השעות האחרונות שלפני ההתקפה הם העבירו בתכנונים ובפירוט המשימות עד לדרגים הנמוכים.

אופליה שעד עכשיו נמנעה מלהשתתף בפרטי ההתקפה, נעמדה ליד המפה והצביעה על כיכר הכפר. שם פגשה לראשונה את הדלנאים הצעירים שנשבו על-ידי און וקציניו: "אני אגיע לשם, תאמר לחייליך שלא יתקרבו לאזור הזה," ביקשה ממנר.

ניבה ולין מחו: "זה מסוכן, איך תסתדרי מול כל כך הרבה דלנאים?" שאלה לין.

"אהיה בסדר, יקירתי," ענתה אופליה, "כעת כשאני חושבת על מה שדיברנו קודם לכן," אופליה פנתה למנר, "כדאי שנעביר את כל הדלנאים ליער, כך יהיה לנו קל יותר לשמור עליהם." אופליה הביטה במנר וחיכתה למוצא פיו.

מנר שאף מהמקטרת והפריח ענן עשן קטן. הוא כיווץ את שפתיו, ובידו השנייה ליטף את סנטרו הארוך, "אני חושב שאין לנו ברירה. הפתרון הטוב ביותר הוא שניבה..." מנר הפנה מבטו אליה, "את תאספי את הקצינים. יש לכם ארבע שעות להעביר את כולם ליער. קחי אותם כמה שיותר קרוב לנחל האבדון, ופרסי שם כמה עשרות חיילים עם חצים וקשתות. השאר יישארו עם לין. בדרכך החוצה הזכירי לתר שעליו להישאר עד לסוף הקרב ליד הכיפה העגולה ולא לזוז ממנה."

ניבה הנהנה בראשה וסימנה ללין. השתיים הסתודדו בפינת החדר כמה דקות ואחר כך ניבה ניגשה לשולחן ושאלה, "זה אומר שבמשך כל הלחימה אהיה ליד נחל האבדון? אולי כדאי שאחד הקצינים יפקד במקומי על השמירה שם ואני אוכל להצטרף...?"

"לא בא בחשבון," קטע אותה מנר, "אני צריך שהדלנאים יהיו רגועים. יש לי הרגשה טובה שאת תעשי את זה טוב יותר מכל אחד אחר."

ניבה הביטה סביבה. כל הנוכחים בחדר - רם וסט, לין ונמי, טים ויון, וכמובן אופליה ומנר, חייכו בחיבה. המשפט האחרון היה מחמאה: מנר החמיא ליחסי האנוש של ניבה. פעמים רבות הגיעו דלנאים לביתה עם בעיות שונות, וניבה, שהיתה סבלנית, ישבה והקשיבה לכולם ואף ניסתה לעזור להם לפתור את הבעיות. ניבה כיווצה את שפתיה והסמיקה מעט: "אני חושבת שכדאי שאמהר. זו אינה משימה קלה, לשלוף את כל הדלנאים מבתיהם ולהעבירם ליער. "אני אעזור לך," אמרה לין. היא אחזה בזרועה, ושתיהן יצאו החוצה.

"יון, טים, רם וסט, אתם תשארו כאן בתוך הכיפה העגולה. תפקידכם

למנוע את הכניסה לכיפה," אמר מנר והוציא מהמגירה ארבעה פלסטיקים כחולים. הוא הושיט לכל אחד מהם את הנשק החדש. "כדאי שתצאו החוצה ותתאמנו על הנשק הזה. לא רחוק מכאן יש עצי תמר גבוהים, שם תוכלו לנסות את הנשק."

הארבעה לקחו את הנשק מהשולחן ומיהרו לצאת כשהם מותירים את מנר ואופליה לבדם. כשהגיעו לעצי התמר, עצר אותם סט. "אני היחיד שירה בנשק הזה," אמר וסיפר להם על אותו לילה שבו שיחקו בליל הפנסים. צמרמורת קלה עברה בגופו כשסיפר על השועל שקפץ לעברם ונהפך, תוך שנייה, לכדור אש ענקי. "כשלא רוצים להשתמש בנשק כדאי לסגור את הנצרה," סט הוציא את הפלסטיק מכיסו והראה להם את הנצרה הקטנה שהיתה בבסיס הנשק למטה. הוא שחרר את הנצרה וכיוון את הפלסטיק לעבר אחד העצים. "מוכנים?" שאל.

שלושתם הביטו בו כשהם מתוחים ומסוקרנים. סט לחץ על הכפתור. לא נשמע קול וגם ידו לא נהדפה לאחור מההדף. אחרי שנייה התחיל עץ התמר לבעור. החום העז גרם להם להתרחק מעט לאחור. "וואו," לחש יון בהפתעה. גם רם וטים היו המומים. טים שחרר את הנצרה וכיוון לאחד העצים שהיה במרחק של עשרים מטרים ממנו. הוא לחץ על הכפתור. גם העץ השני בער.

"זה מספיק," קרא סט וניגש לטים, הוא לקח מידו את הנשק וסגר את הנצרה. רם ויון הזדרזו וסגרו גם הם את הנצרה שבנשקיהם. טים סובב את הנשק בכף ידו והביט בגודלו הקטן. הנשק הנורא הזה נבלע בכף ידו הגדולה. "איך זה ייתכן," מלמל, "מה בדיוק... ואיך?" הגמגום שיצא מפיו נשמע מבולבל. היחידי שהיה במצב רוח מרומם היה סט. "אין לי מושג איך זה עובד." הוא סיפר להם על האימון שעשה עם מנר: "התאמנתי בקונג'ו. אם לחיילים שלנו יהיה נשק כזה לא נצטרך לדאוג," צהל סט. מסביב רצו לקראתם חיילים כשתר בראשם.

"מה קורה פה?" שאל תר בכעס.

"מנר ביקש מאיתנו שנתאמן על הנשק החדש," הסביר סט.

"אנחנו אוכלים מהעצים האלה. למה להתאמן עליהם?" תר התקשה לשלוט בכעסו.

"זו היתה הוראה של מנר," השיב סט.

"אני חושב שהתאמנו מספיק," אמר טים בשקט.

החיילים ניסו לכבות את השרפה בעזרת מים. תר כיווץ את שפתיו, הסתובב וחזר לכיפה העגולה. תר ועשרה מחייליו חזרו כעבור כמה דקות ובידיהם גרזנים גדולים וחבל ארוך. הם ניגשו לעץ, ניסו להפילו, וכך למנוע מהאש להתפשט ביער כולו. תר קשר חבל לאחד העצים. שניים מהחיילים הכו בכל כוחם בעץ ושאר החיילים משכו את החבל לכיוון השני, הרחק מהעצים הבוערים. במשך שעה ארוכה עמלו עד שהצליחו להפיל את העץ. תר חילק את החיילים. חלק מהם הכינו שקים קטנים של חול ושאר שפכו מים וחול על האש, כך חצצו בין העצים הבוערים לשאר העצים.

סט, רם, טים ויון הרגישו שלא בנוח כשראו את החיילים עובדים במרץ. סט סימן להם שיחזרו לכיפה. הוא ניגש לתר, "אנחנו מצטערים, לא הבאנו בחשבון שדבר כזה יכול לקרות."

"זה בסדר," קטע אותו תר, "תחזרו לכיפה העגולה, אנחנו נסתדר," אמר ומיהר לעזור לחייליו לכבות את האש.

פרק 61

מלחמה

השעה היתה אחת-עשרה בלילה. האוויר היה קריר וגשם קל התחיל לטפטף, אך זה לא הפריע לאופליה ולמנר. הם צעדו בשביל המוביל לכיכר הכפר. הם רצו לעשות את הדרך על אנפות, אך מנר שעדיין התרגש מהופעתה של אופליה, רצה לנצל את הזמן עד לתחילת המלחמה, לדבר איתה ולהשלים מעט מהפערים מאותה פרידה ממושכת.

אופליה שאלה את מנר על החלון השלישי, והוא שחש שהיא מעוניינת לעבור במעבר, ניסה בתחילה לענות בקצרה, אך מאחר שהיא לא הפסיקה לשאול שאלות, התרצה וענה עליהן.

"איך אתה יכול לצפות מדלנאי צעיר שנמצא בביתם של בני האדם למצוא את החלון השני?" שאלה אופליה. מנר ליטף את סנטרו והרהר מעט, "נל קלר הגיע להישגים רבים בלימודיו ובין חבריו. את זוכרת שסיפרתי לך על המשחק הזה, ליל הפנסים?" אופליה הנהנה בראשה.

"לאחרשנל עבר דרך החלון השלישי, התחלתי לחקור עליו קצת. הוא היה תלמיד מצטיין, מקובל מאוד על חבריו, ובמשחק היה ראש הבית של קבוצת חולית. שוחחתי איתו לפני שעבר והתרשמתי ממנו לטובה. הוא חכם ובוגר מאוד, וכבר בשיחה הראשונה שלנו, הרגשתי שאני יכול לדבר איתו בגילוי לב. חבל רק שמיהר ולא חיכה שאכין אותו למעבר," מנר סיים לדבר, ושניהם הביטו בפנסי הרחוב שכבו בזה אחרי זה. מסביב נראו עשרות דלנאים שהלכו לכיוון היער ובידם לפידים.

"אתה יודע מה אני רוצה לבקש ממך? תחשוב מעט לפני שאתה עונה לי," אופליה הביטה בו והבחינה בחיוך קטן שהופיע על פניו. "אני יודעת שרצית בעצמך לעבור דרך החלון השלישי, אך זקוקים

לך כאן," היא נעמדה והביטה בגבו המתרחק. מנר הסתובב כשחיוך
מלא הפעם על פניו, "טוב, אתן לך לעבור, אך לפני כן נצטרך לשבת
ולמצוא דרך שבה נוכל לתקשר בינינו."

אופליה חייכה בשלווה: "אני מבטיחה לך שהחלון השני יחזור אלינו
במהירות," ענתה בשובבות. מנר חייך והביט בשעונו. "נותרו לנו
שלושים דקות עד להתקפה. אני מקווה שהיום נסיים את הנושא הזה
אחת ולתמיד."

"היכן תהיה?"

"בקרבת הכיכר. הבית של און נמצא שם. אני רוצה לראות את הספרים
שאון גנב מהספרייה העתיקה שלנו."

לין התקרבה בריצה כשבידה פנס גדול. היא התנשפה מעט ואמרה,
"העברנו כמעט את כל תושבי הכפר ליער הגדול. אני מאמינה שתוך
חצי שעה כולם כבר יהיו שם."

"יופי," אמר מנר, "ועשו בדיוק כדבריי, קרוב ככל האפשר לנחל אבדון!"
לין הנהנה בראשה. היא נפרדה מהם ומיהרה לקבוצת חיילים שעמדה
לא הרחק מהם עם אנפות.

"כדאי שנחזור," אמר מנר ושניהם חזרו על עקבותיהם.

"החלון השלישי. סוף-סוף. אני שמחה שהחלטת לאפשר לי לעבור,
מנר."מנר הנהן בראשו.

***

מחוץ לכיפה העגולה נראו החיילים הרבים שהתכוננו לצאת לקרב.
כמאתיים אנפות עמדו לא הרחק משם, עשרות חיילים החזיקו בהן
ולא שחררו אותן.

תר ניגש למנר ואמר, "הכנתי לך את בינקי," הוא הצביע לעבר
האנפה הלבנה שעמדה לבדה. מנר הודה לו. הוא התקדם לעבר בינקי,
ופתאום הסתובב והביט באחותו. אופליה ניגשה אליו, "אל תדאג, אהיה
בסדר," לחשה לו.

מנר הביט בשעונו, נותרו חמש דקות עד להתקפה. הוא צקצק בלשונו
ובינקי התכופפה. מנר עלה על גבה הרך וליטף את צווארה. בינקי,
שאהבה את המגע שלו, ניקרה בעדינות את קצות אצבעותיו.

החיילים שמסביב עלו גם הם על האנפות. מנר הדליק את מקטרתו
ושאף בהנאה. הדקות עברו בעצלתיים. מנר הביט שוב בשעון. השעה
היתה חצות. הוא סימן לתר שהנהן בראשו כמבין. תר הרים את ידו
הימנית שאחזה באקדח, וירה זיקוק ירוק לשמים. הזיקוק הגיע לגובה
רב ואחר כך התפוצץ לאלפי רסיסים. לשניות בודדות הוארו השמים
בצבע ירוק ולאט-לאט חזר החושך לאזור. עשרות אנפות פרשו את
כנפיהן והתעופפו גבוה כשעל גבן חיילים חמושים.

לפי התכנית של מנר חולקו החיילים לשלוש קבוצות. כל אחת מהן
מוקמה במקום אחר בכפר. לאחר שנורה הזיקוק, התעופפו שתי
קבוצות לשמים. לכל אחת מהקבוצות היה ממונה קצין, ועל שלושת
הקצינים פיקדה לין.

מנר חיכה כמה דקות ואחר כך צקצק בלשונו. בינקי עפה לכפרו
של און. כשהיה על גבה של האנפה הביט מנר בכפר של און. הבזקים
של ירי נורו מכל עבר. המלחמה התחילה. מנר איגף בקשת רחבה
וכך הגיע לכפר שהיה שרוי בעלטה. פה ושם נראו דלנאים עם פנסים
גדולים רצים לכל עבר, מנסים לברוח מהמלחמה שנכפתה עליהם.

מנר נחת במרכז הכפר, ליד ביתו של און. הוא ירד מגבה של בינקי
לאדמה החולית. בינקי פרשה כנפיים ונעלמה בחשכה. האזור היה
שקט. מנר התקדם לביתו של און. החושך היה כמעט מוחלט, בקושי
אפשר היה לראות משהו. מנר הדליק את הפנס שהוציא מכיסו והלך
בשביל המוביל לבית. דלת העץ חרקה מעט. הוא נעצר והביט סביבו.
חוש שישי הזהיר אותו מסכנה ממשית שמאיימת על חייו. הוא כיוון
את הפנס לעבר הכניסה. בתחילה לא זיהה את הדמויות שעמדו שם.
כשהתקרב הופתע לראות את שלושתם, את און, אחותו נואי ואביו,
פרנק אוגאמון, כשהם מביטים בו בשלווה. החיוך שחייך פרנק גרם
למנר להבין שהם מרגישים בטוחים.

"יש משהו שהם יודעים, ואני לא," הרהר מנר.

"דלטון מנר בכבודו ובעצמו," אמר פרנק, "מה מביא אותך אלינו?" מנר הביט בשלושתם. הוא שמע צעדים מתקרבים. מנר העביר את הפנס לשמאלו. עשרה חיילים עמדו שם כשהם מכוונים אליו את אקדחיהם. מימינו נראו חיילים במספר דומה.

"יחסי הכוחות השתנו מן הסתם, נכון?" גיחך און.

נואי הביטה במנר. הוא יכול היה לראות על פניה שנאה עזה המהולה בשמחה. מנר חשב מהם סיכוייו לצאת מהפח שטמנו לו און ומשפחתו.

פרנק אוגאמון ירד במדרגות וצעד לעבר מנר. הוא נעמד במרחק של שני מטרים ממנו: "אתה יודע, זו תהיה הנקמה המתוקה שלי, אחרי מה שעברתי עם אחיך פרנסיס," לחש פרנק למנר בזעם. מנר חייך לרגע, "על איזו נקמה אתה מדבר?" הוא ניסה להרוויח זמן.

פרנק לא ענה, הוא הלך לאחור ונעמד על שפת המדרגות. חלק מהחיילים הוציאו את הפנסים והאירו על מנר. לא הרחק מהם נשמעו מטחי ירי כבדים. החיילים, שעמדו משני צדדיו של מנר, דרכו את נשקיהם.

"יש לי רק שאלה אחת, איך ידעתם על המתקפה?" שאל מנר.

און גיחך בשקט, "את זאת לעולם לא תדע."

מנר כיבה את הפנס והחזירו לכיס מכנסיו. הוא יכול היה לשמוע את נשימותיהם של החיילים. הם חששו מאוד. "יש להם באמת ממה לחשוש," חשב מנר. הוא עצם את עיניו והושיט את שתי ידיו לצדדים. בדיוק באותו רגע נשמע קולו של און, "תירו בו."

חלקם הצליח ללחוץ על ההדק. רעש היריות המחריד שנשמע גבר על צעקותיהם של החיילים שעפו לכל עבר. אלה שלא נפגעו נמלטו בריצה. הכדורים היו קרובים, אך הם החטיאו את מנר. הוא התכופף על ברכיו, הוציא שוב את הפנס מכיס מכנסיו והאיר את המדרגות.

און, נואי ופרנק נעלמו. הוא האיר את האזור, על הרצפה החולית נחו בשלווה גופות החיילים. מנר הבחין בתנועה קלה. אחד מהם,

שנשאר חי, הזיז את ידו מעט וניסה לקום. מנר עקב אחר ניסיונותיו הכושלים. הוא האיר את האזור שמסביב. הכול היה שקט. מנר קם ממקומו וניגש לחייל הפצוע. הוא האיר עליו בפנסו. החייל הביט בו והתחיל לחרחר. מנר התכופף לעברו, הוא אחז בידו בעדינות. החייל חרחר מעט וניסה לומר משהו, אך נכשל ולבו נדם. הוא הניח את ידו של החייל על חזהו והביט בו למשך כמה שניות. המחשבה על הדלנאים הרבים שקיפחו את חייהם עבור מטרותיו האנוכיות של און הכעיסה אותו. הוא סרק את הבית. החלונות והתריסים היו מוגפים, כך שאי-אפשר היה לראות מה קורה בפנים.

בחצר הבית הסמוך נשמעו צעדים של דלנאים שרצו לעבר החצר האחורית. חלקם החזיקו בפנסים קטנים. הוא שמע את האמהות הנסערות שהחזיקו את הדלנאים הצעירים לצדן. מאחוריו נשמעו פסיעות קלות. מנר כיבה את הפנס והסתובב באטיות. לא הרחק ממנו, במרחק של עשרים מטרים, התקרבו אליו כמה דמויות. הוא לא יכול היה לזהותן בחושך.

מנר נעמד מאחורי העץ שבגינה. הוא הבחין בפנסים שנדלקו וזיהה את אחד החיילים. היה זה אחד השומרים ששמרו על הכיפה העגולה, שמו היה ויל ומסביבו עמדו חייליו של און. הם האירו על גופות החיילים ודיברו ביניהם.

"עכשיו הבנתי, יש בינינו בוגד," מלמל מנר בלחש. חיילים נוספים הגיעו והאירו לכל עבר. מנר התחבא מאחורי גזע העץ הרחב. הוא חיכה כמה דקות עד שחייליו של און הלכו, ואחר כך יצא ממחבואו. "כך הם ידעו על התכנית שלי," מלמל שוב.

הוא רצה לספר לתר שוויל הוא הבוגד. השאלה מדוע ויל עבר צד ובגד בו הטרידה אותו, אך מנר החליט שלא להתעסק בה כעת. הוא צקצק בלשונו, חיכה כמה שניות וצקצק שוב. מעליו נשמע משק כנפיים ובינקי נחתה ונעמדה לידו. מנר עלה על גבה ותוך שניות התעופפו לגובה רב.

און, נואי ופרנק ידעו על תכניתו, ויש סיכוי סביר שוויל סיפר להם היכן נמצאים השומרים בכיפה העגולה וכמה הם מונים. מנר כיוון את בינקי לעבר הכיפה העגולה. בדרך ראה חלק מחייליו על אנפות, עפים גם הם לעבר הכפר.

אחד הקצינים זיהה את מנר וסימן לו שהכול בסדר. מנר סימן להם שיעופו אחריו. כשהגיעו לכיפה העגולה, לפני שנחתו, שם לב לשקט שמסביב. בינקי נחתה על הקרקע והאנפות אחוריה. מנר ירד מגבה והביט לאחור. תריסר חייליו עמדו שם וחיכו לדבריו.

"הקיפו את הכיפה העגולה," פקד מנר על הקצין, "עשו זאת בשקט."

הקצין מיהר לחייליו, הוא חילק אותם לשלוש קבוצות, ואמר לכל קבוצה מהו המקום שבו היא צריכה להיות.

מנר התקרב לכניסה. על הרצפה היו גופותיהם של חיילים משני המחנות. שני השומרים שהיו אמורים לשמור על הכניסה נעלמו. גם תר. מנר ניגש לדלת ופתח אותה באטיות. האור בפנים דלק. מנר נכנס פנימה.

"זה בסדר, זה מנר," נשמע קולו של תר שיצא מאחד החדרים שבו הסתתר.

סט ורם יצאו אף הם. שלושתם אחזו נשק בידיהם.

"מה קרה כאן? היכן שאר השומרים?" שאל מנר.

"כמה דקות אחרי שעזבת הגיעו לכאן חייליו של און. הם תקפו אותנו. הם ידעו היכן השומרים ממוקמים. רובם נהרגו, את השאר שלחנו מכאן. החלטתי שהמיקום הטוב ביותר לשמור ממנו על הכיפה העגולה במצב כוחות כזה יהיה מבפנים, מתוך הכיפה," ענה תר.

מנר שתק והרהר לכמה שניות, "יפה עשית. והיכן יון?" שאל.

תר הביט ברם שזרועו נחבשה בתחבושת. רם הביט במנר, "רם ויון היו בחצר האחורית. הם סיירו שם כשהתקפה התחילה. יון ורם נפצעו קלות. שני חיילים השתלטו על יון ולקחו אותו איתם. זו היתה לחימה רצינית. הרגנו להם עשרה חיילים. לנו נהרגו שלושה."

התחבושת של רם היתה ספוגה בדם. מנר הסתובב ויצא החוצה. הוא קרא לקצין שהתקרב אליו בריצה, "אתה וחייליך תישארו כאן בחוץ ותשמרו על הכיפה העגולה. בכל מחיר, אני חוזר, בכל מחיר." פקד מנר.

הקצין הצדיע והנהן בראשו. מנר נכנס לכיפה העגולה וסגר את הדלת. סט, רם ותר עמדו וחיכו.

"צריך להגיע לכפר של און ולראות מה קורה שם," אמר מנר לתר.

"אני אלך," התנדב תר והתקדם לעבר הדלת.

"חכה, אבוא איתך," אמר סט.

"חכו כאן," עצר אותם מנר, "היכן טים?"

"טים ביקש מבני להצטרף לקבוצה שתקפה את הכפר של און. לא הסכמתי לכך, אך הוא התעקש שהוא רוצה לעזור, לכן שלחתי אותו עם אחד החיילים. נתתי להם שתי אנפות, והם עפו לכיוון היער, למקום שבו שוהים תושבי הכפר. הוא יעזור להגן עליהם," השיב תר.

מנר לא היה מרוצה, "זוהי החלטה שגויה," אמר.

תר השפיל את מבטו וניסה להסביר: "טים הוא ירדל חביב. הוא היה עצוב שלא יכול היה לעזור. רציתי לתת לו הרגשה שהוא שייך."

"אני מבין שרצית לתת לו הרגשה טובה, אך כשיצא הוא הותיר את הכיפה העגולה בסכנה," קולו של מנר נשמע כנוזף: "חוץ מזה, אחד מהשומרים שלך בגד בנו," אמר מנר וסיפר להם על התקרית עם משפחתו של און וכיצד ראה שוויל היה בין החיילים של און שבדקו את גופותיהם של החיילים שהרג. תר הופתע: "משפחתו גרה כאן. למה שיעשה זאת?" מלמל תר כלא מבין.

"את זאת נשאיר לאחר כך..."

רעש ירי כבד נשמע מחוץ לכיפה העגולה. תר הסתובב ופתח מעט את הדלת. הכדורים חבטו בדלת העץ הכבדה, והוא מיהר לסגור אותה. מנר ניגש לדלת וסגר אותה עם המפתח שהיה בדרך קבע בדלת.

"שניכם," אמר מנר והצביע על סט ורם, "הישארו לשמור כאן: לכאן אף אחד לא נכנס. ואתה - בוא איתי," מנר אחז בזרועו של תר ומשך אותו אחריו.

תושבי הכפר ידעו שישנה רק כניסה ויציאה אחת לכיפה העגולה, וכך גם תר שהופתע שמנר סחב אותו הרחק מהדלת. מנר התקדם במהירות לחדרו, פתח את הדלת והביט בתקרת האבן. תר התבונן גם הוא. התקרה היתה גבוהה, גובהה היה כשני מטרים ולא היה בה סימן לפתח נוסף.

שוב נשמעו היריות מבחוץ. דלת העץ ספגה את הכדורים. תר הביט לאחור. סט ורם עמדו עם כלי הנשק החדשים כשהם מכוונים אותם לעבר הדלת.

מנר הוציא מקש קטן ואדום מפלסטיק ולחץ על הכפתור. לשנייה נדמה שדבר לא קורה. פתאום החלו לרקד חלקים מן התקרה, וענני אבק כיסו את החדר. תר כיסה את עיניו בידיו. הוא חיכה כמה שניות ואז הביט למעלה. במרכז התקרה נפער פתח מלבני שאורכו כמטר ורוחבו דומה.

"קדימה," אמר מנר.

הם משכו את השולחן מתחת לפתח שנפער בתקרה. מנר סימן לתר על הארונית, ויחד הם הרימו את הארונית הגבוהה והניחו אותה על השולחן. מנר טיפס בזריזות שלא ביישה דלנאי צעיר על השולחן, ומשם על הארונית ויצא החוצה. תר טיפס גם הוא על הארונית ויצא.

שניהם ישבו על הגג. מנר לחץ על המקש והתקרה נסגרה. הירי הכבד על הכיפה העגולה נמשך. פה ושם נראו הבזקי הירי שירו חייליו של מנר. און וחייליו כיוונו את הירי לעבר הכניסה של הכיפה העגולה.

"תראה שם," לחש מנר לתר, "החיילים שלנו מסתתרים מאחורי העצים. תגיע אליהם בזהירות, ותעזור להם," הוא פקד עליו. תר הנהן והתחיל לזחול לקצה הגג. פתאום הסתובב תר: "רגע, מה אתה מתכוון לעשות?" שאל את מנר בסקרנות. מנר חייך ולא ענה. תר הביט בו לשנייה ומיד הבין, "בהצלחה," אמר ונעלם בחושך.

מנר הביט סביבו, שוכב על הגג התחתון. מעליו ניצבה בגאווה של כאלף שנים תקרת הגג הגבוהה, צורתה ככיפה עגולה. הוא המשיך

לשכב כך במשך דקות ארוכות, ולפי הבזקי הירי על-רקע הלילה החשוך זיהה ולמד את מקורות הירי. כשסיים ירד מצדו הדרומי של הגג. הזחילה היתה קשה מאוד, ומעליו שרקו כדורים תועים. כשהגיע לקצה הגג קפץ ממנו והתרחק. רק כשהיה רחוק מספיק צקצק בלשונו כמה פעמים. מהעלטה הופיעה בינקי ונחתה במרחק מטרים ספורים ממנו. מנר עלה על גבה ובינקי התעופפה. הוא כיוון אותה שתעוף סביב. כשהיו מאתיים מטרים מעל הקרקע סימן לה מנר לנחות כמה מטרים מאון וחייליו. הוא ירד מגבה וסימן לבינקי שתעוף.

חייליו של און צלפו לכל עבר. הרעש היה מחריד. מנר התקדם בזהירות רבה, נזהר שלא לדרוך על ענפים יבשים. כעת היה במרחק של מטרים ספורים מאון ומחייליו. הוא הבחין בעץ בעל גזע עבה במיוחד ומיהר להסתתר מאחוריו. אחד מחייליו של און זיהה אותו, צרח "מנר כאן!" והתחיל לירות לכיוון הגזע כשחבריו מצטרפים מיד. מנר נשאר צמוד לגזע העץ, הכדורים כמעט שפגעו בו, אך הגזע הענקי ספג אותם.

תר ושאר החיילים הבחינו שהיריות לכיוונם פסקו ושאון וחייליו יורים לכיוון השני, ולכן התקדמו לעברם. שלושים מטרים מהם סימן תר שישכבו על הקרקע וישלפו את נשקם. הם הביטו בו וחיכו לסימן. תר סימן בראשו כשהרגיש בטוח ולחש, "עכשיו."

שום רחש לא נשמע מהנשק החדש, אך העצים התחילו לבעור. אחד מחייליו של און שנהפך בעצמו ללפיד בוער רץ וצרח עד שנפל על הקרקע.

מבעד לעצים נשמעו מטחי ירי כבדים שנורו לעבר תר וחייליו. תר נפגע בכתפו. שניים מחייליו נהרגו במטח הראשון. חמישה חיילים נשארו בחיים. אחד מהם היה הקצין שמנר הורה לו לשמור על הכיפה העגולה. תר סימן לירות לכל הכיוונים, ועשרות עצים התחילו לבעור. הקצין סימן לחיילים שיחזרו לכיפה העגולה, והם נסוגו כשהם נושאים איתם את תר הפצוע.

כל אותו הזמן עמד מנר מאחורי הגזע כשהכדורים שורקים לכל

עבר. הוא הציץ בזהירות והבין את המצב. מסביבו היו עשרות חיילים חמושים, חלקם ניסו לאגף אותו.

מנר שלף את אחד מכלי הנשק וירה לשורה של עצים מצדדיו. העצים התחילו לבעור, חייליו של און נסוגו מפני האש הרותחת, ומנר ניצל את המהומה וההפוגה בירי לעברו כדי לרוץ אל תוך היער. חייליו של און נאבקו כעת גם באש שהתפשטה וגם נאלצו לספוג את מטחי הירי מכיוון הכיפה העגולה, הם כלל לא שמו לב שמנר חמק. כשהיה מנר רחוק מספיק צקצק בלשונו. כעבור דקות שנמתחו כמו נצח הביט מנר בשמים וראה את בינקי מגיעה סוף-סוף במהירות. היא נחתה לידו. מנר עלה על גבה וכיוון אותה לעבר הכיפה העגולה.

האש שהמשיכה להתפשט הכריחה את חייליו של און לסגת.

אנפות רבות עפו לכיוון הכיפה, בחשכה התקשה מנר לזהות את החיילים שהיו עליהן. הוא סימן לבינקי לנחות מאחורי הכיפה העגולה, וכשרגליה של בינקי נגעו בקרקע, קפץ מגבה ורץ לחיילים שמשכו את תר.

הכדורים שרקו. הקצין שעמד בראש החיילים אחז בזרועו הבריאה של תר, הניח אותה על צווארו וצעד לכיוון הכיפה העגולה. הוא צעק לחייליו שייסוגו במהירות. כשכבר היו בקרבת הכיפה, נשמע מטח ירי נוסף. גופו של הקצין נרעד ושניהם נפלו על הקרקע. שלושת החיילים שנשארו בחיים רצו לעברם. מטח ירי נוסף שנורה לעברם פגע בהם, וגם הם נפלו.

מנר הביט בזעם. פתאום בלי כל סיבה נפסק הירי, ושקט מפחיד אפף את האזור כולו.

חייליו תקפו את הכפר של און. השאר שמרו על תושבי הכפר ביער. רק הוא נשאר להגן על הכיפה העגולה מבחוץ. בתוך הכיפה עוד היו רם וסט. וכעת הקיפו את הכיפה עשרות מחייליו של און. הם שבו להתקרב אליה, פסעו על הדרך מרוצפת האבנים הקטנות,

קוטעים את השקט העמום ששרר לרגע במקום. מנר הביט בדמות שחלפה בצד המתים ברחבה, בדרכה לכניסה לכיפה העגולה. הדמות המשיכה ועצרה רק ליד דלת העץ הכבדה.

"מנר," נשמעה קריאה.

מנר זיהה מיד את הקול. זה היה קולו של פרנק אוגאמון. הוא הביט סביבו, נראה שהוא לבדו. "מנר, אני לא נושא נשק. יש לי דבר מה לומר לך," אמר פרנק בקולו הגבוה. מנר חיכה כמה שניות, ואחר כך יצא מאחורי הקיר. פרנק שמע את צעדיו של מנר, הסתובב במהירות כשהוא מופתע. "איך זה ייתכן, הרי ראיתי שנכנסת פנימה," מלמל פרנק.

"מה רצונך?" מנר נשמע זועם. פרנק הביט בו לשנייה ואחר כך חייך ואמר, "תביט, בידינו שתיים מחברותיך, לין ונמי. כל מה שאנחנו מבקשים ממך זה להיות שותפים לכל מה שקורה בכיפה העגולה. אם תסכים, נשחרר אותן," קולו של פרנק רעד מעט.

"נשמע הוגן, נערוך חילופי שבויים," השיב מנר. "על מה אתה מדבר, מי מהשבויים בידיך?" פרנק נשמע מופתע. "אתה, פרנק אוגאמון, שבוי כרגע בידי." פרנק נרתע לאחור, "זה לא הוגן. באתי כדי לדבר איתך, ואני לא נושא עלי נשק," פרנק נשמע לחוץ.

"נוכל לסדר את זה," מנר ניגש לאחת הגופות והוציא ממנה אקדח מבריק. הוא התקדם לעבר פרנק. פניו של פרנק קפאו. מנר הניח את הנשק על הרצפה והתרחק, "עכשיו אתה חמוש. קדימה, תרים את הנשק מהרצפה," פקד עליו מנר. פרנק המבוהל צעד לאחור והתרחק מהאקדח. "אני נותן לך הזדמנות, כדאי שתיקח אותה מפני שאני מתכוון להרוג אותך," אמר מנר בשלווה.

נשמעו סביבם טפיפות רגליים שרצו לכיוונם. מנר הביט סביבו, חוש שישי הזהיר אותו מהסכנה הגדולה שמתקרבת. הוא הביט בפרנק שפניו החווירו. מאחורי פרנק הופיעה דמות. בתחילה לא זיהה מנר את הדמות שהתקרבה ונעמדה לצדו. זו היתה נואי שחייכה חיוך שטני.

"תאמר לחייליך שיעצרו," בקולו של מנר נשמע איום. החיוך מפניה

של נואי נעלם. היא ניסתה לומר משהו, אך אביה השתיק אותה. "תעצרו ואל תתקרבו לכאן," צעק פרנק בקול מפוחד שהסגיר את מצבו. מבעד לחשיכה, לאור הירח, ראה מנר עשרות דמויות שעמדו בלי לזוז. "מה עכשיו?" קולו של און נשמע לא הרחק משם, "מה אתה רוצה לעשות? אנחנו רבים, ואתה אחד."

הדלת של הכיפה העגולה נפתחה מעט ואור קלוש הציף את הרחבה. "סגרו את הדלת. לא משנה מה קורה, אל תפתחו אותה," פקד מנר. הדלת נסגרה במהירות, והבריח נסגר.

"און," צעק מנר, "בוא תתייצב מולי. אני מבטיח לך קרב הוגן," צעק מנר.

היתה שתיקה קלה, "אני מסרב להצעתך," השיב און בצעקה, "אך אם תיכנע, אני מבטיח לך שאיש מאנשיך לא ייפגע. רק תן לנו להיות שותפים למתרחש בכיפה העגולה," קולו של און נשמע מקרוב. מנר גיחך: "נראה שאין לי ברירה, אלא להרוג את שניכם."

"חכה רגע," ביקש פרנק, "און, תאמר לאנשיך שלא יזוזו וגם אתה תישאר במקומך," קולו של פרנק רעד, "אני חושב שאפשר לפתור זאת בדרך אחרת."

פתאום נשמעה שריקה מאחורי גבו של מנר. השריקה הציפה במנר זיכרונות מעָבָרו. מנר התרגש מעט. שקט אפוף מסתורין עטף את האזור כולו. השריקה נמשכה כמה שניות, ואז השורק הפסיק. "אז לכאן ברחת," נשמע קול מוכר. "פרנק אוגאמון, חיכיתי לרגע הזה," הקול הרועם הגיע מאחורי גבו של מנר שהסתובב בזהירות והביט בהשתאות באחיו פרנסיס. מאתיים שנים עברו מאז ראה אותו בפעם האחרונה בכוכב ירדל.

פרנסיס ניגש והתייצב ליד מנר. שניהם התרגשו מאוד, אך המצב שבו עמדו שניהם חייב אותם להתנהג בקור רוח. "פרנסיס," אמר מנר. "יהיה לנו מספיק זמן אחר כך," מלמל פרנסיס בהתרגשות. שניהם הביטו בפרנק אוגאמון ובבתו נואי. פרנק היה המום, גופו רעד כעלה

נידף. "היתה לי הרגשה שיצור נאלח שכמותך יבין שהמקום היחיד שבו הוא יכול להתחבא הוא כאן," מלמל פרנסיס.

נואי לחשה משהו לאביה, אך הוא דחה אותה בעדינות וסימן לה שלא תזוז. "אני רוצה לחיות, לא רוצה למות כך," מלמל פרנק, ואגלי זיעה הופיעו על מצחו.

"אני מציע שתיכנע," המשיך פרנסיס.

"לא, אני לא נכנעת..." נואי הרימה את קולה. פרנק הסתובב וסטר בכוח על פניה, "אף מילה, לא ממך ולא מאחיך, רק אני מדבר," פרנק הרים את קולו כדי שגם און ישמע.

"פרנק," מנר קרא לו. פרנק הסתובב לעברו, "כן."

"תאמר לאון שישחרר עכשיו את לין ונמי," פקד עליו מנר.

חייליו של און התקרבו. פרנסיס סימן למנר שייזהר. פרנק צרח בכוח, "און, תאמר לחייליך שיתרחקו, עכשיו." החיילים נעצרו. חלפו כמה שניות והחיילים התרחקו. פרנסיס ומנר עמדו והביטו בפרנק.

"לין ונמי," הזכיר לו מנר.

פרנק אמר: "און, עכשיו תשחרר את שני הדלנאיות, את לין ונמי," הוא קרא.

"אני אשחרר אותן רק בתנאי שהם ישחררו אותך ואת נואי," נשמע קולו של און מרוחק. פרנסיס הביט במנר שהרהר מעט ואחר כך הנהן בראשו.

"תתכונן לכך שהם לא יקיימו את ההבטחה שלהם," לחש פרנסיס למנר.

מנר חייך: "הם מסכימים, און שחרר אותן," קרא פרנק.

"זה ייקח כמה דקות," צעק און.

פרנסיס הוציא מכיס חולצתו מקטרת ושקית בד קטנה. מנר עשה כמוהו. שניהם מילאו את מקטרותיהם בטבק, מנר הצביע עם אצבעו לעבר המקטרת של פרנסיס, זיק קטן יצא מהמקטרת והיא נדלקה לעיניו המשתאות של פרנק. מנר שאף מהמקטרת. לטבק היה ריח של דובדבנים, והוא התפזר באוויר.

"התגעגעתי לזה," לחש לו מנר, "טבק גרבונים, נכון?" חייך.

"גולי, בכבודו ובעצמו, הוא נתן לי את הטבק הזה לפני שעברתי דרך החלון הראשון," לחש פרנסיס. הם הביטו בפרנק. נואי זזה באי-נוחות. פניה הביעו כעס.

"מתי הגעת לכאן?" לחש מנר.

"קצת לפני שהתחיל להחשיך. טיילתי ביער כשפתאום שמעתי את הירי המסיבי," השיב פרנסיס.

"כמה זמן עבר מאז? נראה כאילו עברו נצח נצחים מאז אותו יום שעברתי," לחש מנר.

"מאתיים וארבע שנים בדיוק," השיב פרנסיס וקולו רעד מהתרגשות.

"היכן אופליה?"

"בקרבת מקום."

הם המשיכו לעשן בשתיקה.

"מנר," קולו של און נשמע ממרחק.

"תשחרר אותן," צעק לו פרנק.

"קודם שישחרר אתכם," השיב און בצעקה. פרנק הביט במנר שנד בראשו לשלילה. "תשחרר אותן עכשיו," צרח פרנק. און ניסה לומר משהו, אך פרנק צרח שוב, "עכשיו."

לאחר דקה ארוכה הופיעו נמי ולין כשהן קשורות בידיהן. פניה של לין היו חבולות, והדם שכיסה את פניה נספג גם בבגדיה.

"סט, רם," מנר קרא בקולו הרועם. חלפו כמה שניות, והדלת נפתחה מעט. מנר חייך לעבר לין ונמי בהבנה. "היכנסו והישארו בפנים," הורה להן. לין ונמי מיהרו להיכנס והדלת נסגרה מאחוריהן.

"פרנק אוגאמון, אני עומד לשחרר אותך ואת בתך נואי. אני מבין שיש בידיכם אנפות? קחו אותן ועברו מעבר לנחל האבדון. בפעם הבאה שנתראה לא אחוס עליכם ואהרוג את כולם. אין לכם מקום, לא בכפר הזה ולא בכפר השני. המקום היחידי שאתן לכם לחיות בו הוא מעבר לנחל האבדון. כל מי שיחצה את נחל האבדון לכיוון הזה - מות יומת. אתה מבין?" אמר מנר.

פרנק הנהן בראשו, "כן, מבין. מוסכם עלי כל מה שאמרת. אני רוצה לבקש ממך רק בקשה," קולו של פרנק היה שבור ומהול בתחינה.

"מה?" מנר הביט בו בשלווה.

"זה בקשר לחלון השני, הייתי רוצה לעזור לכם," פניו של פרנק הביעו תחינה.

"אין לנו צורך בעזרה. אתה יכול ללכת," השיב לו מנר. פרנק רצה לומר משהו נוסף, אך התחרט. הוא הסתובב ומשך בזרועה של בתו, נואי. היא ניסתה להתנגד ואף קיללה את מנר ואמרה, "אני לא מפחדת ממך." פרנק משך אותה בכוח ושניהם נעלמו בחשכה.

פרנסיס ומנר הביטו זה בזה. מנר ניגש וחיבק את אחיו. השניים התחבקו בחוזקה. פרנסיס ניגב את דמעותיו, וכך עשה גם מנר.

"בוא ניכנס," לחש מנר. הם התקרבו לדלת, מנר דפק עליה קלות, "תפתחו בבקשה, זה אני," קרא.

מהצד השני הוסר הבריח והדלת נפתחה. נמי פתחה את הדלת ומנר ופרנסיס מיהרו להיכנס, נמי סגרה אחריהם את הדלת. סט ורם עמדו בכניסה. בידי כל אחד הם היה נשק. לין עמדה בפינת החדר, היא הספיקה להחליף בגדים ונראה שפציעתה טופלה במסירות.

"מה עם יון?" שאל רם. מנר הביט ברם והתעלם מהשאלה, "יש לנו הרבה הרוגים," מלמל מנר. הוא הסתובב לעבר פרנסיס: "זהו אחי, פרנסיס. הוא הגיע אלינו היום מירדל."

לין, נמי, סט ורם הנהנו בראשיהם. כולם היו עדיין מתוחים מההתפתחויות.

"נעים מאוד, שמי לין," לין הציגה את עצמה וניגשה ללחוץ את ידו של פרנסיס.

פרנסיס חייך. סט, רם ונמי ניגשו גם הם והציגו את עצמם.

בינתיים פתח מנר את דלת הכניסה ויצא מהכיפה העגולה. פרנסיס מיהר לצאת אחריו.

"מה קורה?" שאל פרנסיס. מנר לא השיב וסימן לפרנסיס שיבוא

אחריו. הוא הוציא פנס קטן מכיס מכנסיו והאיר את הרצפה עד שמצא את מה שחיפש. הוא התקרב לגופות החיילים והתכופף מעל לגופתו של תר, שהיתה שרועה על הרצפה, בצורה מוזרה מעט. מנר בדק את הדופק של תר אף שידע שהוא כבר מת.

לין התקרבה בריצה, הביטה בגופות וזיהתה את תר. עיניה התמלאו דמעות. מנר התרומם מהרצפה והניח את ידו על כתפה, "אני צריך שתאמרי לניבה שתגיע לכאן עם ארבעים חיילים," ביקש מנר.

לין הנהנה בראשה וניגבה את דמעותיה, "רציתי לספר לך שהם הרגו את יון," אמרה בקול רועד, "את נמי הם סגרו באחת המערות. אני ויון עמדנו בחוץ כשעינינו קשורות. נואי, האחות המזעזעת של און, התירה את המטפחת שכיסתה את עיניי כדי שאראה שהיא יורה כדור בראשו של יון," אמרה והדמעות לא הפסיקו לזלוג מעיניה.

מנר ליטף את סנטרו, הכעס הציף אותו. הוא כעס על עצמו. הם היו בידיו רק לפני כמה דקות, אם היה יודע שזה מה שקרה ליון, אולי הדברים היו נגמרים אחרת.

"אקרא לניבה," מלמלה לין והתקדמה לכלוב האנפות. מנר המשיך להביט בגופתו של תר במשך דקה ארוכה. תר היה בין הדלנאים היחידים שמנר סמך עליהם. במשך עשרות שנים היה תר אחראי על השמירה בכיפה העגולה. פרנסיס הדליק את מקטרתו. מנר הסתובב לעברו ואמר, "שמו היה תר, יכולתי לסמוך עליו בכל דבר," מנר דיבר בשקט. הם חזרו לכיפה העגולה.

***

שעתיים ישבו מנר ופרנסיס וניסו לגשר על אירועי הזמן האחרון. הם ידעו שעל מאתיים השנה האחרונות יוכלו לשוחח רק כשתשכך אש המלחמה. פרנסיס סיפר למנר על המלחמה בירדלים ועל טובי וגולי. הוא סיפר על ההרפתקה שעבר עם טובי מעבר לאגם הגדול, על המפגש עם בני האדם כשפתאום נשמעו דפיקות בדלת.□"כן,"

אמר מנר.

לחדר נכנסו ניבה, אופליה וטים הירדל. פרנסיס קם וחיבק את אחותו. ניבה ניגשה ולחצה את ידו, ואילו טים עמד בכניסה והביט בכולם.

"זהו טים, סיפרתי לך עליו," אמר מנר. פרנסיס ניגש לטים והושיט את יד ימינו. טים הביט בו לשנייה ואחר כך הושיט גם הוא את ידו הימנית ולחץ את ידו של פרנסיס כשחיוך על פניו.

"שמעתי עליך רבות. אופליה סיפרה לי עליך דברים טובים," אמר טים.

פרנסיס הנהן בראשו וחייך.

"שבו," ביקש מנר. הם התיישבו, ומנר הדליק מקטרת.

"כרגע שומרים ארבעים חיילים על הכיפה העגולה," אמרה ניבה למנר.

מנר הנהן בראשו. הבשורה על יון עדיין הדהדה בראשו. נואי רצחה את יון מול עיניה של לין. האכזריות הזאת לא היתה מוכרת בכפר השליו שבו גרו.

"לפני שנתחיל," פנה מנר ללין ולניבה, "הייתי רוצה שתשלחו כמה חיילים לכפר של און. אני רוצה שהם ידווחו לי על כל מה שקורה שם." לין וניבה הנהנו בראשיהן ויצאו החוצה.

"טים, תסלח לנו לרגע?" ביקש מנר.

"בוודאי," ענה טים ויצא גם הוא מהחדר. פרנסיס הוציא שקית טבק מכיסו, מילא את המקטרת והדליק אותה. שלושתם הביטו זה בזה וחייכו. "הפעם האחרונה שישבנו כך שלושתינו היה בביתנו בירדל," אמרה אופליה ועיניה נצצו. מנר ופרנסיס חייכו גם הם.

"פרנסיס סיפר לי מה קורה בירדל."

"גם אני אשמח לשמוע," אמרה אופליה, "פספסתי את כל ההתפתחויות האחרונות."

במשך שעה ארוכה המשיך פרנסיס לתאר את כל המאורעות שקרו בירדל. "התחלתי לראות את הסימנים כבר לפני כמה חודשים. בתחילה חשבתי שאני טועה. אבל אז התחילה המלחמה בין כפר אורגון לירדלים, ושוב התחלנו לדון בחלון השלישי. ידעתי בוודאות שזהו אותו הסימן שההורים שלנו סיפרו לנו עליו כשהיינו קטנים," אמר פרנסיס.

מנר שאף מהמקטרת: "לא טעית. גם אני הבחנתי לפני כמה חודשים בסימנים המוקדמים. בהתחלה לא התייחסתי לכך, אך אחר כך קרו כמה דברים שגרמו לי להבין שהסימנים אמיתיים."

שניהם הביטו באופליה שצחקה, "טוב, אצלי זה היה שונה. אמא תמיד אמרה לי שבגלל שאני בת, ארגיש את הסימנים בצורה שונה מכם."

"איך בדיוק?" שאל פרנסיס מסוקרן.

אופליה כיווצה את שפתיה בחיוך, "ובכן, זה קרה לפני כחצי שנה. חלמתי חלומות והיו לי חזיונות. לא הבנתי איך הם קשורים לחלון הראשון, ולכן החלטתי להגיע למעבר של החלון הראשון. באחת הפעמים שעמדתי מול הפתח בעץ, בשעת לילה, יצא מהמעבר אור חזק מאוד שהאיר כמעט את כל הסביבה. חיות קטנות התרוצצו וניסו לתפוס את מחסה, האנפה שלי פרשה כנפיים וברחה. יכולתי פתאום לראות את פנים העץ בצורה מושלמת. הרגשתי שגופי נסחף לעבר הפתח," אופליה הפסיקה לדבר והביטה באחֶיהָ, "הדבר היחיד שמנע ממני לעבור באותו רגע היה אתה," היא הביטה בפרנסיס.

מנר קם מהכיסא וניגש לארון הקטן. הוא פתח את דלת הארון והוציא מתוכו ספרון קטן וכחול, "אתם בוודאי זוכרים את הספר הזה," אמר כשהתיישב. הוא הניח את הספרון על השולחן. פרנסיס הביט בתימהון בספרון, "זה ה..." פרנסיס התקשה לדבר.

מנר הנהן. פרנסיס הושיט את ידו ולקח את הספרון. דמעה קטנה זלגה על לחיו. "הספרון הזה היה צמוד לאבא. פעם אחת שאלתי אותו מה כל כך חשוב בספרון הקטן הזה, והוא רק חייך ולא ענה," אמר פרנסיס.

המפגש בין האחים אחרי כל כך הרבה שנים נתן בהם את אותותיו. מנר מילא ביד רועדת את מקטרתו והדליק אותה. הוא הפריח ענני עשן קטנים מפיו והרהר ביום שבו אביו הפקיד את הספרון בידו.

"רציתי לספר לכם משהו שלא סיפרתי לאיש," הוא שאף מהמקטרת והתרווח בכיסא: "זה קרה לפני כמאתיים שנה. כמה שבועות לפני שאבא נעלם. יום אחד הוא ניגש אלי וביקש לדבר איתי. אני זוכר את אותו היום כאילו הכול קרה אתמול.

שמחתי, כמובן, והתיישבתי על הכיסא הכחול שבחדרי, אך אבא ביקש
שנצא לטיול בחוץ. מזג האוויר היה נעים, לא היה חם ורוח קרירה
נשבה. הלכנו לכלוב האנפות ועפנו עם האנפות לאזור האסור. אבא
הוביל אותי לתוך היער. כשהלכנו ברגל, הוא סיפר לי על הנורנים ועל
הביקור שלו בכוכב שלהם. הוא סיפר לי מעט על החיים שם. הייתי
סקרן ורציתי לדעת לאן אנחנו הולכים. כשהלכנו שאל אותי אבא אם
אני משתמש בכוחות שניתנו לי," מנר גיחך מעט ועיניו נצצו.

"סיפרתי לו על התחרויות שערכנו שלושתינו בינינו." אבא צחק, נראה
שנהנה לשמוע שאנחנו משתעשעים יחד. כשהגענו לעץ שבבסיסו
היה חור גדול משני הכיוונים סיפר לי על המעברים בין הכוכבים, על
דלטון מנר, שעל שמו נקראתי, על המאבקים בין הירדלים לדלנאים.

ישבנו במשך שעות ואבא לא הפסיק לדבר. באיזשהו שלב הצביע
אבא על החור הגדול שבבסיס העץ ואמר לי שזה החלון הראשון.
מובן שהופתעתי מאוד. עד לאותו רגע שמענו רק סיפורים על המעבר
ופתאום אני עומד מולו. אבא הסביר לי איך המעבר פועל, וכמה חשוב
שאיש לא ידע עליו, בגלל החלון השני שנעלם על כדור הארץ, ושדרכו
אפשר היה לחזור לכל אחד משני הכוכבים.

אבא הוציא מכיסו את הספרון הזה," מנר הצביע על הספרון שהיה
בידו של פרנסיס. "הוא נתן לי אותו, אך כשניסיתי לקרוא ממנו, השפה
לא היתה מובנת לי. אבא גם סיפר לי על מגילת הקלף שנעלמה עם
החלון השני. לפי הספרים העתיקים שאבא קרא, בעזרת מגילת הקלף
אפשר לתרגם את הספרון. שאלתי אותו היכן נמצאת מגילת הקלף,
והוא ענה שהיא על כדור הארץ. 'כשתמצא את החלון השני, תמצא
בקלות את מגילת הקלף,' כך אמר. הוא דיבר איתי על הסימנים שרק
שלושתנו יכולים לראות, ועל כך שאין טעם להתחיל לחפש את החלון
השני עד שלא נראה את אותם הסימנים. לעולם לא אשכח את המבט
שהיה על פניו כשאמר לי שהספרון הזה חשוב יותר מכל דבר אחר
בירדל. ובכן, גלגולים רבים עברו על הספרון הזה, מה שחשוב הוא

שהוא כאן לפנינו. עכשיו אנחנו צריכים למצוא את החלון השני."

אחר כך סיפר מנר לפרנסיס על נל קלר, אך באמצע דבריו נשמעו דפיקות קלות על הדלת.

"לין ונמי," לחשה אופליה. פרנסיס הביט בה וחייך חיוך רחב.

"כן, אפשר להיכנס," אמר מנר. הדלת נפתחה ונמי ולין נכנסו פנימה.

"אנחנו לא רוצות להפריע, אך אני רוצה לעדכן אותך בכמה דברים," אמרה לין למנר.

"בבקשה," אמר מנר.

"טוב, הכפר של און בידינו. כל החיילים שנשארו בחיים נכנעו. אחרים ברחו עם און. לפי ניבה, עשרות אנפות חלפו מעל ראשיהן ועברו את נחל האבדון. הם לא הצליחו לזהות מי היו אלה שעפו על האנפות. עד עכשיו יש קרוב לשישים חיילים הרוגים ועוד כמה עשרות פצועים. אני לא יודעת את חומרת הפציעות. אנה התחילה לטפל בפצועים. יחד איתה נמצאות כמה דלנאיות שהתנדבו לעזור לה. מובן שאי-אפשר לעבור על זה בשקט. חברי כבודת מסדר העץ עושים לנו חיים לא קלים. הם מפריעים לנו לתפקד ולפעול. כרגע הם רואים בי ובניבה אויבות."

הפצעים שבפניה של לין נפתחו מעט והדם זלג על לחייה. נמי, ששמה לב לכך, מיהרה והביאה תחבושת קטנה.

מנר שאף מהמקטרת והפריח ענני עשן קטנים: "אני אטפל בחברי כבודת מסדר העץ. גשי עם ניבה ליער, והשיבו את תושבי הכפר שלנו לבתיהם. הודיעו לכולם על אסיפה בככר הכפר מחר בחצות היום. השאירו כמה עשרות חיילים ליד נחל האבדון. וודאו שההוראה ברורה: לירות בכל מי שינסה לעבור. דאגו שלכל אחד מהחיילים תהיה אנפה, ושהם יהיו מוכנים לעלות לאוויר אם יצטרכו."

לין הנהנה בראשה. בינתיים מיהרה נמי למטבח וחזרה כשבידה מגש ועליו קנקן יינוק, עוגיות חמאה וסְפלי עץ קטנים. היא הניחה את המגש על השולחן. מנר הביט בספלים, ונמי חייכה בעצבות. "יון לימד אותי להכין יינוק מעולה." אמרה בשקט.

לין סימנה לנמי והן יצאו מהמשרד.

"טוב," מלמל פרנסיס ומזג לשלושתם מהיינוק. הוא לקח עוגייה אחת והתפעל מטעמה: "העוגייה הזו פריכה וטעימה."

"כן, נכון," חייכה אופליה.

"את הכנת אותן?" שאל פרנסיס.

אופליה הנהנה ואמרה: "יש משהו שאיני מבינה. אבא כתב את הספרון הזה. אנחנו יודעים בוודאות שגם הוא וגם אמא ידעו את שפת הנורנים על בוריה. מדוע ביום שאבא נתן לך אבא את הספרון, הוא לא פירש לך אותו?"

אופליה ופרנסיס הביטו במנר, הם חיכו לתשובה. מנר שאף מהמקטרת והפריח ענני עשן קטנים. "השאלה הזו עברה גם בראשי כשקיבלתי ממנו את הספרון: 'באמת למה?' שאלתי את אבא, והתשובה שקיבלתי גרמה לי להלם קל." הוא הפסיק ולגם מעט מכוס היינוק שעמדה מולו.

"ובכן, שנינו מסוקרנים מאוד," אמר פרנסיס.

"אבא אמר שמגילת הקלף כתובה בשתי שפות: מקצתה בדלנאית, ורובה בנורנית. לא כל מי שיודע לקרוא את שפתנו, יוכל להבין את שפת הנורנים. אך כל מי שיקרא ויבין את הכתוב בו - יבין אותו בצורה שונה מרעהו," מנר סיים לדבר והביט בשניהם.

אופליה פלטה קריאת הפתעה: "איך?"

פרנסיס ביקש ממנר שיסביר למה הכוונה.

"שאלת השאלות, איך?" אמר מנר והוסיף: "אל תשכחו שאז הייתי דלנאי צעיר ולא יכולתי לשאול את אבא יותר מדי שאלות. אבא הדגיש שלא כדאי לחפש את החלון השני לפני שנתחיל לראות את הסימנים שבילדותנו דיברו איתנו עליהם," מנר סיים לדבר ולקח עוגייה מהמגש. "העוגיות האלה טעימות מאוד," אמר וחייך.

"תודה," אופליה היתה מתוחה מאוד: "שלושתנו ראינו את הסימנים. עכשיו זה הזמן למצוא את החלון השני ואת המגילה," אמרה.

"על מה בדיוק חשבת?" פרנסיס הפנה את השאלה למנר.

"עכשיו ששניכם כאן, אני רגוע יותר ויכול לעשות את מה שתכננתי,"

מנר הדליק את הקטרת ושאף ממנה, הוא פלט ענני עשן קטנים והתרווח בכיסאו. "אני חושב לעבור דרך החלון השלישי ולהצטרף לנל קלר," אמר והביט באחיו. ממבטיהם הבין שגם הם חשבו שיעשה כך.

"זה הדבר הנכון לעשות," אמר פרנסיס.

"חשבתי שכדאי שאני אהיה זו שתעבור דרך החלון השלישי, כי לך זקוקים כאן..."

"אני מבין לאן את חותרת," קטע אותה מנר.

"אני חושב שאופליה צודקת," התערב פרנסיס.

מנר שאף מהמקטרת והרהר בקול: "יש בזה משהו. זו משימה לא קלה ומאוד מסוכנת. חיכיתי לה זמן רב, ועכשיו כשאני יכול לעבור דרך החלון השלישי ואתם כאן, אני עדיין מהסס. הסיפור עם און עדיין לא הסתיים, ואני חושש שאחרי שתעברי תהיי בסכנה, ולא נוכל לדעת על כך," אמר מנר והביט באופליה בדאגה.

"אני רוצה מאוד לבצע את המשימה הזו, אתה חייב לסמוך עלי ולא לדאוג לי," קולה של אופליה נשמע כמעט כתחינה.

פרנסיס מילא את מקטרתו בטבק והדליק אותה. הוא קם מהכיסא ומתח את איבריו. אופליה ומנר הביטו בו בשתיקה. "אני חושב שאופליה צודקת; עדיף שנשלח אותה. ביחד נשמור על הכפר. כשאנחנו כאן ביחד, הסכנה לכפר קטנה. אין לי ספק שאם מישהו מאיתנו צריך לעבור דרך החלון השלישי, זו צריכה להיות את, אופליה," אמר פרנסיס, ומנר הנהן בראשו כמסכים.

"יש כמה דברים שנצטרך לדבר עליהם לפני שתעברי, כמו למצוא דרך לתקשר איתך. נל נלר נמצא, ככל הנראה, בביתם של בני אדם שמודעים לקיומו ועוזרים לו. היציאה של החלון השלישי נמצאת כנראה בביתם. אני מקווה מאוד שכך הדבר, ואם זה אכן כך, אז זה יקל על בעיית התקשורת בינינו," אמר מנר ושתה מעט מהיינוק.

שלושתם ישבו יחד וסיכמו ביניהם את כל הפרטים באשר למעבר, אך הדפיקות שנשמעו בדלת קטעו את שיחתם. "ניבה ורם," לחשה אופליה.

מנר ופרנסיס הביטו זה בזה וחייכו: "בבקשה, תיכנסו," קרא מנר.

הדלת נפתחה, ניבה ורם נכנסו: "שלום," אמרו שניהם.

"מה קורה?" שאל מנר.

"כפי שאתה בוודאי כבר יודע, הכפר של און בידינו. בעוד ארבע וחצי שעות יחכו תושבי הכפר של און בכיכר, כפי שביקשת. הכול חוזר לאט-לאט לשגרה, גם השוק ייפתח היום מחדש. כרגע אנחנו עדיין קוברים את המתים," לחלוחית קטנה הופיעה בעיניה של ניבה כשדיברה. "גם תר נקבר היום. משפחתו כרגע נמצאת מחוץ לכיפה, הם מבקשים לדבר איתך," אמרה וניגבה את דמעותיה.

"בקשר לשוק," רם התחיל לדבר, "מאז המקרה עם און, בעלי החנויות מסרבים להתקרב לשם. חלק קטן מהם בלבד פתחו את החנויות. לכן היום בבוקר שוחחו לין ונמי עם שאר בעלי החנויות, עד שלבסוף הם השתכנעו. מהיום בצהריים ייפתחו כל החנויות."

"מצוין," אמר מנר, "ואסור לנו להקל ראש. אני מאמין שאון ומשפחתו לא יוותרו בקלות וינסו לפלוש שוב לכפר. לכן, אני רוצה שתהיה שמירה מסביב לכפר, שהשומרים ישמרו במשמרות. גשו שניכם לחברי כבודת מסדר העץ ותאמרו להם שהיום בשעה שש בערב ניפגש מתחת לעץ."

רם הסתובב ועמד לצאת מהמשרד, אך ניבה עצרה אותו ושאלה את מנר, "מה לומר למשפחתו של תר שמחכה בחוץ?"

מנר כיווץ את שפתיו: "אצא אליהם בעוד כמה דקות."

ניבה ורם הסתובבו ויצאו מהמשרד.

אופליה הביטה במנר: "איבדת חבר יקר," אמרה בקול שקט.

מנר הנהן בראשו, מילא את מקטרתו בטבק והדליק אותה. הוא הביט בשעונו. השעה היתה אחת ורבע בצהריים. "אצא לדבר עם משפחתו של תר. בינתיים, אני מציע ששניכם תנוחו מעט עד שאחזור," אמר ויצא מהמשרד.

***

פניו הנפולות העידו על האירועים הטרגיים שחוו כולם. מותו של

תר היה מכה איומה, ומנר לא ניסה להסתיר זאת. הוא פתח את דלת היציאה של הכיפה העגולה, בחוץ עמדו תריסר שומרים עם נשק. מנר סוכך על עיניו מהשמש החזקה. למעלה נראו אנפות בודדות ועליהן חיילים, כולם בתצפית מחשש לפלישה חוזרת. מנר הביט ברצפה, כתמי הדם נשטפו וגם הגופות נלקחו. עצי הדקל האהובים כל כך על תר נראו כאודים עשנים. כל מי שהתקרב לאזור הריח את השרפה. מנר הסתכל סביב, משפחתו של תר נראתה באופק.

אחד החיילים ניגש אליו: "אדוני, אתה מחפש את משפחתו של תר?" מנר הנהן בראשו.

"הם עזבו לפני שתי דקות. אביו אמר לי לומר לך שתיפגשו כשהשקט ישוב."

מנר הודה לחייל וחזר לכיפה העגולה. כשנכנס למשרדו, ראה את פרנסיס שרוע על המיטה הקטנה, "היכן אופליה?" שאל.

"נחה בחדר השני," השיב פרנסיס.

מנר התיישב על הכיסא, פרש את רגליו על השולחן הקטן ותוך שניות נרדם.

הדלת נפתחה, ומנר, שישן שינה קלה, פקח את עיניו מיד והביט באופליה שנכנסה ובידה מגש קטן מעץ ועליו עמד קנקן, כוסות חרס קטנות, צלחת ועליה פרוסות לחם ארוכות מתובלות וירקות טריים.

מנר קם והתיישב, "הזכרת לי כמה אני רעב," חייך.

פרנסיס קם גם הוא מהמיטה והתיישב ליד מנר. במשך דקות ארוכות ישבו ואכלו בשתיקה. מנר הביט בשעונו. השעה היתה קצת אחרי ארבע וחצי. הוא מילא את מקטרתו בטבק והדליק אותה: "נזוז בעוד כמה דקות," אמר. פרנסיס הנהן בראשו, "אבוא איתך, אני מציע שאת תישארי כאן," פנה לאופליה.

אופליה לא התווכחה: "כשתלכו, איכנס לחדר המציאות ואולי קצת לספרייה. מתי אני עוברת?" שאלה. "בחצות," ענה מנר. הכול כבר מוכן לקראת המעבר. מנר ופרנסיס דיברו על הכול לפרטי פרטים.

פרנסיס הדליק גם הוא את מקטרתו ועישן בהנאה. מנר רוקן את האפר למאפרה שעל השולחן והביט שוב בשעונו: "הגיע הזמן," אמר וקם מכיסאו. פרנסיס התרומם גם הוא מכיסאו ושניהם יצאו החוצה.

***

בדרכם לכפר של און הם עפו נמוך ויכלו לראות את הנזקים שגרמה המלחמה האכזרית. למטה נראו חיילים משני המחנות, סוחבים על אלונקות מאולתרות את הפצועים ואת גופותיהם של החיילים שמתו בקרב. חלק מהיערות נשרפו כמעט כליל.

מנר סימן לפרנסיס שיעוף גבוה יותר, ופרנסיס עשה זאת ועף בעקבותיו. מרחוק נראה הכפר שבו גר און יפה ומאורגן. אך ככל שהתקרבו, נראו מימדי הזוועה. הם ראו בתים ועצים שרופים. פה ושם הבחינו בדלנאים שמתקנים את הנזקים הגדולים ומנסים לשקם את הכפר. כיכר הכפר היתה עמוסה בדלנאים. מנר הביט בבמה בקטנה שניצבה במרכז הכיכר והחליט לנחות עם האנפה במרכזה.

פרנסיס, שנחת אחריו, לחש לאנפות בדלנאית, והן התעופפו ונעלמו מהשטח. הקולות הצורמים שנשמעו נדמו. אחת הדלנאיות המבוגרת יותר, לבושה בטוניקה חומה ולראשה מטפחת בצבע תואם, עלתה על הבמה והרימה את ידה. בבת אחת השתתקו הקולות, ושקט מופתי שרר במקום. מנר סימן לדלנאית המבוגרת בראשו לתודה, וזו ירדה מהבמה והצטרפה לאנשי הכפר.

מנר הביט סביבו. מאות דלנאים עמדו וחיכו למוצא פיו. פרנסיס עמד כמה מטרים מאחוריו ונשען על אחת מקורות העץ שתמכו בבמה. הוא הוציא את המקטרת מכיס מכנסיו, מילא אותה בטבק ועישן. הוא התקרב לבמה, ובקולו החזק בירך את כולם ואמר: "שלום לכולכם."

מסביב נשמעו מלמולים. מנר הרים את ידו, ורק לאחר שכולם השתתקו, מנר דיבר.

"במשך מאתיים שנים חיינו יחדיו בלי מלחמות. אין זה סוד שבחודשים

האחרונים ניסה און להשתלט על הכפר. הוא אף הקריב עשרות מכם כדי להשיג את מטרתו. באתי היום לומר לכם שמעתה הוחלט ששני הכפרים יחיו בשלום. בעוד כשעה אורה לחיילי לעזוב את כפרכם. און ונאמניו נמצאים כעת הרחק מכאן, ואנחנו נשמור שכך גם יהיה בעתיד.

יש לכם כעת הזדמנות לערוך בחירות ולמנות מועצה קטנה שתטפל בכפרכם היפה. חלק גדול מהאנשים גדלו וחיו אצלנו עד לפני כמה שנים. אם און או אחד מנאמניו יגיע, שלחו אלינו שליח על אנפה להודיע על כך למשרד הכפר, ואנחנו נטפל בכך. אני משוכנע שכולכם רוצים לחיות בשקט ובלי מלחמות. הדרך הטובה ביותר היא שנחיה ביחד. שני הכפרים יוכלו לבקר זה את זה וליהנות משכנות טובה. העתיד ייראה טוב יותר, אם נתחרה בינינו רק בתחרויות ספורט ושירה."

מחיאות כפיים סוערות וקריאות שמחה קטעו את דבריו של מנר שהרים שוב את ידו עד שהקריאות נחלשו והשתרר שקט מוחלט.

"הוריתי לשחרר את כל האסירים, חלק גדול מהמשפחות יתאחדו שוב. לאלו שיקיריהם נהרגו, אני רוצה להביע צער על האובדן שפגע בשני הצדדים. לא היה מנוס מהמלחמה הזו. היא נכפתה עלינו וגם עליכם בשל תאוותו של און לכוח ולעוצמה שלא ידעה גבול. כרגע אני נאלץ להיפרד מכם. אני מקווה שהכול יסתדר על הצד הטוב ביותר."

פרנסיס צקצק בלשונו, אך הרעש של הדלנאים המשולהבים גבר עליו. פרנסיס חייך בהבנה וחזר לעשן את המקטרת. מנר הסתובב לפרנסיס. "דיברת יפה," אמר פרנסיס.

חלק מהלדנאיות ומהדלנאים טיפסו על הבמה ורצו ללחוץ את ידו של מנר, אך החיילים מנעו מהם מלהתקרב.

"נצטרך לפלס את דרכנו החוצה," חייך מנר.

אחד הקצינים סימן למנר ולפרנסיס שיבואו אחריו. הוא ושאר החיילים יצרו מעבר בטוח בין המוני הדלנאים.

***

השעה היתה עשר דקות לפני חצות. בשעות האחרונות שהו מנר,
פרנסיס ואופליה בחדר המציאות ובספרייה העתיקה. פרנסיס ניסה
את כוחו בקונג'ו. בספרייה העתיקה ישבו מנר ופרנסיס לבדם ובחנו
עשרות ספרים. מדי פעם הציץ מנר בשעונו. פרנסיס היה מרותק לספר
שכתב ברתולמיאו, ולא שם לב לכך שעוד כמה דקות הוא ומנר ילוו
את אופליה לחלון השלישי.

"הגיע הזמן," הכריז מנר. פרנסיס סגר את הספר בחוסר רצון והניח
אותו על השולחן. "נראה לי שאבלה פה לא מעט זמן," אמר. מנר חייך,
והשניים יצאו מהספרייה העתיקה ועלו במדרגות.

הם היו היחידים ששהו באותו זמן בכיפה העגולה. מנר ביקש מניבה
ומלין שיורו לסט, רם ונמי שיחזרו לישון בביתם ושבבקרים יגיעו לכיפה
העגולה. ניבה שאלה אם גם הן יכולות לחזור לביתן, ומנר השיב בחיוב.

כשהגיעו מנר ופרנסיס לדלת החיצונית של החלון השלישי, חיכתה
להם אופליה: "אני כל כך מתרגשת," אמרה בהתלהבות. מנר הנהן
בראשו כמבין, וביחד עם פרנסיס הזיזו את הדלת החיצונית לפינה.
פרנסיס הביט בחריטות שעל הדלת והעביר את ידו עליהם. "ממש
כמו בירדל," לחש.

***

"סיפרתי לך שכשהגענו למקום מושבם של הירדלים בהר, היכן
שהגרבונים גרים, גילינו מחילות שמאות שנים לא ידעו על קיומם.
טובי ואני סרקנו חלק מהמחילות האלה עד שהגענו לדלת עץ ענקית,
ועליה היו חריטות הדומות לחריטות שעל הדלת הזו.

קצת לפני שהגעתי לשם ביקרו כמה מהקצינים שלנו בהר. הם
מצאו בו אולם ענקי, שעל קירותיו צוירו יצורים שגרים על כל כוכב.
שם ראיתי את הכוכב הזה," פרנסיס הצביע על כוכב קטן ששורטט
מאחורי כדור הארץ. "זה המקום שבו אנו נמצאים כרגע. הממד
המקביל לכדור הארץ."

פרנסיס הביט במנר שליטף את סנטרו הארוך והרהר.

"לפי האיורים ששם, איזה חיים יש על הכוכב שלנו?" שאל מנר.

"ישנם בני אדם ברברים, וחיות מכל המינים, גם כאלו שאין על כדור הארץ, ואני מדבר על חיות שגודלן מגיע לממדים עצומים. כל זה נמצא מעבר לנחל האבדון," השיב פרנסיס.

"כן, ראיתי אותן וגם נתקלתי בבני האדם החיים שם," אמר מנר. "אני חושב שהגיע הזמן," הוא אמר וניגש לדלת העץ. הוא לחץ על הכפתור ולחש את המילה "אתנוס".

הדלת נפתחה, פרנסיס הוציא את המקטרת מפיו והביט בתדהמה. ההילה הסגלגלה נדדה בחדר כמזמינה את אורחיה להיכנס. אופליה הסתובבה לעבר פרנסיס, והשניים התחבקו ממושכות. אחר כך היא עברה למנר שנשק לה על מצחה כשעיניו מתמלאות בדמעות. אחרי כל כך הרבה שנים שלא נפגשו, שוב אופליה נעלמת מחייו, והוא אינו יכול לדעת מה יהיה בעתיד והאם ייפגשו שוב.

אופליה ניגבה את דמעותיה בכף ידה וחייכה בעצב: "אל תדאג, ניפגש בקרוב," אמרה ונכנסה לחדר.

ההילה הסגלגלה עטפה אותה באורה שהלך והתחזק, וגרמה למנר ולפרנסיס לסוכך בידיהם על עיניהם, עד שזו חזרה לאורה הרגיל.

מנר ופרנסיס הביטו בחדר הריק. ההילה הסגלגלה שוטטה בחדר כמזמינה אותם להיכנס. כל אחד מהם שקע במחשבות. מנר מחה את הדמעה שזלגה מעיניו וסגר את הדלת.

פרק 62

החיפוש

הטלפון צלצל בלי הפסקה. דן התהפך במיטה וקיווה שאחד הילדים יענה לטלפון. הוא הביט בשעונו, השעה היתה חמש בבוקר. הוא התרומם מהמיטה ומיהר להגיע לטלפון שבסלון, כועס בלבו על המנקה ששברה את הטלפון שבחדרם ועל עצמו על ששכח לקנות מכשיר חדש. הטלפון נדם שנייה לפני שהגיע אליו. על הצג הופיע שמו של אביו. דן חייג לאביו שמיהר לענות.

"הי דן, מצטער להעיר אותך כל כך מוקדם, אבל לא הצלחתי להירדם. דן פיהק ומתח את איבריו, "אבא, זה בסדר. קבעתי עם ג׳קי, חבר שלי, שנלך יחד לאימון כושר בקאנטרי. אני צריך לפגוש אותו שם עוד שעה."

"דן, אני מבקש ממך שתספר לי מה שעבר עליך בתקופה האחרונה. אני מודאג ורוצה לדעת שהכול בסדר," אמר.

"אבא זה לא לטלפון. תעבור מאוחר יותר במספרה ונדבר."

"בסדר. לפני שאשכח, אמא ביקשה שאמסור לך ולאחיך שביום ראשון בשעה שתים-עשרה בצהריים אתם מוזמנים אלינו. נעשה על האש ונהיה כולנו ביחד," אמר אביו.

דן חייך בלבו. הבשר הכי טעים שאכל היה זה שהוכן על מתקן המנגל של הוריו.

"אנחנו מקבלים בשמחה את ההזמנה, אספר לנוגה כשתתעורר," אמר דן ונפרד מאביו.

***

דן התיישב על הכורסה שבסלון והביט בשעון. השעה היתה חמש ועשרה. כל כך הרבה דברים אירעו בחודשים האחרונים. הפריצה לביתם, המפגש עם הפורץ, נל קלר, חגי, ריטה, החטיפה בלבנון, מחמוד דלאנה... ראשו הסתחרר. הוא ניגש למקרר ומזג לעצמו כוס חלב. הוא הרגיש צורך לעשן. ההרגשה הזאת הפתיע אותו מעט, הוא השעין את ראשו לאחור, עצם את עיניו ונתן לראשו לשקוע במחשבות.

"בוקר טוב."

דן פתח את עיניו והביט בנל שישב מולו על השולחן שבסלון.

"בוקר טוב, נל," השיב דן והתרומם למצב ישיבה.

"לא ישנתי כל כך טוב הלילה. אני כולי נרגש לקראת הפגישה שלי עם מנר."

דן הנהן בראשו כמבין, "הבנתי שמנר יגיע לכאן כדי לחפש את החלון השני. אתה יודע איך החלון השני נראה?"

"לא. אין לי מושג. מה שאני יודע הוא..." נל סיפר לדן שאביה של נוגה, חיים, ואשתו נעמי קיבלו ארגז גדול, ובו חמישה פריטים. הוא סיפר לו מה קיבל כל אח, ועל מגילת הקלף, שהיתה הפריט החמישי, שסבא חיים הבטיח ליואב שינסה למצוא.

דן הזדקף בבת אחת ובהה לרגע. הזיכרונות הציפו אותו. זה היה שבוע לפני שנעמי, אמא של נוגה, נפטרה. הוא שאל בשלומה אחרי שנוגה סיפרה לו שהיא צריכה לקבל טיפולים כימותרפיים. הם ישבו יחד בסלון ודיברו, בין השאר גם על הדוד שהוריש לה ארגז ובו כמה פריטים. דן נזכר שהיא הזכירה יותר מפעם אחת את מגילת הקלף שהכתב בה מוזר ונראה כקשקוש לא מובן. היא גם הזכירה את העובדה שמגילת הקלף נעלמה ולא נמצאה.

דן סיפר לנל על הפגישה. "מה שאני לא מבין מה הקשר בין מגילת הקלף לחלון השני?" נל משך בכתפיו וענה: "אין לי מושג. נראה לי שנצטרך לחכות למנר. הוא בוודאי ידע."

דן הביט בשעון, השעה היתה חמש דקות לפני שש בבוקר. הוא

התרומם מהכורסה ואמר: "אני צריך לזוז. קבעתי עם חבר בקאנטרי. אם אתה רעב אני יכול להכין לך משהו קל לפני שאלך."

"זה בסדר, אני לא רעב, תודה."

***

דן ניגש לחדרו, לבש את בגדי האימון הקצרים ויצא מהבית כשהוא נועל את הדלת. השקט ששרר בבניין בשעה הזאת היה נעים ומרגיע. כשיצא מהמעלית ראה שני בחורים חסונים הלבושים בבגדים של חברת הניקיון שעבדה בבניין. בידי אחד מהם היה דלי, אך לפי הצורה שאחז בו, נראה היה שאין לו מושג מה עושים איתו. דן הנהן בראשו לשלום, אך הם התעלמו ממנו ויצאו מהדלת הצדדית לחצר.

מחוץ לקאנטרי עמדו תריסר אנשים, רובם היו מבוגרים שחיכו שיפתחו את השער. ג'קי נפנף לדן וסימן לו שיעמוד. דן הבחין במבטים שהופנו אליו ונזכר שמאתמול נהפך לסלבריטאי.

"הי דן, מזל ששחררו אותך," גיחך ג'קי. דן חייך ולחץ את ידו. השער של הקאנטרי נפתח.

"תן להם להיכנס," אמר ג'קי, "חבל שיתחקרו אותך."

"אז מה, יש סיכוי שנתאמן בלי שיבלבלו לנו את השכל?" שאל דן.

ג'קי עיוות את פניו כחושב, ואחר כך התחיל לצחוק, "ברור שלא. אנחנו מכירים כל כך הרבה זמן. כל הזמן הזה חשבתי שאתה מעצב שער. אתה ואני הולכים עכשיו לשתות קפה בדשא שמול הבריכה," ג'קי טפח על תיק הצד שלו והוציא מתיקו תרמוס הקטן.

"טוב, רק שתדע לך שכסוכן חשאי של מדינת ישראל, אני לא יכול לספר לך כלום," עכשיו היה תורו של דן לצחוק.

השומר שבכניסה לקאנטרי ניסה לשאול את דן כמה שאלות, אך הוא התעלם ממנו ומיהר לחלוף על פניו כשהוא אומר "בוקר טוב". הוא וג'קי מיהרו לבריכה החיצונית שהיתה ריקה מאדם חוץ מהמציל שקרא עיתון.

ג׳קי סידר להם שולחן, ותוך כמה דקות ישבו שניהם עם קפה וסיגריה.

ג׳קי ניסה לשאול את דן על החטיפה, ודן סיפר לו על כך בקצרה.

"היי," נשמע קול מוכר מאחוריהם. דן סובב את ראשו, מאחוריו הגיח ערן, שלא חיכה להזמנה והתיישב לצדו של ג׳קי. "איזו הפתעה," אמר ג׳קי ומיהר למזוג לערן כוס קפה.

"אני רואה שהסתדרתם לא רע: קפה, סיגריה," אמר ערן.

"עדיף על שישגעו אותנו בחדר הכושר," אמר ג׳קי וסימן בראשו על דן.

"אני מניח שגם אצלנו הוא לא ילקק דבש," גיחך ערן.

דן הבין כעת שג׳קי וערן תכננו הכול. הוא העביר את מבטו מג׳קי לערן ואמר בחצי חיוך -חצי כעס, "עשיתם לי תרגיל, הא?"

השניים פרצו בצחוק, "חשבנו שאתה סוכן חשאי ושתבחין בזה מיד," אמר ג׳קי.

"אני תוהה אם זה קשור לפריצה שאירעה בביתכם לפני כמה חודשים?" שאל ערן.

דן נזכר שבבוקר שבו דירתם נפרצה. ערן ואשתו עזרו לו ולנוגה.

"אני לא חושב," דן שיקר בלי להניד עפעף.

"כתוב בעיתונים שהיית בלבנון יום שלם עד שנעשו החילופים, החליפו אותך תמורת חבר הכנסת מחמוד דלאנה, נכון?" שאל ערן.

דן הנהן בראשו.

"תגיד, עינו אותך?" שאל ג׳קי.

"קצת, לא משהו."

ג׳קי הביט בערן ותוך כדי כך שלף סיגריה נוספת והדליק אותה. ערן סימן בראשו לג׳קי. דן שהבחין בכך, החליט להתעלם. "אתה יודע, גם אותנו חקרו," אמר ג׳קי כבדרך אגב.

"מה, מי חקר אתכם?" שאל דן בכעס.

"תירגע," אמר ג׳קי והניח יד על כתפו של דן, "זו לא היתה חקירה מסובכת," הוסיף ערן. "אתה יודע איך זה. לקחו אותי ואת שרון, שמו אותנו בחדרים נפרדים ושאלו אותנו מה אנחנו יודעים עליכם ואם הבחנו במשהו מוזר שהתרחש אצלכם," אמר ג׳קי.

"אני לא מאמין, איזו מין מדינה זו. איך הם הגיעו אליכם?" דן הופתע.

ערן שאף מהסיגריה והביט בדן, "לא רק אותנו חקרו. הם הגיעו כמעט לכל מי שמכיר אתכם. כבר בהתחלה הם שלפו תג של השב"כ. מה שהיה מוזר זה שהם ידעו בדיוק עם מי אתם בקשר, ורק אליהם הם פנו," ערן סיים לדבר ושאף מהסיגריה בעצבנות.

"במה הסתבכת בדיוק? תהיה אמיתי," ביקש ג'קי.

"זו היתה סתם טעות בכתובת. האיש שבגללו הכול התחיל הוא לא אחר מאשר אחד השכנים שלי," ענה דן.

"מי זה?" מיהר ערן לשאול. דן הביט בערן וחייך, "אתה לא תאמין, ברייטמן."

"אני לא מכיר אותו," אמר ג'קי. ערן התחיל לצחוק, "ברייטמן הזקן?" הוא שאל בחיוך. "הוא ולא אחר," ענה דן והביט בזוג המבוגר שהתקדם לבריכה.

הגבר סימן לאשתו, ושניהם הביטו בדן שחייך לעברם. הזקן מיהר לנופף בעיתון שבידו והצביע לעבר דן. "זה אתה פה בתמונה?" שאל הזקן. דן לא ענה, ובמקום זה מיהר לעבר הזוג, "איזו תמונה?" שאל דן. ערן וג'קי עמדו מאחוריו מסוקרנים. "עכשיו אני בטוחה שזה אתה," חייכה הזקנה. הזקן פתח את העיתון, בעמוד השני התנוססה תמונתו של דן.

דן התבונן בתמונה שצולמה אתמול, אחר הצהריים, כשירד מהמונית, אחרי שישב ב"קפהעכשיו" עם ריטה. למטה באותיות גדולות נכתב, זהו דן אלון, האיש ששוחרר בעסקת שבויים מהירה על אדמת דרום לבנון תמורת מחמוד דלאנה. דן קרא בקול את הכתבה. הכַּתָּב תיאר כמעט במדויק את מהלך חילופי השבויים ואת מעצרו החשאי של מחמוד דלאנה.

"אתה בסדר?" שאל הזקן. דן הרים את ראשו והביט בו: "אני אהיה בסדר," לחש דן. הכעס הציף אותו, ראשו הסתחרר מעט.

"הם הרביצו לך?" שאלה האישה בדאגה.

דן הנהן בראשו, והאישה ליטפה את זרועו בחיבה, "העיקר שחזרת בשלום, זה מה שחשוב."

בעלה דחף את העיתון לידו של דן. "זה בסדר, תשאיר את העיתון אצלך," אמר, ושניהם הנהנו בראשם, חייכו והמשיכו ללכת לכיוון הבריכה.

ערן חטף את העיתון מידו של דן והביט בהשתוממות בכתבה.

"מה תעשה?" שאל ג'קי וסימן לדן שיביט לאחור. דן סובב מעט את ראשו. שתי חברות של נוגה, ליאת ורוני, התקרבו במהירות לעברו. ג'קי משך בידו של דן, "בוא נזוז," לחש.

דן חלף על פניהן של רוני וליאת במהירות, "חכה רגע, דן," קראה לו ליאת.

"נדבר אחר כך, אני ממהר," הוא אמר והביט בערן שנעמד באותו מקום עם העיתון. רוני התקרבה אליו, ככל הנראה, רצתה לשאול אותו על החטיפה. דן וג'קי לא חיכו, הם יצאו מחוץ למתחם הבריכה ומשם מיהרו לצאת מהקאנטרי. ג'קי הסיר את כובע המצחייה שהיה על ראשו, והניח אותו על ראשו של דן.

"נדבר מאוחר יותר," הוא לחש לג'קי.

"אתקשר אליך לטלפון הנייד," השיב ג'קי.

"יש לי ציתות קבוע על כל הטלפונים," מיהר דן להזהיר.

ג'קי הביט בדן והרהר: "אנחנו חייבים לדבר ביחידות, תתקשר אלי כשתוכל."

דן מיהר לחזור הביתה, בדרכו חלף על יד שכנים ומכרים. חלקם פנו אליו, אך הוא התחמק מהם, הרכין את ראשו ואת כובע המצחייה הוריד עד לגבות.

הטנדר הלבן היה באותו המקום. הוא הציץ לעבר תא הנהג. מקדימה נראתה בחורה צעירה שהרכיבה משקפי שמש גדולים וכהים. היא דיברה בטלפון הנייד ונראה שהיא מתעלמת מדן. הוא הציץ שוב לעברה, אך לא הצליח להיזכר מהיכן היא מוכרת לו. בכניסה לבניין

עמדו שני בחורים בחליפות. מולם עמד חנוך, ראש ועד הבית. "מה קורה פה?" שאל דן בכעס.

"תביט דן, אני לא בא אליך בטענות. העניין הוא שכולם באים אלי. אני ראש הוועד בבניין, ולכולם יש שאלות לגביך. נורתה ירייה, היתה פריצה בביתך, ופתאום במקום גננים יש לנו אנשי שב"כ ששומרים עשרים וארבע שעות ביממה על הבניין. יש עלי לחץ, הדיירים רוצים לדעת מה קורה. למעשה, קבענו ישיבת ועד למחר בשעה תשע בערב..."

"טוב ויפה, רק אל תיקח אותי בחשבון. אני לא אגיע," אמר דן בכעס והביט באנשי הביטחון. שניהם הביטו בו ושתקו.

"מה בדיוק התפקיד שלכם פה?" פנה אליהם דן.

"מר אלון, אנחנו כאן בשביל ביטחונך וביטחון משפחתך, נסה להבין..."

"מה יש פה להבין?" קטע אותו חנוך, "מי אחראי לכל זה?"

אנשי הביטחון הביטו בחנוך, אך לא הגיבו. חנוך עמד והביט בשניהם בהפגנתיות, ולבסוף הסתובב ומבלי לומר דבר, הלך לדרכו.

דן חלף על פני שניהם, נכנס למעלית ועלה לדירתו.

***

האווירה בחדר היתה מתוחה מאוד. אשר ואמנון ישבו במשרדו של ירון דותן ותקפו, בלי הפסקה, את אורי ברייטמן, שכנו של דן. מהצד ישבו ירון וריטה, מביטים בשתיקה בשניים שקולותיהם הלכו וגברו.

"השיחה הזו הגיעה למבוי סתום," צעק אשר, "אני רוצה לראות הוכחה לכך שמשפחת אלון קשורה לכל העניין הזה. אין לך הוכחה משכנעת, גרמת פה נזק בלתי הפיך למשפחה שלמה," את המשפט האחרון אמר אשר בפנים מאיימות.

ברייטמן הביט בירון דותן כמבקש עזרה, אך ירון המשיך ושתק. אמנון הביט בחטף בריטה: "למה שניכם שותקים? מה אתם מנסים לעשות?" ירון הוציא סיגר מקופסת הסיגרים המהודרת שניצבה בדרך קבע על שולחנו. בתנועה זריזה חתך, בעזרת הקאטר, את קצה הסיגר והדליק

אותו. "אנחנו צריכים לדעת כאן ועכשיו מאין הביטחון הזה שיש לך שלמשפחת אלון יש קשר לכל זה?" המשיך אמנון ושאל.

"אני צריך שתאמינו שיש קשר. אני אישית שמעתי את קרי מדבר על משפחת אלון. הוא זכר את שמותיהם של הילדים ואת שמו של דן. הדבר היחיד שקרי לא זכר הוא את המקום המדויק שממנו הגיח לביתם. הוא טען שהוא התעלף מעוצמת הנפילה," הסביר ירון בשקט.

"יש לנו תיעוד לכך באחת הקלטות," הסבירה ריטה.

אשר הדליק סיגריה, ואילו אמנון קם וניגש לארון המשקאות של ירון, "אפשר?" שאל. ירון סימן לו בחיוך. אמנון הביט בבקבוקים הרבים שהיו על המדף. מתחת לארון היה מקרר. אמנון פתח את המקפיא וחייך בסיפוק. הוא הוציא בקבוק של וודקה מהמקפיא, מזג ממנו לכוסיות קטנות של וודקה והביט בחטף בברייטמן.

"אני מבקש שתגלה פתיחות."

ברייטמן הביט בו והשיב: "כל מה שאמרתי עד כה הוא אמת לאמיתה."

"טוב, אז נניח שקרי הגיע לביתם של דן ונוגה אלון..."

"אין פה מה להניח, זה באמת קרה," ברייטמן קטע אותו באמצע המשפט.

ריטה ניסתה לומר משהו, אך ירון היסה אותה. אמנון הביט באשר שקם מכיסאו והתקרב לברייטמן. כולם ישבו דרוכים. אשר נעמד מול ברייטמן, והביט בו באדישות, "דן הוא אחד מהאנשים הכי אמינים שהיכרתי בחיי. אני מאמין לו ולכל מילה שיוצאת מפיו, ואני חייב לומר לך, שלך אני לא מאמין בכלל. אם בסוף יתגלה שהמשפחה הזו סבלה לחינם," אשר התכופף לעבר אוזנו של ברייטמן ולחש, "אני אישית אדאג לטפל בך."

ברייטמן קפץ מכיסאו ונעמד מול אשר כשפניו מביעות זעם: "אני לא מפחד ממך," הוא הרים את קולו, "אני יכול להבטיח לך שהיציאה מכוכב ירדל נמצאת בביתם של משפחת אלון." את המשפט האחרון אמר אורי ברייטמן בכעס, ויצא מהחדר כשהוא טורק בחוזקה את הדלת.

אשר התיישב במקומו, כשחיוך גדול מרוח על פניו. ירון שתה את
המשקה בלגימה אחד והתרווח בכיסאו.

"אתה כנראה מרוצה מעצמך," פנה ירון לאשר.

אשר שאף מהסיגריה, ובידו השנייה שיחק עם כוסית המשקה שעמדה
על השולחן, "כן, אפשר להגיד. מה שחשוב זה שהוא ידע שאם הוא
טעה, הוא ישלם על כך."

ירון התרומם מכיסאו, ניגש לארון המשקאות, סגר את דלת הארון
ואחר כך התיישב בכיסאו, "אתה מבין, אשר, ברייטמן הוא אדם גאה,
אדם עם כבוד, מעולם לא ראיתי אותו כועס כל כך. אתה פגעת בו
ובכבודו," הוסיף ירון.

"זה לא שאני לא מכבד אותו, אני מאמין יותר לדן מאשר לברייטמן,"
השיב אשר וקם מכיסאו. "אני רוצה לראות את הקלטת שבה קרי
מספר ששהה בבית משפחת אלון," אמר אשר וסימן לאמנן בראשו
שיתחיל לזוז.

"עוד שעה נאתר אותה ונצפה בה יחד." השיב ירון.

***

השעה היתה עשר בלילה. במשך שלוש שעות נחקר דן במשרדי השב"כ
שבקריה. לא הרחק מהבונקר התת-קרקעי, שם היה משרדו של ירון
דותן. יעקב ושימי עברו איתו על כל פרט שקרה מאז נחטף, דן נזכר
בפרטים ששכח בתחקורים הקודמים.

שימי עמד ליד הדלת ודיבר בטלפון הנייד, ואילו יעקב הגיש לדן
מסמך וביקש ממנו שיחתום עליו. "זהו, סיימנו להיום, אלווה אותך
החוצה," אמר יעקב והתרומם מהכיסא. דן מתח את איבריו, הוא התעייף
מהחקירה. כשרצו לצאת מהדלת, שימי הניח את ידו על כתפו של דן
ואמר: "חכה רגע, אתה עדיין לא משוחרר. ירון מחכה לך במשרד."

דן רצה לסרב, אך מאחר שרצה שהכול יהיה מאחוריו אמר: "אני
מקווה שאחרי היום הכול ייגמר. אין לי חשק וכוח לכל זה," רטן.

"זאת התודה שלך? עצרת לחשוב על מה ויתרנו בשבילך?" שאל שימי, "תבין, זו הפעם הראשונה בהיסטוריה של המדינה הקטנה שלנו שחילופי השבויים נעשו במהירות כזו, יכולת בקלות להירקב שם," הוסיף שימי. "למה ללכת רחוק? קח לדוגמה את רון ארד, הוא נעדר כבר מעל לעשרים שנה, וזה חביבי, מחדל של המדינה שלנו," אמר יעקב.

דן הביט בשניהם. הדברים שאמרו היו נכונים ומפחידים. הוא יכול היה להישאר על אדמת לבנון שנים רבות.

"אני מעריך מאוד את מה שעשו בשבילי, שלא תטעו. אבל זִכרו שחטפו אותי מתוך המדינה, כאזרח, כשהייתי תחת מעקב של זרועות הביטחון. בכל מקרה כל הקרקס הזה לא מובן לי ומעייף מאוד," דן ריכך את קולו.

שימי הביט בדן במבט קפוא: "אלווה אותך החוצה. משם תלך למשרד של ירון דותן."

***

כשיצאו מהמתחם של המוסד מיהר שימי להיפרד מדן ושב על עקבותיו. דן הביט למעלה, לשמים. אור הירח האיר את הבסיס השומם. פנסי הרחוב שדלקו האירו את השבילים, שלטים ירוקים שעליהם סיסמאות צבאיות ליוו את הולכי הרגל שבאותה השעה לא נראו.

דן הביט בשביל דרכו היה צריך להגיע למשרדו של ירון דותן. הוא השתוקק לעשן סיגריה, ולכן החיש את צעדיו. הוא החליט שיקנה קופסת סיגריות בדוכן הפתוח הראשון שיראה.

מבחוץ נראה הבניין נטוש ושומם. חייל שעבר באותו רגע על אופניו הביט בדן שלבש בגדים אזרחיים ואחר כך נעלם בחשכה. דן התקרב לדלת הכניסה. מסביב הכול נראה שומם וריק. הדלת נפתחה בקלות, ואור חזק ומסנוור סנוור את פניו. במשרד היתה הפקידה המצודדת שראה אתמול בוקר. "ערב טוב, מר אלון. מר ירון דותן מחכה לך במשרדו," חייכה אליו.

דן הסתובב למעלית וחיכה שזו תגיע. כשנכנס לחץ על מינוס ארבע. המעלית ירדה בעצלתיים, וכשהדלת נפתחה דן ראה עשרות אנשים שעובדים במרץ. "המקום הזה עובד עשרים וארבע שעות ביממה, ממש סביב לשעון," מלמל דן לעצמו.

שתי קצינות צעירות קידמו את פניו. "מר אלון," אמרה לו בחיוך אחת הקצינות בלבביות, "בוא איתי בבקשה, מר ירון דותן מחכה לך במשרדו."

שתי הקצינות הובילו את דן דרך המסדרון המוכר. דלת משרדו של ירון היתה פתוחה מעט, וקולות רמים נשמעו ממנו. הקצינה דפקה על הדלת והקולות נדמו. דן עקף את הקצינה ונכנס למשרד. בפנים ישבו אשר ואמנון, חגי, ריטה וירון.

"טוב שהגעת," מיהר אשר לומר ומשך את אחד הכיסאות הריקים שהובאו קודם לכן במיוחד לישיבה הזאת. דן בירך את כולם, והתיישב בין אשר לחגי, "מה קורה?" שאל והוציא סיגריה מקופסת הסיגריות שהיתה על השולחן.

"התחלת לעשן רציני ברצינות," גיחך אמנון.

דן שם לב שגם ירון חייך. "השעה עכשיו עשר ורבע, ואני עייף, אז בואו ניגש לעניין," אמר דן. ירון הוציא מעטפה חומה מהמגירה והניח אותה על השולחן, מול דן.

דן הביט במעטפה וניחש שזה צו חיפוש לביתו.

"תפתח ותקרא," ביקש ירון.

דן פתח את המעטפה והוציא ממנה מסמך משפטי. הוא עלעל בכתוב במהירות עד שהגיע לשורה שבה נכתב שהשב"כ יכול לחפש בביתו בלי שבני המשפחה יתערבו במעשיו. הוא החזיר את המכתב למעטפה והעיף אותה לכיוונו של ירון. "אני מבין שאין לך בעיה לקבל צו חיפוש. רק שתדע אני לא אסכים לכך ולא אשב בשקט," אמר דן בכעס.

אשר גיחך, וירון הביט בו בכעס. דן שאף מהסיגריה והביט בירון ששתק. "הטלפון בביתי לא מפסיק לצלצל. אני מוזמן כמעט לכל

תכניות הטלוויזיה וכל העיתונאים מחכים לראיין אותי. אם אתה מוכן להסתכן בכך..."

"תקשיב טוב," קטע אותו ירון בכעס.

"לא, אתה תקשיב טוב," עכשיו היה זה דן שקטע את ירון. אמנון ניגש לדן והניח יד על כתפו: "אני חושב שכדאי שנסיים את זה יפה, תנסה להבין..."

דן הזיז את ידו מכתפו בכעס: "אמנון, אני מציע שתשתוק," אמר, "ואתה," דן פנה לירון, "אתה יכול לבוא עם הצו הזה מתי שרק תרצה. רק שתדע, שכשאתה תחפש בביתי, אני אתראיין לתכניות הטלוויזיה ולכתבות בעיתונות, אז תתכונן," אמר וקם מהכיסא. דן רצה לצאת מהחדר, אך אשר אחז בידו בכול הכוח.

"אתה לא הולך לשום מקום," חגי הרים את קולו.

"אתה הולך לעצור אותי?" שאל דן בציניות.

חגי הביט בו בכעס, "מה יש לך להסתיר שאתה לא מוכן לחיפוש של שעתיים? הרי אחרי החיפוש הזה יעזבו אותך בשקט."

דן חזר והתיישב בכיסאו, "אחרי כל מה שאני ובני משפחתי עברנו בגללכם," דן הצביע לעבר ירון וריטה שישבה ושתקה, "יריות נורו בפתח ביתי, נחטפתי והועברתי ללבנון. עד כאן. מעכשיו תעזבו אותנו בשקט," הפעם דיבר דן בקולו השליו.

"לא אכפת לי, אני חייב לערוך חיפוש בביתך," מלמל ירון, "גם אם אתה לא יכול להבין מה קורה פה. אני מאמין, באמת ובתמים, שאתה לא יודע כלום מעבר למה שסיפרנו לך," ירון ניסה לפייסו.

"שעתיים, זה כל מה שאנחנו מבקשים," ניסה גם חגי בדרכי נועם פעם נוספת.

"מה דעתך על המתאר הבא:" הסביר ירון, "בשמונה בבוקר הילדים שלך יוצאים לבית הספר. רק אחרי שיצאו שלושה אנשי שב"כ ייכנסו, יחד איתי ובפיקוחי. בעשר נצא מהבית, בלי להפוך כלום, הבית יישאר בדיוק כמו שהיה, ואתה נוכח לאורך כל החיפוש," ניסה ירון לשכנע את דן.

"ומה, גם הפעם תשימו לי מכשירי האזנה ומדבקות סלוטייפיות?"

"דן תקשיב," אמר ירון במבוכה, "אתה צודק, זה לא היה בסדר. זו דרך העבודה שלנו, כך אנחנו פועלים. אני מבטיח לך שהפעם זה לא יקרה," אמר ברצינות.

"ומי אחראי לכך שזה לא יקרה?" הקשה עליו דן.

ירון התרווח בכורסה והביט לצדדים, לאמנון ולאשר: "עליהם אתה סומך? הם יערכו עלינו חיפוש."

אשר הידק את שפתיו בכעס: "האמת היא שאני לא רוצה להיות מעורב בזה..."

"אנחנו נהיה אחראים לכך," אמנון קטע את אשר והביט לעברו בחיוך קל.

"מה שתגיד," מלמל אשר, "רק שתדע שהחיפוש לא יהיה שטחי, נבדוק הכול," הוסיף אשר.

"זה אומר שריטה לא תהיה ביניהם," אמר דן. ריטה הביטה בדן בחיוכה הכובש: "זה בסדר, אני מוותרת על התענוג," אמרה בשלווה.

"חבל," אמר אמנון, וכולם פרצו בצחוק.

דן חייך מעט, הוא כבר התחיל לתכנן היכן יחביא את הציור ואת נל. יש לי זמן עד שמונה בבוקר, עד אז אמצא פתרון, חשב לעצמו והביט בשעון. השעה היתה חמש-עשרה דקות לפני אחת-עשרה. "טוב, אני מבין שסיכמנו על שמונה בבוקר," אמר והתרומם מכיסאו.

"כן, בשמונה בבוקר," אישר אשר.

"אחרי זה אתם מפסיקים להציק לנו," הוסיף דן.

ירון הנהן בראשו: "אין בעיה, אחרי החיפוש אתה יכול לשכוח מכל העניין," אמר ירון. הוא קם מכיסאו, עקף את השולחן וניגש ללחוץ את ידו של דן.

"בלי עיתונות ובלי טלוויזיה," הוסיף וחייך, "אני סומך עליך, זה עניין של ביטחון המדינה."

"אין בעיה, כל עוד תקיים את מה שהבטחת. שעתיים ולא יותר," דן הקשיח את דיבורו.

"שעתיים, זה כל מה שנצטרך," אישר ירון.

דן נפרד מכולם, וקבע עם אשר ואמנון שיגיעו לביתו בשבע וחצי בבוקר.

***

השעה היתה קצת לפני חצות כשדן נכנס לביתו. מחוץ לבניין הכול נראה כרגיל. דן זיהה כמה מאנשי ביטחון שהסתובבו ליד הבניין.

נוגה חיכתה לו בסלון. היא צפתה בטלוויזיה והניקה את אור. "היי יקירי, איך היה?" לחשה לעברו וסימנה לו שאור נרדם. דן נעל את הדלת והסתובב לעברה. "יש לנו בעיה," הוא לחש.

נוגה הנהנה בראשה וסימנה לו שיחכה רגע. היא קמה בזהירות מהכורסה והלכה לחדר השינה להשכיב את אור במיטה.

דן הביט סביבו. הוא השתוקק לסיגריה. הוא הביט לצדדים וניסה לחשוב אם נשארה קופסת סיגריות מהתקופה שעישן. פתאום גופו נדרך, "הבהלת אותי," אמר דן ונאנח.

נוגה עמדה במסדרון והביטה בו בחיוך, "אתה רוצה סיגריה?" היא חייכה לעברו בשובבות וחשפה את קופסת הסיגריות שהחזיקה בידה. דן חייך בהקלה, "איך ידעת?"

"ראיתי איך התבוננת בשי כשעישן. חוץ מזה הבנתי את זה כשעליתם למעלה, ניגשת אלי והתנשקנו," השיבה.

"כנראה שפספסתי משהו, מאיפה יש לך סיגריות?" שאל בתמיהה.

"קניתי היום, בשבילך."

דן ניגש למטבח, לקח מצת ומאפרה והתיישב ליד נוגה על הכורסה בסלון.

"איזה בעיה יש לנו?" שאלה נוגה בפנים חתומות.

דן הדליק סיגריה, "אני אסביר לך," אמר וסיפר לה על שימי ויעקב סוכני השב"כ שחקרו אותו, על הישיבה הסוערת שהתרחשה במשרדו של ירון דותן ועד לרגע שחזר הביתה.

"אז מה אתה מציע שנעשה? הם ימצאו את נל כשיתחילו לחפש," אמרה בחרדה.

"נצטרך להחביא - גם את נל - וגם את הציור." ענה דן.

הם התיישבו בשתיקה, נוגה הושיטה את ידה לקופסת הסיגריות ושלפה ממנה, מול עיניו הנדהמות של דן, סיגריה. "את בטוחה?" שאל, "את באמת לא מעשנת..."

נוגה כיווצה את שפתיה לשנייה ואחר כך הדליקה את הסיגריה: "רק כמה שאיפות," לחשה. "אולי כדאי שבבוקר אקח את אור בעגלה. את הציור נכניס לתיק הגדול של העגלה, ואחר כך אלך לאבא שלי. גם נל יכול להיכנס לתיק. ארד חמש קומות לדירה של אבא שלי."

דן הרהר לרגע, "זה רעיון טוב, אבל מה נעשה עם המסגרת של הציור, מה יקרה אם הם ימצאו אותה, הם יחשדו."

במשך שעה ישבו דן ונוגה וחיפשו פתרון. דן הרגיש שהעייפות משתלטת עליו, הוא נשען לאחור ונרדם.

***

"דן," קולה של נוגה נשמע מתוך חלום. דן פקח את עיניו והביט בפניה המחייכות. הבוקר עלה והאור חדר דרך התריסים שהיו מוגפים למחצה.

"מה השעה?" דן קפץ מהכורסה בבהלה.

"שבע בבוקר, יקירי."

"איך נרדמנו? בעוד שעה יגיעו לכאן החבר'ה מהשב"כ. עם אשר ואמנון קבעתי לשבע וחצי..."

"תירגע, הכול בסדר, בוא תראה," היא הובילה אותו במהירות לחדרו של אור שישן שינה חזקה. "אחרי שנרדמת, הערתי את אור ושיחקתי איתו עד לפני כשעה. בינתיים החבאתי את הציור בין שני המזרנים שלו ועטפתי אותם בסדין," לחשה נוגה והצביעה על המיטה הקטנה שבה ישן אור.

דן התכופף ובדק מסביב למיטה, אך הוא לא ראה דבר. הוא הביט

לעבר בית הבובות הענקי שעמד על שולחן הכתיבה, לא היה זכר לנל.

"היכן נל?" לחש דן.

נוגה חייכה ומשכה אותו ביד, "נלך לסלון," לחשה והובילה אותו לסלון. "אחרי שנרדמת חשבתי מה נעשה עם נל. נזכרתי, שהשכנה שלנו, גברת שטיינמיץ, נסעה לסוף שבוע עם הילדים ושהבית שלה ריק..."

"מה? את רוצה לומר לי שנל נמצא עכשיו בביתה, איך? אין לנו מפתח..." דן התקומם.

"חכה רגע," קטעה אותו נוגה, "נכון, אין לנו מפתח. העברתי את נל למרפסת שלה דרך המרפסת שלנו. כרגע הוא מתחבא שם," נוגה חייכה. ליר ורון יצאו מחדרם. שניהם נראו כישנים.

"מה קרה, אבא?" שאל רון ופיהק.

דן הביט בנוגה שאמרה, "בוא, נדבר איתם בחדר של יואב."

"מה יש לספר, משהו קרה?" שאלה ליר.

"לא כאן," השיב דן והתקדם לחדרו של יואב. דן פתח את הדלת. יואב ישב מול המחשב כשהוא לבוש בפיג׳מה. "יואבי, עדיין לא צחצחת שיניים ואתה כבר משחק במחשב?" רטנה נוגה.

"אמא, אני רק קובע משהו עם יותם. אבא שלו מקפיץ אותנו לבית הספר היום," השיב יואב והביט בהוריו שהתיישבו על מיטתו, כשליר ורון נעמדו לידם.

"מה קרה? קרה משהו?" שאל יואב בפליאה.

"אמא ואבא רוצים לדבר איתנו," הסבירה ליר.

דן ניגש וסגר את הדלת: "אין לנו הרבה זמן. אספר לכם בקצרה מה קורה," אמר וסיפר במהירות מה קרה אתמול בלילה, היכן החביאו את הציור והיכן מסתתר נל.

"מה אם יבדקו טביעות אצבעות, אבא?" שאל יואב.

דן הביט בו בהשתאות. העובדה שלא חשב על כך גרמה לו להלם. "טוב, כל אחד מאיתנו לוקח עכשיו מטלית לחה ומעביר אותה במקומות שהוא חושב שנל היה."

דן הביט בשעון שהיה תלוי מעל למיטתו של יואב. השעה היתה כמעט שבע ורבע. נוגה מיהרה למטבח, ותוך שלוש דקות עברו כולם על הרהיטים, הדלתות והשולחנות.

"תסחטו טוב טוב את כל הסמרטוטים," ביקש מהם דן, "כך הם יתייבשו מהר יותר," הוסיף ומיהר לפתוח את התריסים שבמרפסת השמש.

במשך עשר דקות הם עמלו וניקו. דן לקח את הסמרטוטים, ונוגה הכניסה אותם למייבש הכביסה עם הבגדים שהוציאה קודם לכן ממכונת הכביסה.

"לכו להתלבש ובואו לאכול ארוחת בוקר," האיץ בהם דן.

באותו הרגע צלצל האינטרקום. דן מיהר להרים את השפופרת, "כן," הוא אמר.

"בוקר טוב דן, אני ואמנון כאן, אפשר לעלות?" נשמע קולו של אשר.

"כן, תעלו," אמר דן ולחץ על הזמזם.

נוגה הכינה ארוחת בוקר כשאמנון ואשר נכנסו לביתם. רון, ליר ויואב התלבשו בחדרם.

דן סגר את הדלת ונעל אותה.

"תשתו קפה?" שאלה נוגה.

"בשמחה," ענו שניהם והתיישבו על הכורסה שבסלון.

"אני יכולה להכין לכם ארוחת בוקר אם תרצו?" הציעה נוגה.

שניהם סירבו.

"רציתי לבקש מכם משהו," אמר דן.

"חכה רגע," עצר אותו אשר ואמר, "אין לנו הרבה זמן. הם יגיעו לכאן תוך עשרים דקות. אנחנו רוצים להבטיח לך אישית שהם לא יוכלו להעביר דרכנו שום דבר," אמר אמנון.

"איך תעשו את זה? הרי הם יגיעו כל עם מיני ערכות," אמר דן.

"אז זהו, הם לא," השיב אמנון, "אחרי שהלכת, המשכנו לדבר. היו ויכוחים ואי-הסכמות, אך בסוף הגענו להבנה שהחיפוש יהיה ידני ורגיל."

"לא הבנתי. הם הסכימו בלי לקבל משהו בתמורה?" התפלא דן.

"לא," השיב אשר, "הם לא יהיו שלושה, ריטה תצטרף לחיפוש."

אשר חיכה לתגובתו של דן. "אין לי בעיה עם זה," אמר דן בביטחון.

נוגה הניחה מגש מוכסף ועליו שלוש כוסות קפה וצלחת עם עוגיות. אמנון ואשר הנהנו לאות תודה.

"עם מה אין לך בעיה?" שאלה נוגה.

דן התיישב בכורסה, "עם זה שריטה מצטרפת לחיפוש," ענה.

"המ..." המהמה נוגה, "הבית פתוח לשעתיים," אמרה וחזרה למטבח.

"הי אשר," יואב ניגש לאשר ולחץ את ידו.

אשר קם ונעמד ליד יואב, "אתה צומח לגובה כל יום," צחק אשר וטפח על שכמו של יואב. "זה אמנון, חבר ילדות שלי," אמר דן, ויואב לחץ את ידו של אמנון, כשליר ורון מסתפקים בשלום.

"קדימה, צחצחו שיניים. אתם צריכים לצאת תוך כמה דקות," זירזה אותם נוגה.

השלושה מיהרו לחדרם. הטלפון הנייד של אשר צלצל.

אמנון ודן דיברו על המלצרית שאמנון הכיר בבית הקפה שבחוף הצוק. אמנון סיפר לדן שנפגש איתה לפני יומיים.

"זה היה ירון דותן," אמר אשר לאחר שסיים לדבר, והביט בשעונו, "הם יהיו כאן בעוד עשר דקות," הוא הוציא קופסת סיגריות מכיסו והביט בנוגה. אשר דחף את קופסת הסיגריות בחזרה לכיסו וחייך בהתנצלות: "הבנתי, ואת צודקת," אמר בחיוך.

רון, ליר ויואב נפרדו מכולם ויצאו לבית הספר. לא עברו כמה דקות והאינטרקום צלצל. דן הביט בשעון שעל ממיר הטלוויזיה. השעה היתה חמישה לשמונה. דן לחץ על הזמזם ופתח את הדלת.

"אתם לא בודקים אותם?" שאל דן.

אשר התכוון לענות, אך אחד המכשירים שבמזוודת האוסקור צפצף. אשר ואמנון קפצו מהכורסאות ומיהרו למזוודה. אשר פתח אותה, הביט באמנון ואחר כך בדן, "לא נראה לי שהיום יתבצע חיפוש בביתך," לחש אשר ונדהם ממילותיו.

"מה קורה?" הזדרז דן לשאול.

"לא עכשיו, חכה רגע," ענה אשר.

דלת המעלית נפתחה. ירון דותן, ריטה ושני בחורים נוספים, שלבשו חליפות מחויטות, יצאו מהמעלית והתקרבו לעברם.

"בוקר טוב," בירך ירון.

"בוקר טוב גם לך," אמר דן.

אשר הביט בירון, הוא הוציא את תעודת השב"כ שלו והניח אותה בידיו של ירון כשאמנון אחריו.

"מה זה?" שאל ירון מופתע.

אשר נד בראשו בכעס: "אתה יודע בדיוק מה זה."

"מה שאני לא מבין זה איך הגעת לאן שהגעת אם אתה מתרשל כך?" אשר דיבר בכעס.

"על מה..."

ריטה התחילה לומר משהו, אך ירון הניח את ידו על כתפה.

"איך גילית?" שאל ירון.

"יש לי דרכים משלי, ואני לא אספר לך עליהן.

בקיצור, היום לא יהיה חיפוש בבית הזה," הכריז אשר.

שני הבחורים התקדמו לעבר אשר, אך ירון עצר אותם.

אשר נשף מאפו בבוז, "חבל, היית נותן להם להתקרב קצת יותר. בית החולים נמצא לא רחוק מכאן," הוא גיחך.

אחד הבחורים עשה תנועה מאיימת לעבר אשר. "תעמוד בשקט," כעס עליו ירון.

"תן לי שתי דקות ותראה איך הוא ידבר אחרת," ענה הבחור בכעס.

ירון נד בראשו לשלילה, "תוציא הכול על הרצפה, עכשיו!" הוא פקד. השניים הביטו בירון בתמיהה. מבט אחד לעברם הספיק, והם שלפו מבגדיהם המוצנעים מכשירים קטנים בגודל של כפתורים והניחו אותם על הרצפה. אשר, אמנון ודן הביטו בשניים בשתיקה.

"גם את?" פנה ירון לריטה.

ריטה כיווצה את שפתיה במבוכה, שלפה מארנקה שפתון והניחה
אותו על הרצפה.

"אתה מרוצה?" שאל ירון את אשר.

"עדיין לא."

"דן, תביא לי ארבעה זוגות מכנסים קצרים וארבע חולצות טריקו,
בבקשה," ביקש אשר.

נוגה התקרבה לדלת, אך דן סימן לה שתיכנס פנימה ומיהר לבצע
את בקשתו של אשר. כשחזר מצא אותם עומדים באותו המקום. ריטה,
כהרגלה, הדליקה סיגריה ועישנה בעצבנות.

דן הושיט את הבגדים לאשר, "אתם יודעים מה לעשות, נכון?" שאל
אשר בחיוך, וירון שנשך את שפתו התחתונה, הנהן בראשו בעצבנות
וסימן לשני הבחורים.

ריטה הסתובבה. ירון ואנשי הביטחון התפשטו, ואשר שלף במהירות
את אחד הסורקים שהיו במזוודה והעבירם על גופם. אחרי שסיים,
סימן להם שילבשו את הבגדים שדן הביא. אמנון לבש כפפות ובדק
אותם, את פיהם, מאחורי האוזניים וגם באזורים המוצנעים שבגופם.
אשר העביר את המכשיר שוב על גופם, ואחר כך סימן להם שהם
יכולים להיכנס.

ירון הביט בשעונו, השעה היתה שמונה ועשרים. הוא סימן לאשר
על השעון.

"בעיה שלך, סיכמנו עד השעה עשר בבוקר," אמר דן בשלווה.

ירון הביט באשר: "כמו שדן אמר, זו בעיה שלך."

ירון ואנשי הביטחון נכנסו לבית והתחילו בחיפוש. אשר ואמנון
הביטו בריטה: "הדרך להיכנס היא אותה הדרך," אמר אשר. אמנון
חייך והביט בסקרנות גלויה בריטה היפה.

ריטה הביטה בשניהם וחייכה, "טוב, אני אעשה לכם את היום," אמרה
והתחילה לפרום את כפתורי חולצתה.

"לא, את יכולה להתלבש," אמרה נוגה בכעס.

אמנון ואשר הסתובבו והביטו בנוגה, "זה בסדר. אחרי החיפוש לא תהיה בעיה," הסביר אמנון בשלווה.

"אני לא מוכנה לכך," פסקה נוגה.

ריטה כפתרה את חולצתה והדליקה לעצמה סיגריה נוספת, "הפסדתם," לחשה בצחוק. היא התכופפה לעבר המכשירים הקטנים שהיו על הרצפה, אספה והניחה אותם בתיקה.

אמנון התקדם אליה, "אפשר?" שאל וסימן לה שהוא רוצה לבדוק את תיק היד שלה. "אני לא נכנסת, אז בשביל מה?" שאלה וגיחכה, "אתה רוצה לחפש, אז בבקשה," הוסיפה בקרירות.

אמנון לקח את קופסת הסיגריות מתיקה ובחן אותה בזהירות. הוא סובב את הקופסה בידו, ואחר כך משך במהירות את המעטפת השקופה שסבבה אותה.

"בינגו," קרא בשמחה.

נוגה הביטה בו בתימהון, "מה בינגו?" שאלה בהשתוממות.

"מדבקה סלוטייפית," הסביר אשר, ומיקד את מבטו בריטה.

אמנון המשיך לבדוק את הקופסה, "עוד בינגו," אמר והוציא נייר כסף שקופל בקפידה לכדור קטן, "או שזה חשיש או שזה מכשיר האזנה קטנטן," גיחך אמנון ופתח את נייר הכסף, "זה פינאול," אמר באכזבה גלויה, והושיט את הקופסה והמכשיר לריטה.

"אני רואה שאתה מרוצה מעצמך," אמרה ריטה בקרירות. אמנון לא ענה ונכנס לבית. אשר נכנס בעקבותיו ונעל אחריו את הדלת.

בינתיים, דן ונוגה ליוו את ירון ואת אחד הבחורים לחדרי השינה. הבחור השלישי בדק את הסלון והמטבח. אשר סימן לאמנון שייצמד לאיש הביטחון שחיפש בסלון, והוא הצטרף לדן ולנוגה. במשך שעה וחצי חיפשו ירון ואנשי הביטחון בביתם.

נוגה אפשרה להם לאחר דין ודברים לחפש בחדרו של אור. ירון נכנס ובדק בשקט את הארונות. אחר כך בדק את הספרייה כשנוגה ואשר עומדים לידו. ירון הביט במסמר שהיה תקוע בקיר שמעל הספרייה.

הוא בחן אותו מקרוב ואף ניסה להזיזו מעט. אחר כך הלך לסלון והתיישב על הכורסה. אשר התיישב לידו.

"רוצים קפה?" שאלה נוגה.

"כן, תודה. שחור קטן, כפית שטוחה של סוכר," אמר אשר.

נוגה הביטה בירון, "לא תודה," הוא אמר.

כשרצתה להיכנס למטבח, שמעה את ירון אומר לה, "רציתי לשאול אותך משהו."

דן התיישב על הכורסה מולו. נוגה הסתובבה לעברו. "מה?"

"הבחור שחיפש בביתכם עבר תחקיר ביטחוני מפורט ביותר. הוא הוריד את כל התמונות מהחדרים ומהסלון וגם בחדר הקטן של אור, הוא לא מצא כלום."

"מה השאלה?" שאלה נוגה בחוסר סבלנות.

ירון הביט בדן ואחר כך בנוגה, "מה בדיוק היה תלוי על המסמר שמעל הכוננית בחדר של אור?"

"שעון קיר לילדים," ענתה נוגה במהירות ובלי היסוס.

ירון הביט בה בעיניו החודרות, "האמת היא שראיתי סימן של משהו גדול יותר משעון לילדים על הקיר. יש סימנים על הקיר," הקשה.

אשר ודן שתקו. דן סמך על נוגה שתדע לומר את הדבר הנכון, ולכן התרווח בכורסה והביט בירון. "לפני השעון היתה תלויה שם תמונה גדולה שאותה העברנו לחדר של יואב," ענתה נוגה.

"איזה ציור בדיוק היה תלוי שם?" המשיך ירון לחקור.

"אתה יודע בדיוק איזה ציור, אל תיתמם," כעסה נוגה.

ירון השפיל את עיניו מעט, "אכפת לכם אם אקח את המידות של..."

"הזמן שלך נגמר," אמרה נוגה בקרירות והצביעה על שעונה. השעה היתה עשר בדיוק.

"שתי דקות, זה כל מה שאני צריך," ביקש ירון.

שני הבחורים שבאו איתו עמדו בסלון וחיכו להוראות.

"לא," ענתה נוגה נחרצות, "היית צריך להבין את זה קודם. יש לכם טעות בכתובת."

"אני מקווה שבזה סיימנו אתכם," הוסיף דן, "כל מה שאנחנו רוצים זה לחזור לשגרה."

ירון התרומם מהכורסה, הסתכל על המכנסיים הקצרים והדהויים שלבש, ואחר כך הסתכל סביב ואמר, "אני עדיין מתעקש לקחת את המידות של התמונה שבחדרו של אור."

נוגה ניגשה במהירות לעבר הארון שבמסדרון וחזרה כעבור דקה כשבידה מטר, "תעשה את זה בשקט ובמהירות," אמרה.

ירון לקח את המטר והודה לה בראשו. נוגה ליוותה אותו לחדרו של אור, ולאחר שתי דקות הם חזרו לסלון. "אנחנו סיימנו פה," הכריז ירון, "קיבלתי את מה שרציתי, רק שיש פה משהו מוזר, נראה לי שזה לא יהיה החיפוש האחרון..."

"שום דבר לא מוזר פה," אמר דן, "אתם פשוט לא מוכנים להודות שטעיתם."

ירון לא ענה והלך לעבר הדלת כשאנשיו בעקבותיו.

"אנחנו נתלבש בחדר המדרגות," אמר ירון לדן.

פרק 63

משפחת אלון מתאבלת

דן ניווט את מכוניתו בין המכוניות הרבות שזרמו באותה השעה לבית החולים תל השומר. השומר שבכניסה בדק את המכוניות שנכנסו, ואחר כך סימן לדן שייכנס. שעה לפני כן נודע לדן מאביו שאמו מאושפזת ושמצבה לא טוב.

היה זה יום ראשון, והשעה היתה כמעט תשע בערב. לפני שיצא מהמספרה תלה דן את השלט הקטן שעליו נכתב שבימי שני המספרה סגורה. את ההחלטה הזאת החליט דן לאחר התלבטויות רבות.

אמו, שכל חייה היתה ספרית, ביקשה ממנו לא פעם שיסגור את המספרה בימי שני וינצל את היום הזה לחופש ולמנוחה. כעת החליט שזה הרגע המתאים לישם את ההחלטה. הוא עשה זאת כדי לרומם את מצב רוחה של אמו שנאבקה שמונה שנים במחלת הסרטן.

כשנכנס למתחם בית החולים הרגיש את ההרגשה שליוותה אותו בכל פעם שביקר אותה שם: הרגשה של חמלה כלפי החולים הרבים, ופחד נוראי שמשהו רע יקרה לאמו.

בשל סרטן הלימפה נאלצה בשנים האחרונות אמו להתאשפז מדי פעם. בכמה מהפעמים היא אף קיבלה טיפולים כימותרפיים קשים. אמו, שהיתה אישה חזקה שהיה לה רצון עז לחיות, והיא נאבקה ברגעים קשים אלו. החוזק הנפשי שלה בא לידי ביטוי בכך שכשסיימה טיפול כימותרפי מיהרה לעבודתה. העבודה היתה הריפוי המהיר ביותר מבחינתה.

דן פגש את אביו בכניסה למחלקה. הם התחבקו. "מה שלומה?" שאל דן את אביו.

"היא חזקה. הרופאים אומרים שיש חשש לצהבת," ענה אביו בקולו המודאג.

"התחילו לטפל בה?" שאל דן.

"לא, הרופאים רוצים לחכות עוד יום לפני שיחליטו על הטיפול."

דן רצה ללכת לראות את אמו, אך אביו אמר: "דן, אמא תשושה ועייפה. אני מציע שתבוא מחר לבקר אותה."

"אני רוצה לראות את אמא," התעקש דן.

אביו ליווה אותו עד לחדרה ונשאר בחוץ. דן נכנס לחדר הגדול. עמדו שם שלוש מיטות כשסביבן וילון גדול. על מיטה האחרונה זיהה דן את תיק היד של אמו. הוא התקדם לסוף החדר. אמו, שהיתה ערה, דפדפה באחד השבועונים שחולקו בבית החולים.

"הי דן, יופי שבאת," קראה אמו בשמחה.

דן ניגש אליה וחיבק אותה. גופה החלש היה חם מעט. הוא ליטף את גבה ומחה דמעה מעיניו.

"אני כל כך דואג לך," אמר בכאב.

"אני יודעת."

"את יודעת, אני תמיד מרגיש צורך לומר לך כמה אני אוהב אותך," קולו החנוק של דן בגד בו.

אמו, שהבחינה בכאבו, ניסתה להקל עליו ואמרה: "אל תדאג, עוד יום או יומיים אני חוזרת הביתה. אתה מכיר אותי, נכון?" השיבה כשחיוך עצוב על פניה.

"אבא סיפר לי על כל מה שעברת. אתה יודע, הוא ניסה להסתיר ממני, אבל הלקוחות שלך סיפרו לי. ניסיתי להתקשר אליך, אך הטלפון שלך היה מנותק. אבא הרגיע אותי ואמר שביקרת אצלנו ושיש האזנות לטלפונים שלך, לכן לא ניסיתי להתקשר אליך שוב." אמו דיברה לאט, ונראָה היה שהדיבור מעייף אותה.

"הכול כבר מאחורינו. מה שחשוב עכשיו זה הבריאות שלך."

"ספר לי על החטיפה, למה ואיך הם הגיעו אליך?" ביקשה אמו.

דן ישב איתה במשך שעה וסיפר על הפריצה ועל שהמשטרה הסיקה שהיתה טעות בזיהוי. הוא לא סיפר לה את כל האמת כי לא רצה שאמו תדאג.

"זוכרת שביקשת ממני לסגור את המספרה בימי שני? היום שמתי שלט, וממחר יום שני הוא היום החופשי שלי," חייך דן.

אמו שמחה בשבילו. האחות ניגשה אליהם והתחילה בבדיקות שגרתיות. דן נפרד מאמו, ויצא מבית החולים כשהוא חושב רק על אמו.

***

יואב ורון באו לבקר את סבא חיים ששמח מאוד על הביקור. הוא ישב איתם בסלון. חנה, זוגתו: התקרבה כשבידה מגש עמוס בעוגיות וקנקן לימונדה קרה והתיישבה לידם: "מה שלומכם?" שאלה בחיוך. "בסדר, תודה," השיבו שניהם יחד.

סבא חיים מזג לימונדה לכוסות הזכוכית המעוטרות בפרחי לבנדר, "תתכבדו," אמר. יואב, שהיה קרוב יותר לשולחן, הושיט כוס אחת לרון ולקח גם לעצמו. סבא חיים סיפר להם על ילדותו, ויואב ורון הקשיבו בנימוס. כשסבא חיים הפסיק לרגע, יואב שאל: "סבא, אתה זוכר שסיפרת לנו על דוד מני ועל הארגז הגדול שהוא הוריש לסבתא נעמי?" שאל.

סבא חיים טפח לעצמו על המצח: "בוודאי שאני זוכר, אתם רציתם לדעת על מגילת הקלף. ובכן, נדמה לי שאני יודע היכן היא," אמר סבא בהרהור.

יואב ורון עצרו את נשימתם לרגע.

"על איזה מגילת קלף מדובר?" שאלה חנה מסוקרנת. סבא חיים סיפר לה בקצרה על דוד מני ועל הירושה שהוריש.

"אני חושב שכשחילקנו את הפריטים שהיו בארגז הגדול, אבי לקח את קופסת העץ, ובה צריכה להיות המגילה," הוא הביט בשניהם בסקרנות, "תגידו, יש לזה קשר לחטיפה של אבא שלכם?"

יואב חייך חיוך רחב: "לא. אנחנו פשוט סקרנים לראות את הפריטים ורוצים לדעת מדוע הדוד מני התעקש שסבתא נעמי תקבל אותם," השיב יואב ונמנע במופגן מלהביט ברון.

"אם כבר הזכרתי את עניין החטיפה, אני יודע שלא קל לכם עם החברים שבוודאי שואלים שאלות בלי סוף. אמא שלכם ביקשה מאיתנו שלא נדבר אתכם על הנושא. רציתי לדעת שאתם בסדר ושאין לכם משקעים או פחדים," אמר סבא בדאגה.

"אני חושב שכולנו בסדר. העיקר שאבא חזר ושהוא איתנו, חוץ מזה, אבא אמר שהכול קרה בגלל טעות בזיהוי," אמר יואב.

רון, שישב לידו, לא פצה את פיו ורק הנהן כמסכים. הם המשיכו לדבר על נושאים שונים. סבא חיים נמנע מלהזכיר את החטיפה והתרכז בלימודים של השניים. יואב ורון נפרדו ממנו ומחנה ועלו במעלית לביתם.

***

הנסיעה לכיוון יהוד עברה בשתיקה. דן הגביר את המוזיקה. ברקע התנגנו שירים משנות השמונים. יואב, רון וליר ישבו מאחור והביטו במסכי הטלוויזיה שהותקנו על מושבי העור. דן אמר להם לפני שיצאו מהבית שלא ידברו. הוא חשש מציתותים.

מוקדם יותר בשעות הבוקר התקשרה נוגה לאבי, אחיה הגדול, וסיפרה לו שהכינה לבנו עומר הקטן חבילה מבגדיו הישנים של רון, אלה שכבר אינם מתאימים לו. כעת נסע דן למסור לו את החבילה. אבי שמח על הפגישה עם דן, ביטל את אימון הכושר וחיכה לדן ולילדים בביתו.

רכב לבן מסוג מאזדה עקף את דן. דן, שהרכיב משקפי שמש כהים, הביט ברכב שעקף אותו. להפתעתו, זיהה מאחור את אחד הבחורים שיום קודם לכן עשו חיפוש בביתו. הוא האט את נסיעתו עבר לנתיב הימני ונסע במהירות של שבעים קמ"ש כשמאחוריו נהגים כועסים. כשדן הביט במראה, הוא ראה שרכב המאזדה האט גם הוא את נסיעתו.

המחלף היה במרחק של קילומטר וחצי. דן קיווה שהמאזדה תמשיך בנסיעתה, אך קצת לפני הירידה למחלף, חצה הנהג במהירות שני נתיבים, עקף משאית וכמעט גרם לתאונה. המאזדה עצרה בצד הדרך, כמה מטרים אחרי הירידה למחלף.

דן ירד במחלף שמוביל ליהוד. הוא הספיק לראות את המאזדה נוסעת ברוורס על שולי הכביש. דן הגביר את המהירות ותוך כמה דקות הגיע ליהוד. כשהגיע לבניין שבו גר אבי, החנה את הרכב בחנייה פנימית, מוסתרת מהכביש הראשי. דן האיץ ביואב, רון וליר שיצאו מהרכב, וארבעתם נכנסו לבניין במהירות.

אבי פתח את הדלת, "מה קורה?" שאל דן וסקר במהירות את הבית.

"הכול בסדר?" הוא שאל שוב. אבי כיווץ את שפתיו: "בואו תיכנסו. יואב, קח את האחים שלך למעלה. אריאל ודנה משחקים שם, תצטרפו אליהם," אמר אבי. יואב הבין מיד ועלה עם רון וליר.

אבי ואשתו רונית גרו בדירה מרווחת וענקית. את הקומה העליונה הפכו למשחקייה ולחדר טלוויזיה.

"אתה מוכן להסביר לי למה אתה נסער?" שאל דן. אבי סגר את דלת הכניסה לא לפני שהציץ החוצה ואחר כך התיישב ליד דן. "היו פה היום חבר'ה מהשב"כ. הם הפכו כמעט כל פינה בבית ולקחו איתם המון דברים..."

"חכה רגע," היסה אותו דן וסימן לו שיבוא אחריו. דן הוביל את אבי, שהופתע מעט, לגג. דן הציץ בילדים שישבו וצפו מהופנטים בטלוויזיה. הוא סימן לאבי שיצא איתו החוצה, לגג. "בוא נדבר כאן," אמר דן.

"מה קורה פה? אתה מוכן להסביר לי," ביקש אבי.

"מיד תבין הכול," השיב דן, הוא הוציא חפיסת סיגריות מכיסו והדליק לעצמו סיגריה.

"זה חדש," אמר אבי ולקח סיגריה לעצמו.

"דן, מה קורה פה? זה מתחיל להלחיץ אותי."

דן סיפר לאבי מה קרה מאז הפריצה ועד לחטיפה כשהוא משמיט פרטים על נל.

"לא הבנתי. מה בדיוק הם רוצים מכם? כל הסיפור הזה נשמע לי תמוה."

"לי אין מושג, גם אנחנו לא יודעים מה הם מחפשים, לדעתי, שמו לך האזנה בבית ובטלפונים. חוץ מזה, נראה לי שגם יעקבו אחריך," דן דיבר בשקט והביט באבי.

"אני מצטער. אין לנו מושג איך נקלענו לזה," אמר דן.

אבי הנהן בראשו כמבין ונשך את שפתו התחתונה.

"אתה יודע, כשנוגה אמרה לי שתבוא לבקר, הייתי משוכנע שנשוחח על החטיפה. משעות הבוקר ועד עכשיו עברתי התעללות. הם עשו בביתי כרצונם," אבי דיבר וקולו רעד מכעס.

"מה הם לקחו?" שאל דן בחשש.

אבי הרהר לרגע ואחר כך ענה, "תמונות וציורים. את הכול, וגם את קופסת העץ העתיקה שלא פתחתי מעולם, זו היתה מתנה שקיבלתי מהוריי לחתונה," אבי משך בכתפיו. "מה הם יעשו עם החפצים שלקחו?"

דן כיסה את פניו בידיו וחש בגופו כעס בלתי נשלט. אבי הניח יד על כתפו של דן, "דן, מה קרה? נראה לי שחטפת שוק ממה שאמרתי."

דן שאף בעצבנות מהסיגריה: "אמרת שהם לקחו ממך את קופסת העץ? היא היתה אצלך כל כך הרבה שנים, למה לא פתחת אותה וראית מה יש בתוכה?" התפלא דן.

אבי הביט בדן מופתע, "אתה באמת לא מבין? לא הצלחתי לפתוח אותה. היו לי שתי אפשרויות, או לרסק אותה עם פטיש או..."

"אני מקווה שלא עשית כך," קטע אותו דן.

"לא היה לי האומץ. אתה יודע, כשאמא שלי נתנה לי את הקופסה, היא ביקשה ממני שלא אמכור אותה, גם אם יציעו לי הון בעבורה," סיפר אבי.

"נו, והציעו לך כסף תמורתה?" שאל דן. אבי הנהן.

"מי? כמה?"

"זה סיפור ארוך. אשתו של הדוד שלי, מני, זה שהוריש לאמי את הציורים, הקופסה והפסל, התקשרה אלי לפני כשש שנים וביקשה להיפגש איתי כאן בביתי. הסכמתי והזמנתי אותה לקפה. הייתי סקרן ורציתי לדעת במה מדובר, לכן חיכיתי למפגש הזה.

היא הגיעה עם הבת שלה ועם עוד גבר מעונב, שהתברר שהוא עורך הדין שלה. בהתחלה היא ביקשה לראות את הקופסה, ובעזרת עורך הדין שלה ניסתה לפתוח את הקופסה. הם לא הצליחו, הקופסה בנויה כך שאי-אפשר היה לדעת מהיכן הפתח שלה. מובן שזה הכעיס אותה. היא מהנשים שרגילות לקבל את כל מה שהן רוצות. היא הציעה סכומי כסף גבוהים תמורת הקופסה..."

"כמה היא הציעה?" קטע אותו דן.

"זה אולי יישמע לך מגוחך, היא הציעה עשרים אלף שקלים," אבי הביט בדן. "נראה לי שקשה לך להאמין," גיחך אבי.

"תתפלא," דן טפח על שכמו של אבי, "אני מאמין. תמשיך לספר, אני סקרן לשמוע את המשך הסיפור."

"ובכן, מובן שלא הסכמתי. אמרתי תודה, וחשבתי שבזה מסתיים המפגש, אך לא כך היה," אבי הפסיק לרגע.

"תמשיך, סקרנת אותי," ביקש דן.

"מה אומר לך, הם איימו במשפטים ובתביעות, ואני שתקתי. אך רונית, אשתי, גירשה אותם מהבית בצעקות."

דן הביט בבניינים שממול והרהר, "אבי, אני הולך לבקש ממך משהו. הייתי רוצה שתקשיב לי טוב, תתייעץ עם אביך ואולי גם עם רונית ורק אחרי זה תענה לי."

"במה מדובר?"

"אני רוצה להציע הצעה לך, לאחיך שחר ולאחותך שני... כל אחד מכם יקבל ממני חמישים אלף שקלים תמורת הפריטים שברשותכם."

אבי שאף מהסיגריה בעצבנות: "מה העניין, אני מוכן לתת לך את

הקופסה במתנה, אתה לא צריך להציע לי שום דבר. למה הקופסה הזו חשובה כל כך?"

"הקופסה לא חשובה, אלא הדברים שבה, הם הזיכרונות של אמך. לכן נוגה ואני החלטנו לבקש מכם למכור לנו את הפריטים האלה, אנחנו נשמור עליהם אצלנו בבית, מה אתה אומר?"

אבי שאף מהסיגריה ונראה שנלחץ מעט: "הקופסה לא אצלי, אז אני לא יכול לתת לך אותה..."

"אל תדאג," קטע אותו דן, "אני אדאג שתקבל הכול בחזרה," הוסיף דן. "כל מה שלקחו חוץ מהקופסה ממש לא מעניין. זה נשמע ממש מוזר ומתחיל להיות לא כל כך היגיוני. החטיפה שלך ללבנון, השב"כ אצלי בבית ועכשיו הסיפור הזה עם הקופסה. אני אגיד לך מה אעשה. אתייעץ עם אבא שלי, ובהמשך השבוע ניפגש לקפה ונודיע לך מה החלטתי," אמר אבי.

דן חייך וטפח על שכמו של אבי, "רק תזכור, הם מאזינים לכל מילה." נפרד דן מאבי.

בדרך לביתו עקבו אחרי דן שתי מכוניות. דן נסע בנתיב הימני במהירות שישים קמ"ש, והבחין ביוקון שחורה ובמאזדה הלבנה שעקבה אחריו עוד קודם. המכוניות התקשו במעקב ודן, שהבחין בכך, האט את קצב הנסיעה. לפני המחלף עצר את הרכב בשולי הכביש.

רכב היוקון עצר מאחוריו, והנהג הדליק את נורת המשטרה הכחולה. דן ראה שהנהג יצא מרכב. לרגע חשב לוותר על המפגש עם רשויות החוק, אך דווקא בגלל הכעס העצום החליט לעצור ולחכות. הנהג התקרב לחלון ודפק על השמשה. דן הביט בירון דותן ופתח את החלון.

"ירון דותן, מדוע אני לא מופתע? נדמה לי שהיה בינינו הסכם?" דן הביט בו בפנים קפואות.

"אנחנו צריכים לדבר," אמר ירון והביט לעבר החלק האחורי של הרכב. יואב, רון וליר ישבו מאחור וצפו בסרט.

"הי חבר'ה, באיזה סרט אתם צופים?" ניסה ירון להיות חביב.

"עידן הקרח 2," ענה יואב וחזר לצפות בסרט.

"'הארד קפה' בקניון רמת אביב בעוד שעה," אמר דן, הוא סגר את החלון והתחיל לנסוע.

***

השעה היתה עשר דקות לפני שש בערב. האנשים עברו בין החנויות השונות. דן פילס את דרכו במהירות, הוא הציץ בשעון וראה שהוא מאחר בעשרים דקות. בית הקפה היה מלא, קבוצה קטנה של אנשים עמדה מול המארחת וחיכתה לשולחן שיתפנה. דן עקף אותה בזהירות פנה למארחת, "מחכים לי באחד השולחנות," אמר.

המארחת סימנה לו שייכנס ואפשרה לו לעבור. חציו של בית הקפה היה מקורה, וחציו האחר תחת כיפת השמים. דן סקר במהירות את בית הקפה ומיהר לצאת החוצה. ירון דותן סימן לו בידו ודן התקרב לשולחן. להפתעתו, ירון היה לבד. דן ציפה לחברה יותר מגוונת וחיפש סביב.

"אני לא לבד," אמר ירון והושיט את ידו.

דן לחץ את ידו בקרירות והתיישב.

"ריטה תגיע בעוד רגע," הוסיף ירון.

"עקבתם אחריי עד ליהוד, גם ערכתם חיפוש בדירה של גיסי, אני חשבתי לתומי שהכול נגמר." אמר דן. ירון הדליק את הסיגר שהיה מונח על השולחן, "זה לא כל כך פשוט. אמרנו לכם שנרד מכם, אך דברים חדשים שצצו שינו את התמונה..."

***

המלצרית ניגשה אליהם, וירון השתתק, "החלטתם מה אתם רוצים?" שאלה בחיוך.

"בשבילי נס על חלב." נשמע קול מוכר. ריטה התיישבה ותלתה את תיק היד שלה על משענת הכיסא. דן הביט בה וחייך בקרירות.

"קפה קר," ביקש דן.

ירון הביט בתפריט: "לי תביאי בבקשה אספרסו כפול ובקבוק סודה,"
ביקש ירון והעביר את התפריט למלצרית.

דן שיחק עם המצת של ירון שהיתה על השולחן, "גיסי, אבי, נפגש
עם עורך הדין שלו. הוא רוצה לקבל בחזרה את כל הפריטים שלקחתם
ממנו. אני יעצתי לו שלא ישתוק ושיפרסם את הסיפור," דן דיבר בשלווה.
ירון וריטה הביטו בו וחייכו.

"אם כך, הדבר הראשון שאעשה כשאצא מפה הוא לעצור אותו,"
אמר ירון בציניות.

"מה העניין, ירון? אני סקרן, אולי תספר לי?"

ירון הביט לצדדים ואחר כך בדן: "תגיד, למה אתה מתעקש להיפגש
איתנו תמיד במקומות ציבוריים?" שאל.

"ככה נוח לי, עכשיו ספר לי מה צץ."

"בסדר, את הציורים והתמונות שלקחנו נחזיר לו ברצון, אין לנו צורך
בהם," אמר ירון, הוא שאף מהסיגר והפריח ענני עשן.

"הסיגר שלך מפריע לאנשים פה," העיר דן לירון.

ירון הביט סביבו. מהמבטים שנשלחו לעברו הבין שדן צודק. לרגע
אף חשב לכבות את הסיגר, אך לבסוף הותיר אותו.

"חשבתי שאתה מעוניין להישאר באפלה, נראה שכרגע אתה מושך
תשומת לב," העיר דן.

ירון הביט בדן, גיחך, אבל כיבה את הסיגר.

"אתה יודע, מי שמביט בנו, לא מסתכל עלי, אלא על..." ירון סימן
לדן עליו ועל ריטה.

דן הנהן, "מישהו אצלכם הדליף לעיתונות. אחרת איך אפשר להסביר
את דיווח הרדיו ואת התמונה שלי שהתפרסמה יום אחרי ששחררתם
אותי מלבנון?"

"כרגע אין לנו כל מושג מי הדליף," ענה ירון.

"גיסי רוצה בחזרה גם את הקופסה," אמר דן.

ירון גירד בראשו והתרווח בכיסאו, "בינתיים, הקופסה נשארת אצלנו.
כמו שאמרתי, התמונות והציורים..."

"אתה מוכן להפסיק עם זה," קטע אותו דן בכעס, "התמונות, הציורים והקופסה חוזרים אליו. הקופסה הזו היא ירושה מאמא שלו שנפטרה, והיא יקרה לו."

"את זה אנחנו כבר יודעים, רק ש..."

ירון ביטל את דבריו בהינף יד: "אני אשתף אותך בדברים," אמר ונשען בגופו על השולחן. "סוג העץ והברזל שממנו עשויה הקופסה הם לא מכאן," אמר כממתיק סוד, "הבאנו מומחים לעץ ולברזל, ומהם הבנו שסוג העץ לא מוכר, וכך גם הברזל שעוטף אותו. עדיין לא הצלחנו לפתוח את הקופסה, ותאמין לי שניסינו להיות יצירתיים ככל האפשר."

"אז מה תעשו? אני מקווה שלא תנסו לשבור אותה," אמר דן.

ירון נאנח מעט וחייך, "ניסינו גם את זה ולא הצלחנו. זה כל מה שאני יכול לומר לך ברגע זה." בסתר לבו נשם דן לרווחה.

המלצרית ניגשה אליהם והניחה על השולחן את ההזמנה: "תרצו להזמין עוד משהו?" שאלה בחיוך. דן סימן לה שהכול בסדר, והיא מיהרה לשולחנות האחרים.

"אני מבין שאתה לא רוצה להחזיר את הקופסה," אמר דן.

ירון גיחך והוסיף סוכר לאספרסו: "תבין, אני משתף אותך כדי שתעזור לנו. אנחנו זקוקים לעזרתך."

דן לגם מהקפה והצית לעצמו סיגריה נוספת: "נראה לך היגיוני להיכנס לבית שאתה לא מכיר, לקחת כל מה שאתה רוצה ולומר שזה קשור לביטחון המדינה? אני משוכנע שאלו שנתנו לך את התפקיד הזה לא מודעים לדרך שבה אתה פועל."

"תעזוב את זה לרגע," אמר ירון ושאף אוויר, בחן את דן ואמר: "אני רוצה לגייס אותך לשירות." ירון זרק את המשפט ודן הרגיש שהאדמה מתחתיו רועדת.

"על מה אתה מדבר?" זעק דן, "יש לי חיים, משפחה..."

"אני יודע, תנמיך את הקול. זה לא אומר שתצטרך לוותר על עבודתך כמעצב שער או לוותר על שעות האיכות עם משפחתך...."

"בשביל מה אתה צריך אותי? אין לי מושג בביטחון."

ירון לא ענה והביט סביבו.

"אני מקווה שזה לא קשור לבית שלי," הוא אמר.

ירון לגם מהקפה ושיחק עם קופסת הסיגרים המהודרת שהיתה על השולחן: "אני לא אשקר לך, יש קשר. בשבוע הבא התיק הזה מועבר הלאה."

"מה זה אומר? למי הוא מועבר?" שאל דן.

ירון נשך את שפתו התחתונה והוציא סיגר נוסף מהקופסה.

"אני מקווה שאתה לא מתכוון להדליק עוד סיגר," אמר דן.

ירון לא ענה, הוא שיחק עם הסיגר בין אצבעותיו.

"אנחנו כבר לא לבד בעסק הזה," שברה ריטה את שתיקתה.

"המסתוריות הזו הורגת אותי. מי השותפים החדשים שלכם?" שאל דן.

"הם לא בדיוק חדשים," ענתה ריטה.

"במי מדובר?"

ריטה הדליקה סיגריה ושתקה.

"אני מניח שתורך לדבר," אמר דן בציניות, והפנה את המשפט האחרון לירון.

"לפני שאני ממשיך לגלות לך נתונים נוספים, אני צריך שתסכים להיכנס לשירות, גם כג'וב חלקי," אמר ירון.

"אני צריך הסברים. אני רוצה לדעת מה זה דורש ממני."

"אתה מספיק חכם. זה בדיוק כמו בצבא, רק חשאי יותר," אמר ירון.

"הבית שלי והמשפחה שלי מחוץ לתחום, נכון?"

"המשפחה שלך, כן. בקשר לבית, תקבל בקרוב הצעה שתתקשה לסרב לה," חייך ירון.

"אתה צוחק?" שאל דן.

"לא," ענתה ריטה, "תתחיל לחשוב על מחיר שכולל גם את הריהוט, הביגוד, הכול," הוסיפה.

"בקיצור, אתם רוצים לקנות אותנו?" אמר דן בכעס.

"זה לא מדויק, חוץ מזה, תוכל לצאת לפנסיה."

"עדיין לא אמרתם לי מי הם השותפים החדשים לתיק המסתורין הזה."

"כפי שציינתי קודם, אתה הוא זה שצריך להחליט אם אתה בפנים או לא," אמר ירון.

"אני צריך לחשוב על זה," ענה דן וניסה להרוויח זמן.

"מה יש לחשוב, או שאתה בפנים או לא," אמרה ריטה בקרירות.

"זה לא כל כך פשוט. על דברים כאלה אני צריך לשוחח עם אשתי. שלא כמוכם, לי יש חיי משפחה, והחלטות מהסוג הזה אני לא מחליט לבד," אמר דן.

"אתה צודק," הפתיע ירון.

"דבר עם נוגה עוד היום ותחזיר לי תשובה," הוסיף.

"אני עדיין לא הבנתי איך אני יכול לעזור לכם," אמר דן.

"נגיע גם לזה, בינתיים כדאי שתזוז. אני רוצה תשובה עוד היום. גם בקשר לדירה וגם בקשר אליך," אמר ירון.

דן כיווץ את שפתיו כחושב, "ומה עם הקופסה? מתי גיסי יקבל אותה בחזרה?"

"בינתיים הדברים נשארים כפי שהם. כשנסיים לחקור את העניין, נדבר," השיב ירון.

דן התרומם מהכיסא ונפרד משניהם.

***

העבודה במספרה היתה בשיאה, השעה היתה עשר בבוקר, ואישה נוספת נכנסה בצעדים מהוססים למספרה, בחודש הרביעי להיריונה. היתה זו שרית, אחותו של דן. "חשבתי שאנחנו הולכים לבקר את אמא, תראה כמה עבודה יש לך, מתי תסיים?" שאלה בחוסר סבלנות.

"חצי שעה ואנחנו בחוץ," השיב דן וחיבק אותה ברכות.

קורי, אחת העובדות במקום, ניגשה לשרית והציעה לה כוס קפה. הטלפון צלצל ודן ראה שהשיחה מאביו.

"זה אבא," אמר דן לאחותו.

"היי אבא, מה קורה?" שאל דן.

מעבר לקו נשמע קולו החנוק של אביו, "זהו, זה נגמר, אמא נפטרה," אמר אביו והתחיל לבכות. דן הביט בשרית שקמה לעברו. היא הביטה בדן וניחשה את מחשבותיו. הדמעות מעיניה הכחולות זלגו על פניה, ופיה התעוות בבכי קורע לב. היא הניעה את ראשה מצד לצד, כלא מאמינה.

"אבא, תהיה חזק, אנחנו בדרך," אמר דן והרגיש שגופו בוגד בו ורגליו רועדות. מבעד לדמעות שערפלו את ראייתו ראה ששרית התעלפה. הוא תמך בראשה, עורר אותה ועודד אותה.

***

את הנסיעה לבית החולים איכילוב נסע דן כמטורף. הם הגיעו תוך עשר דקות. דן הוביל את שרית דרך המסדרונות הארוכים עד שהגיעו למחלקה האונקולוגית. המיטה הריקה והחדר הריק הכו את שניהם בהלם. שרית התייפחה.

"כבר לקחו אותה," אמרה בבכי כשחשבה שלא תוכל להיפרד מאמה בפעם האחרונה.

"לא יכול להיות," אמר דן, "בואי נחפש את אבא."

הטלפון הנייד של דן צלצל.

"נוגה, אמא שלי נפטרה," אמר דן בקול רועד כשדמעות מציפות את פניו. מעבר לקו נשמעה דממה. נוגה התחילה לבכות, "אני באה לבית החולים."

דן ראה בסוף המסדרון את אביו נשען בגבו על הקיר, בידו החזיק בספר תהילים קטן, ראשו שמוט על חזהו. שרית ניגשה וחיבקה אותו. דן הביט באביו, וזה סימן בראשו על החדר מולו, שם שכבה אמו. דן נכנס לחדר הקטן. היתה בו רק מיטה אחת, עליה נחה אמו את מנוחתה האחרונה. הוא התקרב אליה באטיות וכיסה את פניו בידיו.

פניה היפות היו שלוות. לא היה זכר לכאב ולסבל שעברה בשנים האחרונות, עיניה היו עצומות.

***

היה זה היום האחרון לשבעה. דן ישב במרפסת שבבית הוריו ונזכר בהלוויה הגדולה. היו שם מאות אנשים, את רובם לא הכיר. הכול נראה כמו חלום רע, מותה של אמו הפתיע ביחס להתאוששותה והרגשתה בשנה האחרונה.

מאות אנשים המשיכו להגיע במשך כל השבעה. בין המבקרים הרבים היה ירון. כששמע דן את קולו, הוא נדרך, הסתובב, וראה את ירון עם אביו. ריטה ישבה על אחת הכורסאות שבסלון ומסביבה ישבו בני המשפחה. הגברים לא יכלו להישאר אדישים ליופיה וסקרו אותה.

ירון ואביו ניגשו לדן שהתרומם מהכיסא. ירון הניח יד על כתפו: "אין צורך שתקום, באנו להשתתף בצערך."

דן הביט בעיניו וזיהה צער אמיתי. "תודה," אמר וגרר כיסא לכיוונו של ירון.

"גם אני איבדתי את אמי לפני שלוש שנים," אמר ירון.

"אני יודע," ענה דן, ונזכר בכתבה שקרא בעיתון.

אמו של ירון נפטרה גם היא ממחלת הסרטן. דן נזכר בתמונה של ירון מעל לקברה של אמו, כשסביבו ראש הממשלה, שרים וחברי כנסת. ההלוויה היתה מתוקשרת. דיברו על כך שאמו טופלה בגרמניה וקיבלה את הטיפול הטוב ביותר.

"רציתי להודות לכם שוב על הטיפול המהיר בסיפור הזה," אמר אביו של דן לירון.

"גם אני שמח שזה נגמר," השיב ירון ואמר, "זה בקלות יכול היה להשתבש. לשמחתנו הכול הסתדר."

"מה קורה עם מחמוד דלאנה? אתם בוודאי תנסו..."

"אבא, עזוב את זה עכשיו," דן קטע את אביו. ריטה התקרבה אליהם.

דן לקח כיסא נוסף, וריטה, שעקפה את הכיסא, ניגשה אליו וחיבקה אותו בחום, "הצטערתי לשמוע," אמרה בלחש. דן הודה לה והתיישב.

"אני רוצה לשאול משהו," ביקש אביו של דן, וכשהבחין במבטו של דן, הקשיח את מבטו, "אני שומע שאתם עוקבים אחרי דן ושאתם מתצפתים על הבניין שלו."

דן היה בהלם. הוא לא חשב שאביו יודע מעבר למה שסיפר לו.

"זה עניין של ביטחון לאומי. אנחנו לא יכולים לדון איתך בנושא. אני מצטער," אמר ירון.

"זה בסדר, אני מבין. זה הבן שלי, ולי הוא חשוב יותר מכל ענייני הריגול והביטחון הלאומי שלכם," אמר אביו של דן.

"תביט שלמה, גם אני אבא, ולכן אני מבין את רחשי לבך, במיוחד בשעה קשה זו. אך כפי שאמרתי, השיחות האלה הן מחוץ לתחום," השיב ירון בנימוס.

"אני רק מקווה שתדעו להרפות," אמר אביו של דן.

הם המשיכו לשבת ולדבר על נושאים שונים, ולבסוף קמו ירון וריטה ונפרדו מהם לשלום.

פרק 64

סי.איי.איי ונאס"א

בחדר הגדול הצמוד למשרדו של ירון דותן נשמעו קול דפיקות רמות. ארבעה סוכני בטל"י, שני סוכנים מהסי.איי.איי. שהוטסו בדחיפות לארץ, וחמישה טכנאים מנאס"א, עמלו כולם כאיש אחד משעות הבוקר לפרק את הקופסה.

הם העבירו שוב ושוב את הקופסה במכשיר השיקוף המיוחד שהוטס עם צוות הטכנאים של נאס"א. בכל פעם שהקופסה עברה במכשיר, עמדו כולם ובהו בחושך המוזר שנראה על צג המחשב. על המכשירים נראתה הילה חשוכה, אך מרתקת, כאילו יש חיים בתוך הקופסה. אחד הטכנאים ניסה בעזרת סכין חדה לקלף מעט מהעץ, לשווא.

ירון הביט דרך חלון הזכוכית החד כיווני שהפריד בין משרדו לחדר הגדול. הוא נשען על שולחנו והצית סיגר קובני איכותי. במשך שלוש שעות עמד וצפה בסוכנים. הם שפכו חומצה מיוחדת על הקופסה כדי לראות אם הברזל והעץ משנים את צבעם, אך דבר לא קרה. ירון הביט בחדר הגדול כשעיניו נתקלו בגרזן שהיה בתיבת העץ שהיתה תלויה על הקיר. הגרזן נועד למקרה חירום ולשריפות. ירון הביט בו ולרגע היסס. לבסוף הניח את הסיגר במאפרה ויצא ממשרדו. הוא נכנס לחדר הגדול וניגש לתיבת העץ. הוא הוציא ממחטה מכיסו ועטף בה את ידו. מכה חלשה והזכוכית נשברה. כשהכה בזכוכית ראה בזווית עינו את מבטיהם של הטכנאים והסוכנים. ירון לא היסס לרגע. הוא ניגש לקופסה כשבידו הגרזן.

החבר'ה שמסביבו עמדו במרחק של כמה מטרים מהקופסה והביטו בו בסקרנות. ירון הניף את הגרזן, בתחילה הכה מכה חלשה. החבטה

זעזעה את גופו. ההרגשה היתה כאילו ניסה בעזרת פטיש קטן להכות בבטון מזוין מצופה בשכבת פלדה עבה. סוכני הסי.איי.איי. עמדו משועשעים והביטו בו. ירון רצה להכות שוב, אך התחרט. הוא זרק את הגרזן על הרצפה ושלף את אקדחו. אחד הסוכנים של בטל"י ניגש אליו.

"קח אותם למשרדי," פקד עליו ירון.

הסוכן ביקש באנגלית רהוטה מכולם שיבואו אחריו. ירון חיכה עד שאחרון הסוכנים יצא מהחדר ואחר כך כיוון את האקדח לעבר הקופסה, כך שיוכל לירות בה בלי שהקליע יעוף לכיוונם.

הוא התקרב לקצה החדר, דרך את האקדח, כיוון וירה שני כדורים ברציפות. הרעש החריש את אוזניו, עשן סמיך ומחניק כיסה את האזור שבינו ובין הקופסה. ירון השתעל מעט ובידו פיזר את העשן. כשהתקרב לקופסה, נפתחה הדלת שמאחוריו, והסוכנים והטכנאים מיהרו לעבר הקופסה. דן הביט בקופסה בהלם, הוא בחן אותה מקרוב. לא היה סימן ולו קל למכת הגרזן או לכדורים שנורו לעברה.

ירון אחז בראשו בהשתוממות, "איך זה יכול להיות?" הוא הביט בטכנאים של נאס"א ושילב את ידיו: "מה זה יכול להיות? מאיזה חומר עשויה הקופסה?" שאל באנגלית.

אחד הטכנאים התכופף לקופסה וגירד מעט בסכין את העץ. הוא עמד ונד בראשו: "אנחנו רוצים לקחת את זה איתנו. יש לנו מכשור מתקדם שייתכן שיעזור לנו..."

"זה לא בא בחשבון," קטע אותו ירון, "הקופסה לא יוצאת מפה."

"אדוני, החומר הזה נראה כמו עץ, לדעתי..."

"אני מבקש שכולם יֵצאו מהחדר," קטע אותו ירון.

הטכנאי נד בראשו: "יש לנו סמכות להיות כאן. אתה, קיבלת הוראה מפורשת לעזור לנו," הטכנאי הרים מעט את קולו. ירון היסס לרגע, ואחר כך פנה לשני הסוכנים של הסי.איי.איי. ואמר: "חִזרו למלון שלכם, נמשיך מחר בבוקר."

הטכנאי ניגש לשני הסוכנים. השלושה התלחשו ביניהם במשך דקה,

ואחר כך אחד מהם ניגש לירון ונעמד במרחק של מטר ממנו: "אדוני, קיבלנו הוראה להיות בקשר עין עם המוצר הזה," הוא דיבר בישירות ובלי כעס.

ירון סימן לסוכניו והארבעה שלפו בהרף עין אקדחים, מחזיקים אותם כשידיהם שמוטות. סוכני הסי.איי.איי. עוד שלחו בייאוש יד מגששת לכיוון האקדח בפנים החליפה המחוייטת בטרם מיהרו ארבעת סוכני בטל"י המיומנים לכוון אליהם את הנשק. "אני חושב שהייתי ברור, זה לא הזמן לשטויות," אמר ירון. "עשו כדבריי, מחר ניפגש ונראה מה אפשר לעשות."

סוכני הסי.איי.איי. הביטו זה בזה, הסתובבו והלכו לדלת המובילה החוצה. טכנאי נאס"א ניסה להדביק אותם, אך שניים מחבריו עצרו אותו.

"כדאי שנזוז, טוני," אמר לו אחד מהם.

טוני הביט בקופסה ואמר, "אעשה כמה טלפונים, אדאג שישלחו לנו כמה דברים שיוכלו לעזור לנו בבדיקה. בינתיים, אל תזיזו את הקופסה."

ירון הנהן בראשו כמסכים.

"תוודאו שהם נוסעים למלון, ותהיו איתי בקשר," פקד ירון על סוכניו.

הארבעה לא חיכו שנייה ויצאו במהירות.

ירון חיכה כמה דקות, ואחר כך התחיל לבחון את הקופסה מקרוב. המתכות חיברו את העץ ליחידה אחת. הוא ליטף באצבעותיו את פלטות הברזל וניסה לחוש אם יש חיבורים בברזל, שנראה כיחידה אחת.

על השולחן, ליד הקופסה, היו כלי עבודה בודדים. הוא חיפש במגירות והפך אותן עד שמצא את שחיפש. זכוכית מגדלת עם תאורה פנימית ומשקפת תואמת. הוא הרכיב על עיניו את המשקפת שנראתה כמשקפת רגילה.

ירון העביר את זכוכית המגדלת על הקופסה והדליק את האור שבמשקפת. אור סגול ועדין האיר את המקום, בידו השנייה לחץ על הכפתור שהיה על המשקפת. התאורה התחלפה לאור צהבהב ועדין. ירון האיר את הקופסה והבחין בחריצים הקטנים שבעץ, מראה שבעין

בלתי מזוינת אי-אפשר היה לראות. הוא לקח סכין ודחף את החוד לחריץ שבעץ. להפתעתו, הסכין חדרה בקלות, הוא ניסה להרחיב את הפתח שבעץ, אך לא הצליח. הוא הוציא בזהירות את הסכין, החריץ חזר למצבו הקודם, כאילו דבר לא חדר דרכו.

ירון חזר על הפעולה, גם הפעם היתה אותה תוצאה. הוא הביט בעדינות בעזרת זכוכית המגדלת על החריצים העדינים שבברזל. הסכין לא הצליחה לחדור דרך החריצים, וירון זרק בכעס את הסכין על הרצפה. הוא הרים את הגרזן מהרצפה ובעזרתו הכה בחוזקה על העץ, כאילו שכח את הלקח מהפעם הקודמת. החבטה זעזעה את גופו, הוא הניח לגרזן ליפול על הרצפה. חוש שישי גרם לו להסתובב, בפתח עמדה ריטה, לבושה באימונית ספורט.

"אנחנו בבעיה," אמרה וכיווצה את שפתיה.

ירון הביט בקופסה והתקדם לעבר ריטה.

"בואי למשרד שלי," אמר, וכשיצא נעל את הדלת. הוא סימן לריטה שתסתובב ושינה את קוד המנעול. "איזו בעיה יש לנו?" שאל ירון כשנכנסו למשרדו. הוא פתח את בר השתייה, מזג לעצמו כוס וודקה וסימן בראשו לריטה שהשיבה בשלילה. "החבר'ה שיצאו מכאן עשו כמה טלפונים," אמרה ריטה והתיישבה על הכיסא. "את מי זה מעניין?" רטן ירון. ריטה גיחכה: "חשבתי שתהיה סקרן."

ירון מזג לעצמו כוסית נוספת והתיישב: "אוקיי, אני סקרן. למי הם התקשרו?" שאל בלי למצמץ. "ישבתי בחדר הבקרה, כפי שביקשת ממני, החבר'ה שתקו כמו דגים, חוץ מטוני, הבחור שעשה לך קצת צרות..."

"הסתכלת במצלמות?" שאל ירון בפליאה.

ריטה חייכה: "טוני ניסה לדבר, אך החבר'ה מהסי.איי.איי השתיקו אותו. במעלית הם דיברו שראש הסי.איי.איי, קנת אדמס, נמצא בקשר הדוק עם ראש המוסד ושהם ינסו להוריד אותך מהתיק הזה."

"לא ענית לי, מאיפה יש לך את הקודים למצלמה?" שאל בכעס.

"מה זה משנה? אתה לא מבין מה עומד לקרות? כדאי שתדאג לעשות משהו בקשר..."

"אל תדאגי, אני אסתדר. הם מנסים להשתלט על התיק הזה. ארצות הברית והבית הלבן כמרקחה. אם הם ימשיכו בטירוף הזה, כל העניין הזה כבר לא יהיה סוד."

"איך אתה יכול להיות משוכנע כל כך? הרי עכשיו שלפת אקדחים על סוכני הסי.איי.איי. ועל הטכנאים של נאס"א," אמרה בקרירות.

"הכול יהיה בסדר. עכשיו אני רוצה שתסבירי לי מניין יש לך את הקודים למצלמות?"

"זה פשוט מאוד. הקוד הוא שילוב של תעודת הזהות של בנך הגדול ומספר בני המשפחה שלך," השיבה באדישות.

"זה הפעם האחרונה שאת עושה דברים כאלו," אמר ירון בכעס.

"למה הפסקת לבדוק את הקופסה?" ריטה התעלמה במכוון מהמשפט האחרון שאמר. "אין לי מושג, פתאום הכול שייך להם," השיב בכעס, "הרגשתי שהם מתחילים להשתלט על התיק הזה, ואני רוצה שהם יירגעו קצת. בינתיים, תבקשי מהסוכנים שלנו שיבדקו עם הטכניון ואוניברסיטת תל אביב מי הם המומחים לעץ ולברזל. אני צריך שיהיו כאן כבר בשעות הבוקר המוקדמות."

ריטה הנהנה בראשה ויצאה מהמשרד.

***

אשר החנה את רכב הטויוטה שקיבל מסוכנות בטל"י בחניון התת קרקעי של הקונסוליה האמריקאית שברחוב הירקון. כמה דקות קודם לכן עבר בדיקה ביטחונית. זו היתה בדיקה טובה, הוא לא התאפק מלהחמיא לבודקיו.

כשעתיים קודם לכן קיבל טלפון בהול מחברו, מקס, שעבד איתו בשירות. מקס נשלח לפני שנים על-ידי הסי.איי.איי. להעביר קורס מזורז לחבר'ה הצעירים שבשב"כ, וכך הם הכירו, באימון ירי מתקדם.

אשר, שאיחר לאימון הירי, התקבל על-ידי מקס בקרירות ובנזיפה. אשר לא נשאר חייב וקילל בעברית. להפתעתו, קילל אותו מקס בחזרה

ובעברית. כשהסתיים אימון הירי, ניגש אשר והזמין את מקס לארוחת צהריים באחת מהמסעדות הטובות שבשרון. מאז הפכו השניים לחברים בלב ובנפש.

בטלפון נשמע מקס לחוץ. אשר, שהיה באמצע ארוחה משפחתית, חיכה בסבלנות עד לרגע המתאים, ואחר כך יצא לפגוש את חברו. את דלת הרכב פתח קצין אמריקאי.

"אדוני, תתלווה אלי בבקשה," אמר הקצין וצעד למעלית הקטנה. בכניסה למעלית עמדו שני חיילי מרינס. שני החיילים עמדו דום והצדיעו לקצין שהצדיע בחזרה, שניהם נכנסו למעלית. המעלית ירדה שתי קומות ונעצרה. הדלת נפתחה והקצין הוביל את אשר דרך מסדרון צר.

אשר ספר ארבעה חדרים בסך הכול. הקצין נעמד מול דלת חומה והקיש עליה, אשר זיהה את קולו של מקס. הדלת נפתחה, ובפתח עמדה קצינה צעירה ומצודדת, שערה פרוע מעט, היא חייכה לעבר אשר ומיהרה לצאת החוצה.

"היי אתה," קרא מקס בשמחה ומיהר להתחבק עם אשר.

"אני מבין שזה בא עם העבודה," גיחך אשר וסימן לעבר הקצינה שהרגע יצאה.

"מה? סתם בידור לאמצע היום," השיב מקס בביטול.

"היא נראית טוב מדי כדי שתהיה בידור," אמר אשר.

מקס התיישב על הכיסא, הושיט את ידו לעבר המגירה התחתונה שבשידה והוציא ממנה בקבוק וודקה. "אני בעניין," צחק אשר והדליק לעצמו סיגריה. הם שתו מהמשקה בהנאה.

"בטלפון נשמעת לי קצת לחוץ," העיר אשר. מקס הנהן בראשו והוציא מהמגירה קופסת סיגריות, "חבר יקר, אצטרך את עזרתך," אמר והדליק לעצמו סיגריה.

"אוקיי, דבר."

"אני מבין שחזרת חלקית לשירות."

"לא למשהו קבוע," השיב אשר, והתעניין בינו לבין עצמו מה ואיך מקס יודע.

"אל תצטנע, אני בעניינים ויודע בדיוק על מה אתה עובד כרגע."

אשר שאף מהסיגריה. השיחה נראתה רחוקה מלהיות ידידותית, והוא שאל את עצמו אם זה היה נכון להגיע לכאן. "אני מבין שאתה צריך ממני עזרה, אז ספר לי במה מדובר," אמר אשר.

מקס בחן את אשר בעיניו. "משפחת אלון," מקס דיבר ולא הזיז את עיניו מאשר.

אשר הבין מיד לאן השיחה מובילה, הוא הביט ישירות במקס ושאל, "מה איתם?"

"אני צריך שתעזור לי בתיק הזה," ביקש ממנו מקס.

"אין לי מושג איזה עניין יש למשפחה הזו עם הסי.איי.איי."

"אני יודע שאתה בעניין, חשבתי שאולי נשתף זה את זה במידע," אמר מקס.

אשר לגם את המשקה שנשאר בכוס וקם מהכיסא, "אז טעית. הם משפחה נהדרת, ודן הוא חבר יקר שלי בדיוק כמוך."

"רגע, לאן אתה הולך?"

"אני חייב לזוז, יש לי כמה עניינים לסדר. נדבר מאוחר יותר," השיב אשר, והושיט את ידו ללחיצה.

"שב עוד רגע, אני מבקש," קולו של מקס התרכך מעט. אשר היסס לרגע ואחר כך התיישב. "תן לי לומר לך משהו, ואחר כך תחליט אם אתה עדיין רוצה ללכת או להישאר," ביקש מקס.

אשר הנהן בראשו. "אני רוצה שתארגן לי פגישה עם דן. יש לי הצעה שיהיה לו קשה לסרב לה. רק פגישה, זה כל מה שאני מבקש."

"מה בדיוק אומר לו?" שאל אשר. מקס שיחק עם המצת שבידו, "תאמר לו שחבר שלך מהסי.איי.איי רוצה להיפגש איתו ולהציע לו הצעה," השיב מקס. "מה אתה רוצה להציע לו?" שאל אשר בסקרנות.

מקס הרהר לרגע, "אני רוצה לקנות את הבית שלו ו..."

"מקס, תעצור כאן," קטע אותו אשר בכעס, "דן הוא איש עקרונות. כרגע הוא מאוד פגוע מכל מה שקרה לו. אין סיכוי שהוא יסכים, גם אם תשלש את מחיר הדירה."

מקס הצית סיגריה נוספת, "התייעצנו עם שמאי מקרקעין, הדירה מוערכת במיליון דולר," אמר.

"זה הרבה, לא חשבתי שהיא שווה את המחיר הזה," אמר אשר בהשתוממות.

"אנחנו רוצים להציע לו עשרה מיליון דולר בתנאי שיפנה מיד את הדירה. המחיר כולל גם את הרהיטים," אמר מקס בחיוך.

"זה מה שקורה שסוכנות הסי.איי.איי מקבלת תקציב ענקי. אותי אתה מנסה להפוך למתווך," גיחך אשר.

פניו של מקס הרצינו, "שני אחוזים, זה מה שאישרו לי להציע לך. בקיצור, מאתיים אלף דולר במזומן," אמר מקס וגיחוך קל הופיע על פניו.

אשר הביט במקס בעצבנות: "חשבתי שאתה מכיר אותי, מתברר שלא. כסף לא מניע אותי, ודן הוא חבר טוב שלי, אני בחוץ."

אשר קם מכיסאו ועמד לצאת, "תוכל בינתיים לפחות לשמור על כך בסוד?" ביקש מקס והתקדם לעבר אשר.

אשר לחץ את ידו בקרירות, "אין בעיה. רק שחשבתי שבטל"י הם היחידים במשחק הזה, עכשיו כשאני יודע שהצטרפתם לתיק, אני קצת חושש."

"אני נותן לך את דברתי, דן לא ייפגע, לא הוא ולא בני משפחתו. רק שהעסק הזה גדול על בטל"י," אמר מקס, והשניים נפרדו וקבעו להיפגש שוב בהמשך השבוע.

***

בחדר של יואב ישבו רון, ליר ונל וצפו בטלוויזיה. יואב שיחק כדורגל עם חבריו בבית הספר כשהטלפון הנייד שבתיקו צלצל. הוא רץ לעבר התיק כשרועי מסר לו את הכדור. יואב עצר את הכדור ברגלו, ולרגע שכח מהטלפון הנייד שצלצל, ותקף לעבר השער.

"הי יואב, תעצור רגע," קרא לעברו בן. כולם עמדו והביטו בבן. יואב בעט לכיוון השער, הכדור פגע ברגלו של דור שעמד בלי לזוז ונכנס

לשער. "למה אתה עוצר את המשחק?" שאל יואב בכעס והסתובב לעבר בן.

מאחורי בן, במרחק כמה מטרים, עמדו שני גברים חסונים שלבשו חליפות מחויטות והרכיבו משקפי שמש כהים. בן התרחק מהם והלך ונעמד ליד רועי.

"מה הם רוצים?" שאל דור.

שני הבחורים הביטו ביואב, "אתה יואב אלון?" שאל אחד מהם באנגלית. יואב היסס לרגע, חבריו למשחק שתקו, ורק הטלפון הנייד שלו המשיך לצלצל. יואב ניגש בצעדים מהוססים לתיקו והוציא ממנו את הטלפון הנייד. על הצג הופיע מספר חסוי, "כן?" שאל יואב.

"יואבי, זה אני אשר, זוכר? חבר של אבא," נשמע קולו המוכר של אשר.

"הי אשר," אמר יואב וקולו רעד מעט.

"התקשרתי אליך הביתה, רון אמר לי שהלכת לשחק כדורגל."

"כן, אני משחק במגרש שבבית הספר מול הבית שלי," השיב יואב.

"תקשיב לי יואב," קולו של אשר נשמע לחוץ מעט, "אני צריך שתעזוב הכול ותעלה מיד הביתה. בכניסה לבניין יש ארבעה שומרים, תבקש מחבריך שילוו אותך..."

"אשר, חכה רגע," קטע אותו יואב. שני הבחורים הלכו לכיוונו. "יש כאן שני בחורים שמדברים באנגלית. הם מתקרבים אלי."

"אני בדרך אליך, אל תעזוב את החברים. תיצמד אליהם ובשום פנים ואופן אל תתלווה אליהם," צעק אשר. הקו נותק. אשר הביט בצג וניסה להתקשר שוב. הפעם, במקום צלצול ענתה המזכירה האלקטרונית.

השעה היתה ארבע אחר הצהריים. התנועה מסביב לבניין בקריה היתה בשיאה. אשר רץ לרכב הטויוטה שלו, וכשרץ התקשר לירון דותן.

"הי אשר," נשמע קולו של ירון.

"ירון, תקשיב," אשר הרים את קולו, "הכול יצא משליטה. יש עוד סוכנויות שעובדות על התיק הזה. אל תשאל שאלות, אבל ברגע זה יואב, הבן של דן, נמצא במגרש הכדורגל שבבית הספר. יש שם שני סוכנים זרים, לדעתי, הם מתכננים לחטוף אותו."

ירון התעשת במהירות. לאחר ששמע את אשר אמר, "חכה על הקו,"
והרים מכשיר קשר קטן. "דום מרכז לדום אחד, שומע?" חלפו כמה
שניות ואחר כך נשמע בקשר, "דום אחד, שומע."

"דום אחד. קח איתך את דום שלוש ורוצו במהירות למגרש הכדורגל
שבבית ספר. יש מצב שינסו לחטוף את אחד הילדים," אמר ירון. "דום
אחד, קיבלתי יוצא."

"אשר, היכן אתה?" שאל ירון.

"אני שבע דקות מהמקום," השיב אשר.

"אתה מצויד?" אשר ליטף בידו את קת האקדח שבצבצה מחגורת
מכנסיו, "מצויד," השיב.

"יפה, אני שולח תגבורת."

אשר ניתק וחייג לאמנון. הוא סיפר לו במהירות על השתלשלות
העניינים. אמנון לא חיכה ועלה על האופנוע החדש שלו, לחץ על
הדוושה והמריא לשיכון למ"ד.

בינתיים הגיע אשר לרחוב לוי אשכול וחיכה ברמזור האדום לפנות
ימינה לרחוב אפטר. לפניו עמדו שני רכבים שנראו לו חשודים. אחד
מהם היה רכב שחור מסוג קרייזלר וויאג'ר. הרכב פנה ימינה ותוך
שניות נעלם מהעין. אשר התקשר לירון ויידע אותו על הרכב.

ירון ביקש מאשר שיחכה על הקו, הוא הזניק מסוק לאוויר והתקשר
לחגי. אשר חיכה בסבלנות על הקו, בינתיים הרמזור התחלף לירוק
ובהחלטה של רגע, נסע לבית הספר, עקף שתי מכוניות תוך שהוא
צופר לאורך כל הדרך.

המכוניות שמולו עצרו בחריקה, הוא הגביר את מהירותו. בכניסה
לבית הספר נראו שניים מאנשיו של ירון. אחד מהם דיבר במכשיר
הקשר. אשר עצר את הרכב על המדרכה ויצא ממנו במהירות. הוא
שלף את תעודת הסוכן והציג אותה לסוכן השני.

"מה קורה פה? היכן הילד?" שאל אשר בבהלה. הסוכן הצביע על
חבורת ילדים שישבו בפינה. כשאשר ראה את יואב, הוקל לו. הוא
ניגש לחבורה שהסתודדה סביב יואב.

"אשר, אני איתך עכשיו," נשמע קולו של ירון באוזנייה.

"הילד בסדר, הסוכנים שלי איתו כרגע," הוסיף ירון.

"אני לידו. אדבר איתך עוד מעט," השיב אשר, הוא ניגש ליואב והניח יד על כתפו, "לפחות היה משחק טוב?" חייך אשר ויואב הנהן.

"מה רוצים ממנו?" שאל רועי, חבר של יואב.

"לא עכשיו," השיב אשר ופנה ליואב: "בוא, אלווה אותך הביתה."

הם התקדמו לעבר הבניין כששני הסוכנים בעקבותיהם.

"מה הם רצו ממך?" שאל אשר.

יואב סיפר לאשר על הרגע שראה אותם עומדים ומביטים בו: "הם התקדמו לעברי והתחילו לשאול שאלות על מה שקורה בבית."

יואב הרגיש לא נוח כששיקר לאשר, שהביט בו בפנים חתומות. אשר הבין שברגע זה יתקשה להוציא את האמת מיואב.

שתי ניידות התקדמו במהירות לבית הספר ועצרו בחריקת בלמים. אשר הביט לאחור. מהצד השני של הרחוב הופיעה ניידת נוספת. השוטרים קפצו מהניידת כשבידם נשק ורצו לבית הספר. אשר זיהה ביניהם את חגי, וזה הבחין באשר וביואב כשהיו כבר מעבר לכביש, הוא רץ לעברם. "אני רואה שאתה בסדר," טפח חגי על שכמו של יואב.

"ראית אותם?" שאל חגי את אשר.

אשר נד בראשו לשלילה. "אלווה את יואב הביתה ואחזור בעוד כמה דקות," אמר אשר ומשך אחריו את יואב.

***

דן ונוגה לא ידעו מכול ההמולה שהתרחשה למטה. הם הופתעו לראות את אשר ויואב. נוגה מיהרה ליואב, ואילו דן, שהרגיש שמשהו אינו כשורה, כששמע את הסירנות, משך הצדה את אשר ושאל: "מה קרה?" אשר סימן לדן שיבוא איתו למרפסת השמש.

רון וליר הגיעו בריצה מחדרם. אשר סגר את דלת ההזזה של מרפסת השמש ווידא שאיש אינו מקשיב. "היתה לי שיחה היום בשגרירות

ארצות הברית, ברחוב הירקון. חבר שלי, שהוא סוכן הסי.איי.איי ביקש ממני שאגיע אליו," אשר דיבר והוציא קופסת סיגריות. "אני יכול לעשן כאן?" שאל. דן הנהן, "לא הבנתי, מה הקשר בין החבר שלך ל..."

"תן לי לסיים," קטע אותו אשר, "מתברר שהסי.איי.איי בתמונה. הם יודעים עליך הכול," אשר הביט בדן ובחן את תגובתו.

"אני לא מאמין. אני מרגיש שאני נמצא תחת זכוכית מגדלת," רטן דן בכעס.

"זה לא הכול," המשיך אשר, "כשיצאתי מהשגרירות, פגשתי את ג'ני, מי שהיתה בעבר הדוברת של הקונסול. יצאתי איתה בעבר ומאז אנחנו ידידים. היא היתה זו שרמזה לי שחושדים שהאף-אס-בה יודע עליכם. מאחר שאני מכיר את שיטות הפעולה שלהם מקרוב, מיהרתי להתקשר אליכם הביתה. רון סיפר לי שיואב משחק כדורגל עם חברים במגרש שבבית הספר," אשר הפסיק לרגע ושאף מהסיגריה. "כשהתקשרתי ליואב, לטלפון הנייד, הסוכנים של האף-אס-בה בדיוק הגיעו אליו. הזעקתי את ירון דותן ומיהרתי להגיע למקום. כשהגעתי, שמחתי לראות שהכול בסדר," אשר שאף מהסיגריה.

"שום דבר לא בסדר," דן הרים את קולו.

"תירגע, אני לא רוצה שישמעו אותנו," ביקש אשר.

"הדברים יוצאים משליטה," מלמל דן.

אשר אחז בכתפו של דן: "למה אתה מתכוון?" הוא שאל בחשדנות.

דן הביט באשר וניכר שהיסס: "אני צריך קצת שקט, אני רוצה להיות לבד עם משפחתי. אני מציע שתלך עכשיו."

"תשתף אותי דן, מה אתה חושב? אני אעזור לך, רק תשתף אותי," ביקש אשר.

"זה לא הזמן. יש לי עדיין סיוטים מהחטיפה, אני צריך קצת זמן."

אשר כיבה את הסיגריה באדנית הפרחים ואת בדל הסיגריה הכניס לקופסת הסיגריות. "אני יורד לבדוק איך מתנהלים העניינים שם למטה, אולי ניפגש מאוחר יותר לקפה," אמר אשר.

דן הנהן ופתח את דלת ההזזה. אשר חייך חיוך לא מוצלח. נוגה
והילדים הביטו בו בשתיקה, והוא יצא החוצה.

***

נל התיישב על אחד הספרים שנחו על הספרייה והביט במכתב שמנר
שלח לו. אור הקטן השמיע קולות. נל הניח את המכתב על השידה,
קפץ על הכיסא ומשם עלה והתיישב על הכרית שליד אור. הוא ליטף
את ראשו ברכות.

כשנוגה נכנסה לחדר, היא חייכה. היא סימנה לנל שיישאר בשקט
ואור נרדם. נוגה הרימה את נל והניחה אותו על הרצפה. הם הלכו
לסלון. יואב, רון וליר היו בבית הספר. דן היה בעבודה. בלילה הקודם
הם ישבו בסלון ודיברו עד השעות הקטנות של הלילה.

דן ונוגה שמחו שיואב הגיב לעניין באדישות. זו היתה הפעם הראשונה
שנל הרגיש כחלק מהמשפחה.

"אתמול בלילה הבנתי שיהיה קשה להשיג בחזרה את הקופסה,"
אמרה נוגה לנל.

נל הנהן בראשו כמסכים.

"אני חושבת שכדאי שנחכה שמנר יגיע, ייתכן שיהיה לו רעיון
מוצלח," הוסיפה.

"האמת היא שאני מרגיש שאני סגור כאן, ואני לא יכול לעזור," אמר
נל בעצב.

"זה כל כך מוזר איך בזמן קצר כל כך שהתרגלנו אליך," חייכה נוגה.
"אני רוצה שתדע שחשוב לנו שתרגיש בנוח, כאן, איתנו."

"תודה. אני באמת מרגיש חלק מכם, רק ש... כל מה שקרה בזמן
האחרון, החטיפה של דן ומה שקרה עם יואב, הכול באשמתי..."

"אסור לך לחשוב כך. זה המצב, וכולנו כאן אחד למען השני. חוץ
מזה, לי נראה שנקשרת מאוד ליואב, רון וליר, והם אליך. הם אוהבים
אותך, כמו אח קטן."

"כשכול זה ייגמר, ואני אחזור לכוכב שלי, אתם תחסרו לי," אמר
נל בעצב.

פתאום נשמעו דפיקות בדלת. נוגה הדליקה את הטלוויזיה שבסלון
והעבירה לערוץ המחובר למצלמה שמחוץ לדלת ביתם. בחוץ עמדו
אביה ואחיה אבי. נל מיהר לחדרו של אור. נוגה המתינה כמה שניות
ואחר כך פתחה את הדלת. "הי, אבא איזו הפתעה נעימה," חיבקה
נוגה את אביה.

"אני מחכה בסבלנות לחיבוק שלי," גיחך אבי.

"ברור, גם אני לא מוותרת על החיבוק שלך," אמרה נוגה וחיבקה
את אבי.

"יש סיבה שבאתם הבוקר?" חייכה נוגה ונעלה את הדלת.

"נשב בסלון," אמר אביה והתיישב על הכורסה שבסלון, אבי התיישב
לידו.

"להכין לכם משהו לשתות?" שאלה.

"לא, אנחנו בסדר," השיב אבי.

"אני מרגישה שהשיחה הזו לא תהיה נעימה כל כך," נוגה הביטה
בשניהם בסקרנות והתיישבה ליד אביה.

אבי הביט בה ברצינות: "בוודאי שמעת מה עברנו בימים האחרונים,"
אמר אבי. נוגה הנהנה ושתקה. "מאז, המצב רק החמיר. חקרו אותנו,
אותי, את אבא ואת שחר, והבוקר קיבלתי שיחת טלפון מלונדון. השיחה
היתה משני, אחותנו. היא נחקרה אתמול במשך שעות על-ידי הסי.
איי.איי. הם מנסים לדלות מאיתנו פרטים על הפריטים שדוד מני
הוריש לסבתא..."

"תביטי נוגה," אביה קטע את אבי, "היינו רוצים שתספרו לנו מה
קורה פה?" עיניו העייפות הביטו בה בעצב.

נוגה נשכה את שפתה, ועיניה התמלאו בדמעות, "אבא, אני מעדיפה
שנחכה לדן עד שיגיע מהעבודה בסביבות השעה שמונה ואז נדבר."

אביה הניח יד רכה על כתפה, "במה הסתבכתם? אנחנו רוצים לעזור,"
מלמל בשקט.

נוגה הנהנה בראשה וניגבה את דמעותיה בכף ידה, "זה מסובך, עדיף שנחכה לדן. אני ממש מבקשת," אמרה, משכה טישו מהקופסה וקינחה את אפה.

אבי סימן לאביו שירפה לעת עתה.

"טוב, ניפגש בערב," אמר אביה.

"רק שתדעי שלמטה, מסביב לבניין, יש סוכנים ממשלתיים," אמר אבי.

"אנחנו יודעים," השיבה נוגה.

מהחדר נשמע קול בכיו של אור. "חכו רגע," ביקשה נוגה ומיהרה לחדרו של אור. אבי קם מהספה והביט באביו, "אני ממש לא מבין איך זוג כמו נוגה ודן מגיעים למצב כזה."

"אנחנו לא יודעים מה קרה," השיב אביו.

"אתה צודק, אך, לדעתי, אנחנו מוותרים מהר מדי. היינו צריכים ללחוץ על נוגה ולקבל ממנה הסבר הגיוני יותר," רטן אבי. נוגה חזרה כשאור בידיה. אביה ואבי חייכו וליטפו במבטם את אור.

"הוא כל כך יפה," מלמל אביה.

"בלונדיני עם עיניים ירוקות, הצליח להם," הוסיף אבי.

"אנחנו זזים," אביה פנה לאבי וניגש לפתוח את דלת הכניסה, "תשע בערב, זה בסדר?" שאל אבי.

נוגה הנהנה בראשה ונעלה אחריהם את הדלת.

פרק 65

מרתה

נוגה התקשרה לדן מיד לאחר שאביה ואחיה יצאו מדירתם. דן סיפר באותו הרגע את נאווה, לקוחה טורדנית שלא הפסיקה לשאול שאלות ולחקור אותו. כשדן התעקש שהנושא הזה מחוץ לתחום היא עברה להתלונן על שערות ראשה ועל כך שהיא ממהרת.

"אבא שלי ואבי היו כאן. הם מגיעים שוב בתשע בערב, הם רוצים לדבר איתנו. אתה חייב להיות בבית," ביקשה נוגה.

דן כחכח מעט בגרונו, הוא רצה לדבר בחופשיות, אך גם הוא וגם נוגה ידעו שמאזינים לכל מילה שהם אומרים. דן חשב על כמה שאלות שרצה לשאול, אך העדיף לעזוב את זה לעת עתה.

"אגיע בזמן," ענה בשלווה וניתק.

בשעות שנותרו עד לשמונה בערב עבד דן במספרה. כמה דקות לפני שסגר את המספרה צלצל הטלפון. דן הביט בשעונו. השעה היתה שתי דקות לשמונה. הוא הרהר לרגע אם לענות. הוא חשב שייתכן שאחד מהלקוחות שלו רוצה להסתפר עכשיו. הוא רצה לסגור את המספרה, אך הטלפון המשיך לצלצל ודן החליט לענות. "ערב טוב," אמר.

מעבר לקו נשמע כחכוח: "דן אלון?" אישה מבוגרת היתה מעברו של הקו.

"מדבר."

"שמי אוולין. הייתי רוצה להגיע עכשיו למספרה, אם יש לך כמה דקות בשבילי."

"מה תרצי לעשות?" הוא שאל בחוסר סבלנות. דן חשב שאם תרצה להסתפר, יוכל לקבלה, אך אם היא מעוניינת בצבע או בגוונים, הוא יצטרך לדחות אותה למועד אחר.

היתה שתיקה קצרה מעבר לקו. "הלו, את עדיין על הקו?" שאל דן. שוב נשמע כחכוח, אך הפעם חלש יותר, "אין לזה שום קשר לשער שלי, שבמילא לא נשאר ממנו הרבה," השיבה בנימוס, "אני צריכה לשוחח איתך," הוסיפה.

"תוכלי, בבקשה, לספר לי במה מדובר?" דן שאל בסקרנות.

"אני מציעה שנדבר בארבע עיניים," השיבה.

דן היסס לרגע ואחר כך שאל, "מתי תרצי לבוא למספרה?"

"תוך שלוש, ארבע דקות," ענתה בשלווה.

"אני מחכה לך," אמר דן וניתק.

הוא הדליק לעצמו סיגריה וחשב: "מעניין על מה האישה המבוגרת מעוניינת לדבר איתי?"

כעבור חמש דקות נעצרה מרצדס שחורה ומבריקה ליד המספרה של דן. דלת הנהג נפתחה. הנהג יצא מהרכב כשעל ראשו כובע מצחייה מהסוג שנהגי לימוזינות חובשים. זה היה מראה לא שגרתי. הוא ניגש לדלת האחורית ופתח אותה לרווחה.

מהרכב יצאה גברת מבוגרת ומטופחת, בשנות השבעים לחייה, הלבושה בסגנון יוקרתי. היא הביטה לשנייה במספרה, וראתה שדן מביט בה. היא ניגשה למספרה. דן מיהר לפתוח לה את הדלת.

"דן אלון, אני מניחה."

דן הנהן בראשו והושיט את ידו.

"אתה יכול לקרוא לי מרתה, זה שמי האמיתי," אמרה והתעלמה מידו המושטת.

"תרצי לשתות משהו?"

"לא תודה," סירבה בנימוס והתיישבה על הכורסה האדומה.

דן התיישב מולה והביט בה. התכשיטים שעטרו את צווארה וידיה העידו שלמרתה היה הרבה כסף, וכך אפשר היה גם להסיק מהנהג שעמד בחוץ, ליד הרכב וחיכה.

"כפי שביקשת, פגישה בארבע עיניים. האם תוכלי לומר לי במה

העניין?" היא הביטה בו לכמה שניות. נראה שהיתה יפה מאוד בצעירותה. "אני מניחה שאפשר לדבר בחופשיות, נכון?" אמרה כשהביטה בקירות שמולה. דן העביר את מבטו על הקירות וגיחך, "את פוחדת מהאזנות? אני יכול להבטיח לך שאין כאן האזנות," אמר.

"אם כך, העניין שלמענו אני כאן, קשור בחפצים שברשותכם, ואני מתכוונת לאלו שירשתם מהדוד מני ז"ל."

דן הרגיש שהכעס מחלחל וגועש בו. הוא קם ונעמד מולה, "מי שלח אותך אליי?" שאל בכעס.

מרתה חייכה אליו בנועם, "מר אלון, אם תוכל להתאזר בסבלנות עוד כמה דקות, אוכל להסביר לך."

דן המשיך לעמוד עוד כמה שניות ואחר כך התיישב.

"מה שאני עומדת לספר לך איש אינו יודע, חוץ ממני, זיכרונו לברכה. אני סומכת עליך שתשמור על הסוד הזה ולא תספר לאיש," היא הביטה בו בעיניה הכחולות, פניה הביעו טוב לב.

"את יכולה לסמוך עליי; לא אספר על כך לאיש חוץ מלאשתי, נוגה, שגם עליה אפשר לסמוך."

מרתה היססה מעט והביטה במאפרה שהיתה על השולחן, "אני רואה שמותר לעשן כאן, אכפת לך אם...?"

"את יכולה לעשן."

מרתה הוציאה מתיק העור שנשאה נרתיק סיגריות מהודר והושיטה אותו לדן. הוא הוציא סיגריה מהנרתיק והביט בה מקרוב. הוא שם לב שאינו מכיר את הסיגריה הזו. על הפילטר היה פס זהוב ושלוש אותיות מובלטות באנגלית, גם הם מזהב S.E.G.

"מעולם לא ראיתי סיגריה כזו, מאיפה היא?"

מרתה הדליקה לעצמה סיגריה, והושיטה לדן מצת מוזהב, מעוטר ביהלומים. דן ניחש שהיהלומים אמיתיים.

"אלו סיגריות שמיוצרות בארצות הברית, מוכרים אותן ללקוחות מיוחדים, זוהי עבודת יד," השיבה בחיוך. דן הנהן בראשו כמתרשם,

והדליק את הסיגריה. הריח והטעם הזכיר לו דובדבן, "סיגריה מעולה,"
אמר.

"דן, איך הילדים הגיבו להתרחשויות האחרונות?"

"אני חושב שקודם כדאי שתאמרי לי איך את קשורה לכל העניין,"
אמר דן.

"אתה צודק. ובכן, הכל התחיל לפני המון שנים, כשהייתי צעירה
ויפה. אני זוכרת את אותו היום, כאילו היה אתמול. עבדתי במזנון
של מני ברוליה, שם נפגשנו לראשונה. זו היתה אהבה ממבט ראשון,
אף שהיה מבוגר ממני. מהר מאוד נהיינו לזוג. מני אהב אותי, הייתי
בשבילו כמו אוויר לנשימה," עיניה היפות נצצו ולחלוחית קלה הציפה
אותן. היא הוציאה מתיקה ממחטת בד וניגבה את דמעותיה.

"היו לנו שנים טובות ביחד. אך כמו כל דבר טוב שחייב היה להיגמר,
כך גם הסתיימה הזוגיות בינינו. זו היתה התקופה הקשה בחיי... עם
זאת, שמרנו על קשר," מרתה הפסיקה לרגע. דן ניגש, הביא לה כוס
מים ותוך כדי הביט בשעונו, השעה היתה שמונה וחצי.

"תודה," אמרה ולגמה מעט מהמים. "אתה ממהר? אני לא רוצה
לגזול מזמנך."

דן הרהר לרגע, "חכי רגע," ביקש וחייג לביתו. "נוגה, אאחר קצת,
אגיע בסביבות השעה תשע ועשרה. אני מקווה שזה לא מאוחר מדי."

"תשתדל להגיע כמה שיותר מהר," ביקשה נוגה.

"יש לי עשרים דקות," אמר למרתה.

"זה יספיק," אמרה. "כפי שאמרתי קודם, שוחחנו אחת לחודש, עד
לאותה פגישה גורלית ששינתה את המצב," היא שאפה מהסיגריה
ולגמה מעט מהמים.

דן הסתקרן מאוד, פתאום הזמן איבד משמעות. הוא היה דרוך וקשוב.

"מני התקשר אלי בשעות הערב המאוחרות. זו היתה שיחה רגילה.
הוא שאל אותי אם נוכל להיפגש. האמת היא שבאותו זמן התגעגעתי
אליו מאוד ורציתי לראותו, ולכן לא היססתי, קבענו להיפגש בלובי
של מלון הילטון.

"נפגשנו בשעת חצות בבר של המלון. בתחילה לא יכולנו להוריד זה מזו את הידיים. שכחתי לציין שבזמן הזה מני כבר היה נשוי, ואשתו היתה בהיריון. לי זה לא הפריע," מרתה שאפה מהסיגריה וכיבתה אותה במאפרה, "ההצעה לקפה עדיין תקפה?" שאלה בנימוס.

דן הרים את ראשו בהפתעה. הוא היה מסוקרן, רצה לשמוע את המשך הסיפור, ופתאום מרתה מעוניינת בקפה. הוא קם למכונת הקפה, "מה תרצי? קפה שחור או נס קפה?"

"תחליט אתה," השיבה.

דן, שהיה אלוף בהכנת קפה שחור, הכין גם לעצמו.

"אני סקרן לשמוע את ההמשך, אכפת לך להמשיך בסיפור?" אמר והניח את כוס הקפה על השולחן, מולה. מרתה הציתה סיגריה נוספת ולגמה מעט מהקפה, "וואו, קפה מעולה. אתה יודע להכין קפה טוב," אמרה ושאפה מהסיגריה.

"נמשיך," אמרה. "דיברנו במשך שעה ארוכה. ישבנו במרפסת הגדולה בסוויטה, שתינו ועישנו בשרשרת. לאחר שתיקה ארוכה סיפר לי מני על עסקיו, על אשתו, ואני הבנתי שכל הסימנים מצביעים שהיא חושקת אך ורק בכספו. מאחר שנפגשנו מאוחר בערב, העייפות השתלטה עלי, עיניי נעצמו, ומני ששם לב לכך שינה פתאום את כיוון השיחה וסיפר שיש ברשותו פריטים מסוימים שמקורם לא מהעולם הזה. עליך להבין, דן," מרתה הביטה בדן, "אם זה היה אדם אחר, הייתי מהר מאוד מפסיקה את השיחה ולא מקשיבה לו. מני לא היה מוכן לספר מהיכן הגיעו אליו הפריטים. הוא סיפר לי על שני ציורים. אחד מהם, לפי דבריו, הוא היציאה לאלה שבאו מכוכב רחוק ששמו ירדל."

מרתה הפסיקה את סיפורה, ושניהם הביטו זה בזה. דן, שהיה מופתע, הביט בעיניה הכחולות שלא הפסיקו לדמוע. הוא הגיש לה את קופסת הטישו. מרתה הודתה לו, "אני מצטערת שאני גוזלת ממך זמן יקר. בשבילי, החיים, או מה שנשאר לי מהם, הם מעין תחנת מעבר עד שאגיע אליו, למקום שבו הוא נמצא," קולה רטט מעט.

"אפשר לקבל כוס מים קרים?" ביקשה. דן מיהר להגיש לה כוס מים.

"מרתה," דיבר דן ברוך, "קחי את הזמן."

"אני בסדר. אם לא אכפת לך, אני רוצה להמשיך."

דן הנהן, הוא היה המום ממה שסיפרה לו, הוא לא חשב שהמידע הזה ידוע למישהו, חוץ מלמשפחתו.

"היו לי שאלות בלי סוף. מני נתן לי להבין שזה הזמן רק להקשיב, לכן ישבתי והקשבתי. הוא סיפר לי על הפסל ועל קופסת העץ העתיקה, אך לא פירט עליהן כפי שפירט על הציור. חוץ מדבר אחד."

"והוא?" שאל מסוקרן.

"יקירי, הדבר החשוב ביותר שהיה בידיו הוא מגילת הקלף. עד לרגע שבו הוריש לחמותך את כל הפריטים הללו, אני הייתי היחידה שראתה אותם."

"מה היה מיוחד במגילת הקלף הזו?" שאל.

"זה קצת מסובך. אני בעצמי לא הבנתי את העניין הזה עד הסוף. אנסה להסביר לך את מה שאני יודעת. תושבי כוכב ירדל מדברים דלנאית העתיקה. ישנה עוד שפה שאת שמה איני זוכרת, אך אני יודעת שגם היא חשובה. מגילת הקלף כתובה בשפה הזו וחלק גדול ממנה כתוב בשתי השפות, כך שרק מי שיודע ומבין את אחת מהשפות הללו, יכול לעזור לפענח את מגילת הקלף. סביר להניח שלא נמצא אחד כזה, כמובן."

דן נשען קדימה עם ידיו על מרפקיו והביט בעיניה, "מרתה, אני רוצה לדעת מדוע את מספרת לי את כל זה?"

מרתה הישירה את מבטה ובחנה את תגובותיו, "זה סיפור ארוך, אך אוכל לקצרו. תמיד ידעתי על הצוואה. אני הייתי אחת משני האנשים שחתמו עליה כעדה אצל עורך הדין. החטיפה שלך ללבנון, הפפראצי שיושבים מבולבלים מתחת לביתך. עשיתי חשבון פשוט, והגעתי למסקנה שנוגה קיבלה את הציור עם פתח היציאה."

דן התרווח לאחור. התשובה שלה לא היתה היגיונית. "משהו מוזר קורה פה," הרהר בלבו.

"משתיקתך אני יכולה להבין שאתה קצת חושד בי," אמרה בחיוך.

דן הביט בשעונו, השעה היתה תשע. "מרתה, הייתי שמח להמשיך ולשוחח איתך, אבל אני ממהר. אם לא אכפת לך, נוכל להיפגש מחר בערב."

מרתה הנהנה בראשה. היא קמה מהכורסה והושיטה את ידה. דן לחץ את ידה המושטת. "מחר בשמונה בערב אשלח את הנהג שלי לאסוף אותך. זה בסדר מבחינתך?"

דן הנהן בראשו והביט בה כשצעדה לרכב המפואר שעמד בחוץ. הנהג, שבמשך כל השיחה עמד ליד הרכב, פתח את הדלת האחורית ומרתה נכנסה לתוכו.

**

השעה היתה תשע ועשרים בערב כשדן החנה את הרכב מתחת לביתו. הוא מיהר ללובי של הבניין. משהו לא הסתדר לו. הוא הביט סביבו, הוא לא ראה שומר אחד בחוץ. דן יצא החוצה והסתובב סביב הבניין, וכשלא ראה שומר, יצא לעבר הכביש. הטנדר הלבן שעמד דרך קבע מחוץ לבניין, נעלם כלא היה. דן חייג לחגי, הטלפון צלצל עד שהגיע למזכירה. הוא היסס אם להשמיע הודעה ולבסוף החליט שלא.

את דלת הבית פתח לו אבי, אחיה של נוגה. השניים התחבקו ודן ניגש ולחץ את ידו של חיים, אביה של נוגה. על השולחן עמד קנקן תה מנירוסטה שעליו גילופים מרהיבים וליד עמדו כוסות זכוכית קטנות ודקות שקיבלו מנעמי, אמא של נוגה, מהביקור האחרון שלה במרוקו, שנה לפני שנפטרה. היא קנתה שם סט אחד לעצמה ואחד לנוגה ודן. נוגה ניגשה לדן כשאור בידיה. דן נשק לאור על מצחו. נוגה נישקה אותו ברכות.

"תוכל למזוג תה?" שאלה.

"בוודאי," אמר דן, והתיישב ליד חיים כשהוא מוזג תה.

"אני מבין שרציתם לדבר איתי על משהו," פנה דן לחיים.

"אפשר לעשן במרפסת?" שאל אבי.

דן הביט בנוגה ואחר כך באבי, "נעים בחוץ, בואו ונשב במרפסת."

חיים עזר לדן להעביר את קנקן התה והכוסות למרפסת. אבי הוציא קופסת סיגריות והצית לעצמו סיגריה אחת. "מה העניין, חיים?" שאל דן.

"אני חושב שאתה כבר יודע במה מדובר."

דן כיווץ את שפתיו, "לא, אין לי מושג. אשמח לשמוע ממך במה מדובר."

"אני לא יודע אם נוגה סיפרה לך, כל המשפחה תוחקרה ונשאלה לגבי הפריטים שדוד מני הוריש לנו..."

"כן, שמעתי מאבי. האמת היא שאני מצטער שהם הכניסו אתכם לכל הסיפור ההזוי הזה."

"אתה מוכן לספר לנו במה הסתבכתם?" שאל חיים.

"כפי שאמרתי, הסיפור שלהם הזוי לגמרי. הם טוענים שהפריטים האלה שדוד מני הוריש לכם, חלקם הגיעו מכוכב אחר. לנו כל זה נשמע הזוי," שיקר דן.

חיים הביט בדן.

"אתה לא רציני," התערב אבי.

"אני מאוד רציני," השיב דן.

נוגה עמדה במרחק מטרים ספורים מהם כשאור בידה, "זו האמת," שיקרה גם היא.

חיים כיווץ את שפתיו, "טוב, אז ניתן להם את הציור שאצל אחיך שחר ואת הפסל שאצל שני, אחותך, ואני אתן להם את מגילת הקלף שבידי...."

"לא," אמרו דן ונוגה פה אחד. נוגה הביטה בדן, מבטים מהירים הוחלפו בין כולם.

חיים הוציא מכיס מעילו מעטפה דואר ענקית, מקופלת לארבע, "אני רוצה תשובה כנה, מה מיוחד במה שאמרתי ששניכם הגבתם כך?" שאל חיים.

דן הביט במעטפה, "תקשיב חיים, אני צריך את המגילה הזו. חשוב
מאוד שהיא לא תגיע לידיהם, סמוך עלי. זה מה שאני יכול לומר לך
כרגע," אמר דן.

"סתם ככה, בלי הסברים?" שאל חיים.

"בבוא העת אוכל לספר לך יותר. אבל כרגע, אני מציע שנשאיר
זאת כך," ביקש דן.

"אני לא חושב שכך זה צריך להיות," התערב אבי.

"תסמוך על דן, פשוט תסמכו עליו," ביקשה נוגה.

חיים חכך בדעתו לכמה שניות, ואחר כך הניח את המעטפה על
השולחן.

"כבר מאוחר," אמר והביט בשעונו, "אני מקווה שאתם יודעים מה
שאתם עושים."

דן הנהן. אבי הביט במעטפה. דן ששם לב למבטו, הוא לקח את
המעטפה ואחז בה בידו. חיים סימן לאבי, והשניים נפרדו מהם לשלום.

***

דן ונוגה ישבו בסלון. המעטפה הסגורה היתה על השולחן. דן סיפר
לנוגה על מרתה ועל מה שסיפרה לו כשיואב ונל נכנסו לסלון.

"אבא, אתה חושב שסבא חושד במשהו?" שאל יואב.

"אין לי מושג," השיב דן.

יואב הרים את נל והעמידו על השולחן. "אני מבין שמגילת הקלף
נמצאת במעטפה הזו," אמר נל כשהוא מצביע עליה. דן הנהן בראשו.

"למה אתם לא פותחים אותה?" שאל יואב בקוצר רוח. "חיכינו לנל,"
השיבה נוגה.

דן הביט בנוגה ואחר כך הרים את המעטפה מהשולחן ופתח אותה.
במעטפה היתה מגילה מקופלת. דן הוציא אותה בזהירות ופתח אותה
באטיות. אורכה היה בערך כחצי מטר ורוחבה כמטר. בצד אחד שלה
היה כיתוב משונה, הכתב היה מסודר מאוד. נוגה, נל ויואב הצטופפו
סביב דן וארבעתם הביטו בתמיהה בכיתוב המוזר.

"אתה מזהה את הכתב?" שאלה נוגה את נל.

נל השיב בשלילה.

דן הפך את המגילה. בצדה השני היו איורים ושרטוט של מפה קטנה בקצה.

"אתה מזהה משהו מוכר?" שאל יואב את נל.

נל כיווץ את שפתיו ונד בראשו לשלילה.

"האיורים האלו קטנים מאוד. יואב, לך להביא לנו בבקשה את זכוכית המגדלת," ביקש דן. יואב מיהר לחדרו של רון וחזר כעבור דקה כשבידו זכוכית מגדלת. נוגה הדליק את כל האורות שבסלון. דן הביט דרך זכוכית המגדלת בשרטוט. בצד אחד של המפה נראו שלושה עיגולים. שניים מהם דומים בגודלם, ואילו השלישי היה גדול מאוד, במרכזו נראה עיגול גדול.

"הזכוכית מגדלת חלשה מדי, צריך משהו יותר רציני," העיר דן כשהביט במפה. "זה נראה כמו עץ ולידו משהו מרובע, קשה מאוד להבין את המפה הזו," רטן דן. "אבא, תן לי לנסות," ביקש יואב. דן הושיט לו את הזכוכית המגדלת. יואב אימץ את עיניו והזיז את זכוכית המגדלת לאורכו של השרטוט, "אבא צודק, קשה מאוד להבין משהו מהמפה."

נוגה התרוממה מהכורסה וניגשה להכין ארוחת ערב מאוחרת.

"השרטוט קטן מדי," העיר נל.

"בואו לאכול," קראה נוגה.

יואב ניגש לחדרו, שם ישבו רון וליר וצפו באחת התכניות האהובות עליהם, "ארוחת ערב מוכנה, כדאי שתצטרפו," אמר יואב.

באותו הרגע צלצל הטלפון. יואב ניגש לענות, מעבר לקו נשמע קולה של אמו שהקדימה אותו וענתה מהמטבח, "מי רוצה אותו?" שאלה.

"תאמרי לו שזו מרתה."

דן ניגש לטלפון, "ערב טוב, מרתה."

"כבר לא ערב, השעה כמעט עשר וחצי, ואני מצטערת שאני מתקשרת בשעה כזו."

"זה בסדר," מלמל דן, "אני מאמין שאם התקשרת בשעה כזו, זה כנראה דחוף."

"אני חוששת שכן," השיבה, "תהיתי, אולי אפשר להקדים את הפגישה שלנו להיום?"

נוגה, שעמדה בצמוד לדן, האזינה לשיחה, "תשאל אותה למה זה כל כך דחוף?" לחשה נוגה באוזנו.

"תוכלי לומר לי למה כל כך דחוף לך שניפגש היום?"

"דן, זה לא לשיחת לטלפון. אני מוכנה להיפגש איתך היכן שתרצה, העיקר שזה יהיה עוד היום," קולה השליו היה מנוגד לדחיפות שבדבריה.

דן הביט בנוגה, "שתבוא לכאן," לחשה.

"מתי תוכלי להגיע לביתנו?" שאל.

נשמעה שתיקה קצרה, "אני כאן, מתחת לבניין שלכם," השיבה.

דן פער את פיו בתדהמה, "היא כנראה מסוג..."

נוגה הניחה אצבע על שפתיו, "היא תשמע אותך," לחשה, "שתעלה בעוד חמש דקות," הוסיפה.

דן הביט בנוגה וחייך, "תביטי מרתה, אנחנו מתכוננים לארוחת ערב מאוחרת, את מוזמנת להצטרף."

"תודה, אסיים את הסיגריה ואצלצל באינטרקום."

נוגה הביטה בו וחייכה, "אתה לא צפוי, אתה יודע."

דן חיבק אותה ונשק לה על שפתיה הרכות. יואב נכנס למטבח, "אני אלווה את נל לחדרו של אור."

"שמעת את השיחה שלי מהחדר?" שאל דן. יואב הנהן, "בדיוק סיפרת לנו עליה, אני סקרן לראות אותה."

"היא תצטרף אלינו בעוד כמה דקות, כדאי שתכין את רון וליר."

יואב הרים את נל והלך לחדר של אור.

"יש חביתיות וגבינות, נחמם לחמניות ואתה תעשה את הסלט," אמרה נוגה לדן.

דן ניגש במרץ להכין את הסלט. האינטרקום צלצל, "תעלי לקומה שישית," אמר דן ולחץ על הזמזם שפותח את דלת הכניסה לבניין.

***

דן סיים לחתוך את הסלט כשנשמעו דפיקות קלות על הדלת. הוא ניגש לפתוח את הדלת.

"הי, מרתה," אמר דן ולחץ את ידה, "תיכנסי בבקשה."

מרתה לבשה מכנסיים שחורים מחויטים וחולצה מכופתרת כחולה. בידיה החזיקה תיק ורסאצ'ה מהודר.

"זאת נוגה, אשתי, וזה יואב, בננו הבכור."

נוגה ניגשה ולחצה את ידה בחמימות.

"אז את הבת של נעמי," חייכה מרתה.

"כן," השיבה נוגה.

"הדוד שלך, מני, לא הפסיק לדבר עליה. הוא אהב אותה יותר מהבת שלו," עיניה של מרתה ברקו כשהזכירה את הדוד מני. היא ניגשה ליואב והניחה יד על כתפו, "ואתה הנכד הבכור שלה, ילד יפה," אמרה ומחתה דמעה מעיניה.

"נשמח אם תצטרפי אלינו לארוחת הערב," אמר דן והתקדם לפינת האוכל.

רון וליר יצאו מהחדר כשהם מתווכחים. כשראו את מרתה עצרו והביטו בה בסקרנות. רון ניגש ראשון ובלי כל חשש אמר: "נעים מאוד, שמי רון. יואב סיפר לנו שאת מצטרפת אלינו לארוחה."

מרתה חיבקה אותו. "ואת הנסיכה הקטנה של הבית, נכון?" ליר הביטה במרתה בביישנות, "זה בגלל שאני הבת היחידה," השיבה ליר בלחש.

"בכל זמן אחר הייתי מסרבת בנימוס לאכול בשעה כזו, אך פתאום אני מרגישה שאני רעבה," היא חייכה בנועם והתיישבה על אחד הכיסאות. דן הניח על השולחן גבינות ולחמניות חמות. נוגה הכינה קנקן תה, ותוך דקות ספורות ישבו כולם ואכלו כשהם מדברים על החיים בשכונה.

הארוחה הסתיימה. יואב, רון וליר פינו את הכלים מהשולחן למדיח כלים. נוגה ניקתה את השולחן וביקשה מהם שייכנסו לחדרים ויתכוננו לשינה.

דן ומרתה התיישבו בסלון. נוגה, ששמעה את אור בוכה, מיהרה לחדרו.

"אני מבינה שלא מעשנים פה," לחשה מרתה לדן.

דן הביט לעבר מרפסת השמש, "את יכולה לעשן שם, אביא לך מאפרה."

"רק אם תצטרף אלי," חייכה מרתה. דן ניגש למטבח וחזר כשבידו מאפרה קטנה מזכוכית. נוגה חזרה לאחר שהרדימה את אור. דן סימן לה בראשו על מרפסת השמש. מרתה עמדה ליד האדנית כשבידה סיגריה.

"היא אישה נחמדה," אמרה נוגה לדן.

"בואי, נצטרף אליה," אמר. הם ישבו על הכיסאות שבמרפסת. מרתה כיבדה אותם בסיגריות המיוחדות שלה. "אמרת שזה דחוף," אמר דן. מרתה נשכה את שפתה והביטה בשניהם, "אני חוששת שאתם בסכנה."

"ספרי לנו משהו חדש," גיחכה נוגה בעצב.

"מה גורם לך לחשוב כך?" שאל דן.

"אני יודעת," אמרה בשקט.

דן הביט בנוגה שהתחילה לאבד את סבלנותה. "מרתה, אנחנו זקוקים ליותר פרטים," ביקש דן.

"אתם צודקים. האנשים שלי עבדו קשה כדי להבין מה קורה פה. מהרגע שחזרת מלבנון עקבנו אחרי מי שעוקב אחריכם. סוכניות ביון רבות מרגלות אחריכם. כל הזמן הזה ידעתי בדיוק מה הם מחפשים. אחרי שיצאתי מהמספרה שלך עצרו אותי החברה מהשב"כ ולקחו אותי לתשאול. כמובן שעורכי הדין שלי הגיעו כמה דקות אחר כך, והשב"כ הסתפק בשתיקה שלי ושחרר אותי. משם הגעתי ישירות לכאן."

דן הביט בנוגה. הוא הרגיש שמשהו חסר בסיפור הזה. העובדה שמרתה התעקשה לבוא דווקא עכשיו, היתה תמוהה בעיניו.

"אני מבין," אמר וכיבה את הסיגריה במאפרה, "אני לא מבין למה זה היה דחוף היום, מדוע לא חיכית למחר?" הקשה דן.

מרתה הניחה את התיק על ברכיה והוציאה מתוכו מעטפה עבה בצבע בורדו, "אני חושבת שכדאי שזה יהיה ברשותכם," היא אחזה במעטפה לשנייה ואחר כך הגישה אותן לדן בידיים רועדות.

דן לקח את המעטפה, "מה זה?" שאל.

"מה שהיה ברשותם עד עכשיו וחשבתם שזו מגילת הקלף היא מפה, שאין לי מושג למה היא משמשת," מרתה טופפה באצבעות ידיה על המעטפה שנחה בידו של דן.

דן פתח את המעטפה והוציא בזהירות דף נייר עבה וחום. הדף היה חלק מצדו האחד. הוא הפך אותו. מצדו השני, באותיות קטנות ומוזהבות שנכתבו בשורות מסודרות ובכתב יד יפה, היה כיתוב מוזר. הוא דמה מעט לכיתוב שהיה על המפה.

"אם הבנתי נכון את דוד מני, הדף הזה בן אלפי שנים," אמרה מרתה. עיניה דמעו. היא הוציאה מתיקה ממחטת משי לבנה וניגבה בעדינות את עיניה. נוגה הניחה את ידה על זרועה, "את בוודאי מתגעגעת אליו," אמרה. מרתה הנהנה בראשה בעצב.

"האם תוכלי לסלוח לנו לרגע," ביקש דן ממרתה.

"זה בסדר, אני סיימתי," אמרה והתכוננה לקום.

דן הניח יד על כתפה, "חכי עוד כמה רגעים," ביקש וסימן לנוגה שתבוא איתו. הוא הוביל את נוגה לחדרו של אור. נוגה הביטה בעיניו והבינה מיד, "אתה משוכנע שזה רעיון טוב?" פניה היפות של נוגה מעולם לא נראו כך. דן הניח את זרועותיו סביב מותניה והם התנשקו ארוכות.

"אני חושב שכן, אנחנו צריכים לשאול את נל," לחש דן.

"אני כאן," נל עמד ליד הדלת כשידיו לצדי גופו. הוא לבוש טוניקה ארוכה שהגיעה עד לברכיו. נוגה צחקה בשקט, "אני צריכה לסדר לך את הטוניקה הזו." נל הביט בברכיו וגיחך, "אני חושב שאני יודע מה אתם רוצים לשאול אותי," אמר בלחש.

"מה אתה אומר?" שאל דן.

"האם אתם סומכים עליה?" שאל נל.

"אני סומכת עליה. היא פשוט נכנסה לי ללב," אמרה נוגה.

"גם אני. האישה הזו עברה הרבה דברים ועד עכשיו שמרה בסוד את כל מה שסיפר לה דוד מני," אמר דן.

נל הרהר לרגע, "אז איך אתם רוצים לעשות את זה?"

דן הביט בנוגה, "נקרא ליואב ונספר לה בעדינות כדי שהיא לא תתרגש יותר מדי. כשיגיע הרגע נקרא לך," אמר דן. נל הנהן בראשו וחזר לחדר. נוגה ניצלה את ההזדמנות ונשקה לדן נשיקה חטופה כשחיוך ממזרי על פניה: "התגעגעתי," אמרה. דן חייך, "גם אני," לחש לה.

יואב שיחק בחדרו במחשב, האוזניות כיסו את אוזניו. דן הניח יד על כתפו, ויואב סובב את ראשו במהירות: "היי אבא." דן סיפר לו על מרתה ועל כך שהם רוצים לשתף אותה בסוד. בתחילה יואב התנגד, אך אחרי שנוגה סיפרה לו שמרתה היתה חברה של דוד מני, שאהב את סבתא נעמי, וגם על מגילת הקלף האמיתית, יואב שינה את דעתו.

***

מרתה עמדה בגבה אליהם, היא צפתה בנוף של רמת אביב. היא הרגישה בנוכחותם והסתובבה.

"אני מצטער שחיכית," אמר דן.

"זה בסדר," אמרה, "אני כבר הולכת."

דן הרהר לשנייה, "אני חושב שכדאי שתישארי קצת. היינו רוצים לשתף אותך במשהו."

מרתה הביטה בשלושתם, "בבקשה."

"כדאי שניכנס הביתה."

יואב נשען על הכורסה הקטנה והביט בסקרנות באביו.

"מרתה," אמר דן ברכות, "את היית הבן אדם הקרוב ביותר לדוד מני, וכפי שאמרתי קודם, היינו רוצים לשתף אותך במשהו. כשהיית אצלי במספרה, סיפרת לי על הערב שבו סיפר לך דוד מני על כך שאחת התמונות שהיא היציאה לאלה שהגיעו מכוכב ירדל."

נוגה נכנסה לסלון עם מגש ועליו קנקן תה ועוגיות. היא הניחה ליד כל אחד מהם כוס תה. "האם תוכלי לספר לנו מה מני סיפר לך באותו הערב על אלו שעברו במעבר?"

מרתה הביטה בו בעיניים בוחנות. היא הזדקפה מעט ואמרה, "מני דיבר על יצורים שנקראים דלנאים," בזווית עינה ראתה שיואב הופתע, אך כשהביטה בנוגה, לא הבחינה בדבר, "אני מסיקה שזה אינו חדש לכם," אמרה.

דן נאנח קלות והנהן בראשו, "לא." מרתה נדרכה, "אתם מנסים לומר לי ש..." היא הפסיקה לדבר והביטה בדן. "אנחנו רוצים לספר לך את הסוד שלנו. אסור שאיש בעולם ידע עליו," השיב דן. "אתם יכולים לסמוך עלי. עד היום לא סיפרתי לאף אחד, אפילו לא קמצוץ ממה שסיפר לי דוד מני." מרתה הביטה בשלושתם.

"גם אנחנו הופתענו. למעשה, אחד מהיצורים האלה, דלנאי, חי איתנו שלושה חודשים."

"אני לא מאמינה," מרתה מלמלה. היא נשמה עמוק וניסתה לעקל את מה ששמעה.

"אני יכולה לראות אותו?" שאלה בהתרגשות.

דן הביט בנוגה ואחר כך במרתה, "כן, אנחנו צריכים לדעת שאת חזקה מספיק. אני לא רוצה שתתרגשי יותר מדי," השיב דן.

"אל תדאג, אהיה בסדר."

"שאלך ואביא אותו?" שאל יואב. דן הנהן בראשו.

יואב ניגש לחדר של אור. מרתה לגמה מעט מהתה, פיה התייבש מההתרגשות.

כעבור דקה חזר יואב כשמאחוריו נל. מרתה הביטה בנל, וקריאת הפתעה נשמעה מפיה. היא מיהרה לכסות את פיה בשתי ידיה. נל נעמד והביט בה, ואילו יואב חזר והתיישב בכורסה.

"איך זה ייתכן?" שאלה בהשתאות. נוגה הגישה לה כוס מים. מרתה אחזה בכוס בידיים רועדות.

"קוראים לו נל קלר, והוא מדבר עברית," דן דיבר באטיות ובשקט. נל התקרב למרתה וחייך. מרתה כמעט התעלפה. נוגה התיישבה לידה והאיצה בה שתשתה מהמים.

"איך זה ייתכן?" שאלה שוב.

"זה בסדר, אני מבין," אמר נל. כששמעה את נל, נפלטה מפיה קריאת הפתעה. נל הסתובב והלך לכיוון החדר. "חכה רגע, בבקשה," ביקשה מרתה בקול רועד. נל הסתובב וחייך במבוכה.

"אני מצטערת על... פשוט לא חשבתי שיש כמותך. אני..."

"זה בסדר, אני מבין," אמר נל.

יואב קם מהכורסה, הרים את נל והניח אותו על השולחן. מרתה הוציאה מהתיק את קופסת הסיגריות. דן הביט בנוגה וסימן לה שתוותר.

נוגה חייכה, "אביא לך מאפרה," אמרה.

"שמעתי את השיחה שלכם, הסקתי ששמעת כבר על הכוכב שממנו באתי," אמר נל. מרתה רכנה לעברו באטיות, "וואו," אמרה, והניחה שוב את ידיה על פניה, "זה מדהים," לחשה. "אני מצטערת, זה פשוט מדהים, אני ל..." מרתה עצרה והדליקה סיגריה.

"הייתי אומר לך שתיקחי נשימה ארוכה, אבל לא עם הסיגריה," גיחך דן.

"אמרת משהו קודם לכן, אך איני זוכרת מה," אמרה לנל.

"זה לא כל כך חשוב. אמרתי שפעם שמעת על הכוכב שממנו באתי," השיב נל.

מרתה הנהנה בראשה, "דוד מני סיפר לי לא פעם על הכוכב שלך. האמת היא," היא היססה ואחר כך אמרה, "רציתי להאמין, אך בתוכי היו לי ספקות, עד עכשיו. עד שהופעת הייתי משוכנעת שזו רק משאלת לב כמוסה שלו לפגוש מישהו מכוכב אחר, זה נשמע הזוי."

"רגע אחד," אמר דן, "את חושבת שאולי הוא באמת פגש מישהו כמו נל?"

מרתה שאפה מהסיגריה, ונוגה פתחה את דלת ההזזה של המרפסת.

"יש סיכוי שזה באמת קרה," השיבה מרתה.

"מה גורם לך לחשוב כך?" שאלה נוגה.

"אני צריכה לעשות סדר בראש, לפני שאענה לך," השיבה מרתה והתכופפה לנל, "הלוואי שדוד מני היה רואה אותך עכשיו," לחשה לו בקול חנוק.

הטלפון בבית צלצל, ודן ניגש לענות.

***

"הי דן. צר לי על השעה המאוחרת, אני חושב שחיפשת אותי," קולו של חגי נשמע לחוץ מעט.

"תודה שחזרת אלי. רציתי לדעת מה הסיבה שהשמירה מסביבי הופסקה."

"תראה, נושא השמירה הוא באחריותו של ירון דותן. אתה צריך לדבר איתו."

דן הרהר לכמה שניות, "בסדר. תודה חגי, אתקשר אליו."

דן נפרד מחגי וחייג לירון. הטלפון צלצל כמה צלצולים. "דן, מה קורה?" נשמע קולו של ירון.

"לא הרבה," השיב דן, "תגיד ירון, אני לא רוצה להתלונן, אבל רציתי לדעת אם אנחנו כבר לא בסכנה?"

"דן, הגענו למסקנה שאינכם נמצאים בסכנה שמחייבת שמירה כמו שהיתה לך עד עכשיו."

"לי נראה שיש סיבה אחרת שבגללה הורדתם את השמירה, אני לא רוצה לגלות את זה מאוחר מדי." היתה שתיקה של כמה שניות ארוכות ואחר כך אמר ירון, "אני מציע שניפגש."

"אני יכול להיות אצלך מחר בסביבות שמונה בבוקר," אמר דן.

"שמונה בבוקר זה מצוין," השיב ירון.

"מה ירון אמר?" שאלה נוגה.

"הוא לא חושב שאנחנו בסכנה. קבעתי איתו פגישה למחר בשמונה בבוקר. זו תהיה הזדמנות מצוינת לראות את קופסת העץ," השיב דן,

וסיפר למרתה בקצרה על החקירות שעברו בני משפחתה של נוגה וגם שהחרימו לאבי את קופסת העץ.

נוגה הביטה בדן וחיוך התפשט על פניה.

"את מסתירה משהו?" גיחך דן.

"כבר לא. רציתי להפתיע אותך, אך אין לי סבלנות. היום, כשהייתי אצל ליאת, התקשרתי לשני, אחותי, הגרה בלונדון," הסבירה נוגה למרתה. "ביקשתי ממנה שתשלח לנו את הפסל בדואר אוויר. היא הסכימה, וסיפרה לי שמהיום שעברו לגור בלונדון הפסל נמצא במחסן מאחר שלא רצתה בו וגם היא לא מתכוונת להשתמש בו בעתיד."

"יפה, איך לא חשבתי על כך בעצמי?" אמר דן.

"זה לא הכול," נוגה קמה ממקומה וניגשה לחדרו של אור. כעבור דקה חזרה ובידה תמונה ממוסגרת, "שחר היה כאן בצהריים ונתן לי את זה."

דן התרומם במהירות ממקומו וניגש לנוגה, "את מבינה מה זה אומר? יש לנו כרגע ארבעה פריטים. חסרה לנו רק קופסת העץ," צהל דן.

יואב לקח את התמונה מידיה של נוגה והניח אותה בזהירות על השולחן. התמונה היתה כבדה בשל המסגרת העשויה ממתכת. דן הביט בציור שהיה שונה מהציור שבדירתם, סגנונו היה מופשט.

הטלפון צלצל שוב ודן מיהר לענות.

"כן."

"הי דן," נשמע קולו של אשר.

"אני מבין שאתה לא יודע מה השעה?" גיחך דן.

"אני יודע. מצטער על השעה המאוחרת. יש לך שתי דקות?"

"כן," השיב דן.

"אני מבין שמחר בבוקר אתה נפגש עם ירון."

"כן, יש לנו פגישה בשמונה בבוקר."

"אמנון ואני נצטרף אליך, אם אתה לא מתנגד."

"למה אתם רוצים להצטרף? נראה לי עדיף שהפגישה תהיה אחד על אחד."

"מתי כבר תבין שכל הזמן הזה היינו לטובתך?" אשר הרים את קולו בכעס, "חוץ מזה, אנחנו כבר לא שייכים לבטל"י."

"מצטער. לא הייתי צריך לומר את זה. מתי עזבתם?" שאל דן בנימה מפויסת.

"מהיום בבוקר. אבל זה לא חשוב. ניפגש בחמישה לשמונה. אמנון ואני נחכה לך בכניסה לבסיס הקריה."

"אתה מבין שעוד אוזניים מקשיבות לשיחה שלנו," גיחך דן.

"שיהיה להם לבריאות. אני חושב שגם זה ירד בקרוב מהפרק."

דן נפרד מאשר וחזר לסלון. יואב, מרתה, נוגה ונל נעמדו סביב הציור. דן הביט בשעון. השעה היתה אחת אחר חצות. מרתה ניגשה לכורסה ועמדה ללבוש את מעילה, אך דן עצר אותה ואמר, "רציתי להציע לך להישאר ללון כאן הלילה, תוכלי לישון בחדר של יואב, מה דעתך?" מרתה הביטה בנוגה.

"אני אפתח את המיטה של רון. יואב יוכל לישון שם," אמרה נוגה. מרתה חייכה בחום. היא ניגשה לנוגה כשדמעות בעיניה וחיבקה אותה. נוגה, שהתרגשה גם היא מהמחווה, התחילה לדמוע. מרתה הזכירה לה את אמה שנפטרה, והזיכרונות הכואבים הציפו אותה והיא התמכרה לחיבוק אמיתי.

פרק 66

החלון השני

השעה היתה רבע לשמונה בבוקר. דן נהג ברחוב אבן גבירול. התנועה היתה כבדה והרמזורים היו קצרים, דן חישב שיאחר בעשר דקות.

את ארוחת הבוקר אכלו בני המשפחה עם מרתה. נוגה האיצה במרתה שתביא בגדים נוספים ושתתארח בביתם עוד כמה ימים. מרתה סיפרה שכשכולם הלכו לישון, היא ונל ישבו ושוחחו ארוכות, ורק לקראת שלוש לפנות בוקר הם הלכו לישון.

***

קצת לפני שער הכניסה לבסיס הקריה ראה דן את אשר ואמנון. הם עמדו בשער. אשר ראה את דן מגיע וסימן לו שיתקרב לשער. אחד השומרים פתח את השער החשמלי כשאשר ואמנון נכנסו לרכבו של דן.

"הי, בוקר טוב," אמר אמנון.

"אני מקווה שרק ימשיך כך," השיב דן.

"תפנה כאן ימינה," אמר אשר.

"אני מכיר את הדרך," מלמל דן. "רציתי רק לדעת, אם אינכם קשורים לבטל"י, איך בדיוק אתם מתכוונים להיכנס איתי לפגישה?"

אמנון גיחך, "לירון אין הרבה ברירות."

דן עצר את הרכב בחריקה.

"זה לא כאן, למה עצרת?" שאל אשר. דן הסתובב לאשר שישב במושב האחורי, "אם יש לכם משהו על ירון, אני רוצה לדעת. אמרתם שאתם רוצים לעזור, אז אני צריך את הקופסה בחזרה."

אשר חייך כממתיק סוד, "אם הכול יעבוד כמתוכנן, תקבל את הקופסה עוד היום."

"אתם מוכנים לספר לי במה מדובר?" שאל דן.

"לא," השיב אמנון.

דן הביט בהם, "אני סומך עליכם," אמר והתחיל לנסוע למפקדת בטל"י. בכניסה עמדו שני אנשי ביטחון. דן זיהה אחד מהם. זה היה אחד מהבחורים ששמרו בבניין שבו גר.

"דן אלון, בוקר טוב, מחכים לך למטה," אמר איש הביטחון וסימן לאשר ואמנון שיעצרו. אשר לא עצר והמשיך ללכת בצמוד לדן כשאמנון אחריו. "ביקשתי שתעצור," איש הביטחון הרים את קולו ואחז בידו של אשר שסובב במהירות את ידו, ובלי להתאמץ, שלח רגל ארוכה בין רגליו של איש הביטחון ובאותה נשימה דחף אותו בקלילות על הרצפה.

אשר הסתובב במהירות והביט באקדח שכוון לראשו. איש הביטחון השני הביט באשר בפנים קפואות, "תסתובב ותעוף מפה, לפני שאעצור אותך," אמר בכעס.

הדלת נפתחה, וארבעה אנשי ביטחון יצאו החוצה כשאקדחים בידיהם, "נסגור את העניין הזה בזמן אחר, במקום אחר," אמר איש הביטחון שאשר הפיל על הרצפה.

"אתה גיבור גדול, נכון? אז בוא ונסגור את זה כאן ועכשיו?" השיב אשר בקרירות.

דן ניגש לאשר ומשך אותו הצדה, "מה אתה עושה? זו לא הדרך..."

אשר הדף בעדינות את דן, והתקדם לעבר החבורה, "תתקשרו לירון דותן ותאמרו לו שאשר כאן והוא רוצה להיכנס אליו."

"אל תזוז. תעמוד במקומך," הורה לו אחד מאנשי הביטחון והוציא מכיסו מכשיר קשר נייד. במשך דקה שוחח איש הביטחון, ואחר כך פנה לאשר ואמר, "אתה וחברך יכולים להיכנס."

אשר חייך חיוך רחב ועבר דרך אנשי הביטחון למורת רוחם.

"זה עדיין לא נגמר בינינו," אמר הבחור שאשר הפיל. "מבחינתי זה נגמר," השיב אשר ופתח את הדלת. דן ואמנון נכנסו אחריו. הפקידה המצודדת הביטה בהם בחיוך. אשר הזמין את המעלית. "אתה יודע שאתה לא נורמלי?" גיחך דן.

"ספר לי משהו חדש," אמר אשר.

המעלית הגיעה. שלושתם נכנסו, ודן לחץ על מינוס ארבע. המעלית ירדה באטיות. הם שמרו על שתיקה. הדלת נפתחה, ובפתח עמדה ריטה, "ירון מחכה לכם," אמרה בקרירות והתחילה לצעוד למשרדו של ירון.

המשרד של ירון היה פתוח לרווחה. הוא ישב בגבו אליהם, דיבר בטלפון הנייד והחזיק סיגר ענקי בידו. ריטה דפקה על הדלת. ירון הסתובב במהירות וסיים את השיחה. "אתה מוכן להסביר לי מה ניסית לעשות?" שאל ירון את אשר.

"ידעת שאני ואמנון מגיעים, למה לא אמרת לשומרים שיכניסו אותנו?" השיב אשר בקול רם. ירון התרווח בכיסאו והביט בהם, "אתה ואמנון כבר לא שייכים לבטל"י, לכן לא אמרתי."

"אתה טועה," התערב אמנון, "אנחנו יודעים הרבה יותר ממה שאתה חושב."

"תסבירו לי, בבקשה, למה אתם מתכוונים," ביקש ירון. אמנון הביט באשר שהביט בירון, "הם רוצים להוציא את תיק החקירה מכאן. אני ואשר הבנו שהסי.איי.איי פועלים במרץ באזור."

"גם הקופסה, בסופו של דבר, תגיע לידיהם," הוסיף אשר.

ירון כיווץ את שפתיו בהפתעה מהולה בכעס קל, "הייתי צריך להשאיר אתכם אצלי."

"טוב לנו איפה שאנחנו," אמר אמנון.

"מה אתם מציעים?" שאל ירון.

דן הוציא חפיסת סיגריות מכיסו והדליק לעצמו סיגריה.

"התקלקלת," גיחך אשר.

"זה לא מה שיהרוג אותו," אמר אמנון בחיוך.

"אני סקרן לדעת מה יש לכם להציע?" שאל ירון שוב.

"לא כל כך מהר," אמר אשר, "קודם, תחזיר לדן את הקופסה של גיסו, ואחר כך נדבר."

"אתה חושב שאעשה משהו כזה בלי לדעת במה מדובר?"

"אני חושב שנמאס לך מכל השיגעונות של המערכת המטורללת הזו שאתה שייך אליה. לדעתי, אתה כועס מספיק כדי להפיל את כל החקירה הזו," אמר אשר.

ירון הרים את הסיגר שנח במאפרה והדליק אותו, "עשיתם עבודת מחקר שלא מביישת שום סוכנות ריגול. עכשיו, כשאנחנו מגיעים לעיקר, אתם מבקשים ממני משהו שכבר לא נמצא ברשותי," אמר ירון.

"שנינו יודעים שהקופסה פה, היא לא זזה מכאן לשום מקום."

ירון חייך חיוך רחב, "מדובר בשני דברים שונים. כפי שאמרתי, הקופסה לא ברשותי. וכן, היא נמצאת באותו המקום."

"אני רוצה לראות אותה," ביקש דן.

ירון הוציא מפיו עשן שהתערבב בעשן הסיגריות. "המקום הזה נראה כמו מחששה," גיחך אמנון. ירון קם מכיסאו וניגש לווילון שכיסה חלק מהקיר. כשהסיט אותו הצדה, התגלה חלון זכוכית גדול.

"חלון חד כיווני. אהבתי," אמר אשר וקם מהכיסא. דן ואמנון התרוממו גם הם ממקומם והתקרבו לחלון. הם ראו שבעה בחורים הלבושים בסרבלים לבנים. חלקם עמדו מול מחשב שאליו חובר מסך ענקי, והאחרים ניסו עם המכשירים שבידיהם לפתוח את הקופסה שעמדה על שולחן גדול כשמעליה מכשיר שיקוף.

"רבותיי, הקופסה הזו נחשבת בנאס"א לתגלית מרעישה ומפתיעה," אמר ירון.

דן הביט בקופסה במשך כמה שניות, "אם הקופסה כבר לא ברשותך, אני זז מכאן."

ירון התיישב בכיסאו ושאף מהסיגר, "חשבתי שיש לכם הצעה בשבילי, אני מקשיב."

"לי אין שום דבר להציע לך, אולי לאשר ולאמנון יש," אמר דן כשהוא פותח את הדלת, "נצטרך בכל זאת לשמור על קשר, להתראות," אמר דן, להפתעת אמנון ואשר, סגר את הדלת והלך.

***

השעה היתה כמעט שלוש לפנות בוקר. נל פקח את עיניו. החדר הואר באור מסנוור למשך כמה שניות. הוא ראה את האור מבעד לחלונות של בית הבובות וחיכה עד שזה כבה. קול חבטה הפר את השקט. נל ירד בזריזות במדרגות ופתח את דלת בית הבובות. היה חושך מוחלט, והוא לא הצליח לראות כלום. מאחורי בית הבובות נשמעו פסיעות. לבו החסיר פעימה.

"שלום נל," קול נשי לחש את שמו.

"מי את? היכן את?" נל הביט לצדדים, הוא ניסה להגיע לבית הבובות הענקי מאחור.

"לפני כחודשיים הבטתי בך דרך התמונה," לחשה ונעמדה מולו. נל הרגיש יד קטנה נוגעת בכתפו, וצמרמורת קלה עברה בגופו. "אני זוכר," לחש נל. "מי את? ואיך הצלחת לעבור?"

"שמי אופליה, ואני אחותו של מנר. הוא שלח אותי כדי שאעזור לך."

היא הביטה מסביבה, וכשהתמקדה בבית הבובות הענקי הסיטה מעט את הפנס ומיקדה את האור בציור. קרן האור שבין העץ שבציור לשמים עדיין בהקה. נל הביט בה ולא יכול היה לעצור את התרגשותו, "בואי אחריי," לחש לה וסימן על הכיסא שעמד ליד השולחן שעליו עמדו. הוא קפץ על הכיסא ומשם לרצפה כשאופליה אחריו. נל התכוון לצאת מהחדר כשאופליה אחזה שוב בכתפו, "חכה רגע. האיש בחדר הסמוך מתקרב לכאן," לחשה על אוזנו.

"זה בסדר, תסמכי עלי."

האור בחדר הסמוך דלק, ודן הופיע בפתח הדלת. הוא הביט בשניהם בפליאה. "אני לא מאמין," הוא אמר בקול. נל סימן לו שיהיה בשקט ולחש, "נלך לסלון." דן מיהר לסלון והדליק את האור. נל ואופליה עמדו והביטו זה בזה. אופליה הביטה בדן.

"זה דן," אמר נל.

"אופליה."

"זה מדהים. איך הצלחת לעבור?" דן היה קצת מבולבל. מכיוון

המסדרון נשמעו צעדים. נוגה הגיעה לסלון והביטה בנל ובאופליה
וחייכה: "ברוכה הבאה," קולה נשמע שליו, כאילו ציפתה לביקור הזה.

"חשבתי שמנר יהיה זה שיגיע," הוסיפה.

"הגעתי במקומו, אני אחותו, אופליה."

"אני נוגה, הגעת עכשיו?"

"כן."

"אני שמחה שאת כאן."

"מנר בוודאי כועס שעברתי בלי שהסכים," מלמל נל.

"הוא מאמין ביכולותיך, ודואג לך יותר מכול". השיבה אופליה.

"מה שלום המשפחה שלי? הם בוודאי דואגים לי."

"כולם בסדר, מחכים שתחזור."

"ונמי, וכל החבורה?"

"הם בסדר, הצלחתי להכיר את נמי, רם וסט. גם הם מאוד דואגים לך."

"ספרי לי קצת מה קרה אחרי שעברתי," ביקש נל.

אופליה סיפרה לו בקצרה על היריבות בין און למנר, על פרנסיס
שהגיע דרך החלון הראשון ועל כך שעליהם לאתר מהר ככל האפשר
את החלון השני. "יש לנו מסגרת זמנים צרה במיוחד שבה עלינו למצוא
את החלון השני. מנר משוכנע שהחלון השני נמצא באזור שממנו
יוצאים מהחלון השלישי, כלומר, כאן, בסביבה הזו."

נל הנהן בחיוך ובמבט של ממתיק סוד. "ישנם כמה דברים שעלי
לספר לך," אמר נל. הוא סיפר מה קרה לו מהרגע שעבר דרך החלון
השלישי ועד לרגע שהגיע, כשמדי פעם דן מוסיף פרטים משלו.
אופליה עמדה פעורת פה.

"אולי תוכלי לומר לנו היכן החלון השני?" שאל דן.
שלושתם הביטו באופליה.

"ראשית, אני חייבת לומר משהו על חמשת הפריטים. אני שמחה
שבידיכם ארבעה מהם. לכל אחד מהם שימוש חשוב. הפריט שנחוץ
לנו יותר מכול הוא קופסת העץ, שהיא בעצם החלון השני."

דן הנהן בראשו כלא מאמין. "אני יודע בדיוק היכן היא נמצאת רק ש..." הוא נשף דרך אפו בעצבנות, "יהיה קשה מאוד להוציא אותה משם. כפי שהבנתי, בזמן הקרוב עומדים להעבירה לארצות הברית."

"אם כך, נצטרך לפעול במהירות," אמרה נוגה.

הם המשיכו לדבר. כשנוגה הביטה בשעונה השעה היתה ארבע לפנות בוקר. "אני מציעה שנלך לישון ונמשיך לשוחח מחר." דן הביט לעברה בהפתעה. "כן יקירי, גם אתה זקוק לשינה. אתה תצטרך את כל הכוחות שלך כדי להחזיר לכאן את הקופסה," הוסיפה. דן קם בחוסר רצון מופגן, "את יכולה לישון בבית הבובות. יש שם מיטה נוספת," אמר יואב.

"בואי," נל משך בעדינות את ידה של אופליה לכיוון החדר.

***

השעה היתה עשר בבוקר. דן נסע לכיוון הקריה עם יואב.

הבוקר עבר בהתרגשות, מרתה והילדים שמחו מאוד לפגוש את אופליה.

יואב הביט לאחור ווידא שתיק בית הספר שלו פתוח מעט. אופליה ישבה בתוך התיק על הקלמר קשיח שהונח בין שתי חוברות. היא הציצה לעברו כשחיוך קל על פניה.

במשך כל הלילה ישבה אופליה עם נל, ובעזרת פנס קטן בכיסה ניסו השניים לקרוא את מגילת הקלף. הם הצליחו לפענח את המשפט המודגש, אך משמעותו נותרה עבורם עדיין סתומה: **"כוח הזרוע לא יוכל לה. חזקה היא עד מאוד. ללא מילה אחת מהעבר הרחוק שתפתח את לבה לעולמות אחרים, תישאר היא סגורה וחתומה לעולמי עד".**

כשסיימו, הביט נל בשעון הקיר. השעה היתה קצת לפני שבע בבוקר. מרחוק נשמע קולו הטורדני של השעון המעורר ותוך דקות ספורות התעוררו כולם.

אופליה ניסתה למצוא את החבוי במשפט. היא חילקה את המשפט לשלושה חלקים, החלק הראשון והשלישי מתייחסים לכך שאם לא

נדע את המילה הנכונה, החלון השני יישאר סגור לעד. ואילו בחלק האמצעי, מדובר על מילה מהעבר הרחוק," את המשפט האחרון אמרה בלחישה, כשהיא מהרהרת בקול.

"מילה אחת, זה כל מה שצריך כדי לפתוח את החלון השני?" שאל נל בתמיהה. אופליה לא ענתה, היא המשיכה למלמל את חלקו האמצעי של המשפט. עכשיו, כשישבה בתיק, לא הפסיקה להרהר בו.

דן ניסה לתת עצות משלו, אך עצותיו נדחו. "זה משהו שעלי לפתור בעצמי," אמרה בקולה השלחו.

דן משך בכתפיו, וחזר להתרכז בנהיגה. התחבורה בשעה הזאת של היום היתה דלילה. מרחוק הבחין בשער הכניסה לקריה. "הגענו," הכריז דן, וסימן ליואב בראשו.

יואב הסתובב לאחור וסגר את התיק. הוא השאיר פתח קטן לאוויר. אופליה הצטופפה בין שתי חוברות. אחד החיילים ניגש לדן וסימן לו שיסתובב וייסע.

"בוקר טוב, יש לי פגישה עם ירון דותן," אמר דן.

החייל הביט ברשימה, "תעודה מזהה, בבקשה," ביקש.

דן הוציא את הארנק מכיסו, כשפתאום הופיעה ריטה ונעמדה ליד החייל, "זה בסדר, תן לו להיכנס עם הרכב," הורתה לו.

ריטה פתחה את הדלת הצדדית של הרכב והתיישבה, "הי יואב, מה שלומך?"

יואב הסתובב לעברה וחייך, "בסדר גמור, מה שלומך?" שאל בחביבות ונאבק עם עצמו שלא להביט בתיק שהיה ליד המושב שעליו ישבה.

דן חיכה שהשער החשמלי ייפתח ונסע בזהירות בין החיילים שצעדו על הכביש הפנימי של בסיס הקריה. הם הגיעו לבניין. ריטה הביטה ביואב, נראה שמשהו מציק לה.

"הכול בסדר?" שאל אותה דן. יואב ירד מהרכב כשתיק בית הספר תלוי לו על הכתף.

"זה לא רעיון טוב להביא לפה את יואב," לחשה לדן.

"הוא לא הרגיש טוב. הייתי צריך להחזיר אותו מבית הספר. את
יודעת, היום לא משחררים אותם בלי ליווי של אחד ההורים."

"אשאל את ירון על כך," אמרה והתרחקה מעט. יואב נעמד ליד דן.
איש ביטחון יצא מדלת הכניסה וניגש לעברם, "הי יואב, מה שלומך?"
הוא שאל.

"הי תומר, תכיר, זה אבא שלי, דן," יואב הציג את דן שהופתע.
דן לחץ את ידו המושטת של תומר, "אני מצטער, ודאי פספסתי
משהו, איך אתם מכירים?" שאל.

תומר חייך חיוך רחב, "נשלחתי לשמור באזור בית הספר. הזדמן לי,
לא פעם, לשחק עם יואב וחבריו כדורגל."

"נזוז," אמרה ריטה כשהתקרבה אליהם, "ירון אישר ליואב להצטרף
אלינו," הוסיפה. תומר ליווה אותם למעלית, שם נפרד מיואב בחביבות.
דן הופתע לראות את ירון מחכה להם ליד המעלית. "הי יואב," ירון
טפח על שכמו.

יואב הביט בהשתאות בעשרות צגי המחשב, "וואו, ממש כמו בסרטים,"
לחש. ירון כיווץ את שפתיו בחיוך: "אנחנו סומכים עליך שתשמור
על זה בסוד," אמר. "אל תדאג, אתה יכול לסמוך עלי," השיב יואב.

"אנחנו נצטרך לשבת במשרד אחר," אמר ירון, והתחיל ללכת למשרדים
המרוחקים יותר. "יש סיבה שאנחנו הולכים לשם?" שאל דן, וחשש
קל התלווה לקולו. "משפצים פה," התחילה ריטה לומר, אך ירון סימן
לה בעיניו, והיא השתתקה.

"אתה זוכר שאשר ואמנון דיברו שהסי.איי.איי לוקח פיקוד על כל
הנושא?" דן הנהן בראשו. "ובכן, מהבוקר אני מחוץ לעניינים. למעשה,
אני מפסיק לטפל בתיק הזה בשתים-עשרה בצהריים. זה נותן לי עוד
קצת זמן," גיחך ירון כשפתח את דלת אחד המשרדים.

בטל"י שכנה בבניין שארבע קומותיו היו מתחת לאדמה. לא היו
במשרדים חלונות, ולכן במקום חלונות נתלו תמונות כמעט בכל מקום
אפשרי. על קירות המשרד שאליו נכנסו ירון, ריטה, דן ויואב נתלו

תמונות של מטוסי קרב שונים. שולחן עץ עמד בכניסה למשרד. ירון וריטה התיישבו מצדו האחד של השולחן, ואילו דן ויואב התיישבו בצדו האחר.

"זה בסדר לדבר לידו?" שאל ירון וחייך לעבר יואב.

"אני מניח שכן," השיב דן.

"רציתי לומר משהו לפני שאנחנו מתחילים," דן ליטף את כתפו של יואב שתיק בית הספר נותר תלוי עליה.

ירון הנהן בראשו והתרווח על הכיסא.

"נוגה ואני דיברנו בינינו, אנחנו לא מתכוונים למכור את הבית. עם זאת, אנחנו מוכנים לשתף פעולה אתכם ובתנאי שהקופסה תחזור בהקדם למשפחתנו."

ירון הביט בריטה וכיווץ את שפתיו. "זו בעיה," אמר ירון. "תסביר," ביקש דן. "כרגע הסי.איי.איי משתלטים על כל העסק. הם מתכננים לשלוח את הקופסה בעוד יומיים לארצות הברית, כך שכרגע אני לא יכול להבטיח לך דבר."

דן העביר את מבטו מירון לריטה, "טוב, אני מבין. תוכל לתת לנו לראות אותה?" ירון חיכה כמה שניות לפני שענה, "תצטרכו לחכות כאן כמה דקות, אלך לבדוק אם זה אפשרי," אמר ויצא מהמשרד. דן שיחק עם המצת שהיתה על השולחן, "זה מצחיק, נכון?"

"מה מצחיק?" שאלה ריטה.

"את יודעת... כל העסק כאן הוא בשליטתו של ירון. זה קצת מצחיק שירון דותן הגדול צריך לבקש רשות להראות לנו את הקופסה." ריטה לא הגיבה, והדליקה לעצמה סיגריה. הדקות עברו בעצלתיים, והיתה שתיקה מעיקה בחדר.

"רציתי לשאול אותך משהו," ריטה הפרה את השתיקה.

"בבקשה," אמר דן.

"הדירה שלך שווה חצי מיליון דולר, נכון? קיבלת הצעה על עשרה מיליון דולר תמורתה, למה סירבת להצעה?"

"לא הכול סובב סביב כסף. יש דברים שהם אינם למכירה..."

הדלת נפתחה. ירון הופיע בפתח כשקצין במדים אמריקאים עומד מאחוריו.

"בואו איתי," אמר.

כשהגיעו לחדר הקיש ירון על הצג שעל הדלת את קוד הכניסה ופתח אותה. דן ויואב נכנסו ראשונים לחדר שנראה כאולם. במרכז החדר עמדה הקופסה. ירון התלחש עם ריטה והקצין, ושניהם נעלמו.

ירון סגר את הדלת והצטרף לדן ויואב שנעמדו ליד הקופסה. מסביב היו פזורים כלים שונים ומכשירים ענקיים.

דן הוציא סיגריה והתקרב לירון. "בוא נדבר בצד," ביקש.

הם ניגשו לפינת החדר. דן נעמד עם פניו לכיוון הקופסה, וירון עמד כשבגבו אליה.

ירון הביט ביואב שהניח את תיקו מאחורי הקופסה, "אני מבקש שלא תיגע במכשירים שמסביב," הוא ביקש מיואב.

"נראה שאתה דואג יותר למכשירים שמסביב מלקופסה," גיחך דן.

ירון הסתובב לעבר דן בפנים חתומות, "תאמין לי שהבן שלך יכול לשחק כדורגל עם הקופסה הזו, ולא יקרה לה כלום. מה יש לך להציע?"

"אני מוכל לשתף איתך פעולה בכל, אך יש לי תנאי."

"אני מקשיב," אמר ירון והדליק סיגר.

כעת הדליק דן את סיגריה.

"אני ונוגה רוצים לשתף פעולה. תוכל לבדוק את הבית ביסודיות, התנאי שלנו הוא שנקבל את הקופסה. יש לה ערך רגשי בעבורנו."

ירון שאף מהסיגר, וכשהביט בדן חיוך קל נראה בזווית פיו: "כפי שאמרתי, זה כבר לא בידיים שלי. תן לי לברר מה אוכל לעשות. אני אחזור אליך עם תשובה מאוחר יותר. בינתיים, הייתי רוצה לבקר בביתך, אם אפשר עוד היום...."

ירון הפסיק לדבר כשראה את יואב מתקרב לעברם, כשהתיק על כתפו, "אבא, משעמם פה, בוא נלך הביתה."

ירון הסתובב לעבר הקופסה, והסיגר שהיה בידו נפל על הרצפה, "מה זה? היכן הקופסה? לאן היא נעלמה?" צרח ירון, ורץ במהירות למקום שהיתה בו לפני כמה דקות.

דן הביט ביואב שנהנן בראשו, "חכה כאן," הורה דן ליואב.

ירון רץ לכיוון הקיר ולחץ על כפתור תמים למראה. תוך שנייה הופעלו האזעקות, הדלת נפתחה, ולתוך החדר נכנסו במהירות עשרה גברים, לבושים במדי צבא ארצות הברית ואקדחים בידיהם. דן ויואב נדחפו לפינת החדר שהתמלא בצעקות ובפקודות בשפה האנגלית. ירון צרח על אחד החיילים, ותוך שניות הקולות נדמו.

"יש לנו כאן מצלמות אבטחה," אמר ירון, והצביע על המראה שעמדה על הקיר. קצין אמריקאי מבוגר עם זקנקן אפור רץ לעבר ירון תוך שהוא פוקד לאטום את האולם הגדול לכניסה וליציאה. הדקות עברו לאטן, עיניי החיילים הופנו לעברם, והבעה מאיימת היתה על פניהם. דן חיבק את כתפו של יואב, "הכול יהיה בסדר, אתה תראה," לחש לו.

"תפסיקו לדבר שם ביניכם," צרח אחד החיילים לעבר דן.

ירון והקצין חזרו כעבור עשר דקות. ירון ניגש ליואב, והוריד מגבו את התיק.

"מה קורה פה? מה אתה עושה?" שאל דן בכעס.

ירון התכופף וישב על ברכיו. הוא הניח את התיק בזהירות על הרצפה. על ידיו היו כפפות גומי שרופאים משתמשים בהן בחדרי הניתוח. הוא התחיל לרוקן בזהירות את התיק על הרצפה. הוא הוציא מהתיק מחברות, חוברות, ספרים וקלמר.

הקצין המבוגר התיישב גם הוא על ברכיו ועזר לירון. כשלא מצאו כלום, סימן ירון בידו לאחד הבחורים שיאסוף את הכול וישלח בדחיפות את הדברים למחלקת זיהוי.

ירון והקצין ניגשו למקום שבו היתה הקופסה. הם הביטו סביב. ירון גירד את ראשו בעצבנות, ואחר כך הרים את עיניו לעבר דן שהביט ביואב בשתיקה. יואב התחיל לדמוע. "תשחרר את הבן שלי, מנוול," צעק דן בכעס.

ירון הרהר למספר שניות.

"אתה מודע לכך שהוא קטין, נכון?" הוסיף דן.

ריטה ניגשה לירון: "זה לא נראה לי," מלמל ירון, "אני צריך לתחקר אותו."

ריטה הביטה ביואב, ואחר כך הסתובבה לירון: "אתה לא יכול לעשות את זה, תשחרר אותו, הוא בסך הכול ילד."

ירון הביט בה, "אני אחקור אותו עכשיו, בעצמי!"

"אתה תשלם על כך, אני מבטיח לך. אם הבן שלי לא משתחרר עכשיו, אני מפרסם את כל האמת," צרח דן.

"תשתוק," צרח ירון בחזרה, "קודם ספר לי איך הצלחתם להעלים את הקופסה ואחר כך אשחרר את שניכם."

"אין לי מושג על מה אתה מדבר..."

"יש לך, רואים את זה יפה במצלמת האבטחה," קטע אותו ירון בצעקה.

"על מה אתה מדבר?" שאלה ריטה.

"הוא יודע יפה מאוד על מה אני מדבר. יואב הניח את התיק ליד הקופסה, ואחרי דקה היא נעלמה."

כל העיניים הופנו ליואב ולדן, "אתה מטורף, ואני בוודאי לא הראשון שאמר לך את זה," אמר דן בכעס.

"שמור על הפה שלך," הזהיר אותו ירון. "קחו אותו למעצר," הורה ירון.

שני חיילים אמריקאים אחזו בדן בחוזקה, והוציאו אותו במהירות מהחדר. יואב הביט בירון בכעס כשפניו שטופות דמעות. ירון לחש כמה מילים על אוזנו של הקצין, שנתן פקודה, ותוך שניות נותרו ירון, ריטה ויואב לבדם באולם.

ירון לקח כיסא פלסטיק, ואמר בקול מפויס ליואב: "שב יואב. אין לך מה לדאוג, אני אשחרר אותך בקרוב."

"אני מעדיף לעמוד," אמר יואב בהתרסה, וניגב את הדמעות.

"איך שאתה רוצה."

"יואב, אבא שלך יישאר זמן רב..."

"תפסיק, אני לא מוכנה לכך," קטעה אותו ריטה בכעס, "אין לך זכות..."

"אל תתערבי."

"עכשיו אני מתערבת," ריטה משכה בידו של יואב ואמרה, "בוא יואב, אקח אותך הביתה."

"תעצרי, יש כרגע חיפוש בביתם, הפעלתי צו."

"אני יודעת, תרשה לי בבקשה להקפיץ אותו הביתה."

ירון הרהר כמה שניות ואחר כך הנהן בראשו.

***

במשך שעות ישבו ירון, ריטה וחמישה מדענים מנאס"א וצפו בקלטת שוב ושוב. הקטע שבו הקופסה נעלמה חזר על עצמו גם כשהעבירו את התמונות באטיות, פריים אחרי פריים.

בתחילה נראה יואב כשהוא ניגש לקופסה ומניח את תיק בית הספר לידה. התיק היה פתוח למחצה ונשען על הקופסה. יואב נגע בקופסה והעביר את ידו עליה. "תעצור," נשמעה קריאה באנגלית מאחד המדענים. ירון מיהר לעצור את הקלטת.

"בבקשה תעביר לאחור." ירון עשה כדברו והפעיל מחדש את הקלטת.

כולם צפו בקלטת בסקרנות וחיכו לשמוע את הקצין. "אתם לא רואים?" שאל הקצין בחיוך. חלקם נדו בראשם לשלילה. "כן, ראיתי," לחשה ריטה. ירון הביט בה בחוסר סבלנות, "יואב, הוא מדבר למישהו," אמרה. הוא העביר לאחור את הקלטת, וחזר לאותו קטע שבו אפשר לראות את שפתיו של יואב זזות. ירון עצר את התמונה כשפניו של יואב מופנות לעבר התיק ופיו פתוח מעט, "זה חייב להיות זה," פסק בביטחון, "אני ניגש לביתם."

"זה מיותר," אמרה ריטה, "במשך שעות הפכו את הבית, ולא מצאו כלום, שום רמז לזה שהם מעורבים בעניין."

"אני רוצה לנסוע לשם עכשיו, את באה?"

"נראה לי שזו טעות ושאנחנו נצטער על כך. אל תשכח שהם רוצים

להתראיין בנושא ולפרסם הכול. ואם הם יעשו זאת, בטל"י כבר לא
תהיה חסויה. אבל אם אתה עדיין רוצה לנסוע, אסע איתך."

***

אשר ואמנון עמדו בכניסה לבית משפחת אלון. נוגה התקשרה אליהם
כשהיא נסערת, היא סיפרה על החיפוש הבלתי מתחשב שנעשה
בדירתם, אך מאחר שירון בחר שלא לענות להם לטלפון, הם נאלצו
לחכות שהחיפוש ייגמר.

מיד כשהגיעו ביקש אשר מנוגה שתיקח את הילדים ותמצא סידור
לעשרים וארבע שעות הקרובות. אשר ואמנון בדקו עבורה אישית את
התיקים שארזה, מוודאים שלא הוצמדו לחפציה ולתיקים מיקרופונים.
עכשיו, מול בית גדול וריק מאדם, ידעו שרק אחרי עבודה של כמה
שעות יוכלו לנקותה ממיקרופונים.

נוגה השאירה לאשר שק על סכום של חמשת אלפים שקלים. אשר
התנגד, אך מאחר שנוגה היתה נחושה, הוא ויתר ולקח את השק.

הם חילקו ביניהם את העבודה. השעה היתה עשר בלילה כשהם
שמעו דפיקות על הדלת. אמנון ניגש לפתוח את הדלת. בפתח עמדו
ירון דותן וריטה.

"הי, מה קורה?" שאל אמנון.

ירון דחף את הדלת באגרסיביות. אשר, שהגיע באותו רגע, הדף אותו
החוצה, "זה לא הזמן," אמר. "אתה יודע שיש בידי צו חיפוש," אמר
ירון בשלווה. "אני חושב שזה מספיק, עד כאן. המשפחה הזו עברה
גיהנום לא קטן, עזוב אותם במנוחה," אמר אשר בכעס.

"אני רוצה לדבר עם יואב," אמר ירון.

"קומה ראשונה, דירה מספר שתיים. הם יהיו שם ביממה הקרובה,"
השיב אשר.

"מה אתם חושבים שאתם עושים?" שאל.

"עוזרים לחבר, פשוט כך," הזדרז אמנון לענות.

ירון השתהה כמה שניות, ואחר כך הסתובב לכיוון המעלית. הם ירדו לקומה הראשונה, יצאו מהמעלית ועמדו מול דירה מספר שתיים. ירון צלצל בפעמון. הדלת נפתחה, ובפתח עמדה נוגה כשעיניה נפוחות מבכי. מאחוריה נשמע אור הקטן כשהוא בוכה, "תגיד, אתה לא חושב שהגזמת? הרסת לנו..."

"נוגה, תעצרי שנייה. אני בסך הכול רוצה לדבר עם יואב, רק לחמש דקות," קטע אותה ירון.

"בשום פנים ואופן לא. לקחת את בעלי..."

"סליחה רגע," חיים, אבא של נוגה התקרב לדלת. "נעים מאוד. אני אבא של נוגה, שמי חיים."

ירון וחיים לחצו ידיים.

"אני מצטער שאני לא מכניס אתכם פנימה. הטריקים עם המיקרופונים היה תרגיל מלוכלך. לפני שנמשיך בשיחה עלי לספר לך שמנוגה הבנתי שמחר בעשר בבוקר תהיה כאן התקשורת. אני חושב שזו הדרך היחידה להוציא אתכם מחיי המשפחה האומללה הזו," אמר חיים.

ירון שתק לרגע, "אני מקווה שאתם מביאים בחשבון את כל ההשלכות. אני מציע שתחשבו שוב לפני שאתם עושים טעות," אמר והסתובב לאחור.

מאחוריו עמד אשר, כף ידו פתוחה ועליה כמה מיקרופונים. "שחרר את דן, עזבו את המשפחה הזו בשקט, ואני ערב לכך שדבר לא יצא לתקשורת," אמר אשר. חיים התקרב אליו והביט בידו, "הם כל כך קטנים, איך מצאת אותם?" שאל בתמיהה.

"בעזרת מזוודת האוסקור," אמר ירון כמעט בלחישה. במשך דקה ארוכה היתה שתיקה.

"בדקת את ביתנו לא פעם אחת. ראית שאין לנו מושג על הדברים שאתה מחפש. עברנו גיהינום לא קטן בגללך. אתה צריך להאמין שאין לנו עניין בנושא הזה, ולהניח לנו," אמרה נוגה.

"חשוב על המשפחה שלך. מה היה קורה לו כל זה היה קורה לך?" הוסיף חיים.

"יש בידינו צילום של יואב כשהוא מדבר עם מישהו, דקה לפני שהקופסה נעלמה," אמרה ריטה.

"אני בטוחה שליואב יש הסבר היגיוני," אמרה נוגה. יואב עמד מאחוריה כשהוא מבויש מעט, "בסך הכול זמזמתי לעצמי שיר. היה לי משעמם," אמר בשקט.

"יואבי, תיכנס פנימה," ביקשה נוגה וליטפה את ראשו.

ירון כיווץ את שפתיו, "גם אם אניח לכם, החבר'ה מארצות הברית לא יעזבו אתכם בשקט."

"רק רגע," אמר חיים, "קודם אנחנו צריכים להאמין שאתה מבין שאין קשר בין מה שאתה מחפש למשפחה הזו ולדברים ששמעתי עליהם בשעתיים האחרונות."

ירון הדליק את הסיגר שהחזיק בידו וחשב מעט, "תשאירו את התקשורת מחוץ לעניין. האמת היא שבאתי לכאן בידיעה שהיום הכול ייגמר, בצורה כזו או אחרת. בדרכי לכאן קיבלתי דיווח על החיפוש שנערך בביתכם. אני מאשר שלא נמצאו כל ממצאים. מבחינתי, עד כמה שזה ייראה ויישמע פתאומי, אני מפסיק את כל הפעילות שקשורה אליכם," ירון הסתובב לעבר אשר ואמר, "שלושים ושבעה מיקרופונים ומכשירי האזנה, ארבע מדבקות סלוטייפיות ושתי מצלמות זעירות מוסלקות, אני מניח שלא תצטרך מפה כדי למצוא אותם," אמר ירון.

אשר גיחך, "מחר בבוקר אעבור במשרדך עם כל האביזרים."

ירון הסתובב לנוגה, ובנימה ג'נטלמנית ביקש סליחה על הכול. רגע לפני שהגיע למעלית, הסתובב לעברם ואמר: "אני מניח שדן יצטרף אליכם בעוד כשעה," אמר והלך.

***

כעבור עשרה ימים.

דן קם במהירות מהמיטה. הקולות הגיעו ממרפסת השמש.

בשבוע האחרון עמלו הוא, נוגה והילדים להחזיר את הבית לקדמותו. את התמונה החזירו למקומה מאחורי בית הבובות ואת התמונה השנייה והפסל תלו בחדרם.

הרעש העדין של התריס החשמלי בקושי נשמע. דן החזיק באלה הקצרה שקיבל מאשר, ופסע בזהירות לעבר הדלת. הרעש נפסק.

נוגה פקחה את עינייה והתיישבה במיטה. דן סימן לה שתישאר במיטה ושתהיה בשקט, אך היא קמה ונעמדה מאחוריו. דן הבחין ברעד שעבר בגופה. בידו האחת החזיק באלה, ובידו השנייה ליטף את גבה בעדינות. בצעדים מהוססים הלך במסדרון ולעבר הסלון. רעש קל, שנשמע מכיוון הסלון, אישר את חששו. מישהו נמצא בבית.

הדאגה לשלומם של נוגה והילדים גרמה לו לפחד. דן הלך בזהירות לסלון ובמהירות הדליק את האור. מולו עמד גבר גבוה, לבוש שחורים, כובע גרב מכסה על פניו ורק עיניו נראות דרכו, כהות ושקועות. הוא החזיק בידו אקדח וכיוון אותו לעבר דן.

"אני מציע שתרים ידים ותשאיר אותן למעלה," אמר הגבר בשפה האנגלית. מטון דיבורו הרגוע ומהמבטא האנגלוסקסי הבין דן שזו פריצה מתוכננת.

דן הרים את ידיו בזהירות, "יש לי כאן ארבעה ילדים קטנים, בבקשה," אמר בקול מודאג. הפורץ לא ענה ורק התקדם לעבר דן. על אקדחו היה משתיק קול. הוא כיוון את האקדח למצחו של דן ואמר, "אני אשאל רק פעם אחת, אני מציע שתענה מיד. היכן הקופסה והתמונה?" דן היסס לשנייה, הוא הרגיש שהדם אוזל מגופו.

הפורץ דרך את הנשק. דן עצם את עיניו וחיכה רק לשמוע את היריה. זהו.

במקום ירייה נשמעה פתאום צרחה איומה. זה היה הפורץ, גופו התעוות, והוא נפל כמו בול עץ על הרצפה. רחש קל של כדור שנפלט מאקדחו נשמע כמו פתיחה תוססת של בקבוק שמפניה. דן הרגיש עקצוץ קל בירכו, ואחר כך נפל גם הוא על הרצפה. נוגה נכנסה לסלון

באותו רגע ומיהרה לדן. דן סימן לה בראשו שהוא בסדר, רק רגלו
פצועה. הוא דימם אל הרצפה, ושניהם הביטו בפורץ בבעתה, הוא
עדיין שכב בלי לזוז על הרצפה.

"מה קרה? איך זה קרה?" שאלה נוגה בדרמטיות.

"אין לי מושג," השיב דן בהתרגשות, "הוא נפל, ו..." פתאום דן השתתק.
שני מטרים מאחורי הפורץ, ליד התריס החשמלי, חייך דלנאי. נוגה
ודן הביטו בו, "אני חושב שאני יודע מי אתה," לחש דן, מנסה נואשות
לחייך ולנהוג בנימוס.

"נעים מאוד, שמי מנר. אני שמח שהצלחתי להגיע בזמן."

במרחק של מטר ממנו עמד נל כשהוא מחייך חיוך רחב.

* * *

את הלילה הזה דן לא ישכח לעולם.

השעה היתה תשע בבוקר. תוך עשרים דקות מהרגע שדן התקשר
לירון דותן, הופיעו עשרה סוכנים, ולקחו איתם את הפורץ.

במשך שעה תוחקר דן, תוך שהוא מקבל טיפול רפואי מלא בביתו.
הפציעה מהכדור היתה שטחית. הרופא הזריק לו זריקה מעל הירך,
וכמה שניות לפני שכולם עזבו, ניגש ירון לדן ולחש לו שהפורץ שייך
לאחד מסוכנויות הריגול באירופה.

אשר ואמנון הופיעו מיד כשקרא להם דן ולא נתנו לאיש להיכנס
לחדרים. לאחר שכולם עזבו הם עמלו במרץ וחיפשו מכשירי האזנה,
ומשלא מצאו דבר נפרדו לשלום. בכל אותה העת נשארו מרתה
והילדים בחדרים כשהדלתות נעולות. היו איתם גם אופליה, נל ומנר.

ארוחת הבוקר היתה מרגשת במיוחד. בסופה נפרדו כולם ממנר,
אופליה, ובעיקר מנל. הפרידה מנל היתה עצובה ומרגשת. ליר בכתה,
יואב ורון ניגבו את דמעותיהם בכף ידם וניסו לשמור על קור רוח.

* * *

דן התניע את רכבו והתחיל לנסוע לכיוון המספרה, ברקע התנגנה מוזיקה שקטה. הוא מישש את רגלו החבושה וחייך. בכביש חיפה התנועה היתה דלילה. הוא התרווח בכיסא העור המפנק והרגיש הרגשה של הקלה. "הכול מאחורינו," הרהר לעצמו.

כמה עשרות מטרים מאחוריו היה מעקב מתחלף של מרצדס שחורה בעלת חלונות כהים ואופנוע עם מנוע רב עוצמה. האופנוען חבש קסדה פתוחה ונעצר ברמזור ליד דן שהביט לעברו כשהאור התחלף לירוק. האופנוען הביט בו לשנייה, ודן, שזיהה אותו, פער את פיו בתדהמה. זה היה הבחור מלבנון. האופנוען האיץ. דן ההמום ישב ברכב ונזכר בחוויות שחווה בלבנון. צפצוף הרכבים שעמדו מאחוריו עוררו אותו מהזיכרונות. הוא מצמץ מעט והתחיל לנסוע באטיות.